传统文化修养丛书

唐宋诗举要

上

高步瀛 / 著

李晓丽 / 整理

上海科学技术文献出版社

Shanghai Scientific and Technological Literature Press

图书在版编目（CIP）数据

唐宋诗举要：上下册 / 高步瀛著 . 一上海：上海科学技术文献
出版社，2021

（传统文化修养丛书 . 续二）
ISBN 978-7-5439-8409-7

Ⅰ.①唐… Ⅱ.①高… Ⅲ.①唐诗—诗歌欣赏②宋诗—诗
歌欣赏 Ⅳ.①I207.22

中国版本图书馆 CIP 数据核字 (2021) 第 166988 号

策划编辑：张 树
责任编辑：王 珺
封面设计：留白文化

唐宋诗举要（上下册）
TANGSONG SHI JUYAO
高步瀛 著 李晓丽 整理
出版发行 上海科学技术文献出版社
地 址 上海市长乐路 746 号
邮政编码 200040
经 销 全国新华书店
印 刷 常熟市人民印刷有限公司
开 本 889mm×1194mm 1/32
印 张 32.875
字 数 824 000
版 次 2021 年 9 月第 1 版 2021 年 9 月第 1 次印刷
书 号 ISBN 978-7-5439-8409-7
定 价 168.00 元（上下册）
http://www.sstlp.com

总 目 录

上册目录

卷一　五言古诗

　　五言古诗，当探源三百篇而取法汉、魏。《古诗十九首》，钟记室称其"惊心动魄，一字千金"，殆非后人所能企及。建安而后，雄浑沉郁，曹、阮为宗；冲澹高旷，渊明为隽。宋、齐以来，渐趋绮丽。而精深华妙，大谢称工；沉奥惊〔警〕创，明远独擅。太白低首于玄晖，少陵托怀于庾信，各有其独到者在也。唐初犹沿梁、陈余习，未能自振。陈伯玉起而矫之，《感遇》之作，复见建安、正始之风。张子寿继之，涂轨益辟。至李、杜出而篇幅恢张，变化莫测，诗体又为之一变。韩退之排空硬语，雄奇傲兀，得杜公之神而变其貌。本编所录，以三家为主，而王、孟、韦、柳风神远出，超以象外，又别为一派，亦并录之。王阮亭论诗，以神韵为主，于唐五古取陈、张、李、韦、柳五家，而不及杜、韩，偏矣。倪如昔人所讥"未掣鲸鱼碧海中"者乎！宋人五言古诗又远逊于唐，惟录欧、王、苏、黄数家；以见厓略云尔。

陈伯玉

　　陈子昂，字伯玉，梓州射洪人。开耀二年进士。（此从《唐才子传》。徐松《登科记考》曰："《永乐大典》引《潼川志》：陈子昂，文明初举进士。又赵儋《故拾遗陈公旌德之碑》亦云：子昂年二十四，文明元年进士。与《才子传》异。考碑言射策高第在高宗崩之前，当以《才子传》为是。”）光宅元年，诣阙上书，武后奇其才，拜麟台正字令，迁右拾遗。圣历初，解官归，会父丧，庐冢次，县令段简闻其富，诈诬子昂系狱中，以忧愤卒。《旧唐书》入《文苑传》，《新唐书》自有传。○《新唐书》本传曰：“唐兴，文章承徐、庾余风，天下祖尚。子昂始变雅正。”刘后村（克庄）曰：“唐初王、杨、沈、宋擅名，然不脱齐、梁之体，独陈拾遗首倡高雅冲淡之音，一扫六代之纤弱，起于黄初、建安矣。太白、韦、柳继出，皆自子昂发之。”（《唐诗品汇》引）王阮亭（士禛）曰：“唐五言古诗凡数变，约而举之，夺魏、晋之风骨，变梁、陈之俳优，陈伯玉之力最大。”（《古诗选》）沈归愚（德潜）曰：“伯玉追建安之风骨，变齐、梁之绮靡，寄兴无端，别有天地。昌黎《荐士诗》云：‘国朝盛文章，子昂始高蹈。’良然。”（《唐诗别裁》）

感　遇　三十八首录四

《旧唐书·文苑·陈子昂传》曰：“初为《感遇诗》三十首，京兆司功王适见而惊曰：此子必为天下文宗矣。”《新唐书·子昂传》同。僧皎然曰：“子昂《感遇》三十首，出自阮公《咏怀》。”（《唐诗品汇》引）陈秋舫（沆）曰：“尝考杜子美诗曰：‘千古立忠义，《感遇》有遗篇。’（《过陈拾遗故宅》）并世知音，实惟牙、旷。此外则僧皎然谓源于阮公《咏怀》，朱鹤龄谓多指武后革命（见《杜诗注》），亦并能缘少陵之词，窥射洪之隐者。《旧唐书》谓子昂少为《感遇诗》云云，此则犹太白《蜀道难》作于明皇幸蜀之后，而《唐摭言》谓贺知章见之于初至长安之时，皆小说傅会无稽，止知取其生平有名之篇，傅以生平知遇之事，而不顾岁月情事之参差也。诗中云：林卧观无始。又云：林居病时久。则是作于暮年去官归养之时。"
（《诗比兴笺》）

　　　　微月生西海，幽阳始代升。
　　　　圆光正东满，阴魄已朝凝。
　　　　太极生天地，三元更废兴。
　　　　至精谅斯在，三五谁能征？
　　其一

　　陈秋舫曰："开章明义，厥旨昭然。阴月喻黄裳之坤仪，阳
光喻九五之乾位。才人入宫，国运方盛。嗣君践阼，煽处司晨。
三统迭兴，五德代运。循环倚伏，畴可情量？"步瀛案：《新唐
书·则天皇后本纪》曰："则天顺圣皇后武氏，讳曌，并州文水
人也。年十四，太宗选为才人。太宗崩，后削发为比丘尼，居于
感业寺。高宗幸感业寺，见而悦之。复召入宫，久之立为昭仪，
进号宸妃。永徽六年，高宗废皇后王氏，立宸妃为皇后。上元元
年，高宗号天皇，皇后亦号天后。弘道元年，高宗崩，皇太子即
皇帝位，尊后为皇太后，临朝称制。光宅元年二月，废皇帝为庐
陵王，立豫王旦为皇帝。垂拱四年五月，加尊号为圣母神皇。十
二月，大杀唐宗室。天授元年九月，改国号周，加尊号曰圣神皇
帝，降皇帝为皇嗣，赐姓武氏。"○《礼记·祭义》："曾子曰：
推而放诸西海而准。"《管子·封禅篇》曰："西海致比翼之鸟。"
案：载籍称西海者，或指黑海，或指红海，或指地中海。此诗言
月生西海，本出意想，不必指其地以实之。○《尔雅·释诂》
曰："幽，微也。"○《礼记·乡饮酒义》曰："象月之三五而成
魄也。"○《易·系辞上》曰："《易》有大极，是生两仪。"《孔
疏》曰："不言天地而言两仪者，指其物体，下与四象相对，故
曰两仪。"○《后汉书·陈宠传》："宠奏曰：十一月天以为正，

周以为春；十二月地以为正，殷以为春；十三月人以为正，夏以为春。三微成著，以通三统。周以天元，殷以地元，夏以人元。"○《后汉书·郎𫖮传》："𫖮条便宜七事曰：臣闻天道不远，三五复反。"李贤注引《春秋合诚图》曰："至道不远，三五而反。"宋均注云："三，三正也；五，五行也。三正五行，王者改代之际会也。能于此际自新如初，则通无穷也。"

> 兰若生春夏，芊蔚何青青？
> 幽独空林色，朱蕤冒紫茎。
> 迟迟白日晚，袅袅秋风生。
> 岁华尽摇落，芳意竟何成？
> 　其二

吴挚甫先生曰："此自伤不遇明时。"○《汉书·司马相如传》：《子虚赋》曰："衡兰芷若。"注引张揖曰："若，杜若也。"颜师古曰："兰即今泽兰也。"洪兴祖《楚辞补注》曰："《本草注》云：兰草、泽兰，二物同名，泽兰如薄荷微香，荆、湘、岭南人家多种之。此与兰草大抵相类。但兰草生水旁，叶光润，尖长有歧，阴小紫，花红白色而香，五六月盛。而泽兰生于水泽中及下湿地，苗高二三尺，叶尖，微有毛，不光润，方茎紫节，七月八月开花，带紫白色，此为异耳。"案：古人所谓兰者，非今之兰。陆玑《毛诗疏》、蜀本《本草图经》、陈藏器《本草拾遗》皆谓兰似泽兰。颜谓兰即泽兰，不免混淆。然二者本同类，尚不为误。刘奉世《汉书刊误》、寇宗奭《本草衍义》竟以叶如麦门冬者为兰，是以今人所谓兰者当之，则大误矣。《经史证类本草》（卷七）引陶隐居曰："杜若叶似姜而有文理，根似高良姜而味辛细香，又绝似旋复根，殆欲相乱，叶小异尔。此草一名杜蘅，今复别有杜蘅，不相似。"○芊，蔚盛貌。《广雅·释训》曰："芊芊蔚蔚，茂也。"蔚、郁字通。《列子·力命篇》曰："郁郁芊芊。"○《楚辞·九歌·少司命》曰："秋兰兮青青，绿叶兮紫茎。"洪《补注》曰："青青，茂盛也，音菁。"○《楚辞·九章·悲回风》曰："兰茝幽而独芳。"○《说文》曰："蕤，艸木华垂貌。"○《楚辞·九辩》曰："白日晼晚其将入兮。"○《楚辞·九歌·湘夫人》曰："袅袅兮秋风。"○《楚辞·九辩》曰："草木摇落而变衰。"

> 幽居观天运，悠悠念群生。
> 终古代兴没，豪圣莫能争。
> 三季沦周赧，七雄灭秦嬴。
> 复闻赤精子，提剑入咸京。
> 炎光既无象，晋虏复纵横。
> 尧禹道已昧，昏虐势方行。
> 岂无当世雄？天道与胡兵。
> 咄咄安可言？时醉而未醒。
> 仲尼溺东鲁，伯阳遁西溟。
> 大运自古来，旅人胡叹哉！

其十七 ○《品汇》三十六

姚南青（范）曰："此以慨武后也。"（《援鹑堂笔记》）陈曰："此指诸王举兵兴复，悉就败灭之事也。一女后临御称制，而举天下莫抗，岂非天道助虐乎？"○《新唐书·则天皇后本纪》曰："光宅元年九月，柳州司马李敬业举兵于扬州以讨乱。十月左玉钤卫大将军梁郡公孝逸为扬州道行军大总管，率兵三十万以拒敬业，复敬业姓徐氏。十一月，徐敬业将王那相杀敬业降。垂拱四年八月，博州刺史琅邪郡王冲举兵以讨乱，遣左金吾卫大将军丘神勣拒之，冲死之。越王贞举兵于豫州以讨乱。九月，左豹韬卫大将军麹崇裕为中军大总管，岑长倩为后军大总管，以拒越王贞，贞死之。杀韩王元嘉、鲁王灵夔、范阳郡王霭、黄国公譔、东莞郡公融及常乐公主，皆改其姓为虺氏。"○《晋语》一："史苏曰：虽当三季之王，亦不可乎？"韦昭注曰："季，末也。"○《史记·周本纪》曰："周君王赧卒，周民遂东亡，秦取九鼎宝器而迁西周公于惮狐，后七岁，秦庄襄王灭东、西周，东、西周皆入于秦，周既不祀。"○班孟坚《答宾戏》曰："于是七雄虓阚，分裂诸夏。"○《史记·秦本纪》曰："非子好马及畜，孝王召使主马于汧、渭之间，马大蕃息。于是孝王曰：昔柏翳为舜主畜，畜多息，故有土，赐姓嬴，今其后世亦为朕息马，朕其分土为附庸邑之秦，使复续嬴氏祀，号曰秦嬴。"《秦始皇本纪》曰："二十六年，秦初并天下。"○《汉书·哀帝纪》："建平二年，待诏夏贺良等言，赤精子之谶，汉家历运中衰，当再受命。"注引应劭曰："高祖感赤龙而生，自谓赤帝之精，良等因是作此谶文。"《史记·高祖本纪》曰："汉元年十月，沛公兵遂先诸侯至霸上，秦王子婴素车白马，系颈以组，封皇帝玺符节，降轵道旁。沛公乃以秦王属吏，遂西入咸阳。"又："高祖曰：吾以布衣提三尺剑取天下。"○《文选·鲁灵光殿赋》注引《东观汉记序》曰："汉以炎精布耀，或幽而光。"《左传》襄九年：士弱对晋侯曰："国乱无象，不可知也。"王仲宣《七哀诗》曰："西京乱无象。"○晋虏谓五胡乱华也。五胡以刘渊为首，故此诗亦隐以刘渊托于汉，喻武后之托于周。《晋书·刘元海载记》曰："刘元海，新兴匈奴人，冒顿之后也。名犯高祖讳，故称其字焉。初，汉高祖以宗女为公主，以妻冒顿，约为兄弟，故其子孙遂冒姓刘氏。永兴元年，元海僭即汉王位，年号元熙，追尊刘禅为孝怀皇帝，立汉高祖以下三祖五宗神主而祭之。永嘉二年，僭即皇帝位。"《新唐书·则天本纪》曰："天授元年九月，立武氏七庙于神都，追尊周文王曰始祖文皇帝，姒姺氏曰文定皇后。四十代祖

平王少子武曰睿祖康皇帝，妣姜氏曰康惠皇后。"与刘渊立汉高
祖以下三祖五宗神主殆同一伎俩。且古人以胡貉等国为阴象，
（《史记·天官书》曰：胡貉、月氏诸衣旃裘引弓之民为阴。）又
以女主为阴象，（程颐《易传》曰："坤虽臣道，五实君位，臣居
尊位，羿、莽是也，犹可言也。妇居尊位，女娲、武氏是也，非
常之变，不可言也。故有黄裳之戒而不尽言也。"）故以胡兵为喻
也。○《后汉书·逸民·严光传》："帝抚光腹曰：咄咄子陵，不
能相助为理耶！"《晋书·殷浩传》曰："浩终日书空作'咄咄怪
事'四字。"○张平子《西京赋》曰："昔者天帝说秦穆公而觐
之，帝有醉焉，锡用金策，而翦诸鹑首。"《楚辞·渔父》："屈原
曰：众人皆醉我独醒。"○《广雅·释诂》一曰："溺，没也。"
○东鲁一作东夏。《列仙传》曰："李耳，字伯阳。"（《史记·老
子传》曰："名耳，字聃。"今本作字伯阳，谥曰聃，乃后人改
窜。故《索隐》辨之曰："有本字伯阳非正也。老子号伯阳父，
此传不称也。"）阮嗣宗《咏怀》曰："伯阳隐西戎。"案：西溟谓
西海，《庄子·逍遥游》《释文》曰："北冥本亦作溟，北海也。"

> 翡翠巢南海，雄雌珠树林。
> 何知美人意，骄爱比黄金？
> 杀身炎州里，委羽玉堂阴。
> 旖旎光首饰，葳蕤烂锦衾。
> 岂不在遐远，虞罗忽见寻。
> 多材信为累，叹息此珍禽。

其二十三　○《品汇》三十

吴先生曰："此言时士不幸见知于武后也。"○刘须溪（辰
翁）曰："多是叹世而卒不免，子昂其子云乎！"（《品汇》引）
○《后汉书·班固传》李贤注引《异物志》曰："翠鸟形如燕，

赤而雄曰翡，青而雌曰翠。"《汉书·贾山传》注引应劭曰："雄曰翡，雌曰翠。"颜师古曰："鸟各别类，非雌雄异名也。"《艺文类聚》引《交趾异物志》曰："翠鸟先高作巢，及生子，爱之，恐堕，稍下作巢。子生毛羽，复益爱之，又更下作巢也。"《太平御览·羽族部》十一引《交州记》曰："翡翠出九真。"○《山海经·海外南经》曰："三株树在厌火北，生赤水上，其为树如柏，叶皆为珠。"○《楚辞·远游》曰："嘉南州之炎德兮。"故南海之州亦曰炎州。后出字作洲。《十洲记》曰："炎洲在南海中。"○宋玉《风赋》曰："北上玉堂。"○《楚辞·九辩》曰："纷旖旎乎都房。"王逸注曰："旖旎，盛貌。"○刘熙《释名》有《释首饰》。○《汉书·司马相如传》：《子虚赋》曰："错翡翠之葳蕤。"颜注曰："葳蕤，羽饰貌。"○《诗·葛生》曰："锦衾烂兮。"《楚辞·招魂》曰："翡翠珠被，烂齐光些。"王逸注曰："被，衾也。"○《礼记·檀弓下》，郑注曰："虞人掌山泽之官。"《周礼·地官·序官》有山虞、泽虞。郑注曰："虞，度也，度知山之大小及所生者。"《夏官·大司马》曰："虞人莱所田之野。"《礼记·王制》曰："獭祭鱼，然后虞人入泽梁；鸠化为鹰，然后设罻罗。"○《书》伪古文《旅獒》曰："珍禽奇兽不育于国。"

张子寿

　　张九龄，字子寿，韶州曲江人。登进士第，调校书郎，以道侔伊、吕科为左拾遗。进中书舍人，累官至中书侍郎同平章事，迁中书令。为李林甫所忮，改尚书右丞相，贬荆州长史。卒谥文献。旧、新《唐书》皆有传。○胡孝辕（震亨）曰："唐初承袭梁、隋，陈子昂独开古雅之源，张子寿首创清澹之派。盛唐继起，孟浩然、王维、储光羲、常建、韦应物本曲江之清澹而益以风神者也。高适、岑参、王昌龄、李颀、孟云卿本子昂之古雅而加以气骨者也。"(《唐音癸签》)沈归愚曰:"唐初五言古渐趋于律,风格未遒,陈正字起衰而诗品始正,张曲江继续而诗品乃醇。"

感遇 十二首录四

高彦恢(棅)曰:"张曲江公《感遇》等作,雅正冲澹,体合风骚,骎骎乎盛唐矣。"(《唐诗品汇》)沈归愚曰:"《感遇诗》,正字古奥,曲江蕴藉,本原同出嗣宗,而精神面目各别,所以千古。"

> 兰叶春葳蕤,桂华秋皎洁。
> 欣欣此生意,自尔为佳节。
> 谁知林栖者,闻风坐相悦。
> 草木有本心,何求美人折?
> 其一

方植之(东树)曰:"言物各有时,人能识此意,则安命乐天。"(《昭昧詹言》)○《楚辞・七谏・初放》曰:"上葳蕤而防露兮。"王逸注曰:"葳蕤,盛貌。"○《晋书・文苑传》:曹毗《对儒》曰:"不追林栖之迹。"

> 孤鸿海上来,池潢不敢顾。
> 侧见双翠鸟,巢在三珠树。
> 矫矫珍木巅,得无金丸惧?
> 美服患人指;高明逼神恶。
> 今我游冥冥,弋者何所慕?
> 其四

陈秋舫曰："公被谪后有《咏燕诗》云：'无心与物竞，鹰隼莫相猜。'即此旨也。孤鸿自喻，双翠鸟喻林甫、仙客。"步瀛案：《旧唐书·玄宗本纪》曰："开元二十四年十一月，中书令张九龄为尚书右丞相，罢知政事。兵部尚书李林甫兼中书令、殿中监牛仙客兵部尚书同中书门下三品。二十五年七月，封李林甫为晋国公，牛仙客为豳国公。"《张九龄传》曰："李林甫自无学术，以九龄文行为上所知，心颇忌之，乃引牛仙客知政事，九龄屡言不可，帝不悦。二十四年，迁尚书右丞相，罢知政事，左迁荆州大都督府长史。"○《说文》曰："潢，积水池也。"○珠树见伯玉诗注。案：《海外南经》三株树，《初学记·宝器部》引作三珠树。《淮南子·地形篇》《博物志》九并作三珠树。○《汉书·叙传下》颜注曰："矫矫，高举之貌。"○《西京杂记》曰："韩嫣好弹，常以金为丸。"○《左》僖二十四年曰："服之不衷，身之灾也。"《汉书·王嘉传》：嘉奏封事引里谚曰："千人所指，无病而死。"○扬子云《解嘲》曰："高明之家，鬼瞰其室。"○《法言·问明篇》曰："鸿飞冥冥，弋人何篡焉？"《后汉书·逸民传》引此文，李贤注曰："篡字诸本或作慕。《法言》作篡。宋衷曰：篡，取也，今人谓以计数取物为篡，篡亦取也。"《文选》卷五十《后汉书·逸民传论》李善注曰："今篡或为慕，非也。"二李在张曲江前，皆言或作慕，是唐时《法言》有作慕者。沈归愚谓改篡为慕，应曲江始，非是。且曲江此诗不必用《法言》原有之字，亦不得谓之改也。

　　　　　江南有丹橘，经冬犹绿林。
　　　　　岂伊地气暖？自有岁寒心。
　　　　　可以荐嘉客，奈何阻重深？
　　　　　运命推所遇，循环不可寻。

> 徒言树桃李，此木岂无阴？
> 其七

即屈子《橘颂》之意。○《楚辞·九章·橘颂》曰："受命不迁，生南国兮。"左太冲《吴都赋》曰："其果则丹橘馀甘。"○曹子建《橘赋》曰："背山川之暖气。"○李元操《园中杂咏·橘诗》曰："自有凌冬质，能守岁寒心。"○《韩非子·外储说左》："赵简主俛而笑曰：树橘柚者，食之则甘，嗅之则香；树枳棘者，成而刺人。故君子慎所树。"《韩诗外传》七："简子曰：大春树桃李，夏得阴其下，秋得食其实。"《说苑·复恩篇》："简子曰：夫树桃李者，夏得休息，秋得食焉。"

> 汉上有游女，求思安可得？
> 袖中一札书，欲寄双飞翼。
> 冥冥愁不见，耿耿徒缄忆。
> 紫兰秀空溪，皓露夺幽色。
> 馨香岁欲晚，感叹情何极？
> 白云在南山，日暮长太息。
> 其十

刘海峰（大櫆）曰："为君臣间托意，犹屈子美人之旨。"○《诗·汉广》曰："汉有游女，不可求思。"《毛传》曰："思，辞也。"○《古诗》曰："置书怀袖中，三岁字不灭。"○《诗·邶·柏舟》曰："耿耿不寐。"毛传曰："耿耿犹儆儆也。"○曹子建《七启》曰："紫兰丹椒。"○《汉书·杨恽传·报孙会宗书》曰："田彼南山。"注："应劭曰：山高而在阳，人君之象也。"陆贾《新语·慎微篇》曰："邪臣之蔽贤，犹浮云之鄣日月也。"白云南山，盖喻意于此。沈归愚谓言欲就白云归卧，则又不能恝然于君，所以长太息也。义亦通。

王摩诘

　　王维，字摩诘，河东人。开元九年进士第（《唐才子传》作十九年）。天宝末为给事中。安禄山陷两都，维为贼所得，服药阳瘠，因于菩提寺。禄山宴凝碧池，维潜赋诗悲悼，闻于行在。贼平，陷贼官三等定罪，特原之，责授太子中允。后仕至尚书右丞。晚年长斋奉佛。卒年六十一。《旧唐书》入《文苑传》，《新书》入《文艺传》。○殷璠曰："维诗词秀调雅，意新理惬，在泉成珠，着壁成绘，一字一句，皆出常境。"（《河岳英灵集》）陈后山（师道）曰："右丞、苏州皆学于陶，王得其自在。"（《诗话》）赵铁岩（殿最）曰："右丞通于禅理，故语无背触，甜澈中边。空外之音也，水中之影也，香之于沉实也，果之于木瓜也，酒之于建康也，使人索之于离即之间，骤欲去之而不可得，盖空诸所有而独契其宗。"（《王右丞集笺注序》）

蓝田山石门精舍

　　《元和郡县志》曰："关内道京兆府蓝田县：蓝田山一名玉山，一名覆车山，在县东二十八里。"《晋书·孝武帝纪》曰："太元六年，帝初奉佛法，立精舍于殿内，引诸沙门以居之。"王观国《学林》卷七引之，谓因此世俗谓佛寺为精舍。又谓古之儒者教授生徒，其所居皆谓之精舍。引《后汉书·儒林·包咸传》，《党锢·刘淑、檀敷传》，及《姜肱传》以证之。吴曾《能改斋漫录》卷四又引《吴志·孙策传》注引《江表传》：于吉来吴，立精舍，烧香读道书，制作符水以疗病。谓晋以前道士亦立精舍。其说皆是。步瀛案：精舍即谓精美之舍，盖后汉时通行之名，故译佛书者取以名僧佛之所居。《释迦谱》卷八曰："息心所栖，是曰精舍。"《翻译名义》卷二十引《灵祐寺诰》曰："非麤暴者所居，故云精舍。"彼教或有此义，殆非后汉所称精舍之本义也。

> 落日山水好，漾舟信归风。
> 探奇不觉远，因以缘源穷。
> 遥爱云木秀，初疑路不同。
> 安知清流转，偶与前山通？
> 舍舟理轻策，果然惬所适。
> 老僧四五人，逍遥荫松柏。
> 朝梵林未曙；夜禅山更寂。
> 道心及牧童；世事问樵客。
> 暝宿长林下，焚香卧瑶席。
> 涧芳袭人衣；山月映石壁。
> 再寻畏迷误；明发更登历。
> 笑谢桃源人，花红复来觌。
> 　□工律自然，几掩大谢。

《文选·蜀都赋》曰："舣轻舟。"五臣舣作漾。谢惠连《西陵遇风诗》曰："漾舟陶嘉月。"李善注引《蜀都赋》亦作漾。○《文选》谢玄晖《敬亭山诗》曰："缘源殊未极。"五臣注："刘良曰：缘，寻也。"○谢灵运《登永嘉绿嶂山诗》曰："裹粮杖轻策。"○《楚辞·九歌·山鬼》曰："饮石泉兮荫松柏。"○玄应《一切经音义》十四引《字苑》曰："梵，洁也，音扶泛反。"《广韵》六十梵曰："梵声。"江总《明庆寺诗》曰："夜梵闻三界。"○梁武帝《游钟山大爱敬寺诗》曰："道心理终归。"○《庄子·徐无鬼篇》曰："黄帝适遇牧马童子，问涂焉，曰：

若知具茨之山乎？曰：然。若知大隗之所存乎？曰：然。黄帝曰：异哉小童，请问为天下。小童曰：夫为天下者，亦奚以异乎牧马者哉？亦去其害马者而已矣。黄帝再拜稽首称天师而退。”○《楚辞·九歌·东皇太一》曰：“瑶席兮玉瑱。”○《诗·小宛》曰：“明发不寐。”○陶渊明《桃花源记》曰：“晋太元中，武陵人捕鱼为业。忽逢桃花林，林尽水源，便得一山。舍船从口入，有良田、美池、桑竹之属。阡陌相通，鸡犬相闻。男女衣着，悉如外人。黄发垂髫，并怡然自乐。见渔人，便邀还家，设酒杀鸡作食。自云：先世避秦时乱，率妻子邑人来此绝境，不复出焉。余人各复延至其家，皆出酒食。停数日辞去。既出，处处志之。及郡下，诣太守说如此，太守即遣人随其往，寻向所志，遂迷不复得路。”

崔濮阳兄季重前山兴

原注云：“山西去亦对维门。”○苏源明《小洞庭洄源亭谶四郡太守诗序》曰：“天宝十二载七月辛丑，东平太守扶风苏源明觞濮阳太守清河崔公季重、鲁郡太守陇西李公兰、济南太守太原田公畤、济阳太守陇西李公偍于洄源亭。”《旧唐书·地理志》曰：“河南道濮州，天宝元年改为濮阳郡。乾元元年复为濮州。”案：唐濮州治鄄城县，在今山东濮县东。又案：观原注，似此时季重已罢濮阳守而居蓝田矣。

秋色有佳兴，况君池上闲。
悠悠西林下，自识门前山。
千里横黛色，数峰出云间。
嵯峨对秦国；合沓藏荆关。
残雨斜日照；夕岚飞鸟还。

故人今尚尔，叹息此颓颜。

□超逸。

《汉书·司马相如传》颜注曰：“嵯峨，高貌也。”○《文选·洞箫赋》李注曰：“合沓，重沓也。”○谢希逸《山夜夏诗》曰：“收棹掩荆关。”○《文选》谢灵运《晚出西射堂诗》李注引《埤苍》曰：“岚，山风也。”

渭川田家

《旧唐书·文苑传》曰：“维得宋之问蓝田别墅在辋口，辋水周于舍下，别涨竹洲花坞，与道友裴迪浮舟往来，弹琴赋诗，啸咏终日，尝聚其田园所为诗，号《辋川集》。”《水经·渭水》注曰：“霸水出蓝田县蓝田谷，所谓多玉者也。西北有铜谷水，次东有辋谷水。”《元和郡县志》曰：“关内道京兆府蓝田县：霸水自商州上洛县界流入，又西北流，合浐水入渭。”

斜光照墟落，穷巷牛羊归。
野老念牧童，倚杖候荆扉。
雉雊麦苗秀；蚕眠桑叶稀。
田夫荷锄立，相见语依依。
即此羡闲逸，怅然歌式微。

□天趣自然，踵武靖节。

范彦龙《赠张徐洲谡诗》曰：“轩盖照墟落。”○《诗·小弁》郑笺曰：“雊，雉鸣也。”潘安仁《射雉赋》曰：“麦渐渐以擢芒，雉鷕鷕而朝雊。”○《荀子·赋篇·蚕赋》曰：“三俯三起，事乃大已。”《齐民要术》（卷五）曰：“今世有三卧一生蚕，四卧再生蚕。”又曰：“凡三卧四卧，皆有丝绵之别。”然则俯与卧，即后人所谓眠也。赵松谷（殿成）曰：“庾信《归田诗》云：

原蚕始更眠。又《燕歌行》云：二月蚕眠不复久，则六朝已有此称矣。（《笺注》）〇陶渊明《归园田居诗》曰："带月荷锄归。"〇《诗·邶风》曰："式微式微胡不归？"

送　别

下马饮君酒，问君何所之？
君言不得意，归卧南山陲。
但去莫复问，白云无尽时。妙远。

□沈归愚曰："白云无尽，足以自乐，勿言不得意也。"

饮，于禁切，以酒饮人也。〇《说文》曰："垂，远边也。"后人以陲字为之。

送綦毋潜落第还乡

《新唐书·艺文志》有綦毋潜诗一卷，原注曰："字孝通，开元中，由宜寿尉入集贤院待制，迁右拾遗，终著作郎。"《唐才子传》曰："潜，荆南人。"

圣代无隐者，英灵尽来归。
遂令东山客，不得顾采薇。从应试说入。
既至君门远，孰云吾道非？落第。
江淮度寒食，京洛缝春衣。还乡。
置酒临长道，同心与我违。送别。
行当浮桂棹；未几拂荆扉。
远树带行客，孤城当落晖。别后。
吾谋适不用，勿谓知音稀。慰勉。

□沈曰："反复曲折，使落第人绝无怨尤。"

《隋书·文学传序》曰:"江、汉英灵。"〇《晋书·谢安传》:"中丞高崧戏之曰:卿累违朝旨,高卧东山。"〇《史记·伯夷传》曰:"隐于首阳山,采薇而食之。"〇《楚辞·九辩》曰:"君之门以九重。"赵曰:"君,二顾本、凌本俱作金。"〇《史记·孔子世家》曰:"孔子召子路而问曰:诗云:匪兕匪虎,率彼旷野。吾道非耶!"〇《荆楚岁时记》曰:"去冬至一百五日,即有疾风甚雨,谓之寒食。"〇班孟坚《东都赋》曰:"而不知京洛之有制也。"〇庾子山《春赋》曰:"披香殿里作春衣。"〇《楚辞·九歌·湘君》曰:"桂櫂兮兰枻。"案:櫂、棹字同。〇《左》文十三年曰:"绕朝赠之以策曰:子无谓秦无人,吾谋适不用也。"〇《古诗》曰:"不惜歌者苦,但伤知音稀。"

《青轩诗缉》曰:"右丞'远树带行客,孤城当落晖'。带字当字极佳,非得画中三昧者,不能下此二字。"

孟浩然

孟浩然,字浩然,襄阳人。隐鹿门山,年四十乃游京师。尝于太学赋诗,一座嗟伏。张九龄为荆州,辟置于府。府罢,开元末病背疽卒。《旧唐书》入《文苑传》,《新书》入《文艺传》。〇殷璠曰:"浩然诗,文彩丰茸,经纬绵密,半遵雅调,全削凡体。"(《河岳英灵集》)《全唐诗》曰:"浩然为诗,伫兴而作,造意极苦,篇什既成,洗削凡近,超然独妙。虽气象清远,而采秀内映,藻思所不及。当明皇时,章句之风,大得建安体。论者推李、杜为尤,介其间能不媿者,浩然也。"

彭蠡湖中望庐山

《水经·禹贡山水泽地所在篇》曰："彭蠡泽在豫章彭泽县西北。"郦注曰："《尚书》所谓彭蠡既猪，阳鸟攸居也。"《元和郡县志》曰："江南道江州都昌县：彭蠡湖在县西六十里，与浔阳县分湖为界。浔阳县：庐山在县东三十二里，本名障山，周环五百馀里。"《清统志》曰："江西南康府：彭蠡湖在星子县东南及都昌县西，即鄱阳湖，南接南昌，东抵饶州府界，由都昌县之南西两面，历星子县，又西北入九江府湖口县，注于大江。在星子县南者名落星湖。在县东南及南昌界者名宫亭湖。在都昌县西南者曰扬澜湖。又北曰左蠡湖。其大湖又有东鄱、西鄱之分。庐山在星子县西北二里，北接九江府界，古名南障山，一名匡山，总名匡庐。"又曰："九江府庐山在德化县南二十五里。"案：德化县今改九江县。

太虚生月晕，舟子知天风。
挂席候明发，渺漫平湖中。
中流见匡阜，势压九江雄。
黤黕容霁色；峥嵘当晓空。
香炉初上日；瀑布喷成虹。
久欲追尚子；况兹怀远公。
我来限于役，未暇息微躬。
淮海途将半；星霜岁欲穷。
寄言岩栖者，毕趣当来同。
　□兴象华妙。

《文选·游天台山赋》李善注曰："太虚谓天也。"○李太白《横江词》曰："月晕天风雾不开。"杨齐贤注曰："古语：月晕而风，础润而雨。"○《诗·匏有苦叶》曰："招招舟子。"○《古乐府·饮马长城窟行》曰："枯桑知天风。"○《文选·海赋》曰："挂帆席。"谢灵运《游赤石进帆海诗》曰："挂席拾海月。"○《水经·庐江水》注曰："《豫章旧志》曰：庐俗字君孝，本姓匡。父东野王，共鄱阳令吴芮佐汉定天下而亡，汉封俗于鄡阳，曰越庐君。俗兄弟七人皆好道术，遂寓精爽于宫庭之山，故世谓之庐山。汉武帝南巡，睹山以为神灵，封俗大明公。远法师《庐山记》曰：殷、周之际，匡俗先生受道仙人，共游此山，时人谓其所止为神仙之庐，因以名山矣。又按：周景式曰：庐山匡俗，字子孝，本东里子出，周武王时，生而神灵，屡逃征聘，庐于此山，时人敬事之，俗后仙化，空庐犹存，弟子睹室悲哀，哭之旦暮，事同乌号，世称庐君，故山取号焉。斯耳传之谈，非实证也。故《豫章记》以匡为姓，因庐以氏，周氏、远师或托庐墓为辞，假凭虚以托称，二证既违，三情互爽。按《山海经》创之大禹，记录远矣。故《海内东经》曰：庐江出三天子都，入江彭泽西，是曰庐江之名。山水相依，互举殊称，明不因匡俗始，正是好事君子强引此类用成章句耳。"○鲍明远《登大雷岸与妹书》曰："西南望庐山，又特惊异，基压江潮，峰与霄汉连接。"○《汉书·地理志》九江郡注："应劭曰：江自庐江寻阳分为九。"郭景纯《江赋》曰："流九派乎寻阳。"《书·禹贡》孔疏曰："九江谓大江分而为九，犹大河分为九河。"其说甚是。又引《浔阳记》："九江：一曰乌江，二曰蚌江，三曰乌白江，四曰嘉靡江，五曰畎江，六曰源江，七曰廪江，八曰提江，九曰箇江。"陆德明《释文》引《浔阳地记》，廪江作累江，馀并同。陆又引张须元《缘江图》："一曰三里江，二曰五州江，三曰嘉靡江，四曰乌土江，五曰白蚌江，六曰白乌江，七曰箇江，八曰沙提江，九曰廪江。"又与《浔阳记》不同，恐皆后出之名，未足信。《元和郡县志》曰："江州：《禹贡》荆州云：九江孔殷。今州西北二十五里九江是也。"《清统志》曰:"江西九江府:浔阳江在府城北,亦名九江,即大江也。"○黯默同黯黮。玄应《一切经音义》十七引《苍颉篇》曰:"黯黮,深黑不明也。"《说文》曰:"黯,青黑也。"大徐音于槛切。又曰:"默,滓垢也。"大徐音都感切。○《文选·游天台山赋》,李善注引《字林》曰:"峥嵘,山高貌。"○《艺文类聚·山部》引远法师《庐山记》曰:"东南有香炉山,孤峰秀起,游气笼其上,则氤氲若烟水。"○《太平御览·地部》六引远法师《庐山记》曰:庐山"南有石门,似双阙,壁立千馀仞,而瀑布流焉"。《地部》三十六引周景式《庐山记》曰:"泉在黄龙南数里,即瀑布水也。土人谓之泉湖。其水出山腹,挂流三四百丈,飞湍于林,出峰表,望之若悬索。"○刘孝威《和皇太子春林晚雨诗》曰:"雨日共成虹。"○《后汉书·逸民传》曰:"向长,字子平,河内朝歌人也。隐居不仕,男女娶嫁既毕,敕断家事,勿相关,与同好北海禽庆俱游五岳名山,竟不知所终。"李贤注曰:"《高士传》向字作尚。"案:今本《高士传》作向,盖后人所改。《文选》嵇叔夜《与山巨源绝交书》及注引《英雄记》皆作尚。○慧皎《高僧传》卷六曰:"释慧远本姓贾氏,雁门楼烦人也。欲往罗浮山,及届浔阳,见庐峰清静,足以息心,始住龙泉精舍。于时沙门慧永居在西林,与远同门旧好,遂要远同止,刺史桓伊乃为远复于山东立房殿,即东林是也。"《清统志》曰:"江西九江府:东林寺在德化县南庐山麓,晋慧远创建。"○《诗·卫风》:"君子于役。"束广微《释玄居》曰:"或皆丰荣而岩栖。"○毕趣,毕疑当作异,形近而误。

宿业师山房期丁大不至

浩然有送丁大凤进士赴举诗。○业师一作来公,期一作待。

夕阳度西岭,群壑倏已暝。

松月生夜凉，风泉满清听。

樵人归欲尽；烟鸟栖初定。

之子期宿来，孤琴候萝径。

□沈曰："山水清音，悠然自远，末二句见不至意。"

暝，莫定切。

夏日南亭怀辛大

浩然有《西山寻辛谔诗》，疑即辛大。○日一作夕。

山光忽西落；池月渐东上。

散发乘夕凉，开轩卧闲敞。

荷风送香气；竹露滴清响。

欲取鸣琴弹，恨无知音赏。

感此怀故人，中宵劳梦想。

《淮南子·修务篇》曰："钟子期死而伯牙绝弦破琴，知世莫赏也。"高诱注曰："钟，官氏；子，通称；期，名也。伯牙，楚人，睹世无有知音若子期者，故绝弦破其琴也。"

皮袭美（日休）曰："谢朓之诗句精者，'露湿寒塘草，月映清淮流'。（此何逊《与胡兴安夜别诗》，皮以为谢玄晖诗，误也。《苕溪渔隐丛话后集》已辨之。）先生则有'荷风送香气，竹露滴清响'，此与古人争胜于毫厘也。"（《皮子文薮》卷七，《郢州孟亭记》。）

储光羲

储光羲，兖州人。开元十四年进士第。又诏中书试文章，历监察御史。安禄山陷长安，光羲受伪署，贼平后，自归，贬死岭南。见《新唐书·艺文志》（子部"儒家类"储光羲《正论》十五卷下注）、《唐诗纪事》《唐才子传》。○殷璠曰："储公诗格高调逸，趣远情深，削尽常言，挟风雅之迹，浩然之气。"（《河岳英灵集》）

夜到洛口入黄河

《水经·河水篇》曰："又东北过巩县东，又北入于河。"《元和郡县志》曰："河南道河南府巩县：洛水东经洛汭，北对琅邪渚入河，谓之洛口。"

河洲多青草，朝暮增客愁。
客愁惜朝暮，枉渚暨停舟。
中宵大川静，解缆逐归流。
浦溆既清旷；沿洄非阻修。
登舻望落月；击汰悲新秋。
倘遇乘槎客，永言星汉游。

《楚辞·九章·涉江》曰："朝发枉陼兮，夕宿辰阳。"王逸注曰："枉陼，地名。"《文选》作枉渚，陼、渚字同。《水经·沅水》注曰："沅水又东迳临沅县南，又东历小湾谓之枉渚。"案：枉水在今湖南常德县，此诗乃借用，疑即指对洛汭之琅邪渚。○《文选》谢灵运《邻里相送方山诗》曰："解缆及流潮。"李善注曰："缆，维船索也。"○《艺文类聚·水部》下引《风土记》曰："大水小口别通为浦。"《说文新附》曰："溆，水浦也。"○《诗·蒹葭》曰："遡洄从之，道阻且长。"郭景纯《江赋》曰："泝洄沿流。"《方言》一曰："脩，长也。"○《汉书·武帝纪》注引李斐曰："舻，船前头刺櫂处也。"○《楚辞·九章·涉

江》曰："齐吴榜以击汰。"王逸注曰："汰，水波也。"○《博物
志》卷三曰："旧说云，天河与海通，近世有人居海渚者，年年
八月有浮槎，去来不失期。人有奇志，立飞阁于槎上，多赍粮乘
槎而去，十馀日中犹观星月日辰，自后芒芒忽忽，亦不觉昼夜，
去十馀日，奄至一处，有城郭状，屋舍甚严，遥望宫中多织妇。
见一丈夫牵牛渚次饮之。牵牛人乃惊问曰：何由至此？此人见说
来意，并问此是何处。答曰：君还至蜀郡访严君平则知之。竟不
上岸，因还如期。后至蜀问君平，曰：某年月日有客星犯牵牛
宿。计年月正是此人到天河时也。"

田家杂兴　　八首录二

众人耻贫贱，相与尚膏腴。
我情既浩荡，所乐在畋渔。
山泽时晦冥，归家瘗闲居。
满园种葵藿；绕屋树桑榆。
禽雀知我闲，翱集依我庐。
所愿在优游，州县莫相呼。
日与南山老，兀然倾一壶。

其二

□刘须溪曰："渊明之趣。"

《易・系辞下》曰："以佃以渔。"案：佃，畋之通借字。○
扬子云《解嘲》曰："四皓采荣于南山。"《太平寰宇记》山南西
道商州上洛县引《帝王世纪》曰："南山曰商山，又名地肺山，
亦称楚山。"○刘伯伦《酒德颂》曰："兀然而醉。"

楚山有高士，梁国有遗老。

筑室既相邻，同田复同道。

糇糒常共饭，儿孙每更抱。

忘此耕耨劳；愧彼风雨好。

蟪蛄鸣空泽；鶗鴂伤秋草。

日夕寒风来，衣裳苦不早。

其六

□沈曰："此种真朴，右丞田家诗中未能道着。"

楚山见上。又《水经·丹水》注曰："楚水源出上洛县西南楚山，四皓隐于楚山，即此山也。"○《史记·老子韩非列传》曰："庄子者，蒙人也。"《集解》曰："《地理志》：蒙县属梁国。"案：梁国亦作梁园，则遗老似指邹阳、枚乘辈。《汉书·枚乘传》曰："梁王薨，乘归淮阴。"○《说文》曰："糇，熬米麦也；糒，干饭也。"（依段注本）《齐民要术》卷九作粳米糇糒法曰："取粳米沃洒作饭，暴令燥，捣细，磨。粗细作两种折。"○《易·系辞下》《释文》引孟喜曰："耨，芸除草。"○《庄子·逍遥游》《释文》曰："惠蛄，惠本亦作蟪。司马云，惠蛄，寒蝉也。"《楚辞·招隐士》曰："蟪蛄鸣兮啾啾。"《广雅·释虫》曰："蟪蛄，蛁蟧也。"《证类本草》卷二十一，蚱蝉，引陶隐居曰："蝉类甚多，寒螿九月十月中鸣，甚凄急，七月八月鸣者名蛁蟧，色青。"郝懿行《尔雅义疏》曰："今东齐人谓之德劳，或谓之都卢，扬州人谓之都蟧，以七月鸣，其鸣自呼，其色青碧，形小修长，顺天人谓之夫爹夫娘者也。"○《楚辞·离骚》曰："恐鹈鴂之先鸣兮，使百草为之不芳。"王逸注曰："鹈鴂一名买鶬，常以春分鸣也。"《文选》五臣作鶗鴂，扬子云《反离骚》作鶗鴃，张平子《思玄赋》作鶗鴂。李善注引服虔曰："鶗鴂一名鵙，伯劳也。"《广雅·释鸟》曰："鶗鴂，买鶬子鴂也。"案：子鴂又作子规，一名杜鹃。王念孙《广雅疏证》以王逸说为是，而不从服虔伯劳之说。

王少伯

　　王昌龄，字少伯，太原人。（《新唐书》作江宁人，《唐诗纪事》同。）开元十五年进士第，授汜水尉。又中宏辞，迁校书郎，后以不护细行，贬龙标尉。以世乱还乡里，为刺史闾丘晓所杀。《新唐书·文艺传》附《孟浩然传》，今依《唐才子传》。○殷璠曰："元嘉以还，四百年内，曹、刘、陆、谢风骨顿尽，顷有太原王昌龄、鲁国储光羲颇从厥迹，而王稍声峻。奈何晚节不矜细行，谤议沸腾，垂历遐荒，使知音叹惜。"

塞上曲　二首录一

　　一作《塞下曲》，凡四首，今依《乐府诗集》。○《乐府诗集》卷二十一曰：《晋书·乐志》曰：《出塞》《入塞曲》，李延年造。曹嘉之《晋书》曰：刘畴常避乱坞壁，贾胡百数欲害之，畴无惧色，援笳而吹之，为《出塞》《入塞》之声，以动其游客之思，于是群胡皆垂泣而去。按《西京杂记》曰：戚夫人善歌《出塞》《入塞》《望归》之曲。则高帝时已有之，疑不起于延年也。唐又有《塞上》《塞下曲》，盖出于此。"案：《塞上》《塞下曲》皆新乐府辞，见《乐府诗集》卷九十二。

蝉鸣桑树间，八月萧关道。
出塞复入塞，处处黄芦草。
从来幽并客，皆向沙场老。
莫学游侠儿，矜夸紫骝好。

　　桑树间一作空桑林。○《元和郡县志》曰："关西道原州平高县：萧关故城在县东南三十里。"《清统志》曰："甘肃平凉府：萧关在固原州东南。"案：今改固原县。○复入塞一作入塞寒。《乐府诗集》作"入塞云"。《汉书·地理志》曰："周既克殷，定官分职，改禹徐、梁二州，合之于雍、青，分冀州之地以为幽、并。"《隋书·地理志》曰："自古言勇侠者，皆推幽、并。"曹子建《白马篇》曰："借问谁家子？幽并游侠儿。"○向沙场一本作共尘沙。○《史记·游侠传》《集解》引荀悦曰："立气齐，作威福，结私交以立强于世者，谓之游侠。"○《乐府诗集》卷二十四引《古今乐录》曰："《紫骝马》，盖从军久戍怀归而作也。"杨炯《紫骝马》曰："金鞭控紫骝。"

斋　心

《庄子·人间世》曰："颜回见仲尼曰：回之家不饮酒，不茹荤者数月矣，如此则可以为斋乎？曰：是祭祀之斋，非心斋也。回曰：敢问心斋。仲尼曰：若一志，无听之以耳，而听之以心；无听之以心，而听之以气。听止于耳，心止于符。气也者，虚而待物者也。唯道集虚。虚者，心斋也。"

> 女萝覆石壁，溪水幽濛胧。
> 紫葛蔓黄花，娟娟寒露中。
> 朝饮花上露；夜卧松下风。
> 云英化为水，光采与我同。
> 日月荡精魄，寥寥天宇空。

《楚辞·九歌·山鬼》曰："被薜荔兮带女萝。"王逸注曰："女萝，兔丝也。"○濛胧，状水色。《说文新附》有朦胧字。○《证类本草》卷八引《图经》曰："葛藤蔓长一二丈，紫色。"○《证类本草》卷三曰："云母一名云英。"○宇一作府。

常　建

常建，长安人。开元十五年进士。大历中，为盱眙尉，颇不如意。后寓鄂渚，招王昌龄、张偾同隐，见《唐才子传》。○殷璠曰："建诗似初发康庄，却寻野径，百里之外，方归大道。所以其旨远，其兴僻，佳句辄来，唯论意表。"

弔王将军墓

嫖姚北伐时，深入强千里。
战馀落日黄，军败鼓声死。
尝闻汉飞将，可夺单于垒。
今与山鬼邻，残兵哭辽水。

□殷曰："属思既苦，词亦警绝。"刘须溪曰："形容古所未至。"

《汉书·霍去病传》曰："为票姚校尉，与轻勇骑八百斩捕首虏过当。"《史记·票骑将军传》作剽姚校尉，《索隐》引服虔音飘摇。又引大颜注、荀悦《汉纪》作票鹞。票鹞，劲疾之貌也。票音频妙反，鹞音弋召反。萧子显《日山西南隅行》曰："夫婿仕嫖姚。"○沈归愚曰："强千里，谓过于千里也。《木兰诗》'赏赐百千强'可证。"○《汉书·李陵传》曰："陵曰：吾士气少衰而鼓不起者，何也？"○《汉书·李广传》曰："广在郡，匈奴号曰汉飞将军。"○《楚辞·九歌》有《山鬼》。陆士衡《挽歌》曰："今托万鬼邻。"○《水经》曰："大辽水出塞外卫白平山，东南入塞，过辽东襄平县西，又东南过房县西，又东过安市县西南，入于海。又玄菟高句骊县有辽山，小辽水所出，西南至辽队县入于大辽水也。"案：大辽水即辽河，今名巨流河，在辽宁沈阳县西，流至海城县西入海。

西　山

　　西山盖即武昌樊山，苏子瞻有《武昌西山诗》，又有《游武昌寒溪西山寺诗》。赵次公注引《寰宇记》鄂州武昌樊山证之。今案《太平寰宇记》一百十二鄂州武昌县下曰："樊山在州西一百七十二里。"《清统志》曰："湖北武昌府：樊山在武昌县西五里，一名袁山，一名来山，一名西山，一名寿昌山，一名樊冈，上有九曲岭。"案：武昌县今改鄂城县。

一身为轻舟，落日西山际。
常随去帆影；远接长天势。
物象归馀清；林峦分夕丽。
亭亭碧流暗，日入孤霞继。
渚日远阴映；湖云尚明霁。
林昏楚色来；岸远荆门闭。
至夜转清迥，萧萧北风厉。
沙边雁鹜泊；宿处兼葭蔽。
圆月逗前浦，孤琴又摇曳。
泠然夜遂深，白露霑人袂。

　　□沈曰："步骤谢公。"

　　沈曰："此夜泊西山之作。一身为轻舟，言独身泛舟，舟犹身也。"○张平子《西京赋》曰："状亭亭以苕苕。"《寰宇记》曰："鄂州江夏县鄂渚：《舆地志》云：云梦之南是为鄂渚。"《清统志》曰："武昌府：鄂渚在江夏县西。"案：江夏县今改武昌县。○郭景纯《江赋》曰："荆门斗竦而盘薄。"《水经·江水注》曰："江水东历荆门、虎牙之间，荆门山在南，上合下开，其状似门。虎牙山在北。此二山，楚之西塞也。"《清统志》曰："湖北《荆州府》：荆门山在宜都县西北。"○《寰宇记》曰："鄂州江夏县：南浦在县南三里。"○《文选》江文通《杂体诗》注引司马彪《庄子·逍遥游》注曰："泠然，凉貌也。"○魏文帝《善哉行》曰："霜露霑人衣。"

李太白

李白字太白，陇西成纪人。凉武昭王暠九世孙。（李阳冰《草堂集序》）其先隋末徙西域。神龙初，遁还巴蜀。（《新唐书·文艺传》）盖尝寓居山东，（参用王琦《太白集注》之说）故亦称山东人。（《旧唐书·文苑传》）天宝初，至长安。贺知章言于明皇，诏供奉翰林，乞还山。后坐永王璘之乱，长流夜郎，会赦还，依族人当涂令阳冰卒。《旧唐书》入《文苑传》，《新唐书》入《文艺传》。○皮袭美（日休）曰：言出天地外，思出鬼神表，读之则神驰八极，测之则心怀四溟，磊磊落落，真非世间语者，则有李太白。"（《刘枣强碑文》）朱晦庵（熹）曰："李太白诗非无法度，乃从容于法度之中，盖圣于诗者也。"（《语类》卷一百四十）宋景濂（濂）曰："李太白宗风骚及建安七子，其格极高，其变化若神龙之不可羁。"（《答章秀才论诗书》）王元美（世贞）曰："五言选体及七言歌行，太白以气为主，以自然为宗，以俊逸高畅为贵。子美以意为主，以独造为宗，以奇拔沉雄为贵。其歌行之妙，咏之使人飘飘欲仙者，太白也；使人慷慨激烈，歔欷欲绝者，子美也。"（《艺苑卮言》）黄白山（生）曰："李、杜齐名，古今不敢轩轾。予谓太白才由天纵，故能以其高敌子美之大，至论其胎骨，则清新庾开府，俊逸鲍参军，杜之目李，确不可易。"（《杜诗说》）

古　风　五十九首录六

刘后村曰："太白《古风》与陈子昂《感遇》之作，笔力相上下，唐之诗人皆在下风。"（《品汇》引）

> 大雅久不作，吾衰竟谁陈？
> 王风委蔓草；战国多荆榛。
> 龙虎相啖食，兵戈逮狂秦。
> 正声何微茫？哀怨起骚人。
> 扬马激颓波，开流荡无垠。
> 废兴虽万变，宪章亦已沦。
> 自从建安来，绮丽不足珍。
> 圣代复元古，垂衣贵清真。
> 群才属休明，乘运共跃鳞。
> 文质相炳焕，众星罗秋旻。
> 我志在删述，垂辉映千春。
> 希圣如有立，绝笔于获麟。

其一

朱晦庵曰："李白诗不专是豪放，如首篇'大雅久不作'，多少和缓？"（《语类》）○王琢崖（琦）曰："徐昌谷谓首二句为一篇大旨，'绮丽不足珍'以上是申第一句意，'圣代复元古'以下是申第二句意，其说极为明了。"（《太白集注》）○《诗序》曰："雅者，正也，言王政所由废兴也。政有小大，故有小雅焉，有大雅焉。"○班孟坚《两都赋序》曰："王泽竭而诗不作。"○《礼记·王制》曰："命太史陈诗以观民风。"○《诗序》曰："《关雎》《麟趾》之化，王者之风。"○班孟坚《答宾戏》曰：

"于是七雄虓阚，分裂诸夏，龙战虎争。"○陶渊明《饮酒诗》曰："洙、泗辍微响，漂流逮狂秦。"○《史记·屈原传》曰："屈平正道直行，竭忠尽智，以事其君，谗人间之，可谓穷矣。信而见疑，忠而被谤，能无怨乎？屈平之作《离骚》，盖自怨生也。"梁昭明太子《文选序》曰："楚人屈原含忠履洁，君匪从流，臣进逆耳，深思远虑，遂放湘南，骚人之文，自兹而作。"○《汉书·艺文志》曰："大儒孙卿及楚臣屈原离谗忧国，皆作赋以风，咸有恻隐古诗之义。其后宋玉、唐勒，汉兴枚乘、司马相如，下及扬子云，竞为侈丽闳衍之词，没其风谕之义。"《文心雕龙·辨骚篇》曰："马、扬沿波而得奇。"又《程器篇》曰："彼扬、马之徒，有文无质。"○《水经·圣水》注曰："又东预波泻涧，一丈有馀。"俞汝昌《别裁》注引《庄子》注，波流颓靡，未是。彼注见《应帝王篇》，云变化颓靡，世事波流，无往而不因也。与此言水波之颓靡者不合。此类今不悉注，聊辨其误者于此。○《楚辞·远游》曰："其大无垠。"○《礼记·中庸》曰："宪章文武。"案：此谓诗之法度。○严羽《沧浪诗话》曰："建安，汉末年号。曹子建父子及邺中七子之诗为建安体。"王琢崖曰："自是而后，每降每变，下逮梁、陈、隋氏，靡丽极矣。世总谓之六朝体。"沈归愚曰："'不足珍'谓建安后世。《谢朓楼饯别》云：'蓬莱文章建安骨'，一语可证。"案《文心雕龙·明诗篇》曰："建安之初，五言腾踊。文帝、陈思纵辔以骋节；王、徐、应、刘望路而争驱。并慷慨以任气，磊落以使才。造怀指事，不求纤密之巧；驱辞逐貌，唯取昭晰之能。此其所同也。乃正始明道，诗杂仙心，何晏之徒，率多浮浅。唯嵇志清峻，阮旨遥深，故能标焉。晋世群才，稍入轻绮，张、潘、左、陆比肩诗衢，采缛于正始，力柔于建安"云云，可与太白此诗互证。○王曰："圣代谓李唐也。"○《易·系辞下》曰："黄帝、尧、舜垂衣裳而天下治。"○王彪之《登会稽刻石山诗》曰："腾龙跃鳞。"

○扬子云《羽猎赋》曰："焕若天星之罗。"《尔雅·释天》曰："秋曰旻天。"○李萧远《运命论》曰："孟轲、孙卿体二希圣。"○《左氏春秋经》："哀十四年春，西狩获麟。"杜预注曰："仲尼伤周道之不兴，感嘉瑞之无应，故因鲁《春秋》而修中兴之教，绝笔于获麟之一句，所感而作，固所以为终也。"

> 庄周梦胡蝶，胡蝶为庄周。
> 一体更变易，万事良悠悠。
> 乃知蓬莱水，复作清浅流。
> 青门种瓜人，旧日东陵侯。
> 富贵固如此，营营何所求？
> 　其九

萧粹可（士赟）曰："此诗，达生者之辞也。谓忽然为人，化为异物，忽为异物，化而为人，一体变易尚未能知，悠悠万事岂能尽知乎？况又何能知桑田沧海之变乎？故侯种瓜，富贵固如是也。既烛破此理，则尚何所求而营营苟苟以劳吾生哉？"（《李诗分类补注》）方植之曰："此言世事幻妄，不必营营富贵。"○《庄子·齐物论》曰："昔者庄周梦为胡蝶，栩栩然胡蝶也。自喻适志与，不知周也。俄然觉，则蘧蘧然周也。不知周之梦为胡蝶与，胡蝶之梦为周与？周与胡蝶则必有分矣，此之谓物化。"○葛洪《神仙传》曰："麻姑云：接侍以来，见东海三为桑田，向到蓬莱水，又浅于往者会时略半也，岂将复为陵陆乎？"○《史记·萧相国世家》曰："召平者，故秦东陵侯，秦破为布衣，贫种瓜于长安城东，瓜美，故世俗谓之东陵瓜。"《三辅黄图》曰："长安城东出南头第一门曰霸城门，民见门色青，名曰青城门，或曰青门。门外旧出佳瓜。"又见《水经·渭水》注。阮嗣宗《咏怀诗》曰："昔闻东陵瓜，近在青门外。"

天津三月时，千门桃与李。

朝为断肠花，暮逐东流水。

前水复后水，古今相续流。

新人非旧人，年年桥上游。

鸡鸣海色动，谒帝罗公侯。

月落西上阳，馀辉半城楼。

衣冠照云日，朝下散皇州。

鞍马如飞龙，黄金络马头。

行人皆辟易，志气横嵩丘。

入门上高堂，列鼎错珍羞。

香风引赵舞；清管随齐讴。

七十紫鸳鸯，双双戏庭幽。

行乐争昼夜，自言度千秋。

功成身不退，自古多愆尤。

黄犬空叹息；绿珠成衅仇。

何如鸱夷子，散发棹扁舟？

其十八

《唐宋诗醇》评曰："此刺当时贵幸之徒，怙侈骄纵而不恤其后也。"○《元和郡县志》曰："河南道河南府河南县：天津桥在县北四里，隋炀帝大业元年初造此桥以架洛水，用大缆维舟，皆以铁锁钩连之。然洛水溢，浮桥辄坏。贞观十四年，更令石工累方石为脚。《尔雅》：箕斗之间为天汉之津，故取名焉。"○刘希夷《公子行》曰："可怜桃李断肠花。"○海色动，谓日出时海水沸腾也。旧注以为海色比天色，亦通。○《旧唐书·地理志》曰："河南道东都：上阳宫在宫城之西南隅，南临洛水，西拒谷水，上阳之西隔穀水有西上阳宫，虹梁跨穀，行幸往来。皆高宗龙朔后置。"○谢玄晖《和徐都曹出新亭渚诗》曰："春色满皇州。"○《后汉书·皇后纪·明德马皇后诏》曰："前过濯龙门上，见外家问起居者，车如流水，马如游龙。"○《古乐府》《鸡鸣曲》《相逢行》《陌上桑》皆云："黄金络马头。"○《史记·项羽本纪》曰："赤泉侯人马俱惊，辟易数里。"《正义》曰："言人马俱惊，开张易旧处。"○《文选》潘安仁《怀旧赋序》曰："不历嵩丘之山者九年于兹矣。"李善注引陆机《洛阳记》曰："嵩高在洛阳东南五十里。"赋曰："前瞻太室，傍眺嵩丘。"注引《小说》（孙志祖谓当是殷芸《小说》）曰：昔博亮北征，在河中流，或问曰：潘安仁赋：前瞻太室，傍眺嵩丘，嵩丘、太室一山，何云前瞻傍眺哉？亮曰：有嵩丘山，去太室七十里，此是写书误耳。"河南郡《图经》曰："嵩丘在县西南十五里。"朱珔《文选集释》曰："《禹贡锥指》云：古时称嵩高为太室，韦昭、戴延之则兼二室并称，然前贤题咏犹以太室称嵩山，而少室仍其本名，故有嵩、少之目。余遍考河南《登封县志》，别无所谓嵩丘山者，则嵩丘即嵩少也，变文以叶韵。"步瀛案：潘赋以太室、嵩丘对举，故嵩丘当为少室，此诗嵩丘当即指嵩高，不必更事分别也。○左太冲《娇女诗》曰："从容好赵舞。"○《汉书·礼乐志》曰："齐讴员六人。"○《古乐府》《鸡鸣曲》《相逢行》皆云："鸳鸯七十二，罗列自成行。"《西京杂记》曰："茂陵富人袁广汉于北邙山下筑园，激水养白鹦鹉紫鸳鸯。"○《老子》曰："功遂身退天之道。"《史记·蔡泽传》："说应侯曰：功成不去，祸至于身。"○《史记·李斯传》曰："具斯五刑论，腰斩咸阳市。斯出狱顾谓其中子曰：吾欲与若复牵黄犬俱出上蔡东门，逐狡兔，岂可得乎？"○《晋书·石崇传》曰："崇有妓曰绿珠，美而艳，善吹笛。孙秀使人求之，崇尽出其婢妾数十人以示之，曰任所择。使者曰：本受命指索绿珠，不识孰是？崇勃然曰：绿珠吾所爱，不可得也。使者出而又反，崇竟不许。秀怒，乃劝伦（赵王伦）诛崇，秀矫诏收崇，崇谓绿珠曰：我今为尔得罪。绿珠泣曰：当效死于官前。因自投于楼下而死。崇母兄妻子无少长皆被害，死者十五人。"○《史记·货殖传》曰："范蠡既雪会稽之耻，乃乘扁舟浮于江湖，变名易姓，适齐为鸱夷子皮。"

郑客西入关，行行未能已。
白马华山君，相逢平原里。
璧遗镐池公，明年祖龙死。
秦人相谓曰：吾属可去矣。
一往桃花源，千春隔流水。

其三十一

□方植之曰："衍古高妙。"

陈秋舫曰："遁世避乱之词，托之游仙也。"○《史记·秦始皇本纪》曰："三十六年秋，使者从关东夜过华阴平舒道，有人持璧遮使者曰：为吾遗镐池君。因言曰：今年祖龙死。使者问其故，因忽不见，置其璧去。使者奉璧，具以闻。始皇默然良久曰：山鬼固不过知一岁事也。退言曰：祖龙者，人之先也。使御府视璧，乃二十八年行渡江所沉璧也。"《正义》引《括地志》曰："平舒故城在华州华阴县西北六里。"《集解》引服虔曰："镐池君，水神也。"张晏曰："武王居镐，镐池君则武王也。武王伐商，故神云始皇荒淫若纣矣，今亦可伐也。"孟康曰："长安西南有镐池。"《索隐》曰："按服虔云：水神是也。江神以璧遗镐池之神，告始皇之将终也。且秦水德王，故其君将亡，水神先自相告也。"阎若璩《潜丘劄记》（卷二）曰："余尝疑《秦始皇本纪》今字必明字之讹，证有二焉。一，果三十七年七月始皇崩于沙丘平台，其言验。一，始皇曰：山鬼固不过知一岁事。讥其伎俩仅知今年，若彼所云明年之事，彼岂能预知乎？幸其言不验。可谓妙解，而苦无文字可据。今读李白《古风》云云，乃知太白唐时所见《史记》本尚无讹。"（自注曰：太白诗本《搜神记》正作明年。）梁玉绳《史记志疑》曰："《汉书·五行志》引《史记》云：郑客从关东来，（自注曰：《初学记》引《史》作郑容。）至华阴望见素车白马从华山上下，知其非人，道住止而待之，遂至，持璧与客曰：为我遗镐池君，因言今年祖龙死。而晋干宝《搜神记》（卷四）及《水经注》十九引《春秋后传》，（自注曰：《后汉书·襄楷传》及《初学记》引乐资《春秋后传》同。）皆以郑客为郑容，以遗璧为致书，并有文石款梓之说，与《史》《汉》大异，真郦公所谓神道茫昧、理难辨测者也。至今年当依《搜神记》作明年为确，各处并误。《文选》潘岳《西征赋》注及《初学记》卷五引《史记》作明年，可补阎氏所未及。"○《唐宋诗醇》曰："平原当作平舒。"○桃花源见王摩诘诗注。

　　　　登高望四海，天地何漫漫！
　　　　霜被群物秋；风飘大荒寒。
　　　　荣华东流水，万事皆波澜。
　　　　白日掩徂晖；浮云无定端。
　　　　梧桐巢燕雀；枳棘栖鸳鸾。
　　　　且复归去来，剑歌《行路难》。
　　　其三十九

　　沈归愚曰："白日二语喻谗邪惑主，'梧桐'二语喻小人得志，君子失所。"○《山海经》有《大荒东、南、西、北经》。○《庄子·秋水篇》曰："夫鹓雏发于南海而飞于北海，非梧桐不止，非练实不食，非醴泉不饮。"《释文》引李云："鹓雏，鸾凤之属也。"案：鹓、鸳字通。郭景纯《江赋》曰："鸳雏弄翮乎山东。"○《后汉书·循吏·仇览传》："王涣谢遣曰：枳棘非鸾凤所栖。"○陶渊明有《归去来辞》。○《史记·孟尝君传》曰："冯驩弹其剑而歌。"○郭茂倩《乐府诗集》（卷七十）引《乐府解题》曰："《行路难》备言世路艰难及离别悲伤之意。"

桃花开东园，含笑夸白日。
偶蒙春风荣，生此艳阳质。
岂无佳人色？但恐花不实。
宛转龙火飞，零落早相失。
讵知南山松，独立自萧瑟？

其四十七

萧粹可曰："此诗谓士无实行偶然荣遇者，其宠衰则易至于弃捐，孰若君子之有特操者，独立而不改其节哉？其意却祖《荀子》：桃李倩粲于一时，时至而后杀，至于松柏，经隆冬而不凋，蒙霜雪而不变，可谓得其真矣。（今本《荀子》无此文，见《文选》左太冲《招隐诗》李善注引。）以此见古人作诗皆自学问中来也。"○阮嗣宗《咏怀诗》曰："东园桃与李。"○鲍明远《学刘公幹体诗》曰："艳阳桃李节。"○《文选·七命》曰："龙火西颓。"李善注曰："《汉书》（《天文志》）曰：东宫苍龙房心，心为火，故曰龙火也。"古乐府《艳歌行》曰："南山石嵬嵬，松柏何离离？"○《楚辞·九章·橘颂》曰："独立不迁。"○江文通《杂体诗》曰："松柏转萧瑟。"

赠何七判官昌浩

《新唐书·百官志》："节度使、观察使皆有判官、掌书记。"

有时忽惆怅，匡坐至夜分。

平明空啸咤，思欲解世纷。

心随长风去，吴北江曰："宕笔使局势开拓。"
吹散万里云。

羞作济南生，吴曰："转。"九十诵古文。

不然拂剑起，吴曰："再转。"沙漠收奇勋。

老死阡陌间，何因扬清芬？

夫子今管乐，英才冠三军。

终与同出处，岂将沮溺群？

　　□吴曰："起接超忽不平，一片奇气，其志意英迈，乃太白本色。"

　　《楚辞·九辩》曰："惆怅兮而私自怜。"○《庄子·让王篇》曰："匡坐而弦。"《释文》引司马彪曰："匡，正也。"○《后汉书·清河孝王庆传》曰："常夜分严装，衣冠待明。"李贤注曰："分，半也。"○《诗·江有汜》郑笺曰："啸者蹙口而出声。"张茂先《壮士篇》曰："啸咤起清风。"○《赵策》三："鲁连笑曰：所贵于天下之士者，为人排患释难解纷而无所取也。"○《宋书·宗悫传》："悫曰：愿乘长风破万里浪。"○《史记·儒林传》曰："伏生者，济南人也。故为秦博士。孝文时，欲求能治《尚书》者，天下无有，乃闻伏生能治，欲召之。是时伏生年九十馀，老不能行。于是乃诏太常使掌故朝错往受之。秦时焚书，伏生壁藏之，其后兵大起流亡，汉定，伏生求其书，亡数十篇，独得二十九篇，即以教于齐、鲁之间。"吴先生曰："汉氏言《尚书》有今文古文，其别以伏、孔二家。二家经皆出壁中，皆古文，而以今文读之。欧阳、夏侯受伏氏读，不见其壁中书。壁中书本古文也。"○《史记·秦本纪》《索隐》引《风俗通》曰："南北曰阡，东西曰陌。河东以东西为阡，南北为陌。"《汉书·成帝纪》颜注曰："阡陌，田间道也。"○陆士衡《文赋》曰：

"诵先人之清芬。"○《蜀志·诸葛亮传》曰："每自比于管仲、乐毅。"○《文选·答苏武书》曰："陵先将军义勇冠三军。"○《论语·微子篇》曰："长沮、桀溺耦而耕。"《集解》引郑注曰："长沮、桀溺隐者也。"朱异《东还田宅诗》曰："终非沮、溺群。"

经下邳圯桥怀张子房

《史记·留侯世家》曰："留侯张良者，其先韩人也。秦灭韩，良家僮三百人，弟死不葬，悉以家财求客刺秦王，为韩报仇。良尝学礼淮阳，东见仓海君，得力士，为铁椎，重百二十斤。秦皇帝东游，良与客狙击秦皇帝博浪沙中，误中副车。秦皇帝大怒，大索天下，良乃更名姓亡匿下邳。良尝闲从容步游下邳圯上。有一老父衣褐至良所，直堕其履圯下，顾谓良曰：孺子下取履，良愕然欲殴之，为其老，强忍，下取履。父曰：履我。良业为取履，因长跪履之。父以足受，笑而去。去里所，复还，曰：孺子可教矣。后五日平明与我会此。良跪曰：诺。五日平明，良往，父已先在，怒曰：与老人期，后何也？去曰：后五日早会。五日鸡鸣，良往，父又先在，复怒曰：后何也？去曰：后五日复早来。五日，良夜未半往，有顷父亦来，喜曰：当如是。出一编书曰：读此则为王者师矣。后十年兴，十三年，孺子见我，齐北谷城山下黄石即我矣。遂去。旦日视其书，乃太公兵法也。"《汉书·张良传》曰："字子房。"《史记集解》引徐广曰："圯，桥也。东楚谓之圯，音怡。"《索隐》曰："按《地理志》，下邳县属东海。"又云："邳在薛，后徙此，有上邳，故此云下邳。李奇云：上、下邳人谓桥为圯。文颖云：沂水上桥也。"《水经·沂水》注曰："沂水于下邳县北西流分为二水，一水迳城东屈从县南注泗，谓之小沂水，水上有桥，徐、泗间以为圯。昔张子房遇黄石公于圯上，即此处也。"《元和郡县志》河南道泗州下邳县说沂水与《水经注》

同。《清统志》曰："江苏徐州府：下邳故城在邳州东，圯桥在邳州城东南隅，年久湮没。"（邳州今改县）王注曰："或嗤诗题'圯桥'二字为复，按庾信《吴明彻墓志铭》曰：圯桥取履，早见兵书。则圯桥之称唐之前早已有此误矣。

　　　　　子房未虎啸，破产不为家。
　　　　　沧海得壮士，椎秦博浪沙。
　　　　　报韩虽不成，天地皆振动。
　　　　　潜匿游下邳，岂曰非智勇？
　　　　　我来圯桥上，怀古钦英风。
　　　　　唯见碧流水；曾无黄石公。
　　　　　叹息此人去，萧条徐泗空。

□英骏雄迈，句句挟飞腾之势。

陆士衡《汉高祖功臣颂》曰："龙兴泗滨，虎啸丰谷。"○仓海君有四说。《汉书》注引晋灼曰："海神也。"《集解》引如淳曰："秦郡县无仓海，或曰东夷君长。"颜引如淳曰："东夷君长也。"颜师古曰："盖当时贤者之号也。"沈钦韩《汉书疏证》曰："《越绝》云：楚威王灭无疆，无疆之子侯窃自立为君长。仓海君盖诸粤之君长。"以上四说惟海神之说不足取，其馀三说未审孰是。○《汉书·地理志》河南郡阳武县原注曰："有博狼沙。"颜注曰："狼音浪。"《水经·渠水》注曰："清沟水又东北迳沈清亭，疑即博浪亭也。"服虔曰："博浪，阳武南地名也，今有亭，所未详也。历博浪泽。昔张良为韩报仇于秦，以金椎击秦始皇不中，中其副车于此。"《索隐》曰："按今浚仪西北四十里有博浪城。"《太平寰宇记》曰："河南道河南府阳武县：博浪沙亭在县东南五里，即张良为韩报仇击始皇之所。"《清统志》曰："河南怀庆府：阳武故城在阳武县东南。"○《留侯世家》曰："留侯乃称曰：家世相韩，及韩灭，不爱万金之资，为韩报仇强秦，天下振动。"○《汉书·张良等传赞》曰："闻张良之智勇，以为其貌魁梧奇伟，反若妇人女子，故孔子称以貌取人失之子羽。"○《留侯世家》《正义》曰："孔文祥云：黄石公须眉皆白，状杖丹藜，履赤舄。"○《水经·泗水》注曰："漷水西迳薛县故城北。《竹书纪年》：梁惠成王三十一年，邳迁于薛，改名徐州。"又曰："泗水又东南迳下邳故城西，故东海属县也。应劭曰：奚仲自薛徙居之，故曰下邳也。"《元和郡县志》曰："河南道泗州：后魏于此置东徐州。"

望鹦鹉洲怀祢衡

《后汉书·文苑传》曰："祢衡，字正平，平原般人也。建安初，来游许下，善鲁国孔融，融数称述于曹操。操欲见之，而衡素相轻疾，自称狂病，不肯往，而数有恣言。操怀忿，以其才名，不欲杀之，乃召为鼓史，因大会宾客。衡为《渔阳参挝》，声节悲壮，听者莫不慷慨。吏诃之曰：鼓史何不改装？衡于是先解衵衣，次释馀服，裸身而立，徐取岑牟单绞而着之，毕复参挝而去，颜色不怍。操笑曰：本欲辱衡，衡反辱孤。孔融退而数之，因宣操意。衡许往，乃着布单衣疏巾，手持三尺棁杖，坐大营门，以杖捶地大骂。吏请收案罪，操怒，谓融：衡竖子，孤杀之犹雀鼠耳。顾此人有虚名，远近将谓孤不能容之，今送与刘表，视当如何。刘表及荆州士大夫先服其才名，甚宾礼之。后复侮慢于表，表耻不能容，以江夏太守黄祖性急，故送衡与之。祖亦善待焉。祖长子射（音亦）尤善于衡。射时大会宾客，人有献鹦鹉者，射举卮于衡曰：愿先生赋之。衡揽笔而作，文无加点，辞采甚丽。后黄祖在蒙冲船上大会宾客，而衡言不逊顺，祖惭，乃诃之。衡更熟视曰：死公云等道！祖大怒，令五百将出，欲加箠。衡方大骂，祖恚，遂令杀之。祖主簿素疾衡，即时杀焉。射徒跣来救不及，祖亦悔之，乃厚加棺敛。衡时年二十六。"《水经·江水》注曰："沔左有却月城，故曲陵县也。后乃沙羡县治。祢衡亦遇害于此。衡恃才倜傥，肆狂狷于无妄之世，保身不足，遇非其死，可谓咎悔之深矣。江之右岸有船官浦，直鹦鹉洲之下尾。"《太平御览·地部》三十四引《江夏记》曰："鹦鹉洲在县北。案《后汉书》曰：黄祖为江夏太守，黄祖太子射宾客大会，有献鹦鹉于此洲，故以为名。"（《寰宇记》同）《舆地纪胜》曰："荆湖北路鄂州：鹦鹉洲旧自城南跨城西大江中。尾直黄鹄矶，黄祖杀祢衡处。衡尝作《鹦鹉赋》，故遇害之处得名。"《海录碎事》曰："黄祖杀祢衡，埋于沙洲之上，后人因号其洲为鹦鹉洲，以衡尝为《鹦鹉赋》故也。"《清统志》曰："湖北武昌府：鹦鹉洲在江夏县（今改武昌县）西南二里，祢衡墓在鹦鹉洲，今沦于江。"

　　　　魏帝营八极，蚁观一祢衡。
　　　　黄祖斗筲人，杀之受恶名。
　　　　吴江赋《鹦鹉》，落笔超群英。
　　　　锵锵振金玉，句句欲飞鸣。
　　　　鸷鹗啄孤凤，千春伤我情。
　　　　五岳起方寸，隐然讵可平？
　　　　才高竟何施？寡识冒天刑。
　　　　至今芳洲上，兰蕙不忍生。

　　此以正平自况，故极致悼惜，而沉痛语以骏快出之，自是太白本色。○起二句言正平轻魏武，鸷鹗比黄祖，孤凤比正平，才高寡识，用孙登谓嵇康之言，乃痛惜相怜之词，激起末句言芳草亦不忍生也。若以寡识为讥正平之短，则与上句不相应，且与结句之意亦不合矣。○《论语·子路篇》曰："斗筲之人何足算也?"《集解》引郑玄注曰："筲,竹器,容斗二升。"○《周礼·春官·大宗伯》郑注曰："五岳:东曰岱宗,南曰衡山,西曰华山,北曰恒山,中曰嵩高山。"○《晋书·隐逸·孙登传》曰:"嵇康从之游,将别谓曰:先生竟无言乎?登曰:用光在乎得薪,所以保其耀;用才在乎识真,所以全其年。今子才多识寡,难乎免于今之世矣。"○《楚辞·九歌·湘夫人》曰:"采芳洲兮杜若。"

拟　古　十二首录三

长绳难系日,自古共悲辛。
黄金高北斗,不惜买阳春。
石火无留光,还如世中人。
即事已如梦,后来我谁身?
提壶莫辞贫,取酒会四邻。
仙人殊恍惚,未若醉中真。

其三

曾涤生曰:"此讬为痛饮者,及时行乐之意。"○傅休奕《九曲歌》曰:"岁莫景迈群光绝,安得长绳系白日?"○王注曰:"《唐书·尉迟敬德传》:王曰:公之心如山岳然,积金至斗,岂能移之?又唐人诗,'身后堆金柱北斗',疑当时俚语有此。"○《文选》潘安仁《河阳县作》曰:"颍如槁石火。"李善注引古乐府诗曰:"凿石见火能几时?"

月色不可扫,客愁不可道。
玉露生秋衣,流萤飞百草。

日月终销毁，天地同枯槁。

蟪蛄啼青松，安见此树老？

金丹宁误俗，昧者难精讨。

尔非千岁翁，多恨去世早。

饮酒入玉壶，藏身以为宝。

其八

吴先生曰："此小年不及大年之旨，金丹、千岁翁皆不朽之喻。"〇蟪蛄见储光羲诗注。〇《抱朴子·金丹篇》曰："余考览养性之书，鸠集久视之方，莫不以还丹金液为大要者焉。然则此二事盖仙道之极也。服此而不仙，则古来无仙矣。余谓诸道士以神丹金液之事及三皇文召天神地祇之法，了无一人知之者，其夸诞自誉及欺人云己久寿，及言曾与仙人共游者，将太半矣，足以与尽微者甚尠矣。"〇《后汉书·方术传》曰："费长房者，汝南人也。曾为市掾。市中有老翁卖药，悬一壶于肆头，及市罢，辄跳入壶中，市人莫之见，唯长房于楼上睹之，异焉。因往再拜奉酒脯。翁谓之曰：子明日可更来。长房旦日复诣翁，翁乃与俱入壶中，唯见玉堂严丽，旨酒甘肴，盈衍其中，共饮毕而出。"

生者为过客；死者为归人。

天地一逆旅，同悲万古尘。

月兔空捣药；扶桑已成薪。

白骨寂无言；青松岂知春？

前后更叹息，浮荣何足珍？

其九

吴先生曰："此言浮荣难久，当厉不凋之节。"〇《古诗》曰："人生天地间，忽如远行客。"〇《列子·天瑞篇》曰："古者谓死人为归，夫言死人为归人，则生人为行人矣。"○《左》僖二年杜注曰："逆旅，客舍也。"○傅休奕《拟天问》曰："月中何有？白兔捣药。"○《海外东经》曰："汤谷上有扶桑，十日所浴。"《淮南子·天文篇》曰："日出于旸谷，浴于咸池，拂于扶桑。"《古诗》曰："松柏摧为薪。"

杜子美

杜甫，字子美，其先本襄阳人。（朱长孺鹤龄注曰："《晋书·杜预传》云：京兆杜陵人。又《周书·杜叔毗传》云：其先京兆人，徙居襄阳。《唐书·宰相世系表》载襄阳杜氏出自预少子尹。公自称预十三叶孙，其为尹之后明矣。其族本出杜陵，故诗每称杜陵野老。"）后徙河南巩县。天宝十载，献《三大礼赋》，召试文章，擢河西尉，不拜，改右卫率府胄曹参军。安禄山陷京师，子美避走三川。肃宗即位灵武，自鄜州欲奔行在，陷贼中，亡走凤翔上谒，拜左拾遗。以论救房琯，出为华州司功参军。关辅饥乱，寓居同谷县。后入蜀依节度使严武，表为参谋，检校工部员外郎。大历中，下江陵，沂湘流，游衡山，欲往郴州依舅氏崔伟，因至耒阳卒。《旧唐书》入《文苑传》，《新书》入《文艺传》。○韩退之《调张籍诗》曰："李杜文章在，光焰万丈长。"元微之曰："子美上薄风、雅，下该沈、宋，言夺苏、李，气吞曹、刘，掩颜、谢之孤高，杂徐、庾之流丽，尽得古今之体势而兼文人之所独专矣。诗人以来，未有如子美者。"（《子美墓系铭》）蔡傅卿（梦弼）曰："山谷《黄鲁直诗话》曰：子美作诗，退之作文，无一字无来处，盖后人读书少，故谓韩、杜自作此语耳。古人之为文章，直能陶冶万物，虽取古人陈言入翰墨，如灵丹一粒点铁成金也。"（《草堂诗话》）朱晦庵曰："杜子美以稷、契自许，未知做得与否，然子美却高，其救房琯亦正。"（《语类》百四十）〇（刘金门凤诰《杜工部诗话》谓少陵生平大节在疏救房琯一事，本此。）又曰："作诗先用看李、杜，如士人治本经，本既立，次第方可看苏、黄以次诸家诗。"（同上）严仪卿（羽）曰："李、杜二公不当优劣。太白有一二妙处，子美不能道；子美有一二妙处，太白不能作。"（《沧浪诗话》）《岘佣说诗》曰："少陵五言古，千变万化，尽有汉、魏以来之长，而改其面目。故于唐以前为变体，于唐以后为大宗，于三百篇为嫡支正派。"方植之曰："大抵飞扬峥兀之气，峥嵘飞动之势，一气喷薄，真味盎然，沉郁顿挫，苍凉悲壮，随意下笔而皆具元气，读之而无不感动心脾者，杜公也。"又曰："欲学杜、韩，须先知义法粗胚，如刿意（去浮浅俗陋）、造言（忌平显习熟）、选字（与造言同，同去陈熟。）、章法（有奇有正，无一定之形。）、起法（有破空横空而来，有快刃劈下，有巨笔重压，有勇猛涌现，有往复跌宕，有峥嵘飞动。从鲍、谢来者多是凝对，山谷多用此体，以避迂缓平冗。）、转接（多用横、逆、离三法，断无顺接、正接。）、气脉（草蛇灰线多即用之以为章法者）、笔力截止（恐冗絮说不尽也）、不经意助语闲字（必坚老生稳）、倒截逆挽不测豫吞（此最是精神旺处，与一直下者不同，《孟子》《庄子》多此法。）、离合（专言行文）、伸缩（专言叙事）、事外曲致（专言写情景）、意象大小远近皆令逼真（情真景真，能感人动人。）、顿挫（往往用之未转接前）、交代（题面题之情事归宿意恉）、参差（专用之行文局陈叙情事）。而其秘妙尤在于声响不肯驰骤，故用顿挫以回旋之；不肯全使气势，故用截止以笔力斩截之；不肯平顺说尽，故用离合横截逆提倒补插遥接。至于意境高古雄深，则存乎其人之学问道义胸襟，所谓本领不徒向文字上求也。"

望　岳

《尔雅·释山》曰："泰山为东岳。"《元和郡县志》曰："河南道兖州乾封县：泰山一曰岱宗，在县西北三十里。"案：在今山东泰安县北五里。

　　岱宗夫如何？齐鲁青未了。刘须溪曰："只五字雄盖一世。"

　　造化锺神秀，阴阳割昏晓。吴北江曰："此十字气象旁魄，与岱岳相称。"

　　荡胸生曾云，决眦入归鸟。吴曰："奇情写望岳之神。"

　　会当凌绝顶，一览众山小。浦二田曰："透过一层收。"吴曰："抱负不凡。"

　□邵子湘曰："语语奇警。"

《白虎通·巡守篇》曰："东山为岱宗者何？言万物更相代于东方也。"《风俗通·山泽篇》曰："泰山，山之尊者，一曰岱宗。岱，始也；宗，长也。万物之始，阴阳交代，故为五岳之长。"（今本有误，据《书·舜典疏》订。）○《史记·货殖传》曰："泰山之阳则鲁，其阴则齐。"○孙兴公《游天台山赋序》曰："天台者，盖山岳之神秀。"○《九家注》："赵次公曰：上句言山之灵异，下句又言其山之长，如《史记》言昆仑日月所相避隐为光明也。"（《大宛传》）蔡傅卿（梦弼）曰："割者，分也，言泰山之高大，日月出没相隐避，迭为昏晓也。"（《会笺》）○蔡曰："曾通作层，积也。言山之高，云势积叠而起，人登山故云气荡其胸。《公羊传》：触石而出，肤寸而合，不崇朝而遍天下者，泰山之云也。（僖三十一年，遍下有雨乎二字，泰山之云也作唯泰山尔四字。）张衡《南都赋》：清水荡其胸。公借用之。"〇蔡曰：
"眦，目睫也。言山之高，观望之远，目眦决裂入于飞鸟之归处。
司马相如《子虚赋》：弓不虚发，中心决眦。公亦借用之也。"仇
沧柱（兆鳌）曰："曹植《冬猎篇》：张目决眦。"（《详注》）〇蔡
曰："《孟子·尽心上篇》：孔子登泰山而小天下。《扬子·学行
篇》：升东岳而知众山之逦迤。"

奉赠韦左丞丈二十二韵

《九家注》："鲍文虎曰：韦济，韦嗣立子。天宝中授尚书
右丞，史有传，附嗣立后。"（《新唐书》嗣立附《韦思谦传》
后）〇《唐六典》（卷一）曰："尚书省左丞一人，正四品上。
左右丞掌管辖省事，纠举宪章，以辨六官之仪制而正百僚之文
法，分而视焉。"

纨袴不饿死；儒冠多误身。邵子湘曰："起突
兀，二语一肚皮牢骚愤激，信口冲出。"〇王嗣奭曰：
"儒冠误身，乃通篇之主，纨袴句特伴语耳。"

丈人试静听，贱子请具陈。杨西河曰："开出
全篇。"吴曰："局势甚大，故以淡笔开拓。"

甫昔少年日，早充观国宾。

读书破万卷，下笔如有神。张廉卿曰："二语
沉雄，杜诗专以沉雄擅长，然此二语乃自道所得，乃其
所以沉雄之由也。"

赋料扬雄敌；诗看子建亲。

李邕求识面；王翰愿卜邻。

自谓颇挺出，立登要路津。

致君尧舜上，再使风俗淳。吴曰："反跌下文

有神力，四句一气读。"○以上自陈素志。

此意竟萧条，吴曰："转笔隽快。"行歌非隐沦。

骑驴十三载，旅食京华春。

朝扣富儿门；暮随肥马尘。

残杯与冷炙，到处潜悲辛。此等皆是加倍写法，实事杜公当不至此。

主上顷见征，歘然欲求伸。

青冥却垂翅，蹭蹬无纵鳞。以上自陈失意。

甚愧丈人厚；刘须溪曰："入得磊落。"吴曰："接笔奇矗。"甚知丈人真。

每于百寮上，猥诵佳句新。

窃效贡公喜；鸡甘原宪贫。

焉能心怏怏？只是走踆踆。吴曰："语中截断多少语，所谓呜咽之音也。"

今欲东入海；吴曰："此下雄奇万变，苍莽无端，不可一世矣。"即将西去秦。

尚怜终南山，吴曰："兜转万钧神力。"回首清渭滨。

常拟报一饭，况怀辞大臣？

白鸥没浩荡，万里谁能驯。吴曰："收束尤超恣奇横，神变不测。"

蔡曰："纨袴谓贵游子弟之服。《班固传序》（当云《汉书叙传》）：班伯与王、许子弟为群，在于绮襦纨袴之间，非其好也。"○《九家注》曰："《前汉·郦食其传》：沛公不喜儒，诸客冠儒冠来者，辄解其冠溺其中。"○应休琏《百一诗》曰："避席跪自陈，贱子实空虚。"○蔡曰："甫于开元二十五年尝预京兆荐贡。"

步瀛案：子美《壮游诗》曰："忤下考功第，独辞京兆堂。"《唐摭言》（卷一）言："开元二十四年用礼部侍郎主考。"此云考功，则考功员外郎主之，当在二十三年。蔡说非也。○《易·观卦》六四曰："观国之光，利用宾于王。"○蔡曰："《前汉·扬雄传》：先是司马相如作赋甚丽，雄心壮之。每作赋常拟之以为式。《世说》（《文学篇》）：魏文帝尝令弟东阿王曹植七步成诗。植字子建。"（《魏志》有传）赵彦材（次公）曰："亲字亲近之亲，言与之近也。"（《九家注》引）○蔡曰："李邕，江都人。《新唐书》：甫少贫不自振，客齐、赵、吴、越间，李邕奇其才，先往见之。"（《新唐书·文艺传》）赵曰："《新书》误矣，公在洛阳时，李邕先与相见，其后邕为北海太守，遇公于齐州，又相见，至青州又相见。《八哀诗》于李邕篇云：'伊昔临淄亭，酒酣托末契。'则相见于青州。又云：'重叙故都别，朝阴改轩砌。'则追言洛阳相见事。则《新唐书》之误以再见为始面矣。"○《九家注》曰："唐王翰，并州晋阳人。"（见《新书·文艺传》）钱受之（谦益）曰："旧注载《唐史拾遗》杜华母使华与王翰卜邻事，伪书杜撰，今削去"。（《笺注》）○《文选·古诗》曰："何不策高足，先据要路津？"○《孟子·万章上》曰："伊尹曰：吾岂若使是君为尧、舜之君哉？"○赵曰："桓谭《新论》曰：天下神人五，一曰神仙，二曰隐沦。"（《文选·江赋》注引同）○诸本十三载作三十载。仇注本依卢注作十三载，曰："公两至长安，初自开元二十三年赴京兆之贡，后以应诏到京，在天宝六载，为十三载也。他本作三十载，断误。"○《颜氏家训·杂艺篇》曰："今世曲解虽变于古，犹足以畅神情也。唯不可令有称誉，见役勋贵处之下坐，以取残羹冷炙之辱。"○鲁季钦（訔）曰："天宝六载丁亥，公应诏退下。元结《喻友》曰：天宝六载诏天下有一艺诣毂下，李林甫相国命尚书省皆下之，遂贺野无遗贤于庭。"（《年谱》）○《说文》曰："歘，有所吹起也，读若忽。"《文选·西京赋》

薛综注曰："欻之言忽也。"○《易·系辞下》曰："尺蠖之屈，以求信也。"《释文》曰："信本又作伸。"○《楚辞·九章·悲回风》曰："据青冥而摅虹兮，遂儵忽而扪天。"○《后汉书·冯异传》曰："降玺书劳异曰：始虽垂翅回谿，终能奋翼渑池。"○木玄虚《海赋》曰："蹭蹬穷波。"王子渊《圣主得贤臣颂》曰："沛乎若巨鱼纵大壑。"○《书·皋陶谟》曰："百僚师师。"案：寮、僚字通。○《后汉书·隗嚣传》注曰："猥犹滥也。"○《汉书·王贡两龚鲍传》曰："王吉，字子阳，与贡禹为友。世称王阳在位，贡公弹冠。"刘孝标《广绝交论》曰："王阳登而贡公喜。"○《庄子·让王篇》曰："原宪居鲁，子贡往见原宪，原宪杖藜而应门。子贡：嘻！先生何病？原宪应之曰：宪闻之，无财谓之贫，学道而不能行谓之病。今宪贫也，非病也。子贡逡巡而有愧色。"○《说文》曰："怏，不服怼也。"《汉书·韩信传》："居常鞅鞅。"颜注曰："鞅鞅，志不满也。"案：鞅即怏之借字。○《九家注》曰："踆踆，走貌。张平子《西京赋》：大雀踆踆。"○《元和郡县志》曰："关内道京兆府万年县：终南山在县南五十里，渭水在县北五十里。"案：唐万年县在今陕西长安县东。○王仲宣《七哀诗》曰："南登灞陵岸，回首望长安。"潘安仁《西征赋》曰："北有清渭浊泾。"○《史记·范睢〔雎〕传》曰："一饭之恩必偿。"《后汉书·李固传》："奏记梁商曰：窃感古人一饭之报。"注曰："谓灵辄也。"（灵辄事见《左传》宣二年。）○苏子瞻《仇池笔记》曰："近人轻以意改书。杜子美云，'白鸥没浩荡'，盖没灭于烟波间。而宋敏求云鸥不解没，改作波，觉一篇神气索然。"赵次公曰："范淑衷甫云：《禽经》曰：凫善浮，鸥善没，则没字却是沉没之没。"仇曰："《易林》（《需之师》）凫游江海，没行千里。此没字所本。"○颜延年《五君咏》（嵇中散）曰："龙性谁能驯？"

范元实（温）曰："此诗前贤录为压卷，盖布置最得正体，如官府甲第，厅堂房室各有定处，不可乱也。"（《潜溪诗眼》。案：此据《苕溪渔隐丛话》前集引。）朱长孺（鹤龄）曰："韦必尝荐公而不达，故有踆踆去国之思。今犹未忍决者，以眷眷大臣也。然去志终不可回，当如白鸥之远泛江湖耳。意最委折，而语非乞怜。范元实但称其布置得体，未为知言。"（《辑注》）○孙少魏（宗鉴）曰："或问荆公，杜诗何故妙绝古今？公曰：老杜固尝言之；读书破万卷，下笔如有神。"（《东皋杂录》）

同诸公登慈恩寺塔

蔡笺本塔字下有"时高适、薛据先有此作"九字。蔡曰："《西京杂记》（即韦述《两京新记》）：西京外郭城朱雀街东第三桥（《长安志》作街）、皇城之东第一街进业坊（《长安志》作进昌坊），隋无漏寺之故地，武德初废，贞观二十年，高宗在春宫时报其母文德皇后，为之祈福，即其地建寺，故名慈恩。南院临黄渠，竹木森邃，为京城之最。西院浮图六级，高三百尺。永徽三年沙门玄奘所立，浮图内有梵本诸经，浮图前东阶立太宗皇帝撰《三藏圣教叙》及高宗皇帝《述圣记》二碑，并褚遂良书。"李肇《国史补》："进士既捷，列名于慈恩寺塔，谓之题名。"《清统志》曰："陕西西安府：慈恩寺在咸宁县东南（今并入长安县），曲江北。"郑东甫（杲）曰："同犹和也，诸公先有登慈恩塔诗，公登塔见诗而和之也。"（《杜诗钞》）步瀛案：子美有《奉同郭给事汤东灵湫作》。奉同犹奉和也。以彼证此，郑说是。

高标跨苍天，烈风无时休。
自非旷士怀，登兹翻百忧。杨曰："凭空写意中语入，便尔耸特，亦早伏后一段。"
方知象教力，足可追冥搜。

仰穿龙蛇窟，始出枝撑幽。仇曰："此叙登塔之事。"

七星在北户，河汉声西流。

羲和鞭白日；少昊行清秋。杨曰："四句仰望。"浦曰："羲和二句见时序。"

秦山忽破碎，泾渭不可求。

俯视但一气，焉能辨皇州？杨曰："四句俯望，各极神妙。"

回首叫虞舜，苍梧云正愁。

惜哉瑶池饮，日晏昆仑丘。仇曰："回首二句思古，惜哉二句伤今。"

黄鹄去不息，哀鸣何所投？

君看随阳雁，各有稻粱谋。

□杨曰："前半写尽穷高极远，可喜可愕之趣。入后尤觉对此茫茫百端交集，所谓浑涵汪茫、千汇万状者，于此见之。视同时诸作，其气魄力量，自足压倒群贤，雄视千古。"

左太冲《蜀都赋》曰："阳乌回翼乎高标。"○天一作穹。《尔雅·释天》曰："穹苍，苍天也。"○鲍明远《放歌行》曰："小人自龊龊，安知壮士怀？"○《文选·头陀寺碑文》曰："正法既没，象教陵夷。"李善注引昙无罗谶曰："释迦佛正法住世五百年，像法一千年，末法一万年。"五臣注："李周翰曰：象教谓为形象以教人也。"○孙兴公《天台山赋序》曰："非夫远寄冥搜，笃信通神者，何肯遥想而存之？"○《文选·鲁灵光殿赋》曰："枝掌权枒而斜据。"李善注曰："《说文》曰：掌，柱也。"（《说文·木部》曰："樘，邪柱也。"李盖因正文改。徐锴《系传》引《鲁灵光殿赋》作堂，然堂、掌皆樘之俗字，俗又作撑。）五臣注："翰曰：枝掌，梁上交木也。"《黄山谷别集·杜诗笺》

曰："慈恩塔下数级皆枝撑洞黑，出上级乃明。"○《史记·天官书》曰："北斗七星。"《诗·绸缪》曰："三星在户。"赵曰："《吴都赋》：开北户以向日。于塔言户，则《法华经》云佛以右手指开宝塔户（见《宝塔品》）是也。"○《诗·大东》曰："维天有汉。"毛传曰："汉，天河也。"《广雅·释天》曰："天河谓之天汉。"魏文帝《杂诗》曰："天汉回西流。"○《离骚》曰："吾令羲和弭节兮。"王逸注曰："羲和，日御也。"○《礼记·月令》曰："孟秋之月，其帝少皞。"案：皞、昊字通。○朱曰："秦山谓终南诸山，登高望之，大小错杂，如破碎然。泾、渭二水从西北来，远望则不可求其清浊之分也。"○《礼记·檀弓上》曰："舜葬于苍梧之野。"《文选》谢玄晖《新亭渚别范零陵诗》曰："云去苍梧野。"李善注引《归藏启筮》曰："有白云出自苍梧，入于大梁。"○《穆天子传》三曰："天子觞西王母于瑶池之上，西王母为天子谣。"钱曰："唐人多以王母喻贵妃，瑶池日晏，言天下将乱而宴乐之不可以为常也。"朱曰："慈恩寺浮屠前东阶立太宗撰《三藏圣教序碑》，又寺本为文德皇后祝釐之所。回首二句，公即所见而追感昭陵，叫虞舜喻意太宗，苍梧云愁以二妃比文德，瑶池日晏则隐刺贵妃也。"《杜诗博议》曰："高祖号神尧皇帝，太宗受内禅，故以虞舜苍梧言之。"郑东甫曰："穆王好游，西陟昆仑，与西王母饮于瑶池，喻明皇挟贵妃纵乐于骊山也。《笺注》以王母喻贵妃是也。"○《韩诗外传》二："田饶谓哀公曰：臣将去君，黄鹄举矣。"○《书·禹贡》扬州："阳鸟攸居。"伪《孔传》曰："随阳之鸟，鸿雁之属。"○刘孝标《广绝交论》曰："分雁鹜之稻粱。"○朱曰："《文章正宗》引师尹注云：此诗讥明皇荒乐，不若虞舜，瑶池饮，言王母以比贵妃，昆仑丘以比骊山，黄鹄哀鸣以比高飞远引之徒，阳雁稻粱以比贪禄恋位之徒。按：末以黄鹄哀鸣自比，而叹谋生之不若阳雁，盖忧乱之词。"

自京赴奉先县咏怀五百字

蔡曰："天宝十四载十一月初作。按：是月安禄山反于范阳，甫时妻子留奉先，故甫往省家焉。奉先盖唐之蒲城县，属同州，开元四年改为奉先县，以奉睿宗桥陵也。"步瀛案：改奉先县后并改隶京兆府，唐奉先县，今陕西蒲城县治。○朱曰："《旧书·玄宗纪》：天宝十四载冬十月壬辰，幸华清宫，故诗中言骊山事特详。又按十一月九日禄山反书至长安，玄宗犹未信，故此言欢娱聚敛，致乱在旦夕，而不及禄山反状也。"

　　杜陵有布衣，老大意转拙。
　　许身一何愚？窃比稷与契。
　　居然成濩落，白首甘契阔。
　　盖棺事则已，此志常觊豁。仇曰："此自述生平大志。"吴曰："句句挺。"
　　穷年忧黎元，叹息肠内热。
　　取笑同学翁，吴曰："再衬一句最神足。"浩歌弥激烈。
　　非无江海志，吴曰："再挺再纵。"萧洒送日月。
　　生逢尧舜君，不忍便永诀。
　　当今廊庙具，构厦岂云缺？吴云："再开。"
　　葵藿倾太阳，物性固莫夺。仇曰："此志在得君济民。"
　　顾惟蝼蚁辈，但自求其穴。
　　胡为慕大鲸，辄拟偃溟渤？
　　以兹悟生理，独耻事干谒。

兀兀遂至今，忍为尘埃没。

终愧巢与由，未能易其节。吴曰："再转。"

沉饮聊自遣，放歌颇愁绝。仇曰："此自伤抱志莫伸。"○自首至此为第一段，皆自述生平怀抱。吴曰："第一段一句一转，一转一深，几于笔不着纸，而悲凉沉郁，愤慨淋漓，文气横溢纸上，如生龙活虎不可控揣。太史公、韩昌黎而外，无第三人能作此等文字，况诗乎？诗中惟杜公一人也。"

岁暮百草零，仇曰："挺起。"疾风高冈裂。

天衢阴峥嵘，客子中夜发。

霜严衣带断，指直不得结。张上若曰："写出严寒之状。"

凌晨过骊山，御榻在嵽嵲。仇曰："此过骊山有慨。"

蚩尤塞寒空，蹴踏崖谷滑。

瑶池气郁律，羽林相摩戛。

君臣留欢娱，乐动殷樛嶱。

赐浴皆长缨；与宴非短褐。仇曰："此记骊山游幸之迹。"

彤廷所分帛，本自寒女出。吴曰："此下忽提笔发出绝大议论，警湛生动，独有千古。"

鞭挞其夫家，聚敛贡城阙。

圣人筐篚恩，实欲邦国活。吴曰："再回护朝廷一笔，此等处掉转最难，而文势益超骏矣。"

臣如忽至理；君岂弃此物？

多士盈朝廷，仁者宜战栗。仇曰："此讥当时赐予之滥。"

况闻内金盘，尽在卫霍室。吴曰："从分帛加倍折到秦、虢之骄横。"

中堂舞神仙，烟雾蒙玉质。

暖客貂鼠裘，悲管逐清瑟；

劝客驼蹄羹，霜橙压香橘。杨曰："乐府法，亦用隔句对。"

朱门酒肉臭，路有冻死骨。杨曰："拍到路上无痕。"吴曰："一句折落，悲凉无际。"

荣枯咫尺异，惆怅难再述。仇曰："此刺当时外戚之奢。"○自岁暮百草零至此为第二段。杨曰："次叙道途所闻见而致慨于国奢民困，此正忧端最切处。"吴曰："第二段因过骊山而叹骄淫之蕴乱。"

北辕就泾渭，官渡又改辙。

群水从西下，极目高崒兀。

疑是崆峒来；恐触天柱折。

河梁幸未坼，枝撑声窸窣。

行旅相攀援，川广不可越。仇曰："此忆途次仓皇情状。"

老妻寄异县，十口隔风雪。

谁能久不顾？庶往共饥渴。

入门闻号咷，幼子饿已卒。

吾宁舍一哀，里巷亦呜咽。

所愧为人父，无食致夭折。

岂知秋未登，贫窭有仓卒？仇曰："此述家人穷困境况。"

生常免租税；名不隶征伐。

抚迹犹酸辛，平人固骚屑。

默思失业徒；因念远戍卒。

忧端齐终南，澒洞不可掇。仇曰："末以悯乱作结，身世之患深矣。"张廉卿曰："数语回斡无迹，所谓更觉良工心独苦也。"○自北辕就泾、渭至末为第三段。吴曰："归家恸子，因发无穷远感。"

　　□邵曰："《咏怀》《北征》皆杜集大篇，子美自许沉郁顿挫，碧海鲸鱼，后人赞其铺陈排比，浑涵汪茫，正是此种。学杜须从大处着眼，方不落一知半解。"张上若曰："逼真汉、魏，却不蹈袭汉、魏人一语。"杨曰："五古前人多以质厚清远胜，少陵出而沉郁顿挫，每多大篇，遂为诗道中另辟一门径。无一语蹈袭汉、魏，正深得其神理。此及《北征》尤为集内大文章。老杜平生大本领，所谓巨刃摩天、乾坤雷硠者，惟此种足以当之。"张廉卿曰："杜公此等诗实足上嗣风雅。"

　　《汉书·地理志》：杜陵县属京兆尹。《元和郡县志》曰："关内道京兆府万年县：杜陵在县东南二十里，汉宣帝陵也。"《长安志》曰："杜陵故城在万年县东南一十五里，少陵原在县南四十里，宣帝许皇后葬于此。"朱曰："杜甫家在焉，故自称杜陵老，亦曰少陵也。"○《论语·述而》曰："窃比于我老彭。"《史记·五帝本纪》曰："禹拜稽首让于稷、契。"○《庄子·逍遥游》曰："瓠落无所容。"《释文》引司马彪："瓠音护。"引梁简文帝云："瓠落犹廓落也。"○《诗·击鼓》曰："死生契阔。"毛传曰："契阔，勤苦也。"○《韩诗外传》八："孔子曰：学而不已，阖棺乃止。"○《汉书·谷永传》："永对曰：使天下黎元咸安家乐业。"《诗·天保》郑笺曰："黎，众也。"《后汉书·光武纪》注曰："元元谓黎庶也。"○《庄子·人间世》："叶公子高曰：今

吾朝受命而夕饮冰，我其内热与？"○江文通《别赋》曰："谁能
摹暂离之状、写永诀之情者乎？"○《汉书·郦陆朱刘叔孙传赞》
曰："廊庙之材非一木之枝。"江文通《杂体诗》曰："大厦须异
材，廊庙非庸器。"潘正叔《赠王士元诗》曰："广厦构异材。"
○《淮南子·说林篇》曰："圣人之于道，犹葵之与日也。虽不
能与始终哉，其乡之诚也。"曹子建《求通亲亲表》曰："若葵藿
之倾叶，太阳虽不为之回光，然终向之者，诚也。"○《易林·
震之蹇》曰："蚁封户穴，大雨将集。"○木玄虚《海赋》曰：
"其鱼则横海之鲸，突杌孤游，戛岩嶅，偃高涛。"《汉书·扬雄
传》注引《字林》曰："渤溟，海别名也。"鲍明远《代君子有所
思行》曰："穿地类溟渤。"○嵇叔夜《养生论》曰："悟生理之
易失。"○兀兀，犹矹矹也。《汉书·王褒传》："终日矹矹。"应
劭曰："劳极貌。"（韩集《进学解》：恒兀兀以穷年。祝氏注引
《王褒传》释之。）阮嗣宗《咏怀》曰："巢、由抗高节。"○自遣
一本遣作适。○何屺瞻（焯）曰："放歌所以为欢，而翻云愁绝
者，为有失业徒、远戍卒，隐忧方大，难以自遣也。"（《义门读
书记》）○《易·大畜》上九曰："何天之衢。"李鼎祚《集解》
引虞翻曰："衢，四出交通。"○《后汉书·班固传》李贤注曰：
"峥嵘，高峻也。"○《太平寰宇记》曰："关西道雍州昭应县：
骊山在县东南二里，温汤出于山下。"案：在今陕西临潼县东南。
○《元和郡县志》曰："京兆府昭应县：华清宫在骊山上，开元
十一年初置温泉宫，天宝六年改为华清宫，又造长生殿名为集灵
台，以祀神也。"○《文选》张平子《西京赋》曰："直墆霓以高
居。"薛综注曰："墆霓，高貌也。"李善注曰："墆，徒结切；
霓，五结切。"案：墆霓、墆嵲音近通用。《广韵》十六屑曰：
"墆嵲，高山。"《集韵》作山高。○钱曰："《皇览》：蚩尤冢在东
［平］郡寿张县阚乡城中，高七丈，民常七月祀之，有赤气出如
匹绛帛，民名为蚩尤旗。（案：见《史记·五帝本纪》《集解》

引。）余按此正十一月初，借蚩尤以喻兵象也。"吴北江曰："《古今注》：蚩尤能作大雾，故谓雾为蚩尤，钱笺兵象云云非也。"步瀛案：此就雾说，与下句崖谷滑最合，但径以蚩尤为雾，古籍无征，存以备考。○《文选》张平子《西京赋》曰："隐嶙郁律。"胡绍煐曰："皆不平之貌。司马相如《大人赋》：径入雷室之砰磷郁律兮。山不平谓之隐嶙，亦谓之郁律，犹气不平谓之砰磷，亦谓之郁律，其义同也。"（《文选笺证》）○《唐会要》卷二十七曰："垂拱元年置羽林军。"《汉书·百官公卿表》注曰："羽林亦宿卫之官，言其如羽之疾，如林之多也。"○钱曰："《开元天宝遗事》：贵妃生日，宴长生殿，南方适进荔枝，因以《荔枝香》为曲。刘禹锡《华清宫诗》：言昔太上皇，常居此祈年。空中闻清乐，往往来列仙。"○樛葛，蔡从王琦、吴若本作崛嶱，曰："欧阳公、王荆公改樛嶱作胶葛。司马相如《上林赋》：张乐乎胶葛之㝢。注：旷远深貌。（郭璞注）扬雄《甘泉赋》：其相胶葛。注：胶葛犹言胶加也。（《汉书》颜注）《鲁灵光殿赋》：洞洞�轇轕。其字又不同。"步瀛案：樛嶱与胶葛同。《史记·司马相如传》作轇轕，《甘泉赋》《文选》作胶轕，亦不尽作胶葛也，不必改。○钱曰："《津阳门诗》注曰：宫内除供奉两汤池，内外更有汤十六所。长汤每赐诸嫔御，其修广与诸汤不侔，甃以文瑶密石，中央有玉莲华捧汤，喷以成池。又缝缀锦绣为凫雁，置于水中。上时于其间泛钑镂小舟以嬉游焉。次西曰太子汤，又次西少阳汤，又次西尚食汤，又次西宜春汤，又次西长汤十六所，今惟太子、少阳二汤存焉。《安禄山事迹》：禄山及戏水，杨国忠兄弟、虢国秭妹并至新丰，所止之处皆赐御膳，至温泉赐浴，将士并赐浴、赐食、赐钱。玄宗计日幸望春宫以待。"朱曰："《明皇杂录》：上尝于华清宫中置长汤数十赐从臣浴。"○《韩子·外储说左上》曰："邹君好服长缨，左右皆服长缨甚贵。"○《史记·秦始皇本纪》末载贾谊《过秦》曰："夫寒者利裋褐。"《集解》

引徐广曰："一作短，小襦也，音竖。"《索隐》曰："赵岐曰：褐以毛毳织之，若马衣，或以褐编衣也，一音竖。盖谓褐布竖裁为劳役之衣，短而且狭，故谓之短褐，亦曰竖褐。"班孟坚《西都赋》曰："玉阶彤庭。"〇郭泰机《答傅咸诗》曰："皎皎白素丝，织为寒女衣。"〇唐人称天子曰圣人。《通鉴·唐纪》三十四：军士指肃宗曰："衣黄者，圣人也。"又哥舒翰对安禄山曰："臣肉眼不识圣人。"（时禄山已称帝矣。）皆呼天子为圣人之证。〇《诗序》曰："《鹿鸣》，燕群臣嘉宾也，既饮食之，又实币帛筐篚以将其厚意。"〇《梁书·王珍国传》："高祖手敕曰：爱人活国，甚副吾意。"浦二田（起龙）曰："言厚赐群臣，望其活国，如共佚豫，便同弃掷矣。此以责臣者讽君也。"（《读杜心解》）〇《淮南子·人间篇》："尧戒曰：战战栗栗，日慎一日。"〇《九家注》曰："内金盘，尚方器用也。"赵曰："卫青、霍去病皆以后戚而贵（《史记》《汉书》皆有传），以比杨国忠辈。"〇司马长卿《子虚赋》曰："眇眇忽忽，若神仙之髣髴。"〇蒙玉质，蒙亦作散。《艺文类聚·乐部》引张平子《观舞赋》曰："粉黛施，玉质粲。"〇《说文》曰："貂，鼠属，大而黄黑，出胡丁零国。"《赵策》一曰："李兑送苏秦黑貂之裘。"〇驼蹄羹未详。《千家注》引苏曰："陈思王制驼蹄羹，一瓯费千金。"恐伪造故事托于东坡，不足据也。〇《文选》郭景纯《游仙诗》曰："朱门何足荣？"李善注引《十洲记》曰："臣故舍韬隐而赴王庭，藏养生而侍朱门矣。"〇《艺文类聚·人部》八引王孙子《新书》曰："楚庄王攻宋，厨有臭肉，罇有败酒，将军子重谏曰：今君厨肉臭而不可食，罇酒败而不可饮，而三军之士皆有饥色。"《魏志·袁术传》曰："后宫数百，皆服绮縠，馀粱肉，而士卒冻馁，江、淮间皆空。"〇仇曰："自京赴奉先，从万年县（今长安县东）渡浐水东至昭应县（今临潼县），去京六十里。又从昭应渡泾、渭北至奉先县，去京二百四十里。骊山在昭应东南二里，温泉出焉。又泾、渭二水交会于昭应之北。故云北辕就泾、渭。其官渡改辙在唐时亦迁徙无常，大抵在昭应之间为奉先便道耳。"○《后汉书·马融传·广成颂》曰："北辕反旆。"○朱曰："泾、渭诸水皆从陇西而下，故疑来自崆峒也。"仇曰："群水或作群冰，非。"○蔡曰："崒兀，高峻貌。"○《元和郡县志》曰："陇右道岷州溢乐县：崆峒山在县西二十里。"案：今甘肃岷县西。○《列子·汤问篇》曰："共工氏与颛顼争为帝，怒而触不周之山，折天柱，绝地维。"王嗣奭曰："天柱折乃隐语，忧国家将覆也。"○仇曰："枝撑，河梁交柱。窸窣，桥动有声也。李贺《神絃曲》：纸钱窸窣鸣飙风。窸窣盖唐人方言也。"○《左》僖三十年："烛之武曰：行李之往来，共其乏困。"○谢希逸《月赋》曰："川路长兮不可越。"○寄异县，寄亦作既。○《易·同人》九五曰："同人先号咷而后笑。"《释文》曰："号咷，啼呼也。"○饿已卒，饿亦作饥。○《楚辞·九叹·思古》曰："风骚屑以摇木兮。"王注曰："骚屑，风声貌。"案：此喻摇动不安之意。○《淮南子·精神篇》曰："澒蒙鸿洞，莫知其门。"高注曰："皆无形之象。"

苏子瞻（轼）曰："子美自比稷与契，人未必许也。然其诗云：舜举十六相，身尊道益高。秦时用商鞅，法令如牛毛。（《述古》）此自是契、稷辈人口中语也。"（《评子美诗》）

述　怀

黄叔似（鹤）曰："此当是至德二载夏拜拾遗后作。"（《补注》）案：肃宗至德元载，子美自鄜州奔赴行在，至长安陷贼中。二年四月得出，谒肃宗凤翔，授左拾遗。

去年潼关破，妻子隔绝久。
今夏草木长，脱身得西走。

麻鞋见天子，衣袖露两肘。

朝廷愍生还；亲故伤老丑。

涕泪受拾遗，流离主恩厚。张廉卿曰：“真朴之中，弥复湛至。”

柴门虽得去，未忍即开口。

寄书问三川，不知家在否？仇曰：“此受职行在而回念家室也。”

比闻同罹祸，杀戮到鸡狗。

山中漏茅屋，谁复依户牖？

摧颓苍松根，地冷骨未朽。吴曰：“逆折一笔，悲凉沉郁。”

几人全性命，尽室岂相偶？

嵚岑猛虎场，郁结回我首。

自寄一封书，今已十月后。

反畏消息来，申凫盟曰：“非身经丧乱，不知此语之真。”寸心亦何有？仇曰：“此寄书至家，恐其遭乱难保也。”

汉运初中兴，吴曰：“突起。”生平老耽酒。

沉思欢会处，恐作穷独叟。仇曰：“末伤家信杳然，又恐存亡莫必也。”吴曰：“收极凝重，所谓盛得水住者。”

□杨曰：“亦以朴胜，词旨深厚，却非元、白率意可比。公诗只是一味真。”吴曰：“此等皆血性文字，至情至性郁结而成，生气淋漓，千载犹烈。其顿挫层折行气之处，与《史记》《韩文》如出一手，此外不可复得矣。”

《旧唐书·玄宗纪》曰：“天宝十五载六月辛卯，哥舒翰至潼关，为其帐下火拔归仁（蕃将）以左右数十骑执之降贼，关门不守，京师大骇。"《元和郡县志》曰："关内道华州华阴县：潼关在县东北三十九里，关西一里有潼水，因以名关。"案：在今陕西潼关县。○陶渊明《读山海经诗》曰："孟夏草木长。"○《中华古今注》（卷中）曰："麻鞋起自伊尹，以草为之，名曰草屩。周文王以麻为之，名曰麻鞋。"《能改斋漫录》（卷七）曰："王叡《炙毂子》云：夏、商以草为屩。《左氏》曰：扉履也，至周以麻为之，谓之麻鞋，贵贱皆着之。晋永嘉中以丝为之，宫中妃嫔通着。"○《庄子·让王》曰："曾子居卫，缊袍无表，捉衿而见肘。"○《唐六典》（卷八）曰："门下省，左拾遗二人，从八品上，掌供奉讽谏，扈从乘舆。凡发令举事有不便于时，不合于道，大则廷议，小则上封。"又（卷九）曰："中书省，右拾遗二人，从八品上，如左拾遗之职。"○钱曰："唐授左拾遗诰：襄阳杜甫，尔之才德，朕深知之，今特命为宣义郎行左拾遗，授职之后，宜勤是职，毋怠。命中书侍郎张镐赍符告谕。至德二载五月十六日行。右敕用黄纸，高广皆可四尺，字大二寸许，年月有御宝，宝方五寸许。今藏湖广岳州府平江县裔孙杜富家。"○蔡曰："柴门指妻子所居，三川是也。"○《元和志》曰："关内道鄜州三川县：古三川郡，以华池水、黑源水、洛水三川同会，因得名。"案：唐三川县在今陕西鄜县西。○朱曰："按《通鉴》，禄山初反，自京畿鄜、坊至于岐、陇皆附之（《唐纪》三十四）。时所在寇夺，故公以家之罹祸为忧。"○蔡曰："山中茅屋谓羌村之所居也。"又曰："甫复自料必有得全其性命者，虽尽室获保全其生，亦无得相偶聚，必至于东西散徙也。"○《文选·思玄赋》曰："慕历阪之钦崟。"案：钦崟、钦岑同，又同礝磝。《吴都赋》刘渊林注曰："礝磝，山深险连延之状。"又同嶜岑。《南都赋》李善注曰："嶜岑，高峻之貌。"○猛虎场，赵次公曰："以虎喻贼之暴也。"○赵梦授（子栎）曰："十月后非冬之十月也，公往问家室，乃在闰八月初吉耳，此诗在闰八月之前所作也。"（蔡笺引）○蔡曰："中，竹仲反，以光武比肃宗也。"朱曰："《东皋杂录》云：《诗·烝民》《序》：任贤使能，周室中兴焉。陆德明《释文》：中，张仲反。故老杜云：'今朝汉社稷，新数中兴年。'又：'百年垂死中兴时。'古人留意音训如此。"步瀛案：唐人于中兴之中字平、去两读。如宋之问《入泷州江诗》云："运启中兴历，时逢域外清。"则平声读。王观国《学林》（卷二）谓中字有钟、众二音。音钟者，在二者之中，首尾均也。音众者，首尾不必均，但在二者之间耳。中兴者，在一世之间，因王道衰而有能复兴者，斯谓之中兴，首尾先后不必均也。案：此说强为分析，失之凿矣。又案：《汉书·宣帝纪赞》曰："可谓中兴，侔德殷宗、周宣矣。"汉之中兴者，不必专指光武。○蔡曰："汉《霍光传》：昌邑夜饮，湛沔于酒。颜师古曰：湛读曰沉，又读曰耽。沉沔，荒迷酒也。"○末二句，仇曰："正恐家室尽亡，将来欢会之处反成穷独之人耳。"

玉华宫

《旧唐书·太宗纪》曰："贞观二十一年七月，建玉华宫于宜君县之凤皇谷。"《元和志》曰："关内道鄜州宜君县：玉华宫在县北四里。贞观二十年奉敕营造，当时以为清凉胜于九成宫。永徽二年有诏废宫为寺。"《清统志》曰："陕西鄜州：玉华宫在宜君县西南。"案：此子美还鄜州道中作。

溪回松风长，苍鼠窜古瓦。

不知何王殿，遗构绝壁下。张廉卿曰："横插
'不知何王殿'二语最妙，太史公往往如此。"

阴房鬼火青；坏道哀湍泻。

万籁真笙竽，秋色正萧洒。蒋弱六曰："二句

点缀尤为凄绝。"仇曰："首记旧宫凄凉。"

美人为黄土，况乃粉黛假。

当时侍金舆；故物独石马。

忧来藉草坐，浩歌泪盈把。

再冉征途间，谁是长年者？仇曰："此抚遗迹
而增感也。"○刘须溪曰："起结凄黯，读者殆难为怀。"

□邵曰："简远凄凉，以少许胜人多许。"吴曰："矜炼跌宕，
诗境极为沉郁。"

蔡曰："晋苻坚墓近玉华宫，墓前有醹醁溪，盖谓溪色如酒
色之碧也。"○浦曰："明是唐时所建而曰不知何王，以本朝旧物
一旦荒凉，有不忍言者也。"○仇曰："陆机《登台赋》：步阴房
而夏凉。"朱曰："《说文》：燐，鬼火也。宋张珉《游玉华宫记》：
宜君县有山曰玉华，其南有野火谷，望之如爨烟，莫知所自。野
火之西曰凤皇谷，则置宫之地也。"○《列子·天瑞篇》曰："人
血之为鬼火也。"《淮南子·氾论篇》曰："久血为燐。"《诗·东
山》疏引许慎注曰："兵死之血为鬼火。"《楚辞·九思》曰："鬼
火兮荧荧。"○《说文》曰："湍，疾濑也。"○《庄子·齐物
论》："子游曰：地籁则众窍是已，人籁则比竹是已。敢问天籁？
子綦曰：夫吹万不同，而使其自已也，咸其自取，怒者其谁邪？"
左太冲《吴都赋》曰："鸣条畅律，飞音响亮。盖象琴筑并奏，
笙竽俱唱。"○美人二句，赵曰："有隋辇而死葬者矣，惟公相去
之近能知之。"蔡曰："美人乃殉葬木偶，已朽为黄土矣。"案：
二说不同，赵意以为随辇美人死葬宫侧者，似近之。○江文通
《恨赋》曰："丧金舆及玉乘。"○《文选·古诗》曰："所遇无故
物，焉得不速老？"○仇曰："《西京杂记》：张丞相墓前有石马。"
步瀛案：此疑借昭陵石马为喻。《唐会要》（卷二十）曰："上欲
阐扬先帝徽烈，乃令匠人琢石，写诸蕃长十四人列于陵司马北门

内。又刻石为常所乘破敌马六匹于阙下。"○《离骚》曰："老冉冉其将至兮。"《文选·悼亡诗》李善注曰："冉冉，岁月流貌也。"○孙兴公《登天台山赋》曰："孰长年之能执？"

《容斋随笔》（卷十五）曰："张文潜暮年在宛丘，何大圭方弱冠，往谒之，凡三日，见其吟哦此诗不绝口，大圭请其故，曰：此章乃风雅鼓吹。"

北　征

蔡曰："归至凤翔墨制放往鄜州作。"钱曰："《流别论》曰：更始时班彪避难凉州，发长安至安定，作《北征赋》（《文选·北征赋》注引）。公遭禄山之乱，自行在往鄜州，故以《北征》命篇。"

皇帝二载秋，闰八月初吉。
杜子将北征，苍茫问家室。
维时遭艰虞，朝野少暇日。
顾惭恩私被，诏许归蓬荜。
拜辞诣阙下，怵惕久未出。
虽乏谏诤姿，恐君有遗失。张上若曰："曲折沉至。"
君诚中兴主，杨曰："伏结末意，紧接上句，斡旋得体。"经纬固密勿。
东胡反未已，臣甫愤所切。
挥涕恋行在，道途犹恍惚。
乾坤含疮痍，忧虞何时毕？
靡靡逾阡陌，人烟眇萧瑟。
所遇多被伤，呻吟更流血。

回首凤翔县，旌旗晚明灭。

前登寒山重，屡得饮马窟。

邠郊入地底，泾水中荡潏。

猛虎立我前，苍崖吼时裂。

菊垂今秋花；石戴古车辙。

青云动高兴，幽事亦可悦。吴曰："哀痛恻怛之中，忽转入幽事可悦，此之谓夭矫变化。"

山果多琐细，罗生杂橡栗。

或红如丹砂；或黑如点漆。张廉卿曰："此与'夜深经战场'数语，就途中所见随手生出波绉，兴象最佳，须玩其风神萧飒闲淡之妙。"

雨露之所濡，甘苦齐结实。

缅思桃源内，益叹身世拙。

坡陀望鄜畤，岩谷互出没。

我行已水滨；我仆犹木末。

鸱鸟鸣黄桑，野鼠拱乱穴。

夜深经战场，寒月照白骨。

潼关百万师，往者散何卒？

遂令半秦民，残害为异物。

况我堕胡尘，及归尽华发。

经年至茅屋，妻子衣百结。

恸哭松声回，悲泉共幽咽。

平生所娇儿，颜色白胜雪。

见耶背面啼，垢腻脚不袜。

床前两小女，补绽才过膝。

海图坼波涛，旧绣移曲折。

天吴及紫凤，颠倒在裋褐。吴曰："沉至中乃
具恢诡意境，大家意兴所到，辄具数种笔墨，唯《史
记》、杜诗能之，韩公尚不数见也。"

老夫情怀恶，呕泄卧数日。

那无囊中帛，救汝寒凛栗？

粉黛亦解苞，衾裯稍罗列。

瘦妻面复光，痴女头自栉。

学母无不为，晓妆随手抹。

移时施朱铅，狼籍画眉阔。张廉卿曰："叙到
家以后情事，酣嬉淋漓，意境非诸家所有。"

生还对童稚，似欲忘饥渴。

问事竞挽须，谁能即嗔喝？

翻思在贼愁，甘受杂乱聒。

新归且慰意，生理焉得说？蒋曰："忽然截住，
万钧之力。"

至尊尚蒙尘，几日休练卒？张廉卿曰："忽入
时事，笔力绝人。"

仰观天色改；坐觉妖氛豁。

阴风西北来，惨澹随回纥。吴曰："此下至末，
气势驱迈，淋漓雄直。"

其王愿助顺；其俗喜驰突。

送兵五千人；驱马一万匹。

此辈少为贵，四方服勇决。

所用皆鹰腾，破敌过箭疾。

圣心颇虚伫，时议气欲夺。

伊洛指掌收，西京不足拔。

官军请深入，蓄锐何俱发？

此举开青徐；旋瞻略恒碣。

昊天积霜露，正气有肃杀。

祸转亡胡岁，势成擒胡月。

胡命其能久？皇纲未宜绝。杨曰："应起处东
胡二句，特作快语。皇纲句又开下。"○吴曰："气象旁
魄，语语有擎天拔地之势。"

忆昨狼狈初，事与古先别。

奸臣竟菹醢，同恶随荡析。

不闻夏殷衰，中自诛褒妲。

周汉获再兴，宣光果明哲。

桓桓陈将军，仗钺奋忠烈。

微尔人尽非，于今国犹活。

凄凉大同殿；寂寞白兽闼。

都人望翠华，佳气向金阙。

园陵固有神，扫洒数不缺。

煌煌太宗业，树立甚宏达。吴曰："收极英迈
壮烈。"

　□李子德曰："大如金鹏浮海，细如玉管候灰。上关庙谟，
下具家乘。其材则海涵地负，其力则排山倒岳。有极尊严处，有
极琐细处。繁处有千门万户之象，简处有急弦促柱之悲。元河南
谓其具一代兴亡，与风雅相表里，可谓知言。"《岘佣说诗》曰：
"《奉先咏怀》及《北征》是两篇有韵古文，后人无此才气，无此
学问，无此境遇，无此襟抱，不能作。然细绎其中阳开阴合、波
澜顿挫，殊足增长笔力，百回读之，随有所得。"

　　赵曰："皇帝肃宗至德二载，公自凤翔归鄜州，此之谓北征

也。"苍茫，荒寂之貌。《诗·小明》：二月初吉。案毛传曰："初吉，朔日也。"○《九家注》曰："时房琯得罪，甫上言琯罪细，不宜免。帝怒诏三司推问，甫谢，因称琯宰相子，少自树立，有大臣体。帝不省录，诏放甫归鄜省家。"○傅长虞《赠何劭王济诗》曰："身归蓬荜庐。"《世说新语·栖逸篇》注引袁宏《孟处士铭》曰："栖迟蓬荜之下。"○《汉书·刘向传》：向上封事引诗曰："密勿从事。"颜注曰："密勿，犹黾勉也。"（《毛诗·十月之交》作黾勉从事，刘向从《鲁诗》。）○赵曰："东胡指言安庆绪也。至德二载正月乙卯，安庆绪弑其父禄山而袭伪位。"○蔡邕《独断》（卷上）曰："天子以四海为家，故谓所居为行在所。"○疮与创同。《说文》曰："痬，伤也。"○《诗·黍离》曰："行迈靡靡。"毛传："靡靡，犹迟迟也。"王仲宣《从军诗》曰："悠悠涉荒路，靡靡我心愁。四望无烟火，但见林与丘。"○《文选》魏武帝《短歌行》曰："越陌度阡，枉用相存。"李善注引《风俗通》曰："里语云：越陌度阡，更为主客。"○《列子·周穆王篇》曰："尹氏有老役夫，昼则呻吟而即事。"○仇曰："元年十月，房琯有陈陶之败。二年，郭子仪复有清渠之败。故云'呻吟更流血'。"○《元和郡县志》曰："凤翔府天兴县：至德二年分置凤翔县。"案：今陕西凤翔县治。○《水经·河水》注三曰："余每读《琴操》，见《琴慎相和雅歌录》云：饮马长城窟。及其跋涉斯途，远怀古事，始知信矣。"（《文选·饮马长城窟》李善注引作余至长城，其下往往有泉窟可饮马。古诗《饮马长城窟行》，信不虚也。赵一清以为盖橐括其辞。）○唐关内道邠州治新平县，今陕西邠县治。《清统志》曰："邠州，泾水绕其北，邠崖峙其南。"○扬子云《甘泉赋》曰："窥地底而上回。"浦曰："入地底正显四面之高。"○张思光《海赋》曰："东西荡潏。"○《吕氏春秋·恃君篇》曰："冬日则食橡栗。"高注曰："橡，皁斗也，其状似栗。"○司马长卿《哀二世赋》曰："登陂陀之长坂兮。"○《史记·封禅书》曰：

"秦文公梦黄蛇自天下属地，其口止于鄜衍，于是作鄜畤。"《秦本纪》《索隐》曰："畤，止也，言神灵之所依止也。亦音市，谓为坛以祭天也。"〇《关尹子·三极篇》曰："圣人师拱鼠制礼。"陆佃《埤雅》（卷十一）曰："今一种鼠见人则交其前足而拱，谓之礼鼠，亦或谓之拱鼠。"罗愿《尔雅翼》（卷二十三）曰："今河东有大鼠，能人立，两脚交于颈上。"〇《旧唐书·哥舒翰传》曰："安禄山反，上以封常清、高仙芝丧败，召翰入，拜为皇太子先锋兵马元帅，将河、陇、朔方兵及蕃兵，与高仙芝旧卒共二十万，拒贼于潼关。翰请持重以弊之，杨国忠恐其谋己，屡奏使出兵，中使相继督责。翰不得已，引师出关。六月，次于灵宝县之西原，与贼交战，死者数万人。军既败，翰与数百骑驰而西归，为火拔归仁执降于贼。"〇何卒，卒读曰猝。〇仇曰："长安旧为秦地，故曰秦民。"〇贾谊《服鸟赋》曰："化为异物兮，又何足悲？"〇《晋书·刘聪载记》：论曰："胡尘暗于戏水。"〇《新序·杂事》五：宣王曰："夫士亦华发堕颠而后可用耳。"〇《太平御览·服章部》六引王隐《晋书》曰："董威辇于市得残许缯，辄结以为衣，号曰百结衣。"〇《御览·地部》二十一引《辛氏三秦记》："俗歌曰：陇头流水，鸣声幽咽。"〇《说文》曰："才，艸木之初也。"〇海图四句，蔡曰："言妻子寒冻，以图幛旧绣补绽而为小儿短衣，故波涛为之坼，绣纹为之移，天吴及紫凤之类或颠或倒，其贫困可知也。"〇《山海经·海外东经》曰："朝阳之谷神曰天吴，是为水伯，其为兽也，八首人面八足，尾皆青黄。"《大荒东经》曰："有神人八首人面，虎身十尾，名曰天吴。"〇《素问·六元正纪大论》曰："厥阴所至为胁痛呕泄。"注曰："泄谓利也。"蔡曰："泄一作吐，或作数日卧呕泄。"〇《楚策》三："张仪曰：彼郑、周之女，粉白黛黑。"〇《诗·小星》曰："抱衾与裯。"郑笺曰："衾，被也，即寝衣。裯，床帐也。"〇《史记·滑稽传》："淳于髡对齐威王曰：杯盘狼藉。"藉籍通用。《颜氏家训·治家

篇》曰："或有狼籍几案。"○《霏雪录》曰："唐时妇女画眉尚
阔。《北征》云：狼藉画眉阔。张籍《倡女词》有'轻鬈丛梳阔画
眉'之句。盖值时所尚如此。谚曰：城中好广眉，四方且半额。"
（此见《后汉书·马廖传》，非唐时谚语。）步瀛案：学母画眉故
阔，随手抹故狼藉也。○《左》僖二十四年：臧文仲曰："天子蒙
尘于外。"○《新唐书·回鹘传》曰："回纥，其先匈奴也。元魏
时亦号高车部，至隋曰韦纥。其人骁强，逐水草转徙，善骑射，
喜盗钞，臣于突厥。大业中，韦纥乃叛去，自为俟斤，称回纥，
姓药葛罗氏。有时健俟斤者，众始推为君长，磨延啜立，号葛勒
可汗。肃宗即位，使者来请助讨禄山。俄以大将军多揽等造朝，
及太子叶护身将四千骑来。帝命广平王见叶护，约为昆弟。"案：
回纥亦作回鹘。赵曰："当以回纥为正，盖当杜公时未有回鹘之
称，至德宗朝而后回纥易回鹘，言捷鸷犹鹘然。"○圣心二句，赵
曰："言圣上虽虚心以待其破贼，时议恐毕竟为害，所以气欲夺
也。"○《水经·洛水篇》曰："洛水出京兆上洛县讙举山，又东
过洛阳县南，伊水从西来注之。"《伊水篇》曰："伊水出南阳鲁阳
县西蔓渠山。"注曰："《地理志》曰：出熊耳山，即麓大同，陵峦
互别耳。"《元和郡县志》曰："河南道河南府洛阳县：洛水在县西
南三里。河南县（唐洛阳、河南皆附郭县，至金始并河南入洛
阳。）：洛水在县北四里，伊水在县东南十八里。"朱曰："伊洛，
东都也。"○西京谓长安。《新唐书·地理志》曰："上都初曰京
城，天宝元年曰西京。"○赵曰："时议以为国家自有恢复中原之
理，官军深入，自足破贼，不必专用回纥兵也。"○朱曰："青、
徐二州在东，恒山、碣石在东北。公意收复两京，便当乘胜长驱
幽、蓟。当时李泌之议欲命建宁并塞北出，与李光弼犄角以取范
阳，所见亦与公同也。"○擒胡月未详。钱曰："《酉阳杂俎》（卷
十二）：禄山反，李白制《胡无人》，言太白入月敌可摧。及禄山
死，太白入月。"案：钱引此证擒胡月未是。王琦注李太白诗曰：

"《唐书·天文志》初未尝有太白入月之事，况此诗岁月对举，尤不当以太白入月当之。"○蔡曰："狼狈喻国家多难失势之时也。《酉阳杂俎》（卷十六）：狼狈是两物，狈前足绝短，每行常驾两狼，失狼则不能动，故世言事乖者称狼狈。"步瀛案：《说文》，跟，步行躐跋也。狈俗字。狼狈即狼跋。《诗》毛传曰："跋，躐也。"《尔雅·释言》《释文》："郭曰：跋音贝。"《孔丛子·记义篇》曰："于《狼跋》见周公之远志。"《文选·陈情表》李善注引作狼狈，可证。《酉阳杂俎》所称乃俗说附会，不足信也。○仇曰："奸臣谓杨国忠，同恶谓虢国夫人辈。"步瀛案：此自斥国忠同党者耳。《离骚》曰："固前脩以菹醢。"《史记·吴王濞传》："胶西王曰：敢请菹醢之罪。"○《书·盘庚》曰："今我民用荡析离居。"○《苕溪渔隐丛话前集》（卷二十二）曰："老杜谓夏、殷诛褒、妲。褒姒，周幽王后也，疑夏字为误，当云商、周也。"顾亭林（炎武）《日知录》（卷二十七）曰："不言周，不言妹喜，此古人互文之妙。"薛生白（雪）亦谓此二句似可议而实无可议也。（《一瓢诗话》）○蔡曰："周宣王、汉光武皆中兴之主，以喻肃宗再造唐室也。"案《诗序》曰："烝民，尹吉甫美宣王也。任贤使能，周室中兴焉。"《后汉书·东平王苍传》曰："因上《光武受命中兴颂》。"○赵曰："《唐书·陈玄礼传》：宿卫宫禁。故公谓之陈将军。桓桓将军，盖仿卢子谅之言'桓桓抚军'也（《赠刘琨诗》）。微尔人尽非，盖取'微管仲吾其被发左衽'之意（《论语·宪问篇》），言微陈将军则人至于变易而非矣。此又依'城郭是人民非'之语（《搜神后记》）。"步瀛案：《旧唐书·玄宗纪》曰："次马嵬驿，诸卫顿军不进，龙武大将军陈玄礼奏曰：逆胡指阙，以诛国忠为名，陛下宜徇群情，为国家大计。乃诛杨国忠。兵犹未解，上令高力士诘之。回奏曰：诸将既诛国忠，以贵妃在宫，人情恐惧。上乃命力士赐贵妃自尽。"又旧、新《唐书》陈玄礼皆附《王毛仲传》，未详著其官。旧、新《玄宗纪》则皆明书龙武大将军，故子美称其官也。○《唐六典》（卷七）曰："兴庆宫在皇城之东南，宫之西曰兴庆门，次南曰金明门，门内之北曰大同门，其内曰大同殿。"○颜清臣《康使君神道碑》曰："父安国，直崇文馆太学助教，迁博士，白兽门内供奉，崇文馆学士。"朱曰："白兽闼即白兽门，唐避太祖讳改虎为兽。《唐书》：临淄王讨韦后攻白兽门（《旧书·玄宗纪》），可证。"○《文选·上林赋》："建翠华之旗。"注引张揖曰："以翠羽为葆也。"○《后汉书·光武帝纪》曰："苏伯阿为王莽使，至南阳，遥望见春陵郭，唶曰：气佳哉郁郁葱葱然！"又李贤注曰："园谓茔域，陵谓山坟。"○《旧唐书·玄宗纪》曰："天宝十载，太庙置内官，供洒扫诸陵庙。"朱曰："言收京之后，扫洒园陵，礼数不缺也。"

　　魏道辅曰："唐人咏马嵬之事者多矣。世所称者，刘禹锡曰：官军诛佞幸，天子舍妖姬。白居易曰：六军不发将奈何，宛转蛾眉马前死。此乃歌咏禄山能使官军皆叛逼明皇，明皇不得已而诛杨妃也。岂特不晓文章体裁，而造语拙悫，已失臣下事君之礼也。老杜则不然，其《北征诗》曰'维昔狼狈初'云云，方见明皇鉴夏、商之败，畏天悔过，赐妃子死，官军何预焉？《唐阙史》载郑畋《马嵬诗》，命意似矣，而词句凡下，比说无状，不足道也。"（《临汉隐居诗话》）步瀛案：此说似是而非。下明言陈将军仗钺矣，安得言明皇悔过、官军何预乎？宋人迂论往往有此。○许彦周曰："老杜《北征诗》独以活国许陈玄礼，何也？盖祸乱既作，惟赏罚当则再振，否则不可支持矣。玄礼首议太真、国忠辈，近乎一言兴邦，宜得此语，倘无此举，虽有李、郭不能展用。"（《诗话》）

新安吏

　　原注曰："收京后作，虽收两京，贼犹充斥。"○唐新安县属河南道河南府，今河南新安县治。○王深父（回）曰："乾元二年，郭子仪等九节度之师围安庆绪于邺，时不立元帅，以中官鱼朝恩为观军容宣慰使，师遂溃于城下。诸节度各还本镇。子仪保河阳，诏留守东都。此时盖哀出兵之役。夫古者遣将有推毂分阃之命，今弃师于敌也，虐至于无告，如诗之所憾，其君臣岂不愧哉！然子仪犹宽厚得众，故卒美焉。"（《九家注》引）郑东甫曰："美郭仆射也。九节度师溃，郭子仪退保东都，鱼朝恩复毁短之，故美其贤，冀朝廷察功罪，惩前失，终任之也。"（《杜诗钞》）○仇曰："此下六诗多言相州师溃事，乃乾元二年自东都回华州时，经历道途有感而作。"

　　客行新安道，喧呼闻点兵。浦曰："起提明点兵，末详言军溃，是首章体。"

　　借问新安吏，县小更无丁。杨曰："客问。"

　　府帖昨夜下，次选中男行。杨曰："吏答。"

　　中男绝短小，何以守王城？杨曰："客又语。"○仇曰："从点兵后记一时问答之词。"

　　肥男有母送，瘦男独伶俜。杨曰："无父在言外，尤惨。"

　　白水暮东流，青山犹哭声。

　　莫自使眼枯，收汝泪纵横。

　　眼枯即见骨，天地终无情。吴曰："千古伤心之言，无此刻至。"○仇曰："此于临行时作悲悯之语。"

　　我军取相州，日夕望其平。

　　岂意贼难料，归军星散营？王嗣奭曰："此不言军败而曰归军，讳之也。"杨曰："军败事叙得浑。"

　　就粮近故垒；练卒依旧京。

　　掘壕不到水，牧马役亦轻。

　　况乃王师顺，抚养甚分明。

送行勿泣血，仆射如父兄。仇曰："此为送行者作宽慰之语。"邵曰："结意深厚。"

□杨曰："先以恻隐动其君上，后以恩谊勉其丁男，仁至义尽，此山谷所云'论诗未觉《国风》远'也。"○邵曰："《新安》至《无家》六首，皆子美时事乐府也。曲折凄怆，直堪泣鬼神。"吴曰："以下六章写乱离兵役之苦，多椎心刻骨之词，使人不忍卒读。"

仇曰："客行，公自谓。"○《通典·食货》七曰："大唐武德七年定令，男女始生为黄，四岁为小，十六为中，二十一为丁，六十为老。玄宗天宝三载十二月，制自今以后百姓宜以十八以上为中男，二十三岁以上成丁。"杨曰："更无丁言岂无馀丁可遣乎。"○《古木兰诗》曰："昨夜见军帖，可汗大点兵。"案：唐为府兵之制，故曰府帖。《新唐书·兵志》曰："诸府总曰折冲府，凡天下十道，置府六百三十四，皆有名号。"《地理志》曰："河南有府三十九。"○《元和郡县志》曰："河南府：周东都，今苑内故王城是也。"《清统志》曰："河南府：河南故城在洛阳县西五里，即故洛邑王城也。"仇曰："唐之东都，即周之王城。"○《文选·寡妇赋》李善注曰："伶俜，单子貌。"○仇曰："白水流比行者，青山哭指居者。"步瀛案：白水谓大河也。《尔雅·释水》曰："河出昆仑虚，色白。"郭注曰："发源处高洁，故水色白也。"《左》僖二十四年："晋公子曰：所不与舅氏同心者，有如白水。投其璧于河。"白水即指河，有如白水，犹言有如河耳。○犹一作闻。○《旧唐书·肃宗本纪》曰："乾元元年九月，大举讨安庆绪于相州，命朔方节度郭子仪、河东节度李光弼、关内潞州节度王思礼、淮西襄阳节度鲁炅、兴平节度李奂、滑濮节度许叔冀、平卢兵马使董秦、北庭行营节度使李嗣业、郑蔡节度使季广琛等九节度之师，步骑二十万，以鱼朝恩为观军容使，围相州。二年三月，相州行营郭子仪等与贼史思明战，王师不利，九节度兵溃，子仪断河阳桥，以馀众保东京。"《通鉴·唐纪》（三十七）曰："乾元二年，郭子仪等九节度使围邺城，筑垒再重，穿堑三重，壅漳水灌之，城中井泉皆溢，构栈而居，自冬涉春，安庆绪坚守以待史思明，食尽，一鼠直钱四千，人皆以为克在朝夕。而诸军既无统帅，进退无所禀。城中人欲降者，碍水深不得出，城久不下，上下解体。史思明乃自魏州引兵趣邺，使诸将去城各五十里为营，每营击鼓三百面遥胁之。又每营选精骑五百，日于城下抄掠，官军出辄散归其营，诸军人马牛车日有所失，樵采甚艰，诸军乏食，人思自溃。思明乃引大军直抵城下，官军与之刻日决战。三月壬申，官军步骑六十万陈于安阳河北，思明自将精兵五万敌之，诸军望之，以为游军，未介意。思明直前奋击，李光弼、王思礼、许叔冀、鲁炅先与之战，杀伤相半。鲁炅中流矢，郭子仪承其后，未及布陈，大风忽起，吹沙拔木，天地昼晦，咫尺不相辨。两军大惊，官军溃而南，贼溃而北。子仪以朔方军断河阳桥保东京，战马万匹，惟存三千；甲仗十万，遗弃殆尽。东京士民惊骇，散奔山谷，诸节度各溃归本镇。子仪至河阳，将谋城守，师人相惊。又奔缺门，诸将继至，众及数万，议捐东京退保蒲、陕。都虞候张用济曰：蒲、陕荐饥，不如守河阳，贼至并力拒之。子仪从之，使都游奕使韩游瓌将五百骑前趣河阳，用济以步卒五千继之。周挚引兵争河阳，后至不得入而去。用济役所部兵筑南北两城而守之。"《旧唐书·地理志》曰："河北道相州：天宝元年改为邺郡。乾元元年复为相州。"案：唐相州邺郡治安阳县，今河南安阳县治。〇《蜀志·王平传》曰："大败于街亭，众尽星散。"〇仇曰："前军溃散，后军继行，恐人心惶惧。曰就粮，见有食也。曰练卒，非临阵也。曰掘壕牧马，见役无险也。且师顺则可制胜，抚养则能优恤，俱说得恺至动情。"〇蔡曰："旧京即东京。"〇《诗·正月》曰："鼠

思泣血。"毛传曰："无声曰泣血。"《通典·职官》四曰："大唐
左右二仆射因前代，本副尚书令。自尚书令废阙，二仆射则为宰
相。开元元年，改为左右丞相。天宝元年，复旧。"《旧唐书·郭
子仪传》曰："至德二年四月，进位司空，充关内、河东副元帅。
五月，诏子仪帅师趋京城，师于澧水之西，与贼将安太清、安守
忠战，王师不利，其众大溃，尽委兵仗于清渠之上。子仪收合馀
众，保武功诣阙请罪，乃降为左仆射。"案：子仪降左仆射，在
至德二年，是年九月复西京，十月收东京，以功加司徒。乾元元
年，进位中书令。王嗣奭曰："子仪时已进中书令，而仍称旧官，
盖功著于仆射，此就其易晓者以安之也。"钱曰："此复称仆射
者，本相州之败举其初贬之官，亦《春秋》之书法也。《洗兵马》
则目之曰郭相。"○《淮南子·兵略篇》曰："上视下如子，则下
视上如父。上视下如弟，则下视上如兄。"《困学纪闻》（卷十八）
曰："《汝坟》之诗曰：'虽则如毁，父母孔迩。'此诗近之。山谷
所谓'论诗未觉《国风》远'。"

潼关吏

《元和郡县志》曰："关内道华州华阴县：潼关在县东北三
十九里，关西一里有潼水，因以名关。"案：在今陕西潼关县。
钱曰："哥舒翰军败，引骑绝河，至潼津收散卒，即关西之潼
水也。"仇曰："此因相州大败，故筑潼关以备寇。"郑曰："戒
任将不专也。禄山之犯潼关也，哥舒翰欲但自守，明皇听杨国
忠邪谋，促战致败，此前车之鉴也。于时子仪退保东都，鱼朝
恩谮之，公惧蹈其覆辙，故陈既往以戒将来焉。"

士卒何草草？筑城潼关道。吴曰："起势斗峻。"
大城铁不如；小城万丈馀。浦曰："起四句虚
笼筑城之完固。"

借问潼关吏：修关还备胡？仇曰：“修关句，
公问词。”

要我下马行，为我指山隅。二句夹叙。

连云排战格，仇曰：“以下八句吏答词。”飞鸟
不能踰。

胡来但自守，岂复忧西都？

丈人视要处，窄狭容单车。

艰难奋长戟，万古用一夫。浦曰：“中十二句
详述问答之词。”

哀哉桃林战，百万化为鱼。

请嘱防关将，慎勿学哥舒。浦曰：“末四句乃
作者戒辞，所谓殷鉴不远。并以坚后日守者之心也。”

□李子德曰：“以叙述为议论，自见手笔。”

《诗·巷伯》疏曰：“草草，劳苦貌。”○朱曰：“《世说》：若
汤池铁城，无可攻之势。”（《文学篇》）又曰：“城在山上，故曰
万丈馀，上语言坚，下语言高，其义互见。”○蔡曰：“战格即列
栅也。”○《史记·樗里子传》：“游腾曰：故使长戟居前。”张孟
阳《剑阁铭》曰：“一夫荷戟，万夫趑趄。”○《左》文十三年
曰：“晋侯使詹嘉处瑕以守桃林之塞。”杜注曰：“今潼关是也。”
《元和志》曰：“河南道陕州灵宝县：桃林塞，自县以西至潼关皆
是也。”○《后汉书·光武帝纪》曰：“故赵缪王子林说光武曰：
赤眉今在河东，但决水灌之，百万之众可使为鱼。”《旧书·哥舒
翰传》曰：“次于灵宝县之西原，与贼交战，官军南迫险峭，北
临黄河。崔乾祐以数千人先据险要，翰浮船中流以观进退，谓乾
祐兵少，轻之，遂促将士令进，争路拥塞，无复队伍。午后东风
急，乾祐以草车数十乘纵火焚之，烟焰亘天，将士掩面开目不
得，因为凶徒所乘。王师自相排挤，坠于河，后者见前军陷败，

悉溃，填委于河，死者数万人。"○钱曰："初哥舒翰请坚守潼关，郭子仪、李光弼亦谓潼关大军唯应固守，不可轻出。玄宗信国忠之言，遣中使促之，项背相望。翰不得已，抚膺恸哭，引兵出关，然则潼关之失守，岂翰之罪哉？公诗曰'慎勿学哥舒'，其意盖归责于趣战者也。"

石壕吏

《太平寰宇记》曰："河南道陕州峡石县：神崔台在石壕镇东路北。"《元丰九域志》：陕西路陕州陕县六乡有石壕。《舆地广记》曰："陕州陕县石壕镇，本崤县，后魏置，唐正观（宋避贞为正）十六年改为峡石县。熙宁六年省为镇。"《困学纪闻》（卷十八）曰："《石壕吏》盖陕州陕县之石壕镇也。"《清统志》曰："河南陕州（今改县）：石壕镇在州东南七十里，唐杜甫有《石壕吏》诗。"○仇曰："古者有兄弟始遣一人从军，今驱尽壮丁，及于老弱。诗云：三男戍，二男死，孙方乳，媳无裙，翁踰墙，妇夜往。一家之中，父子、兄弟、祖孙、姑媳惨酷至此，民不聊生极矣。当时唐祚亦岌岌乎哉！"浦曰："《石壕吏》，老妇之应役也，丁男俱尽，役及老妇，哀哉！"

　　　暮投石壕村，有吏夜捉人。浦曰："起有猛虎攫人之势。"

　　　老翁踰墙走，老妇出门看。仇曰："首叙征役驱迫之苦。"

　　　吏呼一何怒？妇啼一何苦？

　　　听妇前致词："三男邺城戍。

　　　一男附书至，二男新战死。

　　　存者且偷生，死者长已矣。

室中更无人，惟有乳下孙。

有孙母未去，出入无完裙。

老妪力虽衰，请从吏夜归。

急应河阳役，犹得备晨炊。"卢元昌曰："以上述老妇应吏之词。"

夜久语声绝，如闻泣幽咽。杨曰："孙母在内。"

天明登前途，独与老翁别。李子德曰："妪从吏去，老翁夜归，公天明登途，独与翁别也。"案：李解甚明，而近人有释末句为老妇与老翁别者，大谬。○仇曰："末结老翁潜归之状。"案：结与翁别为起二句之去路，此一定章法，非独结老翁潜归而已。

□李子德曰："急弦则响悲，促节则意苦，最近汉、魏。"吴曰："此首尤呜咽悲凉，情致凄绝。"

蔡曰："苏润公本作'老妇出看门'。"仇曰："海盐刘氏本作门首。"步瀛案：此诗子美用古韵也，《唐韵》村魂韵、人真韵、看寒韵，古韵皆可相通，后人不明古韵，纷纷改之，非也。○邺城即相州。蔡曰："邺城戍谓抽丁围安庆绪也。"○钱曰："陈浩然本作'孙有母未去'。"步瀛案：《九家》《千家》、蔡本并同。蔡曰："一作其母未便出，见吏无完裙。"○钱曰："郭子仪兵既溃，用都虞候张用济策守河阳。七月，李光弼代子仪。"顾景范（祖禹）《读史方舆纪要》曰："河南怀庆府孟县：河阳旧城在今县西南三十里。"（《清统志》作三十五里。）刘煦曰："河阳城临大河，长桥架水，古称设险。乾祐中史思明再陷洛阳，太尉李光弼以重兵守河阳，及雍王平贼，留观军容使鱼朝恩守之。建中二年，遂以河阳为节镇。会昌中，置孟州于此。金大定中，城为河水所坏，筑城徙治，土人谓之上孟州。兴定中复治故城，土人谓之下孟州。元初复治上孟州，即今治也。"

新婚别

王深父曰："先王之政，新有婚者朞不役。政出于刑名，则一切便事而已。此诗所怨，尽其常分，而不忘礼义。"郑曰："刺不恤新婚也。古者仁政，新有婚者期不使。"

兔丝附蓬麻，引蔓故不长。王嗣奭曰："通篇作新人语，起用比意，逼真古乐府。"

嫁女与征夫，不如弃路旁。吴星叟曰："首四语作一篇之纲，后便曲折写之。"

结发为妻子，席不暖君床。

暮婚晨告别，无乃太匆忙！

君行虽不远，守边赴河阳。

妾身未分明，何以拜姑嫜？陆时雍曰："建安中亦无此深至语。"

父母养我时，日夜令我藏。

生女有所归，鸡狗亦得将。

君今往死地，沉痛迫中肠。

誓欲随君去，形势反苍黄。以上叙别，琐琐以陈，字字凄惋，所谓发乎情也。

勿为新婚念，努力事戎行。

妇人在军中，兵气恐不扬。

自嗟贫家女，久致罗襦裳。

罗襦不复施，对君洗红妆。以下劝勉，侃侃而道，字字激愤，所谓止乎礼义也。

仰视百鸟飞，大小必双翔。杨曰："比结。"

人事多错迕，与君永相望。<small>仇曰："终望夫妇之相聚也。"</small>

　□李榕村曰："小窗喁喁，可泣鬼神，此《小戎》板屋之遗调。"黄白山曰："此下三题相似，独新婚之妇起难设辞，故特用比兴发端。"

　《文选·古诗》曰："与君为新婚，兔丝附女萝。"陆玑《毛诗疏》曰："兔丝蔓连草上，黄赤如金，今合药兔丝子是也。"○《文选》苏子卿《古诗》曰："结发为夫妻。"李善注曰："结发，始成人也。谓男年二十，女年十五时，取笄冠为义也。"○蔡曰："妻子樊作子妻，虽一作既，赴一作成。"○《释名·释亲属》曰："夫之父曰舅，俗或谓舅曰章。"《汉书·景十三王传》："广川王去为望卿作歌：背尊章嫖以忽。"颜注曰："尊章犹言舅姑也。今关中俗妇呼舅姑为钟，钟者，章声之转也。"《玉台新咏》陈孔璋《饮马长城窟行》曰："善事新姑章。"嫜与章同。○蔡曰："妇人嫁三月，已告庙上坟，谓之成婚。婚礼既明白，然后称谓姑嫜之名正也。今未成婚而别，故曰：妾身未分明，何以拜姑嫜?"步瀛案：《士昏礼》，质明妇见舅姑，在亲迎合卺之明日。谓舅姑在者。若舅姑既没，则有三月庙见之礼。贾疏曰："若舅没姑存，则当时见姑，三月亦庙见舅。"蔡云三月告庙上坟然后谓之成婚，非也。○蔡曰："藏言秘内勿令人见，盖护惜之甚也。《礼》：妇人谓嫁曰归。（《穀梁》隐二年）女子之嫁，虽鸡狗之物亦得将行，言无斉也。"赵曰："将字乃百两将之之将。"○君今蔡作君生，曰生一作今，晋作'君今生死地'。○孔稚圭《北山移文》曰："苍黄反覆。"蔡曰："谓行役之急。"○《汉书·李陵传》："陵曰：吾士气少衰而鼓不起者何也? 军中岂有女子乎? 始军出时，关东群盗妻子徙边者，随军为卒妻妇，大匿车中，陵搜得皆剑斩之。"○《史记·滑稽传》：淳于髡曰："罗襦襟解，微闻芗泽。"○《文

选·古诗》曰："娥娥红粉妆。"○《文选·风赋》曰："回穴错
迕。"李善注曰："错迕，错杂交迕也。"

罗景纶（大经）曰："岂无膏沐？谁适为容？（《卫风·伯兮》）
又云：予发曲局，薄言归沐。（《小雅·采绿》）盖古之妇人，夫不
在家则不为容饰也。其远嫌防微至于如此。杜陵《新婚别》云：
自嗟贫家女，久致罗襦裳。罗襦不复施，对君洗红妆。尤可悲矣。
《国风》之后，唯杜陵不可及者，此类是也。"（《鹤林玉露》）黄白
山（生）曰："《新安吏》以下述当时征戍之苦，其源出于变风、
变雅，而植体于苏、李、曹、刘之间。"（《杜诗说》）

垂老别

王深父曰："军兴之际，至于老者亦介胄，则又甚于同左
之戍矣。"郑曰："刺不恤老也。古者五十不从力政，六十不与
服戎，况死事之家穷老宜恤者乎！"

四郊未宁静，垂老不得安。

子孙阵亡尽，焉用身独完？杨曰："沉痛。"○
仇曰："首为垂老从戎而叹。"

投杖出门去，同行为辛酸。

幸有牙齿存；所悲骨髓干。

男儿既介胄，长揖别上官。

老妻卧路啼，岁暮衣裳单。

孰知是死别？且复伤其寒。

此去必不归，还闻劝加餐。邵曰："互相怜痛，
声情宛然。"吴曰："至性至情，不可卒读。"○以上临
行别妻。

土门壁甚坚；杏园度亦难。

势异邺城下，纵死时犹宽。

人生有离合，岂择衰老端？

忆昔少壮日，迟回竟长叹。仇曰："此慰妻而兼为自解之词。"

万国尽征戍，烽火被冈峦。

积尸草木腥；流血川原丹。

何乡为乐土，安敢尚盘桓？

弃绝蓬室居，塌然摧肺肝。浦曰："末段又推开解譬，作死心塌地语。犹云无一寸干净地。愈益悲壮。"

□吴星叟曰："《石壕》则老妇之别其夫，《垂老》则老夫之别其妻，合读不堪。"

《礼记·曲礼下》曰："四郊多垒，此卿大夫之辱也。"○《史记·绛侯世家》曰："亚夫持兵揖曰：介胄之士不拜。"又《郦生传》曰："长揖不拜。"○埶，熟之本字。○《玉台新咏·古诗为焦仲卿妻作》曰："生人作死别。"○《文选·古诗》曰："努力加餐饭。"○《元和郡县志》曰："河北道恒州获鹿县：井陉口今名土门口，在县西南十里，即太行八陉之第五陉也。四面高，中央下，似井，故名之。"《清统志》曰："直隶正定府：井陉关在井陉县东北井陉山上，与获鹿县接，亦曰土门口，即《吕氏春秋》九塞之一也。"（见《有始览》）○《困学纪闻》（卷十八）曰："土门口在镇州获鹿县，即井陉关也。郭子仪自杏园渡河，围卫州，董秦为濮州刺史，移镇杏园渡，盖在卫州汲县，非长安曲江之杏园也。"案《通鉴·唐纪》（三十六）曰："肃宗乾元元年十月，郭子仪引兵自杏园济河，东至获嘉，破安太清。太清走保卫州，子仪进围之。"《元丰九域志》：卫州汲县有杏园镇。《清统志》曰："河南卫辉府：杏园镇在汲县东南，旧为黄河津济处，设戍守。"《日知录》（卷二十七）曰："土门在井陉之东，杏

园渡在卫州汲县，临河而守，以遏贼，使不得渡，皆唐人控制河
北之要地也。"朱曰："时子仪、光弼相继守河阳，土门、杏园，
皆在河北，故须严备。"○卢元昌曰："邺城之役，贼为主，我为
客；土门、杏园之守，我为主，贼为客也。劳逸不同，故曰势
异。"（《杜诗阐》）班孟坚《东都赋》曰："川谷流人之血。"张茂
先《游猎篇》曰："流血丹中原。"○《易·屯卦》："盘桓。"孔
疏曰："不进之貌。"《释文》曰："磐本亦作盘。"○《广雅·释
诂》二曰："塌，堕也。王仲宣《七哀诗》曰："喟然伤心肝。"

无家别

　　王深父曰："先王子惠困穷，苟推其所不忍，达之于其所
忍，则天下无败乱之兆矣。此诗何为作乎？"郑曰："刺不恤穷
民也，久从征役，归则无家，而复役之，虽曰府兵耗竭，前军
事急，犹宜分别而用之也。"

　　　　寂寞天宝后，杨曰："追叙起。"园庐但蒿藜。
　　　　我里百馀家，世乱各东西。
　　　　存者无消息，死者为尘泥。
　　　　贱子因阵败，归来寻旧蹊。
　　　　久行见空巷，日瘦气惨凄。
　　　　但对狐与狸，竖毛怒我啼。写尽阴森景象。
　　　　四邻何所有？一二老寡妻。以上乱后回乡情况。
　　　　宿鸟恋本枝，安辞且穷栖？
　　　　方春独荷锄；日暮还灌畦。
　　　　县吏知我至，召令习鼓鞞。
　　　　虽从本州役，内顾无所携。
　　　　近行止一身，远去终转迷。

家乡既荡尽，远近理亦齐。刘须溪曰："写至此可以泣鬼神矣。"○以上述无家而又别。

永痛长病母，五年委沟谿。

生我不得力，终身两酸嘶。追述母亡，极写无家之惨。

人生无家别，何以为蒸黎？此诗人结论。或以为自述之语，非是。

□卢元昌曰："先王以六族安万民，使民有有家之乐。今《新安》无丁，《石壕》遣妪，《新婚》有怨旷之夫妇，《垂老》痛阵亡之子孙，至战败逃归者，又复不免，'人生无家别，何以为蒸黎'，收足数章。"

仇曰："败归谓邺城之败，日瘦谓日色无光，气象惨凄。"○卢子谅《答魏子悌诗》曰："谬充本州役。"○杨曰："虽从本州役，内顾而无与离别，则已伤矣。乃今复迫之远去，将来未知埋骨何所。然总是无家，亦不论远近矣。此处语意共有三层转折，强作旷达而愈益悲痛。"○仇曰："自天宝十四载至乾元元年，乱经五年矣。"○《周礼·天官·疾医》贾疏曰："人患头痛则有酸嘶。"《玉篇》曰："嘶，咽也。"

杨西河（伦）曰："自六朝以来，乐府题率多摹拟剽窃，陈陈相因，最为可厌。子美出而独就当时所感触，上悯国难，下痛民穷，随意立题，尽脱去前人窠臼。《苕华》《草黄》之哀不是过也。乐天《新乐府》《秦中吟》等篇亦自此出，而语稍平易，不及杜之沉警独绝矣。"（《镜铨》）

梦李白二首

仇曰："梁权道依旧次编在乾元二年秦州诗中。卢注考白《年谱》，乾元元年流夜郎，二年半道承恩放还。白《寄王明府诗》云：'去年左迁夜郎道，今年敕放巫山阳。'其自巫山下汉阳、过江夏而复游浔阳等处盖在二年，公客秦州，正其时也。观诗中江南、关塞等字可见。"

死别已吞声，生别常恻恻。蒋曰："起便阴风忽来，惨澹难名。"吴曰："一字九转，沉郁顿挫。"

江南瘴疠地，逐客无消息。

故人入我梦，明我长相忆。

恐非平生魂，路远不可测。长相忆下倒接"恐非平生魂"二句，疑真疑幻之情，千古如生，再以魂来魂返写其迷离之状，然后入君今二句，缠绵切至，恻恻动人。若依黄本、仇本移君今二句于长相忆下，神气索然尽矣。

魂来枫林青；杨曰："白所在。"魂返关塞黑。杨曰："公所在。"○吴曰："此等奇变语，世所惊叹，然在杜公犹非其至者。"

君今在罗网，何以有羽翼？悱恻沉至。

落月满屋梁，吴曰："撑起。"犹疑照颜色。吴曰："亲切悲痛。"

水深波浪阔，吴曰："再转。"无使蛟龙得。□吴曰："剀切沉郁。"

鲍明远《拟行路难》曰："吞声踯躅不敢言。"○孙万寿《远戍江南寄京邑亲友诗》曰："江南瘴疠地，从来多逐臣。"○曾子固《李白集序》曰："白卧庐山，永王璘迫致之，璘败，白坐系浔阳狱。乾元元年，终以污璘事长流夜郎，至巫山，以赦得释。"赵曰："白坐永王璘之累，长流夜郎，会赦还浔阳，坐事下狱。浔阳，今之江州也，属江南西路（西原作东，字误。），故云。"

○《楚辞·招魂》曰："湛湛江水兮上有枫，目极千里兮伤春心，魂兮归来哀江南。"阮嗣宗《咏怀诗》曰："湛湛长江水，上有枫树林。"○仇曰："白系浔阳，故云罗网。"○钱曰："潘淳曰：宋玉《神女赋》：耀乎若白日，初出照屋梁。李善注引《东方之日》。薛君曰：诗人所说者，颜色美盛，若东方之日。杜亦云：落月满屋梁，犹疑照颜色。"○赵曰："言蛟龙则因历江湖而言之也，与下篇'舟楫恐失坠'同意。"

浮云终日行，吴曰："先垫一句，以取逆势。"游子久不至。

三夜频梦君，杨曰："补前所未及。"情亲见君意。仇曰："首从频梦叙起。"

告归常局促，苦道来不易。

江湖多风波，舟楫恐失坠。

出门搔白首，若负平生志。仇曰："此代述梦中心事，曲尽仓皇悲愤情状。"

冠盖满京华，吴曰："再垫再挺。"斯人独憔悴。吴曰："咏叹淫泆。"

孰云网恢恢？将老身反累。吴曰："此中删去几千百语，极沉郁悲痛之致。"

千秋万岁名，吴曰："逆接。"寂寞身后事。吴曰："致慨深远。"

□陆时雍曰："是魂是人，是真是梦，都觉恍惚无定，亲情苦意，无不备极，真得屈《骚》之神。"浦曰："次章纯是迁谪之感，为彼耶，为我耶，同声一哭。"

《文选·古诗》曰："浮云蔽白日，游子不复返。"○若负，

蔡笺本作苦负。○班孟坚《西都赋》曰："冠盖如云。"郭景纯
《游仙诗》曰："京华游侠窟。"○《老子》曰："天网恢恢，疏而
不漏。"○阮嗣宗《咏怀》曰："千秋万岁后，荣名安所之？"《世
说新语·任诞篇》曰："张季鹰纵任不拘，时人号为江东步兵，
或谓之曰：卿乃可纵适一时，独不为身后名邪？答曰：使我有身
后名，不如即时一杯酒。"

有怀台州郑十八司户

《新唐书·文艺传》曰："郑虔，郑州荥阳人。为广文馆博
士，迁著作郎。安禄山反，遣张通儒劫百官置东都，伪授虔水
部郎中，因称风缓，求摄市令，潜以密章达灵武。贼平免死，
贬台州司户参军事。"《元和郡县志》曰："江南道台州上。"
《唐六典》（卷三十）曰："上州司户参军二人，从七品下。"
案：唐台州治临海县，今浙江临海县治。黄叔似曰："至德二
载，虔贬台州司户，公有诗送行。明年又有春深逐客一诗。此
诗又在其后，当是乾元二年秦、华间作。末云：相望无所成，
乾坤莽回互。盖在弃官以后邪！"（黄叔似谓子美弃官当在至德
二年七月。）

天台隔三江，风浪无晨暮。蒋曰："空中落笔，
起势极警。"

郑公纵得归，老病不识路。张上若曰："即归
亦迷，况不归，惜之至。"○杨曰："首忧其不归，意更
折进一层。"

昔如水上鸥；今如置中兔。

性命由他人，悲辛但狂顾。

山鬼独一脚，蝮蛇长如树。

呼号傍孤城，岁月谁与度？浦曰：“叙其放逐远恶之处，源出《招魂》。”

从来御魑魅，多为才名误。杨曰：“再叙及谪台始末。”○悲痛沉至。

夫子嵇阮流，更被时俗恶。

海隅微小吏，眼暗发垂素。

黄帽映青袍，非供折腰具。此又就司户生感，怜其垂老屈身一官。

平生一杯酒，见我故人遇。

相望无所成，乾坤莽回互。浦曰：“结四句又悲惋深至。后无见期，而念及从前杯酒，我亦漂泊而两为翘首乾坤，落句更欲括一篇《天问》矣。”

□王嗣奭曰：“此诗想象郑公孤危之状，如亲见亦如身历，总从肺腑交情流露出来，几于一字一泪，与梦太白篇同一真切。”张廉卿曰：“此与《梦李白》二首皆仿佛骚人之遗。”

《元和郡县志》曰：“江南道台州唐兴县：天台山在县北一十里。”《清统志》曰：“浙江台州府：天台山在天台县北。”○《汉书·地理志》会稽郡毗陵县原注曰：“北江在北，东入海。”吴县原注曰：“南江在南，东入海。”丹阳郡芜湖县原注曰：“中江出西南，东至阳羡入海。”此《禹贡》之三江也。《水经·沔水》注引郭景纯曰：“三江者，岷江、松江、浙江也。”《越语》韦昭注曰：“三江：松江、钱唐、阳浦江也。”仇曰：“三江：长江、浙江、曹娥江也。”浦曰：“三江其说纷纷，要不必泥。”○《说文》曰：置，兔网也。”○《楚辞·九章·抽思》曰：“狂顾南行。”○《九家注》：“薛梦符曰：《楚辞·九歌》有《山鬼》。”蔡曰：“《鲁语》：木石之怪夔蝄蜽。韦昭注：木石谓山也。或云：夔一足，越人谓之山缲。或云：独足蝄蜽山精，效人声而迷惑人也。”

朱曰："《述异记》：山鬼，岭南所在有之，独足反踵。"○《楚辞·招魂》曰："蝮蛇蓁蓁。"王逸注曰："蝮，大蛇也。"《汉书·田儋传》颜注曰："蝮蛇，细颈大头焦尾，色如绶文，文间有毛似猪鬣，鼻上有针，大者长七八尺，一名反鼻，出南方。"○《左传》文十八年曰："投诸四裔，以御螭魅。"○《世说新语·言语篇》曰："周仆射诣王公，王公曰：卿欲希嵇、阮邪？"《晋书·隐逸传》："孙登谓嵇康曰：今子才多识寡，难乎免于今之世矣。"嵇叔夜《与山巨源绝交书》曰："阮嗣宗至性过人，与物无伤，惟饮酒过差耳，至为礼法之士所绳，疾之如仇。"○蔡曰："台州在海之隅，司户乃小吏也。"仇曰："束晳《玄居释》：偶郑老于海隅。"又知《醉时歌》用郑老所本。○潘安仁《秋兴赋》曰："素发飒以垂领。"○《隋书·礼仪志》曰："都下及外州人年七十以上赐鸠杖黄帽。"○《晋书·隐逸传》："陶潜曰：吾不能为五斗米折腰，拳拳事乡里小人耶。"

铁堂峡

钱曰："《方舆胜览》：铁堂山在天水县东五里，峡石笋青翠，长者至丈馀，小者可以为砺。蜀姜维世居此。《通志》：峡有铁堂庄，四面环抱，对面有孤冢，相传是姜维祖茔。"《清统志》曰："甘肃秦州：铁堂山在州西七里。"案：秦州，今天水县治。○此乾元二年自秦州赴同谷县纪行十二首之一。

山风吹游子，缥缈乘险绝。邵曰："起句亦缥缈。"
峡形藏堂隍；壁色立积铁。杨曰："险句。"
径摩穹苍蟠；石与厚地裂。
修纤无垠竹；嵌空太始雪。以上山之形势。
威迟哀壑底，徒旅惨不悦。

水寒长冰横，我马骨正折。*以上行旅之苦。*

生涯抵弧矢，盗贼殊未灭。

飘蓬逾三年，回首肝肺热。*以上忧乱之情。*

　　□张廉卿曰："緪幽凿险，独辟异境。"

　　峡、碛字同，然皆后出字，本字当作陕。《说文》曰："陕，隘也。"《汉书·地理志》颜注曰："陕，两山之间也，又作陿。"《赵充国传》注曰："山峭而夹水曰陿。"○《尔雅·释宫》曰："无室曰榭。"郭注曰："榭即今堂隍。"《春秋》宣十六年杜注曰："榭谓屋歇前。"孔疏曰："歇前者，无壁也，如今厅事也。"《汉书·胡建传》曰："列坐堂皇上。"颜注曰："室无四壁曰皇。"○《诗·桑柔》曰："以念穹苍。"毛传曰："穹苍，苍天。"○《列子·天瑞篇》曰："太始者，形之始也。"○《文选·西征赋》李善注引《韩诗》曰："周道威夷。"薛君曰："威夷，险也。"（《毛诗·四牡》作倭迟。）谢灵运《七里濑诗》曰："徒旅苦奔峭。"○赵曰："抵，当也。抵弧矢言当用兵之时。"案《易·系辞下》曰："弧矢之利，以威天下。"○《商君书·禁使篇》曰："夫飞蓬遇风而行千里，乘风之势也。"○逾三年，谓自天宝十五载五月自奉先往白水，六月又自白水往鄜州，七月肃宗即位灵武，改元，至德元载，公奔行在，至长安陷贼中。至德二载夏，脱贼谒肃宗凤翔，拜左拾遗，疏救房琯。八月放还鄜州省家。十月肃宗还西京，公后亦至。明年二月改元，乾元元年六月，出为华州司功，冬晚离官至东都。二年春自东都回华州，关辅饥。七月，弃官西去客秦州，十月往同谷，所谓"蓬飘逾三年"也。

剑　门

　　《元和郡县志》曰："剑南道剑州普安县：大剑山亦曰梁山，在县西北四十九里。姜维保剑门以拒钟会即此也。大剑镇在县东四十八里，剑阁道自利州益昌县西南十里至大剑镇合，今驿道，诸葛亮相蜀，凿石驾空，为飞梁阁道以通行路。"《清统志》曰："四川保宁府：大剑山在剑州北二十五里，蜀所恃为外户，其山削壁中断，两崖相歁，如门之辟，如剑之植，又名剑门山。"案：剑州今改剑阁县。○此乾元二年十二月自同谷赴成都纪行诗十二首之一。

　　惟天有设险，剑门天下壮。

　　连山抱西南，石角皆北向。吴曰："句句矜创。"

　　两崖崇墉倚，刻画城郭状。

　　一夫怒临关，百万未可傍。

　　珠玉走中原，岷峨气凄怆。以上言剑阁形之险，及近日蜀人困于诛求之状。

　　三皇五帝前，吴曰："挺起发大议论。"鸡犬各相放。

　　后王尚柔远，职贡道已丧。

　　至今英雄人，高视见霸王。吴曰："句句有轩天地气象。"

　　并吞与割据，极力不相让。

　　吾将罪真宰，意欲铲叠嶂。吴曰："奇伟惊人。"○以上论后王驾驭失宜，故恃险者乘时而起。

　　恐此复偶然，临风默惆怅。吴曰："再顿转，尤见神理。"

　　□杨曰："以议论为韵言，至少陵而极，少陵至此等诗而极。笔力雄肆，直欲驾《剑阁铭》而上之。"张廉卿曰："退之云：'若使乘酣逞雄怪，造化何以当镌镵？'独于杜公见之耳。"

《易·习坎·彖传》曰："天险不可升也，地险山川丘陵也，王公设险以守其国。"○《水经·漾水》注曰："又东北迳小剑戍北，西去大剑戍三十里。连山绝险，飞阁通衢，故谓之剑阁也。张载铭曰：一人守险，万夫趑趄，信然。"案：《文选》张孟阳《剑阁铭》作一人荷戟。《晋书·张载传》同。左太冲《蜀都赋》曰："一夫守险，万夫莫向。"○扬子云《蜀都赋》曰："于近则有瑕英菌芝，玉石江珠。"《韩诗外传》六曰："夫珠出于江海，玉出于昆山，无足而至者，犹（同由）主君好之也。"鲁褒《钱神论》曰："无足而走。"皆此诗走字所本。○《水经·江水篇》曰："岷山在蜀郡氏道县，大江所出。"《青衣水》注引《益州记》曰："平羌江东迳峨眉山，在南安县界，去成都南千里。然秋日清澄，望见两山相峙如蛾眉焉。"《清统志》曰："四川松潘厅：岷山在厅西北。（今改县）嘉定府：峨眉山在峨眉县西南。"朱曰："蜀为天府，故珠玉皆归中原。然物力有穷，岷、峨亦为之凄怆矣。"○仇曰："往见旧人手卷有'川岳储精英，天府兴宝藏'二句，方接以'珠玉走中原'云云。"步瀛案：二句不应增，仇所见手卷殆不足据。浦氏谓杜诗多四句转意，遂据以增入，非也。○《庄子·天运篇》曰："三皇五帝之礼义法度，不矜于同而矜于治。"○《老子》曰："邻国相望，鸡犬之声相闻，民到老死不相往来。"潘安仁《西征赋》曰："浑鸡犬而乱放。"案：各或亦作莫，非是。○贾谊《过秦论》曰："并吞八荒之心。"○陆士衡《辨亡论》曰："割据山川。"○《庄子·齐物论》曰："是有真宰而不得其朕。"○吴曰："恐此复偶然者，言此山之险或系偶然而成，本无真宰位置其间，则更无从归罪矣。此所以临风惆怅也。"

朱曰："蜀为财赋所出，自明皇临幸，供给不赀，民力尽而寇盗乘之，晋李特流人之祸可为明鉴。此诗故有岷、峨凄怆与英雄割据之虑也。公岂徒诗人已哉！"

写　怀　二首录一

黄曰："此是大历二年冬作。"

　　　夜深坐南轩，明月照我膝。
　　　惊风翻河汉，梁栋已出日。
　　　群生各一宿，飞动自傅匹。
　　　吾亦驱其儿，营营为私实。浦曰："就现前景
　事发端。"
　　　天寒行旅稀；岁暮日月疾。
　　　荣名忽中人，世乱如虮虱。
　　　古者三皇前，满腹志愿毕。
　　　胡为有结绳？陷此胶与漆。
　　　祸首燧人氏；厉阶董狐笔。
　　　君看灯烛张，转使飞蛾密。议论奇警，小儒咋
　舌。○浦曰："追咎智计之所始，乃愤激之词也。"
　　　放神八极外，俛仰俱萧瑟。
　　　终契如往还，得匪合仙术。仇曰："末有达观
　齐化之意。"

　　□吴曰："此公晚年见道之言，其阅历人世之变故深矣，诗
境亦极深穆。"

　　蔡本已出日作日已出。○蔡曰："实一作室。王筠诗：我岂
营私实。"案《楚语》韦注曰："实，财也。"○《庄子·逍遥游》
曰："偃鼠饮河，不过满腹。"○《易·系辞下》曰："上古结绳
而治。"孔疏引郑玄曰："事大，大结其绳；事小，小结其绳。"
○《庄子·骈拇篇》曰："待绳约胶漆而固者，是侵其德也。"

○《韩非子·五蠹篇》曰："有圣人作，钻燧取火以化腥臊，而民悦之，使王天下，号之曰燧人氏。"○《诗·桑柔》曰："谁生厉阶？"○《左》宣二年，孔子曰："董狐，古之良史也，书法不隐。"○蔡曰："言有灯则有蛾，有利则有争，要当放神俛仰，无所凝滞，视死生如往还也。一作终然契真如，归匦金仙术。"

望　岳

《尔雅·释山》曰："江南衡。"郭注曰："衡山，南岳。"《元和郡县志》曰："江南道衡州衡山县：衡山，南岳也，一名岣嵝山。在县西三十里。"《南岳记》曰："衡山者，朱阳之灵台，太虚之宝洞。"又云："赤帝馆其岭，祝融托其阳，以其宿当翼轸度应机衡，故为名。"又曰："上如车盖及衡轭之形，山高四千一十丈。"案：在今湖南衡山县西三十里。仇曰："当是大历四年春晚自潭之衡州作。"

南岳配朱鸟，秩礼自百王。杨曰："起笔典重。"
邪吸领地灵，鸿洞半炎方。
邦家用祀典，在德非馨香。
巡狩何寂寥？有虞今则亡。浦曰："举有虞者，非谓当举行巡狩，谓如有虞之德者鲜也。"
洎吾隘世网，行迈越潇湘。
渴日绝壁出，漾舟清光旁。
祝融五峰尊，峰峰次低昂。何义门曰："写望字参差灵变之极。"
紫盖独不朝，争长嶪相望。
恭闻魏夫人，群仙夹翱翔。写得仙灵缥渺，的是妙笔。

　　有时五峰气，散风如飞霜。

　　牵迫限修途，未暇杖崇冈。以上先记南来望见之由，次写望中南岳之形势，次想南岳之仙灵，牵迫二句又转入望字。

　　归来觐命驾，沐浴休玉堂。

　　三叹问府主，曷以赞我皇？

　　牲璧忍衰俗，神其思降祥。杨曰："以祀岳作结，并带忧时意。"

　　□钟伯敬曰："岱宗乔岳，若著山水清妙语与景物奇壮语，便是一丘一壑文人登临眼孔。此诗灵光缥缈，意度肃穆，有郊坛登歌气象，恰与题称，自是大手笔不同。"黄白山曰："衡、华、岱皆有望岳诗，岱以小天下立意，华以问真源立意，衡以修祀典立意，旨趣各别，此作尤见本领。文士无其学，儒者无其才，固当独有千古。"

　　《史记·天官书》曰："南宫朱鸟，权、衡。"《索隐》引《春秋纬·文耀钩》曰："南宫赤帝，其精为朱鸟。"赵曰："按乐史《寰宇记》，衡山当翼轸度应机衡也。"○《书·舜典》曰："柴望秩于山川。"○《文选》江文通《杂体诗·王征君养疾》曰："欻吸鹍鸡鸣。"李善注曰："欻吸，疾貌。"○《大戴礼·公冠篇》：汉孝昭冠辞曰："集地之灵，降其风雨。"○鸿洞见《奉先咏怀诗》注。○《书·君陈》曰："黍稷非馨，明德惟馨。"（此伪古文，实袭《左》僖五年引《周书》。）○《书·舜典》曰："五月南巡守，至于南岳。"○《庄子·寓言》郭注曰："洎，及也。"○《诗·黍离》曰："行迈靡靡。"○赵曰："难逢日霁以望其峰，于日如渴也。盖如渴雨之渴。"○《水经·湘水》注曰："衡山有三峰：一名紫盖，一名石菌，一名芙蓉。"蔡曰："韩诗（《谒衡岳庙遂宿岳寺题门楼》）：'须臾昼〔静〕扫众峰出，仰见突兀撑

青空。紫盖连延接天柱，石廪腾掷堆祝融。'则又有天柱峰、祝
融峰为五峰矣。《植萱录》始著五峰：一曰祝融，二曰紫盖，三
曰天柱，四曰密云，五曰石廪。然今山中有七十二峰，其特高者
此五峰耳。岳之诸峰皆朝于祝融，独紫盖一峰势转东去。昔有朝
士题曰：'紫盖自知天尚远，低回无语自朝东。'语虽不高，亦颇
有意。"钱曰：《长沙记》：衡山轩翔耸拔，九十馀丈，尊卑差次，
七十二峰。最大者五：芙蓉、紫盖、石廪、天柱、祝融，而祝融
为最高。"蔡曰："长，丁丈切。嶪，音业，山貌。"○《太平御
览·道部》二十引《南岳魏夫人内传》曰："夫人姓魏，讳华存，
字贤安，任城人，晋司徒文康公魏舒女也。适南阳刘幼彦，在世
八十三年，以晋成帝咸和九年托形剑化，上诣三清，扶桑大帝遣
八元仙伯等授夫人玉札金文，位为紫虚元君，后位为南岳夫人。"
蔡本夹作来。○朱曰："杖崇冈，言杖策崇冈也。"○《文选·吴
都赋》曰："玉堂对霤，石室相距。"刘渊林注曰："玉堂石室，
仙人居也。"○朱曰："府主指岳神，如仙府、洞府之府，因山有
祠神，故以降祥祈之，与起'秩礼'语相应。"案：朱说是也，
仇以为于理不合，以府主为衡山太守，谬矣。

岑　参

　　岑参，南阳人。天宝三年进士第。累官左补阙，起居郎，出
为嘉州刺史。杜鸿渐镇西川，表为从事，使罢，流寓不还，遂终
于蜀。见《唐诗纪事》及《唐才子传》。○杜确曰："岑公早岁孤
寒，能自砥励，遍览史籍，尤工缀文。属辞尚清，用志尚切，其
有所得，多入佳境。迥拔孤秀，出于常情。每一篇绝笔，则人传
写，虽闾里士庶、戎夷蛮貊莫不吟习焉。"（《嘉州集序》）殷璠
曰："参诗语奇体峻，意亦造奇。"（《河岳英灵集》）

与高适薛据同登慈恩寺浮图

　　高适别见后。薛据，荆南人，事见《唐才子传》。慈恩寺已见前，浮图即塔也。《魏书·释老志》曰："凡宫塔制度犹依天竺旧状而重构之，从一级至三五七九，世人相承谓之浮图，或云佛图。"

　　塔势如涌出，沈曰："突兀。"孤高耸天宫。

　　登临出世界，磴道盘虚空。

　　突兀压神州；峥嵘如鬼工。塔之大势。

　　四角碍白日；七层摩苍穹。仰观。

　　下窥指高鸟；俯听闻惊风。俯观。

　　连山若波涛，奔走似朝东。远观。

　　青松夹驰道，宫观何玲珑？近观。

　　秋色从西来，苍然满关中。时令。

　　五陵北原上，万古青濛濛。地势。

　　净理了可悟；胜因夙所宗。

　　誓将挂冠去，觉道资无穷。志愿。

　　□气象阔大，几与少陵一篇并立千古。○沈曰："登慈恩塔诗，少陵下应推此作。高达夫、储太祝皆不及也。薛据诗失传，无可考。"

　　《妙法莲华经·宝塔品》曰："尔时佛前有七宝塔，高五百由旬，纵广二百五十由旬，从地涌出。"○王僧孺《忏悔礼佛文》曰："腾神净国，纵驾天宫。"○《史记·孟子荀卿传》曰："中国名曰赤县神州，赤县神州内自有九州，禹之序九州是也。"○《史记·秦本纪》："由余曰：此台若鬼为之，则神劳矣。"○

木玄虚《海赋》曰：“波如连山。”○贾山《至言》曰：“秦为驰道于天下，道广五十步，树以青松。”○《史记·项羽本纪》：“或说项王曰：“关中阻山河四塞。”《汉书·高帝纪》：颜注曰：“自函谷关以西总名关中。”○《文选·西都赋》曰：“西眺五陵。”李善注曰：“《汉书》曰：高帝葬长陵（《高帝纪》），惠帝葬安陵（《惠帝纪》），景帝葬阳陵（《景帝纪》），武帝葬茂陵（《武帝纪》），昭帝葬平陵（《昭帝纪》）。”《元和郡县志》曰：“关内道京兆府咸阳县：汉长陵在县东三十里，安陵在县东北二十里，阳陵在县东四十里，平陵在县西北二十里。兴平县：汉茂陵在县东北十七里。”○《妙法莲华经·序品》曰：“求无上慧为说净道。”○《佛说无常经》曰：“胜因生善道。”○《后汉书·逸民传》曰：“逢萌，字子庆，北海都昌人也。之长安，通《春秋经》。时王莽杀其子宇，萌谓友人曰：三纲绝矣，不去，祸将及人。即解冠挂东都城门，归将家属浮海，客于辽东。”○《维摩经·佛国品》曰：“始在佛树力降魔得甘露灭觉道。”成肇注曰：“大觉之道，寂灭无相，至味和神，喻若甘露。”

因假归白阁西草堂

杜子美《渼陂西南台诗》曰：“颠倒白阁影。”钱笺引《陕西通志》曰：“紫阁、白阁、黄阁三峰俱在圭峰东。紫阁，旭日射之，烂然而紫；白阁阴森，积雪弗融；黄阁不知所谓。三峰相去不甚远。”《清统志》曰：“陕西西安府：紫阁峰在鄠县东南。县志：峰在县东南三十里，迤东有白阁、黄阁峰。”

雷声傍太白，雨在八九峰。起势雄莽。
东望白阁云，半入紫阁松。
胜概纷满目，衡门趣弥浓。
幸有数亩田，得延二仲踪。

早闻达士语，偶与心相通。

误徇一微官，还山愧尘容。

钓竿不复把；野碓无人舂。

惆怅飞鸟尽，南溪闻夜钟。结语微妙。

□魄力沉厚，意境幽渺。

《水经·渭水》注曰："渭水又迳武功县故城北。《地理志》曰：县有太台山，古文以为终南，杜预以为中南也。《三秦记》（依孙星衍校增）亦曰：太白山在武功县南，去长安二百里，不知其高几何。俗云：武功、太白，去天三百。"杜彦远曰："太白山南连武功山，于诸山最为秀杰，冬夏积雪，望之皓然。"《清统志》曰："陕西凤翔府：太白山在郿县，即终南山别名。"○《诗·衡门》毛传曰："衡门横木为门，言浅陋也。"○《文选》谢灵运《田南树园激流植援诗》曰："唯开蒋生径，永怀求、羊踪。"李善注引《三辅决录》曰："蒋诩，字元卿，隐于杜陵，舍中三径，惟羊仲、求仲从之游，二仲皆挫廉逃名。"○孔德璋《北山移文》曰："抗尘容而走俗状。"○应休琏《与从弟君苗君胄书》曰："郅恽投竿。"○《说文》曰："碓，舂也。"《广韵》十八队引《通俗文》曰："水碓曰轓车。"

送祁乐归河东

杜子美《奉先刘少府新画山水画障歌》曰："岂但祁岳与郑虔？"钱牧斋笺曰："朱景玄《唐朝名画录》：李嗣真《画录》云：空有其名，不见踪迹，二十五人，祁岳在李国恒之下。岑参《送祁乐诗》云云，瞀者唐仲云疑即其人。岳之与乐，传写之误也。"《旧唐书·地理志》曰："贞观元年，始于山河形便分为十道，三曰河东道。"

祁乐后来秀，挺身出河东。

往年诣骊山，献赋温泉宫。

天子不召见，挥鞭遂从戎。

前月还长安，囊中金已空。

有时忽乘兴，画出江上峰。

床头苍梧云；簾下天台松。

忽如高堂上，飒飒生清风。

五月火云屯，气烧天地红。

鸟且不敢飞，子行如转蓬。

少华与首阳，隔河势争雄。

新月河上出，清光满关中。

置酒灞亭别，高歌披心胸。

君到故山时，为吾谢老翁。

  《晋书·王忱传》："范宁谓曰：卿风流俊望，真后来之秀。"
○《元和郡县志》曰："关内道京兆府昭应县：华清宫在骊山上。
开元十一年，初置温泉宫，天宝六年，改为华清宫。"《新唐书·
地理志》曰："宫在骊山下，贞观十八年置。咸亨二年始名温泉
宫，天宝六载，更温泉曰华清宫。"馀见杜子美《奉先咏怀诗》
注。○苍梧云已见杜子美《同诸公登慈恩寺塔诗》注。○孙兴公
《游天台山赋》曰："荫落落之长松。"○卢思道《纳凉赋》曰：
"火云赫而四举。"○曹子建《杂诗》曰："转蓬离本根，飘飘随
长风。"○《艺文类聚·山部》引《述征记》曰："华山对河东首
阳山，黄河流于二山之间。"《山海经·西山经》曰："太华之山，
又西八十里曰小华之山。"郭注曰："即少华山。"《元和郡县志》
曰："关内道华州郑县：少华山在县东南十里。华阴县：太华山
在县南八里。河东道河中府河东县：雷首山在县南十五里。"《史

记·五帝本纪》《正义》引《括地志》曰："蒲州河东县：雷首山亦名首阳山。"《清统志》曰："陕西同州府：太华山在华阴县南十里，小华山在华州东南。山西蒲州府：雷首山在永济县南。"案：华州今改县。○《史记·李将军传》曰："还至霸陵亭。"李太白《灞陵行送别诗》曰："送君灞陵亭，灞水流浩浩。"《史记·高祖本纪》《正义》曰："故霸陵在雍州万年县东北二十五里。"《元和郡县志》曰："关西道京兆府万年县：霸水在县东二十里。"《太平寰宇记》《长安志》并云二十一里。案：唐万年县在今陕西长安县东。

韦应物

韦应物，京兆长安人。少以三卫郎事明皇，乱后失官，更折节读书，后历官滁州刺史，左司郎中。又为苏州刺史。见《唐诗纪事》及《唐才子传》。○清《四库全书总目》曰："应物五言古体源出于陶，而镕化于三谢，故真而不朴，华而不绮。但以步趋柴桑未为得实。"

幽　居

贵贱虽异等，出门皆有营。

独无外物牵，遂此幽居情。

微雨夜来过，不知春草生。沈归愚曰："中有元化。"

青山忽已曙，鸟雀绕舍鸣。

时与道人偶；或随樵者行。

自当安蹇劣，谁谓薄世荣？沈曰："韦诗至处每在淡然无意，所谓天籁也。"

《说文》曰："謇，跛也。"○《魏志·王粲传》曰："北海徐幹字伟长。"裴注引《先贤行状》曰："幹轻官忽禄，不耽世荣。"

寄全椒山中道士

王象之《舆地纪胜》曰："淮南东路滁州：神山在全椒县西三十里，有洞极深。唐韦应物《寄全椒山中道士诗》，此即道士所居也。"《清统志》曰："安徽滁州：神山在全椒县西。"

今朝郡斋冷，忽念山中客。

涧底束荆薪，归来煮白石。

欲持一瓢酒，远慰风雨夕。

落叶满空山，何处寻行迹？

□一片神行。○沈曰："化工笔，与陶渊明'采菊东篱下，悠然见南山'，妙处不关言语意思。"

《神仙传》曰："白石先生者，中黄丈人弟子也。尝煮白石为粮，因就白石山居，时人故号曰白石先生。"许彦周曰："韦苏州诗：'落叶满空山，何处寻行迹？'东坡用其韵曰：'寄语庵中人，飞空本无迹。'此非才不逮，盖绝唱不当和也。如东坡《罗汉赞》：'空山无人，水流花开'，此八字还许人再道否？"

初发扬子寄元大校书

《方舆纪胜》扬州引《元和郡县志》曰："大江西北自六合县界流入，南对丹徒之京口，旧阔四十馀里，今阔十八里。"《清统志》曰："江苏扬州府：大江一名扬子江，自江宁府六合县东流入，经仪征县南，有上江、下江、旧江三口，对岸为句容县，又东经江都县南四十里瓜州镇，渡口对岸为镇江府丹徒

县，又东入通州泰兴县界。"○《唐六典》（卷八）："门下省宏
文馆：校书郎二人，从九品，掌校理典籍，刊正错谬。"又
（卷十）："秘书省：校书郎八人，正九品上，掌雠校典籍，刊
正文字。"此云校书，未知何属也。

　　悽悽去亲爱，泛泛入烟雾。

　　归棹洛阳人，残钟广陵树。六朝佳句。

　　今朝为此别，何处还相遇？

　　世事波上舟，沿洄安得住？

　　□沈曰："写离情不可过于凄惋，含蓄不尽愈见情深，此种
可以为法。"

　　谢玄晖《夜听妓诗》曰："要取洛阳人，共命江南管。"
○《续汉书·郡国志》：徐州广陵郡广陵县原注曰："吴王濞所
都，城周十四里半。"《清统志》曰："江苏扬州府：广陵故城在
府（今江都县）东北。"○《说文》曰："沿，缘水而下也，逆流
而上曰溯洄。"

淮上即事寄广陵亲故

　　前舟已渺渺，欲渡谁相待？

　　秋山起暮钟，楚雨连沧海。

　　风波离思满；宿昔容鬓改。

　　独鸟下东南，广陵何处在？

　　□神似宣城。

　　《书·禹贡》曰："淮海惟扬州"。伪《孔传》曰："北据淮，
南距海。"

韩退之

　　韩愈，字退之，邓州南阳人。（李太白《武昌宰韩君去思碑》曰：仲卿，南阳人，即愈之父也。皇甫持正《韩文公神道碑》叙其先世，亦云后居南阳。故《新唐书·愈传》曰：邓州南阳人。或以南阳为修武，非也。《左传》僖二十五年，晋启南阳。《战国策》亦屡称之。然自秦名修武之后，汉以来称南阳者皆指南阳郡，不指修武，不得以退之家居河阳，遂附会南阳为修武也。《元和姓纂》及《新书·宰相世系表》皆谓退之之族出于颍川，与居南阳之赭阳后徙昌黎之棘城者别为二族。故后人颇以为疑。然谱系之书本不尽可信。退之文中恒自署昌黎韩愈，李习之撰《韩公行状》亦云昌黎人，《旧书·愈传》因之，当必有据。特今不可考耳。朱晦庵《韩文考异》谓昌黎族盛，故随而称之，断无此理。）贞元八年进士第，仕至吏部侍郎，谥曰文。《旧、新唐书》皆有传。〇方植之曰："韩公诗体多。而造境造言，精神兀傲，气韵沉酣，笔势驰骤，波澜老成，意象旷达，句字奇警，独步千古。"

秋怀诗　十一首录五

　　方扶南（世举）曰："按自宋玉悲秋而有《九辩》，六朝因之有《秋怀诗》。（谢惠连有《秋怀诗》）皆以摇落自比也。此诗云：学堂日无事。乃自员外郎下为国子博士时作。"（《笺注》）

　　　　窗前两好树，众叶光薿薿。
　　　　秋风一披拂，策策鸣不已。
　　　　微灯照空床，何义门曰："逐层衬出。"夜半偏入耳。何曰："顶策策。"

　　愁忧无端来，感叹成坐起。

　　天明视颜色，与故不相以。何曰："应蘷蘷。"
又曰："妙从秋声入耳，写得惊心动魄，然后转出颜色
凋瘁来，若于光蘷蘷下径接凋瘁，便嚼蜡矣。"

　　羲和驱日月，疾急不可恃。

　　浮生虽多涂，趋死惟一轨。

　　胡为浪自苦？得酒且欢喜。

　　其一　○何曰："反结放宽。"

　　□曾曰："此首因闻脱叶秋声而生感。"

○《广雅·释训》曰："蘷蘷，茂也。"○《庄子·天运篇》
曰："风起北方，一西一东，孰居无事而披拂是？"○魏文帝《善
哉行》曰："忧来无方。"

　　秋气日恻恻，秋空日凌凌。

　　上无枝上蜩；下无盘中蝇。

　　岂不感秋节？耳目去所憎。何曰："从悲秋意
又翻出一层。"

　　清晓卷书坐，南山见高棱。

　　其下澄湫水，有蛟寒可罾。

　　惜哉不得往，岂谓吾无能？

　　其四

　　□何曰："手揽蛟龙，触动所怀，此固大夫之猛志，奈何为
一博士束缚也？"曾曰："雄心振发，即下章所谓前猛者也。"

　　潘安仁《寡妇赋》曰："情恻恻而弥其。"○祝廷宾（充）
曰："湫水即公《南山诗》因缘窥其湫，炭谷湫也。（《长安志》

曰：在长安城南四十里。）罾，鱼网也。《庄子》：钩饵网罟罾笱
之知多。”（《胠箧篇》，见《五百家注》引）○方扶南曰：“按明
人唐汝询曰：‘有蛟寒可罾’四句，为宪宗之世，朝政渐肃，宜
讨不庭，而己无权，故有是叹。但概云宪宗时，未有以定其何
年。以余观之，殆为王承宗也。按《旧唐书·宪宗纪》：元和七
年六月，镇州甲仗库灾，王承宗常蓄叛谋，至是始惧天罚，凶气
稍夺。先是裴度极言淮蔡可灭，公亦奏其败可立而待，执政不
喜，至是以柳涧事降为国子博士。故曰‘惜哉不得往’也。南湫
之蛟特借喻耳。若诚言蛟，不足入秋怀也。”

　　　　　离离挂空悲；戚戚抱虚警。
　　　　　露泫秋树高；虫弔寒夜永。
　　　　　敛退就新懦；趋营悼前猛。何曰：“悼前猛应
揽蛟龙，就新懦仍归于阅史书。”
　　　　　归愚识夷涂；汲古得修绠。
　　　　　名浮犹有耻；味薄真自幸。
　　　　　庶几遣悔尤；即此是幽屏。
　　　　其五
　　□何曰：“字字生造，新警之极。”○曾曰：“此首即陶公今
是昨非之意，若新有所悟者。以浮名为耻，以薄味为幸，知道之
言也。”

　　谢灵运《咏怀诗》曰：“花上露犹泫。”○《文选·西京赋》
曰：“襄岸夷涂。”薛综注曰：“夷，平也。”○《庄子·至乐篇》
曰：“绠短者不可以汲深。”《说文》曰：“绠，汲井索也。”○曹
子建《出妇赋》曰：“退幽屏于下庭。”
　　葛常之（立方）曰：“韩退之《秋怀诗》云：‘敛退就新懦，
趋营悼前猛。’此陶渊明觉今是昨非之意，似有所悟也。”（《韵语

阳秋》卷十一）

今晨不成起，端坐尽日景。

虫鸣室幽幽；月吐窗冏冏。

丧怀若迷方；浮念剧含梗。

尘埃慵伺候；文字浪驰骋。

尚须勉其顽，王事有朝请。

其六　○何曰："结二句仍不能终于幽屏，与前首结句反对。"吴曰："一折乃尔深郁。"

□曾曰："此首本思遗世高举，不复愿伺候于尘埃之中，而为生事？所累，尚须黾勉以从王事也。"

《文选》江文通《杂体诗》曰："冏冏秋月明。"李善注引《苍颉篇》曰："冏，大明也。"○《列子·周穆王篇》曰："秦人逢氏有子，有迷罔之疾，天地四方无不倒错者。"鲍明远《拟古诗》曰："迷方独沦误。"○《汉书·刘向传》曰："赐望之（萧望之）爵关内侯、奉朝请。"

卷卷落地叶，随风走前轩。

鸣声若有意，颠倒相追奔。四句写落叶。

空堂黄昏暮，我坐默不言。

童子自外至，吹灯当我前。

问我我不应，馈我我不餐。

退坐西壁下，读诗尽数编。

作者非今士，相去时已千。

其言有感触，使我复凄酸。

顾谓汝童子，置书且安眠。

丈夫属有念，事业无穷年。

其八　○吴北江曰："结语兀奡，韩公本色。"

□曾曰："此首因落叶而感触生平之志，事甚远且大。"

方扶南曰："按吹有二义。《淮南·说山训》：或吹火而然，或吹火而灭，所以吹者异也。公诗正吹然也。"○《魏志·贾诩传》："诩曰：属适有所思，故不及对耳。"鲍明远《答客诗》曰："幽居属有念。"

岳阳楼别窦司直

世彩堂本《韩集注》（陈景云定为廖莹中注）曰："窦司直名庠，字胄卿。韩皋镇武昌，辟庠幕府，陟大理司直，权领岳州。公自阳山移江陵法曹，道出岳阳楼作此诗，永贞元年冬十月也。刘禹锡有和篇，足成六十韵，见刘集。"案：窦庠，旧、新《唐书》皆附《窦群传》。《唐六典》（卷十八）曰："大理寺司直六人，从六品上。"《通典·职官》七曰："司直掌承制出使推覆，若寺有疑狱则参议之。"又案：《太平寰宇记》曰："江南西道岳州巴陵县：岳阳楼，唐开元四年，张说自中书令为岳州刺史，常与才士登此楼，有诗百馀篇，列于楼壁。"（此据《古逸丛书》补本，《舆地纪胜》亦引之。）《舆地纪胜》："荆湖北路岳州引《岳阳风土记》曰：岳阳楼，城西门楼也。下瞰洞庭，景物宽广。"《清统志》曰："湖南岳州府：岳阳楼在巴陵县（今岳阳县）西门上。"

洞庭九州间，厥大谁与让？

南汇群崖水，北注何奔放？

潴为七百里，吞纳各殊状。

自古澄不清，环混无归向。

炎风日搜搅，幽怪多冗长。

轩然大波起，宇宙隘而妨。

巍峨拔嵩华，腾踔较健壮，

声音一何宏？轰輵车万两。

犹疑帝轩辕，张乐就空旷。

蛟螭露笋虡；缟练吹组帐。

鬼神非人世，节奏颇跌踢。

阳施见夸丽；阴闭感凄怆。曾曰："自轩然大波至此，状洪涛壮观。"

朝过宜春口，极北缺堤障。

夜缆巴陵洲，丛芮才可傍。

星河尽涵泳，俯仰迷下上。

馀澜怒不已，喧聒鸣瓮盎。

明登岳阳楼，辉焕朝日亮。

飞廉戢其威，清晏息纤纩。

澄泓湛凝绿，物影巧相况。

江豚时出戏，惊波忽荡漾。

时当冬之孟，隙窍缩寒涨。

前临指近岸，侧坐眇难望。

涤濯神魂醒，幽怀舒以畅。曾曰："自朝过宜春至此，状其风息波恬。"

主人孩童旧，何曰："入窦司直。"握手乍忻怅。

怜我窜逐归，何曰："伏后追思南渡一段。"相见得无恙。

开筵交履舄，烂漫倒家酿。

盃行无留停，高柱送清唱。

中盘进橙栗，投掷倾脯酱。

欢穷悲心生，何曰："转。"婉娈不能忘。

念昔始读书，志欲干霸王。

屠龙破千金，为艺亦云亢。何曰："悲愤郁勃，所谓茫茫交集。"

爱才不择行，触事得谗谤。

前年出官由，此祸最无妄。

公卿采虚名，擢拜识天仗。

奸猜畏弹射；斥逐恣欺诳。

新恩移府庭，逼侧厕诸将。

于嗟苦弩缓，但惧失宜当。

追思南渡时，鱼腹甘所葬。何曰："打转前半，方见写景处非漫然铺叙，此真匠手结构。"

严程追风帆，劈箭入高浪。

颠沉在须臾，忠鲠谁复谅？

生还真可喜，克己自惩创。

庶从今日后，粗识得与丧。

事多改前好；趣有获新尚。

誓耕十亩田；不取万乘相。

细君知蚕织，稚子已能饷。

行当挂其冠，生死君一访。何曰："结出窦司直妙。"

□俞犀月曰："此诗前半首写景，后半首述事，却用追思南渡时数语挽转，直有千钧之力。且有此一段，才见前此铺张非漫然也。可见公布局运笔之妙。"曾曰："公于窦氏兄弟最为契好，故于欢宴之馀，追忆前事，言之沉痛。"

《水经·湘水》注曰："湘水左会清水口，资水也，世谓之益
阳江。湘水左则沅水注之，谓之横房口，东对微湖，世或谓之糜
湖也。右属微水，西流注于江，谓之糜湖口。湘水又北，左则澧
水注之，世谓之武陵江。凡此四水同注洞庭，北会大江，湖水广
圆五百馀里，日月若出没于其中。"《元和郡县志》曰："江南道
岳州巴陵县：洞庭湖在县西南一里五十步，周回二百六十里。"
《清统志》曰："湖南岳州府：洞庭湖在巴陵县西南，每夏秋水涨
周围八百馀里。"○《说文新附》曰："潴，水所亭也。"○郭景
纯《江赋》曰："并吞沅、澧，汲引沮、漳。"又曰："呼吸万里，
吐纳灵湖。"○《后汉书·黄宪传》曰："宪字叔度，郭林宗曰，
叔度汪汪若千顷陂，澄之不清，淆之不浊，不可量也。"○陆士
衡《文赋》曰："故无取乎冗长。"○《广韵》四十一漾："长，
直亮切，多也。"又："妨，敷方切，妨碍。"○左太冲《吴都赋》
曰："腾趠飞超。"○《说文》曰："轰，群车声也。"《汉书·扬
雄传》："《羽猎赋》曰：皇车幽輵。"颜注曰："幽輵，车声也。"
○《庄子·天运篇》曰："黄帝张《咸池》之乐于洞庭之野。"
○《考工记》："梓人为笋虡。"郑注曰："乐器所悬，横曰笋，植
曰虡。"○嵇叔夜《赠秀才入军诗》曰："组帐高褰。"○《说文》
曰："跌踢，越也。"祝庭宾曰："放荡也。"（《五百家注》引）
○《淮南子·原道篇》曰："与阴俱闭，与阳俱开。"《天文篇》
曰："吐气者施，含气者化，是故阳施阴化。"○唐子西（庚）
曰："宜春郡袁州。"（《五百家注》引）沈文起（钦韩）曰："《北
梦琐言》：武穆王（马殷）巡边，回舟至洞庭南宜春口。《一统
志》：宜春口在巴陵县西北，旧注非。然以公诗及《琐言》证之，
当在西南。"（《韩集补注》）○唐曰："缆，维舟也。"○《元和郡
县志》曰："江南道岳州巴陵郡：本巴丘地，古三苗国也。战国
时属楚，秦属长沙郡。吴于此置巴陵县。宋文帝又立为巴陵郡。
梁元帝改为巴州。隋开皇九年，改为岳州。大业三年为罗州。武

德六年复为岳州。”《清统志》曰：“湖南岳州府：巴丘故城即今府治。”（今岳阳县治）○《说文》曰：“芮，艸生貌。”孙良臣（汝听）曰：“丛芮，岸上丛茅可维舟处。”（《五百家注》引）○左太冲《吴都赋》曰：“涵泳乎其中。”○《江赋》曰：“千类万声，自相喧聒。”○《庄子·德充符篇》曰：“瓮盎大瘿。”○夏侯孝若《长夜谣》曰：“丽紫微之辉焕。”○《楚辞·离骚》曰：“后飞廉使奔属。”王逸注曰：“飞廉，风伯也。”○《汉书·扬雄传》：“《羽猎赋》曰：“天清日晏。”颜注曰：“晏，无云也。”○《书·禹贡》伪《孔传》曰：“纤，细纻。纩，细绵。”木玄虚《海赋》曰：“纤罗不动。”○祝曰：“泓澄，水深清貌。”○《玉篇》曰：“鱄，鲟鱼，一名江豚，欲风则涌。”《文选·江赋》曰：鱼则江豚海狶。”李善注引《南越志》曰：“江豚似猪。”○冬之孟，孙良臣曰：“公永贞元年十月至岳州。”○主人句，退之《窦庠墓志铭》曰：“愈少公十九岁，以童子得见，始以师亲公，而终以兄事焉。”○《楚辞·九辩》曰：“还及君之无恙。”《说文》曰：“恙，忧也。”○《史记·滑稽传》：淳于髡曰：“履舄交错。”○《世说新语·赏誉》下曰：“刘尹云：见何次道饮酒，使人欲倾家酿。”○王仲宣《公谯诗》曰：“但愬杯行迟。”○梁元帝《屋名诗》曰：“玉柱调新曲。”○《史记·滑稽传》：“淳于髡曰：酒极则乱，乐极则悲。”○《文选》陆士衡《于承明作与士龙诗》曰：“婉娈居人思。”李善注曰：“方言曰：惋，欢也。”（卷十三）惋与婉古字通。《说文》曰：“娈，慕也。”○《庄子·列御寇篇》曰：“朱泙漫学屠龙于支离益，殚千金之家。三年技成，而无所用其巧。”○《易·无妄》六三曰：“无妄之灾。”○擢拜句，洪庆善（兴祖）《韩子年谱》曰：“贞元十九年，拜监察御史。”《五百家注》曰：“天仗，天子仗卫也。”○张平子《西京赋》曰：“弹射臧否。”○斥逐，《年谱》曰：“十九年冬贬连州阳山令，是时有诏以旱饥蠲租之半，有司征愈急，公与张署、李方叔上疏言：关中天下根本，民急如是，请宽民徭而免田租之弊。天子恻然，卒为幸臣所谗，贬连州阳山令。幸臣，李实也。史云公上章数千言论宫市，德宗怒，贬阳山令，疏今不传。《寄三翰林诗》云：'拜疏移阁门，为忠宁自谋！天子恻然感，司空叹绸缪。'谓言即施设，乃返迁炎州。公之被绌，坐论此两事也。司空即杜佑。又云：'同官尽才俊，偏善柳与刘。或虑语言泄，传之落冤雠。'宗元、禹锡与公同为御史，刘、柳方进用，则公被黜宜矣。"魏仲举曰："按公阳山之贬，《寄赠三学士诗》叙述甚详，而皇甫持正作公神道碑，亦云因疏关中旱饥，专政者恶之，则其非为论宫市明矣。今公集有《御史台论天旱人饥状》，与诗正合。况皇甫持正从公游者，不应公尝疏宫市而不及之也。然公《寄三学士诗》尚云：'或自疑上疏，上疏岂其由？'则是又未必皆上疏之罪。又曰'同官尽才俊'云云，是盖为王叔文、韦执谊等所排。德宗晚年韦、王之党已成，韦执谊以恩幸时时召见，问外事，是其为王叔文等所排，特驾其罪于上疏耳。洪谓公之被绌坐论宫市与旱饥两事兼而言之，而又不考韦、王始末，故为申及之。"○《文选·上林赋》注引司马彪曰："偪侧，相逼也。"又《秋兴赋》注引《苍颉篇》曰："厕，次也，杂也。"○《楚辞·渔父》曰："宁赴湘川，葬于江鱼之腹中。"○《汉书·东方朔传》曰："归遗细君。"颜注曰："细君，朔妻之名。一说：细，小也。朔自比于诸侯，谓其妻曰小君。"韩仲韶（醇）曰："孙芸《铭石庵》，稚子拾薪，老夫汲涧，细君缉纻。"（《五百家注》引）○挂冠已见岑参诗注。○王僧孺《送殷何两记室诗》曰："倘有还书便，一言访死生。"《广韵》四十漾："访，敷亮切。"

荐　士

　　《五百家注》曰："为孟郊东野作，凡四十韵。"案退之《贞曜先生墓志铭》曰："先生讳郊，字东野，年几五十，始以尊夫人之命来集京师，从进士试，既得即去，间四年又命来选为溧阳尉，迎侍溧上。去尉二年，而故相郑公尹河南，奏为水陆转运从事。"《唐才子传》曰："孟郊，贞元十二年李程榜进士。"《旧唐书·郑馀庆传》曰："贞元十四年，拜中书侍郎平章事，贬郴州司马，凡六载。顺宗登极，征拜尚书左丞。宪宗嗣位之月，又擢守本官平章事，寻罢相，为太子宾客，改为国子祭酒，寻拜河南尹。"王宋贤（元启）曰："郊登第在贞元十二年，间四年选为溧阳尉，当在十七年。去尉二年，河南尹郑馀庆奏为水陆运从事。馀庆以元和元年十一月尹河南，二年辟郊为从事，则郊之去尉当在贞元二十一年。唐制：居官以四考为满，二十一年正郊满官罢任之时。旧注贞元十一年，郊为溧阳尉，郑馀庆尹河南，公作诗荐之。纪年皆舛。又馀庆以元和元年五月罢相为太子宾客，九月，改国子祭酒。篇中有霜风佳菊之句，当是馀庆初改祭酒时所荐。若在尹河南时，则此诗当作于二年九月，时公已于夏末出京。篇中所云，似公与郊同在京师，非分司东都时语。窃谓水陆从事之辟，虽由此诗之荐，作此诗时自在馀庆未尹河南之前。"（《读韩记疑》）步瀛案：王说是也。韩仲韶谓在郑既尹河南之后（《五百家注》引），王氏已辨之。顾侠君（嗣立）谓在馀庆为中书侍郎之时（《昌黎诗集注》），则是时东野尚未为溧阳尉，与诗尤不合也。

周诗三百篇，雅丽理训诰。
曾经圣人手，议论安敢到？
五言出汉时，苏李首更号。
东都渐弥漫，派别百川导。
建安能者七，卓荦变风操。
逶迤抵晋宋，气象日凋耗。

中间数鲍谢，比近最清奥。

齐梁及陈隋，众作等蝉噪。

搜春摘花卉，沿袭伤剽盗。

国朝盛文章，子昂始高蹈。

勃兴得李杜，万类困陵暴。

后来相继生，亦各臻阃奥。以上论诗之源流。

有穷者孟郊，受材实雄骜。

冥观洞古今，象外逐幽好。

横空盘硬语，妥帖力排奡。

敷柔肆纡馀，奋猛卷海潦。

荣华肖天秀；捷疾逾响报。

行身践规矩，甘辱耻媚灶。

孟轲分邪正，眸子看瞭眊。

杳然粹而清，可以镇浮躁。

酸寒溧阳尉，五十几何耄？

孜孜营甘旨，辛苦久所冒。

俗流知者谁？指注竞嘲傲。以上言郊之文行。

圣皇索遗逸，髦士日登造。

庙堂有贤相，爱遇均覆焘。

况承归与张，二公迭嗟悼。

青冥送吹嘘，强箭射鲁缟。

胡为久无成？使以归期告。

霜风破佳菊，嘉节迫吹帽。

念将决焉去，感物增恋嫪。

彼微水中荇，尚烦左右芼。

鲁侯国至小，庙鼎犹纳郜。

幸当择珉玉；宁有弃珪瑁？

悠悠我之思，扰扰风中纛。

上言愧无路，日夜惟心祷。

鹤翎不天生，变化在啄菢。

通波非难图；尺地易可漕。

善善不汲汲，后时徒悔懊。

救死具八珍，不如一箪犒。

微诗公勿诮，恺悌神所劳。以上反复论荐。

□何义门曰："此诗多用譬喻，极纵横历落之致。"

《史记·孔子世家》曰："《关雎》以为风始，《鹿鸣》为小雅始，《文王》为大雅始，《清庙》为颂始。三百五篇，孔子皆弦歌之，以求合韶武雅颂之音。"○《文心雕龙·征圣篇》曰："圣文之雅丽。"○《文选》卷二十九有李少卿《与苏武诗》三首，苏子卿诗四首，《玉台新咏》卷一有苏武《留别妻》一首（即《文选》苏子卿诗四首之第三首），《艺文类聚·人部》十三有李陵诗七首，苏武诗四首，《初学记·人部》中有李陵诗二首，苏武诗仅节录（四句凡两见），《古文苑》卷八有李陵诗八首，苏武诗二首。后人去其重复，凡得李陵诗十三首，（杨升庵《诗话》所举一首，云出《修文殿御览》，此欺人语不足信。）苏武诗六首。钟仲伟（嵘）《诗品》曰："逮汉李陵，始著五言之目，特未言子卿。"刘彦和（勰）《文心雕龙·明诗篇》曰："至成帝品录三百馀篇，朝章国故亦云周备，而词人遗翰莫见五言，所以李陵、班婕妤见疑于后代也。"苏子瞻亦疑苏、李五言为伪（《题文选》）。然又云苏、李之天成（《跋黄子思》），则前以为伪者又非定论矣。要之，苏、李之诗固多后人拟作，然概目为伪，亦失之武断，近人更据彦和之说，以为汉无五言，则故为立异而不求事理之安矣。○孙曰："光武都洛，故号东都。"○左太冲《吴都赋》曰："百川派别，归海而会。"○《三国志·魏志·王粲传》注引魏文帝《典论》曰："今之文人，鲁国孔融、广陵陈琳、山阳王粲、北海徐幹、陈留阮瑀、汝南应场、东平刘桢，斯七子者，于学无所遗，于辞无所假，咸自以骋骐骥于千里，仰齐足而共驰。"孙曰："建安，汉献帝年号，七子皆建安时人。"○《文选》左太冲《咏史诗》曰："卓荦观群书。"李善注曰："卓荦，犹超绝也。"○《文选·笙赋》李善注曰："逶迤，渐邪之貌。"○《诗品》曰："晋、宋之际，殆无诗乎！义熙中，以谢益寿（混）、殷仲文（浩）为华绂之冠，殷不竞矣。"《文心雕龙·明诗篇》曰："江左篇制，溺乎玄风，嗤笑殉务之志，崇盛无稽之谈。宋初文咏，体有因革。庄、老告退，而山水方滋。俪采百字之偶，争价一句之奇。情必极貌以写物，词必穷力而追新，此近世之所竞也。"○《宋书·临川王道规附鲍照传》曰："字明远。文辞瞻逸，尝为古乐府，文甚遒丽。"《谢灵运传》曰："陈郡阳夏人也。袭封康乐公。○万类句，孙曰："万物皆为李、杜凌轹云尔。"○《汉书叙传》曰："究先圣之壸奥。"案：阃壸字通。○《说文》曰："劳，健也。"案：鹜劳字通。○陆士衡《文赋》曰："或妥帖而易施。"○羿，从乔声。《说文》曰："乔，放也。"段注曰："放者，逐也。"○《论语·八佾篇》："王孙贾曰：与其媚于奥，宁媚于灶。"《集解》引孔安国曰："灶以喻执政也。"○《孟子·离娄上》曰："胸中正则眸子瞭焉，胸中不正则眸子眊焉。"○《元和郡县志》：溧阳县属江南道宣州。案：今江苏溧阳县治。《唐六典》（卷三十），诸州上县尉二人，从九品下。○《诗·抑》毛传曰："耄，老也。"○《礼记·内则》曰："昧爽而朝，兹以旨甘。"○《五百家注》曰："傲亦作傲，慢也。"案："本字作嫯。"《说文》曰："嫯，侮傷也。"○《诗·甫田》曰："烝我髦士。"毛传曰："烝，进也；髦，俊也。"○《礼记·王制》曰："命乡论秀士，升之司徒曰选士。司徒论选士之秀者而升之学，曰俊士。升于司徒者不征于乡，升于学者不征于司徒，曰造士。大乐正论造士之秀者以告于王，而升诸司马，曰进士。"○贤相，《五百家注》曰："谓郑馀庆。"○《礼记·中庸》曰："天地无覆帱。"郑注曰："帱亦覆也，或作焘。"○归与张，韩曰："谓郊尝为归登、张建封所知。"方扶南曰："归疑是登父崇敬也。《旧唐书·德宗纪》：贞元十五年，特进、兵部尚书归崇敬卒。十六年，右仆射张建封卒。追而溯之，称曰二公，固其宜也。登虽尝与韩、孟周旋，然按登传，德宗时才至兵部员外郎，充皇子侍读，史馆修撰，不应并称二公，又在张上也。崇敬字正礼，苏州吴郡人，新旧史皆有传。"○《后汉书·郑太传》："公业曰：孔公绪清谈高论，嘘枯吹生。"○《汉书·韩安国传》："安国曰：强弩之末力不能入鲁缟。"颜注曰："缟，素也。曲阜之地，俗善作之，尤为轻细，故以取喻也。"○《晋书·孟嘉传》曰："嘉为桓温参军，九月九日，温游龙山，参僚毕集，有风至吹嘉帽堕落不觉。"○《广韵》十一暮引《声类》曰："姻缪，恋惜也。"又三十七号曰："嫪，郎到切。"○《诗·关雎》曰："参差荇菜，左右芼之。"毛传曰："芼，择也。"○《春秋》桓二年曰："取郜大鼎于宋，戊申，纳于大庙。"《左传》杜注曰："郜国所造也，济阴城武县东南有北郜城。"案：在今山东城武县。○《礼记·聘义》曰："子贡问于孔子曰：敢问君子贵玉而贱珉者何也？"案：珉、瑉字同。○《书·顾命》曰："太保承介珪，上宗奉同瑁。"《说文》曰："诸侯执圭朝天子，天子执玉以冒之，似犁冠。"○《尔雅·释言》曰："翢，纛也。"郭注曰："今之羽葆幢。"《汉书·高帝纪》注引李斐曰："纛，羽毛幢也。"《国策·楚策》一："楚王曰：寡人心摇摇如悬旌。"○玄应《一切经音义》十八引《通俗文》曰："鸡伏卵，北燕谓之菢。"○班孟坚《西都赋》曰："与海通波。"○易可漕，王宋贤曰："易，移易也，言但移易尺寸之地即可达通波，所谓一举手之劳耳。《广韵》三十七号曰："漕，水转谷，在到切。"○《公羊》昭二十年曰："君子之善善也长。"○《晋书·王羲之传》曰："门生惊懊者累日。"○《周礼·天官·膳夫》："珍用八物。"郑注曰："珍谓淳熬、淳母、炮豚、炮牂、捣珍、渍熬、肝膋也。"案：郑注本《内则》。○一箪犒，王宋贤曰："此用救灵辄事，盖指箪食。"步瀛案：《左》宣二年曰："初，宣子田于首山，舍于翳桑，见灵辄饿，食之而为箪食与肉，置诸橐以与之。"○《诗·旱麓》曰："岂弟君子，神所劳矣。"郑笺曰："劳，劳来，犹言佑助。"《释文》曰："劳，力报反。"又《蓼萧》毛传曰："岂乐，弟易也。"《释文》曰："岂本亦作恺，弟本亦作悌。"

　　许彦周（顗）曰："韩退之云：横空盘硬语，妥帖力排奡。盖能杀缚事实，与意义合，最难能之，知其难则可与论诗矣。此所以称孟东野也。"（《诗话》）

调张籍

　　孙曰："张籍，字文昌，苏州吴人。公举荐进士。"案：《旧唐书·张籍传》不言何郡人。《新书·籍传》曰："和州乌江人。"《唐才子传》从之。晁公武《郡斋读书志》、尤袤《全唐诗话》、计有功《唐诗纪事》皆云和州人，吴郡盖其郡望也。（唐《宰相世系表》，张氏有吴郡房。）退之《与孟东野书》云："张籍在和州居丧"，是其居和州之证。籍尝从退之游，见《与冯宿论文书》及《送孟东野序》，退之在汴州荐籍，见《此日足可惜赠张籍诗》，（孙曰："汴州举进士，愈为考官，试反舌无声诗，籍中等。案：《张司业诗集》题作徐州试反舌无声，疑误。"）及籍《祭退之诗》。《旧传》曰："贞元中，登进士第。"（《侯鲭录》引《唐登科记》《郡斋读书志》《唐才子传》皆谓在真元十五年。）○《笔墨闲录》曰："退之参李、杜透机关处，于调张籍见之，'我愿生两翅'以下至'与我高颉颃'，此领会语也。从退之言诗者多，而独许籍者，以其有见处可传衣耳。"（《五百家补注》引）

> 李杜文章在，光焰万丈长。
> 不知群儿愚，那用故谤伤？
> 蚍蜉撼大树，可笑不自量。
> 伊我生其后，举颈遥相望。
> 夜梦多见之，昼思反微茫。
> 徒观斧凿痕，不瞩治水航。
> 想当施手时，巨刃摩天扬。
> 垠崖划崩豁；乾坤摆雷硠。
> 惟此两夫子，家居率荒凉。
> 帝欲长吟哦，故遣起且僵。
> 翦翎送笼中，使看百鸟翔。此写运穷，语极沉痛。
> 平生千万篇，金薤垂琳琅。
> 仙官敕六丁，雷电下取将。
> 流落人间者，太山一豪芒。此言所传之少。
> 我愿生两翅，捕逐出八荒。
> 精诚互交通，百怪入我肠。
> 刺手拔鲸牙；举瓢酌天浆。
> 腾身跨汗漫，不着织女襄。
> 顾语地上友，经营无太忙。
> 乞君飞霞佩，与我高颉颃。结出调意。

□吴曰："雄奇岸伟，亦有光焰万丈之观。"

《尔雅·释虫》曰："蚍蜉，大蚁。"郭注曰："俗呼马蚍蜉。"

○斧凿痕二句，孙曰："诗意谓李、杜文章如禹疏凿江峡，虽有迹可寻，而当时运量之巧则今不可得而睹矣。"方曰："《吕氏春秋·古乐篇》，禹勤劳天下，凿龙门通漻水以导河。"○郭景纯《江赋》曰："徽如地裂，豁若天开。触曲崖以萦绕，骇崩浪而相豗。"○《文选·吴都赋》曰："菈擸雷硠，崩峦陁岑。"李善注曰："崩陁之声。"○祢正平《鹦鹉赋》曰："闭以雕笼，翦其翅羽。"○世彩堂本注曰："萧子良古今篆隶书有金错书、倒薤书。"孙曰："王愔《文字志》曰：倒薤者，小篆法也，垂枝浓直若薤叶也。案：金薤就书言，与本诗似未合。盖金如薤叶形，犹俗言金叶子耳。"《书·禹贡》曰："厥贡惟球琳琅玕。"伪《孔传》曰："球琳皆玉名，琅玕石而似玉。"《楚辞·九歌·东皇太一》王逸注曰："琳琅，美玉名也。"○孙曰："六丁者，六甲中丁神也。"世彩堂本注曰："道书阳官六甲，阴官六丁。"《异人记》云：上元中台州道士王远知善易，知人死生祸福，作《易总》十五卷，一日雷电中一老人谓远知曰："所泄者书何在？上帝命吾摄六丁雷电追取。"（今见《龙城录》，伪书不足据。）案：此唐代事，决非退之所用，此诗盖意造此言，或后人反据以傅会耳。○班孟坚《答宾戏》曰："锐思豪芒之内。"○《淮南子·泰族篇》曰："登泰山履石封以望八荒。"《汉书·陈胜项籍传》注曰："八荒，八方荒远之地也。"○方扶南："天浆岂即《山海经》所谓帝台之浆耶！酌天浆以喻高洁，拔鲸牙以喻沉雄。"○《淮南·道应篇》：若士曰："吾与汗漫期于九垓之外，吾不可以久驻，举臂而竦身，遂入云中。"○《诗·大东》曰："跂彼织女，终日七襄。"毛传曰："襄，反也。"○吴北江曰："无太忙者，无乃太忙也。"○《汉书·朱买臣传》曰："吏卒更乞匄之。"颜注曰："乞音气，《广韵》八未曰：气，去既切，与人物也。今作乞。"吴曰："乞者，乞与之也。"○《诗·燕燕》曰："颉之颃之。"

魏道辅曰："元稹作李、杜优劣论（即《工部员外郎杜君墓系铭》），先杜而后李，韩退之不以为然。诗曰：'李、杜文章在'云云，为微之发也。"又曰："元稹自谓知老杜矣。其论曰：上该曹、刘，下薄沈、宋。至韩愈则曰：引（刺）手拔鲸牙，举瓢酌天浆。夫高至于酌天浆，幽至于拔鲸牙，其思顾深远宜如何，而讵止于曹、刘、沈、宋之间耶？"（《临汉隐居诗话》）案：魏氏以此诗起数句为元微之发，恐未必然。周少隐（紫芝）曰："微之虽不当自作优劣，然指稹为愚儿，岂退之之意乎？"（《竹坡诗话》）

寄崔二十六立之

孙曰："贞元四年，侍郎刘太真知举，放进士三十六人，立之中第六。尝为立之作《蓝田县丞厅壁记》，元和十年也。记所载立之战艺出人及言事黜官，皆与诗意合。又有赠立之诗，乃在元和元年，而此云'别来就十年'，盖自元年后相别至是作诗为寄，亦当在元和十年也。"王宋贤曰："此诗有'宦途同险巇'句，当在职方下迁之后，未改比部以前，若十年则现掌帝制，不应尚作此语。（案《韩子年谱》：元和六年行尚书职方员外郎，七年春复为国子博士，八年春守尚书比部郎中、史馆修撰，九年冬为考功郎中知制诰。）且公更欲以来春归籍，至有'文书传道'等云，皆非得意之语，当系七年冬作。诗有'别来就十年'句，约略之词，不必定足十年也。"案：王说亦有理，但古人牢骚语不必以膴仕遂无。且韩公知制诰时未必无不如意事，似不能以诗中有不得意之语遂断其非元和十年作也。

> 西城员外丞，心迹两屈奇。
> 往岁战词赋，不将势力随。
> 下驴入省门，左右惊纷披。
> 傲兀坐试席，深丛见孤罴。

文如翻水成，初不用意为。

四座各低面，不敢捩眼窥。

升阶揖侍郎，归舍日未敧。

佳句喧众口，考官敢瑕疵？

连年收科第，若摘颔底髭。

回首卿相位，通途无他歧。

岂论校书郎？袍笏光参差。

童稚见称说，祝身得如斯。

侪辈妒且热，喘如竹筒吹。

老妇愿嫁女，约不论财赀。

老翁不量分，累月笞其儿。

搅搅争附托，无人角雄雌。以上叙崔技能之高，科名之震。

由来人间事，翻覆不可知。

安有巢中鷇，插翅飞天陲？

驹麛著爪牙，猛虎借与皮。

汝头有缰系；汝脚有索縻。

陷身泥沟间，谁复禀指撝？

不脱吏部选，可见偶与奇。

又作朝士贬，得非命所施？

客居京城中，十日营一炊。

逼迫走巴蛮，恩爱座上离。

昨来汉水头，始得完孤羁。

桁挂新衣裳。盎弃食残糜。

苟无饥寒苦，那用分高卑？以上叙崔登科后仕宦不遂，所如不偶。

怜我还好古，宦途同险巇。

每旬遗我书，竟岁无差池。

新篇奚其思？风幡肆逶迤。

又论诸毛功，劈水看蛟螭。

雷电生眲睗，角鬣相撑披。

属我感穷景，抱华不能摘。

倡来和相报，愧叹俾我疵。

又寄百尺綵，绯红相盛衰。

巧能喻其诚，深浅抽肝脾。

开展放我侧，方餐涕垂匙。

朋交日凋谢，存者逐利移。

子宁独迷误？缀缀意益弥。

举头庭树豁，狂飙卷寒曦。

迢递山水隔，何由应埙篪？

别来就十年，君马记骊骊。

长女当及事，谁助出帨褵？

诸男皆秀朗，几能守家规？

文字锐气在，辉辉见旌麾。

摧肠与戚容，能复持酒卮。

我虽未耋老，发秃骨力羸。

所馀十九齿，飘飘尽浮危。

玄花著两眼，视物隔褷褵。

燕席谢不诣；游鞍悬莫骑。

敦敦凭书案，譬彼鸟黏黐。以上叙与崔交谊之厚。

且吾闻之师：吴曰："横亘而来，据一篇之胜。"

不以物自隳。

孤豚眠粪壤，不慕太庙牺。

君看一时人，几辈先腾驰。

过半黑头死，阴虫食枯骴。

欢华不满眼，咎责塞两仪。

观名计之利，讵足相陪裨？

仁者耻贪冒，受禄量所宜。

无能食国惠，岂异哀癃罢？

久欲辞谢去，休令众睢睢。

况又婴疹疾，宁保躯不赀？

不能前死罢，内实惭神祇。

旧籍在东都，茅屋枳棘篱。

还归非无指，灞渭扬春澌。

生兮耕吾疆，死也埋吾陂。

文书自传道，不仗史笔垂。

夫子固吾党，新恩释衔羁。

去来伊洛上，相待安罘罳。以上言名位不足恋，当以文章传后，约崔同归偕隐。

我有双饮盏，其银得朱提。

黄金涂物象，雕镂妙工倕。

乃令千里鲸，幺麽微蟭斯。

犹能争明月，摆掉出渺瀰。

野草花叶细，不辨蔉葈蒘。

绵绵相纠结，状似环城陴。

四隅芙蓉树，擢艳皆猗猗。

鲸以兴君身，失所逢百罹。

月以喻夫道，儡俛励莫亏。

草木明覆载，妍丑齐荣萎。

愿君恒御之，行止杂燧觿。

异日期对举，当如合分支。_{以上叙以双毹之一}遗崔，所以报百尺綵也。

□吴曰："长篇气势浑灏流转，而时有螭龙光怪出没其间，最是韩公胜境。"

孙曰："西城谓蓝田，元和初，立之以前大理评事言事黜官，再转为蓝田县丞。"沈文起（钦韩）曰："蓝田在京城南，不得云西城。《地理志》：金州有西城县附郭，唐别驾司马有员外置同正，《李少良传》：殿中侍御史杨护贬连州桂阳县丞员外置。公作《蓝田丞厅壁记》中云：斯立再转而为丞兹邑，是则作西城丞正在蓝田丞前，黜官后初转耳。"（《补注》）步瀛案：唐山南道金州西城县，今陕西安康县治。〇屈，崛之通借字。《汉书·景十三王·广川王越传》曰："谋屈奇起自绝。"颜注曰："屈奇，奇异也。屈音其勿反。"〇退之《蓝田县丞厅壁记》曰："贞元初，挟其能战艺京师，再进再屈千人。"〇世彩堂本注曰："唐进士皆骑驴。少陵诗有'骑驴三十载，旅食京华春'。公与孟东野诗亦曰：骑驴到京国，欲和薰风琴。"〇世彩堂本注曰："陶靖节诗：兀傲差若颖。（《饮酒》）王维诗：兀傲迷东西。（《偶然作》）惟公与李义山诗：傲兀逐戎旃（《怀求古翁》），皆作傲兀字用。"步瀛案：支遁《咏怀诗》曰："傲兀乘尸素。"已用傲兀矣。〇韩曰："捒，拗也，力结切。"〇沈曰："《登科记》：贞元四年，崔立之中第，七年中宏词科。案：进士登榜谓之中第，宏词中选谓之登科。"〇孙曰："侍郎谓知贡举者。"步瀛案：《唐语林》卷四曰："贞元四年刘太真侍郎入贡院。"〇《释名·释形体》曰："口上曰髭，颐下曰须。"案：此云颔底髭，则通称耳。〇孙曰："立之登第后，除秘书省校书郎。"案：校书郎见韦应物诗注。○《颜氏家训·治家篇》曰："近世嫁娶，遂有卖女纳财，买妇输绢，比量父祖，计较锱铢，责多还少，市井无异。"○《说文》曰："毂，鸟子生哺者。"○祝曰："陲，边也。"○《周礼·夏官·廋人》，先郑注曰："马二岁曰驹。"《尔雅·释兽》曰："鹿，其子麛。"○沈曰："吏部选始于孟冬，终于季春。《五代会要》（二十三）：有云出选门者，所谓脱吏部选也。《玉海》（卷一百十七）：唐选院故事，岁揭板南院为选式，选者自通一词，不如式辄不得调，其难如此。案：立之已登宏词科，便合超资授官，然中叶所重藩府辟举，崔既无举，又经贬黜，故不脱吏部常调也。"○世彩堂本注曰："古人以遇合为耦，不遇为奇，偶与耦通用。《霍去病传》：诸将常留落不耦。《李广传》：卫青阴受上指，以为李广数奇。颜曰：言广命只不耦合也。"○《后汉书·第五伦传》注引《三辅决录》注曰："第五颉客止灵台中，或十日不炊。"○《水经·沔水》注曰："汉水又东迳西城县故城南。《地理志》：汉中郡之属县也。"沈曰："详诗意，崔初贬巴、阆闲官，后移在西城县，故上云'逼迫走巴蛮'，此云'昨来汉水头'。"○《宋书·乐志》三："《东门行古辞》曰：还视桁上无县衣。"○《左》襄二十二年曰："何敢差池？"○方扶南曰："风幡喻崔诗之透迤，犹曰风旗，风中蘲耳。"步瀛案：《离骚》曰："载云旗之委蛇。"王逸注曰："又载云旗委蛇而长也。"旧校曰："一作透迤。"○方崧卿曰："诸毛谓笔也。"（《韩集举正》）朱晦庵（熹）曰："必是为《毛颖传》而发。"（《考异》）曾曰："按韩公《毛颖传》，柳州曾赞叹之，崔之来书及诗当亦赞《毛颖传》之奇伟，蛟螭雷电等，或即来诗中语耳。"○《文选·吴都赋》曰："忘其所以眹眣。"《说文》曰："眹，暂视貌；眣，目疾视也。"眹，失冉切；眣，施只切。○班孟坚《答宾戏》曰："摘藻如春华。"方崧卿曰："盖公得崔诗正当冬月，故感穷景而不能摘发其春华耳。"○

方崧卿曰："《列子》，矜巧能，修名誉。"（《天瑞》）朱曰："言崔遗我书并新篇綵帛，巧于能达其意，犹言工于某事云尔，非以巧能二字相连。方说误矣。"方扶南曰："巧能喻其诚，或者崔诗亦就绯红之盛衰工于托兴，故于饮馔细细模拟以酬其意耳。"○鲍明远《松柏篇》曰："肝心尽崩抽。"○朋交日凋谢，方扶南曰："按于时东野已没。"○方扶南曰："按公《与崔群书》云：自少至今，从事于往还朋友，日月不为不久。所与交往者千百人，或以事同，或以艺取，或慕其一善，或以其久故，或初不甚相知，而与之已密，其后无大恶，因不复决舍，或其人虽不皆入于善，而于己已厚，虽欲悔之不可。凡诸浅者固不足论，深者止于如此，然则其中固有逐利移者矣。"○《荀子·非十二子篇》曰："缀缀然是弟子之容。"杨倞注曰："缀缀然，不乖离之貌。"○《诗·何人斯》曰："伯氏吹埙，仲氏吹篪。"毛传曰："土曰埙，竹曰篪。"○《尔雅·释畜》曰："黑喙曰騧。"郭璞注曰："今之浅黄色者为騧马。"《说文》曰："骊，马深黑色。"○《仪礼·士昏礼》曰："父送女，母施衿结帨。"郑注曰："帨，佩巾。"《诗·东山》曰："亲结其缡。"毛传曰："缡，妇人之袆也。"○《左传》僖公九年曰："以伯舅耋老。"杜预注曰："七十曰耋。"○方扶南曰："按《与崔群书》云：左车第二牙，无故动摇脱去，目视昏花，寻常间便不分人色。书在贞元十八年，去此复十四年矣。"○方崧卿曰："离褷，毛羽初生貌。字本木华《海赋》凫雏离褷。然离字字书无从衣者，唯王维诗有'独立何褵褷'（《鸬鹚堰》）。嵇康《琴赋》作离纚，古乐府作离蓰，陆羽《茶经》作篱筅，义皆通。今此作褷褵，岂古连绵字或可倒用，不然，褷字自入韵，岂传者误耶？"○《诗·东山》曰："敦彼独宿。"郑笺曰："敦敦然独宿于车下，此诚有劳苦之心。"○《广雅·释诂》曰："黐，黏也。"唐子西曰："黐用以黏鸟。《幽明录》：多买黐以涂壁。黐，丑知切。"（《五百家注》引）○《庄子

·列御寇篇》曰：“或聘于庄子，庄子应其使曰：子见夫牺牛乎？衣以文绣，食以刍菽，及其牵而入于太庙，欲为孤犊，其可得乎？”○《晋书·诸葛恢传》曰：“王导尝谓曰：明府当为黑头公。”○《说文》曰：“残骨曰骴。”○《庄子·盗跖篇》：“子张问于满苟得曰：‘观之名计利而义真是也。”朱曰：“此二句难晓，窃意计犹校也，言观其所得之虚名而校之以实利，不足相补也。”○《史记·平原君传》：“躄者曰：臣不幸有罢癃之病。”《集解》引徐广曰：“癃音隆；癃，病也。”《索隐》曰：“罢音皮；癃，背疾也。言腰曲而背隆高也。”案：罢，疲之通借字。○《庄子·寓言篇》曰：“而睢睢，而盱盱。”郭注目：“睢睢，跋扈之貌。”○《汉书·盖宽饶传》：王生与书曰：“用不訾之躯，临不测之险。”颜注曰：“訾与赀同，不赀者，言无赀量可以比之，贵重之极也。”○樊泽之（汝霖）曰：“公旧家河南，后居于长安。”案：《韩子年谱》曰：“大历九年甲寅。洪庆善曰：‘《祭嫂》云：未乱一年，兄宦王官，提携负任，去洛居秦。未乱一年，七岁也。公诗云，‘旧籍在东都’云云，他诗言伊、洛、嵩、颍者甚众，盖公屋庐坟墓在东都、河阳，今年始从其兄去洛居秦也。”潘安仁《闲居赋》曰：长杨映水，芳枳树篱。”○《元和郡县志》曰：“关内道京兆府万年县：渭水在县北五十里，灞水在县东二十里。”○《说文》曰：“澌，流冰也。”《楚辞·九歌·河伯》曰：“流澌纷兮将来下。”王逸注曰：“流澌，解冰也。”洪《补注》曰：“澌音斯，从仌者，流冰也，从水者，水尽也，此当从仌。”○魏文帝《典论·论文》曰：“古之作者寄身于翰墨，见意于篇籍，不假良史之辞，不托飞驰之势，而声名自传于后。”○《尔雅·释器》曰：“鱼罟谓之罛。”郭注曰：“最大罟也。今江东云。”《方言》十三曰：“篓小者谓之箪。”郭注曰：“今江东亦名笼为箪。”《广韵》五支曰：“箪，取鱼竹器。”○觯同醆。《说文》曰：“醆，爵也。”字亦作琖、作盏。○《汉书·地理志》犍为郡朱提县原注曰："山出银。"应劭曰："朱提山在西南。"苏林曰："朱，音铢；提，音时。"《食货志》下曰："朱提银重八两为一流，直一千五百八十，他银一流直千，是为银货二品。"○《庄子·胠箧篇》曰："俪工倕之指。"《释文》曰："倕音垂，尧时巧者也。"案：字亦作垂，《礼记·明堂位》："垂之和钟。"郑注曰："垂，尧时之共工也。"《书·顾命》：伪《孔传》曰："垂，舜共工。"○《古今注》（卷中）曰："鲸鱼者，海鱼也。大者长千里，小者数十丈。"○《尉缭子·守权篇》曰："幺麽毁瘠者并于后。"《汉书·叙传》颜注曰："幺麽皆微小之称也。"○《诗·螽斯》毛传曰："螽斯，蚣蝑也。"陆玑《诗疏》曰："蝗类也，长而青，长股股鸣者也。"孙曰："言工人之巧能使千里鲸鱼小如螽斯也。"○《文选·海赋》曰："渺瀰澹漫。"李善注曰："旷远之貌。"○《离骚》曰："薋菉葹以盈室兮。"王逸注："薋，蒺藜也；菉，王刍也；葹，枲耳也；三者皆恶草也。"○《说文》曰："陴，城上女墙，俾倪也。"方扶南曰："刻草于饮觿之上，如环城陴而生也。"○方崧卿曰："兴犹比也，君指立之而言。"○《诗·兔爰》曰："逢此百罹。"毛传曰："罹，忧也。"○僶俛同黾勉。《诗·邶·谷风》《释文》曰："黾本亦作僶，莫尹反。黾勉，犹勉勉也。"○《礼记·内则》曰："左佩小觿金燧，右佩大觿木燧。"郑注云："小觿，解小结也，觿貌如锥，以象骨为之。金燧可取火于日。"洪曰："言常御此觿杂于所佩燧觿之间也。"（《考异》引）○世彩堂本注曰："《通鉴》：元魏熙平元年，立法在军有功者行台给券，当中竖裂，一支给勋人，一支送门下，以防伪巧。今人亦谓析产符契为分支帐，即此义也。公以双觿之一赠崔，故末句如此。"

　　黄常明（彻）曰："昌黎《寄崔立之》云：'傲兀坐试席，深丛见孤罴'云云，可谓善言场事，若平日所养不厚，诚难傲兀也。"（《碧溪诗话》卷六）魏道辅曰："诗恶蹈袭古人之意，亦有袭而愈工若出于己者，盖思之愈深则造语愈工也。魏人章疏云：福不盈眥，祸将溢世。"（班孟坚《答宾戏》曰："福不盈眥，祸溢于世。"）退之则曰：欢华不满眼，咎责塞两仪。盖愈工于前也。"（《临汉隐居诗话》）

柳子厚

柳宗元，字子厚，河东人。登进士第，应举宏辞，授校书郎，调蓝田尉。贞元十九年，为监察御史里行。王叔文、韦执谊用事，尤奇待子厚，擢尚书礼部员外郎。会叔文败，子厚贬永州司马。元和十年，移柳州刺史。十四年卒。《旧、新唐书》皆有传。○苏子瞻曰："李、杜之后，诗人继出，虽间有远韵，而才不逮意。独韦应物、柳宗元发纤秾于简古，寄至味于澹泊，非馀子所及也。"（《书黄子思诗集后》）又曰："所贵乎枯澹者，谓其外枯而中膏，似澹而实美。渊明、子厚之流是也。若中边皆枯澹，亦何足道？佛云：如人食蜜，中边皆甜；人食五味，知其甘苦者皆是，能分别其中边者百无一二也。"（《评韩柳诗》）

初秋夜坐赠吴武陵

《新唐书·文艺传》曰："吴武陵，信州人。元和初，擢进士第。柳宗元谪永州而武陵亦坐事流永州，宗元贤其人。"世彩堂本《柳集》注曰："武陵来永州在元和三年，公有此赠。"又子厚《濮阳吴君文集序》曰："濮阳吴君子俉更名武陵，升进士，得罪来永州。"注曰："元和二年武陵登第，三年坐事流永州。"

稍稍雨侵竹，翻翻鹊惊丛。何义门曰："起二句暗藏风字。"

美人隔湘浦，一夕生秋风。

积雾杳难极；沧波浩无穷。何曰："起远字。"

相思岂云远？即席莫与同。以上秋夜忆武陵。

若人抱奇音，朱絃絙枯桐。借琴以喻其文。

清商激西颢，泛滟凌长空。

自得本无作；天成谅非功。沈归愚曰："文章神境。"

希声閟大朴，聋俗何由聪？结出感慨之意，喻武陵亦以自喻也。

□风神淡远，意象超妙。

谢玄晖《酬王晋安诗》曰："梢梢枝早劲。"稍与梢字通。○杜子美《寄韩谏议诗》曰："美人娟娟隔秋水。"《柳集音辩》曰："美人谓吴武陵。"○《水经·湘水》注曰："湘水又北左会瓦官水口，湘浦也。"○《楚辞·九歌·湘夫人》曰："袅袅兮秋风。"○《礼记·乐记》曰："清庙之瑟，朱絃而疏越。"郑注曰："朱絃练，朱絃练则声浊。越，瑟底孔也，画疏之使声迟也。"《楚辞·九歌·东君》曰："絙瑟兮交鼓。"王逸注曰："絙，急张絃也。"世彩堂本注曰："枯桐谓瑟也。"○《古诗》曰："清商随风发"。○《汉书·礼乐志·郊祀歌》曰："西颢沆砀，秋气肃杀。"注引韦昭曰："西方，少昊也。"○《老子》曰："大音希声。"○嵇叔夜《难自然好学论》曰："洪荒之世，大朴未亏。"○赵景真《与嵇茂齐书》曰："奏韶舞于聋俗。"

晨诣超师院读禅经

汲井漱寒齿，清心拂尘服。

闲持贝叶书，步出东斋读。

真源了无取，妄迹世所逐。

遗言冀可冥；缮性何由熟？

道人庭宇静，苔色连深竹。

日出雾露馀，青松如膏沐。何曰："日来雾去，
青松如沐，即去妄迹而取真源也。故下云澹然有悟。"

澹然离言说，悟悦心自足。

《酉阳杂俎》（卷十八）曰："贝多出摩伽陀国，长六七丈，
经冬不凋。此树有三种：一者多罗娑力叉贝多，二者多梨婆力叉
贝多，三者部婆力叉多罗梨，并书其叶，部阇一色，取其皮书
之。贝多是梵语，汉翻为叶，贝多娑力叉者，汉言树叶也。西域
经书用此三种皮叶，若能保护，亦得五六百年。"○《翻译名义
·心意识法篇》曰："真妄二心，经论所明，大有四义：一唯真
心，《起信》云：唯是一心，故名真如。二者唯妄心，如《楞伽》
云：种种诸识浪腾跃而转生。三者从真起妄，如《楞伽》云：如
来之藏，是善不善因，能遍兴造一切趣生。四者指妄即真，如
《楞严》云：则汝今者识精元明。又《净名》云：烦恼之俦是如
来种。诸文所陈，此四收尽。"○《庄子·缮性篇》《释文》曰：
"缮，善战反。崔云：治也。"○《音辩》曰："道人谓超师。"案
《释氏要览》上曰："《智度论》云：得道者名为道人，馀出家者
未得道者亦名道人。"○《笔墨闲录》云："山谷学徒笔此诗于
扇，作'翠色连深竹'。翠色语好而苔色义是。"（世彩堂注引）
○《诗·伯兮》曰："岂无膏沐？"

范元实（温）曰："识文章者当如禅家有悟门。夫法门百千
差别，要须自一转语悟入，如古人文章直须先悟得一处，乃可通
其他妙处。向因读子厚《晨诣超师［院］读禅经诗》一段，至诚
洁清之意，参然在前。'真源了无取，妄迹世所逐。遗言冀可冥，
缮性何由熟？'真妄以尽佛理，言行以尽熏修，此外亦无词矣。

'道人庭宇静，苔色连深竹'，盖远过'竹径通幽处，禅房花木深'。'日出雾露馀，青松如膏沐。'予家旧有大松，偶见露洗而雾披，真如洗沐未干，染以翠色，然后知此语能传造化之妙。'澹然离言说，悟悦心自足'，盖言因指而见月，遗经而得道，于是终焉。其本末立意遣词，可谓曲尽其妙，毫发无遗恨者也。"（《诗眼》，此据《苕溪渔隐丛话前编》引）

南涧中题

　　世彩堂本注曰："公永州诸记，自朝阳岩东南水行至袁家渴，（《袁家渴记》曰：音若衣褐之褐。）自渴西南行不能百步得石渠（《石渠记》）。石渠既穷为石涧，石涧在南。集又有《石涧记》。"《清统志》曰："湖南永州府：袁家渴在零陵县南。"

秋气集南磵，独游亭午时。
迥风一萧瑟，林影久参差。
始至若有得；稍深遂忘疲。
羁禽响幽谷；寒藻舞沦漪。
去国魂已游；怀人泪空垂。
孤生易为感，失路少所宜。
索寞竟何事？徘徊只自知。
谁为后来者？当与此心期。

　　□苏子瞻曰："《南涧诗》忧中有乐，乐中有忧，盖妙绝古今矣。"世彩堂本注引《笔墨闲录》曰："平淡有天工。"沈归愚曰："语语是独游。"

　　磵、涧字同。○《初学记·天部上》引梁元帝《纂要》曰："日在午曰亭午。"《文选》谢灵运《初去郡诗》李善注引《苍颉

篇》曰："亭，定也。"○《诗·伐檀》曰："河水清且沦猗。"毛
传曰："小风水成文转如轮也。"《释文》曰："猗本亦作漪。"《尔
雅·释水》曰："小波为沦。"○陆士衡《园葵诗》曰："忘此孤
生悲。"○阮嗣宗《咏怀诗》曰："失路将如何？"

溪　居

　　子厚《愚溪诗序》曰："灌水之阳有溪焉，东流入于潇水。
或曰冉氏尝居也，故姓是溪为冉溪。或曰可以染也，名之以其
能，故谓之染溪。余以愚触罪，谪潇水上，爱是溪，入二三
里，得其尤绝者家焉。古有愚公谷，今予家是溪而名莫能定，
土之居者犹龂龂然不可以不更也，故更之为愚溪。愚溪之上，
买小丘为愚丘。自愚丘东北行六十步得泉焉，又买居之，为愚
泉。愚泉凡六穴，皆出山下平地，盖上出也。合流屈曲而南，
为愚沟，遂负土累石，塞其隘为愚池。愚池之东为愚堂，其南
为愚亭，池之中为愚岛，嘉木异石错置。皆山水之奇者，以余
故咸以愚辱焉。"《清统志》曰："湖南永州：愚溪在零陵县西
南。"

久为簪组累，幸此南夷谪。

闲依农圃邻；偶似山林客。

晓耕翻露草；夜榜响溪石。

来往不逢人，长歌楚天碧。<small>清泠旷远。</small>

　　□沈曰："处连蹇困阨之境，发清夷淡泊之意，不怨而怨，
怨而不怨，行间言外，时或遇之。"

　　王摩诘《留别丘为诗》曰："亲劳簪组送。"○《楚辞·九章
·涉江》曰："哀南夷之莫余知兮。"○《音辩》曰："榜，孔孟
反，进船也。"

初夏雨后寻愚溪

悠悠雨初霁，独绕清溪曲。
引杖试荒泉；解带围新竹。<small>情景真切。</small>
沉吟亦何事？寂寞固所欲。
幸此息营营，啸歌静炎燠。

《艺文类聚·水部下》引《俗说》曰："郗僧施清溪中泛，到一曲之处辄作诗一篇。谢益寿见诗笑曰：青溪之曲复何穷尽？"

秋晓行南谷经荒村

杪秋霜露重，晨起行幽谷。
黄叶覆溪桥，荒村唯古木。
寒花疎寂历；幽泉微断续。
机心久已忘，何事惊麋鹿？

《楚辞·九辩》曰："靓杪秋之遥夜兮。"《庄子·天地篇》曰："为圃者忿然作色而笑曰：吾闻之吾师，有机械者必有机事，有机事者必有机心，机心存于胸中，则纯白不备。"○《金楼子·兴王篇》曰："伯夷、叔齐饿于首阳，依麋鹿以为群，叔齐起害鹿死，伯夷恚之而死。"此与《列士传》言伯夷、叔齐不食经七日，天遣白鹿乳之，夷、齐思念此鹿肉食之必美，鹿知其意不复来，二子遂饿死，同一怪妄不经，然正机心惊鹿之一证也。姑存之。

雨后晓行独至愚溪北池

<small>愚池已见前注。</small>

宿云散洲渚；晓日明村坞。

高树临清池，风惊夜来雨。

予心适无事，偶此成宾主。

　　□苏子瞻题《南涧诗》曰："柳子厚南迁后诗，清劲纡徐，大率类此。"步瀛案：诸诗皆神情高远，词旨幽隽，可与永州山水诸记并传。"

　　《楚辞·九章·悲回风》曰："望大河之洲渚兮。"○《说文》曰："隖，小障也。"字亦作坞。庚子山《杏花诗》曰："依稀映村隖。"

欧阳永叔

　　欧阳修，字永叔，晚号六一居士，吉州庐陵人。天圣中进士，历仕知谏院、翰林学士，至礼部侍郎、枢密院副使、参知政事，以观文殿学士、刑部尚书知亳州，徙青州、蔡州，卒谥文忠。《宋史》有传。○吴孟举（之振）曰："欧阳文忠诗如昌黎，以气格为主。昌黎时出排奡之句，文忠一归之于敷愉，与其文相似也。"（《宋诗钞》）方植之曰："欧公情韵幽折，往反咏唱，令人低徊欲绝，一唱三叹而有遗音，如啖橄榄，时有馀味，但才力稍弱耳。"（《昭昧詹言》）

送唐生

　　一作《送唐秀才归永州》。案《元丰九域志》：荆湖南路永州治零陵县，今湖南零陵县治。

京师英豪域，车马日纷纷。

唐生万里客，一影随一身。

出无车与马，但踏车马尘。

日食不自饱，读书依主人。

夜夜客枕梦，北风吹孤云。

翩然动归思，旦夕来叩门。

终年少人识，逆旅惟我亲。

来学媿道耆；赠归惭橐贫。

勉之期不止，多获由力耘。

指家大岭北，重湖浩无垠。

飞雁不可到，书来安得频？

□此等诗犹见盛唐步武。

大岭谓五岭也。《后汉书·吴祐传》注引《裴氏广州记》曰：“大庾、始安、临贺、桂阳、揭阳是为五领。”案：岭本字作领，岭其后出字耳。○《舆地纪胜》曰：“荆湖南路永州：湘水在零陵县北一十五里，由衡阳入洞庭。”案：洞庭湖已见前。又曰：“荆湖北路岳州：三湖。《寰宇记》云：有青草、洞庭、巴丘三湖在焉。”○《舆地纪胜》曰：“荆湖南路衡州：回雁峰在州城南。或曰雁不过衡阳，或曰峰势如雁之回。”徐灵期《南岳记》曰：“南岳周回八百里，回雁为首，岳麓为足。”○《汉书·苏武传》曰：“常惠教使者谓单于，言天子射上林中得雁足有系帛书，言武等在某泽中。”

送胡学士知湖州

一本云《送胡宿武平学士》。《宋史·胡宿传》曰：“宿字武平，常州晋陵人。登第为扬子尉，以荐为馆阁校勘，进集贤校理，通判宣州，知湖州。”《元丰九域志》曰：“两浙路湖州吴兴郡昭庆军节度：治乌程、归安二县。”案：二县本清湖州府附郭首县，今并为吴兴县。

武平天下才，四十滞铅椠。

忽乘使君舟，归榜不可缆。
都门春渐动，柳色绿将暗。
挂帆千里风，水阔江滟滟。
吴兴水精宫，楼阁在寒鉴。
橘柚秋苞繁；乌程春瓮酽。
清谈越客醉；屡舞吴娘艳。
寄诗毋惮频，以慰离居念。

□清丽。

《齐语》："施伯对曰：夫管子天下之才也。"○《西京杂记》曰："扬子云好事，尝怀铅提椠，从诸计吏访殊方绝域四方之语。"○韩退之《秋怀诗》曰："有如乘风船，一纵不可缆。"○何逊《望月诗》曰："滟滟逐波轻。"○《述异记》上曰："阖闾构水精宫，尤极珍怪，皆出水府。"○《文选》张景阳《七命》曰："荆南乌程。"李善注引盛弘之《荆州记》曰："渌水出豫章康乐县，其间乌程乡有酒官，取水为酒，酒极甘美，与湘东酃湖酒年常献之，世称酃渌酒。"又引《吴录·地理志》曰："吴兴乌程县酒有名。"《太平寰宇记》曰："江南东道湖州乌程县：按《郡国志》云：古乌程氏居此，能酝酒，故以名县。"《广韵》五十七酽曰："酒醋味厚，鱼欠切。"○《刘子新论·荐贤篇》曰："国之多贤，如托造父之乘，附越客之舟。"○白乐天《对酒自勉诗》曰："夜舞吴娘袖，春歌蛮子词。"《楚辞·九歌·大司命》曰："将以遗兮离居。"

王介甫

王安石，字介甫，晚号半山，抚州临川人。擢进士第。神宗时参知政事，拜中书门下平章事，封舒国公，改封荆，卒谥曰文。介甫慨宋旧政之弊，毅然变行新法，而朝野哗然。然其立法之意本甚善，特行之不得其人耳。世人遂罪及介甫，非也。《宋史》有传。○方曰："向谓欧公思深，今读半山，其思深妙更过于欧，学诗不从此人，皆粗才浮气也。"又曰："荆公才较爽健，而情韵幽深不逮欧公，二公皆从韩出，而雄奇排奡皆逊之，可见二公虽各用力于韩，而随才之成就如此。"又曰："半山本学韩公，今当参以摩诘。"

游土山示蔡天启秘校

《太平寰宇记》曰："江南东道升州上元县：土山在县南三十里。按《丹阳记》，晋太傅谢安旧隐会稽东山，因筑像之，无岩石，故谓土山也。有林木台观娱游之所。"案：上元县今并入江宁县。《宋史·文苑传》曰："蔡肇，字天启，润州丹阳人，能为文，最长诗歌。初事王安石，见器重，又从苏轼游，声誉益显。"又《职官志》曰："秘书省：秘阁置直阁，以朝官充，校理以京朝官充，掌缮写秘阁所藏。"

定林瞰土山，近乃在眉睫。
谁谓秦淮广？正可藏一艓。
朝予欲独往，扶惫强登涉。
蔡侯闻之喜，喜色见两颊。
呼鞍追我马，亦以两骹挟。
敛书付衣囊；裹饭随药笈。
翛翛阿兰若，土木老山胁。
鼓钟卧空旷；簨簴雕捷业。
升堂廓无主，考击谁敢辄？
坡陀谢公冢，藏椁久穿劫。

百金置酒地，野老今行馌。以上土山所有古迹。
缅怀起东山，胜践此稠叠。
于时国累卵，楚夏血常喋。
外实备艰梗，中仍费调燮。
公能觉如梦，自喻一胡蝶。
桓温适自毙；苻坚方天厌。
且可缓九锡；宁当快一捷。
彼哉斗筲人，得丧易矜怯。
妄言屐齿折，吾欲刊史牒。
伤心新城埭，归意终难惬。
漂摇五城舟，尚想浮河楫。
千秋陇东月，长照西州堞。
岂无华屋处？亦捉蒲葵箑。
碎金谅可惜，零落随秋叶。
好事所传玩，空残法书帖。
清谈眇不嗣；陈迹怅如接。以上凭吊谢傅。
东阳故侯孙，少小同鼓箧。
一官初岭海，仰视飞鸢跕。
穷归放款段，高卧停远蹑。
牵襟肘即见；著帽耳才厣。
数椽危败屋，为我炊陈浥。
虽无膏污鼎；尚有羹濡箑。
纵言及平生，相视开笑靥。
邯郸枕上事，且饮且田猎。
或昏眠委靥；或妄走超躐。

或叫号而癗；或哭泣而魇。

幸哉同圣时，田里老安帖。

易牛以宝剑，击壤胜弹铗。

追怜衰晋末，此土方炎歇。

强偷须臾乐，抚事终愁慑。

予虽天戮民，有械无椸楶。

翁今贫而静，内热非复叶。

予衰极今岁，觉与鸡梦协。

委蜕亦何恨？吾儿已长鬣。

翁虽齿长我，未见白可镊。

祝翁尚难老，生理归善摄。

久留畏年少，讥我两呫嗫。

束火扶路还，宵明狐兔慑。以上与友同游。○
吴先生曰："著鸡梦一语，则前文凭吊谢公皆以自况，
此点睛法也。"

蔡侯雄俊士，心憀形亦谍。

异时能飞鞚，快若五陵侠。

胡为阡陌间，跛足仅相蹑？

谅欲交辔语，呿予不能嗫。以上勉天启。奇险
兀傲，韩公嗣音。

□此诗之韵凡三用之，而此首尤胜。

　　介甫《定林寺诗》李季章（壁）注曰："定林有上下二寺，
上定林寺旧基在蒋山应潮井后。按《建康实录》：上定林寺，宋
元嘉十六年禅师竺法秀造，在下定林之后。乾道间，僧善鉴重
建。下定林寺在蒋山宝公塔西北。按《塔寺记》：宋元嘉元年又
置下定林寺，东去县一十五里。"○《庄子·庚桑楚篇》："老子

曰：向吾见若眉睫之间。"○《太平寰宇记》曰："升州江宁县：
淮水北去县一里，源从宣州东南溧水县乌刹桥西流入百五十里。
《舆地志》云：始皇巡会稽，凿断山阜，此淮即所凿也，亦名秦
淮。孙盛《晋春秋》云：是秦所凿，王导令郭璞筮，即此淮也。"
○李注引《方言》："艓，小舟，音叶。"今《方言》无此文，疑
李氏误记。集韵三十帖曰："艓，舟名，达协切。"《庄子·大宗
师》曰："藏舟于壑。"○《史记·范雎传》曰："坐须贾堂下，
令两黥徒夹而马食之。"○《翻译名义·寺塔坛幢篇》曰："阿兰
若或名阿练若，《大论》翻远离处，萨婆多论翻闲静处。"慧琳
《一切经音义》二十一曰："若，然也反。"○《礼记·檀弓上》
曰："有钟磬而无簨簴。"郑注曰："横曰簨，植曰簴。"《考工记》
曰："梓人为簨虡。"郑注曰："乐器所县，横曰簨，植曰虡。"簨
与簨、簴与虡并同，簨字亦作栒作笋，《诗·有瞽》毛传曰：
"业，大版也，所以饰栒为县也，捷业如钜齿，或曰画之。"虡本
字作虡，《说文》曰："钟鼓之柎也。"重文作鐻，又作虡。
○《诗·山有枢》曰："子有钟鼓，弗鼓弗考。"毛传曰："考，
击也。"○《文选·上林赋》曰："罢池陂陀。"郭璞注曰："言旁
颓也，陂音婆，陀音驼。"案：坡、陂字通。○《舆地纪胜》曰：
"建康府：谢安墓在上元县东十里石子冈北。《陈始兴王叔陵传》：
"晋世王公贵人多葬梅岭，及叔陵所生母彭氏卒，启求梅岭，乃
发故太傅谢安旧墓，弃去安枢，以藏其母。"○《晋书·谢安传》
曰："又于土山营墅，楼馆林竹甚盛，每携中外子侄往来游集，
肴馔亦屡费百金。"○《晋书·谢安传》曰："中丞高崧戏之曰：
卿累违朝旨，高卧东山，诸人每相与言：安石不肯出，将如苍生
何！苍生今亦将如卿何！"○《文选》枚叔《上书谏吴王》曰：
"必若所欲为，危于累卵。"李善注引《说苑》曰："晋灵公造九
层台，荀息闻之求见曰：臣能累十二博棊加九鸡卵棊上。公曰：
危哉！"○李曰："庾翼病，表子爰之行荆州刺史，委以后任。何

充曰：荆楚国之西门，地势险阻，得人则中原可定，失人则社稷可忧，岂可以白面少年当之哉？桓温英略过人，有文武器干，西夏之任，无出桓温者，观此则西夏即荆州之地。"○《汉书·文帝纪》曰："今已诛诸吕，新喋血京师。"服虔曰："喋音蹀。"如淳曰："杀人流血滂沱为喋血。"颜注曰："喋音大颊反，本字当作蹀，蹀，谓履涉之耳。"○外谓苻坚，中谓桓温。○《庄子·齐物论》曰："昔者庄周梦为胡蝶，栩栩然胡蝶也，自喻适志与，不知周也。"○《谢安传》曰："简文帝疾笃，桓温上疏荐安宜受顾命，及帝崩，温入赴山陵，止新亭，大陈兵卫，将移晋室。呼安及王坦之，欲于坐害之。坦之甚惧，问计于安，安神色不变曰：晋祚存亡，在此一行。既见温，坦之流汗沾衣，倒执手板，安从容就席，坐定谓温曰：安闻诸侯有道，守在四邻，明公何须壁后置人邪？温笑曰：正自不能不尔耳。遂笑语移日。及温病笃，讽朝廷加九锡，使袁宏具草，安见辄改之，由是历旬不就，会温薨，锡命遂寝。"○《谢安传》曰："时苻坚强盛，疆场多虞，诸将败退相继。安遣弟石及兄子玄等应机征讨，所在克捷。拜卫将军、开府仪同三司，封建昌县公。坚后率众号百万，次于淮、肥，京师震恐，加安征讨大都督。玄入问计，安夷然无惧色，答曰：已别有旨。既而寂然。玄不敢复言，乃令张玄重请。安遂命驾出山墅，亲朋毕集，方与玄围棊赌别墅，安常棊劣于玄，是日玄惧，便为敌手而又不胜。安顾谓其甥羊昙曰：以墅乞汝。安遂游涉至夜乃还，指授将帅，各当其任。玄等既破坚，有驿书至，安方对客围棊，看书既竟，便摄放床上，了无喜色，棊如故。客问之，徐答云：小儿辈遂已破贼。既罢还内，过户限，心喜甚，不觉屐齿之折。"《左》隐元年曰："多行不义必自毙。"十一年曰："天而既厌周德矣。"《论语·雍也篇》曰："天厌之。"李曰："厌，于琰切，今公作入声使。"○《论语·子路篇》曰："斗筲之人何足算也！"郑注曰："筲，竹器，容斗二升者也。"

《说文》作簅，曰："一曰饭器，容五升。"○《谢安传》曰："时会稽王道子专权，而奸谄颇相扇构。安出镇广陵之步丘，筑垒曰新城以避之。帝出祖于西池，献觞赋诗焉。安虽受朝寄，然东山之志始末不渝，每形于言色。及镇新城，尽室而行，造泛海之装，欲须经略粗定，自江道还东。雅志未就，遂遇疾笃，上疏请量宜旋旆，遂还都，闻当舆入西州门，自以本志不遂，深自慨失。"又曰："新城筑垒于城北，后人追思之，名为召伯埭。"《太平寰宇记》曰："淮南道扬州广陵县：召伯埭有斗门，县东北四十里临合渎渠。按《晋书》：太元十一年，太傅谢安镇广陵，于城东北二十里筑垒名曰新城。城北二十里筑堰，名邵伯埭。盖安新筑，即后人追思安德，比于邵伯，因以立名。"《清统志》曰："江苏扬州府：新城在甘泉县北十八里，邵伯镇在甘泉县北四十五里，邵伯埭在邵伯镇下闸西岸。"○李曰："唐德宗时，浙江观察使韩滉于石头筑五城。细考上下文意，疑是荆公观石头舟师，遐想刘牢之渡河之机而云耳。五城即石头城、冶城、台城、苑城、新城。"又曰："陇东谓汉三辅，陇西谓天水诸郡。陇者所以限东西也。今特指陇东者，言公志在扫清关辅，困于谗诐，远图未就而死，所称'月照西州堞'，其旨深、其词悲矣。"步瀛案：陇，垄之通借字，盖谓丘垄，以对下西州，故用垄东相配耳。李季章指关辅言，似凿。○《谢安传》曰："羊昙者，太山人，知名士也。为安所爱重。安薨后，辍乐弥年，行不由西州路，尝因石头大醉，扶路唱乐，不觉至州门。左右白曰：此西州门，昙悲感不已，以马策扣扉，诵曹子建诗曰：生存华屋处，零落归山丘。恸哭而去。"○《谢安传》曰："安少有盛名，时多爱慕，乡人有罢中宿县者，还诣安，安问其归资，答曰：有蒲葵扇五万。安乃取其中者捉之，京师士庶竞市，价增数倍。"○《谢安传》曰："桓温尝以安所作《简文帝谥议》以示坐宾曰：此谢安石碎金也。"○《谢安传》曰："安善行书。"张怀瓘《书断》曰："安石隶、行、草并入妙。"李曰："阁帖中亦有公尺牍。"〇《谢安传》曰："尝与王羲之登冶城，羲之谓曰：今四郊多垒，宜思自效，而虚谈废务，浮文妨要，恐非当今所宜。安曰：秦任商鞅，二世而亡，岂清言致患邪？"〇东阳故侯，孙、李氏无注，此疑谓沈道原也。《梁书·沈约传》曰："隆昌元年，出为宁朔将军、东阳太守。梁高祖受禅，为尚书仆射，封建昌县侯。"故以为况。曾子固《仁寿县太君吴氏墓志铭》曰："七子者，曰安仁、安道、安石、安国、安世、安礼、安上，女三人，长适沙县张奎，次适天长朱明之，次适扬州沈季长。"道原盖季长字也。介甫《疟起示道原诗》李注曰："道原姓沈，公之妹婿。"案：介甫又有《定林示道原》《对棋与道原至草堂寺》《同沈道原游八功德水》等诗，则此同游者为道原可知矣。〇《礼记·学记》曰："入学鼓箧。"郑注曰："鼓箧，击鼓警众，乃发箧出所治经业也。"〇韩退之《潮州刺史谢上表》曰："岭海之陬。"案：岭谓五岭，海谓南海。唐之岭南道，宋之广南路也。盖沈尝出仕广南也。"〇《后汉书·马援传》曰："援从容谓官属曰：吾从弟少游常哀吾慷慨多大志。曰：士生一世，但取衣食裁足，乘下泽车，御款段马，为郡掾史，守坟墓，乡里称善人，斯可矣。致求盈馀，但自苦耳。当吾在浪泊、西里间，虏未灭之时，下潦上雾，毒气重蒸，仰视飞鸢跕跕堕水中，卧念少游平生时语，何可得也？"李贤注曰："款犹缓也，言形段迟缓也。跕跕，堕貌也。跕音都牒、泰牒二反。"〇见肘已见杜子美《述怀诗》注。〇李曰："唐代宗时，禁民皂衫、摩耳帽以异官健。"（《通鉴》卷二百二十五：唐代宗大历十二年，定诸州兵皆有常数，其召募给家粮春冬衣者谓之官健。）〇《说文》曰："浥，湿也。"〇《曲礼上》曰："羹之有菜者用梜。"郑注曰："梜犹箸也，今人或谓箸为梜提。"《释文》曰："《字林》作筴，云箸也。"〇《古诗》曰："泪痕犹尚在，笑靥自然开。"〇李注引《异闻集》曰："开元中道人吕公常往来邯郸，有书生姓卢，同止逆旅。主人方煮黄粱，共待其熟。卢生不觉长嗟。吕问之，具言生世之困。吕取囊中枕以授卢曰：枕此当荣适如愿。生俛首即梦入枕穴中，遂见其家。未几登第，历台阁，出入将相五十年，子孙皆显仕。忽欠伸而寤，黄粱犹未熟。谢曰：先生以此窒吾欲耳。自此不复求仕。"案：今《枕中记》大略相同。○《庄子·齐物论》曰："梦饮酒者旦而哭泣，梦哭泣者旦而田猎。"○《说文新附》曰："魇，梦惊也，于琰切。"○《汉书·循吏·龚遂传》曰："为渤海太守，民有带持刀剑者，使卖剑买牛，卖刀买犊。"○《史记·孟尝君传》："冯驩弹其剑而歌曰：长铗归来乎，食无鱼。"○《广韵》三十三业曰："嶪嶪，山貌。"案：此犹言岌岌，危也。○《庄子·大宗师》："孔子曰：丘，天之戮民也。"○《庄子·在宥篇》曰："吾未知圣知之不为桁杨椄槢也。"《释文》曰："椄，徐音燮；槢，徐徒燮反。司马云：椄槢，械械。"○内热已见杜子美《奉先咏怀诗》注引《庄子·人间世篇》，《释文》曰："叶公子高（叶音摄），楚大夫，为叶县尹，僭称公。"○《谢安传》曰："怅然谓所亲曰：昔桓温在时，吾常惧不全，忽梦乘温舆，行十六里，见一白鸡而止。乘温舆者代其位也。十六里止，今十六年矣。白鸡主酉，今太岁在酉，吾命殆不起乎！寻薨，年六十六。"○《庄子·知北游》曰："孙子非汝有，是天地之委蜕也。"○《南史·齐本纪》曰："废帝郁林王讳昭业，文惠太子长子也。高帝为相王，镇东府，时年五岁，床前戏，高帝方令左右拔白发，问曰：儿言我谁耶？答曰：太翁。高帝笑谓左右：岂有为人作曾祖而拔白发者乎？即掷镜镊。"○《文选·吴都赋》曰："土壤不足以摄生。"刘渊林注曰："摄，持也。"○《史记·魏其武安传》："灌夫骂曰：乃效儿女咕嗫耳语！"《集解》："韦昭曰：咕嗫，附耳小语声。"○《说文》曰："憭，慧也。"《庄子·列御寇》曰："形谍成光。"郭注曰："举动便辟而成光仪也。"○杜子美《丽人行》："黄门飞鞚不动尘。"○《汉书·游侠·原涉传》曰:"郡国诸豪及长安五陵诸为气节者皆归慕之。"颜曰:"五陵谓长陵、安陵、阳陵、茂陵、平陵也。"○阡陌已见李太白《赠何七判官诗》注。○《文选·东都赋》曰:"马踠馀足。"李善注曰:"踠,屈也。"○韩退之《贺张十八秘书得裴司空马诗》曰:"落日已曾交辔语。"○《庄子·秋水篇》曰:"公孙龙曰:呿而不合。"《释文》曰:"呿,起据反。司马云:开也。李音祛,又巨劫反。"《天运篇》:"孔子曰:予口张而不能嗋。"《释文》曰:"嗋,许劫反,合也。"

和冲卿雪诗并示持国

《宋史·吴充传》曰:"充字冲卿,建州浦城人。熙宁元年,知制诰,同知谏院。河北水灾地震,为安抚使,使还,王安石参知政事。充子安持,其婿也,引嫌解谏职。八年,进枢密使。安石去,遂代为同中书门下平章事。"《韩亿传》曰:"其先真定灵寿人,徙开封之雍丘。亿八子:纲、综、绛、绎、维、缜、纬、缃。"《韩维传》曰:"维字持国,熙宁七年召为学士承旨。王安石罢,会绛入相,加端明殿学士,知河阳,复知许州。"

地卷江海浮;天吹河汉涌。
北风散作花,巧丽世无种。
霾昏得照耀;尘滓归掩拥。
荒林无空枝;幽瓦有高垅。
分才一毛轻;聚或千钧重。
飞扬目已眩;摧压听还凶。
渔舟平系舫;樵屩没归踵。
空令物象莹;岂免川涂壅。
争光嫦娥妒;失色羲和恐。

赖逢阳气蒸；转作水波溶。
舞庭称贺严；扫路传呼宠。
冲游谢少壮；避卧甘闲冗。
吴侯绝俗唱；韩子当敌勇。
胜负观两豪，吾衰但阴拱。

　□吴先生曰："公归后，柄国者务反公所为，故诗中往往有不平之气。"

　《说文》曰："屩，草履也。"〇李义山《喜雨诗》曰："洛水妃虚妒。"〇韩退之《苦寒诗》曰："羲和送日出，恈怯频窥觇。"〇《宋书·符瑞志》曰："大明五年元日，雪降殿庭前，时右卫将军谢庄下殿，雪集衣边，白上以为瑞。"〇《开元天宝遗事》曰："巨豪王元宝每至冬月大雪之际，令仆夫自本家坊巷口扫雪为径路，躬亲立于坊巷前迎揖宾客，就本家具酒炙宴乐之，为暖寒之会。"〇《穆天子传》（卷五）曰："丙辰天子南游于黄口室之丘，日中大寒，北风雨雪。"〇《后汉书·袁安传》注引《汝南先贤传》曰："时大雪积地丈馀，洛阳令令人除雪入户，见安僵卧。"〇《汉书·英布传》：随何曰："阴拱而观其孰胜。"颜注曰："敛手曰拱，言不动摇坐观成败也。"

送郑叔熊归闽

　《万姓统谱》（卷一百七）曰："郑叔豹，福清人。兄叔熊亦好谈兵，王安石有诗送之归闽。"

郑子喜论兵，魁然万人敌。
尝持一尺箠，跨马河南北。
方今边利害，口手能讲画。
疑师谷城翁，方略已自得。

天兵卷甲老，壮士不肉食。

低回向诗书，文字锐镌刻。

科名又龃龉，弃置非人力。

黄尘凋羁裘，逆旅同偪仄。

秋风吹残汴，霰雪已惊客。

浩歌随东舟，别我无惨恻。

闽生今好游，往往老妻息。

南陔子所慕，天命岂终塞？

□吴先生曰："瑰玮之姿，郁怒之气。"

《史记·项羽本纪》："籍曰：剑一人敌不足学，学万人敌。"○《庄子·天下篇》曰："一尺之捶〔棰〕，日取其半，万世不竭。"《释文》引司马彪注曰："棰，杖也。"案：棰箠字通。○韩退之《柳子厚墓志铭》曰："其经承子厚口讲指画为文词者，悉有法度可观。"○《史记·留侯世家》曰："老父出一编书曰：读此则为王者师矣。后十年兴，十三年孺子见我济北，谷城山下黄石即我矣。"○《后汉书·班超传》曰："超诣相者问其状，相者指曰：生燕颔虎颈，飞而食肉。"○《广韵》曰："龃龉，不相当也。"○杜牧之《洛中送冀处士东游诗》曰："赠以蜀马箠，副之胡羁裘。"○杜子美《偪仄行》曰："偪仄复偪仄。"○《圣贤群辅录》曰："孔奋在官，唯母极甘美，妻息菜食。"○《诗序》曰："《南陔》，孝子相戒以养也。"

苏子瞻

苏轼，字子瞻，一字和仲，眉州眉山人。仕至端明殿学士，谥文忠。尝贬黄州，筑室东坡，自号东坡居士。《宋史》有传。

○敖器之（陶孙）曰："东坡如屈注天潢，倒连沧海，变眩百怪，终归雄浑。"（《诗评》）刘后村曰："坡诗翕张开阖，千变万态，盖自以其气魄力量为之，他人无许大气魄力量，恐不可学。"（《诗话》）方植之曰："李、杜、韩、苏并称，以其七言歌行瑰诡纵荡，穷态尽变，所以为大家。至五言则苏未能与三家并立也。"吴北江曰："东坡善谈名理，自见才思。"

真兴寺阁　　凤翔八观之一

査初白（慎行）曰："《凤翔志》：真兴寺阁，宋节度使王彦超建，在城中，高十馀丈。"（《补注》）

山川与城郭，漠漠同一形；

市人与鸦鹊，浩浩同一声。纪晓岚曰："奇恣纵横，不可控制。"吴曰："起四语奇创。"

此阁几何高？何人之所管？

侧身送落日；引手攀飞星。

当年王中令，斫木南山颠。

写真留阁下，铁面眼有棱。

身强八九尺，与阁两峥嵘。

古人虽暴恣，作事今世惊。

登者尚呀喘，作者何以胜？

曷不观此阁？其人勇且英。

□王见大曰："通幅一派蠢气，是此题本旨。"

赵尧卿（夔）曰："杨亿诗：危楼高百尺，手可摘星辰。"（王注引）冯星实（应榴）曰："《事实类苑》载杨文公数岁吟诗云云。"（《合注》）○《宋史·王彦超传》曰："大名临清人。显德初，加同平章事。六年夏，移镇凤翔。恭帝嗣位，加检校太师，西面缘边副都部署。宋初加兼中书令，代还。乾德二年复镇凤翔。"○陈希仲曰："赪，赤色，犹赭山也。"（王注引）○《世说新语·容止篇》曰："刘尹道桓公鬓如反猬皮，眉如紫石棱。"《晋书·桓温传》作眼如紫石棱。○李太白《送张遥之寿阳幕府诗》曰："张子勇且英。"

送郑户曹

《宋史·郑僅传》曰："字彦能，徐州彭城人。第进士，为大名府司户参军。留守文彦博以为材，奏改司法，迁冠氏令。"施德初（元之）曰："是时为冠氏令。"（施注）○《宋史·职官志》曰："户曹参军掌户籍、赋税、仓库、受纳。"又曰："京府诸曹参军事为从八品。"

水绕彭祖楼；山围戏马台。
古来豪杰地，千岁有馀哀。
隆准飞上天，重瞳亦成灰。
白门下吕布，大星陨临淮。
尚想刘德舆，置酒此徘徊。
迩来苦寂寞，废圃多苍苔。
河从百步响；山到九里回。
山水自相激，夜声转风雷。
荡荡清河壖，黄楼我所开。
秋月堕城角；春风摇酒杯。
迟君为座客，新诗出琼瑰。
楼成君已去，人事固多乖。
他年君倦游，白首赋归来。
登楼一长啸，使君安在哉！吴曰："收语豪迈。"

　　《太平寰宇记》曰："河南道徐州彭城县：古之大彭国地。按《彭门记》云：殷之贤臣彭祖，颛顼之玄孙，至殷末寿及七百六十七岁，今墓犹存。"又曰："彭祖庙，魏神龟二年刺史王延明移于子城东北楼下，俗呼为彭祖楼。"又曰："戏马台在县南三里，项羽筑戏马台于此。宋武北征至彭城，遣长史王虞等立第舍于项羽戏马台。重九日，公引宾佐登此台，会将佐百僚赋诗以观志，作者百馀人，谢灵运诗最工。"○《汉书·高帝纪》曰："高祖，沛丰邑中阳里人也。为人隆准而龙颜。"注："应劭曰：隆，高也。李斐曰：准，鼻也。"《清统志》曰："江苏徐州府：汉高祖故宅在丰县。"○《史记·项羽本纪》曰："项籍者，下相人也。字羽。"又曰："项王自立为西楚霸王，都彭城。"又曰："项王军壁垓下，兵少食尽。"又曰："项王身亦被数十创，乃自刎而死。"太史公曰："吾闻之周生曰，舜目盖重瞳子，又闻项羽亦重瞳子。"○《魏志·吕布传》曰："布自称徐州刺史，太祖自征布，围之三月，布与其麾下登白门楼，兵围急，乃下降。"《水经·泗水》注曰："下邳城有三重，其大城南门谓之白门。魏武擒陈宫于此处矣。（《厄林》曰："白门所禽者乃奉先，非公台也。"）中城，吕布所守也。"○施曰："唐《李光弼传》：封临淮郡王，复归徐州，遇疾薨。"杜子美《武卫将军挽词》："严警当寒夜，前军落大星。"李德载（厚）曰："临淮王李光弼镇徐州，广德二年有大星陨其地而光弼卒。"（王注引）冯曰："新、旧《唐书》皆无星陨事，再考。"○《宋书·武帝本纪》曰："高祖武皇帝讳裕，字德舆，彭城绥里人。"馀见上。○子瞻《百步洪诗引》曰："王定国访余于彭城，一日棹小舟与颜长道携盼、英、卿三子游泗水，北上圣女山，南下百步洪，吹笛饮酒，乘月而归。"《清统志》曰："江苏徐州府：百步洪在铜山县东南二里，亦名徐州洪，泗水所经也。"○《寰宇记》曰："徐州彭城县：九里山，《元中记》云：彭城北有九里山，有穴潜通琅邪，又通王屋，俗呼为黄池穴。"○施曰："《九域志》：徐州泗水今呼为清河。"（《答范淳甫诗》注，案：今《元丰九域志》无此语。）○《史记·河渠书》曰："故尽河壖弃地。"《集解》引韦昭曰："壖音而缘反，谓缘边地。"《索隐》曰："又音人充反。"○苏子由《黄楼赋叙》曰："熙宁十年秋，河决于澶渊，水及彭城下，余兄子瞻适为彭城守，庐于城上，调急夫发禁卒以从事，以身帅之，故大水至而民不溃。水既去，即城之东门为大楼焉，垩以黄土，曰土实胜水，徐人相劝成之。"秦太虚《黄楼赋序》曰："太守苏公守彭城之明年，既治河决之变，民以更生，又因修缮其城，作黄楼于东门之上，以为水受制于土，而土之色黄，故取名焉。"《清统志》曰："黄楼在铜山县城东门。"○《广韵》六至曰："遟，待也，直利切。"案：遟、遲字同。《说文》，遲，遟之籀文。）○刘梦得《洛中酬福建陈判官见赠诗》曰："偶逢词客与琼瑰。"○杜子美《醉时歌》曰："先生早赋归去来。"○《晋书·刘琨传》曰："琨乃乘月登楼清啸。"白乐天《垂钓诗》曰："临水一长啸。"

寒食雨二首

此元丰五年子瞻在黄州作。冯曰："《三希堂法帖》有此二首墨迹刻石。"

自我来黄州，已过三寒食。
年年欲惜春，春去不容惜。
今年又苦雨，两月秋萧瑟。
卧闻海棠花，泥污燕脂雪。
暗中偷负去，夜半真有力。
何殊病少年？病起头已白。

□词清味腴。

《宋史·苏轼传》曰："徙知湖州，上表以谢，又以事不便民者不敢言，以诗托讽，庶有补于国。御史李定、舒亶、何正言摭其表语，并媒蘖所为诗，以为讪谤，逮赴台狱，欲置之死。锻炼久之不决。神宗独怜之，以黄州团练副使安置。"王宗稷《苏文忠公年谱》曰："元丰三年庚申，先生年四十五，责黄州，以二月一日至黄州。五年壬戌，先生年四十七，先生庚申二月来黄，至是三寒食矣。"○杜子美《曲江对雨诗》曰："林花著雨燕脂湿。"○《庄子·大宗师篇》曰："藏舟于壑，藏山于泽，谓之固矣，然夜半有力者负之而走，昧者不知也。"

　　　　春江欲入户，雨势来不已。

　　　　小屋如渔舟，濛濛水云里。固是极写荒凉之境，以喻感慨，然但就春雨言，已画所不及。

　　　　空庖煮寒菜；破灶烧湿苇。

　　　　那知是寒食？但见乌衔纸。

　　　　君门深九重，坟墓在万里。

　　　　也拟哭途穷，死灰吹不起。结语双关喻意。

　　□《唐宋诗醇》评曰："二诗后作尤精绝，结四句固是长歌之悲，起四句乃先极荒凉之境，移村落小景以作官舍，情况大可想矣。"

　　施曰："白乐天《寒食吟》：风吹旷野纸钱飞。"冯曰："《封氏闻见记》：纸钱魏晋以来始有其事。"○《楚辞·九辩》曰："君之门兮九重。"○《晋书·阮籍传》曰："时率意独驾，不由径路，车迹所穷，辄恸哭而反。"杜子美《陪章留后侍御宴南楼诗》曰："此身醒复醉，不拟哭途穷。"○《史记·韩长孺传》曰："安国坐法抵罪，蒙狱吏田甲辱安国，安国曰：死灰独不复然乎？田甲曰：然即溺之。"案：宋正辅（援）引此（见王注引）是也。王见大谓此从乌衔纸跟下，旧注非是，殊不然。死灰不起，虽结寒食雨，然亦用韩长孺事自况也。

鱼蛮子

《老学庵笔记》（卷一）曰："张芸叟（舜民）作《渔父诗》曰：家在耒江边，门前碧水连。小舟胜养马，大罟当耕田。保甲原无籍，青苗不著钱。桃源在何处？此地有神仙。盖元丰中谪官湖湘时所作。东坡取其意为《鱼蛮子》云。"王见大曰："时张芸叟至黄州，（《总案》曰：元丰五年六月张舜民谪郴州，绕道来谒。）公为作此词。"

江淮水为田，舟楫为室居。
鱼虾以为粮，不耕自有馀。
异哉鱼蛮子，本非左衽徒。
连排入江住，竹瓦三尺庐。
于焉长子孙，戚施且侏儒。
擘水取鲂鲤，易如拾诸涂。
破釜不著盐，雪鳞芼青疏。
一饱便甘寝，何异獭与狙？
人间行路难，踏地出赋租。
不如鱼蛮子，驾浪浮空虚。
空虚未可知，会当算舟车。
蛮子叩头泣，勿语桑大夫。

□吴先生曰："似昌黎。"

《汉书·五行志》（中之上）曰："吴地以船为家，以鱼为食。"○《论语·宪问篇》曰："微管仲，吾其被发左衽矣。"李唐卿（尧祖）曰："江多以竹木为排，浮水中，排上以苇竹瓦为屋。"（王注引）。〇《汉书·王嘉传》：嘉上疏曰："孝文时吏居官者或长子孙。"〇《晋语》四："胥臣曰：戚施不可使仰，侏儒不可使援。"韦注曰："戚施，瘠者。侏儒，短者。"《淮南子·修务篇》高注曰："籧除偃，戚施偻，皆丑貌也。"〇刘梦得《有獭吟》曰："下见盈寻鱼，投身擘洪湅。"〇《礼记·昏义》曰："笄之以蘋藻。"〇行路难已见李太白诗注。又杜子美《将赴草堂诗》曰："信有人间行路难。"王龟龄（十朋）曰："古乐府有《行路难曲》。"〇踏地犹履亩，《春秋》：宣十五年，初税亩。杜注曰："今又履其馀亩而税。"案：翁《补注》引《新唐书·食货志》诸道置邸以收税，谓之踏地钱。彼乃茶商所出，原文作摄地钱，与此异。〇杜子美《寄李十四员外布十二韵》曰："黄牛平驾浪。"〇《史记·平准书》曰："商贾人轺车二算，船五丈以上一算，匿不自占，占不悉，戍边一岁，没入缗钱。"〇《平准书》曰："桑弘羊以计算用事侍中，弘羊，雒阳贾人子，以心计言利事析秋豪矣。"《汉书·百官公卿表》曰："后元二年二月乙卯，搜粟都尉桑弘羊为御史大夫。"

栖贤三峡桥　庐山二胜之一

　　苏子由《庐山栖贤僧堂记》曰："元丰三年，余过庐山，入栖贤谷，谷中多大石，庨窦相倚，水行石间，其声如雷霆，又如千乘车行者，震掉不能自持，虽三峡之险不过也。故其桥曰三峡。"《清统志》曰："江西南康府：三峡涧在星子县庐山五老峰西，受大小支流九十九派，水行石间，声如雷霆，拟于三峡之险。涧中有潭曰玉渊，众流奔注，中流有白石如羊，其南为三峡桥。"又曰："三峡桥在星子县北庐山归宗寺。"

　　吾闻太山石，积日穿线溜。
　　况此百雷霆，万世与石斗。

深行九地底；险出三峡石。

长输不尽溪；欲满无底窦。

跳波翻潜鱼；震响落飞狖。

清寒入山骨，草木尽坚瘦。

空濛烟霭闲；潀洞金石奏。

弯弯飞桥出；潋潋半月彀。

玉渊神龙近，雨雹乱晴昼。

垂缾得清甘，可咽不可漱。

□清新出奇。

《文选》枚叔《上书谏吴王》曰："太山之霤穿石。"案：雷溜字同。○《孙子·攻守篇》曰："善守者藏于九地之下。"○《水经·江水》注曰："江水又东迳广溪峡，斯乃三峡之首也。"又曰："江水又东迳巫峡，历峡东迳新崩滩，其间首尾有六十里，谓之巫峡，盖因山为名也。"又曰："江水又东迳西陵峡，所谓三峡，此其一也。"案：广溪峡即瞿塘峡，在四川奉节县东，巫峡在四川巫山县东，西陵峡在湖北宜昌县西，即巴东三峡也。其他三峡说尚多，辨论纷纭，今不取。○韩退之《赠崔立之评事诗》曰："高浪驾天输不尽。"○《列子·汤问篇》曰："渤海之东有大壑焉，实维无底之谷。"《尔雅·释鸟》曰："鼯鼠夷由。"郭注曰："状如小狐，似蝙蝠，肉翅飞且乳，亦谓之飞生。"郝兰皋（懿行）《义疏》曰："《吴都赋》：狖鼯果然。狖，余幼切，即夷由也。夷由之双声，合之则为狖矣。"步瀛案：此诗言飞狖，意与郝氏说同，然《吴都赋》刘渊林注引《异物志》曰："狖，猿类。"与鼯本为二物，疑郝说未确。○白乐天《游悟真寺诗》曰："草木多瘦坚。"○《庄子·德充符》《释文》曰："彀，张弓也。"韩退之《祭李使君文》曰："见秋月之三彀。"○左太冲《吴都赋》曰："不窥玉渊者，未知骊龙之所蟠也。"查艮庭（慎行）曰："《庐山纪事》：栖贤寺东为玉渊潭，在三峡涧中，诸水奔注潭中，惊涌喷空，潭上有白石，横亘中流，故名玉渊。"（《补注》）○韩退之《题合江亭诗》曰："绿净不可唾。"

高邮陈直躬处士画雁 二首录一

任文儒（居实）曰："元丰八年乙丑作。"（王注引）施曰："陈直躬，偕之子也。家故饶财，而偕与其弟独喜学画，其后伎日以进，家日以微，遂以为业。士大夫既喜其画，且爱其为人，往往称之。直躬亦世其学云。见《高邮志》。"查曰："邓椿《画继》：陈直躬，高邮人，坡公有题所画雁二诗。"

野雁见人时，未起意先改。

君从何处看？得此无人态。吴曰："起四语坡公独到妙处，他人所无。"

无乃枯木形，人禽两自在。

北风振枯苇，微雪落璀璀。

惨澹云水昏；晶荧沙砾碎。

弋人怅何慕？一举渺江海。

□纪晓岚曰："一片神行，化尽刻画之迹。"

《庄子·齐物论》曰："形固可使如槁木而心固可使如死灰矣乎！"○弋人何慕，已见张子寿诗注。

黄鲁直

黄庭坚，字鲁直，洪州分宁人。与张耒、晁补之、秦观称苏门四学士。尝游皖，乐山谷寺石牛洞之林泉，因自号山谷道人。

又尝谪涪州别驾，因自号涪翁。徽宗即位，起知太平州。赵挺之执政，复除名羁管宜州卒。《宋史》入《文苑传》。○苏子瞻曰："鲁直诗文如蝤蛑江瑶柱，格韵高绝，盘飧尽废，不可多食，多食则发风动气。"（《书鲁直诗后》）《朱子语类》（百四十）曰："蜚卿问山谷诗，曰：精绝，知他是用多少工夫，今人卒乍如何及得，可谓巧好无馀自成一家矣。但只是古诗较自在，山谷则刻意为之。"吴孟举曰："山谷会萃百家句律之长，究极历代体制之变，自成一家，虽只字半句不轻出，宋诗家宗祖江西诗派皆师承之。"吴北江曰："山谷于遒炼中见精采。"

子瞻诗句妙一世乃云效庭坚体盖退之戏
效孟郊樊宗师之比以文滑稽耳
恐后生不解故次韵道之子瞻送孟容诗云
我家峨眉阴与子同一邦即此韵

任子渊（渊）注《内集》及黄子耕（䪸）《山谷先生年谱》皆编此诗于元祐元年。○韩退之有《答孟郊诗》，洪善庆曰："规模背时利，文字觑天巧，此效东野。酬樊宗师云：梁惟西南屏，山厉水刻屈，此效宗师。"（《五百家注》引）案：孟郊字东野，樊宗师字绍述，退之皆为作墓志铭。○《史记·滑稽传》《索隐》曰："滑谓乱也，稽同也，以言辩捷之人，言非若是，说是若非，能乱同异也。《楚辞》云：将突梯滑稽如脂如韦（《卜居》）。崔浩云：滑音骨，稽，流酒器也。转注吐酒，终日不已，言出口成章，词不穷竭，若滑稽之吐酒。故扬雄《酒赋》（《汉书·游侠传》作《酒箴》）云：鸱夷滑稽，腹大如壶。（《汉书》大如二字误倒。）尽日盛酒，人复藉沽（《汉书》作借沽），是也。又姚察云：滑稽犹俳谐也，滑读如字，稽音计，以言谐语滑利，其知计疾出，故云滑稽也。"○苏子瞻送杨孟容诗，赵次公曰："传者云送知怀安军，先生自谓效黄鲁直体，观《南昌集》所载信然。(《苕溪渔隐丛话前集》引王直方《诗话》云：东坡送杨孟容诗盖效山谷体作也。) 鲁直云：子瞻诗句妙一世，乃收敛光芒，入此窘步以见效，盖退之效孟郊、樊宗师之比，以文滑稽耳，恐后生不解，故追韵道之。"(王注引) 施曰："墨迹刻石成都府治，题云：送杨礼先知广安军。" 冯曰："《一统志》：杨孟容，眉山人，累官知怀安军。元祐中乞致仕，哲宗书清节二字赐之。据此与施注作广安不同，未知孰是。" 步瀛案：查注谓送杨孟容诗在元祐二年，冯星实、王见大皆从之。鲁直此诗即次送杨孟容诗韵，亦当在二年，与黄子耕、任子渊谓在元年又不同，窃疑二年殆是。

> 我诗如曹郐，浅陋不成邦。
> 公如大国楚，吞五湖三江。
> 赤壁风月笛；玉堂云雾窗。
> 句法提一律，坚城受我降。
> 枯松倒涧壑，波涛所舂撞。
> 万牛挽不前，公乃独力扛。精警。
> 诸人方嗤点，渠非晁张双？
> 但怀相识察，床下拜老庞。
> 小儿未可知，客或许敦厐。
> 诚堪婿阿巽，买红缠酒缸。结句新颖，但稍失之纤仄。

任子渊曰："郑氏《诗谱》云：周武王封叔振铎于曹，今济阴定陶是也。桧国居溱、洧之间，祝融氏名黎，其后八姓，惟妘姓桧者处其地焉。《左传》：季子观乐，自郐以下无讥焉。(襄二十九年) 注曰：季子闻郐、曹二国歌不复讥之，以其微也。《周礼·大宗伯》注云：子男不执圭者未成国。"○任曰："《周礼·

职方氏》：扬州其川三江，其浸五湖。左太冲《吴都赋》曰：或吞江而纳汉。《伽蓝记》：王肃曰：羊比齐、鲁大邦，鱼比邾、莒小国。此诗略用其意。"〇赤壁二句，任曰："谓东坡无穷达之异也。东坡谪黄州凡五年，尝游赤壁，有前后赋。山谷题东坡赞曰：东坡之酒，赤壁之笛。《赤壁赋》曰：客有吹洞箫者。赤壁之笛，意取此乎！"步瀛案：子瞻《李委吹笛诗序》曰："东坡生日置酒赤壁矶下"云云，赤壁笛当指此。〇扬子云《解嘲》曰："历金门，上玉堂有日矣。"韩退之《华山女诗》曰："云窗雾阁事恍惚。"〇《史记·匈奴传》曰："令因杆将军敖（公孙敖）筑受降城。"〇韩退之《刘生诗》曰："洪涛春天禹穴幽。"〇杜子美《古柏行》曰："万牛回首丘山重。"〇韩退之《病中赠张十八诗》曰："龙文百斛鼎，笔力可独扛。"〇杜子美《戏为绝句》曰："今人嗤点流传赋。"〇《宋史·文苑传》曰："晁补之，字无咎，济州钜野人。张耒，字文潜，楚州淮阴人。"〇但怀一本作袒怀。〇《蜀志·庞统传》注引《襄阳记》曰："庞德公，襄阳人，孔明每至其家，独拜于床下。"〇后四句，任曰："终上句相知之意，且欲为其子求婚于苏氏，抑东坡或尝以此许之也。山谷在黔中与王泸州帖云：小子相，今年十四，骨气差厖厚。以此帖观之，在京师时三四岁矣，阿巽盖苏迈伯达之女，东坡之孙，山谷虽有此言，其后契阔竟不成婚，嫁范子功之孙溇，溇字箕叟，敷文学士。苏符仲虎，伯达之子也。其言云尔。《左氏》成十六年传曰：民生敦厖。《说文》曰：缸，瓶也。今人定婚者多以红绿缠酒壶云。"

寄陈适用

史公仪（容）曰："适用名汝器，时知庐陵县。"（《外集》注）案：史注《外集》及《年谱》，此诗皆编入元丰五年，时山谷知吉州太和县。

日月如惊鸿，归燕不及社。

清明气妍暖，疂疂向朱夏。

轻衣颇宜人，裘褐就槐架。

已非红紫时，春事归桑柘。

空馀车马迹，颠倒桃李下。吴北江曰："句句
生新，此喻朝政变更，非泛咏也。"

新晴百鸟喧，各自有匹亚。

林中仆姑归，苦遭拙妇骂。

气候使之然，光阴促晨夜。

解甲号清风，即有幽虫化。吴曰："以上纪时
候一新。"

朱墨本非工，王事少闲暇。

幸蒙馀波及，治郡得黄霸。

邑邻陈太丘，威德可资借。

决事不迟疑，敏手掔泰华。

颇复集红衣，呼僚饮休假。

歌梁韵金石；舞地委兰麝。

寄我五字诗，句法窥鲍谢。

亦欢簿领劳，行欲问田舍。

相期黄公垆；不异秦人炙。吴曰："以上言陈
君寄诗约同退隐。"

我初无廊庙，身愿执耕稼。

今将荷锄归，区芋畦甘蔗。

观君气如虹，千辈可陵跨。

自当出怀璧，往取连城价。

赐第买歌僮，朱翠罗广厦。

　　富贵不相忘，寄声相慰藉。吴曰："以上答言
陈有用世才，但愿富贵毋相忘耳。"

　　杜牧之《归燕诗》曰："画堂歌舞喧喧地，社去社来人不
看。"○《楚辞·九辩》曰："时亹亹而过中分。"《文选·吴都
赋》李善注引《韩诗》曰："亹亹，进也。"（依顾千里、陈乔枞
诸家订。）○《曲礼》上曰："男女不同椸枷。"郑注曰："椸可以
枷衣者。"《释文》曰："椸，羊支反，衣架也。枷本又作架。"○
谢玄晖《春思诗》曰："黄鸟弄俦匹。"○陆玑《毛诗疏》曰：
"鹢鸠灰色无绣项，阴则屏逐其匹，晴则呼之，语曰，天将雨，
鸠逐妇，是也。《禽经》曰：拙者莫如鸠。"史公仪曰："欧阳公
诗云：病识阴晴似勃姑。（《和圣俞春雨》）又云：天雨止鸠呼，
妇还鸣且喜。（《鸣鸠》）勃姑、仆姑，皆鸠也。"○幽虫化，史
曰："言蝉也。退之《联句》（《城南》）：化虫枯搞茎。"○《周书
·苏绰传》曰："始制文案程式，朱出墨入。"○《左》僖二十四
年："公子曰：其波及晋国者，君之馀也。"○《汉书·循吏传》
曰："黄霸字次公，淮阳阳夏人也。为颍川太守，得吏民心，户
口岁增，治为天下第一。"○《后汉书·陈寔传》曰："寔字仲
弓，颍川许人也。除太丘长，修德清净，百姓以安。邻县人户归
附者，寔辄训导譬解，发遣各令还。"○《文选·西京赋》曰：
"缀以二华，巨灵赑屃，高掌远蹠，以疏河曲，厥迹犹存。"薛综
注曰："巨灵，河神也。古语云，此本一山，当河，水遇之而曲
行，河之神以手擘开其上，足蹋离其下，中分为二，以通河流，
手足之迹今尚存也。"○僚，集作嫽，今依刘海峰《历朝诗选》
及《宋诗钞》。《诗·板》曰："及尔同僚。"○《汉书·高帝纪
上》颜注曰："古者吏休假曰告。"○《文选》江文通《拟古诗东
城一何高篇》李善注引《七略》曰："汉兴，鲁人虞公善雅歌，
发声尽动梁上尘。"《列子·汤问篇》：秦青曰："昔韩娥东之齐匮

粮，过雍门鬻歌假食，既去而馀音绕梁欐，三日不绝。"○《淮南·修务篇》曰："今鼓舞者绕身若环曾绕摩地。"○《晋书·石崇传》曰："婢妾数十人皆蕴兰麝。"○鲍、谢，《史》曰："明远、灵运。"步瀛案：谢似宜兼数玄晖。○刘公幹《杂诗》曰："沉迷簿领书，回回自昏乱。"○《魏志·陈登传》曰："许汜与刘备共论天下人，备曰：君求田问舍，言无可采。"○《世说新语·伤逝篇》曰："王濬冲（戎）为尚书令，着公服，乘轺车，经黄公酒垆下过，顾谓后车客：吾昔与嵇叔夜、阮嗣宗共酣饮于此垆，竹林之游，亦预其末，自嵇生夭、阮公亡以来，便为时所羁绁，今日视此虽近，邈若山河。"○《孟子·告子上》曰："耆秦人之炙。"○《晋书·王羲之传》：报殷浩书曰："吾素自无廊庙志。"○左太冲《蜀都赋》曰："瓜畴芋区，甘蔗辛姜。"○李长吉《高轩过诗》曰："入门下马气如虹。"○史曰："赵得和氏璧，秦愿以十五城易之。蔺相如使从者衣褐怀璧归赵，见《相如传》。"○《史记·陈涉世家》曰："少时尝与人庸耕，辍耕之垄上，怅怅〔恨〕久之曰：苟富贵，无相忘。"○《后汉书·隗嚣传》曰："建武三年，嚣乃上书诣阙，光武报以殊礼，所以慰藉之良厚。"李贤注曰："慰，安也；藉，荐也。言安慰而荐藉之。"

过　家

《外集》及《年谱》皆编此诗于元丰六年。

络纬声转急，田车寒不运。
儿时手种柳，上与云雨近。
舍旁旧佣保，少换老欲尽。
宰木郁苍苍，田园变畦畛。
招延屈父党；劳问走婚亲。

归来翻作客，顾影良自哂。

一生萍托水；万事雪侵鬓。

夜阑风陨霜，干叶落成阵。

灯花何故喜？大是报书信。

亲年当喜惧；儿齿欲毁龀。

系船三百里，去梦无一寸。

□字字矜练，佳处如食甘榄，味美于回。

崔豹《古今注》曰：“莎鸡一名促织，一名络纬，一名蟋蟀。促织谓鸣声如急织，络纬谓其鸣声如纺绩也。”○《汉书·司马相如传》曰：“与庸保杂作。”颜注曰：“庸即谓赁作者，保谓庸之可信任者也。”案：庸，佣之通借字。○《公羊》僖三十三年：“秦伯怒曰：若尔之年者，宰上之木拱矣。”何注曰：“宰，冢也。”曹子建《赠白马王彪诗》曰：“山树郁苍苍。”○《说文》曰：“畛，井田间陌也，“《广韵》二十一震曰：“亲，亲家，七遴切。”○刘文房《湖上遇郑田诗》曰：“旧业今已芜，还乡返为客。”○《楚辞·九怀·尊嘉》曰：“窃哀兮浮萍，泛淫兮无根。”王逸注曰：“自比如萍生水濒，随水浮游乍东西也。”○白乐天《约心诗》曰：“黑鬓丝雪侵。”○杜子美《独酌成诗》曰：“灯花何太喜。”○《论语·里仁篇》曰：“父母之年不可不知也，一则以喜，一则以惧。”○《周礼·秋官·司厉》郑注曰：“龀，毁齿也。男八岁、女七岁而毁齿。”

晓起临汝

此诗当是山谷为叶县尉任满去官时作。《外集补》及《年谱》均编入熙宁四年。《年谱》曰：“熙宁元年赴叶县尉，九月到汝州，则终吏之期当在此岁。”《元丰九域志》曰：“京西北路汝州临汝郡治梁县。”案：今河南临汝县治。

缺月欲峥嵘，鸣鸡有期信。

征人催凤驾，客梦未渠尽。

野荒多断桥；河冻无裂璺。

羸马踏冰翻；疑狐触林遁。

清风荡初日；乔木啭幽韵。

崧高忽在眼，岌嶪临数郡。

玄云默垂空，意有万里润。

寒暗不成雨，卷怀就肤寸。自喻抱负。

观象思古人，动静配天运。

物来斯一时，无得乃至顺。

凉暄但循环；用舍谁喜愠？

安得忘言者，与讲《齐物论》？

□沉着。

《诗·定之方中》曰："星言凤驾。"○《诗》："夜如何其？"郑笺曰："夜未央犹言夜未渠央也。"《释文》曰："渠，其据反。"○《方言》六曰："器破而未离谓之璺。"○《汉书·文帝纪》颜注曰："狐之为兽，其性多疑，每渡冰河，且听且渡，故言疑者而称狐疑。"《元丰九域志》曰："西京河南府登封县有嵩山。"《清统志》曰："河南河南府：嵩山在登封县北，又名嵩高。"○《公羊》僖三十一年曰："触石而出，肤寸而合，不崇朝而徧雨乎天下者唯泰山尔！"何休注曰："侧手为肤。"案：指为寸，言其触石理而出，无有肤寸而不合。又曰："河海润于千里。"注曰："亦能通气得雨，润泽及于千里。"《论语·卫灵公篇》曰："则可卷而怀之。"○《庄子·养生主》曰："适来，夫子时也；适去，夫子顺也。"○《史记·高祖本纪》曰："三王之道若循环，终而复始。"○《庄子·外物篇》曰："得意而忘言。"

〇《庄子》有《齐物论》。案左太冲《魏都赋》曰："齐万物于一朝。"刘越石《答卢谌书》曰："远慕老庄之齐物。"《文心雕龙·论说篇》曰："庄周齐物，以论为名。"皆齐物二字连读。王深宁（应麟）、钱辛楣（大昕）以物论连读（见《困学纪闻》卷十、《养新录》卷十九），非是。

卷二　七言古诗

　　唐初七言亦沿六朝馀习，以妍华整饬为工，至李、杜出而横纵变化，不主故常，如大海回澜，万怪惶惑，而诗之门户以廓，诗之运用益神。王、李、高、岑虽各有所长，以视二公之上九天、下九渊，天马行空，不可羁络，非诸子所能逮也。盛唐而后，以昌黎为一大宗，其力足与李、杜相埒，而变化较少。然雄奇精奥，实亦一代之雄也。李昌谷诗，前人但称其险怪，吾友吴北江评之，精意悉出，惜卷狭不能多录，仅取数首以公同好。白傅平夷，恰与相反，而精神所到，自不可没，故亦录之。宋诗录欧、王、苏、黄数家。欧、王各有其工力，而苏之御风乘云，不可方物，殆如天仙化人，而不善学者，或流于轻易。山谷字字精炼，力绝恒溪，其精者直吸杜公之髓。陆放翁豪放有馀，而气稍犷矣。兹编所录，以李、杜、韩、苏、黄为主。金源之诗，遗山褎然称首，并附录。昔姚惜抱论文曰：学之善者神合焉，善而不至者貌存焉。学诗亦然。夫学古人而仅貌似，下矣，然犹胜于汪洋而无范者。

王摩诘

　　方植之曰："王、李、高、岑别有天授，自成一家，如如来下又有文殊、普贤、维摩也。又如太史公外别有庄、屈、贾生、长卿也。"又曰:"东川缠绵情韵,自然深至,然往往有痕,所谓无意为文,而意已至阔远,而绝无弩拔之迹,右丞其至矣乎。"(《昭昧詹言》)

夷门歌

《史记·魏公子传》曰:"魏有隐士曰侯嬴,年七十,家贫为大梁夷门监者。公子闻之,往请,欲厚遗之,不肯受。公子乃置酒大会宾客,坐定,公子从车骑,虚左,自迎夷门侯生。侯生摄敝衣冠,直上载公子上坐,不让,欲以观公子。公子执辔愈恭,侯生又谓公子曰:臣有客在市屠中,愿枉车骑过之。公子引车入市,侯生下见其客朱亥,俾倪故久立,与其客语,微察公子。公子颜色愈和。当是时,魏将相宗室宾客满堂待公子举酒,市人皆观公子执辔,从骑皆窃骂侯生。侯生视公子色终不变,乃谢客就车。至家,公子引侯生坐上坐,徧赞宾客,宾客皆惊。侯生遂为上客。魏安釐王二十年,秦已破赵长平军,围邯郸,公子姊为赵惠文王弟平原君夫人,数遗魏王及公子书,请救于魏。魏王使将军晋鄙将十万众救赵,留军壁邺。名为救赵,实持两端以观望。平原君使者相属于魏,公子数请魏王及宾客辩士说王万端,魏王畏秦,终不听。公子乃请宾客,约车骑百馀乘,欲赴秦军,与赵俱死。行过夷门见侯生,侯生曰:公子勉之矣!老臣不能从。公子行数里,复引车还,问侯生。侯生笑曰:臣固知公子之还也。乃屏人间语曰:嬴闻晋鄙之兵符常在王卧内,而如姬最幸,出入王卧内,力能窃之。嬴闻如姬父为人所杀,如姬为公子泣,公子使客斩其仇头,敬进如姬,如姬之欲为公子死,无所辞。公子诚一开口请如姬,如姬必许诺。公子从其计,如姬果盗晋鄙兵符与公子,公子行。侯生曰:晋鄙不授公子兵而复请之,事必危矣。臣客屠者朱亥可与俱,此人力士。晋鄙听大善,不听可使击之。于

是公子请朱亥，朱亥遂与公子俱。公子过谢侯生，侯生曰：臣
宜从，老不能，请数公子行日，以至晋鄙军之日，北乡自刭以
送公子。公子遂行，至邺，矫魏王令代晋鄙。晋鄙合符疑之，
欲无听。朱亥袖四十斤铁椎椎杀晋鄙。公子遂将晋鄙军，进兵
击秦军，秦军解去。公子与侯生决至军，侯生果北乡自刭。”
太史公曰：“吾过大梁之墟，求问其所谓夷门。夷门者，城之
东门也。”《水经·渠水》注曰：“梁孝王东都睢阳，又改曰梁，
自是置县，以大梁城广，居其东城夷门之东，夷门即侯嬴抱关
处也。”《汉书·地理志》陈留郡浚仪县原注曰：“故大梁。”
案：在今河南开封县西北。

> 七雄雄雌犹未分，攻城杀将何纷纷？
> 秦兵益围邯郸急，魏王不救平原君。
> 公子为嬴停驷马，执辔愈恭意愈下。
> 亥为屠肆鼓刀人；嬴乃夷门抱关者。
> 非但慷慨献奇谋，意气兼将身命酬。
> 向风刎颈送公子，七十老翁何所求？

□姚姬传曰：“叙得峻洁。”方植之曰：“非但慷慨以下能出
波澜议论。”吴北江曰：“叙古事而别有寄托，意在言外，故佳。”

班孟坚《答宾戏》曰：“七雄虓阚。”○《史记·孟尝君传》：
“冯驩说秦王曰：天下之游士凭轼结靷西入秦者，无不欲强秦而
弱齐。东入齐者无不欲强齐而弱秦。此雄雌之国也。”○《汉书
·地理志》赵国邯郸县原注曰：“赵敬侯自中牟徙此。”案：赵国
都邯郸在河北邯郸县西南十里赵王城。○《楚辞·天问》曰：
“师望在肆昌何识？鼓刀扬声后何喜？”○《孟子·万章下》曰：
“抱关击柝。”○《魏志·邓艾传》：“段灼上疏理艾曰：七十老
公，反欲何求？”《晋书·段灼传》作：“七十老公，复何所求

哉?"沈归愚曰:"言老翁之刎颈岂有所求于公子耶? 特以意气相
激故耳。"(《唐诗别裁》)

陇头吟

《乐府诗集》(卷二十一)《横吹曲辞》汉《横吹曲》有
《陇头》。题解曰:"《乐府解题》曰: 汉《横吹曲》二十八解,
李延年造。魏、晋以来唯传十曲, 二曰《陇头》。"《乐府古题
要解》曰:"《陇头吟》一曰《陇头水》。"○张正民(表臣)
曰:"吁嗟慨叹, 悲忧深思, 谓之吟。"(《珊瑚钩诗话》卷三,
姜夔《白石诗话》谓悲如蚩蚩曰吟, 殆望文生义。)

> 长城少年游侠客, 夜上戍楼看太白。
> 陇头明月迥临关, 陇上行人夜吹笛。
> 关西老将不胜愁, 驻马听之双泪流。
> 身经大小百馀战, 麾下偏裨万户侯。
> 苏武才为典属国, 节旄空尽海西头。

□沈曰:"少年看太白星, 欲以立功自命也。然老将百战不
侯, 苏武只邀薄赏, 边功岂易立哉?"方曰:"起势翩然, 关西句
转收, 浑脱沉转, 有远势, 有厚气, 此短篇之极则。"

《史记·天官书》曰:"察日行以处位, 太白曰西方秋司兵。"
《御览·天部》七引《天官星占》曰:"太白位在西方, 大将之象
也。"○《说文》曰:"陇, 天水大阪也。"《续汉书·郡国志》:
"凉州汉阳郡: 陇(陇下原有州字误衍, 依惠栋《补注》校删。)
有大阪名陇坻。"刘昭注引《三秦记》曰:"秦阪九回, 不知高几
许? 欲上者七日乃越, 高处可容百馀家。"《水经·清水》四注下
又引郭仲产《秦州记》曰:"陇山东西百八十里, 登山岭东望秦
川四五百里, 极目泯然。"《清统志》曰:"陕西凤翔府: 陇山在

陇州西（今改县）。甘肃秦州陇山在清水县东，与陇州接界。"
○《后汉书·虞诩传》："诩说李修曰：谚曰：关西出将，关东出
相。"○《史记·李将军传》："文帝曰：如令子当高帝时，万户
侯岂足道哉？"又："广尝与望气王朔燕语曰：自汉击匈奴而广未
尝不在其中，而诸部校尉以下，才能不及中人，然以击胡军功取
侯者数十人，而广不为后人，然无尺寸之功以得封邑者何也？"
又："广谓其麾下曰：广结发与匈奴大小七十馀战。"《汉书·冯
奉世传》曰："都尉韩昌为偏裨。"《广韵》："裨，府移切，又音
陴。"○《汉书·苏武传》曰："匈奴徙武北海无人处，使牧羝，
羝乳乃得归。武杖汉节牧羊，卧起操持，节旄尽落。武以元始六
年春至京师，拜为典属国。"《百官公卿表》曰："典属国秦官，
掌蛮夷降者。"○隋炀帝《泛龙舟诗》曰："淮南、江北海西头。"

老将行

《乐府诗集》（卷九十）《新乐府辞·乐府杂题》有此。
○《文选·乐府·饮马长城窟行》李善注引《音义》曰："行，
曲也。"（《音义》上疑脱"汉书"二字。《司马相如传》颜注释
行字可证。）张正民曰："步骤驰骋，斐然成章谓之行。"（白石
谓体如行书曰行，恐非。）

少年十五二十时，步行夺取胡马骑。

射杀山中白额虎，肯数邺下黄须儿！

一身转战三千里；一剑曾当百万师。

汉兵奋迅如霹雳；虏骑崩腾畏蒺藜。

卫青不败由天幸；方曰："陪。"李广无功缘数奇。
  方曰："转。"

自从弃置便衰朽，世事蹉跎成白首。

昔时飞箭无全目；今日垂杨生左肘。方曰："奇姿远韵。"

路旁时卖故侯瓜；门前学种先生柳。

苍茫古木连穷巷；寥落寒山对虚牖。

誓令疏勒出飞泉；不似颍川空使酒。

贺兰山下阵如云，方曰："转。"羽檄交驰日夕闻。

节使三河募年少；诏书五道出将军。

试拂铁衣如雪色；聊持宝剑动星文。

愿得燕弓射大将；耻令越甲鸣吾君。

莫嫌旧日云中守，犹堪一战立功勋。

　□雄姿飒爽，步伐整齐。

《史记·李将军传》曰："胡骑得广，广睨其旁有一胡儿，骑善马，广暂腾而上胡儿马，因推堕儿，取其弓，鞭马南驰。"○《晋书·周处传》曰："处胁力绝人，不修细行，州曲患之。处谓父老曰：今时和岁丰，何苦而不乐邪？父老叹曰：三害未除，何乐之有？处曰：何谓也？答曰：南山白额兽（唐人避虎字为兽），长桥下蛟，并子为三矣。处乃入山射杀兽，投水杀蛟。"○《魏志·任城王传》曰："任城威王彰，字子文，建安二十三年，代郡乌丸反，彰北征，北方悉平。太祖在长安，召彰诣行在所，彰自代过邺，太子谓彰：卿新有功，宜勿自伐，应对常若不足者。彰到，如太子言，归功诸将。太祖喜，持彰须曰：黄须儿竟大奇也。"裴注引《魏略》曰："彰须黄，故以呼之。"案：操封魏王治邺，故曰邺下儿。《清统志》曰："河南彰德府：邺县故城在临漳县西。"○司马子长《报任安书》曰："李陵转斗千里。"○《隋书·长孙晟传》曰："有突厥达官来降，言突厥之内大畏长孙总管，闻其弓声谓为霹雳。"○《六韬·虎韬·军用篇》曰："狭路微径张铁蒺藜，芒高四寸，广八尺，长六尺以上。"

《埤雅》卷十七曰："蒺藜布地蔓生，子有三角刺人，今兵家乃铸铁为之，以梗敌路，亦呼蒺藜。"○《史记·卫将军传》曰："大将军卫青者，平阳人也。大将军姊子霍去病为骠骑将军，敢深入，常与壮骑先其大将军，军亦有天幸，未尝困绝也。"案：此诗以天幸指卫青，盖借用。○《汉书·李广传》曰："大将军阴受上指，以为李广数奇，毋令当单于，恐不得所欲。"注："孟康曰：奇，只不耦也。颜曰：言李广命只不耦合也，数音所具反。(具今本多作角，今依宋祁校改，《索隐》引小颜正作所具反，《齐东野语》卷十四辨之甚详。)奇音居宜反。"○《文选》鲍明远《拟古诗》曰："惊雀无完目。"李善注引《帝王世纪》曰："帝羿有穷氏，与吴贺北游，贺使羿射雀，羿曰：生之乎，杀之乎？贺曰：射其左目。羿引弓射之，误中右目。羿抑首而愧，终身不忘，故羿之善射至今称之。"○《庄子·至乐篇》曰："支离叔与滑介观于冥伯之丘，昆仑之虚。俄而柳生其左肘，其意蹶蹶然恶之。"《释文》未解柳字。成玄英疏曰："柳易生之木，木者棺椁之象。"《抱朴子·论仙篇》曰："支离为柳，秦女为石。皆以柳为杨柳。"此诗云垂杨正合。或谓柳为瘤之借字，盖以人肘无生柳之理。然支离、滑介本无其人，生柳寓言亦无不可。○故侯瓜见卷一李太白《古风》注。○《晋书·隐逸·陶潜传》曰："尝著《五柳先生传》以自况曰：先生不知何许人，不详姓字，宅边有五柳树，因以为号焉。"○《后汉书·耿恭传》曰："恭以疏勒城旁有涧水可固，乃引兵据之，匈奴于城下拥绝涧水，恭于城中穿井十五丈，不得水，吏士渴乏，笮马粪汁而饮之。恭仰叹曰：闻昔贰师将军拔佩刀刺山，飞泉涌出，今汉德神明，岂有穷哉？乃整衣服向井再拜为吏士祷，有顷水泉奔出。"○《汉书·西域传》："疏勒国王治疏勒城，去长安九千三百五十里。"案：疏勒城今新疆疏勒县。○《史记·魏其武安传》曰："灌将军夫者，颍阴人也。灌夫为人刚直使酒，不好面谀。"○《隋书·地理志》：雍州灵武郡弘静县有贺兰山。《元和郡县志》曰：“关内道灵州保静县：贺兰山在县西九十三里，山有树木青白，望如驳马，北人呼驳为贺兰。”《清统志》曰：“甘肃宁夏府：贺兰山在宁朔县西北。”○《汉书·高帝纪》颜注曰：“檄者，以木简为书，长尺二寸，用征召也。其有急事，则加以鸟羽插之，示速疾也。”○刘孝威《结客少年场行》曰：“边城多警急，节使满郊衢。”○《汉书·高帝纪》：“发使告诸侯曰：悉发关中兵收三河士。”注：“韦昭曰：河南、河东、河内也。”○《汉书·常惠传》曰：“五将军分道出。”颜注曰：“祁连将军田广明、蒲类将军赵充国、武（即虎）牙将军田顺、度辽将军范明友、前将军韩增。”○《古木兰诗》曰：“寒光照铁衣。”○《吴越春秋》（卷三）曰：“伍子胥乃解百金之剑以与渔者曰：此吾前君之剑，中有七星，价值百金。”吴叔庠（均）《边城将诗》曰：“剑抱七星文。”○《文选·魏都赋》曰：“燕弧盈库而委劲。”五臣注：“李周翰曰：燕弧角弓，出幽、燕地。”○《说苑·立节篇》曰：“越甲至齐，雍门子狄请死之。曰：昔者王田于圃，左毂鸣，车右请死之。曰：为其鸣吾君也。遂刎颈而死。今越甲至，其鸣吾君也，岂左毂之下哉？车右可以死左毂，而臣独不可死越甲也？遂刎颈而死。是日越人引甲而退七十里。”○《史记·冯唐传》：“唐曰：今臣窃闻魏尚为云中守，其军市租尽以飨士卒，私养钱五日一椎牛飨宾客军吏舍人，是以匈奴远避，不近云中之塞。坐上功首虏差六级，陛下下之吏削其爵。由此言之，陛下虽得廉颇、李牧，弗能用也。文帝说，令冯唐持节赦魏尚，复以为云中守。案：汉云中郡治云中县，今绥远托克托县。”

桃源行

《乐府诗集》（卷九十）《新乐府辞·乐府杂题》有此。陶渊明《桃花源记》曰：“晋太元中，武陵人捕鱼为业，缘溪行，忘路之远近。忽逢桃花林，夹岸数百步，中无杂树，芳草鲜美，落英缤纷，渔人甚异之。复前行，欲穷其林。林尽水源，便得一山，山有小口，髣髴若有光，便舍船从口入。初极狭，才通人。复行数十步，豁然开朗，土地平旷，屋舍俨然，有良田、美池、桑竹之属，阡陌交通，鸡犬相闻。其中往来种作，男女衣着，悉如外人。黄发垂髫，并怡然自乐。见渔人乃大惊，问所从来。具答之，便要还家，设酒杀鸡作食，村中闻有此人，咸来问讯。自云：先世避秦时乱，率妻子邑人来此绝境，不复出焉，遂与外人间隔。问今是何世，乃不知有汉，无论魏、晋。此人一一为具言所闻，皆叹惋。馀人各复延至其家，皆出酒食，停数日辞去。此中人语云：不足为外人道也。既出，得其船，便扶向路，处处志之，及郡下，诣太守说如此。太守即遣人随其往，寻向所志，遂迷不复得路。南阳刘子骥高尚士也，闻之欣然规往，未果，寻病终，后遂无问津者。"（此记卷一《蓝田山石门精舍诗》注已节录之，今欲与此诗相证，故再录全文。）

渔舟逐水爱山春，两岸桃花夹去津。
坐看红树不知远；行尽青溪不见人。
出口潜行始隈隩；山开旷望旋平陆。
遥看一处攒云树；近入千家散花竹。
樵客初传汉姓名；居人未改秦衣服。
居人共住武陵源，远从物外起田园。
月明松下房栊静；日出云中鸡犬喧。
惊闻俗客争来集，竞引还家问都邑。
平明闾巷扫花开；薄暮渔樵乘水入。
初因避地去人间，及至成仙遂不还。

峡里谁知有人事；世中遥望空云山。

不疑灵境难闻见，尘心未尽思乡县。

出洞无论隔山水；辞家终拟长游衍。

自谓经过旧不迷；安知峰壑今来变！

当时只记入山深，青溪几曲到云林。

春来徧是桃花水，不辨仙源何处寻。

　　□沈归愚曰："顺文叙事，自出意见，而夷犹容与，令人味之不尽。"方曰："月明松下二句浮声切响。"

　　《尔雅·释丘》曰："隩隈。"郭注曰："今江东呼为浦隈。"《淮南子》曰："渔者不争隈。"案《淮南·览冥篇》高注曰："隈，曲深处，鱼所聚也。"〇《文选·吴都赋》曰："房栊对櫺。"李善引《说文》曰："栊，房室之疏也。"（今《说文·木部》："櫳，房室之疏也；栊，槛也。"段若膺《说文》注疑栊字为后人所增。沈西雝《说文古本考》谓二徐本脱去栏篆，遂移槛也之训于栊字，又夺去一训，未知孰是。）〇《神仙传》曰："淮南王刘安仙去，临去时馀药器置在中庭，鸡犬舐啄之，尽得升天，故鸡鸣天上犬吠云中也。"〇《楚辞·九叹·逢纷》曰："平明发兮苍梧。"〇《诗·板》曰："及尔游衍。"毛传曰："游行，衍溢也。"孔疏曰："亦自恣之意也。"〇《汉书·沟洫志》曰："来春桃华水盛。"颜注曰："《月令》：仲春之月始雨水，桃始华。盖桃方华时，既有雨水，川谷冰泮，众流猥集，波澜甚长，故谓之桃华水耳。而《韩诗传》云：三月桃华水。"

　　《苕溪渔隐丛话前集》（卷三）曰："东坡云：世传桃源事多过其实。考渊明所记止言先世避秦乱来此，则渔人所见，似是其子孙，非秦人不死者也。又云杀鸡作食，岂有仙而杀者乎？旧说南阳有菊水，水甘而芳，居民三十馀家，饮其水皆寿，或至百二三十岁。蜀青城山老人村有五世孙者，道极崄远，生不识盐醯，而溪中多枸杞根如龙蛇，饮其水，故寿。近岁道稍通，渐能致五味，而寿亦益衰。桃源盖此比也。使武陵太守得而至焉，则已化为争夺之场久矣。尝意天壤之间若此者甚众，不独桃源。苕溪渔隐曰：东坡此论盖辨证唐人以桃源为神仙，如王摩诘、刘梦得、韩退之作《桃源行》是也。惟王介甫作《桃源行》与东坡之论暗合。"步瀛案：宋人所载苏子瞻之说不尽可信。说诗不当如此。桃花源本渊明寓言，《容斋三笔》（卷十）之说最是。后人各就所见，或以为仙，或以为避秦人后，皆无不可，纷纷致辩，转无味矣。

洛阳女儿行

《乐府诗集·新乐府辞·乐府杂题》有此。案：梁武帝《河中之水歌》曰："洛阳女儿名莫愁。"

洛阳女儿对门居，才可容颜十五馀。
良人玉勒乘骢马；侍女金盘脍鲤鱼。
画阁朱楼尽相望，红桃绿柳垂檐向。
罗帏送上七香车；宝扇迎归九华帐。
狂夫富贵在青春，意气骄奢剧季伦。
自怜碧玉亲教舞；不惜珊瑚持与人。
春窗曙灭九微火，九微片片飞花琐。
戏罢曾无理曲时；妆成只是熏香坐。
城中相识尽繁华，日夜经过赵李家。
谁怜越女颜如玉，贫贱江头自浣纱？沈曰："结意况君子不遇也。"

□吴北江曰："借此以刺讥豪贵，意在言外，故妙。"

《玉台新咏·东飞伯劳歌》曰："谁家女儿对门居？开颜发艳

照里闻。"又曰:"女儿年几十五六,窈窕无双颜如玉。"○《诗·绸缪》曰:"见此良人。"毛传曰:"良人,夫称也。"○庾子山《华林园马射赋》曰:"控玉勒而摇星。"○《说文》曰:"骢,马青白杂毛也。"○《玉台新咏》辛延年《羽林郎诗》曰:"就我求珍肴,金盘脍鲤鱼。"○谢玄晖《入朝曲》曰:"迢递起朱楼。"○《古文苑》魏武帝《与太尉杨彪书》曰:"谨赠足下四望通幰七香车一乘。"章樵注曰:"七种香木为车。"○鲍明远《行路难》曰:"七彩芙蓉之羽帐,九华蒲桃之锦衾。"赵松谷曰:"九华疑是古时花式之名。"(《笺注》)○《晋书·石崇传》:"崇字季伦,财产丰积,室宇宏丽,后房百数,皆曳纨绣、珥金翠,绿竹尽当时之选,庖膳穷水陆之珍。与贵戚王恺、羊琇之徒,以奢靡相尚。恺以粃澳釜,崇以蜡代薪。恺作紫丝布步障四十里,崇作锦步障五十里以敌之。崇涂屋以椒,恺用赤石脂。崇、恺争豪如此。武帝每助恺,尝以珊瑚树赐之,高二尺许,枝柯扶疏,世所罕比。恺以示崇,崇便以铁如意击之,应手而碎。恺既惋惜,又以为嫉己之宝,声色方厉。崇曰:不足多恨,今还卿。乃命左右悉取珊瑚树有高三四尺者六七株,条干绝俗,光彩耀日,如恺比者甚众。恺惘然自失矣。"○《乐府诗集》(卷四十五)有《碧玉歌》,引《乐苑》曰:"《碧玉歌》者,宋汝南王所作也。碧玉,汝南王妾名,以宠爱之甚,所以歌之。"梁元帝《采莲赋》曰:"碧玉小家女,来嫁汝南王。"庾子山《结客少年场行》曰:"定知刘碧玉,偷嫁汝南王。"○《博物志》(卷三)曰:"汉武帝好仙道,七月七日王母乘紫云车而至于殿西,南面东向,时设九微灯,帝东面西向。"何仲言《七夕诗》曰:"月映九微火。"○阮嗣宗《咏怀诗》曰:"西游咸阳中,赵、李相经过。"赵曰:"按《汉书·谷永传》云:成帝数为微行,多近幸小臣,赵、李从微贱专宠,皆皇太后与诸舅夙夜所常忧,此指赵飞燕、李平二女宠而言也。又《叙传》云:会许皇后废,班婕妤供养东宫,进侍者李平为婕妤，而赵飞燕为皇后。自大将军薨后，富平定陵侯张放、淳于长等始爱幸，出为微行，行则同舆执辔，入侍禁中，设宴饮之会。及赵、李诸侍中，皆引满举白，谈笑大嚁，此则指赵、李二家之戚属言也。籍所引正借用为贵戚事。"（说本《日知录》二十七）○《太平寰宇记》曰："江南东道越州诸暨县：苎萝山，山下有石迹水，是西施浣纱之所，浣纱石犹存。"

李　颀

李颀，东川人，家于颍阳。开元二十三年进士第，官新乡县尉。见《唐诗纪事》及《唐才子传》。○殷璠曰："颀诗发调既新，修词亦秀，杂歌咸善，玄理最长。"（《河岳英灵集》）

古从军行

《乐府诗集》（卷三十二）《相和歌辞·平调曲》有《从军行》，题解曰："《古今乐录》曰：《从军行》，王僧虔云：荀录所载左延年《苦哉》一篇今不传。《乐府解题》曰：从军行皆军旅苦辛之词，广题曰：左延年，词云：苦哉边地人，一岁三从军。三子到燉煌，二子诣陇西。五子远斗去，五妇皆怀身。陈伏知道又有《从军五更转》。"

白日登山望烽火，黄昏饮马傍交河。
行人刁斗风沙暗；公主琵琶幽怨多。
野营万里无城郭，雨雪纷纷连大漠。
胡雁哀鸣夜夜飞；胡儿眼泪双双落。
闻道玉门犹被遮，应将性命逐轻车。

年年战骨埋荒外，空见蒲桃入汉家。

　　□沈归愚曰："以人命换塞外之物，失策甚矣。为开边者垂戒。"

　　《后汉书·光武纪下》李贤注曰："边方备警急，作高土台，台上作桔皋，桔皋头有兜零，以薪草置其中，常低之，有寇即燃火举之以相告曰烽。"○《汉书·西域传》曰："车师前国王治交河城，河水分流绕城下，故号交河，去长安八千一百五十里。"《元和郡县志》曰："陇右道西州交河县：本汉车师前王庭也。贞观十四年于此置交河县，交河县出县北天山，水分流于城下，因以为名。"案：在今新疆吐鲁番县西。○《史记·李将军传》曰："不击刁斗以自卫。"《集解》引孟康曰："以铜作鐎器受一斗，昼炊饭食，夜击持行，名曰刁斗。"○《文选》石季伦《王明君词序》曰："昔公主嫁乌孙，令琵琶马上作乐，以慰其道路之思。"《宋书·乐志》一引傅玄《琵琶赋》曰："汉遣乌孙公主嫁昆弥，念其行道思慕，故使工人裁筝筑，为马上之乐，欲从方俗语，故名曰琵琶，取其易传于外国也。"○《后汉书·窦宪传》曰："遂登燕然山，令班固作铭：经碛卤，绝大漠。"注曰："沙土曰漠。"○《汉书·西域传》曰："东西六千馀里，南北千馀里，东则接汉，阸以玉门阳关。"《元和郡县志》曰："陇右道沙州寿昌县：玉门故关在县西北一百一十七里，谓之北道，西趋车师前庭及疏勒，此西域之门户也。"《清统志》曰："甘肃安西厅：古玉门关在沙州卫西。"案：今改玉门县。○《周礼·春官·车仆》："掌轻车之萃。"郑注曰："轻车所用以驰敌致师之车也。"○《汉书·西域传》曰："汉使采蒲陶目宿种归，天子以天马多，又外国使来众，益种蒲陶目宿离宫馆旁极望焉。"案：蒲陶亦作蒲桃，俗又作葡萄。

送陈章甫

四月南风大麦黄，枣花未落桐叶长。<small>方曰："奇景涌出。"</small>

青山朝别暮还见，嘶马出门思旧乡。

陈侯立身何坦荡，虬须虎眉仍大颡。

腹中贮书一万卷，不肯低头在草莽。

东门沽酒饮我曹，<small>方曰："换气。"</small>心轻万事如鸿毛。

醉卧不知白日暮，有时空望孤云高。

长河浪头连天黑，津吏停舟渡不得。

郑国游人未及家，洛阳行子空叹息。

闻道故林相识多，罢官昨日今如何？

□<small>方曰："何等警拔！便似嘉州、达夫。"</small>

《魏志·崔琰传》曰："虬须直视，若有所瞋。"〇《太平御览·人事部》六引《帝王世纪》曰："文王虎眉。"〇《世说新语·排调篇》曰："郝隆七月七日出日中仰卧，人问其故，答曰：我晒书。"《事文类聚前集·天时部》引作晒我腹中书。〇《孟子·万章下》曰："在野曰草莽之臣。"〇司马子长《报任少卿书》曰："或轻于鸿毛。"〇《晋书·元帝本纪》曰："帝既至河阳，为津吏所止。"〇《春秋》郑国都新郑，即今河南新郑县治，唐属河南道郑州。〇唐河南道河南为东京，亦曰东都，治河南、洛阳二县。宋并洛阳入河南，后复。金并河南入洛阳，即今洛阳县治。

送刘昱

八月寒苇花，秋江浪头白。

北风吹五两，谁是浔阳客？

鸬鹚山头微雨晴；扬州郭里暮潮生。

行人夜宿金陵渚，试听沙边有雁声。

　　□沈曰："不须着力，自足神韵。"方曰："天地间别有此一种情韵。"

　　《文选·江赋》曰："觇五两之动静。"李善注曰："许慎《淮南子注》曰：綄，候风也，楚人谓之五两也。"《北堂书钞·舟部下》引风字下有之羽二字。《御览·舟部》四误合为扇字，今《齐俗篇》高诱注本綄作倪。○僧皎然《买药歌送杨山人诗》曰："江南药少淮南有，暂别胥门上京口。京口斜通江水流，襄回应上青山头。夜惊潮没鸬鹚堰；朝看日出芙蓉楼。遥荡春风乱帆影，片云无数是杨州。"《舆地纪胜》曰："两浙西路镇江府：芙蓉楼，《京口志》云，王恭所创，或言蒜山阁。"是鸬鹚堰当亦在镇江丹徒，山亦可由此推知，但今不能实指其所在耳。○李公垂（绅）《入扬州郭序》曰："潮水旧通扬州郭内，大历以后潮信不通。李顾诗：鸬鹚山头片（微）雨晴，扬州郭里暮潮生，此可以验。"蔡宽夫《诗话》曰："润州大江本与今扬子桥对，瓜州乃江中一洲耳，故潮水悉通扬子城中。今瓜州与扬子桥相连，距江三十里，不但潮水不至扬州，亦不至扬子桥矣。"《清统志》曰："江苏扬州府：扬子桥在江都县南十五里，即扬子津。"○王元长《乐府·永明乐》曰："总棹金陵渚。"

李太白

　　沈归愚曰："太白七古，想落天外，局自变生。太江无风，波浪自涌，白云从空，随风变灭，此殆天授，非人所及。"方植之曰："太白当希其发想超旷，落笔天纵，章法承接，变化无端，不可以寻常胸臆摸测。如列子御风而行，如龙跳天门，虎卧凤阙，瑶台绛阙，有非地上凡民所能梦想及者。至其词貌则万不容蹈袭，蹈袭则凡儿矣。"又曰："大约太白诗与庄子文同妙，意接词不接，发想无端，如天上白云，卷舒灭现，无有定形。"

远别离

郭茂倩《乐府诗集》（卷七十一）《杂曲歌辞》有江淹《古别离》，题解曰："《楚辞》曰：悲莫悲兮生别离（《九歌·少司命》）。《古诗》曰：行行重行行，与君生别离。苏武使匈奴，李陵与之诗曰：良时不再至，离别在须臾。后人拟为《古别离》，梁简文帝又为《生别离》，宋吴迈有《长别离》，唐李白有《远别离》，亦皆此类。"○萧粹可曰："此篇前辈咸以为上元间李辅国、张后矫帝制迁上皇于西内时，太白有感而作。余曰非也。此诗大意谓无借人国柄，借人国柄则失其权，失其权则虽圣哲不能保其社稷妻子，其祸有必至之势也。然则此诗之作，其在天宝之末乎！按《唐史·高力士传》曰：天宝中边将争立功，帝尝曰：朕春秋高，朝廷细务问宰相，番夷不龚付诸将，宁不暇邪？力士对曰：臣间至阁门见奏事者，言云南数丧师，又北兵悍且强，陛下何以制之？臣恐祸成不可禁。其指盖谓禄山。帝曰：卿勿言，朕将图之。又帝尝斋大同殿，力士侍，帝曰：海内无事，朕将吐纳导引，以天下事付林甫若何？力士对曰：天下大柄，不可假人，威权既振，孰敢议者？帝不说。（以上皆见《新书·宦者传》）自是国权卒归于林甫、国忠，军权卒归于禄山、舒翰。太白此时熟识时病，欲言则惧祸及己，不得已而形之诗章，切直著明，流出胸臆。非识时忧世之士，怀存君忠国之心者，其孰能与于此哉？"（《补注》）

远别离，古有皇英之二女。

乃在洞庭之南，潇湘之浦。

海水直下万里深，谁人不言此离苦？先言别离之苦，起势如风雨之骤至。

日惨惨兮云冥冥，猩猩啼烟兮鬼啸雨。

我纵言之将何补？

皇穹窃恐不照余之忠诚，雷凭凭兮欲吼怒。此言壅蔽之害。《离骚》曰："理弱媒拙兮，巩导言之不固。"又曰："闺中既以邃远兮，哲王又不悟。"皆为此诗所自出。

尧舜当之亦禅禹。

君失臣兮龙为鱼，权归臣兮鼠变虎。

或云尧幽囚、舜野死，九疑联绵皆相似。

重瞳孤坟竟何是？此言人君失权之祸。帝子泣兮绿云间。

随风波兮去无还。

恸哭兮远望，见苍梧之深山。

苍梧山崩湘水绝，竹上之泪乃可灭。结言遗恨千古，语甚悲痛，与起段相应。

□胡孝辕曰："此篇借舜二妃追舜不及，泪染湘竹之事，言远别离之苦，并借《竹书》杂记见逼舜、禹南巡野死之说，点缀其间，以著人君失权之戒。使其词闪幻可骇，增奇险之趣。盖体干于楚《骚》，而韵调于汉铙歌诸曲，以成为一家语。参观之当得其源流所自。"

《列女传·母仪传》曰："有虞二妃者，帝尧之二女也。长娥皇，次女英。《水经·湘水》注曰："湖水西流，迳二妃庙南，世谓之黄陵庙也。"言大舜之陟方也，二妃从征，溺于湘江，神游洞庭之渊，出入潇湘之浦。"萧粹可曰："英皇之事特借之以引喻发兴。"○王仲宣《登楼赋》曰:"天惨惨而无色。"《楚辞·九叹·远逝》曰:"云冥冥而闇前。"○《文选·蜀都赋》曰:"猩猩夜啼。"刘渊林注曰:"猩猩生交趾封溪,似猿,人面能言语,夜闻其声如小儿啼。"○鲍明远《芜城赋》曰:"木魅山鬼,野鼠城狐,风嗥雨啸,昏见晨趋。"○《文选·寡妇赋》曰:"仰皇穹兮叹息。"李善注曰:"皇穹,天也。"○萧曰:"日日曰皇穹者,所以比其君,而云则其臣也。日惨惨兮云冥冥,喻君昏于上而权臣障蔽于下也。猩猩啼烟鬼啸雨者,极小人之形容而政乱之甚也。我纵言之将何补者,太白感叹之辞,谓时事如此矣,我纵言之,诚恐君不以我为忠而适以取憎于权臣也。夫如是则又将何补哉?"○《左》昭五年曰:"震电凭怒。"杜注曰:"凭,盛也。"班孟坚《东都赋》曰:"凭怒雷震。"○《说苑·正谏篇》曰:"吴王欲从民饮酒,子胥谏曰:昔白龙下清泠之渊,化为鱼,渔者豫且射中其目。"○东方曼倩《答客难》曰:"用之则为虎,不用则为鼠。"○《史记·五帝本纪》《正义》引《括地志》曰:"故尧城在濮阳鄄城县东北十五里。《竹书》云:昔尧德衰,为舜所囚也。又有偃朱城在县西北十五里。《竹书》云:舜囚尧复偃塞丹朱,使不与父相见也。"○《鲁语上》:"展禽曰:舜勤民事而野死。"韦昭注曰:"野死谓征有苗,死于苍梧之野。"○萧曰:"尧、舜当之亦禅禹而下数句,乃是太白所欲言之事,谓权归于臣,其祸必至于此。所引《竹书》事特起兴尔。"○《海内南经》曰:"苍梧之山,帝舜葬于阳。"《海内经》曰:"南方苍梧之丘,苍梧之渊,其中有九疑山,舜之所葬。"郭注曰:"山今在零陵营道县南。其山九溪皆相似,故云九疑。古者总名其地为苍梧也。"《清统志》曰:"湖南永州府:九疑山在宁远县南六十里。"○《太平御览·皇王部》六引《孝经援神契》曰:"舜龙颜重童。"《史记·项羽本纪》曰:"舜目盖重瞳子。"○《楚辞·九歌·湘夫人》曰:"帝子降兮北渚。"王逸注曰:"帝子谓尧女也。"○绿云谓竹也。

刘孝先《竹诗》曰："竹生荒野外，梢云耸百寻。"又曰："耻染湘妃泪。"○《博物志》（卷十）曰："帝之二女，尧之二女也。啼以涕挥竹，竹尽斑。"《述异记》（卷上）曰："昔舜南巡而葬于苍梧之野，尧之二女娥皇、女英追之不及，相与恸哭，泪下沾竹，竹上文为之斑斑然。"《困学纪闻》（卷十二）引张耒诗曰："重瞳陟方时，二妃盖老人。安肯泣路旁，洒泪留丛筼？"则以染竹之说为妄，其义甚正，然词人相沿，往往有此，亦不必辨也。萧曰："苍梧山崩湘水绝，竹上之泪乃可灭者，白意若曰，事若至此，是抱万古之恨，与山水而无穷也。"

蜀道难

　　《乐府诗集》（卷四十）《相和歌辞·琴调曲》有梁简文帝《蜀道难》。题解曰："《古今乐录》曰：王僧虔《技录》有《蜀道难行》，今不歌。"○《太白集》缪本原注曰："讽章仇兼琼也。"孟棨《本事诗》曰："李太白初自蜀至京师，舍于逆旅。贺知章闻其名，首访之，既奇其姿，复请所为文。出《蜀道难》以示之，读未竟，称叹者数四，号为谪仙。"王定保《摭言》（卷七）曰："李太白始自西蜀至京，名未甚振，因以所业赞谒贺知章，知章览《蜀道难》一篇，扬眉谓之曰：公非人世之人，可不是太白星精耶？"二说小异，而皆以《蜀道难》为至长安前作。范摅《云溪友议》（卷二）曰："严武拥旄西蜀，累于饮筵对客骋其笔札，杜甫拾遗乘醉言曰：不谓严挺之有此儿也！武恚目久之曰：杜审言孙子拟捋虎须。房太尉琯亦微有所忤，忧怖成疾，武母恐害损贤良，遂以小舟送甫下峡，然二公几不免于虎口矣。李太白作《蜀道难》，乃为房、杜危之也。"《新唐书·严武传》取之。沈括《梦溪笔谈》（卷四）曰："前史称严武为剑南节度使，放肆不法，李白为之作《蜀道难》。按孟棨所记，白初至京师乃天宝初也，此时白已作《蜀道难》。严武为剑南，乃在至德以后肃宗时，年代甚远。盖小说所记各得于一时见闻，本末不甚知，率多舛误。李白集中称刺章仇兼琼，与《唐书》所载不同，此《唐书》误也。"洪驹父《诗话》（见萧注引）亦据《唐摭言》驳《新唐书·严武传》之非。然旧说讽章仇兼琼及《本事诗》《摭言》所载亦未足据。萧粹可曰："黄鲁直尝于宜州用三钱买鸡毛笔，为周惟深作草书《蜀道难》，亦于题下注云：讽章仇兼琼也。然天宝初，天下乂安，四郊无警，剑阁乃长安入蜀之道，太白非狂者，乃拳拳然欲其严剑阁之守，不知将何所拒乎？以此知其不为章仇兼琼也。尝以全篇诗意与唐史参考之，是盖太白初闻禄山乱华、天子幸蜀时作也。若曰为房琯、杜甫、章仇兼琼而作，何至始引蚕丛开国，终言剑阁之险，复及所守匪亲、化为豺狼等语哉？引喻非伦，以是知其不为章与房、杜也。按唐史，哥舒翰兵败，潼关不守，杨国忠首倡幸蜀之策，当时臣庶皆非之。马嵬父老遮道谏曰：宫阙陛下家居，陵寝陛下坟墓，今舍此欲何之？又告太子曰：若殿下与至尊皆入蜀，中原百姓谁为主？建宁王倓亦曰：今殿下从至尊入蜀，若贼兵烧绝栈道，则中原之地拱手授贼。既上至扶风，士卒潜怀去就，往往流言不逊。比至成都，从官及六军至者千三百人而已。太白此诗盖亦深知幸蜀之非计，欲言则不在其位，不言则爱君忧国之情不能自已，故作是诗以达意也。"陈秋舫曰："萧氏此说迥出诸家之上。彼《唐摭言》谓贺知章曾见此诗者，亦犹陈子昂《感遇诗》刺武后时事见于杜陵忠义之褒，而《旧唐书》顾谓其少作见许于王适，皆道听涂说，未尝真读其诗者也。至胡震亨此题本乐府古曲，太白蜀人，自为蜀咏，不必实有所指。此则以明七子无病之呻臆古人失声横涕之什，殆聋夫闻弹寡鹄抚柘枝者已。"（《比兴笺》）

噫吁嚱，危乎高哉！

蜀道之难难于上青天。《唐宋诗醇》评曰："二语通篇节奏。"

蚕丛及鱼凫，开国何茫然！

尔来四万八千岁，不与秦塞通人烟。

西当太白有鸟道，可以横绝峨眉巅。

地崩山摧壮士死，然后天梯石栈相钩连。

上有六龙回日之高标，下有冲波逆折之回川。

黄鹤之飞尚不得过，猿猱欲度愁攀援。

青泥何盘盘！百步九折萦岩峦。

扪参历井仰胁息，以手抚膺坐长叹。以上极言山川道途之险。

问君西游何时还？

畏途巉岩不可攀，但见悲鸟号古木，雄飞从雌绕林间。

又闻子规啼夜月，愁空山。

蜀道之难难于上青天，使人听此凋朱颜。

连峰去天不盈尺，枯松倒挂倚绝壁。

飞湍瀑流争喧豗，砯崖转石万壑雷。

其险也若此，嗟尔远道之人胡为乎来哉！以上隐喻幸蜀之非计。

剑阁峥嵘而崔嵬。一夫当关，万夫莫开。

所守或匪亲，化为狼与豺。此言蜀险不必可恃。

朝避猛虎，夕避长蛇。

磨牙吮血，杀人如麻。

锦城虽云乐，不如早还家。全篇归宿。

蜀道之难难于上青天，侧身西望长咨嗟。《诗醇》评曰："结语收得住，有无限遥情。"

□殷璠曰："白为文章率皆纵逸，至如《蜀道难》等篇，可谓奇之又奇。然自骚人以还，鲜有此体调也。"刘须溪曰："妙在起伏，其才思放肆，语次崛奇，自不待言。"沈曰："笔阵纵横如虬飞蠖动，起雷霆于指顾之间。"

宋景文（庠）《笔记》（卷上）曰："蜀人见物惊异，辄曰噫嘻嘁。李白作《蜀道难》，因用之。"○《文选》枚叔《奏书谏吴王》曰："必若所为，危于累卵，难于上天。"○《文选·蜀都赋》刘渊林注引扬雄《蜀王本纪》曰："蜀王之先名蚕丛、拍护、鱼凫、蒲泽、开明，是时人萌椎髻左言，不晓文字，未有礼乐，从开明上到蚕丛，积三万四千岁。"○常璩《华阳国志·蜀志》曰："周显王之世，蜀王有褒、汉之地，出猎谷中，与秦惠王遇，惠王以金一笥遗蜀王，王报珍玩之物，物化为土。惠王怒，群臣贺曰：天奉我矣，王将得蜀土地。惠王喜。"○萧曰："不与秦塞通人烟者，言蕞尔之蜀僻在一隅，自古声教所不暨，虽秦塞之近，且不相通，非可为中国帝王之都也。"○萧曰："太白山在洋州真符县（今陕西洋县东北）四百五十里，山面隶凤翔，山背属真符。"○《文选》谢玄晖《暂使下都诗》曰："风云有鸟道。"李善注引《南中八志》曰："交趾郡治龙编县，自兴古鸟道四百里。"○峨眉山见杜子美《剑门诗》岷峨注。《文选》左太冲《蜀都赋》曰："抗峨眉之重阻。"○《艺文类聚·山部》引《蜀王本纪》曰："天为蜀王生五丁力士，能徙山。秦王献美女与蜀王，蜀王遣五丁迎女，见一大蛇入山穴中，五丁并引蛇，山崩，秦五女皆上山化为石。"《华阳国志·蜀志》曰："惠王许嫁五女于蜀，蜀遣五丁迎之，还到梓潼，见一大蛇入穴中，一人揽其尾掣之不禁，至五人相助大呼拔蛇，山崩时压杀五人。"○萧曰："《梁州图经》云：栈道连空，极天下之至险。"○萧曰："言五丁未开道之前，惟长安正西太白山仅有鸟道可以横绝峨眉之巅，非人迹所可往来也。五丁既开道之后，梯栈相连，始与秦通。今焉安处于蜀，设若烧绝栈道，则中原道断矣。"○《初学记·天部》三引《淮南子》曰："爰止羲和，爰息六螭，是谓悬车。"注曰："日乘车驾以六龙，羲和御之，日至此而薄于虞渊，羲和至北而回六螭。"左太冲《蜀都赋》曰："羲和假道于峻岐，阳鸟回翼乎高标。"王琢崖曰："高标是指蜀山之最高，而为一方之标识者言也。"○《文选·上林赋》曰："横流逆折，转腾潎洌。"注引司马彪曰："逆折，旋回也。"○黄鹤即黄鹄，古书鹤鹄字通用。(《庄子·天运》《庚桑楚》，《释文》皆曰鹄本作鹤。）朱骏声《说文通训定声·孚部》曰："鹄形似鹤，色苍黄，亦有白者，其翔极高，一名天鹅。"○《尔雅·释兽》曰："猱猨善援。"郭注曰："便攀援。"《说文》曰："蝯，禺属，善援。"陆玑《毛诗疏》曰："猱，猕猴也，楚人谓之沐猴，老者为玃，长臂者为猨。"猨与蝯字同。○《元和郡县志》："山南道兴州长举县（今陕西略阳县西北）：（青泥岭在县西北五十三里。悬崖万仞，山多云雨，行者屡逢泥淖，故号青泥岭。"《清统志》曰："甘肃秦州：青泥岭在徽县南，为入蜀之路。"○《晋书·天文志上》曰："自毕十二度至东井十五度属益州。"又曰："蜀郡入参一度，犍为入参三度，牂牁入参五度，巴郡入参八度，汉中入参九度，益州入参七度。"《蜀都赋》曰："岷山之精，上为井络。"刘渊林注引《河图括地象》曰："岷山之地上为井络，言岷山之精上为天之井星也。"杨子见（齐贤）曰："《甘氏星经》曰：参十星，玉井四星在参左足下，扪参必历乎井也。(《太白集注》）○《文选·高唐赋》曰："股战胁息。"李善注曰："胁息犹翕息也。"《汉书·酷吏传》颜注曰："胁，敛也，屏气而息。"○萧曰："参与井为蜀分野，扪参历井，言环蜀之境，道里险难，所在皆然，令人胁敛屏气而息，惟有抚膺长叹而已也。"○《汉书·终军传》："军曰：丈夫西游，终不复传还。"○萧曰："'问君西游何时还'者，君字非泛然而言，犹杜子美《北征诗》'恐君有遗失'，及'君诚中兴主'之义，所谓君者，明皇也。西游者，西幸也。何时还者，言既幸蜀矣，何时可还中原而为生灵之主也。"案：萧说大体皆是，惟此诗全篇皆作隐讽，不应此君字特为揭出，且与《北征诗》明言者有异，不得援彼例此。此诗意中指明皇，特浑言之耳。《诗醇》及《比兴笺》解此君字皆依萧说，未敢附和。○萧曰："《乐府·雉子斑》古词云：雉子高飞止，黄鹄高飞已千里，雄来飞，从雌视。"○《蜀都赋》曰："鸟生杜宇之魄。"刘注引《蜀记》曰："昔有人姓杜名宇，王蜀，号曰望帝，宇死，俗说云宇化为子规。子规，鸟名也。蜀人闻子规鸣，皆曰望帝也。"○《文选》王康琚《反招隐诗》曰："凝霜凋朱颜。"○《御览·地部》五引《辛氏三秦记》曰："俗云：武功、太白，去天三百。"○《文选·海赋》曰："磊匒匌而相豗。"李善注曰："相豗，相击也。"○《文选·江赋》曰："砯岩鼓作。"李善注曰："砯，水激岩之声也。"案：砯音普冰切。又《子虚赋》曰："礧石相击，硠硠磕磕，若雷霆之声闻乎数百里之外。"○萧曰："远道之人以喻疏远之臣若白者，虽欲从君于难，胡为而能来也。"案：萧解胡为乎来，似与诗之语意未浃，故《诗醇》谓远道之人盖指从者而言，语意虽合，亦失之泥。其弊止在以上之君字实指明皇，故此句尔字不能不曲为解说矣。○剑阁已见卷一杜子美诗注。○《文选》张孟阳《剑阁铭》曰："一人荷戟，万夫趑趄。形胜之地，匪亲勿居。"李善注引《汉书》（《高帝纪》）田肯曰："秦，形胜之国也，齐有琅邪之饶，非亲子弟莫可使王齐也。"○萧曰："赞帝幸蜀者，不过谓有剑阁之险而已。然太白私忧过计，谓险则险矣，守关者任非其人，如豺狼之反噬亦未可知，此则尤可忧也。"○《左》定五年：申包胥曰："吴为封豕长蛇。"○扬子云《长杨赋》曰："凿齿之徒，相与磨牙而争之。"○《史记·天官书》曰："死人如乱麻。"○《华阳国志·蜀志》曰："蜀郡西城，故锦官也。锦江，织锦濯其中则鲜明，他江则不好，故命曰锦里也。"《元和郡县志》曰："剑南道成都府成都县：锦城在县南一十里，故锦官城也。"○潇曰："蜀与羌、夷杂处，如虎如蛇，朝夕皆当避之。或者变生肘腋，是又可忧之大者也。锦城虽云乐，不如早还家者，语意盖自《楚辞·招魂》中来。言成都之乐不如早还中国之乐也。复申之曰蜀道之难云云，再言之不足，故三言之，以致吾睠恋之意云耳。吁，诗意亦微而显者欤？"

梁甫吟

《乐府诗集》（卷四十一）《相和歌辞·楚调曲》有诸葛亮《梁甫吟》。题解曰："《古今乐录》曰：王僧虔《技录》有《梁甫吟行》，今不歌。谢希逸《琴论》曰：诸葛亮作《梁甫吟》。《陈武别传》曰：武遂学《太山梁甫吟》。《蜀志》曰：诸葛亮好为《梁甫吟》（《亮传》）。然则不起于亮矣。李勉《琴说》曰：《梁甫吟》，曾子撰。《琴操》曰：曾子耕太山之下，天雨雪冻，旬月不得归，思其父母，作《梁山歌》。蔡邕《琴颂》曰：梁甫悲吟，周公越裳。按：梁甫，山名，在泰山下。《梁甫吟》，盖言人死葬此山，亦葬歌也。又有《泰山梁甫吟》，与此颇同。"曾涤生曰："诸葛武侯之《梁甫吟》似吊贤士之冤死，太白此诗则抱才而专俟际会之时。"

　　长啸《梁甫吟》，何时见阳春？方植之曰："二句冒起。"
　　君不见朝歌屠叟辞棘津，八十四来钓渭滨！
　　宁羞白发照渌水，逢时吐气思经纶。
　　广张三千六百钓，风期暗与文王亲。

大贤虎变愚不测，当年颇似寻常人。此言太公大贤而遇。

君不见高阳酒徒起草中，长揖山东隆准公！

入门开说骋雄辩，两女辍洗来趋风。

东下齐城七十二，指麾楚汉如旋蓬。

狂客落拓尚如此，何况壮士当群雄。此言郦生狂客而遇。

我欲攀龙见明主，雷公砰訇震天鼓。方曰："我欲句入己，以下奇横用骚意。"

帝旁投壶多玉女。方曰："指群邪也。"

三时大笑开电光，倏烁晦明起风雨。方曰："二句言喜怒莫测。"

阊阖九门不可通，以额叩关阍者怒。以上言己因谗人壅蔽而不遇。

白日不照吾精诚，杞国无事忧天倾。方曰："转。"

猰貐磨牙竞人肉，驺虞不折生草茎。方曰："顿住。"

手接飞猱搏雕虎，侧足焦原未言苦。

智者可卷愚者豪，世人见我轻鸿毛。

力排南山三壮士，齐相杀之费二桃。方曰："解上手接二句。"

吴楚弄兵无剧孟，亚夫咍尔为徒劳。方曰："解上智者二句。"

《梁甫吟》，声正悲。张公两龙剑，神物合有时。

风云感会起屠钓，大人岇屼当安之。方曰："自慰作收。"

□吴北江曰："雄奇俊伟，韩公所谓光焰万丈者也。"又曰：

"通体设喻，听以错落而雄深。"

《楚辞·九辩》曰："恐溘死而不得见乎阳春。"○《秦策》五："姚贾曰：太公望，齐之逐夫，朝歌之废屠，子良之逐臣，棘津之雠不庸，文王用之而王。"《韩诗外传》卷七曰："吕望行年五十，卖食棘津，年七十屠于朝歌，九十乃为天子师，则遇文王也。"（《说苑·杂言篇》同）又卷八曰："太公望少为人婿，老而见去，屠牛朝歌，赁于棘津，钓于磻溪，文王举而用之，封于齐。《水经·河水》注曰："又东北迳广川县故城西。又东迳棘津亭南。"徐广曰："棘津在广川。"司马彪曰："县北有棘津城，吕尚卖食之困疑在此也。"（广川故城在河北枣强县东。）○《列女传·辩通传》："齐管妾婧曰：昔者太公望年八十为天子师，九十而封于齐。"《孔丛子·记问篇》曰："太子八十而遇文王。"皆云八十。亦有言七十者。《说苑·尊贤篇》《后汉书·文苑传·高彪篓》是也。有言七十二者，《荀子·君道篇》《韩诗外传》四、《汉书·东方朔传·答客难》是也。有言七十馀者，《御览·人事部》四十五引桓谭《新论》是也。又有言九十者，《楚辞·九辩》《韩诗外传》七、《说苑·杂言篇》《越绝书·计倪篇》《淮南·说林》高诱注是也。而《列女传·辩通传》《说苑·尊贤篇》皆云万九十封齐。故朱新仲（翌）《猗觉寮杂记》（卷下）谓《九辩》云：太公九十乃显荣，言封齐时也。然古书此等记载往往极力形容，未必确为实事，疑成王褓褓，太公七十八十遇文王及九十显荣，皆极力形容之词，未可深泥也。○《史记·齐太公世家》曰："西伯出猎，果遇太公于渭之阳。"又《范睢传》："睢曰：昔者吕尚之遇文王也，身为渔父而钓于渭滨耳。"○萧曰："三千六百钓以指太公八十钓于渭十年间事也。十年三千六百日，每日而钓，故曰三千六百钓。至九十乃遇文王，是十年矣。《诗醇》谓九十封国，此当七十至八十。引《说苑》云：吕望七十钓于渭渚。然今《说苑》无此文，要之此但言太公垂钓至十年耳，不必泥定起讫之年也。"○《易·革》九五曰："大人虎变。"○《史记·郦生传》曰："郦生食其者，陈留高阳人也。家贫落魄，无以为衣食业，县中皆谓之狂生。沛公至高阳传舍，使人召郦生，郦生入谒，沛公方倨床，使两女子洗足。郦生入则长揖不拜，曰：必聚徒合义兵诛无道秦，不宜倨见长者。于是沛公辍洗摄衣，延郦生上坐，谢之。初，沛公引兵过陈留，郦生踵军门上谒，使者出谢：沛公未暇见儒人也。郦生瞋目案剑叱使者曰：走复入言沛公，吾高阳酒徒也，非儒人也。"○隆准已见苏子瞻《送郑户曹诗》注。又吴迈远《长别离》曰："正为隆准公，杖剑入紫微。"○刘孝标《广绝交论》曰："纵碧鸡之雄辩。"○《左》成十六年曰："郤至免胄而趋风。"杜注曰："疾如风也。"○《史记·郦生传》曰："汉三年，汉王数困荥阳成皋，郦生因曰：臣愿得奉明诏说齐王，使为汉而守东藩。上曰：善。使郦生说齐王曰：王疾先下汉王，齐国社稷可得而保也。不下汉王，危亡可立而待也。田广以为然，乃听郦生，罢历下兵守战备。淮阴侯闻郦生伏轼下齐七十馀城，乃夜度兵平原袭齐。"○《法言·渊骞篇》曰："攀龙鳞，附凤翼。"○《楚辞·远游》曰："右雷公以为卫。"《论衡·雷虚篇》曰："图画之工，图雷之状，累累如连鼓之形，又图一人若力士之容，谓之雷公，使之左手引连鼓，右手推椎，若击之状。"《艺文类聚·天部》下引《河图帝纪通》曰："雷天地之鼓也。"又引顾凯之《雷电赋》曰："硏匐轮转，倐闪罗曜。"《广韵》十二庚曰："硏，普耕切；匐，呼宏切；匐匐，大声。"○《神异经·东荒经》曰："东王公与一玉女投壶，每投千二百矫，设有入不出者，天为之嚯嘘；矫而脱误不接者，天为之笑。"注曰："言笑者天口流火炤灼，今天下不雨而有电光，是天笑也。"○《汉书·高帝纪》曰："雷电晦冥。"颜注曰："晦冥皆谓暗也。"○《楚辞·离骚》曰："吾令帝阍开关兮，倚阊阖而望予。"王逸注曰："阍，主门者也。阊阖，天门也。"《后汉书·

寇荣传》：“荣上书曰：闾阖九重，陷穽步设。”李贤注曰：“闾阖，天门也。”庚子慎《七夕侍宴乐游苑诗》曰：“闾阖九关通。”○萧曰：“我欲攀龙见明主，乃太白于时事有所见而欲告于其君也。雷公砰訇四句以喻权奸女谒用事而政令无常也。闾阖九门二句以喻言路壅塞，下情不得以上达，往往获罪于权近也。”○《文选》邹阳《狱中上书自明》曰：“精诚变天地。”○《列子·天瑞篇》曰：“杞国有人忧天地崩坠、身亡所寄、废饮食者。”○《淮南子·本经篇》曰：“至尧之时，猰貐、九婴、大风、封豨、凿齿、修蛇皆为民害。”高注曰：“猰貐，兽名也，状若龙首，或曰似貍，善走而食人。猰读车轧履人之轧，貐读疾除瘉之瘉。”《尔雅·释兽》曰：“猰貐类貍，虎爪，食人迅走。”《释文》曰：“猰字亦作貐，或作窫，褚诠之乌八反，韦昭乌继反，服虔音医，晋灼音内餶。案字书，餶音噎，貐字或作窫，褚诠之以主反，《字林》弋父反，韦昭余彼反。”○陆玑《毛诗疏》曰：“驺虞即白虎也，黑文，尾长于躯，不食生物，不履生草，君有德则见，应信而至者也。”萧曰：“猰貐磨牙二句，此乃深叹当时小人在位，为政害民，有如猰貐磨牙，竞食人肉。使有道之朝则当仁如驺虞，虽生草不履，况肯以人肉为食哉？”案：此二句言仁暴不同，因世治乱而见。○曹子建《白马篇》曰：“仰手接飞猱。”○《文选·思玄赋》旧注引《尸子》曰：“中黄伯曰：余左执太行之獶，而右搏雕虎，唯象之未与，吾心试焉，有力者则又愿为牛，欲与象斗以自试。今二三子以为义矣，将恶乎试之？夫贫穷，太行之獶也；疏贱，义之雕虎也，而吾日遇之，亦足以试矣。”又曰：“莒国有石焦原者，广五十步，临百仞之溪，莒国莫敢近也。有以勇见莒子者，独却行齐踵焉，所以称于世。夫义之为焦原也亦高矣，贤者之于义必且齐踵，此所以服一时也。”《清统志》曰：“山东沂州府：焦原山在莒州（今县）南四十里。”○《论语·卫灵公篇》曰：“君子哉蘧伯玉，邦无道则可卷而怀之。"○司马子长《报任少卿书》曰："死有重于泰山，或轻于鸿毛。"○诸葛孔明《梁甫吟》曰："步出齐城门，遥望荡阴里。里中有三坟，累累正相似。问是谁家坟？田疆古冶子。力能排南山，文能绝地纪。一朝被谗言，二桃杀三士。谁能为此谋？相国齐晏子。"《晏子春秋·内篇·谏下》曰："公孙接、田开疆、古冶子事景公，以勇士搏虎闻。晏子过而趋，三子者不起。晏子因请公使人少馈之二桃，曰：三子何不计功而食桃？公孙接曰：接一搏狷而再搏乳虎，若接之功可以食桃而无与人同矣。援桃而起。田开疆曰：吾杖兵而却三军者再，若开疆之功，亦可以食桃而无与人同矣。援桃而起。古冶子曰：吾尝从于河，鼋衔左骖以入砥柱之流，冶少不能游，潜行。逆流百步，顺流九里，得鼋而杀之，左操骖尾，右挈鼋头，鹤跃而出，津人皆曰河伯也。若冶视之，则大鼋之首。若冶之功，亦可以食桃而无与人同矣。二子何不反桃？抽剑而起，公孙接、田开疆曰：吾勇不子若，功不子逮，取桃不让，是贪也，然而不死，无勇也。皆反其桃，挈领而死。古冶子曰：二子死之，冶独生之，不仁。耻人以言而夸其声，不义。恨乎所行不死，无勇。亦反其桃，挈领而死。"○《史记·游侠传》曰："吴、楚反时，条侯为太尉，乘传车将至河南，得剧孟喜曰：吴、楚举大事而不求孟，吾知其无能为已矣。天下骚动，宰相得之，若得一敌国云。"○《史记·循吏传》："龚遂曰：陛下赤子盗弄陛下之兵于潢池耳。"○《楚辞·九章·惜诵》王逸注曰："楚人谓相啁笑曰哈。"案：接猲搏虎，尽力于国以击刺奸邪，虽侧足焦原，未足言苦，第恐谗言蔽君，致蹈三士之祸。智卷愚豪，时事颠倒，甘为俗人所轻。然当国家有事之时，亚夫得之如得一敌国，则待时而动，未必无遇合之期也。○《晋书·张华传》曰："华补雷焕为丰城令，焕到县掘狱，屋基入地四丈馀，得一石函，光气非常，中有双剑，并刻题，一曰龙泉，一曰太阿，使送一剑与华，留一自佩，华得剑受之，常置坐侧。报焕书曰：详观剑文，乃干将也，莫邪何复不至？虽然，天生神物，终当合耳。华诛，失剑所在。焕卒，子华为州从事，持剑行经延平津，剑忽于腰间跃出堕水，使人投水取之，不见剑，但见两龙各长数丈，蟠萦有文章，没者惧而反。华叹曰：先君化去之言，张公终合之论，此其验乎！"○《后汉书·二十八将论》曰："咸能感会风云，奋其智勇。"○羊叔子《让开府表》曰："有隐才于屠钓之间。"○《易·困》九五："劓刖。"《释文》曰："荀、王肃奉作𡱒𡱜，云不安貌。郑云：当为倪仉。"上六："于臲卼。"《释文》曰："臲，《说文》作劓；卼，《说文》作𡰻；云𡰻不安也。"（当作槷𡰻不安也。）峴𡰻与倪仉、𡱒𡱜、臲卼、槷𡰻并同。又作杌隉。《书·秦誓》伪《孔传》曰："杌隉不安，言危也。"○《庄子·德充符》曰："知其不可奈何而安之若命。"○萧曰："《梁甫吟》声正悲云云，此乃申言有志之士终当如太公、食其之感会风云，如神剑之会合有时也，则夫大人君子遭时屯否、峴𡰻不安者，当安时以俟命可也。"

乌夜啼

　　吴兢《乐府古题要解》（卷上）曰："《乌夜啼》，宋临川王义庆造也。宋元嘉中，徙彭城王义康于豫章郡。义庆时为江州，相见而哭。文帝闻而怪之，征还宅。义庆大惧，妓妾闻乌夜啼，叩斋阁云，明日应有赦。及旦，改南兖州刺史，因作此歌，故其和云：笼窗窗不开，夜夜望郎来。亦有《乌栖曲》，不知与此同否。"《旧唐书·音乐志》说同。又谓今所传歌辞似非义庆本旨。《乐府诗集》（卷四十七）《清商曲辞·西曲歌》《乌夜啼》八曲，引《唐书·乐志》（即《旧书·音乐志》之文，《新书》但有首一句耳。）及《教坊记》，说并同。曾曰："今郭集所录诸诗，殊无及赦事者。"

黄云城边乌欲栖，归飞哑哑枝上啼。

机中织锦秦川女，碧纱如烟隔窗语。

停梭怅然忆远人，独宿孤房泪如雨。

□沈曰："蕴含深远。"《诗醇》评曰："语浅意深，乐府本色。"○此篇似讥明皇之开边。

吴叔庠《行路难》曰："惟闻哑哑城上乌。"○《晋书·烈女传》曰："窦滔妻苏氏，始平人也。名蕙，字若兰。滔，苻坚时为秦州刺史，被徙流沙，苏氏思之，织锦为回文旋图诗以赠滔，宛转循环以读之，词甚凄惋。"庾子山《乌夜啼》曰："弹琴蜀郡卓家女，织锦秦川窦氏妻。"

乌栖曲

《乐府诗集》与《乌夜飞》并属《清商曲辞·西曲歌》。

姑苏台上乌栖时，吴王宫里醉西施。

吴歌楚舞欢未毕，青山欲衔半边日。

银箭金壶漏水多，起看秋月坠江波。

东方渐高奈乐何？

□《诗醇》评曰："乐极悲生之意，写得微婉，荒宴未几而麋鹿游于姑苏矣，全不说破，可谓寄兴深微者。末缀一单句，有不尽之妙。"方曰："太白层次插韵，此最迷人，真太史公文法矣。"吴曰："此喻明皇荒淫。"

《越绝书·外传·记吴地》曰："胥门外有九曲路，阖庐造以游姑苏之台，以望太湖，去县三十里请粂。"《内传》曰："申胥曰：今不出数年，鹿豕游于姑苏之台矣。"又《内经》·九术》曰："越乃饰美女西施、郑旦，使大夫种献之于吴。"《述异记》卷上曰："吴王夫差筑姑苏之台，三年乃成，周旋诘屈，横亘五里，崇饰土木，殚耗人力，宫妓数千人，上别立春宵宫为长夜之饮，造千石酒钟。夫差作天池，池中造青龙舟，舟中盛陈妓乐，日与西施为水嬉。"〇《楚辞·招魂》曰："吴歈蔡讴。"王逸注曰："歈讴皆歌也。"《史记·留侯世家》曰："戚夫人泣，上曰：为我楚舞，吾为若楚歌。"〇《文选·新刻漏铭》李善注引司马彪《续汉书》曰："孔壶为漏，浮箭为刻，下漏数刻以考中星，昏明星焉。"鲍明远《观漏赋》曰："历玫阶而升隩，访金壶之盈阙。观腾波之吞写，视惊箭之登没。"江总持《杂曲》曰："虬水银箭莫相催。"〇《宋书·乐志》四：汉《鼓吹铙歌·有所思曲》曰："东方须臾高知之。"《文选》汉武帝《秋风辞》曰："少壮几时兮奈老何！"

将进酒

　　《乐府诗集》（卷十六）《鼓吹曲辞·汉铙歌》引《古今乐录》曰："汉《鼓吹铙歌》十八曲，九曰《将进酒》。"又《将进酒》解题曰："古词曰：将进酒，乘大白。大略以饮酒放歌为言，宋何承天《将进酒篇》曰：将进酒，庆三朝。备繁礼，荐佳肴。则言朝会进酒，且以濡首荒志为戒。若梁昭明太子云：洛阳轻薄子，但叙游乐饮酒而已。"萧粹可曰："《将进酒》者，汉《短箫铙歌》二十二曲之一也。（十八曲外又加四曲，亦见《乐府集》引《古今乐录》）唐时遗音尚存，太白填之以伸己之意耳。"

　　　　君不见黄河之水天上来，奔流到海不复回！
　　　　君不见高堂明镜悲白发，朝如青丝暮成雪！
　　　　人生得意须尽欢，莫使金樽空对月。吴曰："驱迈淋漓之气。"
　　　　天生我材必有用，千金散尽还复来。

烹羊宰牛且为乐，会须一饮三百杯。

岑夫子，丹丘生，将进酒，君莫停，

与君歌一曲，请君为我倾耳听。

钟鼓馔玉不足贵，但愿长醉不用醒。

古来圣贤皆寂寞，惟有饮者留其名。

陈王昔时宴平乐，斗酒十千恣欢谑。

主人何为言少钱？径须沽取对君酌。

五花马，千金裘，呼儿将出换美酒，

与尔同销万古愁。

□吴曰："豪健。"

《水经·河水篇》曰："昆仑墟在西北，河水出其西北隅。"董方立（祐诚）曰："此河水自蒲昌海伏流重源所出，当昆仑东北陬也。今中国诸山之脉皆起自西藏阿里部落东北冈底斯山，即梵书之阿耨达山，绵亘东北数千里，至青海之玉树土司境，为巴颜哈喇山，河源出焉。河源左右之山统名枯尔坤，即昆仑之转音。盖自冈底斯东皆昆仑之脊，古所称昆仑墟，即在乎此。"（《水经注图说》残藁）步瀛案：河出昆仑，以其地极高，故曰从天上来。○《文选·乐府·长歌行》曰："百川东到海，何时复西归？"○曹子建《箜篌引》曰："中厨办丰膳，烹羊宰肥牛。"○《世说新语·文学篇》注引《郑玄别传》曰："袁绍辟玄，及去，饯之城东，欲玄必醉，会者三百馀人，皆离席奉觞，自旦及莫，度玄饮三百馀杯，而温克之容终日无怠。"○王琢崖曰："岑夫子即集中所称岑征君是，丹丘生即集中所称元丹丘是，皆太白好友也。"○鲍明远《代明月行》曰："为君歌一曲。"○《文选·吴都赋》曰："矜其宴居，则珠服玉馔。"○《魏志·陈思王植传》曰："陈思王植，字子建，太和六年，封植为陈王。"○《文选·乐府》曹子建《名都篇》曰："归来宴平乐，美酒斗十千。"

李善注曰："平乐，观名。"○王琢崖曰："五花马谓马之毛色作五花文者。读杜甫《高都护骢马行》云：五花散作云满身，厥状可睹矣。《杜阳杂编》（卷上）谓代宗御马九花虬，以身被九花故名，亦是此义。或谓据《图画见闻志》（卷五）云：唐开元天宝之间，承平日久，世尚轻肥，三花饰马。旧有家藏韩幹画《贵戚阅马图》，中有三花马，兼曾见苏大参家有韩幹画三花御马，晏元献家张萱画《虢国出行图》，中有三花马。三花者，翦鬃为三瓣。白乐天诗云：凤笺裁五色，马鬣翦三花。（《和春深》）乃知所谓五花者，亦是翦马鬣为五瓣耳。其说亦通。"○《史记·孟尝君传》曰："孟尝君有一狐白裘，直千金，天下无双。"

上留田

《乐府诗集》（卷三十八）《相和歌辞·琴调曲》有魏文帝《上留田行》。解题曰："《古今乐录》曰：王僧虔《技录》有《上留田行》，今不歌。崔豹《古今注》曰：上留田，地名也。人有父母死，不字其孤弟者，邻人为其弟作悲歌以风其兄。注曰《上留田》。《乐府广题》曰：盖汉世人也，云：里中有啼儿，似类亲父子，回车问啼儿，慷慨不可止。"○萧曰："此篇主意全在孤竹、延陵，让国扬名，尺布之谣，塞耳不能听数句，非泛然之作。盖当时有所风刺。以唐史至德间事考之，其为啖廷瑶、李成式、皇甫侁辈受肃宗风旨以谋激永王璘之反而执杀之。太白目击其时事，故作是诗欤？"案：萧谓太白此诗感永王璘事而作，是也。而其述事不无小误，且谓受肃宗风旨，亦近深文周内。《旧唐书·玄宗诸子传》曰："永王璘，玄宗第十六子也。母曰郭顺仪。璘数岁失母，肃宗收养，夜自抱眠之。玄宗幸蜀，诏以璘为山东南路及岭南、黔中、江南西路四道节度采访等使、江陵郡大都督。璘至江陵，召募士将数万人，江淮租赋山积于江陵，因有异志。肃宗闻之，诏令归觐于蜀。璘不从命，擅领舟师东下，吴郡采访使李希言乃平牒璘，大署其名。璘遂激怒牒报曰："寡人上皇天属，皇帝友于，今乃平牒抗威，落笔署字，汉仪隳紊，一至于斯！乃使浑惟明取希言，季广琛趣广陵，攻采访李成式。先是肃宗以璘不受命，先使中官啖廷瑶、段乔福招讨之。中官至广陵，成式括得马数百匹。时河北招讨判官李铣在广陵，瑶等结铣为兄弟，屯于扬子，季广琛召诸将割臂而盟，以贰于璘，以步卒六千趋广陵。其夕铣等多燃火，人执两炬以疑之。璘惧宵遁，迟明不见济者，遂入城，具舟楫，奔晋陵，于是江北之军齐进。璘使襄城王（璘子偒）、高仙琦逆击之，军败，璘南奔，为江西采访使皇甫侁下防御兵所禽，因中矢而薨。"《新书·十一宗诸子传》曰："璘将南走岭外，皇甫侁兵追及之，战大庾岭，璘中矢被执，侁杀之。璘未败时，上皇下诏降为庶人，及死，侁送妻子至蜀，上皇伤悼久之。璘之败死，肃宗以少所自鞠，不宣其罪，谓左右曰：皇甫侁执吾弟，不送之蜀而擅杀之，何邪？由是不复用。"是激璘反者乃李希言，非廷瑶、成式等也。特璘死妻子送蜀，与汉文帝处淮南王长蜀郡相似，肃宗不用皇甫侁，与汉文帝诛传送淮南王不发封馈侍者亦略同，故太白以尺布之谣比之也。陈秋舫以为明皇杀太子瑛、鄂王瑶、光王琚等而作，情事迥不相似，失之远矣。

行至上留田，孤坟何峥嵘？
积此万古恨，春草不复生。
悲风四边来，肠断白杨声。先叙其坟。
借问谁家地，埋没蒿里茔？
古老向余言：言是上留田，蓬科马鬣今已平。
昔之弟死兄不葬，他人于此举铭旌。次叙其事。

一鸟死，百鸟鸣。一兽走，百兽惊。

桓山之禽别离苦，欲去回翔不能征。

田氏仓卒骨肉分，青天白日摧紫荆。

交让之木本同形，东枝颠颌西枝荣。

无心之物尚如此，参商胡乃寻天兵？此言兄弟相
逼，非独鸟兽之不若，并有愧无知之草木，意极沉痛。

孤竹延陵，让国扬名。高风缅邈，颓波激清。

尺布之谣，塞耳不能听。末举兄弟让国以愧兄弟不
相容者。

□吴曰："看其凭空横发，所以奇肆超妙。"

《文选·古诗》曰："出郭门直视，但见丘与坟。白杨多悲
风，萧萧愁杀人。"张孟阳《七哀诗》曰："借问谁家坟？"崔豹
《古今注》（卷中）曰："《薤露》《蒿里》并丧歌也。出田横门人，
横自杀，门人伤之，为之悲歌，言人命奄忽如薤上之露易晞灭
也，亦谓人死魂魄归乎蒿里。至孝武时李延年乃分为二曲，《薤
露》送王公贵人，《蒿里》送士大夫庶人，使挽柩者歌之，世谓
之挽歌。"○《说文》曰："茔，墓也。"○《汉书·贾山传》：
《至言》曰："为葬薶之侈至于此，使其后世曾不得蓬颗蔽冢而托
葬焉。"颜注曰："颗谓土块，蓬颗言块土生蓬者耳。"○《礼记
·檀弓上》：子夏曰："昔者夫子言之曰：吾见封之若堂者矣，见
若坊者矣，见若覆夏屋者矣，见若斧者矣，从若斧者焉，马鬣封
之谓也。"郑注曰："封，筑土为垄。"孔疏曰："马鬐鬣之上，其
肉薄，封形似之。"《周礼·春官·司常》曰："大丧共铭旌。"
《礼记·檀弓下》曰："铭，明旌也。以死者为不可别已，故以其
旗识之。"○萧曰："此篇主意正在此'昔之弟死'两句，然与
《古今注》异，又不明载是何人，姑阙以俟知者。"○《礼记·三
年问》曰："今是大鸟兽则失丧其群匹，越月逾时焉，则必反巡，

过其故乡，翔回焉，鸣号焉，踟蹰焉，踟蹰焉，然后乃能去之。"
○《家语·颜回篇》曰："孔子在卫，昧旦晨兴，颜回侍侧，闻
哭者之声甚哀。子曰：回，汝知此何所哭乎？对曰：回以此哭声
非但为死者而已，又将有生别离者也。子曰：何以知之？对曰：
回闻桓山之鸟，生四子焉，羽翼既成，将分于四海，其母悲鸣而
送之，哀声有似于此，谓其往而不返也。回窃以音类知之。孔子
使人问哭者，果曰：父死家贫，卖子以葬，与之长诀。子曰：回
也善于识音矣。"《说苑·辨物篇》，桓山作完山。《清统志》曰：
"江苏徐州府：桓山在铜山县东北二十七里。"○《续齐谐记》
曰："京兆田真兄弟三人共议分财，生赀皆平均，惟堂前一株紫
荆树，共议欲破三片，明日就截之，其树即枯死，状如火然。真
往见之大惊，谓诸弟曰：树木同株，闻将分斫，所以顦顇，是人
不如木也。因悲不自胜，不复解树，树应声荣茂，兄弟相感，更
合财宝，遂为孝门。"○《文选》曹子建《赠白马王彪诗》曰：
"仓卒骨肉情。"李善注曰："骨肉谓兄弟也。"○《述异记》（卷
上）曰："黄金山有楠树，一年东边荣、西边枯，后年西边荣、
东边枯，年年如此。张华云：交让树也。"○《世说新语·言语
篇》曰："桓公北征，经金城，见前为琅邪时种柳，皆已十围，
慨然曰：木犹如此，人何以堪？"○《左》昭元年："子产曰：昔
高辛氏有二子，伯曰阏伯，季曰实沈，居于旷林，不相能也。日
寻干戈，以相征讨。后帝不臧，迁阏伯于商丘，主辰，商人是
因，故辰为商星。迁实沈于大夏，主参，唐人是因，以服事夏、
商，其季世曰唐叔虞，故参为晋星。"○扬子云《长杨赋》曰：
"天兵四临。"○《史记·伯夷传》曰："伯夷、叔齐，孤竹君之
二子也。父欲立叔齐，及父卒，叔齐让伯夷，伯夷曰：父命也。
遂逃去。叔齐亦不肯立而逃之。"《正义》引《括地志》曰："孤
竹古城，在卢龙县南十二里，殷时诸侯孤竹国也。"○《史记·
吴太伯世家》曰："寿梦有子四人，长曰诸樊，次曰馀祭，次曰

馀昧，次曰季札。季札贤而寿梦欲立之。季札让不可。于是乃立长子诸樊摄行事当国。诸樊已除丧，让位季札，季札弃其室而耕，乃舍之。季札封于延陵，故号曰延陵季子。"《索隐》曰："《地理志》：会稽毗陵县，季札所居。《太康地理志》曰：故延陵邑，季子所居。"（今江苏武进县治）○《文选·寡妇赋》五臣注："吕延济曰：缅邈，长远貌。"○《后汉书·逸民传序》曰："或疵物以激其清。"○《史记·淮南王传》曰："淮南厉王长谋反事觉，当弃市，赦死，处蜀郡严道邛邮。淮南王不食死。孝文十二年，民有作歌歌淮南厉王曰：一尺布，尚可缝；一斗粟，尚可舂；兄弟二人不能相容。"○《艺文类聚·人部》十三引李陵《赠苏武诗》曰："游子暮思归，塞耳不能听。"（此后人所拟）

襄阳歌

　　《太白集》缪本题下注"襄汉"二字。○《乐府诗集》（卷四十八）引《古今乐录》曰："《襄阳乐》者，宋随王诞之所作也。诞始为襄阳郡，元嘉二十六年，仍为雍州刺史，夜闻诸女歌谣，因而作之，所以歌和中有'襄阳来夜乐'之语也。旧舞十六人，梁八人，又有《大堤曲》，亦出于此。"又引《隋书·乐志》曰："梁武帝之在雍镇，有童谣云：襄阳白铜蹄，反缚扬州儿。识者言白铜蹄谓马也。白，金色也。及义师之兴，实以铁骑，扬州之士皆面缚，果如谣言。故即位之后，更造新声，帝自为之词三曲，又令沈约为三曲，以被管弦。《古今乐录》曰：襄阳蹋铜蹄者，梁武西下所制也。沈约又作其和云：襄阳白铜蹄，圣德应乾来。天监初舞十六人，后八人。"案：太白乐府有《襄阳曲》，此歌不入乐府中。

落日欲没岘山西，倒著接䍦花下迷。
襄阳小儿齐拍手，拦街争唱《白铜鞮》。方曰：

"兴起笔如天半游龙。"

　　傍人借问笑何事？笑杀山公醉似泥。方曰："借山公自兴。"

　　鸬鹚杓，鹦鹉杯，百年三万六千日，

　　一日须倾三百杯。

　　遥看汉水鸭头绿，恰似蒲萄初酦醅。方曰："二句又借兴换笔换气。"

　　此江若变作春酒，麹蘖便筑糟丘台。方曰："起棱。"

　　千金骏马换少妾，醉坐雕鞍歌《落梅》。

　　车傍侧挂一壶酒，凤笙龙管行相催。

　　咸阳市中叹黄犬，何如月下倾金罍？

　　君不见晋朝羊公一片古碑材，龟头剥落生莓苔。

　　泪亦不能为之堕，心亦不能为之哀。

　　谁能忧彼身后事？金凫银鸭葬死灰。

　　清风朗月不用一钱买，玉山自倒非人推。方曰："束题正意。"

　　舒州杓，力士铛，李白与尔同死生。

　　襄王云雨今安在？江水东流猿夜声。吴曰："豪迈俊逸。"

《元和郡县志》曰："山南道襄州襄阳县：岘山在县东南九里。"《清统志》曰："湖北襄阳府：岘山在襄阳县南九里，一名岘首山。"○《世说新语·任诞篇》曰："山季伦为荆州，时出酣畅，人为之歌曰：山公时一醉，径造高阳池。日莫倒载归，茗芋无所知。复能乘骏马，倒著白接篱。举手问葛强，何如并州儿？高阳池在襄阳，强是其爱将，并州人也。"刘孝标注引《襄阳记》曰："汉侍中习郁于岘山南依范蠡养鱼法作鱼池，池边有高堤，种竹及长楸，芙蓉菱芡覆水，是游燕名处也。山简每临此池，未尝不大醉而还。曰：此我高阳池也。襄阳小儿歌之。”《晋书·山简传》曰：“简字季伦。”又接篱作接䍦。《广韵》五支曰：“接䍦，白帽。”○《后汉·儒林·周泽传》：“时人为之语曰：生世不谐，作太常妻。一岁三百六十日，三百五十九日斋。”李贤注曰：“《汉官仪》此下云：一日不斋醉如泥。”○杨曰：“鸬鹚，水鸟，其颈长，刻杓为之形。”○《艺文类聚·鳞介部》下引《南州异物志》曰：“鹦鹉螺，状如覆杯，头如鸟头，向其腹视，似鹦鹉，故以为名。人所得，质白而紫文，如鸟形，与觞无异，故因其象鸟为作两目两翼也。”吴叔庠《别新林诗》曰：“还倾鹦鹉杯。”王曰：“《瑯嬛记》：金母召群仙宴于赤水，坐有碧玉鹦鹉杯，白玉鸬鹚杓。杓干则杓自抱，欲饮则杯自举，故太白诗云鸬鹚杓、鹦鹉杯，非指广南海螺杯也。谢氏《诗源》亦载此事。说颇新僻。然他书未有言及者，恐是因太白诗语而伪造此事，未可知也。”○三百杯已见《将进酒》注。○颜师古《急就章注》（卷二）曰：“一曰，春草、鸡翘、凫翁，皆谓染采而色似之，若今染家言鸭头绿、翠毛碧云。”○蒲萄已见李颀《古从军行》注，程泰之（大昌）《演繁露续集》（卷四）曰：“钱希白《南部新书》：太宗破高昌，收马乳蒲萄，种于苑中，并得酒法，仍自损益之，造酒绿色，长安始识其味。太白命蒲萄之色以为绿者，盖本此也。”○庾子山《春赋》曰：“蒲桃醱醅。”《广韵》十三末曰：“醱，普活切。”曰：“醱醅，酘酒。”无醱字。《集韵》，酦、醱二字同。又十九侯曰：“酘，酒再酿，徒侯切。”《广韵》十五灰曰：“醅，酒未漉也。”○《韩诗外传》四曰：“桀为酒池，可以运舟，糟丘足以望十里，而牛饮者三千人。”《史记·殷本纪》《正义》引《括地志》曰：“酒池在卫州卫县西二十三里。太公《六韬》云：纣为酒池，回船糟丘而牛饮者三千馀人为辈。”○《乐府诗集》（卷七十三）有梁简文帝《爱妾换马》，题解引《乐府解题》

曰："《爱妾换马》，旧说淮南王所作，疑淮南王即刘安也。古辞今不传。"《独异志》（卷中）曰："后魏曹彰性倜傥，偶逢骏马爱之，其主所惜也。彰曰：予有美妾可换，惟君所选，马主因指一妓，彰遂换之，马号曰白鹘，后因猎献于文帝。"○《乐府诗集》（卷二十四）汉《横吹曲》有《梅花落》，曰："本笛中曲也。按唐大角曲亦有《大单于》《小单于》《大梅花》《小梅花》等曲，今其声犹有传者。"○《说文》曰："笙，十三簧，象凤之身也。"○马季长《长笛赋》曰："近世双笛从羌起，羌人伐竹未及已，龙鸣水中不见已，截竹吹之声相似。"○黄犬句已见卷一《古风》注。○《诗·卷耳》曰："我姑酌彼金罍。"孔疏引《五经异义》曰："罍制，《韩诗》说：金罍，大夫器也。天子以玉，诸侯大夫皆以金，士以梓。"《毛诗说》："金罍，酒器也，诸臣之所酢，人君以黄金饰尊，大一硕，金饰龟目，盖刻为云雷之象。"○《晋书·羊祜传》曰："祜乐山水，每风景必造岘山置酒，言咏终日不倦。祜卒，襄阳百姓于岘山祜平生游憩之所，建碑立庙，岁时飨祭焉。望其碑者莫不流涕。杜预因名为堕泪碑。"○《朝野金载》（卷六）曰："梁庾信从南朝初至北方，时温子升作《韩陵山寺碑》，信读而写其本。南人问信曰：北方文字何如？信曰：惟有韩陵山一片石堪共语。"○《汉书·刘向传》："上疏曰：秦始皇帝葬于骊山之阿，黄金为凫雁。"《御览·礼仪部》三十九引《续征记》曰："秦始皇冢，金银为凫鹤。"○《世说新语·言语篇》："刘尹（惔）曰：明月清风辄思玄度（许询字）。"○《世说新语·容止篇》："山公曰：嵇叔夜之为人也，岩岩若孤松之独立，其醉也，傀俄若玉山之将崩。"○《新唐书·地理志》："淮南道舒州：土贡有酒器。"案：唐舒州治怀宁县，今安徽潜山县治。○《新唐书·韦坚传》曰："每舟署某郡，以所产陈其上，豫章力士瓷饮器，茗铛釜。"○宋玉《高唐赋》曰："昔者楚襄王与宋玉游于云梦之台，望高唐之观，其上独有云气。王问玉曰：

此何气也？玉对曰：所谓朝云者也。王曰：何谓朝云？玉曰：昔者先王尝游高唐，怠而昼寝，梦见一妇人曰：妾巫山之女也，为高唐之客，闻君游高唐，愿荐枕席。王因幸之。去而辞曰：妾在巫山之阳，高丘之岨，旦为朝云，暮为行雨。朝朝暮暮，阳台之下。旦朝视之，如言，故为立庙，号曰朝云。"案：宋玉云先王乃怀王，非襄王也，后人往往牵涉而误。○《水经·江水》注曰："渔者歌曰：巴东三峡巫峡长，猿鸣三声泪沾裳。"

江上吟

谢玄晖有《江上曲》。

　　木兰之枻沙棠舟，玉箫金管坐两头。
　　美酒樽中置千斛，载妓随波任去留。
　　仙人有待乘黄鹤；海客无心随白鸥。
　　屈平词赋悬日月；楚王台榭空山丘。
　　兴酣落笔摇五岳；诗成啸傲凌沧洲。
　　功名富贵若长在，汉水亦应西北流。

□淋漓酣恣。

《文选·蜀都赋》："木兰梫桂。"刘渊林注曰："木兰，大树也，叶似长生，冬夏荣，常以冬华，其实如小柿，甘美，南人以为梅，其皮可食。"○《楚辞·湘君》曰："桂棹兮兰枻。"王逸注曰："枻，船旁板也。"《史记·司马相如传》《集解》引徐广曰："枻，檝也。"○《述异记》（卷上）曰："汉成帝常与赵飞燕游太液池，以沙棠木为舟，其木出昆仑山，人食其实，入水不溺。"郭璞《山海经·沙棠图赞》曰："安得沙棠，制为龙舟？泛彼沧海，眇然遐游。聊以逍遥，任彼去留。"○《御览·乐部》十九引《凉州记》曰："吕纂咸宁二年，有盗发张骏墓，得白玉罇、玉笛、紫玉箫。"《乐府诗集》（卷五十六）沈约《四时白纻歌》曰："金琯玉柱响洞房。"案：琯管字通。○《穆天子传》（卷二）曰："天子西征。甲戌，至于赤乌。赤乌之人□其献酒千斛于天子。"《御览·饮食部》四引《吴书》曰："郑泉，字文渊，陈郡人，博学有奇志，而性嗜酒。其闲居每曰：愿得美酒五百斛船，以四时甘脆置两头，反复以饮之，怠，往而啖肴膳，酒有斛升减，则随益之，不亦快乎？"○《元和郡县志》曰："江南道鄂州：城西临大江，西南角因矶名楼，为黄鹤楼。"案：黄鹤楼因黄鹄矶而名，鹤、鹄字通。此说自正，而后人傅会仙人乘鹤有数说。唐阎伯瑾《黄鹤楼记》引《图经》曰："费祎登仙，尝驾鹤返憩于此，遂以名楼。"（《文苑英华》卷八百一十）《太平寰宇记》（卷一百十二）从之，此一说也。《述异记》（卷上）曰："荀瓌，字叔伟，东游憩江夏黄鹤楼上，望西南有物飘然降自霄汉，俄顷已至，乃驾鹤之宾也。鹤止户侧，仙者就席，羽衣霓裳，宾主欢对。已而辞去，跨鹤腾空而灭。"此又一说也。《舆地纪胜》（卷六十六）引《南齐志》以为世传仙人王子安每乘黄鹤过此。此又一说也。神仙之说不可究诘已。《清统志》曰："湖北武昌府：黄鹤楼在江夏县西南。"○《列子·黄帝篇》曰："海上之人有好沤鸟者，每旦之海上从沤鸟游，沤鸟之至者百住而不止。其父曰：吾闻沤鸟皆从汝游，汝取来吾玩之。明日之海上，沤鸟舞而不下也。"○王逸《楚辞注》引班孟坚《离骚序》曰："昔在孝武，博览古文，淮南王安叙《离骚传》，以《国风》好色而不淫，《小雅》怨悱而不乱，若《离骚》者，可谓兼之。蝉蜕浊秽之中，浮游尘埃之外，皭然泥而不滓，推此志与日月争光可也。"《史记·屈原传》亦著此语。○《左》昭七年曰："楚子成章华之台。"杜注曰："台今在华容县内。"《史记·楚世家》："灵王七年，就章华台。"《水经·沔水》注曰："龙陂北有楚庄王钓台。"《清统志》曰："湖北荆州府：章华台在监利县西北，钓台在江陵县东。"○《尔雅·释宫》曰："阇谓之台，有木者谓之榭。"曹子建《箜篌引》曰："生存华屋处，零落归山丘。"○《后汉书·冯衍传》：田邑报衍书曰："欲摇泰山而荡北海。"○《南史·袁粲传》曰："尝作五言诗，言访迹虽中宇，循寄乃沧洲，盖其志也。"○《元和郡县志》曰："江南道鄂州汉阳县：汉水一名沔水，西自汉川县界流入汉阳县，因此水为名。"《清统志》曰："湖北汉阳府：汉水自沔阳州东流入汉川县界，又东流入汉阳县界，至县北汉口入江。"

扶风豪士歌

萧曰："扶风乃三辅郡，意豪士亦必同时避乱于东吴，而与太白衔杯酒接殷勤之欢者。"王曰："按《唐书·地理志》：关内道扶风郡，本岐州也。至德元载，更郡名曰凤翔，二载复名扶风郡。"

洛阳三月飞胡沙，洛阳城中人怨嗟。
天津流水波赤血，白骨相撑如乱麻。
我亦东奔向吴国，浮云四塞道路赊。此言安禄山陷东京，己避乱至吴。
东方日出啼早鸦，城门人开扫落花。吴曰："接笔闲雅，章法奇变。"
梧桐杨柳拂金井，来醉扶风豪士家。杨子见曰："此太白避乱东土时，言道路艰阻，京国乱离，而东土之太平自若也。"
扶风豪士天下奇，意气相倾山可移。
作人不倚将军势；饮酒岂顾尚书期？
雕盘绮食会众客，吴歌赵舞春风吹。此赞士之豪侠奇伟。

原尝春陵六国时，开心写意君所知。吴曰："轩昂
俊伟。"

堂上各有三千客，明日报恩知是谁？

抚长剑，一扬眉，清水白石何离离！此言客之品
类不同，贤豪日久自见。吴先生曰："观清水白石句，知此
豪士非太白知己也。"

脱吾帽，向君笑。饮君酒，为君吟。

张良未逐赤松去，桥边黄石知我心。末自述己志。

杨子见曰："天宝十四载十一月，禄山反范阳。十二月，陷
洛阳。十五载六月，陷京师。"〇天津见卷一《古风》注。〇陈
孔璋《饮马长城窟行》曰："君独不见长城下，死人骸骨相撑
柱。"〇乱麻已见《蜀道难》注。〇《新唐书·文艺传》曰："李
白自采石之金陵，安禄山反，转侧宿松、匡庐间。"诗言东奔吴
国当在此时。又以王琢崖所辑《太白年谱》考之，天宝十四载，
太白在宣城。至德元载，太白自宣城之溧阳，又入剡中，遂入庐
山。《猛虎行》及《经乱后将避地剡中留赠崔宣城诗》可证也。
窃疑之剡中以前，尝至广陵。《别储邕之剡中》诗曰："舟从广陵
去，水入会稽长"是也。汉广陵为吴国都，诗言吴国当指广陵言
（今江都县）。《太白集》有《为吴王谢责赴行在迟滞表》。王琢崖
谓吴王只疑是时迁道入吴，殆是，然已在是年七月肃宗即位灵武
后矣。〇鲍明远《代雉朝飞》曰："握君手，执杯酒。意气相倾
死何有？"《列子·汤问篇》曰："太形（张注曰：当作行。）、王
屋二山本在冀州之南，河阳之北。北山愚公者，年且九十，面山
而居，惩山北之塞、出入之迂也，聚室而谋曰：吾与汝毕力平
险，指通豫南，达于汉阴，可乎？杂然相许。遂率子孙荷担者三
夫，叩石垦壤，箕畚运于渤海之尾，寒暑易节始一反焉。河曲智

叟笑而止之。愚公曰：虽我之死，有子存焉，子子孙孙，无穷匮也，而山不加增，何苦而不平？帝感其诚，命夸蛾氏二子负二山，一厝朔东，一厝雍南，自此冀之南汉之阴无陇断焉。"江总持《杂曲》曰："泰山言应可移转。"○《玉台新咏》辛延年《羽林郎诗》曰："昔有霍家奴，姓冯名子都。依倚将军势，调笑酒家胡。"○汉书《游侠传》曰："陈遵耆酒，（颜曰：耆读曰嗜。）每大饮，宾客满堂，辄关门收客车辖投井中，虽有急终不得去。尝有部刺史奏事过遵，值其方饮，刺史大穷，候遵沾醉时，突入见遵母叩头自白，当对尚书有期会状，母乃令从后阁出去。"○刘公幹《瓜赋》曰："承之以雕盘。"何仲言《拟轻薄篇》曰："玉盘传绮食。"○《史记·吕不韦传》曰："当是时，魏有信陵君，楚有春申君，赵有平原君，齐有孟尝君，皆下士喜宾客以相倾。吕不韦亦招致士，厚遇之，至食客三千人。"《论衡·定贤篇》曰："信陵、孟尝、平原、春申食客数千人，称为贤君。"○江晖《雨雪曲》曰："抚剑一扬眉。"○《古乐府艳歌行》曰："语卿且勿眄，水清石自见。"○《史记·留侯世家》："留侯乃称曰：愿弃人间事，从赤松子游耳。"《索隐》曰："赤松子，神农时雨师，能入火自烧，昆仑山上随风雨上下也。"○黄石见卷一《经下邳圯桥诗》注。

梁园吟

《史记·梁孝王世家》曰："孝王筑东苑，方三百馀里。"《西京杂记》曰："梁孝王筑兔园，园中有百灵山，山有肤寸石、落猿岩、栖龙岫。又有雁池，池间有鹤洲凫渚，其诸宫观相连延亘数十里。"《元和郡县志》曰："河南道宋州宋城县：兔园在县城东南十里。"《清统志》曰："河南归德府：梁苑在商丘县东，一名兔园，亦名修竹园。"○王琢崖曰："太白《赠蔡舍人诗》曰：一朝去京国，十载客梁园。知其游梁最久。其

《梁园吟》曰：我浮黄河云云，是去长安之后为梁、宋之游也。魏颢酬白诗曰：去秋忽乘兴，命驾来东土，谪仙游梁园，爱子在邹、鲁。两处不一见，拂衣向江东。考是诗为天宝十四年所作，而言去秋，则十三载之秋也。白天宝三载至十三载，中间十年，客游梁、宋之间，而家在东鲁，往来其地，有时北抵赵、魏、燕、晋，西涉邠、岐，历商於，到洛阳，皆未尝久羁。多历岁时，则惟梁地，故其自言寓游之地不举其他，而数称梁园，良有以也。"（《年谱》）吴先生曰："此乃浮河去京东行过梁之作，篇中皆历尽兴衰及时行乐之旨。"

我浮黄河去京关，挂席欲进波连山。

天长水阔厌远涉，访古始及平台间。起叙京乐师至梁园。方曰："平台二句入题情正点，一篇提局。"

平台为客忧思多，对酒遂作梁园歌。

却亿蓬池阮公咏，因吟渌水扬洪波。

洪波浩荡迷旧国，路远西归安可得？

人生达命岂暇愁，且饮美酒登高楼。

平头奴子摇大扇，五月不热疑清秋。

玉盘杨梅为君设，吴盐如花皎白雪。

持盐把酒但饮之，莫学夷齐事高洁。

昔人豪贵信陵君，今人耕种信陵坟。

荒城虚照碧山月，古木尽入苍梧云。

梁王宫阙今安在？枚马先归不相待。

舞影歌声散渌池，空馀汴水东流海。方曰："昔人数句咏叹以足之，情文相生，情景相融，所谓兴会才情涌出花来也。"吴北江曰："昔人八句，感吊苍茫，以见怀抱。"

沉吟此事泪满衣，黄金买醉未能归。

连呼五白行六博，分曹赌酒酺驰晖。

歌且谣，意方远。

东山高卧时起来，欲济苍生未应晚。

□吴曰："忼慨自负，是太白意态。"○方曰："寻常俗士但知正衍故实，以为咏古炫博，或叙后入议论炫才识，皆凡笔也。此却以自己为经，偶触此地之事，借作指点慨叹，以发泄我之怀抱，全不专为此地考古迹发议论起见，所谓以题为宾为纬，于是实者全虚，凭空御风，飞行绝迹，超超乎仙界矣，脱离一切凡夫心胸识见矣。杜公咏怀古迹便是如此，解此可通之近体一也。"

江文通《为萧太傅让九锡表》曰："京关识其崇贵。"○木玄虚《海赋》曰："波如连山。"○《汉书·文三王传》曰："梁孝王大治宫室为复道，自宫连属于平台三十馀里。"注引如淳曰："平台在大梁东北，离宫所在也。"颜曰："今其城东二十里所有故台基，其处宽博，土俗云平台也。"《元和郡县志》曰："宋州虞城县：平台在县西四十里。《左传》宋皇国父为宋平公所筑（见襄十七年）。汉梁孝王大治宫室，为复道，自宫连属于平台三十馀里，与枚、邹、相如之徒并游其上，即此也。"○阮嗣宗《咏怀诗》曰："徘徊蓬池上，还顾望大梁。绿水扬洪波，旷野莽茫茫。"李善注曰："《汉书·地理志》曰：河南开封县东北有蓬池，或曰即宋蓬泽也。又陈留郡有浚仪县，故大梁也。"案：《地理志》，蓬并作逢，《左》哀十四年，逢泽亦作逢，蓬、逢字通。逢泽在今河南开封县南，浚仪故城在开封县西北。○《玉台新咏·河中之水歌》曰："平头奴子提履箱。"○《史记·吴王濞传》曰："煮海水为盐。"《货殖传》曰："吴东有海盐之饶。"○《魏书·崔浩传》曰："帝赐浩缥醪酒十斛，水精盐一两，曰：朕味卿言，若此盐酒，故与卿同其味也。"○《史记·魏公子传》曰："高祖过大梁，为公子置守冢五家，四时奉祀。"《太平寰宇记》

曰："河南道开封府浚仪县：信陵君墓在县南十二里。"○苍梧云见杜子美《登兹恩寺塔诗》注。○阮嗣宗《咏怀诗》曰："梁王安在哉？"○《汉书·枚乘传》曰："梁客皆善属词，乘尤高。"《司马相如传》曰："梁孝王来朝，从游之士邹阳、枚乘、庄忌之徒，相如见而说之，因客游梁得与诸侯游士居。"○《水经·汳水篇》曰："汳水出阴沟于浚仪县北。"郦注曰："阴沟即蒗荡渠也。"案：汳、汴字同。《清统志》曰："河南开封府：汴河旧自荥阳县东开封府城南，又东合蔡河名浪宕渠，又名通济渠，东注泗州，下入淮。"○《楚辞·招魂》曰："菎蔽象棊，有六簙些。"又曰："成枭而牟，呼五白些。"王逸注曰："投六箸行六棊，故为六簙也。五白，簙齿也。"○《文选》谢玄晖《暂使下都赠西府同僚诗》曰："驰晖不可接。"李善注曰："驰晖，日也。"○《世说新语·排调篇》曰："谢公在东山，朝命屡降而不动，后出为桓宣武司马，将发新亭，朝士咸出瞻送。高灵戏曰：卿屡违朝旨，高卧东山，诸人每相与言：安石不肯出，将如苍生何！今亦苍生将如卿何！谢笑而不答。"

鸣皋歌送岑征君

《太白集》缪本原注曰："时梁园三尺雪，在清泠池作。"○《元和郡县志》曰："河南道河南府陆浑县：鸣皋山在县东北十五里。"《清统志》曰："河南河南府：鸣皋山在嵩县东北方山之东。"○《元和郡县志》曰："河南道宋州宋城县：兔园，县东南十里，汉梁孝王园。"又曰："清泠池在县东二里。"《太平寰宇记》曰："河南道宋州：清泠池在县东北二里，梁孝王故宫有钓台，谓之清泠台，今号清泠池。"《清统志》曰："河南归德府：清泠池在府治东。"（今商丘县。）

若有人兮思鸣皋，阻积雪兮心烦劳。

洪河凌兢不可以径度，冰龙鳞兮难容舠。

邈仙山之峻极兮，闻天籁之嘈嘈。

霜崖缟皓以合沓兮，若长风扇海，涌沧溟之波涛。

玄猿绿罴，舔豗崟岌，

危柯振石，骇胆慄魄群呼而相号。吴先生曰："天籁嘈嘈谓帝旁谗口也，沧海波涛猿罴咆骇，状天籁也。"

峰峥嵘以路绝，挂星辰于岩嶅。以上喻仕途危险，明征君远去之由。

送君之归兮，动鸣皋之新作。

交鼓吹兮弹丝，觞清泠之池阁，君不行兮何待？

若返顾之黄鹤。扫梁园之群英，振大雅于东洛。

巾征轩兮历阻折；寻幽居兮越巇崿。

盘白石兮坐素月，琴松风兮寂万壑。以上送行之地。

望不见兮心氛氲，萝冥冥兮霰纷纷。

水横洞以下渌；波小声而上闻。

虎啸谷而生风；龙藏溪而吐云。

冥鹤清唳；饥鼯嚬呻。

块独处此幽默兮，愀空山而愁人。

鸡聚族以争食；凤孤飞而无邻。

螣蛇嘲龙；鱼目混珍。嫫母衣锦；西施负薪。

若使巢由桎梏于轩冕兮，

亦奚异乎夔龙蹩躠于风尘？以上申言远去之故。

哭何苦而救楚？笑何夸而却秦？

吾诚不能学二子沽名矫节以耀世兮，

固将弃天地而遗身。

白鸥兮飞来，长与君兮相亲！

□吴先生曰："此诗声响偪似《九辨》。"又曰："望不见兮以下写己之离忧。"

《楚辞·山鬼》曰："若有人兮山之阿。"○阻雪已见《梁父吟》题注。○张平子《四愁诗》曰："何为怀忧心烦劳？"○班孟坚《西都赋》曰："带以洪河、泾、渭之川。"《文选》五臣注："刘良曰：洪河，大河也。"○《文选·甘泉赋》曰："驰阊阖而入凌兢。"李善注引服虔曰："凌兢，恐惧貌也。"○《庄子·秋水篇》："泾流之大。"《释文》曰："崔本作径，云直度曰径。"○《诗·河广》曰："曾不容刀。"郑笺曰："小船曰刀。"《释文》曰："字书作舠。"○《诗·崧高》曰："骏极于天。"毛传曰："骏，大；极，至也。"○《庄子·齐物论》曰："子游：地籁则众窍是已，人籁则比竹是已，敢问天籁？子綦曰：夫吹万不同，而使其自己也咸其自取，怒者其谁耶！"○《文选》王文考《鲁灵光殿赋》曰："耳嘈嘈以失听。"李善注引《埤苍》曰："嘈嘈，声众也。"○鲍明远《从登香炉峰诗》曰："霜崖灭土膏。"○《文选》谢玄晖《敬亭山诗》曰："合沓与云齐。"五臣注："吕向曰：合沓，高貌。"○《文选》袁彦伯《三国名臣序赞》曰："洪飚扇海，二溟扬波。"○《文选》司马相如《上林赋》曰："玄猨素雌。"李善曰："玄猨言猨之雄者，玄色也。"○《西京杂记》（卷上）曰："熊罴毛有绿光，皆长二尺者，直百金。"○《文选》王文考《鲁灵光殿赋》曰："玄熊甜舕以断断。"李善曰："甜舕，吐舌貌。"案：舑舕与甜舕同。○《文选》木玄虚《海赋》曰："或挂胃于岑崿之峰。"又曰："戛岩嶅。"李善注引《尔雅》曰："山多小石曰嶅。"案：今本《尔雅·释山》嶅作碌。○《楚辞·九歌·湘君》曰："君不行兮夷犹。"○《文选·苏子卿诗》曰："黄鹄一远别，千里顾徘徊。"庾子山《别周尚书弘正诗》曰："黄鹄一反顾，徘徊应怆然。"案：鹄、鹤字通。○《周礼·春官·巾车》郑康成注曰："巾犹衣也。"贾公彦疏曰："以衣饰其车，故训巾犹衣也。"案：《孔丛子·记篇》："夫子遂为操曰：巾车命驾。"《文选》江文通《杂体诗·陶隐居章》曰："日暮巾柴车。"李善注引《归去来辞》作或巾柴车，今本作或命巾车，非也。《说文·巾部》段注曰："以巾拭物曰巾。《吴都赋》：吴王乃巾玉路。陶渊明文或巾柴车，皆谓拂拭用之。不同郑说也。"又案：此诗当从段说。○《文选》谢灵运《晚出西射堂诗》曰："连鄣叠巉嶭。"李善注曰："巉嶭，崖之别名。"○谢希逸《月赋》曰："素月流天。"○《乐府诗集》（卷六十）《风入松歌》引《琴集》曰："《风入松》者，晋嵇康所作也。"○《楚辞·九叹·远逝》曰："肠纷纭以缭转兮。"王逸注曰："纷纭，乱貌也。"案：氛氲与纷纭同。《楚辞·九歌·山鬼》曰："被薜荔兮带女萝。"又曰："杳冥冥兮羌昼晦。"○《诗·頍弁》曰："如彼雨雪，先集维霰。"郑笺曰："将大雨雪，始必微温，雪自上下遇温气而搏，谓之霰。"《说文》曰："霰，稷雪也。"（段注曰：谓雪之如稷者，俗谓米雪，或谓粒雪，皆是也。）○《楚辞·七谏·谬谏》曰："虎啸而谷风至兮，龙举而景云往。"《魏志·管辂传》裴注引《辂别传》曰："龙者阳精，以潜为阴，由灵上通，和气感神，二物相扶，故能兴云。夫虎者阴精而居于阳，依木长啸，动于巽林，二气相感，故能运风。"○谢玄晖《敬亭山诗》曰："独鹤方朝唳，饥鼯此夜啼。"《尔雅·释鸟》："鼯鼠，夷由。"郭璞注曰："状如小狐，似蝙蝠，肉翅，翅尾项胁毛紫赤色，背上苍艾色，腹下黄，喙颔杂白，脚短，爪长，尾三尺许，飞且乳，亦谓之飞生，声如人呼，食火烟，能从高赴下，不能从下上高。"○《楚辞·九辩》曰："块独守此无泽兮。"○《楚辞·卜居》曰："将与鸡鹜争食乎？"○《荀子·赋篇》曰："螭龙为蝘蜓，鸱枭为凤凰。"扬子云《解嘲》曰："今子乃以鸱枭而笑凤凰，执蝘蜓而嘲龟龙，不亦病乎？"○《文选》张景阳《杂诗》李善注引《雒书》曰："秦失金镜，鱼目入珠。"○《吕氏春秋·

遇合篇》曰："嫫母执乎黄帝，黄帝曰：厉女德而弗忘，与女正
而弗衰，虽恶奚伤?"高诱注："恶，丑也。"《淮南子·说山篇》
曰："嫫母有所美。"高诱注曰："嫫母，古之丑女。"○《吴越春
秋》：《句践阴谋外传》曰："越王使相者国中得苎萝山鬻薪之女
曰西施、郑旦，饰以罗縠，教以容步，习于土城，临于都巷，三
年学服而献于吴。"○《礼记·月令》曰："去桎梏。"郑注曰：
"桎梏，今械也，在手曰梏，在足曰桎。"○《庄子·马蹄篇》
曰："蹩躠为仁，踶跂为义。"《释文》引李曰："蹩躠、踶跂皆用
心为仁义之貌。"○《左》定四年曰："吴入郢，申包胥如秦乞
师，立依于庭墙而哭，日夜不绝声，勺饮不入口七日，秦师乃
出。"○《赵策》三："秦围赵之邯郸，魏王使辛垣衍间入邯郸，
因平原君使尊秦昭王为帝。鲁仲连见平原君曰：梁客辛垣衍安
在? 吾请为君责而归之。遂见辛垣衍云云。辛垣衍再拜谢曰：吾
请去，不敢复言帝秦。秦将闻之，为却军五十里。平原君欲封鲁
仲连，鲁连辞不受，以千金为鲁连寿，鲁连大笑曰：所贵于天下
之士者，为人排患释难解纷乱而无所取也。即有所取，是商贾之
人，仲连不忍为也。遂辞而去。"○吾，吾征君也，亲之故吾之。
○白鸥已见《江上吟》注。吴先生曰："君谓白鸥也。"

庐山谣寄卢侍御虚舟

庐山已见卷一孟浩然《彭蠡湖中望庐山诗》注。○《尔雅
·释乐》曰："徒歌谓之谣。"○李遐叔（华）《三贤论》（《全
唐文》三百十七）曰："范阳卢虚舟幼直质方而清。"贾幼邻
（至）有《授卢虚舟殿中侍御史制》（《全唐文》三百六十七）。
赵泽章（璘）《因话录》（卷五）曰："御史台三院：一曰台院，
其僚曰侍御史，众呼为端公。二曰殿院，其僚曰殿中侍御史，
众呼为侍御。三曰察院，其僚曰监察御史，众亦呼曰侍御。"

我本楚狂人，凤歌笑孔丘。

手持绿玉杖，朝别黄鹤楼。

五岳寻仙不辞远，一生好入名山游。

庐山秀出南斗旁，屏风九叠云锦张，

影落明湖青黛光。

金阙前开二峰长，银河倒挂三石梁。

香炉瀑布遥相望，回崖沓嶂凌苍苍。

翠影红霞映朝日，鸟飞不到吴天长。

登高壮观天地闲，大江茫茫去不还。

黄云万里动风色；白波九道流雪山。

好为庐山谣，兴因庐山发。

闲窥石镜清我心，谢公行处苍苔没。

早服还丹无世情，琴心三叠道初成。

遥见仙人彩云里，手把芙蓉朝玉京。

先期汗漫九垓上，愿接卢敖游太清。

　　□吴曰："壮阔称题。"

　　《论语·微子篇》曰："楚狂接舆歌而过孔子曰：凤兮凤兮，何德之衰！"又见《庄子·人间世篇》。皇甫谧《高士传》曰："陆通，字接舆，楚昭王时见楚政无常，乃佯狂不仕，时人谓之楚狂。"《汉武帝内传》曰："玉杖，西胡康渠所献。"《御览·道部》十七引《茅君传》曰："朱官使者把绿节杖。"○黄鹤楼已见《江上吟》注。○《史记·天官书》曰："南斗为庙。"《正义》曰："南斗六星在南也。"案《晋书·天文志下》曰："豫章入斗十度。"江西星子县即晋豫章寻阳郡地，庐山在其西北，故云南斗旁。○《清统志》曰："江西南康府：五老峰在星子县北，庐山去县三十里，峰之东北为九叠云屏，亦曰屏风叠，其下为九叠谷。"○《水经·庐江水》注曰："庐山之北有石门水，水出岭端，有双石高竦，其状若门，因有石门之目焉。水导双石之中，悬流飞瀑，近三百许步，下散漫十许步，上望之连天若曳飞练于霄中矣。下有磐石，可坐数十人。"案：《舆地纪胜》江南西路江州有金阙岩，引太白此诗为证。○《水经·庐江水》注引《寻阳记》曰："庐山上有三石梁，长数十丈，广不盈尺，杳然无底。"王注曰："查馀悔曰：元李洞言三石梁在开元寺西，黎崱言在五老峰上，或云在简寂观及上霄、紫霄二峰间。桑乔《庐山纪事》则竟以为无，如竹林之幻境。众说纷然，莫知所指。今三叠泉在九叠屏之左，水势三折而下，如银河之挂石梁，与太白诗句正相脗合，非此外别有三石梁也。后人必欲求其地以实之，失之凿矣。"○香炉、瀑布并见孟浩然诗注，九道亦见孟浩然诗九江注。○谢灵运《入彭蠡湖口诗》曰："攀崖照石镜。"李善注引张僧鉴《浔阳记》："石镜山东有一圆石，悬崖明净，照见人形。"《清统志》曰："南康府：石镜峰在星子县西二十五里。"案：谢公即指灵运也。○谢灵运《登庐山绝顶望诸峤诗》曰："峦陇有合沓，往来无踪辙。"○《抱朴子·金丹篇》曰："第四之丹名曰还丹，服一刀圭百日仙也。"○陶渊明《饮酒诗》曰："还我遗世情。"○《黄庭内景经·上清章》曰："琴心三叠儛胎仙。"梁邱子注曰："琴，和也。三叠三丹田，谓与诸宫重叠也。胎仙即胎灵大神，亦曰胎真，居明堂中，以其心和则神悦，故儛胎仙也。"《枕中书》曰："元始天王在天中心之上，名曰玉京山，山中宫殿并金玉饰之。"○《淮南子·道应篇》曰："卢敖游乎北海，经乎太阴，入乎玄关，至于蒙榖之上，见一士焉，轩轩然方迎风而舞。卢敖语之曰：子殆可与敖为友乎？若士者齰然而笑曰：我南游乎冈㝏之野，北息乎沈墨之乡，西穷窅冥之觉，东开鸿濛之先，此其下无地而上无天，吾犹未能之在，今子游始于此，乃语穷观，岂不亦远哉？然子处矣，吾与汗漫期于九垓之外，吾不可以久

驻。若士举臂而竦身，遂入云中。"高诱注曰："汗漫，不可知之
也；九垓，九天之外。"○《云笈七签·混元混洞开辟劫运部》
曰："三清境者，玉清、上清、太清是也，亦名三天。"

梦游天姥吟留别

《元和郡县志》曰："江南道越州剡县：天姥山在县南八十
里。"《太平寰宇记》（卷九十六）引《名山志》曰："山上有枫
千馀丈，萧萧然。"又引《吴录》云："剡县有天姥山，传云登
者闻天姥歌谣之响。"《清统志》曰："浙江绍兴府：天姥山在
新昌县东五十里，高三千五百丈，周六十里。"

海客谈瀛洲，烟涛微茫信难求。

越人语天姥，云霓明灭或可睹。起以瀛洲，陪出
天姥。

天姥连天向天横，势拔五岳掩赤城。

天台四万八千丈，对此欲倒东南倾。

我欲因之梦吴、越，一夜飞度镜湖月。入梦游。
沈曰："以下皆言梦中所历。"方曰："以下愈唱愈高，愈出
愈奇。"

湖月照我影，送我至剡溪。

谢公宿处今尚在，渌水荡漾清猿啼。

脚著谢公屐，身登青云梯。

半壁见海日，空中闻天鸡。

千岩万转路不定，迷花倚石忽已暝。迷离惝恍，
纯是梦境，与他诗写游山风景不同。

熊咆龙吟殷岩泉，慄深林兮惊层巅。

云青青兮欲雨；水澹澹兮生烟。

列缺霹雳，丘峦崩摧。洞天石扉，訇然中开。

青冥浩荡不见底，日月照耀金银台。

霓为衣兮风为马，云之君兮纷纷而来下。

虎鼓瑟兮鸾回车，仙之人兮列如麻。

忽魂悸以魄动；转到梦醒。怳惊起而长嗟。

惟觉时之枕席；失向来之烟霞。

世间行乐亦如此，古来万事东流水。方曰："因梦游推开，见世事皆成虚幻也。"

别君去兮何时还？

且放白鹿青崖间，须行即骑访名山。

安能摧眉折腰事权贵，使我不得开心颜？方曰："留别意只末后一点。"

□沈曰："托言梦游，穷形尽相，以极洞天之奇幻，至醒后顿失烟霞矣。知世间行乐亦同一梦，安能于梦中屈身权贵乎？吾当别出遍游名山以终天年也。诗境虽奇，脉理极细。"

《史记·封禅书》曰："自威、宣、燕昭使人入海求蓬莱、方丈、瀛洲，此三神山者，其传在勃海中，去人不远，患且至则船风引而去，盖尝有至者，诸仙人及不死之药皆在焉。其物禽兽尽白而黄金银为宫阙，未至望之如云，及到，三神山反居水下，临之风辄引去，终莫能至云。"〇《文选·游天台山赋》曰："赤城霞起而建标。"李善注曰："支遁《天台山铭序》曰：往天台当由赤城山为道径。孔灵符《会稽记》曰：赤城山石色皆赤，状似云霞。《天台山图》曰：赤城山，天台之南门也。"《元和郡县志》曰："台州唐兴县：赤城山在县北六里。"《太平寰宇记》曰："台州天台县：赤城山在县北六里。"〇陶弘景《真诰》曰："天台山高一万八千丈，周八百里，山有八重，四面如一，当斗牛之分，上应台宿，故曰天台。"《元和郡县志》曰："台州唐兴县：天台山在县北一十里。"《太平寰宇记》曰："台州天台县：天台山在州西一百十里，《启蒙记》注云：天台山去天不远，路经油溪水，深险清泠，前有石桥，路迳不盈尺，长数十丈，下临绝涧，唯忘其身然后能济。济者梯岩壁，援萝葛之茎，度得平路，见天台山蔚然绮秀，列双岭于青霄，上有琼楼玉阙，天堂，碧林，醴泉，仙物毕具也。"《清统志》曰："天台山在天台县北。"《楚辞·天问》曰："康回凭怒，地何故以东南倾？"○《元和郡县志》曰："越州会稽县：镜湖，后汉永和五年，太守马臻创立，在会稽、山阴两县界。"《舆地纪胜》曰："两浙东路绍兴府：镜湖或以为黄帝于此铸镜因得名，非也。盖取其平如镜。"《清统志》曰："浙江绍兴府：镜湖在山阴县（今合会稽改名绍兴）南三里，一名鉴湖，又名庆湖，云镜系庆之讹。"○《文选》谢灵运《登临海峤诗》曰："暝投剡中宿，明登天姥岑。"《元和郡县志》曰："越州剡县：剡溪出县西南，北流入上虞县界为上虞江。"《清统志》曰："绍兴府：曹娥江在会稽县东南七十里。上流曰剡溪，自嵊县入县北界，曰曹娥江，又北入上虞县界，一名上虞江。"○《宋书·谢灵运传》曰："寻山陟岭，必造幽峻，岩障千重，莫不备尽，登蹑常着木履，上山则去前齿，下山去其后齿。"○《文选》谢灵运《登石门最高顶诗》曰："惜无同怀客，共登青云梯。"五臣注："刘良曰：仙者因云而升，故曰云梯。"○《述异记》（卷下）曰："东南有桃都山，上有大树曰桃都，枝相去三千里，上有天鸡，日初出照此木，天鸡则鸣，天下之鸡皆随之鸣。"○《文选·羽猎赋》曰："霹雳列缺，吐火施鞭。"李善注引应劭曰："霹雳，雷也。列缺，闪隙也。"（《汉书·扬雄传》颜注引作天隙电照也。）○郭景纯《游仙诗》曰："神仙排云出，但见金银台。"○《楚辞·九歌·东君》曰："青云衣兮白霓裳。"傅休奕《吴楚歌》曰："云为车兮风为马。"○《楚辞·九歌·云中君》王逸注曰："云神丰隆也。"《史记·封禅书》曰：

"晋巫祠云中。"《索隐》曰："云中亦见《归藏易》。"○《汉书·礼乐志》："《郊祀歌·练时日》曰：灵之下，若风马。"○张平子《西京赋》曰："白虎鼓瑟，苍龙吹篪。"《御览·道部》十九引《太上经》曰："有白鸾之车。"又引《上清诀》曰："元父所控，赤羽飞车，左御绛鸾，右驾紫凤。"○《云笈七签》（卷九十六）《上元夫人步虚曲》曰："忽过紫微垣，真人列如麻。"○《说文》曰："悸，心动也。"○《乐府诗集》（卷二十九）王子乔《古辞》曰："王子乔骑白鹿云中遨。"○折腰见杜子美《有怀台州郑司户诗》注。

宣州谢朓楼饯别校书叔云

《舆地纪胜》曰："江南东路宁国府：叠嶂楼在府治。唐咸通中刺史独孤霖建。记曰：郡以溪山著，而溪少负，则叠嶂之名为宜。"《明统志》曰："宁国府：北楼在府治北，齐守谢朓建。唐李白诗：谁念北楼上，临风怀谢公。（见后）咸通中，刺史独孤霖改名叠嶂楼，自为记。"《清统志》曰："安徽宁国府：北楼在宣城县治北。"案：校书已见韦应物诗注。

弃我去者昨日之日不可留；乱我心者今日之日多烦忧。方曰："起二句发兴无端。"吴曰："破空而来，不可端倪。"

长风万里送秋雁，吴曰："再用破空之句作接，非太白雄才，那得有此奇横？"对此可以酣高楼。方曰："二句落入，如此落法，非寻常所知。"吴曰："第四句始倒煞到题。"

蓬莱文章建安骨，翁覃溪曰："蓬莱句从中突起，横亘而出。"中间小谢又清发。

俱怀逸兴壮思飞，欲上青天览明月。

抽刀断水水更流；吴曰："抽刀句再断。"举杯消愁愁更愁。

人生在世不称意，明朝散发弄扁舟。吴曰："收倒煞到题。"

《后汉书·窦章传》曰："是时学者称东观为老氏藏室，道家蓬莱山。"李贤注曰："言东观经籍多也。蓬莱海中神山，为仙府，幽经秘录并皆在焉。"杨曰："蓬莱指校书也，建安末，邺中有魏太子、王粲、陈琳、徐幹、刘桢、应场、阮瑀、平原侯植等诗文皆入《文选》，故曰建安骨也。"○《南齐书·谢朓传》曰："朓字玄晖，少好学，有美名，文章清丽。"案：此小谢指玄晖也。杜牧之《自宣州赴官入京路逢裴坦诗》曰："敬亭山下百顷竹，中有诗人小谢城。"小谢亦指玄晖可证。或以惠连当之，虽本钟嵘《诗品》，然按之此诗则不合。○卢子行《卢记室诔》曰："丽词泉涌，壮思云飞。"○散发见卷一《古风》注。

把酒问月

原注曰："故人贾淳令余问之。"

青天有月来几时？我今停杯一问之。
人攀明月不可得，月行却与人相随。
皎如飞镜临丹阙，绿烟灭尽清辉发。
但见宵从海上来，宁知晓向云间没？
白兔捣药秋复春，姮娥孤栖与谁邻？
今人不见古时月，今月曾经照古人。
古人今人若流水，共看明月皆如此。

惟愿当歌对酒时，月光长照金樽里。吴曰："奇气。"

木玄虚《海赋》曰："朱燄绿烟。"○白兔捣药见卷一《拟古诗》注。○世言姮娥奔月见《淮南·览冥篇》及张衡《灵宪》（《续汉书·天文志》上刘注引），《淮南》本作恒娥，后亦作常娥、嫦娥。《丹铅总录》（卷十三）谓《吕览》言常仪占月（《勿躬篇》），仪娥音同，讹为常娥，其说甚确。又互见后韩诗注。○魏武帝《短歌行》曰："对酒当歌，人生几何？"

杜子美

王阮亭曰："诗至工部，集古今之大成，百代而下无异词者。七言大篇，尤为前所未有，后所莫及。盖天地元气之奥，至杜而始发之。"沈归愚曰："少陵七言古，如建章之宫，千门万户。如钜鹿之战，诸侯皆从壁上观，膝行而前，不敢仰视。如大海之水，长风鼓浪，扬泥沙而舞怪物，灵蠢毕集。别于盛唐诸家独称大宗。"方植之曰："杜公自有纵横变化精神震荡之致，以韩公较之，但觉韩一句跟一句甚平，而不能横空起倒也。韩、黄皆学杜，今熟观之，韩与黄均似著力矣。杜公亦作句，只是盛气喷薄得出，学诗者先从此辨之，乃有进步。"

高都护骢马行

黄叔似（鹤）曰："按新、旧《史》，高仙芝开元末为安西副都护（《仙芝传》）。旧注以为高适，非也。"（《补注》）仇沧柱曰："按高仙芝平小勃律（今新疆叶尔羌县东南）在天宝六载，是年大食诸部七十二国皆降附，八载入朝。诗云飘飘远自流沙至，又云长安健儿不敢骑，正其时也。九载，仙芝讨石国

（今哈萨克西北），俘其王以献，则知次年又往边疆矣。黄云七载，梁云十一载，皆非。"（《详注》）案：卢文子谓仙芝讨小勃律王有功，授安西四镇节度使，十载入朝，公诗当作于此时。与人一心成大功者，仙芝讨勃律时遣使奏捷，主帅夫蒙灵詧怒仙芝不先言已遽发奏，几斩仙芝，灵詧以二心疑仙芝，故云然耳。交河几蹴层冰裂即指仙芝讨勃律时，度坦驹岭，破阿弩城、婆夷、冰藤桥等事。十一载，仙芝为右金吾大将军，故有青丝络头二句。（《杜诗阐》）卢氏此说不为无见，然说一心句失之附会。交河句是也。十载，仙芝入朝后，寻以为河西节度使，代安思顺，思顺讽群胡请留己，故改仙芝为右羽林大将军。（卢云金吾误。）按之青丝二句，情形极肖。但十载入朝在石国覆师之后，且为节度使已久，不应仍题都护，似仍以仇说为是，青丝二句托马寄慨，不必定指为右羽林事也。

　　安西都护胡青骢，声价歘然来向东。方曰："直叙起。"

　　此马临阵久无敌，与人一心成大功。仇沧柱曰："此言骢马在边而有功行阵。"方曰："夹叙夹议，顿住却皆是虚叙，第四伏结。"

　　功成惠养随所致，飘飘远自流沙至。

　　雄姿未受伏枥恩；猛气犹思战场利。仇曰："此言骢马在厩而不忘战伐。"方曰："四句实叙其老闲，而以猛气句再伏结。"

　　腕促蹄高如踏铁。交河几蹴曾冰裂。

　　五花散作云满身；万里方看汗流血。仇曰："此言其形相精力之出群。"方曰："四句写。"吴北江曰："淋漓酣畅。"

长安壮儿不敢骑，走过掣电倾城知。二句更从旁面顿足，然后结转有力。方曰："二句起棱。"

青丝络头为君老，何由却出横门道？邵子湘曰："结有老骥伏枥之感。"方曰："别一意作收，妙能双收人马。"又曰："为君老三字下得凄恻。"吴北江曰："收二语感慨。"

□吴星叟曰："妙在句句赞马，却句句赞英雄。"王阮亭曰："此子美少壮时作，无一字不精悍。"（案：天宝八年，实三十八岁，已非少矣。）吴北江曰："杜公马诗特见精采，每篇不同，皆亘古绝今之作也。"

《唐六典》（三十）曰："大都护府大都护一人，从二品；副大都护一人，从三品；副都护二人，正四品上。都护副都护之职掌抚慰诸蕃，宁辑外寇，觇候奸谲，征讨携离。"《唐会要》（卷七十三）曰："贞观十四年，于西州置安西都护府，治交河城。显庆三年，移安西都护府于龟兹国。"（唐龟兹国，今新疆库车县地。）○《说文》曰："骢，马青白杂毛也。"○《文选》颜延年《赭白马赋》曰："声价隆振。"又曰："欻耸擢以鸿惊。"（《九家注》引擢作跃。）○《汉书·礼乐志·郊祀歌·天马》曰："天马徕，历无草。径千里，循东道。"注引张晏曰："马从西而来东也。"○《赭白马赋》曰："愿终惠养，荫本枝兮。"○《汉书·礼乐志》："《郊祀歌·天马》曰：天马徕，从西极。涉流沙，九夷服。"又《地理志》张掖郡居延县原注曰："居延泽在西北，古文以为流沙。"《水经·禹贡山水泽所在篇》曰："流沙地在居延县东北。"郦注曰："泽在县故城东北。《尚书》所谓流沙者也。形如月生五日，弱水入流沙，沙与水流行也。"案：此在今甘肃高台县东北西套蒙古，今分为二泽，西北曰索廓克鄂模，东北曰索博鄂模，是也。然《礼乐志》颜师古注谓流沙在敦煌西。《通典·州郡》四曰："燉煌郡沙州古流沙地。"则在今甘肃流沙县西北。诗言流沙当指此。○《赭白马赋》曰："弭雄姿以奉引。"《文选》乐府魏武帝《短歌行》曰："老骥伏枥，志在千里。"○《齐民要术》（卷六）曰："相马蹄欲得厚而大，腕欲得细而促。"又曰："腕欲促而大，其间才容籺。"又曰："蹄欲厚二三寸，硬如石。"○蔡曰："踏，丁候切；又甫覆切，踏也。"○交河已见李颀《古从军行》注。○蔡曰："曾与增同。"○《唐朝名画录》曰："开元内厩有飞黄、照夜、浮云、五花之乘。"○《汉书·武帝纪》曰："太初四年，贰师将军李广利斩大宛王首，获汗血马来。"注引应劭曰："大宛旧有天马种，蹋石汗血，汗从前肩髆出如血，号一日千里。"又《礼乐志·郊祀歌》："元狩三年，马生渥洼水中作，"曰："迣万里。"又："沾赤汗，沫流赭。"○长安壮儿二句，赵次公曰："上句以善高都护之独能骑也，下句言马之行如电举国皆知。"○《古今注》（卷中）：秦始皇七名马有犇电。○《玉台新咏》乐府《日出西南隅》曰："青丝系马尾，黄金络马头。"○《水经·渭水》注（三）曰："北出西头第一门，本名横门。"如淳曰："音光，故曰光门。"《汉书·西域传》曰："立楼兰质子尉屠耆为王，百官送至横门外。"《三辅黄图》（卷一）曰："长安城北出西头第一门曰横门，门外有桥曰横桥。"《雍录》（卷二）曰："自横门渡渭而西，即是趋西域之路。"

送孔巢父谢病归游江东兼呈李白

《旧唐书·孔巢父传》曰："巢父，冀州人，字弱翁，少时与韩准、裴政、李白、张叔明、陶沔隐于徂徕山，时号竹溪六逸。永王璘起兵江淮，闻其贤，以从事辟之。巢父知其必败，侧身潜遁，由是知名。兴元元年，李怀光拥兵河中，巢父充宣慰使，遇害。"○朱长孺曰："案诗云：南寻禹穴见李白，此江东乃浙江以东，即会稽也。"又曰："此诗乃天宝中在京师作。"

巢父掉头不肯住，吴北江曰："一起奇绝。"东将入海随烟雾。

诗卷长留天地间，钓竿欲拂珊瑚树。吴曰："造思奇伟，句法瑰丽，光采陆离。"○以上归游江东。

深山大泽龙蛇远；吴曰："此句比。"春寒野阴风景暮。吴曰："此句兴。"○二句乃开拓之笔。

蓬莱织女迴云车，指点虚无是征路。吴曰："加入二句，尤觉奇幻，匪夷所思。"

自是君身有仙骨，世人那得知其故？吴曰："反跌入题，慷慨顿宕而出之。"

惜君只欲苦死留，富贵何如草头露？吴曰："再加二句，尤为酣恣沉着，得未曾有。盖从上文世人不知其故发生，因不知其故，惜君者遂欲苦死相留，而不知富贵之不足恋也。"○以上归游志事。

蔡侯静者意有馀，杨曰："此补题中所无。"清夜置酒临前除。

罢琴惆怅月照席，几岁寄我空中书。吴曰："结上文。"

南寻禹穴见李白，道甫问讯今何如。吴曰："以李白作收。"张上若曰："烟波无尽。"

《庄子·在宥篇》曰："鸿濛拊髀雀跃掉头曰：吾弗知。"○蔡曰："巢父有文集行于世，号《祖徕集》。"○《说文》曰："珊瑚，赤色，生于海，或生于山。"《御览·珍宝部》引《海中经》曰："珊瑚生海中，岁高二三尺，有枝无叶，形如小树。"○《左》襄二十一年曰："初，叔向之母妒叔虎之母美而不使，其子皆谏其母。其母曰：深山大泽，实生龙蛇，彼美，吾惧其生龙蛇以祸女也。"杨西河曰："句借《左》语以见巢父归隐之高。远者谓游方之外无所羁束也。"○《史记·封禅书》曰："蓬莱、方丈、瀛州三神山，其传在勃海中。"○《史记·天官书》曰："织女，天女孙也。"《正义》曰："织女三星在河北。"○《博物志》（卷三）曰："汉武帝好仙道，七月七日夜漏七刻，王母乘紫云车而至。"○《神仙传》（卷八）曰："神人告墨子曰：子有仙骨。"○《史记·商君传》："赵良曰：君之危若朝露，尚将欲延年益寿乎？"又薤露见李太白《上留田》注。○释慧皎《高僧传》（卷十一）曰："史宗不知何许人，世号麻衣道士，常在广陵白土埠，有商人海行，于孤洲上见一沙门求寄书与史宗，置书于船中，同侣欲看书，书着船不脱，及至白土埠，书飞起就宗，宗接而将去。"○《史记·太史公自序》曰："二十而南游江、淮，上会稽，探禹穴。"《清统志》曰："浙江绍兴府：禹穴在会稽县宛委山，禹藏书之所。"案：会稽，今浙江山阴县治。

兵车行

王深父曰："此诗盖托于汉以刺玄宗。"（《九家注》引）师民瞻（尹）曰："此行为唐玄宗作。玄宗初用张九龄为相，开元中号为贤君。其后罢九龄用李林甫、杨国忠之徒，从事吐蕃，讫唐之世，吐蕃为患者，玄宗实开其衅。"（《集注》）案：师氏说是也。黄叔似、钱牧斋皆以为天宝十载鲜于仲通丧师泸南，制大募兵击南诏，人莫肯应，杨国忠遣御史分道捕人，连枷送诣军前，故有牵衣顿足等语。王白石已斥其非矣。（《读书记疑》）此诗当作于天宝九载，是年杜公在长安。《通鉴·唐纪》（三十二），哥舒翰攻拔石堡在天宝八载六月，唐兵战死者数万，故有边庭流血之句。九载冬十二月，关西游弈使王难得击吐蕃，与本诗今年冬未休卒正合，当依旧注。郑东甫曰："刺不恤秦兵也。太宗置府兵，关内一道几居天下之半，是秦为天下本也。汉祖实关中，传为汉法，武帝开边，山东凋敝，关中犹实，诒谋未全坠也。明皇敝中国以开边，又苦役秦兵，致关内尤虚耗，本实拨矣。"（《杜诗钞》）

车辚辚，马萧萧，行人弓箭各在腰。

耶娘妻子走相送，尘埃不见咸阳桥。

牵衣顿足拦道哭，哭声直上干云霄。《诗醇》评曰："写得行色匆匆，笔势汹涌，如风潮骤至，不可逼视。"方曰："一起喷薄。"〇仇沧柱曰："首叙送别悲楚之状。"

道旁过者问行人，方曰："接叙绝不费力，而但觉横绝而不平。"行人但云点行频。蒋弱六曰："点行频三字一吞声，小顿下再说起。"

或从十五北防河，便至四十西营田。

去时里正与裹头，归来头白还戍边。

边庭流血成海水，武皇开边意未已。杨曰："一篇微旨。"

君不闻汉家山东二百州，千村万落生荆杞！方曰："凭空生来。"

纵有健妇把锄犁，禾生陇亩无东西。方曰："二句间以阴调。"

况复秦兵耐苦战，被驱不异犬与鸡。仇曰："次提过者行人，设为问答。"浦二田曰："此段只是历述从前，指陈惨苦。"

长者虽有问，役夫敢申恨？方曰："二句又间阴调。"

且如今年冬，未休关西卒。

县官急索租，租税从何出？方曰："四句纵横。"

信知生男恶，吴曰："逆折。"反是生女好。

生女犹得嫁比邻，生男埋没随百草。方曰："四句
又纵横。"○仇曰："再提长者役夫，申明问答。"浦曰："慨
叹现在行役之苦。"

君不见青海头，古来白骨无人收！

新鬼烦冤旧鬼哭，天阴雨湿声啾啾！方曰："收段
精神振荡。"吴曰："沉痛。"

□邵曰："前君不见是役夫语，此君不见是诗人语，故不病
犯复。"沈曰："人哭起，鬼哭终，照应有意无意。"方曰："结与
起对看悲惨之极，见目中之行人皆异日之鬼队也。"方曰："此篇
真《史》《汉》大文，合《诗》《书》六经相表里，不可以寻常目
之。"张廉卿曰："杜公歌行妙处，与汉、魏古诗异曲同工，如此
篇可谓绝诣矣。"

《诗·秦风·车邻》曰："有车邻邻。"毛传曰："邻邻，众车
声也。"《释文》曰："邻本又作辚。"《小雅·车攻》曰："萧萧马
鸣。"○《古乐府·木兰辞》曰："不闻耶娘唤女声。"○蔡傅卿
曰："咸阳桥即长安城外桥，兵行尘埃坌起，故桥为之不见也。
按《关中记》，秦孝公都咸阳，今渭城是也，在渭北。始皇都咸
阳，今大城是也。"（《会笺》）案《元和郡县志》曰："关内道京
兆府咸阳县：便桥在县西南十里。"《清统志》曰："陕西西安府：
西渭桥在咸阳西南，一名便桥。《县志》：一名咸阳桥。"○师曰：
"点行者，以丁籍点照上下，更换差役。玄宗数出兵，故点行之
法频也。"○《资治通鉴·唐纪》（二十九）曰："开元十五年十
一月，制以吐蕃为边患，令陇右道及诸军团兵五万六千人，河西
道及诸军团兵四万人，又征关中兵万人集临洮，朔方兵万人集会
州防秋，至冬初无寇而罢。"钱曰："是时吐蕃侵扰河右，故曰防
河也。"○《通典·食货》三曰："开元二十五年，令诸屯隶司农

寺者，每三十顷以下二十顷以上为一屯，隶州镇诸军者，每五十顷为一屯，皆从尚书省处分。"《新唐书·食货志》曰："唐开军府以扞要冲，因隙地置营田，有警则以兵若夫千人助收。"王嗣奭曰："营田乃戍卒备吐蕃者。"○《通典·食货》三曰："大唐令诸户以百户为里，五里为乡，每里置正一人，掌按比户口，课植农桑，检察非违，催驱赋役。"○王嗣奭曰："《唐鉴》（《通鉴·唐纪》三十二）：天宝六载，帝欲使王忠嗣攻吐蕃石堡城，忠嗣上言石堡险固，非杀数万人不能克。帝不快，董延光自请取石堡，帝命忠嗣分兵助之，不克。八载，帝使哥舒翰攻拔之，士卒死者数万，故有边庭流血等语。"○钱曰："唐人诗称明皇多云武皇。王昌龄：白马金鞍从武皇（《青楼曲》），韦应物：少事武皇帝（《逢杨开府》），公亦云武帝旌旗在眼中（《秋兴》）也。"杨曰："不敢斥言，故托汉以讽。"○阎百诗《潜丘劄记》（卷二）曰："胡三省于《通鉴》秦孝公时河山以东强国六注云：河自龙门上口南抵华阴而东流，秦国在河之西。山自鸟鼠同穴连延为长安南山至于泰华，秦国在山之西。韩、魏、赵、齐、楚、燕六国，皆在河山以东。可见自秦之外皆谓之山东。《太史公自序》：萧何填抚山西，张守节注谓华山之西也。《赵充国辛庆忌传赞》曰：山东出相，山西出将。班固明言天水、陇西、安定、北地，知山西益知其为山东矣。"方素北（中履）《古今释疑》曰："前史有山东之称者皆据华而言，谓华山之东也。"○王彦辅（得臣）曰："按《十道四番志》：关以东七道凡二百一十一州。"（《集注》）○《老子》曰："师之所处，荆棘生焉。"阮嗣宗《咏怀》曰："堂上生荆杞。"○黄山谷笺曰："《古乐府》：健妇持门户，胜一大丈夫。"○师曰："疆场不修，禾生陇亩不成伦理，故无东西。"○郑曰："秦兵，骁骑也。先是太宗立折冲果毅都尉府，十道置府六百四十三，而在关内者二百六十一，皆隶诸卫，当宿卫者番上，一月而更，其家不免杂徭，寖以贫弱，逃亡略尽。开元十年，用张说计募兵充宿卫，不问色役，优为之制，逃亡者争出应募，旬日得精兵十三万，分隶诸卫，更番上下。明年，又选府官兵及白丁十二万，谓之长从宿卫，一年两番，州县毋得役使。又明年，更号彍骑。自募彍骑，府兵日坏，死亡不补，器械略尽。初府兵入宿卫者谓之侍官，言其为天子侍卫也。其后本卫多以假人役使如奴隶，长安人羞之，至以为诟病。其戍边者又多为边将苦使，利其死而没其财，由是应为府兵者皆逃匿。至天宝八载，无兵可交，遂停折冲府上下鱼书，是后府兵但有官吏而已，大抵关内府兵初苦宿卫，明皇时则尤苦戍边。至此府兵尽，但有彍骑，彍骑常在京师，不苦宿卫，专苦戍边矣。所以然者，由点行频而为边将所苦使也。既而彍骑亦坏，戍边亦用召募，又一时也。"○黄叔似曰："《通鉴》：天宝九载冬十二月，关西游弈使王难得击吐蕃，克五城，拔树敦城。"○《史记·平准书》："卜式曰：县官当食租衣税而已"《周勃世家》《索隐》曰："县官谓天子也，所以谓国家为县官者，夏官王畿内县即国都也，王者官天下，故曰官也。"○《水经·河水》注三引杨泉《物理论》曰："秦始皇使蒙恬筑长城，死者相属，民歌曰：生男慎勿举，生女哺用餔。不见长城下，尸骸相支拄。"陈孔璋《饮马长城窟行》曰："生男慎莫举，生女哺用餔。"○《广韵》六脂："比，房脂切，并也。"○钱曰："《水经注》（《河水》二）：金城郡南有湟水，出塞外，又东南迳卑禾羌海，北有盐池。阚骃曰：县西有卑禾羌海者也，世谓之青海。《隋·西域传》：吐谷浑城在青海西四十里。《旧书》（《西戎传》）：吐谷浑有青海，周围（《旧书》作回）八九百里（《旧书》无九字），唐高宗龙朔三年为吐蕃所并。唐自仪凤中李敬玄与吐蕃战于青海。开元中，王君㚟、张景顺、张忠亮、崔希逸、皇甫惟明、王忠嗣先后破吐蕃，皆在青海西。天宝中，哥舒翰筑神威军于青海上，又筑城龙驹岛，吐蕃始不敢近青海。"○《左》僖三十二年曰："蹇叔之子与于师，哭而送之

曰：晋人御师必于殽，必死是间，余收尔骨焉?"《乐府诗集》
（卷二十五）梁《鼓角横吹曲·企喻歌辞》曰："尸丧狭谷中，白
骨无人收。"○《左》文二年：夏父弗忌曰："吾见新鬼大，故鬼
小。"○《后汉书·陈宠传》曰："转广汉太守。先是洛县城南每
阴雨常有哭声，闻于府中，宠使吏按行，还言此下多死亡者，而
骸骨不得葬。宠即敕县尽收敛葬之，自是哭声遂绝。"○《楚辞
·九歌·山鬼》曰："猨啾啾兮狖夜鸣。"

乐游园歌

原注曰："晦日贺兰杨长史筵醉中作。"○《汉书·宣帝
纪》曰："神爵三年春，起乐游苑。"颜注曰："《三辅黄图》
云：在杜陵西北。又《关中记》云：宣帝立庙于曲池之北，号
乐游。案：其处则今之所呼乐游庙者是也。其馀基尚可识焉。
盖本苑，后因立庙乎! 乐音来各反。"《太平寰宇记》曰："关
西道雍州万年县：乐游原在升平坊。"《长安志》曰："万年县：
乐游庙在县南八里，亦曰乐游原。"蔡曰："按韦述《西京杂
记》：太平公主于原上置亭游赏，其地四望宽敞，每三月上巳，
九月重阳，士女戏就此祓禊登高，幄幕云布，车马填塞，虹彩
映日，馨香满路，朝人词士赋诗，翌日传于朝市。"黄叔似曰：
"唐德宗时李泌请废正月晦，以二月朔为中和节，乃著令与上
巳、九日为三令节。（《旧书·德宗纪下》）即是前此以正月晦
日为节也。"

乐游古园崒森爽，烟绵碧草萋萋长。
公子华筵势最高，秦川对酒平如掌。
长生木瓢示真率，更调鞍马狂欢赏。杨曰："首叙
长史筵宴。"吴曰："以上叙。"
青春波浪芙蓉园；白日雷霆夹城仗。

　　阊阖晴开㧐荡荡，曲江翠幙排银牓。

　　拂水低回舞袖翻；缘云清切歌声上。杨曰："次及
望中景事。"吴曰："以上写。"○张上若曰："此指明皇游
幸，妙在浑含。"

　　却忆年年人醉时，只今未醉已先悲。

　　数茎白发那抛得？百罚深杯亦不辞。

　　圣朝亦知贱士丑；一物自荷皇天慈。

　　此身饮罢无归处，独立苍茫自咏诗。杨曰："此则
当筵有感"吴曰："以上议。"

　　□吴曰："大气旁魄，独有千古。"

　　《说文》曰："崒，危高也。"赵曰："句腰单用崒字，亦犹宋
玉《高唐赋》之单用崒字，其言蓄水之状曰：崒中怒而特高。"
○蔡曰："《三秦记》：长安正南秦岭，岭根水流为秦川，一名樊
川。沈佺期《长安路诗》：秦地平如掌。"○蔡曰："《邺中记》：
长生木八九月生花，色白，子赤，大如橡子。"仇曰："《杜臆》：
《西京杂记》载上林苑有长生木，盖以木为瓢也。晋稽含有《长
生木赋》。"○蔡曰："韦述《西京杂记》：开元二十年，筑夹城入
芙蓉园，自大明宫夹亘罗城复道，经通化门观以达兴庆宫，次经
春明延喜门至曲江芙蓉园，而外人不知也。芙蓉园在万年县东南
十五里，本隋之离宫，《景龙文馆记》：芙蓉园在京罗城东南隅，
有青林重复，绿水弥漫，盖帝城胜景，驾时幸之。《津阳门诗》：
其年十月移禁仗，五王扈驾夹城路。"○蔡曰："阊阖喻君门也。
玄宗每游幸从阊阖门列鼓吹车从直至乐游园，贵妃带诸嫔御珠翠
狼藉于道。汉《郊祀歌·天马章》：游阊阖，观玉台。应劭曰：
阊阖天门。又《天门章》：天门开，㧐荡荡。如淳曰：㧐读如䢠，
㧐荡荡，天体坚青之状。颜师古曰：㧐，大结切。(《汉书·礼乐
志》注切作反。)○蔡曰："《神异经》：东方有青明山，有宫焉，

青石为坛，高三仞，方四里，面一门，上三层皆为左右阙，高百尺，画以五色，门有银牓为左男之宫。（今本与此文异。）陈沈炯《林屋馆记》：昆仑平圃，银牓相辉。"○蔡曰："《列子·汤问篇》：秦青抚节悲歌，响遏行云。 《灵光殿赋》：绿云直上。"○《列子·力命篇》曰："齐景公举觞自罚。"○卢元昌曰："当此春和，一草一木皆荷皇天之慈，忻忻然有以自乐，独我贱士，见丑圣朝，今幸三赋得叨宸赏，乃待命集贤又复逾年，夫岂皇天闵覆终遗贱士乎？"

醉时歌

原注曰："赠广文馆博士郑虔。"○《旧唐书·玄宗纪》曰："天宝九载秋七月，国子监置广文馆，徙生徒为进士业者。"《新唐书·文艺传》曰："郑虔，郑州荥阳人。玄宗爱其才，欲置左右，以不事事，更为置广文馆，以虔为博士。虔闻命不知广文曹司何在，诉宰相。宰相曰：上增国学置广文馆以居贤者，令后世言广文博士自君始，不亦美乎？虔乃就职，久之，雨坏庑舍，有司不复修完，寓治国子，馆自是遂废。"《百官志》曰："国子监广文馆博士四人，掌领国子学生业进士者。"钱曰："广文馆于国子监增置，故云不知曹司何在。《新书》云寓治国子监，自是遂废，非实录也。"

　　诸公衮衮登台省，广文先生官独冷。

　　甲第纷纷厌粱肉，广文先生饭不足。张上若曰："起得排宕。"方曰："起叙广文耳，每句用一衬，为曲笔避直也。"

　　先生有道出羲皇；先生有才过屈宋。

　　德尊一代常坎轲；名垂万古知何用？仇曰："叹郑

公抱负不遇。"

　　杜陵野客人更嗤，被褐短窄鬓如丝。

　　日籴太仓五升米，时赴郑老同襟期。

　　得钱即相觅，沽酒不复疑。

　　忘形到尔汝，痛饮真吾师。入同饮酒。

　　清夜沉沉动春酌，吴曰："清夜以下神来气来，千古独绝。"灯前细雨檐花落。

　　但觉高歌有鬼神；焉知饿死填沟壑？方曰："四句惊天动地，此老胸襟笔性惯如此，他人不敢望也。"

　　相如逸才亲涤器；子云识字终投阁。仇曰："相如、子云，借古人以解慰也。"

　　先生早赋《归去来》，石田茅屋荒苍苔。

　　儒术于我何有哉？孔丘盗跖俱尘埃。

　　不须闻此意惨怆，生前相遇且衔杯。杨曰："仍结到饮酒。"吴曰："收掉转。"

　　□杨曰："悲壮淋漓之至，两人即此自足千古。"方曰："豪宕绝伦，音节甚妙。"张廉卿曰："满纸郁律纵荡之气。"

　　赵曰："王济云：张华说史，衮衮可听。"（《晋书·王戎传》）蔡曰："衮者，衮同也，言衮同无别之甚也。唐制：御史台其属有三院：一曰台院，二曰殿院，三曰察院，掌纠正百官之罪恶。省有三：一曰中书省，二曰尚书省，三曰门下省。台省清要之职。"○《汉书·高帝纪》曰："赐大第室。"孟康曰："有甲乙次第，故曰第也。"○《史记·孟尝君传》："文曰：仆妾馀粱肉而士不厌糟糠。"《说文》曰："猒，饱也。"案：厌（厭），猒之通借字。○《宋书·隐逸传》："陶潜《与子俨等书〔疏〕》曰：北窗下卧，遇凉风暂至，自谓是羲皇上人。"○《文心雕龙·辩骚

篇》曰："屈、宋逸步，莫之能追。"○《楚辞·七谏·怨世》
曰："然坎轲而留滞。"王逸注曰："坎轲，不遇也。"案：坎轲与
埳轲同。○《旧唐书·玄宗纪》曰："天宝十二载八月，京师霖
雨，米贵，令出太仓米十万石减价粜与贫人。"黄叔似曰："诗言
曰籴太仓五升米，正其时也。当是十三载春作。"○《世说新语
·言语篇》注引《文士传》曰："祢衡少与孔融作尔汝之交。"又
《任诞篇》曰："王孝伯言名士不必须奇才，但使常无事，痛饮
酒，熟读《离骚》，便可称名士。"○刘邈《见人织诗》曰："檐
花照初月。"○《史记·汲黯传》："黯为上泣曰：臣自以为填沟
壑，不复见陛下。"《汉书·朱买臣传》："妻恚怒曰：如公等终饿
死沟中耳！"○《史记·司马相如传》曰："相如之临邛，买一酒
舍酤酒，而令文君当炉，相如身自着犊鼻裈，与保庸杂作，涤器
于市中。"○《汉书·扬雄传》曰："雄字子云，蜀郡成都人也。
雄校书天禄阁上，治狱使者来收雄，雄乃从阁上自投下，几死。
莽问其故，乃刘棻尝从雄学作奇字，雄不知情，有诏勿问，然京
师为之语曰：惟寂寞，自投阁。"○《宋书·隐逸传》曰："陶潜
解印绶去职，赋《归去来》。"○《左》哀十一年：伍员曰："犹
获石田也，无所用之。"陶渊明《归去来辞》曰："田园将芜胡不
归？"○《庄子·盗跖篇》曰："孔子往见盗跖。"《列子·杨朱
篇》曰："生则尧舜，死则腐骨；生则桀纣，死则腐骨，腐骨一
矣，孰知其异？"

天育骠骑歌

　　《九家注》曰："天育，马厩名。骠，毗召、匹召切，马黄
白色也。"《说文》曰："骠，黄马发白色。"赵曰："名骠则所
画马名。"（《分门集注》引）朱曰："案《新旧史》《唐六典》
《会要》诸书并无厩名天育者。"仇曰："据《唐志》（《新书·
兵志》），总十二门为二厩，一曰祥麟，一曰凤苑，其后但增八

坊八监，亦无以天育为厩者，当是云天子所育之马而已。骠，
疾走也，骠骑犹云飞骑，汉有骠骑将军之号。"案《说文》：
嫖，轻也。骠乃嫖之通借字。骠骑犹云轻骑也。又仇本、浦本
并依《文苑英华》骑作图。

　　　吾闻天子之马走千里，今之画图无乃是。杨曰：
"起笔突兀而高。"
　　　是何意态雄且杰？骏尾萧梢朔风起。
　　　毛为绿缥两耳黄；眼有紫焰双瞳方。
　　　矫矫龙性合变化，卓立天骨森开张。浦曰："起二
句一提，下六句都将真马出色写生，却用'是何'二字领
起，则句句说真马，即句句是画马。"
　　　伊昔太仆张景顺，监牧攻驹阅清峻。
　　　遂令大奴字天育，别养骥子怜神骏。
　　　当时四十万匹马，张公叹其才尽下。张上若曰：
"此以凡马形出骠骑。"杨曰："横绝之笔。"方曰："提笔跌宕。"
　　　故独写真传世人，见之座右久更新。张曰："方转
到题上。"浦曰："写真传世应还首段，座右更新挑动末段。"
　　　年多物化空形影，呜呼健步无由骋。张曰："见画
马不及真马有用，即起下文。"吴曰："年多以下句句顿，句
句咽，乃大家笔意，凡手所无也。"
　　　如今岂无骐䮤与骅骝？时无王良伯乐死即休。张
曰："又转到有真材而无知遇，结寄托深远。"
　　□旧评曰："杜公马诗篇篇尽善，尤妙在无一借凑之语，而
意自超然。凡咏物当以此为法。"
　　《穆天子传》（卷一）曰："天子之马走千里。"○赵曰："萧
梢摇动。"○《说文》曰："缥，青白色也。"○《穆天子传》（卷

一）郭注曰："魏时鲜卑献千里马，白色而两耳黄，名曰黄耳。"
○《文选·赭白马赋》曰："双瞳夹镜。"《御览·兽部》八引伯
乐《相马经》曰："眼欲得高，匡欲得端正，睛欲如悬铃紫艳
光。"○《汉书·礼乐志·郊祀歌·天马》曰："天马来，龙之
媒。"注应劭曰："言天马者，乃神龙之类。"《文选》颜延年《五
君咏·嵇中散章》曰："龙性谁能驯？"胡元任曰："东坡题此歌
于天育骠骑图后，合字写作含。"（《苕溪渔隐丛话前集》卷十四）
○《魏志·管辂传》注引《辂别传》曰："孔曜至冀州见裴使君
曰：见清河郡内有一骐骥，拘系后厩有年，去王良、伯乐百八十
里不得骋天骨，起风尘。"○赵曰："太仆，官名。唐《兵志》
云，监牧之制，其官领以太仆。今公诗所谓太仆张景顺，自是开
元时太仆姓张名景顺者也。按张说作《开元十三年陇右监牧颂德
之碑序》云：元年牧马二十四万匹，十三年乃四十三万匹。上顾
谓太仆少卿兼秦州都督监牧都副使张景顺曰：吾马几何？其蕃育
卿之力也。对曰：帝之力也，仲之令也，臣何力之有？其颂曰：
有霍公之掌政，择张氏之旧令。霍公，王毛仲也。张氏，景顺
也。"○《汉书·武五子·昌邑王传》曰："使大奴善以衣车载女
子。"颜注曰："凡言大奴者，谓奴之尤长大者也。"案：大奴当
谓群奴之长耳。胡孝辕、杨西河以为张景顺之牧马人是也。赵次
公谓斥王毛仲，误。○字各本多作守。胡元任曰："东坡写作大
奴字天育。"（《渔隐丛话前集》）钱曰："邵昂《马坊颂碑》：唐初
得马于赤岸泽，命张万岁傍陇右驯字之。从字为是。"何焯曰：
"按作守乃与别养合，特设天育一厩，专官守之也。作字不与养
字重复乎？"仇曰："《唐六典》（卷十七）：诸牧监掌群牧孳课之
事，凡马有左右监以别其骘良，细马之监称左，骘马之监称右。
据此则别养骥子乃另为一处，不为重复。"○《易林·师之泰》
曰："与我骥子。"《文选·蜀都赋》李善注引桓谭《新论》曰：
"善相马者曰薛公，得马，恶貌而正走，名骥子。"○《世说新语

·言语篇》曰："支道林常养数匹马，或言道人畜马不韵。支曰：贫道重其神骏。"○《通典》（职官七）曰："贞观初仅有牝牡三千匹，从赤岸泽徙之陇右。十五年，始令太仆卿张万岁勾当群牧，至麟德四十年间，马至七十万六千匹。置八使，领六监。初置四十八监，跨兰、渭、秦、原四州之地，犹为狭隘。更析八监，布于河曲。其时天下以一缣易一马。仪凤三年，少卿李思文检校陇石诸牧监，方称使。尔后或戎狄外侵，或牧圉乖散，洎乎垂拱，潜耗大半。开元初，牧马二十四万匹。十三年，加至四十五万匹。"○《列子·说符篇》："伯乐曰：臣之子皆下才也。"《汉书·萧望之传》曰："奏言二千石多材下不任职。"○梁简文《咏美人看画诗》曰："谁能辨写真？"○赵曰："崔子玉有《座右铭》。"○《庄子·天道篇》曰："其死也物化。"○《吕氏春秋·离俗篇》曰："飞兔要褭，古之骏马也。"高注曰："褭字读如曲挠之挠。"《淮南·齐俗篇》曰："夫待騕褭飞兔而驾之，则世莫乘车。"许注曰："騕褭，良马。"《列子·周穆王篇》曰："命驾八骏之乘，右服盗骊而左绿耳。"张注曰："盗，古骅字。"《穆天子传》（卷一）曰："天子之骏，赤骥、盗骊、白义、踰轮、山子、渠黄、华骝、绿耳。"郭注曰："华骝色如华而赤，今名马标赤者为枣骝。枣骝，赤也。"《史记·赵世家》曰："造父取骥之乘匹与桃林、盗骊、骅骝、绿耳献之缪王。"○《吕氏春秋·视表篇》曰："古之善相马者，若赵之王良、秦之伯乐、九方堙尤尽其妙矣。"《淮南子·主术篇》曰："伯乐相之，王良御之。"《庄子·马蹄篇》《释文》曰："伯乐姓孙名阳。"《左传》哀二年曰："邮无恤御简子。"杜注曰："邮无恤，王良也。"（《晋语》："邮无正。"韦注曰："无正，晋大夫邮良，伯乐也。"又："初伯乐与尹铎怨。"注曰："伯乐，无正字。"是王良亦字伯乐，然与孙阳为二人。）

奉先刘少府新画山水障歌

《唐六典》（卷三十）曰："奉先县尉六人，从八品下，县尉亲理庶务，分判众曹，割断追征，收率课调。"《懒真子》（卷一）曰："县尉呼为少府者，古官名也。汉《百官表》云：大司农供军国之用，少府则奉养天子，名曰禁钱，府是别藏，少者小也，故称少府，以亚大司农也。盖国朝之初，县多惟令尉。令既呼明府，故尉呼少府，以亚于县令。"《清波杂志》（卷十）曰："古治百里之邑，令拊其俗，尉督其奸，故令曰明府，尉曰少府。"仇曰："山水障，画山水于屏障也。"案：《文苑英华》作《新画山水歌奉先尉刘单宅作》，则少府名单也。

堂上不合生枫树，怪底江山起烟雾？张上若曰："起得突兀。以画作真，想甚奇。"案：第二句夹入时事尤奇。

闻君扫却赤县图，乘兴遣画沧洲趣。浦曰："二句乃落出画来，又以别幅陪起本幅。"

画师亦无数，吴曰："再逆。"好手不可遇。

对此融心神，知君重毫素。

岂但祁岳与郑虔？笔迹远过杨契丹。

得非玄圃裂，无乃潇湘翻。吴曰："奇想。"

悄然坐我天姥下，耳边已似闻清猿。吴曰："以澹笔承之，换势换气之法。"

反思前夜风雨急，乃是蒲城鬼神入。

元气淋漓障犹湿，真宰上诉天应泣。何义门曰："跌断忽入四句，变化曲折。"杨曰："一波未平，一波又起，诗亦若有神助。"又曰："不过夜雨之后见此新画障耳，一运笔便十分离奇。"

野亭春还杂花远；渔翁暝踏孤舟立。

沧浪水深清且阔，鼓岸侧岛秋毫末。

不见湘妃鼓瑟时，至今斑竹临江活？杨曰："指点飘缈。"

刘侯天机精，爱画入骨髓。

自有两儿郎，挥洒亦莫比。

大儿聪明到，能添老树巅崖里。

小儿心孔开，貌得山僧及童子。杨曰："此段赞刘并及二子，即申前重毫素意，章法疏密相间。"

若耶溪，云门寺，吾独何为在泥滓？

青鞋布袜从此始。仇曰："此见画而思托身世外，应前天姥句。"杨曰："结到移情处，宛入真境，神游题外，尤觉去路邈然。"

□沈曰："题画诗开出异境，后人往往宗之。"杨曰："字字飞腾跳跃，篇中无数山水境地人物，从横出没，几莫测其端倪。"方曰："章法作用奇怪神妙，此为第一，起突写二句妙，下始接叙画，已奇矣。画师以下接叙人，作两层跌入，得非玄圃数句又接写画，乃遥接烟雾句下也，却隔两段。耳边句随手于议写中起棱，反思四句棱汁，野亭六句又接写画，乃遥接闻猿句下也，却隔一段。不见二句，又于写中起棱。刘侯一段铺叙，每接不测，奇幻无伦。若耶四句另一意作结，乃是兴也，远情阔韵。"

《元和郡县志》曰："关内道京兆府奉先县次赤。"赵曰："《史记》：中国名曰赤县神州。（《孟子荀卿列传》）言比幽远之地明显灵异也。后世京邑属县有赤有畿，其浩穰者为赤。奉先乃今之蒲城也。"公《桥陵诗》云：居然赤县立，此篇下文有云：乃是蒲城鬼神入，正指奉先明矣。"何曰："扫却赤县图，谓除去旧画地理图，而新画山水也。"○谢玄晖《之宣城郡诗》曰："复协

沧洲趣。"馀见李太白《江上吟》注。○《文选》陆士衡《文赋》
曰："惟豪素之所拟。"李善注曰："豪，笔也。《纂文》曰：书缣
曰素。"又颜延年《五君咏》曰："深心托豪素。"案：豪、毫字
同。○祁岳已见卷一岑参《送祁乐归河东诗》题注。○《新唐书
·文艺传》曰："郑虔善图山水，好书，尝自写其诗并画以献，
帝大署其尾曰郑虔三绝。"○《历代名画记》（卷八）曰："隋杨
契丹官至上仪同。僧悰云：六法备该，甚有骨气，山东体制允属
斯人。品在阎立本下。"○《淮南子·墜形篇》曰："昆仑之丘或
上倍之，是谓凉风之山，登之而不死；或上倍之，是谓悬圃，登
之乃灵。"《穆天子传》（卷二）郭注引作玄圃。《水经·河水》注
引《昆仑说》曰："昆仑之山三级，下曰樊桐，一名板桐，二曰
玄圃，一名阆风，上曰层城。"○《中山经》曰："洞庭之山，帝
之二女居之，是常游于江渊，澧、沅之风交潇、湘之渊，是在九
江之间，出入必以风雨。"○天姥已见李太白诗注。钱曰："《壮
游诗》归帆拂天姥。盖旧游之地，故云悄然坐我天姥下也。"
○《老子》曰："有真宰以制万物。"仇曰："言其巧夺化工。昔
仓颉作字，天雨粟，鬼夜哭，此暗用其意。"○《书·禹贡》曰：
"又东为沧浪之水。"《水经·沔水》注曰："当阳县西北汉水中有
沧浪洲。"《清统志》曰："湖北襄阳府：沧浪洲在均州北。"（今
改县）仇曰："沧浪在楚，青溟指海。"○《孟子·梁惠王上》
曰："明足以察秋毫之末。"○仇曰："古诗常用不见，犹云岂不
见。"○《楚辞·远游》曰："使湘灵鼓瑟兮。"案：斑竹已见李
太白《远别离》注。○蔡曰："貌，莫角切，貌人类状也。"杨升
庵（慎）《丹铅总录》（卷三十）曰："《庄子》：人貌而天。《史
记》郭解赞：人貌荣名。唐《杨妃传》：命工貌妃于别殿。皆作
入声读。杜诗：画工如山貌不同，又：曾貌先帝照夜白，又：屡
貌寻常行路人。梅圣俞诗：妙娥貌玉轻邯郸，自注：音墨。"（当
世家《观画诗》自注作入声。）步瀛案：《庄子·田子方篇》《史

记·游侠传》貌字当如字读，杨说非也，馀皆音墨是。○《水经·浙江水》注曰："若邪溪水上承嶕岘、麻溪，溪之下孤潭周数亩，甚清深，麻潭下注若邪溪，水至清，照众山倒影，窥之如画。"又曰："又有玉笥、竹林、云门、天柱精舍，并疏山创基，架林裁宇，割涧延流，尽泉石之好。"《梁书·处士·何胤传》曰："胤以会稽山多灵异，往游焉，居若邪山云门寺。初胤二兄求、点并栖遁。求先卒，至是胤又隐，世号点为大山，胤为小山。"《清统志》曰："浙江绍兴府：若耶溪在会稽县南二十里若耶山下，北流入镜湖，云门寺在会稽县云门山。"（今山阴、会稽二县并为绍兴县。）○《史记·屈原传》曰："嚼然泥而不滓者也。"潘安仁《西征赋》曰："奋迅泥滓。"

哀王孙

《旧唐书·玄宗纪》曰："天宝十五载六月，潼关不守，京师大骇。甲午，谋幸蜀。乙未，凌晨自延秋门出，微雨沾湿，扈从惟宰相杨国忠、韦见素、内侍高力士及太子、亲王、妃、主、皇孙以下多从之不及。"《通鉴·唐纪》（三十四）曰："杨国忠唱幸蜀之策，上然之。甲午，上移仗北内，既夕命龙武大将军陈玄礼整比六军，厚赐钱帛，选闲厩马九百馀匹，外人莫之知。乙未，黎明，上独与贵妃姊妹、皇子、妃、主、皇孙、杨国忠、韦见素、魏方进、陈玄礼及亲近宦官宫人出延秋门，妃、主、皇孙之在外者，皆委之而去。"仇曰："按：明皇西狩在天宝十五载六月十二日，肃宗即位，改元至德，在七月甲子。是月丁卯，禄山使人杀霍国长公主及王妃、驸马等。己巳，又杀王孙及郡县主二十馀人。诗云已经百日窜荆棘，盖在九月间也。诗必此时所作。"《史记·淮阴侯传》：漂母曰："吾哀王孙而进食。"步瀛案：昨夜东风句一本作春风，盖已在明年春矣。出窜未必即在七月间，百日句似未可泥。

长安城头头白乌，夜飞延秋门上呼。吴星叟曰："起用乐府体，昔贤所谓省叙事也。"

又向人家啄大屋，屋底达官走避胡。吴北江曰："连缀奇妙。"

金鞭断折九马死，骨肉不待同驰驱。委弃骨肉，托言马死，语似回护，意含讽刺。

腰下宝玦青珊瑚，吴曰："逆接。"可怜王孙泣路隅。

问之不肯道姓名，但道困苦乞为奴。

已经百日窜荆棘，身上无有完肌肤。

高帝子孙尽隆准，吴曰："挺接以议论行之。"龙种自与常人殊。

豺狼在邑龙在野，王孙善保千金躯。此极写流连困顿之状，高帝以下夹入议论，苦语慰藉，深情无限。

不敢长语临交衢，且为王孙立斯须。何曰："顿断不直。"

昨夜东风吹血腥，东来橐驼满旧都。

朔方健儿好身手，昔何勇锐今何愚？

窃闻天子已传位，方曰："上接斯须句下。"圣德北服南单于。

花门劓面请雪耻，吴曰："句断。"慎勿出口他人狙！杨曰："忽然绝口，急接此句，口吻宛然。"

哀哉王孙慎勿疏，五陵佳气无时无。仇曰："末二又反复以致其丁宁。"吴曰："又顿转。"

□王西樵曰："此等自是老杜独绝，他人一字不能道矣。"

《续汉书·五行志》一曰："桓帝之初，京都童谣曰：城上乌，尾毕逋。"《初学记·鸟部》引《通俗文》曰："白头乌谓之鹠鹠。"《南史·贼臣·侯景传》曰："景修饰台城及朱雀、宣阳等门。童谣曰：的脰乌，拂朱雀，还与吴。"《升庵诗话》（卷三）引《三国典略》作白头乌，谓杜盖用其事，以侯景比禄山也。沈莲溪（濂）《怀小编》（卷二）曰："的训白，的脰乌即白项乌也。"赵曰："或谓头旧作颈。"○《雍录》（卷五）曰："玄宗幸蜀，自苑西门出，在唐为苑之延秋门，在汉为都城直门也。既出，即由便桥渡渭，自咸阳望马嵬而西。"《长安志》（卷六）曰："苑中宫亭凡二十四所，西面二门，南曰延秋门，北曰玄武门。"○《抱扑子·吴失篇》曰："丰屋则群乌爱止。"《易·丰》上六曰："丰其屋。"《释文》曰："《说文》作寷，云大屋。"○《旧唐书·五行志》曰："谚云：木生稼，达官怕。"何曰："曰达官，不忍斥言也。"郑曰："达官不斥天子，讳也。"○蔡曰："禄山本胡人，故云避胡。"○《西京杂记》（卷上）曰："文帝从代还，有良马九匹。"蔡曰："待一作得。"○《西京杂记》（卷上）曰："赵飞燕女弟在昭阳殿，遗飞燕珊瑚玦。"○《文选》干令升（宝）《晋纪总论》曰："将相侯王连头受戮，乞为奴仆而犹不获。"○隆准已见李太白《梁父吟》注。《后汉书·光武帝纪》曰："世祖光武皇帝，高祖九世之孙也，隆准日角。"○《隋书·文四子传》曰："长宁王俨，勇长子也。诞乳之夕，云定兴奏曰：天生龙种，所以因云而出。"○《汉书·孙宝传》："侯文曰：豺狼当路，不宜复问狐狸。"○《后汉书·光武帝纪》曰："赤伏符曰：四夷云集龙斗野。"案：此借用。仇曰："豺狼指禄山，龙指玄宗。"○陶渊明《饮酒诗》曰："客养千金躯。"○《尔雅·释宫》曰："四达谓之衢。"○《乐记》郑注曰："斯须犹须臾也。"○《北山经》曰："禹杀相柳，其血腥。"○《旧唐书·史思明传》曰："自禄山陷两京，常以骆驼运御府珍宝于范阳，不知纪极。"蔡曰："旧都乃长安也。"○蔡曰："《邠志》：邠军始镇灵州，谓之朔方军，有命则征伐，无命则入守。天宝以前，众号十万，实六万。明皇晚年置长征健儿。《天宝故事》："禄山反，荣王出军东征，内出财帛于京师，召募十万众，号曰天武健儿，旬日而集。"又曰："哥舒翰领朔方兵守潼关，一日为贼所败，如入无人之境。昔御吐蕃称为天下精兵，今何败北皆归于贼？故云愚也。"步瀛案：朔方二句此解是也。何义门谓指幽燕，非。郑东甫谓指李、郭，尤非。○仇曰："《颜氏家训》：顷世乱离，衣冠之士虽无身手，或聚徒众，违弃旧业，徼倖成功。"（《诫兵篇》）○《草堂》本、《九家》本、《分类集注》本，天子皆作太子。○《新唐书·玄宗纪》曰："天实十五载八月，皇太子即皇帝位于灵武，以闻。庚子，上皇天帝诰韦见素、房琯、崔涣奉皇帝册于灵武。"○《后汉书·光武帝纪》曰："建武二十四年冬十月，匈奴薁鞬日逐王自立为南单于。于是分为南北匈奴。二十五年春正月，南单于遣使诣阙贡献，奉蕃称臣。"《旧唐书·肃宗纪》曰："玄宗幸蜀，至马嵬，六军不进，请诛杨氏。于是诛国忠，赐贵妃自尽。车驾将发，百姓众泣而言曰：请从太子收复长安。玄宗闻之曰：此天启也。乃令高力士口宣曰：汝好去，百姓属望，慎勿违之。且西戎北狄吾尝厚之，今国步艰难，必得其用，汝其勉之。七月甲子，上即皇帝位于灵武。八月，回纥、吐蕃遣使继至，请和亲，愿助国讨贼，皆宴赐遣之。"蔡曰："南单于即回纥也，花门乃回纥地名，回纥以花门自号，劖面谓剥其面皮，示诚悃而来助顺也。"○《新唐书·地理志》曰："陇右道甘州宁寇军东北有居延海，又三百里有花门山堡，又东北千里至回鹘牙帐。"《后汉书·耿秉传》曰："匈奴闻秉卒，举国号哭，或至梨面流血。"李贤注曰："梨即劖字，古通用，劖，割也。"○《史记·苏秦传》：说赵肃侯曰："愿君慎勿出于口。"○《史记·留侯世家》《索隐》曰："狙，伺伏也，狙之伺物必伏而候之。"○朱曰："《唐书·本纪》：高祖葬献陵，太宗葬昭陵，高宗葬乾陵，中宗葬定陵，睿宗葬桥陵。"○佳气已见卷一《北征诗》注。

　　钱曰："至德元载七月，孙孝哲害霍国长公主、永王妃及驸马杨驸等八十人，又害皇孙二十馀人，并刳其心以祭安庆宗。（禄山子，为唐所杀。）王侯将相扈从入蜀者，子孙兄弟虽在婴孩之中，皆不免于刑戮，当时降贼之臣必有为贼耳目，搜捕皇孙妃主以献奉者，不独如孝哲辈为贼宠任者也。故曰：王孙善保千金躯，又曰：哀哉王孙慎勿疏。危之也，亦戒之也。有宋靖康之难，群臣为金人搜索赵氏，遂无遗种，读此诗如出一辙。"

哀江头

　　黄叔似曰："此至德二载春日公陷贼中作。"黄白山曰："诗意本哀贵妃，不敢斥言，故借江头行幸处标为题目耳。"杨曰："此公在贼中时睹江水江花哀思而作，因帝与贵妃尝游幸曲江，故以江头为名。"

　　　少陵野老吞声哭，春日潜行曲江曲。
　　　江头宫殿锁千门，细柳新蒲为谁绿？仇曰："首段有故宫黍离之感"杨曰："为谁绿，言无主也。"
　　　忆昔霓旌下南苑，方曰："开。"苑中万物生颜色。
　　　昭阳殿里第一人，同辇随君侍君侧。
　　　辇前才人带弓箭，白马嚼啮黄金勒。
　　　翻身向天仰射云，一箭正坠双飞翼。仇曰："此忆贵妃游苑事，极言盛时之乐。"○一箭句叙苑中射猎，已暗中关合贵妃死马嵬事，何等灵妙？
　　　明眸皓齿今何在？方曰："合。"血污游魂归不得。
　　　清渭东流剑阁深，王西樵曰："清渭以下唱叹出之，笔力高不可攀。"去住彼此无消息。
　　　人生有情泪沾臆，吴曰："更折入深处。"江水江花岂终极！俳恻缠绵，令人寻味无尽。

黄昏胡骑尘满城，欲往城南忘南北。沈曰："结出心迷目乱，与起潜行意关照。"

《剧谈录》（卷下）曰："曲江池本秦世隑洲。开元中，疏凿遂为胜境，其南有紫云楼、芙蓉苑，其南有杏园、慈恩寺。花卉环周，烟水明媚，都人游玩，盛于中和、上巳之节。彩幄翠帱，匝于堤岸，鲜车健马，比肩击毂。入夏则菰蒲葱翠，柳阴四合，碧波红蕖，湛然可爱。"《太平寰宇记》曰："关西道雍州长安县：曲江池，汉武帝所造，名为宜春苑。其水曲折，有似广陵之江，故名之。"《长安志》（卷十一）曰："万年县曲江在县南十里。"《清统志》曰："陕西西安府：曲江池在咸宁县东南十里。"（咸宁今并入长安县。）○《旧唐书·文宗纪》曰："上好为诗，每诵杜甫《曲江行》云：江头宫殿锁千门，细柳新蒲为谁绿？乃知天宝以前曲江四岸皆有行宫台殿、百司廨署，思复升平故事，故为楼殿以壮之。"○《文选·高唐赋》曰："蜺为旌。"《上林赋》曰："拖蜺旌。"注引张揖曰："析羽毛，染五采，缀以缕为旌，有似虹蜺之气也。"案：蜺、霓字同。○赵曰："曲江南即芙蓉苑，今云南苑是也。"○《汉书·外戚传》曰："赵飞燕立为皇后，宠少衰，女弟绝幸，为昭仪，居昭阳殿。"钱曰："李白《宫中行乐词》：宫中谁第一？飞燕在昭阳。亦指贵妃也。"《汉书·外戚传》曰："成帝游于后宫，尝欲与班婕妤同辇载。"○《新唐书·百官志》曰："内官才人七人，正四品。"○按《明皇杂录》（卷下）曰："上幸华清宫，贵妃姊妹各购名马，以黄金为衔勒，组绣为障泥，同入禁中，观者如堵。"○钱曰："潘岳《射雉赋》：昔贾氏之如皋，始解颜于一箭。"（见《左》昭二十八年。）吴星叟曰："翻身二句似谣似谶，叙马嵬事最奇幻，不可以如皋一笑硬死注定。"○蔡曰："箭，《正异》作笑，蔡君谟作发。"○《文选》传傅武仲《舞赋》曰："眄盘旋则腾青眸，吐哇咬则发皓齿。"曹子建《洛神赋》曰："皓齿内鲜。"又曰："明眸善睐。"○《易·系辞》上曰："游魂为变。"○《国史补》（卷上）曰："玄宗幸蜀，至马嵬驿，命高力士缢贵妃于佛堂前梨树下。"《太真外传》（卷二）曰："瘗于西郭之外一里许，道北坎下。"○钱曰："玄宗由便桥渡渭，自咸阳望马嵬而西，入大散关、河池、剑阁以达成都。"仇曰："马嵬驿在京兆府兴平县，渭水自陇西而来，经过兴平，盖杨妃藁葬渭滨，上皇巡行剑阁，是去住东西两无消息也。"沈曰："彼此无消息，犹《长恨歌》云一别人间两渺茫也。前人谓指明皇、肃宗父子，恐与上下文不属。"○后魏胡太后《杨白花歌》曰："拾得杨花泪沾臆。"○人生有情二句，钱曰："即所谓天长地久有时尽，此恨绵绵无尽期也。"○《老学庵笔记》（卷七）曰："欲往城南忘城北，言方皇惑避死之际，乃不能记孰为南北也。然荆公集句两篇，皆作欲往城南望城北，（一《送吴显道》五首第二首，一《胡笳十八拍》第十二首。）盖所传本偶不同，而意则一也。北人谓向为望，谓欲往城南乃向城北，亦皇惑避死不能记南北之意。"蔡曰："甫家居城南。"钱曰："兴哀于无情之地，沉吟感叹，瞀乱迷惑，虽胡骑满城，至于不知地之南北。昔人所谓有情痴也。陆放翁以避死惶惑为言，殆亦浅矣。"

　　苏子由曰："老杜陷贼时有诗，予爱其词气如百金战马，注坡蓦涧，如履平地，得诗人之遗法。如白乐天诗词甚工，然拙于记事，寸步不移，犹恐失之，此所以望老杜之藩垣而不及也。"（《栾城三集·诗病五事》）《岁寒堂诗话》（卷上）曰："杨太真事，唐人吟咏至多，然类皆无礼。太真配至尊，岂可以儿女语黩之耶？惟杜子美则不然，《哀江头》云：昭阳殿里第一人，同辇随君侍君侧。不待云娇侍夜、醉和春而太真之专宠可知。不待云玉容梨花而太真之绝色可想也。至于言一时行乐事，不斥言太真而但言辇前才人，此意尤不可。如云翻身向天仰射云，一笑正坠双飞翼，不待言缓歌慢舞凝丝竹，尽日君王看不足，而一时行乐可喜事，笔端画出，宛在目前。江水江花岂终极，不待云比翼鸟连理枝，此恨绵绵无尽期，而无穷之恨，黍离麦秀之悲，寄于言外。其词婉而雅，其意微而有礼，真可谓得风人之旨者。元、白数十百言，竭力摹写，不若子美一句，人才高下乃如此。"《诗醇》评曰："白氏《长恨歌》乃因《长恨传》而追叙其事，委曲凄断，自成一家，正不得沾沾比勘也。"步瀛案：以上二说似相反，然实各有所见。由前说可见诗格高下，由后说可知诗人各有独到之处，不必强出一涂也。故并录之。

瘦马行

　　仇曰："黄鹤以为至德二载为房琯罢相而作。蔡兴宗以为乾元元年公自伤贬官而作。当从蔡说。"案赵子栎《草堂诗年谱》曰："乾元元年夏六月，出为华州司功。"○《文苑英华》作《老马行》。

　　东郊瘦马使我伤，骨骼硊兀如堵墙。

　　绊之欲动转欹侧，此岂有意仍腾骧？杨曰："先极致嗟叹形容，下再细说。"

　　细看六印带官字；众道三军遗路旁。

　　皮干剥落杂泥滓；毛暗萧条连雪霜。

　　去岁奔波逐馀寇，骅骝不惯不得将。

　　士卒多骑内厩马，惆怅恐是病乘黄。浦曰："以细看二字作提，去岁四句言当时逐寇非惯战之骅骝，不得与也。此马既是军中所遗，必非街巷凡马，定属内厩之乘黄矣。恐是正与细看呼应。"

　　当时历块误一蹶，以下沉郁顿挫，几于声声入破矣。

委弃非汝能周防。

　　见人惨淡若哀诉，失主错莫无晶光。

　　天寒远放雁为伴；日暮不收乌啄疮。

　　谁家且养愿终惠，更试明年春草长。

□刘须溪曰："展转沉着，忠厚恻怛，感动千古。"

浦曰："开口用东郊字，华在长安东也。"○《文选·江赋》曰："石硊砠以前郤。"李善注曰："硊砠，沙石随水之貌。"案：兀、砠同。赵曰："《江赋》以言石，公以言马，谓其瘦也。"○《礼记·射义》曰："盖观者如堵墙。"○《文选·西京赋》薛综注曰："腾，超也；骧，驰也。"○《唐六典》（卷十七）："太仆寺诸牧监，凡在牧之马皆印。"注曰："印右膊以小官字，右髀以年辰，尾侧以监名，皆依左右厢。若形容端正，拨送尚乘，不用监名。二岁始春则量其力，又以飞字印印其左髀膊，细马次马以龙形印印其项左。送尚乘者尾次依左右闲印以三花，其馀杂马送尚乘者，以风字印印左髆，以飞字印印左髀，官马赐人者以赐字印，配诸军及充传送驿者以出字印，并印左右颊也。"○《文选·齐竟陵王行状》李善注引《仲长子昌言》曰："救患赴急跋涉奔波者，忧乐之尽也。"○《唐六典》："太仆寺：乘黄署令一人。"注曰："《齐职仪》云：乘黄，兽名也，龙翼马身，黄帝乘之而仙，故以名厩。"案《海外西经》曰："白民之国有乘黄，其状如狐，背上有两角，乘之寿二千岁。"郭注曰："即飞黄也。"○《汉书·王褒传》："褒为《圣主得贤臣颂》曰：及至驾啮膝，骖乘旦，过都越国，蹑如历块。"颜注曰："如经历一块，言其起疾之甚。块音口内切。"《文选》五臣注："吕延济曰：蹑，疾也，言过都国疾如行历一小块之间。"案：此诗蹑字与王子渊《颂》字同而义异。《吕氏春秋·慎行篇》高注曰："蹑，蹄也。"○杜元凯《春秋序》曰："圣人包周身之防。"○范静妻沈氏《晨风行》曰："神往形返情错漠。"案：漠、莫字通。○《南史·张畅传》曰："柔盐疗马脊创。"（疮同）《金史·世［祖］纪》曰："活罗，汉语慈乌也。北方有之，状如大鸡，善啄物，见牛马橐驼脊间有疮，啄食之。"此诗言乌啄疮，疑即此种乌矣。○颜延年《赭白马赋》曰："愿终惠养，荫本枝分。"

仇曰："公救房琯至于一跌不起，故曰：历块误一蹶，非汝能周防。落职之后从此不复见君，故曰：见人若哀诉，失主无晶光。身经弃废，欲展后效而不可得，故曰：谁家愿终惠，更试春草长。寓意显然。"

乾元中寓居同谷县作歌七首

鲁季钦曰："乾元二年己亥，公年四十八。史云：关辅饥，辄弃官去客秦州。（《新书·文艺传》）冬十月，发秦州，曰：我衰更懒拙，生事不自谋。无食思乐土，无衣思南州。至同谷作七歌。寓同谷不盈月，十二月一日发同谷赴剑南。"黄叔似曰："《发秦州诗》云：汉源十月交，天气如凉秋。指同谷十月，如此则去秦亦必在十月，故至寒硖有诗云：况当仲冬交，沴沴增波澜。考秦至成之界垂二百里，又七十里至成，今寒硖尚为秦地而已交十一月，则先生去秦又可知在十月之末，至同谷不及月遂入蜀，有《发同谷诗》。"案：依鲁、黄二谱则此诗当为十一月作。歌云：寒雨枯树，又云：木叶黄落，以《发秦州诗》言汉源十月交，天气如凉秋，则此歌景物与十一月正合也。《元和郡县志》："山南道成州有同谷县。"《清统志》曰："甘肃阶州：同谷故城今成县治。"○李方叔（廌）《师友记闻》曰："太白《远别离》《蜀道难》与子美《寓居同谷七歌》皆风骚极致，不在屈、宋之下。"

有客有客字子美，白头乱发垂过耳。

　　岁拾橡栗随狙公，天寒日暮山谷里。

　　中原无书归不得，手脚冻皴皮肉死。

　　呜呼一歌兮歌已哀，悲风为我从天来。

　　□浦曰："一歌，诸歌之总萃也。首句点清客字，白头肉死，所谓通局宗旨，留在末章应之。其拾橡栗则二歌之家计也，天寒山谷则五歌之流寓也，中原无书则三歌四歌之弟妹也，归不得则六歌之值乱也，结独逗一哀字悲字，则以后诸歌不复言悲哀而声声悲哀矣。"又曰："各章结句亦贴定，语不浪下。"仇曰："此章从自叙说起。"

　　《诗·周颂》曰："有客有客，亦白其马。"○蔡曰："乱一作短。"○蔡本过作两。○《列子·说符篇》曰："柱厉叔居海上，夏日则食菱芰，冬日则食橡栗。"《后汉书·李恂传》曰："时岁荒，徙居新安关下，拾橡栗以自资。"○《庄子·齐物论篇》曰："狙公赋芧。"《释文》引司马彪曰："狙公，典狙官也。"又引崔譔曰："养猨狙者也。"又引李颐曰："老狙也。"《广雅·释兽》曰："狙，猕猴。"○《说文》曰："皴，皮细起也。"○蔡曰："已一作独，天一作东。"

　　　　长镵长镵白木柄；刘须溪曰："一歌唤子美，二歌唤长镵，岂不奇崛？"我生托子以为命。李子德曰："说长镵宛如良友。"杨曰："叫得亲切。"

　　黄精无苗山云盛，短衣数挽不掩胫。

　　此时与子空归来，男呻女吟四壁静。

　　呜呼二歌兮歌始放，闾里为我色惆怅。

　　□浦曰："二歌，家计也，申拾橡栗。"又曰："闾里有相赒恤之义，故必于家计言之。"仇曰："前日悲风天助之哀，此日闾里，则人为之悯矣。"

黄山谷曰："《嵩高记》：牛山多杏，自中国丧乱，百姓资此以为命。"又曰："精一作独，黄独状如芋子，肉白皮黄，蔓延生，叶似萝摩，梁、汉人蒸食之。江东谓之土芋。"杜时可（田）曰："黄精当作黄独。谨按《神农本草》：赭魁，陶隐居云：状如小芋子，肉白皮黄，梁、汉人名为黄独，蒸食之。子美寓居成州之同谷，其地正与梁、汉接境，方艰食，餔糒不给，乃以长鑱劚黄独而食之。然是时雪盛无苗，了无所得，遂而空归，故至于男呻女吟也。"（《九家注》引）《艺苑雌黄》曰："子美诗有三春湿黄精，扫除白发黄精在之句。东坡云：诗人空腹待黄精，生事只看长柄械。（《又次前韵赠贾耘老》）则坡读杜诗亦以黄独为黄精矣。"（《渔隐丛话前集》卷五引）仇曰："公诗有别用黄精者，如《太平寺》云：三春湿黄精，《丈人山》云：扫除白发黄精在，皆托为引年而发，若此歌则专为救饥而言，当主黄独为是。"○《楚辞·离骚》洪庆善（兴祖）《补注》引《三齐记》："宁戚《饭牛歌》曰：短布单衣不及骭。"○空归来，蔡曰："空或作同，非也。"○《史记·司马相如传》曰："家居四壁立。"张上若曰："四壁静，言除呻吟外别无所有别无所闻也。既曰呻吟，又曰静，甚可思。"○蔡曰："间一作邻。"

有弟有弟在远方，三人各瘦何人强？

生别展转不相见，胡尘暗天道路长。

前飞鴐鹅后鹙鸧，杨曰："亦乐府句。"安得送我置汝旁？

呜呼三歌兮歌三发，汝归何处收兄骨？

□浦曰："三歌，悲诸弟也。申中原无书之一。"又曰："结语又翻进一层，莫说各自漂流也，汝纵得归故乡，我究不知何适。语更悽惋。"

　　蔡曰："赵傁《诗史》云：公四弟曰颖、曰观、曰丰、曰占，各在他郡，惟占从公入蜀。公剑外有《占归草堂》曰：久客应吾道，相随独尔来。"赵曰："江子说子美有四弟，此谓三弟者颖、丰、观也，一弟占随子美，其说是。"○《陈书·虞荔传》曰："时荔第二弟寄寓于闽中，依陈宝应，荔每言之辄流涕。文帝哀而谓曰：我亦有弟在远，此情甚切，他人岂知？"○《后汉书·赵孝传》曰："天下乱，人相食，孝弟礼为饿贼所得，孝自缚诣贼曰：礼久饿羸瘦，不如孝肥饱。贼大惊，并放之。"梁元帝与《武陵王书》曰："兄肥弟瘦，无复相见之期。"○《文选》乐府《饮马长城窟行》曰："他乡各异县，辗转不相见。"○蔡曰："胡尘谓禄山之乱也。"○司马长卿《上林赋》曰："连驾鹅。"○《楚辞·大招》曰："鹍鸿群晨杂鹙鸧只。"王叔师（逸）注曰："鹙鸧，秃鹙也。"○《左》僖三十二年："蹇叔曰：余收尔骨焉。"○《九家注》曰："收一作取。"

　　　　有妹有妹在锺离，良人早殁诸孤痴。
　　　　长淮浪高蛟龙怒，十年不见来何时？
　　　　扁舟欲往箭满眼，杳杳南国多旌旗。
　　　　呜呼四歌兮歌四奏，林猨为我嘷清昼。

　　□浦曰："四歌，悲寡妹也。申中原无书之二。"○李子德曰："呜咽悱恻，如闻哀弦。"

　　子美《元日寄韦氏妹诗》曰："近闻韦氏妹，迎在汉锺离。"《元和郡县志》曰："河南濠州：春秋时为锺离子之国。秦并天下，属九江郡，汉置锺离县，晋立为锺离郡。"案：唐濠州锺离郡治锺离县，今安徽凤阳县治。○《水经·淮水》注曰："东过锺离县北。"《元和志》曰："濠州锺离县：淮水在西南，自寿州流入。"○蔡曰："时一作迟。"○赵曰："浪高蛟龙怒状其路之险艰也。自荆渚以往皆谓之南国。诗云：滔滔江、汉，南国之纪。（《大雅·江汉》）《资治通鉴》（卷二百二十一）：乾元二年八月，襄州将康楚元、张嘉延据州作乱，刺史王政奔荆州。九月，张嘉延袭破荆州，荆南节度使杜鸿渐弃城走，澧、朗、郢、峡、归等州官吏闻之，争潜窜山谷。"〇《西清诗话》曰："林猿古本作竹林，乃鸟名也。尝有客自同谷来，笼一禽，大如雀，色正青，善鸣，问其名，曰此竹林也。"（《九家》、蔡笺皆引之。）《演繁露》（卷十三）曰："蔡绦以竹林为禽名，恐穿凿也。竹本非啼，诗人因其号风若哀，因谓之啼，何必有喙者而后能啼耶？"朱曰："二说皆穿凿难信，猿多夜啼，今啼清昼，极言其悲也。"

　　四山多风溪水急，寒雨飒飒枯树湿。

　　黄蒿古城云不开，白狐跳梁黄狐立。杨曰："确是谷里孤城，说得凄惨可畏。"

　　我生何为在穷谷？中夜起坐万感集。

　　呜呼五歌兮歌正长，魂招不来归故乡。

　　□浦曰："五歌，悲流寓也，申天寒山谷。"又曰："结语恰好切合流寓，古曰招魂，今曰魂招不来，翻用更深。"〇张廉卿曰："长歌当哭，可泣鬼神。"

　　蔡曰："枯树一作树枝。"〇蔡曰："同谷乃古白马之谷，二汉属武都郡，唐天宝元年更名同谷，其城皆生黄蒿，故云古城。"朱曰："蔡琰《胡笳十八拍》：塞上黄蒿兮枝枯叶干。"〇《穆天子传》（卷一）曰："天子猎于渗泽，于是得白狐玄狢焉。"《庄子·逍遥游》曰："子独不见夫狸狌乎？东西跳梁，不避高下。"〇蔡曰："黄一作玄。"〇阮嗣宗《咏怀诗》曰："中夜不能寐，起坐弹鸣琴。"蔡曰："万感集一作百忧集。"〇《楚辞·招魂》曰："魂兮归来，反故居些。"杨曰："言欲招魂同归故乡而惊魂欲散，故招之不来也。翻用更深。”

> 南有龙兮在山湫，古木巄嵸枝相樛。
> 木叶黄落龙正蛰，蝮蛇东来水上游。
> 我行怪此安敢出？拔剑欲斩且复休。
> 呜呼六歌兮歌思迟，溪壑为我回春姿。

　　□浦曰：“六歌，悲值乱也，申归不得。”又曰：“各首结句多说悲，此独言溪壑回春，为厌乱故指望太平也。”杨曰：“《匪风》《下泉》之旨。”方曰：“起托寄木叶黄落冬日愁惨之状，故望其回春姿，阳长阴消，所感者大。”

　　《九家注》引苏曰：“六歌一篇为明皇作也。明皇以至德二年至自蜀，居兴庆宫，谓之南内。明年改元乾元，时持盈公主往来宫中，李辅国常阴候其隙间之，故上元二年帝迁西内。”蔡曰：“湫音秋，龙潭也。此篇因感龙湫而托言寓意焉。”王道俊曰：“此盖咏同谷万丈潭之龙也。（《万丈潭诗》曰：‘青溪合冥冥，神物有显晦，龙依积水蟠，窟压万丈内。’祝穆《方舆胜览》曰：‘万丈潭在同谷县东南七里，俗传有龙自潭出飞。’）龙蛰而蝮蛇来游，或自伤龙蛇之混，初无切指。古人诗文取象于龙者不一，未尝专指为九五之象。郭知达引苏注云云，东坡必无是言。”（《博议》）浦曰：“伪苏注以龙喻明皇在南内，《博议》非之，谓咏万丈潭之龙。愚按：牵扯玄、肃父子固为不伦，泛咏龙湫更没交涉。七歌总是身世之感，何容无慨世一诗？值乱乃作客之由也，不敢斥言五位，故借南湫之龙为比。龙在山湫，君当厄运也；枝樛龙蛰，干戈森扰也；蝮蛇东来，史孽寇偪也；我安敢出，所以远避也；欲斩且休，力不能殄也，是皆不得归之故也。”○《诗·南有樛木》，毛传曰：“木下曲曰樛。”《楚辞·招隐士》曰：“桂树丛生兮山之幽，偃蹇连蜷兮枝相樛。山气巄嵸兮石嵯峨。"《文选·上林赋》曰："嵸崔嵬。"郭璞注曰："皆高峻貌也。"○蝮蛇见卷一《有怀台州郑司户》注。○《史记·高祖本纪》曰："高祖被酒，夜径泽中，令一人行前，行前者还报曰：前有大蛇当径。高祖乃前拔剑击斩蛇。"○蔡曰："歌思迟一作怨迟迟。"

男儿生不成名身已老，三年饥走荒山道。

长安卿相多少年，富贵应须致身早。杨曰："有激之言。"

山中儒生旧相识，但话宿昔伤怀抱。

呜呼七歌兮悄终曲，仰视皇天白日速。

□浦曰："七歌仍收到穷老作客之感，与首章白头乱发冻皴肉死相呼应，是为收结之体。"又曰："结语有汲汲顾影之意。"○方曰："凄凉沉郁，令人不忍卒读。"吴曰："此诗佳处全在神韵之哀壮激烈，足以震撼天地，跨跞古今。"

蔡曰："自丁酉至德二载至乾元二年为三年。"《九家注》曰："三一作十。"○蔡曰："肃宗中兴，所用皆后生晚进之人，勋旧如郭子仪尚见龃龉，其他可知也。"○《左》襄二十九年曰："季札见子产如旧相识。"浦曰："时亦有旧交寓同谷者，晚年《长沙送李十一衔》云：与子避地西康州，亦一证也。西康即同谷。"○《楚辞·九辩》曰："皇天平分四时兮。"又曰："去白日之昭昭兮。"

刘金门（凤诰）曰："有客有客字子美，以寓居同谷自称有客，用《白马诗》。二章呼长镵已奇，下云托子以为命，与子空归来，乃至呼镵为子，更奇。然亦本搴兮搴兮风其吹女之意。末七用呜呼，自一歌至七歌，仿张衡《四愁诗》一思曰至四思曰之例，其句调则蔡女笳一会兮琴一拍之遗也。"（《工部诗话》）

杜鹃行

　　胡元任曰："《蔡宽夫诗话》云：愁思忽而至，跨马出北门。举头四顾望，但见松柏荆棘郁樽樽。中有一鸟名杜鹃，言是古时蜀帝魂。声声哀苦鸣不息，羽毛憔悴似人髡。飞走树间逐虫蚁，岂意往日天子尊。念此死生变化非常理，中心恻怆不能言。此鲍明远诗也。(《拟行路难》十九首之第七首) 与子美《杜鹃行》语意极相类。或云子美此诗为明皇作，理宜当然。"(《渔隐丛话前集》卷七) 黄叔似曰："上元元年七月，李辅国迁上皇，高力士及旧宫人皆不得留，寻置如仙媛于归州，出玉真公主居玉真观，上皇不怿，寖成疾。诗曰：虽同君臣有旧礼，骨肉满眼身羁孤。盖谓此也。"

　　　　君不见昔日蜀天子，化为杜鹃似老乌！
　　　　寄巢生子不自啄，群鸟至今与哺雏。
　　　　虽同君臣有旧礼，骨肉满眼身羁孤。吴曰："沉痛迫切之音。"○以上喻其失位。
　　　　业工窜伏深树里，四月五月偏号呼。
　　　　其声哀痛口流血，所诉何事常区区。
　　　　尔岂摧残始发愤，羞带羽翮伤形愚。以上悲其哀鸣。
　　　　苍天变化谁料得？万事反覆何所无！
　　　　万事反复何所无，岂忆当殿群臣趋！仇曰："末致感慨悲痛之意。"
　　□吴曰："苍凉沉痛。"

　　扬子云《蜀王本纪》曰："有一男子名曰杜宇，从天堕止朱提，自立为蜀王，号曰望帝，治汶山下邑郫。望帝积百馀岁，荆有一人名鳖灵，其尸亡去，荆人求之不得，鳖灵尸至蜀复生，蜀王以为相。时玉山出水，望帝不能治水，使鳖灵决玉山，民得陆处。鳖灵治水去后，望帝与其妻通，自以德薄不如鳖灵，委国授鳖灵而去。（《御览·州郡部》十二、《妖异部》四引）望帝去时，子巂鸣，故蜀人悲子巂鸣而思望帝。"（《羽族部》四引）《华阳国志·蜀志》及《水经·江水》注引来敏《本蜀论》大略同。《说文·隹部》巂下曰："一曰蜀王望帝淫其相妻，惭亡去为子巂鸟，故蜀人闻子巂鸣皆起，曰是望帝也。"又见《蜀都赋》刘渊林注引《蜀记》。（已见李太白《蜀道难》注）蔡笺引《华阳风俗录》曰："鸟有杜鹃者，其大如鹊而羽乌，声哀而吻有血。"又引《成都记》曰："望帝死，其魂化为鸟，名曰杜鹃，亦曰子规。又云：杜宇禅位于开明。（鳖灵号曰开明。）升西山隐焉。时适三月，子规鸟鸣，故蜀人悲子规鸟。"《广雅·释鸟》曰："鹈鹕，鹧鸪，子巂也。"案：子巂、子巂、子规、子巂〔巂〕并同，其异文异名甚多，详见王怀祖《广雅疏证》。○蔡曰："《博物志》：杜鹃生子，寄之他巢，百鸟为饲之。"步瀛案：群鸟与哺雏者喻佐肃宗中兴之臣，皆玄宗所拔擢者，讥肃宗蒙玄宗之荫而子职有亏也。葛常之《韵语阳秋》（卷十六）谓以哺雏之鸟讥当时之臣不能奉其君，曾百鸟之不若也，恐非是。○《尔雅翼·释鸟》曰："子巂出蜀中，今所在有之，其大如鸠。以春分先鸣，至夏尤甚，日夜号深林中，口为流血，至章陆子熟乃止，农家候之。"

　　卢元昌曰："蜀天子虽指望帝，实言明皇幸蜀也。禅位以后，身等寄巢矣。劫迁之时，辅国执鞚，将士拜呼，虽存君臣旧礼，而如仙、玉真一时并斥，满眼骨肉俱散矣。移居西内，父子睽离，此羁孤深树也。罢玄礼，流力士，彻卫兵，此摧残羽翮也。上皇不茹荤，致辟谷成疾，即哀痛发愤也，当殿群趋，至此不复可见矣。此诗托讽显然。"

戏题王宰画山水图歌

《历代名画记》（卷十）曰："王宰，蜀中人，多画蜀山，玲珑窳窆，巉嵯巧峭。"○胡元任曰："予读《益州画记》云：王宰，大历中家于蜀川，能画山水，意出象外，老杜与宰同时，此歌又居成都时作。"（《渔隐丛话前集》卷八）

十日画一水，五日画一石。

能事不受相促迫，王宰始肯留真迹。杨曰："起便奇崛。"吴曰："精绝语，非大家不能道出。"又曰："第四句倒落王宰。"

壮哉昆仑方壶图，挂君高堂之素壁。

巴陵洞庭日本东，吴云："取境弘远。"赤岸水与银河通。

中有云气随飞龙。

舟人渔子入浦溆，山木尽亚洪涛风。浦曰："写水势兼带风势，笔墨生动。"吴曰："文亦瑰玮俶诡，不可方物。"

尤工远势古莫比，咫尺应须论万里。吴曰："公诗往往咫尺中具万里之势，此自道所得也。"

焉得并州快剪刀，翦取吴淞半江水！杨曰："末带戏意。"吴曰："更以奇想作收。"

《海内西经》曰："帝之下都昆仑之墟，方八百里，高万仞。"○《列子·汤问篇》曰："勃海之东，有大壑焉。其中有五山：一曰岱舆，二曰员峤，三曰方壶，四曰瀛州，五曰蓬莱。"○《中山经》郭注曰："长沙巴陵县西有洞庭陂潜伏通江。"馀见卷一韩退之《岳阳楼与窦司直别诗》注。○《旧唐书·东夷传》曰："日本国或名倭国，自恶其名不雅，改为日本。"○《文选》

枚乘《七发》曰："凌赤岸。"李善注引山谦之《南徐州记》曰：
"京江，《禹贡》北江，春秋分朔辄有大涛至江乘北，激赤岸，尤
更迅猛。"《清统志》曰："江苏江宁府：赤岸山在六合县东南四
十里。"○《博物志》（卷三）曰："旧说云：天河与海通。"江总
持《内殿赋新诗》曰："织女今夕渡银河。"○浦溆已见卷一储光
羲诗注。○《庄子·逍遥游》曰："藐姑射之山有神人焉，乘云
气，御飞龙，而游乎四海之外。"○杨西河曰："言风涌洪涛而山
木皆为之低亚。"○《南史·齐武帝诸子传》："竟陵王子良，子
良子昭胄，昭胄子贲能书善画，于扇上图山水，咫尺之内便觉万
里为遥。"○《元和郡县志》曰："苏州吴县：淞江在县南五十
里，经昆山入海。"《清统志》曰："松江府：松江源出苏州府之
太湖，自昆山县东南流入，经青浦县北二十里，北与太仓州嘉定
县接界。又东经上海县北与黄浦江合，又东入海，曰吴淞海口。"
○《续汉书·郡国志》："太原郡属并州，唐属河东道。《唐六典》
（卷三）：河东道入贡之下又举太原钢铁。则当时并州翦刀之利可
知也。

茅屋为秋风所破歌

八月秋高风怒号，卷我屋上三重茅。
茅飞渡江洒江郊，高者挂罥长林梢，
下者飘转沉塘坳。*仇曰："此记风狂而屋破也。"*
南村群童欺我老无力，忍能对面为盗贼。
公然抱茅入竹去，唇焦口燥呼不得，*仇曰："此叹*
恶少陵侮之状。" 归来倚杖自叹息。
俄顷风定云墨色，秋天漠漠向昏黑。
布衾多年冷似铁，娇儿恶卧踏里裂。
床床屋漏无干处，雨脚如麻未断绝。

自经丧乱少睡眠，长夜沾湿何由彻？仇曰："此伤夜雨侵迫之苦。"

安得广厦千万间，蒋曰："若再加叹息，不成文矣。妙竟推开自家向大处作结。"大庇天下寒士俱欢颜，风雨不动安如山。

呜呼！何时眼前突兀见此屋？

吾庐独破受冻死亦足！杨曰："一笔兜转本位，其疾如风。"

□张廉卿曰："沉雄壮阔，奇警变化，此老独擅。"

《庄子·齐物论》曰："夫大块噫气，其名曰风。是唯无作，作则万窍怒号。"○赵曰："洒字，《西都赋》风毛雨血洒野蔽天之洒，一作满，非是。"○《文选·芜城赋》李善注曰："罥，挂也。"○《庄子·逍遥游》曰："覆杯水于坳堂之上。"《释文》引支遁曰："谓有坳垤形也。"○赵曰："《韩诗外传》（卷一）："干喉焦唇，仰天而叹。"曹子建《善哉行》曰："来日大难，口燥唇干。"○《九家注》本床床作床头。○《齐民要术》（卷二）曰："胡麻种欲截雨脚。"○仇曰："彻乃彻晓，即达旦之义。"

赵曰："安得广厦五句，公之用心有一夫不获若己推而纳诸沟中。白乐天诗：我有布裘长万丈，与君同盖洛阳城。（《新制绫袄成感而有咏》）盖亦有志衣被天下者。然近乎戏语，岂有万丈之裘乎？（案：此语殊泥。）若公言千万间之广厦，则其言信而有征。"

冬狩行

鲁季钦曰："时梓州刺史章彝兼侍御史留守东川。"蔡曰："章彝大阅东川，甫以此诗讽其多杀，仍勉其攘夷狄以安王室也。"黄叔似曰："当是广德元年冬梓州作。是年十月，代宗幸陕，故云天子不在咸阳宫。"

君不见东川节度兵马雄，校猎亦似观成功！杨曰："观成功三字便含末意。"吴曰："微词。"

夜发猛士三千人，清晨合围步骤同。

禽兽已毙十七八，杀声落日回苍穹。

幕前生致九青兕，骈驼臝茝垂玄熊。

东西南北百里间，髣髴蹴踏寒山空。以上叙校猎杀获之多。

有鸟名鹡鸰，力不能高飞逐走蓬。

肉味不足登鼎俎，何为见羁虞罗中？王嗣奭曰："百里山空，已无剩语，忽入鹡鸰，法奇而意足。"杨曰："亦是借言取此无益之物不如乘时以建大功也。"吴曰："文外曲致以寓微意。"

春蒐冬狩侯得同。使君五马一马骢。

况今摄行大将权，号令颇有前贤风。杨曰："赞语分寸。"○浦曰："四句上下关组，以蒐狩了上，以将权起下。"

飘然时危一老翁，杨曰："接入突兀。"十年厌见旌旗红。

喜君士卒甚整肃，为我回辔擒西戎。

草中狐兔尽何益？天子不在咸阳宫。

朝廷虽无幽王祸，得不哀痛尘再蒙？

呜呼！得不哀痛尘再蒙！杨曰："复句尤痛切。"

□浦曰："后九句借军容以讽勤王，是本旨。老翁厌见插入自己，生动。甚整肃应前步骤号令，草中句搬开前幅，不在咸阳点醒主脑，结用复笔大声疾呼。"方曰："'飘然'以下一段转笔如虎，入自己作议托谕，讽谏高速，此作诗归宿。"○张上若曰："以流寓一老正词督强镇为敌忾勤王之举，真过人胆力，真有用文章。"沈曰："言当敌忾勤王，不宜以校猎自夸威武也。大声疾呼，鬼神欲泣。"

黄曰："《旧唐书·地理志》：剑南东川节度使治梓州，管梓、绵、普、陵、遂、合、泸、渝等州。又考《会要》（卷七十八），上元二年二月，分为两川。广德二年正月，复合为一道。则知广德元年冬宜有东川节度也。"○《汉书·司马相如传》颜注曰："校猎者以木相贯穿为阑校，遮止禽兽而猎取之。"○仇曰："观成功谓兵马雄壮似凯旋奏功，步骤同谓进止齐习，无先后参差。"○《礼记·王制》曰："天子不合围。"郑注曰："为尽物也。"○张平子《西京赋》曰："白日未及移其晷，已狝其什七八。"○蔡曰："苍天以仁为主，而为之变其色，盖伤杀气之盛也。"（仇注引金氏谓暗用鲁阳挥戈返日，恐非。）○《楚辞·招魂》曰："君王亲射兮殚青兕。"《尔雅·释兽》郭注曰："兕一角青色，重千斤。"○蔡曰："駝駞有肉鞍，行百里，负千斤。罍，落猥切；罍，五毁切。罍罍，高貌。"朱曰："駝駞即骆驼，亦作橐驼。"《鲁灵光殿赋》："玄熊甜欸以断断。"○扬子云《羽猎赋》曰："羡漫半散，萧条数千里外。"又曰："东西南北，骋耆奔欲。"○《左》昭二十五年："有鹳鹆来巢。"师已曰："吾闻文、武之世童谣有之，曰：鹳之鹆之，公出辱之。"案：师已引童谣以为昭公出亡之兆，此殆借以伏下天子蒙尘之意。○《左》隐五年："臧僖伯曰：鸟兽之肉不登于俎，则公不射。"祢正平《鹦鹉赋》曰："恃陋体之腥臊，亦何劳于鼎俎？"○虞罗见卷一陈伯玉诗注。○《左》隐五年："臧僖伯曰：春蒐夏苗，秋狝冬狩，皆于农隙，以讲事也。"赵曰："《周礼》：春蒐夏苗，秋狝冬狩（《夏官·大司马》），本天子之事，而诸侯同之，故云侯得同。"（仇本同作用，云叶以中切，乃后人妄改。）○胡元任曰：《遁斋闲览》云：世谓太守为五马。庞几先云：古乘驷马车，至汉时太守出则增一马，事见《汉官仪》也。《学林新编》云：古《陌上桑》《罗敷行》曰：使君从南来，五马立踟蹰。子美诗用五马甚多，注诗者引《陌上桑》五马以释之，非也。案：《陌上桑》亦用五马为使君事者也。说者谓《汉官仪》朝臣出使以四马，太守加一马为五马。《苕溪渔隐》曰："五马事当以《遁斋》《学林》二说出《汉官仪》者为是。《后汉书·桓典传》曰："典为侍御史，执政无所回避，常乘骢马，京师畏惮，为之语曰：行行且止，避骢马御史。"（《渔隐丛话前集》卷六）蔡曰："使君五马指章彝之为太守，一马骢谓其兼侍御史也。"〇朱曰："大将权言留后东川。"〇蔡曰："老翁，甫自谓也，西戎谓吐蕃也。"〇黄曰："自天宝十四年至此已经九年，云十年者，举成数也。"又曰："天宝九载五月，诸卫与诸节度所用绯色旗旛并改为赤，故诸将诗云：曾闪朱旗北斗殿。"〇《旧唐书·代宗纪》曰："宝应二年秋七月，改元广德，是月，吐蕃大寇河陇，盗有陇右之地。九月己丑，吐蕃寇泾州，刺史高晖以城降，因为吐蕃乡导。冬十月辛未，高晖引吐蕃犯京畿，寇奉天、武功、盩厔等县，蕃军自司竹园渡渭，循南山而东。丙子，驾幸陕州。戊寅，吐蕃入京师。辛巳，车驾至陕州。"〇《史记·周本纪》曰："申侯与犬戎杀幽王于骊山之下。"〇《左》僖二十四年："冬，王使来告难。臧文仲对曰：天子蒙尘于外，敢不奔问官守？"蔡曰："时朝廷出幸，虽不至如幽王为犬戎攻于骊山，然玄宗以禄山之祸已蒙尘而幸蜀，今代宗又以吐蕃之故蒙尘而幸陕，暴露于外，此亦臣子之所宜痛心也。时代宗在陕，诏征天下兵，而程元振用事，媒蘖大臣，皆疑惧不进，天下无一人应召者，故甫感激之。"

桃竹杖引赠章留后

《尔雅·释草》曰："桃枝四寸有节。"《山海经·西山经》嶓冢之山，《中山经》骄山、高梁之山、龙山，并云多桃枝。戴凯之《竹谱》曰："桃枝皮赤，编之滑劲可以为席。《顾命

篇》所谓篾席者也。"《文选·蜀都赋》曰:"灵寿桃枝。"刘渊
林注曰:"桃枝,竹属也,出垫江县,可以为杖。"朱曰:"此
诗盖借竹杖规章留后也。以踊跃为龙戒之,又以忽失双杖危
之,其微旨可见。"

江心蟠石生桃竹,苍波喷浸尺度足,
斩根削皮如紫玉。
江妃水仙惜不得。
梓潼使君开一束,满堂宾客皆叹息。先言竹杖之
可珍。
怜我老病赠两茎,出入爪甲铿有声。
老夫复欲东南征,乘涛鼓枻白帝城。
路幽必为鬼神夺;拔剑或与蛟龙争。仇曰:"此喜
得竹杖而深加爱护。"
重为告曰:杖兮杖兮!
尔之生也甚正直,慎勿见水踊跃学变化为龙。
使我不得尔之扶持,灭迹于君山湖上之青峰。
噫!风尘澒洞兮豺虎咬人,忽失双杖兮吾将曷从?

□黄白山曰:"前是作主人语,后是对杖语,故对一转用重为告
曰字,盖诗之变调,而其源出于骚赋者也。后段亦非告杖,暗讽朋
友之不可倚杖者耳。"浦曰:"《同游山寺诗》云:穷子失净处,高人
忧祸胎。章似有不臣心迹,此云慎勿学变化为龙,讽意正同。"○杨
曰:"长短句公集中仅见,字字腾跃,亦是有意出奇。"

朱曰:"尺度足,言中杖之尺度也。《北史·杨津传》:受绢
依公尺度。"○《列仙传》曰:"江妃二女出游于江、汉之湄。"
《楚辞·远游》曰:"舞冯夷。"王逸注曰:"冯夷,水仙人。"郭

景纯《江赋》曰："冯夷倚浪以傲睨，江妃含嚬而绵眇。"蔡曰："惜不得言桃竹多为人所取也。"○蔡曰："使君指章彝也。彝时为梓州刺史，兼权东川节度。"黄叔似曰："梓州为梓潼郡，以东倚梓林西枕潼水也。"○仇曰："铿有声，明其坚劲，东南征，将适吴、楚也。拔剑卫杖，用澹台子羽拔剑碎璧事。"○《楚辞·渔父》曰："鼓枻而去。"王逸注曰："叩船舷也。"○《华阳国志·巴志》曰："鱼复县郡治，公孙述更名白帝。"《水经·江水》注曰："江水又东迳鱼复县故城南，故鱼国也。公孙述名之为白帝，取其王色。山城周迥二百八十步。"《清统志》曰："四川夔州府：白帝故城在奉节县东，公孙述所筑。"○《博物志》（卷七）曰："澹台子羽渡河，赍千金之璧，河伯欲之，至阳侯波起，两蛟挟船，子羽左操璧，右操剑击蛟皆死，既渡，三投璧于河伯，河伯跃而归之，子羽毁璧而去。"又《吕氏春秋·知分篇》曰："荆有次非者，得宝剑于干遂，还反涉江，至于中流，有两蛟夹绕其船，于是赴江刺蛟杀之，而复上船，舟中之人皆得活。"○《后汉书·方术·费长房传》曰："长房辞归，翁（壶公）与一竹杖曰：骑此任所之则自至矣。既至可以杖投葛陂中也。长房乘杖，须臾来归，即以杖投陂，顾视则龙也。"又见《神仙传》（卷五）。○《博物志》（卷六）曰："洞庭君山，帝之二女居之，曰湘夫人。"又《荆州图经》曰："湘君所游，故曰君山也。"《水经·湘水》注曰："洞庭湖中有君山。"《清统志》曰："湖南岳州府：君山在巴陵县（今改岳阳县）西南洞庭湖中，一名湘山。"○湏洞见卷一《奉先咏怀诗》注。

丹青引赠曹将军霸

《历代名画记》（卷九）曰："曹霸，魏曹髦之后，髦画称于后代。霸在开元中已得名，天宝末，每诏写御马及功臣，至左武卫将军。"○赠曹将军霸五字，本亦作注。

将军魏武之子孙，杨曰："起得苍莽。"于今为庶为清门。

英雄割据虽已矣，文采风流今尚存。方曰："起势飘忽，似从天外来。第三句宕势，此是加倍写法。四句合乃不直率。"吴曰："起四句跌宕入妙。"○浦曰："起四句两层抑扬，于今为庶照到末段飘泊穷途，文采尚存照起中段奉诏作画。"

学书初学卫夫人，但恨无过王右军。

丹青不知老将至，富贵于我如浮云。仇曰："首叙曹霸家世及书画能事。"浦曰："学书二句乃陪笔，丹青二句乃点笔。"方曰："学书一衬就势一放，不至短促，丹青句点题，富贵句顿住伏收意。"○丹青二句，杨曰："用经入妙。"案：前人有谓作诗戒用经语，恐其陈腐也，此二句令人忘其为用经者，全在笔妙。

开元之中尝引见，承恩数上南薰殿。

凌烟功臣少颜色，将军下笔开生面。

良相头上进贤冠；猛士腰间大羽箭。

褒公鄂公毛髪动，英姿飒爽来酣战。方曰："凌烟句又衬良相二句，所谓放之中能字字留住，不尔便直率。褒公二句于他人极忙中偏能闲雅从容，真大手笔。"吴曰："此皆义所应耳，非故作闲态。"

先帝天马玉花骢，画工如山貌不同。方曰："叙事未了，忽入议论，牵扯之妙，太史公文法。"

是日牵来赤墀下，迥立闾阖生长风。二句写真马何等气魄。

诏谓将军拂绢素，意匠惨澹经营中。

斯须九重真龙出，一洗万古凡马空。二句写画马，何等抱负。方曰："诏谓以下磊落跌宕，有文外远致。"

玉花却在御榻上，榻上庭前屹相向。浦曰："榻上是貌得者，庭前是牵来者，写出生色。"○二句真马画马合写，何等精灵！

至尊含笑催赐金，圉人太仆皆惆怅。申凫盟曰："讶其画之似真耳，非讶赐金也。"方曰："玉花句转峡停蓄，圉人句顿住。"○此段叙奉诏画马。张廉卿曰："纯从空处摹写，所以入神。"

弟子韩幹早入室，亦能画马穷殊相。

幹惟画肉不画骨，忍使骅骝气凋丧。仇曰："此申言画马贵重，名手无能及者。"杨曰："反衬霸之尽善，非必贬幹也。"方曰："弟子句又一波澜奇妙，幹惟句夹议。"

将军善画盖有神，必逢佳士亦写真。

即今飘泊干戈际，屡貌寻常行路人。杨曰："与凌烟功臣对。"

途穷反遭俗眼白，世上未有如公贫。

但看古来盛名下，终日坎壈缠其身。杨曰："隐为自家呜咽。"

□浦曰："末段善画句总笔束前，佳士句补笔引下，其前只铺排奉诏所作者，正与貌寻常相照，见今昔异时，喧寂顿判，此则赠曹感遇本旨也。结联又推开作结譬语，而寄慨转深，此段极言其衰，与篇首于今为庶应。"方曰："将军以下咏叹收，如水入峡，回风助澜。"○张悌庵曰："此太史公列传也。多少事实，多少议论，多少顿挫，俱在尺幅中。章法跌宕纵横，如神龙在霄，变化不可方物。"方曰："此与《曹将军画马图》有起有讫，波澜明画，轨度可寻，而其妙处在神来气来，纸上起棱。凡诗文之妙者无不起棱，有浆汁，有兴象。不然，非神品也。"

《三国志·魏书·武帝纪》曰："太祖武皇帝，沛国谯人也。

姓曹，讳操，汉相国参之后。"《三少帝纪》曰："高贵乡公髦，字彦士，文帝孙东海定王霖子也。"○《左》昭三十二年曰："三后之姓，于今为庶。"蔡曰："霸乃操之后，其门第最清高。玄宗末年得罪，削籍为庶人。"○《汉书·叙传》曰："割据河山。"○今尚存，蔡注本今作犹。○《法书要录》（卷一）载传授笔法人名曰："蔡邕受于神人而传之崔瑗及女文姬，文姬传之钟繇，钟繇传之卫夫人，卫夫人传之王羲之。"又（卷八）引《书断》曰："卫夫人名铄，字茂猗，廷尉展之女弟，恒之从女，汝阴太守李矩之妻也，隶书尤善规矩。永和五年卒，年七十八。子克为中书郎，亦工书。"《书史会要》曰："王旷，导从弟，与卫世为中表，故得蔡邕书法于卫夫人，以授子羲之。"○《晋书·王羲之传》曰："字逸少，善隶书，为古今之冠。为右军将军，会稽内史。"○《论语·述而篇》曰："不义而富且贵，于我如浮云。"○《汉书·王商传》曰："引见白虎殿。"○《唐六典》（卷七）曰："兴庆宫在皇城之东南，宫之西曰兴庆门，其内曰兴庆殿，南走龙池曰瀛洲门，内曰南薰殿。"《长安志》（卷九）曰："南内兴庆宫，宫内正殿曰兴庆殿，前有瀛洲门，内有南薰殿，北有龙池。"○《新唐书·太宗纪》曰："贞观十七年二月戊申，图功臣于凌烟阁。"《唐会要》（卷四十五）曰："贞观十七年二月二十八日诏：自古皇王，褒崇勋德，既勒名于钟鼎，又图形于丹青。司徒赵国公无忌等二十四人，可并图画于凌烟阁。"《历代名画记》（卷九）曰："阎立本，贞观十七年诏画凌烟阁功臣二十四人图，上自为赞。"《玉海》（一百六十三）《宫室》引韦述《两京记》曰："太极宫中有凌烟阁，在凝阴殿内，功臣阁在凌烟阁南。"又引《五代会要》曰："阁在西内三清殿侧，画像皆北向，阁有隔，隔内北面写功高宰辅，南面写功高诸侯王，隔外次第图画功臣题赞。"赵曰："贞观中，太宗画李靖等（案依《唐会要》李靖在第八，当云长孙无忌等。）二十四人于凌烟阁，至开元时颜色已暗，而曹将军重为之画，故云开生面。盖因《左氏》狄人归先轸之元面如生也。"（僖三十三年）○《续汉书·舆服志》曰："进贤冠，古缁布冠也，文儒者之服。"○《酉阳杂俎》（卷一）曰："太宗好用四羽大笴长箭，尝一射洞门阖。"蔡曰："太宗尝自制长弓大羽箭，皆倍常制，以旌武功。"○《旧唐书·尉迟敬德传》曰："朔州善阳人，赐爵吴国公，改封鄂国公，与长孙无忌等二十四人图形于凌烟阁。"《段志玄传》曰："齐州临淄人也。封樊国公，改封褒国公。（案《唐会要》：凌烟阁功臣，敬德第七，志玄第十。）黄白山曰："于功臣但言褒、鄂，举二公以见其馀，想画此尤生动耳。"○《史记·大宛传》曰："马汗血，其先天马子也。"○《明皇杂录》曰："上所乘马有玉花骢，照夜白，封泰山回，令陈闳图之。"○貌字音义已见《奉先刘少府画障歌》注。○《汉书·梅福传》："福上书曰：愿壹登文石之陛，涉赤墀之涂。"注引应劭曰："以丹淹泥涂殿上也。"《后汉书·班固传·两都赋》注曰："墀，殿上地也。"○《说文》曰："闉，天门也。楚人名门曰闉阖。"《周礼·春官·保章氏》贾疏引《春秋考异邮》曰："兑为闉阖风。"○陆士衡《文赋》曰："意司契而为匠。"《古画品录》曰："画有六法，五经营位置是也。"○斯须见《哀王孙》注。○九重见卷一苏子瞻《寒食雨》第二首注。又《楚辞·天问》曰："圜则九重。"○《抱朴子·吴失篇》曰："凡马野鹰本实一类。"○《周礼·夏官》：圉师，掌教圉人养马。圉人，掌养马刍牧之事，以役圉师。大仆，王出则自左驭而前驱。《汉书·百官公卿表》曰："大仆，秦官，掌舆马。"○《酉阳杂俎》曰："韩幹，蓝田人。少时常为酒家送酒，王右丞兄弟未遇，每赊酒漫游，幹尝征债于王家，戏画地为人马，右丞精思丹青，奇其意趣，乃岁与钱二万，令幹画十馀年。"（见《长安志》卷九引）《历代名画记》（卷九）曰："韩幹，大梁人。王右丞维见其画，遂推奖之，官至太府寺丞。善写貌人物，尤工鞍马。初师曹霸，后自独擅。玄宗好大马，御厩至四十万，遂有沛艾大马。天下一统，西域大宛岁有来献，诏于北地置群牧，筋骨行步久而方全，调习之能，逸异并至。骨力追风，毛彩照地，不可名状，号木槽马。圣人舒身安神，如据床榻，是知异于古马也。时主好艺，韩君间生，遂命悉图其骏，则有玉花骢、照夜白等。时岐、薛、宁、申王厩中皆有善马，幹并图之，遂为古今独步。"《唐朝名画录》曰："韩幹，京兆人也。天宝中召入供奉，上令师陈闳画马，帝怪其不同，因诘之，奏云：臣自有师，陛下内厩之马皆臣之师也。上甚异之。"○《论语·先进篇》："子曰：由也升堂矣，未入于室也。"《法言·吾子篇》曰："如孔氏之门用赋也，则贾谊升堂，相如入室矣。"《荀子·性恶篇》曰："骅骝、骐骥、纤离、绿耳，此皆古之良马也。"又见《天育骠骑歌》注。○《晋书·文苑传》曰："顾恺之每画人成，或数年不点目精，人问其故，答曰：四体妍蚩本无阙少，于妙处传神写照，正在阿堵中。"○写真已见《天育骠骑歌》注。○穷途见《寒食雨》第二首注。又《晋书·阮籍传》曰："籍又能为青白眼，见礼俗之士以白眼对之。"○《后汉书·黄琼传》："李固以书遗之曰：盛名之下，其实难副。"○《楚辞·九辩》曰："坎廪兮贫士失职而志不平。"王注曰："数遭患祸，身困极也。"《文选》五臣本廪作壈，字同。许彦周《诗话》曰："老杜作《曹将军丹青引》云：一洗万古凡马空。东坡《观吴道子画壁诗》云：笔所未到气已吞。吾不得见其画矣，此两句二公之诗各可以当之。"

韦讽录事宅观曹将军画马图

黄叔似曰："诗云金粟堆龙媒去，当是葬明皇后作。必广德二年公再到成都时也。韦讽为阆州从事，讽之居在成都。"○《唐六典》（卷三十）曰："上州录事参军事一人，从七品上，（《新唐书·地理志》阆州为上州。）掌付事句稽，省署钞目，纠正非违，监守符印。"○朱曰："曹将军九马图后藏长安薛绍彭家，苏子瞻作赞。"○《文苑英华》图下有歌字，黄补注本有引字。

国初已来画鞍马，神妙独数江都王。

将军得名三十载，人间又见真乘黄。仇曰："首叙曹将军以江都王作陪。"方曰："起本是叙题，却用人衬起，此法常用乃定法。"

曾貌先帝照夜白，杨曰："此处早伏末段意。"龙池十日飞霹雳。杨曰："奇句。"

内府殷红玛瑙盘，婕妤传诏才人索。

盘赐将军拜舞归，轻纨细绮相追飞。

贵戚权门得笔迹，始觉屏障生光辉。浦曰："八句言皇情好画，贵臣争效，此以将军所画他马作衬。"

昔日太宗拳毛䯄，杨曰："接笔陡健。"吴曰："入题特不平叙。"近时郭家师子花。

今之画图有二马，复令识者久叹嗟。

此皆骑战一敌万，缟素漠漠开风沙。

其馀七匹亦殊绝，杨曰："九马叙得错综。"迥若寒空动烟雪。

霜蹄蹴踏长楸间，马官厮养森成列。

可怜九马争神骏，顾视清高气深稳。

借问苦心爱者谁？后有韦讽前支遁。刘须溪曰："以主人对支遁，豪气横出。"○浦曰："此乃本题，九马图正文另叙两匹，补写七匹，总束九匹，极错综中却极整饬，带韦讽不漏。"方曰："收束点题，又衬赏者，手法极奇，所谓文外远致。”

> 忆昔巡幸新丰宫，翠华拂天来向东。
>
> 腾骧磊落三万匹，皆与此图筋骨同。
>
> 自从献宝朝河宗，无复射蛟江水中。
>
> 君不见金粟堆前松柏里，龙媒去尽鸟呼风！

□沈曰：“因画马说到真马，因真马说到天子巡幸，故君之思，惓惓不忘，此题后拓开一步法。”方曰：“忆昔以下如水过峡，大感慨作结，翠华句全衬腾骧句，打合一笔，收句挽三万匹，凄凉无限。”○《诗醇》评曰：“苍莽历落中，法律深细，前从照夜白叙入，即伏末段感慨。中间错综九马，文势跌宕，可谓毫发无遗憾，波澜独老成矣。七古至于老杜，浩浩落落，独往独来，神龙在霄，连蜷变化，不可方物，天马行空，脱去羁靮，足以横睨一世，独有千古。”杨曰：“此与前篇俱极沉郁顿挫，尤须玩其结构之妙，将江都王衬出曹霸，又将支遁衬出韦讽，便增两人多少身分。本画九马，先从照夜白说来，详其宠赐之出，本结九马，却想到三万匹去，不胜龙媒之悲，前后波澜亦阔。中叙九马，先将拳毛、狮子二马拈出，另叙次及七马，然后将九马并说，妙在一气浑雄，了不著迹，真属化工之笔。”张廉卿曰：“放恣纵横，离合变化，不主故常，惟太史公文有此耳。”○案：本题正面是画马九匹，却先从一马引起，特出两马，又出七马，而本题九马已全，忽从九马引出三万匹马，奇幻极矣。忽又扫去一马不留，但就叙马一端而言，已觉变化万千，无从捉控，叹观止矣。

《历代名画记》（卷十）曰：“江都王绪，霍王元轨之子，太宗皇帝犹子也。多才艺，善书画，鞍马擅名。垂拱中官至金州刺史。”《唐朝名画录》曰：“江都王善画雀蝉驴子，应制明皇《潞府九十瑞应图》实造神极妙。”○黄叔似曰：“三，樊作四。”○乘黄见《瘦马行》注。《广川画跋》曰：“乘黄状如狐，背有角，霸所画马未尝如此，特论其神骏耳。"○《画鉴》曰："曹霸人马图，红衣美髯奚官牵玉面骍，绿衣阉官牵照夜白。"○《唐六典》（卷七）曰："兴庆宫在皇城之东南。"原注曰："即今上（玄宗）龙潜旧宅也。初上居此第，其里名协圣讳，所居宅之东有旧井，忽涌为小池，周袤才数尺，常有云气，或见黄龙出其中。至景龙中潜复出水，其沼浸广，时即连合为一，未半岁而里中人悉移居，遂鸿洞为龙池焉。"○朱曰："飞霹雳言霸画逼真龙马，故能感动龙池之龙随风雷而至也。"○《左》成二年杜注曰："殷音近烟，今人谓赤黑为殷色。"○《证类本草》（卷四）曰："马瑙，赤烂红色，似马脑，亦美石之类，重宝也。"○《唐六典》（十二）曰："内官六仪六人，正二品。"原注曰："《周官》九嫔之位也，汉初无闻，至武帝始制婕妤、娙娥、容华、充衣，数不至九，其位在嫔后。隋氏因《周官》尽立其名秩，皇朝因之。今上改制六仪之位以备其职焉。"《新唐书·百官志》曰："唐因隋制，婕妤九人，正三品。开元中，玄宗又置六仪。"《六典》又曰："才人七人，正四品。"○《吴越春秋》（卷八）："采葛之妇作诗曰：群臣拜舞天颜舒。"○王嗣奭曰："纨绮追飞乃权戚求画者，此亦用倒插法。"○《长安志》（卷十六）曰："醴泉县太宗昭陵在县西北六十里。六骏石象在陵后，拳毛䮙平刘黑闼时乘，有石真容自拔箭处，赞曰：月精案骙，天驷横行。弧矢载戢，氛埃廓清。有中九箭处。"案：䮙即骒之俗字也。宋明帝以骒字似祸字，故改为马边瓜，见《宋书·明帝纪》。○《杜阳杂编》（卷上）曰："副元帅郭子仪克复京都，上还宫阙，因命御马九花虬并紫玉鞭骙以赐。九花虬即范阳节度李德山所贡，额高九寸，毛拳如麟，头颈鬌鬣真虬龙也。每一嘶则群马耸耳，以身被九花文，故号为九花虬。"原注曰："亦有狮子骢，皆其类。"《九家注》曰："吐蕃溃，郭子仪收复，代宗以九花虬赐之，一名狮子䮉。"（䮉疑当作骢。案《分类集注》以此为王洙注，郭知达以为伪托，故削其名。）○《九家注》本画图作新图。○《文选》曹子建《名都篇》曰：“走马长楸间。”五臣注：“李周翰曰：古人种楸于道，故曰长楸。”○《史记·张耳陈馀传》《集解》引韦昭曰：“析薪为斯，炊烹为养。”○《世说新语·言语篇》载支遁养马事，已见《天育骠骑歌》注。案《世说》刘孝标注引《高逸沙门传》曰：“支遁，字道林，河内林虑人，或曰陈留人，本姓关氏。”○《元和郡县志》曰：“关内道京兆府昭应县：新丰故城在县东十八里，汉新丰县城也。汉七年，高祖以太上皇思东归，于此置县，徙丰人以实之，故曰新丰。华清宫在骊山上，开元十一年初置温泉宫，天宝六年改为华清宫。”《新唐书·地理志》京兆府昭应县注曰：“本新丰，有宫在骊山下。贞观十八年置。咸亨二年始名温泉宫。天宝元年更骊山曰会昌山。三载，以县去宫远，析新丰、万年置会昌县。六载，更温泉曰华清宫。七载，省新丰，更会昌县及山曰昭应。”《清统志》曰：“陕西西安府：新丰故城在临潼县东北。”○翠华见《北征》注。《东都赋》曰：“旌旗拂天。”○《列子·说符篇》：“伯乐曰：良马可形容筋骨相也。”○《穆天子传》（卷一）曰：“天子西征，骛行，至于阳纡之山，河伯无夷之所都居，是惟河宗氏，河宗伯夭逆天子燕然之山，劳用束帛加璧。己未，天子大朝于黄之山，乃披图视典，用观天子之珤器，曰天子之珤玉，果璿珠烛银黄金之膏。”《旧唐书·肃宗纪》曰：“上元二年建己月壬子，楚州刺史崔侁献定国宝玉十三枚。表云：楚州寺尼真如者，恍惚上升，见天帝，帝授以十三宝，曰：中国有灾，宜以第二宝镇之。甲寅，太上皇帝崩于西内神龙殿。”○《汉书·武帝纪》曰：“元封五年冬行南巡狩，自寻阳浮江，亲射蛟江中获之。”○《旧唐书·玄宗纪》曰：“上元二年四月甲寅，崩于神龙殿，时年七十八。初，上皇亲拜五陵，至桥陵，见金粟山冈有龙盘凤翥之势，复近先茔，谓侍臣曰：吾千秋后宜葬此地，得奉先陵，不忘孝敬矣。至是追奉先旨，以创寝

园，以广德元年三月辛酉，葬于泰陵。"《清统志》曰："陕西同
州府：唐明皇泰陵在蒲城县，金粟山在蒲城县东北二十五里。"
○龙媒已见《天育骠骑歌》注。

古柏行

黄叔似曰："此大历元年在夔州作。"赵曰："成都先主庙，
武侯祠堂附焉。夔州则先主庙武侯庙各别。今咏柏专是孔明庙
而已，岂非夔州柏乎？公诗集中，其在夔也屡有孔明庙诗，于
夔州十绝云：武侯祠堂不可忘，中有松柏参天长。以绝句证
之，则此乃夔州之诗明矣。"

孔明庙前有老柏，柯如青铜根如石。

霜皮溜雨四十围；黛色参天二千尺。方曰："起四
句以叙为写，首句叙，二三四句便是写。"

君臣已与时际会；树木犹为人爱惜。写古柏形状
下插此二语，神气动宕，若移云来二句下，则成庸笔。方
曰："刘须溪、王渔洋改而倒之，不知公用笔之妙矣。"

云来气接巫峡长；月出寒通雪山白。杨曰："此句
恰引起下段。"○浦曰："首段用直起法，是夔柏正文。"

忆昨路遶锦亭东，先主武侯同閟宫。

崔嵬枝干郊原古；窈窕丹青户牖空。四句以成都
柏作陪。

落落盘踞虽得地；冥冥孤高多烈风。

扶持自是神明力；正直原因造化功。杨曰："恰是
孔明庙柏，增多少斤两。"○浦曰："中段追昔抚今，以彼形
此，当依朱注四句成都四句本地看，下文才好连接。"

大厦如倾要梁栋，杨曰："以后寄托遥深，极沉郁顿挫

之致。"方曰："大厦句换气突峰起棱。"万牛回首丘山重。

不露文章世已惊；未辞剪伐谁能送？

苦心岂免容蝼蚁？香叶终经宿鸾凤。

志士幽人莫怨嗟，古来材大难为用。浦曰："末段因咏古柏显出自负气概，暗与君臣际会反对，不露文章写得身分高，未辞剪伐写得意思曲。言本不炫俗，而英采自露，并非绝俗，而扶进自难。容蝼蚁媒蘖何伤，宿鸾凤德辉交映。俱为志士幽人写照。结语一吐本旨，而材大两字仍与古柏双关。"方曰："推开作收，凄凉沉痛。"

　□李子德曰："武侯庙自作不得一细语，如太史公用《尚书》为本纪，厚重乃尔。"张廉卿曰："淋漓变动，开阖排奡，而其气尤为雄劲。"

　《梦溪笔谈》（卷二十三）曰："四十围乃是径七尺，无乃太长乎？此亦文章病也。"《靖康缃素杂记》曰："古制以围三径一，四十围即百二十尺，围有百二十尺，即径四十尺矣，安得云七尺也？若以人两手大指相合为一围，则是一小尺，即径一丈三尺三寸，又安得云七尺也？武侯庙柏当从古制为定，则径四十尺其长二千尺宜矣，岂得以太细长讥之乎？"（今本无此文，此依《苕溪渔隐丛话前集》卷八引）《学林》（卷八）曰："子美《潼关吏诗》曰：大城铁不如。小城万丈馀。世岂有万丈馀城耶？姑言其高耳，四十围二千尺者，姑言大且高也。诗人之言当如此，而存中乃拘拘然以尺寸校之，则过矣。《诗》曰：崧高维岳，峻极于天。第言岳之高耳，岂果极于天耶？"赵曰："四十围二千尺，用柏事以形容今柏之长大也。四十围则隋《均州图经》云：南阳武当南门且有社柏树，大四十围。梁萧欣为郡伐之。二千尺则巴郡有柏树大可十围，高二千尺馀，此并载乐史《太平寰宇记》中。"（《隋图经》见山南东道均州武当县下引，巴郡柏树见夔州奉节县下引。）朱曰："四十围、二千尺，皆假象为词，非有故实。《梦溪笔谈》讥其太细长，《缃素杂记》以古制围三径一驳之，次公注又引南乡故城柏大四十围，皆为鄙说。考《水经注》社柏本云三十围，亦与此不合。"步瀛案：长孺徒为大言，其据《水经·丹水》注以驳次公，亦有意求疵。赵固明言据《寰宇记》，不言据《水经注》也。《庄子·人间世》曰："絜之百围。"《释文》引李云："径尺为围。"此黄氏所本。沈氏所算实误。《人间世》又曰："三围四围。"《释文》引崔曰："围环八尺为一围。"则四十围当三百二十尺，姑为周三径一计之，则径当百六十九尺有奇，亦不得如存中所算径七尺也。要之古人形容之语，固不容刻舟求剑。然此不云十围百围千尺万尺，而实指之曰四十围二千尺，则不得泛然以小城万丈及峻极于天例之。存中所言数虽不合，不当如王氏、朱氏之言，认为假象，斥其不应以尺寸推寻也。○《左》定九年曰："诗云：蔽芾甘棠，勿翦勿伐，召伯所茇。思其人犹爱其树。"○《水经·江水》注曰："江水又东迳巫峡，历峡东，迳新崩滩，其间首尾百六十里，谓之巫峡。盖因山为名也。"《清统志》曰："湖北宜昌府：巫峡在巴东县西，接四川夔州府巫山县界。"○《元和郡县志》曰："剑南道松州嘉诚县：雪山在县东八十里，春夏常有积雪，故名。柘州柘县：大雪山一名蓬婆山，在县西北一百里。龙州江油县：雪山在县西三百里。"皆在夔州之西，故云："月出寒通雪山白。"○朱曰："严武有《寄题杜二锦江野亭诗》，故曰锦亭。"○《太平寰宇记》曰："剑南西道益州：唐至德二年，改蜀郡为成都府。"又曰："华阳县先主祠在府西八里惠陵东七十步，诸葛武侯祠在先主庙西。"黄叔似曰："《成都记》：蜀先主庙西院即武侯庙。按集有《蜀相》诗：丞相祠堂何处寻？锦官城外柏森森，是也。"朱曰："陆游《跋古柏图》：余在成都屡至昭烈惠陵，此柏在陵旁庙中，忠武侯室之南。所云先主、武侯同閟宫者，与此略无小异。"○《诗·鲁颂

·閟宫》毛传曰："閟,闭也。"郑笺曰："神也。"○王文考《鲁灵光殿赋》曰："旋室婳娟以窈窕。"○《西京杂记》(卷下)中山王《文木赋》曰："或如龙盘虎踞。"○沈休文《高松赋》曰："栖根得地。"○孙兴公《游天台山赋》曰："实神明之所扶持。"○《庄子·德充符》曰："受命于地,惟松柏独也在。"○王逸少《兰亭诗》曰："大矣造化工。"○朱曰："锦亭至烈风,言成都庙柏在郊原平地,故可久存,若此之盘踞高山而烈风莫撼者,诚得于神明造化之力耳。次公言八句皆言成都之柏恐非。"○《文中子·事君篇》曰："大厦将倾,非一木所支也。"○《后汉·陈球传》:"刘纳谓司空刘郃曰:公为国栋梁,倾危不持,焉用彼相邪?"○中山王《文木赋》曰："既剥既刊,见其文章。"○赵曰:"谢承《后汉书》曰:方储遭母忧,种松柏,鸾栖其上。"○赵曰:"王充《论衡·效力篇》云:或伐薪于山,轻小之木,合能束之,至于大木十围以上,引之不能动,推之不能移,则委之于山林,收所束之小木而已。(今本《论衡》作归。)由斯以论,知能之大者其犹十围以上木也。人力不能举荐,其犹薪者不能推引也。孔子周流无所留止,非圣才不明,道大难行人不能用也。故夫孔子山中巨木之类也。《论衡》之言如此,公所谓材大难为用,岂不出于此乎?"

荆南兵马使太常卿赵公大食刀歌

　　《旧唐书·地理志》曰:"荆南节度使治江陵府,管归、夔、峡、忠、万、澧、朗等州。"《新唐书·百官志》曰:"天下兵马元帅下有前军兵马使、中军兵马使、后军兵马使。"又:"太常寺卿一人,正三品,掌礼乐郊庙社稷之事。"○仇曰:"赵太常刮寇至此,当在永泰元年崔旰反时,公遇赵于夔州必在大历元年之冬也。"○《旧唐书·西戎传》曰:"大食国本在波斯之西,有波斯胡人纠合亡命,遂割据波斯西境,自立为王，其国兵刃劲利，其俗勇于战斗。"（即阿剌伯。）

太常楼船声嗷嘈，问兵刮寇趋下牢。

牧出令奔飞百艘，猛蛟突兽纷腾逃。仇曰："首叙
赵公至夔之故。"方曰："逆卷起。"

白帝寒城驻锦袍，玄冬示我胡国刀。方曰："二句
叙点。"

壮士短衣头虎毛，方曰："以下写。"凭轩拔鞘天
为高，翻风转日木怒号。

冰翼云澹伤哀猱，镌错碧罌鸊鹈膏。

铓锷已莹虚秋涛，鬼物撇捩辞坑壕。

苍水使者扪赤绦，龙伯国人罢钓鳌。仇曰："此极
状胡刀之莹利。"方曰："苍水二句起棱。"

芮公回首颜色劳，分阃救世用贤豪。

赵公玉立高歌起，揽环结佩相终始。

万岁持之护天子，得君乱丝与君理。

蜀江如线如针水，荆岑弹丸心未已。

贼臣恶子休干纪，魑魅魍魉徒为耳。

妖腰乱领敢欣喜？

用之不高亦不庳，不似长剑须天倚。仇曰："言赵
公能用刀定乱。"

吁嗟光禄英雄弭，大食宝刀聊可比。方曰："芮
公、赵公、光禄皆以人纬，贼臣以下双写，关合大食宝刀句
反客。"

丹青宛转麒麟里，光芒六合无泥滓。以颂美赵公
作结。

　　□吴曰："以下二首琢练奇警，开韩公一派，杜诗千变万化，无所不有，此其所以为圣也。"

　　《西京杂记》（卷下）曰："昆明池中有戈船楼船各数百，楼船上建楼橹。"○赵曰："嗷嘈，鸣锣击鼓鼓枻之声。"○《广韵》十五鎋曰："刮，削。"案：此言削平寇贼也。○《地理通释》（卷十三）引《元和郡县志》曰："下牢镇在夷陵县西三十八里，隋于此置峡州。"（今《元和志》佚此文）杜甫《峡口诗》："开辟多天险，方虞一水关。"案：唐夷陵县在今湖北宜昌县西北。○赵曰："牧，州牧；令，县令。"仇曰："牧出令奔，谓官吏迎候。猛蛟突兽，比盗贼却走。"○《说文》曰："樔，船总名。"《广韵》六豪曰："亦作艘。"○白帝城已见《桃竹杖引》注。○《初学记·岁时部上》引梁元帝《纂要》曰："冬曰玄英。（《尔雅·释天》文）亦曰玄冬。"○《庄子·说剑篇》："太子曰：吾所见剑士，皆蓬头突鬓，垂冠曼胡之缨，短后之衣。"朱曰："头虎毛，首蒙虎皮也。"○《西京杂记》（卷上）："高帝斩白蛇剑十二年一磨莹，刃上常若霜雪，开匣拔鞘，辄有风气，光彩射人。"○朱曰："《酉阳杂俎》（卷十四）：王天运征勃律还，忽大风四起，雪光如翼。冰翼恐亦此义。言剑器飘忽如冰翼而雪淡，翼即飞意。"○《尔雅·释鸟》郭注曰："鹥，鹥鹥，似凫而小，膏中莹刀。"《方言》（卷八）曰："野凫其小而好没水中者，南楚之外谓之鹥鹥。"朱曰："罂，长颈瓶，以盛膏者。"○朱曰："虚秋涛，言锋锷莹如秋水也。"○朱曰："撇捩，奔逸也。辟坑濠，越濠堑而去也。"○蔡注引《搜神记》曰："秦时有人夜渡河，见一人丈馀，手横刀而立，叱之，乃曰：吾苍水使者也。"《九家注》引同，今本《搜神记》无此文。○朱曰："赤绦以赤色丝为绳，刀饰也。"○《列子·汤问篇》曰："龙伯之国，有大人，举足不盈数步而暨五山之所，一钓而连六鳌，合负而趣，归其国。"《御览·人事部》十八引《河图玉版》曰："从昆仑以北九万里得龙伯国，人长三十丈，生万八千岁而死。"○《九家注》曰："芮公，荆南节度使。"朱曰："唐惟豆卢钦望、豆卢宽封芮公，而不在大历间。《旧书·卫伯玉传》：广德元年拜江陵尹，充荆南节度观察等使。大历初，丁母忧，朝廷以王昂代之。伯玉讽将吏留己，遂起复再为节度。二年六月，封阳城郡王。或由芮公进封阳城，史不详耳。"○《文选》桓子元《荐谯元彦表》曰："而能抗节玉立。"○朱曰："揽环结佩，言揽刀环而佩服之。"○《御览·职官部》十三引谢承《后汉书》曰："方储为郎中，章帝嘉其才，以繁乱丝付储使理，储拔佩刀三断之，对曰：反经任势，临事宜然。"又《北齐书·文宣帝纪》曰："高祖试观诸子意识，各使治乱丝，帝独抽刀斩之曰：乱者须斩。高祖是之。"○《九家注》曰："蜀水至瞿塘为峡所束如线。"○王仲宣《登楼赋》曰："蔽荆山之高岑。"○《史记·平原君传》："赵郝曰：此弹丸之地。"○《左》宣三年曰："魑魅罔两，莫能逢之。"杜注曰："魑，山神，兽形；魅，怪物；罔两，水神。"《释文》曰："两又作蛧。"《周礼·春官·家宗人》郑注、《说文·鼎部》引并作魑魅。《说文·虫部》曰："蝄蜽，山川之精物也。淮南王说：蝄蜽如三岁小儿，赤目长耳美发。《国语》曰：木石之怪，夔、蝄蜽。"（《鲁语下》）《文选·西京赋》曰："魑魅魍魉，莫能逢旃。"○师民瞻曰："此言赵公玉立高歌，视蜀江如针线，荆岑如弹丸，其豪气如此，贼臣魑魅安所容哉？"（《九家注》引）○潘安仁《射雉赋》曰："揆悬刀，骋绝技。如辕如轩，不高不埤。"○宋玉《大言赋》曰："长剑耿耿倚天外。"○《唐六典》（卷十五）曰："光禄寺卿一人，从三品，掌邦国酒醴膳羞之事。"《尔雅·释器》曰："弓无缘者谓之弭。"《仪礼·既夕记》郑注曰："弭以骨角为饰。"案：此言光禄之弓为英雄所用，异乎常器。惟太常胡刀可以比之。此光禄当别是一人，赵以为太常兼职，疑未是。○赵曰："丹青宛转麒麟里，使建功图画于麒麟阁，如赵充国之属，如是则光芒生于六合，永灭妖氛，斯为无泥滓矣。"○《汉书·苏武传》曰："甘露三年，单于始入朝，上思股肱之美，乃图画其人于麒麟阁，凡十一人。"《赵充国传》曰："初充国以功德与霍光等列，画未央宫。"○《吕氏春秋·审分篇》高注曰："六合，四方上下也。"

王兵马使二角鹰

仇曰："赵卿刮寇至夔州，承芮公之命而来，此诗言荆南芮公得将军，王盖同时讨乱而至者。"○《埤雅》（卷六）曰："鹝，次赤也，鹰鹝二年之色也，顶有毛角微起，今通谓之角鹰。"

悲台萧飒石巃嵸，哀壑权树浩呼汹。

中有万里之长江，迥风滔日孤光动。黄白山曰："起便为角鹰作势，见江山黯淡，日色惨凄，皆若助其肃杀之气也。"吴曰："先写题之神理，凌空摄影之笔。"

角鹰翻倒壮士臂，将军玉帐轩翠气。

二鹰猛脑绦徐坠，目如愁胡视天地。

杉鸡竹兔不自惜，溪虎野羊俱辟易。

韝上锋棱十二翮，将军勇锐与之敌。以上赋角鹰，带入王兵马。

将军树勋起安西，昆仑虞泉入马蹄。

白羽曾肉三狻猊，勇决岂不与之齐？

荆南芮公得将军，亦如角鹰下翔云。

恶鸟飞飞啄金屋，安得尔辈开其群？

驱出六合枭鸾分。以上称颂王兵马，仍映带角鹰。

曹子建《杂诗》曰："高台多悲风。"○《文选·上林赋》曰："巃嵸崔巍。"郭璞注曰："皆高峻貌也。"○《文选》殷仲文

《南州桓公九井诗》曰："爽籁警幽律，哀壑叩虚牝。"○杨曰："迥风滔日即滔天之滔。王兵马军帐必在台上，故先从呼鹰之地说起。"○《北齐书·颜之推传》："《观我生赋》曰：转绛宫之玉帐。"《新唐书·艺文志》丙部子录兵家类有《玉帐经》一卷。《太白阴经》（卷十）《推玉帐法》曰："大将军居太乙玉帐，下吉攻之不得，以功曹加月建前五辰是也。"○《文选·甘泉赋》曰："曳红采之流离兮，扬翠气之宛延。"李善注曰："言宫观之高，故红采翠气流离宛延在其侧而曳扬之。"○师曰："张绰诗：霜鹘猛转脑，狡兔避空谷。（《九家注》引）○孙子荆《鹰赋》曰："深目蛾眉，状似愁胡。"○师曰："《异物志》：杉鸡黄冠青绥，常在杉树下。又：竹兔如野兔，常食竹叶。"○师曰："宜都山多虎穴，在深溪回谷中。《南海志》：野羊成群触人。"○《史记·司马相如传·上林赋》曰："足野羊。"《集解》引郭璞曰："野羊如羊千斤。"《汉书》颜注曰："今之所谓山羊也。"○《史记·项羽本纪》曰："项王瞋目叱之，赤泉侯人马俱惊，辟易数里。"《正义》曰："言人马俱惊，开张易旧处。"○鲍明远《东武吟》曰："昔如鞲上鹰。"○傅休奕《鹰赋》曰："劲翮二六，机连体轻。"○安西见《高都护骢马行》注。○《淮南子·天文篇》曰："日至于虞渊，是谓黄昏。"案：唐人避高祖讳，以泉代渊。○《文选·上林赋》曰："满白羽。"注引文颖曰："以白羽为箭，故言白羽也。"○《尔雅·释兽》曰："狻麑如虦猫，食虎豹。"郭景纯注曰："即师子也，出西域。"朱曰："肉狻猊言得而肉之也。"○刘孝标《辨命论》曰："薰莸不同器，枭鸾不接翼。"

缚鸡行

黄叔似曰："当是大历元年冬西阁所作，故云注目寒江倚山阁。"

　　小奴缚鸡向市卖，鸡被缚急相喧争。

　　家中厌鸡食虫蚁，不知鸡卖还遭烹。

　　虫鸡于人何厚薄？吾叱奴人解其缚。

　　鸡虫得失无了时，注目寒江倚山阁。吴星叟曰：
"末句渺茫无际。"浦曰："注江倚阁，海阔天空，惟公天机
高妙，领会及此。"

　　□何曰："此诗笔笔转。"

《后汉书·吕布传》："顾谓刘备曰：绳缚我急。"○《庄子·
列御寇篇》曰："在上为乌鸢食，在下为蝼蚁食，夺彼与此，何
其偏也？"

《九家注》引赵曰："一篇之妙在乎落句。盖鸡之所以得者虫
之所以失，人之所以得者鸡之所以失，人之得失如鸡虫又且相
仍，何时而已乎？注目寒江倚山阁，则所思深矣。黄鲁直深达诗
旨，其《书酺池寺书堂》云：小黠大痴螗捕蝉；有馀不足夔怜
蚿。退食归来北窗梦，一江风月趁渔船。可与言诗者，当自解
也。"又引《步里客谈》曰："古人作诗断句，辄旁入他意，最为
警策。如老杜云：鸡虫得失无了时，注目寒江倚山阁，是也。黄
鲁直作《水仙花诗》亦用此体，云：坐对真成被花恼，出门一笑
大江横。"

君不见简苏徯

　　仇曰："诗言深山穷谷，当是夔州作。其遇苏盖在大历元
年也。"步瀛案：又有《赠苏四徯》《别苏徯赴湖南幕》，有故
人有游子及提携愧老夫之句。盖子美与徯之父相知有素者。朱
长孺疑徯为苏源明之子。仇曰："源明卒于广德二年，不应丧
制未终而急趋幕府，知非源明子矣。"杨曰："想苏系有才人，
故公勉以出仕。"

君不见道边废弃池！君不见前者摧折桐！李曰：
"古意。"

百年死树中琴瑟；一斛旧水藏蛟龙。

丈夫盖棺事始定，君今幸未成老翁。

何恨憔悴在山中？吴曰："单一句劲厉，以下再掉转。"

深山穷谷不可处，霹雳魍魉兼狂风。晡曰："结暗
用《招魂》。"

□查曰："奇崛。"吴曰："首尾横绝，来去无端，所谓入不
言兮出不辞者也。"又曰："此等诗直如神龙掉尾，夭矫太空，非
人间所有。"

枚叔《七发》曰："龙门之桐，高百尺而无枝，其根半死半
生。"庾子山《拟连珠》曰："龙门死树，尚抱咸池之曲。"○盖
棺已见卷一《奉先咏怀》注。○魏文帝《与吴质书》曰："已成
老翁，但未白头耳。"○《楚辞·九章·涉江》曰："幽独处乎山
中。"○魍魉已见《赵公大食刀歌》注。

观公孙大娘弟子舞剑器行 　并序

大历二年十月十九日，夔州府别驾元持宅见临颍李
十二娘舞《剑器》，壮其蔚跂，问其所师，曰："余，公
孙大娘弟子也。"开元三载，余尚童稚，记于郾城观公孙
氏舞《剑器》《浑脱》，浏漓顿挫，独出冠时。自高头宜
春梨园二伎坊内人洎外供奉晓是舞者，圣文神武皇帝初，
公孙一人而已。玉貌锦衣，况余白首。申凫盟谓诗序太剥
落，玉貌锦衣下如何接况余白首。步瀛案：此处殆有脱误，诸家
就况余二字委曲解释，终属牵强。李健人疑为晚余二字之误，似
近之。今兹弟子，亦匪盛颜。既辨其由来，知波澜莫二。

抚事慷慨，聊为剑器行。昔者吴人张旭善草书书帖，数尝于邺县见公孙大娘舞西河《剑器》，自此草书长进，豪荡感激，即公孙可知矣。

蔡曰：“《明皇杂录》：时有公孙大娘者，善剑舞，能为《邻里曲》及裴将军《满堂势》、西河《剑器》《浑脱》，妍妙皆冠绝于时也。《历代名画记》（卷九）曰：开元中将军裴旻善舞剑，道玄（吴道子）观旻舞剑，见出没神怪，既毕，挥毫益进。时又有公孙大娘亦善舞《剑器》，张旭见之，因之为草书，杜甫歌行述其事。是知书画之艺皆须意气而成，亦非懦夫所能作也。”○仇曰：“段安节《乐府杂录·健舞曲》有《棱大》《阿连》《柘枝》《剑器》《胡旋》《胡腾》等，《软曲》有《凉州》《绿腰》《苏合香》《屈柘》《团圆旋》《甘州》等。张尔公《正字通》云，《剑器》，古武舞之曲名，其舞用女妓雄妆空手而舞，见《文献通考·舞部》。（《通考》无《舞部》，当云《文献通考·乐考·乐舞》。）此诗正指武舞言，或以剑器为刀剑，误也。”○大历，唐代宗年号。○《太平寰宇记》曰：“山南东道夔州：唐武德二年，改信州为夔州，仍置总管。贞观十四年为都督府，后罢都督府。天宝元年，改为云安郡。乾元元年，复为夔州。二年，刺史唐论请升为都督府，寻罢之。”案：唐夔州治奉节县，今四川奉节县治。《唐六典》（三十）曰：“下都督府别驾一人，从四品下。”○蔡本持作特。○唐河南道许州临颍县，今安徽临颍县西北。○蔡曰：“开元三载一作五载，时甫才三岁，当作十二载。”步瀛案：蔡说非是，子美生于先天元年至开元三年当四岁。黄叔似曰：“案先生壮游诗以七岁能诗，则四岁而记事非不能矣。钱笺谓开元五载时公年六岁，公七龄思即壮，六岁观剑似无不可。诗云，五十年间似反掌，自开元五年至是年凡五十一年。《草堂注》云：疑作十二载。误也。”○唐河南道许州郾城县在今河南郾城县南。

○《日知录》（卷二十七）曰："《旧唐书·郭山恽传》：中宗引近臣宴集，将作大匠宗晋卿舞《浑脱》。胡三省注《通鉴》（卷二百九）：长孙无忌以乌羊帽为浑脱毡帽，人多效之，谓之赵公浑脱，因演以为舞。中宗神龙二年三月，并州清源县尉吕元泰上疏言：比见都邑坊市相率为《浑脱》，骏马胡服，名为《苏莫遮》，非雅乐也。"○《教坊记》曰："西京右教坊在光宅坊，左教坊在延正坊，右多善歌，左多工舞，妓女入宜春院谓之内人，亦曰前头人，以常在上前也。"○蔡曰："《明皇杂录》：天宝中，上命宫女数百人为梨园弟子，皆居宜春北院。上素晓音律，时有马仙期、李龟年、贺怀智皆洞晓音度。安禄山从范阳入观，亦献白玉箫管数百事，皆陈于梨园，自是音响遂不类人间。"○《雍录》（卷九）曰："梨园在光化门北，光化门者，禁苑南面四头第一门，在芳林、景曜门之西也。开元二年正月，置教坊于蓬莱宫，上自教法曲，谓之梨园弟子。至天宝中，即东宫置宜春北苑，命宫女数百人为梨园弟子，即是梨园者按乐之地，而预教者名为弟子耳。凡蓬莱宫、宜春院皆不在梨园之内也。"○《旧唐书·玄宗纪》曰："开元二十七年二月己巳，加尊号为开元圣文神武皇帝。"（自此至天宝十二载凡四上尊号，皆有圣文神武字。）○《新唐书·文艺传》曰："文宗时诏以李白诗歌、裴旻剑舞、张旭草书为三绝。旭，苏州人，嗜酒，每大醉呼叫狂走，乃下笔。或以头濡墨而书，既醒自视以为神，世号张颠。自言：始见公主担夫争道，又闻鼓吹而得笔法意，观倡公孙舞《剑器》得其神。"《乐府杂录》曰："开元中有公孙大娘善舞《剑器》，僧怀素见之，草书遂长，盖准其顿挫之势也。"案：此疑即张旭事而传闻异辞耳。○唐河北道相州邺县，今河南临漳县西南。

昔有佳人公孙氏，一舞《剑器》动四方。
观者如山色沮丧，天地为之久低昂。

　　㸌如羿射九日落，矫如群帝骖龙翔。

　　来如雷霆收震怒，罢如江海凝清光。浦曰：“首八句先写公孙《剑器》之妙。”方曰：“天地以下四句写起棱。”

　　绛唇珠袖两寂寞，晚有弟子传芬芳。

　　临颍美人在白帝，妙舞此曲神扬扬。

　　与余问答既有以，感时抚事增惋伤。浦曰：“六句落到李娘为篇中叙事处，舞之妙已就公孙详写，此只以神扬扬三字括之，虚实互用之法。感时句逼出作诗本旨。”吴曰：“感时句顿挫以起下文。”

　　先帝侍女八千人，公孙《剑器》初第一。

　　五十年间似反掌，风尘澒洞昏王室。

　　梨园弟子散如烟，女乐馀姿映寒日。

　　金粟堆南木已拱，瞿塘石城草萧瑟。

　　玳筵急管曲复终，乐极哀来月东出。

　　老夫不知其所往，足茧荒山转愁疾。李曰：“先帝至末，如骏马下九折之坂，《十九首》所云音响一何悲，絃急知柱促也。”浦曰：“先帝六句往事之慨，此本旨也。故下竟以金粟堆作转接，正写惋伤之情。一句著先帝，一句收归本身。玳筵哀乐并带别驾宅，结二语所谓对此茫茫百端交集。”张廉卿曰：“瞿塘一语收入，笔力超绝。”

　　□王嗣奭曰：“此诗见《剑器》而伤往事，所谓抚事慨慷也。故咏李氏却思公孙，咏公孙却思先帝，全是为开元、天宝五十年治乱兴衰而发。不然，一舞女耳，何足摇其笔端哉？”方曰：“此诗亦豪荡感激，浏漓顿挫，独出冠时，自大历至今，先生一人而已。”

　　《礼记·射义》曰：“盖观者如堵墙。”蔡曰：“㸌，户沃切，又黄郭切，灼也。《淮南·本经训》：尧之时十日并出，焦禾稼，杀草木，尧乃使羿上射十日，万民皆喜。"案高诱注曰："十日并出，射去其九。"《楚辞·九歌·云中君》曰："龙驾兮帝服，聊翱翔兮周章。"蔡曰："夏侯玄赋：如东方群帝兮，骖龙驾而翱翔。"○鲍明远《芜城赋》曰："玉貌绛唇。"○白帝已见《桃竹杖引》注。○金粟堆已见《韦讽宅观曹将军画马图》注。○《左》僖三十二年：秦穆公使人谓蹇叔曰："尔何知？中寿，尔墓之木拱矣。"○《水经·江水》注曰："江水又东迳广溪峡，乃三峡之首。其间三十里，颓岩依木，厥势殆交。中有瞿塘、黄龛二滩。夏水迴复，沿洄所忌。"《清统志》曰："瞿塘峡在奉节县东十三里，即广溪峡也。"○《华阳国志·巴志》曰："巴东郡朐忍县西二百九十里，山有大小石城。"《清统志》："夔州府：石城山在云阳县东二里。"案：此诗石城当即指白帝城，城据白帝山上，（《寰宇记》："山南东道夔州奉节县引盛弘之《荆州记》曰：巴东郡峡上北岸有一山，孤特甚峭，巴东郡据以为城。"）故云石城。○江总持乐府《今日乐相乐》曰："玳筵观趣密。"○鲍明远《代白纻曲》曰："催絃急管为君舞。"○魏文帝《与朝歌令吴质书》曰："乐往哀来。"李善注引《列女传》："陶荅子妻曰：乐极必哀。"（今《贤明传》脱此文。）○《汉书·叙传》颜注曰："茧足下伤起形如茧也。"

短歌行赠王郎司直

钱曰："《赠友诗》：官有王司直，即其人也。"朱曰："此诗仲宣楼头之句，乃在荆南时作。诸本误入宝应元年成都诗内，独《草堂》本编在大历三年，最是。"案：《草堂》《蔡笺》本无此诗，而补遗有之，亦编入大历元年。朱或误记耳。然以在三年为是。○《旧唐书·职官志》曰："大理寺司直六人，从六品，掌出使推覈。"

　　王郎酒酣拔剑斫地歌莫哀，我能拔尔抑塞磊落之奇才。

　　豫章翻风白日动；鲸鱼跋浪沧溟开。

　　且脱佩剑休徘徊。仇曰："此慰司直哀歌之意，翻风跋浪，言奇才终当大用，何须抚剑悲歌乎？"○卢曰：首句歌莫哀王郎之歌，后青眼高歌公自歌也。"

　　西得诸侯棹锦水。欲向何门跋珠履？

　　仲宣楼头春色深，青眼高歌望吾子。

　　眼中之人吾老矣。

□仇曰："此送司直赴蜀之情，王赴西蜀将谒侯门，今楼头赠别，注眼高歌，惟望知己遭逢，以慰我衰老之人也。"○沈曰："上下各五句，俱用单句相间，此亦独创之格。"

　　《文心雕龙·明诗篇》曰："磊落以使才。"○《史记·司马相如传·子虚赋》曰："楩枏豫章。"《集解》引郭璞曰："豫章，大木也，生七年乃可知。"《正义》引温活人曰："豫，今之枕木也；章，今之樟木也。二木生至七年，枕、樟乃可分别。"○《庄子·逍遥游》曰："北冥有鱼，其名为鲲。"《释文》曰："冥本亦作溟。"《诗·狼跋》毛传曰："跋，躐也。"○《释名·释舟车》曰："旁拨水曰棹。"锦水见李太白《蜀道难》锦城注。○《说文》曰："跋，进有撷取也。"《史记·春申君传》曰："其上客皆蹑珠履以见赵使。"○《文选》王仲宣《登楼赋》李善注引盛弘之《荆州记》以为当阳县城楼，五臣刘良注以为江陵城楼。以《水经·漳水》注证之，当以李注为是。后人考地理者，亦多从当阳之说。然此诗作于江陵，则诗中之仲宣楼自当以江陵言。赵曰："楼指言荆州，王粲字仲宣，自来荆，尝登楼作赋，今直以荆州楼为仲宣楼，祖出梁元帝诗，朝出屠羊县，夕返仲宣楼。"（《出江陵县还诗》）案：赵说是。○《晋书·阮籍传》曰：

"籍又能为青白眼，嵇喜来弔，籍作白眼，喜弟康闻之，乃赍酒挟琴造焉，籍大悦，乃见青眼。"○陆士龙《答张士然诗》曰："感念桑梓域，髣髴眼中人。"○朱曰："时王司直将往成都，公惜其负此奇才而有事干谒，故言今将往依何氏之门耶？我在江陵望子及春时来会，因叹己年已老，恐后此不复相见耳。"步瀛案：望字诸家多解为望其遇合，朱谓望其归来，两义均通。又案：亡友王古愚语予曰："眼中之人承上望字，呼王郎也。下以吾老矣三字结煞，何等沉痛。较旧解以眼中人为王郎眼中人，深婉有味。其句法则与《忆昔》第二首有田种谷今流血略同。"

追酬故高蜀州人日见寄　并序

开文书帙中，检所遗忘，因得故高常侍适往居在成都时，高任蜀州刺史，人日相忆见寄诗。泪洒行间，读终篇末。自枉诗已十馀年，莫纪存殁又六七年矣。老病怀旧，生意可知。今海内忘形故人，独汉中王瑀与昭州敬使君超先在。爱而不见，情见乎辞。大历五年正月二十一日，却追酬高公此作，因寄王及敬弟。邵曰："小序佳。"

高达夫诗见后。○唐剑南道蜀州治晋原县，今四川崇庆县治。○《说文》曰："帙，书衣也。"○《旧唐书·高适传》曰："蜀中乱，出为蜀州刺史，迁彭州。"《新书·适传》曰："为西川节度使，广德元年，亡松、维二州及云山城，召还为刑部侍郎、左散骑常侍。永泰元年卒。"《唐六典》（三十）曰："上州刺史一人，从三品。"又（卷八）曰："门下省左散骑常侍二人，从三品，侍奉规讽，备顾问应对。"○《荆楚岁时记》曰："正月七日为人日，按董勋《问礼俗》曰：正月一日为鸡，二日为狗，三日为羊，四日为猪，五日为牛，六日为马，七日为人。"○《世说新语·黜免篇》曰："殷仲文叹曰：槐树婆娑无复生意。"○《新唐书·三宗诸子传》曰："让皇帝宪子瑀早有才望，伟仪观，从帝（玄宗）幸蜀，封汉中王、山南西道防御使。"案：子美有《戏题寄上汉中王》三首，《玩月呈汉中王戏作寄上汉中王》二首，《奉汉中王手札报韦萧亡》等诗。又有《湖南送敬十使君适广陵诗》。朱曰："即超先。"○唐岭南道昭州治平乐县，今广西平乐县治。○《诗·静女》曰："爱而不见。"○《易·系辞下》曰："圣人之情见乎辞。"

自蒙蜀州人日作，不意清诗久零落。

今晨散帙眼忽开，进泪幽吟事如昨。先叙开帙得诗。

呜呼壮士多慷慨，合沓高名动寥廓。

叹我凄凄求友篇；感君郁郁匡时略。

锦里春光空烂熳；吴曰："入现在。"瑶墀侍臣已冥寞。吴曰："指高。"

潇湘水国傍鼋鼍；鄠杜秋天失鵰鹗。次叙蜀州寄诗前后情事。吴曰："以下发慨。"

东西南北更谁论？白发扁舟病独存。

遥拱北辰缠寇盗；欲倾东海洗乾坤。吴曰："句势轩天拔地，杜公长技。"

边塞西蕃最充斥；衣冠南渡多崩奔。

鼓瑟至今悲帝子，曳裾何处觅王门？因高诗愧尔东西南北人句，故就东西南北四方切实发出寄慨。鼓瑟句收潇湘曳裾句呼起汉中王。○沈曰："因高有东西南北句，更用四句分疏出，此古人酬和体也。"

文章曹植波澜阔；服食刘安德业尊。

长笛谁能乱愁思？吴曰："言长笛不足以乱其愁思。"昭州词翰与招魂。以寄汉中王敬使君结。○杨曰："结言昭州，仍绾到高上。"

□吴曰："感念盛衰，淋漓悲壮。"

谢玄晖《为诸姊祭阮夫人文》曰："迸泪失声。"○《旧唐书·高适传》曰："适喜言王霸大略，务功名，尚节义，时逢多难，以安危为己任。然言过其术，为大臣所轻。"○《文选·洞箫赋》曰："薄素合沓。"李善注曰："合沓，重沓也。"《汉书·司马相如传·大人赋》曰："上寥廓而无天。"颜注曰："寥廓，天上宽广之处。"○《诗·伐木》曰："相彼鸟矣，犹求友声。"案：子美有《寄高使君岑长史》《酬高使君相赠》《高使君自成都回》等诗。○仇曰："求友篇，公向以诗寄高，匡时略，适尝策永王无成，及上疏论三城戍（并见《适传》），皆是。"○黄本、《九家注》本，君时二字互易。○仇曰："适寄诗在草堂，故云锦里。后入为常侍，故曰侍臣。潇湘，公泊潭州。鄠杜，高殒长安。"○班孟坚《西都赋》曰："鄠杜滨其足。"案：汉右扶风鄠县，唐属京兆府，今陕西鄠县治。汉京兆尹杜陵县在唐京兆府万年县东南，今陕西长安县东南。○朱曰："失鹓鸰叹高之云亡，公《简高使君诗》亦比鹰隼出风尘。"黄本、《九家注》本谁论作堪论，今依《玉勾》本。○《论语·为政篇》曰："为政以德，譬如北辰，居其所而众星共之。"《释文》曰："共，郑作拱。"○《晋书·王濬传》曰："兵缠不解。"仇曰："寇盗指叛将外夷。"○《九家注》曰："西蕃，吐蕃也。充斥，犹纵横。崩奔，避乱也。"仇曰："衣冠南渡虽用晋元帝渡江事，然《唐书》谓至德之后中原多故，故襄、邓百姓，两京衣冠，尽投江湖，荆南井邑十倍于初，亦指实事言矣。"○鼓瑟见《刘少府山水障歌》及李太白《古别离》注。○邹阳《狱中上梁孝王书》曰："饰固陋之心则何王之门不可曳长裾乎？"○《魏志·陈思王植传》曰："善属文。"○《古今注·音乐篇》曰："《淮南王》淮南小山之作也。王服食求仙，偏礼方士。"《古乐府·淮南王篇》曰："淮南王自言尊。"

仇曰："曹植、刘安皆借帝胄以比汉中王。"〇《文选》向子期《思旧赋》序曰："余与嵇康、吕安居止接近，其后各以事见法。余逝将西迈，经其旧庐，邻人有吹笛者，发声寥亮，追思曩昔游宴之好，感音而叹，故作赋云。"〇《楚辞·招魂》，王逸曰："宋玉之所作也。宋玉怜屈原忠而斥弃，魂魄放佚，故作《招魂》。"案：依《史记·屈原传》及《文心雕龙·辨骚篇》，《招魂》当为屈原作，以招楚怀王之魂。仇曰："又言己之思蜀州如向秀之思嵇康，今欲得敬诗以同招之，如宋玉之招魂也。"（亦沿王逸注）

洪景卢（迈）曰："古人酬和诗必答其来意，非若今人为次韵所局也。高适寄杜公云：愧尔东西南北人。杜则云：东西南北更堪论。高又有诗云：草《玄》今已毕，此外更何言？杜则云：草《玄》吾岂敢？赋或似相如。严武寄杜云：兴发会能驰骏马，终须重到使君滩。杜则云：枉沐旌麾出城府，草茅无径欲教锄。皆如钟磬在簴，叩之则应，往来反复，于是乎有馀味矣。"（《容斋随笔》卷十六）

高达夫

高适，字达夫，渤海蓨人。举有道科。哥舒翰表掌书记，后为蜀、彭二州刺史。进成都尹，剑南西川节度使。召为刑部侍郎，转左散骑常侍，封渤海县侯，卒谥曰忠。适年过五十始留意诗什，数年之间，体格渐变，以气质自高。每吟一篇，已为好事者称诵。开元以来，诗人之达者惟适而已。旧、新《唐书》皆有传。〇殷璠曰："适诗多胸臆语，兼有气，故朝野通赏其文。"（《河岳英灵集》）

燕歌行　　并序

《乐府诗集》（卷三十二）《相和歌辞·平调曲》有《燕歌行》，引《乐府解题》曰："晋乐奏魏文帝《秋风》《别日》二曲，时序迁换，行役不归，妇人怨旷，无所诉也。"《广题》曰："燕，地名也，言良人从役于燕而为此曲。"案《周书·王褒传》曰："褒曾作《燕歌行》，尽塞北苦寒之致。"

开元二十六年，客有从御史大夫张公出塞而还者，作《燕歌行》以示适，感征戍之事，因而和焉。

《旧唐书·玄宗纪》曰："开元二十五年二月，张守珪破契丹馀众于楼禄山，杀获甚众。"《张守珪传》曰："守珪，陕州河北人也。开元二十一年，转幽州长史兼御史中丞、营州都督、河北节度副大使，俄又加河北采访处置等使。契丹首领屈刺与可突于遣使诈降，守珪察知其伪，遣右卫骑曹王悔诣其部落就谋之，契丹别帅李过折斩屈刺、可突于以降。守珪因出师次于紫蒙川，大阅军实。二十三年春，守珪诣东都献捷，上赋诗以褒美之，遂拜守珪为辅国大将军、右羽林大将军，兼御史大夫。"案：此云御史大夫，则张守珪也。《传》又曰："二十六年，守珪裨将赵堪、白真陁罗等假以守珪之命，逼平卢军使乌知义邀叛奚馀众于湟水之北，初胜后败。守珪隐其败状而妄奏克捷之功，事颇泄"云云。达夫此诗盖隐刺之也。○《唐六典》（卷十三）曰："御史台御史大夫一人，正三品。"

汉家烟尘在东北，汉将辞家破残贼。
男儿本自重横行；天子非常赐颜色。
摐金伐鼓下榆关，旌旆逶迤碣石间。

校尉羽书飞瀚海；单于猎火照狼山。

山川萧条极边土，胡骑凭陵杂风雨。

战士军前半死生，美人帐下犹歌舞。吴曰："二句最为沉至。"

大漠穷秋塞草腓；孤城落日斗兵稀。

身当恩遇恒轻敌；力尽关山未解围。

铁衣远戍辛勤久，玉箸应啼别离后。

少妇城南欲断肠；征人蓟北空回首。

边庭飘飖那可度；绝域苍茫更何有？

杀气三时作阵云；寒声一夜传刁斗。

相看白刃血纷纷，死节从来岂顾勋？此殆刺妄奏克捷之事。

君不见沙场争战苦，至今犹忆李将军！

□沈曰："七言古中时带整句，局势方不散漫。若李、杜风雨分飞，鱼龙百变，又不可以一格论。"

《史记·季布传》："将军樊哙曰：臣愿得十万众横行匈奴中。"○《文选·子虚赋》曰："揫金鼓。"注引韦昭曰："揫，击也。"○《隋书·高祖纪》曰："开皇三年，城渝关。"《通典·州郡》八："北平郡平州卢龙县注曰：临闾关今名临渝关，在县城东一百八十里。"案：在今河北临榆县东，即山海关，亦名榆关。○《汉书·地理志》右北平郡骊成县原注曰："大揭石山在县西。"辽西郡絫县原注曰："有揭石水。"《通典·州郡》八平州卢龙县注曰："汉肥如县有碣石山，碣然而立海旁，故名之。"《清统志》曰："永平府碣石山在昌黎县西南。"○《汉书·百官公卿表上》曰："中垒校尉、屯骑校尉、步兵校尉、越骑校尉、长水校尉、胡骑校尉、射声校尉、虎贲校尉凡八校尉，皆武帝初置。"

○羽书即羽檄，已见王摩诘《老将行》注。○《史记·骠骑将军传》曰："登临翰海。"《索隐》引崔浩曰："北海名。"又引《广志》曰："在沙漠北。"○《史记·匈奴传》《集解》引《汉书音义》曰："单于者，广大之貌，言其象天单于然。"《汉书·文帝纪》颜注曰："单于，匈奴天子之号也，单音蝉。"○《明统志》："陕西宁夏卫：狼山在卫城东南二百九十里，其山多狼。"《清统志》曰："甘肃宁夏府：狼山在灵州西。"案：今改县。○《诗·四月》曰："秋日凄凄，百卉具腓。"毛传曰："腓，病也。"○腓一作衰。○刘孝威乐府《独不见》曰："谁怜双玉箸？流面复流襟。"○沈云卿《古意诗》曰："丹凤城南秋夜长。"○孔稚圭《白马篇》曰："征兵离蓟北。"案：唐河北道蓟州治渔阳县，在今河北密云县西南。○《史记·李将军传》曰："居右北平，匈奴闻之号曰汉之飞将军，避之，数岁不敢入右北平。"

人日寄杜二拾遗

已见杜诗注。

人日题诗寄草堂，遥怜故人思故乡。
柳条弄色不忍见；梅花满枝空断肠。
身在远藩无所预，心怀百忧复千虑。
今年人日空相忆，明年人日知何处？沉痛。
一卧东山三十春，岂知书剑老风尘。
龙锺还忝二千石，愧尔东西南北人。黄香石曰：
"收摄沉顿。"

鲁季钦《草堂诗年谱》曰："上元元年（即乾元三年，四月改元。）裴冀公（冕）为公卜居成都西郭浣花溪。"《成都记》：草堂寺府西七里，浣花寺三里，寺极宏丽。公《卜居》曰："浣花流水水西头，主人为卜林塘幽。"黄谱曰："是年先生营草堂，诗所谓经营上元初是也。《堂成》诗云：飞来语燕定新巢，则三月初已成。"案：鲁、黄二家所考，则达夫寄诗当在上元元年至大历五年，凡十一年，故酬诗序曰：自枉诗已十馀年也。○空断肠，空一作堪。○远藩一作南蕃，谓为蜀州刺史也。○卧东山已见李太白《梁园吟》注。○《通雅》（卷六）曰："《荀子》曰：陇种而退（《议兵篇》）。注：遗失貌。余以为即龙锺字。《埤苍》作躘踵（《集韵》引），或作𨂝，然古多通用，杜弼《为侯景檄梁》曰：龙锺稚子，（此当作杜弼《檄梁文》删去为侯景三字，案此文二首并见《文苑英华》卷六百四十五，方所引在后篇中，《艺文类聚·杂文部》引此篇作魏收《檄梁文》。）王褒《与周弘让书》：龙锺横集。（《周书·王褒传》）裴度曰：见我龙锺。（《剧谈录》卷上）元载《别妻诗》：谁不厌龙锺？退之诗：白首夸龙锺（《醉留东野》）。或言老，或言泪，或训小人行，总皆状其潦倒笨累耳。"○《汉书·百官公卿表》曰："郡守，秦官，掌治其郡，秩二千石。"○《礼记·檀弓上》："孔子曰：而某也，东西南北之人也。"

赋得还山吟送沈四山人

还山吟，天高日暮寒山深，送君还山识君心。
人生老大须恣意，看君解作一生事。
山间偃仰无不至，石泉淙淙若风雨，
桂花松子常满地。
卖药囊中应有钱，还山服药又长年。
白云劝尽杯中物，明月相随何处眠？
眠时忆问醒时事，梦魂可以相周旋。
　□兴象华妙，音韵尤美。

陶渊明《责子诗》曰："且进杯中物。"○《世说新语·品藻篇》曰："桓公少与殷侯齐名，常有竞心，桓问殷：卿何如我？殷云：我与我周旋久，宁作我。"

岑　参

吴曰："盛唐古风，李、杜以外，右丞、嘉州其杰出者。"

白雪歌送武判官归京

判官已见卷一李太白《赠何判官诗》注。

北风卷地白草折，胡天八月即飞雪。方曰："起飒爽。"
忽如一夜春风来，千树万树梨花开。
散入珠帘湿罗幕，狐裘不暖锦衾薄。
将军角弓不得控；都护铁衣冷犹著。方曰："忽如六句奇才奇气奇情逸发，令人心神一快。"

瀚海阑干百丈冰；方曰："换气，起下归客。"愁云黪淡万里凝。

中军置酒饮归客，胡琴琵琶与羌笛。
纷纷暮雪下辕门，风掣红旗冻不翻。
轮台东门送君去，去时雪满天山路。
山回路转不见君，雪上空留马行处。

萧子显《燕歌行》曰："洛阳梨花落如雪。"○谢惠连《雪赋》曰："终开簾而入隙。"○《诗·角弓》毛传曰："角弓，以角饰弓也。"○《汉书·郑吉传》曰："吉既破车师，降日逐，威震西域，遂并护车师以西北道，故号都护。都护之置自吉始焉。"

馀见杜子美《高都护骢马行》注。○古《木兰诗》曰："寒光透铁衣。"○瀚海见高达夫《燕歌行》注。○《文选·吴都赋》刘渊林注曰："阑干，犹纵横也。"○《神异经·北荒经》曰："北方层冰万里，厚百尺。"○百丈一作千尺。○马季长《长笛赋》曰："近世双笛从羌起。"○《穀梁》昭八年曰："置旃以为辕门。"范注曰："辕门，卬车以其辕表门。"○红旗见杜子美《冬狩行》注。○虞茂世《出塞诗》曰："霜旗冻不翻。"○《汉书·西域传》曰："自敦煌西至盐泽，往往起亭，而轮台、渠犂皆有田卒数百人，置使者校尉领护，以给使外国者。"《水经·河水》注二曰："北河又东迳龟兹国南，又东左合龟兹川，川水又东南流迳于轮台之东也。昔汉武帝初通西域置校尉屯田于此。"《元和郡县志》曰："庭州轮台县，长安二年置。"案：今新疆有轮台县。○《汉书·武帝纪》曰："天汉二年，贰师将军三万骑出酒泉，与右贤王战于天山。"注：晋灼曰："在西域，近蒲类国，去长安八千馀里。"《元和郡县志》曰："陇右道伊州伊吾县（今新疆哈密县南）：天山一名白山，一名折罗漫山，在州北一百二十里。春夏有雪，出好木及金铁，匈奴谓之天山，过之者皆下马拜。"（《寰宇记》一百五十三引《西河旧事》同。）《清统志》（四百十八之一）：曰："天山一名祁连山，一名雪山，一名白山，一名折罗漫山，西域中幹以天山为总名，东西六千馀里。"

轮台歌奉送封大夫出师西征

《旧唐书·封常清传》曰："封常清，蒲州猗氏人也。天宝十一载，为安西副大都护，摄御史中丞，持节充安西四镇节度经略支度营田副大使，知节度事。十三载入朝，摄御史大夫，俄令常清权知北庭都护，持节充伊西节度等使。"

轮台城头夜吹角，轮台城北旄头落。

羽书昨夜过渠犁，单于已在金山西。吴曰："起首特为警湛。"

戍楼西望烟尘黑，汉兵屯在轮台北。

上将拥旄西出征，平明吹笛大军行。

四边伐鼓雪海涌；三军大呼阴山动。

虏塞兵气连云屯，战场白骨缠草根。

剑河风急云片阔；沙口石冻马蹄脱。

亚相勤王甘苦辛，誓将报主静边尘。

古来青史谁不见，今见功名胜古人。

　　□沈曰："起法磊磊落落，送别之作应以嘉州为则。"

　　《御览·兵部》六十九引徐广《车服仪制》曰："角，前世书记所不载。或云：本出羌、胡，吹以惊中国之马。或云本出吴、越。"《宋史·乐志》曰："角长五尺，形如竹筒，本细末大，未详所起。今卤部及军中用之，或以竹木，或以皮，无定制。"○《史记·天官书》曰："昴为髦头，胡星也。"《晋书·天文志》作旄头。○羽书已见王摩诘《老将行》注。○渠犁见前首注。《清统志》（四百十八之一）曰："汉渠犁国在额尔句河北岸。"李恢垣（光廷）《汉西域图考》（卷一）曰："渠犁都尉国在今喀喇沙尔所属策特尔（句）车尔楚军台之南，南滨塔里木河，国都在东，海都河经其城，西合塔里木河入泊，西境接玉古尔军台，为轮台地。"○《通鉴》（卷一百四十九）《梁纪》五曰："西海在酒泉之北，去高车所居金山千馀里。"胡梅磵（三省）注曰："金山形如兜鍪，其后突厥居金山之阳，即此山。"吴熙载《通鉴地理今释》谓即阿尔泰山。○《御览·乐部》十八引《乐纂》曰："《司马法》：军中之乐，鼓为上，使闻之者壮勇而和乐。"○《新唐书·西域传》曰："勃达岭西南至葱岭赢二千里，水南流者经中国入于海，北流者经胡入于海，北三日行度海，春夏常雨雪。"

○《史记·秦始皇本纪》曰："西北斥逐匈奴，自榆中并河以东，属之阴山。"《集解》引徐广曰："在五原北。"案：此在绥远以北至乌拉忒旗，然以地势言距轮台、渠犁颇远，此盖借用，否则指腾格里等山而言耳。○《新唐书·回鹘传》曰："回鹘牙北六百里，得仙娥河，河东北曰雪山，地多水泉，青山之东有水曰剑河，偶艇以渡，水悉东北流，经其国合而北入于海。"○亚相谓封为御史大夫也。《汉书·百官公卿表》曰："御史大夫位上卿，掌副丞相。"○《文选》江文通《诣建平王上书》曰："并图青史。"李善注曰："《汉书》有《青史子》（《艺文志》），《音义》曰：古史官记事。"

走马川行奉送封大夫出师西征

沈曰："即封常清也。参常从常清屯兵轮台，故多边塞之作。"○走马川未详，疑即《水经·河水》注之龟兹川。

君不见走马川行雪海边，平沙莽莽黄入天！方曰："奇句。"
轮台九月风夜吼，一川碎石大如斗，
随风满地石乱走。
匈奴草黄马正肥，金山西见烟尘飞，
汉家大将西出师。
将军金甲夜不脱，半夜军行戈相拨，
风头如刀面如割。
马毛带雪汗气蒸，五花连钱旋作冰，
幕中草檄砚水凝。
虏骑闻之应胆慑，料知短兵不敢接，
车师西门伫献捷。

□方曰："奇才奇气，风发泉涌。"

雪海、轮台并见前注。○《史记·匈奴传》曰："秋马肥，大会蹛林课校人畜。"○金山已见前注。○蔡文姬《悲愤诗》曰："金甲耀日光。"○五花见李太白《将进酒》注。○《尔雅·释畜》曰："青骊驎騩。"郭注曰："色有深浅，斑驳隐粼，今之连钱骢。"○《陈书·蔡景历传》曰："高祖将讨王僧辩，召命草檄，景历援笔立成，辞义感激。"○《楚辞·九歌·国殇》曰："车错毂兮短兵接。"○《左》成二年曰："王命伐之，则有献捷。"

韩退之

沈归愚曰："昌黎从李、杜崛起之后，能不相沿袭，别开境界，虽纵横变化不逮李、杜，而规模堂庑弥见阔大。"《岘佣诗话》曰："七古盛唐以后继少陵而霸者，唯有韩公。韩公七古殊有雄强奇杰之气，微嫌少变化耳。"又曰："少陵七古多用对偶，退之七古多用单行，退之笔力雄劲，单行亦不嫌弱。"方植之曰："杜公云：语不惊人死不休。诵韩公诗真有起顽立癃之妙。"又曰："韩诗无一句犹人，"又曰："恢张处多，顿挫处少。"

山　石

山石荦确行径微，黄昏到寺蝙蝠飞。

升堂坐阶新雨足，芭蕉叶大支子肥。方曰："许多层事只起四语了之。虽是顺叙，却一句一样，如展画图，触目通层在眼，何等笔力？"

僧言古壁佛画好，以火来照所见稀。

铺床拂席置羹饭，疏粝亦足饱我饥。

夜深静卧百虫绝，清月出岭光入扉。<small>写雨后月出，景象妙远。</small>

天明独去无道路，出入高下穷烟霏。

山红涧碧纷烂漫，时见松枥皆十围。

当流赤足蹋涧石，水声激激风吹衣。<small>六句写早行如入画图。</small>

人生如此自可乐，岂必局束为人鞿？

嗟哉吾党二三子，安得至老不更归？<small>以议作收。</small>

□方曰："他人数语方能明者，此止须一句即全现出，而句法复如有馀地，此为笔力。"又曰："凡接都不从人间来，乃为奇险不测。"

《韩集》《五百家注》引孙良臣（汝听）曰："荦确，山不平貌。"○支子一作栀子，《酉阳杂俎》（卷十八）曰："诸花少六出者，惟栀子花六出，即西域花也。"《史记·太史公自序》《索隐》曰："粝，粗米也。"○《尔雅·释木》曰："栎，其实梂。"郭注曰："有梂汇自裹。"《说文》曰："草斗，栎实也。"案：草为皁之本字。○《文选·南都赋》李善注曰："枥与栎同。"○《楚辞·离骚》王注曰："辔在口曰鞿。"《汉书·刑法志》颜注曰："马络头曰鞿也。"

顾侠君曰："七言古诗易入整丽，而亦近平易，自老杜始为拗体，如《杜鹃行》之类。公之七言皆祖此种，而中间偏有极鲜丽处，不事雕琢，更见精采，有声有色，自是大家。元遗山《论诗绝句》曰：有情芍药含春泪；无力蔷薇卧晚枝。（二句系秦少游《春日诗》）拈出退之山石句，始知渠是女郎诗。真笃论也。"（《诗集》注）

八月十五夜赠张功曹　署

退之《河南令张君墓志铭》曰："君讳署，字某，河间人，举进士，拜监察御史，为幸臣所谮，与同辈韩愈、李方叔三人俱为县令南方，三年逢恩俱徙掾江陵。"《韩集》《五百家注》引樊泽之（汝霖）曰："公与张以贞元二十一年二月二十四日赦自南方俱徙掾江陵，至是俟命郴州而作是诗。"方扶南《韩诗编年笺注》曰："永贞元年，公为江陵府法曹参军，署为功曹参军，此时虽未之任，而官已定矣。"

纤云四卷天无河，清风吹空月舒波。

沙平水息声影绝，一杯相属君当歌。以上中秋夜饮。

君歌声酸辞且苦，不能听终泪如雨。

洞庭连天九疑高，蛟龙出没猩鼯号。

十生九死到官所，幽居默默如藏逃。

下床畏蛇食畏药，海气湿蛰熏腥臊。吴北江曰："写哀之词，纳入客语，运实于虚。"

昨者州前槌大鼓，嗣皇继圣登夔皋。

赦书一日行万里，罪从大辟皆除死。

迁者追回流者还，涤瑕荡垢朝清班。

州家申名使家抑，吴曰："一句中顿挫。"坎轲只得移荆蛮。

判司卑官不堪说，未免捶楚尘埃间。

同时辈流多上道，天路幽险难追攀。吴曰："此转尤胜。"○以上代张署歌辞。○贬谪之苦，判司之移，皆于张歌词出之，所谓避实法也。

君歌且休听我歌；我歌今与君殊科。

一年明月今宵多，人生由命非由他，有酒不饮奈明何！以上韩公歌辞。○方曰："收应起，笔力转换。"

□高朗雄秀，情韵兼美。

　　谢希逸《月赋》曰："长河韬映。"○《汉书·礼乐志·郊祀歌》曰："月穆穆以金波。"○《汉书·灌夫传》曰："及饮酒酣，夫起舞属蚡（田蚡）。"颜注曰："属，付也，犹今之舞讫劝酒也。"○洞庭、九疑并见李太白《远别离》注。○退之《祭张员外文》曰："我落阳山，以尹鼯猱。君飘临武，山林之牢。"案：贞元十九年冬，退之与署同贬，退之贬连州阳山令，署贬郴州临武令。阳山今广东属县，临武今湖南属县，此诗所云官所，在张为临武，在韩为连山。○方扶南曰："南方多蛇，人多畜蛊，以毒药杀人。《隋书·地理志》：畜蛊行以杀人，因食入人腹内，食其五藏。"○《新唐书·百官志》曰："少府监中尚署令，赦日击柳鼓千声集百官。"○《旧唐书·顺宗纪》曰："贞元二十一年正月丙申即位，二月甲子大赦。"○《书·舜典》："帝曰：夔，命女典乐。"又："帝曰：皋陶，女作士。"○《书·吕刑》伪《孔传》曰："大辟，死刑也。"○班孟坚《东都赋》曰："于是百姓涤瑕荡垢，而镜至清。"○孙良臣曰："使家谓湖南观察使。"沈文起（钦韩）《韩集补注》曰："是时杨凭为湖南观察使。"○《韩集》世彩堂本注曰："唐制：参军簿尉有过即受笞杖之刑。杜甫《送高书记诗》：脱身簿尉中，始与捶楚辞。杜牧《赠小侄阿宜诗》：参军与簿尉，尘土动劻勷。一语不中治，鞭笞满身疮。"○《说文》曰："科，程也。"《广雅·释言》曰："科，品也。"

谒衡岳庙遂宿岳寺题门楼

　　衡岳已见卷一杜子美《望岳诗》注。○方扶南曰："按公自郴至衡，因谒南岳，故《祭张署文》云：委舟湘流，往观南岳，此明证也。东坡以为自潮而归，误矣。"（苏子瞻《海市诗》曰："潮阳太守南迁归，喜见石廪堆祝融。自言正直动山鬼，岂知造物衰龙锺？"）

　　五岳祭秩皆三公，四方环镇嵩当中。
　　火维地荒足妖怪，天假神柄专其雄。
　　喷云泄雾藏半腹，虽有绝顶谁能穷？以上言衡岳
不易登览。
　　我来正逢秋雨节，阴气晦昧无清风。
　　潜心默祷若有应，岂非正直能感通？
　　须臾静扫众峰出，仰见突兀撑青空。
　　紫盖连延接天柱；石廪腾掷堆祝融。以上因祷而
开霁，故得仰观众峰。
　　森然魄动下马拜，松柏一径趋灵宫。
　　粉墙丹柱动光彩，鬼物图画填青红。
　　升阶伛偻荐脯酒，欲以菲薄明其衷。
　　庙令老人识神意，睢盱侦伺能鞠躬。
　　手持杯珓导我掷，云此最吉余难同。
　　窜逐蛮荒幸不死，衣食才足甘长终。
　　侯王将相望久绝，神纵欲福难为功。以上拜祭非
祈福。
　　夜投佛寺上高阁，星月掩映云曈昽。
　　猿鸣钟动不知曙，杲杲寒日生于东。以上佛寺投宿。
　　□吴曰："此东坡所谓能开衡山之云者，最足见公之志节。"
又曰："此诗质健，乃韩公本色。"

　　《礼记·王制》曰："天子祭天下名山，五岳视三公。"《书·
舜典》曰："望秩于山川。"伪《孔传》曰："如其秩次望祭之，
谓五岳牲礼视三公。"《通典》（卷四十六）《礼典·吉礼》六曰：

"大唐武德贞观之制，五岳年别一祭，南岳衡山于衡州南镇，开元十三年，封南岳神为司天王。"○《史记·封禅书》曰："昔三代之君皆在河、洛之间，故嵩高为中岳而四岳各如其方。"《清统志》曰："河南府：嵩山在登封县北。"○《初学记·地理》上引徐灵期《南岳记》曰："南岳衡山，朱陵之灵台，太虚之宝洞，上承冥宿，铨德钧物，故名衡山。下踞离宫，摄位火乡，赤帝馆其岭，祝融托其阳，故号为南岳。"○绝顶见卷一杜子美《望岳诗》。（此望东岳，与前后引异。）○《左》庄三十一年："史嚚曰：神，聪明正直而壹者也。"吴曰："此言神之正直，故能感通之也。东坡诗乃云：自言正直动山鬼，误读韩语矣。"○紫盖、天柱、石廪、祝融并见《望岳诗》注。○江文通《别赋》曰："左右兮魄动。"○《列子·黄帝篇》曰："随烟烬上下，众谓鬼物。"○《史记·封禅书》曰："名山大川祠二，以脯酒为岁祠。"○《新唐书·百官志》曰："五岳四渎令各一人，正九品上，掌祭祀。"○《庄子·寓言篇》曰："杨朱南之沛，老子曰：而睢睢，而盱盱，而谁与俱?"郭注曰："睢睢盱盱，跋扈之貌。"玄成英疏曰："睢盱，躁急威权之貌也。"案：此喻岳神之威。○《论语·乡党篇》曰："入公门鞠躬如也。"《汉书·冯奉世传》颜注曰："鞠躬，谨敬貌。"案：鞠躬当读为鞠穷。○《广韵》三十六效曰："珓，杯珓，古者以玉为之。"《演繁露》（卷三）曰："问卜于神，有器名杯珓，以两蚌壳投空掷地，观其俯仰，以断休咎。后人或以竹，或以木，斲如蛤形，而中分为二，亦名杯珓。野庙之巫未必力能用玉，当是择蚌壳莹白者为之，其掷法则以半俯半仰者为吉。"○《史记·陈涉世家》："涉曰：王侯将相宁有种乎?"○《文选》潘安仁《秋兴赋》曰："月朣胧以含光。"李善注引《埤苍》曰："朣胧，欲明也。"○谢灵运《从斤竹涧越岭西行诗》曰："猿鸣诚知曙。"此翻用其意。○《诗·伯兮》曰："杲杲出日。"

刘生诗

《韩集》《五百家注》引韩仲韶（醇）曰："贞元二十一年，刘师命访公于阳山，断章似有送行之意。集中有因梨花为生作二诗，岂前此之作耶？"方扶南曰："《古乐府解题》云：刘生不知何代人。观齐、梁以来所为《刘生诗》者皆称其任侠豪放，周游于五陵、三秦之地。大抵五言四韵，意亦相类。公以师命姓刘，其行事颇豪放，故用旧题赠之，而更为七言用乐府旧题而变其体也。"王宋贤曰："按题曰刘生，与卷五孟生诗同旨，或以为乐府古题，非是。又公以贞元二十一年夏离阳山，是诗述刘之投公有天星迴环之句，则其初至当在二十年春夏之交。韩谓二十一年师命访公于阳山，亦非。"

生名师命其姓刘，自少轩轾非常俦。

弃家如遗来远游，东走梁宋暨扬州，遂凌大江极东陬。

洪涛春天禹穴幽，越女一笑三年留。吴曰："极意雕琢成奇句。"

南逾横岭入炎州，青鲸高磨波山浮。

怪魅眩曜堆蛟虯，山狖欢噪猩猩游，毒气烁体黄膏流。

问胡不归良有由：吴曰："逆折拗甚。"美酒倾水禽肥牛，妖歌慢舞烂不收。

倒心迴肠为青眸，千金邀顾不可酬，吴曰："逆折。"乃独遇之尽绸缪。

瞥然一饷成十秋，昔须未生今白头。吴曰："奇语。"

五管历徧无贤侯，回望万里还家羞。

阳山穷邑唯猨猴，手持钓竿远相投。

我为罗列陈前修，芟蒿斩蓬利锄耰。

天星迥环数才周，吴曰："顿挫。"文学穰穰困仓稠。

车轻御良马力优，咄哉识路行勿休，往取将相酬恩雠。

□吴曰："气体雄直，是韩公本色，字句亦以拗练见长。"

《五百家注》：韩曰："轩轾，调适也，一云轻重也。《诗》：戎车既安，如轾如轩。（《六月》）又《马援传》：居前不能令人轾，居后不能令人轩。"步瀛案：轾同挚，《淮南子·人间篇》曰："道者置之前而不轾，置之后而不轩。"与《马援传》同义，然不轾不轩而后为平，轩轾正不平也。郑康成《诗笺》曰："从后观之如挚，从前观之如轩，然后调适。"非以调适训轩轾也。韩说失之。○《元和郡县志》曰："河南道宋州，自汉至晋为梁国，宋改为梁郡。"案：唐宋州治宋城县，在今河南商丘县南。○唐淮南道扬州治江都县，在今江苏江都县西南。○《五百家注》：孙曰："东陬，东隅，即越也。"○禹穴见杜子美《送孔巢父诗》注。○枚叔《七发》曰："越女侍前。"《五百家注》韩曰："刘生在越，意有所眷也。"○宋玉《登徒子好色赋》曰："嫣然一笑，惑阳城，迷下蔡。然此女登墙窥臣三年，至今未许也。"○孙曰："横岭谓五岭也。"案：岭字本作领，《后汉书·吴祐传》章怀注曰："领者西自衡山之南，东至于海，一山之限耳，别标名则有五焉。裴氏《广川记》云（川当作州）：大庾、始安、临贺、桂阳、揭阳，是为五岭。邓德明《南康记》曰：大庾一也，桂阳甲骑（《水经·耒水》注作骑田。）二也，九真都庞（《水经·锺水》注作部龙，误。戴东原已校改，杨惺吾《水经注疏要》删谓第三岭当在桂阳、临贺之间，即是南平之都庞山，九真二字或浅人增改。）三也，临贺萌渚四也，始安越城五也。裴氏之说则为审矣。"○《神异经·西荒经》曰："西方深山中有人焉，身长尺馀，袒身捕虾蟹以食，名曰山臊。"案：即山㺑。○魏文帝《艳歌何尝行》曰："但当饮醇酒，炙肥牛。"案《说文》曰："炙，炮肉也。从肉在火上。炙，俗字，从二肉大谬。"○宋玉《高唐赋》曰："感心动耳，回肠伤气。"○傅武仲《舞赋》曰："眄般鼓则腾清眸，吐哇咬则发皓齿。"○鲍明远《代白纻曲》曰："千金顾笑买芳年。"李白《白纻辞》曰："美人一笑千黄金。"○《说文》曰："瞥，过目也。"○江文通《倡妇自悲赋》曰："遥十秋以分居。"○《旧唐书·地理志》："岭南道五管：广州、桂州、邕州、容州……各有都督府。"《五百家注》：樊曰："唐永徽后，以广、桂、容、邕……皆隶广府，谓之五府节度使，名岭南五管。"○唐岭南道连州阳山县在今广东阳山县东。孙曰："公时为邑令。"○《楚辞·离骚》曰："謇吾法夫前修兮。"王叔师注曰："前修者，言仿前贤以自修洁。"○櫌同耰，《说文》："櫌，摩田器也。"○方扶南曰："按《月令》：星回于天，数将几终，岁且更始。《淮南子·时则训》：星回于天。注谓二十八舍更见南方，至是月周匝也。此一年十二月则星一周也。又按《左传》襄公九年，晋侯曰：十二年矣，是谓一终，一星终也。庾信《哀江南赋》：天道周星。此谓星十二年一周也。今此诗若承阳山来，则谓师命至此已一年，若以十秋计之，则前此十年今又二年，亦为一纪矣，言其当归也。"○《广雅·释诂》四曰："穰，丰也。"○《魏策》四："季梁见王曰：今者臣来见人于太行，方北面而持其驾，告臣曰：我欲之楚。臣曰：君之楚将奚为北面？曰：吾马良。臣曰：马虽良，此非楚之路也。曰：吾御者善。"○《汉书·东方朔传》颜注曰："咄，叱咄之声也。"

郑群赠簟

退之《尚书库部郎中郑君墓志铭》曰："君讳群，字弘之，世为荥阳人。以进士选吏部考功，所试判为上等，授正字。自鄂县尉拜监察御史，佐鄂、岳使，裴均之为江陵，以殿中侍御佐其军。"孙曰："群时以殿中侍御史佐裴均江陵，公自阳山量移江陵法曹，与群同僚。"

蕲州笛竹天下知，郑君所宝尤瓌奇。
携来当昼不得卧，一府传看黄琉璃。
体坚色净又藏节，尽眼凝滑无瑕疵。以上郑簟之佳。
法曹贫贱众所易，腰腹空大何能为？
自从五月困暑湿，如坐深甑遭蒸炊。
手磨袖拂心语口，吴曰：四句逆摄下文，摹写生动。"曼肤多汗真相宜。
日暮归来独惆怅，吴曰："再展一句，乃笔力横劲处。"有卖直欲倾家资。以上言己极欲得此簟。○吴曰："皆题前布局作势之法。"
谁谓故人知我意？卷送八尺含风漪。
呼奴扫地铺未了，光彩照曜惊童儿。
青蝇侧翅蚤虱避，肃肃疑有清飙吹。
倒身甘寝百疾愈，却愿天日恒炎曦。用加倍反衬，语意并妙。
明珠青玉不足报，赠子相好无衰时。
□顾曰："此诗每用反衬意见奇，如携来当昼不得卧、却愿天日恒炎曦等句，是也。赋物之妙，直从细琐处体贴而出。"

《新唐书·地理志》曰："淮南道蕲州蕲春郡：土贡白纻、
簟。"案：唐蕲州治蕲春县。今湖北蕲春县西北。《群芳谱》曰：
"蕲竹出蕲州，以色莹者为簟，节疏者为笛，带须者为杖。韩愈
所谓蕲州笛竹天下知，一府争看黄琉璃者也。"○《竹谱》曰：
"筀任篙笛，体特坚圆。"又曰："有竹象芦，因以为名。肌理匀
净，筠色润贞。"○《南方草木状》曰："簟竹叶疏而大，一节相
去六七尺。"○方扶南曰："公为江陵法曹参军，在永贞元年。至
明年六月，召拜国子博士，还朝，赠簟之时去还朝不远矣。"
○《礼记·乐记》郑注曰："易，轻也。"○《后汉书·东平王苍
传》："明帝赐王诏曰：其言甚大，副是腰腹矣。"樊曰："唐孔戣
《私记》云：退之丰肥善睡，每来吾家，必命枕簟。沈存中《笔
谈》亦云：世画韩退之小面而美髯，著纱帽，此乃江南韩熙载
尔。熙载谥文靖，江南人谓之韩文公，因此遂误以为退之。退之
肥而少髯。此诗有腰腹空大及曼肤多汗之语，二说信然。"
○《淮南子·时则篇》高注曰："熹，烝炊也。"○《楚辞·天
问》曰："平胁曼肤，何以肥之？"王注曰："形体曼泽。"洪《补
注》曰："曼音万。"案《诗·閟宫》郑笺曰："曼，广也。"○阴
子坚《经丰城剑池诗》曰："夹筱澄深绿，含风作细漪。"○《庄
子·徐无鬼篇》曰："孙叔敖甘寝秉羽，而郢人投兵。"○张平子
《四愁诗》曰："美人赠我貂襜褕，何以报之明月珠。"又曰："美
人赠我锦绣段，何以报之青玉案。"

送区弘南归

　　方崧卿《韩集举正》曰："区，乌侯反。《唐韵》：区冶子
之后。汉《王莽传》有中郎区博。"樊曰："公自阳山徙江陵，
寻拜国子博士，区生实从之，至是南归，公作诗送之。张籍、
孟郊亦皆有诗，元和元年也。"

穆昔南征军不归，虫沙猿鹤伏以飞。何义门曰：
"起得奇。"

汹汹洞庭莽翠微，九疑镵天荒是非。

野有象犀水贝玑，分散百宝人士稀。以上言南荒
少士。

我迁于南日周围，来见者众莫依俙，

爰有区子荧荧晖，观以彝训或从违。

我念前人讐莅菲，落以斧引以纆徽。上三下四，
句法与寻常异。

虽有不逮驱騑騑，或采于薄渔于矶。

服役不辱言不讥，从我荆州来京畿，离其母妻
绝因依。

嗟我道不能自肥，子虽勤苦终何希？以上从来京师。

王都观阙双巍巍，腾蹋众骏事鞍鞿。

佩服上色紫与绯，独子之节可嗟唏。

母附书至妻寄衣，开书拆衣泪痕晞。

虽不敕还情庶几，朝暮盘羞侧庭闱。

幽房无人感伊威，人生到此馀可祈。情致缠绵，
宛转切至。

子去矣时若发机！此句亦上三下四。○以上南归。

蜃沉海底气升霏，彩雉野伏朝扇翚。

处子窈窕王所妃，苟有令德隐不腓。

况今天子铺德威，蔽能者诛荐受禨。

出送抚背我涕挥，行行正直慎脂韦。

业成志树来颀颀，我当为子言天扉。以上劝勉。

□字字精卓妍炼而不伤气，读之但觉真味醰醰，绅绎不尽。

孙曰:"《抱朴子》:穆王南征,一军尽化,君子为猿为鹤,小人为虫为沙。伏谓猿虫,飞谓沙鹤,事亦出《博物志》。"步瀛案:孙引《抱朴子》与《艺文类聚·兽部》下引同。《太平御览·妖异部》四引鹤作鹄,今本《抱朴子·绎滞篇》作三军之众一朝尽化,君子为鹤,小人成沙。不言穆王南征及为猿为虫,疑传写异耳。又案:《诗·江有汜》郑笺曰:"以犹与也。"○《尔雅·释山》曰:"山未及上翠微。"○孙曰:"贞元十九年冬,公谪阳山,明年冬弘来,故云日周围。"步瀛案:谓日行黄道已周一匝也。○《诗·邶·谷风》曰:"采葑采菲,无以下体。"《左传》僖三十三年臼季引此诗而说之曰:"君取节焉可也。"○孙曰:"《易》:系用徽纆(《坎》上六爻词),绳也。引以徽者,即今梓匠所引也。"《考异》曰:"此言纆徽,谓木工所用之绳墨也,然《周易》作徽纆,乃为墨索,所以拘罪人者。恐公所用别有据也。"王宋贤曰:"《史记·贾谊传》《索隐》引韦昭曰:纆,徽也。又扬雄《酒箴》:牵于墨徽。师古曰:井索也。井索可以言纆徽,更无疑于木工所用之绳墨矣。"○张文潜曰:"古人作七言诗多上四字而下以三字成之,退之乃变句脉以上三下四,如落以斧引以纆徽,虽欲悔舌不可扪(《陆浑山火诗》)是也。"何义门曰:"《汉铙歌·上邪篇》云:山无陵江水为竭。又汝南童谣云:饭我豆食羹芋魁,(童谣见《汉书·翟方进传》,《乐府诗集》亦载之。)其句脉皆上三字略断,韩子必有本也。"○《诗·四牡》毛传曰:"骓骓,行不止之貌。"○《楚辞·九章·涉江》王注曰:"草木交错曰薄。"○孙曰:"元和元年六月,公自江陵召为国子博士,弘与公俱至京师。"○《淮南子·精神篇》曰:"先王之道胜故肥。"○《新唐书·舆服志》曰:"文武三品以上服紫,四品服深绯,五品服浅绯。"○束广微《补亡诗》曰:"眷恋庭闱,心不遑安。"又曰:"馨尔夕膳,絜尔晨羞。"○《诗·东山》曰:"伊威在室。"毛传曰:"伊威委黍。"陆玑《诗疏》曰:"伊威一名委黍，一名鼠妇，在壁根下瓮底土中生，似白鱼者也。"
○《庄子·齐物论》曰："其发若机括。"○《史记·天官书》
曰："海蜃气象楼台。"○《尔雅·释鸟》曰："雉五采皆备成章
曰翚。"郭注曰："言其毛色光鲜。"《新唐书·仪卫志》曰："唐
制：人君举动必以扇，大驾卤薄〔簿〕有雉尾障扇、雉尾扇、方
雉尾扇、花盖小雉尾扇。"○《诗·四月》毛传曰："痱，病也。"
○《汉书·武帝纪》元朔元年诏曰："进贤受上赏，蔽贤蒙显戮，
古之道也。"《淮南子·人间篇》许注曰："機，祥也。"《楚辞·
卜居》曰："如脂如韦。"洪《补注》曰："韦，柔皮也。"○《诗
·卫风》："硕人颀颀。"郑笺曰："言仪表长丽俊好颀颀然。"

石鼓歌

　　《元和郡县志》曰："关内道凤翔府天兴县：石鼓文在县南
二十里许，石形如鼓，其数有十。盖纪周宣王畋猎之事，其文
即史籀之迹也。贞观中吏部侍郎苏勗纪其事云：虞、褚、欧阳
共称古妙。"《云谷杂记》（卷三）亦引苏勗《载记》云："石鼓
谓周宣王猎碣，共十鼓，其文则史籀大篆书。《后汉书·邓骘
传》章怀注言岐州石鼓，明重言者皆为二字。"盖以石鼓是三
代之物，故以证汉事。（汪容甫《石鼓文证》之说。）张怀瓘
《书断》（卷上）曰："籀文者，周太史籀之所作也。其迹有石
鼓文存焉。盖讽宣王畋猎之作。今在陈仓。"窦子全（蒙）注
《述书赋》曰："岐州雍城南有周宣王猎碣十枚，并作鼓形，上
有篆文。"是唐人以石鼓为周宣时制。韦应物《石鼓歌》曰：
"周宣大猎兮岐之阳，刻石表功兮炜煌煌。"又曰："乃是宣王
之臣史籀作。"（《集古录跋尾》卷二曰：韦应物以为周文王之
物，宣王刻诗。《韵语阳秋》卷十四引此诗周宣作周文，永叔
所见本盖同。然详其诗意，当以作周宣为是。）退之此诗亦以
为周宣时物，盖唐时无异议也。欧阳永叔《集古录跋尾》（卷

一）：曰："岐阳石鼓在今凤翔孔子庙中，鼓有十，先时散弃于野，郑馀庆始置于庙而亡其一。皇祐四年，向传师求于民间得之，十鼓乃足。"又谓："其可疑者三四。"而卒谓："退之好古不妄者，余姑取以为信耳。"是周宣之说永叔不能无疑也。董彦远（逌）《广川书跋》（卷二）程泰之（大昌）《雍录》（卷九）皆据《左传》（昭四年）成有岐阳之蒐之文，以为周成王时石鼓。任汝弼、（《云谷杂记》卷三曰："任汝弼云：籀与古文书以刀，刀故锐，秦篆书以漆，漆故刊，石鼓之文其端皆刊，以是知石鼓为秦时也。"）郑夹漈、（樵，案《通志·金石略》一石鼓下注曰："秦凤翔府，宣和间移置东京，臣有《石鼓辨》明为秦篆。"《宋史·艺文志》经类小学类有《石鼓文考》一卷。《文献通考·经籍考》作三卷。《宝刻丛编》卷一载有郑樵《石鼓音序》。）巩仲至（丰，案《升庵外集》卷八十九曰："巩丰云：岐本周地，平王东迁以赐秦襄公矣，自此岐地属秦，秦人好田猎，是诗之作其在献公之前，襄公之后乎？地，秦地也；字，秦字也；其为秦物可知。"）或据刻法，或据字体，或据地理，断以为秦时物。金马定国又创为宇文周所造之说，（《金石萃编》卷一引《姚氏残说》曰："温彦威使三京得伪刘词臣马定国文云：石鼓非周宣王时事，乃后周文帝猎于岐阳所作也。史：大统十一年猎于白水，遂西狩岐阳。"）陆友仁（友）又变为元魏宣武时所造之说，（《研北杂志》卷上曰：元魏景明三年，帝躬御弧矢，射远及一百五十步，群臣勒铭射所，此《北史·宣武本纪》所载，今世尚有碑刻，其词有云：慨岐阳之末训，又：有彼岐阳。由此观之，石决非宇文周之物也。"）以上诸说，后人各有主之者，然元魏、北周二说前人已多驳之。周成之蒐亦无由证其有此猎碣，惟周宣之说传闻较古，故清人多主之，秦代之说事实较确，故近人多主之。特限于篇幅，不能详述焉。

张生手持石鼓文，劝我试作石鼓歌。

少陵无人谪仙死，吴曰："挺接。"才薄将奈石鼓何！吴曰："以上虚冒点题。"

周纲陵迟四海沸，吴曰："跌下句。"宣王愤起挥天戈。

大开明堂受朝贺，诸侯剑佩鸣相磨。

蒐于岐阳骋雄俊，万里禽兽皆遮罗。

镌功勒成告万世，凿石作鼓隳嵯峨。

从臣才艺咸第一，拣选撰刻留山阿。

雨淋日炙野火燎，鬼物守护烦撝呵。吴曰："以上叙作鼓源始。"

公从何处得纸本？毫发尽备无差讹。

辞严义密读难晓，字体不类隶与科。

年深岂免有缺画？快剑斫断生蛟鼍。

鸾翔凤翥众仙下，珊瑚碧树交枝柯。

金绳铁索锁纽壮，古鼎跃水龙腾梭。

陋儒编诗不收入，二雅褊迫无委蛇。

孔子西行不到秦，掎摭星宿遗羲娥。吴曰："以上赞叹纸本。"

嗟余好古生苦晚，对此涕泪双滂沱。

忆昔初蒙博士征，其年始改称元和。

故人从军在右辅，为我量度掘臼科。

濯冠沐浴告祭酒，如此至宝存岂多？

毡苞席裹可立致，十鼓只载数骆驼。

荐诸太庙比郜鼎，光价岂止百倍过？

圣恩若许留太学，诸生讲解得切磋。

观经鸿都尚填咽，坐见举国来奔波。

剜苔剔藓露节角，安置妥帖平不颇。

大厦深檐与盖覆，经历久远期无佗。

中朝大官老于事，讵肯感激徒媕娿？

牧童敲火牛砺角，谁复着手为摩挲？吴曰："有慨
言之。"

日销月铄就埋没，六年西顾空吟哦。

羲之俗书趁姿媚，数纸尚可博白鹅。

继周八代争战罢，无人收拾理则那！

方今太平日无事，柄任儒术崇丘轲。

安能以此上论列？愿借辩口如悬河。

石鼓之歌止于此，呜呼吾意其蹉跎！吴曰："收句
幽咽苍凉不尽。"○以上建议收拾。

□吴曰："句奇语重，能字字顿挫出筋节，最是此篇胜处。"

张生，《五百家注》孙曰："即张籍。"案：见卷一《调张籍》
注。○少陵见卷一杜子美《自京赴奉先咏怀》注。○谪仙见《蜀
道难》题注。○郑康成《诗谱序》曰："后王稍更陵迟。"○《史
记·周本纪》曰："宣王即位，二相辅之，修政法文、武、成、
康之遗风，诸侯复宗周。"○《礼记·明堂位》曰："昔者周公朝
诸侯于明堂之位。"《周书·明堂篇》曰："乃会万国诸侯于宗周，
大朝诸侯明堂之位。"○《左》昭四年传曰："成有岐阳之蒐。"
杜注云："周成王归自奄，大蒐于岐山之阳。岐山在美阳县西
北。"案：美阳，汉县，属右扶风，今陕西扶风县治。○《文选》
班孟坚《西都赋》曰："封岱勒成。"○张平子《西京赋》曰：
"嵯峨崨嶪。"方扶南曰："谓隳坏高山也。"○《说文》："撝，一
曰手指也。呵，大言而怒也。"呵、诃同字○张怀瓘《书断》

（卷上）曰：“隶书者，秦下邽人程邈所造也。始皇善之，用为御史，以奏事繁多，篆字难成，乃用隶字，以为隶人佐书，故名隶书。”○《水经·泗水》注曰：“自秦烧诗书，经典沦缺，汉武帝时，鲁恭王坏孔子旧宅，得《尚书》《春秋》《论语》《孝经》，时人已不复知有古文，谓之科斗书。”○《淮南子·墬形篇》曰：“昆仑虚，碧树瑶树在其北。”班孟坚《西都赋》曰：“珊瑚碧树，周阿而生。”○《史记·封禅书》曰：“宋太丘社亡而鼎没于泗水彭城下。”《水经·泗水》注曰：“周显王四十二年，九鼎沦没泗渊，秦始皇时而鼎见于斯水，始皇自以为德合三代，大喜。使数千人没水求之，不得，所谓鼎伏也。亦云系而行之，未出，龙齿啮断其系。”《晋书·陶侃传》曰：“或云侃少时渔于雷泽，网得一织梭，以挂于壁，有顷雷雨，自化为龙而去。”○《诗序》曰：“政有大小，故有小雅焉，有大雅焉。”○《诗·羔羊》曰：“退食自公，委蛇委蛇。”郑笺云：“委蛇，委曲自得之貌。”○曹子建《与杨德祖书》曰：“刘季绪好诋诃文章，掎摭利病。”《说文》曰：“掎，偏引也。摭，采取也。”○《释名·释天》曰：“宿，宿也，星名止宿其处也。”《五百家注》孙曰：“羲和日御，常娥月御，羲、娥谓日月也。”《容斋随笔》（卷四）曰：“文士为文有矜夸过实，虽韩文公不能免。如《石鼓》云：孔子西行不到秦，掎摭星宿遗羲、娥。是谓三百篇皆如星宿，此诗如日月也。二雅褊迫之语，尤非所宜言。今世所传石鼓之词尚在，岂能出《吉日》《车攻》之右乎？”○《诗·泽陂》曰：“涕泗滂沱。”○《旧唐书·韩愈传》曰：“为连州阳山令，量移江陵府掾曹。元和初召为国子博士。”○孙曰：“右辅谓右扶风，即凤翔府也。公故人为凤翔节度府从事，故云从军在右辅。”方扶南曰：“王伯顺曰：退之时为博士，请于祭酒，欲以数橐驼舆石鼓至太学，不从。留守郑馀庆始迁之凤翔孔子庙，故人谓郑也。按《旧唐书·宪宗纪》及《郑馀庆传》：元和元年五月，馀庆罢相为太子宾客，九月改国子祭酒，十一月拜河南尹，未尝有从军右辅之事。至十三年乃为凤翔、陇右节度使。今诗言元年之事，而伯顺以郑馀庆当之，颇为未允，恐故人别有所指也。"○《唐六典》（卷二十一）曰："国子监祭酒一人，从三品，掌邦国儒学训导之政令。"○郜鼎见卷一《荐士诗》注。○《诗·淇奥》曰："如切如磋。"○《后汉书·灵帝纪》曰："光和元年二月，始置鸿都门学士。"《水经·穀水》注曰："蔡邕以熹平四年与五官中郎将堂谿典等奏求正定六经文字，灵帝许之。邕乃自书丹于碑，使工镌刻，立于太学门外。及碑始立，其观视及笔写者，车乘日千馀两，填塞街陌矣。"又见《后汉书·蔡邕传》。○《左》昭二年《传》，杜注曰："颇，不平也。"○《五百家注》："婑音庵，又音掩，婼音阿。"孙曰："婑婼，不决貌。"○王彦辅（得臣）《麈史》（卷中）曰："王右军书多不讲偏旁，此退之所谓羲之俗书趁姿媚者也。"○《晋书·王羲之传》曰："羲之性爱鹅，山阴有一道士，好养鹅，羲之固求市之，道士云：为写《道德经》，当举群相赠。羲之写毕，笼鹅而归。"○《五百家注》：樊曰："八代以石鼓所在言之，其秦、汉、魏、晋、元魏、齐、周、隋八代欤！"○《左》宣二年："弃甲则那。"杜注曰："那犹何也。"○《世说新语·言语篇》：王太尉云："郭子玄语议如悬河泻水，注而不竭。"

　　《笔墨闲录》曰："此歌全仰止杜子美《李潮八分小篆歌》。才薄将奈石鼓何！即子美云潮乎潮乎奈尔何。快剑斫断生蛟鼍，即子美云快剑长戟森相向。"（《五百家注》引）

听颖师弹琴

　　李长吉《听颖师弹琴歌》曰："竺僧前立当吾门。"则颖师乃僧也。《渔隐丛话前集》（卷十六）："《西清诗话》云：吴僧义海以琴名世，六一居士尝问东坡琴诗孰优，东坡答以退之《听颖师琴》。公曰：此只是听琵琶耳。（何义门曰：必非欧公

语。）或以问海，海曰：欧阳公一代英伟，然斯语误矣。昵昵
儿女语，恩怨相尔汝，言轻柔细屑，真情出见也。划然变轩
昂，勇士赴敌场，精神馀溢，竦观听也。浮云柳絮无根蒂，天
地阔远随飞扬，纵横变态，浩乎不失自然也。喧啾百鸟群，忽
见孤凤凰，又见颖孤绝不同流俗下俚声也。跻攀分寸不可上，
失势一落千丈强，起伏抑扬不主故常也，皆指下丝声妙处，惟
琴为然。琵琶格上声，乌能尔邪？退之深得其趣，未易讥评
也。"许彦周《诗话》曰："韩退之《听颖师弹琴诗》云：浮云
柳絮无根蒂，天地阔远随飞扬，此泛声也。谓轻非丝重非木
也。喧啾百鸟群，忽见孤凤凰，泛声中寄指声也。跻攀分寸不
可上，吟绎声也。失势一落千丈强，顺下声也。仆不晓琴，闻
之善琴者云：此数声最难工。自文忠公与东坡论此诗，作《听
琵琶诗》之后，后生随例云云，柳下惠则可，我则不可，故特
论之，少为退之雪冤。"方扶南曰："按嵇康《琴赋》中已具此
数声，其曰或怨㜏而踌蹰，非昵昵儿女语乎？时劫掎以慷慨，
非勇士赴敌场乎？忽飘飖以轻迈，若众葩敷荣曜春风，非浮云
柳絮无根蒂乎？嘤若离鹍鸣清池，翼若游鸿翔曾崖，又若鸾凤
和鸣戏云中，非喧啾百鸟群忽见孤凤皇乎？参禅繁促，复叠攒
仄，拊嗟累赞，间不容息，非跻攀分寸不可上乎？或乘险投
会，邀隙趋危，或搂㩳擽捋，缥缭潎洌，非失势一落千丈强
乎？公非袭《琴赋》，而会心于琴理则有合也。"

　　昵昵儿女语，恩怨相尔汝。

　　划然变轩昂，勇士赴敌场。吴曰："无端而来，无
端而止，章法奇诡极矣。"

　　浮云柳絮无根蒂，天地阔远随飞扬。

　　喧啾百鸟群，忽见孤凤凰。

跻攀分寸不可上，失势一落千丈强。吴曰："极顿
挫抑扬之致，盖即以自喻其文章之妙也。"

嗟余有两耳，未省听丝篁。

自闻颖师弹，起坐在一旁。

推手遽止之，湿衣泪滂滂。

颖乎尔诚能，吴曰："再顿一笔。"无以冰炭置我肠。

昵昵一作妮妮，或作呢呢。○《史记·魏其武安传》，灌夫
曰："乃效女儿呫嗫耳语！"《索隐》曰："女儿犹云儿女也。"○
划然句，孙曰："划截之声，激烈也。"○陶渊明《杂诗》曰：
"人生无根蒂，飘如陌上尘。"○《古木兰诗》曰："赏赐百千
强。"世彩堂本注曰："算家以有馀为强。"○张景阳《七命》曰：
"拂促柱则酸鼻，挥危弦则涕流。"《广雅·释训》曰："滂滂，流
也。"○《楚辞·七谏·自悲》曰："冰炭不可以相并兮。"《庄子
·人间世》郭注曰："喜惧战于胸中，固已结冰炭于五藏矣。"

卢郎中云夫寄示送盘谷子诗二章歌以和之

《韩集》《五百家注》曰："卢郎中，卢汀也。"又《酬司门
卢四兄云夫院长望秋作》注曰："卢四名汀，贞元元年进士。"
孙曰："盘谷在孟州济源县太行山之南，李愿居之，因号盘谷
子。"韩曰："正元（宋人避贞为正）十七年，公送李愿归盘谷
有序，此诗元和七年冬长安作。"（王宋贤以为六年作。）

昔寻李愿向盘谷，正见高崖巨壁争开张。

是时新晴天井溢，谁把长剑倚太行？

冲风吹破落天外，飞雨白日洒洛阳。

东蹈燕川食旷野，有馈木蕨芽满筐。

马头溪深不可厉，借车载过水入箱。

平沙绿浪榜方口，雁鸭飞起穿垂杨。吴北江曰："设景闲雅。"

穷探极览颇恣横，物外日月本不忙。吴先生曰："以上叙昔至盘谷访李愿事。"

归来辛苦欲谁为？坐令再往之计堕眇芒。吴北江曰："再缴回一笔，以取姿态。"

闭门长安三日雪，堆书扑笔歌慨慷。

旁无壮士遣属和，远忆卢老诗颠狂。吴北江曰："逆折为下句作势。"

开缄忽睹送归作，吴北江曰："此句跳跃而入。"字向纸上皆轩昂。

又知李侯竟不顾，方冬独入崔嵬藏。吴先生曰："以上叙卢寄示诗篇，知李已入山矣。"

我今进退几时决？十年蠢蠢随朝行。

家请官供不报答，无异雀鼠偷太仓。

行抽手版付丞相，不待弹劾还耕桑。吴先生曰："以上叙己将归耕。"

□奇思壮采以闲逸出之，或云似杜，或云似李，仍非杜非李而为韩公之诗也。

李愿，沈文起曰："此与西平王（李晟）子名姓偶同，别是一人也。"何曰："《元和御览诗》中有李愿二首，疑即其人。"○退之《送李愿归盘谷序》曰："太行之阳，有盘谷。或曰：谓其环两山之间故曰盘，或曰：是谷也，宅幽而势阻，隐者之所盘旋，友人李愿居之。"《清统志》曰："河南怀庆府：盘谷在济源县北二十里。"○《汉书·地理志》上党郡高都县原注曰："有天井关。"《水经·沁水》注曰："丹水又南，白水注之，水出高都县故城西，所谓长平白水也。东南流历天井关。蔡邕曰：太行山上有天井关在井北，遂因名焉。白水又东，天井溪水会焉，水出天井关北流，注白水，世谓之北流泉。"《清统志》曰："山西泽州府：天井关在凤台县南。"案：今改晋城县。○宋玉《大言赋》曰："长剑耿耿倚天外。"孙曰："水自天井倾泻而下，如长剑之倚山。"○《楚辞·九歌·河伯》曰："冲风起兮水横波。"○李太白《望庐山瀑布诗》曰："飞流直下三千尺，疑是银河落九天。"○朱晦庵曰："燕川、方口皆盘谷旁近之小地名。"（《考异》）○《诗·草虫》曰："言采其蕨。"毛传曰："蕨，鳖也。"《齐民要术》卷九引《义疏》曰："蕨，山菜也，初生似蒜，茎紫黑色，二月中高八九寸，先有叶，瀹为茹，滑美如葵。"○孙曰："马头，溪名。"方扶南曰："《水经》榖水出弘农黾池县南榖阳谷。注云：今榖水出于（戴校作千）崤东马头山榖阳谷。《唐书·地理志》黾池属河南则马头溪或即山下之溪也。"步瀛案：此似相距太远，恐未必确。○《诗·匏有苦叶》曰："深则厉。"毛传曰："以衣涉水为厉。"○《楚辞·九章·涉江》曰："齐吴榜以击汰。"洪《补注》曰："榜，北猛切，又音谤，进船也。"○孙曰："方口，地名。"世彩堂本注曰："公《盆池诗》，恰如方口钓鱼时，亦其地也。"方崧卿曰："方或作枋。"方扶南曰："《水经注》：沁水南迳石门，晋安平献王孚兴河内水利，太行以西，王屋以东，众谷走水，小口漂迸，木门朽败，去堰五里以外，累方石为门，用代木门枋，故石门旧有枋口之称。又云：朱沟水于沁水县西北自方口东南流，奉沟水右出焉。（皆《沁水》注）《唐书·地理志》：孟州济源县有坊口堰。则方口、盘谷同在济源，枋坊方三字不同，其地则一。"○《五百家注》引祝曰："扑，掷也。"○宋玉《对楚王问》曰："国中属而和者数千人。"○韩曰："自贞元十九年癸未为御史登朝，至元和七年壬辰，为十年矣。"王宋贤曰："先是公佐汴、徐，自贞元十八年得官博士，后始为王臣。至元和六年为职方郎，凡十年矣。前和《望秋诗》六年作，此诗即是年冬作。韩注谓为御史始登朝，必以登朝官为朝行，则七年自职方复为博士又非朝行矣。"○《史记·李斯传》曰："年少时为郡小吏，观仓中鼠食粟，居大庑之下，不见人犬之忧。"《平准书》曰："太仓之粟，陈陈相因。"《梁书·张率传》曰："率在新安，遣家僮载米三千石还吴宅，既至，遂耗大半，率问其故，答曰：雀鼠耗也。率笑而言曰：壮哉雀鼠。"○《周礼·天官·序官》司书，贾公彦疏曰："古有简策以记事，若在君前以笏记事，后代用簿，簿今手版。"《隋唐·礼仪志》曰："百官朝服公服则执手版。"○《后汉书·周燮黄宪等传序》曰："闵仲叔投劾而去。"章怀注曰："案罪曰劾，自投其罪状而去也。"《汉书·杨恽传·报孙会宗书》曰："身率妻子，戮力耕桑。"

月蚀诗效玉川子作

　　《新唐书·卢仝传》曰："仝居东都，愈为河南令，爱其诗，厚礼之。仝自号玉川子，尝为《月蚀诗》以讥切元和逆党，愈称其工。"《五百家注》引陈齐之曰："退之效玉川子《月蚀诗》乃删卢仝冗语耳，非效玉川也。"方扶南曰："按《新书》卢仝作《月蚀诗》以讥切元和逆党，方崧卿以为稽之岁月不合。盖讥元和初宦官横恣。朱文公以为宦官之说为未必然，而亦以《新书》为谬。洪容斋则祖崧卿而详说之，谓当为吐突承璀用事而作，盖皆误认元和逆党为庚子陈弘志弑逆之党，而不考庚寅王承宗判逆之党也。按卢诗：恒州阵斩郦定进，郦定进者，讨王承宗之神策将，承宗拒命，帝遣中人吐突承璀将左右神策帅讨之。承璀无威略，师不振，神策将郦定进及战北驰而偾，赵人害之。是则承宗抗师杀将，逆莫大矣。史书郦定进死在元和五年，韩诗元和庚寅，卢诗新天子即位五年，时事正合。是诗自为承宗叛逆而发，《新书》以为元和逆党，特浑其词耳。卢诗又云：岁星主福德，官爵奉董秦。董秦者史思明将，归正封王，赐名李忠臣，后复附朱泚为逆。时承宗上书谢罪，上遂下诏浣雪，尽以故地界之，罢诸道兵。是则今日之承宗与昔日之董秦，朝廷处分正自相同。董秦可以复判，安知承宗不然？反侧之臣，明有前鉴，故以比之。至东西南北龙虎鸟龟诸天星，无不仿《大东》之诗刺及者，指征讨诸镇也。当时命恒州四面藩镇各进兵，诸军久无功，白居易上言以为刘济引全军攻围乐寿，久不能下，师道、季安元不可保，察其情状，似相计会，各收一县，遂不进军，此明证也。”

　　元和庚寅斗插子，月十四日三更中。
　　森森万木夜僵立，寒气屃奰顽无风。
　　月形如白盘，完完上天东。
　　忽然有物来噉之，不知是何虫。
　　如何至神物，遭此狼狈凶？
　　星如撒沙出，攒集争强雄。伏下。
　　油灯不照席，反跌一句。是夕吐焰如长虹。吴北江曰：“写小人得志令人气索。”
　　玉川子涕泗下中庭独行。
　　念此日月者为天之眼睛。
　　此犹不自保，吾道何由行？以上月蚀时形状。
　　尝闻古老言，疑是虾蟆精。
　　径圆千里纳女腹，何处养女百丑形？
　　杷沙脚手钝，谁使女解缘青冥？
　　黄帝有四目，帝舜重其明。
　　今天只两目，何故许食使偏盲？

尧呼大水浸十日，不惜万国赤子鱼头生。

女于此时若食日，虽食八九无馋名。

赤龙黑鸟烧口热，翎鬣倒侧相搪撑。

婪酣大腹遭一饱，饥肠彻死无由鸣。吴曰："趣语。"

后时食月罪当死，天罗磕帀何处逃汝刑？以上正
蚀月之罪。

玉川子立于庭而言曰：

地行贱臣仝，再拜敢告上天公。

臣有一寸刃，可刲凶蠆肠。

无梯可上天，天阶无由有臣踪。

寄笺东南风，天门西北祈风通。

丁宁附耳莫漏泄，薄命正值飞廉㤹。吴曰："感慨
无穷。"

东方青色龙，吴曰："以下笺。"牙角何呀呀？

从官百馀座，嚼啜烦官家。

月蚀女不知，安用为龙窟天河？

赤鸟司南方，尾秃翅觰沙。

月蚀于女头，女口开呀呀。

虾蟆掠女两吻过，忍学省事不以女觜啄虾蟆？

於菟蹲于西，旗旄卫彗𢶬。

既从白帝祠，又食于褅礼有加。

忍令月被恶物食，枉于女口插齿牙？

乌龟怯奸怕寒，缩颈以壳自遮。

终令夸蛾抶女出，卜师烧锥钻灼满板如星罗。

此外内外官，琐细不足科。

臣请悉扫除，慎勿许语令啾哗。

并光全耀归我月，盲眼镜净无纤瑕。

毙蛙拘送主府官，帝箸下腹尝其蟠。

依前使兔操杵臼，玉阶桂树闲婆娑。

恒娥还宫室，太阳有室家。以上请毙蛙还月。

天虽高，耳属地。感臣赤心，使臣行意。

虽无明言，潜喻厥旨。有气有形，皆吾赤子。

虽忿大伤，忍杀孩稚？还女月明，安行于次。

尽释众罪，以蛙磔死。以上帝许所请，还月毙蛙。

□何义门曰："前半删全冗语，入后乃韩公自运，非止法严，更以理胜也。"王宋贤曰："《月蚀诗》刺时之作，只应借虾蟆寄讽，不宜逐述时事，致失比兴之体。卢诗恃其绝足，恣意奔放，必如公作乃可云范我驰驱，如董秦、定进并无一语及之，尤见笔削谨严，不愧卓然典则之文。"

起二句，孙曰："元和五年十一月十四日也。"案《淮南子·时则篇》曰："仲冬之月招摇指子。"高注曰："招摇，北斗第七星。"○顺，《说文》作眉，曰："卧息也。"段注曰："眉之本意为卧息，鼻部所谓齁也。用力者必鼓其息，故引申之为作力之貌。"奰，《说文》作㚛，曰："壮大也。"《诗·荡》之篇，内奰于中国。省作奰。毛传曰："怒也。"字亦误作顺。《西京赋》："巨灵顺㸦。"薛注曰："作力之貌也。"顺奰与顺㸦义同，谓寒气怒发之貌。○李太白《古朗月行》曰："小时不识月，呼作白玉盘。"○朱晦庵曰："完完言月圆也。"○《诗·泽陂》曰："涕泗滂沱。"毛传曰："自目曰涕，自鼻曰泗。"○《太平御览·天部》三引《任子》曰："日月为天下眼目。"○《史记·龟策传》曰："日为德而君于天下，辱于三足之乌，月为刑而相佐，见食于虾蟆。"○《白虎通·日月篇》曰："日月径千里也。"《北堂书钞·天部》四引徐整《长历》曰："日径千里，周围三千里。"○《五百家本》杷作爬，注曰："爬沙，行貌。"〇《御览·皇王部》四引《帝王世纪》曰："力牧、常先、大鸿、神农、皇直、封钜、大镇、大山、稽鬼、奥区、封胡、孔甲等，或以为师，或以为将，分掌四方，各如己视，故号曰黄帝四目。"〇《淮南子·修务篇》曰："舜二瞳子，是谓重明。"〇《吕氏春秋·明理篇》曰："其日有薄蚀、有偏盲。"〇十日见杜子美《观公孙大娘弟子舞剑器行》注。〇《后汉书·西南夷传》注引李膺《益州记》曰："邛都县百姓相见咸惊语：汝头那忽戴鱼？是夜方四十里，与城一时俱陷为湖。"又见《搜神记》二十。〇《淮南子·天文篇》曰："爰止羲和，爰止六螭，是谓悬车。"高注曰："日乘车驾以六龙，羲和御之。"又《精神篇》曰："日中有踆乌。"高注曰："踆，蹲也，谓三足乌。"案：赤龙黑鸟即指此，鸟一作乌。〇《广雅·释诂》四曰："搪，挨也。"《文选·长门赋》注引《字林》曰："撑，拄也。"〇《离骚》王逸注曰："贪食曰婪。"〇《宋书·乐志》晋《江左宗庙歌》曰："天罗解贯。"孙曰："天罗，天网也。礚币，周密貌，礚，音榼。"〇刑一作形。〇《史记·天官书》曰："附耳摇动有谗乱臣在侧，附耳入毕中兵起。"〇《左》襄十四年：范宣子曰："言语漏泄。"〇《楚辞·离骚》王注曰："飞廉，风伯也。"〇《淮南子·天文篇》曰："东方，木也，其兽青龙。"〇《说文》曰："嚼，啮也；啜，尝也。"〇官家见杜子美《兵车行》注。〇《淮南·天文篇》曰："南方，火也，其兽朱鸟。"〇孙曰："觞沙，开张貌。"案《说文》曰："觞，挈兽也，一曰角下大者也。"《广雅·释诂》一曰："觞，大也，沙读如娑。"《礼记·明堂位》："牺尊。"郑注曰："以沙羽为画饰。"疏引《郑志》云："刻凤皇之羽于尊，其形婆娑然。"觞沙谓其翅大而婆娑然也。〇《说文》曰："呀，张口貌。"〇《淮南·天文篇》曰："西方，金也，其兽白虎。"《左》宣四年曰："楚人谓虎於菟。"《释文》曰："於音乌，菟音徒。"

○孙曰："毵氅，长貌。"○《五行大义论》五帝引《河图》曰：
"西方白帝白招矩，金帝也。"《唐六典》（卷四）曰："立秋之日
祀白帝于西郊，以少昊配焉。西方三辰七宿并从祀。"○《五百
家本》褚作蜡，字同。《礼记·郊特牲》曰："天子大蜡八，迎
虎，为其食田豕也。"○《汉书·东方朔传》：朔曰："臣观其插
齿牙，树颊胲。"○《淮南·天文篇》曰："北方，水也，其兽玄
武。"《礼记·曲礼上》曰："行前朱鸟而后玄武，左青龙而右白
虎。"孔疏曰："玄武，龟也。"○《史记·龟策传》曰："龟见宋
元王，延颈而前，三步而止，缩颈而却，复其故处。"张平子
《思玄赋》曰："玄武缩于壳中。"○《列子·汤问篇》曰："帝命
夸蛾氏二子负二山。"张湛注曰："夸蛾氏，传记所未闻，盖神力
者也。"○《周礼·春官》："卜师掌开龟之四兆，菙氏掌共燋契
以待卜事。"郑注曰："杜子春燋读为细目燋之燋。（段校当作燋，
读如细目焦之焦。）或曰如薪樵之樵。（段校曰：如当作读为。）
谓所爇灼龟之木也，故谓之樵，契读契龟之凿也。玄谓《士丧
礼》曰，楚焞置于燋，在龟东，楚焞即契所用灼龟也，燋谓炬，
其存火。"《庄子·外物篇》曰："神龟知能七十二钻而无遗策。"
《史记·龟策传》曰："灼龟观兆，变化无穷。"○扬子云《羽猎
赋》曰："涣若天星之罗。"○《汉书·天文志》曰："经星常宿
中外官凡一十八名，积数七百八十三星。"○《释名·释典艺》
曰："科，课也，课其不如法者罪责之也。"○蛙、鼃字同。《说
文》曰："鼃，虾蟇也。"段据《韵会》改也作属，曰虾蟆与詹诸
小别，鼃与虾蟇大别。郝兰皋《尔雅·释鱼》《义疏》曰："虾蟇
小而土黄色，詹诸大而黑黄色，其行迟缓，鼃似虾蟆，背青绿
色，喙尖腹细，其鸣哇哇者是也。鼀似青鼃大，腹背有黑文一
道，其鸣蛤蛤者是也。"案：段、郝辨甚析，然以其同类故或通
称。《广雅·释鱼》曰："鼃，虾蟇也。○《左》宣二年：城者讴
曰："皤其腹。"杜注曰："皤，大腹也。"○《楚辞·天问》曰：

"夜光何德，死则又育？厥利维何，而顾菟在腹？"王注曰："夜
光，月也。言月中有菟，何所贪利居月之腹而顾望乎？"洪《补
注》曰："菟与兔同。"《续汉书·天文志上》刘注引张衡《灵宪》
曰："月者阴之宗，积而成兽象兔。"《艺文类聚·天部》上引傅
咸《拟天问》曰："月中何有？白兔捣药。"《古乐府·董逃行》
曰："白兔长跪捣药虾蟆丸。"〇《御览·天部》四引虞喜《安天
论》曰："俗传月中仙人桂树，今视其初生，见仙人之足渐已成
形，桂树后生焉。"〇《淮南子·览冥篇》曰："羿请不死之药于
西王母，恒娥窃以奔月。"《意林》及《续汉志》注引《灵宪》恒
字并作姮。〇《礼记·礼器》曰："大明生于东，月生于西，阴
阳之分夫妇之位也。"〇《吕氏春秋·制乐篇》：子韦曰："天之
处高而听卑。"《蜀志·秦宓传》：宓曰："天处高而听卑。《诗》
云：鹤鸣于九皋，声闻于天。天若无耳，何以听之？"〇《礼记
·月令》曰："日穷于次。"郑注曰："次，舍也。"

附卢仝《月蚀诗》

新天子即位五年，岁次庚寅，斗柄插子，律调黄锺。
森森万木夜殭立，寒气赑屃顽无风。
烂银盘从海底出，出来照我草屋东。
天色绀滑凝不流，冰光交贯寒曈昽。
初疑白莲花，浮出龙王宫。
八月十五夜，比并不可双。
此时怪事发，有物吞食来。
轮如壮士斧斫坏，桂似雪山风拉摧。
百炼镜，照见胆，平地埋寒灰。
火龙珠，飞出脑，却入蚌蛤胎。
摧环破璧眼看尽，当天一搭如煤炲。

磨踪灭迹须臾间，便似万古不可开。

不料至神物，有此大狼狈。

星如撒沙出，争头事光大。

奴婢炷暗灯，撑莛如玳瑁。

今夜吐焰长如虹，孔隙千道射户外。

玉川子涕泗下，中庭独自行。

念此日月者，太阴太阳精。

皇天要识物，日月乃化生。

走天汲汲劳四体，与天作眼行光明。

此眼不自保，天公行道何由行？

吾见阴阳家有说，望日蚀月月光灭，朔月掩日日光缺。

两眼不相攻，此说吾不容。

又孔子师老子云：五色令人目盲。

吾恐天似人，好色即丧明。

幸且非春时，万物不娇荣。

青山破瓦色，绿水冰峥嵘。

花枯无女艳，鸟死沉歌声。

顽冬何所好？偏使一目盲。

传闻古老说，蚀月虾蟆精。

径圆千里入汝腹，汝此痴骸阿谁生？

可从海窟来，便解缘青冥。

恐是睚睫间，撑塞所化成。

黄帝有二目，帝舜重瞳明。

二帝悬四目，四海生光辉。

吾不遇二帝，混沦不可知。

何故瞳子上，坐受虫豸欺？
长嗟白兔捣灵药，恰似有意防奸非。
药成满臼不中度，委任白兔夫何为？
忆昔尧为天，十日烧九州。
金烁水银流，玉爀丹砂焦。
六合烘为窑，尧心增百忧。
帝见尧心忧，勃然发怒决洪流。
立拟沃杀九日妖。
天高日走沃不及，但见万国赤子䲛䲛生鱼头。
此时九御导九日，争持节幡麾幢旒。
驾车六九五十四头蛟螭虬，掣电九火辀。
汝若蚀开齱齵轮，御辔执索相爬钩，推荡轰訇入汝喉。
红鳞焰鸟烧口快，翎鬣倒侧声䤈邹。
撑肠拄肚礧傀如山丘，自可饱死更不偷。
不独填饥坑，亦解尧心忧。
恨汝时当食，藏头擫脑不肯食，
不当食，张唇哆觜食不休。
食天之眼誊逆命，安得上帝请汝刘？
呜呼！人养虎，被虎啮。
天媚蟇，被蟇瞎。
乃知恩非类，一一自作孽。
吾见患眼人，必索良工诀。
相天不异人，爱眼固应一。
安得常娥氏，来习扁鹊术？
手操舂喉戈，去此睛上物。

其初犹朦胧，既久如抹漆。

但恐功业成，便此不吐出。

玉川子又涕泗下，心祷再拜额榻砂土中。

地上虮虱臣全告愬帝天皇。

臣心有铁一寸，可刳妖蟆痴肠。

上天不为臣立梯磴，臣血肉身无由飞上天扬天光。

封词付与小心风，飔排阊阖入紫宫。

密迩玉几前，擘坼奏上臣全顽愚胸。

敢死横干天，代天谋其长。

东方苍龙，角插戟，尾捭风。

当心开明堂，统领三百六十鳞虫，坐理东方宫。

月蚀不救援，安用东方龙？

南方火鸟赤泼血。

项长尾短飞跋踅，头戴井冠高逵杶。

月蚀鸟宫十三度，鸟为居停主人不觉察。

贪向何人家行赤口毒舌？毒虫头上吃却月不啄杀。

虚眨鬼眼明突窢，鸟罪不可雪。

西方攫虎立踦踦。

斧为牙，凿为齿。偷牺牲，食封豕。

大蟆一脔，固当软美。见似不见，是何道理？

爪牙根天不念天，天若准拟错准拟。

北方寒龟被蛇缚，藏头入壳如入狱，蛇筋束紧束破壳。

寒龟夏鳖一种味，且当以其肉充臛。

死壳没信处，唯堪支床脚。

不堪钻灼与天卜。

岁星主福德，官爵奉董秦，忍使黔娄生，覆尸无衣巾？

天失眼不弔，岁星胡其仁？荧惑矍铄翁，执法大不中。

月明无罪过，不纠蚀月虫。

年年十月朝太微，支卢谪罚何灾凶？

土星与土性相背，反养福德生祸害。

到人头上死破败，今夜月蚀安可会？

太白真将军，怒激锋铓生。

恒州阵斩郦定进，项骨脆甚春蔓菁。

天唯两眼失一眼，将军何处行天兵？

辰星任廷尉，天律自主持。

人命在盆底，固应乐见天盲时。

天若不肯信，试唤皋陶鬼一问。

一如今日三台文昌宫作上天纪纲。

环天二十八宿，磊磊尚书郎，整顿排班行。

剑握他人将，一四太阳侧，一四天市傍。

操斧代大匠，两手不怕伤。

弧矢引满反射人，天狼呀啄明煌煌。

痴牛与騃女，不肯勤农桑。

徒劳含淫思，旦夕遥相望。

蚩尤簸旗弄旬朔，始挝天鼓鸣珰琅。

枉矢能蛇行，眊目森森张。

天狗下舐地，血流何滂滂？

谲险万万党，架构何可当？

眊目衅成就，害我光明王。

请留北斗一星相北极，指麾万国悬中央。

此外尽扫除，堆积如山冈，赎我父母光。

当时常星没，殒雨如迸浆。

似天会事发，叱喝诛奸强。

何故中道废，自遗今日殃？

善善又恶恶，郭公所以亡。

愿天神圣心，无信他人忠。

玉川子词讫，风色紧格格。

近月黑暗边，有似动剑戟。

须臾痴蟇精，两吻自决坼。

初露半箇璧；渐吐满轮魄。

众星尽原赦，一蟇独诛磔。

腹肚忽脱落，依旧挂穹碧。

光彩未苏来，惨澹一片白。

奈何万里光，受此吞吐厄？

再得见天眼，感荷天地力。

或问玉川子：

孔子修《春秋》，二百四十年，月蚀尽不收。

今子呫呫词，颇合孔意不？

玉川子笑答：或请听逗留。

孔子父母鲁，讳鲁不讳周。

书外书大恶，故月蚀不见收。

予命唐天，口食唐土。唐礼过三，唐乐过五。

小犹不说，大不可数。

灾沴无有大小愈，安得引衰周，研覈其可否？

日分昼，月分夜，辨寒暑。

一主刑，二主德，政乃举。

孰为人面上，一目偏可去？

愿天完两目，照下万方土。

万古更不瞽。

万万古，更不瞽，照万古。

李长吉

李贺，字长吉，系出郑王（名亮，唐高祖子。）以父嫌名不肯举进士。（贺父名晋肃。）后仕为协律郎，卒年二十七。《旧唐书》有传，《新书》入《文艺传》。○黎二樵（简）曰："从来琢句之妙，无有过于长吉者。"又曰："细读长吉诗，下笔自无庸俗之病。"吴北江曰："长吉苦心孤诣，戛戛独造，在杜、韩后卓然为一大家。惜其早逝，所存不多，然已独有千古。世之论贺者，多以险怪目之，或徒赏其风致，皆非知贺者也。"

李凭箜篌引

王琢崖（琦）曰："杨巨源有《听李凭弹箜篌诗》曰：君王听乐梨园暖，翻到云门第几声？李凭盖梨园弟子，工弹箜篌者也。"（《汇解》）步瀛案：《文选》曹子建《箜篌引》李善注曰："《汉书》曰：塞南越祷祠太一后土作坎侯。（今《汉书·郊祀志》作空侯。）坎，声也。应劭曰：使乐人侯调作之，取其坎坎应节也，因以其姓号名曰坎侯。苏林曰：作箜篌。"《郊祀》注引作空侯，《风俗通·声音篇》曰："或说空侯取其空中，琴瑟皆空，何独坎侯邪？"）

吴丝蜀桐张高秋，空山凝云颓不流。黄陶庵曰："声遏之也。"

江娥啼竹素女愁，黄曰："闻之而然也。"李凭中国弹箜篌。黎曰："倒点题。"吴曰："中国即中天下而立之义，言李凭艺术之精通国一人，又以其在京师，故曰中国，与下十二门、紫皇等意一贯。"

昆山玉碎凤皇叫，吴曰："此下皆极力摹写其声调之工。"芙蓉泣露香兰笑。黄曰："亦闻之使然。"

十二门前融冷光，二十三丝动紫皇。

女娲炼石补天处，石破天惊逗秋雨。吴曰："此二句思想尤为奇特，盖箜篌之妙能使石破天惊，然天本有裂痕，为女娲所补，假使天破必仍在旧补之处也。逗秋雨三字亦奇妙。"

梦入神山教神妪，老鱼跳波瘦蛟舞。吴曰："此悬想神山景象，所谓舞幽壑之潜蛟也。"

吴质不眠倚桂树，吴曰："吴质为箜篌所感，故不能眠。"露脚斜飞湿寒兔。吴曰："此吴质不眠应月宫应有之景象，落想奇丽，匪夷所思。"

□吴曰："通体皆从神理中曲曲摹绘，出神入幽，无一字落恒人蹊径。"

《新唐书·地理志》曰："苏州吴郡土贡八蚕丝。"○《蜀都赋》曰："其树则有杞、櫰、椅、桐。"○《列子·汤问篇》曰："秦青抚节悲歌，响遏行云。"○啼竹见李太白《远别离》注。○《史记·封禅书》曰："或曰太帝使素女鼓五十弦瑟悲，帝禁不止，故破其瑟为二十五弦。"○李斯《谏逐客书》曰："致昆山之玉。"○《刘子新论·言菀篇》曰："春葩含日似笑，秋叶泫露如泣。"○班孟坚《西都赋》曰："立十二之通门。"案：《三辅黄图》载十二门之名。又引《三辅决录》曰："长安城，面三门，四面十二门。"○沈休文《郊居赋》曰："降紫皇于天阙。"《御览·道部》一引《秘要经》曰："太清九宫皆有僚属，其最高者称太皇、紫皇、玉皇。"○《淮南子·览冥篇》曰："女娲练五色石以补苍天。"又见《列子·汤问篇》。○王琢崖曰："《搜神记》（卷四）：永嘉中，有神见兖州，自称樊道基。有姬号成夫人。夫人好音乐，能弹箜篌，闻人弦歌，辄便起舞。所谓神姬疑用此事。"○《列子·汤问篇》曰："瓠巴鼓琴而鸟舞鱼跃。"○黄曰："吴质疑作吴刚。"步瀛案：《酉阳杂俎》（卷一）曰："异书言月桂高五百丈，下有一人常斫之，树创随合，人姓吴名刚，西河人，学仙有过，谪令伐树。"

浩　歌

《楚辞·九歌·少司命》曰："临风怳兮浩歌。"王注曰："临疾风而大歌也。"

　　南风吹山作平地，帝遣天吴移海水。

　　王母桃花千徧红，彭祖巫咸几回死？吴曰："洞观古今之变，神仙千劫亦一瞬间耳，设想奇幻而用笔儁伟。"

　　青毛骢马参差钱，娇春杨柳含缃烟。吴曰："此二句春游。"

　　筝人劝我金屈卮，神血未凝身是谁？吴曰："言不能久。"

　　不须浪饮丁都护，吴曰："此下四句破空而来，气变神变。"世上英雄本无主。

　　买丝绣作平原君，有酒惟浇赵州土。吴曰："此感慨不遇之词，因世无知己，故追慕平原也。"

漏催水咽玉蟾蜍，卫娘发薄不胜梳。

羞见秋眉换新绿，吴曰："此三句言时光迅速，美人易老。"二十男儿那刺促？吴曰："一句兜转，复作宽解之词。言我方二十，那遽刺促乎？"

天吴已见卷一杜子美《北征诗》注。案：帝遣移海水，与《列子·汤问篇》帝命夸娥氏二子负太行、王屋二山同意。○《汉武帝内传》曰："王母命侍女以玉盘盛仙桃七颗，以四颗与帝，三颗自食，帝食辄收其核。王母问帝，帝曰：欲种之。母曰：此桃三千年一生实，中夏地薄，种之不生。帝乃止。"○《楚辞·天问》曰："彭铿斟雉帝何飨？受寿永多，夫何久长？"王注曰："彭铿，彭祖也，至八百岁，犹自悔不寿枕高而唾远也。"《神仙传》（卷一）曰："彭祖姓籛，讳铿，帝颛顼之元孙也。殷末已七百六十七岁而不衰老。"○《吕氏春秋·勿躬篇》曰："巫咸作筮。"《御览·皇王部》四引《归藏》曰："黄帝筮于巫咸。"《大荒西经》曰："大荒之中有灵山。巫咸从此上下。"《楚辞·离骚》曰："巫咸夕降兮。"王注曰："巫咸，古神巫也。"○骢马连钱已见岑参《走马川奉送封大夫西征诗》注。○《说文新附》缃字曰："帛浅黄色也。"案：缃烟各本作细烟，今依《文苑英华》。○《梁书·羊侃传》曰："侃性豪侈，善音律，姬妾侍列，穷极奢靡，有弹筝人陆大喜著鹿角爪，长七寸。"○王琢崖曰："金屈卮，酒器也。据《东京梦华录》云：御筵酒盏皆屈卮，如菜碗样而有把手。此宋时之式，唐时式样当亦如此。"○是谁各本作问谁，今依《英华》。○《宋书·乐志》曰："《督护歌》者，彭城内史徐逵之为鲁轨所杀，宋高祖使府内直督护丁旿收敛殡殓之。逵之妻，高祖长女也。呼旿至阁下自问叙送之事，每问辄叹息曰：丁督护！其声哀切，后人因其声广其曲焉。"《史记·平原君传》曰："平原君赵胜者，赵之诸公子也，（《集解》徐广曰：《魏公子传》曰：赵惠文王弟。）诸子中，胜最贤，喜宾客，宾客至者盖数千人。"○王琢崖曰："《元和郡县志》：平原君墓在洛州肥乡县东南七里，不在赵州，而此云赵州土，以平原君为赵之公子，故云。"○漏水已见李太白《乌栖曲》注。○《西京杂记》（卷下）曰："广川王发掘晋灵公冢，器物皆朽烂，唯玉蟾蜍一枚，腹空容五合水，王取以为书滴。"案：此当指刻漏铜壶所饰者。○卫娘似指汉武帝卫皇后子夫，见《汉书·外戚传》。《文选·西京赋》曰："卫后兴于鬓发。"李善注引《汉武故事》曰："子夫得幸头解，上见其美发，悦之。"黎二樵谓卫娘为卫夫人，非也。又云，如此称谓，与以茂陵刘郎称汉武，皆昌谷自造语，则得之。○《晋书·潘岳传》："岳题阁道为谣曰：和峤刺促不得休。"

金铜仙人辞汉歌　并序

　　魏明帝青龙九年八月，诏宫官牵车西取汉孝武捧露盘仙人，欲立置殿前。宫官既拆盘，仙人临载，乃潜然泪下，唐诸王孙李长吉乃作《金铜仙人辞汉歌》。

　　《魏志·明帝纪》景初元年裴注引《魏略》曰："是岁徙长安诸钟簴骆驼铜人承露盘。盘拆，铜人重不可致，留于霸城。"又引《汉晋春秋》曰："帝徙盘，盘拆，声闻数十里，金狄或泣，因留于霸城。"《野客丛书》（卷六）曰："《缃素杂记》谓《明帝纪》青龙五年三月改为景初元年，而贺以为青龙九年八月。明帝以景初三年崩，则无青龙九年明矣。（今黄朝英《靖康缃素杂记》诸本佚此文。）仆谓贺所引青龙固失，然据今本《李贺集》云青龙元年，非九年。"步瀛案：据此知黄所见贺集作九年，王所见本作元年，与今本同。吴先生曰："九年乃五年之误，今本作青龙元年者，后人妄改也。"

茂陵刘郎秋风客，夜闻马嘶晓无迹。

画栏桂树悬秋香，三十六宫土花碧。吴曰："以上言故宫荒废，神灵夜归。"

魏官牵车指千里，东关酸风射眸子。吴曰："先为堕泪垫笔。"

空将汉月出宫门，忆君清泪如铅水。吴曰："以上记铜人出宫时景况。"

衰兰送客咸阳道，吴曰："横空掉转，意境从《招魂》皋兰被径斯路渐化出。"天若有情天亦老。吴曰："接得悲凉沉痛，言天公屡阅此兴亡之变，假使有情，必有不能堪者矣。"

携盘独出月荒凉，渭城已远波声小。吴曰："此二句从铜人就道后设想，行远则波声愈小矣。"

□悲凉深婉。

《汉书·武帝纪》曰："后元二年二月丁卯，帝崩于五柞宫。三月甲申，葬茂陵。"注引臣瓒曰："茂陵在长安西北八十里也。"《郊祀志》曰："又作柏梁铜柱承露仙人掌之属矣。"注引苏林曰："仙人以手掌擎盘承甘露。"又引《三辅故事》曰："建章宫承露盘高二十丈，大七围，以铜为之，上有仙人掌，承露和玉屑饮之。"《三辅黄图》引《庙记》曰："神明台，武帝造，祭仙人处，上有承露盘，有铜仙人舒掌捧铜盘玉杯，以承云表之露，和玉屑饮之以求仙道。"○班孟坚《西都赋》曰："离宫别馆三十六所。"○《孟子·离娄上》赵注曰："眸子，目童子也。"○《元和郡县志》曰："关内道成阳县：本秦旧县也。孝公十二年于渭北城咸阳，自汧陇徙都焉。汉兴以为渭城县，属右扶风。按：秦咸阳在今县东二十二里，汉渭城县亦理于此。山南曰阳，山北曰阴，县在北山之南，渭水之北，故曰咸阳。"案：在今陕西长安县东。

温公《续诗话》曰："李长吉歌天若有情天亦老，人以为奇绝无对。曼卿对月如无恨月长圆，人以为勍敌。"王琢崖曰："细玩二语，终有自然勉强之别，未可同例而称矣。"吴北江曰："天若有情句，古今兴亡之感，写来特别痛切，月如无恨句，义蕴甚浅，相去不可以道里计也。"

高轩过

原注曰："韩员外愈、皇甫侍御湜见过，因而命作。"○《摭言》（卷十）曰："李贺父瑨肃边上从事，贺年七岁，以长短之制名动京师。时韩文公与皇甫湜览贺所业奇之，因连骑造门，请见其子。既而总角荷衣而出，二公不之信，因面试一篇，承命欣然，操觚染翰，旁若无人，仍目曰《高轩过》。"王琢崖曰："按元和三年，皇甫湜以陆浑尉应贤良方正直言极谏举，指陈时政之失，为宰相李吉甫所恶，久之不调，其为侍御必在此年之后。韩为都官员外郎，在元和四年，约其时长吉已弱冠矣，恐《摭言》七岁之说为误。"

华裾织翠青如葱，金环压辔摇玲珑。
马蹄隐耳声隆隆，入门下马气如虹。
云是东京才子，文章钜公。
二十八宿罗心胸，元精耿耿贯当中。
殿前作赋声摩空，笔补造化天无功。
庞眉书客感秋蓬，谁知死草生华风？
我今垂翅附冥鸿，他日不羞蛇作龙。

　　□为父执赋，自宜严括，故此篇不似他诗之险奥，而词义精湛，有挥斥八极之观。

《旧唐书·舆服志》曰："上元元年制，六品服深绿，七品服浅绿。"案《职官志》：员外郎、侍御并从六品，故首句云尔。○《文选》曹子建《七启》曰："慷慨则气成虹蜺。"李善注曰："刘邵《赵郡赋》曰：煦气成虹蜺。"○《淮南子·天文篇》曰："二十八宿。"高诱注曰："东方角、亢、氐、房、心、尾、箕，北方斗、牛、女、虚、危、室、壁，西方奎、娄、胃、昴、毕、觜、参，南方井、鬼、柳、星、张、翼、轸。"○《后汉书·郎顗传》曰："汉中李固，元精所生，王之佐臣。"章怀注曰："元为天精，谓之精气。"○庞当作龙，《文选》张平子《思玄赋》曰："尉龙眉而郎潜兮。"旧注曰："龙，苍也。"李善注引《汉武故事》：颜驷龙眉，亦作龙，又借作庬。《文选》王子渊《四子讲德论》曰："庞眉耆耇之老。"李善注曰："庞，杂也，谓眉有白黑杂色，或以庬为之，又误作庞。"此诗庞眉书客指当时耆宿之潦倒者，王注以长吉通眉当之，（通眉见李义山《李贺小传》。）非是。若以此为长吉自谓，则与后二句意复矣。○王琢崖曰："蓬蒿至秋则将败而死矣，今得荣华之风吹之而复生，即古人所谓吹枯嘘生之意。"○垂翅已见卷一杜子美《奉赠韦左丞诗》注。○冥鸿已见卷一张子寿诗注。○《史记·外戚世家》：褚先生曰："传曰：蛇化为龙，不变其文。"案：此借用，盖龙以喻飞腾，言二公有吹枯嘘生之力，耆宿之落魄者一经吹嘘复有生意。我今虽年少，名位未显，倘得二公奖饰，长其声价，他日变化飞腾庶可以无愧乎！

官街鼓

《新唐书·百官志》曰："左右金吾卫左右街使，掌分察六街徼巡，日暮鼓八百声而门闭，五更二点鼓自内发，诸街鼓承振，坊市门皆启，鼓三千挝，辨色而止。"

晓声隆隆催转日，暮声隆隆催月出。

汉城杨柳映新簾，柏陵飞燕埋香骨。

硪碎千年日长白，孝武秦皇听不得。

从君翠发芦花色，吴曰："言自壮至老。"独共南山守中国。吴曰："亘古不变者，惟有街鼓与南山耳。"

几回天上葬神仙，漏声相将无断绝。黄曰："神仙可死而漏声不绝，极力形容。"步瀛案：句有相将字，谓街鼓与漏声相送也。

□吴曰："此首最警悍。"

《诗·云汉》孔疏曰："隆隆是雷声不绝之状。"案：此状鼓声不绝。○吴正子曰："陵寝多栽柏，故云柏陵。"王琢崖曰："飞燕以喻当时宫嫔。"○王曰："汉武、秦皇志求长生，然不能长在听此鼓声。"○《史记·张释之传》：释之曰："虽锢南山犹有隙。"案：南山即指终南山。

白乐天

白居易，字乐天，下邽人，（其先太原人，后家韩城，又徙下邽。）贞元中，擢进士第。开成中为太子少傅。会昌初以刑部尚书致仕，卒谥曰文。自号醉吟先生，亦称香山居士。《旧书》《新书》皆有传。○香山之诗，尊之者称为广大教化主（张为《诗人主客图》），诋之者斥为元轻白俗（苏子瞻《祭柳子玉文》）。薛生白（雪）谓其言浅而思深，意微而词显，至于属对精警，使事严切，章法变化，条理井然。（《一瓢诗话》）庶为持平之论。然不善学之，遂流为率易。苏子瞻天才卓越，变化纵横，其青出于蓝不啻什倍，然恐非他人所能几也。

真娘墓

原注曰:"墓在虎丘寺。"案:真一作贞。《吴地记》曰:"虎丘山寺侧有贞娘墓,吴国之佳丽也。行客才子多题墓上,有举子谭铢作诗一绝,其后人稍稍息笔。"《唐诗纪事》(卷五十六)曰:"真娘者,葬吴宫之侧,行客赋诗多矣。铢书一绝,题者遂止。诗曰:武丘山下冢累累,松柏萧条尽可悲。何事世人偏重色,真娘墓上独题诗。(唐讳虎为武。)《清统志》曰:"江苏苏州府:真娘墓在虎丘寺侧。《平江记事》:真娘,唐帝时名妓也,墓在虎丘剑池之西。"

真娘墓,虎丘道。

不识真娘镜中面,惟见真娘墓头草。

霜摧桃李风折莲,真娘死时犹少年。

脂肤荑手不牢固,世间尤物难留连。

难留连,易消歇。塞北花,江南雪。迳住,笔力高绝。

□沈曰:"不着迹象,高于众作。梦得云:芳魂虽死人不怕,可笑人也。"案:刘梦得有《和乐天真娘墓诗》。

《越绝书》记《吴地传》曰:"阖庐冢在闾门外,名虎丘,千万人筑治之,筑三日而白虎居上,故号为虎丘。"《元和郡县志》曰:"江南道苏州吴县:虎丘山在县西南八十里。"○《诗·硕人》曰:"手如柔荑,肤如凝脂。"○《左》昭二十八年:叔向之母曰:"夫有尤物足以移人。"杜注曰:"尤,异也。"

长恨歌

《白氏长庆集》(卷十二)原注载《长恨歌传》曰:"开元中,泰阶平,四海无事。玄宗在位岁久,倦于旰食宵衣。政无小大，始委于右丞相。深居游宴，以声色自娱。先是元献皇后、武淑妃皆有宠，相次即世。宫中虽良家子千数，无可悦目者。上心忽忽不乐。时每岁十月，驾幸华清官，内外命妇熠燿景从，浴日馀波，赐以汤沐，春风灵液，淡荡其间。上心油然，若有顾遇。左右前后，粉色如土。诏高力士潜搜外宫，得弘农杨玄琰女于寿邸。既笄矣，鬓发腻理，纤秾中度，举止闲冶，如汉武帝李夫人。别疏汤泉，诏赐澡莹。既出水，体弱力微，若不任罗绮，光彩焕发，转动照人。上甚悦，进见之日，奏《霓裳羽衣曲》以导之。定情之夕，授金钗钿合以固之。又命戴步摇，垂金珰。明年，册为贵妃，半后服用。繇是冶其容，敏其词，婉娈万态，以中上意，上益嬖焉。时省风九州，泥金五岳，骊山雪夜，上阳春朝，与上行同室，宴专席，寝专房，虽有三夫人、九嫔、二十七世妇、八十一御妻暨后宫才人、乐府妓女，使天子无顾盼意。自是六宫无复进幸者。非徒殊艳尤态致是，盖才智明慧，善巧便佞，先意希旨，有不可形容者。叔父昆弟皆列在清贯〔贵〕，爵为通侯。姊妹封国夫人，富埒王室，车服邸第，与大长公主侔，而恩泽势力则又过之。出入禁门不问。京师长吏为侧目。故当时谣咏有云：生女勿悲酸，生男勿喜欢。又曰：男不封侯女作妃，看女却为门上楣。其人心羡慕如此。天宝末，兄国忠盗丞相位，愚弄国柄。及安禄山引兵向阙，以讨杨氏为辞。潼关不守，翠华南幸，出咸阳，道次马嵬亭，六军徘徊，持戟不进，从官郎吏，伏上马前，请诛错以谢天下。（错字依《唐代丛书》第一百四帙增。）国忠奉氂缨盘水，死于道周。左右之意未快。上问之，当时敢言者请以贵妃塞天下怒。上知不免，而不忍见其死，反袂掩面，使牵之而去，苍黄展转，竟就绝于尺组之下。既而玄宗狩成都，肃宗受禅灵武。明年，大赦改元，大驾还都，尊玄宗为太上皇，就养南宫，迁于西内。时移事去，乐尽悲来。每至春之日，冬之夜，池莲夏开，宫槐秋落，梨园子弟，玉琯发音，闻《霓裳羽衣》一声，则天颜不怡，左右歔欷。三载一意，其念不衰，求之梦魂，杳不能得。适有道士自蜀来，知上皇心念杨妃如是，自言有李少君之术。玄宗大喜，命致其神。方士乃竭其术以索之，不至。又能游神驭气，出天界没地府以求之，不见。又旁求四虚上下，东极大海，跨蓬壶，见最高仙山上多楼阙，西厢下有洞户东向，阖其门，署曰玉妃太真院，方士抽簪叩扉，有双鬟童女出应门，方士造次未及言，而双鬟复入，俄有碧衣侍女又至，诘其所从，方士因称唐天子使者，且致其命。碧衣云：玉妃方寝，请少待之。于时云海沉沉，洞天日晚。琼户重阖，悄然无声。方士屏息敛足，拱手门下，久之而碧衣延入，且曰：玉妃出见。一人冠金莲，披紫绡，佩红玉，曳凤舄，左右侍者七八人。揖方士，问皇帝安否，次问天宝十四年已还事。言讫悯默，指碧衣取金钗钿合，各拆其半授使者曰：为谢太上皇，谨献是物，寻旧好也。方士受辞与信，将行，色有不足。玉妃固征其意，复前跪致词，请当时一事不为他人闻者，验于太上皇。不然，恐钿合金钗负新垣平之诈也。玉妃茫然退立，若有所思。徐而言之曰：昔天宝十载，侍辇避暑骊山宫，秋七月牵牛织女相见之夕，秦人风俗，是夜张锦绣，陈饮食，树瓜果，焚香于庭，号为乞巧。宫掖间尤尚之。夜殆半，休侍卫于东西厢，独侍上。上凭肩而立，因仰天感牛女事，密相誓心，愿世世为夫妇。言毕，执手各呜咽。此独君王知之耳。因自悲曰：由此一念，又不得居此，复堕下界，且结后缘，或为天，或为人，决再相见，好合如旧。因言太上皇亦不久人间，幸唯自安，无自苦耳。使者还奏太上皇，皇心震悼，日日不豫。其年夏四月，南宫晏驾。元和元年冬十二月，太原白乐天自校书郎尉于盩厔，鸿与琅邪王质夫家于是邑，暇日相携游仙游寺，话及此事，相与感叹。质夫举酒于乐天前曰：夫希代之事，非遇出世之才润色之，则与时消没不闻于世。乐天深于诗多于情者也，试为歌之如何？乐天因为《长恨歌》，意者不但感其事，亦欲惩尤物，窒乱阶，垂于将来也。歌既成，使鸿传焉。世所不闻者，予非开元遗民不得知，世所知者，有《玄宗本纪》在，今但传《长恨歌》云尔。前进士陈鸿撰。"

汉皇重色思倾国，御宇多年求不得。
杨家有女初长成，养在深闺人未识。微词。
天生丽质难自弃，一朝选在君王侧。
回眸一笑百媚生，六宫粉黛无颜色。
春寒赐浴华清池，温泉水滑洗凝脂。
侍儿扶起娇无力，始是新承恩泽时。
云鬓花颜金步摇，芙蓉帐暖度春宵。
春宵苦短日高起，从此君王不早朝。
承欢侍宴无闲暇，春从春游夜专夜。
后宫佳丽三千人，三千宠爱在一身。
金屋妆成娇侍夜；玉楼宴罢醉和春。
姊妹弟兄皆列土，可怜光彩生门户。
遂令天下父母心，不重生男重生女。
骊宫高处入青云，仙乐风飘处处闻。
缓歌谩舞凝丝竹，尽日君王看不足。
渔阳鼙鼓动地来，惊破霓裳羽衣曲。以上叙杨妃擅宠之事。○每段末二句皆摄下文。
九重城阙烟尘生，千乘万骑西南行。
翠华摇摇行复止，西出都门百馀里。

六军不发无奈何，宛转蛾眉马前死。

花钿委地无人收，翠翘金雀玉搔头。

君王掩面救不得，回看血泪相和流。

黄埃散漫风萧索，云栈萦纡登剑阁。

峨嵋山下少人行，旌旗无光日色薄。

蜀江水碧蜀山青，圣主朝朝暮暮情。

行宫见月伤心色；夜雨闻铃肠断声。以上叙杨妃
马嵬赐死，明皇幸蜀之事。

天旋日转回龙驭，到此踌躇不能去。

马嵬坡下泥土中，不见玉颜空死处。

君臣相顾尽沾衣，东望都门信马归。

归来池苑皆依旧，太液芙蓉未央柳。

芙蓉如面柳如眉，对此如何不泪垂？

春风桃李花开日；秋雨梧桐叶落时。

西宫南内多秋草，落叶满阶红不扫。

梨园弟子白发新；椒房阿监青娥老。

夕殿萤飞思悄然，孤灯挑尽未成眠。前人讥此语
寒酸，不似帝王宫中气象，良是。

迟迟钟鼓初长夜；耿耿星河欲曙天。

鸳鸯瓦冷霜华重，翡翠衾寒谁与共？

悠悠生死别经年，魂魄不曾来入梦。以上叙上皇
回銮仍思妃不置。

临邛道士鸿都客，能以精诚致魂魄。

为感君王展转思，遂教方士殷勤觅。

排云驭气奔如电，升天入地求之遍。

上穷碧落下黄泉，两处茫茫皆不见。

忽闻海上有仙山，山在虚无缥缈间。

楼阁玲珑五云起，其中绰约多仙子。

中有一人字太真，雪肤花貌参差是。

金阙西厢叩玉扃，转教小玉报双成。

闻道汉家天子使，九华帐里梦魂惊。

揽衣推枕起徘徊，珠箔银屏迤逦开。

云鬓半偏新睡觉，花冠不整下堂来。

风吹仙袂飘飖举，犹似霓裳羽衣舞。

玉容寂寞泪阑干，梨花一枝春带雨。

含情凝睇谢君王，一别音容两渺茫。

昭阳殿里恩爱绝；蓬莱宫中日月长。

回头下望人寰处，不见长安见尘雾。

唯将旧物表深情，钿合金钗寄将去。

钗留一股合一扇，钗擘黄金合分钿。

但教心似金钿坚，天上人间会相见。

临别殷勤重寄词，词中有誓两心知：

七月七日长生殿，夜半无人私语时。

在天愿作比翼鸟；在地愿为连理枝。

天长地久有时尽，此恨绵绵无尽期。以上叙方士招魂之事，结处点出长恨，为全诗结穴。○结处戛然而止，不纠缠方士复命上皇震悼不豫等事，笔力高人数倍。

□《诗醇》评曰："长恨一传自是当时傅会之说，其事殊无足论者。居易诗词特妙，情文相生，哀艳之中具有讽刺。"吴北江曰："如此长篇，一气舒卷，时复风华掩映，非有绝世才力未易到也。"

《汉书·外戚传》：李夫人兄延年歌曰："北方有佳人，绝世而独立。一顾倾人城，再顾倾人国。"○《新唐书·后妃传》曰：

"玄宗贵妃杨氏，隋梁郡通守汪四世孙，徙籍蒲州，遂为永乐人。幼养叔父家，始为寿王妃。开元二十四年，武惠妃薨，后廷无当帝意者。或言妃姿质天挺，宜充掖廷。遂召内禁中，异之。即为自出妃意者，丐籍女官，号太真，更为寿王聘韦昭训女，而太真得幸，善歌舞，邃晓音律，且智算警颖，迎意辄悟。帝大悦，遂专房宴，宫中号娘子，仪礼与皇后等。天宝初，进册贵妃，追赠父玄琰太尉齐国公，擢叔玄珪光禄卿，宗兄铦鸿胪卿，锜侍御史，尚太华公主，而钊亦浸显。钊，国忠也。三姊皆美劭，帝呼为姨，封韩、虢、秦三国为夫人，出入宫掖，恩宠声焰震天下。"○华清池已见卷一杜子美《奉先咏怀诗》注。○凝脂已见上首注。○《史记·袁盎传》曰："从史尝盗爱盎侍儿。"《集解》引文颖曰："婢也。"○《西京杂记》（卷上）："赵飞燕为皇后，其女弟遗书上襚三十五条，有黄金步摇。"《续汉书·舆服志下》曰："皇后假结步摇，步摇以黄金为山题，贯白珠为桂枝相缪，一爵九华六兽，诸爵兽皆翡翠为毛羽，金题白珠珰，绕以翡翠为华云。"《释名·释首饰》曰："步摇上有垂珠，步则摇也。"《杨太真外传》（卷上）曰："是夕授金钗钿合，上又自执丽水镇库紫磨金琢成步摇，至妆阁亲与插鬓。上喜甚，谓后宫人：朕得杨贵妃如得至宝也。乃制曲子曰《得宝子》。"○《后汉书·皇后纪》曰："自武、元之后，世增淫费，至乃掖庭三千。"○《汉武故事》曰："帝为胶东王数岁，长公主抱置膝上，问曰：儿欲得妇否？曰：欲得。长公主指左右长御百馀人，皆云不用，指其女阿娇好否？笑对曰：好，若得阿娇作妇，当作金屋贮之。"○《十洲记》曰："昆仑有玉楼十二所。"骊宫已见《奉先咏怀诗》注。○《旧唐书·安禄山传》曰："天宝十四载十一月，反于范阳。"《地理志》曰："幽州，天宝九年改范阳郡，属范阳、上谷、妫州、密云、归德、渔阳、顺义、归化八郡。"案：唐蓟州（今大兴县西南）天宝时改渔阳郡，隶范阳节度。安禄山据范阳反唐，如彭宠据渔阳反汉，故不举范阳而举渔阳也。○《太真外传》（上）曰："进见之日，奏《霓裳羽衣曲》。"注曰："《霓裳羽衣曲》者，是玄宗登三乡驿望女几山所作也。故刘禹锡有诗云：伏睹玄宗皇帝《望女几山诗》，小臣斐然有感。开元天子万事足，惟惜当时光景促。三乡驿上望仙山，归作《霓裳羽衣曲》。"又《逸史》云："罗公远天宝初侍玄宗，八月十五日夜宫中玩月，曰：陛下能从臣月中游乎？乃取一枝桂向空掷之，化为一桥，其色如银，请上同登，约行数十里，遂至大城阙。公远曰：此月宫也。有仙女数百，素练宽衣，舞于广庭。上前问曰：此何曲也？曰：《霓裳羽衣》也。上密记其声调，遂回桥却顾，随步而灭。旦谕伶官依其声调作《霓裳羽衣曲》。"以二说不同事，备录于此。○西南行已见杜子美《哀王孙诗》注。○翠华已见卷一杜子美《北征诗》注。○六军不发已见杜子美《北征》《哀江头诗》注。○《诗·硕人》曰："螓首蛾眉。"○《旧唐书·舆服志》曰："内外命妇服花钿。"○《西京杂记》（卷上）曰："武帝过李夫人就取玉簪搔头，自此宫人搔头皆用玉。"○剑阁、峨嵋并见卷一杜子美《剑门诗》注。案《诗人玉屑》（卷十）曰："峨眉在嘉州，与幸蜀全无交涉。"《随园诗话》（卷十三）曰："明皇幸蜀何曾路过峨嵋山耶？"○宋玉《高唐赋》曰："昔者先王尝游高唐，怠而昼寝，梦见一妇人曰：妾巫山之女也，为高唐之客，闻君游高唐，愿荐枕席。王因幸之。去而辞曰：妾在巫山之阳，高丘之岨，旦为朝云，（《水经·江水》注作旦为行云。）暮为行雨。朝朝暮暮，阳台之下。"○《文选·吴都赋》曰："乌闻梁岷有巡方之馆，行宫之基欤？"李善注曰："天子行所立名曰行宫。"○《明皇杂录》曰："明皇既幸蜀，西南行，初入斜谷，霖雨涉旬，于栈道雨中闻铃音，与山相应，上既悼念贵妃，采其声为《雨霖铃曲》以寄恨焉。"（《补遗》）○《拾遗记》（卷二）曰："夏禹逾翠岑则神龙而为驭。"○马嵬已见《哀江头诗》注。

《清统志》曰："陕西西安府：马嵬坡在兴平县二十五里，一名马嵬山，唐杨贵妃葬此。"○吴江北曰："空死处言空见死处也。蒙上省一见字。"○《三辅黄图》（卷四）曰："太液池在长安故城西，建章宫北。"《汉书·昭帝纪》颜注曰："太液池者言其津润所及广也。"○《史记·高祖本纪》曰："八年萧丞相营作未央宫，立东阙北阙。"○《新唐书·宦者传》曰："李辅国迎太上皇还西内。"又《地理志》曰："兴庆宫在皇城东南。开元初置，十四年又增广，谓之南内。"○梨园见杜子美《观公孙大娘弟子舞剑器行》注。○《汉官仪》曰："皇后称椒房，取其蕃实之意。《诗》云：椒聊之实，蕃衍盈升。（《后汉书·皇后纪》注引。）又云，以椒涂宫室，亦取温暖辟恶气。"（《初学记·中宫部》引。）○《宋书·后妃传》曰："紫极中监女史一人，光兴中监女史一人，官品第四。"○孤灯句，《邵氏见闻续录》（卷十九）曰："宁有兴庆宫中夜不烧蜡油，明皇自挑灯者乎？书生之见可笑耳。"○《魏志·方伎·周宣传》曰："文帝问宣曰：吾梦殿屋两瓦堕地，化为双鸳鸯。"吴叔庠《答萧新浦诗》曰："屋曜鸳鸯瓦。"○《楚辞·招魂》曰："翡翠珠被，烂齐光些。"○《元和郡县志》曰："剑南道邛州临邛县：本汉县也。"案：今四川邛崃县治。○鸿都见韩退之《石鼓歌》注。○《后汉书·桓谭传》章怀注曰："方士有方术之士也。"○《度人经》曰："昔于始青天中碧落高歌。"注曰："始青天乃东方第一天，有碧霞徧满，是云碧落。"○《左》隐元年杜注曰："地中之泉，故曰黄泉。"○《庄子·逍遥游》曰："藐姑射之山，有神人居焉，肌肤若冰雪，淖约若处子。"《释文》引李曰："淖约，柔弱貌。"又引司马曰："好貌。"○仙山及下蓬莱并见李太白《梦游天姥诗》瀛洲注。○《白香山集》原注曰："小玉，吴王夫差女名。"○《汉武帝内传》曰："西王母命玉女董双成吹云和之笙。"○《博物志》（卷三）曰："汉武帝好仙道，时西王母遣使乘白鹿告帝当来，乃供

帐九华殿以侍之。"○《吴越春秋·句践入臣外传》曰："王与夫
人言竟,掩面涕泣阑干。"○《唐会要》(三十)曰："华清宫,
天宝元年十月造长生殿名为集灵台以祀神。"○《尔雅·释地》
曰："南方有比翼鸟焉,不比不飞,其名谓之鹣鹣。"○《文选》
刘越石《劝进表》曰："一角之兽,连理之木。"李善注引《孝经
援神契》曰："德至草木则木连理。"《艺文类聚·木部》引挚虞
《连理颂》曰："槐树二枝,连理而生。"○《老子》曰："天长地
久。"○《诗·緜》毛传曰："绵绵,不绝貌。"《广雅·释训》
曰："绵绵,长也。"

琵琶行　并序

　　元和十年,余左迁九江郡司马。明年秋,送客湓浦
口,闻船中夜弹琵琶者,听其音,铮铮然有京都声。问
其人,本长安倡女,尝学琵琶于穆曹二善才。年长色衰,
委身为贾人妇。遂命酒使快弹数曲,曲罢悯默。自叙少
小时欢乐事,今漂沦憔悴,转徙于江湖间。予出官二年,
恬然自安,感斯人言,是夕始觉有迁谪意。因为长句,
歌以赠之,凡六百一十二言,命曰《琵琶行》。

　　《旧唐书·白居易传》曰："元和九年,授太子左赞善大夫。
十年七月,盗杀宰相武元衡,居易首上疏论其冤,急请捕贼以雪
国耻。宰相以宫官非谏职,不当先谏官言事,会有素恶居易者,
掎摭居易言浮华无行,其母因看花堕井而死,而居易作赏花及新
井诗,甚伤名教。执政奏贬为江表刺史。诏出,中书舍人王涯上
疏论之,言居易所犯状迹不宜治郡,追诏授江州司马。"○《汉
书·周昌传》颜注曰："是时尊右而卑左,故谓贬秩位为左迁。"
○《元和郡县志》曰："江南道江州(注云上):州理城古之湓口
城也。浔阳县(注云郭下)本汉旧县,以在浔水之阳故名焉。"

《旧唐书·地理志》曰："江州，隋九江郡。武德四年，置江州。天宝元年，改为浔阳郡。乾元元年，复为江州。浔阳，州所理。"案：今江西九江县治。○《唐六典》（三十）曰："上州司马一人，从五品下。"○《太平寰宇记》曰："江南西道江州德化县盆浦水。按《郡国志》云，有人于此处洗铜盆，忽水暴涨，乃失盆，遂投水取之，即见一龙衔盆夺之而出，故曰盆水。又云，源出青盆山，因以为名。"《清统志》曰："江西九江府：溢水在德化县西一里，源出瑞昌县清溢山，亦名溢涧，入德化县界，东经府城下，又名溢浦港，又北入大江，其入江处即古之溢口也。"案：德化县即今九江县。○《乐府杂录》曰："贞元中有王芬、曹保保，其子善才，其孙曹纲及裴兴奴善弹琵琶，其曹纲善运拨，声若风雨，不事弹弦，其裴兴奴善于拢撚。时人云曹纲有右手，裴兴奴有左手。"（今本纲作钢，此据《御览·乐部》二十一引，字句稍异，胜今本。）案元微之《琵琶歌》："铁山已近曹穆间。"原注曰："二善才姓。"又案：善才盖当时曲师之称。○《寰宇记》曰："江州琵琶亭在州西江边，白司马送客溢浦口，夜闻邻舟琵琶声，问之是长安娼女嫁于商人，乃为作《琵琶行》，因名亭。"《清统志》曰："九江府琵琶亭在德化县西大江滨。唐白居易作《琵琶行》，后人因以名亭。"

浔阳江头夜送客，枫叶荻花秋瑟瑟。
主人下马客在船，举酒欲饮无管絃。
醉不成欢惨将别，别时茫茫江浸月。
忽闻水上琵琶声，主人忘归客不发。
寻声暗问弹者谁？琵琶声停欲语迟。
移船相近邀相见，添酒回灯重开宴。
千呼万唤始出来，犹抱琵琶半遮面。以上送客江口遇弹琵琶妇人。

转轴拨弦三两声，未成曲调先有情。

弦弦掩抑声声思，似诉平生不得意。

低眉信手续续弹，说尽心中无限事。

轻拢慢撚抹复挑，初为霓裳后六么。

大弦嘈嘈如急雨，小弦切切如私语。

嘈嘈切切错杂弹，大珠小珠落玉盘。

间关莺语花底滑；幽咽泉流水下滩。

水泉冷涩弦疑绝，疑绝不通声渐歇。

别有幽愁暗恨生，此时无声胜有声。

银瓶乍破水浆迸；铁骑突出刀枪鸣。

曲终收拨当心画，四弦一声如裂帛。

东船西舫悄无言，唯见江心秋月白。以上摹写琵琶技术之工。

沉吟放拨插弦中，整顿衣裳起敛容。

自言本是京城女，家在虾蟆陵下住。

十三学得琵琶成，名属教坊第一部。

曲罢曾教善才伏；妆成每被秋娘妒。

五陵年少争缠头，一曲红绡不知数。

钿头云篦击节碎；血色罗裙翻酒污。

今年欢笑复明年，秋月春风等闲度。

弟走从军阿姨死，暮去朝来颜色故。

门前冷落鞍马稀，老大嫁作商人妇。

商人重利轻别离，前月浮梁买茶去。

去来江口守空船，绕船月明江水寒。

夜深忽梦少年事，梦啼妆泪红阑干。以上妇人自述其旧事。

　　我闻琵琶已叹息，又闻此语重唧唧。

　　同是天涯沦落人，相逢何必曾相识？吴曰："一篇主句。"

　　我从去年辞帝京，谪居卧病浔阳城。

　　浔阳地僻无音乐，终岁不闻丝竹声。

　　住近湓江地低湿，黄芦苦竹绕宅生。

　　其间旦暮闻何物？杜鹃啼血猿哀鸣。

　　春江花朝秋月夜，往往取酒还独倾。

　　岂无山歌与村笛，呕哑嘲哳难为听。

　　今夜闻君琵琶语，如听仙乐耳暂明。

　　莫辞更坐弹一曲，为君翻作《琵琶行》。

　　感我此言良久立，却坐促弦弦转急。

　　凄凄不似向前声，满座重闻皆掩泣。

　　座中泣下谁最多？江州司马青衫湿。以上自叙迁谪之感。

　　□《诗醇》评曰："满腔迁谪之感，借商妇以发之，有同病相怜之意，比兴相纬，寄托遥深。"

　　郭景纯《江赋》曰："流九派乎寻阳。"《元和郡县志》曰："江州：《禹贡》荆、扬二州之境，荆州云：九江孔殷。今州西北二十五里九江是也。"《清统志》曰："九江府：浔阳口在府城北，亦名九江，即大江也。"○刘公幹《赠从弟诗》曰："瑟瑟谷中风。"○《演繁露》（卷十二）曰："段安节《琵琶录》云：贞元中康昆仑善琵琶，弹一曲新翻羽调《绿腰》。注云：《绿腰》即录要也。本自乐工进曲，上令录出要者，乃以为名，误言《绿腰》也。据此即录要已讹为绿腰，而白乐天集有《听绿腰诗》，注云即《六么》也。今世亦有《六么》，然其曲已自有高平、仙吕两调，又不与羽调相协，抑不知是唐遗声否耶？"《齐东野语》（卷八）曰："按今《六么》中吕调亦有之，非特高平、仙吕也。唐《礼乐志》：俗乐二十八调，中吕、高平、仙吕在七羽之数，盖中吕夹锺羽也，高平林锺羽也，仙吕夷则羽也，安得谓之不与羽调相协？盖未之考尔。"○《史记·田敬仲世家》：驺忌子曰："夫大弦浊以春温者，君也。小弦廉折以清者，相也。"《淮南子·缪称篇》曰："治国譬若张瑟，大弦组则小弦绝矣。"○《文选·吴都赋》刘渊林注曰："俗传鲛人从水中出，曾寄寓人家，积日卖绡，鲛人临去，从主人索器，泣而出珠满盘，以与主人。"○间关，犹宛转也。《诗·车辖》毛传曰："间关，设辖也。"《后汉书·荀彧传论》曰："间关以从曹氏。"章怀注曰："间关犹展转也。"盖车之设辖则宛转自如，人周流四方则展转不息，故皆以间关状之，而莺语流滑宛转不已，故亦云间关也。○疑绝一作凝绝。○胜一作复。沈归愚谓既无声矣，下二语如何接出？宋本无声复有声谓住而又弹，古本可贵如此。步瀛案：无声复有声语稚而意浅，并失下二句斗转之妙，沈说非是。○《长安志》（卷十一）曰："万年县：虾蟆陵在县南六里。韦述《两京记》：本董仲舒墓。"李肇《国史补》曰："昔汉帝幸芙蓉园，即秦之宜春苑也。每至此墓下马，时人谓之下马陵。岁月深远，误传虾蟇尔。"案今本《国史补》（卷下）曰："旧说董仲舒墓，门人过皆下马，故谓之下马陵。后人语讹为虾蟆。"《清统志》曰："陕西西安府：董仲舒墓在咸宁治南。"（今并入长安县。）○《教坊记》曰："西京右教坊在光宅坊，左教坊在延政坊，右多善歌，左多工舞。"○秋娘或以李锜妾当之，非是。元和二年，李锜灭，杜秋籍入宫，有宠于宪宗。（见杜牧之《杜秋娘诗》序。）此诗作于元和十一年，杜秋在宫中，安得遂见于吟咏耶？元微之《赠吕三校书诗》曰：竞添钱贯定秋娘，当与此同，特其事迹未详耳。○杜子美《即事诗》曰："歌罢锦缠头。"《九家注》曰："锦缠头以赏歌舞者。"○《说文新附》曰："钿，金华也。"马缟《中华古今注》（卷中）曰："隋炀帝宫人插钿头钗子。"○篦同鎞。《集韵》曰："鎞，钗也。"○唐江南道饶州浮梁县，今江西浮梁县治。○《古木兰诗》曰："唧唧复唧唧。"○《楚辞·九辩》曰："鹍鸡啁哳而悲鸣。"洪《补注》曰："啁哳，声繁细貌。"案：《说文系传》（卷七）引作嘲哳，与啁哳字同。

《容斋五笔》（卷七）曰："白乐天《琵琶行》一篇，读者但羡其风致，敬其词章，至形于乐府，咏歌之不足，遂以谓真为长安故倡所作。予窃疑之。唐世法网虽于此为宽，然乐天尝居禁密，且谪官未久，必不肯乘夜入独处妇人船中，相从饮酒，至于极弹丝之乐，中夕方去。乐天之意直欲摅写天涯沦落之恨尔。"洪稚存（亮吉）《北江诗话》（卷三）曰："今人以九江郡西琵琶洲谓得名于白傅为江州司马时，听商妇琵琶于此，因号琵琶洲，不知非也。《水经注·江水》下：江水东迳琵琶山南，山下有琵琶湾，考其道里，正在浔阳境内，则琵琶之名久矣。"

卷三　七言古诗

欧阳永叔

王阮亭曰："宋承唐季之后，至欧阳文忠公始拔流俗，七言长句，高处直追昌黎。"（《古诗选》）方植之曰："学欧公作诗，全在用古文章法，如此则小才亦有把鼻涂辙可寻。及其成章，亦非俗士所解。"又曰："欧公之妙全在逆转顺布，惯用此法，故下笔不犹人。"（《昭昧詹言》）

啼　鸟

《居士集》目录原注曰："庆历六年。"案：是年永叔在滁州，诗中我遭谗口云云，所以发其不平也。

> 穷山候至阳气生，百物如与时节争。
> 官居荒凉草树密，撩乱红紫开繁英。
> 花深叶暗耀朝日，日暖众鸟皆嘤鸣。
> 鸟言我岂解尔意？绵蛮但爱声可听。　总叙鸟声。
> 南窗睡多春正美，百舌未晓催天明。
> 黄鹂颜色已可爱，舌端哑咤如娇婴。

竹林静啼青竹笋，深处不见惟闻声。

陂田绕郭白水满，戴胜谷谷催春耕。

谁谓鸣鸠拙无用？雄雌各自知阴晴。

雨声萧萧泥滑滑，草深苔绿无人行。

独有花上提葫芦，劝我沽酒花前倾。

其馀百种各嘲哳，异乡殊俗难知名。吴北江曰：
"以上罗列众鸟，璀错有致。"

我遭谗口身落此，每闻巧舌宜可憎。

春到山城苦寂寞，把盏常恨无娉婷。

花开鸟语辄自醉，醉与花鸟为交朋。

花能嫣然顾我笑，鸟劝我饮非无情。

身闲酒美惜光景，惟恐鸟散花飘零。

可笑灵均楚泽畔，《离骚》憔悴愁独醒。吴曰：
"收揭出主意。"

《诗·伐木》曰："鸟鸣嘤嘤。"又曰："嘤其鸣矣。"〇《诗·小雅》曰："绵蛮黄鸟。"〇《尔雅翼》（卷十四）曰："反舌春始鸣，至五月止，能变其舌，反易其声以效百鸟之鸣，故名反舌。又名百舌。"《证类本草》（卷十九）引陈藏器曰："百舌鸟，今之莺，一名反舌也。"《本草纲目》（卷四十九）曰："百舌处处有之，居树孔窟穴中，状如鸲鹆而小，身略长，灰黑，微有斑点，喙亦尖黑，行则头俯，好食蚯蚓。立春后则鸣啭不已，夏至后则无声，十月后则藏蛰，人或畜之，冬月则死。《月令》：仲夏反舌无声，即此。陈氏谓即莺，非矣。音虽相似，而毛色不同。"〇陆元恪《毛诗疏》曰："黄鸟，黄鹂留也，或谓之黄栗留，幽州人谓之黄莺，或谓之黄鸟，一名仓庚，一名商庚，一名鵹黄，一名楚雀，齐人谓之搏黍。当葚熟时来在桑间，故里语曰：黄栗留看我麦黄葚熟。亦是应节趋时之鸟。"○《玉篇·女部》引《苍颉篇》曰："男曰儿，女曰婴。"○青竹笋，鸟名，他书未见，疑即竹林鸟。（见卷二杜子美《同谷七歌》注。）此诗竹林非鸟名，则青竹笋盖即竹林鸟之异名耳。○《尔雅·释鸟》曰："鴀鴀戴鵀。"郭注曰："鵀即头上胜，今亦呼为戴胜。"郝兰皋《义疏》曰："即今之楼楼谷，小于鹁鸠，黄白斑文，头上毛冠如戴华胜，戴胜之名以此。常以三月中鸣鸣自呼也。"○《尔雅·释鸟》曰："鷐鸠鶻鵃。"郭注曰："似山鹊而小，短尾，青黑色，多声。"《左》昭十七年孔疏引孙炎曰："鶻鸠一名鸣鸠。"《吕氏春秋·季春纪》曰："鸣鸠拂其羽。"高注曰："鸣鸠，班鸠也。"《毛诗》陆疏曰："鶻鸠一名班鸠，似鹁鸠而大，鹁鸠灰色无绣项，班鸠项有绣文斑然。"《尔雅翼》（卷十四）曰："佳鸠一名祝鸠，又名鹁鸠，似班鸠而臆无绣采，又头有赘，物之拙者不能为巢，才架数枝，往往破卵，无巢不能居，天将雨则逐其雌，霁则呼而反之。"又见卷一黄山谷《寄陈适用诗》注。又案：鹁鸠与鸣鸠有别，此诗则浑同言之耳。○《证类本草》（卷十九）引陈藏器曰："山菌子如小鸡无尾。"《本草纲目》（卷四十八）曰："菌子言其味美如菌也。蜀人呼为鸡头鶻，南人呼为泥滑滑，因其声也。"又曰："竹鸡生江南川广，处处有之，多居竹林，形比鷐鸪差小，褐色多斑赤文，其性好啼。谚云：家有竹鸡啼，白蚁化为泥。盖好食蚁也，亦辟壁虱。"○黄山谷《演雅诗》任注曰："提壶，鸟名。"梅圣俞《四禽言》曰："提壶卢，沽美酒。风为宾，树为友。山花撩乱目前开，劝尔今朝千万寿。"○嘲哳已见卷二白乐天《琵琶行》注。○谗口句，《诗·十月之交》曰："谗口嚣嚣。"案《欧阳文忠公年谱》曰："庆历五年三月，时二府杜正献（衍）、范文正（仲淹）、韩忠献（琦）、富文忠公（弼）以党论相继去，公上书辨之。小人素已憾公，会公孤甥张氏犯法，谏官钱明逸因以财产事及公，下开封鞫治。府尹杨日严观望傅会，上命户部判官苏安世入内供奉官王昭明监勘，得无他。八月甲戌，犹落龙图阁直学士，罢都转运按察使，降知制诰，知滁州。十月甲戌至郡。"○杜子美《秦州见敕目三十韵诗》曰："不嫁惜娉婷。"○宋玉《登徒子好色赋》曰："嫣然一笑。"○《楚辞·离骚》曰："名余曰正则分，字余曰灵均。"又《渔父》曰："屈原既放，游于江潭，行吟泽畔，颜色憔悴。"又曰："众人皆醉我独醒。"

明妃曲和王介甫作

《汉书·元帝纪》曰："竟宁元年春正月，匈奴虖韩邪来朝。（《匈奴传》虖作呼。）诏赐单于待诏掖庭王樯为阏氏。"注："应劭曰：郡国献女未御见，须命于掖庭，故曰待诏。王樯，王氏女，名樯，字昭君。文颖曰：本南郡秭归人也。苏林曰：阏氏音焉支，如汉皇后也。"又《匈奴传》曰："竟宁元年，单于复入朝，自言愿婿汉氏以自亲，元帝以后宫良家子王墙字昭君赐单于，号宁胡阏氏，生一男。呼韩邪死，子雕陶莫皋立为复株絫若鞮单于，复妻王昭君，生二女。"《后汉书·南匈奴传》曰："昭君字嫱，南郡人也。初，元帝时以良家子选入掖庭，时呼韩邪来朝，帝敕以宫女五人赐之。昭君入宫数岁不得见御，积悲怨，乃请掖庭令求行，呼韩邪临辞大会，帝召五女以示之。昭君丰容靓饰，光明汉宫。顾景裴回，竦动左右。帝见大惊，意欲留之，而难于失信，遂与匈奴，生二子。及呼韩邪死，其前阏氏子代立，欲妻之。昭君上书求归，成帝敕令从胡俗，遂复为后单于阏氏焉。"案：昭君事见于史者如此，虽前、后《汉书》小有出入，然大体尚无异也。《西京杂记》（卷上）曰："元帝后宫既多，不得常见，乃使画工图其形，案图召幸，诸宫人皆赂画工，多者十万，少者亦不减五万，独王嫱自恃容貌不肯与。工人乃丑图之，遂不得见。后匈奴入朝，求美人为阏氏，于是上案图，以昭君行，及去召见，貌为后宫第一，善应对，举止娴雅，帝悔之。而名籍已定，方重信于外国，故不复更人。乃穷案其事，画工皆弃市，籍其家资，皆巨万。"案：此事史所未载，传闻之词，姑无深辨。《文选》（卷二十七）石季伦《王明君词序》曰："王明君者，本是王昭君，以触文帝讳改焉。"（《乐府古题要解》曰："晋文王讳昭，故晋人改为明君。"）匈奴盛请婚于汉，元帝以后宫良家子昭君配焉。昔公主嫁乌孙，令琵琶马上作乐以慰其道路之思，其送明君亦必尔也。其造新曲多哀怨之声，故叙之于纸云尔。"《乐府古题要解》曰："汉人怜昭君远嫁，为作歌诗。石崇有妓曰绿珠，善歌舞，以此曲教之，而自制《王明君歌》，其文悲雅。我本汉家子是也。"是所谓琵琶怨曲皆后人所拟，非其自为矣。又引《琴操》："王昭君，齐国王穰女，端正娴丽，年十七，献之元帝。元帝以地远，不之幸，以备后宫。积五六年，帝每游后宫，昭君常怨不出。后单于遣使朝贺，帝宴之，尽召后宫，昭君乃盛饰而至。帝问欲以一女赐单于，谁能行者。昭君乃越席请往。时单于使在旁，帝惊恨不及。昭君至匈奴，单于大悦。昭君恨帝始不见遇，乃作怨思之歌。单于死，子世达立，昭君谓之曰：为胡者妻母，为秦者更娶。世达曰：欲作胡礼。昭君乃吞药而死。"（《世说新语·贤媛篇》刘孝标注、《文选·恨赋》注、《王明君词》注、《艺文类聚·人部》十四、《御览·人事部》百二十四、《乐部》九皆引之，互有异同。）《乐府诗集》（卷五十九）谓《汉书·匈奴传》不言饮药而死，不知《后汉书》尚有求归未得之文。沈文起（钦韩）《汉书疏证》以昭君饮药事乃好事者饰之，是也。大抵《琴操》所言多妄。文颖谓昭君南郡秭归人。范蔚宗以为南郡人。秭归县，汉属南郡也。而《琴操》独云齐国王穰女。俞理初（正燮）《癸巳存稿》（卷七）谓或齐国田王转徙南郡，亦附会不足取。至其字或作墙，或作樯，或作嫱。钱晓征（大昕）《养新录》（卷二）曰："哀元年，宿有妃嫱嫔御焉。《唐石经》嫱作墙。案《说文》无嫱字，当依《石经》为墙。"梁曜北（玉绳）《瞥记》（卷三）说同。又附诸蔼云：王墙盖取古美人毛嫱之名，未必古无嫱字。此循俗之言，不足取也。范书言昭君字嫱，孙玉塘（璧文）《考古录》（卷七）谓考应劭注，昭君实名墙，《辨古录》因《左传》妃嫱嫔御附会为官名，而不知传实作墙也。又昭君，晋人避讳改为明君，后人又称明妃。江文通《恨赋》曰："明妃去时，仰天叹息。"杨衒之《洛阳伽蓝记》（卷三）曰："徐月华能为明妃出塞之曲。"皆是。○《居士集》目录原注曰："嘉祐四年。"案：是年永叔五十三岁，介甫三十九岁，提点江西刑狱。

> 胡人以鞍马为家，射猎为俗。
> 泉甘草美无常处，鸟惊兽骇争驰逐。
> 谁将汉女嫁胡儿？风沙无情貌如玉。
> 身行不遇中国人，马上自作思归曲。
> 推手为琵却手琶，胡人共听亦咨嗟。
> 玉颜流落死天涯，琵琶却传来汉家。
> 汉宫争按新声谱，遗恨已深声更苦。
> 纤纤女手生洞房，学得琵琶不下堂。
> 不识黄云出塞路，岂知此声能断肠？姚姜坞曰："后四句颇具唐人风趣。"

　　□方曰："思深，无一处是恒人胸臆中所有。"又曰："以后一层作起，谁将句逆入明妃，玉颜二句逆入琵琶，收四语又用他人逆衬，所以为思深笔曲也。"

　　《汉书·晁错传》：错言守边备塞曰："胡人食肉饮酪，衣皮毛，非有城郭田宅之归，居如飞鸟走兽，于广野美草甘水则止，

草尽水竭则移。此胡人之生业而中国之所以离南晦也。"李太白
《战城南》曰："胡人以杀戮为耕作。"○马上句已见题注。石季
伦又有《思归引》。《宋书·乐志》引傅玄《琵琶赋》曰："汉遣
乌孙公主嫁昆弥，念其行道思慕，故使工人裁筝筑为马上之乐，
欲从方俗语，故名曰琵琶，取其易传于外国也。"○《释名·释
乐器》曰："批把本出于胡中，马上所鼓也。推手前曰批，引手
却曰把，象其鼓时，因以为名也。"《类聚·乐部》四引批把作琵
琶。○《楚辞·招魂》曰："姱容修态，絚洞房些。"○《公羊》
襄三十年曰："妇人夜出，不见傅母不下堂。"○出塞已见题注。
薛陶臣（逢）《猎骑诗》曰："岂知万里黄云戍，血迸金疮卧铁
衣？"○顾朝阳《王昭君诗》曰："妾死非关命，只缘怨断肠。"

　　叶少蕴（梦得）《石林诗话》（卷中）曰："毗陵张子厚善书，
余尝于其家见欧阳文忠子棐以乌丝栏绢一轴求子厚书文忠《明妃
曲》两篇、《庐山高》一篇，略云：先君子曰未尝矜大所为文，
一日被酒，语棐曰：吾诗《庐山高》今人莫能为，唯太白能之，
《明妃曲》后篇太白不能为，唯杜子美能之，至于前篇，则子美
亦不能为，唯吾能之也。"姚姜坞曰："公笔力既不及前人崛奇，
其长句多不可人意，且经营地上语耳。乃欲拟太白飞仙耶？"
（《援鹑堂笔记》卷四十）案：宋人好为妄说，往往托于欧、苏，
抑或叔弼推尊其父之言，想永叔不当如此之妄也。

鸦鶒词

　　《尔雅·释鸟》曰："鹎鸠鹅鶒。"郭注曰："小黑鸟鸣自
呼，江东名为乌鹏。"郝兰皋《义疏》谓鹅鶒转为批颊，即批
鹅鸟是也。《淮南·说林篇》作雒札，高注曰："秦人谓之祝
祝，蚕时晨鸣。"《广雅·释鸟》曰："车揭，鹅札也。"（《淮南
·广雅》札皆误礼，并依王怀祖校改。）王氏《疏证》谓《广
雅》之鹅札即《淮南》之雒札矣。《荆楚岁时记》曰："春分日

有鸟如乌，先鸡而鸣，声如架架格格，民候此鸟则入田，以为催人驾犁格也。"《本草纲目》（卷四十九）曰："鹎𪄠讹作批𪄠鸟，三月即鸣，今俗谓之驾犁，农人以为候，五更辄鸣，曰架架格格，至曙乃止，故滇人呼作榨油郎，亦曰铁鹦鹉，南人呼为凤皇皂隶，汴人呼为夏鸡。古有催明之鸟名唤起者，盖即此也。其鸟大如燕，黑色，长尾有歧，头上戴胜，所巢之处其类不得再巢，必相斗不已。"〇方植之以此诗寄思君之意，吴北江谓此乃侍从内廷不得意而思归田里之作。以诗意及事迹考之，则吴说是也。案：《居士集》目录原注以此诗为嘉祐年作。考《年谱》，嘉祐元年永叔五十岁，自至和元年母丧服阕。除旧职龙图阁直学士，迁翰林学士，屡求外出，虽见留，颇不得意，时有归隐田里之思。每见与梅圣俞唱和诗中，如云：江西得请在旦暮，收拾归装从此始。终当卷簟携枕去，筑室买田清颍尾。（有《赠端溪绿石枕蕲州竹簟奉呈原父圣俞诗》，嘉祐四年作。）又云，有田清颍间，尚可事桑麻。安得一黄犊，幅巾驾柴车？（《清明风雨三日不出因书所见呈圣俞诗》，亦嘉祐四年作。）又云，田家此乐知者谁？我独知之归不早。乞身当及强健时，顾我蹉跎已衰老。（《归田四时乐诗》。案《续思颍诗》序引此诗云：时年五十有二。《居士集》目录以为嘉祐三年作。）皆作于嘉祐年间，与此可以互证，方说非是。

龙楼凤阙郁峥嵘，深宫不闻更漏声。
红纱蜡烛愁夜短；绿窗鹎𪄠催天明。
一声两声人渐起，金井辘轳闻汲水。
三声四声促严妆，红靴玉带奉君王。
万年枝软风露湿，上下枝间声转急。
南衙促仗三卫列；九门放钥千官入。

重城禁籞锁池台，此鸟飞从何处来？

君不见颍河东岸村陂阔，山禽野鸟常嘲哳。

田家惟听夏鸡声，夜夜垅头耕晓月。

可怜此乐独吾知，眷恋君恩今白发。

□语意深婉，情韵俱佳。

《后汉书·班固传·两都赋》李贤注曰："峥嵘，高峻也，峥音仕耕反，嵘音宏。"○《艺文类聚·水部》下引戴延之《西征记》曰："太极殿上有金井金博山鹿卢，交龙负山于井上，有金师子在龙下。"吴叔庠《行路难》曰："玉栏金井牵辘轳。"《图画见闻志》（卷一）曰："靴本胡服，赵灵王好之，制有司衣袍者宜穿皂靴。唐代宗朝令宫人侍左右者穿红锦靿靴。"《学斋呫毕》（卷二）曰："古有舄有履有屦而无靴，故靴字不见于经，至赵武灵王作胡服，方变履马靴，而至今服之。本朝徽宗政、宣间，尝变靴为履矣。至高宗时，务反政、宣之失，仍变履为靴。"（案《宋史·舆服志》：徽宗重和元年，诏礼制局具冠服讨论以闻，其见服靴先改用履。）○《文选》谢玄晖《直中书省诗》曰："风动万年枝。"李善注引《晋宫阙名》曰："华林园有万年树十四株。"《泊宅编》（卷一）曰："徽宗兴画学，尝自试诸生，以万年枝上太平雀为题，无中程者。或密叩中贵，答曰：万年枝，冬青木也。太平雀，频伽鸟也。"何义门曰："即《诗·山有枢》疏中所谓万年树，盖檍也。"案陆元恪《毛诗疏》曰："杻，檍也。叶似杏而尖，白色，皮正赤，为木多曲少直，枝叶茂好。二月中叶疏，华如楝而细蕊正白。盖此树今官园种之，正名曰万岁，既取名于亿万，其叶又好，故种之。"陆所说与冬青木迥乎不同，疑《泊宅编》所述中贵之言未足信也。○《新唐书·兵志》曰："所谓天子禁军者，南北衙兵也。南衙，诸卫兵是也。北衙者，禁军也。"○促仗，《居士集》卷一，孙谦益校曰："碑本促作捉，似重磨再刻。案《唐书·仪卫志》：三卫番上分为五仗。又云：带刀捉仗，列立于东西廊，号曰内仗。又云：内外诸门以排道人带刀捉仗而立，号曰立门仗。成都、眉州、绵州、衢州、大杭本并作促，吉州本及《时贤文纂》并作捉。"步瀛案：《唐六典》（卷二十四）曰："左右卫大将军将军之职，掌统帅宫庭警卫之法令，以督其属之队仗，而总诸曹之职务。凡亲、勋、翊五中将府及折冲府所隶者，皆总制焉。亲府勋一府勋二府、翊一府翊二府等五府中郎将各一人，左右郎将各一人，中郎将掌领其府校尉、旅帅、亲卫、勋卫、翊卫之属，以府卫而总其府事，左右郎将贰焉。"王伯厚《小学绀珠》（卷八）曰："三卫：亲卫（府一）、勋卫（府二）、翊卫（府二）。"○《礼记·月令》郑注曰："天子九门者：路门也，应门也，雉门也，库门也，皋门也，城门也，近郊门也，远郊门也，关门也。"唐京师九门：南面三门：中曰明德，左曰启夏，右曰安化；东面三门：中曰春明，北曰通化，南曰延兴；西面三门：中曰金光，北曰开远，南曰延平；皆外城门也。（见《唐六典》《长安志》及新、旧《唐书·地理志》。）宋东京外城十七门，里城十门，宫城六门，而里城太平兴国四年定名南门曰朱雀、崇明，东门曰丽景、望春，西门曰宜秋、阊阖，北门曰景龙、安远、天波，凡九门。至祥符五年，作保康门于朱雀门东，凡十门。（见《宋史·地理志》及《玉海》卷一百七十。）此云九门者，或沿古代天子九门，或沿唐京师九门，或沿宋太平兴国时九门，未能定也。○《文选》张平子《西京赋》曰："上林禁苑。"薛注曰："禁，禁人妄入也。"《后汉书·章帝纪》注引《汉书·音义》曰："折竹以绳悬连之，使人不得往来，谓之籞。"○永叔《续思颍诗序》曰："皇祐二年，余方留守南都，已约梅圣俞买田于颍上。其诗曰：优游琴酒逐渔钓，上下林壑相攀跻。及身强健始为乐，莫待衰病须扶携。此盖余之本志也。时年四十有四。其后丁家艰，服除还朝，遂入翰林为学士，忽忽七八年间，归颍之志虽未遂也，然未尝一日少忘焉”云云。案：宋京西北路颍州治汝阴县，今安徽阜阳县治。《清统志》曰：“安徽颍洲府：颍水自河南陈洲府沈邱县东流入，经阜阳县北，又东南经颍上县，东南流入淮。”○夏鸡，《居士集》原注曰：“鹈鴂，京西村人谓之夏鸡。”

代赠田文初

《外集》目录原注曰：“景祐四年作。”案《居士集》（卷四十二）有《送田画秀才宁亲万州序》，目录亦注云：“景祐四年。”《序》云：“文初辞业通敏，为文敦洁可喜。岁之仲春，自荆南西拜其亲于万州，维舟夷陵，予与之登高以望远，遂游东山，窥绿萝溪，坐磐石。文初爱之，数日乃去。”文初，田画字，是时永叔为夷陵令也。序又言文初之祖从诸将西平成都，及南攻金陵，功最多。然未言为何人。《万姓统谱》（卷三十七）载田画事，乃《宋史·田昼传》事，不作画。昼字承君，画字文初，各有意义，不容相溷。昼乃田况从子，永叔集中有与况书及诗，但未知昼即画易名邪，抑兄弟行邪，或字虽相似而殊不相关邪？不可考矣。此诗题为代赠，盖托于舟中所眷者之辞。

感君一顾重千金，赠君白璧为妾心。
舟中绣被薰香夜，春雪江头三尺深。
西陵长官头已白，憔悴穷愁愧相识。
手持玉斝唱《阳春》，江上梅花落如积。
津亭送别君未悲，梦阑酒解始相思。
须知巫峡闻猿处，不似荆江夜雪时。

□方曰：“此诗令人肠断，情韵真是唐人。加入中间一层更阔大。"

《文选》谢玄晖《和王主簿怨情诗》曰："生平一顾重，宿昔千金贱。"李善注引曹子建诗曰："一顾千金重，何必珠玉钱？"○《说苑·善说篇》曰："襄成君始封之日，楚大夫庄辛说之曰：君独不闻大鄂君子晳之泛舟于新波之中也？榜枻越人拥楫而歌，于是鄂君子晳乃㩱修袂，行而拥之，举绣被而覆之。"○《三国·吴志·吴主传》曰："黄武元年，改夷陵为西陵。"《元丰九域志》曰："荆湖北路峡州治夷陵县。"案：今湖北宜昌县东南。又案《年谱》曰："景祐三年，天章阁待制权知开封府范仲淹言事忤宰相，落职知饶州，公切责司谏高若讷，若讷以其书闻。五月戊戌，降为峡州夷陵县令。十月至夷陵。"西陵长官，永叔自谓也。文初至夷陵为四年二月，是年永叔三十一岁，头已白，特极言之耳。○《说文》曰："斚，玉爵也。夏曰琖，殷曰斚，周曰爵。"刘孝标《广绝交论》曰："沾玉斚之馀沥。"○宋玉《对楚王问》曰："其为《阳春》《白雪》，国中属而和者，不过数十人。"○岑参《送裴侍御入京诗》曰："惜别津亭暮。"○《水经·江水》注曰："江水又东迳巫峡，历峡东，迳新崩滩，其间首尾百六十里，谓之巫峡，盖因山为名也。自三峡七百里中，两岸连山，略无阙处。重岩叠嶂，隐天蔽日。每至霜初晴旦，林寒涧肃，常有高猿长啸，属引凄异，空谷传响，哀转久绝。故渔者歌曰：巴东三峡巫峡长，猿鸣三声泪沾裳。"《清统志》曰："四川夔州府：巫山在巫山县东。"

答谢景山遗古瓦砚歌

《外集》目录原注曰："景祐四年。"案：永叔《与谢景山书》曰："修顿首再拜，景山十二兄法曹：昨送马人还，得所示书，并《古瓦砚歌》一轴，近著诗文又三轴，不胜欣喜。景山留滞州县，行年四十，独能异其少时俊逸之气，就于法度，根蒂前古，作为文章，一下其笔，遂高于人"云云（《外集》卷十八）。《诗话》曰："闽人有谢伯初者，字景山，当天圣、景祐之间，以诗知名。余谪夷陵时，景山方为许州法曹，以长韵见寄，颇多佳句"云云。是景山名伯初，《万姓统谱》（卷一百五）曰："谢伯景字景山，晋江人。天圣二年进士。"伯景之景字盖误。（近人作《人名大辞典》亦沿其误。）○《砚笺》（卷三）曰："瓦出铜雀台多断折，间有全者，煮以历青，发墨可用，好事者爱其古。"又曰："铜雀瓦澄胡桃油埏，与众瓦异。"

　　　火数四百炎灵销，谁其代者当涂高。
　　　穷奸极酷不易取，始知文景基扃牢。
　　　坐挥长喙啄天下，豪杰竞起如蝟毛。
　　　董吕催氾〔氾〕相继死，绍术权备争咆咻。
　　　力强者胜怯者败，岂较才德为功劳？
　　　然犹到手不敢取，而使螟蝗生蝮蜪。
　　　子丕当初不自耻，敢谓舜禹传之尧。
　　　得之以此失以此，谁知三马食一槽？
　　　当其盛时争意气，叱咤雷雹生风飙。
　　　干戈战罢数功阀，周蔑方召尧无皋。
　　　英雄致酒奉高会，巍然铜雀高岩岩。
　　　圆歌宛转激清徵；妙舞左右回纤腰。
　　　一朝西陵看拱木，寂寞繐帐空萧萧。
　　　当时凄凉已可叹，而况后世悲前朝。
　　　高台已倾渐平地，此瓦一坠埋蓬蒿。
　　　苔文半灭荒土蚀，战血曾经野火烧。
　　　败皮敝网各有用，谁使镌镵成凸凹？以上瓦砚之由来。○方曰："起段从源头说起，夹叙夹议，高台二句逆入。"

景山笔力若牛弩，句遒语老能挥毫。

嗟予夺得何所用？簿领朱墨徒纷淆。

走官南北未尝舍，缇袭三四勤缄包。

有时属思欲飞洒，意绪轧轧难抽缲。

舟行屡备水神夺，往往冥晦遭风涛。

质顽物久有精怪，常恐变化成灵妖。

名都所至必传玩，爱之不换鲁宝刀。

长歌送我怪且伟，欲报惭愧无琼瑶。以上谢其馈赠。○方曰："舟行四句举韩之奇。"

□吴曰："此首颇有瑰玮奇致，声调亦响，但稍繁耳。"

《汉书·高帝纪赞》曰："汉承尧运，协于火德。"《后汉书·光武帝纪赞》曰："炎正中微，大盗移国。"又曰："光武诞命，灵贶自甄。"《献帝纪赞》曰："终我四百，永作虞宾。"章怀注引《春秋演孔图》曰："刘四百岁之际，褒汉王辅皇王以期有名不就。"案：前汉自高帝元年至平帝五年，传十二世，共二百一十二年，为王莽所篡。后汉自光武建武元年至献帝建安二十五年，传十二世，共一百九十六年，为曹丕所篡。凡四百有八年。○《魏志·文帝纪》裴注曰："太史丞许芝条魏代汉，见谶纬于魏王曰：《春秋佐助期》曰：汉以许昌失天下。故白马令李云上事曰：许昌气见于当涂高。当涂高者，昌于许。当涂高者，魏也；象魏者，两观阙是也。当道而高，大者魏，魏当代汉。今魏基昌于许，汉征绝于许，乃今效见如李云之言许昌相应也。"○《汉书·景帝纪赞》曰："汉兴，扫除烦苛，与民休息，至于孝文，加之以恭俭，孝景遵业，五六十载之间，至于移风易俗，黎民醇厚。周云成、康，汉言文、景，美矣。"鲍明远《芜城赋》曰："观基扃之固护。"○《汉书·贾谊传》：谊复上疏曰："高皇帝瓜

分天下，以王功臣，反者如蝟毛而起。"○《后汉书·灵帝纪》
曰："中平六年夏四月丙辰，帝崩于南宫嘉德殿。戊子，皇子辩
即皇帝位，改元为光熹。九月甲戌，董卓废帝为弘农王。"《献帝
纪》曰："九月甲戌，即皇帝位。初平元年春正月癸酉，董卓杀
弘农王。三年夏四月辛巳，诛董卓，夷三族。五月，董卓部曲将
李傕、郭汜〔氾〕等反。六月戊午，陷长安城，杀司空王允。兴
平元年二月，李傕与郭汜〔氾〕相攻。三月，李傕胁帝幸其营，
攻宫室。建安二年春，袁术自称天子。三月，袁绍自为大将军。
三年，讨李傕，夷三族。吕布叛。十二月癸酉，曹操击吕布于徐
州，斩之。五年九月，曹操与袁绍战于官渡，绍败走。是岁孙策
死，弟权袭其馀业。十九年，刘备破刘璋，据益州。"○《诗·
荡》曰："女咆咻于中国。"郑笺曰："咆然自矜气健之貌。"《文
选·魏都赋》曰："吞灭咆然。"刘渊林注曰："咆然犹咆哮也。"
《集韵》五爻："然咻并出，曰虚交切，或从口。○《吕氏春秋·
不屈篇》曰："蝗螟农夫得而杀之，奚故？为其害稼也。"高注
曰："蝗，螽也。食心曰螟，食叶曰螣。今兖州谓蝗曰螣。"
○《尔雅·释虫》曰："蝝，蝮蜪。"郭注曰："蝗子未有翅者。"
○《魏志·文帝纪》："汉帝使兼御史大夫张音持节奉玺绶禅位，
册曰：咨尔魏王，昔者帝尧禅位于虞舜，舜亦以命禹。天命不于
常，惟归有德。今王钦承前绪，光于乃德，金日尔度克协于虞
舜，用率我唐典，敬逊尔位。"裴注引《魏氏春秋》曰："帝升
坛，礼毕，顾谓群臣曰：舜、禹之事吾知之矣。"○《晋书·宣
帝纪》曰："魏武尝梦三马同食一槽，甚恶焉。"○《史记·功臣
年表》曰："用力曰功，明其等曰伐，积日曰阅。"○《诗·采
芑》曰："方叔元老。"《江汉》曰："王命召虎。"《魏志·徐晃
传》注引《魏书》：文帝封朱灵为鄃侯，诏曰："威过方、邵。"
○《艺文类聚·祥瑞部》引《春秋元命苞》曰："尧为天子，季
秋下旬梦白虎遗吾马嗓子。（《御览·时序部》九引马作鸟。）其

母曰扶，始升高丘，睹白虎，上有云感已生皋陶，索扶始问之，如尧言，明于刑法，罪次终始，故立皋陶为大理。"○《魏志·武帝纪》曰："建安十五年冬，作铜雀台。"《水经·浊漳水》注曰："汉高帝十二年，置魏郡，治邺县。魏武又以郡国之旧，引漳流自城西东入迳铜雀台下。"《文选·魏都赋》李注曰："铜爵园西有三台，中央有铜爵台，南则金虎台，北则冰井台。"《清统志》曰："河南彰德府：三台在临漳县西南邺城内西北隅。"○《韩非子·十过篇》曰："清商固最悲乎？师旷曰：不如清徵。"○陆士衡《弔魏武帝文》引《魏武遗令》曰："吾婕好妓人皆著铜雀台，于台堂之上施八尺床繐帐，朝晡上脯糒之属。月朝十五，辄向帐作妓。汝等时时登铜雀台望吾西陵墓田。"谢玄晖《铜雀台同谢谘议赋》曰："繐帷飘井干，樽酒若平生。郁郁西陵树，讵闻歌吹声？"江文通《恨赋》曰："拱木敛魂。"○《说苑·善说篇》："雍门子周曰：高台既以坏，曲池既以渐。"○韩退之《进学解》曰："败鼓之皮。"○《后汉书·宦者传》曰："蔡伦造意，用树肤麻头及敝布鱼网以为纸，天下咸称蔡侯纸。"○《广韵》十一没曰："凸，出貌，陀骨切。"三十一洽曰："凹，下也；乌洽切。"《集韵》五爻曰："凹，窊也；于交切。"○李义山《赠四同舍诗》曰："狂来笔力如牛弩。"○刘公幹《杂诗》曰："沉迷簿领书。"○《周书·苏绰传》曰："绰始制文案程序，朱出墨入，及计帐户籍之法。"○《艺文类聚·地部》引《阚子》曰："宋之愚人得燕石于梧台之东，归而藏之以为宝。周客闻而观焉，主人斋七日，端冕玄服以发宝，革匮十重，缇巾十袭。客见之掩口而笑曰：此特燕石也，其与瓦甓不殊。"○《文选·文赋》曰："思乙乙其若抽。"李善注曰："乙，难出之貌，音轧。"○舟行二句，隐用澹台子羽事，见卷二杜子美《桃竹杖引》注。○《穀梁》僖元年曰："孟劳者，鲁之宝刀也。"○《诗·木瓜》曰："报之以琼瑶。"

王介甫

方植之曰：“王半山用意深，用笔布置逆顺深，章法疏密伸缩裁剪，有阔达之境，眼孔心胸大，不迫狭浅陋易尽。如此乃为作家，而用字取材造句可法。”又曰：“荆公健拔奇气胜六一，而深韵不及，两人分得韩一体也。”

纯甫出释惠崇画要予作诗

李雁湖（壁）《王荆文公诗注》曰：“纯甫，公季弟也，名安上。”顾震沧（栋高）《王荆公年谱》曰：“父讳益，子七人：长安仁，字常甫。次安道，字勤甫。次即公。次安国，字平甫。次安世，字某。次安礼，字和甫。次安上，字纯甫。”（《宋史·王安石传》言安国安礼之弟，安礼绍圣二年卒，年六十二，当生于景祐元年甲戌。王介甫《平甫墓志》言年止于四十七，以熙宁七年卒，当生于天圣六年戊辰，长于安礼且七岁，《宋史》误矣。此依曾子固《尚书都官员外郎王公墓志》之次是也。）○《图画见闻志》（卷四）曰：“建阳僧慧崇工画鹅雁鹭鸶，尤工小景，善为寒江远渚，萧洒虚旷之象，人所难到也。”案：慧、惠字通。

画史纷纷何足数？惠崇晚出吾最许。
旱云六月涨林莽，移我倏然堕洲渚。
黄芦低摧雪翳土，凫雁静立将俦侣。
往时所历今在眼，沙平水澹西江浦。
暮气沉舟暗鱼罟，敧眠呕轧如鸣橹。

颇疑道人三昧力，异域山川能断取。

方诸承水调幻药，洒落生绡变寒暑。

金坡巨然山数堵，粉墨空多真漫与。

濠梁崔白亦善画，曾见桃花净初吐。

酒酣弄笔起春风，便恐飘零作红雨。

流莺探枝婉欲语，蜜蜂掇蕊随翅股。

一时二子皆绝艺，裘马穿羸久羁旅。

华堂岂惜万黄金？苦道今人不如古。

　　□方曰："起二句正点，以一句跌衬，旱云四句接写画，却深思沉着曲折奇险如此。往时四句又出一层，而先将此句冠之，与《孟子》无若宋人然句法同。沙平以下正昔所历也。颇疑二句逆卷，笔力何等奇险！方诸二句叙耳，亦险怪不平如此。金坡二句一衬，濠梁六句一衬，一时以下宾主双收作感慨结，通篇用全力千锤百炼，无一字一笔懈，如挽百钧之弩，此可药世之粗才。"

　　《庄子·田子方篇》曰："宋元君将画图，众史皆至。"○李注曰："崇非特善画，又工诗，今十僧诗集，崇其一也。"○方植之曰："雪，芦花也。"○李曰："李义山诗：湖光不受月，暮气欲沉山。"（案：今李义山《戏赠张秘书诗》，湖作池，暮作野。）○薛陶臣《潼关河亭诗》曰："橹声呕轧中流渡。"○《智度论》曰："得道者名曰道人。"《金刚经》曰："佛说我得无诤三昧，人中最为第一。"《维摩诘所说经·不思议品》曰："又舍利弗住不可思议，解脱菩萨断取三千大千世界，如陶家轮著右掌中，掷过恒沙世界之外，其中众生不觉，不知己之所往，又复还置本处，都不使人有往来想，而此世界本相如故。"○《周礼·秋官·司烜氏》："以鉴取明水于月。"郑注曰："鉴，镜属取水者，世谓之方诸。"《淮南子·天文篇》曰："方诸见月则津而为水。"高注曰："方诸，阴燧大蛤也。熟摩令热，月盛时以向月下，则水生，以铜盘受之，下水数滴，先师说然也。"《华严经音义》上引许注曰："方诸，五石之精，作圆器似杯，仰月则得水也。"《御览·天部》四引许注曰："诸，珠也。方，石也。以铜盘受之下水数升。"又《地部》二十三引《淮南万毕术》曰："方诸取水，方诸形若杯，无耳，以五石合冶，以十二月壬子夜半作之，以承水即来。"与许注合。《楞严经》（卷三）曰："诸大幻师求大阴精，用和幻药。是诸师等，于白月昼，手执方诸，承月中水。"○李曰："江南中主时，建业僧巨然祖述董源笔法，尤工秋岚远景，不为奇峭，源及巨然画笔皆宜远观，其笔甚草草，近视之几不类物象，远观则景物粲然，幽情远思，如睹异境。"又曰："《金坡遗事》：玉堂后北壁两堵董羽画水，正北一壁吴僧巨然画山水，皆有远思，一时绝笔也。有二小壁画松，亦奇妙。"又曰："据《画谱》言巨然用笔甚草草，此可见其真趣，不应有粉墨空多之讥。反覆诗意，本谓巨然画格甚高，而拙工事彩绘者乃为世俗所与也。"步瀛案：李解漫与，非也。漫与就画者言，谓巨然山只数堵，笔墨自高，俗工粉墨空多，真乃漫然与之耳。杜子美《江上值水如海势诗》曰：老去诗篇浑漫与，是也。此又以巨然衬惠崇，言惠崇之画与巨然画山皆有远思，他人粉墨虽多，真漫与耳。李又曰："按唐制，翰林院在右银台门内。开元时又置学士院，在翰林院之南，始改供奉为学士。至德后随上所在而迁，驾在大内，则明福门置院，驾在兴庆宫，则金明门内置院，德宗时又移院于金銮坡上，今诗云金坡本此。"○《图画见闻志》（卷四）曰："崔白字子西，濠梁人。工画花竹翎毛，体制清赡。虽以败荷凫雁得名，然于佛道鬼神山林人兽无不精绝。熙宁初，命白与艾宣、丁贶、葛守昌画垂拱殿御扆，鹤竹各一扇，而白为首出。"○二子，惠崇、崔白也。○李长吉《将进酒》曰："桃花乱落如红雨。"○岂，李注本作直。

明妃曲　二首录一

明妃初出汉宫时，泪湿春风鬓脚垂。

低徊顾影无颜色，尚得君王不自持。

归来却怪丹青手，入眼平生几曾有？

意态由来画不成，当时枉杀毛延寿。托意甚高，
非徒以翻案为能。

一去心知更不归，可怜着尽汉宫衣。

寄声欲问塞南事，只有年年鸿雁飞。

家人万里传消息，好在毡城莫相忆。

君不见咫尺长门闭阿娇，人生失意无南北！

□吴北江曰："矜炼深雅，殆胜欧作。"

沈休文《十咏·领边绣》曰："聊承云鬓垂。"白乐天《王昭
君诗》曰："满面胡沙满鬓风。"○画工已见欧诗注。《西京杂记》
又曰："画工有杜陵毛延寿，为人形，丑好老少必得其真。安陵
陈敞、新丰刘白、龚宽并工为牛马飞鸟，亦肖人形好丑，不逮毛
延寿。下杜阳望亦善画，尤善布色，樊育亦善布色，同日弃市。
京师画工于是殆稀。"《日知录》（卷二十五）曰："画工之图后
宫，乃平日而非匈奴求美人时。且毛延寿特众中之一人，又其得
罪以受赂，而不独以昭君也。后来诗人谓匈奴求美人乃使画工图
形，而又但指毛延寿一人，且没其受赂事，失之矣。"步瀛案：
介甫此诗却无此失。○《汉书·苏武传》曰："常惠教使者谓单
于，言天子射上林中得雁，足有系帛书，言武等在某泽中。"石
季伦《王明君词》曰："愿假飞鸿翼，乘之以南征。"卢昇之《王
昭君诗》曰："愿逐三秋雁，年年一度归。"○《汉书·西域传》：
公主作歌曰："穹庐为室兮旃为墙。"案：旃与毡同。张文和《送

和蕃公主诗》曰："毡城南望无回日。"○《汉书·外戚传》曰："孝武陈皇后，长公主嫖女也。擅宠骄贵十馀年而无子，又挟妇人媚道，颇觉，罢退居长门宫。"金屋见卷二白乐天《长恨歌》注。

　　方曰："此等题各有寄托，借题立论。太白只言其乏黄金，乃自叹也。公此诗言失意不在近君，近君而不为国士之知，犹泥涂也。六一则言天下至妙，非悠悠者能知，以自喻其怀，非俗众可知。"

　　案：永叔、介甫《明妃曲》皆有二篇（永叔再和《明妃曲》亦未录），所录者皆前篇也。叔弼托永叔之言，谓杜子美亦不能为，固为过情之誉。黄山谷跋介甫此篇，谓可与李翰林、王右丞并驱争先，亦不免溢美。平心而论，实皆不失为佳构。永叔再和《明妃曲》云：耳目所及尚如此，万里安能制夷狄？议论既庸腐，词亦质直少味。介甫后篇云：汉恩自浅胡自深，人生乐在相知心。持论乖戾。范元长（冲）对高宗论此诗，直斥为坏人心术，无父无君（李注引）。虽不免深文周内，然亦物腐虫生，偏激之论有以致之。蔡元凤（上翔）《王荆公年谱考略》（卷七）虽多方辩护，然不能掩其疵也。李雁湖曰："诗人务一时为新奇，求出前人所未道，而不知其言之失也。"可谓持平之论已。

送程公辟守洪州

　　《宋史·循吏传》曰："程师孟，字公辟，吴人。进士甲科，累知南康军、楚州，提点夔路刑狱，徙河东路，为度支判官，知洪州。"李注曰："公辟入为三司判官、刑部郎中，出知洪州，时嘉祐七年五月。"《太平寰宇记》曰："江南西路洪州：汉为豫章郡。"《元丰九域志》曰："江南西路洪州豫章郡：镇南军节度，治南昌、新建二县。"案：即今江西南昌、新建二县。○李注本守洪州作之豫章。

画船插帜摇秋光，鸣铙伐鼓水洋洋。

豫章太守吴郡郎，行指斗牛先过乡。<small>先叙公辟至吴。</small>

乡人出郭航酒浆，枭鳖鲙鱼炊稻粱。

芡头肥大菱腰长，醹醵喧呼坐满床。

怪君三年滞瞿塘，又驱传马登太行。

缨旄脱尽归大梁，翩然出走天南疆。

九江左投贡与章，扬澜吹漂浩无旁。

老蛟戏水风助狂，盘涡忽坼千丈强。

君闻此语悲慨慷，<small>以上送者虑赴洪水程之险。</small>迎吏乃前持一觞。

鄱州历选多俊良，镇抚时有诸侯王。

拂天高阁朱鸟翔，西山蟠绕鳞鬣苍。

下视城堞真金汤，雄楼杰屋郁相望。

中户尚有千金藏，漂田种秔出穰穰。

沉檀珠犀杂万商，大舟如山起牙樯。

输泻交广流荆扬，轻裾利屣列名倡。

春风踏谣能断肠，平湖湾坞烟渺茫。

树石珍怪花草香，幽处往往闻笙簧。

地灵人杰古所藏，胜兵可使酒可尝。

十州将吏随低昂，谈笑指麾回雨旸。

非君才高力方刚，岂得跨有此一方？

无为听客欲沾裳。<small>以上托为迎吏之词，见洪州大可有为。</small>

使君谢吏趣治装，我行乐矣未渠央。<small>以劝勉作结。</small>

　　□方曰："本意作夸美词，嫌浅俗酬应气无味，故托为吏词以为曲折。"又曰："一宾一主，《解嘲》《客难》之局，而用之于赠人，皆避浅俗平直也。足以为式。"

梁简文帝《南郊颂序》曰："鸣铙韵响。"○《诗·采芑》曰："钲人伐鼓。"案：《临川集》伐作传。○李注曰："公辟，吴人，故称吴郡郎。"○《汉书·地理志》曰："吴地，斗分壄也。今之会稽、九江、丹阳、豫章、庐江、广陵、六安、临淮郡，尽吴分也。"《晋书·天文志》上载州郡躔次曰："斗牵牛须女，吴、越、扬州、豫章入斗十度。"王子安《秋日登洪府滕王阁饯别序》曰："龙光射牛斗之墟。"○《诗·六月》曰："炰鳖脍鲤。"○《吕氏春秋·恃君篇》曰："夏日则食菱芡。"《说文》曰："芡，鸡头也。"《证类本草》（卷二十三）引《图经》曰："鸡头实生水泽中，叶大如荷，皱而有刺，花下结实，其形类鸡头，故以名之。"○《说文》曰："菠，芰也。"案：字亦作菱。《证类本草》（卷二十三）引《图经》曰："芰，菱实也。叶浮水上，花黄白色，花落而实生，渐向水中乃熟。实有二种，一种四角，一种两角，两角中又有嫩皮而紫色者，谓之浮菱，食之尤美。"（《酉阳杂俎》卷十九引《武陵记》谓四角三角曰芰，两角曰菱。《广雅·释草》《疏证》王伯申斥其妄为分别。）○韩退之《陆浑山火诗》曰："熙熙醹醹笑语言。"○瞿塘见卷二杜子美《观公孙大娘弟子舞剑器行》注。案：此谓为夔州路提点刑狱时。《宋史·循吏传》曰："泸戎数犯渝州边，使者治所在万州，相去远，有警率浃日乃至，师孟奏徙于渝。夔部无常平粟，建请置仓，适凶岁，振民不足，即矫发他储，不俟报。吏惧，白不可。师孟曰：必俟报，饥者尽死矣。竟发之。"○《礼记·玉藻》曰："士曰传遽之臣。"郑注曰："传遽以车马给使者也。"○《太平寰宇记》曰："河东道泽州晋城县：太行山在县南三十六里。河北道怀州河内县：太行山在县北二十五里。"案：太行古称为天下之脊，起河南济源县，入山西晋城县，迤而东北，跨陵川、壶关、平顺、潞城、黎城、武乡、辽县、和顺、平定、昔阳，河南之汲县、武安，河北之井陉、获鹿诸县界中皆有太行山，延袤千馀里焉。此诗云登太行，盖指徙河东而言也。○《汉书·苏武传》曰："武仗汉节，卧起操持，节旄尽落。"○《寰宇记》曰："河南道开封府（原注曰："今理开封、浚仪二县。"案：金改浚仪曰祥符，明并开封于祥符，民国初改祥符曰开封。）：战国时为魏都。《史记》云：魏惠王自安邑徙都大梁（《魏世家》）。即今西面浚仪县故城是也。"（在今开封县西北。）○九江见卷一孟浩然《彭蠡望庐山诗》注。《水经·赣水篇》曰："赣水出豫章南野县西，北过赣县东。"郦注曰："刘澄之曰：县东有章水，西有贡水，县治二水之间，合赣字，因以名县焉，是为谬也。刘氏专以字说水，而不知远失其实矣。"案《太平寰宇记》曰："江南西道虔州：贡水源出雩都县新乐山，从东南流入县界，经州西北流八十里至县郭东北二十里，与章水合流。章水源出大庾县界聂都山，从南康县东北流合西扶、良热等水，流三十里入县郭，与贡水合焉。"引《虔州图经》曰："章、贡二水合流为赣，其间置邑，因为赣县。"与刘说合。郦善长驳之，非也。《清统志》曰："江西赣州府：赣水在赣县，章、贡二水于此合流。"○千丈强，见韩退之《听颖师弹琴诗》注。王文考《鲁灵光殿赋》曰："朱鸟舒翼以峙衡。"○李曰："诸侯王谓滕王，本朝太宗第六子元婴，亦尝为镇南节度、洪州管内观察处置等使。"○李曰："柳子厚《马退山茅亭记》：是山崒然起于莽苍之中，亘数百里，尾蟠荒陬，首注大溪，亦言鳞鬣之类。"○李曰："《蒯通传》：皆为金城汤池（《汉书》）。洪州州城之西为大江，大江之外为西山，西山特高，虽隔江，下视州城如金汤。"○李曰："杜牧《锺陵诗》：垂楼万幕青云合。可见其盛。"○漂田殆即葑田也。《农书》（卷上）曰："若深水薮泽则有葑田，以木缚为田坵，浮系水面，以葑泥附木架上而种艺之，其木架田坵随水高下浮泛，自不湋溺。"○《御览·香部》二引《竺法真登罗山疏》曰："旃檀出外国，辛芳酷烈，乃白檀香。"又引《古今注》曰："紫旃木出扶南林邑，色紫赤，亦谓紫檀也。"（今本《古今注》卷下无林邑

字赤字。）又引《南州异物志》曰："沉水香出日南，欲取当先斫
檽树着地，积久外皮朽烂，其心至坚者置水则沉，名沉香。"
○《后汉书·马援传》曰："初援在交阯，常饵薏苡实，军还载之
一车，时人以为皆明珠文犀。"○杜子美《城西陂泛舟诗》曰：
"春风自信牙樯动。"○《古诗为焦仲卿妻作》曰："交、广市鲑
珍。"案：交州，后汉置，三国吴分立广州，而徙交州治龙编县。
五代时自立为国。宋初内附，封交阯郡王，孝宗时封为安南国王。
广南路广州治南海、番禺二县。（今南海县移治佛山）。○《禹贡》
曰："荆及衡阳惟荆州。"又曰："淮海惟扬州。"○《史记·货殖
传》曰："赵女郑姬揄长袂，蹑利屣。"○李曰："踏谣，踏歌也。"
案：《乐府诗集》（卷八十二）有崔液、谢偃、张说《踏歌词》，刘
禹锡《踏歌行》。○《世说新语·捷悟篇》注引《南徐州记》曰：
"徐州人多劲悍，号精兵，故桓温常曰：京口酒可饮，箕可用，兵
可使。"○王子安《秋日登洪州滕王阁饯别序》曰："人杰地灵，
徐孺下陈蕃之榻。"○《元丰九域志》：江南西路州六（洪、虔、
吉、袁、抚、筠），军四（兴国、南安、临江、建昌）。诗曰十州，
盖统州军而言。○杜子美《奉寄章十侍御诗》曰："指挥能事回天
地。"○《书·洪范》曰："曰雨曰旸。"○《齐策》四曰："于是
约车治装。"《史记·曹相国世家》曰："参告舍人趣治行。"
○《诗·庭燎》郑笺曰："夜未央犹言夜未渠央也。"《离骚》王注
曰："央，尽也。"

苏子瞻

王阮亭曰："苏文忠七言长句之妙，自子美、退之后，一人
而已。"姚南青曰："东坡诗词意天得，常语快句，乘云驭风如不
经虑而出之也。凄澹豪丽，并臻妙诣。至于神来气来，如导师说

无上妙谛，如飞天仙人下视尘界。"方植之曰："坡公之诗，每于终篇之外恒有远景，匪人所测，于篇中又各有不测之远境，其一段忽从天外插来，为寻常胸臆中所无有，不似山谷仅能句上求远也。"吴北江曰："恣意挥斥而机趣横生，由其才力超绝，故尔横溢为奇。昔人评苏诗以为天马行空，最得其似。"

辛丑十一月十九日既与子由别于
郑州西门之外马上赋诗一篇寄之

王注引赵彦材（次公）曰："是岁仁宗皇帝嘉祐六年也。先生生于丙子，时年二十六，以《颍滨遗老传》（子由自传）考之，先生与子由俱以贤科中第寻除签书凤翔判官，子由除商州推官。以策讦直忤时政，告未即下，而先生先赴。时老泉被命修礼书，留京师，先生既当赴官，子由送至郑州而还京师，侍老泉之侧也。"案《元丰九域志》：京西北路郑州荥阳郡治管域县。即今河南郑县治。

不饮胡为醉兀兀？吴挚甫先生曰："突兀。"此心已逐归鞍发。

归人犹自念庭闱，今我何以慰寂寞？

登高回首坡陇隔，惟见乌帽出复没。纪晓岚曰："妙写难状之景。"

苦寒念尔衣裘薄，独骑瘦马踏残月。

路人行歌居人乐，僮仆怪我苦凄恻。

亦知人生要有别，吴先生曰："顿挫。"但恐岁月去飘忽。

寒灯相对记畴昔，夜雨何时听萧瑟？纪曰："收笔又绕一波，高手总不使直笔。"

君知此意不可忘，慎勿苦爱高官职。

　□吴先生曰："笔笔突兀而起，此奇气也。"

　白乐天《对酒诗》曰："所以刘阮辈，终年醉兀兀。"○赵彦材曰："归人指子由。"○杜子美《九日诗》曰："为客裁乌帽。"○白乐天《答张籍诗》曰："怜君马瘦衣裘薄。"○《礼记·檀弓上》："予畴昔之夜。"郑注曰："畴，发声也。"○子瞻自注曰："尝有夜雨对床之言，故云尔。"王注曰："韦苏州《与元常全真二生诗》：那知风雨夜，复此对床眠？次公曰：子由与先生在怀远驿，常读韦诗至此句，恻然感之。乃相约早退，共为闲居之乐。正在京师同侍老泉时近事。故今诗及之。其后子由与先生于彭城相会，作三小诗。其一曰：逍遥堂后千寻木，长送中宵风雨声。误喜对床寻旧约，不知漂泊在彭城。至先生《在东府雨中作示子由诗》有曰：对床空悠悠，夜雨今萧瑟。盖皆感叹追旧之言也。"（《王直方诗话》又举子由使虏，在神水馆赋诗云：夜雨从来对榻眠，兹行万里隔胡天。东坡在御史狱有云：他年夜雨独伤神。其《同转对》有云：对床贪听连宵雨。又云：对床欲作连夜雨。又云：对床老兄弟，夜雨鸣竹屋。见《苕溪渔隐丛话前集》卷三十八。）许彦周《诗话》曰："燕燕于飞，差池其羽。之子于归，远送于野。瞻望弗及，泣涕如雨。（《诗序》曰：《燕燕》，庄姜送归妾也。）此真可泣鬼神矣。张子野长短句云：眼力不如人，远上溪桥去。东坡送子由诗云：登高回首坡陇隔，惟见乌帽出复没。皆远绍其意。"

石鼓歌

　已见卷二韩退之《石鼓歌》题注。

冬十二月岁辛丑，我初从政见鲁叟。

旧闻石鼓今见之，文字郁律蛟蛇走。

细观初以指画肚；欲读嗟如箝在口。

韩公好古生已迟，我今况又百年后。

强寻偏旁推点画，时得一二遗八九。

我车既攻马亦同；其鱼维鱮贯之柳。

古器纵横犹识鼎；众星错落仅名斗。

模糊半已似瘢胝；诘曲犹能辨跟肘。

娟娟缺月隐云雾；濯濯嘉禾秀稂莠。

漂流百战偶然存；独立千载谁与友？

上追轩颉相唯诺；下揖冰斯同彀毂。吴北江曰：
"以上初见石鼓。"

忆昔周宣歌鸿雁；当时籀史变蝌蚪。

厌乱人方思圣贤；中兴天为生耆耇。

东征徐虏阚虓虎；北伏犬戎随指嗾。

象胥杂沓贡狼鹿；方召联翩赐圭卣。

遂因鼓鼙思将帅；岂为考击烦矇瞍。

何人作颂比《崧高》？万古斯文齐《岣嵝》。

勋劳至大不矜伐；文武未远犹忠厚。

欲寻年岁无甲乙；岂有名字记谁某？吴曰："以上
追溯原委。"

自从周衰更七国，竟使秦人有九有。

扫除诗书诵法律；投弃俎豆陈鞭杻。

当年何人佐祖龙？上蔡公子牵黄狗。

登山刻石颂功烈，后者无继前无偶。

皆云皇帝巡四国，烹灭强暴救黔首。

六经既已委灰尘，此鼓亦当遭击掊。

传闻九鼎沦泗上，欲使万夫沉水取。

暴君纵欲穷人力，神物义不污秦垢。

是时石鼓何处避？无乃天工令鬼守。

兴亡百变物自闲；富贵一朝名不朽。

细思物理坐叹息，人生安得如汝寿？吴曰："以上以秦皇刻石陪说，而嘉其不为暴秦所污。"

□姚姬传曰："浑转浏亮，酣恣淋漓。"吴曰："此苏诗之极整练者。句句排偶，而俊逸之气自不可掩，所以为难。"

王见大（文诰）《苏诗总案》（卷三）曰："嘉祐六年辛丑十二月十四日，到凤翔府签判任。十六日谒文宣王庙，历观岐阳石鼓。"○赵彦材曰："鲁叟指言孔子。李白《赠裴十七诗》云：鲁叟悲匏瓜，石鼓时在孔子庙。"张平子《西京赋》曰："隐辚郁律。"五臣注：吕延济曰："皆险曲貌。"○王注引程季长（缙）曰："虞世南学书，尝于被下以指画肚。"案张怀瓘《书断》（卷三）曰："王绍宗与人书云：呈中陆大夫将余比虞七，闻虞眠布被中，恒手画腹皮，与余正同也。"○《说文·竹部》曰："箝，籋也。"韩退之《苦寒诗》曰："口角如衔箝。"赵曰："箝在口，以言读之难也。○韩公好古句见卷二《石鼓歌》。○冯星实《合注》引景德（四年）修《广韵》敕曰："偏旁由是差讹。"又引王右军《题卫夫人笔阵图后》（《法书要录》卷一）曰："但得其点画尔。"○我车二句下子瞻自注曰："其词云：我车既攻，我马既同。又云：其鱼维何？维鱮维鲤。何以贯之？维杨与柳。惟此六句可读，馀多不可通。"○众星句，赵曰："以言众字不可识，而独识六句，若古器中之鼎，众星中之斗耳。"○《说文》曰："瘢，痍也。"又曰："胝，腄也。"又曰："跟，足踵也。"又曰："肘，臂节也。"赵曰："言字中之漫灭缺损者，如疮痍之瘢痕，手间之胼胝，与夫形体不全，但馀足跟臂肘者耳。"○《尚书序》曰："周

公作《嘉禾》。"《诗·大田》曰："不稂不莠。"毛传曰："稂，童
粱也。莠，似苗也。"《说文》曰："蓈，禾粟之莠生而不成者
（依段校）谓之童蓈。"重文作稂，又曰："禾粟下扬生莠。"是稂
为莠之未成者，莠则已成者，是禾粟间一种相似之草也。又狼尾
草谓之莨，狗尾草谓之莠，与禾中稂莠异。○赵曰："又以言字
之见存者，如云雾中之缺月，稂莠间之嘉禾也。"○王注引程季
长曰："轩，轩辕也。颉，苍颉也。斯，李斯也。冰，李阳冰也。
颉为黄帝史，因观鸟迹始作书契，古文是也。秦相李斯取籀文或
颇省改，谓之小篆。诸山刻石、荆玉玺文及铜人铭皆斯所书，唐
李阳冰独得斯用笔意。"○《尔雅·释鸟》曰："生哺鷇。"郭注
曰："鸟子须母食之。"《说文》曰："鷇，鸟子生哺者。"大徐音
口豆切。又曰："㝅，乳也。"（段注曰："谓既生而乳哺之也。"）
《玉篇》音奴豆切。○《诗序》曰："《鸿雁》，美宣王也。万民离
散，不安其居，而能劳来还定安集之，至于矜寡无不得其所焉。"
○《汉书·艺文志》：小学家有《史籀》十五篇。原注曰："周宣
王太史作大篆十五篇，建武时亡六篇矣。"许叔重《说文解字叙》
曰："宣王太史籀著大篆十五篇，与古文或异。"○蝌蚪见韩退之
《石鼓歌》注，蝌蚪与科斗同。○《诗序》曰："《烝民》，尹吉甫
美宣王也。任贤使能，周室中兴焉。"○《诗·常武》曰："进厥
虎臣，阚如虓虎。"又曰："濯征徐国。"○赵曰："案《国语》
（《周语上》）：穆公将征犬戎，祭公谋父谏不听。而《诗》载宣王
北伐，则曰北伐玁狁（《六月》）而已。嗾，苏后切，使犬之声
也。《左传》载晋灵公欲杀赵盾，曰：嗾夫獒焉。"案：见宣二
年。又《史记·萧相国世家上》曰："夫猎追杀兽兔者狗也，而
发踪指示兽处者人也。"○《周礼·秋官》：象胥之职曰："掌蛮
夷闽貉戎狄之国，使掌传王之言而谕说焉，以和亲之。"《周语
上》曰："穆王征犬戎得四白狼四白鹿以归。"○方召已见欧阳永
叔《答谢景山遗古瓦诗》注。《诗·江汉》曰："厘尔圭瓒，秬鬯

一卣。"毛传曰："卣，器也。"郑笺曰："王赐召虎以鬯酒一罇，使以祭其宗庙，告其先祖。"《释文》曰："卣音酉，中尊也。"○《礼记·乐记》曰："听鼓鼙之声则思将帅之臣。"○《诗·山有枢》曰："子有钟鼓，弗鼓弗考。"毛传曰："考，击也。"又《灵台》曰："矇瞍奏公。"毛传曰："有眸子而无见曰矇，无眸子曰瞍。"○《诗序》曰："《崧高》，尹吉甫美宣王也。天下复平，能建国亲诸侯，褒赏申伯焉。"《诗》曰："吉甫作诵，其诗孔硕。"○《中山经》郭注曰："衡山俗谓之岣嵝山。"韩退之《岣嵝山诗》曰："岣嵝山尖神禹碑。"朱晦庵《考异》曰："岣嵝者，衡山南麓别峰之名。今衡山实无此禹碑，此诗所记盖当时传闻之误，故其卒章自为疑词以见微意。"世彩堂本注曰："东坡《中隐堂诗》云：岣嵝何须到，韩公浪自悲。谓此诗也。"○《诗序》曰："《行苇》，忠厚也。周家忠厚，仁及草木。"○赵曰："宣王在位四十六年，而史册无载石鼓之事，宣王之诗，其见于经所作者，有曰仍叔（《云汉》），有曰尹吉甫（《崧高》《烝民》），今石鼓之上又无名氏，故云尔也。"○赵曰："七国，秦、楚、韩、赵、燕、魏、齐也。其后秦并六国，遂有天下。"○《诗·玄鸟》曰："奄有九有。"毛传曰："九有，九州也。"○《史记·秦始皇本纪》曰："三十四年，丞相李斯：臣请史官非秦记皆烧之，非博士官所职，天下敢有藏诗书百家语者，悉诣守尉杂烧之。有敢偶语诗书弃市，以古非今者族。所不去者医药卜筮种树之书。若欲学法令，以吏为师。制曰可。"○《论语·卫灵公篇》曰："俎豆之事则尝闻之矣。"○《后汉书·蔡邕传论》曰："抱钳扭。"○祖龙已见卷一李太白《古风》注。○《史记·李斯传》曰："李斯者，楚上蔡人也。二世二年七月，具斯五刑论，腰斩咸阳市。斯出狱，与其中子俱执，顾谓其中子曰：吾欲与若复牵黄犬，俱出上蔡东门逐狡兔，岂可得乎？"赵曰："上蔡公子，李斯也。"○《史记·秦始皇本纪》曰："二十八年，东行郡县，上邹峄山，刻石颂秦德。又南登琅邪，立石，刻颂秦德。二十九年，登之罘刻石。三十二年，刻碣石门。"○之罘刻石辞曰："烹灭强暴，振救黔首。"○六经句，崔曰："灰尘言焚书。"○《庄子·逍遥篇》曰："吾为其无用而掊之。"《释文》引司马云："击，破也。"○《秦始皇本纪》曰："还过彭城，斋戒祷祠，欲出周鼎泗水，使千人没水求之弗得。"馀见韩退之《石鼓歌》注。○《左》襄二十四年：穆叔曰："既没，其言立，此之谓不朽。"○《文选·古诗》曰："寿无金石固。"

王维吴道子画　凤翔八观之一

《历代名画记》（卷九）曰："吴道玄，阳翟人。初名道子，玄宗召入禁中，改名道玄。张怀瓘云：吴生之画，下笔有神，是张僧繇后身也。可谓知言。"又（卷十）曰："王维，字摩诘，太原人。工画山水。"王注引师民瞻（尹）曰："开元寺有道子画佛，在双林下入涅槃像。"又引赵尧卿（夔）曰："摩诘画两丛竹于开元寺。"《邵氏闻见后录》（卷二十八）曰："凤翔府开元寺大殿九间，后壁吴道玄画，自佛始生修行说法至灭度，山林宫室人物禽兽数千万种，极古今天下之妙。如佛灭度，比丘众蹿踊哭泣，皆若不自胜者。虽飞鸟走兽之属，亦作号顿之状。独菩萨淡然在旁如平时，略无哀戚之容。岂以其能尽死生之致者欤？曰画圣宜矣。其识开元三十年云：今凤翔为敌所坏，前之邑屋皆丘墟矣。"王见大曰："道元（清避讳以元代玄。）虽画圣，与文人气息不通。摩诘非画圣，与文人气息通。此中极有区别。自宋、元以来，为士大夫画者，瓣香摩诘则有之，而传道元衣钵者则绝无其人也。公画竹实始于摩诘。今读此诗，知其不但咏之论之，并已摹之绘之矣。不久与文同遇于岐下，自此画日益进，而发源则此诗也。"（《集成》）

何处访吴画？普门与开元。

开元有东塔，摩诘留手痕。

吾观画品中，莫如二子尊。_{以上叙吴王二子画。}

道子实雄放，浩如海波翻。

当其下手风雨快，笔所未到气已吞。

亭亭双林间，彩晕扶桑暾。

中有至人谈寂灭，悟者悲涕迷者手自扪。

蛮君鬼伯千万万，相排竞进头如鼋。_{以上论吴画。}

摩诘本诗老，佩芷袭芳荪。

今观此壁画，亦若其诗清且敦。

祇园弟子尽鹤骨，心如死灰不复温。

门前两丛竹，雪节贯霜根。

交柯乱叶动无数，一一皆可寻其源。_{以上论王画。}

吴生虽妙绝，犹以画工论。

摩诘得之于象外，有如仙翮谢笼樊。

吾观二子皆神俊，又于维也敛衽无闲言。_{以上品}
第二家之画。

□纪曰："奇气纵横，而句句浑成深稳，道元摩诘画品未易
低昂，作诗若不如此，则节节板对，不见变化之妙耳。"方曰：
"神品妙品，笔势奇纵，神变气变，浑脱浏亮，一气奔赴中又顿
挫沉郁。"吴曰："论画入妙，诗格亦超妙不群。"

赵彦材曰："普门、开元，二寺名。"《清统志》曰："陕西凤
翔府：普门寺在凤翔东门外，寺壁有吴道子画佛像。开元寺在
凤翔县城内北街，亦有吴道子画像，东壁有王维画墨竹，今俱不
存。"○《释迦谱》（卷九）曰："佛在拘尸那城，力士生地阿夷
罗跋提河边娑罗双树间，与大比丘众八十亿百千人俱，前后围

绕。二月十五日，临涅槃时，以佛神力出大音声，乃至有顶随其类音，普告众生"云云。又曰："尔时世尊于晨朝时，从其面门放种种光，徧照三千大千佛之世界。"又曰："佛灭度已，诸比丘悲恸殒绝，自投于地，尔时阿那律告比丘止止勿悲。"○《海外东经》曰："旸谷上有扶桑，十日所浴。"《楚辞·九歌·东君》曰："暾将出兮东方，照吾槛兮扶桑。"王注曰："谓日始出东方，其容暾暾而盛大也。"案：此喻佛之圆光。赵尧卿曰："《名画断》云：大凡佛之圆光皆须尺寸先定，然后规圆而成。惟吴生终一笔。又云：画成矣，最后方画圆光，风落电转，规成月圆。"○《维摩诘所说经·弟子品》曰："法本不然，今则无灭，是寂灭义。"○《释迦谱》（卷九）言：佛涅槃时，八十百千诸比丘、六十亿比丘尼、一恒河沙菩萨摩诃萨以至千亿恒河沙地诸鬼王、十万亿恒河沙诸天王及四天王等，皆来佛所。诗所谓蛮王鬼伯指此。《古今注》（卷中）《蒿里歌》曰："鬼伯一何相催促？"○王摩诘《偶然作诗》曰："宿世谬词客，前身应画师。"孟东野《看花诗》曰："惟应待诗老。"○《离骚》曰："扈江蓠与辟芷兮，纫秋兰以为佩。"谢灵运《入彭蠡湖口诗》曰："挹露馥芳荪。"○《释迦谱》（卷八）曰："佛告阿难，今此园地须达所买林树华果祇陀所，有二人同心，共立精舍，应当与号太子祇树给孤独园，名字流布，传示后世。"○僧齐己《寄郑谷诗》曰："瘦应成鹤骨。"○《庄子·齐物论》曰："形固可使如槁木，心固可使如死灰乎？"○杜子美《谒玄元皇帝庙诗》曰："画手看前辈，吴生远擅场。"又曰："妙绝动宫墙。"○《旧唐书·阎立本传》曰："太宗尝与侍臣泛舟于春苑，池中有异鸟，随波容与，太宗击赏，召立本令写焉。时阁外传呼画师阎立本，时已为主爵郎中，奔走流汗，俯伏池侧，手挥丹粉，不胜愧赧。"○《魏志·荀彧传》注引《荀粲传》：粲曰："斯则象外之意，系表之言，固蕴而不出矣。"○《书断》（卷上）引《序仙记》曰："王次仲，上谷人。

少有异志，入学屡有灵奇，年未弱冠，变颉书为今隶书。始皇遣使召之，三征不至。始皇大怒，制槛车送之，于道化为大鸟，出在槛外，翻然长引，至于西山落二翮于山上，今为大翮小翮山。"案：苏以仙翮为喻，未必即用王次仲事，以注家多引此以证，事亦不误，故姑存之。○潘安仁《秋兴赋》曰："且敛衽以归来。"○《国史补》（卷上）曰："后辈言笔札者，欧、虞、褚、薛或有异论，至于张长史（旭）无间言矣。"

游金山寺

王注引高子勉（荷）曰："《图经》：金山龙游寺屹立江中，为诸禅刹之冠，旧名泽心。梁武帝天监四年，亲临泽心寺设水陆会。圣朝天禧初，真宗梦游此，赐今额。"《太平寰宇记》曰："江南东道润州丹徒县：金山泽心寺在城东南扬子江。按《图经》云：本名浮玉山，因头陀开山得金，故名金山寺。"《清统志》曰："江苏镇江府：江天寺在金山，旧名泽心寺，又名龙游寺，通名金山寺。"王见大《苏诗总案》曰："熙宁四年辛亥十一月三日，公游金山访宝觉、圆通二老，夜宿金山寺，望江中炬火作诗。"（案：此赴杭州通判任。）

我家江水初发源，宦游直送江入海。
闻道潮头一丈高，天寒尚有沙痕在。
中泠南畔石盘陀，古来出没随涛波。
试登绝顶望乡国，江南江北青山多。方曰："望乡不见，以江南北之山隔之也，非泛写景。"
羁愁畏晚寻归楫，山僧苦留看落日。
微风万顷靬文细；断霞半空鱼尾赤。
是时江月初生魄，二更月落天深黑。

江心似有炬火明，飞焰照山栖鸟惊。

怅然归卧心莫识，非鬼非人竟何物。吴曰："机轴
与《后赤壁赋》同，而意境胜彼。"

江山如此不归山，江神见怪惊我顽。

我谢江神岂得已，有田不归如江水。

□方曰："奇妙。"吴曰："公诗佳处全在兴象超妙，此首尤
其显著者。"

《家语·三恕篇》曰："夫江始于岷山，其源可以滥觞。"《汉
书·地理志》：蜀郡湔氐道，原注曰："《禹贡》：崏山在西徼外，
江水所出，东南至江都入海。"案：岷、崏字同。岷山在今四川
松潘县西北。施注曰："公，蜀人也，故云我家。"○东坡《书
传》(《禹贡》)谓三江自豫章而下，入于彭蠡而东至海，为南江，
自蜀岷山至于九江彭蠡以入于海为中江，自嶓冢导漾东流为汉，
过三澨大别以入于江，汇为彭蠡以入于海为北江。此三江自彭蠡
以上为二，自夏口以上为三，江、汉合于夏口，与豫章之江皆汇
于彭蠡则三江为一，过秣陵、京口以入于海，不复三矣。然《禹
贡》犹有三江之名，曰北曰中者，以味别也。盖此三水性不相
入，江虽合而水味异，故至于今有三泠之名。人徒见《禹贡》有
三江、中、北之名，而不悟一江三泠合流而异味也。(又见邵博
《见闻后录》卷三，案：《禹贡》三江当从《汉志》为定，后人纷
纷之说皆非是。东坡合流异味之说，《蔡传》已驳之，今以与本
诗可证，故引之耳。)○窦丹列(群)《金山寺诗》曰："西江中
泠波四截。"《清统志》曰："江苏镇江府：中泠泉在丹徒县西北
石潭山东。"○《荀子·富国篇》杨注曰："盘石，盘薄大石也。"
《释名·释山》曰："山旁曰陂，言陂陀也。"案：盘陀与盘薄、
陂陀义同。○翁覃溪(方纲)《苏诗补注》曰："《武成》：既生魄
(伪古文)，谓十五日之后也。《礼记》：月三日而成魄(《乡饮酒

义》），谓月之初三日也。东坡此诗自指初三而非十五日之后明矣。然《礼记》但云成魄，无生魄之文。《乡饮酒义》《释文》曰：魄，普百反，《说文》作霸，云月始生魄然也。徐楚金《系传》曰：承大月二日，承小月三日。《周书》曰：哉生魄也。据此则徐氏牵合为一。"○非鬼非人句，子瞻自注曰："是夜所见如此。"王注引汪信民（革）曰："先生尝云：山林薮泽晦明之夜，则野火生焉，散布如人秉烛，其色青，异乎人火。"施注曰："《岭表异物志》：海中遇阴晦波如然火满海，以物击之，迸散如星火，有月即不复见。木玄虚《海赋》云：阴火潜然，岂谓此乎？"○施注曰："《左传》僖二十四年：晋文公谓咎犯曰：所不与舅氏同心者有如白水。《三国·孙权传》：魏文帝诏曰：此言之诚，有如大江。"查注曰："《晋书·祖逖传》：逖渡江，中流击楫而誓曰：祖逖不能清中原而复济者，有如大江。"《诗话总龟》：东坡游金山结四句，盖与江神指水为誓耳。《送程六表弟》云："江水在此吾不食。即此意。"

腊日游孤山访惠勤惠思二僧

王注引吴知叔（宪）曰："《杭州图经》云：孤山去钱塘治四里，湖中独立一峰。"施注曰："惠勤，余杭人。东坡通守钱塘，见欧阳文忠公于汝阴而南，公曰：西湖僧惠勤甚文而长于诗，子求人于湖山间而不可得，则往从勤乎？东坡到官三日，访勤于孤山之下，遂赋此诗。"《咸淳临安志》（卷七十）曰："王安石《送惠思诗》云：绿净堂前湖水绿，归时正复有荷花。花时亦见馀杭姥，为道仙人忆酒家。今於潜西菩明智寺有惠思所作《浴堂记》。"《清统志》曰："浙江杭州府：孤山在钱塘县西二里，里外二湖之间，一屿耸立，旁无联附，为湖山胜绝处。"《苏诗总案》曰："熙宁四年十一月二十八日，到杭州通判任，居于北厅。十二月一日，游孤山，访惠勤、惠思作诗。"

天欲雪，云满湖，楼台明灭山有无。

水清石出鱼可数，林深无人鸟相呼。清景如绘。

腊日不归对妻孥，名寻道人实自娱。

道人之居在何许？宝云山前路盘纡。

孤山孤绝谁肯庐？道人有道山不孤。

纸窗竹屋深自暖，拥褐坐睡依团蒲。

天寒路远愁仆夫，整驾催归及未晡。

出山回望云木合，但见野鹘盘浮图。

兹游淡薄欢有馀，到家怳如梦蘧蘧。

作诗火急追亡逋，清景一失后难摹。

　　□纪曰："忽叠韵，忽隔句韵，音节之妙，动合天然。"方曰："神妙。"

　　王摩诘《汉江临泛诗》曰："山色有无中。"○柳子厚《小石潭记》曰："潭中鱼可百许头，皆若空游无所依。日光下澈，影布石上，佁然不动，俶尔远逝。"○杜子美《倦夜诗》曰："水宿鸟相呼。"○《风俗通·祀典篇》曰："夏曰嘉平，殷曰清祀，周曰大蜡，秦改为腊。腊者，猎也，言田猎取兽以祭祀其先祖也。"○王注引吕伯恭（祖谦）曰："《图经》云：宝云寺，乾德二年吴越王钱氏建，寺有宝云庵山。"○司马长卿《子虚赋》曰："其山则盘纡岪郁。"○顾逋翁（况）《宿山中僧诗》曰："蒲团坐如铁。"○张平子《思玄赋》曰："爱整驾而亟行。"○《淮南子·天文篇》曰："日至于悲谷，是谓晡时。"《玉篇》曰："晡，申时也。"○古人名斑鸠曰鹘鸼，后以鸷鸟名鹘，则鸱之类也。《禽经》曰："鸷鸟之善搏者曰鹗骨，曰鹘瞭，曰鹞。"陆农师（佃）《埤雅》（卷八）曰："鹘拳坚处大如弹丸，俯击鸠鸽食之，捷于鹰隼。"施注曰："柳子厚《浮图鹘说》有鸷曰鹘，穴于长安荐福浮图有年矣。"○《翻译名义集》（卷二十）曰："窣堵波，《西域记》云浮图，又曰偷婆，皆讹也。此翻方坟，亦翻圆冢，亦翻高显，义翻灵庙，又梵名塔婆。"案：馀见卷一岑参《登慈恩寺浮图诗》题注。○《庄子·齐物论》曰："昔者庄周梦为胡蝶，栩栩然胡蝶也。俄然觉则蘧蘧然周也。"成玄英疏曰："蘧蘧，惊动之貌也。"○《北齐书·后主纪》曰："取求火急，皆须朝征夕办。"

戏子由

《宋史·苏辙传》曰："辙字子由，与兄轼同登进士科，又同策制举。神宗时，王安石以执政与陈升之领三司条例，命辙为之属。吕惠卿附安石，辙与论多相悟。青苗法行，辙以书抵安石，力陈其不可。安石怒，将加以罪，升之止之，以为河南推官。会张方平知陈州，辟为教授。"《苏诗总案》曰："熙宁四年，时方行青苗、免役、市易，浙西兼行水利、盐法，地方骚然，使者所至发摘官吏。公以学官无吏责，作《戏子由诗》。诗有平生所惭今不耻，坐对疲氓更鞭箠句，以合除夕录囚之作，又证以上文侍中（彦博）《榷盐书》，始知因决配盐犯而发，乃十二月作也。"

宛丘先生长如丘，宛丘学舍小如舟。
常时低头诵经史，忽然欠伸屋打头。
斜风吹帷雨注面，先生不愧旁人羞。
任从饱死笑方朔，肯为雨立求秦优？
眼前勃豀何足道，处置六凿须天游。
读书万卷不读律，致君尧舜知无术。心所痛疾而反言出之，语虽戏谑而意甚愤懑。
劝农冠盖闹如云；送老齑盐甘似蜜。

门前万事不挂眼，头虽长低气不屈。

馀杭别驾无功劳，画堂五丈容旍旄。

重楼跨空雨声远，屋多人少风骚骚。

平生所惭今不耻，坐对疲氓更鞭箠。

道逢阳虎呼与言，心知其非口诺唯。形容刻苦。

居高志下真何益？气节消缩今无几。

文章小伎安足程？先生别驾旧齐名。

如今衰老俱无用，付与时人分重轻。吴曰："总收。"

□吴曰：恢诡有奇趣。"

宛丘指陈州，子瞻《颍州初别子由诗》曰："始我来宛丘"，即谓陈州也。《太平寰宇记》曰："河南道陈州宛丘县：秦汉时为陈县，汉属淮阳国。高齐省陈郡，移项县理于此。隋文帝立陈州，改项县为宛丘县。"案：今河南淮阳县治。○丘与舟对言，则丘谓土高之丘。施注以丘斥孔子，引《孔子世家》孔子长九尺有六寸证之，非是。○学舍，赵彦材曰："时子由为学官。"案《宋史·职官志》曰："庆历四年，诏诸路、州、军、监各令立学，学者二百人以上许更置县学，自是州郡无不有学。始置教授，以经术行义训导诸生，掌其课试之事。"○《曲礼上》曰："君子欠伸。"孔疏曰："志疲则欠，体疲则伸。"○《汉书·东方朔传》：朔对曰："朱儒长三尺馀，奉一囊粟、钱二百四十，臣朔长九尺馀，亦奉一囊粟、钱二百四十。朱儒饱欲死，臣朔饥欲死。"○《史记·滑稽传》曰："优旃者，秦倡侏儒也。秦始皇时，置酒而天雨，陛楯者皆沾寒，优旃见而哀之。居有顷，殿上上寿，优旃临槛大呼曰：陛楯郎！汝虽长何益，幸雨立，我虽短也，幸休居。于是始皇使陛楯者得半相代。"○《庄子·外物篇》曰："心有天游，室无空虚，则姑妇勃谿。心无天游，则六凿相攘。"《释文》曰："司马云：勃谿，反戾也。六凿相攘，谓六情攘夺。"○《魏志·陈矫传》曰："子本历位郡守九卿，不读法律而得廷尉之称。"杜子美《奉赠韦左丞诗》曰："致君尧、舜上。"韩退之《龊龊诗》曰："致君岂无术？"周竹陂（紫芝）《乌台诗案》曰："是时朝廷新兴律学，轼意非之，以为法律不足以致君于尧、舜。今时又专用法律而忘诗书，故言我读万卷书不读法律，盖闻法律之中无致君尧、舜之术也。"案：置法律学在熙宁六年，此诗作于熙宁四年，则尚在其前矣。○《宋史·神宗纪》曰："熙宁二年四月，遣使诸路察农田水利赋役。"诗云劝农，盖指此。班孟坚《西都赋》曰："冠盖如云。"○韩退之《送穷文》曰："太学四年，朝韲暮盐。"《乌台诗案》曰："讥讽朝廷新差提举官，所至苛细生事，发摘官吏，惟学官无吏责也。辙为学官，故有是句。"○韩退之《赠张籍诗》曰："吾老嗜读书，馀事不挂眼。"○《宋史·职官志》曰："通判职掌倅贰郡政，凡民兵钱谷户口赋役狱讼听断之事，可否裁决，与守臣通签书施行，所部官有善否及职事修废，得刺举以闻。"《文献通考·职官考》十七曰："汉所置郡佐，只丞及长史而已。其后又有治中、别驾，至魏、晋间始有司马，本主武之官，自后长史、司马与治中别驾迭为废复。然历代皆并设二员，至唐而司马多以处迁谪，盖视为冗员。故宋只设通判一官佐郡守，不仍前代之旧云。"又《舆地考》四曰："临安府，隋平陈置杭州。炀帝初，州废，置馀杭郡。唐为杭州，或为馀杭郡，属江南道。宋属浙西路。"○《史记·秦始皇本纪》曰："作前殿阿房，上可以坐万人，下可以建五丈旗。"○《文选》张平子《思玄赋》曰："寒风凄其永至兮，拂穹岫之骚骚。"旧注曰："骚骚，风劲貌。"庾子山《小园赋》曰："风骚骚而树急。"○《乌台诗案》曰："是时多徙配犯盐之人，例皆饥贫，言鞭箠此等贫民，平生所惭，今不复耻矣。以讥朝廷盐法太急也。"○《论语·阳货篇》曰："孔子时其亡也，而往拜之，遇诸涂。"又："孔子曰：诺，吾将仕矣。"《集注》引孔安国曰："阳货，阳虎也，季氏家臣，而专鲁国之政。"《曲礼上》曰："必慎唯诺。"《释文》曰："唯，于癸反，应辞也。"《乌台诗案》曰："是时张靓、俞希旦作盐司，意不喜其为人，然不敢与争议，故毁诋之为阳虎也。"○杜子美《贻柳少府诗》曰："文章一小技，于道未为尊。"○熙宁四年，子瞻年三十六，子由年三十三，不得为衰老。此特甚其词以写其牢骚耳。

法惠寺横翠阁

王注引林子仁（敏功）《杭州图经》："法惠寺在天井巷，吴越王钱氏建，旧额兴庆寺，治平二年改赐今额。"查注曰："《西湖游览志》：自清波门外折而南，为方家峪，峪畔旧有法惠院，庆历间《法言》作西轩于此。横翠阁失考。"案：据苏诗诸家编次，此诗当为熙宁六年正月作。

朝见吴山横，暮见吴山从。
吴山故多态，转侧为君容。
幽人起朱阁，空洞更无物。
惟有千步冈，东西作帘额。以上写景，以下写情。
春来故国归无期，人言秋悲春更悲。
已泛平湖思濯锦，更看横翠忆峨眉。
雕栏能得几时好？不独凭栏人易老。
百年兴废更堪哀，悬知草莽化池台。
游人寻我旧游处，但觅吴山横处来。
　□吴曰："奇气横溢。"

《咸淳临安志》（卷二十二）曰："吴山在城中，吴人祠子胥山上，因名曰胥山。"《清统志》曰："浙江杭州府：吴山在府城内（今杭县）西南隅。"○《诗·伯兮》曰："岂无膏沐？谁适为容。"子瞻《和何长官六言诗》曰："青山自是绝色，无人谁与为容？"又《次韵答马忠玉诗》曰："只有西湖似西子，故应宛转为君容。"意并同。○《世说新语·排调篇》曰："王丞相枕周伯仁膝，指其腹曰：卿此中何所有？答曰：此中空洞无物，然容卿辈数百人。"○李长吉《宫娃歌》曰："彩鸾帘额著霜痕。"○《楚辞·九辩》曰："悲哉，秋之为气也！"《淮南子·缪称篇》曰："春女思，秋士悲。"庾子山《思旧铭序》曰："士之悲也，宁有春秋之异？"○《舆地广记》曰："两浙路杭州仁和县有临平湖，传言此湖塞，天下乱，此湖开，天下平。吴孙皓天玺元年，吴郡言临平湖自汉末秽塞，今更开通。(《吴志·三嗣主传》。)斯晋氏平吴一天下之符也。"《清统志》曰："浙江杭州府：临平湖在仁和县临平山东南五里。"(仁和与钱塘今并为杭县。)○《文选·蜀都赋》曰："贝锦斐成，濯色江波。"刘渊林注引谯周《益州志》曰："成都织锦既成，濯于江水，其水分明，胜于初成，他水濯之，不如江水也。"《太平寰宇记》曰："益州华阳县濯锦江即蜀江水，至此濯锦，锦彩鲜润于他水，故曰濯锦江。"○峨眉已见卷一杜子美《剑阁诗》注。

书韩幹牧马图

　　韩幹已见卷二杜子美《丹青引》注。又《唐朝名画录》曰："韩幹，京兆人也。明皇天宝中，召入供奉，能状飞黄之质，图喷玉之奇。开元后，四海清平，外国名马，重译累至，明皇择其良者，与中国之骏同颁画写之，陈闳貌之于前，韩幹继之于后，写渥洼之状若在水中，移骥褭之形出于图上，故韩幹居神品宜矣。"

　　南山之下，汧渭之间，想见开元天宝年。方曰："起跳跃而出，如生龙活虎。"

八坊分屯隘秦川，四十万匹如云烟。

骓駓骊骆骊骝騟，白鱼赤兔驿皇辒。

龙颅凤颈狞且妍，奇姿逸态隐驽顽。

碧眼胡儿手足鲜，岁时翦刷供帝闲。

柘袍临池侍三千，红妆照日光流渊。

楼下玉螭吐清寒，往来蹙踏生飞湍。以上皆以真事衬。○并写宫人，才思横溢。

众工舐笔和朱铅，又以众工衬一句。先生曹霸弟子韩。已到题矣，上四字仍用衬。

厩马多肉尻脽圆，肉中画骨夸尤难。

金羁玉勒绣罗鞍，鞭箠刻烙伤天全。又以画厩马作衬。

不如此图近自然。方曰："一句入题，笔力奇横。"

平沙细草荒芊绵，惊鸿脱兔争后先。

王良挟策飞上天，何必俯首服短辕？别出一意作结，总不肯使一平笔。

□纪曰："通首傍衬，只结处一著本位，章法奇绝。"方曰："浑雄遒妙。"

《史记·秦本纪》曰："非子居犬丘，好马及畜，善养息之。周孝王召使主马于汧、渭之间。"《正义》曰："汧音牵，言于二水之间，在陇州以东。"《元和郡县志》曰："关内道陇州汧源县：秦城在州东南二十五里，秦非子养马汧、渭之间有功，周孝王封为大夫。"案：秦城在今陕西陇县东南，则此诗南山不应指终南、太白也。秦岭山在陇县西南，疑南山指此。○《新唐书·兵志》曰："唐之初起，得突厥马二千匹，又得隋马三千于赤岸泽，徙之陇右。监牧之制始于此。用张万岁领群牧，自贞观至麟德，四十年间，马七十万六千。置八坊岐、豳、泾、宁间，地广千里。一曰保乐，二曰甘露，三曰南普闰，四曰北普闰，五曰岐阳，六曰太平，七曰宜禄，八曰安定。八坊之田千二百三十顷，募民耕之，以给刍秣。自万岁失职，马政颇废。开元初，国马益耗，命王毛仲领内外闲厩，马稍稍复，始二十四万，至十三年乃四十三万。"杜子美《天育骠骑歌》曰："当时四十万匹马。"○《诗·鲁颂·駉》曰："有骓有駓。"毛传："苍白杂毛曰骓。"《尔雅·释畜》郭注曰："即今骓马也。"毛传："黄白杂毛曰駓。"《释畜》同。郭曰："今之桃华马。"《颂》曰："有骍有騢。"毛传曰："阴白杂毛曰骍。"《释畜》同。郭曰："阴浅黑，今泥骢。"《颂》曰："有驔有骆。"毛传曰："白马黑鬣曰骆。"《释畜》同。《颂》曰："有骊有黄。"毛曰："纯黑曰骊。"疏引孙炎《释畜》注曰："骊，黑色也。"骊同骊。《颂》曰："有駵有雒。"毛曰："赤身黑鬣曰駵。"《释畜》曰："駵马白腹騟。"郭曰："駵，赤色黑鬣。"《释文》曰："騟音原。"《颂》曰："有驔有鱼。"毛曰："二目白曰鱼。"《释畜》同。郭曰："似鱼目也。"王伯申（引之）《经义述闻》（卷二十八）曰："谓二目毛色白曰鱼也。"《魏志·吕布传》曰："布有良马曰赤兔。"裴注引《曹瞒传》曰："时人语曰：人中有吕布，马中有赤兔。"《鲁颂·駉》曰："有驿有骐。"毛曰："赤黄曰驿。"孔疏曰："谓赤而微黄。"皇已见上。毛曰："黄白曰皇。"《释畜》曰："黄白騜。"皇騜同。《广韵》二十五寒曰："騢，胡安切。駊騢，蕃大马，出《异字苑》。"○赵曰："刘琬《马赋》：龙头乌目，麟腹虎胸。杜《胡马行》：凤臆麟鬐未易识。"○《周礼·夏官》："校人，掌王马之政，天子十有二闲，马六种。"《新唐书·兵志》曰："又有掌闲，调马习上，又以尚乘掌天子之御。左右六闲：一曰飞黄，二曰吉良，三曰龙媒，四曰騊駼，五曰駃騠，六曰天苑。总十有二闲，为二厩，一曰祥麟，二曰凤苑，以系饲之。"○《唐六典》（卷十一）殿中监尚衣注曰："自隋文帝制柘黄袍及巾带以听朝，至今遂以为常。"○白乐天《长恨歌》曰："后宫佳丽三千人。"○王文考《鲁灵光殿赋》曰："蟠螭宛转而承楣。"○《庄子·田子方篇》曰："宋元君将画图，众史皆至，舐笔和墨，在外者半。"杜牧之《长安杂题诗》曰："舐笔和铅欺贾、马。"○杜子美《丹青引赠曹将军霸》曰："弟子韩幹早入室，亦能画马穷殊相。幹唯画肉不画骨，忍使骅骝气凋丧？"○《汉书·东方朔传》：朔对曰："结股脚，连尻雕。"颜注曰："雕，臀也，音谁。"○《庄子·马蹄篇》曰："伯乐曰：我善治马，烧之剔之，刻之雒之，连之以羁馽，编之以皂栈，马之死者十二三矣。"○曹子建《洛神赋》曰："翩若惊鸿。"《孙子·九地篇》曰："后如脱兔。"《广雅·释畜》："马属有飞兔飞鸿。"○《史记·天官书》曰："天驷旁一星曰王良，王良策马，车骑满野。"《左传》哀二年："邮无恤御简子。"杜注曰："邮无恤，王良也。"○《世说新语·轻诋篇》注引《蔡充别传》曰："充故诣王公，谓曰：朝廷欲加公九锡，但闻有短辕犊车长柄麈尾。"

《乌台诗案》曰："熙宁十年二月到京，三月初一日王诜约来日出城外相见，次日轼与诜相见，次日王诜送韩幹画马十二匹共六轴，求轼题跋，不合作诗云：王良挟策飞上天，何必俛首服短辕？意以骅骝自比，讥讽执政大臣，无能尽我之才，如王良之能御者，何必折节干求进用也？其诗即不系朝旨降到册子内。"

韩幹马十四匹

《容斋五笔》（卷七）曰："韩公《人物画记》云：凡马之事二十有七焉，马大小八十有二，而莫有同者焉。秦少游谓其叙事该而不烦，故仿之而作《罗汉记》。坡公赋韩幹十四马诗云云。诗之与记，其体虽异，其为布置铺写则同。诵坡公之语盖不待见画也。"查注引楼钥《攻媿集·题赵尊渥洼图序》谓龙眠临书坡诗于后，马实十六匹。坡诗云十四匹，岂误耶？王见大曰："据公诗马十四匹，楼所见并非临本也。"

二马并驱攒八蹄，二马宛颈鬃尾齐。

一马任前双举后，一马却避长鸣嘶。方曰："起四句分叙。"

老髯奚官骑且顾，前身作马通马语。方曰："二句一束夹，此为章法。"又曰："夹叙中忽入老髯一句，闲情逸至，文外之文。"

后有八匹饮且行，微流赴吻若有声。方曰："欲活。"

前者既济出林鹤，后者欲涉鹤俛啄。方曰："二句总写八匹。"

最后一匹马中龙，不嘶不动尾摇风。方曰："二句补道足。"

韩生画马真是马，苏子作诗如见画。

世无伯乐亦无韩，此诗此画谁当看？

□方曰："章法之妙，非太史公与退之不能知之。"

李长吉《许公子郑姬歌》曰："两马八蹄蹋兰苑。"○《列女传·贞顺传·鲁寡陶婴歌》曰："宛颈独宿兮，不与众同。"○《韩非子·说林下》曰："伯乐教二人相踶马，相与之简子厩观马，一人举踶马，其一人从后而循之，三抚其尻而马不踶。此自以为失相。其一人曰：子非失相也。此其为马也，踒肩而肿膝。夫踶马也者，举后而任前，肿膝不可任也，故后不举。"○王注引程季长曰："奚官养马之役者。"○《论衡·实知篇》曰："广汉杨翁仲（施注引仲作伟）听鸟兽之音，乘蹇马之野，田间有放眇马，相去鸣声相闻，翁仲谓其御曰：彼放马知此马而目眇。其御曰：何以知？曰：骂此辕中马蹇，此马亦骂之眇。其御不信，往视之，目竟眇焉。"〇《汉书·东方朔传》：朔曰："尻益高者，鹤俛啄也。"〇最后一匹，王见大曰："此一匹即八匹之一，非十五匹也。"〇尾摇风及伯乐见卷二杜子美《天育骠骑歌》。

送李公恕赴阙

施注曰："李公恕时为京东转运判官，召赴阙。公恕一再持节山东，东坡诗中见之。子由亦有诗送行云：辛公四年持使节，按行千里长相见。"案：查、冯、王诸家注，皆以此诗元丰元年戊午在徐州任作。

君才有如切玉刀，见之凛凛寒生毛。

愿随壮士斩蛟蜃，不愿腰间缠锦绦。

用违其才志不展，方曰："倒入。"坐与胥吏同疲劳。

忽然眉上有黄气，方曰："奇。"吾君渐欲收英髦。

立谈左右俱动色，一语径破千言牢。吴曰："以上先叙公恕之为人。"

我顷分符在东武，脱略万事惟嬉遨。

尽坏屏障通内外，仍呼骑曹为马曹。

君为使者见不问，方曰："倒入。"反更对饮持双螯。

酒酣箕坐语惊众，杂以嘲讽穷诗骚。

世上小儿多忌讳，独能容我真贤豪。方曰："倒入。"〇吴曰："以上叙彼此交谊。"

为我买田临汶水，逝将归去诛蓬蒿。

安能终老尘土下，俯仰随人如桔槔？

□方曰："递转奇纵，熟此可得下笔之法。"又曰："通身用逆。"吴曰："英俊之气见于眉宇，此长公天资飒爽处也。"

　　《列子·汤问篇》曰：“周穆王大征西戎，西戎献昆吾之剑，长尺有咫，炼钢赤刃，切玉如切泥焉。”《十洲记》曰：“流洲在西海中，多山川积石，名为昆吾，冶其石成铁作剑，光明洞照，如水晶状，割玉物如割泥。”○《新唐书·郑从谠》传（附《郑馀庆传》后）曰：“士皆寒毛惕伏。”吴曰：“寒气生于毛髪也。”○斩蛟事已见卷二杜子美《桃竹杖引》注。○杜子美《赵公大食刀歌》曰：“苍水使者扪赤绦。”○《晋书·殷浩传》曰：“桓温每轻浩，尝谓郗超曰：浩有德有言，向使作令仆，足以仪刑百揆，朝廷用违其才耳。”○韩退之《郾城晚饮诗》曰：“眉间黄色见归期。”冯注引《玉管照神书》曰：“黄气喜征。”○扬子云《解嘲》曰：“或立谈间而为侯。”○韩退之《平淮西碑》曰：“万口和附，并为一谈，牢不可破。”○《舆地广记》曰：“京东东路密州诸城县：本汉东武、诸城二县地。”《清统志》曰：“山东青州府：东武故城即今诸城县治。”《苏诗总案》曰：“熙宁七年九月告下，公以太常博士直史馆权知密州军州事，罢杭州通守任。十一月十三日到密州任。”○《后汉书·马援传》曰：“拜援陇西太守，诸曹时白外事，援辄曰：此丞掾之任，何足相烦？颇哀老子使得遨游。”○《晋书·阮籍传》曰：“拜东平相，籍乘驴到郡，坏府舍屏障，使内外相望，法令清简。”○《世说新语·简傲篇》曰：“王子猷（徽之）作桓车骑（冲）骑兵参军。桓问曰：卿何署？答曰：不知何署，时见牵马来，似是马曹。”○《史记·曹相国世家》曰：“参游园中，闻吏醉歌呼，从吏幸相国召案之，乃反取酒张坐饮，亦歌呼与相应和。”○《世说新语·任诞篇》曰：“毕茂世（卓）云：一手持蟹螯，一手持酒柸，拍浮酒池中，便足了一生。”○《汉书·陆贾传》曰：“尉佗箕踞见贾。”颜注曰：“箕踞谓伸其脚而坐，亦曰箕踞，其形似箕。”○魏文帝《典论·论文》曰：“孔融杂以嘲戏。”○《老子》曰：“天下多忌讳而民弥贫。”○《水经·汶水篇》曰：“汶水出朱虚县泰山。”

郦注曰："伏琛、晏谟并言水出县东南峿山。山在小泰山东也。"
《清统志》曰："汶水源出临朐县南沂山，东流迳县东南六十里，
又东入安丘县界，迳县城北三里，又东北入潍水。"〇《庄子·
天运篇》："师舍曰：子独不见夫桔槔者乎，引之则俯，舍之则
仰。"

百步洪　并引，二首录第一首

王定国访余于彭城，一日棹小舟与颜长道携盼、英、
卿三子游泗水，北上圣女山，南下百步洪，吹笛饮酒，
乘月而归。余时以事不得往，夜着羽衣伫立于黄楼上，
相视而笑，以为李太白死，世间无此乐三百馀年矣。定
国既去逾月，复与参寥师放舟洪下，追怀曩游，已为陈
迹，喟然而叹。故作二诗，一以遗参寥，一以寄定国，
且示颜长道、舒尧文邀同赋云。

《清统志》曰："江苏徐州府：百步洪在铜山县东南二里，亦
名徐州洪。泗水所经也。"《明会典》："徐州洪乱石峭立，凡百馀
步，故又名百步洪。旧志，水中若有限石，悬流迅疾，乱石激
涛，凡数里始静，形如川字，中分三道，中曰中洪，西曰外洪，
东曰月洪，亦曰里洪。"〇施曰："王巩，字定国，文正公旦之
孙，懿敏公素之子，张文定公方平之婿。有隽才，长于诗，从东
坡学为文。"案：巩，大名莘县人。《宋史》附《素传》。〇彭城
即徐州。时子瞻知徐州州军事，已见卷一《送郑司户》注。〇颜
复，字长道，鲁人。颜子四十八世孙。熙宁中为国子监直讲，忤
王安石罢。《宋史》有传。〇盼、英、卿三子皆徐妓也。贺方回
有和彭城王生悼盼盼诗注曰："盼盼马氏，善书染，死葬南台。"
陈后山《南乡子》词序曰："晁大夫增饰披云，务欲压黄楼。而
张、马二子皆当年尊下世所谓英英、盼盼者，盼卒英嫁，而盼之

子莹颇有家风，而曹妓未有显者，黄楼不可胜也。作《南乡子》以歌之。"朱少章（弁）《风月堂诗话》（卷上）曰："参寥自馀杭谒坡于彭城，一日遣官妓马盼盼持笔纸就求诗焉"云云。张子贤《墨庄漫录》（卷三）曰："徐州有营妓马盼者，甚慧丽，东坡守徐日，甚喜之。盼能学公书，得其仿佛"云云。卿卿姓及事迹皆无考。○《太平寰宇记》曰："河南道徐州彭城县：泗水在县东十步。"○查曰："《徐州志》：桓山下临泗水，旧名圣女山。"案《清统志》曰："桓山在铜山县东北二十七里，黄楼在徐州铜山县城东门上。"已见《送郑司户诗》注。○施曰："僧道潜，字参寥，於潜人。能文章，尤喜马诗。苏黄门每称其体制绝类储光羲，非近时诗僧所能及。"○冯曰："《乌台诗案》云：熙宁十年知徐州日，观百步洪作诗一篇，有本州教授舒焕和诗云：先生何人堪并席？李、郭相逢上舟日云云，当即所云同赋也。"案：子瞻有《雨中过舒教授诗》。施注曰："舒字尧夫，公守徐，尧夫时为教授。"

　　　　长洪斗落生跳波，轻舟南下如投梭。
　　　　水师绝叫凫雁起，乱石一线争磋磨。
　　　　有如兔走鹰隼落，骏马下注千丈坡。
　　　　断弦离柱箭脱手；飞电过隙珠翻荷。
　　　　四山眩转风掠耳，但见流沫生千涡。纪曰："语皆奇逸，亦有滩起涡旋之势。"
　　　　崄中得乐虽一快，何异水伯夸秋河？吴曰："前半写景奇妙。"
　　　　我生乘化日夜逝，坐觉一念逾新罗。
　　　　纷纷争夺醉梦里，岂信荆棘埋铜驼？
　　　　觉来俯仰失千劫，回视此水殊委蛇。

君看岸边苍石山，古来篙眼如蜂窠。方曰：君看
句忽合，此为神妙。"

但应此心无所住，造物虽驶如吾何？

回船上马各归去，多言譊譊师所呵。王见大曰：
"时与参寥同游，故结到参寥。"吴曰："后半善谈名理。"

□姚姬传曰："此诗之妙，诗人无及之者，世惟有庄子耳。"

《史记·封禅书》曰："成山斗入海。"《汉书·郊祀志》颜注
曰："斗，绝也。"○王摩诘《乐家濑诗》曰："跳波自相溅。"
○《晋书·袁耽传》曰："遂入局，十万一掷，直上百万，耽投
马绝叫曰：竟识袁彦道否？"○班孟坚《西都赋》曰："目眩转而
意迷。"○《梁书·曹景宗传》：景宗曰："觉耳后生风，鼻头出
火。"○《庄子·达生篇》曰："孔子观于吕梁，县水三十仞，流
沫四十里。"○《庄子·秋水篇》曰："秋水时至，百川灌河，泾
流之大，两涘渚崖之间，不辨牛马。于是焉河伯欣然自喜，以天
下之美为尽在己。"○陶渊明《归去来辞》曰："聊乘化以归尽。"
○王注引师民瞻曰："《传灯录》：有僧问从盛禅师：如何是觌面
事？师曰：新罗国去也。（卷二十三）新罗在海外，一念已逾。
即《庄子》所谓俯仰而拊四海也。"（《在宥篇》）○《晋书·索靖
传》曰："靖有先识远量，知天下将乱，指洛阳宫门铜驼叹曰：
会见汝在荆棘中耳。"○《楞严经》（卷四）曰："经千百劫，常
在生死。"又（卷二）曰："佛言：大王（波斯匿王），汝年几时
见恒河水？王言：我生三岁，慈母携我谒耆婆天，经过此流，尔
时即知是恒河水。佛言：大王，汝三岁见此河时至年十三，其水
云何？王言：如三岁时，宛然无异。乃至于今，年六十二，亦无
有异。佛言：汝今自伤发白面皱，其面必皱于童年，则汝今时观
此恒河与昔童时观河之见有童耄不？王曰：不也。佛言：汝面虽
皱，而此精神未曾皱，皱者为变，不皱非变，变者受灭，彼不变

者元无生灭。"《左》襄七年杜注曰:"委蛇,顺貌。"《离骚》王注曰:"委蛇而长也。"○《金刚经》曰:"应无所住而生其心。"○《诗·晨风》《释文》曰:"駛,疾也。"○杜子美《陪王侍御同登东山诗》曰:"回船罢酒上马归。"○《法言·寡见篇》曰:"譊譊者,天下皆讼也。"○《汉书·食货志下》颜注曰:"呵,责怒也。"

《容斋三笔》(卷七)曰:"韩、苏两公为文章,用譬喻处重复连贯至于七八转者,韩公《送石洪序》云:论人高下事后当成败,若河决下流东注,若驷马驾轻车就熟路,而王良、造父为之先后也,若烛照数计而龟卜也。《盛山诗序》云:儒者之于患难,其拒而不受于怀也,若筑河堤以障屋霤。其容而消之也,若水之于海、冰之于夏日。其玩而忘之以文辞也,若奏金石以破蟋蟀之鸣、虫飞之声。苏公《百步洪诗》云长洪斗落生跳波云云之类是也。"

舟中夜起

微风萧萧吹菰蒲,开门看雨月满湖。纪曰:"初听风声疑其是雨,开门视之,月乃满湖,此从'听雨寒更尽,开门落叶深'化出。"

舟人水鸟两同梦,大鱼惊窜如奔狐。

夜深人物不相管,我独形影相嬉娱。

暗潮生渚弔寒蚓,落月挂柳看悬珠。

此生忽忽忧患里,清境过眼能须臾。

鸡鸣钟动百鸟散,船头击鼓还相呼。

□方曰:"空旷奇逸。"吴曰:"全不经意,妙合自然,赤壁赋亦如此。"

珠本又作蛛。○韩退之《谒衡岳庙诗》曰:"猨鸣钟动不知曙。"

郭祥正家醉画石壁上郭作诗为谢且遗二古铜剑

《宋史·文苑传》曰："郭祥正，字功父，太平州当涂人。举进士。熙宁中以殿中丞致仕，后复出通判汀州，知端州。又弃去，隐于县青山卒。"《画继》（卷三）曰："子瞻所作枯木，枝干虬〔虬〕屈无端倪，石皴亦奇怪，如其胸中蟠郁也。作墨竹从地一直起至顶。或问：何不逐节分？曰：竹生时何尝逐节生耶？山谷《枯木道士赋》云：恢诡谲怪，滑稽于秋毫之颖，尤以酒为神。故其觞次滴沥，醉馀颦呻。取诸造物之炉锤，尽用文章之斧斤。又《题竹石诗》云：东坡老人翰林公，醉时吐出胸中墨。则知先生平日非乘醺以发真兴则不为也。"冯曰："《续通鉴长编》：元丰七年三月，前汀州通判奉议郎郭祥正勒停。据此则先生作诗时正功甫勒停家居时矣。"《苏诗总案》曰："元丰七年七月过郭祥正醉吟庵，画竹石髹壁上，祥正有诗为谢，且遗二古铜剑答诗。"

> 空肠得酒芒角出，吴曰："突起。"肝肺槎牙生竹石。
> 森然欲作不可回，吐向君家雪色壁。吴曰："倒落。"
> 平生好书仍好画，吴曰："逆接。"书墙涴壁长遭骂。
> 不瞋不骂喜有馀，吴曰："逆接。"世间谁复如君者？
> 吴曰："倒落。"
> 一双铜剑秋水光，吴曰："逆接。"两首新诗争剑铓。
> 剑在床头诗在手，不知谁作蛟龙吼。
> □纪曰："奇气纵横，不可控制。"

《风俗通·声音篇》曰："物触地而出戴芒角也。"○《鲁灵光殿赋》曰："枝掌权枒而斜据。"槎牙与权枒同。○不可回，冯注曰："周益公题跋，回作留。"○刘梦得《答柳柳州诗》曰："小儿弄笔不能嗔，涴壁书窗且当勤。"○白乐天《李都尉古剑诗》曰："湛然玉匣中，秋水澄不流。"○杜子美《相从行》曰："把笔开樽饮我酒，酒酣击剑蛟龙吼。"

送沈逵赴广南

　　冯曰："《续通鉴长编》：熙宁六年十二月，诏新知永嘉县沈逵相度成都府置市易务利害。九年十一月，诏大理寺丞沈逵改一官，与堂除，论前任信州推官兴置银坑之劳，当即此人也。其战西羌事无可考。"案《元丰九域志》：广南东路州一十五，县四十，中都督府广州南海郡清海军节度治南海、番禺二县。西路州二十三，军三，县六十四，下都督府桂州始安郡静海军节度治临桂县。

　　　　嗟我与君皆丙子，四十九年穷不死。方曰："起笔突兀。"吴曰："奇趣横生。"
　　　　君随幕府战西羌，夜渡河冰斫云垒。
　　　　飞尘涨天箭洒甲，归对妻孥真梦耳。
　　　　我谪黄冈四五年，孤舟出没烟波里。方曰："六句分。"
　　　　故人不复通问讯，疾病饥寒疑死矣。
　　　　相逢握手一大笑，白发苍颜略相似。方曰："四句合。"又曰："相逢二句神来气来。"
　　　　我方北渡脱重江，君复南行轻万里。
　　　　功名如幻何足计？学道有牙真可喜。
　　　　句漏丹砂已付君；汝阳瓮盎吾何耻？
　　　　君归趁我鸡黍约，买田筑室从今始。
　　　□极顿挫抑扬之致。

施曰："按公以景祐三年丙子生，至元丰七年甲子四十九岁。"案傅氏《纪年录》曰："景祐三年十二月十九日卯时，公生于眉山县纱縠行私第。"○《汉书·李广传》曰："莫府省文书。"颜注曰："莫府者，以军幕为义，古字通用耳。军旅无常居止，故以帐幕言之。"○西羌当指西夏。《宋史·神宗纪》：元丰四年，熙河经制李宪、鄜延经略副使种谔，五年，鄜延路副总管曲珍等皆尝败夏人，但此未知何年何属也。○《魏书·傅永传》曰："吴、越之兵，好以斫营为事。"○《续通鉴长编》曰："元丰二年十二月庚申，祠部员外郎直史馆苏轼责授检校水部员外郎、黄州团练副使，本州安置，不得签书公事。"王注引沈敦谟（希皋）曰："至此凡五年。"○施曰："刘禹锡《游桃源诗》：道芽期日就，尘虑乃冰释。案芽牙字通借，本又作涯。《庄子·养生主》曰：吾生也有涯。"○《晋书·葛洪传》曰："洪以年老，欲炼丹以祈遐寿，闻交趾出丹，求为句漏令。"○赵曰："汝阳汝州，瓮盎以言其瘿之状也。先生《别黄州诗》曰：阔领先裁盖瘿衣，是已。"施曰："《庄子·德充符》：瓮㼜大瘿说齐桓公，桓公说之，而视全人，其脰肩肩。欧阳文忠公《汝瘿诗》：君嗟汝瘿多，谁谓汝土恶？汝瘿虽云苦，汝民居自乐。伛妇悬瓮盎，娇婴包卵㲉。无由辨肩颈，有类龟缩壳。"○施曰："谢承《后汉书》：山阳范式字巨卿，与汝南张元伯为友，春别京师，以秋为期，至九月十五日，元伯白母杀鸡为黍，以待巨卿。母曰：山阳去此千里，何可必也？元伯曰：巨卿信士，不失期者。言未绝而果至。"（范晔《后汉书·独行传》作后二年之约，与此小异。）

寄吴德仁兼简陈季常

《宋史·隐逸传》曰："吴瑛，字德仁，蕲州蕲春人。以父龙图阁学士遵路任补太庙斋郎，至虞部员外郎，年四十六，即上书请致仕。"《陈希亮传》曰："希亮，字公弼，其先京兆人，迁眉州青神之东山。子憨,字季常,少时使酒好剑,稍壮折节读书,晚年遁于光、黄间。"

　　东坡先生无一钱,十年家火烧凡铅。
　　黄金可成河可塞,只有霜鬓无由玄。方曰:"起妙
品神到。"
　　龙丘居士亦可怜,谈空说有夜不眠。
　　忽闻河东狮子吼,拄杖落手心茫然。
　　谁似濮阳公子贤?饮酒食肉自得仙。
　　平生寓物不留物,在家学得忘家禅。
　　门前罢亚十顷田,清溪绕屋花连天。
　　溪堂醉卧呼不醒,落花如雪春风颠。纪曰:"得此
四语,意境乃活,如画山水者烘以云气。初白谓笔有仙骨,
故是太白后身。"
　　我游兰溪访清泉,已办布袜青行缠。
　　稽山不是无贺老,我自兴尽回酒船。
　　恨君不识颜平原;恨我不识元鲁山。
　　铜驼陌上会相见,握手一笑三千年。
　　□吴曰:"音节琅然,可歌可诵。"又曰:"机趣横生而风采
复极华妙。"

　　王宗稷《苏文忠公年谱》曰:"元丰五年,先生年四十七,
在黄州就东坡筑雪堂,自号东坡居士。"○《云笈七签》(卷六十
三)《金丹诀》曰:"设用凡铅黑金汞银为河车,雄黄为土,金银
为母,并非至药之源。"原注曰"凡铅者铜铁草并有,铅及矿铅
并凡铅也。"○《史记·封禅书》曰:"栾大言:臣之师曰,黄金
可成而河决可塞,不死之药可得,仙人可致也。"○赵曰:"龙丘

居士指言季常也。"冯曰："《东坡全集》有《临江仙》词一首，题云：龙丘子筑室黄冈之北，号静庵居士。"○《后汉书·西域传论》曰："空有兼遣之宗。"章怀注曰："不执着为空，执着为有。"○狮本又作师，同。赵曰："河东师子事，有王觌，字达观，尝从先生游，为次公言季常之妻柳氏最悍妒，每季常设客，有声伎，柳氏则以杖击照壁大呼，客至为散去。"查曰："《洪容斋三笔》：陈季常自称龙丘居士，（卷三作龙丘先生，查以意改。）好宾客，喜畜声伎，然妻柳氏极凶妒，故东坡诗云云。河东狮子，指柳氏也。黄山谷有与季常简云：审柳夫人时需医药，公暮年来想渐求清净之乐，姬媵无新进矣。夫人复何所念而致疾耶？则柳氏妒名固彰著于外。是以二公皆言之。刘辰翁云：河东狮暗用杜子美诗河东女儿身姓柳（见杜子美《可叹诗》）为戏。《西清诗话》亦云：季常自以为饱禅学，而其妻柳氏颇悍忌，故坡因诗戏之云云。卢文弨曰：注家引杜子美诗以证河东是已，而狮子吼则不注出处。按《佛说长者女庵提遮狮子吼了义经》云：舍卫国城西有一村名曰长提，有一婆罗门名婆私腻迦，有女名庵提遮，佛告舍利弗，是女非凡，已值无量诸佛，常能说如是狮子吼了义经。此则是女人事，东坡诗用事细切如此。"（见《锺山札记》四，此引字句亦小异。案：以上皆查注。）王见大曰："张文潜《宛丘集·吴大夫墓志》称德仁不喜闻人过，公素未识面，必不以柳妒告之也。佛说狮吼，皆喻法也。本集有柳簿者行二，季常之客，即真龄也。其遗铁拄杖诗，有柳公手中黑蛇滑句，二人尝讶公，而语多谐谑。又云：季常示病，正如小子圆觉，可谓害脚法师鹦鹉禅，五通气球黄门妾。馀如《秀英君》则托诸醉，《脊记》则托诸戏，而季常雄冠之说亦云非实语，诗当参看。"案：王说是也，子瞻《方山子传》称其环堵萧然，而妻子奴婢皆有自得之色，则惧内之事恐不如俗传之甚。且子瞻决不与未经识面之人无端说人闺闱事也。○赵曰："濮阳公子言吴德仁也。"冯曰：

"《元和姓纂》：濮阳吴有隐之，其先祖自濮阳过江，居丹阳，历仕江左。"○师民瞻曰：公作王晋卿《宝绘堂记》云：君子可以寓意于物，而不可以留意于物。寓意于物，虽微物足以为乐，虽尤物不足以为病。留意于物，虽微物足以为病，虽尤物不足以为乐。"○《传灯录》（卷四）曰："杭州招贤寺会通禅师，唐德宗时为六宫使，谒鸟窠（杭州鸟窠道林禅师，富阳人，姓潘氏，秦望山有长松，枝叶繁茂，盘屈如盖，遂栖止其上，故时人谓之鸟窠禅师。）曰：弟子为出家故休官，愿和尚授与僧相。曰：汝若了净智妙圆，体自空寂，即真出家，何假外相？汝当为在家菩萨戒施俱修，如谢灵运之俦也。"○门前四句，冯曰："墓志云：有薄田临溪，筑室种花酿酒，家事一不问，宾客有至者，与之饮必尽醉，公或醉卧花间，客去亦不问云云，可为此数句诗注脚也。"○杜牧之《郡斋独酌诗》曰："穤稏百顷稻，西风吹半黄。"《集韵》四十祸曰："穤稏，稻也。"《正字通》曰："穤稏，稻摇动貌，通作罢亚。"○韩退之《李花诗》曰："谁将平地万堆雪，剪刻作此连天花。"○查曰："《名胜志》：溪堂在蕲州，今蕲春县治南，至和中吴涣隐居也。"○杜子美《偪仄行》曰："晓来急雨春风颠。"○《东坡志林》（卷一）曰："黄州东南三十里，为沙湖，予买田其间，因往相田得疾，闻麻桥人庞安常善医，遂往求疗。疾愈，与之同游清泉寺。寺在蕲水郭门外二里许，有王逸少洗笔泉，水极甘，下临兰溪，溪水西流，余作歌。是日剧饮而归。"○杜子美《奉先刘少府新画山水障歌》曰：青鞋布袜从此始。○冯曰："《毛诗笺》（《采菽》曰：邪幅在下。）邪幅，如今行滕也。疏云：邪缠于足，谓之邪幅。古乐府有双行缠。"步瀛案：《吕氏春秋·爱类篇》曰："墨子裂裳裹足至于郢。"（《淮南·修务篇》同。）《后汉书·郅恽传》：恽上书曰："君不授骥以重任，骥亦俯首裹足而去耳。"皆言远行裹足即须用行缠矣。○李太白《忆贺监诗》曰："稽山无贺老，却棹酒船回。"查曰："先生尝至蕲州欲访德仁而未果，彼此两不相识，故结处复用蓟子训事，言终当相遇也。"○《世说新语·任诞篇》曰："王子猷居山阴，夜大雪，眠觉，忽忆戴安道。时戴在剡，便夜乘小船就之，经宿方至，造门不前而返。人问其故，王曰：吾本乘兴而行，兴尽而返，何必见戴？"○《新唐书·颜真卿传》曰："出为平原太守。禄山反，河朔尽陷，独平原城守具备，使司兵参军李平驰奏。玄宗始闻乱，叹曰：河北二十四郡，无一忠臣邪？及平至，帝大喜，谓左右曰：朕不识真卿何如人，所为乃若此？"《苕溪渔隐丛话前集》（卷二十八）说此诗曰："颜平原，东坡自谓。"○《新唐书·卓行传》曰："元德秀，字紫芝，河南人，为鲁山令。苏源明尝语人曰：吾不幸生衰俗，所不耻者识元紫芝也。天下高其行，不名，谓之元鲁山。"《渔隐丛话》曰：元鲁山，谓德仁也。"○《太平寰宇记》西京河南府洛阳县：铜驼街引陆机《洛阳记》云："汉铸铜驼二枚，在宫南四会道，夹路相对，俗语云：金马门外聚群贤，铜驼陌上集少年。言人物之盛也。"○《后汉书·方术·蓟子训传》曰："后人复于长安东霸城见之，与一老人共摩挲铜人，相谓曰：适见铸此，已近五百岁矣。"

送杨杰　并叙

　　无为子尝奉使，登太山绝顶，鸡一鸣，见日出。又尝以事过华山，重九日饮酒莲华峰上。今乃奉诏与高丽僧统游钱塘，皆以王事而从方外之乐，善哉，未曾有也！作是诗以送之。

　　《宋史·文苑传》曰："杨杰，字次公，无为人。举进士。元祐中为礼部员外郎，自号无为子。"《五灯会元》（卷十六）曰："礼部杨杰居士，字次公，号无为，晚从天衣游。（天衣，义怀禅师。）衣每引老庞机语令研究深造。后奉祠泰山，一日鸡一鸣，睹日如盘涌，忽大悟，乃别有男不婚有女不嫁之偈曰：男大须婚，女大须嫁，讨甚闲工夫，更说无生话？书以寄衣。衣称善。"王注引赵尧卿曰："元祐二年，高丽僧义天航海间道至明州。传云义天弃王位出家，上疏乞徧历丛林问法受道，有诏朝奉郎杨杰次公馆伴，所至吴中诸刹皆迎饯如王臣礼。至金山，僧了元乃床坐受其大展。次公惊问其故，了元曰：义天亦异国僧耳。丛林规绳如是，不可易。朝廷闻之，以了元知大体。"案《续资治通鉴长编》（卷三百四十三）曰："元丰七年二月丙戌，诏高丽王子僧统从其徒三十人来游学，非入贡也，其令礼部别定饩劳之仪。"又（卷三百五十八）曰："元丰八年秋七月（时哲宗已即位。）癸丑，高丽国佑世僧统求法沙门释义天等见于垂拱殿，进佛像经文，赐物有差。"《文献通考·四裔考》二曰："高句丽元丰二年，宣王运嗣。八年，遣其弟僧统来朝，求问佛法，并献经像。"《释氏稽古略》（卷四）曰："宋神宗元丰八年二月，帝崩。三月，哲宗即帝位。义天僧统，高丽国君文宗仁孝王第四子，出家名义天，是冬航海至明州……游中国询礼，诏以朝奉郎杨杰馆伴，所至二浙淮南京东诸郡迎饯如行人礼。"○《元丰九域志》曰："两浙路杭州馀杭郡宁海军节度治钱塘、仁和两县。"（今并二县曰杭县）○《庄子·大宗师篇》曰："彼游方之外者也。"

> 天门夜上宾出日，万里红波半天赤。
> 归来平地看跳丸，一点黄金铸秋橘。以上太山观日。
> 太华峰头作重九，天风吹滟黄花酒。
> 浩歌驰下腰带鞓，醉舞崩崖一挥手。以上莲华峰饮酒。
> 神游八极万缘虚，下视蚊雷隐污渠。
> 大千一息八十返，笑厉东海骑鲸鱼。以上总写其胸次高旷。

三韩王子西求法，凿齿弥天两勍敌。

过江风急浪如山，寄语舟人好看客。以上与僧统游钱塘。

□吴曰："奇肆瑰玮。"

《御览·地部》四引《汉官仪》及《泰山记》曰："泰山盘道屈曲而上，凡五十馀盘，经小天门、大天门，仰视天门如从穴中视天窗矣。自下至古封禅处，凡四十里，山顶西岩为仙人石闾，东岩为介丘，东南岩名日观，日观者，鸡一鸣时见日始欲出长三丈许。"○《书·尧典》曰："寅宾出日。"旧传曰："宾，导也。"○刘梦得《罗浮诗》曰："赤波千万里，涌出黄金轮。"○韩退之《秋怀诗》曰："日月如跳丸。"○《抱朴子·微旨篇》曰："始青之下日与月，两半同升合成一，出彼玉池入金室，大如弹丸黄如橘。"○《西山经》曰："太华之山削成而四方，其高五千仞，其广十里。"郭注曰："上有明星玉女持玉浆，得上服之即成仙，道险僻不通。《诗含神雾》云。"《太平御览·地部》四引《华山记》曰："山顶有池，生千叶莲花，服之羽化，因曰华山。"又曰："山有三峰。"注曰："谓莲花、玉女、松桧也。"《太平寰宇记》（卷二十九）引《名山记》曰："华岳有三峰，直上数千仞，基广而峰峻，叠秀迄于岭表，有如削成，今博山香炉形实象之。"《明统志》（卷三十二）曰"太华山在华阴县南一十里，即西岳也。高五千仞，有芙蓉、明星、玉女三峰。"○王注引程季长曰："腰带鞈，华山地名。"查曰："腰带鞈，太华峰上地名，而《华山志》失载。按陆游《感旧诗》亦有青城山里屏风叠，太华峰头腰带鞈之句。"○李太白《留别金陵诸公诗》曰："若攀星辰去，挥手缅含情。"○李太白《大鹏赋序》曰："余昔于江陵见天台司马子微，谓余有仙风道骨，可与神游八极之表。"○白乐天《梦裴相公诗》曰："万缘成一空。"○《汉书·景十三王传》：中山靖王胜对曰："聚蟁成靁。"颜曰："言众蚊飞声有若雷也。"〇韩退之《符读书城南诗》曰："清沟映污渠。"〇大千已见王介甫《纯甫出释惠崇画诗》注。〇《诗·匏有苦叶》曰："深则厉。"毛传曰："以衣涉水为厉，谓由带以上也。"〇子瞻《次韵张安道读杜诗》曰："骑鲸遁沧海。"施注曰："杜子美《送孔巢父诗》：巢父掉头不肯住，东将入海随烟雾。又：若逢李白骑鲸鱼，道甫问信今何如。"案：此本殆不足据，特博异闻耳。故卷二杜诗未载入。〇《晋书·习凿齿传》曰："桑门释道安俊辩有高才，自北至荆州，与凿齿初相见，道安曰：弥天释道安。凿齿曰：四海习凿齿。时人以为佳对。"〇《左》僖二十二年："勍敌之人。"杜注曰："勍，强也。"《释文》曰："勍，其京反。"〇《摭言》（卷十三）曰："令狐赵公（楚）镇维扬，处士张祜尝与狎谑，公因视祜改令曰：上水船风又急，帆下人须好立。祜应声答曰：上水船船底破，好看客莫倚柁。"冯曰："先生当于淮阳途次遇见次公送其南行，故末二句云然。"

书王定国所藏烟江叠嶂图

自注曰："王晋卿画。"案：《宋史·王全斌传》曰："并州太原人，曾孙凯，凯子绒，绒子诜，字晋卿，能诗善画，尚蜀国长公主，官至留后。"《画继》（卷二）曰："王诜，字晋卿，尚英宗女蜀国公主，为利州防御使。其所画山水学李成皴法，以金绿为之，似古今观音宝陁山状，小景亦墨作平远，皆李成法也，故东坡谓晋卿得破墨三昧。有《烟江叠嶂图》传于世。"王定国名巩，已见《百步洪》注。

江上愁心千叠山，浮空积翠如云烟。
山耶云耶远莫知，烟空云散山依然。
但见两崖苍苍暗绝谷，中有百道飞来泉。

萦林络石隐复见，下赴谷口为奔川。

川平山开林麓断，小桥野店依山前。

行人稍度乔木外，渔舟一叶江吞天。方曰："以写为叙，写得入妙，而笔势又高，气又道，神又王。"

使君何从得此本？点缀毫末分清妍。

不知人间何处有此境？径欲往买二顷田。方曰："四句正锋。"

君不见武昌樊口幽绝处，东坡先生留五年！吴曰："以下波澜。"

春风摇江天漠漠；暮云卷雨山娟娟。

丹枫翻鸦伴水宿；长松落雪惊醉眠。吴曰："四句四时之景。"

桃花流水在人世，武陵岂必皆神仙？

江山清空我尘土，虽有去路寻无缘。

还君此画三叹息，山中故人应有招我归来篇。以实境比况结出作意。

张道济（说）《江上愁心赋寄赵子》曰："江上之峻山兮，郁崎嵲而不极。云为峰兮烟为色，欻变态兮心不识。"○沈云卿《奉和春初幸太平公主南庄应制诗》曰："竹里泉声百道飞。"○韩退之《湘中酬张十一功曹诗》曰："共泛清湘一叶舟。"○杜牧之《送孟迟诗》曰："大江吞天去。"○韩退之《石鼓歌》曰："公从何处得纸本？"○《史记·苏秦传》：秦曰："使我有负郭田二顷，岂能佩六国相印乎？"○《水经·江水篇》曰："又东过邾县南鄂县北。"郦注曰："江水右得樊口，庾仲雍《江水记》云：谷里袁口江津，南入历樊山，上下三百里，通新兴、马头二治，樊口之北有湾。"《太平寰宇记》曰："江南西道鄂州武昌县：樊山在州西一百七十二里，出紫石英，山东十步有冈，冈下有寒溪，溪中有蟠龙石。谢玄晖诗云：樊山开广宴（《和伏武昌登孙权故城诗》），是也。《清统志》曰："武昌府：樊口在武昌县西北五里。"○案《年谱》：元丰三年子瞻责黄州，（本集《别王文甫子辩》云：仆以元丰三年二月一日到黄州。）七年四月量移汝州，（本集长短句《满庭芳序》云：四月一日余将自黄移汝。）首尾四年有奇，云留五年，举成数言之也。○杜子美《渼陂诗》曰："江天漠漠鸟双去。"○施曰："《甘泽谣》陶岘诗曰：鸦翻枫叶夕阳动。"○谢灵运《入彭蠡湖诗》曰："客旅倦水宿。"○杜子美《谒真谛寺诗》曰："晴雪落长松。"○李太白《山中答俗人诗》曰："桃花流水窅然去，别有天地非人间。"○韩退之《桃花源图诗》曰："神仙有无何渺茫？桃源之说诚荒唐。"又曰："世俗宁知伪与真？至今传者武陵人。"馀见卷二王摩诘《桃源行》注。○《礼记·乐记》曰："壹倡而三叹。"

书晁说之考牧图后

《画继》（卷三）曰："晁说之，字以道，少慕司马温公之为人，自号景迂。未三十，东坡以著述科荐之。靖康初，自休致中召为著作郎，后试中书舍人，兼东宫詹事。建炎初政以待制侍读而终。山谷尝题其《雪雁》，又无咎题四弟横轴画云云。"案《诗序》曰："《无羊》，宣王考牧也。"

我昔在田间，但知羊与牛。

川平牛背稳，如驾百斛舟。

舟行无人岸自移，我卧读书牛不知。方曰："仙语。"

前有百尾羊，听我鞭声如鼓鼙。

我鞭不妄发，视其后者而鞭之。

泽中草木长，草长病牛羊。

寻山跨坑谷，腾趋筋骨强。

烟蓑雨笠长林下，老去而今空见画。

世间马耳射东风，悔不长作多牛翁。

□纪曰："而今句一点，世间二句仍宕开，收缴前文，通篇只一句着本位，笔力横绝。"方曰："一路如长江大河，忽然一束，又忽然一放。"又曰："此诗具三十二相，分合章法，变化不测，一句入便住，所谓将军欲以巧胜人，盘马弯弓故不发。"吴曰："公诗多超妙无匹，此首则天仙化人，非复人间所有蹊径。"

《圆觉经》（卷三）曰："又如定眼由回转火，云驶月运，舟行岸移，亦复如是。"○《新唐书·李密传》曰："以蒲鞯乘牛，挂《汉书》一帙角上，行且读。"○《神仙传》（卷二）：王远告蔡经曰："吾鞭不可妄得也。"○《庄子·达生篇》曰："善养生者若牧羊然，视其后者而鞭之。"○赵曰："先生尝言有人见牧童驱羊于瘠地牧之，人谓曰：彼泽地草美，何不就牧？童曰：美草则见食，羊何自而肥？瘠地之草，羊细咀其味，乃得肥也。今诗意使此。"○左太冲《吴都赋》曰："腾趋飞超。"○嵇叔夜《与山巨源绝交书》曰："逾思长林而志在丰草。"○杜子美《观李固山水图诗》曰："人间长见画，老去恨空闻。"○李太白《答王十二寒夜独酌有怀诗》曰："吟诗作赋北窗里，万言不直一杯水。世人闻此皆掉头，有如东风吹马耳。"○《新唐书·卢从愿传》曰："宇文融密白从愿盛殖产，占良田数百顷，帝自此薄之，目为多田翁。"案：多牛翁意盖仿此。

雪浪石　次韵滕大夫二首之一

子瞻《雪浪斋铭引》曰："予于中山后圃得黑石白脉，如蜀孙位、孙知微所画，石间奔流尽水之变。又得白石曲阳为大盆以盛之，激水其上，名其室曰雪浪斋。"案：此铭作于绍圣元年四月，而此诗作于元祐八年十二月，时知定州军州事也。《清统志》曰："直隶定州（今改县）雪浪斋在州学内。"〇施曰："滕大夫名兴公，海陵人。时为定武倅。"冯曰："《续通鉴长编》：元祐四年十一月载齐州通判滕希靖，则希靖滕大夫名。"

太行西来万马屯，势与岱岳争雄尊。

飞狐上党天下脊，半掩落日先黄昏。吴曰："起势雄伟。"

削成山东二百郡；气压代北三家村。

千峰石卷蠹牙帐，崩崖凿断开土门。

朅来城下作飞石，一炮惊落天骄魂。

承平百年烽燧冷，此物僵卧枯榆根。

画师争摹雪浪势；天工不见雷斧痕。

离堆四面绕江水，坐无蜀士谁与论？

老翁儿戏作飞雨，把酒坐看珠跳盆。

此身自幻孰非梦？故国山水聊心存。

　　□方曰："此诗奇横，他人不能有此笔势，故不能有此雄姿。离堆二句形容此似离堆耳，惜无蜀人不及知，故末句云云。"吴先生曰："时在定州，有备边拒敌之思，既不获展，则有还蜀之意，故其词如此。"

　　《太平寰宇记》曰："河北道定州曲阳县：北岳恒山在县西北一百四十里。"《禹贡》："太行、恒山至于碣石入于海。"孔安国注云："二山连延至碣石也。"（伪《孔传》）〇杜子美《木皮岭诗》曰："始知五岳外，别有他山尊。"〇《楚策》一张仪说楚王曰："席卷常山之险，折天下之脊。"《史记·郦生传》：郦生曰：

"杜太行之道，距蜚狐之口。"《集解》如淳曰："上党，壶关也。"
正义曰："蔚州飞狐县北五十里，有秦汉故郡城，西南有山，俗
号为飞狐口也。"《太平寰宇记》曰："河东道蔚州飞狐县（今河
北广昌县）：飞狐道自县北入妫州怀戎县界（今河北怀来县），即
古飞狐口也。"又曰："潞州，秦上党郡。"又曰："上党县（今山
西长治县），汉立为壶关县地。"施曰："郑亚《会昌一品集序》：
上党居天下之脊，当河朔之喉。"○《西山经》曰："太华之山，
削成而四方。"杜牧之《罪言》曰："山东王不得不王，霸不得不
霸。"赵曰："指今之河北也。谓之山东，盖太行山之东也。山东
二百郡，正谓太行以东冀州之域矣。"施曰："杜子美《河北入朝
绝句》：澶漫山东一百州，削成如桉抱青丘。"○《水经·灢水》
注曰："祁夷水又东北得飞狐口。《魏土地记》曰：代城南四十里
有飞狐关，关水西北流，注祁夷水，祁夷水又东北迳代城西，汉
封孝文为代王。梅福上事曰代谷者，（《汉书·梅福传》：福上书
曰：孝文皇帝起于代谷。郦氏引止此二字。）恒山在其南，北塞
在其北，谷中之地，上谷在其东，代郡在其西，是其地也。"（此
郦氏释梅福称代谷之实。查注并引作《汉书》梅福之言，误矣。）
《元丰九域志》曰："河东道代州雁门郡治雁门县。"案：今山西
代县治。○王季友《代贺若令誉赠沈千运诗》曰："百姓唯有三
家村。"○杜子美《寄董卿嘉荣诗》曰："闻道君牙帐，防秋近赤
霄。"○《太平寰宇记》曰："河北道镇州获鹿县：井陉口今名土
门口，在县西南十里，即太行八陉之第五陉也。"馀见卷一杜子
美《垂老别》注。○《文选》张平子《思玄赋》曰："回志揭来
从玄谋。"旧注曰："揭，去也。"李善注引刘向《七言》曰："揭
来归耕永自疏。"案：《说文》《楚辞·九辩》王叔师注、《蜀都
赋》刘渊林注、《广雅·释诂》二并云：揭，去也。段若膺曰：
"古人文章多云揭来，犹往来也。"○《文选》潘安仁《闲居赋》
曰："砲石雷骇。"李善注曰："砲石，今之抛石也。《范蠡兵法》：

飞石重二十斤，为机发行三百步。"〇《汉书·匈奴传》曰："胡者，天之骄子也。"杜子美《诸将诗》曰："拟绝天骄拔汉旌。"〇孟东野《有所思》曰："寒江浪起千堆雪。"〇王注引王养源曰："陈藏器《本草》云："霹雳钺，伺候震处，掘地三尺得之，其形非一，亦有似斧刃者。注曰：出雷州并河东山泽间。因雷震后得，多似斧形。"施曰："《国史补》（卷下）：雷州多雷，秋冬伏地中，人取得雷斧雷墨，可以为药用。"（与今本字句小异。）〇《史记·河渠书》曰："蜀守冰凿离碓避沫水之害，穿二江成都之中。"《集解》引晋灼曰："碓，古堆字。"《汉书·沟洫志》作蜀守李冰，碓作崒。钱可庐（大昭）曰："当作崒，《说文》曰：崒，高也。"（《汉书辨疑》卷十五）《清统志》曰："四川成都府：离堆在灌县西南。"〇白乐天《三游洞诗序》曰："跳珠溅雨，惊动耳目。"

《墨庄漫录》（卷八）曰："绍圣初元，东坡帅中山，得黑石白脉，名其室曰雪浪斋，公自铭有云：玉井芙蓉丈八盆，伏流飞空漱其根。时四月二十日也。闰四月三日乃有英州之命，其后谪惠州，又徙海外。故中山后政以公迁谪，雪浪之名废而不问。元符庚辰五月，公始被北归之命，明年夏方至吴中。时张芸叟守中山，方葺治雪浪斋，重安盆石，方欲作诗寄公。九月闻公之薨，乃作哀词，有云：我守中山，乃公旧国。雪浪萧萧，于焉食宿。俯察履綦，仰看梁木。思贤、阅古，皆经贬逐。玉井芙蓉，一切牵复云云。其词曰：石与人俱贬，人亡石尚存。却怜坚重质；不减浪花痕。满酌山中酒；重添丈八盆。公兮不归北，万里一招魂。思贤、阅古皆中山后圃堂名也。"

四月十一日初食荔支

查曰："《荔支谱》：六七月时色变绿。又火山本出广南，四月熟。东坡所云四月十一日，是特广南火山者耳。《太平寰宇记》：火山直对梧州城，山上有荔支，四月先熟，以其地热，故曰火山，核大而味酸。"案《年谱》曰："绍圣元年甲戌，先生年五十九，知定州。就任落两职，追一官，知英州。未到任，再贬宁远军节度副使，惠州安置。以十月三日到惠州，二年乙亥，先生年六十，在惠州。"

> 南村诸杨北村卢，白华青叶冬不枯。
> 垂黄缀紫烟雨里，特与荔支为先驱。
> 海山仙人绛罗襦，红纱中单白玉肤。
> 不须更待妃子笑，风骨自是倾城姝。方云："仙气。"
> 不知天公有意无，遣此尤物生海隅。落想奇妙。
> 云山得伴松桧老；霜雪自困榰梨麤。
> 先生洗盏酌桂醑，冰盘荐此颗虮珠。
> 似闻江鳐斫玉柱；更洗河豚烹腹腴。
> 我生涉世本为口，一官久已轻莼鲈。
> 人间何者非梦幻，南来万里真良图。

□情景音节皆极入妙，可为咏物诗之轨则。

南村句自注曰："谓杨梅、卢橘也。"施曰："《临海异物志》：杨梅，其子大如弹丸，正赤，五月中熟。《广州记》：卢橘皮厚，气色大如柑，酸，多至夏熟。"冯曰："《能改斋漫录》（卷七）梁萧惠开云：南方之珍惟荔支，杨梅卢橘，自可投诸藩溷，故坡诗云云。"○蔡君谟《七月二十日食荔支诗》曰："绛衣仙子过中元，别叶空枝去不还。"○赵曰："《唐·舆服志》：凡祀天地之服皆白纱中单。"施曰："《古今注》：中单，衬衣也。汉高祖始改名汗衫。"（此马缟《古今注》卷中）查曰："《汉书·江充传》：衣纱縠襌衣。师古注：襌衣，今之朝服中襌也。《演繁露》（卷三）：襌之字或为单，古之法服、朝服，其内必有中单，正如今人背子。《事物纪原》谓汉高与项羽战，汗透中单，遂有汗衫之名，非也。"冯曰："白乐天《荔枝图序》，壳如红缯，膜如紫绡，瓤肉莹白如冰雪。先生此二句诗盖本于是也。"○杜牧之《过华清宫绝句》曰："一骑红尘妃子笑，无人知是荔枝来。"《国史补》（卷上）曰："杨贵妃生于蜀，好食荔枝，南海所生尤胜蜀者，故每岁飞驰以进，然方暑而熟，经宿则败，后人皆不知之。"案《通鉴》（卷二百一十五）《唐纪》胡注曰："自苏轼诸人皆云此时荔枝自涪州致之，非岭南也。"○倾城见卷二白乐天《长恨歌》倾国注。○《左》昭二十八年曰："叔向欲娶于申公巫臣氏，其母曰：夫有尤物，足以移人，苟非德义，则必有祸。"○《梁溪漫志》（卷四）曰："东坡《食荔支诗》有云：云山得伴松桧老，常疑似泛。后见习闽、广者云：自福州古田县海口镇至于海南，凡宰上木，松桧之外，杂植荔支，取其枝叶荫覆，弥望不绝，此所以有伴松桧之语也。"○《庄子·天运篇》曰："其犹柤梨橘柚耶，其味相反而皆可于口。"○沈休文《郊居赋》曰："堂流桂醑。"○韩退之《李花诗》曰："冰盘夏荐碧实脆。"○赵曰："赪虬，赤龙也。韩退之《柿诗》：然云烧树火骈实，金乌下啄赪虬卵。"○似闻江鳐二句自注曰："予尝谓荔枝厚味高格两绝，果中无比，惟江瑶柱、河豚鱼近之耳。"施曰："《临海异物志》：玉珧柱美如珧玉，《晋安海物异名记》：肉柱肤寸，美如珧玉，即江珧也。"查曰："郭璞《江赋》：玉珧海月，土肉石华。江邻几《杂志》：四明海物江瑶柱第一。介甫云：瑶字当作珧，如蛤蜊之类。韩文公所谓马甲柱也。"○王注引林子仁曰："腹腴，鱼腹下肥肉也。《礼记·少仪》云：冬右腴，夏右鳍。疏云：谓冬时阳气下在鱼腹，故右腴。黄鲁直谓鱼腹下肥处，燕人脍鲤方寸，切其腴以啖所贵，盖古风也。杜子美《设鲙歌》偏劝腹腴愧年少。"施曰："《艺苑雌黄》：河豚水族之奇味。《本草》：吴、越人春月甚珍贵之，尤重其腹腴，呼为西施乳。"○《世说新语·识鉴篇》

曰："张季鹰辟齐王东府掾，在洛以秋风起，因思吴中菰菜羹、鲈鱼脍曰：人生贵得适意尔，何能羁官数千里，见要名爵？遂命驾便归。"《晋书·文苑·张翰传》作菰菜莼羹。

黄鲁直

王阮亭曰："苏文忠公凌踔千古，独心折山谷之诗，数效其体，前人之虚怀如此。山谷虽脱胎于杜，其天姿之高，笔力之雄，自辟庭户，宋人作《江西宗派图》，极尊之，配食子美，要非山谷意也。"姚南青曰："涪翁以惊创为奇，其神兀傲，其气崛奇，玄思瑰句，排斥冥筌，自得意表，玩诵之久，有一切厨馔腥蝼而不可食之意。"方曰："入思深，造句奇，笔势健，足以药熟滑，山谷之长也。又须知其从杜公来，却变成一副面目，波澜莫二，所以能成一作手。乃知空同（李梦阳）优孟衣冠也。"又曰："山谷之妙，起无端，接无端，大笔如椽，转如龙虎，扫弃一切，独提精要之语，往往承接处中亘万里，不相联属，非寻常意计所及。此小家何由知之。"

送范德孺知庆州

任子渊（渊）《内集注》及黄子耕耆《山谷先生年谱》皆编此诗于元祐元年。任曰："按《实录》：元丰八年八月，直龙图阁京东运使范纯粹知庆州。此诗云：春风旌旗拥万夫，当是今年（即指元祐元年）春初方作此诗尔。"案《宋史·范仲淹传》曰："仲淹，字希文，其先邠州人也，后徙家江南，遂为苏州吴县人。四子纯祐、纯仁、纯礼、纯粹。纯粹字德孺。元丰中，为陕西转运判官，进为副，吴居厚为京东转运使。哲宗立，居厚败，命纯粹以直龙图阁往代之。复代兄纯仁知庆州。"

《元丰九域志》：“陕西永兴军路：庆州安化郡军事治安化县。”
今甘肃庆阳县治。

　　　　乃翁知国如知兵，塞垣草木识威名。

　　　　敌人开户玩处女，掩耳不及惊雷霆。吴北江曰：
“黄诗矜练之工，如此等处良为可爱。”

　　　　平生端有活国计，百不一试薶九京。以上文正。

　　　　阿兄两持庆州节，十年骐驎地上行。吴曰：“换意
与换韵参差错综，此诗通首纯用此法。”

　　　　潭潭大度如卧虎，边人耕桑长儿女。

　　　　折冲千里虽有馀，论道经邦政要渠。以上忠宣。

　　　　妙年出补父兄处，吴曰：“入题。”公自才力应时须。

　　　　春风旂旗拥万夫，幕下诸将思草枯。

　　　　智名勇功不入眼，可用折筸笞羌胡。

　　　□吴曰：“研练矜重，山谷正格。”

　　任注曰：“乃翁谓文正公仲淹。仁庙时，赵元昊反，公自请
守鄜延，徙知庆州，又为环庆路经略安抚使。决策取横山复灵
武，而元昊称臣。庆历中为参知政事。乃翁见《汉书·项羽
传》。”（《汉书》乃作迺，字同）。○《扬子法言·渊骞篇》曰：
“樗里子之智也，使知国如葬，则吾以疾为蓍龟。”《史记·陈涉
世家》曰：“今假王骄不知兵权。”○杜子美《捣衣诗》曰：“一
寄塞垣深。”○《旧唐书·张万福传》曰：“德宗以万福为濠州刺
史，召见谓曰：朕以为江、淮草木亦知卿威名。”○《孙子·九
地篇》曰：“始如处女，敌人开户，后如脱兔，敌不及拒。”
○《孙子·形篇》曰：“闻雷霆不为聪耳。”《兵争篇》曰：“动如
雷霆。”《淮南子·兵略篇》曰：“疾雷不及塞耳，疾霆不暇掩
目。”《旧唐书·李靖传》：靖曰：“兵贵神速，所谓疾雷不及掩

耳。"《新唐书》作震霆不及塞耳。○《文选》孙子荆《为石仲容与孙皓书》曰："爱民活国，（任注引作活国，曰俗本多作治国，非是。案：日本古钞本正作活国。）道家所尚。"又《南史·王珍国传》：高帝手敕云："卿爱人活国，甚副吾意。"○柳子厚《衡州刺史吕公诔》曰："万不试而一出焉，犹为当世甚重。"○《礼记·檀弓下》："文子曰：武也，得歌于斯，哭于斯，聚国族于斯，是全要领以从先大夫于九京也。"郑注曰："晋卿大夫之墓地在九原，京盖字之误，当为原。"○任曰："阿兄谓文正仲子忠宣公也。忠宣名纯仁，字尧夫，神宗熙宁七年十月知庆州，元丰八年哲宗即位，又自河中徙庆，事具《实录》及曾子开所作公墓志。《南史》：张融哭张绪曰：阿兄风流顿尽。"（《绪传》）○杜子美《骢马行》曰："肯使骐驎地上行！"○任曰："退之诗：潭潭府中居。（《符读书城南诗》。案：潭潭犹沉沉，《陈涉世家》《集解》引应劭：沉沉，宫室深远之貌也，音长含反。）此借用卧虎，言不动声色为敌人所畏，如《北史·王罴传》所谓老罴当道卧，貙子安得过者也。"《后汉书·董宣传》（《酷吏传》）曰："京师号为卧虎。"此借用。○边人，任注本人作头，此依《全集》。○杜子美《客堂诗》曰："别家长儿女。"○《晏子春秋·内篇杂上》曰："夫不出尊俎之间而知千里之外，其晏子之谓也，可谓折冲矣。"○曹子建《求自试表》曰："终军以妙年使越。"○《书·周官》曰："论道经邦。"（伪古文）○政，翁刻本作正。政，正之通借字。杜子美《忆弟诗》曰："吟诗正忆渠。"○杜子美《入秦行》曰："窦氏检察应时须。"○任曰："旂与旜同。"《文选》王子渊《四子讲德论》曰："甲士寝而旂旗仆。"○《文选》李少卿《答苏武书》曰："凉秋九月，塞外草衰。"○《孙子·形篇》曰："善战者之胜也，无智名，无勇功。"○《后汉书·邓禹传》："帝乃征禹还，敕曰：赤眉来东，吾折捶笞之。"案：捶乃箠之借字。《庄子·至乐篇》曰："撽以马捶。"《释文》曰：

"马杖也。"○《后汉书·窦融传》曰:"河西斗绝在羌、胡中。"

次韵子瞻题郭熙画秋山

任曰:"以东坡诗为次,东坡诗所谓'玉堂昼掩春日闲'(题作《郭熙画秋水平远》)即此韵。"又曰:"郭若虚《图画见闻志》云:郭熙,河阳温人。熙宁初,为御画院艺学,工画山水寒林。"(今本卷三熙宁初三字作今字。)案:任编此诗在元祐二年,与诸家所编苏诗次合。是年,子瞻为翰林学士,山谷为秘书省著作佐郎。

黄州逐客未赐环,江南江北饱看山。起二句先从昔年黄州看山衬起。

玉堂卧对郭熙画,发兴已在青林间。二句从玉堂画绾上黄州山。

郭熙官画但荒远,短纸曲折开秋晚。二句卸去玉堂春山画,折入本题秋山画,曲折分明。

江村烟外雨脚明,归雁行边馀叠巘。方曰:"二句顿住。"

坐思黄柑洞庭霜,恨身不如雁随阳。方曰:"二句入己,乃空中楼阁,妙。"

熙今头白有眼力,尚能弄笔映窗光。方曰:"二句驰取下二句。"

画取江南好风日,慰此将老镜中发。方曰:"二句点出宗旨。"

但熙肯画宽作程,十日五日一水石。方曰:"二句馀情远韵,力透纸背。"

任曰:"元丰二年,东坡责授黄州团练副使,本州安置。"

○《荀子·大略篇》曰:"绝人以玦,反绝以环。"杨注曰:"肉好若一谓之环,环有还义。"《白虎通·谏诤篇》引《孝经援神契》曰:"臣待放于郊,赐之环则反,(《御览·人事部》九十七引,则反作即还。)赐之玦则去。"○任曰:"《銮坡遗事》:淳化二年十月,太宗飞白书玉堂之署赐学士承旨苏易简。元祐元年秋,东坡迁翰林学士。"案《石林燕语》(卷七)曰:"学士院正厅曰玉堂,盖道家之名。(玉堂字见《汉书·扬雄传·解嘲》,不必出道家。)初李肇《翰林志》末言:居翰苑者皆谓凌玉清,遡紫霄,岂止于登瀛州哉?亦曰登玉堂焉。自是遂以玉堂为学士院之称,而不为榜。太宗时,苏易简为学士,上以红罗飞白玉堂之署四字赐之。易简即扃锼置堂上,每学士上事,始得一开视,最为翰林盛事。绍圣间,蔡鲁公(京)为承旨,始奏乞摹就杭州刻榜揭之,以避英宗讳,去下二字,止曰玉堂云。"《苕溪渔隐丛话前集》(卷四十二)引《蔡宽夫诗话》曰:"学士院旧与宣徽院相邻,今门下后省乃其故地,玉堂两壁有巨然画山、董羽水。宋宣献公(绶)为学士时,燕穆之(肃)复为六幅山水屏寄之,遂置于中间。元丰末既修两后省,遂移院于今枢密院之后,两壁既毁,屏亦莫知所在。今玉堂中屏乃待诏郭熙所作春江晓景,禁中官局多熙笔,而此屏独深妙,意若欲追配前人者。苏儋州尝赋诗云:玉堂昼掩春日闲,中有郭熙画春山。今遂为玉堂一佳物也。"○苏子瞻原诗曰:"离离短幅开平远,漠漠疏林寄秋晚。"此诗短纸即苏诗所云短幅也。○雨脚见卷二杜子美《茅屋为秋风所破歌》。○《诗·笃公刘》毛传曰:"巘,小山,别于大山也。"任曰:"米芾《书史》曰:唐人模王右军一帖云:奉橘三百颗,霜未降,未可多得。韦应物诗云:书后欲题三百颗,洞庭更待满林霜。(《答郑骑曹青橘绝句》)盖谓此也。"步瀛案:《山谷题跋》(卷七)曰:"韦苏州诗云云,余往以谓用右军帖云赠子黄柑三百者,比见右军一帖云,橘三百枚云云,苏州盖取诸此。"○随阳雁见卷一杜子美《登慈恩塔诗》及注。○镜中发,见卷二李太白《将进酒》。○十日一水五日一石,见卷二杜子美《戏题画山水图歌》。

双井茶送子瞻

任曰:"双井在洪州分宁县,山谷所居也。"《舆地纪胜》曰:"江南西路隆兴府(即洪州,南宋孝宗隆兴二年升为府。)双井在分宁西二十里,山谷所居之南溪,上有二井,土人汲以造茶,绝胜他处。"案:宋分宁县,今江西修水县治。又案:任注及《年谱》皆在元祐二年。

人间风日不到处,天上玉堂森宝书。方曰:"空中纵起。"

想见东坡旧居士,挥毫百斛泻明珠。

我家江南摘云腴,落硙霏霏雪不如。方曰:"二句入叙。"

为君唤起黄州梦,独载扁舟向五湖。方曰:"二句远势。"

任曰:"《梁四公记》曰:罗子春为梁武帝入龙洞求珠,得食如花药膏饴,食之香美,赍食至京师,得人间风日,乃坚如石,不可食。此句全用其字。《龙济颂》云:日月不到处,特地好乾坤。玉堂见上注。"○《文选》江文通《杂体诗·拟休上人》曰:"宝书为君掩。"李注引《道学传》曰:"夏、禹撰真灵之玄要,集天官之宝书。"○任曰:"苏公元丰二年谪黄州,筑室于东坡,自号东坡居士。"○杜子美《奉和贾至舍人早朝大明宫诗》曰:"诗成珠玉在挥毫。"张文昌《野老歌》曰:"西江估客珠百斛。"○任曰:"《神仙传》:太真夫人曰:九转丹四名朱光云碧之腴。"

（今本《神仙传》无此文。）○《说文》曰："硾，礦也，古者公输班作硾。"大徐音五对切。○魏武帝《苦寒行》曰："雪落何霏霏！"○杜牧之《遣怀诗》曰："十年一觉扬州梦。"○《越语下》曰："范蠡遂乘轻舟以浮于五湖。"

送谢公定作竟陵主簿

　　任注此诗及《奉答谢公静与荣子邕论诗》长韵皆附《谢公定和二范秋怀五首邀予同作》之后，曰："公静名谠，公定名惊，皆师厚之子。"案：师厚即山谷之妇翁，《黄氏二室墓志铭》曰："继室曰介休县君谢氏，故朝散大夫南阳谢公景初师厚之女。"（《外集》卷二十二）○任曰："竟陵县隶复州。"《舆地纪胜》曰："荆湖北路复州景陵郡：在汉即江夏之竟陵县地，石晋改竟陵为景陵郡，（原注引王密学琪《梦野亭记》曰：石晋时以讳易今名，盖晋高祖讳敬瑭也。）皇朝因之，神宗时废，以景陵县隶安州，寻复立复州，（原注曰：元祐元年。）治景陵县。"《清统志》曰："湖北安陆府：竟陵故县在天门县西北。"《宋史·职官志》曰："诸州上中下县主簿为从九品。"

　　谢公文章如虎豹，至今斑斑在儿孙。精警。
　　竟陵主簿极多闻，万事不理专讨论。
　　涧松无心古须鬣；天球不琢中粹温。
　　落笔尘沙百马奔；剧谈风霆九河飜。以上文学。
　　胸中恢疏无怨恩，当官持廉庭不烦。
　　吏民欺公亦可忍，慎勿惊鱼使水浑。以上吏治。
　　汉滨耆旧今谁存？驷马高盖徒纷纷。方曰："二句跌入。"
　　安知四海习凿齿？拄笏看度南山云。方曰："收妙。"

欧阳永叔《归田录》（卷上）曰："谢希深为奉礼郎，大年（杨亿字）尤喜其文，每见则欣然延接，既去则叹息不已。希深初以奉礼郎锁厅应进士举，以启事谒见大年，有云：曳铃其空，上念无君子者；解组不顾，公其如苍生何！大年自书此四句于扇曰，此文中虎也。"案：此诗所云虎豹者，似本此，则谢公当指希深，希深名绛，（欧阳永叔撰墓铭，王介甫撰行状。）师厚之父，公定之祖也。故云斑斑在儿孙。任注言谢公谓师厚，似未确。○《易·革》九五曰："大人虎变。"《象传》曰："其文炳也。"上六曰："君子豹变。"《象传》曰："其文蔚也。"○《文选·七启》李注曰："斑，虎文也。"○《后汉书·胡广传》曰："广字伯始，达练事体，明解朝章，故京师谚曰：万事不理问伯始。"○《论语·宪问篇》曰："世叔讨论之。"任曰："此借用以言专意问学。"○左太冲《咏史诗》曰："郁郁涧底松。"《酉阳杂俎》（卷十八）曰："松今言两粒五粒，粒当言鬣，成式修竹里私第大堂前有五鬣松两根，大财如椀。甲子年结实，味如新罗南诏者不别。五鬣松皮不鳞，中使仇士良水碮亭子在城东有七鬣者，不知自何而得。"○须，鬚之本字。《孔丛子·居卫篇》：子思曰："无此鬚鬣非侬所病也。"又曰："禹、汤、文、武及周公不以鬚眉美鬣为称也。"○《书·顾命》曰："天球河图在东序。"孔疏引郑注曰："天球，雍州所贡之玉色如天者。"○颜延年《陶征士诔》曰："贞夷粹温。"○枚叔《七发》曰："状如奔马。○《汉书·扬雄传》曰："口吃不能剧谈。"○《礼记·孔子闲居》曰："风霆流形。"○韩退之《杂诗》曰："泪如九河飜。"○《史记·范睢传》曰："一饭之德必偿，睚眦之怨必报。"○韩退之《襄阳卢丞墓志铭》曰："能持廉名。"○《左》文十年：子舟曰："当官而行。"○庭，任注本作且。○《汉书·翟方进传》曰："迁朔方刺史，居官不烦苛。"○《史记·曹相国世家》曰："参去，属其后相曰：以齐狱市为寄，慎勿扰也。"○《淮南子·说林篇》

曰："使水浊者鱼挠之。"○杜子美《示从孙济诗》曰："汲多井水浑。"○《水经·沔水篇》曰："又东过襄阳县北。"郦注引如淳曰："此方人谓汉水为沔水。"又曰："巾水又西迳竟陵县北，西注扬水，谓之巾口。扬水又北注于沔。"○《隋书·经籍志》（卷二）有《襄阳耆旧记》五卷，习凿齿撰。任注引作《襄阳耆旧传》，曰："汉末尝有四郡守、七都尉、二卿、两侍中，朱轩高盖会山下，因名冠盖山，里曰冠盖里。"○《汉书·于定国传》：于公曰："少高大门闾，令容驷马高盖车。"○杜子美《醉歌行》曰："世上儿子徒纷纷。"○四海习凿齿已见苏子瞻《送杨杰诗》注。案《晋书·习凿齿传》曰："字彦威，襄阳人也。博学洽闻，以文笔著称，桓温辟为从事，转西曹主簿。"○《晋书·王徽之传》曰："为桓冲骑兵参军，冲尝谓曰：卿在府日久，比当相料理。徽之初不答，直高视，以手版拄颊云：西山朝来致有爽气耳。"吴先生曰："以习凿齿比公定才行之高，以王徽之比公定襟怀之雅。"

次韵子瞻寄眉山王宣义

任注及《年谱》皆编此诗于元祐三年。任曰："王淮，字庆源，眉之青神人。东坡叔丈人也。晚以累举恩得官。"案：苏子瞻有《遗王庆源诗》，题云："庆源宣义王丈以累举得官，为洪雅主簿、雅州户掾，遇吏民如家人，人安乐之。既谢事，居眉之青神瑞草桥，放怀自得。有书来求红带，既以遗之，且作诗为献，请黄鲁直、秦少游各为赋一首，为老人光华。"又案《九域志》："成都府路眉州通义郡防御治眉山县。"今四川眉山县治。《文献通考·职官》十八曰："隋有游骑尉为散官，唐改为宣义郎。（从七品下）宋元丰更官制，以宣义郎换光禄卫尉寺将作监丞。"○任注本作《次韵子瞻以红带寄王宣义》，今依《全集》。

参军但有四立壁，初无临江千木奴。<small>跌宕。</small>

白头不是折腰具，桐帽棕鞵称老夫。

沧江鸥鹭野心性；阴壑虎豹雄牙须。

鹡鸰作裘初服在；猩血染带邻翁无。

昨来杜鹃劝归去，更待把酒听提壶。

当今人材不乏使，天上二老须人扶。

儿无饱饭尚勤书，<small>神来气来。</small>妇无复裈且着襦。

社瓮可漉溪可渔，更问黄鸡肥与癯。

林间醉著人伐木，犹梦官下闻追呼。

万钉围腰莫爱渠，富贵安能润黄垆？

　□意思曲折而神气跌宕，使人涵咏不尽。

《宋史·职官志》曰："诸曹官户曹参军掌户籍赋税仓库受纳。"案：苏子瞻称王为雅州户掾（见上），盖官雅州户曹参军也。○《史记·司马相如传》曰："家居徒四壁立。"○《御览·果部》三引《襄阳记》曰："李衡，字叔平，为丹阳太守。衡每欲治家，妻辄不听。密遣十人于武陵龙阳洲上作宅，种柑千树，临死敕儿曰：吾州里有千头木奴，（头字原作树，今依《初学记·果部》改。）不责汝衣食，岁上一匹绢亦足用矣。及甘橘成（此句依《初学记》）岁得绢数千匹。"○杜子美有《怀台州郑十八司户诗》曰："黄帽映青袍，非供折腰具。"○任曰："尝见山谷《答蜀人杨明叔简》云：桐帽本蜀人作，以桐木作而漆之，如今之帽。三十年前犹见之。棕鞵本出蜀中，今南方丛林亦作，盖野夫黄冠之意。明叔写此诗质于山谷，故其言云尔。"○《图画闻见志》（卷一）曰："隋朝用桐木黑漆为巾子，裹于幞头之内，前系二角，后垂二角，贵贱服之上。"○《礼记·曲礼上》曰："大夫七十自称曰老夫。"○任曰："苏叔党（过）所作《王元直墓表》（《斜川集》卷二作墓碑。）曰：季父庆源官于雅州（《斜川

集》作洪雅。）以论事不合，取官长怒，阳以罪去，谋于公。公
笑曰：古人不肯束带见督邮，彼何人哉？庆源服其语，即谢病
去。"○任彦升《赠郭桐庐诗》曰："沧江路穷此。"○杜子美
《愁诗》曰："盘涡鹭浴底心性。"○杜子美《游龙门奉先寺诗》
曰："阴壑生虚籁。"○韩退之《别赵子诗》曰："又尝疑龙虾，
果谁雄牙须？"《西京杂记》（上）曰："司马相如以所著鹔鹴裘就
市人阳昌贳酒。"○《离骚》曰："退将复修吾初服。"裴炎《猩
猩铭序》（《唐文粹》七十八）曰："猩猩在山谷行，常数百为群，
惟与酒兼之以屐，可以就擒。西国之人取其血染毳罽，色鲜不
黯。"（任注谓炎说出于《华阳国志》，案：今本无之。）○任曰：
"梅圣俞《四禽言·子规》云：不如归去。"案《尔雅翼》（卷十
四）曰："子巂，其鸣声若归去，故《尔雅》为巂，《说文》为子
巂，《太史公书》为秭鴂（《历书》），《高唐赋》为秭归，徐广为
子巂，字虽异而名同也。亦曰望帝，亦曰杜宇，亦曰杜鹃，亦曰
周燕，亦曰买鹃，名异而实同也。"○提壶见上欧阳永叔《啼鸟
诗》注。○《左传》襄三年曰："日君乏使，使臣斯司马。"○天
上二老，任曰："时文潞公、吕申公皆以大老平章军国重事。"
案：文潞公名彦博，字宽夫。吕申公名公著，字晦叔。《宋史》
皆有传。○韩退之《许国公神道碑》曰："进见上殿，拜跪给
扶。"杜子美《暮秋枉裴道州手札率尔遣兴诗》曰："此生已媿须
人扶。"韩退之《符读书城南诗》曰："诗书勤乃有。"○《晋书
·韩伯传》曰："伯年数岁，至大寒，母方为作襦，令伯捉熨斗
而谓之曰：且着襦，寻当作复袴。"○《世说新语·德行篇》曰：
"范宣洁行廉约，韩豫章（伯为豫章太守）遗绢百匹不受，减五
十匹，复不受，如是减半，遂至一匹。既终不受，韩后与范同
载，即车中裂二丈与范云：人宁可使妇无裈邪？范笑而受之。"
○杜牧之《郡斋独酌诗》曰："社瓮尔来尝。"○昭明太子《陶渊
明传》曰："取头上葛巾漉酒。"○李太白《南陵别儿童入京诗》

曰："白酒初熟山中归，黄鸡啄黍秋正肥。"〇韩致尧《醉著诗》曰："渔翁醉著无人唤。"〇任曰："闻伐木喧噪之声，犹以为追呼也。"〇《史记·酷吏·郅都传》曰："身固当奉职死节官下。"〇《隋书·杨素传》曰："赐万钉宝带。"〇《淮南子·览冥篇》曰："上际九天，下契黄垆。"高注曰："黄泉下垆土也。"〇《列子·杨朱篇》曰："馀名岂足润枯骨？"

戏答陈元舆

任注及《年谱》皆编此下二首于元祐二年。任曰："《实录》：元祐二年八月，陈轩为主客郎中，轩字元舆。"案《宋史·陈轩传》曰："建州建阳人。"

平生所闻陈汀州，蝗不入境年屡丰。
东门拜书始识面，鬓发幸未成老翁。
官饔同盘厌腥腻，茶瓯破睡秋堂空。
自言不复蛾眉梦，枯淡颇与小人同。顿住。
但忧迎笑花枝红，夜窗冷雨打斜风，
秋衣沉水换薰笼。
银屏宛转复宛转，意根难拔如薲本。

□深曲有味。〇吴先生曰："诗意言名利之难淡也，借蛾眉梦出之乃奇妙。"

《史记·高祖本纪》："诸父老皆曰：平生所闻刘季诸珍怪，当贵。"〇《明统志》福建汀州府《名宦》宋陈轩注曰："元丰中知汀州，治尚清静岂弟，黄庭坚诗"云云。〇《后汉书·鲁恭传》曰："拜中牟令，恭专以德化为理，不任刑罚，郡国螟伤稼，犬牙缘界不入中牟，河南尹袁安闻之，使仁恕掾肥亲往廉之，亲曰：今虫不犯境，此一异也；化及鸟兽，此二异也；竖子有仁心，此三异也。"○任曰："退之《送石洪序》曰：拜受书札于门内。此借用，当是拜诰于东上阁门。"○魏文帝《与吴质书》曰："志意何时复类昔日？已成老翁，但未白头耳。"○《周礼·天官·外饔》："掌宾客飧饔之事。"○任曰："药山（惟俨禅师）云：一切处放教枯淡去。"○《证类本草》（十二）引《南越志》曰："交州有蜜香树，欲取先断其根，经年后外皮朽烂，木心与节坚黑沉水者为沉香，浮水面平者为鸡骨香，最粗者为栈香。"又引陈藏器云："其马蹄鸡骨只是煎香，并堪薰衣去臭。"又见王介甫送《程辟知洪州诗》注。○《御览·服用部》十三引《刘向别录》曰："淮南王有《薰笼赋》。"《方言》五曰："籝，陈、楚、宋、魏之间谓之墙居。"郭注曰："今薰笼也。"《说文》曰："籯，笭也，可以薰衣。"○白乐天《长恨歌》曰："珠箔银屏迤逦开。"○任曰："释氏有六根之说，意根其一也。"步瀛案：六根者，谓眼、耳、鼻、舌、身、意六官也。根为能生之义，眼根对色境而生眼识耳。以下同，乃至意根对法境而生意识。《大乘义章》四曰："六根者对色名眼，乃至第六对法名意，此之六能生六识，故名为根。"○《后汉书·庞参传》曰："拜参为汉阳太守。郡人任棠者，有奇节，参到先候之，棠不与言，但以薤一大本、水一盂置户屏前，自抱孙伏于户下。参思其微意良久曰：水者，欲吾清也。拔大本薤者，欲吾击强宗也。抱儿当户，欲吾开门恤孤也。于是叹息而还。"

再答元舆

君不能入身帝城结子公，又不能击强有如诸葛丰。

法当憔悴百寮底，五十天涯一秃翁。方曰："起逆入，奇气杰句，跌宕有势。"

问君何自今为郎？便殿作赋声摩空。

偶然樽酒相劳苦，牛铎调与黄钟同。

安得朱幡各凭熊？

江南楼阁白蘋风，劝归唬鸟晓窗笼。

男儿邂逅功补衮，鸟倦归巢叶归本。方曰："收言不如归也。"吴先生曰："言功成当遂初服也。"

《汉书·陈咸传》曰："咸为南阳太守，时车骑将军王音辅政，信用陈汤。咸数赂遗汤，予书曰：即蒙子公力得入帝城，死不恨。后竟征入为少府。"《陈汤传》曰："汤字子公。"○《汉书·诸葛丰传》曰："丰字少季，琅邪人也。元帝擢为司隶校尉，举刺无所避。"○击强见上篇薤本注。○《史记·魏其武安传》："武安怒曰：与长孺共一老秃翁，何为首鼠两端？"○《史记·冯唐传》："文帝曰：父老何自为郎？"○李长吉《高轩过诗》曰："殿前作赋声摩空。"○《晋书·荀勖传》曰："勖于路逢赵贾人牛铎，识其声。及掌乐，音韵未调，乃曰得赵之牛铎则谐矣。遂下郡国，悉送牛铎，果得谐者。"《周书·长孙绍远传》曰："绍远为太常，创造乐器，为黄钟不调，绍远每以为意。尝因退朝，经韩使君佛寺前，浮图三层之上有鸣铎焉，忽闻其音雅合宫调，取而配奏，方始克谐，乃启世宗行之。"任曰："牛铎，山谷以自况，黄钟以比元舆，谓贵贱虽异，调韵则同。"○《汉书·景帝纪》曰："六年，令长吏二千石车朱两幡。"颜曰："据许慎、李登说，幡，车之蔽也，音甫元反。"《续汉书·舆服志》曰："公列侯倚鹿伏熊，黑幡朱斑轮。"案：倚谓倚较，伏谓伏轼。刘补注引《魏都赋》注曰："轼车横覆膝，人所凭止者也。"○任曰："古乐府《前溪歌》曰：当曙与未曙，百鸟啼窗笼。"○男儿二句，任曰："意谓功名之会时来则偶为之，初不必经意，至于税驾之地则不可不早计也。"○《诗·野有蔓草》曰："邂逅相遇。"毛传曰："邂逅，不期而会。"○《诗·烝民》曰："衮职有阙，维仲山甫补之。"○陶渊明《归去来辞》曰："鸟倦飞而知还。"《文选》鲍明远《玩月城西门诗》李善注引《翼氏风角》曰："木落归本，水流归末。"

王充道送水仙花五十枝欣然会心为之作咏

任注及《年谱》皆编此诗于建中靖国元年。案：是年四月，山谷至荆南，除吏部员外郎，再具辞免，遂留荆南待命，以至度岁。

凌波仙子生尘袜，水上轻盈步微月。

是谁招此断肠魂，种作寒花寄愁绝？方曰："奇思奇句。"

含香体素欲倾城，山矾是弟梅是兄。

坐对真成被花恼，出门一笑大江横。方曰："道老。"

曹子建《洛神赋》曰："凌波微步，罗袜生尘。"○《楚辞》有《招魂》。○杜子美《北风诗》曰："愁绝付摧枯。"任曰："应劭《汉官仪》：尚书郎含鸡舌香。此借用。"○陶渊明《答庞参军诗》曰："君其爱体素。"○山谷《戏咏高节亭边山矾花序》曰："江湖南野中有一种小白花，本高数尺，春开极香，野人谓之郑花。王荆公尝欲作诗而陋其名，予请名曰山矾，野人采郑花叶以染黄，不借矾而成色，故名山矾。"○杜子美《江上独步寻花诗》曰："江上被花恼不彻，无处告诉只颠狂。"○任曰："山谷在荆州，与李端叔帖云：数日来骤暖，瑞香、水仙、红梅皆开，明窗静室，花气撩人，似少年都下梦也。但多病之馀懒作诗尔。山谷时寓荆渚沙市，故有大江横之句，老杜诗：'鸡虫得失无了时，注目寒江倚山阁。'（《缚鸡行》）山谷句意类此。"

陈齐之（长方）《步里客谈》（卷下）曰："古人作诗断句旁

入他意，最为警策。如老杜云：鸡虫得失无了时，注目寒江倚山阁，是也。黄鲁直作水仙花诗，亦用此体云：坐对真成被花恼，出门一笑大江横。至陈无己云：李、杜齐名吾岂敢，晚风无树不鸣蝉。则直不类矣。"

书摩崖碑后

任注及《年谱》皆编此诗于崇宁三年。《年谱》曰："先生有真迹石刻，题云：崇宁三年（当补三月二字）己卯（初六日）风雨中来泊浯溪，进士陶豫、李格、僧伯新、道遵同至《中兴颂》崖下。明日，居士蒋大年、石君豫、大医成权及其侄逸、僧守能、志观、德清、义明、崇广俱来。又明日，萧褒及其弟襄来。三日襄回崖次，请予赋诗。老矣岂复能文？强作数语，惜秦少游下世，不得此妙墨劙之崖石耳。又按王仲言（明清）《挥麈后录》云：崇宁三年，太史赴宜州贬所，是时外祖曾空青坐钩党先徙是郡，太史留连逾月，极其欢洽，相与酬倡，如《江槛书事》之类（《后录》原有是也二字），帅游浯溪，观《中兴碑》，太史赋诗书姓名于左，外祖急止之曰：公诗文一出，即日传播，某方为流人，岂可出郊？公又远徙，蔡元长（京）当轴，岂可不过为之防耶？太史从之。但诗中云：亦有文士相追随，盖为外祖而设。（《后录》卷七止此）空青即公卷（亦作衮），名纡。"案欧阳永叔《集古录跋尾》（卷七）曰："《大唐中兴颂》，元结撰，颜真卿书。书字尤伟，而文辞古雅。碑在永州，摩崖石而刻之。"《清统志》曰："湖南永州府：磨崖碑在祁阳县南浯溪北崖石上，镌唐元结所撰《大唐中兴颂》，颜真卿书。"

春风吹船着浯溪，扶藜上读《中兴碑》。
平生半世看墨本，摩挲石刻鬓成丝。吴北江曰：

"二句顿挫。"

> 明皇不作包桑计，颠倒四海由禄儿。
> 九庙不守乘舆西，万官已作乌择栖。
> 抚军监国太子事，何乃趣取大物为？词义严正。
> 事有至难天幸尔，上皇蹢躅还京师。
> 内间张后色可否；外间李父颐指挥。
> 南内凄凉几苟活，高将军去事尤危。
> 臣结舂陵二三策；臣甫杜鹃再拜诗。
> 安知忠臣痛至骨？世上但赏琼琚词。沉郁顿挫。
> 同来野僧六七辈，亦有文士相追随。
> 断崖苍藓对立久，涑雨为洗前朝悲。

□神似杜老而不袭其貌，是为作家。

元次山（结）《浯溪铭序》曰："浯溪在湘水之南，北汇于湘，爱其胜异，遂家溪畔。溪世无名称者也，为自爱之，故命曰浯溪。"《清统志》曰："湖南永州府：浯溪在祁阳县西南五里。"○平生二句，任注曰："言垂老方见真刻。"案：崇宁三年，山谷年六十岁。○韩退之《石鼓歌》曰："谁复着手为摩挲？"○《易·否》上九曰："其亡其亡，系于包桑。"○元微之《连昌宫词》曰："庙谟颠倒四海摇。"○《新唐书·逆臣传》曰："安禄山，营州柳城胡也。天宝元年，以平卢为节度，禄山为之使，兼柳城太守，押两蕃渤海、黑水四府经略使。明年，进骠骑大将军。又明年，代裴宽为范阳节度、河北采访使，仍领平卢军。时杨贵妃有宠，禄山请为妃养儿，帝许之。封柳城郡公，又进东平郡王，兼河东节度使。"○《新唐书·礼乐志》曰："开元十年，诏宣皇帝复祔于正室，谥为献祖，并谥光皇帝为懿祖。又以中宗还祔太庙，于是太庙为九室。"○《独断》（卷上）曰："天子至尊不敢亵渎言之，故托于乘舆。"《旧唐书·玄宗纪》曰："天宝十五载六月，潼关不守，京师大骇。甲午，谋幸蜀。乙未凌晨自延秋门出。"○任曰："乌字或作鸟，非。古乐府有《乌栖曲》。"《史记·孔子世家》曰："鸟能择木，木岂能择鸟乎？"（本《左》哀十一年）姚南青曰："万官句谓群臣之向灵武而背上皇，杜子美所谓攀龙附凤者也。"（见《洗兵马诗》）○《左》闵二年：里克曰："太子君行则守，有守则从，从曰抚军，守曰监国。"○任曰："《唐书·肃宗纪》：《禄山》反，天宝十五载，玄宗避贼，行至马嵬，父老请留太子讨贼，玄宗许之。太子治兵于朔方，七月，即帝位于灵武，尊皇帝曰上皇天帝。"《本纪赞》曰："肃宗虽不即尊位，亦可以破贼。"《庄子·在宥篇》曰："夫有土者有大物也。"《让王篇》曰："天下大器也。"○元次山《大唐中兴颂》曰："事有至难，宗庙再安，二圣重欢。"○《史记·骠骑将军传》曰："军亦有天幸，未尝困绝也。"○《诗·正月》曰："谓天盖高，不敢不局。谓地盖厚，不敢不蹐。"毛传曰："局，曲也。蹐，累足也。"《释文》曰："局，本又作跼。"○《旧唐书·肃宗纪》曰："至德二载冬十月，诏曰：缘京城初收，要安百姓，又洒扫宫阙奉迎上皇，以今月十九日还京。十二月丙午，上皇至自蜀。"○《新唐书·后妃传》曰："肃宗废后庶人张氏，邓州向城人，家徙新丰。立为皇后，稍稍豫政事，与李辅国相倚，又与辅国谋徙上皇西内。"○《旧唐书·宦官传》曰："李辅国少为阉，至德二年，进封郕国公。中贵人不敢呼其官，但呼五郎。宰相李揆事辅国，执子弟之礼，谓之五父。上皇自蜀还京，居兴庆，持盈公主往来宫中，辅国尝阴候其隙而间之。上元元年，上皇尝登长庆楼，与公主语，剑南奏事官过朝谒，上皇令公主及如仙媛作主人。辅国乃奏曰：南内有异谋。矫诏移上皇居西内，送持盈于玉真观，高力士等皆坐流窜。"○《汉书·贾谊传》：谊上疏曰："力制天下，颐指如意。"○《旧唐书·地理志》曰："南内曰兴庆宫，在东内之南隆庆坊，本玄

宗在藩时宅也。"○《新唐书·宦者传》曰："高力士以诛萧、
岑等功，为右监门卫将军。肃宗在东宫，兄事力士，帝或不名
而呼将军，加累骠骑大将军，封渤海郡公，上皇徙西内，居十
日，为李辅国所诬，长流巫州。"○元次山《道州谢上表》曰：
"臣以五月二十二日（广德二年）到州上讫，耆老见臣，俯伏
而泣。官吏见臣，已无菜色。城池井邑，但生荒草，登高极
望，不见人烟。岭南数州，与臣接近，馀寇蚁聚，尚未归降。
臣见招辑流亡，率劝贫弱，保守城邑，畬种山林，冀望秋后少
可全活。臣料今日州县堪征税者无几，已破败者实多，百姓恋
坟墓者盖少，思流亡者乃众，则刺史宜精选谨择以委任之，固
不可拘限官次，得之货贿，出之权门者也。凡授刺史，特望陛
下一年问其流亡归复几何，田畴垦辟几何；二年问畜养比初年
几倍，可税比初年几倍；三年计其功过，必行赏罚。则人皆不
敢冀望侥幸，苟有所求。"《再谢上表》曰："今四方兵革未宁，
赋敛未息，百姓流亡转甚，官吏侵克日多，实不合使凶庸贪猥
之徒、凡弱下愚之类，以货赂权势而为州县长官。伏望陛下特
加察问，举其功过，必行赏罚，以安苍生。"姚南青谓所云二
三策者，即斥谢表两通中语是也。春陵即道州。次山《春陵
行》序曰："癸卯漫叟（次山自号）授道州刺史，此州是春陵
故地，故作《春陵行》以达下情。"《清统志》曰："湖南永州
府：春陵故城在宁远县西。"《孟子·尽心下》曰："吾于《武
成》取二三策而已矣。"任曰："此借用。"○杜子美《杜鹃诗》
曰："我见常再拜，重是古帝魂。"《北征诗》曰："臣甫愤所
切。"○《史记·刺客传》：樊於期曰："每常念之，痛于骨
髓。"○韩退之《祭柳子厚文》曰："玉佩琼琚，大放厥词。"
《尔雅·释天》曰："暴雨谓之涷。"《楚辞·九歌·大司命》
曰："使涷雨兮洒尘。"案：涷或作冻（凍），误。山谷此诗作
于三月，不应言冻雨也。

送张材翁赴秦签

史公仪（容）《外集注》及《年谱》皆编此诗于元祐元年。又山谷有《次韵张仲谋过酴醿池寺斋诗》曰："十年醉锦幄，酴醿照金沙。敧眠春风底，不去留君家。是时应门儿，紫兰茁其芽。"与此诗起数句情事相同。又云："诸阮有二妙，能诗定自嘉。"此诗任注及《年谱》亦编于元祐元年，疑此诗所云公家诸父，或即仲谋，而彼诗所称为二阮者，或材翁其一耶！任、史注皆云仲谋名询，而史于材翁无注，其事不可考矣。○《元丰九域志》："秦凤路秦州天水郡雄武军节度，治成纪县。"今甘肃天水县治。《宋史·职官志》，幕职官有签书判官厅公事。故诗云将军幕下士也。

> 金沙酴醿春纵横，吴曰："逆起。"提壶栗留催酒行。
> 公家诸父酌我醉，横笛送晚延月明。
> 此时诸儿皆秀发，酒间乞书藤纸滑。
> 北门相见后十年，醉语十不省七八。
> 吏事衮衮谈赵张，吴曰："逆折。"乃是樽前绿髪郎。
> 风悲松丘忽三岁，更觉绿竹能风霜。
> 去作将军幕下士，犹闻防秋屯虎兕。
> 只今陛下思保民，所要边头不生事。
> 短长不登四万日，愚智相去三十里。
> 百分举酒更若为，千户封侯傥来尔。

□吴曰："此首以章法逆折为奇，收四句兀臬，是山谷意态。"

王介甫有《酴醿金沙合发诗》，又有《池上看金沙花数枝过酴醿架盛开诗》。山谷亦有《以金沙酴醿寄公寿诗》。○提壶、栗留俱见欧阳永叔《啼鸟诗》注。○《新唐书·地理志》曰："江南道：厥贡藤纸丹砂。"○北门，史注曰："谓北京教授时。"案《宋史·文苑·黄庭坚传》曰："熙宁初举四京学官，第文为优，教授北京国子监，留守文彦博才之，留再任。"《年谱》曰："熙宁五年壬子，先生是岁试中学官，除北京园子监教授。"案：山谷自此在北京凡六年，此云十年，当在元丰八九年时也。○衮衮见卷二杜子美《醉时歌》注。○《汉书·赵广汉传》曰："为京兆尹，廉明威制豪强，小民得职。"《张敞传》曰："守京兆尹，枹鼓稀鸣，市无偷盗。"又《赞》曰："自孝武置左冯翊、右扶风、京兆尹，而吏民为之语曰：前有赵、张，后有三王。"○风悲松丘，史注曰："言其居忧也。"案《文选·古诗十九首》李注引仲长子《昌言》曰："古之葬者松柏梧桐以识其墓。"○史注引《汉书·严助传》："不能其水土。"颜师古："能，堪也。"案：能、耐字通，《礼记·礼运》："圣人耐以天下为一家。"郑注曰："耐，古能字。"《汉书·食货志上》："能风与旱。"《晁错传》："其性能寒。"颜注皆曰："能读曰耐。"○韩退之《寄卢仝诗》曰："水北山人得名声，去年去作幕下士。"○《新唐书·陆贽传》曰："西北边岁调河南、江、淮兵，谓之防秋。"○史注曰："太白云：百年三万六千日。（《襄阳歌》）人寿短长多不及此数也。《南史·袁峻传》：抄书自课，日五十纸，数不登则不止。此摘其字。"○《世说新语·捷悟篇》曰："魏武尝过曹娥碑下，杨修从碑背上见题作黄绢幼妇外孙齑臼八字。魏武谓修曰：解不？答曰：解。魏武曰：卿未可言，待我思之。行三十里，魏武乃曰：吾已得。令修别记所知。修曰：黄绢，色丝也，于字为绝。幼妇，少女也，于字为妙。外孙，女子也，于字为好。齑臼，受辛也，于字为辞。所谓绝妙好辞也。魏武亦记之，与修同。乃叹曰：我才不及卿，乃觉三十里。"○《乐府诗集》（卷二十五）《隔谷歌》曰："食粮乏尽若为活？"吴北江曰："诗人用若为，犹言如何也。"○《庄子·缮性篇》曰："轩冕在身，非性命也，物之傥来寄也。寄之，其来不可圉，其去不可止。"

陆务观

陆游，字务观，号放翁，越州山阴人。荫补登仕郎。宋孝宗即位，赐进士出身。范成大帅蜀，务观为参议官。嘉泰三年，升宝章阁待制致仕。嘉定三年卒。《宋史》有传。○王阮亭曰："南渡气格下东都远甚，唯陆务观为大宗。七言逊杜、韩、苏、黄诸大家，正坐沉郁顿挫少耳。要非馀人所及。"姚南青曰："放翁兴会飙举，辞气踔厉，使人读之发扬矜奋，起痿兴痹矣。然苍黯蕴蓄之风盖微，所谓无意为文而意已独至者尚有待欤！"

石首县雨中系舟戏作短歌

此宋孝宗乾道六年放翁赴夔州通判任过石首县作也。放翁《入蜀记》（卷五）曰："九月十二日石首，过县不入。石首自唐始为县，在龙盖山之麓，下临汉水，亦形胜之地也。泊藕池。"《舆地纪胜》曰："荆湖北路江陵府石首县：在府东二百里。"《清统志》曰："湖北荆州府石首县：在府城东一百八十里，以山为名。"

庚寅去吴西适楚，秋帆孤舟泊江渚。

荒林月黑虎欲行；古道人稀鬼相语。

鬼语亦如人语悲，吴北江曰："入鬼语奇幻。"楚国繁华非昔时。

章华台前小家住，茆屋雨漏秋风吹。

悲哉秦人真虎狼，吴曰："突起横接。"欺负六国囚侯王。

亦知兴废古来有，吴曰："凭空顿断，所谓逆接也。"但恨不见秦先亡。

开窗酹汝一杯酒，等为亡国秦更丑。

骊山冢破已千年，至今过者无伤怜。

□姚曰："金源之欺赵氏，甚于秦之欺楚，其终灭于弱宋，岂非天哉？读放翁此诗，为之慨然。"吴曰："意亦寻常，以鬼语出之，便妙绝沉痛。"

钱辛楣（大昕）《陆放翁先生年谱》曰："乾道六年庚寅，将赴夔州任，闰五月十八日始行，二十日渡江出北关登舟，六月五日抵秀州，十日至平江，十七日至镇江，七月一日抵真州，五日至建康府，十一日江行泊太平州江口，十九日至芜湖县，二十四日到池州，二十八日过东流县，八月二日抵江州，十八日至黄州，二十三日至鄂州，九月十二日过石首县。"○苏子瞻《宿南山中蟠龙寺诗》曰："风生饥虎啸空林，月黑惊麏窜修竹。"○《齐策》三曰："孟尝君将入秦，苏秦（当依《史记·苏秦传》作苏代）欲止之。孟尝曰：人事者吾已尽知之矣，吾所未闻者独鬼事耳。苏秦曰：臣之来也，固且以鬼事见君。今者臣来过于淄上，有土偶人与桃梗相与语。"○《左传》昭七年："楚子成章华之台。"杜注曰："台在今华容城内。"《清统志》曰："湖北荆州府：章华台在监利县西北。"○《汉书·霍光传》曰："乐成小家子。"乐府《古碧玉歌》曰："碧玉小家女。"○《楚策》一：苏秦说楚威王曰："夫秦，虎狼之国也。"○《汉书·韩延寿传》曰："徙为东郡太守，接待下吏，恩施甚厚，而约誓明，或欺负之者，延寿痛自刻责。"○《说文》曰："酹，餟祭也。"《玉篇》曰："以酒祭地也，力昧切。"《世说新语·雅量篇》曰："太元末，长星见，孝武心甚恶之，夜华林园中饮酒，举杯属长星云：长星劝汝一杯酒！"○《汉书·刘向传》：向上疏曰："秦始皇帝葬于骊山之阿，下锢三泉，上崇山坟，骊山之作未成，而周章百万之师至其下矣。项籍燔其宫室营宇，往者咸见发掘，其后牧儿亡羊，羊入其凿，牧者持火照求羊，失火烧其臧椁。"

绵州录事参军厅观姜楚公画鹰少陵为作诗者

杜子美有《姜楚公画角鹰歌》。黄叔似补注曰："此宝应元年至绵州时作。"《历代名画记》（卷九）曰："姜皎，上邽人，善画鹰鸟。玄宗在藩时为尚衣奉御。即位，累官至太常卿，封楚国公。"《宋史·职官志》曰："录事参军掌州院庶务，纠诸曹稽违。"又《地理志》："成都府路绵州治巴西县。"案：在今四川绵阳县东北。《年谱》曰："乾道八年十一月，改除成都府安抚司参议官，复自汉中适成都，入西川境，到绵州录参厅观姜楚公画鹰。"

我来访古涪之滨，不辞百罔冀一真。
走马朝寻海棕馆；斫脍夜醉鲂鱼津。
越王高楼亦已换，俯仰今古堪悲辛。
督邮官舍最卑陋，栋桡楹腐知几春。
岿然此壁独无恙，老槎劲翮完如新。
向来劫火何自免？叱呵守护疑有神。
狐狸九尾穴中国，共置不问如越秦。
他时此物合致用，下韝指呼端在人。
会当原野洒毛血，坐令万里清烟尘。
老眼还忧不及见，诗成肝胆空轮囷。吴曰："后半顿开，发绝大感慨，神似杜公。"

《水经·涪水》注曰："涪水出广汉刚氏道徼外，东南流迳涪县西，又东南迳绵竹县北。"《清统志》曰："四川绵州：涪水在州东北。"○《新唐书·后妃传·代宗睿真皇后沈氏传》曰："帝谓左右，吾宁受百罔，冀一得真。"○杜子美《海棕行》曰："左绵公馆清江濆，海棕一株高入云。"黄叔似曰："棕在绵州，乃宝应元年至绵州时作。"案：棕、棕字同。○杜子美《观打鱼歌》曰："绵州江水之东津，鲂鱼鳞鳞胜似银。"又曰："饔子左右挥霜刀，鲙飞金盘白雪高。"案：脍、鲙字同。○杜子美《越王楼歌》曰："绵州州府何磊落？显庆年中越王作。孤城西北起高楼，碧瓦朱甍照城郭。"朱注引《绵州图经》曰："越王楼在绵州城外西北，有台高百尺，上有楼，下瞰州城。唐高宗显庆中，太宗子越王贞为绵州刺史作。"《清统志》曰："绵州越王楼在废州城西北。"○《通典·职官》（十五）曰："督邮，汉有之，掌监属县。"○《易·大过》孔疏曰："栋桡谓屋栋桡柔也。"○《文选》王文考《鲁灵光殿赋序》曰："遭汉中微，盗贼奔突，自西京未央、建章之殿皆见隳坏，而灵光岿然独存。"李善注曰："岿然，高大坚固貌也。"○《宣和画谱》（卷十二）曰："宋迪多喜画松，而枯槎老枿，或高或偃，或孤或双，以至于千株万株，森森然殊可骇也。"○《艺文类聚·鸟部》中引傅玄《鹰赋》曰："劲翮二六。"○白乐天《赠刘道士诗》曰："苦海不能漂，劫火不能焚。"○韩退之《石鼓歌》曰："鬼物守护烦㧑呵。"○《山海经·大荒东经》曰："有青丘之国，有狐九尾。"○韩退之《争臣论》曰："视政之得失，若越人视秦人之肥瘠，忽然不加喜戚于其心。"○杜子美《白鹰诗》曰："百中争能耻下韝。"又《画鹰诗》曰："何当击凡鸟，毛血洒平芜。"○《汉书·邹阳传》：《从狱中上书》曰："蟠木根柢，轮囷离奇。"注引张晏曰："委曲盘戾也。"韩退之《别元十八协律诗》曰："肝胆还轮囷。"

长歌行

古乐府有《长歌行》。《古今注》（卷中）《音乐篇》曰：
"长歌、短歌言人生寿命长短定分不可妄求也。《文选》乐府
《长歌行》李注曰：《古诗》曰：长歌正激烈。魏武帝《燕歌
行》曰：短歌微吟不能长。傅玄《艳歌行》曰：咄来长歌续短
歌。然行声有长短，非言寿命也。"《乐府古题要解》（卷上）
曰："古诗：青青园中葵，朝露待日晞。言荣华不久，当努力
为乐，无至老大乃伤悲也。曹魏改奏文帝所赋西山一何高，言
仙道洪濛不可识，如王乔、赤松皆空言虚辞，迂怪难信，当观
圣道而已。若晋陆士衡逝矣经天日，复言人运短促，当乘闲长
歌，不与古文合。"

人生不作安期生，醉入东海骑长鲸。
犹当出作李西平，手枭逆贼清旧京。
金印煌煌未入手；吴曰："逆折。"白发种种来无情。
成都古寺卧秋晚，落日偏傍僧窗明。
岂其马上破贼手，吴曰："平空提起，意态英伟非
常。"哦诗长作寒螀鸣？
兴来买尽市桥酒，大车磊落堆长瓶。
哀丝豪竹助剧饮，如钜野受黄河倾。吴曰："满腹
牢骚之气。"
平时一滴不入口，吴曰："转笔不测。"意气顿使
千人惊。
国雠未报壮士老，吴曰："撑挺。"匣中宝剑夜有
声。吴曰："淋漓酣纵。"
何当凯旋宴将士，三更雪压飞狐城？

□方植之以此诗为放翁压卷。吴曰："放翁豪横处自臻绝诣。"

《史记·封禅书》："少君言上曰：臣尝游海上，见安期生，安期生食臣枣，大如瓜。"《列仙传》曰："安期先生者，琅琊阜乡人也。卖药于东海边，时人皆言千岁翁。秦始皇东游，请见与语三日三夜去，留书以赤玉舄一量为报曰：后数年求我于蓬莱山。"〇东海骑鲸，已见苏子瞻《送杨杰诗》注。〇《新唐书·李晟传》曰："晟字良器，洮州临潭人。拜凤翔、陇西、泾原节度使，兼行营副元帅，徙王西平郡。"〇《新唐书·德宗纪》曰："建中三年十月，泾原节度使姚令言反，犯京师。戊申，如奉天，朱泚反。兴元元年三月壬辰，次梁州。五月壬辰，尚可孤及朱泚战于蓝田之西，败之。乙未，李晟又败之于苑北，又败之于白华，复京师。六月癸卯，姚令言伏诛。甲辰，朱泚伏诛。"《说文·木部》曰："枭，不孝鸟也。故日至捕枭磔之，从鸟头在木上。"〇《史记·蔡泽传》："泽谓其御者曰：吾怀黄金之印，结紫绶于要。"《晋书·周顗传》："顗曰：取金印如斗大系肘。"〇《左》昭三年：卢蒲嫳曰："余发如此种种。"杜注曰："种种，短也。"〇《魏书·傅永传》："高祖每叹曰：上马能击贼，下马作露布，惟傅修期耳。"〇《礼记·月令》曰："孟秋之月，寒蝉鸣。"郑注曰："寒蝉、寒蜩，谓蜺也。"《尔雅·释虫》曰："蜺，寒蜩。"郭注曰："寒螀也，似蝉而小青赤。"〇《华阳国志·蜀志》曰："蜀郡少城，西南两江有七桥，石牛门曰市桥。"《清统志》曰："四川成都府：市桥在成都县西四里。"〇杜子美《醉为马坠诸公携酒相看诗》曰："初筵哀丝动豪竹。"〇《史记·河渠书》曰："元光之中而河决于瓠子，东南注钜野，通于淮、泗。"《正义》引《括地志》曰："郓州钜野县东北大泽是。"《清统志》曰："山东曹州府：钜野泽在钜野县北五里。"〇《魏志·邴原传》裴注引《邴原别传》曰："原旧能饮酒，自行之后八九年间，酒不向口，临别师友以原不饮酒，会米肉送原。原曰：本能饮酒，但以荒思废业，故断之耳。今当远别，因见贶饯，可一饮燕。于是共坐饮酒，终日不醉。"○《宋史·叶颙传》曰："曹泳许荐于朝，颙固辞，贺正中荐颙，遂召见，颙论国雠未复，中原之民日企銮舆之反，其语剀切。"○《周礼·大司马》郑注曰："兵乐曰凯。"○飞狐已见苏子瞻《雪浪石诗》注。

登灌口庙东大楼观岷江雪山

《元和郡县志》曰："剑南道彭州导江县：灌口镇在县西二十六里，望帝祠在灌口镇城内。"又曰："松州嘉诚县：雪山在县东八十里，春夏常有积雪，故名。"又曰："茂州汶山县：汶山即岷山也，南去青山、石山百里，天色晴明，望见成都山岭停雪，常深百丈，夏月融泮，江川为之洪溢。汶江自翼州南流，经县二里。"又曰："汶川县：大江水一曰汶江，至汶山故郡乃广二百步。"又曰："柘州柘县：大雪山一名蓬婆山，在县西北一百里。"《九域志》曰："成都府路彭州导江县有大江。"《清统志》曰："四川成都府灌县在府西一百二十五里，岷江出岷山北。旧志云：亦曰汶江。雪山在灌县西南一百里。"案：四川雪山非一，此诗殆即指灌县西南之雪山。

我生不识柏梁建章之宫殿，安得峩冠侍游宴？
又不及身在荥阳、京、索间，擐甲横戈夜酣战。
胸中迫隘思远游，泝江来倚岷山楼。
千年雪岭栏边出；万里云涛坐上浮。吴曰："二句写景极远大，开出下文。"
禹迹茫茫始江汉，疏凿功当九州半。吴曰："凭空特起，奇情伟抱。"

丈夫生世要如此，赍志空死能无叹？
白发萧条吹北风，手持卮酒酹江中。
姓名未死终磊磊，要与此江东注海。

　　□吴曰："豪宕壮激。"

《汉书·武帝纪》曰："元鼎二年春，起柏梁台。"颜师古注曰："《三辅旧事》云：以香柏为之。"○《史记·封禅书》曰："柏梁栽，勇之乃曰，越俗有火栽，复起屋必以大用胜服之。于是作建章宫，度为千门万户。"○韩退之《示儿诗》曰："羲冠讲唐虞。"○《史记·项羽本纪》曰："常乘胜逐北，与汉战荥阳、京、索间。"《正义》引《括地志》曰："京县城在郑州荥阳县东南二十里。荥阳县即大索城。杜预云：成皋东有大索城，又有小索故城，在荥阳县北四里。"《清统志》曰："河南开封府京县故城在荥阳县东南，古大索城，今荥阳县，荥阳故城在荥泽县西南。"○《左传》成二年曰："擐甲执兵，固即死也。"○《吕氏春秋·贵直论》曰："行人烛过免胄横戈而进。"○《楚辞·远游》曰："悲时俗之迫厄兮，愿轻举而远游。"○《左传》襄公四年：魏绛述辛甲《虞人之箴》曰："芒芒禹迹，画为九州。"○《书·禹贡》曰："导漾水东流为汉。"又曰："岷山导江。"○《史记·高祖本纪》："高祖喟然太息曰：大丈夫当如此也。"○郭景纯《江赋》曰："巴东之峡，夏后疏凿。"○江文通《恨赋》曰："赍志没地。"○《隋书·贺若弼传》曰："将渡江，酹酒而呪曰：弼亲承庙略，伐罪吊民，上天长江，鉴其若此。"○《晋书·石勒载记》："勒曰：大丈夫行事，当礌礌落落，如日月皎然。"案：礌与磊同。○《艺文类聚·水部》下引郭璞《井赋》曰："守虚静以玄澹兮，不东流而注海。"

渔　翁

江头渔家结茆庐，青山当门画不如。

江烟淡淡雨疎疎，老翁破浪行捕鱼。

恨渠生来不读书，江山如此一句无。吴曰："忽发
奇想，妙趣天然。"

我亦衰迟惭笔力，共对江山三叹息。

□方曰："妙作。"

李太白《行行且游猎篇》曰："生平不读一字书。"《五灯会
元》卷四："赵州观音院从谂禅师，僧问如何是赵州一句，师曰：
老僧半句也无。"〇《宋书·宗悫传》："悫曰：愿乘长风破万里
浪。"〇苏子瞻《和王晋卿送梅花诗》曰："知君对花三叹息。"

元裕之

元好问，字裕之，号遗山，太原秀容人。系出拓跋魏，故姓
元氏。金兴定五年登进士第。历镇平、内乡、南阳县令，除左司
都事，转尚书左司员外郎。天兴初入翰林，知制诰。金亡，不
仕。《金史》入《文艺传》。〇王阮亭曰："裕之七言妙处或追东
坡而轶放翁。"姚南青曰："遗山才力微逊前人，而才与情称，气
兼壮逸，与会所诣，殊觉苍凉而酿至。"

赤壁图

《吴志·吴主传》曰："建安十三年，荆州牧刘表死，鲁肃
乞奉命吊表二子，且以观变。肃未到而曹公已临其境，表子琮
举众以降。刘备欲南济江，肃与相见，因传权旨，为陈成败。

备进住夏口，使诸葛亮诣权，权遣周瑜、程普为左右督，各领万人，与备俱进，遇于赤壁，大破曹公军，公烧其馀船引退。"《水经·江水》注曰："江水右迳赤壁山北，昔周瑜与黄盖诈魏武大军所也。"《清统志》曰："湖北武昌府：赤壁山在嘉鱼县东北江滨。"○《中州集》有李致美《题武元真赤壁图诗》。

　　马蹄一蹴荆门空，鼓声怒与江流东。吴曰："突兀瑰玮。"

　　曹瞒老去不解事，误认孙郎作阿琮。

　　孙郎矫矫人中龙，顾盼叱咤生云风。

　　疾雷破山出大火，旗帜北卷天为红。吴曰："点染酣恣。"

　　至今图画见赤壁，髯髯烧虏留馀踪。吴曰："顿束满足。"

　　令人长忆眉山公，方曰："抗坠不测，两事合并处，接得神气凑泊，音响明彻。"载酒夜俯冯夷宫。

　　事殊兴极忧思集；天澹云闲今古同。吴曰："总结。"

　　得意江山在眼中，吴曰："挺起。"凡今谁是出群雄？吴曰："此句见自己身分。"

　　可怜当日周公瑾，鬒领黄州一秃翁。

　　□吴曰："令人句从图画句生出。后两句言少年以天下自任，不谓衰老如此也。章法虽极奇肆，要自细意熨贴，针迹天成，方无粗才凌躐之弊。"

　　《魏志·武帝纪》曰："建安十三年秋七月，公南征刘表。八月，表卒，其子琮代屯襄阳，刘备屯樊。九月，公到新野，琮遂降，备走夏口。公进军江陵。十二月，孙权为备攻合肥，公自江

陵征备，至巴丘，遣张憙救合肥，公至赤壁。"〇郭璞《江赋》
曰："荆门阙竦而盘薄。"《水经·江水》注曰："江水东历荆门、
虎牙之间。荆门山在南，上合下开，其状似门。虎牙山在北。此
二山，楚之西塞也。《清统志》曰："湖北荆州府：荆门山在宜都
县西北五十里，与虎牙山相对。"〇《吴志·吴主传》裴注引
《吴历》曰："曹公出濡须，权乘轻船从濡须口入，公见舟船器仗
军伍整肃，喟然叹曰：生子当如孙仲谋，刘景升儿子若豚犬耳。"
〇《晋书·隐逸传》曰："宋纤隐居，太守马岌造之不见，岌叹
曰：名可闻身不可见，人中龙也。"〇《魏志·贾翊传》注引
《九州春秋》：阎忠说皇甫嵩曰："指麾可以拾风云，叱咤足以兴
雷电。"《庄子·齐物论》曰："疾雷破山风振海而不能惊。"
〇《吴志·周瑜传》曰："权遣瑜及程普等与备并力逆曹公于赤
壁，公军次江北，瑜等在南岸。瑜部将黄盖取蒙冲斗舰十艘，实
以薪草，膏油灌其中，盖放诸船，同时发火，时风盛猛，延烧岸
上营落，顷之烟炎涨天，人马烧溺死者甚众。"注引《江表传》
曰："时东南风急，往船如箭，飞埃绝烂，烧尽北船。"〇苏子瞻
《前赤壁赋》曰："壬戌之秋，七月既望，苏子与客泛舟游于赤壁
之下。"《后赤壁赋》曰："携酒与鱼，复游于赤壁之下，攀栖鹘
之危巢，俯冯夷之幽宫。"〇事殊句见杜子美《渼陂行》。〇天澹
句见杜牧之《题宣州开元寺》。〇凡今句见杜子美《戏为六绝
句》。〇黄鲁直《荆州亭即事诗》曰："玉堂端直要学士，须得儋
州秃鬓翁。"

松上幽人图

　　自注曰："宋宗妇曹夫人仲婉所画，上有曹道冲题诗。"案：
《宣和画谱》（十六）曰："宗妇曹氏，雅善丹青，所画皆非优柔
软媚取悦儿女子者，真若得于游览，见江湖山川间胜概，以集
于毫端，尝画《桃溪蓼岸图》极妙，但所传者不多耳。"

秋风谡谡松树枝，仙人骨轻云一丝。

不饮不食玉雪姿，竹宫月夕频望祠。吴曰："递折。"

竟不下视斋房芝，吴曰："二句拓笔。"人间女手乃得之。吴曰："一句落到题。"

眼中扰扰昨暮儿，吴曰："又拓。"画图独在羲皇时，吴曰："折落处有神力。"予怀渺兮幽林思。吴曰："收清峻独绝。小诗转折控送具有神力，尺幅中具千里之势，而音节尤俊美。"

《世说新语·赏誉篇》曰："世目李元礼谡谡如劲松下风。"○王仲初《题东华观诗》曰："白发道心熟，黄衣仙骨轻。"○《庄子·逍遥游》曰："藐姑射之山，有神人居焉，肌肤若冰雪，淖约若处子，不食五谷，吸风饮露。"《史记·封禅书》曰："天子始郊拜太一，朝朝日，夕夕月。"○《汉书·礼乐志》曰："以正月上辛用事甘泉圜丘，使童男女七十人俱歌，昏祠至明，夜常有神光如流星，止集于祠坛，天子自竹宫而望拜。"注："韦昭曰以竹为宫，天子居中。颜曰：《汉旧仪》云：竹宫去坛三里。"○《史记·封禅书》曰："于是甘泉更置前殿，始广诸宫室，夏有芝生殿房中。"《汉书·礼乐志》曰："《斋房歌》，元封二年芝生甘泉斋房作。"○《诗·葛屦》曰："掺掺女手。"《庄子·天道篇》曰："得之于手而应于心。"○《隋书·苏威传》曰："威子夔，议乐事，与国子博士何妥各有所持，于是夔、妥俱为一仪，使百僚署其所同，朝廷多俯同威、夔者十八九。妥恚曰："吾席间函丈四十馀年，反为昨暮儿之所屈也。"○《宋书·隐逸传》曰："陶潜与子俨等书曰：自谓羲皇上人。"○苏子瞻《赤壁赋》曰："渺渺兮予怀，望美人兮天一方。"○张文昌《不食仙姑山房诗》曰："丹砂如可学，便欲住幽林。"

题商孟卿家明皇合曲图

　　元裕之《商平叔墓志》曰："子男二人，长曰挺，次曰陇安。"又《曹南商氏千秋录》曰："曹南商氏族姓所起，见于正奉大夫赠昌武军节度使衡所著《千秋录》备矣。公字叔平，子男二人，长曰挺，字孟卿，业进士。"

　　　　海棠一株春一国，燕燕莺莺作寒食，
　　　　千古万古开元日。高调。
　　　　三郎搦管仰面吹，天公大笑嗔不得。
　　　　宁王天人玉不如，番绰乐句不可无。
　　　　宫腰不案羽衣谱，疾舞底用牧猪奴？
　　　　风声水声阆清都，拓开一笔，神来气来。梦中令人
　　羡华胥。
　　　　何时却并宫墙听？恨不将身作李謩。神似山谷。

　　《冷斋夜话》（卷一）引《太真外传》曰："上皇登沉香亭，诏太真妃子，妃子时卯醉未醒，命力士从侍儿扶掖而至。妃子醉颜残妆，鬓乱钗横，不能再拜。上皇笑曰：岂是妃子醉，真海棠睡未足耳。"苏子瞻《寓居定惠院诗》施注引作《明皇杂录》，今二书均佚此文。○苏子瞻《张子野八十纳妾诗》曰："诗人老去莺莺在，公子归来燕燕忙。"○白乐天《霓裳羽衣歌》曰："舞时寒食春风天。"○《开天传信记》曰："天宝初，玄宗游华清宫，刘朝霞献《驾幸温泉赋》云：遮莫你古来千帝，岂如我今代三郎。"《嬾真子》（卷一）曰："三郎谓明皇也。明皇兄弟六人，一人早亡，故明皇为太子时号五王宅。宁王、薛王，明皇兄也。申王、岐王，明皇弟也。故谓之三郎。"○《杨太真外传》曰："开元中，禁中重木芍药，即今牡丹也。得数本红紫浅红通白者，上

因移植于兴庆池东沉香亭前。会花方繁开，上曰：赏名花，对妃子，焉用旧乐词为？遽命龟年持金花笺宣赐翰林学士李白，立进《清平乐词》三篇。龟年捧词进，上命梨园子弟略约词调，抚丝竹，遂促龟年以歌。妃持玻璃七宝杯，酌西凉州蒲萄酒，笑领歌意甚厚。上因调玉笛以倚曲，每曲遍将换则迟其声以媚之。"○《羯鼓录》曰："上洞晓音律，尤爱羯鼓玉笛，尝遇二月初诘旦，时当宿雨初晴，景物明丽，小殿内庭柳杏将吐，睹而叹曰：对此景物，岂得不与他判断之乎？高力士遣取羯鼓，上旋命之临轩纵击一曲，曲名《春光好》，神思自得，及顾柳杏，皆已发拆，上指而笑谓嫔御曰：此一事不唤我作天公可乎？"○《杨太真外传》曰："上宴诸王于木兰殿，时木兰花发，皇情不悦，妃醉中舞《霓裳羽衣》一曲，天颜大悦。方知回雪流风可以回天转地。上尝梦十仙子，乃制《紫云回》，并梦龙女，又制《凌波曲》，二曲既成，遂赐宜春院及梨园弟子，并诸王。时新丰初进女伶谢阿蛮善舞，上与妃子锺念，因而受焉。就按于清元小殿，宁王吹玉笛，上羯鼓，妃琵琶，马仙期方响，李龟年觱篥，张野狐箜篌，贺怀智拍。自旦至午，欢洽异常时。"○《魏志·王粲传》邯郸淳下注引《魏略》曰："临淄侯植求淳，太祖遣淳诣植，归对其所知叹植之材，谓之天人。"○《羯鼓录》曰："黄幡绰亦知音，上尝使人召之，不时至。上怒，络绎遣使寻捕。绰既至，及殿侧，闻上理鼓，固止谒者不令报。俄顷上又问侍官：奴来未？绰又止之。曲罢后改奏一曲，才三数十声，绰即走入。上问：何处去来？绰曰：有亲故远适送至郊外。上额之。鼓毕，上谓曰：赖稍迟，我向来怒时至必挞焉。适方思之，长入供奉已五十馀日，暂一日出外，不可不放他东西过往。绰拜谢讫，内官有相偶语笑者，上诘之。具言绰寻至，听鼓声候时以入。上问绰，语其方怒及解怒之际，皆无稍差。"○《摭言》（卷七）曰："奇章公（牛僧孺）始举进士，先以所业谒韩文公、皇甫员外。二公披卷，卷首有说乐一章，未阅其词，遽曰：斯高文，且以拍板为什么？对曰：谓之乐句。二公相顾大喜曰：斯高文矣。"○羽衣已见卷二白乐天《长恨歌》注。又《梦溪笔谈》（卷五）曰："《霓裳羽衣曲》，刘禹锡诗云：三乡陌上望仙山，归作《霓裳羽衣》谱。（题云《三乡驿伏睹玄宗望女几山诗小臣斐然有感》）白乐天诗注云：开元中，西凉府节度使杨敬述造。（《霓裳羽衣歌》）郑愚（亦作嵎）《津阳门诗》注云：叶法善尝引上入月宫，闻仙乐。及上归，但记其半，遂于笛中写之。会西凉府都督杨敬述进《婆罗门曲》，与其声调相符，遂以月中所闻为散序，用敬述所进为其腔，而名《霓裳羽衣曲》。诸说各不同，今蒲中逍遥楼楣上有唐人横书类梵字，相传是《霓裳谱》，字训不通，莫知是非。"案：《霓裳羽衣曲》，王晦叔（灼）《碧鸡漫志》（卷三）所考尤详。引《异人录》：明皇与申天师游月宫，得乐曲，归制为《霓裳羽衣曲》。《逸史》：与罗公远游月宫，得乐曲，本名《霓裳羽衣曲》。《鹿革事类》：与叶法善游月宫得乐曲，曰《紫云回》，易名曰《霓裳羽衣曲》。谓皆荒诞无可稽。而据白乐天和元微之《霓裳羽衣曲歌》注：郑宾先（嵎）《津阳门诗》注等，断为西凉进《婆罗门曲》，明皇润色，又易为美名，其他饰以神怪者皆不足信，（《漫志》原文甚长，今约举其意如此。）则确实之论也。○《太真外传》曰："上在百花院便殿，因览《汉成帝内传》。时妃子后至，以手整上衣领，曰：看何文书？上笑曰：莫问，知则又殢人。觅去。乃是：汉成帝获飞燕，身轻欲不胜风。恐飘荡，帝为造水晶盘，令宫人掌之而歌舞，又制七宝避风台，间以诸香安于上，恐其四肢不禁也。上又曰：尔则任吹多少？盖妃微有肌也。故上有此语戏妃。妃曰：《霓裳羽衣》一曲可掩前古。上曰：我才弄尔，便欲嗔乎？"○《太真外传》原注曰："安禄山晚益肥，垂肚过膝，自秤得三百五十斤，于上前胡旋舞，疾如风焉。"又曰："上尝与夜燕，禄山醉卧化为一猪而龙首，左右遽告帝，帝曰：此猪龙无能为。"《晋书·陶侃传》:"侃曰:樗蒱者,牧猪奴戏耳。"此借用。
○王仲初《霓裳词》曰:"弟子部中留一色,听风听水作《霓裳》。"《碧鸡漫志》(卷三)曰:"欧阳永叔诗话(《归田诗话》)以不晓听风听水为恨。蔡绦诗话(《西清诗话》)云:出唐人《西域记》,龟兹国王与臣庶知乐者,于大山间听风水声,均节成音,后翻入中国,如伊州、甘州、凉州皆自龟兹致。此说近之,但不及《霓裳》。予谓凉州定从西凉来,若伊与甘自龟兹致,而龟兹听风水造诸曲皆未可知。王建全章余亦未见。但弟子歌中留一色,恐是指梨园弟子,则何豫于龟兹?置之勿论可也。"案:晦叔论乐详矣,而于仲初诗意似未深会。盖诗言明皇之作《霓裳》,比于龟兹作乐之听风水耳,固无庸刻舟求剑也。而朱亦栋《群书札记》(卷十二)引《裴硎传奇》,贵妃侍儿张云容舞《霓裳》,妃赐诗有"经风岭上乍摇风,嫩柳池边初拂水"之句,以为听风听水盖用此。无论小说家附会鬼神,决不可信,即王仲初诗亦何至用此?殊可笑也。○《列子·周穆王篇》曰:"王实以为清都、紫微、钧天、广乐,帝之所居。"○《海录碎事》(十六)引《明皇杂录》曰:"玄宗梦仙子十馀辈,御卿云而下,各执乐器悬奏之,曲度清越。一仙人曰:此神仙《紫云回》,今传授陛下,为正始之音。上觉,命玉笛习之,尽得其曲。"又曰:"玄宗梦凌波池中龙女制《凌波曲》。"(今本《明皇杂录》佚此二则。)○《列子·黄帝篇》曰:"黄帝昼寝而梦游于华胥氏之国。"○元微之《连昌宫词》曰:"李謩擪笛傍宫墙,偷得新翻数般曲。"自注曰:"明皇常于上阳宫夜后按新翻一曲。属明夕正月十五日,潜游灯下,忽闻酒楼上有笛奏前夕新曲,大骇之。明日密遣捕捉笛者诘验之,自云:其夕窃于天津桥玩月,闻宫中度曲,遂于桥柱上插谱记之。臣即长安少年善笛者李謩也。明皇异而遣之。"○《史记·秦始皇本纪》《集解》引服虔曰:"并音傍,傍依也。"

传统文化修养丛书

唐宋诗举要

高步瀛 \ 著

李晓丽 \ 整理

上海科学技术文献出版社
Shanghai Scientific and Technological Literature Press

下册目录

卷四　五言律诗

　　自休文论诗，倡言声病；子山有作，音调益谐。逮至唐贤，遂成律体。拾遗、修文结体沉雄，延清、云卿制句工丽，皆开元以前之杰也。盛唐以来，尤美不胜收。如王、孟之华妙精微，太白之票姚旷逸，皆能自辟蹊径，启我后人。而杜公涵盖古今，包罗万象，又非有唐一代所能限者。中唐以来，各标风格，而气已靡矣。姚惜抱谓晚唐五律有望见前人妙境者，转贤于长庆诸公，但就隽思警句而言耳。若精光浩气，则眇然不可复得。五代以还，益趋琐屑，故宋杨、刘诸公以玉溪生矫之，其弊也流于饾饤。欧阳永叔、梅圣俞代兴，乃归大雅。王介甫之思深韵远，尤获我心。然伟丽变为清新，浑厚沦于镌刻，有宋一代之诗遂与唐分道扬镳矣。方虚谷《律髓》采辑甚丰，然往往因人存诗，亦一蔽也。兹编所录，以李、杜、王、孟四家为主，其他但存崖略。小人之腹，惟求属餍。囊括全美，谢弗能焉。

王子安

　　王勃，字子安，绛州龙门人。与杨炯、卢照邻、骆宾王以文章齐名，时称四杰。补虢州参军，坐事除名。父福畤坐勃故左迁交趾令，勃往省之，渡海溺水，悸而卒。《旧唐书》入《文苑传》，《新唐书》入《文艺传》。

送杜少府之任蜀州

县尉称少府。见卷二杜子美《奉先刘少府新画山水障歌》注。唐剑南道蜀州治晋原县，今四川崇庆县治。见杜子美《追酬故高蜀州人日见寄诗》注。○送字据《文苑英华》补。

城阙辅三秦；风烟望五津。吴北江曰："壮阔精整。"

与君离别意；同是宦游人。吴曰："起句严整，故以散调承之。"

海内存知己；吴曰："凭空挺起，是大家笔力。"
天涯若比邻。

无为在歧路，儿女共沾巾。

□姚曰："用陈思《赠白马王彪诗》意，实自浑转。"

《史记·秦始皇本纪》曰："项籍灭秦之后，各分其地为三，名曰雍王、塞王、翟王，号曰三秦。"○《华阳国志·蜀志》曰："其大江自湔堰下至犍为有五津，始曰白华津，二曰万里津，三曰江首津，四曰涉头津，五曰江南津。"○《史记·司马相如传》曰："长卿久宦游不遂。"○曹子建《赠徐幹诗》曰："弹冠俟知己。"○《文选·北山移文》注引《淮南子》曰："杨子见岐路而哭之。"（今《说林篇》作逵路。）○《后汉书·来歙传》：歙叱盖延曰："反效儿女子涕泣乎？"曹子建《赠白马王彪诗》曰："忧思成疾疹，无乃儿女仁？"

骆宾王

骆宾王，婺州义乌人。（《义乌县志》云：字观光。恐未足信。）初为道王府属，历武功、长安主簿，迁侍御史。以讽谏武后为当时所忌，系狱。后遇赦，除临海县丞，弃官去。徐敬业起兵讨武氏，署宾王为府属，为敬业传檄天下，兵败亡命，不知所之。《旧唐书》入《文苑传》，《新唐书》入《文艺传》。

在狱咏蝉 并序

骆集有《宪台出絷寒夜有怀诗》，陈西桥（熙晋）注曰："郗云卿《骆宾王文集序》：骆宾王仕至侍御史，后以天后即位，频贡章疏讽谏，因斯得罪，贬授临海丞。《旧书·文苑传》：骆宾王，高宗末为长安主簿，坐赃左迁临海丞。合二说观之，盖因为侍御时讽谏得罪，而坐以前为长安主簿时之赃。《畴昔篇》所云适离京兆谤，还从御史弹，是也。临海以母老却行俭之辟，时为武功主簿，上元三年之四月。《畴昔篇》：茹茶空有恨，怀橘独伤心。在干州郡禄之后。母当卒于是年。是年冬改元仪凤，迨三年始除服，补长安主簿，擢侍御. 因贡疏遭诬，绎是诗当是初被系之作。盖仪凤三年冬也。明年夏改元调露。《萤火赋》《在狱咏蝉》诸作即是时。"（此诗多取陈西桥注。陈注最为精博，他家注皆不能及也。不敢攘美，特志于此。）

余禁所禁垣西，是法曹厅事也，有古槐数株焉。虽生意可知，同殷仲文之枯树；而听讼斯在，即周邵伯之甘棠。每至夕照低阴，秋蝉疏引，发声幽息，有切尝闻。

岂人心异于曩时，将虫响悲乎前听？嗟乎！声以动容，德以象贤。故洁其身也，禀君子达人之高行；蜕其皮也，有仙都羽毛之灵姿。候时而来，顺阴阳之数；应节为变，审藏用之机。有目斯开，不以道昏而昧其视；有翼自薄，不以俗厚而易其真。吟乔树之微风，韵资天纵；饮高秋之坠露，清畏人知。仆失路艰虞，遭时徽纆。不哀伤而自怨，未摇落而先衰。闻蟪蛄之流声，悟平反之已奏；见螳螂之抱影，怯危机之未安。感而缀诗，贻诸知己。庶情沿物应，哀弱羽之飘零；道寄人知，悯馀声之寂寞。非谓文墨，取代幽忧云尔。

　　《礼记·月令》郑注曰："圄圈所以禁守系者，若今别狱矣。"〇《新唐书·百官志》曰："王府官法曹参军事掌按讯决刑，外官法曹司法参军事掌鞫狱丽法，督盗贼，知赃贿没入。"《通鉴》（卷一百四十二）《齐纪》八胡注曰："中庭曰听事，言受事察讼于是也。汉、晋皆作听事，六朝以后乃始加广作厅。"〇《晋书·殷仲文传》曰："仲文因月朔，与众至大司马府。府中有老槐树，顾之良久而叹曰：此树婆娑，无复生意。"庾子山《枯树赋》曰："殷仲文风流儒雅，海内知名。世界时移，出为东阳太守，常忽忽不乐，顾庭槐而叹曰：此树婆娑，生意尽矣。"〇《毛诗序》曰："《甘棠》，美召伯也。"郑笺曰："召伯听男女之讼，不重烦劳百姓，止舍小棠之下，而听断焉。"案：召、邵字通。〇沈休文《八咏·岁暮愍衰草篇》曰："秋鸿兮疏引。"〇《隋书·文四子·房陵王勇传》》：皇后曰："今者之别，有切常离。"〇《礼记·乐记》曰："歌咏其声也，舞动其容也。"〇《书·微子之命》曰："崇德象贤。"（伪古文）〇陆士龙《寒蝉赋序》曰："昔人称鸡有五德，而作者赋焉。至于寒蝉，才齐其美。夫头上有緌，则其文也。含气饮露，则其清也。黍稷不享，则其廉也。

处不巢居，则其俭也。应候守常，则其信也。加以冠冕，取其容也。君子则其操，可以事君，可以立身，岂非至德之虫哉？"曹子建《蝉赋》曰："皎皎贞素，侔夷、惠兮。帝臣是戴，尚其洁兮。"○《淮南子·说林篇》曰："蝉饮而不食，三十日而蜕。"○夏侯孝若《东方朔画赞》曰："蝉蜕龙变，弃俗登仙。"孙兴公《游天台山赋》曰："陟降信宿，迄于仙都。"《晋书·许迈传》曰："携同志遍游名山，后莫测所终，好道者谓之羽化矣。"○曹子建《蝉赋》曰："盛阳则生，太阴逝兮。"○傅季友《感物赋》曰："聆蜩鸣之应节。"○蔡伯喈《让高阳侯表》曰："功薄蝉翼。"傅休奕《蝉赋》曰："忽神蜕而灵变兮，奋轻翼之浮征。"○《吴越春秋·夫差内传》：太子友曰："夫秋蝉登高树，饮清露，随风㩉挠，长吟悲鸣，自以为安。"曹子建《蝉赋》曰："栖乔枝而仰首兮，漱朝露之清流。"陆士龙《蝉赋》曰："挹朝华之坠露。"○《晋书·良吏·胡威传》：武帝谓威曰："卿孰与父清？对曰：臣不如也。臣父清恐人知，臣清恐人不知，是臣不及远也。"○阮嗣宗《咏怀诗》曰："失路将如何？"○《易·坎》上六曰："系用徽纆。"《集解》引虞仲翔注曰："徽纆，黑索也。"○《家语·子路初见篇》："孔子曰：连山十里，蟪蛄之声犹尚在耳。"馀见卷一储光羲《田家杂诗》注。○《汉书·隽不疑传》曰："擢为京兆尹，每行县录囚徒还，其母辄问不疑有所平反，活几何人。即不疑多有所平反，母喜笑为饮食语言异于他时。"颜注引如淳曰："反音幡，奏使从轻也。"○《后汉书·蔡邕传》曰："初邕在陈留也，其邻人有以酒食召邕者，比往而酒以酣焉。客有弹琴于屏，邕至门，试潜听之，曰：憘！以乐召我而有杀心何也！遂反。主人遽自追而问其故，邕具以告。弹琴者曰：我向鼓琴，见螳螂方向鸣蝉，蝉将去而未飞，螳螂为之一前一却，吾心耸然惟恐螳螂之失之也。此岂为杀心而形于声者乎？"○鲍明远《野鹅赋》曰："升弱羽于丹庭。"○《楚辞·九辩》曰："蝉寂寞而无声。"〇《史记·萧相国世家》："功臣皆曰：萧何徒持文墨议论不战。"〇《庄子·让王篇》曰："我适有幽忧之病。"

西陆蝉声唱；南冠客思深。

不堪玄鬓影；来对白头吟。

露重飞难进；风多响易沉。

无人信高洁，谁为表予心？

□以蝉自喻，语意沉至。

《隋书·天文志》中曰："日循黄道东行，一日一夜行一度，三百六十五日有奇而周天，行东陆谓之春，行南陆谓之夏，行西陆谓之秋，行北陆谓之冬。"〇《左传》成公九年曰："晋侯观于军府，见锺仪，问之曰：南冠而絷者谁也？"杜注曰："南冠，楚冠。"〇深一作侵，不一作那。〇《古今注》（卷下）曰："魏文帝宫人莫琼树乃制蝉鬓，望之缥渺如蝉。"〇《西京杂记》（卷上）曰："相如将聘茂陵人女为妾，卓文君作《白头吟》以自绝，乃止。"《宋书·乐志·瑟调》有《白头吟》古词五解，《乐府诗集》（卷四十一）《相和歌辞·楚调曲》有《白头吟》。〇张见赜《寒树晚蝉疏诗》曰："叶迥飞难住；枝残影共空。声疏饮露后；唱绝断絃中。"〇沈休文《听鸣蝉应诏诗》曰："叶密形易扬；风回响难住。"

杜必简

杜审言，字必简，襄阳人。擢进士第，累转洛阳丞。神龙中，坐交张易之兄弟，流峰州。寻入为国子监主簿，修文馆直学士，卒。《旧唐书》附《文苑·杜易简传》，《新唐书》入《文艺传》。(必简，子美之祖。)

和晋陵陆丞早春游望

《元和郡县志》曰："江南道常州晋陵县：本春秋时延陵，汉之毗陵也。后与郡俱改为晋陵。"(晋元帝避讳改)案：今江苏武进县治。《唐六典》(卷三十)曰："诸州上县，丞一人，从八品下。"(晋陵，郭下望县，与上县同。)

独有宦游人，纪晓岚曰："起句警拔，入手即撇过一层，擒题乃紧，知此自无通套之病。"吴北江曰："起句惊矫不群。"偏惊物候新。

云霞出海曙；梅柳渡江春。吴曰："华妙。"

淑气催黄鸟；晴光转绿蘋。

忽闻歌古调，归思欲沾巾。纪曰："末收和字亦密。"

□此等诗当玩其兴象超妙处。

黄鸟即黄栗留，已见卷三欧阳永叔《啼鸟诗》注。○《诗·采蘋》毛传曰："蘋，大蓱也。"

夏日过郑七山斋

案此诗当是为洛阳丞时作。

共有樽中好，言寻谷口来。

薜萝山径入；荷芰水亭开。

日气含残雨；云阴送晚雷。

洛阳钟鼓至，车马系迟回。

□情景交融。

《后汉书·孔融传》："融常叹曰：坐上客恒满，尊中酒不空，吾无忧矣。"○《法言·问神篇》曰："谷口郑子真不屈其志而耕乎岩石之下，名震于京师。"《高士传》曰："郑璞，字子真，谷口人也。"案：谷口县，汉属左冯翊（今陕西醴泉县东），此特以比郑七耳。○《太平御览·逸民部》三引王隐《晋书》曰："宋纤隐于酒泉南山，酒泉太守马岌具威仪鸣钟鼓造纤，纤拒而不见。"

沈云卿

　　沈佺期，字云卿，相州内黄人。擢进士第，转考功郎，给事中，坐交张易之流驩州。神龙初，拜起居郎、修文馆直学士，历中书舍人，太子少詹事。开元初卒。云卿与宋之问齐名，号为沈、宋。《旧唐书》入《文苑传》，《新书》入《文艺传》。

杂　诗

闻道黄龙戍，频年不解兵。

可怜闺里月，长在汉家营。凄婉。

少妇今春意；良人昨夜情。

谁能将旗鼓，一为取龙城？

□一气转折，而风格自高，此初唐不可及处。

《水经·大辽水》注曰："白狼水又北迳黄龙城东。"《十三州志》曰："辽东属国都尉治昌辽道，有黄龙亭者也。"《清统志》曰："直隶承德府（今热河）：兴中故城即朝阳县治，亦曰黄龙城。"○长在一作偏照。○《诗·绸缪》："见此良人。"毛传曰："良人，夫称也。"○《史记·匈奴传》曰："五月大会茏城。"《索隐》曰："《汉书》作龙城。崔浩曰：西方胡皆事龙神，故名大会处为龙城。"

宋延清

宋之问，一名少连，字延清，虢州弘农人。(《新唐书》云汾州人。) 擢进士第，累转尚方监丞，后坐附张易之，左迁泷州参军。武三思用事，起为鸿胪丞，再转考功郎，修文馆学士，越州长史。睿宗即位，徙钦州，寻赐死。《旧书》入《文苑传》，《新书》入《文艺传》。○《新唐书·文艺传》曰："魏建安后，迄江右，诗律屡变。至沈约、庾信以音韵相婉附，属对精密。及之问、沈佺期又加靡丽，回忌声病，约句准篇，如锦绣成文，学者宗之，号为沈、宋。"

途中寒食题黄梅临江驿寄崔融

唐淮南道蕲州黄梅县在今湖北黄梅县西北。《舆地纪胜》曰："淮南西路蕲州：太子驿在黄梅县南七十五里。旧传梁武帝于此得子，号太子驿。唐改临江驿。"《新唐书·崔融传》曰："融字安成，齐州全节人。张易之诛，贬袁州刺史，召授国子司业。"

马上逢寒食；愁中属暮春。

可怜江浦望，不见洛阳人。

北极怀明主；南溟作逐臣。

故园肠断处，日夜柳条新。

□缠绵悱恻。

《水经·江水》注曰："江水又东迳蕲春县故城南。江水又东，得铜零口，江浦也。"○《唐人万首绝句》截前四句，洛阳作洛桥，姚选从之。《元和郡县志》曰："河南府河南县：天津桥在县北四里，隋炀帝造此桥以架洛水。"○《论语·为政篇》曰："譬如北辰，居其所而众星共之。"《尔雅·释天》曰："北极谓之北辰。"○《庄子·逍遥游》曰："南冥者，天池也。"《释文》出北冥曰：本亦作溟，北海也。则南溟谓南海。唐岭南道泷州治泷水县，在今广东罗定县东。此诗盖左迁泷州参军时作，故曰南溟逐臣也。《秦策》五：姚贾曰："太公望，子良之逐臣。"

度大庾岭

《元和郡县志》曰："岭南道韶州始兴县：大庾岭一名东峤山，在县东北一百七十二里，本名塞上，汉伐南越，有监军姓庾，城于此地，故名大庾。"《舆地纪胜》（九十三）曰："广南东路南雄州：大庾岭去城八十里。《南康记》云：以其多梅，亦曰梅岭。"《清统志》曰："广东南雄府：大庾岭在保昌县北。"

度岭方辞国；停轺一望家。

魂随南翥鸟；泪尽北枝花。吴曰："情景交融，杜公常用此法。"

山雨初含霁；江云欲变霞。

但令归有日，不敢怨长沙。吴曰："深曲。"

《广雅·释器》曰："轺，车也。"○延清《题大庾岭北驿诗》曰："阳月南飞雁，传闻至此回。"此南翥鸟亦谓雁也。《唐会要》（卷二十八）曰："大历二年，岭南节度使徐浩奏十一月二十五日当管怀集县阳雁来，乞编入史，从之。先是，五岭之外，翔雁不到，浩以为阳为君德，雁随阳者，臣归君之象也。"诗意亦指雁言，或引《禽经》鹬鴣南翥，殆非其旨。○《白氏六帖·梅部》

曰："大庾岭上梅，南枝落，北枝开。"○《史记·贾生传》曰："天子议以贾生任公卿之位，绛、灌之属尽害之。于是天子后亦疏之，以贾生为长沙王太傅。贾生以适（同谪）去，意不自得，及渡湘水，为赋以吊屈原。"

新年作

乡心新岁切，天畔独潸然。

老至居人下；春归在客先。

岭猿同旦暮；江柳共风烟。

已似长沙傅，从今又几年？

□方虚谷曰："三四费无限思索乃得之，否则有感而自得。"纪晓岚曰："三四乃初唐之晚唐，似从薛道衡《人日思归诗》化出。三四二句渐以心思相胜，妙于巧密而浑成，故为大雅。"

《诗·大东》曰："潸焉出涕。"毛传曰："潸，涕下貌。"○《隋唐嘉话》（卷上）曰："薛道衡聘陈，为《人日诗》云：入春才七日，离家已二年。南人嗤之曰：是底言？谁谓此虏解作诗？及云，人归落雁后，思发在花前，乃喜曰：名下固无虚士。"长沙傅见上首注。

陈伯玉

晚次乐乡县

《元和郡县志》曰："山南道襄州乐乡县：本春秋时鄀国之城，在今县北三十七里，鄀国故城是也。在汉为若县地，晋安帝于此置乐乡县，属武宁郡。隋大业三年改属竟陵郡，皇朝改

属襄州。"《清统志》曰："湖北安陆府：乐乡故城在荆门州
（今改县）北九十里。"

> 故乡杳无际，日暮且孤征。
> 川原迷旧国；道路入边城。
> 野戍荒烟断；深山古木平。
> 如何此时恨，嗷嗷夜猿鸣？

　　□方虚谷曰："盛唐律诗体浑大，格高语壮。晚唐下细工夫，
作小结裹。所以异也。"纪曰："此种诗当于神骨气脉之间得其雄
厚之味，若逐句拆看，即不得其佳处。如但摹其声调，亦落空
腔。"

　　《汉书·韩延寿传》注引服虔曰："嗷音叫呼之叫。"沈休文
《石塘濑听猿诗》曰："嗷嗷夜猿鸣，溶溶晨雾合。"

春夜别友人　二首录一

> 银烛吐青烟；金樽对绮筵。
> 离堂思琴瑟；别路绕山川。
> 明月隐高树；长河没晓天。
> 悠悠洛阳道，此会在何年？

　　□姚曰："从小谢《离夜》一首脱化来。"

　　梁元帝《谢东宫赉辟邪子锦白褊等启》曰："试以照花，含银
烛之状。"○唐太宗《三层阁上置音乐诗》曰："绮筵移暮景。"
○《列女传·仁智·鲁臧孙母传》：文仲遗公书曰："琴之合，甚
思之。"刘孝标《广绝交论》曰："心同琴瑟。"○谢玄晖《离夜同
江丞王常侍作》曰："玉绳隐高树，斜汉耿层台。离堂华烛尽，别幌
清琴哀。翻潮尚知限，客思耿难裁。山川不可梦，况乃故人杯。"

张道济

张说，字道济，一字说之，洛阳人。武后策贤良方正，说对第一。睿宗时拜为中书侍郎，知政事。开元初，进中书令，封燕国公。后为集贤院学士，尚书左丞相。卒，谥文贞。新、旧《唐书》皆有传。

幽州夜饮

《新唐书·张说传》曰："玄宗召为中书令。说素与姚元崇不平，罢为相州刺史、河北道按察使，坐累徙岳州。说既失政，意内自惧。雅与苏瓌善，时瓌子颋为相，因作《五君咏》献颋，其一纪瓌也。侯瓌忌日致之，颋览诗呜咽，未几见帝，陈说忠謇有勋，不宜弃外，遂迁荆州长史。俄以右羽林将军检校幽州都督。"案：唐幽州范阳郡大都督府治蓟县，旧大兴县西南。

凉风吹夜雨，挺拔。萧瑟动寒林。
正有高堂宴，能忘迟暮心。
军中宜剑舞；塞上重笳音。
不作边城将，谁知恩遇深？

□姚曰："托意深婉。"

《离骚》曰："恐美人之迟暮。"○《史记·项羽本纪》：项庄曰："军中无以为乐，请以剑舞。"○《艺文类聚·乐部》四引曹嘉之《晋书》曰："刘畴援笳而吹之，为出塞之声。"

贺季真

　　贺知章，字季真，会稽永兴人。擢进士第。累迁礼部侍郎，加集贤院学士，改授工部侍郎，迁秘书监。天宝初请为道士，还乡里，诏赐镜湖剡川一曲，御制诗以赠行，晚自号四明狂客。《旧唐书》入《文苑传》，《新唐书》入《隐逸传》。

送人之军

　　常经绝脉塞；复见断肠流。
　　送子成今别；令人起昔愁。
　　陇云晴半雨；边草夏先秋。警炼。
　　万里长城寄，无贻汉国忧。

　　□勉励得体，合古人赠言之旨。

　　《史记·蒙恬传》曰：蒙恬曰："恬罪固当死矣，起临洮属之辽东，城堑万馀里，此其中不能无绝地脉哉！"○《御览·地部》十五引《三秦记》：俗歌曰："陇头流水，鸣声幽咽。遥望秦川，肝肠断绝。"○《史记·蒙恬传》曰："筑长城，起临洮至辽东，延袤万馀里。"《旧唐书·李勣传》：太宗谓侍臣曰："朕今委任李世勣于并州，遂使突厥畏威遁走，塞垣安静，岂不胜远筑长城耶？"

張子壽

望月怀远

海上生明月，天涯共此时。
情人怨遥夜，竟夕起相思。纯以神行。
灭烛怜光满；披衣觉露滋。
不堪盈手赠，还寝梦佳期。

□姚曰："是五律中《离骚》。"

陶通明答齐高帝《诏问山中何有诗》曰："山中何所有？岭上多白云。只可自怡悦，不堪持赠君。"陆士衡《拟古诗·明月何皎皎》曰："照之有馀辉，揽之不盈手。"

王　湾

王湾，洛阳人。登先天进士第。开元初为荥阳主簿。马怀素请校正群籍，湾在选中。仕终洛阳尉。见《唐才子传》及《唐诗纪事》。

次北固山下

《元和郡县志》曰："润州丹徒县：北固山在县北一里，下临长江，其势险固，因以为名。"《清统志》曰："江苏镇江府：北固山在丹徒县北一里。梁大同十年改曰北固。"○《河岳英灵集》作《江南意》。

客路青山外；行舟绿水前。

潮平两岸阔；风正一帆悬。

海日生残夜；江春入旧年。纪曰："全是锻炼
工夫。"吴曰："精语妙绝。"

乡书何处达？归雁洛阳边。

《英灵集》起二句作："南国多新意，东行伺早天。"○《英
灵集》阔作失。纪曰："失字有斧凿痕，唐人不甚用此种字，归
愚主之未是。"○《英灵集》末二句作：从来观气象，惟向此中
偏。○雁传书事已见卷一欧阳永叔《送唐生诗》注。

殷璠曰："湾词翰早著，游吴中，《江南意》诗云：海日生残
夜，江春入旧年。诗人已来少有此句。张燕公手题政事堂，每示
能文，令为楷式。"（《河岳英灵集》下）

孙　逖

孙逖，河南巩县人。（此据颜鲁公《孙逖集序》。《旧唐书》
云潞州涉县人，《新书》云博州武水人，皆据其先世而言。）开元
二年，举手笔俊拔、哲士奇人、隐沦屠钓及文藻宏丽等科第一人
及第。开元间，典制诰。居职八年，判刑部侍郎，终太子少詹
事，谥曰文。《旧唐书》入《文苑传》，《新唐书》入《文艺传》。

宿云门寺阁

《舆地纪胜》（卷十）曰："两浙东路绍兴府：云门山在会
稽南三十一里，有雍熙寺，为州之伟观。昔王子敬居此，有五
色祥云，诏建寺号云门。"案：云门山在今浙江绍兴县。馀互
见卷二杜子美《奉先刘少府新画山水障歌》注。

香阁东山下，烟花象外幽。

悬灯千嶂夕；卷幔五湖秋。

画壁飞鸿雁；纱窗宿斗牛。

更疑天路近，梦与白云游。

□吴曰："句句精湛，乃盛唐炼句之法。"

《清统志》曰："浙江绍兴府：云门山在会稽县南三十二里，亦名东山。"○孙兴公《游天台山赋》曰："散以象外之说。"○《周礼·夏官·职方氏》曰："扬州其浸五湖。"郑注曰："五湖在吴南。"《越语下》韦注曰："五湖，今太湖。"《文选·江赋》注引张勃《吴录》曰："五湖者，太湖之别名也。"《后汉书·冯衍传》注引虞翻曰："太湖有五道，故谓之五湖，滆湖、洮湖、射湖、贵湖及太湖为五湖。并太湖之小支俱连太湖，故太湖兼得五湖之名。"《史记·夏本纪》《正义》曰："五湖者：菱湖、游湖、莫湖、贡湖、胥湖，皆太湖东岸五湾为五湖，盖古时应别，今则相连。"案：此与虞仲翔所言湖名虽异，而以统属太湖皆同。《清统志》曰："浙江湖州府：太湖在府北乌程、长兴二县界，旧志在乌程县北十八里，东接吴江，西接长兴，北接江苏吴县、宜兴二县界，周五百里。"○枚叔《古诗》曰："美人在云端，天路隔无期。"○《庄子·天地篇》：华封人祝尧曰："乘彼白云，至于帝乡。"

王摩诘

姚曰："盛唐人诗固无体不妙，而尤以五言律为最。此体中又当以王、孟为最，以禅家妙悟论诗者正在此耳。"吴曰："王、孟诗专以自然兴象为佳，而有真气贯注其间，斯其所以为大家也。"

辋川闲居赠裴秀才迪

《新唐书·文艺·王维传》曰："维别墅在辋川，地奇胜，有华子冈、欹湖、竹里馆、柳浪、茱萸沜、辛夷坞，与裴迪游其中，赋诗相酬为乐。"《雍录》（卷七）曰："辋川在蓝田县西南二十里，王维别墅在焉。本宋之问别墅也。"《清统志》曰："陕西西安府：辋谷在蓝田县西南二十里。"案《新唐书·世系表》，裴迪出洗马房，天恩之后。《唐诗纪事》曰："裴迪初与王维俱居终南。"《唐诗品汇》曰："裴迪，关中人。"

　　　　寒山转苍翠；秋水日潺湲。
　　　　倚杖柴门外，临风听暮蝉。
　　　　渡头馀落日；墟里上孤烟。
　　　　复值接舆醉，狂歌五柳前。
□自然流转，而气象又极阔大。

《楚辞·九歌·湘君》王注曰："潺湲，流也。"○鲍明远《代东武吟》曰："倚杖牧鸡豚。"○陶渊明《归田园居诗》曰："依依墟里烟。"庾子山《至老子庙应诏诗》曰："野戍孤烟起。"○接舆狂歌已见卷二李太白《庐山谣》注。○五柳已见卷二《老将行》注。

山居秋暝

　　　　空山新雨后，天气晚来秋。
　　　　明月松间照；清泉石上流。
　　　　竹喧归浣女，莲动下渔舟。
　　　　随意春芳歇，王孙自可留。

□随意挥写，得大自在。

刘铄《拟古诗·明月何皎皎》曰："屡见流芳歇。"○《楚辞·招隐士》曰："王孙兮归来，山中兮不可以久留。"

归嵩山作

《元和郡县志》曰："河南道河南府登封县：嵩高山在县北八里，亦名外方山。"又云："东曰太室，西曰少室，嵩高总名，即中岳也。山高二十里，周回一百三十里。"《清统志》曰："河南府：嵩山在登封县北。"

晴川带长薄，车马去闲闲。
流水如有意；暮禽相与还。
荒城临古渡；落日满秋山。
迢递嵩高下，归来且闭关。

□方虚谷曰："闲适之趣，澹泊之味，不求工而未尝不工者，此诗是也。"纪曰："非不求工，乃已琱已琢，后还于朴，斧凿之痕俱化尔。学诗者当以此为进境，不当以此为始境。须从切实处入手，方不走入流易。"

陆士衡《君子有所思行》曰："清川带华薄。"又《挽歌》曰："按辔遵长薄。"《楚辞·九章·涉江》王注曰："草木交错曰薄。"○《文选·吴都赋》刘渊林注曰："迢递，远貌。"○《尔雅·释山》曰："嵩高为中岳。"《白虎通·巡狩篇》曰："中央为嵩高者何？言其高大也。"

归辋川作

谷口疏钟动，渔樵稍欲稀。

　　　　悠然远山暮，独向白云归。吴曰："兴象超妙
　　处矜平躁释。"
　　　　菱蔓弱难定；杨花轻易飞。义兼比兴。
　　　　东皋春草色，惆怅掩柴扉。

　　《长安志》（十六）曰："蓝田县：辋谷在县南二十里，辋谷
川出南山辋谷，北流入霸水。"○庾子山《春赋》曰："二月杨花
满路飞。"○阮嗣宗《奏记诣蒋公》曰："方将耕于东皋之阳。"
陶渊明《归去来辞》曰："登东皋以舒啸。"

终南山

　　《史记·夏本纪》《正义》引《括地志》曰："终南山一名
中南山，一名太一山，一名南山，一名橘山，一名楚山，一名
秦山，一名周南山，一名地肺山，在雍州万年县南五十里。"
《长安志》（十一）曰："万年县（今并入长安县）：终南山在县
南五十里。《关中记》曰：终南山一名中南，言在天中，居都
之南也。"又曰："蓝田县：终南山在县南七十里。"

　　　　太乙近天都，连山到海隅。
　　　　白云回望合；青霭入看无。吴曰："壮阔之中
　　而写景复极细腻。"
　　　　分野中峰变；吴曰："接笔雄俊。"阴晴众壑殊。
　　　　欲投人处宿，隔水问樵夫。

　　□沈曰："近天都言其高，到海隅言其远，分野二句言其大，
四十字中无所不包，手笔不在杜陵下。或谓末二句似与通体不
配。今玩其语意，见山远而人寡也，非寻常写景可比。"

　　《汉书·地理志》右扶风武功县原注曰："太壹山，古文以为
终南。"《文选·西京赋》李善注引《五经要义》曰："太一一名

终南山，在扶风武功县。"与《汉书》引《古文尚书》说合。然
《西京赋》终南、太一并举，潘安仁《西征赋》亦上言终南、下
言太一，故李善引《汉书》《五经要义》而驳之曰："终南、太一
不得为一山，盖终南南山之总名，太一一山之别号耳。"《初学记
·地部》上终南山引辛氏《三秦记》曰："其山从长安向西，可
二百里，中有石室灵芝，常有一道士不食五谷，自言太乙之精。"
胡绍煐《文选笺证》曰："疑太一因太乙精而得名，太一特终南
之一山，故二名不嫌并举也。"步瀛案：此诗则以终南为太乙，
即本《汉志》及《五经要义》，不为无据。风人为诗，固不必执
一以绳之也。○赵松谷（殿成）注载王琢崖（琦）曰："首句天
都字依《淮南子》云：登太山履石封以望八荒，视天都若盖，江
河若带。（《泰族篇》）右丞《韦氏逍遥谷谶集序》云，天都近者
王官有之。韩昌黎《乌氏庙碑铭》云：作庙天都，以致其孝。皆
以天都为帝都之别称。乃或引《关中记》言终南山在天之中，居
都之南，故曰天都者，是失之蹢驳矣。次句是言其与他山连接不
断，直至海隅耳。文意极明显。乃或谓终南在陕境，去海极遥，
到海隅者，形容之辞，如此必指东方之海隅而言，则齐、鲁之间
岂有终南之拳石在者？是失之拘执矣。分野句是极言山之广大，
《陕志》谓终南山西起陇山，东踰商、洛，绵亘千里有馀，南北
亦然，其盘踞不止一州之地，则知天之分野亦不专隶一舍。或谓
中峰之北为雍为井鬼，中峰之南为梁为翼轸者，是失之臆撰矣。"
○江文通《秋夕纳凉诗》曰："虚堂起青霭。"○《周礼·春官·
保章氏》曰："以星土辨九州之地，所封封域皆有分星，以观妖
祥。"郑注曰："大界则曰九州，州中诸国中之封域于星亦有分
焉，其书亡矣。堪舆虽有郡国所入度，非古数也。今其存可言
者，十二次之分也：星纪，吴、越也；玄枵，齐也；娵訾，卫
也；降娄，鲁也；大梁，赵也；实沈，晋也；鹑首，秦也；鹑
火，周也；鹑尾，楚也；寿星，郑也；大火，宋也；析木，燕

也。此分野之妖祥，主用客星彗孛之气为象。"《释文》曰："分，
扶问反。"

过香积寺

《长安志》（十二）曰："长安县：开利寺在县南三十里皇
甫邨，唐香积寺也。永隆二年建，皇朝太平兴国三年改今名。"
《雍录》（卷十）曰："香积寺，吕图（吕大防撰）在子午谷正
北微西。郭子仪肃宗时收长安，陈于寺北。唐本传云：距丰
水，临大川。大川者，沉水、交水，唐永安渠也。盖寺在丰水
之东，交水之西也。吕图云在镐水发源之北，则近昆明池矣。
子仪先败于清渠，至此循南山出都城后，据地利以待之也。"
《清统志》曰："陕西西安府：香积寺在长安县南神禾原上。"

　　不知香积寺，数里入云峰。

　　古木无人径；深山何处钟？　吴曰："幽微夐邈，
　　　　最是王、孟得意神境。"

　　泉声咽危石；日色冷青松。

　　薄暮空潭曲，安禅制毒龙。

孔德璋《北山移文》曰："石泉咽而下怆。"○江总持《明庆
寺诗》曰："金河知证果；石室乃安禅。"○赵曰："《涅槃经》：
但我住处有一毒龙，其性暴急，恐相危害。按毒龙宜作妄心譬
喻，若作降龙实事用，失其解矣。"

送平澹然判官

《新唐书·百官志》：节度使、观察使皆有判官、掌书记。

　　不识阳关路；新从定远侯。

黄云断春色；画角起边愁。

瀚海经年到；交河出塞流。

须令外国使，知饮月氏头。

□雄壮。

《汉书·地理志》敦煌郡龙勒县原注曰："有阳关、玉门关。"《西域传》曰："自玉门关、阳关出西域有两道。从鄯善傍南山北波河西行至莎车为南道。自车师前王庭随北山波河西行至疏勒为北道。"《元和郡县志》曰："陇右道沙州寿昌县：阳关在县西六里，以居玉门关之南，故曰阳关。"《清统志》曰："甘肃安西府：古阳关在府治（今安西县）西一百三十里。"○《后汉书·班超传》：诏曰："故使军司马班超逾葱岭迄县度，出入二十二年，莫不宾从，其封超为定远侯，邑千户。"○瀚海已见卷二高达夫《燕歌行》注。案：在今察哈尔苏尼特旗之北，喀尔喀之南，其西接新疆。○《汉书·西域传》曰："车师前王国治交河城，河水分流绕城下，故号交河。"《元和郡县志》曰："陇右道西州交河县：交河水出县北天山，分流于城下，因以为名。"案：唐交河县，今新疆土鲁番地。○《汉书·张骞传》曰："匈奴破月氏王，以其头为饮器。"颜注曰："月氏，西域胡国也。氏音支。"

送刘司直赴安西

《旧唐书·地理志》曰："安西节度使抚宁西域，统龟兹、焉耆、于阗、疏勒四国，安西都护府治所在龟兹国城内。"案：龟兹，今新疆库车县地。司直已见卷二杜子美《短歌行送王郎司直》注。

绝域阳关道，胡沙与塞尘。

三春时有雁；万里少行人。

苜蓿随天马；蒲桃逐汉臣。

当令外国惧，不敢觅和亲。

□姚曰："雄浑。"吴曰："此首有雄直之气。"

《史记·大宛传》曰："大宛，其俗土著耕田，田稻麦，有蒲陶酒，多善马，马汗血，其先天马子也。"又曰："初天子发书易云：神马当从西北来。得乌孙马好，名曰天马。及得大宛汗血马益壮，更名乌孙马曰西极，名大宛马曰天马云。"又曰："宛左右以蒲陶为酒，俗嗜酒，马嗜苜蓿。汉使取其实来，于是天子始种苜蓿、蒲陶肥饶地，及天马多，外国使来众，则离宫别馆旁尽种蒲陶、苜蓿极望。"又互见卷二李颀《古从军行》注。○《史记·刘敬传》曰："上取家人子名为长公主，妻单于，使刘敬往结和亲约。"

送方城韦明府

《左》僖四年：屈完对齐桓公曰："楚国方城以为城，汉水以为池。"杜注曰："方城山在南阳叶县南。"《元和郡县志》曰："山南道唐州方城县（即今河南方城县治）：方城山在县东五十里。"赵注曰："明府字始见于《汉书·韩延寿》《龚遂》两传中。（龚遂入《循吏传》。）然皆以称太守。惟《张俭传》（《后汉书·党锢传》）李笃呼外黄令毛钦为明廷。章怀太子注：明廷犹明府。唐人称县令为明府，当本于此。"

遥思菱荇际，寥落楚人行。

高鸟长淮水；平芜故郢城。吴曰："无限感慨而笔空灵。"

使车听雉乳；县鼓应鸡鸣。

若见州从事，无嫌手板迎。

□吴曰："诙谐有趣。"又曰："通体奇逸，以起处遥思二字得势。东坡七律往往学之，胶西高处望西川一首，其最著也。"

《诗·硕人》毛传曰："葭，芦也。菼，薍也。"○《史记·淮阴侯传》曰："上令武士缚信载后车。信曰：果若人言，高鸟尽，良弓藏。"○《元和郡县志》曰："山南道唐州桐柏县：淮水出县南桐柏山。"○鲍明远有《芜城赋》。○《元和郡县志》曰："方城县本汉堵阳地也，隋改置方城县，取方城山为名也。"案：故郢城犹言旧时楚国之城，变楚言郢以避上楚人字耳。赵注以江陵郢城当之，非是。○《后汉书·鲁恭传》曰："拜中牟令，河南尹袁安使仁恕掾肥亲往廉之。恭随行阡陌，俱坐桑下，有雉过止其旁，旁有童儿。亲曰：儿何不捕之？儿言雉方将雏。亲瞿然而起曰：竖子有仁心。"○《晋书·良吏传》曰："邓攸，字伯道，吴郡阙守，帝以授攸。攸刑政清明，百姓欢悦。后去职，百姓数千人留牵攸船不得进，攸乃小停，夜中发去。吴人歌之曰：纨如打五鼓，鸡鸣天欲曙，邓侯挽不留，谢令推不去。"○《续汉书·百官志》曰："每州刺史一人，皆有从事史假佐。"○手板已见卷二韩退之《和卢郎中云夫诗》注。

送梓州李使君

刺史亦称使君，《后汉书·逸民传》：台佟谓邺郡刺史曰：使君奉宣诏书，是也。案：唐剑南道梓川治郪县，今四川三台县治。又案：杜子美有《送李梓州使君之任诗》，未知即此人否。

万壑树参天，千山响杜鹃。吴曰："逆起，神韵俊迈。"

山中一夜雨；树杪百重泉。方植之曰："分顶上二语，而一气赴之，尤为龙跳虎卧之笔。"吴曰："撰出奇语。"

汉女输橦布；巴人讼芋田。

文翁翻教授，不敢倚先贤。<small>纪曰："起四句高调摩云。"</small>

《文选》左太冲《蜀都赋》曰："汉女击节。"又曰："布有橦华。"刘渊林注曰："橦华者，树名橦，其花柔毳可绩为布也。"《元和郡县志》曰："剑南道梓州：开元贡绫绵丝布，赋布绢。"案《瀛奎律髓》橦作賨。《晋书·食货志》曰："夷人输賨布，户一匹，远者或一丈。"〇《左》庄十八年曰："巴人叛楚。"〇《史记·货殖传》曰："卓氏曰：吾闻汶山之下，沃野下有蹲鸱，至死不饥。"《正义》曰："蹲鸱，芋也。"又《蜀都赋》曰："瓜畴芋区。"〇《汉书·循吏传》曰："文翁为蜀郡守，见蜀地辟陋，欲诱进之，乃选郡县小吏开敏有材者遣诣京师，受业博士。又修起学官，于成都市中招下县子弟以为学官弟子，繇是大化，蜀地学于京师者比齐、鲁焉。"案：末二句言文翁教化至今已衰，当更翻新以振起之，不敢倚先贤成绩而泰然无为也。此相勉之意，而昔人以为此二句不可解何邪？

赵注本依《文苑英华》一夜雨作一半雨，且引钱牧斋曰："作一半雨尤佳。盖送行之诗，言其风土，深山冥晦，晴雨相半，故曰一半雨，而续之以僰女巴人之联也。"案：一半雨着力，且不佳，盖后人妄改，钱说断不可从。王阮亭曰："右丞诗：万壑树参天，千山响杜鹃。山中一夜雨，树杪百重泉。兴来神来，天然入妙，不可凑泊。而《诗林振秀》改为山中一丈雨，《潼川志》作春声响杜鹃，《方舆胜览》作乡音响杜鹃（《英华》作乡音听杜鹃），此何异点金成铁？故古人诗一字不可妄改。"（《古夫于亭杂录》卷三）案：王说是也。

送杨长史赴果州

《律髓》，长史下有济字，盖其名也。《唐六典》（三十）曰："中州，（案《地理志》，果州乃中州。）长史一人，从五品上。"案：唐山南西道果州治南充县，在今四川南充县北。

褒斜不容幰，之子去何之？
鸟道一千里；猿声十二时。
官桥祭酒客；山木女郎祠。
别后同明月，君应听子规。

□纪曰："一片神行，不比凡马空多肉。"姚曰："已似大历间人。"吴曰："高华俊爽。"

《文选·西都赋》曰："右界褒、斜、陇首之险。"李善注引《梁州记》曰："万石城泝汉上七里有褒斜谷，南口曰褒，北口曰斜，长四百七十里。"《元和郡县志》曰："山南西道兴元府褒城县：褒斜道一名石牛道，张良令汉王烧绝栈道示无还心，即此道也。"《清统志》曰："陕西汉中府：褒谷在褒城县北。"○《说文新附》曰："幰，车幔也。"○鸟道已见卷二李太白《蜀道难》注。○《后汉书·刘焉传》曰："张鲁祖父陵学道鹤鸣山中，造作符书，以惑百姓，受其道者辄出米五斗，故谓之米贼。陵传子衡，衡传于鲁。鲁遂自号师君，其来学者初名为鬼卒，后号祭酒，各领部众，诸祭酒各起义舍于路，同之亭传，县置米肉以给行旅。"又见《华阳国志·汉中志》。案：右丞此诗正用张鲁事，姚氏引之是也。赵注别为异说以引《刘焉传》为误，殊不可解。○《水经·沔水》注曰：五丈溪"南注汉水，南有女郎山，山上有女郎冢，下有女郎庙及捣衣石，言张鲁女也。有小水北流入汉水，谓之女郎水"。姚曰："诗用祭酒女郎，皆言异俗荒陋之义。"

〇谢希逸《月赋》曰："隔千里兮共明月。"

送邢桂州

《旧唐书·地理志》曰："岭南道桂州，下都督府，天宝元年改为始安郡，依旧都督府。至德二年改为建陵郡。乾元元年复为桂州，刺史充经略军使。"《通鉴》（二百二十一）《唐纪》："肃宗上元元年六月甲子，桂州经略使邢济奏破西原蛮二十万众，斩其帅黄乾曜。"案：邢济，新、旧《唐书》皆无传，《新书·南蛮传》言西原蛮陷道州，据城五十馀日，桂管经略使邢济击平之。此诗邢桂州当即济也。又案：唐桂州治临桂县，今广西桂林县治。

铙吹喧京口；风波下洞庭。

赭圻将赤岸；击汰复扬舲。

日落江湖白；潮来天地青。气象雄阔，涵盖一切。

明珠归合浦，应逐使臣星。

《元和郡县志》曰："江南道润州：汉献帝建安十四年，孙权自吴理丹徒，号曰京城，今州是也。十六年，迁都建业，以此为京口镇，城前浦口即是京口。"《清统志》曰："江苏镇江府：京城，今丹徒县治，京口港在丹阳县西北。"〇洞庭已见卷一韩退之《岳阳楼别窦司直诗》注。〇《元和郡县志》曰："江南道宣州南陵县：赭圻故城在县西北一百三十里，西临大江，吴所置赭圻屯处也。"案：唐南陵县，今安徽南陵县治。〇《文选·江赋》曰："鼓洪涛于赤岸。"馀见卷二杜子美《戏题王宰画山水图歌》注。〇《楚辞·九章·涉江》曰："乘舲船余上沅兮，齐吴榜以击汰。"王逸注曰："舲船，船有牕牖者。吴榜，船櫂也。汰，水波也。"《九歌·湘君》曰："横大江兮扬灵。"《后汉书·文苑传》

杜笃《论都赋》注引作扬舲。○《后汉书·循吏传》曰："孟尝迁合浦太安，郡不产谷实而海出珠宝。先时，宰守并多贪秽，诡人采求，不知纪极，珠遂渐徙于交趾郡界。于是行旅不至，人物无资，贫者饿死于道。尝到官革易前弊，求民利病，曾未踰岁，去珠复还，百姓皆反其业，商贾流通。"○《后汉书·方术传》曰："李郃善河洛风星，人莫之识。县召署幕门候吏。和帝即位，分遣使者皆微服单行，各至州县观采风谣，使者二人当到益部，投郃候舍，时夏夕露坐，郃因仰观问曰：二君发京师时宁知朝廷遣二使邪？问：何以知之？郃指星示云：有二使星向益州分野，故知之耳。"

送丘为落第归江东

《唐诗纪事》（卷十七）："丘为，苏州嘉兴人。事继母孝，累官太子右庶子。"《唐才子传》（卷二）曰："丘为初累举不第，归山读书数年，天宝初刘单榜进士。王维甚称许之，尝与唱和。"

怜君不得意，况复柳条春。吴曰："句中转折。"
为客黄金尽；还家白发新。吴曰："悽惋。"
五湖三亩宅；万里一归人。
知祢不能荐，羞称献纳臣。

《史记·虞卿传》曰："虞卿不得意，乃著书。"○《秦策》一曰："苏秦说秦王，书十上而说不行，黑貂之裘敝，黄金百斤尽。"○《淮南子·原道篇》曰："任一人之能，不足以治三畮之宅也。"○《后汉书·文苑传》曰："祢衡，字正平，平原般人也。唯善鲁国孔融及弘农杨修，融亦深爱其才，上疏荐之。"○班孟坚《两都赋序》曰："言语侍从之臣，朝夕论思，日月献纳。"

汉江临泛

《水经·沔水》篇曰："又东过襄阳县北，又从县东屈西
南，淯水从北来注之。"又曰："又东过荆城东。"又曰："又南
至江夏沙羡县北，南入于江。"郦注曰："《尚书》曰：嶓冢导
漾，东流为汉。(《禹贡》)《山海经》所谓汉出鲋崜山也。(《海
内东经》) 东北流得献水口，庾仲雍云：是水南至关城合西汉
水，汉水又东北合沮口，同为汉水之源也。故如淳曰：此方人
谓汉水为沔水。孔安国曰：漾水东流为沔，盖与沔合也。至汉
中为汉水，是互相通称矣。"案：此诗言襄阳，则临泛者盖自
襄阳而下也。《清统志》曰："湖北襄阳府：汉水自郧阳府郧县
东南入均州界 (今改县)，又东南入光化县界，又东南入榖城
县界，又东南入襄阳县界，又东南入宜城县界，又东南入安陆
府锺祥县界。"又曰："汉阳府：汉水自沔阳州 (今改县) 东流
入汉川县界，至县北汉口入江。"○《律髓》泛作眺。

楚塞三湘接；荆门九派通。吴曰："一起阔大。"
江流天地外；山色有无中。吴曰："雄警。"
郡邑浮前浦；吴曰："再接再厉。"波澜动远空。
襄阳好风日，留醉与山翁。
□吴曰："雄伟有气力，学者宜从此等入手。"

江文通《望荆山诗》曰："奉义至江、汉，始知楚塞长。"○
陶渊明《赠长沙公诗》曰："遥遥三湘。"李公焕本笺注引《寰宇
记》：湘潭、湘乡、湘源为三湘。陶澍《集注》曰："湘水发源会
潇水，谓之潇湘。及至洞庭陵子口，会濒江谓之濒湘。又北与沅
水会于湖中，谓之沅湘。三湘之目当以此。若湘潭、湘乡、湘源
皆县名，非水也。且建置在后，古无此称。尚有临湘、湘阴，亦

不止三也。"步瀛案：《说文》有潇无潚，潚字乃大徐所附，今所谓潇水者，乃强以营水名之，非古也。（郭注《中山经》始误以潇、湘为二水。）陶氏说亦未确。○荆门已见卷三元裕之《赤壁图》注。○《文选》郭景纯《江赋》曰："流九派乎浔阳。"李善注曰："水别为派。应劭《汉书注》曰：江自庐江浔阳分为九也。"○《汉书·地理志》南郡襄阳县注引应劭曰："在襄水之阳。"《元和郡县志》曰："山南道襄州：后汉建安十三年，魏武帝平荆州，置襄阳郡。"○《晋书·山简传》曰："简镇襄阳，惟酒是耽，诸习氏，荆土豪族，有佳园池。简每出嬉游，多之池上，置酒辄醉，名之曰高阳池。"又互见卷二李太白《襄阳歌》注。

《庚溪诗话》曰："六一居士《平山堂长短句》云：平山栏槛倚晴空，山色有无中。岂用摩诘语耶？然诗人意象到时，语偶相同亦多矣。"又《老学庵笔记》曰："权德舆《晚渡扬子江诗》云：远岫有无中，片帆烟水上。已是用维语。欧公长短句云云，诗人至是盖三用矣。"

观 猎

赵曰："《唐诗纪事》作《猎骑》，郭茂倩《乐府》采首四句入《近代曲辞》，题曰《戎浑》，《万首唐人绝句》亦摘入绝句内，题作《戎浑》。"

风劲角弓鸣，吴曰："逆起得势。"将军猎渭城。
草枯鹰眼疾；雪尽马蹄轻。吴曰："刻划精细。"
忽过新丰市；还归细柳营。用流动之笔，与前浓淡相剂。
回看射雕处，千里暮云平。吴曰："收亦不弱。"

角弓已见卷二岑参《白雪歌》注。○《史记·秦始皇本纪》《正义》引《括地志》曰："咸阳故城亦名渭城，在雍州北五里。"《清统志》曰："陕西西安府：渭城故城在咸宁县东，（今并入长安县）即秦所都咸阳也。"○《史记·高祖本纪》曰："十年更命郦邑曰新丰。"《汉书·地理志》京兆尹新丰县原注曰："高祖七年置。"应劭曰："太上皇思东归，于是高祖改筑城市街里以象丰，徙丰民以实之，故号新丰。"《清统志》曰："西安府：新丰故城在临潼县东北。"○《汉书·文帝纪》曰："后六年，周亚夫为将军，次细柳。"注："服虔曰：在长安西北。如淳曰：长安细柳仓在渭北。"《元和郡县志》曰："关内道京兆府咸阳县：细柳仓在县西南二十里，汉旧仓也。周亚夫军次细柳，即此是也。"《清统志》曰："西安府细柳仓在咸阳县西南。"○《史记·李将军传》曰："中贵人将骑数十纵，见匈奴三人与战，三人还射，伤中贵人，杀其骑且尽，中贵人走广。广曰：是必射雕者也。"《北齐书·斛律光传》曰："尝从世宗于恒桥校猎。见一大鸟云表飞扬，光引弓射之，正中其颈，至地乃大雕也。邢子高见而欢曰：此射雕手也。"

方植之曰："起手贵突兀。王右丞风劲角弓鸣，杜工部莽莽万重山，带甲满天地，岑嘉州送客飞鸟外等篇，直如高山坠石，不知其来，令人惊绝。"（《昭昧詹言》卷二十一）

登裴迪秀才小台作

端居不出户，满目望云山。
落日鸟边下；秋原人外闲。妙绝言诠。
遥知远林际，不见此檐间，
好客多乘月，应门莫上关。

刘公幹《赠五官中郎将诗》曰："应门重其关。"

使至塞上

单车欲问边，属国过居延。
征蓬出汉塞，归雁入胡天。
大漠孤烟直；长河落日圆。塞外景象，如在目前。
萧关逢候骑，都护在燕然。

起二句《文苑英华》作衔命辞天阙，单车欲问边。合下二句音律为协。特语稍平易，疑后人所改也，故仍依本集。○《汉书·武帝纪》曰："元狩二年秋，匈奴昆邪王杀休屠王，并将其众，合四万馀人来降，置五属国以处之。"颜注曰："凡言属国者，存其国号而属汉朝，故曰属国。"《卫青霍去病传》曰："分处降者于边五郡故塞外，而皆在河南，故因其故俗为属国。"《续汉书·郡国志》凉州有张掖居延属国，曰："居延，有居延泽，古流沙。"案《汉书·地理志》张掖郡居延县原注曰："居延泽在东北，古文以为流沙。"《水经·禹贡山水泽地所在篇》曰："流沙地在居延县东北。"郦注曰："泽在故城东北，《尚书》所谓流沙者也。形如月生五日，弱水入流沙，沙与水流行也。"《元和郡县志》曰："陇右道甘州张掖县：居延海在县东北一百六十里，即居延泽，古文以为流沙者风吹流行，故曰流沙。"吴让之（熙载）《通鉴地理今释》（卷十九）曰："居延泽在甘肃高台县东北，今为二泽，西北曰索廓克鄂模，东北曰索博鄂模。"○《商君书·禁便篇》曰："今夫飞蓬遇飘风而行千里。"王子渊《与周弘让书》曰："征蓬长逝。"○班孟坚《燕然山铭》曰："绝大漠。"○孤烟已见《辋川闲居》注。庾子山《伤王司徒褒诗》曰："闲烽直起烟。"《埤雅》（卷四）曰："古之燧火用狼粪，取其烟直而聚，虽风吹之不斜。"案：此但赋当时所见，农师之说不必为摩诘作疏也。○《元和郡县志》曰："关内道原州平高县：萧关故城在县东南三十里。"《清统志》曰:"甘肃平凉府:萧关在固原州东南。"(今改县)○《史记·匈奴传》曰:"候骑至雍甘泉。"何仲言《见征人分别诗》曰:"候骑出萧关。"○《汉书·西域传》曰:"日逐王将众来降,护鄯善以西使者郑吉迎之,因使吉并护北道,故号曰都护。都护之起自吉置矣。"○《后汉书·窦宪传》曰:"南单于请兵北伐,乃拜宪车骑将军,以执金吾耿秉为副,出塞与北单于战于稽落山,大破之。宪、秉遂登燕然山,去塞三千馀里,刻石勒功,记汉威德,令班固作铭。"《清统志》曰:"喀尔喀杭爱山在鄂尔浑河源之北,直陕西宁夏北二千里许,翁金西北五百馀里,当即古之燕然山。"

秋夜独坐

独坐悲双鬓;空堂欲二更。

雨中山果落;灯下草虫鸣。

白发终难变;吴曰:"挺起得势。"黄金不可成。

欲知除老病,惟有学无生。

《列仙传》曰:"稷丘君朱璜入浮阳山八十馀年,白发尽黑。"○黄金可成已见苏子瞻《寄吴德仁诗》注。又《汉书·刘向传》曰:"淮南有枕中鸿宝苑秘书,更生幼而诵读,以为奇,献之,言黄金可成。上令典尚方铸作事,费甚多,方不验。"江文通《从建平王游记南城诗》曰:"黄金不可成。"○《释迦谱》(卷二)曰:"尔时太子而答之言,诚如所说,但我不以损国故尔,亦不复言五欲无乐,以畏老病生死之苦,故于五欲不敢爱着。"○《文选》孙兴公《游天台山赋》曰:"畅以无生之篇。"李善注曰:"无生谓释典也。维摩诘曰:是天女所愿,具足得无生忍。"(《维摩诘所说经·观众生品》)案《大乘义章》十二曰:"理寂不起,称曰无生,慧安此理,名无生忍。"

送孟六归襄阳

一作送孟浩然。案《旧唐书·文苑传》曰："孟浩然隐鹿门山，以诗自适，年四十来游京师，应进士不第，还襄阳。"又案：唐山南道襄州襄阳县，今湖北襄阳县治。○《律髓》作张子容诗。

> 杜门不复出，久与世情疏。
> 以此为长策，劝君归旧庐。
> 醉歌田舍酒；笑读古人书。
> 好是一生事，无劳献《子虚》。

□姚曰："此诗即效孟公体。"

《史记·商君传》：赵良曰："公子虔杜门不出。"《司马相如传》曰："蜀人杨得意为狗监，侍上，上读《子虚赋》而善之，得意曰：臣邑人司马相如自言为此赋。上惊，乃召问相如。相如曰：有是，然此乃诸侯之事，未足观也。请为《天子游猎赋》。赋成奏之。"

终南别业

案此首，本集赵注本入古诗，他本多入律诗。此等作律诗读则体格极高，若在古诗则非其至者。齐、梁人诗皆可以此意求之。

> 中岁颇好道，晚家南山陲。
> 兴来每独往，胜事空自知。
> 行到水穷处；坐看云起时。
> 偶然值邻叟，谈笑无还期。

　　□方虚谷曰："右丞此诗有一唱三叹之妙。"沈归愚曰："行所无事，一片化机，末语无还期谓不定还期也。"纪曰："此诗之妙，由绚烂之极归于平淡，然不可以躐等求也。学盛唐者当以此种为归墟，不得以此种为初步。"

　　《茗溪渔隐丛话前集》（十七）曰："《后湖集》云：此诗造意之妙，至与造物相表里，岂直诗中有画哉？观其诗知其蝉蜕尘埃之中，浮游万物之表者也。山谷老人云：余顷年登山临水，未尝不读王摩诘诗，固知此老胸次定有泉石膏肓之疾。"

孟浩然

　　姚曰："孟公高华精警，不逮右丞，而自然奇逸处则过之。"

望洞庭湖赠张丞相

　　张丞相疑即子寿也。《新唐书·宰相表》曰："开元二十一年起复张九龄为中书侍郎、同中书门下平章事。"又子寿镇荆州，辟浩然于府。

　　八月湖水平，涵虚混太清。
　　气蒸云梦泽；波撼岳阳城。吴曰："壮阔。"
　　欲济无舟楫，端居耻圣明。
　　坐观垂钓者，徒有羡鱼情。吴曰："唐人上达官诗文多干乞之意，此诗收句亦然，而词意则超绝矣。"
　　□纪曰："以望洞庭托意，不露干乞之痕。"

　　《文选·吴都赋》曰："回曜灵于太清。"刘渊林注曰："太清谓天也。"○《元和郡县志》曰："江南道安州安陆县：云梦泽在县南五十里。"《清统志》曰:"湖北安陆府:云梦泽在安陆县南五十里,东南接云梦县界。"○岳阳城已见卷一韩退之《岳阳楼诗》注。○《淮南子·说林篇》曰:"临河而羡鱼,不如归家织网。"又见《文子·上德篇》。《汉书·董仲舒传》:对策曰:"古人有言曰:临渊羡鱼,不如退而结网。"又见《礼乐志》及《扬雄传》。

宿桐庐江寄广陵旧游

《元和郡县志》曰:"江南道睦州桐庐县:桐庐江源出杭州於潜县界天目山,南流至县东一里入浙江。"《通典·州郡典》(十一)曰:"广陵郡,今之扬州,理江都、江阳二县。"《清统志》曰:"浙江严州府,桐溪在桐庐县东北三里,上流即天目溪,自分水县流入,合桐江。"又曰:"江苏扬州府:广陵故城在府(即今江都县)东北。"

山暝听猿愁,沧江急夜流。健举,工于发端。
风鸣两岸叶;月照一孤舟。旅况寥落,情景如绘。
建德非吾土;维扬忆旧游。
还将两行泪,遥寄海西头。

□情深语挚。

《元和郡县志》曰:"江南道睦州建德县:本汉富春县地,吴黄武四年,分置建德县。桐庐县本汉富春县之桐溪乡,黄武四年分置桐庐县。"《清统志》曰:"浙江严州府建德故城,今建德县治。"○王仲宣《登楼赋》曰:"虽信美而非吾土兮。"○《书禹贡》曰:"淮、海惟扬州。"庾子山《哀江南赋》曰:"淮海维扬,三千余里。"○隋炀帝《泛龙舟歌》曰:"借问扬州在何处?淮南江北海西头。"

早寒江上有怀

木落雁南度，北风江上寒。
我家襄水曲，遥隔楚云端。
乡泪客中尽；孤帆天际看。
迷津欲有问，平海夕漫漫。

□纯是思归之神，所谓超以象外也。

汉武帝《秋风辞》曰："草木黄落兮雁南归。"鲍明远《登黄
鹤矶诗》曰："木落江渡寒，雁还风送秋。"○《元和郡县志》
曰："山南道襄州襄阳县：在襄水之阳，故以为名。南漳县：襄
水出县北一百一十里白石山。"《清统志》曰："湖北襄阳府：疎
水出南漳县北，东流至宜城县入汉，一名襄水。"○《晋书·天
文志》曰："楚云如日。"○谢玄晖《休沐重还丹阳道中诗》曰：
"乡泪尽沾衣。"又《之宣城郡诗》曰："天际识归舟。"○释宝志
《十二州颂》曰："若著物入迷津。"○江总持《别南海宾化侯诗》
曰："平海若无流。"

广陵别薛八

士有不得志，栖栖吴楚间。
广陵相遇罢，彭蠡泛舟还。
樯出江中树；波连海上山。
风帆明日远，何处更追攀？

□姚曰："奇气。"

《论语·宪问篇》："微生亩谓孔子曰：丘何为栖栖者与！"
《文选》班孟坚《答宾戏》曰："棲棲遑遑。"李善注曰："棲遑，
不安居之意也。"案栖、棲字同。○彭蠡已见卷一《彭蠡湖中望

庐山诗》注。

与诸子登岘山作

《元和郡县志》曰："山南道襄州襄阳县：岘山在县东南九里，山东临汉水，古今大路。羊祜镇襄阳，与邹润甫共登此山，后人立碑，谓之堕泪碑，其铭文即蜀人李安所制。"《清统志》曰："湖北襄阳府：岘山在襄阳县南九里，一名岘首山。"

人事有代谢，往来成古今。吴曰："感慨。"
江山留胜迹，我辈复登临。语有抱负。
水落鱼梁浅；天寒梦泽深。
羊公碑尚在，读罢泪沾襟。

《淮南子·俶真篇》曰："二者代谢舛驰。"○《水经·沔水》注曰："沔水中有鱼梁洲，庞德公所居。"○羊公碑已见卷二李太白《襄阳歌》注。

晚泊浔阳望庐山

《元和郡县志》曰："江南道江洲浔阳县：本汉旧县，属庐江郡，以在浔水之阳故名。"《清统志》曰："江西九江府：浔阳故城今德化县治。"（今九江县）馀巳见卷一《彭蠡湖中望庐山诗》注。

挂席几千里，名山都未逢。
泊舟浔阳郭，始见香炉峰。
尝读远公传，永怀尘外踪。
东林精舍近，日暮坐闻钟。
□沈曰："所谓篇法之妙不见句法者。"吴曰："一片空灵。"

《文选》木玄虚《海赋》曰："挂帆席。"谢灵运《游赤石进帆海诗》曰："挂席拾海月。"○香炉峰、远公传并见《望庐山诗》。○张平子《思玄赋》曰："游尘外而瞥天兮。"

《吕氏童蒙训》曰："浩然诗：挂席几千里，名山都未逢。泊舟浔阳郭，始见香炉峰。但详看此等语，自然高远。"○葛常之（立方）《韵语阳秋》（卷十四）曰："余在毗陵，见孙润夫家有王维画孟浩然像，绢素败烂，丹青已渝。维题其上云：维尝见孟公吟曰：日暮马行疾，城荒人住稀。（《夕次蔡阳馆》）又吟云：挂席数千里，名山都未逢。泊舟浔阳郭，始见香炉峰。余因美其风调，至所舍图于素幅。后有本朝张泊〔泊〕题识云，王右丞《襄阳吟诗图》，笔迹穷极神妙。襄阳之状颀而长，峭而瘦，衣白袍，靴帽重戴，乘款段马，一童总角，提书笈负琴而从，风仪落落，凛然如生。"案王阮亭《戏仿元遗山论诗绝句》三十二首，其第四首曰："挂席名山都未逢，浔阳喜见香炉峰。高情合爱维摩诘，浣笔为图写孟公。"

过故人庄

故人具鸡黍，邀我至田家。

绿树村边合；青山郭外斜。

开轩面场圃；把酒话桑麻。

待到重阳日，还来就菊花。

□纪曰："王、孟诗大段相近，而体格又自微别。王清而远，孟清而切。学王不成，流为空腔。学孟不成，流为浅语。如此诗之自然冲淡，初学遽躐等而效之，不为滑调不止也。"步瀛案：纪说诚是，然亦不惟学王、孟也。学李不成，流为大言，学杜不成，流为拙滞，是皆不善学者之过，古人不任责也。要之入手学诗，万不可流入滑易。纪氏所戒，学者不可不留意也。

《论语·微子篇》曰："丈人止子路宿，杀鸡为黍而食之。"
○阮嗣宗《咏怀诗》曰："开轩临四野。"○陶渊明《归田园居诗》曰："但道桑麻长。"○《艺文类聚·岁时部》引魏文帝《与钟繇书》曰："岁往月来，忽复九月九日。九为阳数，而日月并应，俗嘉其名，以为宜于长久。至于芳菊，纷然独荣，谨奉一束，以助彭祖之术。"

岁暮归南山

一作归终南山。

北阙休上书，南山归敝庐。吴曰："一起超脱。"

不才明主弃；多病故人疏。吴曰："怨词也，而出之以婉曲。"

白发催年老；青阳逼岁除。

永怀愁不寐，松月夜窗虚。结句意境深妙。

《文选》扬子幼《报孙会宗书》李善注曰："上章者于公车，北阙，公车门所在也。"《汉书·东方朔传》曰："朔上书高自称誉，上伟之，令待诏公车。"颜注曰："公车令属卫尉，上书者所诣也。"《后汉书·丁鸿传》李贤注曰："公车，署名。公车所在，因以名。诸待诏者皆居以待命。"○《左》襄二十三年曰："犹有先人之敝庐在。"《文中子·事君篇》曰："疏属之南有先人敝庐在。"○《尔雅·释天》曰："春曰青阳。"

《摭言》（卷十一）曰："襄阳诗人孟浩然，开元中颇为王右丞所知，句有微云淡河汉，疏雨滴梧桐者，右丞吟咏之，常击节不已。维待诏金銮殿，一旦召之商较风雅，忽遇上幸维所，浩然错愕伏床下。维不敢隐，因之奏闻。上欣然曰：朕素闻其人。因得召见，上曰：卿将得诗来耶？浩然奏曰：臣偶不赍所业。上即命吟，浩然奉诏拜舞，念诗曰：北阙休上书，南山归卧庐。不才明主弃，多病故人疏。上闻之怃然曰：朕未曾弃人，自是卿不求进，奈何反有此作！因命放归南山，终身不仕。"（《新唐书·文艺传》亦载此事。）《漫叟诗话》曰："孟浩然诗：不才明主弃，多病故人疏。唐玄宗曰：卿自弃朕，朕何尝弃卿？所谓转喉触讳。"

舟中晓望

挂席东南望，青山水国遥。
舳舻争利涉，来往接风潮。
问我今何适，天台访石桥。
坐看霞色晓，疑是赤城标。

　□姚曰："趣兴奇逸。"吴曰："一片神行，此王、孟之绝诣也。"

　颜延年《登巴陵城楼诗》曰："水国周地险。"○《汉书·武帝纪》曰："元封五年，自寻阳浮江，舳舻千里，薄枞阳而出。"注："李斐曰：舳，船后持柁处也；舻，船前头刺棹处也。"○《易·需卦》曰："利涉大川。"○《元和郡县志》曰："江南道台州唐兴县：天台山在县北一十里。"《太平寰宇记》曰："江南东道台州天台县：天台山，《启蒙记》注云：天台山去天不远，路经油溪水，深险清泠，前有石桥，路迳不盈尺，长数十丈，下临绝涧，唯忘其身然后能济。济者梯岩壁，援萝葛之茎，度得平路，见天台山蔚然绮秀，列双岭于青霄，上有琼楼玉阙天堂碧林醴泉，仙物毕具也。"《舆地纪胜》曰："两浙东路台州：石桥在天台县五十里。"按《天台山记》："桥头上有小亭，桥长七丈，北阔二尺，南阔七尺，龙形龟背，架在壑上，有两涧合流于桥下，桥势峭峻，过者目眩心悸，其桥有尖起高丈馀，多莓苔甚滑，度彼不得。"孙绰《天台山赋》曰："跨穹窿之悬磴，临万丈之绝冥。践莓苔之滑石，搏壁立之翠屏。"又朱裔诗："会入天台里，看予度石桥。"《清统志》曰："浙江台州府：天台山在天台县北。陶弘景《真诰》云：山高一万八千丈，周八百里，山有八重，四面如一，当斗牛之分，上应台宿，故曰天台。石桥山在天台山北五十里，两山并峙，连亘百里，上有石梁，悬架两崖间。"○《文选》孙兴公《游天台赋》曰："赤城霞起而建标。"李善注曰："支遁《天台山铭序》曰：往天台当由赤城山为道径。孔灵符《会稽记》曰：赤城山石色皆赤，状似云霞。"《元和郡县志》曰："台州唐兴县：赤城山在县北六里。"《清统志》曰："台州赤城山在天台县北六里。"

伤岘山云表上人

《维摩诘所说经·问疾品》曰："文殊师利白佛言：世尊，彼上人者难为诪对。"《释氏要览》上曰："《增一经》云：夫人处世有过能自改者名上人，律鞞沙王呼佛弟子为上人。"《能改斋漫录》（卷七）曰："唐诗多以僧为上人，如杜子美《巳上人茅斋》是也。按《摩诃般若经》云：何名上人？佛言若菩萨一心行阿耨菩提心不散乱是名上人。《十诵律》云，人有四种：一粗人，二浊人，三中间人，四上人。"

少小学书剑，吴曰："开拓。"秦吴多岁年。
归来一登眺，吴曰："再开。"陵谷尚依然。
岂意餐霞客，吴曰："合。"忽随朝露先？
因之问闾里，吴曰："再开。"把臂几人全？

□吴曰："气势浑灏，自然感慨。王、孟体此为极则。"又曰："开拓处多则不平，此最紧要，否则几于滑易矣。"

《史记·项羽本纪》曰："少时学书不成，去学剑又不成。"

○谢玄晖《宣城郡内登望诗》曰："寒城一以眺，平楚正苍然。"
○曹子建《驱车篇》曰："餐霞漱沆瀣。"○《古诗》曰："年命
如朝露。"又见杜子美《送孔巢父诗》注。○《世说新语·赏誉
篇》曰："谢公道豫章，若遇七贤，必自把臂入林。"

万山潭作

　　《元和郡县志》曰："山南道襄州襄阳县：万山在县西十一
里。"案《水经·沔水篇》曰："又东过襄阳县北。"注曰："沔
水又东迳万山北，山下潭中有杜元凯碑。元凯好尚后名，作两
碑并述己功，一碑沉之岘山水中，一碑下之于此潭，曰百年之
后何知不深谷为陵也？山下水曲之隈，云汉女昔游处也。故张
衡《南都赋》曰："游女弄珠于汉皋之曲，即万山之异名也。"
《清统志》曰："湖北襄阳府，万山在襄阳县西北十里，一名方
山，一名蔓山，一名汉皋山。"

> 垂钓坐磐石，水清心亦闲。
> 鱼行潭树下；猿挂岛藤间。
> 游女昔解佩，传闻于此山。
> 求之不可得，沿月棹歌远。

　　□姚曰："空逸澹宕。"吴曰："后半超妙无匹，笔墨之迹俱
化烟云，浩渺无际。"

　　魏武帝《出自夏门行》曰："坐磐石之上。"○《水经·洧
水》注曰："绿水平潭，清洁澄深，俯视游鱼，类若乘空矣。"
○《诗·汉广》曰："汉有游女，不可求思。"《文选·南都赋》
李善注引《韩诗内传》（内字原作外，误。）曰："郑交甫将南适
楚，遵彼汉皋台下，乃遇二女佩两珠，大如荆鸡之卵。"又《江
赋》注引《韩诗内传》曰："郑交甫遵彼汉皋台下，遇二女，与

言曰：愿请子之佩。二女与交甫，交甫受而怀之，超然而去，十步循探之即亡矣。回顾二女，亦即亡矣。"又见《列仙传》。○汉武帝《秋风辞》曰："箫鼓鸣兮发棹歌。"

刘脊虚

刘脊虚，嵩山人。（《全唐诗》云：江东人。）开元十一年进士，调洛阳尉，迁夏县令。见《唐才子传》。

阙　题

道由白云尽；春与青溪长。
时有落花至；远随流水香。王、孟胜境。
闲门向山路；深柳读书堂。
幽映每白日，清辉照衣裳。

《艺文类聚·水部》下引《俗说》曰："郗僧施青溪中泛到一曲之处，辄作诗一篇。谢益寿见诗笑曰：青溪之曲，复何穷尽？"又《水经·沮水》注曰："沮水南经临沮县西，青溪水注之，水出县西青山，山之东有滥泉，即青溪之源也。"案：青溪前者在今南京，后者在今湖北当阳县，此恐皆非是，但泛言溪水耳。○阮嗣宗《咏怀诗》曰："灼灼西颓日，馀光照我裳。"

寄江滔求孟六遗文

南望襄阳路，思君情转亲。
偏知汉水广，应与孟家邻。
在日贪为善；昨来闻更贫。

相如有遗草，一为问家人。

□姚曰："沉转一气，此是唐人之古诗十九首也。汉水二句亦所云兼复故实者也。"

《诗·汉广》曰："汉之广矣。"案：馀见王摩诘《汉江临泛诗》注。○《列女传·母仪传》曰："邹孟轲之母，其舍近墓，孟子之少也，嬉游为墓间之事，踊跃筑埋。孟母曰：此非吾所以居处子也。乃去舍市傍，其嬉戏为贾人衒卖之事。孟母又曰：此非吾所以居处子也。复徙舍学宫之傍，其嬉游乃设俎豆揖让进退。孟母曰：真可以居吾子矣。遂居之。"晋左九嫔《孟母赞》曰："邹母善导，三徙成教。邻止庠序，俎豆是效。"王子安《滕王阁饯别序》曰："接孟氏之芳邻。"○《史记·司马相如传》曰："相如既病免，家居茂陵。天子曰：司马相如病甚，可往从悉取其书，使所忠往而相如已死，家无书，问其妻，对曰：长卿未死时为一卷书曰：有使者来求书奏之，无他书。其遗札书言封禅事，奏所忠，忠奏其书，天子异之。"

祖　咏

祖咏，洛阳人。登开元十二年进士第。见《新唐书·艺文志》《唐诗纪事》《唐才子传》。

苏氏别业

别业居幽处，到来生隐心。
南山当户牖；沣水映园林。
竹覆经冬雪；庭昏未夕阴。
寥寥人境外，闲坐听春禽。

□吴曰："中四语极力出奇。"

《文选》石季伦《思归引序》曰："遂肥遁于河阳别业。"
○《汉书·地理志》右扶风鄠县原注曰："鄠水出东南。"
《元和郡县志》曰："关内道京兆府鄠县：丰水出县东南终南
山。"《清统志》曰："陕西西安府：丰水出鄠县东南终南山，
北流至咸阳县东南入渭水，一作沣（澧），又作鄠。"○颜延
年《赠王太常诗》曰："庭昏见野阴。"○陶渊明《饮酒诗》
曰："结庐在人境。"○王子渊《洞箫赋》曰："春禽群嬉，
翱翔乎其巅。"

江南旅情

楚山不可极，归路但萧条。
海色晴看雨；江声夜听潮。　吴曰："雄阔。"
剑留南斗近；书寄北风遥。　吴曰："研炼。"
为报空潭橘，无媒寄洛桥。

《晋书·张华传》曰："吴之未灭也，斗牛间常有紫气，吴平
之后，紫气愈明，华闻雷焕妙达纬象，乃要焕宿，登楼仰观。焕
曰：宝剑之精，上彻于天耳。"《文选·吴都赋》刘渊林注引《春
秋说题辞》曰："南斗为吴。"○《御览·地部》三十四引《湘中
记》曰："或曰，昭潭无底橘洲浮。注曰：昭潭，湘水至深处也。
橘洲，每大水诸州悉没，而橘洲独存焉。"《水经·湘水》注曰：
"湘水又北迳昭山西山下，有旋泉深不可测，故言昭潭无底也，
亦谓之湘州潭。湘水又北迳南津城西，西对橘洲。"○洛桥已见
宋延清《途中寒食诗》注。

常　建

题破山寺后禅院

《舆地纪胜》曰："两浙西路平江府：兴福寺在常熟之破山，齐柳州（或作郴州，然《南齐书·州郡志》并无此二州名。）倪德光舍宅为寺，唐常建诗云云，即此地也。"又曰："唐寺记云：始于齐始兴五年。按：齐无始兴年号，但有延兴、中兴皆止一年，流传之误如此。"《清统志》曰："江苏苏州府：兴福寺在常熟县破山。"

清晨入古寺；初日照高林。
曲径通幽处，禅房花木深。
山光悦鸟性；潭影空人心。
万籁此俱寂，但馀钟磬音。

□纪曰："兴象深微，笔笔超妙，此为神来之候。"

《西溪丛语》（卷上）谓欧阳永叔守青，题廨宇山斋云：竹迳遇幽处。不知别本邪，抑永叔改之邪？《藏海诗话》谓常熟县破头山有唐常建诗刻，乃是一径遇幽处。案《续居士集》（卷二十三）《题青州山斋》曰："吾常喜诵常建诗云：竹径通幽处，禅房花木深。故效其语作一联，久不可得，乃知造意者为难工也。"《苏东坡题跋》（卷二）《书常建诗》曰："竹径通幽处，禅房花木深，欧阳公最爱重，以为不可及。此语诚可人意，然于公何足道？岂非厌饫刍豢反思蠃蛤耶？"皆作通不作遇。

刘文房

刘长卿，字文房，河间人。（或曰宣城人。）开元二十一年进士第。至德中历监察御史，以检校祠部员外郎为转运使判官，知淮南、鄂岳转运留后。鄂岳观察使吴仲孺诬奏，贬潘州南巴尉，会有为之辩者，除睦州司马，终随州刺史。见《新唐书·艺文志》《唐诗纪事》《唐才子传》。

碧涧别墅喜皇甫侍御相访

《唐诗纪事》（卷二十七）曰："皇甫曾字孝常，为殿中侍御史。曾与刘长卿友善。曾《过长卿碧涧别业诗》云云，长卿和云云。"案《唐六典》（十三）曰："御史台：殿中侍御史掌殿廷供奉之仪式。"

荒村带返照，落叶乱纷纷。
古路无行客，寒山独见君。纪曰："起四句有灏气。"
野桥经雨断；涧水向田分。
不为怜同病，何人到白云！
□姚曰："何减摩诘。"

《吴越春秋·阖闾内传》：伍子胥曰："子不闻河上歌乎？同病相怜，同忧相救。"

经漂母墓

《史记·淮阴侯传》曰："韩信者，淮阴人也。钓于城下，诸母漂，有一母见信饥，饭信，竟漂数十日。信喜，谓漂母曰：吾必有以重报母。母怒曰：大丈夫不能自食，吾哀王孙而进食，岂望报乎！汉五年，信为楚王，至国，召所从食漂母赐千金。"《集解》引张华曰："漂母冢在泗口南岸。"《水经·淮水》注曰："淮水又东迳淮阴县故城北，城东有两冢，西者即漂母冢也。周回数百步，高十馀丈。昔漂母食信于淮阴，信王下邳，盖投金增陵以报母矣。东一陵即信母冢也。"《清统志》曰："江苏淮安府：漂母墓在清河县东。"案：今改淮阴县。

　　　　昔贤怀一饭；兹事已千秋。
　　　　古墓樵人识；前朝楚水流。
　　　　渚蘋行客荐；山木杜鹃愁。
　　　　春草茫茫绿，王孙旧此游。

　　□方虚谷曰："意深不露。第四句盖谓楚亡汉亡，今惟有流水耳。一漂母之墓，樵人犹能识之，亦以其有一饭之德于时耳。"○大家咏古诗不屑屑于隶事，观此可见。

　　《史记·范睢传》曰："一饭之恩必偿。"《后汉书·李固传》：奏记梁商曰："窃感古人一饭之报。"章怀注曰："谓灵辄也。"（见《左传》宣二年。）○《左》隐三年曰："蘋蘩蕴藻之菜，可荐于鬼神。"○王孙已见题注，《楚辞·招隐士》曰："王孙游兮不归，春草生兮萋萋。"

逢郴州使因寄郑协律

　　唐江南道郴州治郴县，今湖南郴县治。《唐六典》（卷十四）曰："太常寺协律郎二人，正八品，掌和六律六吕以辨四时之气，八风五音之节。"

相思楚天外，梦寐楚猨吟。

更落淮南叶，难为江上心。

衡阳问人远；湘水向君深。

欲逐孤帆去，茫茫何处寻？

□姚曰："何减右丞？"

《文选·蜀都赋》李善注引《淮南子》曰："木叶落而长年悲。"今本《说山篇》木作桑，非。○《楚辞·招魂》曰："湛湛江水兮上有枫，目极千里兮伤春心。"○《书·禹贡》曰："荆及衡阳惟荆州。"唐江南道衡州衡阳县，今湖南衡阳县治。○《水经·湘水篇》曰："湘水出零陵始安县（今广西临桂县）阳海山。"注曰："即阳朔山也。罗君章《湘中记》曰：湘水之出于阳朔，则觞为之舟，至洞庭，日月若出入于其中也。"《元和郡县志》曰："江南道衡州衡阳县：湘水西南自永州祁阳界流入。"

李 颀

望秦川

秦川已见卷二杜子美《乐游原歌》注。

秦川朝望迥，日出正东峰。

远近山河净；逶迤城阙重。

秋声万户竹；寒色五陵松。<small>壮阔。</small>

客有归与叹，凄其霜露浓。

《文选·登楼赋》曰："路逶迤而修回兮。"李善注曰："逶迤，长貌也。"○《史记·货殖传》曰："渭川千亩竹，此其人皆与万户侯等。"五陵已见卷一岑参《与高适薛据同登慈恩寺浮图诗》注。○《论语·公冶长篇》："子在陈曰：归与归与！"○《诗·绿衣》曰："凄其以风。"

李太白

姚曰："盛唐人，禅也。太白则仙也，于律体中以飞动票姚之势运旷远奇逸之思，此独成一境者。"

塞下曲　六首录三

见卷一王少伯《塞上曲》注。

五月天山雪，无花只有寒。吴曰："淡语便自
雄浑。"

笛中闻《折柳》，春色未曾看。

晓战随金鼓；宵眠抱玉鞍。

愿将腰下剑，直为斩楼兰。

《汉书·武帝纪》曰："天汉二年夏五月，贰师将军三万骑出酒泉，与右贤王战于天山。"注引晋灼曰："在西域，近蒲类国，去长安八千馀里。"颜师古曰："即祁连山也。匈奴谓天为祁连，今鲜卑语尚然。"《清统志》曰："甘肃甘州府：祁连山在张掖县西南。"○《乐府诗集》（卷二十二）曰：《唐书·乐志》曰：梁乐府有《胡吹歌》云：上马不捉鞭，反拗杨柳枝。下马吹横笛，愁杀行客儿。此歌辞元出北国，即鼓角横吹曲《折杨柳》是也。"○《文选·子虚赋》："枞金鼓。"郭景纯注曰："金鼓，钲也。"

《释名·释兵》曰："金鼓，金禁也，为进退之禁也。"○梁昭明太子《七契》曰："加以玉鞍之辉焕。"○《汉书·傅介子传》曰：介子与士卒俱赍金帛，扬言以赐外国为名。至楼兰，楼兰王贪汉物，来见使者，介子与坐饮，陈物示之，饮酒皆醉。介子谓王曰："天子使我私报王。王起随介子入帐中屏语，壮士二人从后刺之，刃交匈，立死。其贵人左右皆散走，遂持王首还。"又《西域传》曰："封介子为义阳侯，乃立尉屠耆为王，更名其国为鄯善。"案：依董方立说当在今新疆诺羌县西。

　　　　骏马似风飙，鸣鞭出渭桥。吴曰："高唱入云。"
　　　　弯弓辞汉月；插羽破天骄。吴曰："壮丽雄激。"
　　　　阵解星芒尽；营空海雾销。
　　　　功成画麟阁，独有霍嫖姚。

□王琢崖曰："言成功奏凯图形麟阁者，止上将一人，不能偏及血战之士。太白用一独字，盖有感乎其中欤！然其言又何婉而多风也！"

缪本似作如。○庾子山《马射赋》曰： "鸣鞭则汗赭。"○《史记·外戚世家》《正义》引《括地志》曰："渭桥本名横桥，架渭水上，在雍州咸阳县东南二十二里。"《元和郡县志》曰："京兆府咸阳县：中渭桥在县东南二十二里。"《雍录》（卷六）曰："此桥旧止单名渭桥，后世加中以冠桥上者，为长安之西别有便门桥，万年县之东更有东渭桥，故不得不以中别也。"《清统志》曰："陕西西安府：渭桥在长安县西北故长安城北，接咸阳县界，亦曰中渭桥。"○庾子山《出自蓟北门行》曰："关山连汉月。"○《汉书·高帝纪下》颜注曰："檄者以木简为书，长尺二寸，用征召也。其有急事，则加以鸟羽插之，示速疾也。"薛元卿《出塞诗》曰："插羽夜征兵。"○《汉书·匈奴传》曰：

"单于遣使遗汉书云：南有大汉，北有强胡，胡者，天之骄子也。"○《史记·天官书》曰："昴曰髦头，胡星也。"《正义》曰："摇动若跳跃者，胡兵大起。"庾子山《奉报寄洛州诗》曰："星芒一丈焰。"○《汉书·苏武传》曰："甘露三年，单于始入朝，上思股肱之美，乃图画其人于麒麟阁，凡十一人。"○《史记·骠骑将军传》曰："霍去病为剽姚校尉。"《汉书·霍去病传》作票姚。注："服虔曰：音飘摇。"案萧子显《日出东南隅行》曰："汉马三千匹，夫婿仕嫖姚。"庾子山《画屏风诗》曰："寒衣须及早，将寄霍嫖姚。"杜子美《后出塞》曰："借问大将谁？恐是霍嫖姚。"《赠田九判官梁丘诗》曰："将军只数汉嫖姚。"皆从服虔音读平声。

塞虏乘秋下，天兵出汉家。

将军分虎竹；战士卧龙沙。吴曰："有气骨有采泽，太白才华过人处。"

边月随弓影；胡霜拂剑花。锻炼。

玉关殊未入，吴曰："反掉超绝。"少妇莫长嗟。

扬子云《长杨赋》曰："天兵四临。"○《汉书·文帝纪》曰："二年九月，初与郡守为铜虎符、竹使符。"注："应劭曰：铜虎符第一至第五，国家当发兵，遣使者至郡，合符，符合乃听受之。竹使符者，以竹箭五枚长五寸，镌刻篆书第一至第五。"鲍明远《拟古诗》曰："留我一白羽，将以分虎竹。"○《汉书·西域传》曰："楼兰国最在东垂，近汉，当白龙堆。"《后汉书·班超传》赞曰："坦步葱、雪，咫尺龙沙。"章怀注曰："白龙堆，沙漠也。"○鲍明远《代出自蓟北门行》曰："旌甲被胡霜。"○郎馀庆《从军行》曰："剑花寒不落。"○《后汉书·班超传》：超上疏曰："臣不敢望到酒泉郡，但愿生入玉门关。"章怀注曰：

"玉门关在敦煌郡，今沙州也，去长安三千六百里，关在敦煌县西北。"《清统志》曰："甘肃安西府：古玉门关在府治（今安西县）西一百五十里。"

宫中行乐词　八首录三

原注曰："奉诏作五言。"○孟初中（棨）《本事诗·高逸》第三曰："玄宗尝因宫中行乐，谓高力士曰：对此良辰美景，岂可独以声伎为娱？倘时得逸才词人咏出之，可以夸耀于后。遂命召白。时宁王邀白饮酒已醉，既至，拜舞颓然。上知其薄声律，谓非所长，命为《宫中行乐》五言律诗十首。白顿首曰：宁王赐臣酒，今已醉，倘陛下赐臣无畏，始可尽臣薄技。上曰：可。即遣二内臣掖扶之，命研墨濡笔以授之。又令二人张朱丝栏于其前，白取笔抒思，略不停辍，十篇立就，更无加点，笔迹遒利，凤跱龙拏，律度对偶无不精绝。"王琢崖注曰："据此则当时本作十篇，今存八首，想已逸其二矣。"

　　小小生金屋；盈盈在紫微。
　　山花插宝髻；石竹绣罗衣。
　　每出深宫里；常随步辇归。
　　只愁歌舞散，化作彩云飞。

□纪曰："丽语难于超妙，太白故是仙才。"又曰："结用巫山事无迹。"

金屋已见卷二白乐天《长恨歌》注。○古诗曰："盈盈楼上女。"○《文选·西都赋》注引《春秋合诚图》曰："紫宫，大帝室也。"又陆士衡《答贾长渊诗》曰："来步紫微。"李善注曰："紫微，至尊所居。"○王注曰："《通志略》：石竹，其叶细嫩，花如钱可爱。唐人多像此为衣服之饰。"（《昆虫草木略》卷一）

案：唐陆龟蒙《咏石竹花》云："曾看南朝画国娃，古罗衣上碎明霞。"据此则衣上绣画石竹花者，六朝时已有此制矣。○班孟坚《西都赋》曰："乘茵步辇，惟所息宴。"

　　　　柳色黄金嫩；梨花白雪香。
　　　　玉楼巢翡翠；金殿锁鸳鸯。
　　　　选妓随雕辇；征歌出洞房。
　　　　宫中谁第一？飞燕在昭阳。

□纪曰："此首纯用浓笔，而风韵天然，无繁缛排叠之迹。"

《文选·东京赋》曰："已下雕辇于东厢。"薛注曰："辇人挽车，雕谓有雕饰也。"○宋玉《风赋》曰："经于洞房。"○《西京杂记》（卷上）曰："赵后体轻腰弱，善行步进退，女弟昭仪不能及也。但昭仪弱骨丰肌，尤工笑语，二人并色如红玉，为当时第一，皆擅宠后宫。"○《汉书·外戚传》曰："孝成赵皇后，本长安宫人，及壮属阳阿主家学歌舞，号曰飞燕。成帝尝微行出，过阳阿主作乐，上见飞燕而悦之，召入宫，大幸。有女弟复召入，俱为倢伃，贵倾后宫。许后之废也，乃立倢伃为皇后。皇后既立后，宠少衰而弟绝幸，为昭仪，居昭阳舍。其中庭彤朱而殿上髹漆，切皆铜沓冒，黄金涂，白玉阶，壁带往往为黄金釭，函蓝田璧、明珠翠羽饰之，自后宫未尝有焉。"《苕溪渔隐丛话后集》（卷四）引《复斋漫录》曰："夫昭阳，昭仪所居也，非谓飞燕。"王注曰："《三辅黄图》：成帝赵皇后居昭阳殿。沈佺期诗：飞燕恃宠昭阳殿。（《凤箫曲》）古人亦有此误，飞燕在昭阳之句盖有所自矣。"

　　　　卢橘为秦树；蒲桃出汉宫。
　　　　烟花宜落日；丝管醉春风。

笛奏龙鸣水；箫吟凤下空。

君王多乐事，还与万方同。

　□托讽深婉。

　《史记·司马相如传》：《上林赋》曰："卢橘夏熟。"《集解》引郭璞曰："今蜀中有给客橙，似橘而非，若柚而芬香，冬夏华实相继，或如弹丸，或如拳，通岁食之，即卢橘也。"《索隐》引晋灼曰："此虽赋上林，博引异方珍奇，不系于一也。"〇蒲桃已见王摩诘《送刘司直诗》注。〇马季长《长笛赋》曰："近世双笛从羌起，羌人伐竹未及已。龙鸣水中不见己，截竹吹之声相似。"〇《荀子·解蔽篇》曰："《诗》曰：凤皇秋秋，其翼若干，其声若箫。"《列仙传》曰："萧史者，秦穆公时人也，善吹箫。穆公有女字弄玉，好之，公遂以妻焉。日教弄玉作凤鸣，居数年吹似凤声，凤皇来止其屋，公为作凤台，夫妇止其上，不下数年，一旦皆随凤皇飞去。"

<h3 style="text-align:center">赠孟浩然</h3>

吾爱孟夫子，风流天下闻。

红颜弃轩冕；白首卧松云。

醉月频中圣；迷花不事君。吴曰："疏宕中仍自精炼。"

高山安可仰？吴曰："开一笔。"徒此挹清芬。

　□吴曰："一气舒卷，用孟体也，而其质健豪迈，自是太白手段，孟不能及。"

　庾子山《枯树赋》曰："殷仲文风流儒雅，海内知名。"〇《庄子·缮性篇》曰："轩冕在身非性命也，物之傥来寄也。"〇《南齐书·高逸传》：宗测曰："眷恋松云。"〇《魏志·徐邈传》曰："魏国初建,为尚书郎。时科酒禁,而邈私饮,至于沉醉。校事赵达问以曹事,邈曰:中圣人。达白之太祖,太祖甚怒,鲜于辅进曰:平日醉客谓酒清者为圣人,浊者为贤人,邈性修慎,偶醉言耳。"○《诗·车牵》曰:"高山仰止。"○陆士衡《文赋》曰:"诵先人之清芬。"

赠钱征君少阳

《后汉书·黄宪传》曰:"初举孝廉,又辟公府,友人劝其仕,宪亦不拒之,暂到京师而还,竟无所就。天下号曰征君。"案:征君之称始此。

白玉一杯酒;吴曰:"突起。"绿杨三月时。
春风馀几日?两鬓各成丝。吴曰:"无限感寓。"
秉烛唯须饮;投竿也未迟。吴曰:"转。"
如逢渭水猎,犹可帝王师。吴曰:"收雄奇跌宕。"

《古诗》曰:"昼短苦夜长,何不秉烛游?"○应休琏《与从弟君苗君胄书》曰:"昔伊尹辍耕,郅恽投竿。"○《史记·齐太公世家》曰:"西伯将出猎,卜之曰:所获非龙非彲,非虎非罴,所获霸王之辅。于是西伯猎,果遇太公于渭之阳,与语大说,载与俱归,立为师。"杨子见注曰:"少阳年八十馀,故方之太公。"

渡荆门送别

荆门已见卷三元裕之《赤壁图诗》注。

渡远荆门外,来从楚国游。
山随平野尽;江入大荒流。雄阔。
月下飞天镜;云生结海楼。

仍怜故乡水，万里送行舟。

□语意倜傥，太白本色。

《文选·吴都赋》刘渊林注曰："大荒谓海外也。"◯《古诗》曰："何当大刀头，破镜飞上天？"◯《史记·天官书》曰："海旁蜃气象楼台。"

胡元瑞（应麟）《诗薮》（《内编》卷四）曰："山随平野阔，江入大荒流，太白壮语也。杜：星垂平野阔，月涌大江流，骨力过之。"王注引丁龙友曰："李是昼景，杜是夜景；李是行舟暂视，杜是停舟细观，未可概论。"

送友人

青山横北郭；白水绕东城。
此地一为别，孤蓬万里征。
浮云游子意；落日故人情。
挥手自兹去，萧萧班马鸣。

□沈曰："三四流走，亦竟有散行者，然起句必须整齐。"又曰："苏、李赠言多唏嘘语而无蹶蹙声，知古人之意在不尽矣。太白犹不失斯旨。"

鲍明远《芜城赋》曰："孤蓬自振。"◯《古诗》曰："浮云蔽白日，游子不顾返。"◯陈后主《乐府》曰："自君之出矣，尘网暗罗帷。思君如落日，无有暂还时。"◯《诗·车攻》曰："萧萧马鸣。"《左》襄十八年曰："有班马之声。"杜注曰："班，别也。"

送友人入蜀

见说蚕丛路，崎岖不易行。吴曰："起浑雄无迹。"
山从人面起；云傍马头生。吴曰："能状奇险之景，而无艰深刻画之态。"

芳树笼秦栈，春流绕蜀城。

升沉应已定，不必问君平。

□吴曰："牢骚语抑遏不露。"○纪曰："一片神骨而锋铓不露。"

蚕丛见卷二《蜀道难》注。○《文选·归去来辞》注引《埤苍》曰："崎岖，不安也。"○《史记·高祖本纪》曰："去辄烧绝栈道。"《索隐》曰："栈道，阁道也。"王注曰："入蜀之道，山路悬险，不容坦行，架木而度，名曰栈道，以其自秦入蜀之道，故曰秦栈。"○《水经·江水》注曰："江水又东迳成都县，县有二江双流郡下，故扬子云《蜀都赋》曰：两江珥其前者也。"○《汉书·王贡两龚鲍传》曰："蜀有严君平，卜筮于成都市，裁日阅数人，得百钱足自养，则闭肆下帘而授《老子》。"颜注曰："《地理志》谓君平为严遵。《三辅决录》云：君平名尊。"○缪本问作访。

秋登宣城谢朓北楼

原注曰："宣城。"○已见卷二《宣州谢朓楼饯别诗》注。

江城如画里，山晚望晴空。

两水夹明镜；双桥落采虹。吴曰："刻划鲜丽，千古常新。"

人烟寒橘柚；秋色老梧桐。沈曰："二联俱是如画。"吴曰："苍老峭远。"

谁念北楼上，临风怀谢公？

王曰："《宣州图经》：宛溪、句溪两水绕郡城合流，有凤凰、济川二桥，开皇时建。"《清统志》曰："安徽宁国府：宛溪在宣城县东门外，源出县东南峄山，至县东北里许，与句溪合。句溪在宣城县东三里，溪流回曲，形如句字。凤凰楼在宣城县东门外，跨宛溪。"○《墨子·经说下》曰："二光夹一光。一光者，景也。"○梁简文《咏石桥诗》曰："写虹便欲饮。"王褒《玄圃浚池诗》曰："石壁如明镜，飞桥类饮虹。"○《楚辞·九歌·少司命》曰："临风怳兮浩歌。"

过崔八丈水亭

水亭盖亦在宣城。

高阁横秀气，清幽并在君。

檐飞宛溪水；窗落敬亭云。吴曰："雄阔奇肆。"

猨啸风中断；渔歌月里闻。

闲随白鸥去，沙上自为群。

《舆地纪胜》曰："江南东路宁国府：宛溪在宣城县东一百步。"馀见前。○《元和郡县志》曰："江南道宣州宣城县：敬亭山在州北十二里，即谢朓赋诗之所。"《清统志》曰："安徽宁国府：敬亭山在宣城县北，一名昭亭山。"

太原早秋

原注曰："并州。"○《元和郡县志》曰："河东道太原府：开元十一年，玄宗行幸至此州，以王业所兴，又建北都，改并州为太原府。"案：唐太原府治太原县，在今山西太原县东北。王琢崖《李太白年谱》曰："开元二十三年乙亥，太白游太原。"

岁落众芳歇，时当大火流。

霜威出塞早；云色渡河秋。

梦绕边城月；心飞故国楼。

思归若汾水，无日不悠悠。

□格调高逸。

《楚辞·九章·悲回风》曰："芳以歇而不比。"○《诗》："七月流火。"毛传曰："火，大火也。流，下也。"《水经·汾水篇》曰："汾水出太原汾阳县北管涔山，西至汾阳县北，西注于河。"《清统志》曰："山西太原府：汾水在阳曲县西，忻州静乐县南流入界，迳太原县。"

金　陵　三首录二

《元和郡县志》曰："江南道润州上元县：本金陵地，秦始皇时望气者云五百年后金陵有都邑之气。故始皇东游以厌之，改其地曰秣陵，堑北山以绝其势。及孙权随之称号，自谓当之。孙盛以为始皇逮于孙氏四百三十七载，考其历数，犹为未及。晋之渡江，乃五百二十六年，遂定都焉。隋开皇九年平陈，于石头城置蒋州，以江宁县属焉。武德三年，杜伏威归化，改江宁为归化县。九年改为白下县，属润州。贞观九年，又改白下为江宁。至德二年，于县置江宁郡。乾元元年，改为升州，兼置浙西节度使。上元二年，废升州，仍改江宁为上元县。"《清统志》曰："江苏江宁府：江宁故城在江宁县西南六十里。"案：清江宁府治上元、江宁二县，民国建，裁府并县为江宁县，或沿旧名曰南京。

地拥金陵势；城回江水流。

当时百万户，夹道起朱楼。

亡国生春草；离宫没古丘。

空馀后湖月，波上对江洲。

□雄迈悲凉。

谢玄晖《入朝曲》曰："江南佳丽地，金陵帝王州。逶迤带绿水；迢递起朱楼。"○《初学记·地部下》曰："建邺有后湖，一名玄武湖。"《元和郡县志》曰："润州上元县：玄武湖在县北十里，周回二十五里。"《太平寰宇记》：江南东道升州上元县玄武湖引徐爰《释问》曰："湖本桑泊，晋元帝大兴中创为北湖，宋筑堤南抵西塘以肄舟师也。按：宋元嘉末有黑龙见湖内，故改为玄武湖。"王曰："《景定建康志》：玄武湖亦名后湖，在城北二里，周回四十里，东西有沟，流入秦淮，深七尺，灌田一百顷。"○缪本江作瀛。

六代兴亡国，三杯为尔歌。

苑方秦地少；山似洛阳多。

古殿吴花草；深宫晋绮罗。

并随人事灭，东逝与沧波。

□感慨无穷，有对此茫茫百端交集之概。

《小学绀珠》（卷五）曰："六朝：吴、东晋、宋、齐、梁、陈，皆都建康。"○《汉书·朱博传》曰："博案上不过三杯。"○《三辅黄图》（卷四）曰："汉上林苑即秦之旧苑也，周袤三百里。"《清统志》曰："陕西西安府：上林苑在长安县西，及盩厔、鄠县界，本秦时旧苑。"○王曰："《景定建康志》：洛阳四山围，伊、洛、瀍、涧在中，建康亦四山围，秦淮、直渎在中，故云风景不殊，举目有山河之异。李白云：山似洛阳多，许浑云：只有青山似洛中（《金陵怀古》），谓此也。"○陶渊明《杂诗》曰："掩泪泛东逝。"

谢公亭

原注曰："盖谢朓、范云之所游。"案《舆地纪胜》曰："江南东路宁国府谢公亭：在宣城县北二里。《九域志》云：齐太守谢玄晖置。《图经》云：谢玄晖送范云零陵内史，此其处也。"

谢公离别处，风景每生愁。
客散青天月；山空碧水流。沈曰："言当时。"
池花春映日；窗竹夜鸣秋。沈曰："言今日。"
今古一相接，长歌怀旧游。沈曰："收上二联。"

《世说新语·言语篇》曰："过江诸人，每至美日，辄相邀新亭，藉卉饮宴。周侯（顗）中坐而叹曰：风景不殊，正自有河山之异。皆相视流泪。"○谢玄晖《新亭渚别范云诗》曰："水还江汉流。"

夜泊牛渚怀古

原注曰："此地即谢尚闻袁宏咏史处。"案《晋书·文苑传》曰："袁宏，字彦伯，有逸才。曾为咏史诗，是其风情所寄。少孤贫，以运租自业。谢尚时镇牛渚，秋夜乘月，率尔与左右微服泛江，会宏在舫中讽咏，遂驻听久之，遣问焉。答曰：是袁临汝郎诵诗。即其咏史之作也。尚倾率有胜致，即迎升舟，与之谭论，申旦不寐。"《元和郡县志》曰："江南道宣州当涂县：牛渚山在县北三十五里，山突出江中，谓之牛渚圻，津渡处也。晋左卫将军谢尚镇于此。"《清统志》曰："安徽宁国府：牛渚山在当涂县西北二十里。"

牛渚西江夜，青天无片云。

登舟望秋月，空忆谢将军。

余亦能高咏，吴曰："挺起清健，王、孟无此笔。"斯人不可闻。

明朝挂帆去，枫叶落纷纷。

□王阮亭曰："此诗色相俱空，政如羚羊挂角，无迹可求，画家所谓逸品是也。"

《晋书·谢尚传》曰："字仁祖，累官至建武将军，进号安西将军。永和中，拜前将军，豫州刺史，镇历阳。入朝，进号镇西将军，镇寿阳。升平初，征拜卫将军，卒。"○木玄虚《海赋》曰："挂帆席。"

严仪卿（羽）《沧浪诗话》曰："律诗有彻首尾不对者，盛唐诸公有此体，如孟浩然挂席东南望，水国无边际之篇，又太白牛渚西江夜之篇，皆文从字顺，音韵铿锵，八句皆无对偶。"

访戴天山道士不遇

《西溪丛语》（卷下）引《绵州图经》曰："戴天山在县北五十里。"（县上疑当有彰明二字。）《方舆胜览》曰："成都府路绵州：大匡山一名大康山，又名戴天山，在彰明县北。"《唐诗纪事》（卷十八）引杨天惠《彰明逸事》曰："李太白隐居戴天大匡山。《清统志》曰："四川龙安府：大匡山在江油县西，接彰明县界。"

犬吠水声中，桃花带雨浓。

树深时见鹿；溪午不闻钟。吴曰："此四句写深山幽丽之景，设色甚鲜采。"

野竹分青霭；飞泉挂碧峰。

无人知所去，愁倚两三松。

缪本雨作露，今依萧本。○谢灵运《于南山往北山经湖中瞻
眺诗》曰："停策倚茂松。"

听蜀僧濬弹琴

蜀僧抱绿绮，西下峨眉峰。

为我一挥手，如听万壑松。

客心洗流水；馀响入霜钟。

不觉碧山暮，秋云暗几重。

□一气挥洒，中有凝炼之笔，便不流入轻滑。

《文选》张孟阳《拟四愁诗》曰："佳人遗我绿绮琴。"李善
注引傅玄《琴赋》序曰："司马相如有绿绮，蔡邕有焦尾，皆名
琴也。"○峨眉已见杜子美《剑门诗》注。○陶渊明《拟古诗》
曰："知我故来意，取琴为我弹。"○嵇叔夜《琴赋》曰："伯牙
挥手。"○琴曲有《风入松》。○《列子·汤问篇》曰："伯牙善
鼓琴，锺子期善听，伯牙鼓琴，志在登高山，锺子期曰：善哉，
峩峩兮若泰山。志在流水，锺子期曰：善哉，洋洋兮若江河。"
○《中山经》曰："丰山有九钟焉，是知霜鸣。"郭注曰："霜降
则钟鸣，故言知也。"

杜子美

胡元瑞曰："五言律体极盛于唐，要其大端亦有二格。陈、
杜、沈、宋典丽精工，王、孟、储、韦清空闲远，此其概也。然
右丞赠送诸什，往往阑入高、岑，鹿门、苏州虽自成趣，终非大

手。太白风华逸宕，特过诸人，而后之学者，才匪天仙，多流率易。唯工部诸作，气象嵬峨，规模宏远，当其神来境诣，错综幻化，不可端倪，千古以还，一人而已。"（《诗薮内编》卷四）姚曰："杜公今体，四十字中包涵万象，不可谓少，数十韵百韵中运掉变化，如龙蛇穿贯，往复如一线，不觉其多。读五言至此，始无馀憾。"吴曰："有唐一代，以诗赋取士，故诗学极盛，而尤争五律一体，人人皆以自负，争奇斗胜。然真能搏捖有气势、运掉自如者，王、孟、李、杜四家而已。至于悲壮苍凉，沉郁顿挫，使律诗胜境与长篇古体经史文字相颉颃，则杜公一人耳，馀三家皆不逮也。"又曰："《古诗》自齐、梁渐重声病，遂流为律，去古日远，其格卑甚，虽有作者，莫能亢之。至杜公一以浩气行之，开合阴阳，千变万化，乃与六经杨、马同风，所以为诗圣也。"

登兖州城楼

《元和郡县志》曰："河南道兖州：隋大业三年改为鲁郡。武德五年改鲁郡，置兖州。"案：唐兖州治瑕丘县，在今山东滋阳县西。顾修远（宸）曰："兖州，隋改为鲁郡，唐武德间复曰兖州，天宝元年又改鲁郡。此云兖州，当是开元二十五年公下第后游齐、赵时所作。"（《杜律注解》）

东郡趋庭日；南楼纵目初。对起出题。
浮云连海岱；平野入青徐。写远景承上纵目。
孤嶂秦碑在；荒城鲁殿馀。写近景，开下古意。
从来多古意，临眺独踌躇。

□纪曰："此工部少年之作，句句谨严。中年以后，神明变化不可方物矣。"吴曰："此公少作，固已蹴踏初盛诸公。"

　　朱长孺（鹤龄）注曰：“东郡，东方之郡，犹齐州谓之东藩也。”○蔡傅卿（梦弼）笺曰：“公父闲尝为兖州司马，公时省侍之，故云趋庭。《论语》：鲤趋而过庭。”（《季氏篇》）案：旧注因趋庭字谓此诗为公十五岁时作，殆不足据。赵注以为追言儿童时事，亦泥。末句临眺为再临眺，尤非。以《年谱》考之，公游齐、赵时当即父任兖州司马时也。○《书·禹贡》曰：“海、岱惟青州。”又曰：“海、岱及淮惟徐州。”馀见卷一《望岳诗》注。○《史记·秦始皇本纪》曰：“二十八年，始皇东行郡县，上邹峄山立石，与鲁诸生议刻石颂秦德。”《正义》曰：“山在兖州邹县南三十五里。”（《元和志》作二十五里）《水经·泗水》注曰：“秦始皇观礼于鲁，登峄山之上，命丞相李斯以大篆勒铭山岭，名曰书门。”《集古录跋尾》（卷一）曰：“邹峄山秦二世刻石，以泰山所刻较之，字之存者颇多，而摩灭尤甚。”○《文选》王文考《鲁灵光殿赋序》曰：“鲁灵光殿者，盖景帝程姬之子恭王馀之所立也。遭汉中微，盗贼奔突，自西京未央、建章之殿皆见隳坏，而灵光岿然独存。”《水经·泗水》注曰：“孔庙东南五百步有双石阙，即灵光之南阙，北百馀步即灵光殿基，东西二十四丈，南北十二丈，高丈馀。”《元和郡县志》曰：“兖州曲阜县灵光殿在鲁城内。”《清统志》曰：“兖州府：灵光殿在曲阜县东二里。”○结二句赵子常（汸）曰：“曰从来则平昔怀抱可知，曰独则登楼者未必皆知。”（《杜律注解》）

房兵曹胡马

　　房兵曹未详何人。案《唐六典》：诸卫府州各有兵曹参军，亦未知何属。

胡马大宛名，锋棱瘦骨成。
竹批双耳峻；风入四蹄轻。

所向无空阔，真堪托死生。李子德曰："五六如咏良友大将，此所谓沉雄。"

骁腾有如此，万里可横行。张上若曰："有如此三字，挽上有力，与从来多古意法同。"

□纪曰："后四句撒手游行，不局于题，妙仍是题所应有，如此乃可以咏物。"浦二田曰："此与《画鹰诗》都为自己写照。"

大宛马已见王摩诘《送刘司直诗》注。蔡曰："宛，于爰切。"○《齐民要术》（卷六）曰："马耳欲得小而促，状如斩竹筒。"○《拾遗记》（卷七）曰："曹洪所乘马曰白鹄，此马走时唯觉耳中风声，足似不践地，时人谓乘风而行也。"○仇沧柱（兆鳌）曰："无空阔，能越涧注坡。托生死，可临危脱险。下句蒙上句，是走马对法。"（《详注》）○颜延年《赭白马赋》曰："料武艺，品骁腾。"○杨西河（伦）曰："末句谓兵曹得此马，可立功万里外，推开说方不重上。"（《镜诠》）

赵子常曰："前辈言咏物诗戒粘皮带骨，公此诗前言胡马骨相之异，后言其骁腾无比，而词语矫健豪纵，飞行万里之势如在目前，区区摹写体贴以为咏物者，何足语此？"

画　鹰

素练风霜起，王阮亭曰："起五字恰肖画鹰之神。"纪曰："起笔有神，所谓顶上圆光。"苍鹰画作殊。

㧐身思狡兔；侧目似愁胡。范廷谋曰："中四句实写其画作殊，三四状其形。"

绦镟光堪摘；轩楹势可呼。纪曰："五六清出是画，何当二字乃有根。"范曰："五言其设色之鲜，六言其飞动如生，呼之欲下。"

何当击凡鸟，毛血洒平芜？朱长孺曰："因画鹰而思见真者之搏击，即《进雕赋》意。"

□吴曰："咏鹰、咏马皆杜公独擅，此二诗以寥寥律句具古风捭阖之势为尤难。"

赵彦材曰："素练，绢也。"（《九家注》引，后同。）朱曰："风霜起，与《画马诗》缟素漠漠开风沙同义。"○《九家注》曰："拟身犹竦身也。孙楚《鹰赋》：擒狡兔于平原。隋魏彦深《鹰赋》：立如植木，望似愁胡。赵云：傅玄《鹰赋》曰：左看若侧，右视如倾。晋孙楚《鹰赋》：深目蛾眉，状如愁胡。"朱曰："按傅玄《猨猴赋》云：扬眉蹙额，若愁若嗔，既似老公，又类胡儿。所谓愁胡也。"○《九家注》曰："绦镟所以击鹰也。"○朱曰："《广韵》：绦，编丝绳。《玉篇》：镟，转轴。以绦絷鹰足而系之于镟也。傅玄《鹰赋》：饰五彩之华绊，结镟玑之金镮。"○赵曰："上句则所画绊鹰之绦镟也，光而堪摘取焉。下句则置画于轩楹之间，其势如真可呼也。孙楚《鹰赋》云：麾则应机，招即易呼。魏彦深《鹰赋》云：奸而难诱，往不可呼。"○班孟坚《西都赋》曰："风毛雨血，洒野蔽天。"

查初白（慎行）曰："极动荡之致，到底不离画，结句若说真鹰，何足为奇？惟以写画鹰，便见生色。"邵子湘（长蘅）曰："句句画鹰，然佳处不在此。余评杜屡及此意，所谓不必太贴切也。"

杜位宅守岁

《困学纪闻》（卷十八）曰："按《李林甫传》，杜位，林甫诸婿也。四十明朝过，《年谱》谓天宝十载，时林甫在相位，盍簪列炬之盛，其炙手之徒欤！又寄杜诗：近闻宽法离新州，相见怀归尚百忧。逐客虽皆万里去；悲君已是十年流。其流贬盖以林甫故。"阎百诗（若璩）注曰："《李林甫传》：诸婿若杜位等皆贬官，已明著之。"朱曰："集有《寄从弟行军司马位诗》。《唐书·世系表》：杜位出襄阳房，为考功郎中，湖州刺史，后贬新州。"步瀛案：公有《寄杜位诗》二首，（一在上元二年，一在大历初年。）又有《奉送蜀州柏二别驾将中丞命赴江陵起居卫尚书太夫人因示从弟行军司马位诗》，（《旧书·代宗纪》：大历元年，加荆南节度使卫伯玉检校工部尚书。）即朱注所据也。钱牧斋曰："甫有《示从孙济诗》。《世系表》：济与位同出景秀下，并征南十四代，而诗称从弟位，抑又何欤？宋人谓《新唐·宰相世系表》承用逐家谱牒，多所谬误，欧阳公略不削笔，（案《新唐》表成于吕夏卿。）恐未可以表为据也。"卢元昌文子曰："位为林甫婿，不免附势，故为公从兄弟直书曰杜位宅，既不弟焉，又从而姓之。按公于宗人未有姓之者，如示从孙济只济耳，示侄佐只佐耳，送从弟亚只亚耳，寄从孙崇简只崇简耳，惟位往往姓之，于成都寄诗曰寄杜位，于夔州寄诗曰寄杜位，合之此章，命意可见。"步瀛案：卢说未免周内。《世系表》既不足据，位与子美因缘亦不尽可知。其称杜位或称从弟亦未知果有义例否。若如卢说，既不弟，又姓之，则逐绝之可矣，何又守岁于其宅，且又远路殷勤寄诗耶？

守岁阿戎家，椒盘已颂花。二句点明。

盍簪喧枥马；列炬散林鸦。范曰："二句言除夕宾客之盛。"吴曰："杜公研炼句法处。"

四十明朝过；飞腾暮景斜。

谁能更拘束？烂醉是生涯。顾曰："公目击附势之徒，见位而伛偻俯仰，不胜拘束，故有末二句。"

□赵曰："后半感慨豪纵，读之可想公之为人。"吴曰："后半神气骤变，能以古诗愤郁之气纳入四十字中。"

仇曰："唐太宗有《守岁诗》：冬尽今宵促，年开明日长。孟浩然诗：守岁接清筵。则知除夕守岁，唐时风俗然也。"○钱曰："近时胡俨曰：旧注以阿戎为王戎，位乃公从弟，不当用父子事。善本作阿咸，东坡《与子由诗》：头上银幡笑阿咸。又：欲唤阿咸来守岁，林乌栉马斗喧哗。正用此诗也。余观《南史》，齐王思远小字阿戎，王晏之从弟也。隆昌之事，尝规切晏，及宴贵盛，与思远兄思征曰：隆昌之际，阿戎劝我自裁，若从阿戎言，岂得有今日？思远遽应曰：果如阿戎言，尚未晚也。晏大怒，后果及祸。子美诗用阿戎，盖出于此。注者遂定为阿咸，不知阿咸事亦与兄弟不相当。东坡与子由偶误用耳，何必据以为证耶？"步瀛案：《南史》及《南齐书·王思远传》皆不言小字阿戎，此本陆龟蒙《小名录》耳。朱曰："《通鉴》注：晋、宋人多呼弟为阿戎。"（《齐纪》七）○《齐民要术》（卷三）引崔寔《四民月令》曰：正旦各上椒酒于其家长，称觞举寿，欣欣如也。"《晋书·列女传》曰："刘臻妻陈氏者，善属文，尝正旦献椒花颂。"○《猗觉寮杂记》（卷上）曰："《易·豫》之九四：朋盍簪。王弼云：盍，合也。簪，疾也。谓朋来之速。子美云盍簪喧栉马，以簪为冠簪之簪。按古冠有笄，不谓之簪，簪后人所名，以弼言为是。"步瀛案：《释文》曰：簪，子夏《传》疾，郑云：速也。古文作貸，京作撍，马作臧，荀作宗，虞作戠。戠，丛合也，皆不作冠簪字解。李鼎祚《集解》引侯果曰："朋从大合，若以簪篸之，固括也。"则唐时已有作冠簪解之者，故子美用以对列炬耳。○方虚谷曰："以四十对飞腾字，谓四与十对飞与腾对，诗家通例也。"（此句中对法，亦谓之当字对法。）○《庄子·养生主》曰："吾生也有涯。"

月　夜

　　黄叔似曰："天宝十五载八月，公自鄜州赴行在，为贼所得，时身在长安，家在鄜州，故作此诗。"（即至德元载。）

今夜鄜州月，闺中只独看。纪曰："入手便摆落现境，纯从对面着笔，蹊径甚别。"杨曰："独双二字一诗之眼。"

遥怜小儿女，未解忆长安。纪曰："言儿女不解忆，正言闺人相忆耳。故下文直接香雾云鬟一联。"邵曰："一气如话。"范曰："解忆已可悲矣，未解忆更可悲。"

香雾云鬟湿；清辉玉臂寒。

何时倚虚幌，双照泪痕干。

□王嗣奭曰："公本思家，偏想家人思己，已进一层，至念及儿女不能思，又进一层，发湿臂寒，看月之久也，月愈好而苦愈增，语丽情悲，末又想到聚首时对月舒愁之状，词旨婉切。"吴曰："专从对面着想，笔情敏妙。"

仇曰："梁章隐《咏素馨花诗》：盘向绿云鬟。"○江淹《王征君微养疾诗》："炼药瞩虚幌。"

春　望

黄曰："此当是至德二载三月陷贼营时所作。"

国破山河在；城春草木深。

感时花溅泪；恨别鸟惊心。仇曰："四句春望之景，睹物伤怀。"

烽火连三月；家书抵万金。赵子常曰："烽火句应感时，家书句应恨别。"

白头搔更短，浑欲不胜簪。卢文子曰："挽望字意结。"又曰："当时两京从逆，簪绂贼庭者何限？白头不胜，公意正微。"

□纪曰："语语沉着，无一毫做作，而自然深至。"吴曰："字字沉着，意境直似《离骚》。"

黄曰："三月者，指季春三月。"○鲍明远《行路难》曰："白头零落不胜簪。"

司马温公（光）《续诗话》曰："《诗》云：牂羊坟首，三星在罶。（《苕之华》）言不可久也。古人为诗贵于意在言外，使人思而得之，故言之者无罪，闻之者足以戒也。近世诗人惟杜子美最得诗人之体。如国破山河在云云。山河在，明无馀物矣。草木深，明无人矣。花鸟平时可娱之物，见之而泣，闻之而悲，则时可知矣。他皆类此，不可偏举。"

得舍弟消息 二首

吴虎臣（曾）《能改斋漫录》（卷二）曰："兄称弟曰舍弟，亦有所本。魏文帝《与钟繇书》曰：是以令舍弟子建因荀仲茂时从容喻鄙旨。"步瀛案：公四弟颖、观、丰、占，此未书名，未知何属。

近有平阴信，遥怜舍弟存。王西樵曰："怜存语更悲。"

侧身千里道；寄食一家村。仇曰："侧身言避寇不敢正行，一家村指平阴荒僻之乡，二句正述所传之信。"浦曰："侧身寄食承舍弟存，千里一家承平阴信。"

烽举新酣战；啼垂旧血痕。

不知临老日，招得几人魂？

□赵子常曰："酣战曰新，见杀伐未休；血痕曰旧，见乱离已久。"浦曰："第五拓开，第六收拢，一新一旧，见乱方殷而悲已久也。曰几人魂，不知兄招弟弟招兄，语极沉痛。"

蔡曰："平阴属河南郡，唐初属济洲，天宝元年，更名济阳郡。十三载郡废，以平阴属郓州。"步瀛案：即今山东平阴县治。○张平子《四愁诗》曰："侧身南望涕沾襟。"○《楚辞》有《招魂》。

汝懦归无计，吾衰往未期。

浪传乌鹊喜；深负鹡鸰诗。浦曰："从得消息撇进一层，言汝不能归，吾不能往，消息亦徒然耳。"

生理何颜面？忧端且岁时。

两京三十口，虽在命如丝。浦曰："何颜面言作何状貌，三十口正与前几人魂相照。"杨曰："何颜面言憔悴不堪，且岁时言销忧无日。"

□邵曰："忆弟诸作全是一片真气流注，便尔绝妙，不能摘句称佳。"吴曰："生气奋动。"

蔡曰："《西京杂记》：乌鹊噪而行人至。"○蔡曰："鹡鸰，水鸟也，首尾动摇相应，故以喻兄弟之相助也。《诗·棠棣》：鹡鸰在原，兄弟急难。"步瀛案：《毛诗》作脊令。《释文》曰："脊亦作即，又作鹡，令本亦作鸰。"○朱曰："《后汉·刘茂传》：孙福为贼所围，命如县〔丝〕发。"○浦曰："弟之家口在东京陆浑庄，公时家寄鄜州，属西京。"

喜达行在所　　三首录二

蔡伯喈《独断》曰："天子以四海为家，故谓所居为行在所，犹言今虽在京师，行所至耳。"蔡曰："至德二载，禄山死。二月，肃宗自灵武旋凤翔，陇右节度郭英乂战武功，贼退，公西走凤翔。元稹志公墓曰：步谒肃宗行在，拜左拾遗。按公集有曰：麻鞋见天子，谓此时也。"

西忆岐阳信，无人遂却回。

眼穿当落日；心死着寒灰。张上若曰："四句追述陷贼中驰想行在。"浦曰："遂却犹言即便。"杨曰："岐阳即行在处，遥忆之而无一人来，故思之迫切如此也。"

茂树行相引；连山望忽开。张曰："途中景。"

所亲惊老瘦，辛苦贼中来。

□吴曰："字字血性中语。"

蔡曰："岐阳乃凤翔也。"案《元和郡县志》曰："关内道凤翔府：后魏太武帝于今州理东五里筑雍城镇，文帝改镇为岐州，隋开皇元年，于州城内置岐阳宫，岐州移于今理。大业三年，改州为扶风郡，武德元年复为岐州。至德元年，改为凤翔郡。乾元元年，改为凤翔府。"又案：唐凤翔府治天兴县，今陕西凤翔县治。○《庄子·齐物论篇》曰："心可如死灰乎？"○茂诸本作雾，《文苑英华》作茂，今从之。○赵彦材曰："茂树连山，言自出长安之所见，一作莲峰，非也。莲峰，乃华山莲花峰，岂有却倒过长安之东，经同、华之境而来乎？当以茂树连山字为正也。"朱曰："公自京师金光门出，西归凤翔，不应走华阴道，当以连山为正。"

愁思胡笳夕；凄凉汉苑春。仇曰："此承上贼中来，故接以愁思胡笳夕。"

生还今日事；闲道暂时人。吴曰："五字惊创独绝。"

司隶章初睹；南阳气已新。

喜心翻倒极，呜咽泪沾巾。浦曰："五六明写达，暗写喜，七八明言喜，反说悲而喜弥深，笔弥幻矣。"

蔡曰："胡人卷芦叶而吹曰胡笳，谓陷于贼，夜听其声而愁也。"○朱曰："《三辅黄图》：汉有三十六苑。"仇曰："苑中花木之地，春尚凄凉，以胡骑蹂躏其中也。"○仇曰："暂时人谓生死县于顷刻。"○《后汉书·光武帝纪》曰："更始将北都洛阳，以光武行司隶校尉，使前整修宫府。于是置僚属，作文移，从事司察，一如旧章。时三辅吏士东迎更始，见诸将过皆冠帻而服妇人衣，莫不笑之。及见司隶僚属，皆欢喜不自胜，老吏或垂涕曰：不图今日复见汉官威仪。"又曰："望气者苏伯阿为王莽使，至南阳，遥见春陵郭，喟曰：气佳哉，郁郁葱葱然。及始起兵还春陵，远望舍南火光赫然属天，有顷不见。"

收　京　三首录一

《旧唐书·肃宗纪》曰："至德二载九月癸卯，广平王收西京。甲辰，捷书至行在，百寮称贺，即日告捷于蜀。上皇遣裴冕入京启告郊庙社稷。"仇曰："此当是至德二载十月，在鄜州时作。"

汗马收宫阙，春城铲贼壕。
赏应歌《杕杜》；归及荐樱桃。
杂虏横戈数，吴曰："英壮。"功臣甲第高。
万方频送喜，无乃圣躬劳！邵曰："结句忠爱宛然。"
□吴曰："杜公诗无论言忧言喜，皆有至情流露，感切心脾，此至性也。"

《史记·晋世家》：文公曰："矢石之难，汗马之劳，此复受次赏。"○杨曰："是时王师复两京，围安庆绪于邺城未下，故言方春必可平贼，正值樱桃荐庙之时，盖预期之也。"○《诗序》曰："《杕杜》，劳还役也。"○《礼记·月令》曰："仲夏之月，天子乃羞以含桃，先荐寝庙。"郑注曰："含桃，樱桃也。"《汉书·叔孙通传》曰："惠帝尝出游离宫，通曰：古者有春尝果，方今樱桃熟可献，陛下出因取樱桃献宗庙。上许之。"钱曰："李绰《岁时记》：四月一日内园进樱桃，先荐寝庙。"〇朱曰："杂虏谓回纥诸番助顺者。"〇甲第已见卷二《醉时歌》注。〇朱曰："圣躬劳即大夫速退，无使君劳之意。"步瀛案：朱注意浅，而于杜公本恉似转得之。盖是时尚在鄜州，闻京师恢复，喜自不胜，当时情事止应如此，后人泥于杜公诗史之名，又复举前史书所载一一归纳，于是极力求深，去本意转远矣。如钱笺释功臣句曰："《长安志》：天宝中京师堂寝已极宏丽，而第宅未甚逾制。安、史二逆之后，大臣宿将竞崇栋宇，无界限，人谓之木妖，此言亦有讽也。"案：钱说虽非无据，然竞崇栋宇未必即在此时。浦二田《心解》释圣躬劳句曰："晋羊祜既请伐吴，乃曰：正恐平吴之后方劳圣虑耳。意与此同。"仇谓朱说作喜幸之词，于横戈甲第不见关合，亦徒以回纥邀赏诸将僭奢之事横亘胸中，反远于当时情事耳。

春宿左省

> 此乾元元年春为左拾遗时作。黄曰："公为左拾遣，属门下省，在东，故曰左省，亦曰左掖。"

花隐掖垣暮，啾啾栖鸟过。

星临万户动；月傍九霄多。仇曰："上四宿省之景。"〇邵曰："三四警句。"

不寝听金钥；因风想玉珂。仇曰："下四宿省之情。"

明朝有封事，数问夜如何！邵曰："结语忠爱殷殷。"

□查曰："由薄暮至明朝，笔法一变。"仇曰："自暮至夜，自夜至朝，叙述详悉，而忠勤为国之意即在其中。"

刘公幹《赠徐幹诗》曰："隔此西掖垣。"○赵子常曰："九霄比廊庙之上。"○不寐（寝）二句，赵彦材曰："两句主下句有封事而欲上，故听开门且想朝马之鸣珂也。"○张茂先《轻薄篇》曰："乘马鸣玉珂。"蔡曰："唐《车服志》：凡车之制：三品以上珂九子，四品七子，五品五子。"《通俗文》曰："马勒饰曰珂。"○赵彦材曰："唐制：左拾遗六人，从八品上，掌供奉讽谏，大则廷议，小则上封事，故曰有封事也。《诗》：夜如何其。"○《唐六典》（卷八）曰："凡表章以启封，其言密事得皂囊。"《唐会要》（卷二十六）曰："景云二年六月，敕南衙北门及诸门进状及封状意见及降墨敕，并于状上昼题时刻，夜题更筹。"○《晋书·傅玄传》曰："每有奏劾，竦踊不寐，坐而待旦，于是贵游慑伏，台阁生风。"

秦州杂诗 二十首录二

仇曰："乾元二年秋至秦州后作。"○《元和郡县志》曰："陇右道秦州：天宝元年改为天水郡，乾元元年复为秦州。"案：唐秦州治上邽县，今甘肃天水县治。

满目悲生事；因人作远游。
迟回度陇怯；浩荡及关愁。
水落鱼龙夜；山空鸟鼠秋。
西征问烽火，心折此淹留。

□仇曰："首联赴秦之由，次联入秦之难，三联到秦风景，末联客秦心事。"

　　张上若（溍）曰：“时大饥，生事不可问，故首曰悲生事。”杨西河曰：“时公以关辅大饥，弃官西去。”○浦曰：“因人之人，或即指侄佐。公之来此，以侄佐在东柯也。”○《说文》曰：“陇，天水大阪也。”《太平御览·地部》二十一引《辛氏三秦记》曰：“陇西关，（《州郡部》引作陇渭西关也。《太平寰宇记》引同。）其坂九回，不知高几里，（《州郡部》及《寰宇记》里并作许。）欲上者七日乃越，（《州郡部》及《寰宇记》引越上并有得字。）高处可容百馀家，下处数十万户，上有清水四注。俗歌曰：陇头流水，鸣声幽咽。（《州郡部》引作呜咽。）遥望秦川，心肝断绝。（《地部》十五《州郡部》《寰宇记》引心肝作肝肠。）去长安千里，望秦川如带。又关中人上陇者，还望故乡，悲思而歌，则有绝死者。”○《元和郡县志》：“关内道秦州：大震关在州西六十一里。”《清统志》：“甘肃秦州：大震关在清水县东七十里。又陕西凤翔府：大震关在陇州西（州今改县）陇山下，即陇关也。”赵景真《与嵇茂齐书》曰：“昔李叟入秦，及关而叹。”○《水经·渭水》注曰：“汧水出汧县之蒲谷乡弦中谷，水有二源，一水出县西小陇山，其水东北流，历涧注以成渊，潭涨不测，出五色鱼，俗以为灵而莫敢采捕，因谓是水为龙鱼水，自下亦通谓之龙鱼川。”案：诸家注引龙鱼皆作鱼龙，（《太平御览·地部》引亦作鱼龙水。）《旧唐书·太宗纪》云：贞观四年冬十月，幸陇州，校猎于鱼龙川。亦作鱼龙。《西溪丛语》（卷上）曰：“陆农师引《水经》：鱼龙以秋日为夜。按：龙秋分而降则蛰寝于渊，龙以秋日为夜，岂谓是乎？”（见《埤雅·释鱼》）何义门（焯）曰：“《尚书》春言日，秋言夜，夜亦秋也。变文属对，见满目无非兵象。起下烽火句，言秦州仍不可久留耳。注家引《水经注》鱼龙以秋日为夜，非诗人本意，以此证用字之稳，则得之。”（《读书记》）○《汉书·地理志》陇西郡首阳县原注曰：“《禹贡》鸟鼠同穴山在西南，渭水所出。”《水经·渭水篇》曰：

"渭水出陇西首阳县渭谷亭南鸟鼠山。"《元和郡县志》曰："关内道渭州渭源县：鸟鼠山今名青鼠山，在县西七十六里。"《清统志》曰："甘肃兰州府：鸟鼠山在渭源县西。"《尔雅·释鸟》曰："鸟鼠同穴，其鸟为鵌，其鼠为鼵。"郭注曰："鼵如人家兔而尾短，鵌似鵽而小，黄黑色，穴入地三四尺，鼠在内，鸟在外。今在陇西首阳县鸟鼠同穴山中。"○潘安仁有《西征赋》。○江文通《别赋》曰："心折骨惊。"

莽莽万重山，孤城山谷间。沈曰："起手壁立万仞。"

无风云出塞；不夜月临关。杨曰："山多故无风而云常出塞，城迥故不夜而月先临关，二句写出边城苍凉景象。"

属国归何晚？楼兰斩未还。

烟尘一长望，衰飒正摧颜。

□浦曰："忧吐蕃之不庭也，一二身所处，三四警绝，五六言西人向化无期也。长望摧颜，忧何能解？"

李巨仁《镜诗》曰："无风波自动，不夜月恒明。"○《汉书·苏武传》曰："使匈奴二十年不降，还为典属国。"○楼兰已见李太白《塞下曲》注。

月夜忆舍弟

黄曰："当是乾元二年秦州作。"

戍鼓断人行，秋边一雁声。

露从今夜白；月是故乡明。查曰："首句为未休兵伏笔，次句为忆弟起兴。"范曰："从字是写出忆。"

有弟皆分散；无家问死生。

寄书长不达，况乃未休兵。

□仇曰："公携家至秦而云无家者，弟兄离散，东都无家也。"○吴星叟曰："句句转。"

刘孝绰《夕逗繁昌浦诗》曰："隔山闻戍鼓。"

王彦辅（得臣）《麈史》（卷中）曰："子美善于用事及常语，多离析或倒句，则语健而体俊，意亦深稳，如露从今夜白，月是故乡明，是也。"

天末怀李白

张平子《东京赋》曰："眇天末以远期。"陆士衡《为顾彦先赠妇诗》曰："佳人眇天末。"赵曰："白于至德二载坐永王璘而谪夜郎。今公在秦州怀之而遂谓之天末，天各一方，可云天末矣。"

凉风起天末，君子意如何！

鸿雁几时到？江湖秋水多。仇曰："风起天末，感秋托兴，鸿雁想其音信，江湖虑其风波。四句对景怀人。"○浦曰："起四句竟似太白语。"

文章憎命达；魑魅喜人过。仇曰："因其放逐而重为悲悯之词。"邵曰："一憎一喜，遂令文人无置身地。"

应共冤魂语，投诗赠汨罗。黄白山曰："不曰吊，曰赠，说得冤魂活现。"仇曰："冤魂谓屈原，投诗谓李白。"

□吴曰："深至语自然沉痛，非太白不能当。"

文章二句，朱曰："上句言文章穷而益工，反似憎命之达者。下句言小人争害君子，犹魑魅喜得人而食之，即《招魂》雄虺九首吞人以益其心意也。"○《水经·湘水》注曰："湘水又北，汨水注之，水东出豫章艾县桓山西南，迳吴昌县北。又西迳罗县北，亦谓之罗水。又西迳玉笥山。汨水又西为屈潭，即汨罗渊也。屈原怀沙自沉于此，故渊潭以屈为名。昔贾谊、史迁皆尝迳此，弭楫江波，投吊于渊，汨水又西迳汨罗戍南，西流注于湘。"《清统志》曰："湖南长沙府：汨罗江在湘阴县北七十里。"

遣　怀

赵子常曰："时客秦州，欲于东柯谷西枝村寻置草堂而未遂，末托意于栖鸦，所遣之陵在此。"

愁眼看霜露，寒城菊自花。范曰："愁眼中何知有菊？自字耐人寻味。"

天风随断柳；客泪堕清笳。

水静楼阴直；山昏塞日斜。赵子常曰："天风句下因上，客泪句上因下，水静句下因上，山昏句上因下。"

夜来归鸟尽，啼杀后栖鸦。顾曰："结联即上林无限树，不借一枝栖之意，盖叹卜居无地也。"

□吴曰："此首真所谓情景交融。"

赵子常曰："天地间景物非有厚薄于人，惟人当适意时则情与景会，而物之美若为我设。一有不慊则景物与我漠不相干，故公诗多用一自字，如寒城菊自花，故园花自发，风月自清夜之类甚多。"（《韵语阳秋》又举虚阁自松声。）

捣　衣

黄曰："是时安、史未息，又备吐蕃，当是乾元二年作。"

浦曰："为寄寒衣也，古乐府《捣衣篇》皆托从军者之妇言。"

亦知戍不返，此句已截去无数语而出之，故觉开口便凄至动人。秋至拭清砧。

已近苦寒月；况经长别心。

宁辞捣衣倦？一寄塞垣深。

用尽闺中力，君听空外音。何义门曰："前四语俱在题前落脉。"又曰："深字能与不返二字呼应。"

□沈曰："一气旋折，全以神行。"吴曰："四十字一字百转。"

杨升庵（慎）《诗话》曰："《字林》云：直春曰捣。古人捣衣，两女子对立，执一杵，如春米然。今易作卧杵对坐捣之，取其便也。尝见六朝人画捣衣图，其制如此。"（捣与擣同。）○蔡曰："垣，边城也。蔡邕上疏：秦筑边城，汉起塞垣，所以别内外置殊俗。"杨曰："塞垣即长城也。"○朱曰："末语即王湾《捣衣诗》风响传声不到君意。"○方密之（以智）《通雅》（卷五）曰："空外犹单外也。《汉书·何竝传》：造王林卿曰：冢间单外。《后汉书·张禹传》：请邓太后还宫，以为久处单外。杜诗，君听空外音，空字去声。"步瀛案：《何竝传》颜师古注曰：单外言郊郭之外而单露，空训大，单亦训大，空又训尽，单假为殚，亦训尽，故自可通。然此空外与单外有不同，方说未是。

送　远

带甲满天地，杨曰："突兀。"胡为君远行？

亲朋尽一哭，鞍马去孤城。吴曰："酣至深沉。"

草木岁月晚；关河霜雪清。

别离已昨日，因见古人情。

□杨曰："此诗当是既别后作诗以追送者，上四昨日送行之事，下四今朝惜别之情。"○黄白山曰："平时别离，已足悲伤，况逢世乱，倍增惨怆。起二语写得万难分手，接联更作一幅关河送别图，顿觉班马悲鸣，风云变色，使人设身其地亦自黯然销魂矣。"

《齐策》一：苏秦说齐宣王曰："带甲数十万。"○江文通《别赋》曰："亲宾兮泪滋。"○阮嗣宗《咏怀诗》曰："鞍马去远游。"○江文通《古别离》曰："黄云蔽千里，游子何时还？送君如昨日，檐前露已团。不惜蕙草晚，所悲道路寒。"仇曰："因思古别离有送君如昨者，知今古有同悲也。"

遣 兴

干戈犹未定，弟妹各何之？

拭泪沾襟血；梳头满面丝。吴曰："沉痛切至。"

地卑荒野大；天远暮江迟。杨曰："地平无山，故见野宽。江水缓流，故望天益远。二句正写一身寥落之景，以起下。"吴曰："二句挺。"

衰疾那能久？应无见汝期。

□吴曰："激宕沉郁。"

《庄子·应帝王篇》曰："列子入，泣涕沾襟。"○晋《子夜歌》曰："宿昔不梳头，丝发被两肩。"杨曰："满面丝，言发落多也。"

春夜喜雨

好雨知时节，当春乃发生。

随风潜入夜；润物细无声。

野径云俱黑；江船火独明。仇曰："曰潜曰细，写得脉脉绵绵，于造化发生之机最为密切。三四属闻，五六属见。"

晓看红湿处，花重锦官城。

□纪曰:"通体精妙,后半尤有神。"浦曰:"喜意都从罅缝里逆透。"

钱曰:"梁简文帝《赋得入阶雨诗》:渍花枝觉重。"

江 亭

坦腹江亭暖,长吟野望时。

水流心不竞;云在意俱迟。仇曰:"上四江亭之景,水流二句有淡然物外优游观化意。"

寂寂春将晚;欣欣物自私。

江东犹苦战,回首一颦眉。

□仇曰:"对景感怀。"○纪曰:"此诗转关在五六句。春已寂寂,则有岁时迟暮之慨。物各欣欣,即有我独失所之悲。所以感念滋深,裁诗排闷耳。若说五六亦是写景,则失作者之意。"

仇曰:"坦腹借用王羲之东床坦腹事。"(《晋书·王羲之传》)○浦曰:"江东勿泥,盖指中原故乡而言,身在大江上源,中原正值其东境,故云然。"○诸本末二句作:故乡归未得,排闷强裁诗。黄白山谓当依《草堂本》。曾涤生亦从之。

赠别何邕

浦曰:"尝凭何少府觅桤木栽,即此人。黄鹤以邕为绵谷尉,又谓公送严武至绵州时作,皆误也。绵谷去成都将及千里,公觅桤木岂千里能致百根邪?又绵谷、绵州绵字虽同,地实相左。安得编入绵州邪?邕盖官于成都近境,上元二年春在草堂送之入京耳。

生死论交地,何由见一人?浦曰:"起笔直提中朝朋旧，通首灵通，论交处著一地字，指京师也。”

　　悲君随燕雀，薄宦走风尘。 方虚谷曰：“三四系十字句法。”仇曰：“悲君二字贯下，此十字为句。”

　　绵谷元通汉；沱江不向秦。 二句方入送别。

　　五陵花满眼，传语故乡春。 仇曰：“长安不见而欲传语春光，思乡之意切矣。”

　　□纪曰：“语语沉着。”吴曰：“沉郁轩昂，与《史记》、韩文何异？”

　　《史记·汲郑列传》赞曰：“翟公乃大署其门曰：一死一生，乃见交情。”○《元和郡县志》曰：“剑南道利州绵谷县：西汉水一名嘉陵水，经县西，去县一里。潜水出县东北龙门山。书曰：沱、潜既道，是也。”《清统志》曰：“四川保宁府：潜水在广元县北。旧志按《水经注》引郑康成之言曰：汉别为潜，流与汉合，大禹自导汉疏通，即为西汉水，（《潜水》注）是康成明以西汉水为潜水也。后人信史疑经，知有西汉而不知其为潜水也。朱曰：绵谷即蜀汉之汉寿，今保宁府广元县是。绵谷元通汉谓绵谷潜水本上合于沔汉之汉水也。汉中北直上长安，故云。”○《汉书·地理志》蜀郡郫县原注曰：“《禹贡》，江、沱在西，东入大江。”《尔雅·释水》曰：“江为沱。”郭注曰：“沱水自蜀郡都安县湔山与江别而东流，即此。”《清统志》曰：“四川成都府：沱江自灌县南分大江东流，经崇宁县南郫县北，又东经新繁县南成都县北，又东经新都、金堂二县南，又东合湔水。”仇曰：“绵谷通汉言邑可至京，沱江背秦言已犹滞蜀。”○五陵已见李颀《望秦川诗》注。

　　　　　　　　客　夜

　　黄曰：“宝应元年秋，自绵至梓，时家在成都，秋晚方迎家再至梓，因秋夜而赋此。”浦曰：此因得家书后有感不寝而作。

　　客睡何曾着？秋天不肯明。杨曰："著'不肯'字，妙。"

　　入簾残月影；高枕远江声。赵子常曰："惟夜久见月残，唯夜静闻江远。"纪曰："三四乃写不寐，非写月影江声。"

　　计拙无衣食；途穷仗友生。查曰："三四从首联说下故佳，字字为客睡传神。"纪曰："五六质而不俚，直是神骨不同。"

　　老妻书数纸，应悉未归情。浦曰："书中定有催归之语，今所云云皆未归情也。结言客情若此，老妻亦应悉之，何书中云尔乎？"

　仇曰："公在梓州时最善章彝，仗友或指此耶？"

　《能改斋漫录》（卷八）曰："张说有《深度驿诗》云：洞房悬月影，高枕听江流。杜子美用其意于《客夜篇》云：入簾残月夜，倚枕远江声。"《韵语阳秋》（卷一）曰："《客夜诗》云：客睡何曾着，秋天不肯明。《陪王使君泛江诗》云：山豁何时断，江平不肯流。不肯二字含蓄甚佳。与渊明所云'日月不肯迟，四时相催迫'同意。"

客　亭

　黄曰："此与客夜乃同时作。"

　　秋窗犹曙色；落木更天风。

　　日出寒山外；江流宿雾中。杨曰："写峡中秋晓如画。"

　　圣朝无弃物，衰病已成翁。纪曰："感慨不难，难于浑厚不激耳。入他人手有多少愤愤不平语。"

多少残生事，飘零任转蓬。吴曰："不寐中神理。"

魏文帝《与吴质书》曰："已成老翁，但未白头耳。"○顾修远曰："孟浩然诗：不才明主弃，多病故人疏。此云圣朝无弃物，衰病已成翁，语相似而意更含蓄。"

倦　夜

竹凉侵卧内，野月满庭隅。

重露成涓滴；承第一句。稀星乍有无。承第二句。纪曰："体物入神而不失大方，视姚合、贾岛之体物，有仙凡之别。"

暗飞萤自照；水宿鸟相呼。纪曰："寓飘零之感。"

万事干戈里，空悲清夜徂。杨曰："结以徂字正见得彻夜无眠，所以为倦夜也。"

□李子德曰："写夜易，写倦夜难，却俱只在景上说，不著一倦字字面，故浑然无迹。"

骆宾王《上兖州刺史启》曰："跃纤鳞于涓滴。"○《御览·虫豸部》二引傅长虞《萤火赋》曰："余曾独处，夜不能寐，顾见萤火，意遂有感，于是执以自照而为之赋。"○《九家注》引杜田《补遗》曰："师旷《禽经》：陆鸟曰栖，水鸟曰宿。又云：凡鸟朝鸣曰嘲，夜鸣曰哜。林鸟以朝嘲，水鸟以夜哜。今林栖之鸟多朝鸣，水宿之鸟多夜叫。"案：今《禽经》惟有林鸟朝嘲水鸟夜哜八字，馀皆无之。《禽经》本伪书，此疑更伪中之伪也。仇注引《春秋繁露》水鸟夜半水生，感其生气，益相呼而鸣。《繁露》亦无此文。（又引《潜夫论》萤飞耀自照。案：《本训篇》自照二字乃误文，且无萤飞耀字。）○《文选·长门赋》曰："徂清夜于洞房。"

苏子瞻曰："司空图表圣自论其诗，以为得味于味外。绿树连村暗，黄花入麦移，此句最善。又云：某声花外静，幡影石坛高。吾尝游五老峰，入白鹤院，松阴满庭，不见一人，惟闻某声，然后知此句之工也。但恨其寒俭有僧态。若杜子美云：暗飞萤自照，水宿鸟相呼。四更山吐月，残夜水明楼。则才力富健，去表圣之流远矣。"（《书司空图诗》）

别房太尉墓

原注曰："阆州。"○《旧唐书·房琯传》曰："宝应二年四月，拜特进、刑部尚书，在路遇疾。广德元年（是年七月改元）八月四日卒于阆州僧舍，时年六十七，赠太尉。"《新传》曰："琯字次律，河南河南人。"顾修远曰："广德二年公在阆州，将赴成都作。"

他乡复行役，驻马别孤坟。

近泪无干土；低空有断云。杨曰："生死交情，令人心恻。"又曰："低空句正见哭墓之哀，云亦为之愁惨而不去也。"

对碁陪谢傅，把剑觅徐君。

惟见林花落，莺啼送客闻。浦曰："分疏出所以哀泣之故，追宿昔，感身后，伤谒别，皆其故也。此为逆局。"杨曰："对客句谓生前，把剑句谓殁后，结带记时。"

《晋书·谢安传》曰："苻坚率众号百万，次于淮、肥，京师震恐。加安征讨大都督，兄子玄入问计，安夷然无惧色，答曰：已别有旨。玄不敢复言，乃令张玄重请。安遂命驾出山墅，亲朋毕集。安与玄围棊赌别墅，至夜乃还，指授将帅，各得其任。玄等既破坚，有驿书至，安方对客围棊，看书既竟，便摄放床上，了无喜色。客问之，徐答云：小儿辈遂已破贼。"钱曰："琯为宰相，听董庭兰弹琴。李德裕《游房太尉西池诗》注：房公以好琴闻于海内。公此诗以谢傅围棊为比，盖为房公解嘲也。"刘禹锡和德裕《房公旧竹亭闻琴》云："尚有竹间露，永无棊下尘。"○《新序·节士篇》曰："延陵季子将西聘晋，带宝剑以过徐君，徐君观剑不言，而色欲之。延陵季子为有上国之使，未献也，然其心许之，反则徐君已死，于是脱剑致之嗣君。嗣君曰：先君无命，孤不敢受。于是季子以剑带徐君墓树而去。"子美《祭房公文》曰："抚坟日落，脱剑秋高。"○顾曰："结联以闻见二字参错成韵，本谓别时不见有送客之人，惟有落花啼鸟耳。考琯长子乘自少两目盲，孽子孺复尚幼，故去世未久，冢间寂寞如此。"

禹　庙

蔡曰："忠州作。"黄曰："当是永泰元年秋在渝、忠间作。"钱曰："《方舆胜览》：禹祠在忠州临江县南，过岷江二里。"案：唐山南道忠州治临江县，今四川忠县治。

禹庙空山里，秋风落日斜。
荒庭垂橘柚；古屋画龙蛇。浦曰："孙莘老云：苞橘柚、画龙蛇皆禹事。愚按：妙在只是写景，有意无意。"杨曰："三四二句庙中。"
云气生虚壁；江声走白沙。
早知乘四载，疏凿控三巴。杨曰："五六二句庙外。"浦曰："嘘之走之，造物之气势，即禹之气势也，神理与结联叹颂禹功一片。"范曰："结二句点禹事，言功在万古，所以有此庙耳。"

□王阮亭曰："写得神灵飒然，笔墨之妙。"

《书·禹贡》曰："厥包橘柚。"《孟子·滕文公篇》曰："禹驱蛇龙而放之菹。"《楚辞·招魂》曰："仰视刻桷，画龙蛇些。"○《九家注》曰："生虚壁一作嘘青壁。"○《书·益稷》：禹曰："予乘四载。"《史记·夏本纪》曰："陆行乘车，水行乘船，泥行乘橇，山行乘檋。"《河渠书》作山行即桥。○郭景纯《江赋》曰："巴东之峡，夏禹疏凿。"《华阳国志·巴志》曰："献帝初平元年，征东中郎将赵颖建议分巴为二郡，颖欲得巴旧名，故白益州牧刘璋以垫江以上为巴郡，江南庞羲为太守，治汉安。以江州至涪江为永宁郡，朐忍至鱼复为固陵郡。建安六年，鱼复蹇胤白璋争巴名，璋乃改永宁为巴郡，以固陵为巴东，徙羲为巴西太守，是为三巴。"

胡元瑞曰："荒庭二句用事入化，然不作用事看，则古庙之荒凉，画壁之飞动，亦更无人可著语，此老杜千古绝技，未易追也。"（《诗薮内篇》）

旅夜书怀

黄曰："当是永泰元年去成都，舟下渝、忠时作。"

细草微风岸；危樯独夜舟。

星垂平野阔；月涌大江流。浦曰："起不入意便写景，正尔凄绝。三四开襟旷远。"邵曰："警联不易得。"杨曰："雄浑。"

名岂文章著？官因老病休。

飘零何所似？天地一沙鸥。沈曰："胸怀经济，故云名岂以文章而著，官以论事罢，而云老病应休，立

言之妙如此。”浦曰：“结在即景自况，仍带定风岸夜
　　舟，笔笔高老。”

□纪曰：“通首神完气足，气象万千，可当雄浑之品。”

阴子坚《渡青草湖诗》曰：“度鸟息危樯。”○飘零一作飘
飘。

黄白山曰：“太白诗：山随平野尽，江入大荒流，句法与此
略同。然彼止说得江山，此则野阔星垂，江流月涌，自是四事
也。”

江　　上

黄曰：“当是大历元年夔州作。”顾曰：“诗言江上倚楼，
此夔州西阁所作也。”

　　江上日多雨，萧萧荆楚秋。
　　高风下木叶；永夜揽貂裘。
　　勋业频看镜；行藏独倚楼。
　　时危思报主，衰谢不能休。李子德曰：“勋业
　　　十字至大至悲，老极淡极，声气俱化矣。”

□吴曰：“壮志激昂。”

《楚辞·九歌·湘夫人》曰：“洞庭波兮木叶下。”○赵彦材
曰：“勋业频看镜，所以惜老之衰；行藏独倚楼，则其所念深
矣。”仇曰：“夜不眠以至曙，故对镜倚楼，看容色而计行藏，但
以报主心切，虽衰年未肯自诿，此公之笃于忠爱也。”

《后山诗话》曰：“裕陵（宋神宗）常观子美诗，勋业频看
镜，行藏独倚楼，谓甫之诗皆不逮此。”《冷斋夜话》（卷四）曰：
“诗句有含蓄者，如老杜：勋业频看镜，行藏独倚楼，郑云叟：
相看临远水，独自坐孤舟，（二句不称）是也。”

中　夜

顾曰："诗有江山危楼，亦夔州西阁所作，当在大历元年。"

中夜江山静，危楼望北辰。
长为万里客；有愧百年身。
故国风云气；高堂战伐尘。
胡雏负恩泽，嗟尔太平人。

□李曰："可称悲壮，而以朴淡写之，则悲壮在神情，不在字面。"纪曰："一气写出，不琱不琢，自然老辣。"

《尔雅·释天》曰："北极谓之北辰。"○黄曰："故国谓长安也。"○高堂谓杜陵旧庐为寇所焚也。仇曰："今按曹植诗：乃为嘉会，宴此高堂。（《元会诗》）沈约诗：青鸟去复还，高堂云不歇。（此《和竟陵王游仙诗》，本作高唐，引误。）刘孝绰诗：长门隔清夜，高堂梦容色。（《望月有所思诗》）此皆概言华屋。或因前诗有高堂天下无之句，遂误为夔州地名，误矣。"○《晋书·石勒载记》曰："年十四，随邑人行贩洛阳，倚啸上东门，王衍见而异之，顾谓左右曰：向者胡雏，吾观其声视有奇志，恐将为天下之患。"黄曰："胡雏指禄山也。"杨曰："结句有追咎召祸意，禄山负恩作逆，谁致其然乎？正由当时公卿隳边防而耽逸豫以至此耳。"

历　历

历历开元事，分明在眼前。
无端盗贼起，忽已岁时迁。
巫峡西江外，秦城北斗边。

为郎从白首，卧病数秋天。

□浦曰："明皇之失在天宝，而转提开元者，举盛以蔽其失也。"○仇曰："天宝之乱皆明皇失德所致，此无端盗贼起盖讳言之耳。"○吴曰："空灵超邈，不着滞相。"

赵曰："蜀江从西来，谓之西江，长安城谓之北斗。"（见《三辅黄图》卷一）浦曰："由夔望之，在直北也。即《秋兴》孤城依北斗意。"○蔡曰："自叹其为尚书员外郎而老也。"案《史记·冯唐传》曰："以孝著，为中郎署长，事文帝，文帝辇过问唐曰：父老何自为郎？"荀悦《汉纪》（卷八）曰："冯唐白首屈于郎署。"

孤　雁

孤雁不饮啄，飞鸣声念群。

谁怜一片影，相失万重云？

望尽似犹见；哀多如更闻。杨曰："公诗每善于空处传神。"

野鸦无意绪，鸣噪自纷纷。浦曰："飞鸣念群，一诗之骨，片影重云，失群之所以结念也。望断矣而飞下止，似犹见其群而逐之者；哀多矣而鸣不绝，如更闻其群而呼之者。写生至此，天雨泣矣，末用借结法。"

□吴曰："中四乃沥血之词，凄惋不可读。"

梁简文帝《陇坻雁初飞诗》曰："雾暗早相失。"

赵彦材曰："范元实《诗眼》云，尝爱崔涂《孤雁诗》，云几行归塞尽者八句，豫章先生使余读老杜孤雁不饮啄者，然后知崔涂之无奇。"（《九家注》）

月

四更山吐月；残夜水明楼。<small>高妙。</small>

尘匣元开镜；<small>承第一句。</small>风簾自上钩。<small>承第二句。</small>

兔应疑鹤发；蟾亦恋貂裘。<small>杨曰："谓月相随不去也。"</small>

斟酌姮娥寡，天寒奈九秋。<small>黄白山曰："寡妇孤臣情况如一，故借以自比。"</small>

□方虚谷曰："东坡以四更山吐月为绝唱，《西湖涌金门观月》衍为五首。"黄曰："此诗写景精切，布格整密，运意又极玲珑，东坡但以残夜水明楼五字称为绝唱，其比兴之深远从来未经人道也。"又曰："叠用镜、钩、蟾、兔、姮娥，他人且入目生厌矣。一经公笔，顾反耐思，由其命意深而出语秀也。"步瀛案：《江月》五首，东坡绍圣二年惠州作，方说混。

吴叔庠《登寿阳八公山诗》曰："疏峰时吐月。"○庾子山《镜诗》曰："玉匣聊开镜。"○《西京杂记》（卷下）载公孙乘（《初学记·天部》上引作枚乘，误。）《月赋》曰："隐员岩而似钩。"○沈云卿《和洛州康士曹庭芝望月有怀诗》曰："台前疑挂镜，簾外似悬钩。"○刘孝绰《林下映月诗》曰："攒柯半玉蟾，裹叶郭金兔。"案：蟾兔姮娥并见卷二韩退之《和卢仝月蚀诗》注。○庾子慎《八关斋夜赋南城门老诗》曰："鹤发辞轩冕。"○赵曰："斟酌者，想料之也。鲍明远《和王丞诗》：斟酌高代贤。《玉台后集》载董思恭《王昭君诗》：斟酌红颜尽，何劳镜里看？"○《文选》阮嗣宗《咏怀》曰："悦怿若九春。"李善注引《春秋元命苞》曰："阳气成于三，故时别三月；阳数极于九，故三月一时九十日。"宋衷曰："四时皆象此类，不唯春也。"《初学记·岁时部》上引梁元帝《纂要》曰："秋曰白藏，亦曰三秋、九秋。"

江 涨

浦编大历二年，曰："旧编上元二年成都诗，似不类。"

江发蛮夷涨；山添雨雪流。
大声吹地转；高浪蹴天浮。吴曰："壮阔异常。"
鱼鳖为人得；蛟龙不自谋。
轻帆好去便，吾道付沧洲。

□杨曰："公此时正思出峡，亦乘槎浮海之意。"○吴曰："忧乱远引之旨，而字斟句酌，绝不平易。"

浦曰："江源出岷山，在蛮境。"○黄曰："蜀山高而阴，经年雪不消，今惟水势之盛冲之而流也。"○木玄虚《海赋》曰："似地轴拔挺而争浮。"又曰："浮天无岸。"○郭景纯《游仙诗》曰："高浪驾蓬莱。"

江 汉

仇曰："杜诗用江、汉有二处，未出峡以前所谓江、汉者，乃西汉之水，注于涪江，如江、汉忽同流，无由出江、汉是也。既出峡以后所谓江、汉者，乃东汉之水，入于长江，如江汉思归客，江汉山重阻，是也。"

江汉思归客，乾坤一腐儒。
片云天共远；永夜月同孤。
落日心犹壮；秋风病欲苏。
古来存老马，不必取长途。

□纪曰："前四句是思归，片云二句紧承思归说出，后四句乃壮心斗发，落日二句提笔振起，呼出末二句，语气截然不同。"

吴曰："倜傥英伟。"

《荀子·非相篇》曰："《易》曰：括囊无咎无誉，腐儒之谓也。"陈后山曰："此言乾坤之大，腐儒无所寄其身。"○杨曰："片云亦取陶诗万族各有托，孤云独无依意。"○纪曰："落日二字乃景迫桑榆之意，借对秋风，非实事也。"○《韩诗外传》（卷八）曰："田子方出，见老马于道曰，少尽其力而老去其身，仁者不为也，束帛而赎之。"

公安县怀古

《蜀志·先主传》裴注引《江表传》曰："周瑜为南郡太守，分南岸地以给刘备，备别立营于油江口，改名为公安。"《清统志》曰："湖北荆州府：公安故城在今公安县东北。"

野旷吕蒙营；江深刘备城。
寒天催日短；风浪与云平。
洒落君臣契；飞腾战伐名。
维舟倚前浦，长啸一含情。

□杨曰："公老而不遇，又时少良将，此其所以望古而兴怀也。"吴曰："后半精采飞动。"

《太平寰宇记》曰："山南东道荆州公安县：《荆州记》云：先主败于襄阳，奔荆州，吴大帝推先主为左将军荆州牧，镇油口，即居此城。时号先主为公，故名其城为公安也。屏陵，《十三州记》云吴大帝封吕蒙为屏陵侯，即此也。"陆游《入蜀记》（卷五）曰："九月十四日次公安，古所谓油口也。汉昭烈驻军，始更今名。游二圣报恩禅寺，寺后有废城，髣髴而存，《图经》谓之吕蒙城，然老杜乃曰地旷吕蒙营，江深刘备城，盖玄德、子明皆屯于此也。"《清统志》曰："荆州府：吕蒙城在公安县东北。"○仇曰:"先生之待关、张,谊同兄弟,其得孔明,欢如鱼水,所谓洒落君臣契也。吕蒙之破皖城,军士皆腾跃而升,其擒庐陵贼帅,孙权称其百鸟不如一鹗,所谓飞腾战伐名也。"步瀛案:二句分属,固无不合,然吕蒙得吴主,何尝非君臣之契?先主取荆并蜀,何尝非战伐之名?杜公追怀故迹,俯仰无端,不必举史事以实之也。

泊岳阳城下

黄曰:"当是大历三年冬深作。"案:唐江南道岳州治巴陵县,即今湖南岳阳县治。《舆地纪胜》:荆湖北路岳州引《岳阳志》曰:"幕阜亦谓之天岳,州据其阳,故谓之岳阳。"

江国逾千里;山城仅百层。
岸风翻夕浪;舟雪洒寒灯。
留滞才难尽;艰危气益增。
图南未可料,变化有鲲鹏。杨曰:"五六忽出壮语,亦因图南触起。"

□吴曰:"沉郁英壮。"

江孟亭(浩然)《杜诗集说》曰:"仅字有多少两意,如韩昌黎《与李翱书》家累仅三十口,盖用多义,言家累有三十馀口也。此诗仅字亦然。言山城有百馀层也,与上句逾字同意。注家不能深究,曲为讲解,(如顾修远谓千里而来,仅见此百层。)甚而漫自窜改,(如赵子常本作近。)能不为老杜捧腹乎?又《旧唐书·韩愈传》凡嫁内外及友朋孤女仅十人。"步瀛案:江说甚是,仅有积极消极二义,作积极用者,今人则用尽字,此诗仅字与俗用侭字同。○《庄子·逍遥游篇》曰:"北冥有鱼。其名为鲲,化而为鸟,其名为鹏。是鸟也,海运则将息于南冥。"又曰:"而后乃今将图南。"

登岳阳楼

《太平寰宇记》曰："江南西道岳州巴陵县：岳阳楼，唐开元四年张说自中书令为岳州刺史，常与才士登此楼，有诗百馀篇，列于楼壁。"（此据《古逸丛书》补本，《舆地纪胜》亦引之。）方虚谷回《瀛奎律髓》评孟浩然《临洞庭湖诗》曰："予登岳阳楼，此诗大书左序球门壁间，右书杜诗，后人自不敢复题也。刘长卿有句云：叠浪浮元气，中流没太阳。世不甚传，他可知也。"

　　昔闻洞庭水，今上岳阳楼。

　　吴楚东南坼；乾坤日夜浮。吴曰："壮伟前人所无。"

　　亲朋无一字；老病有孤舟。

　　戎马关山北，凭轩涕泗流。

　　□黄白山曰："前半写景如此阔大，五六自叙如此落寞，诗境阔狭顿异，结语凑泊极难。转出戎马关山北五字，胸襟气象一等相称，宜使后人阁笔也。末以凭轩二字绾合登楼。"查曰："岳阳之胜在洞庭，第一句安顿得好，三四极开阔，五六极黯淡，正于开阔处俯仰一身，凄然欲绝。"

　　《水经·湘水》注曰："洞庭湖水广圆五百馀里，日月若出没其中。"《元和郡县志》曰："江南道岳州巴陵县：洞庭湖在县西南一里五十步。"○黄曰："一诗之中如吴楚东南坼，乾坤日夜浮，尤为雄伟。虽不到洞庭者，读之可使胸次豁达。"○老子曰："天下无道，戎马生于郊。"○卢文子曰："大历三年，郭子仪将兵五万屯奉天，备吐蕃，白元光、李抱玉各出兵击之，是戎马关山北也。"〇《文选·登楼赋》曰："凭轩槛以遥望兮。"注引韦昭《汉书注》曰："轩槛，殿上栏轩上板也。"〇《诗·泽陂》曰："涕泗滂沱。"毛传："自目曰涕，自鼻曰泗。"《文选》张孟阳《拟四愁诗》曰："登崖远望涕泗流。"

《苕溪渔隐丛话前集》（卷九）引《西清诗话》曰："洞庭天下壮观，自昔骚人墨客题之者众矣。如水涵天影阔，山拔地形高。（僧可明）四顾疑无地，中流忽有山。鸟飞应畏堕，帆远却如闲。（许文化）皆见称于世。然未若孟浩然气蒸云梦泽，波动岳阳城，则洞庭空旷无际，气象雄张，如在目前。至读子美诗，则又不然。吴楚东南坼，乾坤日夜浮，不知少陵胸中吞几云梦也？"

楼　上

仇曰："此当是潭州所作诗，末云终是老湘潭可见。"

天地空搔首，频抽白玉簪。
皇舆三极北；身事五湖南。
恋阙劳肝肺；论才愧杞楠。
乱离难自救，终是老湘潭。

□吴曰："健拔英伟，所谓磊磊轩天地者。"

锺士季《遗荣赋》曰："散发抽簪。"（《文选·答何劭诗》注引。）〇仇曰："地有四极，皇舆在东西南之北，故云三极。"浦曰："皇舆指京都。"〇《史记·河渠书》《索隐》曰："五湖者，郭璞《江赋》云：具区、兆滆、彭蠡、青草、洞庭，是也。"〇《元和郡县志》曰："江南道潭州：自汉至晋，并属荆州。晋怀帝分荆州、湘中诸郡置湘州。隋开皇九年，平陈，改为潭州，取昭潭为名也。"案：唐潭州治长沙县，今湖南长沙县治。

岑　参

寄左省杜拾遗

左省已见杜子美《春宿左省诗》注。《唐六典》（卷八）曰："门下省左拾遗二人，从八品上。"案：此诗子美有和作，见杜集。

联步趋丹陛；分曹限紫微。
晓随天仗入，暮惹御香归。
白发悲花落；青云羡鸟飞。
圣朝无阙事，自觉谏书稀。

□纪曰："五六寓意深微，末二句语尤婉至。圣朝既以为无阙，则谏书不得不稀矣。非颂语，乃愤语也。或乃缕陈天宝阙事驳此句，殆不足与言诗。"吴曰："能茹咽怀抱于笔墨之外，所以为绝调。"

薛元卿《隋高祖颂》曰："趋事紫宸，驰驱丹陛。"○朱长孺《杜诗注》曰："参为补阙，属中书，居右署。公为拾遗，属门下，居左署，故曰分曹。"○《晋书·天文志》曰："紫微，大帝之座，天子之常居也。"○《雍录》（卷三）曰："东西二阁在宣政殿东西两序分立，朔望御紫宸，则宣政所立之仗听唤而入，先东立者随东仗入自东阁，先西立者随西仗入自西阁。"《新唐书·仪卫志》曰："朝会之仗有五，皆带刀捉仗列于东西廊下。"○何仲言《九日侍宴乐游苑诗》曰："同惹御香芬。"○扬子云《解嘲》曰："当涂者升青云。"○陆士衡《赴洛诗》曰："仰瞻凌霄鸟，羡尔归飞翼。"

送杜位下第归陆浑别业

杜位已见前杜子美《杜位宅守岁诗》注。一作杜佐。案：杜子美有《示侄佐诗》，又见《新唐书·世系表》，此未知孰是。《元和郡县志》曰："河南道河南府陆浑县：春秋时秦、晋迁陆浑之戎于伊川，至汉为陆浑县，属弘农郡，后属河南尹。"《清统志》曰："河南府：陆浑故城在嵩县东北。"

> 正月今欲半，陆浑花未开。
> 出关见青草，春色正东来。
> 夫子且归去，明时方爱才。
> 还须及秋赋，莫即隐蒿莱。

□沈曰："芙蓉生在秋江上，不向东风怨未开，安分语耳。此诗纯用慰勉，心和气平，盛唐人身分故不易到。"

张茂先《鹪鹩赋序》曰："生于蓬蒿之间。"

陕州月城楼送辛判官入奏

《元和郡县志》曰："河南道陕州：汉为弘农郡之陕县，后魏孝文帝太和十一年置陕州。隋义宁元年，改置弘农郡。武德元年改为陕州。"案：唐陕州治陕县，今河南陕县治。又案：月城，筑城为偃月形，以资防守。《通鉴》（卷一百八十四）《隋纪》八：李密兵败，帅精骑度洛南，馀众东走月城。胡注曰："月城盖临洛水筑偃月城。"可以为证。

> 送客飞鸟外，城头楼最高。
> 樽前遇风雨；牖里动波涛。

谒帝向金殿；随身唯宝刀。

相思灞陵月，只有梦偏劳。

□沈曰："入手须不平，宋人不讲此，所以单弱。"

曹子建《赠白马王彪诗》曰："谒帝承明庐。"○《榖梁》僖元年曰："孟劳者，鲁之宝刀也。"《水经·渭水》注曰："霸水又左合浐水，历白鹿原东，谓之霸上。汉文帝葬其上，谓之霸陵，上有四出道以泻水，在长安东南三十里。故王仲宣赋诗云：南登霸陵岸，回首望长安。"案：在今陕西长安县东。

韦应物

淮上喜会梁川故人

《元和郡县志》曰："山南道兴元府：《禹贡》梁州。秦以为汉中郡。魏钟会既克蜀，又置梁州。隋大业三年，罢州为汉川郡。武德元年，改为褒州。二十年，又为梁州。"（治南郑县，即今陕西南郑县东。）应物盖尝游梁州，故有江汉为客之句。又欧阳行周《上兴元严仆射诗》曰："今日梁川草偏春。"称兴元为梁川可证。

江汉曾为客，相逢每醉还。

浮云一别后；流水十年间。

欢笑情如旧；萧疏鬓已斑。

何因不归去？淮上有秋山。

□似王、孟。

有秋山，有或作对，非。

钱仲文

钱起，字仲文，吴兴人。天宝十年进士及第，授校书郎，奉使入蜀，除考功郎中。大历中为太清宫使，翰林学士。起诗体制新奇，理致清赡，王右丞许以高格。与郎士元齐名，士林语曰："前有沈、宋，后有钱、郎。"见《唐诗纪事》《唐才子传》。案：仲文为大历十才子之一，《新唐书·文艺·卢纶传》载其名。

和万年成少府寓直

《元和郡县志》曰："关内道京兆府万年县：本汉旧县，属冯翊，在今栎阳县东北三十五里。周明帝二年，分长安、霸城、山北等三县，始于长安中置万年县。"案：唐万年县在今陕西长安县东。《唐六典》（卷三十）曰："万年县，尉六人，从八品下。"案：尉称少府，已见卷二杜子美《奉先刘少府画山水障歌》注。此成少府当是万年尉。万年，唐为赤县，故首句言赤县矣。《文选》潘安仁《秋兴赋序》曰："寓直于散骑之省。"仲文亦有《春宵寓直诗》，当是为郎时作。万年尉不应寓直，此盖县尉秩满，将迁右拾遗，寓直于中书省也。直者，诗中云仙掖，杜子美有《春宿左省诗》，盖宣政门内，东曰日华门，西曰月华门，日华门外为门下省，月华门外为中书省，故门下省曰东省，亦曰左掖，中书省曰西省，亦曰右掖。是二省皆可称掖。然诗又言霜台，门下省在东，距御史台远。据舒元舆《御史台记》：中书省南为御史台，诗言近霜台。故知为中书省矣。诗又言明朝紫书下，盖此时分曹中书而诏命尚未下，故仍称以旧官万年少府尔。

赤县新秋夜，文人藻思催。

钟声自仙掖；月色近霜台。

一叶兼萤度；孤云带雁来。

明朝紫书下，应问长卿才。

□工律。

　　《通典·职官典》（十五）曰："大唐县有赤、畿、望、紧、上、中、下七等之差，京都所治为赤县。"案：万年县即赤县也。〇仙掖谓左右掖垣，详上杜子美《春宿左省诗》注。〇《唐会要》（卷六十）曰："武德初因隋旧制为御史台。龙朔二年改为宪台。咸亨元年复为御史台。"〇苏味道《奉怀台中诸侍御诗》曰："薄游忝霜署，直指戒冰心。"孙逖《送靳十五侍御使蜀诗》曰："天使出霜台。"〇诏书封紫泥，故曰紫书。《汉旧仪》（卷上）曰："玺封悉用武都紫泥。"《太平寰宇记》曰："陇右道阶州将利县紫水；《陇右记》云：武都紫水有泥，其色赤紫而粘，贡之封玺书，故诏诰有紫泥之美。"〇《史记·司马相如传》曰："蜀郡成都人也，字长卿。"馀见王摩诘《送孟六归襄阳诗》注。

郎君胄

　　郎士元，字君胄，中山人。天宝十五载擢进士第。宝应初，选畿县官，诏试中书，补渭南尉，历右拾遗，出为郢州刺史，与钱仲文齐名。见《新唐书·艺文志》及《唐诗纪事》《唐才子传》。君胄为十子之一。《新书·文艺·卢纶传》载其名。

送彭将军

　　《律髓》作《送李将军赴定州》，《全唐诗》同，注云：一作《送彭将军》。纪晓岚谓定州不应有阴山及临边出塞之语，故从一本。

> 双旌汉飞将，万里独横戈。
> 春色临边尽；黄云出塞多。
> 鼓鼙悲绝漠；烽戍隔长河。
> 莫断阴山路，天骄已请和。

　□纪曰："三四警策。"又曰："右丞'黄云断春色'句，以苍莽取神，此诗衍为二句，又以对照见意，繁简各有其妙。"

　《新唐书·百官志》曰："节度使辞日赐双旌双节。"○汉飞将见卷二高达夫《燕歌行》注。○《吕氏春秋·贵直论》曰："行人烛过免胄横戈而进。"○阴山见卷二岑参《轮台歌送封大夫西征》注。○天骄见李太白《塞下曲》注。○《文选》司马长卿《喻巴蜀檄》曰："北征匈奴，单于怖骇，屈膝请和。"

皇甫茂政

　皇甫冉，字茂政，安定人，寓丹阳。天宝十五年进士第，授无锡尉。王缙为河南节度，表掌书记，历官右补阙卒。《新唐书》入《文艺传》，又见《唐诗纪事》《唐才子传》。

归渡洛水

　茂政事多不可考，此诗亦不知作于何时，归自何地。以沧浪钓舟句核之，此洛水疑亦非出陕西商县熊耳山至河南巩县入河之洛水。《水经·沔水》注曰："沔水又东南迳阴县故城西，又东南得洛溪口，水出县西北集池陂，东南流迳洛阳城北枕洛

溪，溪水东南注沔水也。"《清统志》曰："湖北襄阳府：洛溪
水在光化县东。"

　　　　暝色赴春愁，吴曰："五字脍炙人口。"归人南
渡头。

　　　　渚烟空翠合；滩月碎光流。

　　　　澧浦饶芳草；沧浪有钓舟。

　　　　谁知放歌客，吴曰："折落。"此意正悠悠？吴
曰："高调。"○吴挚甫先生曰："末言钓舟正难入手。"

　　《楚辞·九歌·湘君》曰："遗余佩兮醴浦。"洪《补注》曰：
"澧、醴古书通用。"○《古诗》曰："兰泽多芳草。"○《水经·
沔水》注曰："当阳县西北汉水中有沧浪州。"《清统志》曰："湖
北襄阳府：沧浪洲在均州北。"（今改县）《石林诗话》（卷中）
曰："王荆公编百家诗选，从宋次道借本，中间有暝色赴春愁，
次道改赴字作起字。荆公复定为赴字，以语次道曰：若是起字，
人谁不能到？次道以为然。"

司空文明

　　司空曙，字文明（《新唐书》作初明），广平人，登进士第。韦
皋节度剑南，辟致幕府。贞元中，为水部郎中，终虞部郎中。《新唐
书·文艺传》附《卢纶传》，又见《唐诗纪事》《唐才子传》。

云阳馆与韩绅宿别

　　唐关内道京兆府云阳县在今陕西泾阳县北。韩绅一作韩升
卿。案：《元和姓纂》《新唐书·世系表》及《韩昌黎年谱》，

退之之叔父曰绅卿，未知是否。

> 故人江海别，几度隔山川。
>
> 乍见翻疑梦；相悲各问年。
>
> 孤灯寒照雨；深竹暗浮烟。
>
> 更有明朝恨，离杯惜共传。

□吴曰："三四千古名句，能传久别初见之神。"

范景文（晞文）《对床夜语》（卷五）曰："马上相逢久，人中欲认难。（郎君胄《长安逢故人诗》）问姓惊初见，称名忆旧容。（见下）乍见翻疑梦，相悲各问年。皆唐人会故人之诗也，久别倏逢之意，宛然在目，想而味之，情融神会，殆如直述。前辈谓唐人行旅聚散之作最能感动人意，信非虚语。"沈曰："问姓惊初见，称名忆旧容，与乍见翻疑梦，相悲各问年，抚衷述愫，同一情至。"吴曰："李益问姓惊初见一联则俚俗语矣，世人辄并赏之，以此见知言之难。"

喜外弟卢纶见宿

《仪礼·丧服》：缌麻三月者下曰："姑之子。"郑注曰："外兄弟也。"贾疏曰："姑是内人，以出外而生，故曰外兄弟。"

> 静夜四无邻，荒居旧业贫。
>
> 雨中黄叶树；灯下白头人。
>
> 以我独沉久，愧君相见频。
>
> 平生自有分，况是蔡家亲。

□三四名句，雨中灯下虽与王摩诘相犯，而意境各自不同，正不为病。

《晋书·羊祜传》曰："祜，蔡邕外孙。"又曰："祜讨吴贼有功，将进爵土，乞以赐舅子蔡袭。"又《博物志》（卷四）曰："蔡伯喈母，袁公妹耀卿姑也。"

卢允言

卢纶，字允言，河中蒲人。避天宝乱，客鄱阳。大历初，数举进士，不第，以元载荐补阌乡尉，累迁监察御史。浑瑊镇河中，辟为判官，后迁检校户部郎中卒。允言与吉中孚、韩翃、钱起、司空曙、苗发、崔峒、耿湋、夏侯审、李端皆能诗齐名，号大历十才子。《新唐书》入《文艺传》。

送李端

端，字正己，赵州人。大历五年进士，初授校书郎，移疾去，未几起为杭州司马，牒诉敲扑，心甚厌之，去隐衡山，自号衡岳幽人。见《唐才子传》。正己为十才子之一。《新唐书·卢纶传》载其名，曰赵州人。

故关衰草遍，离别自堪悲。
路出寒云外；人归暮雪时。
少孤为客早；多难识君迟。沉至。
掩泪空相向，风尘何处期？

李君虞

李益，字君虞，陇西姑臧人。大历四年进士第，授郑州尉。有心疾，久不调官，幽州刘济辟置幕府。宪宗召为秘书少监，集

贤殿学士，后累迁礼部尚书致仕，太和初卒。《新唐书》入《文
艺传》。

喜见外弟又言别

> 十年离乱后，长大一相逢。
> 问姓惊初见；称名忆旧容。
> 别来沧海事；语罢暮天钟。
> 明日巴陵道，秋山又几重。

　□沈曰："一气旋折。"

　《神仙传》（卷上）曰："麻姑自说云：接侍以来，已见东海
三为桑田。向到蓬莱，又水浅于往日会时略半耳，岂将复为陵陆
乎？王远叹曰：圣人皆言海中将复扬尘也。"○《元和郡县志》
曰："江南道岳州：吴于此置巴陵县，宋文帝又立为巴陵郡。"又
曰："昔羿屠巴蛇于洞庭，其骨若陵，故曰巴陵。"案：唐岳州治
巴陵县，今湖南岳阳县治。

戴幼公

　戴叔伦，字幼公，润州金坛人。刘晏管盐铁，表主运湖南，
嗣曹王皋领湖南、江西，表佐幕府。后为抚州刺史，迁容管经略
使卒。《新唐书》有传。

除夜宿石头驿

　《水经·赣水》注曰："赣水又迳郡北（豫章郡）为津步，
水之西岸有盘石，谓之石头，津步之处也。"《清统志》曰：
"江西南昌府：石头渚在新建县西北。《县志》：石头津在县西

北十里，今为石步镇。"

　　　　旅馆谁相问？吴曰："开。"寒灯独可亲。吴
曰："合。"
　　　　一年将尽夜，万里未归人。高调。
　　　　寥落悲前事；支离笑此身。吴曰："五六能撑
起，大家所争正在此处。"
　　　　愁颜与衰鬓，吴曰："抑。"明日又逢春。吴
曰："扬。"
　　□吴曰："此诗真所谓情景交融者，其意态兀傲处不减杜公，
首尾浩然，一气舒卷，亦大家魄力，谢茂秦乃妄删改，真可笑
也。"

　　万里句，沈曰："应是万里归来宿于石头驿，未及到家也。
不然，石头与金坛相距几何，而云万里乎？"步瀛案：吾友曹致
尧曰："梁武帝《子夜冬歌》：一年漏将尽，万里人未归，为此二
句所本。"○《庄子·人间世》曰："支离其形者，犹足以养其
身，终其天年，又况支离其德乎？"

　　谢茂秦（榛）《四溟诗话》曰："戴叔伦旅馆谁相问云云，观
此体轻气浮，如叶子金，非锭子金。凡五言律两联若纲目四条，
词不必详，意不必贯，此皆上句生下句之意，八句意相联连，中
无罅隙，何以含蓄？因勉更六句云：灯火石头驿；风烟扬子津。
一年将尽夜；万里未归人。萍梗今浮越；功名西向秦。明朝对清
镜，衰鬓又逢春。"案：茂秦此说殊谬，又误以石头驿为石头城，
萍梗二句尤凑杂，乃自诩为锭子金，明人之谬妄如此，可笑亦可
怜已。

刘梦得

刘禹锡，字梦得，彭城人。贞元九年擢进士第，又登博学宏辞科，为监察御史。王叔文用事，引入禁中，转屯田员外郎，判度支盐铁案。叔文败，贬连州刺史，在道贬朗州司马，后刺连州，历夔州、和州，入为主客郎中，累转礼部郎中，集贤学士，刺苏州、汝州、同州，迁太子宾客。会昌时加检校礼部尚书卒。新、旧《书》皆有传。

蜀先主庙

已见卷二杜子美《古柏行》注。案：此当是梦得刺夔州时作。

> 天下英雄气，千秋尚凛然。
> 势分三足鼎；业复五铢钱。
> 得相能开国，生儿不象贤。
> 凄凉蜀故妓，来舞魏宫前。

□纪曰："句句精拔。"又曰："起二句确是先主庙，妙似不用事者，后四句沉着之至，不病其直。"

《蜀志·先主传》曰："曹公从容谓先主曰：今天下英雄，惟使君与操耳，本初之徒不足数也。"○《蜀志·诸葛亮传》：上疏曰："今天下三分。"孙子荆《为石仲容与孙皓书》曰："吴之先主，起自荆州，刘备震惧，亦逃巴、岷，互相扇动，距捍中国，自谓三分鼎足之势，可与泰山共相终始。"○原注曰："汉末谣，黄牛白腹，五铢当复。"案：见《后汉书·公孙述传》。《史记·平准书》曰："有司言三铢钱轻易奸诈，更请诸郡国铸五铢钱，

周郭其下，令不可磨取镕焉。"《汉书·食货志下》曰："自孝武
元狩五年。三官初铸五铢钱，至平帝元始中成钱二百八十亿万馀
云。王莽居摄，变汉制，以周钱有子母相权，于是更造大钱重十
二铢，又造错刀、契刀，与五铢钱四品并行。莽即真，乃罢错
刀、契刀及五铢钱。"《光武帝纪》曰："建武十六年始行五铢
钱。"方虚谷曰："胡澹庵有诗云：须令民去思，如汉思五铢。自
注谓五铢起于元狩五年，新室罢之，民思以五铢市买，莽法复挟
五铢者投四裔，光武因马援言复之，民以为便。董卓悉坏五铢，
曹操为相复之，自魏至梁、陈、周、隋皆以五铢为便。唐武德四
年铸开元通宝，五铢始不复见。梦得此诗用三足鼎五铢钱，可谓
精当矣。"○《蜀志·先主传》曰："章武元年，以诸葛亮为丞
相。"《诸葛亮传》曰："先主与亮情好日密，关羽、张飞等不悦，
先主解之曰：孤之有孔明，犹鱼之有水也，愿诸君勿复言。羽、
飞乃止。○《蜀志·后主传》曰："讳禅，字公嗣，先主子也。
章武三年，袭位于成都。景耀六年，改元为炎兴。冬，邓艾破卫
将军诸葛瞻于绵竹，用谯周策降于艾，东迁至洛阳，策命为安乐
县公。"裴注引《汉晋春秋》曰："司马文王与禅宴，为之作故蜀
技，旁人皆为之感怆，而禅喜笑自若。"○《仪礼·士冠礼》：
"记曰：继世以立诸侯，象贤也。"

白乐天

草

一作《赋得古原草送别》。

离离原上草，一岁一枯荣。
野火烧不尽；春风吹又生。

远芳侵古道；晴翠接荒城。

又送王孙去，萋萋满别情。

□情韵不匮，句亦振拔，宜其见重逷翁也。

《诗·湛露》曰："其实离离。"《初学记·果木部》引《韩诗说》曰："离离，长貌。"○离离一作咸阳。○王孙、萋萋见刘文房《漂母墓诗》注。

尤延之（袤）《全唐诗话》曰："乐天未冠，以文谒顾况，况睹姓名熟视曰：长安米贵，居大不易。及披卷读其芳草诗，至野火烧不尽，春风吹又生，叹曰：我谓斯文遂绝，今复得子矣。前言戏之耳。"吴正仲（开）《优古堂诗话》亦载之。（吴又曰："顾况喜白乐天送友人原上草诗，野火烧不尽，春风吹又生，乃是李太白瀑布诗海风吹不断，江月照还空意。"案：与太白用意既殊，句调刚柔亦异，未可并谈。）

除苏州刺史别洛城东花

《旧唐书·白居易传》曰："除太子左庶子，分司东都。宝历中，复出为苏州刺史。"汪西亭（立名）《白香山年谱》曰："穆宗长庆四年五月，除左庶子，分司东都。敬宗宝历元年三月，除苏州刺史，五月到任。"案：唐江南道苏州治吴县，今江苏吴县治。东都河南府治洛阳、河南二县，今河南洛阳县。

乱雪千花落；新丝两鬓生。

老除吴郡守；春别洛阳城。

江上今重去；东城更一行。

别花何用伴？劝酒有残莺。

□香山晚年之作，多近颓唐，此首特觉风格遒上。

《旧唐书·地理志》曰："江南道苏州：隋吴郡，武德四年，置苏州。天宝元年，改为吴郡。乾元元年，复为苏州。"○乐天长庆二年为杭州刺史，今为苏州，故云江上重去。

贾浪仙

　　贾岛，字浪仙，范阳人。初为浮屠，名无本。时洛阳令禁僧午后不得出，岛为诗自伤。韩愈怜之，教其为文，遂去浮屠，举进士，累举不中第。文宗时坐飞语贬长江主簿。《新唐书》附《韩愈传》。○《唐才子传》（卷五）曰："元和中，元、白变尚轻浅，岛独按格入僻，以矫浮艳。当冥搜之际，前有王公贵人皆不觉，游心万仞，虑入无穷。"

送唐环归敷水庄

　　《水经·渭水》注曰："敷水南出石山之敷谷，北迳告平城东，又北迳集灵宫西而北流注于渭。"《九域志》曰："陕西路华州华阴：关西、敷水二镇。"《清统志》曰："敷水镇在华阳县西，即唐敷水驿也。《县志》：镇在县西三十里，县境四镇，敷水、岳镇最大。"

　　毛女峰当户，日高头未梳。
　　地侵山影扫；叶带露痕书。　纪曰："幽曲之至。"
　　松径僧寻药；沙泉鹤见鱼。
　　一川风景好，恨不有吾庐。
　　□方虚谷曰："八句皆好，三四尤精致。无中造有者，扫山影之谓也；微中致著者，书露痕之谓也。"

《列仙传》（卷下）曰："毛女者，字玉姜，在华阴山中，猎师世世见之，形体生毛，自言秦始皇宫人也。秦坏，流亡入山避难，遇道士谷春，教食松叶，遂不饥寒，身轻如飞。"《清统志》曰："同州府：太华山在华阴县南十里，即西岳也。岳顶西北曰毛女峰，以秦始皇宫人隐此而名。"○陶渊明《读山海经诗》曰："吾亦爱吾庐。"

忆江上吴处士

闽国扬帆去，蟾蜍缺复圆。
秋风吹渭水，落叶满长安。
此地际会夕；当时雷雨寒。
兰桡殊未返，消息海云端。

□纪曰："天骨开张，而行以灏气，浪仙有数之作。"

《元和郡县志》曰："江南道福州：汉初为闽越国。"案：唐福州治闽县，在今福建闽侯县东北。○谢灵运《游赤石进帆海诗》曰："扬帆采石华。"○《初学记·天部上》引《五经通义》曰："月中有兔，与蟾蜍并，月，阴也；蟾蜍，阳也，而与兔并明，阴系于阳也。"《御览·天部》四引《春秋元命苞》曰："月之为言阙也，两设以蟾蜍与兔者，阴阳双居，明阳之制阴，阴之倚阳。"《尔雅·释鱼》曰："鼁䗐蟾诸。"郭注曰："似虾蟆，居陆地。"《释文》诸作蜍，《说文》无蟾蜍字，虫部黾部并作詹诸，俗又作蟾蜍。○《方言》九曰："楫谓之桡。"梁简文帝《采莲曲》曰："桂楫兰桡浮碧水。"

《摭言》（卷十一）曰：元和中，元、白尚轻浅，岛独变格入僻，以矫浮艳，虽行坐寝食，吟咏不辍。尝跨驴张盖，横截天衢，时秋风正厉，黄叶可扫。岛忽吟曰：落叶满长安。志重其冲口直致，求之一联，杳不可得，不知身之所从也，因之唐突大京

兆刘栖楚被系，一夕而释之。又尝遇武宗皇帝于定水精舍，岛尤
肆侮，上讶之。他日有中旨令与一官谪去，乃授长江县尉，稍迁
普州司仓而卒。"

宿山寺

众岫耸寒色，精庐向此分。

流星透疏木，走月逆行云。沈曰："顺行云则
月隐矣，妙处全在逆字。"

绝顶人来少；高松鹤不群。

一僧年八十，世事未尝闻。

《说文·山部》曰："岫，山有穴也。"段注曰："有字各本
夺，今依《文选》张景阳《杂诗》注补。有穴之山谓之岫，非山
穴谓之岫也。《东京赋》：王鲔岫居。薛解云：山有穴曰岫。"
○《后汉书·姜肱传》章怀注曰："精庐即精舍也。"

释无可

无可，范阳人，姓贾氏，岛从弟。居天仙寺，诗名亦与岛
齐。

秋寄从兄岛

暗虫喧暮色，默坐思西林。
听雨寒更尽；开门落叶深。
昔因京邑病，并起洞庭心。
亦是吾兄事，迟回直至今。

□纪曰："韵格颇高。"

西林见卷一孟浩然《彭蠡湖中望庐山诗》注。

魏醇甫（庆之）《诗人玉屑》曰："唐僧多佳句，其琢句法比物以意，而不指言一物，谓之象外句。如无可上人诗曰：听雨寒更尽，开门落叶深，是落叶比雨声也。又曰：微阳下乔木，远烧入秋山，（马虞臣诗，见下。）是微阳比远烧也。用事琢句，妙在言其用而不言其名耳。"

姚　合

姚合，陕州硖石人。宰相崇曾孙。登元和十一年进士第，授武功主簿。宝历中监察御史，户部员外郎。开成末，终秘书少监。为诗有名于时，人称姚武功云。《新唐书》附《姚崇传》，又见《唐诗纪事》《唐才子传》。○方虚谷曰："诗家有大判断，有小结裹，姚之诗专在小结裹，故四灵学之。五言八句皆得其趣，七言律及古体则衰落不振。又所用料不过花、竹、鹤、僧、琴、药、茶、酒，于此几物一步不可离而气象小矣。是故学诗者必以老杜为祖，乃无偏僻之病云。"清《四库提要》（卷一百五十一）曰："《姚少监诗集》在北宋不甚显，至南宋永嘉四灵（赵师秀紫芝、翁卷灵舒、徐照道晖、徐玑文渊。）始奉以为宗，其末流写景于琐屑，寄情于偏僻，遂为论者所排。然由摹仿者滞于一家，趋而愈下，要不必追咎作始，遽惩羹而吹齑也。"

闲　居

不自识疏鄙，终年住在城。
过门无马迹；满宅是蝉声。

带病吟虽苦；休官梦已清。
何当学禅观，依止古先生？
　　□纪曰："武功诗之雅驯者。"

案：《山中述怀》云：晓来山鸟闹，雨过杏花稀。诚佳句也。但欧阳永叔《归田诗话》、吴正仲《优古堂诗话》皆以为周太朴诗。方虚谷谓相传为周贺作，检贺集无之，盖误记周朴为周贺耳。纪晓岚亦谓不类武功手笔，故置彼录此，略见一家面目而已。

杜牧之

杜牧，字牧之，京兆人。太和二年进士第，复举贤良方正。官殿中侍御史，迁左补阙，转膳部比部员外郎，历黄、池、睦三州刺史，入为司勋员外郎，以考功郎中知制诰，迁中书舍人，卒。新、旧《唐书》皆附《杜佑传》。

题扬州禅智寺

《旧唐书·王播传》曰："时扬州城内官河水浅，遇旱即滞漕船，乃奏自城南阊门西七里港开河，向东屈曲，取禅智寺桥通旧官河。"《明统志》曰："扬州府：禅智寺在府城（今江都县）东一十五里，本隋炀帝故宫，后建为寺。"蒋叔起（超伯）曰："扬之禅智寺即上方寺，一名竹西寺，有石刻吴道子宝志公像、太白赞、颜鲁公书，称三绝碑，盖隋炀之故宫也。杨吴主隆演曾泛舟赏花于此。"（《荟录》卷九）

雨过一蝉噪，飘萧松桂秋。
青苔满阶砌；白鸟故迟留。

暮霭生深树；斜阳下小楼。

谁知竹西路，歌吹是扬州？ 结笔写寺之幽静，尤为得神。

王文海《入若邪溪诗》曰："蝉噪林逾静。"○《舆地纪胜》曰："淮南东路扬州竹西路：东坡《广陵逢同舍刘贡父诗》云：竹西已挥手，湾口犹屡送。注：竹西、湾口皆扬州之地。又有竹西亭在北门外五里，今废。"《清统志》曰："江苏扬州府：竹西亭在甘泉县（今并入江都县）北，唐杜牧《题禅智寺诗》云云，后人以此名亭。宋欧阳修、梅尧臣皆有诗，后向子固易名歌吹亭。"○鲍明远《芜城赋》曰："歌吹沸天。"

许用晦

许浑，字用晦，润州丹阳人。太和六年进士第，为当涂、太平二县令，以疾免。后起为润州司马，累官至睦、郢二州刺史。见《唐诗纪事》及《唐才子传》。

秋日赴阙题潼关驿楼

《水经·河水篇》曰："又南至华阴潼关，渭水从西来注之。"注曰："河在关内，南流潼激关山，因谓之潼关。"《元和郡县志》曰："关内道华州华阴县：潼关在县东北三十九里。"案：在今陕西潼关县。

红叶晚萧萧。长亭酒一瓢。

残云归太华；疏雨过中条。

树色随关迥；河声入海遥。

帝乡明日到，犹自梦渔樵。

　　□吴曰："高华雄浑，丁卯压卷之作。"

　　庾子山《哀江南赋》曰："十里五里，长亭短亭。"○沈初明《独酌谣》曰："一酌倾一瓢。"○《元和郡县志》曰："华州华阴县：太华山在县南八里。"《清统志》曰："陕西同州府：太华山在华阴县南十里。"○《元和郡县志》曰："河东道河中府河东县：雷首山一名中条山，在县南十五里。"《清统志》曰："山西蒲州府：雷首山在永济县南。《括地志》：一名中条山。"（《史记·伯夷列传》《正义》引）

李义山

　　李商隐，字义山，怀州河内人。令狐楚镇河阳，奇其文，使与诸子游。开成二年擢进士第。会昌二年又试书判拔萃中选。王茂元镇河阳，辟掌书记，以子妻之。茂元为李德裕所厚，令狐楚与德裕相雠怨，故令狐楚子绹薄义山背德。后绹为相，义山陈情，憾终不解。义山历依郑亚、卢弘正。后柳仲郢节度剑南东川，辟为判官，检校工部员外郎。府罢，客荥阳卒。《旧唐书》入《文苑传》，《新唐书》入《文艺传》。

哭刘司户蕡

　　刘蕡，字去华，幽州昌平人。太和二年策试贤良方正能直言极谏者，蕡切论黄门太横，将危宗社，考官见其对，畏中官不敢取，士人读其文至有流涕者。令狐楚在兴元，牛僧孺在襄阳，皆表蕡幕府，授秘书郎，而宦人深嫉之，诬以罪，贬柳州司户参军卒。新、旧《唐书》皆有传。

路有论冤谪；言皆在中兴。

空闻迁贾谊；不待相孙弘。

江阔惟回首；天高但抚膺。

昔年相送地，春雪满黄陵。

□姚曰："义山此等诗殆得少陵之神，不仅形貌。"

何义门曰："起句言行道为之伤嗟。"○《渔隐丛话后集》卷五引《东皋杂录》曰："《诗·烝民》：任贤使能，周室中兴焉。陆德明《释文》：中，张仲反。故老杜云：今朝汉社稷，新数中兴年。又万里伤心严谴日，百年垂死中兴时。古人留意音训如此。"步瀛案：唐人于中兴字亦平去两用。如宋延清《入泷州江诗》：运启中兴历，时逢域外清。则平声用。王观国《学林》（卷二）谓中字有锺众二音。音锺者，在二者之中，首尾均也。音众者，首尾不必均，但在二者之间耳。中兴者在一世之间，因王道衰而有能复兴者，斯谓之中兴。首尾先后不必均也。案：此说强为分析，失之凿矣。○《史记·贾生传》曰："贾生名谊，雒阳人也。文帝召以为博士，说之，超迁，一岁中至太中大夫。绛、灌、东阳侯、冯敬之属尽害之，乃短贾生曰：雒阳之人，年少初学，专欲擅权，纷乱诸事。于是天子后亦疏之，不用其议，乃以贾生为长沙王太傅。"○《史记·平津侯传》曰："丞相平津侯公孙弘者，齐菑川国薛县人也。元光五年，有诏征文学对策百馀人，弘第居下，策奏，天子擢弘对第一，卒以为丞相，封平津侯。"○《水经·湘水》注曰："湘水又东迳黄陵亭西，右合黄陵水口，其水上承大湖，湖水西流迳二妃庙南，世谓之黄陵庙也。"《清统志》曰："湖南岳州府：湘妃庙在巴陵县（今改岳阳县）西南君山，祀尧二女。"

落　花

高阁客竟去；何义门曰："起得超忽。"纪曰：
"得神在逆折而入。"小园花乱飞。

参差连曲陌；迢递送斜晖。

肠断未忍扫；眼穿仍欲归。

芳心向春尽，所得是沾衣。何曰："一结无限
深情，得字意外巧妙。"《宋书·乐志》：汉鼓吹铙歌
《巫山高》曰："泣下沾衣。"谢玄晖《休沐重还丹阳道
中诗》曰："乡泪尽沾衣。"

夜　饮

卜夜容衰鬓，开筵属异方。

烛分歌扇泪；雨送酒船香。

江海三年客；乾坤百战场。

谁能醉酩酊，淹卧剧清漳？

□纪曰："王荆公极推此五六句，通体亦皆老健，惟三句微
纤耳。"杨致轩曰："神似老杜。"

《左》庄二十二年：陈公子完曰："臣卜其昼，未卜其夜。"
○庾子山《春赋》曰："月入歌扇。"白乐天《谕妓诗》曰："烛
泪夜沾桃叶袖。"○酒船见李太白《江上吟》注。又《忆贺监诗》
曰："却棹酒船回。"冯孟亭曰："若泛以酒器为酒船，亦可。"步
瀛案：冯后说是。庾子山《北园新斋成应赵王教诗》曰："金船
代酒卮。"《海录碎事》曰："金船，酒器中大者呼为船。"《松窗
杂录》言唐玄宗为潞州别驾归京师，会春暮，豪家子数辈盛酒
馔，游于昆明池，忽一少年持酒船云云，则酒船为酒器可证。○

江海二句，冯曰："是桂管归后，海上邕南兵事未息，故借时事以兼慨世途也。似巴、蜀归后还京之前所作。"○《晋书·山简传》：儿童歌曰："日暮倒载归，酩酊无所知。"○刘公幹《赠五官中郎将诗》曰："余婴沉痼疾，窜身清漳滨。"徐孝穆《与李那书》曰："卧病漳水之滨。"

蝉

本以高难饱；徒劳恨费声。纪曰："起二句意在笔先。"

五更疏欲断；一树碧无情。朱竹垞曰："第四句更奇，令人思路断绝。"○沈曰："取题之神。"

薄宦梗犹泛；故园芜已平。

烦君最相警，我亦举家清。

□纪曰："前四句写蝉即自喻，后四句自写，仍归到蝉，隐显分合，章法可玩。"

卢子行《听鸣蝉篇》曰："故乡已超忽，空庭正芜没。"又曰："讵念嫖姚嗟木梗。"○《齐策》三：苏秦（当依《史记·苏秦传》作苏代。）曰："今者臣来过于淄上，有土偶人与桃梗相与语，土偶曰：今子东国之桃梗也，刻削子以为人，降雨下，淄水至，流子而去，则子漂漂者将何如耳！"《说苑·正谏篇》漂漂作泛泛，字句亦多不同。○陶渊明《归去来辞》曰："田园将芜胡不归？"

温飞卿

温庭筠（《新唐书》庭作廷），本名岐，字飞卿，太原人。宰相彦博裔孙。（《新唐书·彦博传》云：并州祁人。）工词章，与李义山齐名，称温、李。大中初举进士不第，多为人作文。徐商镇襄阳，往依之，署为巡官，不得志，去归江东，后为隋县尉卒。《旧唐书》入《文苑传》，《新唐书》附《温大雅传》。

送人东游

古戍落黄叶，浩然离故关。起得势。
高风汉阳渡；初日郢门山。雄俊。
江上几人在？天涯孤棹还。
何当重相见，尊酒慰离颜？

《孟子·公孙丑上》曰："予然后浩然有归志。"○唐江南道鄂州汉阳县，今湖北汉阳县治。○郢门山即荆门山，已见卷三元裕之《赤壁图诗》注。

马虞臣

马戴，字虞臣。会昌四年进士第，咸通末佐大同军幕，终太学博士。见《新唐书·艺文志》及《唐才子传》。

落日怅望

孤云与归鸟，千里片时间。吴曰："突起超隽无匹。"
念我何留滞？辞家久未还。
微阳下乔木；远烧入秋山。吴曰："以下句形上句，乃奇格也。"
临水不敢照，恐惊平昔颜。

□纪曰："起得超脱，接得浑劲，五六亦佳句。"

楚江怀古

露气寒光集，微阳下楚丘。
猿啼洞庭树；人在木兰舟。风格高逸。
广泽生明月；苍山夹乱流。
雪中君不见，竟夕自悲秋。

楚丘即谓楚山。○《述异记》（卷下）曰："木兰洲在浔阳江中，多木兰树，七里洲中有鲁班刻木兰为舟，舟至今在洲中。"诗家云木兰舟出于此。○《楚辞·九歌》有《云中君》，洪庆善《补注》曰："云神丰隆也。"《汉书·郊祀志》有云中君。步瀛案：《史记·封禅书》曰："晋巫，五帝、东君、云中之属。"《索隐》曰："东君、云中亦见《归藏易》也。"

严羽卿（羽）《沧浪诗话》曰："马戴在晚唐诸人之上。"杨用修（慎）《升庵诗话》（卷十）曰："马戴《蓟门怀古》，雅有古调。至如猿啼洞庭树，人在木兰舟，虽柳吴兴无以过也。晚唐有此，亦希声乎！"

灞上秋居

灞上即霸陵，已见岑参《送辛判官诗》注。

灞原风雨定，晚见雁行频。
落叶他乡树；寒灯独夜人。
空园白露滴；孤壁野僧邻。
醉卧郊扉久，何年致此身？
□纪谓晚唐诗人，马骨格独高，信然。

《论语·学而篇》："子夏曰：事君能致其身。"

崔礼山

崔涂，字礼山，光启四年进士。见《唐诗纪事》及《唐才子传》。

除夜有感

迢递三巴路；羁危万里身。

乱山残雪夜；孤烛异乡人。可与马虞臣落叶他乡树二句媲美。

渐与骨肉远；转于僮仆亲。

那堪正飘泊？明日岁华新。

三巴已见杜子美《禹庙诗》注。○王摩诘《宿郑州诗》曰："孤客亲僮仆。"

梅圣俞

梅尧臣，字圣俞，宣州宣城人。历主簿、县令，监税湖州，签书忠武、镇安两军判官。大臣屡荐宜在馆阁，召试赐进士出身，为国子监直讲，累迁尚书都官员外郎，预修《唐书》，书成未奏而卒。圣俞工为诗，尝语人曰："凡诗意新语工，得前人所未道者，斯为善矣。必能状难写之景如在目前，含不尽之意见于言外，然后为至也。"世以为知言。《宋史》入《文苑传》。

鲁山山行

《舆地广记》曰："京西北路（《九域志》曰："太平兴国二年，分南北路，后并一路。熙宁五年复分二路。"案：圣俞为诗时尚并为一路也。）汝州鲁山县：汉为鲁阳，属南阳郡，唐为鲁山。"《元和郡县志》曰："河南道汝州鲁山县：鲁山在县东北十里。"《清统志》曰："河南汝州：鲁山在鲁山县东十八里。"

　　适与野情惬，千山高复低。
　　好峰随处改；幽径独行迷。
　　霜落熊升树；林空鹿饮溪。
　　人家在何许？云外一声鸡。

　　□方虚谷曰："尾句自然，熊鹿一联人皆称其工，然前联尤幽而有味。"

　　《苕溪渔隐丛话后集》（卷二十四）曰："圣俞诗工于平淡，自成一家，如《东溪》云：野凫眠岸有闲意，老树着花无丑枝。《山行》云：人家在何许，云外一声鸡。《春阴》云：鸠鸣桑叶吐，村暗杏花残。《杜鹃》云：月树啼方急，山房人未眠。似此等句，须细味之方见其用意也。"

送徐君章秘丞知梁山军

《宋史·职官志》曰："秘书省丞一人。"又曰："秘书丞为从七品。"《太平寰宇记》曰："山南东道梁山军：本万州梁山县，开宝三年置屯田务，因建为梁山军。"《元丰九域志》曰："夔州路梁山军治梁山县。"《清统志》曰："四川忠州：梁山故城在今梁山县西。"

苍壁束江流，孤军水上头。

蛟龙惊鼓角；云雾裹衣裘。

午市巴姑集；危滩楚客愁。

使君才笔健，当似白忠州。

□浑健。方虚谷以为善学盛唐，而或过之。虽不无溢美，而要不失唐人风格。

《舆地广记》曰："夔州路梁山军：军治据东山之址，左右环以五山，错立环抱，五山蜿蜒趋之。"《清统志》曰："忠州：大江自重庆涪州（今县）流入，经酆都县南，又东北经州南，又东北入夔州府万县界。"○《水经·江水》注曰："江水自涪陵东出百馀里而届于黄石，东为桐柱滩。又迳东望峡，历平都。江水右迳虎须滩，滩水广大，夏断行旅。"《清统志》曰："忠州西二里有石梁，亘三十馀丈，横截江中。俗呼倒须滩，即《水经注》所谓虎须滩也。又有折鱼滩，在州东三十里，石觜入江，水势冲激，鱼不能上，往往折回，舟行至此，水涨则平，水落则凶。"○《左》襄二十六年曰："楚客聘于晋。"○《旧唐书·白居易传》曰："元和十三年量移忠州刺史。"案：唐山南道忠州治临江县，今四川忠县治。宋忠州与梁山军同属夔州路。

春　寒

春昼自阴阴，云容薄更深。

蝶寒方敛翅；花冷不开心。纪曰："三四托意深微，妙无痕迹。"

亚树青帘动；依山片雨临。

未尝辜景物，多病不能寻。

□方曰："梅诗淡而实丽，虽用工而不力。"

韦应物《与卢涉同游永定寺诗》曰:"晴蝶飘兰径,游蜂绕花心。"○郑守愚《旅寓洛南村舍诗》曰:"青帝认酒家。"○庾子山《游山诗》曰:"山根一片雨。"

秋日家居

移榻爱晴晖,翛然世虑微。

悬虫低复上;斗雀堕还飞。二句可谓能状难写之景矣。

相趁入寒竹;自收当晚闱。方虚谷谓相趁句承斗雀,自收句承悬虫是也,然终不免晦滞。

无人知静景,苔色照人衣。

《庄子·大宗师》《释文》引向秀曰:"翛然,自然无心而自尔之谓。"

欧阳永叔

秋 怀

已见卷一韩退之《秋怀诗》注。

节物岂不好,秋怀何黯然?
西风酒旗市;细雨菊花天。名隽。
感事悲双鬓;包羞食万钱。
鹿车终自驾,归去颍东田。

悲双鬓见王摩诘《秋夜独坐诗》。○《易·否》六三曰:"包羞。"○《晋书·何曾传》曰："日食万钱，犹曰无下箸处。"案：此谓俸钱耳，如韦苏州邑有流亡愧俸钱之意，与何曾不同，特摘用其字耳。○《晋书·刘伶传》曰："尝乘鹿车，携一壶酒。"○颍东田见卷三《鹎鶋词》注。

王介甫

半山春晚即事

　　介甫《示元度诗》曰："今年锺山南，随分作园囿。凿池构吾庐，碧水寒可漱。"又《题半山寺壁诗》李雁湖注曰："半山报宁禅寺，公故宅也，由东门至蒋山，此为半道，故以半山为名。其地亦名白塘。旧以地卑积水为患，公卜居，乃凿渠决水以通城河。元丰七年，公以病闻，神宗遣国医诊视，既愈，乃请以宅为寺，因赐额为报宁禅寺。寺西有培塿，乃荆公决渠积土之地。又按《续建康志》：半山寺即公故宅也，再罢政以使相判金陵，到任即纳节，固辞同平章事，改左仆射。未几又恳求宫观，累表得会灵观使，筑第于白下门外，去城七里，去蒋山亦七里，平日乘一驴，从数僮，游诸寺，欲入城则乘小舫，泛湖沟以行，盖未尝乘马与肩舆。所居之地四无人家，其宅仅蔽风雨，又不设垣墙，望之若逆旅之舍。有劝筑垣，辄不答。元丰之末，公被疾，奏舍此宅为寺，有旨赐名报宁，既而疾愈，税城中屋以居，不复造宅。"步瀛案：营居半山园，顾震沧《荆公年谱》以为在元丰二年，蔡元凤《王文公年谱考略》以为在元丰五年，未知孰是，而要在罢相后则无疑也。

春风取花去，酬我以清阴。

翳翳陂路静；交交园屋深。
床敷每小息；杖屦亦幽寻。
惟有北山鸟，经过遗好音。

□寓感愤于冲夷之中，令人不觉，全由笔妙。○方虚谷曰："半山诗工密圆妥，不事奇险，惟此春风取花去之联乃出奇也，馀皆淡静有味。"

风，李注本作晚，今依《临川集》及《律髓》。○李曰："翳翳、交交，皆言清阴也。"○《大方便佛报恩经·对治品》曰："菩萨若见有众生爱乐佛法而来，亲近供养，承事奉侍，洗足按摩，浣濯干晒，杨枝澡水，拂拭床敷，卷褰被枕。"○介甫有《思北山诗》，李注曰："北山即锺山，周颙隐处，孔稚圭作《北山移文》。"《清统志》曰："江苏江宁府：锺山在上元县东北。"案：今南京江宁县东北。○《易·小过》："飞鸟遗之音。"《诗·泮水》曰："怀我好音。"

送邓监簿南归

李曰："邓名铸，公之故人。自临川至金陵省公，留逾月，公作此诗送之。又录杂诗一卷与邓，时元丰六年秋也。"案《宋史·职官志》：元丰官制：国子监、少府监、将作监、军器监、都水监皆有主簿，此云监簿，未知何属也。

不见骊塘路，茫然四十春。
长为异乡客；每忆故时人。爽垲沉至，胜于晚唐之作。
水阅公三世，云浮我一身。
濠梁送归处，握手但悲辛。

李曰："邓，临川人。骊塘在抚州，邓家有刻石，茫作芒字。

观四十春之语，则公去其乡甚早。"步瀛案：《舆地纪胜》，江南西路抚州有骊塘，亦引荆公此诗以证之。当在今临川县。〇水阅句用佛问波斯匿王恒河水事，已见卷三苏子瞻《百步洪诗》注。又陆士衡《叹逝赋》曰："川阅水以成川，水滔滔而日度。世阅人而为世，人冉冉而行暮。"亦荆公所本。〇《维摩诘所说经·方便品》曰："是身如浮云，须臾变灭。"〇《庄子·秋水篇》曰："庄子与惠子游于濠梁之上。"成玄英疏曰："濠是水名，在淮南锺离郡。案：在今安徽凤阳县，时荆公在金陵，未必远送至此，特以庄、惠之交游为喻耳。

壬辰寒食

宋仁宗皇祐四年壬辰，时荆公年三十二，通判舒州。

客思似杨柳，春风千万条。
更倾寒食泪，欲涨冶城潮。　纪曰："起四句奇逸。"
巾发雪争出；镜颜朱早凋。
未知轩冕乐，但欲老渔樵。
　　□风神跌宕，笔势清雄，荆公独擅。

《太平寰宇记》曰："江南东道升州上元县：古冶城在今县西五里。本吴铸冶之地，因以为名。"《清统志》曰："江苏江宁府：冶城在上元县西。"案：上元今并入江宁县，为南京首县。荆公之父（名益，字损之。）为江宁府通判。仁宗宝元二年卒于官，葬于江宁牛首山（今江宁县南），此诗殆皇祐四年省墓而作也。

贾　生

已见李义山《哭刘司户诗》注。又《汉书·贾谊传》曰："文帝思谊，征之，拜为梁怀王太傅，数问以得失。谊数上疏陈政事，其大略曰：臣窃维事势可为痛哭者一，可为流涕者二，可为长太息者六（当依《魏志·高堂隆传》六作三）"云云。

汉有洛阳子，少年明是非。
所论多感慨；自信肯依违？
死者若可作，今人谁与归？
应须蹈东海，不但涕沾衣。

□寄托遥深，此荆公自喻也。

洛阳少年已见李义山诗注。○李曰："当时天下皆已谓治安，而谊独以抱火措薪为忧，能明是非者。"○李曰："次联言痛哭流涕，言不同俗脂韦。"○概、慨字通，见《庄子·至乐篇》。○《礼记·檀弓下》："赵文子与叔誉观于九原，文子曰：死者如可作也，吾谁与归？"○《史记·鲁仲连传》："鲁仲连曰："彼秦者弃礼义而上首功之国也，彼即肆然而为帝，则连有蹈东海而死耳，吾不忍为之民也。"但，李注本作若，李曰："言仲连蹈东海不若谊仕汉切于救时。"步瀛案：此言贾生若作，恐非今人所能容，将安所归？应须蹈东海而死耳，不仅若当时之痛哭流涕也。雁湖注误。

苏子瞻

太白山下早行至横渠镇书崇寿院壁

《太平寰宇记》曰："关西道凤翔府郿县：太白山在县东南五十里。《辛氏三秦记》云：太白山在武功县南，去长安三百里，不知高几许。俗云：武功太白，去天三百。山下军行，不得鸣鼓角，鸣则疾风暴雨立至。《周地图记》云：太白山上恒积雪，无草木，半山有横云如瀑布，则澍雨，人常以为候验之，如离毕焉。故语云：南山瀑布，非朝即暮。"查注引《一统志》："崇寿院在郿县东五十里横渠镇。"今明、清《统志》皆无此文。

马上续残梦。超妙。不知朝日升。
乱山横翠幛；落月澹孤灯。
奔走烦邮吏；安闲愧老僧。
再游应眷眷，聊亦记吾曾。

　　马上续残梦，乃刘驾《早行诗》。（见张为《主客图》及《唐诗纪事》卷六十三，《全唐诗》卷二十二。）未知子瞻偶用之耶，抑造句相同耶？

倦　夜

倦枕厌长夜，小窗终未明。
孤村一犬吠；残月几人行。写景如在目前，而绝不吃力，故佳。
衰鬓久已白；旅怀空自清。
荒园有络纬，虚织竟何成？
□义兼比兴。

　　络纬已见卷一黄鲁直《过家诗》注。○孟东野《古乐府·杂怨》曰："暗蛩有虚织。"

次韵江晦叔　二首录一

　　施注曰："江公著，字晦叔，桐庐人。建中靖国初知虔州。东坡北归至虔，晦叔适至，有唱酬二诗。"（案：今施注送公著知吉州及此诗，皆无建中以下之文，此据各家注引。又《宋诗纪事》谓晦叔睦州建德人，治平四年进士。）

> 钟鼓江南岸，归来梦自惊。
> 浮云世事改；孤月此心明。无限感慨。
> 雨已倾盆落；诗仍翻水成。
> 二江争送客，木杪看桥横。

　　王注引李厚曰："《中兴间气集》杜位《哭长孙侍御诗》：落日生涯尽，浮云世事空。"○杜子美《白帝诗》曰："白帝城下雨翻盆。"○韩退之《寄崔二十六立之诗》曰："文如翻水成。"○《南史·谢朓传》曰："江祏及弟祀、刘沨、刘晏俱侯朓，朓谓祏曰：可谓带二江之双流。"案：此云二江送客，疑晦叔尚有兄弟同行也。

　　《困学纪闻》（卷十八）曰："更无柳絮随风舞，惟有葵花向日倾，见司马公之心；浮云世事改，孤月此心明，见东坡公之心。"又云："坡公晚年所造深矣。"

黄鲁直

和答钱穆父咏猩猩毛笔

　　任注引《鸡林志》曰："高丽笔芦管黄毫，健而易乏，旧云猩猩毛，或言是物四足长尾，善缘木，盖狁毛，或鼠须之类耳。"案：《山谷内集》是诗编入元祐元年。《宋史·钱勰传》（附《惟演传》后）曰："勰字穆父，奉使吊高丽还，拜中书舍人。元祐初，迁给事中，以龙图待制知开封府。"

爱酒醉魂在；能言机事疏。

平生几两屐；身后五车书。

物色看《王会》；勋劳在石渠。

拔毛能济世，端为谢杨朱。

□纪晓岚曰："点化甚妙，笔有化工，可为咏物用事之法。"

任曰："猩猩事《通典》于哀牢国言之甚详，盖出于《华阳国志》及《水经注》。《唐文粹》载裴炎《猩猩说》大率本此。其略云：阮研使封溪，见邑人云：猩猩在山谷间，数百为群。人以酒设于路侧。又爱着屐，里人织草为屐，更相连结。猩猩见酒及屐，知里人设张，则知张者祖先姓字，乃呼名骂云：奴欲张我！舍之而去。复自再三相谓曰：试共尝酒。及饮其味，遂乎醉，因取屐而着之，乃为人所擒获，刺其血染氍毹，随鞭棰输之，至于一斗。"○韩退之《答张彻诗》曰："怪花醉魂馨。"○《曲礼上》曰："猩猩能言，不离禽兽。"○《易·系辞上》曰："几事不密则害成。"案：几、机字通。○《世说新语·雅量篇》曰："阮遥集（孚）好屐，或有诣阮见自吹火蜡屐，因自叹曰：未知一生当着几量屐。"《书钞·服饰部》三引《世说》量作裲，今《晋书·阮孚传》（附《阮籍传》后。）亦作量。任注引《晋书》作两。○《世说新语·任诞篇》：张季鹰（翰）曰："使我有身后名，不如即时一桮酒。"○《庄子·天下篇》曰："惠施多方，其书五车。"○《周书》有《王会篇》。任曰："《唐书·黠戛斯传》：李德裕上言：贞观时颜师古请如周史臣集四夷朝事为《王会篇》，今黠戛斯大通中国，宜为《王会图》以示后世。以《松扇诗》考之，猩毛笔盖穆父使高丽所得。"○班孟坚《西都赋》曰："天禄、石渠，典籍之府。"○《孟子·尽心上》曰："杨子取为我，拔一毛而利天下不为也。"《列子·杨朱篇》："禽子问杨朱曰：去子体之一毛以济一世，汝为之乎？杨子曰：世固非一毛之所济。"

早　行

《山谷诗外集补》原注曰："熙宁元年赴叶县作。"又《年谱》曰："熙宁元年戊申，先生是岁赴叶县尉。"又曰："诗中有秋阳弄光影之句，当是赴任时作。"

失枕惊先起，人家半梦中。
闻鸡凭早晏；占斗辨西东。风格佳。
笘湿知行露；衣单觉晓风。
秋阳弄光影，忽吐半林红。

《淮南子·齐俗篇》曰："夫乘舟而惑者不知东西，见斗极则晓然而寤矣。"

陈履常

陈师道，字履常，一字无己，号后山（后一作後），彭城人。元祐初，苏轼、傅尧俞、孙觉荐其文行，授徐州教授，又用梁焘荐为太学博士。后罢归，调彭泽令不赴。久之召为秘书省正字，卒。《宋史》入《文苑传》。

寄外舅郭大夫

后山有《送外舅郭大夫槩西川提刑诗》。任子渊（渊）注曰："据《实录》，元丰七年五月，朝请郎郭槩提点成都府路刑狱。"后山又有《送内》《别三子》二诗。任曰："后山妻子从郭槩入蜀时作，而此诗即编于其后，盖郭到蜀后使人归报后山，后山知妻子安居，复寄此诗也。"

巴蜀通归使，妻孥且旧居。

深知报消息，不忍问何如。

身健何妨远？情亲未肯疏。

功名欺老病，泪尽数行书。

　　□方虚谷曰："后山学老杜，此其逼真者，枯淡瘦劲，情味深幽。"纪曰："情真格老，一气浑成。"

送吴先生谒惠州苏副使

　　任曰："据《实录》，绍圣元年，苏公贬宁海军节度副使，惠州安置。"又曰："吴先生当是吴远游，苏公尝有书与之。"方虚谷曰："此吴子野有道术者。"步瀛案：吴远游名复古，字子野，见子瞻《远游庵铭》。王见大《苏诗总案》曰："绍圣元年六月二十五日，告下落左承议郎，责授建昌军司马，惠州安置，不得签书公事。十月二十日到，责授宁远军节度副使，惠州安置，不得签书公事。三年十一月，吴复古、陆维忠来自高安。"（王又辨吴子野、陆维忠之来，年谱杂载七月前，非是。）

闻名欣识面，异好有同功。

我亦惭吾子。人谁恕此公？

百年双白鬓；万里一秋风。

为说任安在，依然一秃翁。

　　□纪曰："忼爽。"

　　闻名句，任曰："言吴君欲识东坡也。《传灯录·夹山惟俨传》：李翱曰：见面不如闻名。此反而用之。"○异好句，任曰："吴君方外之士，与后山异趣，而好贤之意则同，故云同功。"○

我亦句，任曰："后山不能往见苏公，此所以有愧于吴君也。"〇
杜子美《不见诗》曰："世人皆欲杀，吾意独怜才。"〇杜子美
《戏题寄上汉中王诗》曰："百年双白鬓，一别五秋萤。"任曰：
"时东坡年五十九。"〇万里句，任曰："言神交心契与风无间也。
老杜诗：瞿塘峡口曲江头，万里风烟接素秋。（《秋兴》）盖亦此
意。"〇《汉书·霍去病传》曰："卫青日衰而去病日益贵，故人
门下多去事去病，辄得官爵，惟独任安不肯去。"秃翁已见卷三
元裕之《赤壁图诗》注。方虚谷曰："任安秃翁事，后山自以不
负东坡，自颍教既罢之后，绍圣中不求仕也。"

登快哉亭

　　方虚谷曰："亭在徐州城东南隅提刑废廨。熙宁末李邦直
持宪节，构亭城隅之上，郡守苏子瞻名曰快哉。唐人薛能阳春
亭故址也。子由时在彭城，亦同邦直赋诗。任渊注此诗，谓亭
在黄州，不知此诗属何处，盖川人不见中原图志。予读《贺铸
集》得其说。任渊所谓亭在黄州者，乃东坡为清河张梦得命
名，子由作记，非徐州之快哉亭也。"

　　　城与清江曲；泉流乱石间。
　　　夕阳初隐地；暮霭已依山。
　　　度鸟欲何向？奔云亦自闲。纪曰：五六挺拔，
　　此后山神力大处，晚唐人到此平平拖下矣。"
　　　登临兴不尽，稚子故须还。
　　□纪曰："刻意陶洗，气格老健。"

贺方回

贺铸，字方回，卫州人。尝通判泗州，又倅太平州，悒悒不得志，退居吴下，自号庆湖遗老。《宋史》入《文苑传》。

秦淮夜泊

《太平御览·地部》三十引《江宁图经》曰："淮水北去县一里。"又引《舆地志》曰："秦始皇巡会稽，凿断山阜，此淮即所凿也，亦名秦淮水。孙盛《晋阳秋》亦云是秦所凿，王导令郭璞筮，即此淮也。又称未至方山有直渎，行三十许里。以地形论之，淮发源诘屈，不类人功，则始皇所掘宜此渎也。"（宜字疑当作非，《太平寰宇记》卷三十九引亦误，《六朝事迹》作疑非秦皇所开，而后人因名秦淮者，以凿方山言之。）

官柳动春条，秦淮生暮潮。
楼台见新月；灯火上双桥。纪曰："自然秀丽，雅称秦淮。"
隔岸开朱箔；临风弄紫箫。
谁怜远游子，心旆正摇摇？

《晋书·陶侃传》曰："侃尝课诸营种柳，都尉夏施盗官柳植之于己门。"○后唐庄宗《一叶落词》曰："一叶落，搴朱箔。"○杜牧之《杜秋诗》曰："闲捻紫箫吹。"又《送裴坦判官往舒州诗》曰："我心悬旆正摇摇。"

陈去非

陈与义，字去非，号简斋，汝州叶县人，登上舍甲科，历太学博士，擢符宝郎，寻谪监陈留酒税。南渡后避乱襄、汉，转湖、湘，逾岭峤，召为兵部员外郎。绍兴中累官翰林学士、知制诰，至参知政事，卒。《宋史》入《文苑传》。

道中寒食　二首录一

斗粟淹吾驾；浮云笑此生。
有诗酬岁月；无梦到功名。
客里逢归雁；愁边有乱莺。
杨花不解事，更作倚风轻。

□纪曰："后四句意境笔路皆佳，绰有工部神味，而又非相袭。"

梁昭明太子《陶渊明传》："渊明叹曰：我岂能为五斗米折腰向乡里小儿？"

雨

沙岸残春雨；茅檐古镇官。
一时花带泪；万里客凭栏。
日晚蔷薇重；楼高燕子寒。
惜无陶谢手，尽日破忧端。

□纪曰："深稳而清切，简斋完美之篇。"

诗云古镇官，盖监陈留酒税时作。○杜子美《江上值水如海

势诗》曰："焉得思如陶、谢手，令渠述作与同游？"又《奉先县
咏怀》曰："忧端齐终南。"

陆务观

秋夜纪怀　三首录一

北斗垂苍莽；明河浮太清。
风林一叶下；露草百虫鸣。
病入新凉减；诗从半睡成。
还思散关路，炬火驿前迎。

　　□纪曰："雅淡有中唐气味。"

　　《太平寰宇记》曰："关西道凤翔府宝鸡县：大散关在县西南
五十三里。"《清统志》曰："陕西凤翔府：大散关在宝鸡县西
南。"

卷五 七言律诗

七言今体昌于初唐，至盛唐而极。王摩诘意象超远，词语华妙，堪冠诸家，辅以东川，附以文房，堂堂乎一代宗师矣。至杜公五十六言横纵变化，直欲涵盖宇宙，包括古今，又非唐代所能限。义山、致尧继轨于前，山谷、后山蹑步于后。然皆得其一体。简斋鳖鳖，竭力以追，才力稍弱，有时近俗，一祖三宗之号弗克膺也。裕之感慨身世，时或有合，至于出神入化，固诸子望而莫逮。然源渊所在，犹不失为薪火之传尔。香山华赡，妙合自然，足以轰动流俗，自成一派。然不善学之，流为滑易。东坡天纵之才，虽用其格调，而灭迹飞行，远出其上，特无坡之才而强为学步，亦惟见举鼎绝膑而已。放翁豪放雄秀，不失为南宗作家，而颓唐粗犷，有时而见，披沙拣金，真宝乃出。其他唐、宋名家指不胜屈，略存其要，聊备衢尊一勺云。

沈云卿

古 意

《才调集》（卷三）作《古意呈乔补阙知之》，《乐府诗集》（卷七十五）作《独不见》。

卢家少妇郁金堂，海燕双栖玳瑁梁。吴北江曰：
"从反面设景，蹴起情思，鲜妍可撷。"

九月寒砧催木叶；吴曰："断。"十年征戍忆辽阳。
吴曰："续。"

白狼河北音书断；丹凤城南秋夜长。方植之曰：
"分写行者居者，匀称完足。"

谁谓含愁独不见？更教明月照流黄。方曰："收拓
开一步，正是跌进一步，曲折圆转，如弹丸脱手。"

□姚姬传曰："高振唐音，远包古韵，此是神到之作，当取
冠一朝矣。"

《艺文类聚·乐部》三引《古歌》（《乐府诗集》卷八十五作
梁武帝《河中之水歌》）曰："河中之水向东流，洛阳女儿名莫
愁。莫愁十三能织绮，十四采桑东陌头。十五嫁为卢家妇，十六
生儿字阿侯。卢家兰室桂为梁，中有郁金苏合香。"○《才调
集》：卢家作织锦。《乐府诗集》少作小。《唐诗品汇》校曰："堂
一作香。"冯默庵（舒）《才调集评》曰："郁金堂故拈玳瑁梁，
若香字则不相属矣。"殷元勋《补注》曰："郁金堂盖堂以郁金补
壁，如椒房之类。"○沈休文《望秋月诗》曰："九华玳瑁梁。"
○《才调》《乐府》木并作下。○《汉书·地理志》：辽阳县属辽
东郡。按：即今辽宁省辽阳县。○《水经·大辽水》注曰："辽
水又右会白狼水，水出右北平白狼县（今辽宁沈阳西北），东南
迳广成县，又北迳黄龙城东（今辽宁开原县地）。"齐次风（召
南）《水道提纲》曰："大辽水东流沙漠中，有白狼河自西南来
会。白狼河亦曰狼水，亦曰土河。"又曰："老花母林，今蒙古独
老哈河，即老河也。源出古北口东北，故大宁西南，今喀喇沁部
右翼南之明鞍山。"○《才调》音作军。○戴暠《煌煌京洛行》
曰："丹凤俯临城。"杜子美《送覃二判官诗》《九家注》赵彦材

曰："丹凤城指言长安帝城也。秦穆公女弄玉吹箫，凤集其城，因号丹凤城。"蔡傅卿《草堂诗笺》略同。案：谓丹凤城指长安是也。（或疑莫愁当指金陵言，太泥。）然《列仙传》及《水经·渭水》注皆言凤台，不言凤城。且据《渭水》注，凤台、凤女祠皆在雍而不在长安。凤城当即指凤阙。《史记·封禅书》曰："建章宫前殿度高未央，其东则凤阙高二十馀丈。"《三辅黄图》曰："凤皇阙，汉武帝造。《古歌》云：长安城西有双阙，上有双铜雀，一鸣五谷成，再鸣五谷熟。"案：铜雀即铜凤皇也。观《黄图》所言，则凤城即谓凤阙明矣。○《才调》《乐府》谁谓作谁知，更教作使妾，又《才调》照作对。○《玉台新咏·古乐府诗·相逢狭路间》（一作《相逢行》）曰："中妇织流黄。"张孟阳《拟四愁诗》曰："佳人赠我筒中布，何以报之流黄素？"《文选·别赋》曰："晻高台之流黄。"李善注引《环济要略》曰："间色有五：绀、红、缥、紫、流黄也。"

张道济

滮湖山寺　二首录一

赵冬曦《滮湖诗序》曰："巴丘南滮湖者，盖沅、湘、澧、汩之馀波焉。兹水也，沦汇洞庭，澹澹千里，夏潦奔注则决为此湖，冬霜既零则涸为平野。按《尔雅》云：水返入为滮。（《释水》曰：滩，反入。）斯名之作，有由焉尔。"《岳阳风土记》曰："滮湖在州南，春冬水涸，昔人谓之干湖。《水经》谓之翁湖（《湘水》注），秋夏水涨即渺弥胜千石舟，通阁子镇。"《清统志》曰："湖南岳州府：滮湖在巴陵县（今改岳阳县）城南，一名翁湖。"案《旧唐书·张说传》曰：

"为姚崇所构，出为相州刺史，仍充河北道按察使，俄又坐
事左转岳州刺史。"

　　　空山寂历道心生；虚谷迢遥野鸟声。
　　　禅室从来尘外赏；香台岂是世中情？
　　　云间东岭千重出；树里南湖一片明。
　　　若使巢由同此意，不将萝薜易簪缨。

□姚曰："此是燕公在岳州诗，所谓得江山之助者也。"又
曰："谢宣城云：我行虽纡组，兼得穷回溪。（《游敬亭山》）结句
即其义。言不以迁谪为病而正得山水之乐也。盖其意实憾，其词
反夸也。"方曰："此诗全在五六句振起，不特篇章，即作意亦在
此句得力。"

　　庾子山《邛竹杖赋》曰："寂历无心。"○王僧达《答颜延年
诗》曰："精理亦道心。"○王子安《益州绵竹县武都山净惠寺
碑》曰："香雾成台，树树菩提之果。"○《世说新语·排调篇》
曰："支道林因人就深公买印山，深公答曰：未闻巢、由买山而
隐。"沈归愚谓此诗巢、由当指终南捷径一辈人。○《楚辞·九
歌·山鬼》曰："被薜荔兮带女萝。"○梁昭明太子《锦带书三月
启》曰："想簪缨于几载。"

苏廷硕

　　苏颋，字廷硕，京兆武功人。父瓌，尚书右仆射、同中书门
下三品，封许国公。廷硕弱冠举进士。（当在永昌、载初间。《郡
斋读书志》以为调露二年，恐误。按《旧唐书》本传，卒于开元
十五年，年五十八，则调露二年甫十一岁也。）武后封嵩高（天

册万岁二年），举贤良方正异等，除左司御率府胄曹参军，再迁监察御史。开元四年，进同紫微黄门平章事，知政事，后罢为礼部尚书，益州大都督府长史，又入知吏部选事，卒谥文宪。新、旧《唐书》皆附璟传。

奉和春日幸望春宫应制

《新唐书·地理志》："京兆府万年县有南望春宫临浐水西岸，有北望春宫，宫东有广运潭。"《长安志》（卷十一）曰："万年县：唐望春宫在县东十里，临浐水西岸，在大明宫之东，东有广运潭。"案：唐万年县在今陕西长安县东。

东望望春春可怜，沈曰："起有神兴。"更逢晴日柳含烟。

宫中下见南山尽；城上平临北斗悬。

细草偏承回辇处；飞花故落奉觞前。

宸游对此欢无极，鸟弄歌声杂管絃。

□唐人应制之作，大抵皆冠冕华贵。

《元和郡县志》曰："京兆府万年县：终南山在县南五十里。"○《三辅黄图》（卷一）曰："汉长安城，南为南斗形，北为北斗形，至今人呼汉京为斗城，是也。"案：此诗但言城之高耳，不必泥定斗城也。○奉觞各本作舞觞，今依《全唐诗》。案《史记·滑稽传》：淳于髡曰："奉觞上寿。"《汉书·东方朔传》：朔曰："臣朔奉觞昧死再拜上万岁寿。"○《文选》王元长《三月三日曲水诗序》曰："得一奉宸。"李注曰："《尚书》曰：惟辟奉天。（伪《泰誓》中）宸与辰同。"案：奉宸犹云奉天，则宸游犹天游，与《甘泉赋》星陈而天行意同。

王摩诘

姚曰："右丞七律能备三十二相，而意兴超远，有虽对荣观燕处超然之意，宜独冠盛唐。"方曰："辋川于诗亦称一祖，然比之杜公真如维摩之于如来，确然别为一派。寻其所至，只是以兴象超远浑然元气为后人所莫及，高华精警，极声色之宗，而不落人间声色，所以可贵。"

奉和圣制从蓬莱向兴庆阁道中留春雨中春望之作应制

《唐六典》（卷七）曰："大明宫在禁苑之东南，西接宫城之东北隅。南面五门：正南曰丹凤门，东曰望仙门，次曰延政门，西曰建福门，次曰兴安门。兴庆宫在皇城之东南，东距外郭城东垣。"原注曰："即今上（玄宗）龙潜旧宅也。开元初以为离宫，至十四年又取永嘉、胜业坊之半以置朝，自大明宫东夹罗城复道经通化门磴道潜通焉。"《唐会要》（卷三十）曰："龙朔二年，修旧大明宫，改名蓬莱宫。长安元年十一月，又改为大明宫。"《雍录》（卷三）曰："大明宫宫南端门名丹凤门，北三殿相沓皆在山上（即龙首山），至紫宸又北则蓬莱殿，殿北有池，亦名蓬莱池，则在龙首平地矣。"

渭水自萦秦塞曲；黄山旧绕汉宫斜。方曰："起二句先以山川将长安宫阙大势定其方位。"

銮舆迥出千门柳；阁道回看上苑花。

云里帝城双凤阙；雨中春树万人家。吴曰："大句笼罩，气象万千。"

为乘阳气行时令，不是宸游玩物华。

□方曰："兴象高华。"

《元和郡县志》曰："关内道京兆府万年县（在今陕西长安县西）：渭水在县北五十里。"○《史记·苏秦传》：秦曰："秦，四塞之国也。"○《汉书·地理志》：扶风郡槐里县，原注曰："有黄山宫。"《三辅黄图》（卷三）曰："黄山宫在兴平县西三十里。武帝微行西至黄山宫即此也。"《清统志》曰："陕西西安府：黄麓山在兴平县北一里，亦名黄山。"○《史记·封禅书》曰："作建章宫，度为千门万户。"案：集千作仙，今依《品汇》。○《史记·秦始皇本纪》："周驰为阁道，自殿下直抵南山。"《三辅黄图》（卷四）曰："汉上林苑即秦之旧苑也。"《元和郡县志》曰："京兆府长安县：上林苑在县西北一十四里，周匝二百四十步，相如所赋也。"案：诗中言上苑、上林，皆指宫苑宫树而言，不必泥定上林苑也。○凤阙见题注及沈云卿《古意》凤城注，又《水经·渭水》注引繁钦《凤阙赋》曰："筑双凤之崇阙。"○《礼记·月令》曰："命相步德和令，行庆施惠。"

敕赐百官樱桃

原注曰："时为文部郎中。"○《新唐书·百官志》曰："尚书省：吏部郎中二人，正五品上。天宝十一载改吏部曰文部，至德二载复旧。"

芙蓉阙下会千官，紫禁朱樱出上兰。
才是寝园春荐后；非关御苑鸟衔残。
归鞍竞带青丝笼；中使频倾赤玉盘。
饱食不须愁内热，大官还有蔗浆寒。

□方曰："起亦是监题之脑。三四在赐之前补二句，意思圆足。五六赐字正位，收题后补义，格律详整明密。"

　　车敩《洛阳道诗》曰："双阙似芙蓉。○《文选》谢希逸《宋孝武宣贵妃诔》曰："收华紫禁。"李善注曰："王者之宫以象紫微，故谓宫中为紫禁。"○《文选·蜀都赋》曰："朱樱春熟。"《汉书·叔孙通传》颜注曰："《礼记》曰：仲夏之月，羞以含桃，先荐寝庙。即此樱桃，今所谓朱樱者是也。"《证类本草》（卷二十三）引《图经》曰："樱桃，其实熟时深红色者谓之朱樱，正黄明者谓之蜡樱。"○《三辅黄图》（卷四）曰："上林苑有上兰观。"班孟坚《西都赋》曰："历上兰。"《清统志》曰："陕西西安府：上兰观在长安县西。"○才，集作总，今依《英华》。○《三辅黄图》（卷五）："孝惠皇帝有寝园，孝文太后、孝昭太后皆有寝园。"《演繁露》（卷四）曰："古不墓祭，祭必于庙，庙皆有寝故也。凡庙列诸寝前，寝则位乎庙后，以象人君之前朝后寝也。凡寝之有衣冠几杖，象生之具者，即在庙之寝也。秦人始于墓侧立寝，汉世因之，诸陵皆有园寝。"案唐制：四月一日寝园荐樱桃，已见卷四杜子美《收京诗》注。赵松谷曰："右丞诗中用春荐字，当是其时虽四月一日而节令未改，尚在暮春也。"○《吕氏春秋·仲夏纪》高注曰："含桃，莺桃，莺鸟所含食，故言含桃。"○《宋书·乐志》：《三艳歌·罗敷行》古词曰："青丝为笼系，桂枝为笼钩。"《广韵》一董：笼，力董切，曰竹器。又龙、聋二音。○《御览·果部》六引《拾遗录》曰："汉明帝于月夜谦赐群臣樱桃，盛以赤瑛盘，群臣视之月下，以为空盘，帝笑之。"又引夏侯孝若《春可乐》曰："进樱桃于玉盘。"○《证类本草》（卷二十三）引孟铣曰："樱桃热益气，多食无损。"引《食疗》曰："温，多食有所损。"又引《衍义》曰："樱桃，小儿食之过多，无不作热，此果在三月末四月初间熟，得正阳之气，先诸果熟，性故热。"○《汉书·百官公卿表》曰："少府属官有太医、太官。"颜注曰："太官主膳食。"《续汉书·百官志》曰："少府太官令一人，六百石。"本注曰："掌御饮食。"○《楚辞·

招魂》曰："有柘浆些。"王叔师注曰："柘，藷蔗也，取藷蔗之汁为浆饮也。"《汉书·礼乐志·郊祀歌·景星》曰："泰尊柘浆析朝酲。"注引应劭曰："取甘柘汁以为饮也。"案：甘柘即甘蔗。

酬郭给事

《唐六典》（卷八）曰："门下省给事中四人，正五品上，掌侍奉左右，分判省事。"

洞门高阁霭馀晖，桃李阴阴柳絮飞。
禁里疏钟官舍晚；省中啼鸟吏人稀。清腴有味。
晨摇玉佩趋金殿；夕奉天书拜琐闱。
强欲从君无那老，将因卧病解朝衣。吴先生曰："收见右丞高致。"

《汉书·佞幸·董贤传》曰："重殿洞门。"颜注曰："洞门谓门门相当也。"○《汉书·昭帝纪》："共养省中。"注引伏俨曰："蔡邕云：本为禁中，门闼有禁，非侍卫之臣不得妄入。孝元皇后父名禁，避之故曰省中。"颜曰："省，察也，言入此中皆当察视不可妄也。"○《续汉书·百官志》刘注引《汉旧仪》曰："夕郎。"又引《宫阁簿》："青琐门在南宫。"又引卫瓘（当作权，见《魏志·卫臻传》注。）《吴都赋》注曰："青琐，户边青镂也。"又《汉书·元后传》颜注曰："青琐者，刻为环文而青涂之也。"《尔雅·释宫》曰："宫中之门谓之闱。"○《后汉书·隐逸·韩康传》章怀注曰："那，语馀声也，音乃贺反。"赵曰："《韵会》，那，乃个切，音与奈同，一作奈。"○张景阳《咏史诗》曰："抽簪解朝衣，散发归海隅。"

积雨辋川庄作

辋川已见卷四《辋川闲居》注。

积雨空林烟火迟。方曰："此题命脉在积雨二字。"
蒸藜炊黍饷东菑。

漠漠水田飞白鹭；阴阴夏木啭黄鹂。方曰："写景极活现。"

山中习静观朝槿；松下清斋折露葵。

野老与人争席罢，海鸥何事更相疑？吴先生曰："此时当有嫉之者，故收句及之。"

□赵松谷曰："澹雅幽寂。"

《史记·太史公自序》曰："藜藿之羹。"《正义》曰："藜似藿而表赤。"《齐民要术》（卷十）引《诗义疏》曰："莱藜也，茎叶皆似绿王刍，今兖州人蒸以为茹，谓之莱蒸。"《尔雅·释地》曰："田一岁曰菑。"郭注曰："今江东呼初耕地反草为菑。"○陆元恪《毛诗疏》曰："舜一名木槿，今朝生暮落者是也。五月始花，故《月令》：仲夏木槿荣。王僧孺《为何库部旧姬上山采蘼芜诗》曰："君心逐朝槿。"○宋玉《讽赋》曰："煮露葵之羹。"曹子建《七启》曰："霜蓄露葵。"○《列子·黄帝篇》曰："杨朱南之沛，至梁而遇老子，老子曰：而睢睢，而盱盱，而谁与居？大白若辱，盛德若不足。杨朱蹵然变容曰：敬闻命矣。其往也，舍者迎将家，公执席，妻执巾栉，舍者避席，炀者避灶。其反也，舍者与之争席矣。"○海鸥已见卷二李太白《江上吟》注。叶少蕴《石林诗话》（卷上）曰："诗下双字极难，须使七言五言之间除去五字三字外，精神兴致全见于两言，方为工妙。唐人记水田飞白鹭，夏木啭黄鹂为李嘉祐诗，王摩诘窃取之，（见李肇《国史补》卷上）非也。此两句好处正好添漠漠阴阴四字，此乃摩诘为嘉祐点化以自见其妙，如李光弼将郭子仪军，一号令之，精彩数倍。"案：叶氏说诗是矣，而于《国史补》之言是否足据，未及考也。晁子止（公武）《郡斋读书志》（卷十七）曰："李肇

讥维漠漠水田飞白鹭，阴阴夏木啭黄鹂之句，以为窃李嘉祐，今
嘉祐之集无之。岂肇之厚诬乎？"胡元瑞《诗薮·内编》（卷五）
曰："世谓摩诘好用他人诗，如漠漠水田飞白鹭乃李嘉祐语，此
极可笑。摩诘盛唐，嘉祐中唐，安得前人预偷来者，此正嘉祐用
摩诘诗。宋人习见摩诘，偶读嘉祐集得此，便为奇货，讹谬相
承，无复辩订。"步瀛案：胡氏考订甚疏。宋人云云，是不知此
说出于李肇，又不知宋人所见《嘉祐集》并无此二句也。其谓嘉
祐用摩诘，殆得之。从一（嘉祐字），天宝七年进士第（见《唐
才子传》）。年辈后于摩诘，其诗多与大历十才子相倡和（见《全
唐诗》），则在盛唐中唐之间。摩诘必不袭其诗句。或谓李肇唐
人，载唐事当不误，不知唐人记唐事往往道听涂说，谬误者甚
多，不独李肇也。

春日与裴迪过新昌里访吕逸人不遇

《长安志》（卷九）："朱雀街东第五街从北第八为新昌坊，
即新昌里也。"

　　桃源四面绝风尘；柳市南头访隐沦。方曰："起先
写新昌里，亦是定题法．然后过访乃有根。"
　　到门不敢题凡鸟。看竹何须问主人？方曰："访字
警策入妙。"
　　城外青山如屋里；东家流水入西邻。方曰："景。"
吴曰："虽写景而以城屋东西映带为奇。"
　　闭户著书多岁月，种松皆作老龙鳞。方曰："人。"
又曰："后半气势愈盛。"

桃源见卷二《桃源行》注。○《汉书·游侠传》曰："萬章，
字子夏，长安人也。长安炽盛，街闾各有豪侠，章在城西柳市，

号曰城西萬子夏。"案：此借桃源、柳市字。又长安有东市、西市。《长安志》（卷八）：朱雀街第四坊为东市，距新昌坊不远，又在其北，故云柳市南头也。○隐沦见卷一杜子美《奉赠韦左丞诗》注。○《世说新语·简傲篇》曰："嵇康与吕安善，每一相思，千里命驾。安后来，值康不在，喜出户延之，不入，题门上作凤字而去。喜不觉，犹以为欣。故作凤字，凡鸟也。"又曰："王子猷尝行过吴中，见一士大夫家极有好竹，主已知子猷当往，乃洒扫施设，在听事坐相待，王肩舆径造竹下，讽啸良久，主已失望，犹冀还当通，遂直欲出门。主人大不堪，便令左右闭门不听出，王更以此赏主人，乃留坐尽欢而去。"○《后汉书·王充传》曰："充以为俗儒守文，多失其真，乃闭门潜思，绝庆弔之礼，户牖墙壁各着刀笔，著《论衡》八十五篇，二十餘万言。"

出塞作

原注曰："时为御史监察塞上作。"○《旧唐书·文苑·王维传》曰："历右拾遗，监察御史。"《唐六典》（卷十三）曰："御史台：监察御史十人，正八品上，掌分察百僚，巡按郡县，纠视刑狱，肃整朝仪。凡将帅战伐大克杀获，数其俘馘，审其功赏，辨其真伪，若诸道屯田及铸钱，其审功纠过亦如之。"

居延城外猎天骄，白草连天野火烧。

暮云空碛时驱马；秋日平原好射雕。

护羌校尉朝乘障，破虏将军夜度辽。

玉靶角弓珠勒马，沈曰："二马字押脚，亦是一病。"

汉家将赐霍嫖姚。

□姚曰："右丞尝为御史使塞上，正其中年才气极盛之时，此作声出金石，有麾斥八极之概矣。"方曰："前四句目验天骄之盛，后四句侈陈中国之武，写得兴高采烈，如火如锦，乃称题。收赐有功得体。浑颢流转，一气喷薄，而自然有首尾起结章法，其气若江海之浮天。"

　　居延已见卷四《使至塞上诗》注。○天骄已见卷四李太白《塞下曲》注。○赵曰："《北边备对》：幕者，漠也，言沙碛广漠，望之漠漠然也。汉以后史家变称为碛，碛者，沙积也，其义一也。"○《后汉书·光武帝纪下》注引《汉官仪》曰："护羌校尉，武帝置，秩比二千石，持节以护西羌。"○《汉书·张汤传》曰："遣山（狄山）乘鄣。"颜注曰："鄣谓塞上险要之处，别筑为城，因置吏士而为鄣蔽以扞寇也。乘，登也，登而守之。"○《吴志·孙破虏传》曰："孙坚到鲁阳，与袁术相见，术表坚行破虏将军。"○《汉书·昭帝纪》曰："元凤三年冬：辽东乌桓反，以中郎将范明友为度辽将军，将北边七郡郡千骑击之。"注："应劭曰：当度辽水往击之，故以度辽为官号。"○《说文》曰："靶，辔革也。勒，马头络衔也。"○《史记·骠骑将军传》曰："霍去病为剽姚校尉。"《汉书·霍去病传》作票姚。注："服虔曰：音飘摇。颜曰：票音频妙反，姚音羊召反，票姚，劲疾之貌也。荀悦《汉纪》作票鹞字，去病后为票骑将军，而取票姚之字耳。"杜子美《赠田九判官诗》曰："将军只数汉嫖姚。"《九家注》："赵彦材曰：庾信《画屏风诗》：寒衣须及早，将寄霍嫖姚。萧子显《日出东南隅行》：汉马三万匹，夫婿仕嫖姚。皆作平声。"蔡梦弼笺曰："今作平声，盖从服音也。"王观国《学林》（卷九）曰："票姚，平声去声皆轻疾之义。"

李　颀

　　方曰："东川视辋川气体浑厚微不及之，而意兴超远则固相近。"

寄綦毋三

姚曰："綦毋潜以丽正殿书院校书授宜寿尉，盖薄尉职而去之归南康。宜寿即盩厔，畿县也，故曰大邑，而尉则黄绶矣。时明皇居东都，故曰去洛阳。唐制，选人吏部注拟后过门下省，是一过丞相府也。丽正殿书院，中书令张燕公统之。三接借用《易·象》，谓燕公有歉于进贤矣。南川即南江，章、贡水也。西岭即洪州西山也。张曲江有《洪州答綦毋学士诗》，足证其归。王湾有《哭綦毋补阙诗》云：遽泄悲成往，俄传宠令回。盖补阙之命下而潜已死矣。"案：綦毋潜已见卷一王摩诘诗。

新加大邑绶仍黄，近与单车去洛阳。
顾眄一过丞相府；风流三接令公香。
南川粳稻花侵县；西岭云霞色满堂。
共道进贤蒙上赏，看君几岁作台郎？

□姚曰："往复顿挫，章法殊妙。"方曰："起二句叙事已顿挫入妙，三四复绕回首句，更加顿挫。第四句含蓄不说出更妙。五六大断离开，遥接第二句，七八又从题后绕出。大约有往必收，无垂不缩，句句接，句句断，一气旋转而仍千回百折，所以谓之往复顿挫也。此为正宗。若杜公、山谷，四句兀傲一气浩然者，亦当以此法求之。"

《汉书·朱博传》曰："博使从事明敕告吏民，欲言县丞尉者，刺史不察黄绶，自诣郡。"颜注曰："丞尉职卑，皆黄绶也。"○《汉书·循吏传》曰："龚遂单车独行至府。"○《易·晋卦》曰："昼日三接。"○《黄山谷外集》（卷十二）《观王主簿家酴醾诗》史注引《襄阳记》曰："刘季和性爱香，常如厕还，辄过香炉上。主簿张坦曰：人名公作俗人，不虚也。季和曰：荀令君至人家，坐席三日香，与我如何？坦曰：丑妇效颦，见者必走，公欲我遁走耶？季和大笑。"○南川依姚说即章、贡水，已见卷三王介甫《送程公辟守洪州诗》注。○《水经·赣水》注曰："石头津步西行二十里曰散原山，叠嶂四周，杳邃有趣。"《清统志》曰："江西南昌府：西山在新建县（今南昌县）西章江门外三十里，一名南昌山，即古散原山也。"○《史记·萧相国世家》："上曰：吾闻进贤受上赏。"

送魏万之京

李太白有《送王屋山人魏万还王屋诗》。万后改名颢，有《李翰林集序》曰："颢始名万，不远命驾山东访白，游天台，还广陵见之。"又曰："白相见泯合，有赠之作谓余尔后必著大名于天下，无忘老夫与明月奴（太白子），因尽出其文命颢为集，今登第，岂符言耶？"《唐诗纪事》（卷二十二）：魏万后名颢，上元初登第。

朝闻游子唱离歌，昨夜微霜初度河。方曰："言昨夜微霜，游子今朝度河耳，却炼句入妙。"

鸿雁不堪愁里听；云山况是客中过。情韵缠绵。

关城树色催寒近；御苑砧声向晚多。方曰："中四情景交写，而语有次第，三四送别之情，五六渐次至京。"

莫见长安行乐处，空令岁月易蹉跎。沈曰："结意勉以立功，若曰勿以长安为行乐之地而蹉跎无成也。"

□方曰："收句勉其立身立名。"又曰："初唐人只以意兴温婉，轻轻赴题，不着豪重语。杜公出，乃开雄奇快健穷极笔势耳。"

《说文新附》曰："蹉跎，失时也。"

送李迥

知君官属大司农，诏幸骊山职事雄。方曰："先点出司农本事，以下乃有根。"

岁发金钱供御府；方曰："司农。"昼看仙液注离宫。方曰："骊山。"

千岩曙色旌门上；十月寒花辇路中。方曰："诏幸写得兴会声色俱壮。"

不睹声名与文物，自伤流滞去关东。姚曰："声名属李，收前四句。文物属乘舆临幸，收后二句。勿以误用《左传》声明摘之。"

《唐六典》（卷十九）曰："司农寺，卿一人，从三品。少卿二人，从四品上。司农卿之职，掌邦国仓储委积之政令，总上林、太仓、钩盾、导官四署与诸监之官属，谨其出纳而修其职务，少卿为之贰，凡京都百司官吏禄廪皆仰给焉。"原注曰："《汉书·百官表》云：治粟内史，秦官，掌谷货，有两丞，景帝更名大农令，武帝更名大司农，秩中二千石。"○骊山已见卷一杜子美《奉先咏怀诗》注。○《史记·平准书》曰："天子出御府禁藏以赡之。"《新唐书·食货志》曰："天宝时海内富实，天子骄于佚乐，而用不知节，大抵用物之数常过其所入，于是钱谷之臣始事朘刻，岁进钱百亿万缗非租庸正额者，积百宝大盈库以供天子燕私。"○沈曰："仙液谓汤池。"案：已见卷一杜子美《奉先咏怀诗》注。○《周礼·天官·掌舍》曰："为帷宫，设旌门。"郑注曰："谓王行昼止有所展肆若食息，张帷为宫，则树旌以表门。"○唐玄宗每岁十月幸骊山，已见杜诗注。○《左》桓二年：臧哀伯曰："文物以纪之，声明以发之。"○《汉书·贾捐之传》：捐之曰："今天下独有关东。"案：谓函谷关以东。

崔　颢

崔颢，汴州人，开元十一年进士第，累官司勋员外郎。《旧唐书》入《文苑传》，《新唐书》入《文艺传》。

黄鹤楼

《唐才子传》（卷一）曰："崔颢游武昌，登黄鹤楼，感慨赋诗。及李白来，曰：眼前有景道不得，崔颢题诗在上头。无作而去，为哲匠敛手云。"吴正传（师道）《礼部诗话》曰："崔颢《黄鹤楼诗》题下自注云：黄鹤乃人名也。其诗云：昔人已乘白云去，此地空馀黄鹤楼，云乘白云，则非乘鹤矣。《图经》载费文伟登仙驾鹤于此，《齐谐志》载仙人子安乘黄鹤遇此，皆因黄鹤而为之说者。当以颢之自注为正。张南轩辨费文伟事，妄谓黄鹤以山得名，或者山因人而名之欤！"步瀛案：吴说非是。起句云乘鹤，故下云空馀，若作白云，则突如其来，不见文字安顿之妙矣。后世浅人见此诗起四句三黄鹤一白云，疑其不均，妄改第一黄鹤为白云，使白云黄鹤两两相俪，殊不知诗之格局绝不如此。（观太白《鹦鹉洲诗》可知。）又恐人不以为然，并妄造为崔氏自注之语。然古书所载，无以黄鹤楼为人名者。山名之说最为确正。《水经·江水》注曰："江之右岸有船官浦，历黄鹄西而南。船官浦东即黄鹄山，林涧甚美，山下谓之黄鹄岸，岸下有湾，目之为黄鹄湾。黄鹄山东北对夏口城。"案：古鹄、鹤字通，故《庄子·天运篇》《庚桑楚篇》《释文》皆云：鹄本亦作鹤。《琴操·别鹤操》亦作《别鹄操》。黄鹄山即黄鹤山也。《清统志》曰："湖北武昌府：黄鹄山在江夏县（今武昌县）治西隅，一名黄鹤山。《府志》：黄鹤山自高冠山西至于江，其首隆然，黄鹤楼枕焉。”则楼因山名信矣。

　　　　昔人已乘黄鹤去，此地空馀黄鹤楼。
　　　　黄鹤一去不复返，白云千载空悠悠。
　　　　晴川历历汉阳树；芳草萋萋鹦鹉洲。
　　　　日暮乡关何处是？烟波江上使人愁。

　　□方曰：“此千古擅名之作，只是以文笔行之，一气转折，五六虽断写景，而气亦直下喷溢，收亦然，所以可贵。”又曰："此体不可再学，学则无味，亦不奇矣。”吴曰："渺茫无际，高唱入云，太白尚心折，何况馀子？”

　　黄鹤去一作白云去，非是。○馀一作遗，一作留。○《古乐府·陇西行》曰："天上何所有，历历生白榆。”○树一作戍。○芳一作春。○《楚辞·招隐士》曰："王孙游兮不归，春草生兮萋萋。”案：萋萋一作青青。○鹦鹉洲见卷一李太白《望鹦鹉洲怀祢衡诗》注。

　　此诗格律出自沈云卿《龙池篇》，前四句曰："龙池跃龙龙已飞；龙德先天天不违。池开天汉分黄道；龙向天门入紫微。”李太白亦效之。《鹦鹉洲》曰："鹦鹉东过吴江水，江上洲传鹦鹉名。鹦鹉西飞陇山去，芳洲之树何青青。”《登金陵凤皇台》则括为二句耳。

行经华阴

　　唐关内道华州华阴县，今陕西华阴县治。○华阴一本作华山。

　　　　岧峣太华俯咸京，天外三峰削不成。

武帝祠前云欲散；仙人掌上雨初晴。方曰："写景有兴象，故妙。"

河山北枕秦关险；驿树西连汉畤平。

借问路傍名利客，无如此处学长生。

□雄浑壮阔。

曹子建《九愁赋》曰："登峤崝之高岑。"○《元和郡县志》曰："关内道华州华阴县：太华山在县南八里。"《清统志》曰："陕西同州府：太华山在华阴县南十里，即西岳也。"○咸京谓咸阳。《元和郡县志》曰："关内道京兆府咸阳县：本秦旧县也。孝公十二年，徙都焉。秦自孝公、惠文、悼、武、昭襄、庄襄、孝文王、始皇、胡亥并都之。及汉兴，以为渭城，属右扶风。"按：秦咸阳在今县东二十二里。○《山海经·西山经》曰："太华之山，削成而四方，其高五千仞，其广十里。"案：三峰已见卷三苏子瞻《送杨杰诗》注。○《文选·西京赋》曰："缀以二华，巨灵赑屃，高掌远蹠，以流河曲，厥迹犹存。"薛综注曰："华，山名也。巨灵，河神也。古语云，此本一山，当河水过之而曲行，河之神以手擘开其上，足蹋离其下，中分为二，以通河流，手足之迹于今尚存。"《清统志》：陕西同州府太华山，引《华岳志》曰："岳顶东峰曰仙人掌，峰侧石上有痕，自下望之宛然一掌，五指俱备，人呼为仙掌。"又《华山志》曰："巨灵，九元祖也，汉武帝观仙掌，于县内特立巨灵祠。"○《史记·封禅书》曰："文帝始郊见雍五畤祠。"又曰："天子（武帝）郊雍，获一角兽，盖麟云，以荐五畤。"《武帝本纪》《正义》曰："畤音止。《括地志》云：汉武帝畤在岐州雍县南，孟康云：畤者，神灵之所止。按：先是秦文公作鄜畤，祭白帝，秦宣公作密畤，祭青帝，秦灵公作吴阳上畤，祭黄帝，下畤祭赤帝，汉高祖作北畤，祭黑帝，是五畤也。"

祖　咏

望蓟门

《水经·漯水》注曰："漯水又东北迳蓟县故城南。昔武王封尧后于蓟，今城内西北隅有蓟丘，因丘以名邑也。"《长安客话》曰："今都城德胜门外有土城关，相传古蓟门遗址，亦曰蓟丘。"《清统志》曰："京师顺天府：蓟丘在宛平县北。"

燕台一去客心惊，吴曰："起得势。"笳鼓喧喧汉将营。

万里寒光生积雪；三边曙色动危旌。

沙场烽火连胡月；海畔云山拥蓟城。

少小虽非投笔吏，论功还欲请长缨。方曰："收托意有澄清之志，岂是时范阳已有萌芽耶？"吴曰："前六句皆写边隅景象，盖自恨来此穷裔，故云客心惊也，而末句乃掉转，意思故佳。"

《述异记》（卷下）曰："燕昭王为郭隗筑台，今在幽州燕王故城中。"《清统志》："顺天府：黄金台在大兴县东南。"○去一作望。○笳一作箫。○《史记·律书》曰："高祖有天下，三边外畔。"《小学绀珠》曰："三边：幽、并、凉三州。"○危一作行。○连一作侵。○《后汉书·班超传》曰："尝为佣书养母，久劳苦，投笔叹曰：大丈夫无他志略，犹当效傅介子、张骞立功异域，以取封侯，安能久事笔砚间乎！"○《汉书·终军传》曰："军自请愿受长缨，必羁南越王而致之阙下。"

刘文房

　　方植之曰："七律宗派，李东川色相华美，所以李辅辋川为一派。而文房又所以辅东川者也。文房诗多兴在象外，以此求之，则成句皆有馀味不尽之妙矣。"

过贾谊宅

　　《水经·湘水》注曰："湘州城内郡廨西有陶侃庙，云旧是贾谊宅。地中有一井，是谊所凿，极小而深，上敛下大，其状似壶，旁有一局脚石床，才容一人坐形，流俗相承，云谊宿所坐床。"《元和郡县志》曰："江南道潭州长沙县：贾谊宅在县南四十步。"（《贾谊传》《正义》引《括地志》作三十步。）《清统志》曰："湖南长沙府：贾谊故宅在长沙县西北。"

　　　　三年谪宦此栖迟，万古惟留楚客悲。
　　　　秋草独寻人去后；寒林空见日斜时。
　　　　汉文有道恩犹薄；湘水无情吊岂知？
　　　　寂寂江山摇落处，怜君何事到天涯？

　　□方曰："首二句叙贾谊宅，三四过字，五六入议，收以自己托意，亦是言外有作诗人在，过宅人在。"

　　《史记·贾生传》曰："贾生为长沙王傅三年，有鸮飞入贾生舍，止于坐隅。楚人命鸮曰服，贾生既以適居长沙，长沙卑湿，自以为寿不得长，伤悼之，乃为赋以自广。"○《文选·鵩鸟赋》曰："庚子日斜分，鵩集予舍。"又曰："野鸟入室兮主人将去。"○《贾生传》曰："天子乃以贾生为长沙王太傅，贾生既辞往行，闻长沙卑湿，自以寿不得长，又以適去意不自得，及渡湘水，为赋以弔屈原。"○《楚辞·九辩》曰："萧瑟兮，草木摇落而变衰。"

登馀干古县城

《元和郡县志》曰："江南道饶州馀干县：汉馀汗县，县因馀汗之水为名。隋开皇九年去水存干，名曰馀干。"（《汉书·严助传》作馀干，《宋书·郡县志》亦作馀干，盖古只作干，后人因水名而加水旁耳。隋去水存干，转合古也。）《太平寰宇记》曰："江南道饶州馀干县：白云城在县西，隋末林士弘所筑。随州刺史刘长卿诗：孤城上与白云齐云云，又有白云亭在县西八十步，以刘诗白云为号。"《清统志》曰："江西饶州府：馀汗县城，《县志》在县东北。《明统志》载白云城在馀干县治西，与《县志》不同，其迁徙不可考。

孤城上与白云齐，万古荒凉楚水西。
官舍已空秋草没；女墙犹在夜乌啼。
平沙渺渺迷人远；落日亭亭向客低。
飞鸟不知陵谷变，朝来暮去弋阳溪。

□方曰："情有馀味不尽，所谓兴在象外也。"又曰："言外句句有登城人在，句句有诗人在，所以称为作者。"

《释名·释宫室》曰："城上垣曰睥睨，亦曰女墙，言其卑小，比于城，若女子之于丈夫也。"○《诗·十月之交》曰："高岸为谷，深谷为陵。"《馀干县志》："弋阳溪在县西。"

献淮宁军节度使李相公

姚曰："大历十一年，加淮西节度使李忠臣同平章事。十四年，忠臣被逐于李希烈，后乃改淮西军号曰淮宁。题是编诗时追改。及忠臣从朱泚为逆，文房不及知矣。"又曰："文房刺随州，乃淮西属。"步瀛案：姚说甚善。然《全唐诗》校云：一作淮西将李中丞，又作献南平王，则此诗盖作于建中二年，节度李相公乃希烈，非忠臣也。《旧唐书·李希烈传》曰："大历末，忠臣奔赴朝廷，诏以忻王为淮西节度副大使，授希烈蔡州刺史兼御史中丞、淮西节度留后。德宗即位后月馀，加御史大夫，充淮西节度支度营田观察使，又改淮西节度淮宁军以宠之。建中元年，又加检校礼部尚书。会山南东道节度梁崇义拒捍朝命，迫胁使臣。二年六月，诏诸军节度率兵讨之，加希烈南平郡王，兼汉北都知诸兵马招抚处置使。希烈破崇义众，遂讨平之。录希烈功，加检校右仆射同平章事。"各本所题皆与传合，此时希烈尚未反，文房刺随，为其属，献此诗，不为病，固无庸为之讳。且诗中重之以登坛，动之以君恩，且言邵陵、平原可供游猎，与枚叔谏吴王所云海陵、长洲等地可乐，意亦相似。即谓希烈此时将萌异志，而文房劝以勿反，亦无不可也。

建牙吹角不闻喧，三十登坛众所尊。
家散万金酬士死；身留一剑答君恩。
渔阳老将多回席；鲁国诸生半在门。
白马翩翩春草绿，邵陵西去猎平原。

□方曰："起先写一句奇警突兀，第二句叙点，中二联分赋，高华伟丽，结句入妙，言外多少馀味不尽。所谓言在此而意寄于彼，兴在象外。"

《文选》潘安仁《关中诗》曰："高牙乃建。"李善注曰："牙，牙旗也。兵书曰：牙旗，将军之旗。"案：牙旗诸说不同，薛敬文《东京赋注》谓旗竿上以象牙饰之，故曰牙旗。吴虎臣《能改斋漫录》（卷三）谓取爪牙之义。似皆未是。吴斗南《两汉刊误补遗》

（卷十）谓《明堂位》言商之崇牙者二，注谓汤以武受命，故常以牙为饰，簨簴则刻版重叠为牙，旍旗则刻绘为牙，后世牙门，此其滥觞，似为得之。○《御览·乐部》二十二引《通礼义纂》曰："蚩尤师蝄蛛与黄帝战于涿鹿，帝命吹角为龙鸣以御之。"○《史记·淮阴侯传》《索隐·述赞》曰："策拜登坛。"○《史记·平原君传》："李同曰：今君诚能家之所有尽散以飨士，士方其危苦之时易德耳。于是平原君从之，得敢死之士三千人。"○《史记·孟尝君传》曰："冯驩闻孟尝君好客，蹑屩而见之。孟尝君置传舍十日，孟尝君问传舍长曰：客何所为？答曰：冯先生甚贫，犹有一剑耳。"○渔阳见卷二白乐天《长恨歌》注。○《史记·叔孙通传》曰："叔孙通使征鲁诸生三十馀人。"○《元和郡县志》曰："河南道蔡州郾城县：邵陵故城在县东四十五里。春秋齐桓公帅诸侯之师盟于召陵，即此处也。汉置邵陵县，属汝南郡。隋废，入郾城。"《清统志》曰："河南许州：召陵故城在郾城县东三十五里。"

崔　曙

曙，宋州人，见《唐才子传》。开元二十六年登进士第，见《唐诗纪事》。

九日登望仙台呈刘明府

《太平寰宇记》曰："河南道陕州陕县：望仙台在县西南十三里，汉文帝筑以望河上公，公既上升，故筑此台以望祭之。"《清统志》曰："河南陕州（今改县）：望仙台在城西南。"○明府下一有容字。

汉文皇帝有高台，此日登临曙色开。

三晋云山皆北向；二陵风雨自东来。

关门令尹谁能识？河上仙翁去不回。

且欲近寻彭泽宰，陶然共醉菊花杯。方曰："因九日及菊花，因菊花及陶，非泛及也。"

□吴曰："宜看其兴象高华，不在追求字面。"

《史记·魏世家》曰："魏武侯十一年，与韩、赵三分晋地。"《孟子·梁惠王上》赵注曰："韩、魏、赵本晋六卿，号三晋。"○《左传》僖三十二年：蹇叔曰："殽有二陵焉，其南陵夏后皋之墓也，其北陵文王之所避风雨也。"○东一作西。○《史记·老子传》曰："老子见周之衰，乃遂去。至关，关令尹喜曰：子将隐矣，强为我著书。于是老子乃著书上下篇，言道德之意五千馀言而去。"案：老子至关，或云函谷关，或云大散关，《水经注》亦两存其说。然古函谷关在陕州灵宝县，此诗当指函谷也。杜子美《秋兴诗》亦云：东来紫气满函关。○《神仙传》（卷三）曰："河上公，汉文帝时结草为庵于河之滨，帝幸其庵，公授《素书》一卷，遂失所在。"陆德明《老子音义》曰："河上公为《老子章句》四卷，文帝征之不至，自至河上责之，河上公乃踊身空中，文帝改容谢之，于是授文帝以《老子章句》四篇。"○《南史·隐逸传》曰："陶潜为彭泽令，解印绶去职，当九月九日无酒，出宅边菊丛中坐久之，逢王弘送酒至，即便就酌，醉而后归。"○共一作一。

李太白

登金陵凤皇台

案：凤台诸说不一。《宋书·符瑞志》（中）曰："文帝元嘉十四年三月丙申，大鸟二集秣陵民王顗园中李树上，大如孔崔，头足小高，毛羽鲜明，文采五色，声音谐从，众鸟如山鸡者随之，如行三十步顷，东南飞去。扬州刺史彭城王义康以闻，改鸟所集永昌里曰凤皇里。"乐史《太平寰宇记》（卷九十）曰："江南东道升州江宁县：凤台山在县北一里，宋元嘉十六年有三鸟翔集此山，状如孔雀，文彩五色，音声谐和，众鸟群集，仍置凤皇里，起台于山，号凤台山。"张敦颐《六朝事迹》（卷六）曰："凤台山，宋元嘉中凤皇集于是山，乃筑于山椒以旌嘉瑞，在府城西南二里，今保宁寺是也。"盖一事而传闻有异耳。而《法苑珠林》（卷三十九）曰："晋白塔寺在秣陵三井里，晋升平中有凤皇集此地，因名其处为凤皇台。"说又不同。《清统志》曰："江宁府：凤皇台在江宁县南。"王琢崖注引《江南通志》曰："凤皇台在江宁府城之西南隅，犹有陂陀，尚可登览。"

> 凤皇台上凤皇游，凤去台空江自流。
> 吴宫花草埋幽径；晋代衣冠成古丘。
> 三山半落青天外；二水中分白鹭洲。
> 总为浮云能蔽日，长安不见使人愁。

　　□太白此诗全摹崔颢《黄鹤楼》而终不及崔诗之超妙，惟结句用意似胜。

　　《三国·吴志·三嗣主传》曰："宝鼎元年十二月，皓还都建业，二年夏六月，起显明宫。"裴注曰："《太康三年地记》曰：吴有太初宫，方三百丈，权所起也，昭明宫方五百丈，皓所作也，避晋讳改曰显明。"○《舆地纪胜》（卷十七）曰："建康府：吴大帝自京口徙此，因改为建业，遂定都焉。西晋武帝平吴，改建业为秣陵，又分秣陵北为建业，改业为邺，后避愍帝讳，改为建康。东晋元帝渡江，复都焉。"○《寰宇记》曰："升州江宁县：三山在县西南五十七里，周回四里，其山孤绝而东西截大江。按《舆地志》云：其山积石滨于大江，有三峰，南北接，故曰三山。"又曰："白鹭洲在县西三里，隔江中心，南边新林浦。白鹭洲在大江中，多聚白鹭，因名。"王注引史正志《二水亭记》曰："秦淮源出句容、溧水两山，自方山合流，至建业贯城而西，以达于江，有洲横其间，李太白所谓二水中分白鹭洲是也。"〇陆贾《新语·慎微篇》曰："邪臣之蔽贤，犹浮云之鄣日月也。

杜子美

姚曰："杜公七律含天地之元气，包古今之正变，不可以律缚，亦不可以盛唐限者。"方曰："杜子美如太史公文，以疏气为主，雄奇飞动，纵恣壮浪，凌跨古今，包举天地。"吴曰："七律以老杜为祖，极悲壮苍凉沉郁顿挫之妙，惊天拔地，可泣鬼神，前无古人，后无继者，亘古绝今，一人而已。以前作者虽高华朗润，要未能抟挽自如，无足追配杜公者也。"

送郑十八虔贬台州司户伤其临老陷贼之故
阙为面别情见于诗

已见卷一《有怀台州郑十八司户诗》注。朱长孺曰："《通鉴》（《唐纪》三十六）：至德二载十二月，陷贼官六等定罪，三等者流贬。虔在次三等，故贬台州。"赵彦材曰："《庄子》曰：阙然数日不见。阙为面别，若言阙然为面别也。"案：《庄子·盗跖篇》：阙然指不见言，若果面别则不得言阙矣。浦二田谓郑被谴日，疑公方自鄜来，尚未到京。案：集有《腊日诗》，似非未到京，或别有故不能面别耳。

郑公樗散鬓成丝，酒后常称老画师。

万里伤心严谴日；百年垂死中兴时。沉痛。

仓皇已就长途往；邂逅无端出饯迟。

便与先生应永诀，九重泉路尽交期。

□吴星叟曰："一片血泪，更不辨是诗是情。此等真境，非至性者，即文采陆离，不能造也。"

《庄子·逍遥游篇》：惠子谓庄子曰："吾有大树，人谓之樗。其大本拥肿而不中绳墨，其小枝卷曲而不中规矩，立之涂，匠者不顾。"《人间世篇》曰："匠石之齐，至乎曲辕，见栎社树，匠石不顾曰：散木也。"○张上若曰："虔之受知，原因善画。玄宗非真知虔者，故醉后姑以自称，正是牢骚不平，正是樗散。"○顾修远曰："人生百年，孰能无死？死亦安足惜？独惜其垂死于中兴之时耳。"○《诗·野有蔓草》曰："邂逅相遇。"○潘安仁《夏侯常侍诔》曰："存亡永诀。"○阮元瑜《七哀诗》曰："冥冥九泉室。"○张伯成曰："惟其严谴，故仓惶就途，公又往饯弗及，此后无路相期而会亦无由矣。故末句直期地下之相见也。"

曲江陪郑八丈南史饮

曲江已见卷二《哀江头》注。案：赵以郑八为郑虔大谬，虔乃十八不得称八丈，又无南史之号，且自上年已贬台州矣。

雀啄江头黄柳花，鵁鶄鸂鶒满晴沙。邵子湘曰："亦是写景耳，作起语妙绝。若写入中联便觉平平。"吴北江曰：兴象华妙。"

自知白发非春事；且尽芳尊恋物华。吴曰："屈一笔而后宛转萦回情味不尽，且摄后半也。"

近侍即今难浪迹；此身那得更无家？

丈人才力犹强健，岂傍青门学种瓜？申凫盟：“七八以郑形己，时虽在位，必有不得行其志者，姑以年老托言，实未甚老也。”

顾曰：“柳始生嫩蕊，其色黄，故曰黄柳，未叶而先花，故雀啄之。”○《尔雅·释鸟》曰：“鹎，鶏鹎。”郭注曰：“似凫，脚高毛冠。”《本草纲目》（四十七）曰：“鶏鹎大如凫鹜而高脚似鸡，长喙好啄，其顶有红毛如冠，翠鬣碧斑，丹嘴青胫，养之可玩。”又引陈藏器曰：“鸂鶒形不如鸭，毛有五采，首有缨，尾有毛，如船柁形。”《通鉴·唐纪》（二十七）曰：“开元四年，上遣宦官诣江南取鶏鹎、鸂鶒等，欲置苑中。”○仇沧柱曰：“春事物华即指江头花鸟，白发自怜，清樽聊遣，公盖对境而兴阑矣。”○蔡傅卿曰：“近侍谓为左拾遗也。”○戴安道《栖林赋》曰：“浪迹颍滨。”○朱曰：“那得更无家，即笑为妻子累意也。时已有去官之志，故二句云然。”○《史记·萧相国世家》曰：“召平者，故秦东陵侯，秦破，为布衣，贫种瓜于长安城。瓜美，故世俗谓之东陵瓜，从召平以为名也。”《三辅黄图》（卷一）曰：“长安霸城门，其色青，故曰青门，秦东陵侯邵平隐居于此，种瓜五色。”

曲江二首

一片花飞减却春，风飘万点正愁人。

且看欲尽花经眼；莫厌伤多酒入唇。蒋弱六曰：“只一落花连写三句，极反复层折之妙，接入第四句，魂消欲绝。”吴曰：“起用跌笔出奇，且看句再兜转一句。”

江上小堂巢翡翠；苑边高冢卧麒麟。吴曰：“衬笔更发奇想惊人，盛衰兴亡之感故应尔尔。”

细推物理须行乐，何用浮荣绊此身？

仇曰："伤多，伤于酒也。"杨曰："言莫以伤多而不饮也。"
○《禽经》曰："背有采羽曰翡翠。"注曰："状如鸒鹆而色正碧，
鲜缛可爱。"《汉书·司马相如传》颜注曰："鸟赤羽者曰翡，青
羽者曰翠。"○《西京杂记》（卷上）曰："五柞宫前有青梧观，
观前有三梧桐树，足下有石麒麟二枚，刊其胁为文字，是始皇骊
山墓上物也。"○荣一作名。张伯成曰："曲江旧时风景佳丽，禄
山乱后无复向时之盛，是以堂巢翡翠，冢卧麒麟，盛衰不常如
此，推详此理，则人生不可不行乐耳。"仇曰："公殆将解职而有
慨欤！"

　　　　朝回日日典春衣，每向江头尽醉归。

　　　　酒债寻常行处有；人生七十古来稀。吴曰："对法
变化，全以感慨出之，故佳。"

　　　　穿花蛱蝶深深见；点水蜻蜓款款飞。

　　　　传语风光共流转，暂时相赏莫相违。吴曰："末二
句用意仍从第四句脱卸而下，神理自然凑泊。"

　　□张世文曰："二诗以仕不得志，有感于暮春而作。"

　　赵曰："老杜不拘以数对数，如四十明朝过，飞腾暮景斜，
亦是此格。沈存中乃以八尺曰寻，倍寻曰常，谓亦是数目，故对
七十，何迂凿如此？"（案：借用为对亦无不可，赵诮沈为迂凿亦
未是。）

　　叶少蕴（梦得）《石林诗话》（卷下）曰："深深字若无穿字，
款款字若无点字，无以见其精微如此。然读之浑然，全似未尝用
力，此所以不碍其气格超胜，使晚唐诸子为之，便当入鱼跃练江
抛玉尺，莺穿丝柳织金梭体矣。"○王彦辅《麈史》（卷中）曰：
"杜审言，子美之祖也。其诗有寄语洛阳风月道，明年春色倍还
人。子美传语风光云云，虽不袭取其意，而语脉盖有家法矣。"

九日蓝田崔氏庄

黄叔似曰："当是乾元元年为华州司功至蓝田有此作，华至蓝田八十里。"○《元和郡县志》："蓝田县属京兆府。"案：在今陕西蓝田县西。

老去悲秋强自宽，兴来今日尽君欢。浦曰："老去兴来，一篇纲领。"

羞将短发还吹帽；笑倩旁人为正冠。浦曰："以翻为切，仍抱老去兴来。"

蓝水远从千涧落；玉山高并两峰寒。浦曰："五六所谓截断众流句。"吴曰："五六大句撑天而起。"

明年此会知谁健？醉把茱萸子细看。浦曰："透后写，仍应首联。"杨西河曰："看字即指茱萸，意更微妙。"

□此等诗皆生气淋漓，不当专以字句求之。

《楚辞·九辩》曰："悲哉秋之为气也。"○《晋书·孟嘉传》曰："嘉为桓温参军，九月九日温游龙山，参僚毕集，有风至吹嘉帽堕落不觉。"○《水经·渭水》注曰："霸水又北历蓝田川，迳蓝田县东。"蔡傅卿曰："《三秦记》：蓝田有洲，方三十里，其水北流（《续汉书·郡国志》刘注引下有出玉铜铁石五字。）合溪谷之水为蓝水。"○蔡曰："郭延生《述征记》：蓝田山为覆车之象，出玉，亦名玉山。"案《元和郡县志》曰："蓝田县：蓝田山一名玉山，一名覆车山，在县东二十八里。"朱曰："《华山志》：岳东北有云台山，两峰峥嵘，四面悬绝，上冠景云，下通地脉。按：蓝田山去华山近，故曰高并两峰寒。旧注指秦山、华山，非是。"○《西京杂记》（卷上）曰："汉武帝宫人贾佩兰，九月九日佩茱萸食饵，饮菊花酒，云令人长寿，相传自古，莫知其由。"

杨诚斋（万里）《诗话》曰：“唐律七言八句，一篇之中，句句皆奇，一句之中，字字皆奇，古今作者皆难之。如老杜九日诗，老去二句不徒入句便字字对属，又第一句顷刻变化，才说悲秋忽又自宽，以自对君甚切，羞将二句将一事翻腾作一联，又孟嘉以落帽为风流，少陵以不落为风流，翻尽古人公案，最为妙法。蓝水二句，诗人至此笔力多衰，今方且雄杰挺拔，唤起一篇精神，自非笔力拔山不至于此。明年二句则意味深长，悠然无穷矣。”

至日遣兴奉寄北省旧阁老两院故人　二首录一

《通典·职官典》（卷二十一）曰：“时谓尚书省为南省，门下、中书为北省，亦谓门下省为左省，中书省为右省，或通谓之两省。”蔡曰：“李肇《国史补》：宰相相呼为元老，两省相呼为阁老。”朱曰：“《通鉴·唐纪》（六十一）：王涯谓给事中郑肃、韩佽曰：二阁老不用封敕。此唐人称给事中为阁老也。”（此见《奉赠严八阁老》注。）又曰：“两院谓拾遗、补阙也。”（此见《留别两院》注。）仇曰：“此乾元元年十一月在华州作。”

忆昨逍遥供奉班，方曰：以忆昨二字为章法骨子。”
去年今日侍龙颜。

麒麟不动炉烟上；孔雀徐开扇影还。

玉几由来天北极；朱衣只在殿中间。张伯成曰：“前六句追忆去冬日至早朝之事。”吴曰：全是想象之词，故特见敏妙。”

孤城此日肠堪断，愁对寒云雪满山。张曰：“末句言其在华州之寂寞也。”方曰：“收大断，又结穴与《秋兴》《蓬莱篇》同。”吴曰：“折笔峭劲，绝大神力。《秋兴》八首全用此法。

赵彦材曰："拾遗掌供奉讽谏，故曰供奉班。按杨侃《职林》载：补阙、拾遗，武太后垂拱中置二人，以掌供奉讽谏。自开元以来，犹为清选，左右补阙各二人，供奉者一人，左右拾遗亦然。夫谓之清选，可以言逍遥矣。"○《太平御览》引《春秋元命苞》曰："神农龙颜（《皇亲部》一引），黄帝龙颜（《皇王部》四引），文王龙颜（《人事部》十引）。"《史记·高祖本纪》曰："高祖为人隆准而龙颜。"○蔡曰："晋《礼仪故事》：大朝会即镇宫阶以金渡九尺麒麟大炉。"案《新唐书·仪卫志》曰："朝日殿上设黼扆蹑席熏炉香案，宰相两省官对班于香案前，百官班于殿庭，扇合，皇帝升御座，内谒承旨唤仗。"又《唐六典》（卷十一）曰："殿中省尚辇局：尚辇奉御掌舆辇伞扇之事，大朝会则伞二翰一，陈之于庭，孔雀扇一百五十有六，分居左右，旧翟羽扇，开元初改为绣孔雀以省。"○《西京杂记》（卷上）曰："汉制：天子玉几，冬则加绨锦其上，谓之绨几。"○《新唐书·仪卫志》曰："朝日御史大夫领属官至殿西庑，从官朱衣传呼促百官就班。"○《唐会要》（卷二十四）曰："开元二十五年，御史大夫李通奏：每冬至及缘大礼，应朝参官并六品清官并服朱衣。"○《唐六典》（十一）曰："殿中省殿中监掌乘舆服御之政令，总尚食、尚药、尚衣、尚乘、尚舍、尚辇六局之官属，备其礼物而供其职事。少监为之贰，凡听政，则率其属执伞扇以列于左右。"○赵曰："但以在外不预朝贺而怀之耳，故有肠断之叹。"

蜀　相

张伯成曰："此公初至成都访诸葛庙而赋之也。"○《蜀志·先主传》曰："章武元年，以诸葛亮为丞相。"《诸葛亮传》曰："景耀六年，诏为亮立庙于沔阳。"案：此为立诸葛庙之始，未言立庙成都也。《方舆胜览》曰："成都府：武侯庙在府城西北二里。武侯初亡，百姓遇节朔各私祭于道中，李雄为王，始为庙于少城内。桓温平蜀，夷少城，独存武侯庙。"

丞相祠堂何处寻？锦官城外柏森森。

映阶碧草自春色；隔叶黄鹂空好音。仇曰："首联自为问答，记祠堂所在，草自春色，鸟空好音，此写祠庙荒凉，而感物思人之意即在言外。"吴曰："起庄严凝重，此为正格，然亦自有开阖，不可平直。"

三顾频繁天下计；两朝开济老臣心。吴曰："提笔赞叹。"

出师未捷身先死，长使英雄泪满襟。吴曰："顿转作收，用笔提空．故异常得势。"

□邵曰："牢壮雄劲，此为七律正宗。"

《华阳国志·蜀志》曰："蜀郡西城，故锦官也。锦江，织锦濯其中则鲜明，他江则不好，故命曰锦里也。"《元和郡县志》曰："剑南道成都府成都县：锦城在其县南十里，故锦官城也。"○《儒林公议》曰："成都先主庙侧有诸葛武侯祠，祠前有大柏，系孔明手植，围数丈，唐相段文昌有刻诗存焉。"赵曰："亮祠堂前有古柏，世传亮手植，既无所据，亦未必然。若《夔州绝句》云：武侯祠堂不可忘，中有松柏参天长，岂亦是手植乎？"○诸葛孔明《出师表》曰："三顾臣于草庐之中。"○陆云《答兄平原诗》曰："黄钺授征，锡命频繁。"○《晋书·刘琨传》曰："琨忠贞开济。"朱瀚曰："开济谓章武开基，建兴济美。"○《蜀志·诸葛亮传》曰："建兴十二年春，亮悉大众由斜谷出，以流马运，据武功五丈原，与司马宣王对于渭南，分兵屯田，为久驻之计，相持百馀日。其年八月，亮疾病，卒于军。"

宾　至

幽栖地僻经过少；老病人扶再拜难。

岂有文章惊海内？漫劳车马驻江干。四句开合断续，极变化之能事。

竟日淹留佳客坐；百年粗粝腐儒餐。

不嫌野外无供给，乘兴还来看药栏。五六转正，七八后路，层次井然。

□方曰："叙事耳，而语意透彻朗俊，温醇得体，情韵缠绵，律度井然。"

顾曰："乾元二年十二月，公至成都，明年上元元年，卜成都西郭浣花溪以居。"○蔡曰："草堂在江上锦官城西万里桥左浣花溪前。"○《诗·伐檀》毛传曰："干，厓也。"○《韩策》二：严遂曰："特以为夫人粗粝之费。"○腐儒已见卷四《江汉诗》注。○李济翁（匡义）《资暇集》（卷上）曰："今园亭中药栏，栏即药，药即栏，犹言围援，非花药之栏也。按汉宣帝诏曰：池药未御幸者，假与贫民。苏林注云：以竹连绵为禁药，使人不得往来尔。《汉书》阑入宫禁字多作草下阑，则药栏作药兰尤分明易悟也。"《能改斋漫录》（卷三）引以证此诗药栏之意。案：此说非是，《汉书·宣帝纪》作籞，不作药，以药为籞，于义无取。且药栏同物，亦不必连言，而籞栏无花药又何足看也？钱笺："药栏，花药之栏也。"不从李济翁之说，最是。

和裴迪登蜀州东亭送客逢早梅相忆见寄

裴迪已见卷四王摩诘《辋川闲居赠裴秀才迪诗》注。案《唐诗纪事》（卷十六）曰："裴迪，天宝后为蜀州刺史，与杜甫友善。"考《新唐书·世系表》，迪出洗马房天恩之后，而不言其何官。子美有《和裴迪登新津寺寄王侍郎诗》原注曰："王时牧蜀。"蔡注谓王侍郎为王维弟缙，《新书·文艺·王维传》言缙为蜀州刺史，即蔡所本也。然《新唐书·王缙传》与维传实多不合，故吴廷珍（缜）《新唐书纠缪》疑缙未尝为蜀州刺史。钱辛楣（大昕）校曰："王维《责躬荐弟表》见《文苑英华》六百十一卷，则缙为蜀州刺史，似非无据。然即使蜀牧非缙，亦自有王侍郎其人，知裴迪非蜀州刺史也。杨谓裴在王幕中，殆是。"

东阁官梅动诗兴，还如何逊在扬州。

此时对雪遥相忆；送客逢春可自由。仇曰："上四句答裴诗意。"

幸不折来伤岁暮；若为看去乱乡愁？

江边一树垂垂发，朝夕催人自白头。仇曰："下四句对时感怀。"吴曰："后四极意挥斥。"

□王阮亭曰："本非专咏，却句句是梅。句句是和咏梅，又全不着迹，斯为大家。"

赵曰："题云东亭而诗云东阁，但在蜀州之东，特一临眺之所也。梅属于官，故曰官梅，与官柳之义同。动诗兴指言裴迪，后人多用作杜公动诗兴，误矣。"○张子贤（邦基）《墨庄漫录》（卷一）曰："杜诗东阁观梅云云，多不详逊在扬州之说。以本传（《梁书》）考之，但言逊天监中为尚书水部郎，南平王引为宾客，掌记室事，荐之武帝，与吴均俱进幸，后稍失意。帝曰：吴均不均，何逊不逊。逊卒于庐陵王记室，亦不言在扬州也。及观逊有《梅花诗》，见于《艺文类聚》（卷八十六）、《初学记》（卷二十八），云：兔园标节物，惊时最是梅。御霜当路发，映雪拟寒开。枝横却月观，花绕凌风台。朝洒长门泣，夕注临邛杯。应知早凋落，故逐上春来。余后见别本：逊，东海剡人，举本州秀才，射策为当时之冠，历官奉朝请，时南平王殿下为中权将军扬州刺史，望高右戚，实曰贤王。拥篲分庭，爱客接士。东阁一开，竞收扬、马，左席皆启，争趋邹、枚。君以词艺早闻，故深亲礼，引为水部行参军事，仍掌文记室云云。乃知逊尝在扬州也。盖本传但言南平引为记室，略去扬州尔。然东晋、宋、齐、梁、陈皆以建业为扬州，则逊之所在扬州乃建业耳，非今之广陵也。隋以后始以广陵名州。"赵曰："诗首云兔园，则以梁孝王之园比之，必在扬州太守园中也。又云却月观、凌风台，应是园中之台观名。按乐史《寰宇记》（卷一百二十三）载扬州事，有风亭、月观、吹台，乃宋徐湛之所营，而何逊梁人，在徐湛之后，岂在后更有此名乎？"钱曰："按逊本传：（《梁书》）天监中起家奉朝请，迁中卫建安王水曹行参军兼记室，王爱文学之士，日与游宴。建安王者，南平元襄王伟初封也。天监六年迁使持节都督扬、南徐二州诸军事、右军将军、扬州刺史。七年以疾表解州，则逊为建安王记室正在扬州，故云何逊在扬州也。杨慎云：却月观、凌风台皆扬州台观名。考《寰宇记》，风亭、月观、吹台、琴室并在宫城东角池侧，未审是逊诗所咏耳。"步瀛案：梁扬州丹阳郡治建康县，即吴之建邺（今江宁县），扬州为南兖州，治广陵县（今江都县），则却月观、凌风台果为台观名者，当在今江宁而不在江都。张子贤说是也。他家皆未辨及此，则风亭、月观徐湛之所营，不必为何正言所咏矣。朱曰："伪苏注何逊为扬州法曹咏廨舍梅花，本传无为法曹事，但有《早梅诗》，见《艺文类聚》及《初学记》，今本《何记室集》作《扬州法曹梅花盛开诗》，乃后人未辨苏注之伪，遂取为题耳。"（《韵语阳秋》十六、《升庵诗话》六皆辨之。）胡震亨曰："何逊墓志：东阁一开，竞收扬、马。杜甫东阁本此，志载《墨庄漫录》（卷一）。"杨曰："逊时在广陵，为建安王记室，以迪在王侍郎幕中，故用以相比。"○此时对雪二句，张伯成曰："言此时但对雪，亦未免遥相思忆，况于送客之际，东亭别怀，又逢梅花，则相忆之情岂可遏乎？宜其赋诗来寄也。"○蔡注本春作花。○《御览·果部》七引《荆州记》曰："陆凯与范晔相善，自江南寄梅花一枝诣长安与晔，并赠诗曰：折花逢驿使，寄与陇头人。江南无所有，聊赠一枝春。"○朱曰："言幸尔不折花来寄，若看之必动乡愁矣。只此江梅独发，已催人老，况又见东亭之早梅乎？"仇曰："玩第三联语气，必裴诗有不及折赠之句。"○浦曰："江边指草堂边。"

<h2 style="text-align:center">客　至</h2>

原注曰："喜崔明府相过。

舍南舍北皆春水，但见群鸥日日来。

花径不曾缘客扫；蓬门今始为君开。<small>层层反跌，一句到题，自然得势。</small>

盘飧市远无兼味；樽酒家贫只旧醅。

肯与邻翁相对饮，隔篱呼取尽馀杯。

□黄白山曰："上四有空谷足音之喜，下四见村家真率之情。前借鸥鸟引端，后将邻翁陪结。一时宾主忘机，亦可见矣。"

钱曰："杨慎曰：韦述《开元谱》曰：倡优之人取媚酒食，居于社南者，呼为社南氏，居于北者呼为社北氏，杜诗正用此。后人改社作舍。"（《升庵诗话》卷五）按：舍南舍北，公之所居也。若云社南社北，则倡优之所居，安得取以自况乎？杨氏引据穿凿，其文义舛误若此。○狎鸥事已见卷二李太白《江上吟》注。○《左》僖二十三年："乃馈盘飧。"《诗·伐檀》毛传曰："熟食曰飧。"○潘安仁《夏侯常侍诔》曰："重珍兼味。"

送韩十四江东省觐

赵曰："此在蜀州作。"张世文曰："韩盖公同乡人，必其父母避乱江东而往省之，玩次联及结可见。"仇曰："江淮、吴会皆称江东。"

兵戈不见老莱衣，方曰："一起逆入从天半跌落。"叹息人间万事非。吴曰："断。"

我已无家寻弟妹；吴曰："再断。"君今何处访庭闱？吴曰："续。"杨曰："一气旋折，极沉郁顿挫之致。"

黄牛峡静滩声转；白马江寒树影稀。

此别应须各努力，故乡犹恐未同归。黄牛峡是所经之途，白马江是送别之地。纪曰："因峡静而闻滩声之转，因江寒而见树影之稀，上下相生。"浦曰："恰好双拖此别，就势总收回顾，神矣化矣。玩各努力句，当是送韩之时，正值公从青城起还成都之时，如此看未同归三字，亦有着落。"

□吴曰："收有苍茫之致。"○纪曰："纯以气胜，而复极沉郁顿挫，不比莽莽直行。"浦曰："笔笔凌驾。"

《艺文类聚·人部》四引《列女传》曰："老莱子孝养二亲，行年七十，婴儿自娱，身着五色采衣。"○束广微《补亡诗》曰："眷恋庭闱。"○《水经·江水》注曰："江水又东迳黄牛山下，有滩名曰黄牛滩，南岸重岭叠起，最外高崖间有石色如人负刀牵牛，人黑牛黄，成就分明，既人迹所绝，莫得究焉。此岩既高，加以江湍纡回，虽途迳信宿，犹望见此物，故行者谣曰：朝发黄牛，暮宿黄牛。三朝三暮，黄牛如故。"《清统志》曰："湖北宜昌府：黄牛山在东湖县（今改宜昌县）西北八十里，亦称黄牛峡。"○赵曰："白马江，蜀州江名，今称亦然。乃韩与公别处。"

案《清统志》曰："四川成都府：白马江在崇庆州（今改县）东北十里。"朱曰："唐蜀州，今为崇庆州。"

野人送朱樱

西蜀樱桃也自红。吴曰："倒摄后半，章法奇警，所谓笔所未到气已吞也。"野人相赠满筠笼。

数回细写愁仍破；万颗匀圆讶许同。吴曰："肖物精微，得未曾有，杜公天才豪迈，复能细心熨贴如此。"

忆昨赐沾门下省；吴曰："断。"退朝擎出大明宫。吴曰："再断。"

金盘玉箸无消息，此日尝新任转蓬。吴曰："一句拍合。"

□杨曰："托兴深远，格力矫健，此为咏物上乘。"方曰："此小题也，前半细则极其工细，后发大议论则极其壮阔，实为后来各名家高曾规矩，而后半妙处即在首句也自二字根出，所谓诗律也。"

仇曰："首句也字预照赐樱，见今昔相似也。"○《礼记·曲礼上》曰："器之溉者不写，其馀皆写。"郑注曰："写者，传己器中乃食之也。"孔疏曰："写谓倒传之也。"○仇曰："讶许言惊讶如许。庾信诗（《奉和赐曹美人》）：讶许能含笑。"唐赐群臣樱桃已见王摩诘《敕赐百官樱桃诗》及注。○大明宫见王摩诘《雨中春望应制诗注》。○曹子建《杂诗》曰："转蓬离本根。"

秋　尽

钱曰："宝应元年四月，严武入朝。七月，剑南西川兵马使徐知道反，八月伏诛。公携家避乱往梓州。案：诗中日未回，日犹阻，是知道虽诛，馀党未靖，故秋尽犹滞梓州而作此诗也。"

秋尽东行且未回，茅斋寄在少城隈。

篱边老却陶潜菊；江上徒逢袁绍杯。以上留滞梓州。

雪岭独看西日落；吴曰："有宇宙无人萧然独立之概。"剑门犹阻北人来。

不辞万里长为客，吴曰："本作客不得意之辞，乃云不辞，千回百折而出之者也。"怀抱何时得好开？李曰："气格苍然。"

王嗣奭曰："东行未回，谓到梓未还成都也。"○《文选·蜀都赋》曰："亚以少城，接乎其西。"刘渊林注曰："少城，小城也。在大城西。"《元和郡县志》曰："剑南道成都府成都县：州城，秦惠王二十七年张仪所筑，少城一曰小城，在县西南一里二百步。"○陶渊明《饮酒诗》曰："采菊东篱下。"又《艺文类聚·草部》上引《续晋阳秋》曰："陶潜无酒，坐宅边菊丛中，采摘盈把，望见王弘遣送酒，即便就酌。"○《后汉书·郑玄传》曰："时大将军袁绍总兵冀州，遣使要玄，大会宾客，玄最后至，乃延升上坐，身长八尺，饮酒一斛，秀眉明目，仪容温伟。"○《西山诗》蔡注引《成都记》曰："西山冬夏积雪不消。"《清统志》曰："四川成都府：西山在华阳县西，一名雪岭。"注杜者多主此说，然《元和郡县志》成都府不载雪岭，而松州嘉诚县东（今松潘县）、龙州江油县东皆有雪山，柘州柘县西北有大雪山。赵曰"西山在松、维州之外，今之威州是也。（今四川保县）冬夏有雪，号为雪山。"（《野望诗》注）又曰："今之威州一带皆号西山"（《西山诗》注），似不定指成都之山矣。剑门已见卷一诗注。案：客行向东，故居在西，由梓州北望，正直剑门。《草堂诗》曰："群小起异图。"又曰："北断剑阁隅。"此剑门犹阻之证也。

闻官军收河南河北

仇曰："此广德元年春在梓州作。"○《旧唐书·代宗纪》曰："宝应元年冬十月辛酉，诏天下兵马元帅雍王统河东、朔方及诸道行营、回纥等兵十馀万，讨史朝义，会军于陕州，加朔方行营节度使仆固怀恩同中书门下平章事。戊辰，元帅雍王奏收东京、河阳、汴、郑、滑、相、魏等州。丁酉，伪恒州节度使张忠志以赵、定、深、恒、易五州归顺，以忠志检校礼部尚书、恒州刺史、成德军节度使，赐姓名曰李宝臣。于是河北州郡悉平，贼范阳尹李怀仙斩史朝义首来献请降。"

　　剑外忽传收蓟北，顾曰："忽传二字惊喜欲绝。"初闻涕泪满衣裳。

　　却看妻子愁何在？漫卷诗书喜欲狂。方曰："四句沉着顿挫，从肺腑流出，故与流利轻滑者不同。"

　　白日放歌须纵酒；青春作伴好还乡。

　　即从巴峡穿巫峡；便下襄阳向洛阳。方曰："后四句又是一气，而不嫌直致者，用意真，措语重，章法断续曲折也"。

　　□邵曰："一片真气流行，此为神来之作。"浦曰："八句诗，其疾如风，题事只一句，馀俱写情，得力全在次句。于情理妙在逼真，于文势妙在反振。三四以转作承，第五仍能缓受，第六句上下引脉，七八紧申还乡，生平第一首快诗也。"

　　张伯成曰："剑外，剑阁之外。"○顾修远曰："愁何在，不复愁矣。漫卷者，抛书而起也。"○巴峡、巫峡已见卷一苏子瞻《栖贤三峡桥诗》注。○末句自注曰："余田园在东京。"顾曰："公先世为襄阳人，祖依艺为巩令，徙河南，父闲为奉天令，徙杜陵，而田园尚在洛阳。"案：唐山南道襄阳县．今湖北襄阳县治。

黄白山曰："杜诗强半言愁，其言喜者，惟寄弟数首及此作而已。言愁者使人对之欲哭，言喜者使人对之欲笑。盖能以其性情达之纸墨，而后人之性情类为之感动故也。使舍此而徒讨论其格调，剽拟其字句，抑末矣。"

送路六侍御入朝

黄叔似编在广德元年梓州诗内。

童稚情亲四十年，中间消息两茫然。

更为后会知何地？忽漫相逢是别筵。杨曰："无限曲折，正以倒插为妙。"

不分桃花红胜锦；生憎柳絮白于绵。

剑南春色还无赖，触忤愁人到酒边。

□吴曰："起四句几跌几断，第三句倒插一语尤奇，四句入题有神，五六以下尤为凌空倒影之笔。桃花、柳絮皆色也，不分、生憎皆写愁也。五六七三句转为第八句，铺写作势，而皆突兀不平。第四句一露别筵，旋即撇开，至末始倒煞酒边愁人等字，神光离合，极排阖纵横之妙。杜公七律所以横绝古今，专在离奇变化，如此等篇尤宜寻讨。"

徐士修《簾尘诗》曰："不分秋风吹。"案：《草堂》本分作愤。○卢升之《长安古意诗》曰："生憎帐额绣孤鸾。"

将赴荆南寄别李剑州

黄叔似曰："公宝应元年至广德二年三月游绵、梓、阆，其在梓、阆，屡欲出峡，以严武再镇成都，遂不果行，此诗当在广德二年春作。"

使君高义驱今古，寥落三年坐剑州。

但见文翁能化俗；焉知李广未封侯。范曰："以驱字呼出坐字，见久而不起也。"吴曰："代为不平而语转豁达。"

路经滟滪双蓬鬓；天入沧浪一钓舟。

戎马相逢更何日？春风回首仲宣楼。吴曰："每于收束极力萦迴，以取风韵。"

□吴曰："章法句法皆臻绝妙。"

邵二泉（宝）曰："唐制：刺史行郡，纠察郡县，与绣衣同称使君。《后汉书·郭伋传》：闻使君到，喜，故来奉迎。"〇黄白山曰："驱今古，今与古并驱也。"〇黄叔似曰："唐刺史盖以三年为任。"〇唐剑南道剑州治普安县，今四川剑阁县治。〇《汉书·循吏传》曰："文翁，庐江舒人也。景帝末为蜀郡守，仁爱好教化，见蜀地僻陋，欲诱进之，乃选郡县小吏十馀人，遣诣京师受业博士。又起学宫于成都市中，招下县子弟以为学官弟子。繇是大化，蜀地学于京师者比齐、鲁焉。"〇《史记·李将军传》曰："广尝与望气者王朔燕语曰：自汉击匈奴，广未尝不在，然无尺寸之功以得封邑，岂吾相不当侯耶！"〇仇曰："滟滪、沧浪，自夔适荆之地，双鬓伤老，一舟言贫。"〇《水经·江水》注曰："江水又东迳鱼复县故城南，江中有孤石为淫滪石，冬出水二十馀丈，夏则没。"《国史补》（卷下）曰："峡路峻急，四月五月为尤险时，故曰：滟滪大如马，瞿塘不可下。滟滪大如牛，瞿塘不可留。滟滪大如襆，瞿塘不可触。"《乐府诗集》（卷八十六）曰："淫或作滟。"〇鲍明远《拟行路难》曰："蓬鬓衰颜不复妆。"〇《水经·沔水篇》曰："又屈东南过武当县东北。"注曰："县西北四十里汉水中有洲名沧浪洲。《地说》曰：水出荆山，东南流为沧浪之水，是近楚都，故渔父歌曰：沧浪之水清兮，可以濯我缨。沧浪之水浊兮，可以濯我足。"蔡曰："浪音郎。"又互见卷四皇甫茂政《归渡洛水诗》注。○《老子》曰："天下无道，戎马生于郊。"○王仲宣已见卷二《赠王郎司直》注。

申凫盟曰："路经滟滪双蓬鬓，天入沧浪一钓舟。王、李七子全学此等句法。"

登　楼

黄曰："当是广德二年春初归成都之作。吐蕃去冬陷京师，郭子仪复京师，乘舆反正，故曰北极朝廷终不改。言吐蕃虽立君（吐蕃立广武郡王承宏），终不能改命也。"

花近高楼伤客心，万方多难此登临。杨曰："倒装突兀。"范曰："意在笔先，起势峻耸。"

锦江春色来天地；玉垒浮云变古今。吴星曳曰："二语壮阔而时趋世变亦全包于此。"杨曰："二句承登楼。"

北极朝廷终不改；西山寇盗莫相侵。申曰："二语可抵一篇《王命论》。"○杨曰："二句承多难。"

可怜后主还祠庙，日暮聊为《梁甫吟》。杨曰："结意深，亦是登楼所感。"

□沈曰："气象雄浑，笼盖宇宙。"

《岘佣说诗》曰："起得沉厚突兀。若倒装一转，万方多难此登临，花近高楼伤客心，便是平调，此秘诀也。"○锦江已见《蜀相诗》注。○《汉书·地理志》：蜀郡绵虒县，原注曰："玉垒山，湔水所出。"《文选·蜀都赋》曰："包玉垒而为宇。"刘渊林注曰："玉垒，山名也，湔水出焉。在成都西北。"《清统志》曰："四川成都府：玉垒山在灌县西北。"○《尔雅·释天》曰："北极谓之北辰。"《新唐书·吐蕃传》曰："宝应元年，吐蕃破西山合水城，明年入长安，立广武王承宏为帝，留十五日乃走，天子还京。是岁南人松、维、保等州。"顾曰:"广德元年十二月,吐蕃又陷松、维、保三州,高适不能救,西山近于维州。"钱曰:"西山寇盗指吐蕃言之,非谓剑南西山也。"○钱曰:"可怜后主还祠庙,其以代宗任用程元振、鱼朝恩致蒙尘之祸,而托讽于后主之用黄皓乎! 日暮聊为《梁父吟》,伤时恋主,自负亦在其中,其兴寄微婉如此。"案:此说殊失之凿,盖意谓后主犹能祠庙三十馀年,赖武侯为之辅耳。伤今之无人也。故聊为《梁父吟》以寄慨,大意如此,不可深求。浦氏驳钱说是已。又谓以诸葛勋名望于严武,亦曲说也。祠庙犹言能守其宗庙社稷,鲁季钦引《通鉴》颜真卿请代宗先谒陵庙然后还宫事(蔡笺引),赵彦材又引《后主传》后主谓亮政由葛氏祭则寡人之语,皆就字面傅会,实不足取。○《蜀志·诸葛亮传》曰:"亮躬耕陇亩,好为《梁父吟》。"《水经·沔水》注曰:"沔水又东迳乐山北,昔诸葛亮好为《梁甫吟》,每所登临,故俗以乐山为名。"又互见李太白《梁甫吟》注。

《石林诗话》(卷下)曰:"七言难于气象雄浑,句中有力而纤馀,不失言外之意。自老杜锦江春色来天地,玉垒浮云变古今,与五更鼓角声悲壮,三峡星河影动摇等句之后,常恨无继者。韩退之笔力最为杰出,然每苦意与语俱尽,《和裴晋公破蔡州回》所谓将军旧压三司贵,相国新兼五等崇,非不壮也,然意亦尽于此矣,不若刘禹锡《贺晋公留守东都》云:天子旌旗分一半,八方风雨会中州,语远而体大也。"

宿　府

黄曰:"此广德二年在幕府作。"

清秋幕府井梧寒;独宿江城蜡炬残。
永夜角声悲自语;中天月色好谁看? 浦曰:"独宿

二字，一诗之眼。"吴北江曰："永夜二句皆中夜不眠凄恻之景，而不明言，故佳。"

风尘荏苒音书绝；关塞萧条行路难。

已忍伶俜十年事，强移栖息一枝安。浦曰："荏苒萧条，从自语谁看中追写其故，而总束之曰伶俜十年，见此身甘任飘蓬矣。今乃栖息一枝，独宿于此，亦姑且相就之词。"

《史记·李牧传》曰："市租皆输入幕府。"《索隐》："崔浩曰：古者出征为将帅，军还则罢，理无常处，以幕帟为府署，故曰幕府。"○魏明帝《猛虎行》曰："双桐生空井。"庾子慎《赋得有所思》曰："井梧生未合。"○张茂先《励志诗》曰："荏苒冬春谢。"○吴竞《乐府古题要解》曰："《行路难》毕言世路艰难及离别伤悲之意。"○蔡曰："伶俜，失所貌。甫遭乱奔走，自广德二年逆数至天宝十四载，凡十年矣。"○《庄子·逍遥游》曰："鹪鹩巢于深林，不过一枝。"蔡曰："甫时寓严武幕，为参谋，特一枝之安也。"

诸将五首

仇曰："公自永泰元年夏去蜀至云安，次年春自云安至夔州，据末章云巫峡清秋，当是大历元年秋在夔州作。"吴曰："诸将之作，所以纪当时天下之形势，作者阔略也。"步瀛案：此子美深忧时事，望武臣皆思报国，而朝廷用得其人，故借诸将以寓其意焉。

汉朝陵墓对南山，胡虏千秋尚入关。
昨日玉鱼蒙葬地；早时金盌出人间。
见愁汗马西戎逼；曾闪朱旗北斗殷。

多少材官守泾渭，将军且莫破愁颜。

　　□杨曰：“此以吐蕃侵逼责诸将也。吐蕃于广德元年一陷京师，永泰元年再逼京师，最为迩年大患，故首及之。上四援往事以惕之也，吐蕃之祸至于辱及陵寝，为臣子者能自安乎？下四言京畿之间近复告警，虽暂行退去而出没不常，守御者正当时时警戒，未可一日安枕也。”吴曰：“首言吐蕃逼近京师，至有侵辱陵寝之患，而忧守卫之不足恃，此根本至计也。”

　　仇曰：“《长安志》：终南山连亘蓝田诸县。西汉诸陵及大臣墓多与之相对。”（宋敏求《长安志》中无此，或仇氏据后来县志欤？）○顾曰：“吐蕃入关发冢，其祸烈矣。不忍斥言，故借汉为比。广德元年，柳伉上疏谓犬戎犯关度陇，不血刃而入京师，劫宫阙，焚陵寝，（《通鉴》二百二十三）即其事也。”○方曰：“千秋二字言赤眉之祸又见，此入关，萧关也。”步瀛案：汉萧关在今甘肃固原县东南，唐萧关在县北。○《九家注》引《西京杂记》曰：“长安大明宫宣政殿，每夜见数十骑衣鲜丽，游往其间，高宗使巫祝刘明奴、王湛然问所由，鬼曰：我是汉楚王戊太子，死葬于此。明奴等曰：按《汉书》：戊与七国反，诛死无后，焉得有子葬于此？鬼曰：我当时入朝，以路远不从坐，后病死，天子于此葬我，《汉书》自有遗误耳。明奴因宣诏与改葬。鬼喜曰：我昔日亦是近属豪贵，今在天子宫内，出入不安，改卜极幸甚，我死时天子敛我玉鱼一双，今犹未朽，必以此相送，勿见夺也。明奴以事奏闻，及发掘，玉鱼宛然，自是其事遂绝。”蔡笺引同。（此亦韦述《西京杂记》）○《御览·皇王部》（十三）引《汉武故事》曰：“邺县有一人于市货玉杯，吏疑其御物，欲捕之，因忽不见。县送其器，推问茂陵中物也。霍光自呼吏问之，说市人形貌如先帝。”《陈书·沈炯传》：炯《经通天台奏汉武帝表》曰：“茂陵玉盌，宛出人间。”又《搜神记》（卷十六）曰：“卢充者，范阳人，家西三十里有崔少府墓。充一日出宅西猎，见一麏逐之，不觉远，忽见道北一里许，高门瓦屋四周，有如府舍，门中一钤下唱客前进，见少府展姓名，酒炙数行，谓充曰：尊府君不以仆门鄙陋，近得书为君索小女婚，故相迎耳。便以书示充，充父亡时虽小，然已识父手迹，即欷歔无复辞免。三日毕，崔谓充曰：君可归矣。别后四年三月三日，充临水戏，忽见水旁有二犊车，崔氏女与三岁男共载，女抱儿还充，又与金椀，并赠诗，充取儿、椀及诗，忽然不见。"胡元瑞曰："杜盖以金盌字入玉盌语，一句中事词串用，两无痕迹，如《伯夷传》杂取经子镕液成文，正此老炉锤妙处。"○《旧唐书·吐蕃传》曰："永泰元年秋九月，仆固怀恩诱吐蕃、回纥之众，南犯王畿，吐蕃二十万众至奉天，京师戒严，诏副元帅郭子仪屯于泾阳，诸将各屯守要害。"《史记·萧相国世家》："功臣皆曰：萧何未尝有汗马之劳。"○班孟坚《燕然山铭》曰："朱旗绛天。"张上若曰："言闪朱旗而北斗皆赤，胡氛蔽天意。"案《左》成二年杜注曰："殷音近烟，今人谓赤黑为殷色。"《释文》曰："殷，于闲反。"○《史记·绛侯世家》曰："材官引强。"《申屠嘉传》曰："材官蹶张。"皆谓武臣。《通鉴·唐纪》（三十九）曰："代宗永泰元年九月，吐蕃十万众至奉天，京城震恐，召郭子仪于河中府，使屯泾阳，命李忠臣屯东渭桥，李光进屯云阳，马璘、郝庭玉屯便桥，李抱玉屯凤翔，内使骆奉仙、将军李日越屯盩厔，同华节度使周智光屯同州，鄜坊节度使杜冕屯坊州。"

韩公本意筑三城，拟绝天骄拔汉旌。

岂谓尽烦回纥马；翻然远救朔方兵。 方曰："起四句大往大来，一开一合，所谓来得勇猛乾坤摆雷硠也。"

胡来不觉潼关隘；龙起犹闻晋水清。 杨曰："对法不测，有龙跳虎卧之观。"方曰："五句宕接，六句绕回，言后之弱以思祖宗之盛为开合，笔势宏放。"

　　独使至尊忧社稷，诸君何以答升平？方曰："收点明作意，归宿作诗之人本意。"

　　□杨曰："此以借助于回纥责诸将也。自回纥助顺，肃宗之复两京，雍王之讨朝义，皆用其兵力，卒之恃功侵扰，反合吐蕃入寇。公故追感晋阳起义之盛，而叹诸将之不能为天子分忧也。"吴曰："次言借兵回纥之非计，则公生平所持政见，《北征》所谓此辈少为贵，《留花门》所谓中原有驱除，隐忍用此物，意皆如是，匡时之伟识也。"○邵曰："通首一气抟捖。"

　　《旧唐书·张仁愿传》曰："神龙三年，突厥入寇，朔方军总管沙吒忠义为贼所败，诏仁愿摄御史大夫，代忠义统众。仁愿至军而贼众已退，乃蹑其后，夜掩大破之。先朔方军北与突厥以河为界，河北岸有拂云神祠，突厥入寇，必先诣祠祭酹求福，因牧马料兵而后渡河。时突厥默啜尽众西击突骑施、娑葛，仁愿请乘虚夺取汉南之地，于河北筑三受降城，首尾相应，以绝其南寇之路，中宗从之。六旬而三城俱就，以拂云祠为中城，与东西两城相去各四百馀里。皆据津济，遥相应接。北拓地三百馀里，于牛头、朝那山北，置烽候一千八百所，自是突厥不得度山放牧，朔方无复寇掠。景龙二年，拜左卫大将军、同中书门下三品，累封韩国公。"案：唐三受降城，东城在绥远归远县西河东岸，中城在乌喇特旗临西河北岸，西城在乌喇特旗西北河北岸。○天骄见卷四李太白《塞下曲》注。○《史记·淮阴侯传》曰："拔赵帜，立汉赤帜。"杨曰："此当是绝胡人不令拔汉所建之帜也。"○《旧唐书·郭子仪传》曰："天宝十三载，兼朔方节度右兵马使。十四载，充朔方节度使。宰相房琯为贼所败，丧师殆尽，方事讨除，唯倚朔方军为根本。"又曰："子仪从元帅广平王进收长安，回纥遣叶护太子领四千骑助国讨贼，子仪与叶护宴狎修好，相与誓平国难。子仪奉元帅为中军，与贼将安守忠战于京师香积寺之北，回纥以奇兵出贼之后夹攻之，贼军大溃。翌日，广平王入京师。"又曰："安庆绪遣严庄悉其众十万与张通儒屯于陕西。子仪以大军击其前，回纥登山乘其背，贼惊顾曰：回纥来。即时大败。子仪奉广平王入东都。"钱曰："由此观之，汾阳以朔方孤军收复两都，皆赖回纥助顺之力，故曰岂意尽烦回纥马也。"○钱曰："广德元年，吐蕃度便桥，上幸陕，至华州，丰王珙见上于潼关，上至陕，恐吐蕃东出潼关，征子仪诣行在。子仪曰：若出兵蓝田，虏必不敢东向。自歌舒失守之后，潼关之险与贼共之，仆固怀恩诱回纥、吐蕃连兵入犯，蹂躏三辅，故曰胡来不觉潼关隘也。"○钱曰："一行《并州起义堂颂》：我高祖龙跃晋水，凤翔太原。《册府元龟》：高祖师次龙门县，代水清。太宗生时，有二龙戏于门外井中，经三日乃冲天而去，龙起犹闻晋水清，即李翱所谓神尧以一旅取天下也，其感叹如此。"○《仪礼·丧服传》曰："天子，至尊也。"○《公羊》隐元年何注曰："于所闻之世见治升平，内诸夏而外夷狄。"

洛阳宫殿化为烽，休道秦关百二重。
沧海未全归禹贡；蓟门何处尽尧封？
朝廷衮职虽多预，天下军储不自供。
稍喜临边王相国，肯销金甲事春农。

□浦曰："此为制河北者告也。藩镇之祸，河北最甚，延至末造，卒以亡唐，而其祸皆成于代宗之初。时成德则李宝臣，魏博则田承嗣，相卫则薛嵩，卢龙则李怀仙，淄青则李正己，各治兵完城，自署将吏，不供贡赋，其可忧更切于吐蕃、回纥。"又曰："一二原其始祸，言两京残破，安、史之前事如此。三四实拈藩镇，谓此辈多其馀孽，至今犹然梗化也。五六彼此双摄，作上下转关，七八又奖借得好，此一结用忻动之词。"吴曰："三言两都不守，王业已微，沧海幽、蓟更不可问，忧藩镇之祸将未有已，此虑天下之大势也。独近日王缙所为差强人意耳。举一以厉其馀，其志念深远矣。"

《新唐书·玄宗纪》曰："天宝十四载十一月，安禄山反。十二月，陷东京。十五载六月，蕃将火拔归仁执哥舒翰降于安禄山，遂陷潼关。"○曹子建《送应氏诗》曰："洛阳何寂寞，宫室尽烧焚。"○《史记·高祖本纪》：田肯曰："秦形胜之国，带河山之险，县隔千里，持戟百万，秦得百二焉。"《集解》苏林曰："秦地险固，二万人足当诸侯百万人也。"○杨曰："沧海指淄青等处，蓟门指卢龙等处。"○《禹贡》曰："禹别九州，随山浚川，任土作贡。"○朱曰："尽尧封如《王制》北不尽恒山、南不尽衡山之尽。"○《诗·烝民》曰："衮职有阙。"《后汉书·逸民·法真传》注曰："衮职谓三公也。"朱曰："按：衮职，宰相之职，唐诸镇节度多加中书令、平章事，兼领内职，所谓衮职虽多预也。府兵法坏，兵农遂分，天下军须皆仰给馈饷，而不自食其地，所谓军储不自供也。"方曰："光聿原云：时方镇兼令仆，又各有军资钱，皆取给度支。"○《旧唐书·王缙传》曰："广德二年，拜黄门侍郎、同平章事。其年，河南副元帅李光弼薨于徐州，以缙为侍中，持节都统河南、淮西、山南东道诸节度行营事，兼东都留守。岁馀，迁河东副元帅。请减军资钱四十万贯修东都殿宇。"○仇曰："当时李抱真为潞泽节度使，籍民免其租税，给弓矢，使农隙习武，既不费朝廷廪给，而府库亦充实。郭子仪以河中乏食，自耕百亩，将士效之，皆不劝而耕。此即军储之能自供者。诗但举王缙而不及李、郭，时缙为河南副元帅，特就河北诸帅而较论之耳。玩临边二字可见。"

回首扶桑铜柱标，冥冥氛祲未全销。

越裳翡翠无消息；南海明珠久寂寥。

殊锡曾为大司马；总戎皆插侍中貂。

炎风朔雪天王地，只在忠良翊圣朝。

□钱曰："此深戒朝廷不当使中官出将也。杨思勖讨安南五溪，残酷好杀，故越裳不贡。吕太一收珠南海，阻兵作乱，故南海不靖。李辅国以中官拜大司马，所谓殊锡也。鱼朝恩等以中官为观军容使，所谓总戎也。炎风朔雪皆天王之地，只当精求忠良以翊圣朝，安得偏信一二中人，据将帅之重任，自取溃偾乎？肃、代间国势衰弱，不复再振，其根本胥在于此，斯岂非忠规切谏救世之针药与？"吴曰："中原形势既备，乃及边徼。公久滞蜀土，于西蜀尤切，故以殿焉。然言西陲不可以遗南徼，故先及之，回首扶桑一折而远及万里，笔势票姚飞动，何其雄也？言南徼而兼朔方，详略互备，亦古人文法之高。"

黄白山曰：前三首道两京之事，皆翘首北顾，此则道南中之事，故以回首发端。"○《水经·温水》注引《林邑记》曰："建武十九年，马援树两铜柱于象林南界，与西屠国分汉之南疆也。"《新唐书·南蛮传》曰："南诏本哀牢夷后，乌蛮别种也。天宝七载，玄宗诏特进何履光以兵定南诏境，复立马援铜柱乃还。"又曰："环王，本林邑也。有五铜柱，山形，若倚盖，西重岩，东涯海，汉马援所植也。"案：扶桑借用《南史·东夷传》曰："扶桑在大汉国东二万馀里。"又疑本作扶南。《新唐书·南蛮传》曰："扶南在日南之南。"殆后人以与下南海字复改为扶桑耳。○《水经·温水》注引《林邑记》曰："九德，九夷所极，故以名郡。郡名所置，周越裳氏之夷国，周礼九夷，远极越裳，白雉象牙重九译而来。"又曰："松原以西，乌兽驯良，不知畏弓，仓庚怀春于其北，翡翠熙景乎其南。"《元和郡县志》曰：安南都护府骥州越裳县，本吴所置，因越裳国以为名也。《旧唐书·宦官·杨思勖传》曰："开元初，安南首领梅玄成叛，诏思勖将兵讨之，尽诛其党与，积尸为京观。"○《汉书·地理志》："南海郡：武帝元鼎六年开。"《元和郡县志》："岭南道广州南海县：本汉番禺县之地也。属南海郡。"《御览·珍宝部》二引《邹子》曰："珠生于南海。"《旧书·代宗纪》曰："宝应二年改元广德，十二月，宦官市舶使吕太一逐广南节度使张休，纵下大掠。"案子美《自平诗》曰："自平中官吕太一，收珠南海千馀日。近供生犀翡翠稀，复恐征戍干戈密。"与此诗可以互证。○《旧唐书·宦官·李辅国传》曰："判元帅军行府司马专掌禁兵。上元二年八月，拜兵部尚书。"《唐六典》（卷五）曰："兵部尚书一人，正三品。后周依《周官》置大司马卿一人，隋改为兵部尚书。"○《新唐书·宦者·鱼朝恩传》曰："九节度围贼相州，以朝恩为观军容宣慰处置使，观军容使自朝恩始。代宗东幸，朝恩悉军奉迎华阴，更号天下观军容宣慰处置使，专领神策军。"又《程元振传》曰："拜右监门卫将军，再迁骠骑大将军邠国公，尽总禁兵。"○《唐六典》（卷八）曰："门下省侍中二人，正三品。董巴《舆服志》：侍中冠武弁大冠，亦曰惠文冠，加黄金珰，附蝉为文，貂尾为饰，侍中服之则左貂，常侍则右貂。赵武灵王胡服之制，秦灭赵得其冠，赐侍中焉。"○《曲礼下》曰："临诸侯，畛于鬼神，曰有天王某甫。崩曰天王崩。"

　　　　锦江春色逐人来，巫峡清秋万壑哀。杨曰："言在夔不如在蜀也。"

　　　正忆往时严仆射；共迎中使望乡台。

　　　主恩前后三持节；军令分明数举杯。

　　　西蜀地形天下险，安危须仗出群材。

□吴曰："四章既尽，乃及西蜀，追忆严武，叹其不可再得，而身世之感亦具见焉。军令分明句，此就己所亲见言之，谓其军令既严，而复数开雅宴，具有古人投壶雅歌之致。《左传》所谓好整以暇者也。盖必言及此而后名将之风度跃然纸上，末乃以蜀地形胜之险要结之，意不可轻以托人，神危语重，有撼山震岳之势。诗人之能事毕矣。"

《新唐书·严武传》曰："字季鹰，迁东川节度使。上皇合剑南为一道，擢武成都尹、剑南节度使，还拜京兆尹，复节度剑南。永泰初卒，赠尚书左仆射。"《新唐书·百官志》曰："尚书省左右仆射各一人，从二品。"○《太平寰宇记》（卷七十二）引《益州记》曰："升迁亭夹路有二台，一名望乡台，在县北九里。"《清统志》曰："四川成都府：望乡台在成都县，蜀王秀所筑。"○朱曰："严武一镇东川，两镇剑南，故曰三持节。"○杨曰："是时崔旰、柏茂林等交攻，杜鸿渐惟事姑息，奏以节制让旰、茂林等各为本州刺史，不得已，从之。鸿渐以三川副元帅兼节度，主恩尤重，然军令分明，有愧严武远矣。公故感今而思昔，谓必如武出群之材，方可当安危重寄，而惜鸿渐之非其人也。"

秋兴八首

钱曰："潘岳《秋兴赋》云：于时秋也，遂以名篇。"仇曰："《黄鹤》《单复》俱编在大历元年，盖自永泰元年秋至云安，大历元年秋在夔州，是两见菊开也。"○查曰："八诗以秋意提出，因秋而起兴也。身居巫峡，心望京华，为八诗之大旨。曰巫峡，曰夔府，曰瞿唐，曰江楼、沧江、关塞，皆言身之所处。曰故园，曰故国，曰京华、长安、蓬莱、曲池、昆明、紫阁，皆心之所思。此八诗中线索。"方曰："此诗八首，前三首在己所在夔州本地，其下五首皆思长安，而第四首又为长安总冒。其下分思宫阙、曲江、昆明池、渼陂，所谓身在江

湖，心殷魏阙，古之忠爱者其情皆如是也。第二首只是言现在
夔州己所在地，而以每望京华为言，隐逗后四篇意。"曾曰：
"按，此八首皆居夔州而怀长安，前三首对夔州景物而增悲秋
之感，后五首杂忆长安今昔之事。"

> 玉露凋伤枫树林，巫山巫峡气萧森。
> 江间波浪兼天涌；塞上风云接地阴。
> 丛菊两开他日泪；孤舟一系故园心。
> 寒衣处处催刀尺，白帝城高急暮砧。

　　□钱曰："首章秋兴之发端也，江间塞上状其悲壮，丛菊、
孤舟写其凄凉。末二句结上生下，故即以夔府孤城次之。"蒲曰：
"首章，八诗之纲领也，明写秋景，虚含兴意，实拈夔府，暗提
京华。"方曰："起句下字密重可法，三四沉雄壮阔，五六哀痛，
收别出一层，凄紧萧瑟。"

　　梁昭明太子《答湘东王书》曰："玉露夕流。"李玄邃《感秋
诗》曰："玉露凋晚林。"○《水经·江水》注曰："江水历峡东，
迳新崩滩，其间首尾百六十里，谓之巫峡。盖因山为名也。自三
峡七百里中，两岸连山，略无阙处，重岩叠嶂，隐天蔽日，自非
亭午夜分，不见曦月。"○顾曰："波浪在地而曰兼天，风云在天
而曰接地，极言阴晦萧森之状。"○陈子端（廷敬）曰："塞上即
指夔州，《夔府书怀诗》：绝塞乌蛮北，《白帝城楼诗》：城高绝塞
楼，可证。"○浦曰："本去蜀而言，则两见菊开，公诗云：两京
犹薄产，此处故园则指西京。"（案此说似滞）范曰："公在夔两
见丛菊之开而堕泪，只因心在故园，时思出峡，乃两见花开，一
身久滞，如孤舟系于江上，一系而不可解。他日犹言向日。"方
曰："他日，前日也。《孟子》：而赋粟倍他日。（《离娄上》）倍前
日也。"○郭泰机《答傅咸诗》曰："衣工秉刀尺。"

夔府孤城落日斜，吴曰："章法衔接。"每依北斗望京华。

听猿实下三声泪；奉使虚随八月槎。

画省香炉违伏枕；山楼粉堞隐悲笳。

请看石上藤萝月；已映洲前芦荻花。吴曰："指点生动。"

□浦曰：二章乃是八首提掇处，提望京华本旨，以申明他日泪之所由，正所谓故园心也。首句点明夔府，次句所谓点眼也。三四申上望京华起下违伏枕，五六长去京华、远羁夔府也。藤萝月应落日，芦荻花合秋字，此章大意言留南望北，身远无依，当此高秋，讵堪回首？正为前后筋脉。"方曰："结句倒煞秋字，收拾本篇，即从次句每字生来。"

赵曰："长安上直北斗，号北斗城，旧本作南斗非。"蔡同。案：长安城南象南斗，北象北斗，故有作南斗者，然此不当指斗城言。浦曰："盖紫微垣有天帝座以象帝京，北斗正列垣旁，又名帝车，（《史记·天官书》）故依此以望耳。"○《水经·江水》注曰："自三峡七百里中，两岸连山，略无阙处，重岩叠嶂，隐天蔽日。每至晴初霜旦，林寒涧肃，常有高猿长啸，属引清异，空谷传响，哀转不绝。故渔者歌曰：巴东三峡巫峡长，猨鸣三声泪沾裳。"○《苕溪渔隐丛话前集》（卷十一）曰："《缃素杂记》《学林新编》二家辨证乘槎事，大同小异。"（今本王观国《学林》此条在卷四，黄朝英《靖康缃素杂记》已佚此条。）今采摭其有理者共为一说。按张茂先《博物志》曰："旧说天河与海通。近世有人居海上者，每年八月见浮槎，来不失期，赍一年粮乘之而去，十馀日中犹观星月日辰，自后茫茫亦不觉昼夜，奄至一处，有城郭屋舍甚严，遥望宫中有妇人织，见一丈夫牵牛渚次饮之，

惊问曰：何由至此？其人说与来意，并问：此是何处？答曰：君
至蜀郡访严君平则知之。因还。后以问君平，君平曰：某年月日
有客星犯牵牛宿，计年月正是此人到天河时也。"（《博物志》文
已见卷一储光羲《夜到洛口入黄河诗》注，今所引字句颇有异，
故复录之。）而《荆楚岁时记》直曰：张华《博物志》云："汉武
帝令张骞穷河源，乘槎经月而去，至一处。见城郭如官府，室内
有一女织，又见一丈夫牵牛饮河，骞问云：此是何处？答曰：可
问严君平。织女取榰机石与骞而还。后至蜀问君平，君平曰：某
年月日客星犯牛斗，所得榰机石为东方朔所识。并其证焉。"
（《癸辛杂识前集》亦引之，今本《岁时记》无此文，而《宝颜堂
秘笈》本有引《博物志》文与今《博物志》同，无张骞、东方朔
事，盖妄改。）案：骞本传及《大宛传》：骞以郎应募使月氏，为
匈奴所留十馀岁得还，骞身所至者，大宛、大月氏、大夏、康
居，而传闻其旁大国五六，具为天子言其地形所有，并无乘槎至
天河之说。而宗懔乃傅会以为武帝、张骞之事，又益以榰机石之
说，何邪？子美《夔府咏怀诗》曰："途中非阮籍，槎上似张
骞。"又《秋兴诗》曰："奉使虚随八月槎"，如此类前贤多用之，
恐非实事。仇曰："严武为节度使，公曾入幕参谋，故有此句。
虚随者，言随使节而成虚，仍未能一至京阙也。"〇朱曰："峡猿
感泪，向闻其语，今乃信之，故曰实下，海上浮查，有时自还。
今不得归，故曰虚随也。"〇《汉官仪》（卷上）曰："尚书郎给
青缣白绫被以锦被、帷帐、毡褥、通中枕，给尚书史二人、女侍
史二人，皆选端正，从直女侍执香炉烧从入台护衣奏事明光殿，
省皆胡粉涂画古贤人烈女。"案：严武尝奏公为尚书工部员外郎，
并未至京供职，故曰违伏枕也。〇蔡曰："堞，城上垣也。指言
白帝山城楼奏胡笳而悲也。"案《诗·邶·柏舟》毛传曰："隐，
痛也。"魏文帝《与吴质书》曰："悲笳微吟。"

千家山郭静朝晖，日日江楼坐翠微。

信宿渔人还泛泛；清秋燕子故飞飞。

匡衡抗疏功名薄；刘向传经心事违。

同学少年多不贱，五陵衣马自轻肥。方曰："反结不测入妙。"

□浦曰："三章申明望京华之故，主意在五六逼出，文章家原题法也。日日含留滞无聊意。"方曰："以坐江楼为主，以下只是江楼所见所思，结句出场，兴会陡入，如有神助。"

《尔雅·释山》曰："山未及上，翠微。"邢疏曰："山气青缥色，故曰翠微也。"○王嗣奭曰："舟泛燕飞，此人情物性之常，旅人视之，偏觉增愁。曰还曰故，厌之也。"○《汉书·匡衡传》曰："迁博士、给事中，是时有日蚀地震之变，上问以政治得失，衡上疏，上说其言，迁衡为光禄大夫、太子少傅。"钱曰："公上疏不减匡衡，而近侍移官一斥不复，故曰功名薄。"○《汉书·刘向传》曰："向本名更生，初立《穀梁春秋》，征更生受《穀梁》，讲论六经于石渠。成帝即位，更名向，诏向领校中五经秘书。"钱曰："刘向虽数奏封事不用，而犹居近侍，典校五经。公则白头幕府，深媿平生，故曰心事违也。"○钱曰："七歌云：长安卿相多少年，所谓同学者，盖长安卿相也。曰少年，曰轻肥，公之目当时卿相如此。"○五陵已见卷一岑参《登慈恩寺浮图诗》注。

闻道长安似弈棋，吴曰："开拓好。"百年世事不胜悲。

王侯第宅皆新主；文武衣冠异昔时。

直北关山金鼓震；征西车马羽书迟。

鱼龙寂寞秋江冷，故国平居有所思。

□吴先生曰："冒下四章。"○浦曰："四章正写望京华，又是总领，为前后大关键。"方曰："自此以下皆思长安，而此首又总冒，三四近皆闻道之事，承明上二句。五六远，忽纵开大波澜，起既振又换，结秋字陡入悲壮，勒转收足五六句意，而思字又起下四章，章法入妙无痕。"又曰："此诗浑灏流转，龙跳虎卧。"

《左传》襄二十五年：太叔文子曰："今宁子视君，不如弈棋，其何以免乎？弈者举棋不定，不胜其耦，而况置君而弗定乎？"方曰："弈棋言迭盛迭衰。"○仇注："金俊明曰：自高祖开国，至大历之初为百年。"○钱曰："《长安志》：奉慈寺，本虢国夫人宅，其地本中书令马周宅。《津阳门诗》曰：八姨新起合欢堂。右相李林甫宅，本卫国公李靖宅，林甫死后改为道士观。天宝中，京师堂寝，已极宏丽，而第宅未甚逾制，然卫国公李靖庙已为婢人杨氏厩矣。及安、史二逆之后，大臣宿将竞崇栋宇，人谓之木妖。"○钱曰："玄宗宠任蕃将，而肃宗信向中官，俾居朝右，文武衣冠皆异于昔时也。所谓百年世事者如此。"杨曰："如诸蕃将封王以及鱼朝恩判国子监事之类。"○仇曰："唐中宗授杨再思制曰：衣冠旧齿。衣冠指缙绅望族。"○钱曰："直北谓陇右关辅间也。"陈曰："公诗：愁看直北是长安，指夔州之北，此云直北关山金鼓震，指长安之北。《封禅书》：因其直北立五帝坛。"○《文选·上林赋》曰："枞金鼓。"郭璞注曰："金鼓，钲也。"○《九家本》迟作驰。朱曰："羽书即羽檄。按史：广德元年，吐蕃入长安，征天下兵莫至，故曰羽书迟。"陈曰："广德元年，吐蕃入寇，陷长安。二年，仆固怀恩引回纥、吐蕃入寇，又吐蕃寇醴泉、奉天，党项羌寇同州，浑奴剌寇鏊屋，是时西北多事，故金鼓震而羽书驰。或谓吐蕃入长安，征兵莫至，故曰羽书迟，悲也。"案：迟驰各通，作迟则朱氏说是。○鱼龙见卷四《秦州杂诗》注。○蔡曰："末句言故国平时之事，今有所思也。《古乐府·铙歌词》曰："有所思，乃在大海南。"

> 蓬莱宫阙对南山，承露金茎霄汉间。
> 西望瑶池降王母；东来紫气满函关。
> 云移雉尾开宫扇；日绕龙鳞识圣颜。
> 一卧沧江惊岁晚；几回青琐點朝班？ 方曰："结句
> 收，五六句忽跳开出场，归宿自己，收拾全篇，苍凉凄断。"

　　□浦曰："此溯宫阙朝仪之盛，首帝居也。而意却重在曾列朝班，是为所思之一。"方曰："此乱后追思，故极言富盛，一片承平瑞气，而言外有馀悲，所以为佳。"

　　《唐会要》（卷三十）曰："龙朔二年修旧大明宫，改名蓬莱宫。北据高原，南望爽垲。"（钱引作南望终南山如指掌，疑出意改。）《元和郡县志》曰："关内道京兆府万年县：终南山在县南五十里。"○《史记·封禅书》曰："其后则又作柏梁铜柱承露仙人掌之属矣。"《文选·西都赋》曰："抗仙掌以承露，擢双立之金茎。"李善注曰："金茎，铜柱也。"《西京赋》曰："立修茎之仙掌，承云表之清露。"李善注引《三辅故事》曰："武帝作铜露盘，承天露和玉屑饮之，欲以求仙。"○《穆天子传》（卷三）曰："乙丑，天子觞西王母于瑶池之上。"《汉武内传》曰："七月七日，上斋居承华殿，忽青鸟从西来集殿前。东方朔曰：此西王母欲来也。"钱曰："乐史《杨贵妃外传》：开元二十八年十月，玄宗幸温泉宫，使高力士取杨氏女于寿邸，度为女道士，号太真，住内太真宫。天宝四载七月，于凤皇园册太真宫女道士杨氏为贵妃，进见之日，奏《霓裳羽衣曲》。唐人诗多以西母比贵妃。刘禹锡诗曰：仙心从此在瑶池，三清八景相追随。（《三乡驿楼伏睹玄宗皇帝望女几山诗》）公诗云：惜哉瑶池宴。（《登慈恩寺塔》）又曰：落日留王母。（《宿昔》）"○蔡曰："《关尹内传》：关令尹，周大夫也。善于天文，登楼四望，见东极有紫气，喜曰：应有圣人经过。果见老子。"钱曰："天宝元年，田同秀见玄元皇帝降于永昌街，云有灵宝符在函谷关尹喜宅旁，上发使求得之上。"（《旧书·玄宗纪》）《高力士外传》："开元之末，天宝之初，陈希烈上玄元之尊，田同秀献宝符之瑞，贵妃受宠，外戚承恩。"○《新唐书·仪卫志》曰："唐制：人君举动必以扇，大驾卤簿仪物则有曲直华盖、六宝香蹬大伞、雉尾障扇、雉尾扇、方雉尾扇、花盖小雉尾扇、朱画图扇、俾倪之属。"《唐会要》（卷二十四）曰："开元中，萧嵩奏每月朔望皇帝受朝于宣政殿，宸仪肃穆，升降俯仰，众人不合得而见之，乃请备羽扇于殿两厢。上将出，所司承旨索扇，扇合，上座定，乃去扇。给事中奏无事，将退，又索扇如初。令以为例程。"仇曰："云移状障扇之两开。龙鳞谓衮衣之龙章。"○青琐已见王摩诘《酬郭给事诗》注。○《广雅·释诂》（三）曰："點，污也。"案：點训黑，故點污字作點，束广微《补亡诗》：莫之點辱，沈休文《奏弹王源》：點世家声，皆是。后人或以玷字为之。（玷本训缺）然本字固当作點。○钱曰："公诗曰：忆献三赋蓬莱宫，此记其事也。王母、函关记天宝承平盛事，而荒淫失政亦略见矣。云移二句记朝仪之盛，日识圣颜者，公以布衣朝见，所谓往时文采动人主也。落句方及拾遗移官之事。"陈曰："此诗前六句是明皇时事，一卧沧江是代宗时事，青琐朝班是肃宗时事，前言天宝之盛，陡然截住，陡接末联，他人为此，中间当有几许繁絮矣。"案：钱说此诗以西望二句为讽，得之。浦氏谓五六即入身预朝班，系肃时事，则上四便不得坐煞天宝，打成两橛，殊为谬戾，非也。钱、陈皆以前六句为玄宗时事，即以云移二句为子美为拾遗时事，在肃宗朝，正自无碍。时代虽移，宫阙如故，安得目为两橛乎？若如浦氏所言，大段言帝居壮丽，然则王母、函关不泛滥无归邪？阎百诗《潜丘劄记》（卷三）谓二句皆借古事以咏今，讽刺隐然，惟钱独得其解，而非朱长孺辈所能梦见，谅哉。

瞿塘峡口曲江头，万里风烟接素秋。
花萼夹城通御气；芙蓉小苑入边愁。
珠帘绣柱围黄鹄；锦缆牙樯起白鸥。
回首可怜歌舞地，秦中自古帝王州。

　　□浦曰："六章就曲江写望京华，为所思之二。此诗开口即带夔州，法变。瞿峡、曲江，相悬万里，次句钩锁有方，趁便嵌入秋字，何等筋节！中四乃申写曲江之事变景象，末以嗟叹束之，总是一片身亲意想之神。"方曰："他篇或末句结穴点秋字，或中间点秋字，此却易为起处横空突入，又复错综入妙。瞿塘己所在地，曲江所思长安地，却将第二句回合入妙。中四句虚写曲江景物浅深大小，远近虚实，末句兜回收全篇。无限低徊，所谓弦外之音。"

　　《水经·江水》注曰："江水又东迳广溪峡，乃三峡之首，其间三十里，颓岩依木，厥势殆交，中有瞿塘、黄龙二滩，夏水迥复，沿沂所忌。"《清统志》曰："四川瞿塘峡在奉节县东，即广溪峡也。"○曲江见《曲江诗》注。○《文选》刘越石《重赠卢谌诗》曰："繁英落素秋。"李善注引刘桢《与临淄侯书》曰："肃以素秋。"吕廷济曰："秋西方白也，故曰素秋。"○《唐六典》（卷七）曰："兴庆宫在皇城之东南，宫之南曰通阳门，通阳之西曰花萼楼。"原注曰："兴庆宫即今上（玄宗）龙潜旧宅也。开元初以为离宫，至十四年，又取永嘉、胜业坊之半以置朝，自大明宫东夹罗城复道，经通化门磴道潜通焉。花萼楼西即宁王第，故取诗人棠棣之义以名楼焉。"杨曰：言自南内至曲江俱为翠华行幸处耳。"○芙蓉园已见卷二《乐游原歌》注。钱曰："禄山反报至，上欲迁幸，登兴庆宫花萼楼置酒，四顾凄怆。此所谓入愁边也。"○《汉书·昭帝纪》曰："始元元年春二月,黄鹄下建章宫太液池中。"○庾子山《哀江南赋》曰："铁轴牙樯。"○谢玄晖《鼓吹曲》曰："金陵帝王州。"

昆明池水汉时功,武帝旌旗在眼中。
织女机丝虚夜月;石鲸鳞甲动秋风。
波漂菰米沉云黑;露冷莲房坠粉红。
关塞极天唯鸟道;江湖满地一渔翁。

　　□浦曰:"七章就昆明池写望京华,为所思之三。"杨曰:"此思长安之昆明池,而借汉以言唐也。"方曰:"中四句分写两大景两细景,收句结穴归宿言己落江湖,远望弗及,气激于中,横放于外,喷薄而出,却用倒煞,文法高妙。此渔翁,公自谓,乃本篇结穴。笺乃指为信宿之渔人,成何文理?"

　　《汉书·武帝纪》曰:"元狩三年,发谪吏穿昆明池。"注引傅瓒曰:"《西南夷传》有越巂,昆明国有滇池,方三百里,汉欲伐之,故作昆明池象之,以习水战。"《清统志》曰:"陕西西安府:昆明池在长安县西南。"○《史记·平准书》曰:"大修昆明池,列观环之,治楼船高十馀丈,旗帜加其上甚壮。"《西京杂记》(卷下)曰:"昆明池中有戈船楼船各数百艘,楼船上建楼橹,戈船上建戈矛,四角悉垂幡旄旍葆麾盖,照灼涯涘。"钱曰:"此借武帝以喻玄宗也。"仇曰:"公《寄贾严两阁老诗》:无复云台仗,虚修水战船,知明皇曾置船于此。"○《文选·西都赋》曰:"集乎豫章之宇,临乎昆明之池。左牵牛而右织女,似云汉之无涯。"李善注引《汉宫阙疏》曰:"昆明池有二石人,牵牛织女象。"《三辅黄图》(卷四)引关辅古语曰:"昆明池中有二石人,立牵牛织女于池之东西以象天河,今有石父石婆祠,在废池,疑此是也。"○《西京杂记》(卷上)曰:"昆明池刻玉石为

鲸，每至雷雨，常鸣吼，鬐尾皆动。"○《西京杂记》（卷上）
早："太液池边皆是雕胡紫箨绿节之类，菰之有米者，长安人谓
之雕胡。"○钱曰："昌黎《曲江荷花行》云：问言何处芙蓉多？
撑舟昆明渡云锦。注云：昆明池周回四十里，芙蓉之盛如云锦
也。"○鸟道已见卷一李太白《蜀道难》注。杨曰："谓夔多高
山。"○陈曰："公诗：天入沧浪一钓舟，独把钓竿终远去，皆以
渔翁自比。"杨曰："极天、满地乃俯仰兴怀之意，言江湖虽广无
地可归，徒若渔翁之飘泊。昆明盛事何日而能再睹哉？"

　　昆吾御宿自逶迤，紫阁峰阴入渼陂。
　　香稻啄馀鹦鹉粒；碧梧栖老凤凰枝。
　　佳人拾翠春相问；仙侣同舟晚更移，
　　彩笔昔曾干气象；白头今望苦低垂。

　　□杨曰："此思长安之渼陂也。"方曰："起点明地方，三四
景，五六与云移同追昔游也。末二句收本篇，兼收八首，以七八
收五六，与第五首同。"○张世文曰："《秋兴》八首皆雄浑丰丽，
沉着痛快。其有感于长安者，但极摹其盛而所感自寓于中。徐而
味之，则凡怀乡恋阙之情，慨往伤今之意，与夫外夷乱华、小人
病国，风俗之非旧，盛衰之相寻，所谓不胜其悲者。固已不出乎
意言之表矣。卓哉一家之言，夐然百世之上，此杜子所以为诗人
之宗仰也。"

　　《汉书·扬雄传》曰："武帝广开上林，东南至宜春、鼎湖、
御宿、昆明。"注："晋灼曰：昆吾，地名也，有亭颜曰御宿，在
樊川西也。"《三辅黄图》曰："御宿川在长安城南，武帝离宫别
馆，禁御人不得往来，上宿其中，故曰御宿。"《清统志》曰：
"陕西西安府：昆吾亭在蓝田县东北，御宿川在咸宁县南。"（今
并入长安县）杨曰："昆吾、御宿乃适渼陂所经。"○《文选·登

楼赋》李善注曰："逶迤，长貌也。"○张茂中（礼）《游城南记》曰："圭峰、紫阁粲在目前。"注曰："圭峰、紫阁在终南山祠之西。圭峰下有草堂寺，紫阁之阴即渼陂，杜诗：紫阁峰阴入渼陂是也。"《清统志》曰："西安府紫阁峰在鄠县东南。"○子美有《渼陂行》。赵曰："渼音美。按《长安志》：渼陂在鄠县西。《十道志》云：陂鱼甚美，因名之。"《清统志》曰："渼陂在鄠县西。"○《梦溪笔谈》（卷十四）曰："韩退之集中《罗池神碑铭》有春与猿吟兮秋与鹤飞，石刻乃春与猿吟兮秋鹤与飞。古人多用此格，如《楚辞》：吉日兮辰良。又：蕙殽蒸兮兰藉，奠桂酒兮椒浆。盖欲相错成文，则语势矫健耳。杜子美诗：红稻啄馀鹦鹉粒，碧梧栖老凤凰枝。此亦语反而意全。"○曹子建《洛神赋》曰："或采名珠，或拾翠羽。"黄叔似曰："问乃诗人杂佩以问之（《女曰鸡鸣》）之问。"杨曰："此句言士女嬉游之盛。"○《后汉书·郭太传》曰："林宗与李膺同舟而济，众宾望之以为神仙焉。"陈曰："公《城西陂泛舟》诗：青蛾皓齿在楼船，横笛短箫悲远天。所谓佳人拾翠春相问也。又《与岑参兄弟游渼陂行》：船舷暝戛云际寺；水面月出蓝田关。所谓仙侣同舟晚更移也。"○张世文曰："气象指山水之气象，干者彩笔所作，气凌山水也。即指《渼陂行》及《城西泛舟》等篇言。"朱曰："干气象即赋诗分气象（《题郑监湖亭诗》）意也。"案李厚庵（光地）曰："稻馀鹦粒而梧无凤栖，佳人拾翠，仙侣移棹，皆因当年景物起兴，隐寓宠禄之多而贤士远去，妖幸之盛而高人遁迹也。末联入己事，宛与此意凑泊。"与诸家说异，而亦与诗洽，并录存参。○陈曰："吟望，望字与望京华相应，既望而又低垂，并不能望矣。笔干气象，昔何其盛？白头低垂，今何其惫？诗至此声泪俱尽，故遂终焉。"○各本今作吟，姚姬传《今体诗钞》依毛西河本作今望，是也。今从之。

阁 夜

顾曰:"大历元年,公自云安县至夔州,秋寓于西阁,终岁居之。明年春,始自西阁迁居赤甲,故凡西阁诸诗皆自秋及冬作也。"

岁暮阴阳催短景;天涯霜雪霁寒宵。

五更鼓角声悲壮;三峡星河影动摇。浦曰:"天涯短景,直呼动结联。"纪曰:"三四只是现景,宋人诗话穿凿可笑。"○三四壮伟,冠绝古今。

野哭千家闻战伐;夷歌几处起渔樵。

卧龙跃马终黄土,人事音书漫寂寥。杨曰:"言贤愚同归于尽,则寂寥何足计哉?末二句乃借古人以自解也。"□李曰:"壮采以朴气行之,非泛为声调者比。"

左太冲《吴都赋》曰:"陪以白狼,夷歌成章。"○钱曰:"吴若本注:夔州有白帝祠,郭外有孔明庙。"杨曰:"诸葛、公孙皆因夔州有祠庙而及之。"案《蜀都赋》曰:"公孙跃马而称帝。"《魏志·诸葛亮传》:徐庶谓先主曰:"诸葛孔明,卧龙也。"

《西清诗话》曰:"作诗用事要如禅家语,水中着盐,饮水乃知盐味,此说诗家秘密藏也。如五更鼓角声悲壮,三峡星河影动摇,人徒见凌轹造化之工,不知乃用事也。《祢衡传》:挝《渔阳操》,声悲壮。《汉武故事》:星辰动摇,东方朔谓民劳之应,则善用事者,如系风捕影,岂有迹邪?"(《渔隐丛话前集》卷十引)案:此说纪晓岚斥为穿凿,诚然。然论用事之法甚是,故仍录之。

登 高

《续齐谐记》曰:"汝南桓景随费长房游学累年,长房谓曰:九月九日汝家中当有灾,宜急去,令家人各作绛囊盛茱萸以系臂，登高饮菊花酒，此祸可除。景如言，齐家登高，夕还见鸡犬牛羊一时暴死。长房闻之曰：此可代也。今世人九日登高饮酒，妇人带茱萸囊，盖始于此。"朱曰："诗有猿啸哀之句，定为夔州作。"

　　　风急天高猿啸哀；渚清沙白鸟飞回。

　　　无边落木萧萧下；不尽长江衮衮来。

　　　万里悲秋常作客；百年多病独登台。

　　　艰难苦恨繁霜鬓；潦倒新停浊酒杯。

　　□杨曰："高浑一气，古今独步，当为杜集七言律诗第一。"方曰："四句景，后四句情，一二碎，三四整，笔法变化，五六接递开合兼叙点，一气喷薄而出，收不觉为对句，换笔换意，一定章法也。而笔势雄骏奔放，若天马之不可羁，则他人不及。"吴曰："大气盘旋。"

　　《楚辞·九歌·山鬼》曰："风飒飒兮木萧萧。"○《楚辞·九辩》曰："窃独悲此廪秋。"○《庄子·盗跖篇》曰："上寿百年，中寿八十，下寿六十，除病瘦（当作痩）死丧忧患，其中开口而笑者，一月之中不过四五日而已矣。"○朱曰："《绝交书》：（嵇叔夜）潦倒粗疏，又浊酒一杯。时公以肺病断饮。"

咏怀古迹五首

　　杨曰："此五章乃借古迹以咏怀也。庾信避难由建康至江陵，虽非蜀地，然曾居宋玉之宅，公之飘泊类是，故借以发端。次咏宋玉以文章同调相怜，咏明妃为高才不遇寄慨。先主、武侯则有感于君臣之际焉。或疑首章与古迹不合，欲割取另为一章，何其固也？"吴曰："五章皆自赋也，特假古人言之以寄慨耳。"步瀛案：大历三年，子美去夔出峡，至江陵归州，即其所经之地，故江陵、归州、夔州古迹皆可托咏，前人泥定在夔时作，亦失之固矣。

　　支离东北风尘际；漂泊西南天地间。杨曰："自叙起，为五诗总冒。"

　　三峡楼台淹日月；五溪衣服共云山。

　　羯胡事主终无赖；词客哀时且未还。杨曰："即庾自喻。"

　　庾信平生最萧瑟，暮年诗赋动江关。吴曰："首以庾信自比，而通首浑言。末二句始出其名。峥嵘飞动，磊砢不平。"

　　□杨曰："庾信、宋玉二首，一点在末，一点在起，明妃首虽点在首二句，而出落另是一法。末二首咏先主即带出武侯，咏武侯又缴转汉祚，章法无一相同处。"

　　杨曰："支离犹流离之意，公避禄山之乱，自东北而西南，谓从陷贼谒上凤翔，旋弃官客秦州入蜀。"○三峡已见前。黄叔似以此首及蜀主幸三峡，盖指巫山为第三峡，非也。此不过代言蜀地耳，不宜过泥。○《水经·沅水》注曰："辰水又右会沅水，名之为辰溪口。武陵有五溪，谓雄溪、樠溪、无溪、酉溪、辰溪其一焉。夹溪悉是蛮左所居，故谓此蛮五溪蛮也。"《清统志》曰："湖南辰州府：辰水在辰溪县西南，亦名辰溪。"浦曰："五溪在辰州界，正在夔南。"《后汉书·南蛮传》曰：昔高辛氏以女配槃瓠，槃瓠得女负而走入南山，经三年，生六男六女。槃瓠死后，因自相夫妻，织绩木皮，染以草实，好五色衣服，制裁皆有尾形。"○《周书·庾信传》曰："信字子山，南阳新野人也。为东宫学士，领建康令。侯景作乱，梁简文帝命信率宫中文武千馀人营于朱雀航。及景至，信以众先退。台城陷后，信奔江陵。梁元帝承制，除御史中丞。及即位，转右卫将军，封武康县侯，加散骑常侍，来聘于我（谓北周），属大军南讨，遂留长安。"又曰："信虽位望通显，常有乡关之思，乃作《哀江南赋》以致其意。"杨曰："羯胡句承风尘，禄山叛唐，犹侯景之叛梁也。词客句承飘泊，公思故国，犹信之哀江南也。"〇《哀江南赋序》曰："信年始二毛，即逢丧乱，藐是流离，至于暮齿。"又曰："将军一去，大树飘零；壮士不还，寒风萧瑟。"赋又曰："诛茅宋玉之宅。"《渚宫故事》曰："庾信因侯景之乱，自建康遁归江陵，居宋玉故宅。"子美《送李功曹归荆南诗》曰："曾闻宋玉宅，每欲到荆州。"李义山《过郑广文旧居诗》曰："可怜留著临江宅，异代应教庾信居。"

摇落深知宋玉悲，风流儒雅亦吾师。杨曰："亦字承庾信来，有岭断云连之妙。"

怅望千秋一洒泪；萧条异代不同时。

江山故宅空文藻，云雨荒台岂梦思？

最是楚宫俱泯灭，舟人指点到今疑。

□蒋绍孟曰："此因宋玉而有感于平生著述之情也。盖谓自古作者用意之深，非俗人所解，今思宋玉摇落之感，具有深悲，惜未得与同时一为倾写耳。乃云雨荒台，本为讽谏，而至今行舟指点，徒结念于神女、襄王，玉之心将有不白于千秋异代者，公诗凡若此者多矣。故特于宋玉三致意焉。"吴曰："次首以宋玉自况，深曲精警，不落恒蹊，有神交千载之契。后半言其文藻徒存，故宅已不可见，然云雨荒台岂果梦寐之遐思哉？惜人不能喻其意。而楚宫亦泯灭俱尽，徒供舟人之指点而已。"

《楚辞》宋玉《九辩》》曰："悲哉秋之为气也，萧瑟兮草木摇落而变衰。"〇庾子山《枯树赋》曰："殷仲文风流儒雅，海内

知名。"○《史记·司马相如传》曰："上读《子虚赋》而善之
曰：朕独不得与此人同时哉。"○《舆地纪胜》曰："荆湖北路江
陵府：宋玉宅即庾信所居。"又曰："归州宋玉宅在州东五里。"
陆放翁《入蜀记》（卷五）曰："宋玉宅在秭归县之东，今为酒
家，旧有石刻宋玉宅三字。"《清统志》曰："湖北荆州府：宋玉
宅在江陵县城西五里。"又曰："宜昌府：宋玉宅在归州（今秭归
县）东二里相公岭上。"案：赵彦材谓此专言归州之宅，公移居
夔州入宅诗：宋玉归州宅，灵通白帝城。此归州宅之证也。窃疑
此说似失之泥。既云咏怀古迹，则非专专考其地里者。况因庾信
而上溯宋玉，即谓江陵之宅亦何不可？○宋玉《高唐赋》曰：
"昔者楚襄王与宋玉游于云梦之台，望高唐之观，其上独有云气。
王问玉曰：此何气也？玉对曰：所谓朝云者也。昔者先王（怀
王）常游高唐，梦见一妇人曰：妾巫山之女也。王因幸之，去而
辞曰：妾在巫山之阳，高邱之岨，旦为行云，暮为行雨，朝朝暮
暮，阳台之下。旦朝视之，如言，故为立庙，号曰朝云。"李善
引《汉书》注曰："云梦中高唐之台（《司马相如传》），此赋盖假
设其事风谏淫惑也。"

　　群山万壑赴荆门，生长明妃尚有村。
　　一去紫台连朔漠；独留青冢向黄昏。
　　画图省识春风面；环珮空归月夜魂。
　　千载琵琶作胡语，分明怨恨曲中论。

　　□李曰："只叙明妃，始终无一语涉议论，而意无不包，后
来诸家总不能及。"吴曰："庾信、宋玉皆词人之雄，作者所以自
负。至于明妃，若不伦矣。而其身世流离之恨固与己同也。篇末
归重琵琶，尤其微旨所寄，若曰虽千载已上之胡曲，苟有知音者
聆之，则怨恨分明若面论也。此自喻其寂寥千载之感也。是三章

者固一意所贯矣。"

　　荆门见卷三元裕之《赤壁图》注。明妃见欧阳永叔《明妃曲》注。《太平寰宇记》曰："山南东道归州兴山县：王昭君宅，汉王嫱即此邑之人，故云昭君之村，县连巫峡，即其地。"《舆地纪胜》曰："荆湖北路归州：昭君村在州东四十里。"（又见《邵氏闻见后录》二十六。）《清统志》曰："湖北宜昌府：昭君村在兴山县南。"又曰："按《安陆府志》：昭君村在荆门州。"案：荆门州之说殆因此诗而傅会之耳。○江文通《别赋》曰："明妃去时，仰天太息。紫台稍远，关山无极。"李善注曰："紫台即紫宫也。"○画图琵琶并见卷三欧阳永叔、王介甫《明妃曲》注。朱曰："画图之面本非真容，不曰不识而曰省识，盖婉词。月夜魂归，明其终始不忘汉宫也。"○《琴操》曰："昭君恨帝始不见遇，心思不乐，心念乡土，乃作《怨旷思惟歌》云云，单于死，子世达立。昭君谓之曰：为胡者妻母，为秦者更娶。世达曰：欲作胡礼。昭君乃吞药死，单于举葬之。胡中多白草，而此冢独青。"○郭茂倩《乐府诗集》（卷二十九）有《王明君》曰："按琴曲有《昭君怨》与此同。"

　　　　　蜀主窥吴幸三峡，崩年亦在永安宫。
　　　　　翠华想像空山里；玉殿虚无野寺中。方曰："就事指点，以寓哀寂。"
　　　　　古庙杉松巢水鹤；岁时伏腊走村翁。
　　　　　武侯祠屋常邻近，一体君臣祭祀同。

　　□仇曰："上四记永安遗迹，下四叙庙中景事，幸峡崩年溯庙祀之由，君臣同祭见馀泽未泯。"吴曰："先主一章，特以引起武侯。"

　　《三国·蜀志·先主传》曰："章武元年，先主忿孙权之袭关羽，将东征。秋七月，遂率诸师伐吴。二年二月，先主自秭归率诸将进军，缘山截岭，于夷道猇亭驻营。夏六月，陆逊大破先主军于猇亭，先主还秭归，收合离散兵，遂弃船舫，由步道还鱼复，改鱼复县曰永安县。三年春，丞相亮自成都到永安。夏四月癸巳，先主殂于永安宫。”《太平寰宇记》曰："山南东道夔州，刘先主改鱼复为永安，仍于州西七里别置永安宫。"又曰："奉节县永安宫，汉末公孙述所筑，蜀先主崩于此城中，故曰永安宫。"《清统志》曰："四川夔州府：永安宫城，今奉节县治。"〇司马长卿《上林赋》曰："建翠华之旗。"〇玉殿句，原注曰："殿今为寺，庙在宫东。"案《清统志》曰："夔州府昭烈帝庙在奉节县东。"〇《抱朴子·对俗篇》曰："千岁之鹤，随时而鸣，能登于木，其未千载者，终不集于树上也。"《御览·羽族部》三引《春秋说题辞》曰："鹤，水鸟也。"〇《清统志》曰："夔州府：武侯庙在府治（即奉节县）八阵台下。"

　　诸葛大名垂宇宙，宗臣遗像肃清高。

　　三分割据纡筹策；万古云霄一羽毛。杨曰："对笔奇险。"

　　伯仲之间见伊吕；指挥若定失萧曹。杨曰："确是孔明身分，具见论世卓识。"

　　运移汉祚终难复，志决身歼军务劳。

　　□吴曰："公生平意量，初不屑屑以文士自甘，常有经营六合之慨。每咏武侯，辄根触不能自已，此其素志然也。前幅尤壮伟非常，淋漓独绝，全篇精神所注在此，故以为结束。惜抱选此诗乃仅录前四首，而遗末章不载，譬之栋梁连云而阙其正殿，万山磅礴而失其主峰，其可乎哉？"

　　《蜀志·诸葛亮传》注引张俨《默记》曰："亦一国之宗臣，

霸王之贤佐也。"○诸葛孔明《出师表》曰："今天下三分。"陆士衡《辨亡论》曰："割据山川。"杨曰："纡，屈也。即《谒先主庙诗》志屈偃经纶意。"○杨曰："《梁书·刘遵传》：此亦威凤一羽，足以验其五德。言武侯才品之高，如云霄鸾凤，世徒以三分功业相矜，不知屈处偏隅，其胸中蕴抱百未一展，万古而下，所及见者特云霄之一羽毛耳。"说亦本焦氏《笔乘》，旧解多支离。○《艺文类聚·人部》六引晋张辅《名士优劣论》曰："睹孔明之忠，奸臣立节矣。殆将与伊、吕争俦，岂徒乐毅为伍哉？"○《蜀志·诸葛亮传》评曰："可谓识治之良才，管、萧之亚匹矣。"子美此论更进一层。○《蜀志·诸葛亮传》曰："据五丈原，与司马宣王对于渭南。"裴注引《魏氏春秋》曰："亮使至，问其寝食及其事之烦简。使对曰：诸葛公夙兴夜寐，罚二十以上皆亲览焉。所啖食不至数升。宣王曰：亮将死矣。"杨曰："志决身歼，即所谓鞠躬尽瘁死而后已意。"

暮　归

浦曰："流寓江陵，栖止不定，发为无聊之感，不久即有公安之行也。结语见去志。"

霜黄碧梧白鹤栖，城上击柝复乌啼。

客子入门月皎皎；谁家捣练风凄凄。纪曰："三四神来。"

南渡桂水阙舟楫；北归秦川多鼓鼙。

年过半百不称意，明日看云还杖藜。

□方曰："起四句情景交融，清新真挚，后四句叙情，一气顿折，曲盘瘦硬，而笔势回旋，顿挫阔达，纵横如意，不流于直致一往易尽，百炼钢化为绕指柔矣。"

城上乌已见卷二《哀王孙》注。○《水经·漓水篇》曰："漓水亦出阳海山南,过苍梧荔浦县。又南至广信县,入于郁水。"郦注曰:"漓水与湘水出一山而分源也。"《元和郡县志》曰:"岭南道桂州临桂县:桂江一名漓水,经县东,去县十步。"《清统志》曰:"广西桂林府:漓江出兴安县阳海山,至汉潭与众流汇,乃分湘、漓二流。"○《水经·渭水》注曰:"秦水出大陇山,历秦川,川有秦亭,秦仲所封也。"《清统志》曰:"甘肃秦州:秦水在清水县北。"○《通鉴·唐纪》(四十)曰:"大历三年八月,吐蕃十万众寇灵武,吐蕃尚赞摩二十万寇邠州,京师戒严。"

方虚谷曰:"拗字诗在老杜集七言律诗中谓之吴体。老杜七言律一百五十九首,而此体凡十九出,不止句中拗一字,往往神出鬼没,虽拗字甚多,而骨格愈峻峭。"步瀛案:吴体与拗字诗有别,拗字有一定之法,(详赵秋谷《声调谱》)仍自入律。若吴体则拗字甚多,非律所能限,而音节仍自和谐,又不得入之古诗,即吴体也。

高达夫

方曰:"高、岑二家大概亦尚是兴象,而气势比东川加健拔。"

送李少府贬峡中王少府贬长沙

少府,县尉也。已见卷三杜子美《奉先刘少府山水障歌》注。峡中,诗云巫峡,似当指巫山县。唐山南道夔州巫山县,今四川巫山县治。唐江南道潭州长沙县,今湖南长沙县治。

嗟君此别意何如？吴曰："起得丰神"驻马衔栖问谪居。

巫峡啼猿数行泪；衡阳归雁几封书。吴曰："分疏有色泽敷佐，便不枯寂。"

青枫江上秋天远；白帝城边古木疏。

圣代即今多雨露，暂时分手莫踟蹰。

□吴曰："意思沉着。"又曰："一气舒卷，复极高华朗曜，盛唐诗极盛之作。"

巫峡句已见杜子美《秋兴诗》注。○衡阳归雁已见卷一欧阳永叔《送唐生诗》注。○《清统志》曰："湖南长沙府：双枫浦在浏阳县南三十里浏水中，一名青枫浦。"○天一作帆。○白帝城见卷二杜子美《观公孙大娘弟子舞剑器行》注。○即一作只。

送前卫县李寀少府

《元和郡县志》曰："河北道卫州卫县：本汉朝歌县。隋大业三年，改朝歌为卫县，皇朝因之。"案：唐卫县在今河南浚县南。

黄鸟翩翩杨柳垂，姚曰："常侍每工于发端。"春风送客使人悲。

怨别自惊千里外；论交却忆十年时。方曰："二三正点，四句挽回。"

云开汶水孤帆远；沈曰："少府之行。"路绕梁山匹马迟。沈曰："自己之归。"

此地从来可乘兴，留君不住益凄其。

□沈曰："情不深而自远，景不丽而自佳，韵使之也。"

《水经·汶水篇》曰:"汶水出泰山莱芜县原山西南,过其县南,西南至安民亭入于济。"《元和郡县志》曰:"河南道兖州乾封县:汶水源出县东北原山,西南流经县理,南去县三里。又有北汶、嬴汶、柴汶、牟汶、浯汶。《述征记》曰:泰山郡水皆名汶。按:今县界凡有五汶,皆源别而流同也。"《清统志》曰:"山东泰安府:汶水源出莱芜县东北八十里原山之阳,西南流经泰安县东,左合牟汶、嬴汶水,西流又北合柴汶。"又曰:"兖州府:汶水自泰安府西南流入宁阳县境,至县东北三十四里堽城坝分而为二:其一南流,别为洸水,其一流入东平州界,转西南流至汶上县北,又西南会诸泉汇于南旺湖,入运河。"○《元和郡县志》曰:"河南道郓州寿张县:梁山在县南三十里。《汉书》孝王北猎梁山(《文三王梁孝王传》)是也。"《清统志》曰:"山东泰安府:梁山在东平州(今改县)西南五十里。"○《诗·绿衣》曰:"凄其以风。"

叁 叁

和贾至舍人早朝大明宫之作

《新唐书·贾曾传》曰:"曾,河南洛阳人。子至,字幼邻,从玄宗幸蜀,拜起居舍人,知制诰。"《唐六典》(卷九)曰:"中书省:中书舍人六人,正五品上,掌侍奉进奏,参议表章,凡诏旨制敕及玺书册命皆按典故起草进画,既下则署而行之。"大明宫已见王摩诘诗注。案贾幼邻《早朝大明宫呈两省僚友诗》曰:"银烛朝天紫陌长,禁城春色晓苍苍。千条弱柳垂青琐;百啭流莺绕建章。剑佩声随玉墀步;衣冠身惹御炉香。共沐恩波凤池上,朝朝染翰侍君王。"王摩诘、杜子美皆有和诗。

　　　鸡鸣紫陌曙光寒；莺啭皇州春色阑。
　　　金阙晓钟开万户；玉阶仙仗拥千官。
　　　花迎剑佩星初落；柳拂旌旗露未干。
　　　独有凤皇池上客，《阳春》一曲和皆难。
　　□吴曰："庄雅秾丽，唐人律诗此为正格。"

　　刘孝绰《春日从驾新亭应制诗》曰："纡徐出紫陌。"○鲍明远《蒜山被始兴王命作》曰："珍宝丽皇州。"○《文选》谢希逸《宣贵妃诔》李善注曰："阑犹晚也。"○梁武帝《游女曲》曰："珠佩娲姬戏金阙。"○班孟坚《西都赋》曰："玉阶彤庭。"○仙仗已见卷四《寄左省杜拾遗诗》注。○《晋书·荀勖传》曰："勖自中书监除尚书令，人贺之。勖曰：夺我凤皇池，诸君何贺耶？"《通典·职官》三曰："魏、晋以来，中书监令掌赞诏命，记会时事，典作文章，以其池在枢禁，多承宠任，是以人固其位，谓之凤皇池焉。"○宋玉《对楚王问》曰："其为《阳春》《白雪》，国中属而和者不过数十人．是其曲弥高，其和弥寡。"

韦应物

寄李儋元锡

　　去年花里逢君别，今日花开又一年。
　　世事茫茫难自料；春愁黯黯独成眠。吴曰："情景交融。"
　　身多疾病思田里；邑有流亡愧俸钱。蔼然仁者之言。

闻道欲来相问讯，西楼望月几回圆。

□方曰："本言今日思寄，却追述前此，益见情真，亦是补法。三句承一年，放空一句，四句兜回自己，五六接写自己怀抱，末始入今日寄意。"

《清统志》曰："江苏苏州府：观风楼在长洲子城西。龚明之《中吴纪闻》：唐时谓之西楼，白居易有《西楼命宴诗》。"

黄常明（彻）《碧溪诗话》（卷二）曰："韦苏州《赠李儋》云：身多疾病思田里，邑有流亡愧俸钱。《郡中燕集》云，自惭居处崇，未睹斯民康。余谓有官君子当切切作此语，彼有一意供租，专事土木，而视民如雠者，得无愧此诗乎？"方虚谷曰："朱文公盛称此诗五六好，以唐人仕官多夸美州宅风土，此独谓身多疾病，邑有流亡，贤矣。"

钱仲文

赠阙下裴舍人

二月黄莺飞上林，春城紫禁晓阴阴。

长乐钟声花外尽；龙池柳色雨中深。方曰："前四写阁景，气象真朴，不减摩诘。"

阳和不散穷途恨；霄汉长悬捧日心。

献赋十年犹未遇，羞将白发对华簪。

□沈曰："格近东川。"

上林已见王摩诘《雨中望春应制诗》注。○紫禁见王摩诘《敕赐百官樱桃诗》注。○《三辅黄图》（卷二）曰："长乐宫本秦之兴乐宫也。高皇帝始居栎阳，七年长乐宫成，徙居长安城。”
《元和郡县志》曰："京兆府长安县：汉长乐宫在县西北十四里。"
案：此借喻唐宫，非指汉故宫也。徐孝穆《玉台新咏序》曰：
"厌长乐之疏钟。"○龙池已见卷二杜子美《曹将军画马图诗》
注。○《史记·始皇本纪》：之罘刻石曰："时在中春，阳和方
起。"○穷途见卷二杜子美《丹青引》注。○《魏志·程昱传》
裴注引《魏书》曰："昱少时常梦上泰山，两手捧日，昱私异之，
以语荀彧。及兖州反，赖昱得完三城，于是彧以昱梦白太祖。太
祖曰：卿当终为吾腹心。昱本名立，太祖乃加其上日，更名昱
也。"○献赋见卷四《赠万年房少尉寓直诗》注。

韩君平

　　韩翃，字君平，南阳人。天宝十三年进士第。侯希逸表佐淄
青幕府，府罢，十年不出。李勉在宣武，复辟之，俄以驾部郎中
知制诰。时有两韩翃，其一为刺史，宰相请孰与。德宗曰："与
诗人韩翃。"终中书舍人。《新唐书》附《文艺·卢纶传》。

送冷朝阳还上元

　　《唐才子传》曰："冷朝阳，金陵人。大历四年齐映榜进士
及第，不待调官，言归省觐。自状元以下一时名士夫及诗人李
嘉祐、李端、韩翃、钱起等大会赋诗攀饯。"《元和郡县志》
曰："江南道润州上元县：本金陵地。隋开皇九年于石头置蒋
州，以江宁县属焉。武德三年改江宁为归化县。九年，改为白
下县，属润州。贞观九年，又改白下为江宁。至德二年，于县
置江宁郡。乾元元年，改为升州。上元二年，废升州，仍改江
宁为上元县。"

青丝缆引木兰船，名遂身归拜庆年。

落日澄江乌榜外；秋风疏柳白门前。沈曰："胜人
处在不刻画。"

桥通小市家林近；山带平芜野寺连。

别后刚逢寒食节，共谁携手在东田？

木兰船已见卷四马虞臣《楚江怀古诗》注。○《南齐书·陈
显达传》曰："显达退至西州后乌榜村。"《清统志》曰："江苏江
宁府：乌榜村，《通志》在上元县天庆观西。《庆元志》：初立西
州城，未有篱门，树乌榜而已，故以名村。"○《宋书·明帝纪》
曰："宣阳门，民间谓之白门。"《六朝事迹》（卷三）曰："按
《唐会要》及《地理志》：武德九年，更金陵曰白下，则白下县始
于此，然未知其得名之因。一说谓春秋时楚使子木之子胜处吴邑
为白公。考金陵，吴邑也。恐白之得名自此始。一谓本江乘县之
白石垒，以其地带江山之胜，故为城于此，曰白下城，东门谓之
白下，正其往路也。一说谓齐武帝时已阅武于白下，自唐武德以
后因之也。"案：地理书多从白石垒之说。○《梁书·沈约传》
曰："宅立东田，瞩望郊阜，尝为《郊居赋》。"

卢允言

晚次鄂州

原注曰："至德中作。"案：唐江南道鄂州治江夏县，今湖
北武昌县治。

云开远见汉阳城，犹是孤帆一日程。

估客昼眠知浪静；舟人夜语觉潮生。

三湘愁鬓逢秋色；万里归心对月明。

旧业已随征战尽，更堪江上鼓鼙声。

□方曰："起句点题，次句缩转，用笔转折有势。三四兴在象外，卓然名句。收切鄂州，有远想。"

《元和郡县志》曰："江南道沔州：本汉安陆县地，隋置汉津县。大业三年，改为汉阳县。武德四年，于汉阳县置沔州及县。"案：今湖北汉阳县治。○三湘见卷四王摩诘《汉江临泛诗》注。○末句疑指永王璘事。《通鉴·唐纪》（三十五）："至德元载十二月，永王璘镇江陵，薛镠等为之谋主，以为天下大乱，惟南方完富，宜据金陵，保有江表，如东晋故事。璘擅引兵东巡，沿江而下，江、淮大震。二载二月戊戌，永王璘败死。"

李君虞

盐州过五原至饮马泉

《元和郡县志》曰："关内盐州五原县：本汉马领县地。贞观二年，与州同置。五原：谓龙游原、乞地干原、青领原、可岚贞原、横槽原也。"《清统志》曰："甘肃宁夏府：盐州故城在灵州（今灵武县）东南。"案：饮马泉当即在盐州，郦善长所谓长城下往往有泉窟可饮马，杜子美所谓屡得饮马窟（卷一《北征》及注），盖此类也。或迳以《新唐书》丰州西受降城北三百里鸊鹈泉当之，殊无确证。

绿杨著水草含烟，旧是胡儿饮马泉。

几处吹箛明月夜；何人倚剑白云天？

从来冻合关山道；今日分流汉使前。

莫遣行人照容鬓，恐惊憔悴入新年。

□方曰："起句先写景，次句点地，三四言此是战场，戍卒思乡者多，以引起下文自家，五六实赋，带入至字，结句出场，神来之笔。"又曰："此等诗有过此地之人，有命此题之人，有作此题诗之人之性情面目，流露其中，所以耐人吟咏。"

《艺文类聚·乐部》四引《世说》曰："刘越石为胡骑所围数重，城中窘迫无计，刘始夕乘月登楼清啸。胡贼闻之皆凄然长叹，中夜吹奏胡箛，贼皆流涕，人有怀土之切。向晓又吹，贼并起围奔走。或云是刘道真。"○宋玉《大言赋》曰："长剑耿耿倚天外。"

杨景山

杨巨源，字景山，河中人，贞元五年擢进士第。初为张弘靖从事，拜虞部员外郎，后迁太常博士，礼部员外郎，河中少尹，见《唐诗纪事》及《唐才子传》。

寄江州白司马

见卷二白乐天《琵琶行》注。

江州司马平安否？惠远东林住得无？

湓浦曾闻似衣带；庐峰见说胜香炉。

题诗岁晏离鸿断；望阙天遥病鹤孤。

莫漫拘牵雨花社，青云依旧是前涂。

□寄白即用白体，而一气折转中自见风骨，故尔可喜。

　　东林、庐峰、香炉并见卷一孟浩然《彭蠡湖中望庐山诗》注。○湓浦见卷二《琵琶行》注。○《南史·陈后主本纪》：隋文帝谓仆射高颎曰："我为百姓父母，岂可限一衣带水不拯之乎？"○《妙法莲花经·分别功德品》曰："佛说是诸菩萨摩诃萨得大法利时，于虚空中雨曼陀罗华、摩诃曼陀罗华，以散无量百千万亿宝树下师子座上诸佛。"《六朝事迹》（卷四）曰："雨花台，梁武帝时有云光法师讲经于此，感得天雨赐花。"案：乐天好佛，故景山讽其莫漫拘牵浮图之教，以自消沮志气也。

韩退之

左迁至蓝关示侄孙湘

　　《旧唐书·韩愈传》曰："淮蔡平，以功授刑部侍郎。凤翔法门寺有护国真身塔，塔内有释迦文佛指骨一节，其书本传法三十年一开，开则岁丰人泰。十四年（元和）正月，上令中使杜英奇押宫人三十人持香花赴临皋驿迎佛骨，自光顺门入大内，留禁中三日，乃送诸寺。王公士庶奔走舍施，唯恐在后，百姓有废业破产烧顶灼臂而求供养者。愈素不喜佛，上疏谏。疏奏，宪宗怒甚，间一日出疏以示宰臣，将加极法。裴度、崔群奏曰：韩愈上忤尊听，诚宜得罪，然而非内怀忠恳，不避黜责，岂能至此？伏乞稍赐宽容，以来谏者。上曰：愈言我奉佛太过，我犹为容之，至谓东汉奉佛之后，帝王咸至天促，何言之乖剌也！愈为人臣，敢尔狂妄，固不可赦。于是人情惊惋，乃至国戚诸贵亦以罪愈太重，因事言之，乃贬为潮州刺史。"

《元和郡县志》曰："关内道京兆府蓝田县：蓝田关在县南九十里，即峣关也。"《汉书·周昌传》颜注曰："汉时依古法，朝列以右为尊，故谓降秩为左迁。"顾侠君注曰："按公侄老成子二人，长曰湘，滂其季也，语见《韩滂墓志铭》。"步瀛案：《新唐书·宰相世系表》：湘，老成子，登长庆三年第，大理丞。《韩集五百家注》曰："湘字北渚。"

一封朝奏九重天，夕贬潮阳路八千。

欲为圣朝除弊事；肯将衰朽惜残年？吴曰："大气盘旋，以文章之法行之，然已开宋诗一派矣。"

云横秦岭家何在？雪拥蓝关马不前。

知汝远来应有意，好收吾骨瘴江边。

□吴曰："凄测。"○何义门曰："沉郁顿挫。"

《元和郡县志》曰："岭南道潮州：即汉南海之揭阳县也。隋开皇十一年，于义安县立潮州，以潮流往复，因以为名。"又曰："潮阳县以在大海之北，故曰潮阳。"案：郡名潮阳，义亦当取此。又案：唐潮州治海阳县，在今广东海阳县东。○《文选·西都赋》曰："睎秦岭。"李善注曰："秦岭，南山也。"案：即终南山，已见前。○《左》僖三十二年：蹇叔谓其子曰："余收尔骨焉。"

世彩堂本注曰："《青琐高议》：湘，字清夫，公侄也。落魄不羁，公勉之学，乃笑作诗，有能开顷刻花之句。公曰：汝能夺造化乎？湘遂取土覆盆，良久曰：花已发矣。举盆乃碧花二朵，萼间有小金字，乃诗一联云：云横秦岭家何在，雪拥蓝关马不前。公未晓诗意，湘曰：事久可验。公后贬潮阳，有一人冒雪而来，乃湘也。湘曰：公忆花上句乎？乃今日事也。公询地名即蓝关，再三嗟叹曰：吾为汝成此诗云云。《酉阳杂俎》亦载其事，独不载湘名，然公逸诗有《徐州赠族侄》云：自言有奇术，探妙知天工。意亦若指此事。岂湘果有出世之学耶？"顾侠君曰："《仙传拾遗》所载，与此小异，但言公外甥，忘其名，大约皆后世不经之语。"方扶南曰："此等纪载皆欧公所谓人好为新奇可喜之论，而不知其幻妄可鄙。按公作《女挐圹铭》云：愈黜之潮州，既行，有司以罪人家不可留京师，迫遣之。此诗喜湘远来，盖其时仓卒，家室不及从，而后乃追及，公尚未知，故以将来归骨之事委之于湘也。"

柳子厚

登柳州城楼寄漳汀封连四州刺史

《柳集五百家注》韩仲韶曰："永贞元年，公与韩泰、韩晔、刘禹锡、陈谦、凌準、程异、韦执谊皆以附王叔文贬，号八司马。凌準、执谊皆卒贬所。异先用，馀四人元和十年皆例召至京师。又皆出为刺史。公为柳州，泰为漳州，晔为汀州，禹锡为连州，谦为封州。公六月到柳州，此诗是年夏所寄也。"案：唐岭南道柳州治马平县，在今广西柳城县西。江南道漳州治龙溪县，今福建龙溪县治。江南道汀州治长汀县，今福建长汀县治。岭南道封州治封川县，今广东封川县治。岭南道连州治阳山县，今广东连山县治。

城上高楼接大荒，海天愁思正茫茫。纪曰："一起意境阔远，倒摄四州，有神无迹，通篇情景俱包得起。"
惊风乱飐芙蓉水；密雨斜侵薜荔墙。纪曰："三四赋中之比，不露痕迹，旧说谓借寓震撼危疑之意，好不着相。"

岭树重遮千里目；江流曲似九回肠。

共来百粤文身地，犹自音书滞一乡。吴曰："更折一笔，深痛之情，曲曲绘出。"

《说文新附》曰："飔，风吹浪动也。"○《离骚》王叔师注曰："薜荔，香草也，附木而生。"○司马子长《报任安书》曰："肠一日而九回。"○《文选·过秦论》："南取百越之地。"李善注引《汉书音义》曰："百越非一种，若今言百蛮也。"案：《汉书·陈胜项籍列传赞》引百越作百粤。《通典·州郡典》十四曰："自岭而南，当唐、虞、三代为蛮夷之国，是百越之地。"○《庄子·逍遥游》曰："越人断发文身。"《史记·越王句践世家》曰："其先封于会稽，以奉守禹之祀，文身断发，披草茅而邑焉。"

别舍弟宗一

韩仲韶曰："公之从兄弟见于集者有宗一、宗玄、宗直，其世系皆不可得而详矣。"文安礼《柳先生年谱》曰："永贞元年八月乙巳，宪宗即位，子厚以王叔文党贬邵州刺史，又贬永州司马。元和十年，诏赴都，三月徙柳州，十一年有别弟宗一诗。"

零落残魂倍黯然，双垂别泪越江边。
一身去国六千里；万死投荒十二年。
桂岭瘴来云似墨；洞庭春尽水如天。
欲知此后相思梦，长在荆门郢树烟。姚曰："结句自应用边字，避上而用烟字。"步瀛案：郢树边太平凡，即不与上复，恐非子厚所用，转不如烟字神远。

江文通《别赋》曰："黯然销魂者，惟别而已矣。"○《元和

郡县志》曰："岭南道柳州：北至上都四千二百四十五里。河东
道河中府：西南至上都三百二十里。"共计四千五百馀里。加以
水陆迂曲，故云六千里也。○《元和郡县志》曰："岭南道柳州：
因柳江为名。"又曰："马平县：柳江在县南三十步。"○《元和
郡县志》曰："岭南道贺州桂岭县：桂岭在县东十五里。"《清统
志》曰："广西平乐府：桂岭在富川县东南一百二十里，贺县东
北百里。"○韩曰："荆、郢，宗一将游之地。"

柳州城西北隅种甘树

　　甘、柑字同。《上林赋》郭璞注曰："黄甘，橘属而味精。"
《南方草木状》（卷下）曰："柑橘属滋味甘美特异者也。"

　　手种黄甘二百株，春来新叶徧城隅。
　　方同楚客怜皇树，不学荆州利木奴。
　　几岁花开闻喷雪；何人摘实见垂珠？
　　若教坐待成林日，滋味还堪养老夫。姚曰："结句
自伤迁谪之久，恐见甘之成林也。而托词反平缓，故佳。"

　　《楚辞·九章·橘颂》曰："后皇嘉树，橘徕服兮。"王注曰：
"言皇天后土生美橘树，异于众木，来服习南土，便其风气。屈
原自喻才德如橘树，亦异于众也。"○《御览·果部》三引《襄
阳记》曰："李衡，字叔平，为丹阳太守。衡每欲治家，妻辄不
听，后密遣十人于武陵龙阳洲上作宅，种柑千树。临死敕儿曰：
吾州里有千头木奴，（头字原作树，今依《初学记·果木部》
改。）不责汝衣食，岁上一疋绢，亦足用矣。及甘橘成，（此句依
《初学记》）岁绢得数千疋。"○《御览·果部》三引宗炳《甘颂》
曰："南金其色，隋侯其形。"诗用垂珠与此意同。

刘梦得

西塞山怀古

《水经·江水》注曰："江之右岸有黄石山，即黄石矶也。山连延江侧，东山偏高，谓之西塞，东对黄公九矶，所谓九圻者也。两山之间为阙塞。"《元和郡县志》曰："江南道鄂州武昌县：西塞山在县东八十五里，竦峭临江。"《清统志》曰："湖北武昌府：西塞山在大冶县东九十里，一名道士洑矶。"方曰："此地孙策、周瑜、桓玄、刘裕事甚多，此所怀独王濬一事。"

> 王濬楼船下益州，金陵王气黯然收。
> 千寻铁锁沉江底；一片降帆出石头。
> 人世几回伤往事；山形依旧枕寒流。
> 今逢四海为家日，故垒萧萧芦荻秋。

□纪曰："第四句但说得吴，第五句括过六朝，是为简练。第六句一笔折到西塞山，是为圆熟。"方曰："梦得才人，一直说去，不见艰难吃力，是其胜处。"

《晋书·王濬传》曰："濬字士治，弘农湖人也。为益州刺史。武帝谋伐吴，诏濬修舟舰，濬乃作大船连舫，方百二十步，受二千馀人，以木为城，起楼橹，开四出门，其上皆得驰马来往。舟楫之盛，自古未有。太康元年正月，发自成都攻吴。"○《晋书·地理志》曰："益州即《禹贡》梁州之域。汉武帝开西南夷，置益州郡，益州之名始此。"案：晋益州治蜀郡，郡治成都县。○庾子山《哀江南赋》曰："得无江表王气终于三百年乎！"○《王濬传》曰："吴人于江险碛要害之处，并以铁镭横截之。又作铁锥，长丈馀，暗置江中，以逆距船。濬乃作大筏数十，亦方百馀步，缚草为人，披甲持杖，令善水者以筏先行。筏遇铁锥，锥辄着筏去。又作火炬长十馀丈，大数十围，灌以麻油，在船前，遇镭然炬烧之，须臾融液断绝，船无所碍。濬自发蜀，兵不血刃，攻无坚城，顺流鼓棹，径造三山。皓遣张象御濬，象军望旗而降。皓用薛莹、胡冲计，送降文于濬，濬入于石头。皓乃备亡国之礼，面缚舆榇，造于垒门。濬躬解其缚，送于京师。"○《吴志·吴主传》曰："建安十六年，权徙治秣陵。明年城石头，改秣陵为建业。"《三嗣主传》曰："孙皓甘露元年九月，徙都武昌。宝鼎元年十二月，皓还都建业。"案：石头城在今南京江宁县西。○《史记·高祖本纪》：萧何曰："天子以四海为家。"

再授连州至衡阳酬柳柳州赠别

此酬柳子厚《分路赠别诗》也。《旧唐书·刘禹锡传》曰："王叔文败，坐贬连州刺史，在道贬朗州司马。禹锡在朗州十年，唯以文章吟咏陶冶性情。元和十年召还。宰相复欲置之郎署。时禹锡作《游玄都观咏看花君子诗》，语涉讥刺，执政不悦，复出为播州刺史。诏下，御史中丞裴度奏曰：刘禹锡有母，年八十馀，今播州西南极远，猿狖所居，人迹罕至。禹锡诚合得罪，然其老母必去不得，则与此子为死别。臣恐伤陛下孝理之风，伏请屈法稍移近处。乃改连州刺史。"案：衡阳、连州并见前。

去国十年同赴召；渡湘千里又分歧。

重临事异黄丞相；三黜名惭柳士师。方虚谷曰：

"柳士师事甚切。"

　　归目并随回雁尽；愁肠正遇断猿时。

　　桂江东过连山下，相望长吟有所思。

　　□纪曰："笔笔老健而深警，更胜子厚原唱。"又曰："七句绾合有情。"

　　《元和郡县志》曰："江南道衡州衡阳县：湘水自永州祁阳界入。"〇《汉书·循吏传》曰："黄霸，字次公，淮阳阳夏人也。为颍川太守，治为天下第一，征守京兆尹，秩二千石。坐发民治驰道不先以闻，又发骑士诣北军，马不适士，劾乏军兴，连贬秩，有诏归颍川太守官，以八百石居治如其前，郡中愈治。天子下诏称扬赐爵关内侯。五凤三年，代邴吉为丞相。"〇《论语·微子篇》曰："柳下惠为士师三黜。"〇回雁已见高达夫《送李少府诗》注。〇桂江已见杜子美《暮归诗》注。《清统志》曰："《旧志》：漓水自阳海山北流至兴平县，为漓江，经县北为灵渠，西南入灵川县合大融水，一名中江，亦曰灵江。又南经千秋峡，风水相搏，涛色如银，亦曰银江。又南合金江、甘棠江而入临桂县，亦曰桂江。自县东北十里绕流而南，至漓山北麓合阳江。又南合相思江入阳朔县，径平乐而达苍梧，两粤左右江水之通道也。"〇《元和郡县志》曰："连州：汉置桂阳郡。至陈为桂阳县。隋文帝开皇十年，置连州，因黄连岭为名。"又曰："桂阳县：黄连岭在县西南一百五十里。"《旧唐书·地理志》曰："江南道连州：天宝元年改为连山郡，乾元元年复为连州。"《通典·州郡典》十三曰："桂阳郡连州：桂阳，汉旧县，在桂水之阳。"案：桂江本不经连州，桂阳，汉郡所包甚广，此特因桂江为湘江分流，由此可至连州，子厚柳州复属桂管，故绾合言之耳。

白乐天

　　姚曰："香山以流易之体，极富赡之思，非独俗士夺魄，亦使胜流倾心。然滑俗之病遂至滥恶，后皆以太傅为藉口矣。非慎取之，何以维雅正哉？"

钱塘湖春行

　　《太平寰宇记》曰："江南东道杭州钱塘县：西湖在县西，周回三十里，源出武林泉，郡人仰汲于此，为钱塘之巨泽，山川秀丽，自唐以来为胜赏之处。"《舆地纪胜》（卷二）曰："西湖在州西，周回三十里，山川秀发，景物华丽，楼观参差，映带左右，为天下之胜。"《咸淳临安志》（卷三十三）曰："西湖在郡西，旧名钱塘湖。"《清统志》曰："浙江杭州府：西湖在钱塘县西，（今与仁和县并为杭县。）即古明圣湖，以在郡西，故名西湖，一名钱塘湖。"案：《新唐书·白居易传》曰："居易虽进忠不见听，乃匄外迁为杭州刺史，始筑堤捍钱塘江。"《白香山年谱》曰："穆宗长庆二年七月，除杭州刺史。十月，至杭州。又长庆四年五月去杭。"据此则此诗当为长庆三年作。

孤山寺北贾亭西，水面初平云脚低。

几处早莺争暖树；谁家新燕啄春泥？兴象华妙。

乱花渐欲迷人眼；浅草才能没马蹄。

最爱湖东行不足，绿杨阴里白沙堤。

　　□方植之曰："佳处在象中有兴，有人在，不比死句。"又曰："句句回旋曲折顿挫，皆从意匠经营而出。"

《舆地纪胜》曰："孤山去钱塘旧治四里，湖中独立一孤山。"馀见卷三苏子瞻《腊日游孤山诗》注。○沈曰："今之白堤，即白沙堤，白公时已有之，非白公筑也。虎丘白公堤，公为刺史时所筑。"

西湖晚归回望孤山寺赠诸客

柳湖松岛莲花寺，晚动归桡出道场。
卢橘子低山雨重；棕榈叶战水风凉。
烟波淡荡摇空碧；楼殿参差倚夕阳。
到岸请君回首望，蓬莱宫在海中央。

□姚曰："非至西湖，不知此写景之工。"方曰："起二句点题，中四句小大远近分写，皆回望中所见，却以结句回棹点明，复总写一句收足，所谓加倍起棱也。"

《楚辞·九歌·湘君》王注曰："桡，船小楫也。"○《广雅·释木》曰："栟榈，棕也。"

与梦得沽酒闲饮且约后期

《年谱》载于开成三年，时为太子少传。

少时犹不忧生计；老后谁能惜酒钱？
共把十千沽一斗；相看七十欠三年。吴曰："一气喷薄。"
闲征雅令穷经史；醉听清吟胜管弦。
更待菊黄家酝熟，共君一醉一陶然。

□方曰："起得突兀老气，挥斥奇警，妙在第四句自外来招之入伴，而融洽成一片，故妙。"

王摩诘《少年行》曰："新丰美酒斗十千。"

元微之

元稹，字微之，河南河内人。十五擢明经，补校书郎。元和元年，举制科对策第一，拜左拾遗。长庆初，擢祠部郎中，知制诰。俄迁中书舍人，翰林承旨学士，进同中书门下平章事。出为同州刺史，徙浙东观察使。太和三年召为尚书左丞，拜武昌节度使，卒。新、旧《唐书》皆有传。

以州宅夸于乐天

原注曰："时观察越州。"案《旧唐书·元稹传》曰："长庆二年，拜平章事。罢平章事，出为同州刺史。在郡二年，改授越州刺史，兼御史大夫、浙东观察使。会稽山水奇秀，稹所辟幕职皆当时文士，而镜湖、秦望之游，月三四焉。"《元和郡县志》曰："江南道越州：今为浙东观察使理所。"案：唐越州治会稽县，今浙江绍兴县治。《白香山年谱》曰："长庆三年，公在杭州。是年冬，微之移浙东观察使、越州刺史。"

州城迴绕拂云堆，镜水稽山满眼来。
四面常时对屏障；一家终日在楼台。
星河似向檐前落；鼓角惊从地底回。
我是玉皇香案吏，谪居犹得住蓬莱。

□吴曰："一洗哀怨，变为平易和乐，此元、白所开。"

《元和志》曰："江南道越州会稽县：镜湖，后汉永和五年太守马臻创立，在会稽山阴两县界。会稽山在州东南二十里。"《清统志》曰："浙江绍兴府：镜湖在山阴县南三里，会稽山在会稽县南十三里。"（今二县并为绍兴县）○沈曰："州宅即越王台，在卧龙山上，人民城郭俱在其下，故有鼓角惊从地底回句。"案：扬子云《甘泉赋》曰："窥地底而上回。"庾子山《从军行》曰："地中鸣鼓角。"○《新唐书·百官志》曰："门下省：起居郎，掌录天子起居法度。天子御正殿，则郎居左，舍人居右。（起居舍人属中书省。）若仗在紫宸内阁，则夹香案分立殿下。"○原注曰："越地亦名蓬莱。"

方虚谷曰："长庆中，乐天知杭州，微之知越州，以筒寄诗自此始。微之夸州宅蓬莱所以名亦自此始，二公前贬九江、忠州、江陵、通州，往来诗不胜其酸楚，至此乃不胜其夸耀，亦一时风气之弊，只知作诗不知其有失也。"

贾浪仙

寄韩潮州 愈

韩退之贬潮州刺史，已见韩诗注。

此心曾与木兰舟，直到天南潮水头。纪曰："起手十四字不可画断，笔力奇横。"

隔岭篇章来华岳；出关书信过泷流。

峰悬驿路残云断；海浸城根老树秋。

一夕瘴烟风卷尽，月明初上浪西楼。

□纪曰："意境宏阔，音节高朗，长江七律内有数之作。"

木兰舟已见卷四马虞臣《楚江怀古诗》注。○岭谓五岭，已见卷一欧阳永叔《送唐生诗》注。○关谓蓝关，亦见退之诗注。○《水经·溱水》注曰："武溪水又南入重山，山名蓝豪，广圆五百里，悉曲江县界，崖峻险阻，岩岭干天，交柯云蔚，霾天晦景，谓之泷中，悬湍回注，崩浪震山，谓之泷水。"李公垂（绅）《逾岭峤止荒峤抵高要诗》自注曰："南人谓水为泷，自郴南至韶北有八泷，皆急险不可入。南中轻舟迅疾可入此水者，名曰泷船。"《广韵》四江：泷，所江切，曰："水名，在郴州界。"《清统志》曰："广东韶州府：武溪水，古名虎溪，又名泷水，唐改为武溪，又名武阳溪，在曲江县东北。自湖广衡州府临武县西经郴州宜章县流入乳源县西北，又东经乐昌县西，又东南流入曲江县界。"

杜牧之

题宣州开元寺水阁阁下宛溪夹溪居人

牧之有《题宣州开元寺诗》，原注曰："寺置于东晋时。"《清统志》曰："安徽宁国府：景德寺在宣城县治北陵阳三峰上。《名胜志》：景德寺晋名永安，唐名开元，兰若中之最盛者。"宣州已见卷二李太白《谢朓楼饯别诗》注，宛溪见卷三《秋登宣州谢朓北楼诗》注。

六朝文物草连空，天澹云闲今古同。
鸟去鸟来山色里；人歌人哭水声中。吴曰："起四句极奇，小杜最喜琢制奇语也。"
深秋帘幕千家雨；落日楼台一笛风。
惆怅无因见范蠡，参差烟树五湖东。

文物已见李颀《送李回诗》注。○《列子·仲尼篇》曰："众人且歌，众人且哭。"《南史·王彧传》："袁粲惆怅良久曰：恨眼中不见此人。"○《国语·越语下》曰："范蠡遂乘轻舟以浮于五湖，莫知其所终极。"案：五湖已见卷四孙逖《宿云门寺阁诗》注。

宣州送裴坦判官往舒州时牧欲赴官归京

《新唐书·裴坦传》曰：字知进。不载为判官事。案：唐淮南道舒州治怀宁县，今安徽潜山县治。

日暖泥融雪半消，行人芳草马声骄。
九华山路云遮寺，清弋江村柳拂桥。
君意如鸿高的的，我心悬旆正摇摇。
同来不得同归去，故国逢春一寂寥。

□格调既高，语皆隽拔。

《太平寰宇记》曰："江南西道池州青阳县：九华山在县南二十里，旧名九子山。李白以有九峰如莲花削成，改为九华山。"《清统志》曰："安徽池州府：九华山在青阳县西南四十里。"○《元和郡县志》曰："江南西道宣州宣城县：青弋水在州西九十九里。"《清统志》曰："安徽宁国府：青弋江在宣城县西。"○《淮南子·说山篇》曰："的的者获。"高注曰："的的，明也。"○《楚策》一：楚王曰："寡人心摇摇如悬旆而无所终薄。"

九日齐山登高

《太平寰宇记》曰："江南西道池州贵池县：齐山在县东南六里。"《清统志》曰："安徽池州府：齐山在贵池县南三里。"

　　江涵秋影雁初飞，与客携壶上翠微。

　　尘世难逢开口笑；菊花须插满头归。隽语。

　　但将酩酊酬佳节；不用登临叹落晖。

　　古往今来只如此，牛山何必独沾衣！

　　□吴曰："感慨苍茫，小杜最佳之作。"

　　翠微见杜子美《秋兴诗》注。开口笑见杜子美《登高诗》百年句注。○菊花已见卷四孟浩然《过故人庄诗》注。《续神仙传》曰："许碏插花满头，把花作舞，上酒家楼醉歌。"○酩酊已见卷四李义山《夜饮诗》注。○陆士衡《拟古诗·东城高且长》曰："大翱嗟落晖。"○《晏子春秋·谏上》曰："景公游于牛山北，临其国城而流涕曰：若何滂滂去此而死乎？艾孔、梁丘据皆从而泣。"

商山麻涧

　　《通典·州郡典》五曰："商州上洛县有商山，亦名地肺山，亦名楚山。"《新唐书·地理志》曰："关内道商州：贞元七年，刺史李西华自蓝田至内乡开新道七百里，廻山取涂，人不病涉，谓之偏路。"《读史方舆纪要》曰："陕西商州麻涧在熊耳峰下，山涧环抱，厥地宜麻，因名曰麻涧，行六十里而至秦岭。"《清统志》曰："商州（今改县）：商山在州东，偏路在州西北十里。《舆程记》：自武关西北行二十里至桃花铺，又八十里至白杨店子，又八十里至麻涧。"

　　云光岚彩四面合；柔桑垂柳十馀家。

　　雉飞鹿过芳草远；牛巷鸡埘春日斜。

　　秀眉老父对樽酒；蒨袖女儿簪野花。

　　征车自念尘土计，惆怅溪边书细沙。

□吴曰："秀丽如画。"

《诗·君子于役》曰："鸡栖于埘。"毛传曰："凿墙而栖曰埘。"○《诗·南山有台》毛传曰："眉寿，秀眉也。"《诗·閟宫》郑笺曰："眉寿，秀眉，亦寿征。"○《尔雅·释草》曰："茹芦茅蒐。"郭注曰："今之蒨也，可以染绛。"○《清统志》曰："商州：丹水在州南，《州志》：出秦岭之息邪涧，亦曰州河，经麻涧曰麻涧河。"

许用晦

金陵怀古

《玉树》歌残王气终；景阳兵合戍楼空。_{姚曰：}"第二句不稳贴。"

松楸远近千官冢；禾黍高低六代宫。

石燕拂云晴亦雨；江豚吹浪夜还风。

英雄一去豪华尽，惟有青山似洛中。吴曰："有工力。"

《旧唐书·音乐志》曰："《玉树后庭花》，陈后主所作。"○王气已见刘梦得《西塞山怀古诗》注。○《陈书·后主纪》曰："从宫人十馀出景阳殿，自投于井，及夜为隋军所执。"○《诗序》曰："《黍离》，闵宗周也。周大夫行役，过故宗庙宫室，尽为禾黍，闵周室之颠覆，故作是诗。"○《水经·湘水》注曰："湘水又东北得沩口，水出永昌县北罗山，东南流迳石燕山东，其山有石绀而状燕，因以名山，其石或大或小，若母子焉。及其雷风相薄，则石燕群飞，颉颃如真燕矣。"○《文选·江赋》曰：

"鱼则江豚海狶。"李善注引《南越志》曰:"江豚似猪。"〇洛中
见卷四李太白《金陵诗》注。

登洛阳故城

　　《元和郡县志》曰:"河南道河南府洛阳县:洛阳故城在县
东二十里。按华延儁《洛阳记》云:洛阳城东西七里,南北九
里,洛阳城内宫殿台观府藏寺舍,凡有一万一千二百一十九
间,自刘曜入洛,元帝渡江,官署里闾鞠为茂草。后魏孝文帝
太和十七年幸洛阳,巡故宫,遂咏《黍离》之诗,为之流涕。"
《清统志》曰:"河南河南府:洛阳故城在今洛阳县东三十里。"

　　禾黍离离半野蒿,昔人城此岂知劳?
　　水声东去市朝变;山势北来宫殿高。
　　雅噪暮云归古堞;雁迷寒雨下空壕。
　　可怜缑岭登仙子,犹自吹笙醉碧桃。吴先生曰:
"末刺贵游不知时变,但解行乐也。"
　　□用晦览古之作,后人多病其落套。此作风格独高,胜于他
作。

　　《诗·黍离》曰:"彼黍离离,彼稷之苗。"又见上首及题注。
〇《考工记》曰:"匠人营国,面朝后市。"郑注曰:"面犹乡
也。"〇《太平寰宇记》曰:"河南道河南府河南县:芒山一作邙
山,在县北十里。杨佺期《洛城记》曰:北山连岸修亘四百馀
里,实古今东洛九原之地也。"又曰:"汉梁鸿登芒山作《五噫》
之歌,曰:陟彼北芒兮,噫!顾瞻帝京兮,噫!宫室崔巍兮,
噫!人之劬劳兮,噫!辽辽未央兮,噫!"〇《元和郡县志》曰:
"河南道缑氏县:缑氏山在县东南二十九里,王子晋得仙处。"
《清统志》曰:"河南府:缑氏在偃师县南四十里。"〇《列仙传》

（卷上）曰："王子乔者，周灵王太子晋也。好吹笙，作凤凰鸣，游伊、洛之间，道士浮丘公接以上嵩高山，三十馀年后求之于山上，见桓良曰：告我家，七月七日待我于缑氏山巅。至时果乘白鹤驻山头，望之不得到，举手谢时人，数日而去。"郎君胄《听邻家吹笙诗》曰："重门深锁无寻处，疑有碧桃千树花。"

李义山

姚曰："玉溪生虽晚出，而才力实为卓绝。七律佳者几欲远追拾遗，其次者犹足近薄刘、白，第以矫敝滑易，用思太过，而僻晦之敝又生。要不可不谓之诗中豪杰士矣。"

锦　瑟

此以诗之首二字为题，义山集中此例甚多，本不足异。惟说此诗者，自宋以来即纷纭莫定。刘贡父以为令狐楚青衣之名（《中山诗话》），固诬妄不足辨。许彦周《诗话》谓《古今乐志》云：锦瑟之为器也，其柱如其弦数，其声有适怨清和，又云：感怨清和。昔令狐楚侍人能弹此四曲，诗中四句状此四曲也。章子厚曾疑此诗，而赵推官深为说如此。《缃素杂记》亦同此说，而又引为东坡答山谷之言，（今本《缃素杂记》已佚此条，见《渔隐丛话前集》卷二十二引。）然亦伪托不足信。朱长孺已斥之。（《李义山诗笺注》）朱竹垞以为悼亡之诗（钱澄之同），冯孟亭（《玉溪生诗注》）、曾涤生（《十八家诗钞》）皆从其说。然以庄生二句，按之情事颇合，其馀终觉牵强。综观诸家之说，以何义门、宋于庭（翔凤，见《过庭录》卷十六）、张孟劬（采田，见《玉溪生年谱会笺》卷四）三家为善。今参取之，以说此诗。何氏谓此篇乃自伤之词，骚人所谓美人迟暮，宋氏谓自序之作，皆是也。起二句以锦瑟发端，喻行年无端将近五十。冯氏考义山不及五十而卒，此但就成数言之，不必过泥也。（宋谓五十后自序，特未详考。）宋谓庄生句是悼王氏妇，即《转韵诗》：怜我秋斋梦胡蝶。以庄子有鼓盆之事（见《庄子·至乐篇》），故以自比。悼伤后应柳仲郢东蜀之辟，故有《悼伤后东蜀遇雪诗》，又《赴职梓潼留别畏之诗》有柿叶翻时独悼亡之句。望帝云云正指东蜀也。张谓沧海蓝田二句则谓卫公（李德裕）毅魄久已与珠海同枯，令狐（绹）相业方且如玉田不冷，卫公贬珠崖而卒，而令狐秉钧赫赫，用蓝田喻之，即节彼南山意也。步瀛案：此二事关于义山一生枯菀，张氏拈出，尤为扼要。综义山一生所遭，如上所述，皆失意之事，故不待今日追忆惘然自失，即在当时已如此也。何谓义山集三卷犹是宋本，相传旧次，始之以《锦瑟》，终之以《井泥》，合二诗观之，则为自伤无疑。（何说止此）然则以此诗为自序亦无疑矣。

锦瑟无端五十弦，一弦一柱思华年。
庄生晓梦迷蝴蝶；望帝春心托杜鹃。
沧海月明珠有泪；蓝田日暖玉生烟。
此情可待成追忆，只是当时已惘然。

□哀艳凄断，感人心脾。

杜子美《曲江对酒诗》曰："暂醉佳人锦瑟旁。"蔡笺曰："乐器自有锦瑟，谓瑟绘纹如锦也。"○《史记·封禅书》曰："或曰：太帝使素女鼓五十弦，瑟悲，帝禁不止，故破其瑟为二十五弦。"○庄生梦为胡蝶，已见卷一李太白《古风》注。○望帝已见卷二杜子美《杜鹃行》注。○《楚辞·招魂》曰："目极千里兮伤春心。"○庾子山《思旧铭》曰："月死珠伤。"《博物志》（卷九）曰："南海外有鲛人，水居如鱼，不废织绩，其眼能泣珠。"○《文选·西都赋》注引《范子计然》曰："玉英出蓝田。"《困学纪闻》（卷十八）曰："司空表圣云：戴容州谓诗家之景，如蓝田日暖，良玉生烟，可望而不可置于眉睫之前也。李义山玉生烟之句盖本于此。"张曰："可望而不可前，非令狐不足当之，借喻显然。戴容州叔伦，萧颖士门人，贞元十六年进士，在义山前，其语必有所出，唐时佚书固多也。"

隋　宫

《隋书·炀帝纪》曰："大业元年八月，上御龙舟幸江都。"《地理志》江都郡江都县注曰："有江都宫、扬子宫。"《舆地纪胜》曰："淮南东路扬州：江都宫，炀帝于江都郡置宫，号江都宫。"《清统志》曰："江苏扬州府：江都宫在甘泉县西七里，故广陵城内显福宫在甘泉县东北隋城外，十宫在甘泉县五里，临江宫在江都县南二十里，亦曰扬子宫，皆炀帝建。"

　　紫泉宫殿锁烟霞，欲取芜城作帝家。
　　玉玺不缘归日角；锦帆应是到天涯。纪曰："无阻逸游，如何铺叙？三四只作推算，最善用笔。"
　　于今腐草无萤火；终古垂杨有暮鸦。
　　地下若逢陈后主，岂宜重问《后庭花》？

□何曰："前半展拓得开，后半发挥得足，真大手笔。三四尤得杜家骨髓。"步瀛案：日角天涯借对，究觉纤巧，结语亦尖刻。老杜为之，必不如此，纪氏谓此升降大关，不可不知。

司马长卿《上林赋》曰："丹水亘其南，紫渊径其北。"胡孝辕曰："唐人讳渊曰泉。"○《隋书·炀帝纪》曰："大业元年三月，发河南诸郡男女百馀万，开通济渠。八月，上御龙舟幸江都。”《文选》鲍明远《芜城赋》注别集云：“登广陵故城。”《太平寰宇记》曰：“淮南道扬州江都县：芜城即州城，古为邗沟城也。鲍明远为赋即此。”曾涤生曰：“芜城，扬州也。刺隋锁长安之宫，而欲家于扬州。”○《旧唐书·高祖纪》曰：“隋恭帝二年，奉皇帝玺绶于高祖。”又《唐俭传》曰：“高祖召访时事，俭曰：明公日角龙庭，李氏又在图牒，天下属望，指麾可取。”《后汉书·光武帝纪》注引郑注《尚书中候》曰：“日角谓庭中骨起状如日。”○《开河记》曰：“帝自洛阳迁驾大梁，诏江淮诸州造大船五百只，龙舟既成，泛江沿淮而下，时舳舻相继，连接千里，自大梁至淮口，联绵不绝，锦帆过处，香闻百里。”案：此言神器倘不归唐高祖，则炀帝之佚游将不止扬州也。何曰：“著此一联，直说出狂王抵死不悟，方见江都之祸非偶然不幸，后半讽刺更有力。”○《隋书·炀帝纪》曰：“大业十二年，上于景华宫征求萤火，得数斛，夜出游山放之，光徧岩谷。”《礼记·月令》曰：“腐草为萤。”○《开河记》曰：“诏民间有柳一株赏一缣，百姓争献之。又令亲种，帝自种一株，群臣次第种。栽毕，帝御笔写赐垂杨柳姓杨，曰杨柳也。”○《隋遗录》（卷上）曰：“炀帝尝游吴公宅鸡台，恍忽间与陈后主相遇，尚唤帝为殿下。后主舞女数十许，中一人迥美，帝屡目之，后主云即丽华也。俄以绿文测海蠡酌红梁新酿酳劝帝，帝饮之甚欢。因请丽华舞《玉树后庭花》，丽华徐起终一曲，后主问帝：龙舟之游乐乎？始谓殿下致治在尧、舜之上，今日复此逸游，大抵人生各图快乐，曩时何见罪之深耶！帝忽悟，叱之，恍然不见。”

二月二日

　　冯孟亭曰：“《文昌杂录》：唐时节物，二月二日有迎富贵果子，而《全蜀艺文志》，成都以二月二日为踏青节，至宋张咏乃与宾僚乘绿舫数十艘，号小游江，则唐时梓州当亦为踏青节也。"案：冯以此诗为大中九年在梓州柳仲郢幕中时作。

二月二日江上行，东风日暖闻吹笙。

花须柳眼各无赖；紫蝶黄蜂俱有情。何日："前半
逼出忆归，如此浓至，却使人不觉。"

万里忆归元亮井；三年从事亚夫营。

新滩莫悟游人意，更作风檐夜雨声。

□何曰："此诗神似老杜处在作用，不在气体也。同一江上
行也，耳目所接，万物皆春，不觉引动归思，及忆归未归，则江
上滩声顿有凄凉风雨之意，字字化工。"

陶渊明《归田园诗》曰："井灶有遗处，桑竹残朽枝。"案昭
明《陶渊明传》曰："陶渊明，字元亮。"《宋书·隐逸传》曰：
"陶潜，字渊明。或云：渊明，字元亮。"《晋书·隐逸传》曰：
"陶潜，字元亮。"《南史·隐逸传》曰："或云：字深明（唐讳渊
曰深），名元亮。"○亚夫营已见卷四王摩诘《观猎诗》注。冯
曰："此寓柳姓。"○莫悟，冯曰："悟字入微，我方借此遣恨，
乃新滩莫悟，而更作风雨凄其之态，以动我愁，真令人驱愁无地
矣。"

筹笔驿

《舆地纪胜》曰："利州路利州：筹笔驿在绵谷县，去州北
九十九里。旧传诸葛武侯出师尝驻此。"《清统志》曰："四川
保宁府：筹笔古驿在广元县北，相传诸葛亮出师，尝驻军筹画
于此。"

猿鸟犹疑畏简书；风云常为护储胥。范元实曰：
"诵此二句，使人凛然复见孔明风烈。"

徒令上将挥神笔，终见降王走传车。何义门曰：
"起恨字，反醒驿字。"

管乐有才真不忝；关张无命欲何如？范曰："自有
议论，他人不及。"

他年锦里经祠庙，《梁父》吟成恨有馀。纪曰：
"结句隐然自喻。"

□何曰："议论固高，尤在抑扬顿挫处，使人一唱三叹，转
有馀味。"纪曰："起二句极力推尊，三四句忽然一贬，四句殆自
相矛盾。盖由意中先有五六二句，故敢如此离奇用笔，见若横
绝，乃稳绝也。"方曰："义山此等诗，语意浩然，作用神魄真不
愧杜公，前人推为一大家，岂虚也哉？"

《诗·出车》曰："畏此简书。"毛传曰："简书，戒命也。"
○《文选·长杨赋》曰："木拥枪累，以为储胥。"注引苏林曰：
"木拥栅其外，又以竹枪累为外储也。"韦昭曰："储胥，蕃落之
类也。"案：苏、韦说皆是。《汉书·扬雄传》注亦引之。颜师古
曰："储，峙也。胥，须也。以木拥枪及累绳连结以为储胥，言
有储胥以待所须也。"案：颜说，其制是也，释其义非也。黄朝
英《靖康缃素杂记》（卷九）泥于汉武帝作储胥馆，谓储胥为皇
居，尤谬。沈文起（钦韩）曰："《六韬·军用篇》：三军拒守，
木螳螂剑刃扶胥，广二丈，一百二十具，一名行马。《周礼·司
戈盾》：及舍设藩盾。郑云：盾可以蕃卫，如今之扶苏钦！又
《尚书大传》：太公曰：爱人者，兼其屋上之乌，不爱人者，及其
胥馀。郑云：里落之壁。（自注曰：《韩诗外传》三同，《艺文类
聚》九十二引《六韬》作胥馀，《御览》九百二十引作馀胥，《事
类赋》作储胥。）诸书虽文异而义同。"（《汉书疏证》卷三十三）
胡枕泉（绍煐）曰："储胥之言扶疏也。《方言》（五）：杷或谓之
渠疏，盖杷齿扶疏，故篱落亦谓之篱笆。《史记·张仪传》《索

隐》云：今江南亦谓苇篱曰篱笆，笆与杷音义通，储胥叠韵，扶疏双声。《周官·司戈盾》注：扶苏。《六韬》：扶胥即扶疏也。师古缘文为训，失之。"○《世说新语·文学篇》曰："魏朝封晋文王为公，备礼九锡，文王固让不受，公卿将校当诣府敦喻，司空郑冲驰遣信就阮籍求文，籍宿醉，扶起书札为之，时人以为神笔。"○《蜀志·后主传》曰："邓艾至城北，后主舆榇自缚诣军垒门，艾解缚焚榇，延请相见，因承制拜后主为骠骑将军。明年，后主举家东迁至洛阳。"互见卷四刘梦得《蜀先主庙诗》注。潘安仁《西征赋》曰："作降王于道左。"《尔雅·释言》曰："驿递，传也。"郭璞注曰："皆传车驿马之名。"○《蜀志·诸葛亮传》曰："每自比于管仲、乐毅，时人莫之许也。惟博陵崔州平、颍川徐庶元直谓为信然。"○《蜀志·关羽传》曰："羽率众攻曹仁于樊，不能克，引军退还。孙权已据江陵，遣将逆击羽，斩羽于临沮。"《张飞传》曰："先主伐吴，飞当率兵万人自阆中会江州，临发，其帐下将张达、范强杀飞。"《杨戏传赞》关云长、张益德曰："关、张纠纠，出身匡世。"○祠庙见杜子美《蜀相诗》注，《梁父吟》见《登楼诗》注。

重有感

　　义山此首前有《有感二首》，自注曰："乙卯年有感，丙辰年诗成。"《旧唐书·文宗纪》曰："太和九年（乙卯）十一月壬戌，中尉仇士良率兵诛宰相王涯、贾𫗧、舒元舆、李训，新除太原节度王璠、郭行馀、郑注、罗立言、李孝本、韩约等十馀家皆族诛。时李训、郑注谋诛内官，诈言金吾仗舍石榴树有甘露，请上观之，内官先至金吾仗，见幕下伏甲，遽扶帝辇入内，故训等败，流血涂地，京师大骇。开成元年（丙辰）三月壬寅，昭义节度使刘从谏三上疏问王涯罪名，内官仇士良闻之惕惧。是日从谏遣焦楚长入奏，于客省进状请面对，上召楚长

慰谕遣之。"冯曰:"此篇专为刘从谏发。《新书·从谏传》:李
训先约从谏诛郑注,及甘露事,宰相皆夷族,从谏不平,三上
书请王涯等罪。时宦竖得志,天子弱,郑覃、李石执政,藉其
论执以立权纲。《仇士良传》:从谏言:谨修封疆,缮甲兵,为
陛下腹心。如奸臣难制,誓以死清君侧。书闻,人人传观,士
良沮恐。帝倚其言,差自强。故三四言既遣人奉表,宜即来诛
杀士良辈也。《旧书·训注·传赞》曰:苟无藩后之势,黄屋
危哉! 藩后专指从谏也。史称士良辈知事连天子,相与恶愤,
帝惧伪不语,数日之内,生杀除拜皆由两中尉,天子不闻也。
故五句痛其受制,六句谓除从谏外,更无人矣。"

> 玉帐牙旗得上游,安危须共主君忧。
> 窦融表已来关右;陶侃军宜次石头。
> 岂有蛟龙愁失水? 更无鹰隼与高秋。
> 昼号夜哭兼幽显,早晚星关雪涕收。

□沉郁悲壮,得老杜之神髓。

玉帐见卷二杜子美《王兵马使二角鹰诗》注。牙旗见刘文房
《献淮宁军节度李相公诗》注。○冯曰:"得上游似借用《汉书·
匈奴传》从上游来厌人之义,以喻慑服中官也。"○《后汉书·
窦融传》曰:"帝授融凉州牧,融既深知帝意,乃与隗嚣书责让
之,砥厉兵马,上疏请师期,帝深嘉美之。"冯曰:"此谓表已至
京师也。《宋书》:高祖以义真都督关中诸军事,义真被征,朱龄
石代镇长安。敕龄石:若关右必不可守,可与义真俱归。"
○《晋书·陶侃传》曰:"苏峻作逆,京都不守,温峤要侃同赴
朝廷,因推为盟主。侃戎服登舟,与温峤、庾亮俱会石头诸军,
与峻战,斩峻于阵。"○《管子·形势解》曰:"蛟龙,水虫之神
者也。乘水则神立,失水则神废。人主,天下有威者也,得民则

威立，失民则威废。"冯注引陆士湄曰："谓文宗受制中人而反言以存体。"○《汉书·孙宝传》曰："以立秋日署文（侯文）东部督邮，入见，敕曰：今日鹰隼始击，当顺天气，取奸恶，以成严霜之诛。"纪曰："岂有、更无开合相应，上句言无受制之理，下句解受制之故也。"陆曰："慨无人效一击之力也。"○纪曰："兼幽显，言神人共愤也。"○《史记·天官书》曰："两河天阙间为关梁。"《正义》曰："阙丘二星在河南，金火守之，主兵战阙下。"案：此以星阙借喻天子禁兵所在，雪涕收谓收中官禁兵归之天子也。冯注以星关喻皇居，收字专就泪言，与雪字意复，恐非。○《晋书·刘隗传》曰："入宫告辞，帝雪涕与之别。"

安定城楼

《元和郡县志》曰："关内道泾州：今为泾原节度使理所。"《旧唐书·地理志》曰："泾州：隋安定郡，武德元年，改名泾州。天宝元年，复为安定郡。乾元元年，复为泾州。"案：唐泾州治保定县，在今甘肃泾川县北。《旧唐书·文宗纪》曰："太和九年十月，以王茂元为泾原节度使。"又案：冯孟亭注，以此诗为开成三年应鸿博不中选而至泾原时作，是也。又冯撰《玉溪生年谱》曰："开成二年，高锴为礼部侍郎，知贡举。是年令狐绹为左补阙，商隐登进士第。令狐绹雅善锴，奖誉甚力，故擢第。按唐制：登进士第谓之及第，然未即为官，若应他科而中，谓之登科，乃得授官。义山次年应宏词，以此，三年试宏词不入选，与《陶进士书》所谓前年乃为吏部上之中书，中书长者抹去之，是。赴泾原王茂元幕，娶其女，皆当在是年。按义山以娶王氏见薄于令狐绹，中书长者必令狐辈相厚之人，漫成三首，皆以何逊自比，其云：沈约怜何逊，谓爱之者也。延年毁谢庄，谓谮之者也。又云：雾夕咏芙蕖，何郎得意初，谓己之新婚也。此时谁最赏？沈、范两尚书，谓周

（墀）、李（回）二学士以鸿博举之也。然则应鸿博正当初婚之际，故《安定城楼诗》：贾生年少云云，乃不中选回至泾原之作，了无疑义矣。"

　　　　迢递高城百尺楼，绿杨枝外尽汀洲。
　　　　贾生年少虚垂涕；王粲春来更远游。
　　　　永忆江湖归白发；欲回天地入扁舟。
　　　　不知腐鼠成滋味，猜意鹓雏竟未休。

　　□胡孝辕曰："五六王荆公深爱之，以为老杜无以过。"

　　《元和郡县志》曰："泾州保定县：泾水在县东一里。"○贾生已见卷四《哭刘司户诗》注。○《魏志·王粲传》曰："粲，字仲宣，山阳高平人，徙居长安，后之荆州依刘表。"《文选》王仲宣《登楼赋》曰："虽信美而非吾土兮，曾何足以少留。"○何义门曰："五六言所以垂泪与远游，岂为此腐鼠而不能舍哉？吾诚永忆江湖欲归，而优悠白发，但俟回旋天地功成，而却入扁舟耳。"○《庄子·秋水篇》曰："惠子相梁，庄子往见之。或谓惠子曰：庄子来，欲代子相。惠子恐，搜于国中三日三夜。庄子往见之曰：南方有鸟名鹓雏，发于南海而飞于北海，非梧桐不止，非练实不食，非醴泉不饮。于是鸱得腐鼠，鹓雏过之，仰而视之曰：吓！今子欲以梁国而吓我耶！"○何曰："成滋味，在彼自成一种滋味也。"冯曰："言我志愿深远，岂恋此区区者，而俗情相猜忌哉？"

　　　　　　　曲　江

　　曲江巳见卷二杜子美《哀江头诗》注。《旧唐书·文宗纪》曰："太和九年冬十月，内出曲江新造紫云楼、彩霞亭额，左军中尉仇士良以百戏于银台门迎之。时郑注言秦中有灾，宜兴土功猷之，乃浚昆明、曲江二池。上好为诗，每诵杜甫《曲江行》云：江头宫殿锁千门，细柳新蒲为谁绿？乃知天宝已前，曲江四岸皆有行宫台殿百司廨署，思复升平故事，故为楼殿以壮之。壬午，赐群臣宴于曲江亭。十一月壬戌，中尉仇士良率兵诛宰相王涯、贾𫗧、舒元舆、李训，新除太原节度王璠、郭行馀、郑注、罗立言、李孝本、韩约等十馀家，皆族诛。"（互见《重有感诗》注）《通鉴·唐纪》（六十一）曰："十二月甲申，敕罢修曲江亭馆。"案：此诗盖感于修曲江亭馆，旋有甘露之变，而追痛唐代衰乱之原也。明皇尝与杨妃游幸曲江，及安、史乱后，曲江亦日就芜废。起二句言巡幸久旷，夜鬼悲歌，状当时曲江之荒凉也。三句追叙杨妃之死，即末句所谓伤春也。四句叙文宗修曲江亭馆，为前后关键。五六叙甘露之变，结言天子制于家奴，可谓天荒地变，伤心甚矣。然推其原始，唐室祸乱，实由明皇之溺于女宠，后世之变势有必至，所谓履霜之牖，寒于坚冰；将萎之华，惨于槁木。故曰若比伤春意未多也。朱长孺谓前四句追感玄宗与贵妃临幸，后四句言王涯等被祸，判为两橛，似失本意。姚姬传以天荒地变属天宝之祸，则伤春属文宗，亦觉不合。或谓专咏明皇、贵妃事，则华亭鹤唳二句亦格不相入。冯孟亭以为指武宗立后、杨贤妃赐死事，固与曲江无关，又肊造弃骨水中之说，则无征不信已。

望断平时翠辇过，空闻子夜鬼悲歌。
金舆不返倾城色；玉殿犹分下苑波。
死忆华亭闻唳鹤；老忧王室泣铜驼。
天荒地变心虽折，若比伤春意未多。

□悲愤深曲，得老杜之神髓。

张说之《芙蓉园侍宴诗》曰："芳园翠辇游。"○释道源注引

《晋书·乐志》曰："孝武太元中，琅邪王轲之家有鬼歌《子夜》。"冯注亦引之。纪曰："子夜指半夜，道源注非。"○《汉书·外戚·李夫人传》曰："兄延年侍上起舞，歌曰：北方有佳人，绝世而独立。一顾倾人城，再顾倾人国。宁不知倾城与倾国？佳人难再得。"○《晋书·陆机传》曰："宦人孟玖潜机于颖（成都王），言其有异志，颖大怒，使秀（牵秀）密收机，机因与颖笺，词甚凄恻，既而叹曰：华亭鹤唳岂可复闻乎！遂遇害于军中。"○《晋书·索靖传》曰："靖知天下将乱，指洛阳宫门铜驼叹曰：会见汝在荆棘中耳！"○江文通《别赋》曰："心折骨惊。"

温飞卿

过陈琳墓

《魏志·王粲传》曰："广陵陈琳，字孔璋，避难冀州，袁绍使典文章。袁氏败，归太祖。太祖以为司空军谋祭酒，管记室，军国书檄多所作也。"《清统志》曰："江苏徐州府：魏陈琳墓在邳州界。"（今改县）

曾于青史见遗文，今日飘蓬过此坟。

词客有灵应识我；霸才无主始怜君。纪曰："词客指陈，霸才自谓。此一联有异代同心之感，实则彼此互文，应字极兀傲，始字极沉痛。通首以此二语为骨，纯是自感，非吊陈琳也。虚谷以霸才为曹操，谬甚。"

石麟埋没藏春草；铜雀荒凉对暮云。

莫怪临风倍惆怅，欲将书剑学从军。纪曰："霸才词客皆结于末句中。"

青史见卷二岑参《轮台歌》注。○石麟已见杜子美《曲江诗》注。○铜雀已见卷三欧阳永叔《答谢景山古瓦砚歌》注。

韩致尧

韩偓，字致尧，（《新唐书·韩偓传》作致光，《苕溪渔隐丛话前编》作致元，《唐诗纪事》《唐才子传》并作致尧，今从之。）京兆万年人。龙纪元年擢进士第。历翰林学士，中书舍人，兵部侍郎，以不附朱全忠贬濮州司马，再贬荣懿尉，徙邓州司马。天祐二年复原官，偓不赴召，依闽王审知，卒。《新唐书》有传，又见《唐诗纪事》《唐才子传》。

吴北江曰："晚唐唯韩致尧为一大家，其忠亮大节，亡国悲愤，具在篇章，盖能于杜公外自树一帜。"

六月十七日召对自辰及申方归本院

《通鉴·唐纪》（七十八）曰："昭宗天复元年六月，韩偓擢为翰林学士。时上悉以军国事委崔胤，宦官畏之侧目，胤志欲尽除之。韩偓屡谏，胤不从。丁卯，上独召偓问曰：敕使中为恶者如林，何以处之？对曰：不若择其尤无良者数人，明示其罪，置之于法，然后抚谕其馀，择其忠厚者使之为长，其徒有善则奖之，有罪则惩之，咸自安矣。今此曹在公私者以万数，岂可尽诛邪？上深以为然曰：此事终以属卿。"案：是月辛亥朔十七日为丁卯也。

清暑帘开散异香，恩深咫尺对龙章。

花应洞里常时发；日向壶中特地长。

坐久忽疑槎犯斗；归来兼恐海生桑。

如今冷笑东方朔，唯用诙谐侍汉皇。

　　□吴曰："三四记宫禁之景，明外人所不得见。五句自喻亲幸，六句忧乱之悄，收借东方生以明己之密筹大计也。"

　　《左》僖七年曰："天威不违颜咫尺。"○《礼记·明堂位》曰："周龙章。"郑注曰："龙取其变化也。"孔疏曰："有虞氏以韦为袯，周人加龙以为文章。"一曰：《晋书·嵇康传》曰："龙章凤姿。"此犹言对龙颜也，亦通。○《后汉书·方术传》曰："费长房为市掾，市中有老人卖药，悬一壶于肆头，及市罢，辄跳入壶中，市人莫之见。唯长房于楼上睹之，异焉，因往再拜奉酒脯。翁谓之曰：子明日可更来。旦日，复诣翁，翁乃与俱入壶中。"○槎犯斗见卷一储光羲《夜到洛口入黄河诗》注。海生桑田见卷一李太白《古风》注。○《汉书·东方朔传》曰："朔尝至太中大夫，后常为郎，与枚皋、郭舍人俱在左右，诙啁而已。久之，朔上书陈农战强国之计，因自讼独不得大官，欲求试用，其言专商鞅、韩非之语也。指意放荡，颇复诙谐，辞数万言，终不见用。"

中秋禁直

星斗疎明禁漏残，紫泥封后独凭阑。

露和玉屑金盘冷；月射珠光贝阙寒。

天衬楼台笼苑外；风吹歌管下云端。

长卿只为《长门赋》，未识君臣际会难。纪曰："结句深挚。"

　　□吴曰："此奏封事后作，前六句皆自幸遭际，故末句云云，言为《长门赋》者徒知沦落可怜，未知遭际后之弥不易也。盖公与昭宗有鱼水之契，而事势至亟，故叹其不易，此其忠悃勃郁处，词意至为深沉。"

紫泥封已见卷四钱仲文《和万年成少府寓直诗》注。○《三辅黄图》（卷五）引《汉武故事》曰："通天台上有承露盘、仙人掌，擎玉杯以承云表之露。"馀见杜子美《秋兴诗》注。○《楚辞·九歌·河伯》曰："紫贝阙兮朱宫。"○《文选》司马长卿《长门赋序》曰："孝武帝陈皇后时得幸，颇妒，别在长门宫，愁闷悲思，闻蜀郡成都司马相如天下工为文，奉黄金百斤为相如、文君取酒，而相如为文以悟主上，陈皇后复得亲幸。"

苑　中

上苑离宫处处迷，相风高与露盘齐。

金阶铸出狻猊立；玉柱雕成狒狘啼。吴曰："句句矜练，不作一寻常语。"

外使调鹰初得按；中官过马不教嘶。

笙歌锦绣云霄里，独许词臣醉似泥。

□吴曰："极道宫苑之盛，以自庆幸，文人无论所处崇庳，例多怨望，公仕危朝，而其词雍容和乐如此，弥见忠悃勃郁也。"

司马长卿《上林赋》曰："离宫别馆，弥山跨谷。"○《御览·天部》九引《述征记》曰："长安宫南有灵台，上有相风铜乌，或云此乌遇千里风乃动。"○《尔雅·释兽》曰："狻麑如虦猫，食虎豹。"郭注曰："即狮子也。据《穆天子传》曰：狻猊日走五百里。"《释文》曰："麑字又作猊。"○《御览·居处部》三引戴延之《西征记》曰："太极殿上有金井栏、金博山、金鹿卢，蛟龙负山于井上，又有金师子。"○《尔雅》曰："狒狒，如人被发，迅走食人。"《广韵》曰："狘，兽名。"案：此对上狻猊，狒狱当是一物，即狒狒之转音也。狒狒一作秭狒，一作翡翠。○调鹰句原注曰："五方外按使以鹰隼初调习始能擒获，谓之得按。"○过马句原注曰："上每乘马，必阉官驭以进，谓之过马，既乘之而后蹙躞嘶鸣。"○醉似泥已见卷二李太白《襄阳歌》注。

故　都

　　案：唐建都长安，昭宗天祐元年，朱全忠迁唐都于洛阳，四年遂篡唐，此故都盖指长安也。

　　　　故都遥想草萋萋，上帝深疑亦自迷。吴曰："一句开。"
　　　　塞雁已侵池籞宿；吴曰："再接。"宫鸦犹恋女墙啼。
　　　　天涯烈士空垂涕；地下强魂必噬脐。吴曰："提笔挺起作大顿挫，凡小家作感愤诗，后半每不能撑起。大家气魄所争在此。"
　　　　掩鼻计成终不觉，冯驩无路教鸣鸡。
　　□吴曰："此国亡后作，忼慨欲报之意，情见乎词，至意悁之悲哀抑郁，与《离骚》《招魂》异曲同工矣。"

　　上帝二句即庾子山《哀江南赋》鬶鹑首而赐秦，天胡为而此醉之意。○《汉书·宣帝纪》注苏林曰："折竹以绳绵连禁籞，使人不得往来，律名为籞。"○女墙已见刘文房《登馀干古县城诗》注。○吴先生曰："天涯烈士公自谓，地下强魂盖指当时贬死诸人。"步瀛案：《新五代史·唐六臣传》曰："左仆射裴枢、独孤损、右仆射崔远、守太保兼仕赵崇、兵部侍郎王赞、工部侍郎王溥、吏部尚书陆扆皆以无罪贬，同日赐死于白马驿。凡搢绅之士与唐而不与梁者皆诬以朋党，坐贬死者数百人。"○《左传》庄六年：三甥曰："若不早图，后君噬齐。"杜注曰："若啮腹齐，

喻不可及。"案：齐，脐之通借字。○掩鼻句盖讥朱梁以狐媚取
天下也。《韩非子·内储说下》曰："魏王遗荆王美人，荆王甚悦
之，夫人郑袖谓新人曰：王甚悦爱子，然恶子之鼻，子见王常掩
鼻，则王长幸子矣。新人从之。王谓夫人曰：新人见寡人常掩
鼻，何也？对曰：顷常言恶闻王臭。王怒劓之。"○《史记·孟
尝君列传》曰："秦昭王释孟尝君，得出，驰去，夜半至函谷关，
关法，鸡鸣而出客，孟尝君恐追至，客之居下坐者，有能为鸡
鸣，而鸡尽鸣，遂发传出。"

安　贫

《唐摭言》（卷六）曰："韩偓天复初入翰林，其年冬，车
驾出幸凤翔府，偓有扈从之功，返正初，上面许偓为相。奏
云：陛下运契中兴，当复用重德镇风俗，臣坐主右仆射赵崇可
以副陛下是选，乞回臣之命授崇，天下幸甚。上嘉叹。翌日制
用崇暨兵部侍郎王赞为相。时梁太祖（朱全忠）驰入请见于上
前，具言二公长短。上曰：赵崇是偓荐。时偓在侧，梁王叱
之，偓奏曰：臣不敢与大臣争。上曰：韩偓出。寻谪官入闽。
故偓有诗曰：手风慵展八行书云云。据此，则是诗为入闽后
作，抒虎须指以荐赵崇、王赞撄朱全忠之怒也。"又《新唐书
·韩偓传》曰："赞、崇皆偓所荐为相者，全忠见帝，斥偓罪，
至中书欲召偓杀之。郑元规曰：偓位侍郎学士承旨，公无遽。
全忠乃止，贬濮州司马。帝执其手流涕曰：我左右无人矣。"

手风慵展八行书；眼暗休寻九局图。
窗里日光飞野马；案头筠管长蒲卢。
谋身拙为安蛇足；报国危曾抒虎须。
满世可能无默识？未知谁拟试齐竽。

□黄山谷曰："其辞凄切而不迫，可谓不忘其君也。"

《素问·天元纪大论》王冰注曰："厥阴为风。"○《后汉书·窦章传》注引马融《与窦伯向书》曰："孟陵奴来，赐书见手迹，欢喜何量见于面也。书虽两纸，纸八行，行七字。"邢子才《晚春宴诗》曰："独寄八行书。"○《唐诗鼓吹》卷二载此诗，郝晋卿（天挺）注曰："棊图有九局。"○《庄子·逍遥游》曰："野马也，尘埃也，生物之以息相吹也。"《释文》引司马彪曰："野马，春月泽中游气也。"○《尔雅·释虫》曰："果蠃，蒲卢。"郭璞注曰："即细腰蜂也。"陆元恪《毛诗疏》曰："螟蛉者，桑上小青虫也。似步屈，其色青而细小，或在草叶上。蜾蠃，土蜂也，似蜂而小腰，取桑虫负之于木空中，或笔筒中，七日而化为其子。"○《齐策》二：陈轸曰："楚有祠者，赐其舍人卮酒，舍人相谓曰：数人饮之不足，一人饮之有馀，请画地为蛇，先成者饮酒。一人蛇先成，引酒且饮之，乃左手持卮，右手画蛇，曰：吾能为之足。未成，一人之蛇成，夺其卮曰：蛇固无足，子安能为之足？遂饮其酒，为蛇足者终亡其酒。"○《庄子·盗跖篇》：孔子曰："丘所谓无病而自灸也？料虎头，编虎须，几不免虎口哉！"○《韩非子·内储说上》曰："齐宣王使人吹竽，必三百人，南郭处士请为王吹竽，宣王说之，廪食以数百人。宣王死，湣王立，好一一听之，处士逃。"朱东嵒曰："当此为国忘身之际，世无有知而试之者，是终不免于安贫矣。"

惜　花

皱白离情高处切；腻红愁态静中深。
眼随片片沿流去；恨满枝枝被雨淋。
总得苔遮犹慰意；若教泥污更伤心。
临轩一醆悲春酒，明日池塘是绿阴。

□吴曰："亡国之恨也。"

《广韵》曰："污，染也，乌路切。"○《说文》曰："醆，爵也。"

乱后春日途经野塘

世乱他乡见落梅，野塘晴暖独徘徊。

船冲水鸟飞还住；袖拂杨花去却来。

季重旧游多丧逝；子山新赋极悲哀。

眼看朝市成陵谷，始信昆明是劫灰。吴曰："沉痛。"

《魏志·王粲传》注引《魏略》曰："吴质，字季重。太子与质书曰：昔年疾疫，亲故多罹其灾，徐、陈、应、刘一时俱逝，痛何可言邪？追思昔游，犹在心目，而此诸子化为粪壤，可复道哉？"○庾子山《哀江南赋序》曰："不无危苦之辞，唯以悲哀为主。"馀见杜子美《咏怀古迹诗》注。○《诗·十月之交》曰："高岸为谷，深谷为陵。"○《搜神记》（卷十三）曰："汉武帝凿昆明池，极深，悉是灰墨，无复土，举朝不解。以问东方朔，朔曰：臣愚不足以知之，试问西域人。至后汉明帝时，西域道人入来洛阳，时有忆朔言者，乃试以武帝时灰墨问之。道人云：经云天地将尽则劫烧，此劫烧之馀也。

吴子华

吴融，字子华，越州山阴人。龙纪元年进士及第。韦昭度讨蜀，表掌书记，迁侍御史，后以礼部郎中为翰林学士，拜中书舍人，进户部待郎。昭宗幸凤翔，不及从，去客阆乡，俄召还为翰林承旨，卒。《新唐书》入《文艺传》，又见《唐诗纪事》《唐才子传》。

金桥感事

　　案：此诗盖感李克用叛唐事也。克用，沙陀种，故诗中以戎狄斥之。《旧唐书·五行志》曰："金桥在上党南二里。"《地理志》曰："河东道潞州有上党县。"《新五代史·唐本纪》曰："大顺元年，克用取邢、洺、磁三州，宰相张浚谓沙陀前逼僖宗幸兴元，罪当诛。昭宗以浚为太原四面行营兵马都统，克用遣康君立取潞州。十一月，浚及克用战于阴地，浚军三战三败，克用兵大掠晋、绛，至于河中，赤地千里。"子华殆有感于此，而咎谋国者之失策也。《清统志》曰："山西潞安府：金桥在长治县西南关。"

太行和雪叠晴空，二月郊原尚朔风。
饮马早闻临渭北；射雕今欲过山东。
百年徒有伊川叹；五利宁无魏绛功？
日暮长亭正愁绝，哀筝一曲戍烟中。

　　□纪曰："音节宏亮而沉雄，五代所少。"

　　《元和郡县志》曰："河北道怀州：太行山在县北二十五里。"《述征记》曰："太行山首始于河内，北至幽州，凡百岭，连亘十二州之界。"《禹贡锥指》（十一上）曰："《汉志》以在壄王者（今河内县）为太行，而在山阳者（今修武县西北）为东太行，其太行之支峰乎？"又："上党郡有上党关、壶口关、石研关（研音形）、天井关，壶关县有羊肠坂，盖皆在太行山上。"○《左传》宣十二年曰："楚师将饮马于河而归。"又《宋书·臧质传》：质答书曰："不闻童谣言邪？虏马饮江水，佛狸死卯年。"○射雕已见卷四王摩诘《观猎诗》注。○《史记·秦本纪》曰："河山以东强国六。"山指华山也。此诗则似指太行。○《左传》僖二十二年曰："辛有适伊川，见被发而祭于野者，曰：不及百年，此其戎乎？其礼先亡矣。"○《左传》襄五年：魏绛曰："和戎五利。"案：李克用虽跋扈，然颇忠于唐，时朝议多不主用兵，而宰相张浚附全忠，独力主征之，卒致大败。子华五利云云，盖主招抚之意也。○庾子山《哀江南赋》曰："十里五里，长亭短亭。"

偶　题

方虚谷曰："此乃感恩之言，必为某人为朱温之徒所杀，而未有能报之者也。"

　　贱子曾尘国士知，登门倒屣忆当时。
　　西州酌尽看花酒；东阁编成咏雪诗。
　　莫道精灵无伯有；吴曰："平空撑起，逆转突接。"
寻闻任侠报袁丝。
　　乌衣旧宅犹能认，吴曰："嗓龁之声。"粉竹金松
一两枝。
　　□吴曰："慷慨激烈，生气凛然，此公亦侠士也。"又曰："前半追写盛时，五六忽倒入死后，此为逆转突接，大家用力全争此等，俗手不悟，终为凡近耳。"

《赵策》一："豫让曰：智伯以国士遇臣，臣故国士报之。"○《后汉书·李膺传》曰："士有被其容接者，名为登龙门。"○《魏志·王粲传》曰："蔡邕才学显著，贵重朝廷，常车骑填巷，宾酒盈坐，闻粲在门，倒屣迎之，曰：此王公孙也，有异才，吾不如也。"西州已见卷一王介甫《游土山诗》注。○《汉

书·公孙弘传》曰："于是起客馆，开东阁以延贤人。"○《左传》昭七年曰："郑人相惊以伯有，曰伯有至矣，则皆走，不知所往。及子产适晋，赵景子问焉，曰：伯有犹能为鬼乎？子产曰：能。人生始化曰魄，既生魄阳曰魂，用物精多则魂魄强，是以有精爽至于神明。"○《汉书·袁盎传》曰："盎字丝，为吴相时，从史盗私盎侍儿，盎知之弗泄，遇之如故，人有告从史言：君知尔与侍者通，乃亡归。盎驱自追之，遂以侍者赐之，复为从史。及袁盎使吴，见守，从史适为守盎校尉司马，夜引袁盎起曰：君可以去矣，臣故为从史盗待儿者。"○《舆地纪胜》曰："江南东路建康府（今南京）：乌衣巷在秦淮南，去朱雀桥不远。《晋书》云：纪瞻立宅乌衣巷，《晋志》云：王导自卜乌衣宅，宋时诸谢乌衣之聚，并此巷也。"○李德裕《金松赋序》曰："余游广陵，忽睹奇木，翠叶金实，灿有光，访其名曰金松。"

罗昭谏

　　罗隐，字昭谏，馀杭人，（《旧五代史》《唐诗纪事》同。《涧泉日记》作新城人，《十国春秋》同。《唐才子传》作钱塘人。）本名横。乾符初，举进士，累不第，遂改名。从事湖南、淮、润无所合，归投钱镠，累官钱塘令，镇海军掌书记、节度判官，盐铁发运副使，奏授著作郎，转司勋郎中。朱全忠以谏议大夫召，不行。罗绍威表荐给事中，卒。《旧五代史·梁书》有传。（参《唐才子传》及《十国春秋》）

绵谷回寄蔡氏昆仲

　　绵谷县已见卷四杜子美《与何邕别诗》注。案：一本作《魏城逢故人》。唐绵州魏城县在今梓潼县西，唐绵州治巴西县，今四川绵阳县治。

> 一年两度锦江游；前值东风后值秋。
> 芳草有情皆碍马；好云无处不遮楼。
> 山牵别恨和肠断；水带离声入梦流。
> 今日因君试回首，澹烟乔木隔绵州。

□三四写景极佳，而意极沉郁，是谓神行，若但以佳句取之，则皮相矣。

锦江屡见杜子美诗。

韦端己

韦庄，字端己，杜陵人。乾宁元年登进士第。李询为西川宣谕和协使，举庄为判官，后王建辟掌书记，寻擢起居舍人，建表留之，及建僭位，授庄吏部待郎、同平章事，卒。见《郡斋读书志》《唐诗纪事》《唐才子传》《十国春秋》。

长安清明

> 早是伤春梦雨天，可堪芳草正芊芊。
> 内官初赐清明火；上相闲分白打钱。
> 紫陌乱嘶红叱拨；绿杨高映画鞦韆。
> 游人记得升平事，暗喜风光似昔年。

□姚曰："伤乱而作此故佳，若正序承平而为是语，则无味矣。"

李义山《重过圣女祠诗》曰："一春梦雨常飘瓦。"馀见杜子美《咏怀古迹诗》注。○《说文》曰："殐，望山谷殐殐青也。"
《文选·高唐赋》作千千，注引《说文》作芊芊，字并通。○杜
子美《清明诗》曰："朝来新火起新烟。"《九家注》引赵彦材曰：
"唐制：清明日赐百官新火。杨巨源《清明诗》曰：榆柳芳辰火，
梧桐今日花。贾岛诗曰：晴风吹柳絮，新火起厨烟。皆新火之证
也。"案《唐诗鼓吹》郝注引《唐会要》：唐朝清明取榆柳之火以
赐近臣，顺阳气。又云：亦出《岁时记》，今《唐会要》无此文，
其引《岁时记》亦未详。○王仲初《宫词》曰："寒食内人长白
打，库中先散与金钱。"案《荆楚岁时记》曰："去冬节一百五日
即有疾风甚雨，谓之寒食，打毬、鞦韆、施钩之戏。注曰：刘向
《别录》曰：蹵鞠黄帝所造，本兵势也。或云起于战国。按鞠与
毬同，古人蹹蹵以为戏也。《古今艺术图》云：鞦韆，北方山戎
之戏，以习轻趫者。《蹵鞠谱》曰：每人两踢名打二，曳开大踢
名白打。"○元微之《望云骓马歌》曰："平地须饶红叱拨。"秦
再思《纪异录》曰："天宝中，大宛进汗血马六匹，一曰红叱拨，
二曰紫叱拨，三曰青叱拨，四曰黄叱拨，五曰丁香叱拨，六曰桃
花叱拨。上乃改名红玉犀、紫玉犀、平山辇、凌云辇、飞香辇、
百花辇，命图于瑶光殿。"（见《说郛》卷三）《鼓吹》郝注引作
《洛中记》，异。○《开元天宝遗事》曰："天宝宫中至寒食节，
竞竖鞦韆，令宫嫔辈戏笑以为宴乐，帝呼为半仙之戏，都中士民
因而呼之。"○朱东嵒曰："暗喜者，乃游人暗喜耳。"

卷六　七言律诗

杨大年

杨亿，字大年，建州浦城人。七岁能属文。雍熙初，年十一，太宗闻其名，诏送阙下，授秘书省正字。真宗时拜左司谏，知制诰，又拜工部侍郎，为翰林学士，卒谥曰文。《宋史》有传。○《儒林公议》（卷上）曰："杨亿在两禁，变文章之体，刘筠、钱惟演辈皆从而效之，时号杨、刘。三公以新诗更相属和，极一时之丽。亿复编叙之，题曰《西昆酬唱集》。当时佻薄者谓之西昆体。"《沧浪诗话》（卷二）曰："西昆体即李商隐体，然兼温庭筠及本朝杨、刘诸公而名之也。"方虚谷曰："组织华丽，盖一变晚唐诗体、香山诗体而效李义山，自杨文公、刘子仪始。欧、梅既作，寻又一变。然欧公亦不非之，而服其工。"又曰："此昆体一变亦足以革当时风花雪月小巧呻吟之病，非才高学博，未易到此。久而雕篆太甚，则又有能言之士，变为别体，以平淡胜深刻。时势相因，亦不可一律立论也。"

汉　武

蓬莱银阙浪漫漫，弱水迥风欲到难。

光照竹宫劳夜拜；露溥金掌费朝餐。

力通青海求龙种；死讳文成食马肝。

待诏先生齿编贝，忍令索米向长安？

　　□纪曰："后半逼真义山。"吴曰："字字中有顿挫，故音节浏亮。"

　　《史记·封禅书》曰："自威、宣、燕昭使人入海求蓬莱、方丈、瀛洲，此三神山者，其传在渤海中，去人不远，患且至则船风引而去，盖尝有至者，诸仙人及不死之药皆在焉。其物禽兽尽白，而黄金银为宫阙。未至，望之如云，及到，三神山反居水下，临之，风辄引去，终莫能至云。"○竹宫已见卷三元裕之《松上幽人图诗》注。○金掌已见卷五杜子美《秋兴诗》注。○《汉书·西域传》曰："宛别邑七十馀城多善马，马汗血，言其先天马子也。张骞始为武帝言之，上遣持千金及金马以请宛善马。宛攻杀汉使，取其财物。于是天子遣贰师将军李广利将兵前后十馀万人伐宛，连四年，宛人斩其王毋寡首，献马三千匹，汉军乃还。"《礼乐志·郊祀歌》曰："天马来，龙之媒。"注："应劭曰：言天马者，乃神龙之类，今天马已来，此龙必至之效也。"《隋书·炀帝纪》曰："大业五年置马牧于青海渚中，以求龙种。"○《封禅书》曰："拜少翁为文成将军，岁馀，其方益衰，乃为帛书以饭牛，详不知，言曰：此牛腹中有奇，杀视得书，书言甚怪。天子识其手书，问其人，果是伪书。于是诛文成将军，隐之，后悔其早死，惜其方不尽。及见栾大，大言曰：臣恐效文成，则方士皆奄口。上曰：文成食马肝死耳。"○《汉书·东方朔传》：朔上书曰："臣朔年二十二，长九尺三寸，目若悬珠，齿若编贝。上伟之，令待诏公车，奉禄薄，未得省见。久之，上召问朔。对曰：臣言可用，幸异其礼，不可用，罢之，无令但索米长安。上大笑，因使待诏金马门，稍得亲近。"

书怀寄刘五

即子仪也，见下。

风波名路壮心残。三径荒凉未得还。
病起东阳衣带缓；愁多骑省鬓毛斑。
五年书命尘西阁；千古移文媿北山。
独忆琼林苦霜霰，清尊岁晏强酡颜。

□方虚谷曰：“昆体之平淡者。”吴曰：“稳练矜重，最足为初学之式，可药浮滑浅易之病。”

陶渊明《归去来辞》曰：“三径就荒，松菊犹存。”○《梁书·沈约传》曰：“隆昌元年，出为宁朔将军、东阳太守。初约久处端揆，有志台司，而帝终不用，乃求外出，又不见许。与徐勉素善，遂以书陈情于勉曰：开年以来，病增虑切。当由生灵有限。劳役过差。解衣一卧，支体不复相关；百日数旬，革带常应移孔。以手握臂，率计月小半分。以此推算，岂能支久？”《古诗》曰：“衣带日已缓。”○潘安仁《秋兴赋序》曰：“余春秋三十有二，始见二毛，以太尉掾兼虎贲中郎将，寓直于散骑之省。”《礼记·王制》郑注曰：“杂色曰班，斑、班字通。”○《文献通考·职官》五曰：“宋初，中书舍人为所迁官，实不任职，复置知制诰及直舍人院。故事：入西阁皆中书诏试制诰三篇。惟梁周翰不召试而授。其后杨亿、陈尧佐、欧阳修亦如此例。”○《南齐书·孔稚圭传》曰：“稚圭，字德璋，周彦伦隐于北山，后应诏出为盐官令，欲过北山，乃假山灵之意移书于北山。”案《文选》载有德璋《北山移文》。○《宋史·选举志》曰：“太平兴国八年，进士始分三甲，自是赐宴就琼林苑。”《玉海》（一百七十二）《宫室》曰：“琼林苑在顺天门外道南。”○《楚辞·招魂》

曰："美人既醉，朱颜酡些。"

刘子仪

刘筠，字子仪，大名人。进士及第，为秘阁校理，历左司谏，知制诰，进翰林学士、礼部侍郎、枢密直学士。进翰林学士承旨，兼龙图阁直学士。初为杨亿所识拔，后与齐名，时号杨、刘。《宋史》有传。

直　夜

盖为翰林学士时作。

鸡人肃唱发章沟，汉殿重重虎戟稠。
绛羽欲栖温室树；金波先上结璘楼。
风来太液闻鸣鹤；雾卷明河见饮牛。
万国表章频奏瑞，手披天语意如流。

□中二联精炼。

《周礼·春官·鸡人》："夜嘑旦以嘂百官。"《续汉书·百官志》左右丞注引蔡质《汉仪》曰："五更未明，三刻后鸡鸣，卫士踵丞郎趋严上台。汝南出鸡鸣，卫士候朱雀门外专传鸡鸣于宫中。"○张平子《西京赋》曰："重以虎威、章沟、严更之署。"《三辅黄图》（卷六）曰："虎威、章沟皆署名。"○张平子《东京赋》曰："郎将司阶，虎戟交铩。"薛注曰："言虎贲中郎将主夹阶而立，虎贲或执戟或持铩而相对也。"○左太冲《吴都赋》曰："孔雀绛羽以翱翔。"王臣注："吕向曰：五色曰绛。"○《汉书·孔光传》曰："沐日归休，兄弟妻子燕语，终不及朝省政事。或问光：温室省中树皆何木也？光嘿不应，更答以它语。"注："晋灼曰：长乐宫中有温室殿。"○《汉书·礼乐志·郊祀歌》曰："月穆穆以金波。"○《唐六典》（卷七）曰："大明宫，其内又有郁仪、结邻、修文等阁。"《玉海》（百六十四）《宫室》曰："唐郁仪、结邻楼，《长安志》：在东内大明宫，李肇、韦执谊所记，书为结麟，（原注曰：恐误。）麟德殿东廊有郁仪楼，西廊有结邻楼，学士院即在西楼重廊之外。《七圣纪》曰：郁仪，赤文，与日同居。结邻，黄文，与月同居。郁华，日精；结邻，月精也。《黄庭经》曰：郁仪、结邻，梁丘子注曰：郁仪，奔日之仙；结邻，奔月之仙也。"案：今《道藏》本《云笈七签》卷十二载《黄庭内景经》作结璘。○《汉书·昭帝纪》曰："元始元年春二月，黄鹄下建章宫太液池中。"案：鹄、鹤，古字通。○饮牛已见卷一储光羲诗注。

宋公序

宋庠，字公序，安州安陆人。后徙雍丘。天圣初，举进士，开封试礼部皆第一，历左正言，知制诰，参知政事，拜兵部尚书、同中书门下平章事、集贤殿大学士，后以检校太尉平章事、充枢密使。封莒国公，又改封郑国公。卒谥元献。《宋史》有传。

寄子京

子京，公序弟祁也，见下。

八年三郡驾朱轮，更忝鸿枢对国钧。

老去师丹多忘事；少来之武不如人。吴曰："精妙独绝。"

车中顾马空能数；海上逢鸥想见亲。

唯有弟兄亲隐者，共将耕凿报尧仁。

　　□吴曰："满腹牢骚不得意之旨，具有言外。"

　　《续通鉴长编》曰："皇祐三年三月，谏官包拯、吴奎、陈旭言工部尚书、平章事宋庠不戢子弟，在政府无所建明。庚申，罢为刑部尚书、观文殿大学士，知河南府。（卷一百七十）嘉祐元年夏四月，观文殿大学士、兵部尚书宋庠自许州徙至河阳。戊子，入朝，诏缀中书门下班，出入视其仪物。（一百八十二）三年六月，观文殿大学士、兵部尚书宋庠为枢密使、同平章事。（一百八十七）自皇祐三年至嘉祐三年，除去皇祐五年、至和二年，故曰八年。宋西京河南府河南郡治河南县，今河南洛阳县治。宋京西北路许州（后改颍昌府）许昌郡治长社县，在今河南许县东北。宋京西北路孟州河阳军（后改济源郡）治河阳县，在今河南孟县西，河南、许州、河阳凡三郡。"○《文选》杨子幼《报孙会宗书》曰："恽家方隆盛时，乘朱轮者十人。"李善注曰："二千石皆得乘朱轮。"○《汉书·师丹传》曰："会有上书言古者以龟贝为货，今以钱易之，民以故贫，宜可改币。上以问丹，丹对言可改。章下有司议，皆以为行钱以来久，难卒变易。丹，老人，忘其前语，后从公卿议。"○《左传》僖公三十年：烛之武曰："臣之壮也，犹不如人。今老矣，无能为也已。"○《史记·万石君传》曰："少子庆为太仆，御出，上问：车中几马？庆以策数马毕，举手曰：六马。"○海鸥已见卷二李太白《江上吟》注。○亲隐，姚本作偕隐。○《艺文类聚·帝王部》引《帝王世纪》曰："尧陶唐氏，天下太和，百姓无事，有五十老人击壤于道，观者叹曰：大哉，帝之德也！老人曰：吾日出而作，日入而息，凿井而饮，耕田而食，帝何力于我哉？"《史记·五帝本纪》曰："帝尧者，其仁如天。"

宋子京

宋祁，字子京，与兄庠同时举进士，礼部奏祁第一，庠第三，章献太后不欲以弟先兄，乃擢庠第一，而置祁第十，人呼曰二宋，以大小别之。庠参知政事，乃以为天章阁待制。庠罢，祁亦出知寿州。还，知制诰，为翰林学士。庠复知政事，改龙图直学士、史馆修撰，修《唐书》。又出知亳州，岁馀，徙知成德军，后迁工部尚书，拜翰林学士承旨，复为群牧使。卒谥曰景文。《宋史》有传。

真定述事

《续通鉴长编》（一百七十）曰："皇祐三年二月戊申，翰林侍读学士、兼龙图阁直学士、给事中、史馆修撰宋祁坐其子与张彦方游，出知亳州。张彦方者，贵妃母越国夫人曹氏客也。受富民金为伪告敕，事败，系开封府狱，论死。"案：《宋史·祁传》称出知亳州，岁馀徙知成德军，则当在皇祐四年矣。《元丰九域志》："河北西路真定府常山郡：成德军节度治真定县。"案：即今河北正定县治。○姚曰："凡夸述所任地者，必贬谪自解之词，子京知真定亦是降黜，故其言如此。"

莫嫌屯垒是边州；试听山河说上游。
帐下文书三幕府；马前鞞鞑五诸侯。
王藩故社经除国；侠窟馀风解报仇。
四十年来民缓带，使君何事不轻裘？吴曰："不得意而作，词旨乃反振矜，收尤诡隽有味。"

《旧唐书·狄仁杰传》：上疏曰："恒、代之镇重，则边州之备实矣。"○《史记·项羽本纪》曰："古之王公，地方千里，必居上游。"○方虚谷曰："部署安抚二司并府事，故曰三幕府。"姚曰："知真定府当兼三局：知府，一也。安抚司，二也。马步军都总管，三也。此所谓三幕府。"○韩退之《送幽州李端公序》曰："今相国李公为吏部员外郎，愈常与偕朝，道语幽州司徒公之贤曰：某前年被诏告礼幽州，及郊，司徒公红帓首，鞲袴，握刀在左，右杂佩，弓韣服，矢插房，俯立迎道左。"○《宋史·地理志》曰："河北西路：庆历八年初置真定府路安抚使，统真定府，磁、相、邢、赵、洺六州。"姚曰："真定府所统六州，镇州为本府，余磁、相、邢、赵、洺，故曰五诸侯。"○姚曰："其地赵王镕之故国，故曰王藩故社。"○《史记·货殖传》曰："种、代，石北也，人民好气任侠，其谣俗犹有赵之风也。"郭景纯《游仙诗》曰："京华游侠窟。"○《汉书·匈奴传赞》曰："使边城守境之民，父兄缓带，稚子咽哺，胡马不窥于长城，而羽檄不行于中国。"《晋书·羊祜传》曰："祜镇荆州，在军常轻裘缓带，身不被甲。"

落　花

赵令畤（德麟）《侯鲭录》（卷二）曰："宋莒公兄弟少时作《落花诗》，为时脍炙。"方虚谷曰："宋郊，字伯庠，后改名庠，字公序，弟祁，字子京。夏英公竦守安州，兄弟以布衣游学，席上赋此二诗。（公序诗今未录）英公以为有台辅器。"

坠素翻红各自伤，青楼烟雨忍相望？

将飞更作迴风舞；已落犹成半面妆。吴曰："此联兴会飙举，能尽落花之神态。"

沧海客归珠进泪；章台人去骨遗香。

可能无意传双蝶？尽付芳心与蜜房。纪曰："结乃
神似玉溪。"吴曰："此少作，故浓艳乃尔，收干乞之旨。"

李义山《风雨诗》曰："黄叶仍风雨，青楼自管絃。"○相
望，依《侯鲭录》原注，诸本误忘。案：《瀛奎律髓》亦作忘。
○将飞，《侯鲭录》将作欲，注：将。○《洞冥记》（卷四）曰：
"武帝所幸宫人名丽娟，于芝生殿唱《迴风》之曲，庭中花皆翻
落。"李长吉《残丝曲》曰："落花起作迴风舞。"○《南史·后
妃传》曰："元帝徐妃讳昭佩，无容质，不见礼。帝三二年一入
房，妃以帝眇一目，每知帝至，必为半面妆以俟，帝见则大怒而
去。"○沧海句见李义山《锦瑟诗》注。○《汉书·张敞传》曰：
"走马章台街，使御吏驱，自以便面拊马。"又《本事诗》曰：
"韩翃题诗曰：章台柳，章台柳，昔日青青今在否？纵然长条似
旧垂，亦应攀折他人手。"○李义山《落花诗》曰："芳心向春
尽。"○杜子美《秋野诗》曰："天寒割蜜房。"○《侯鲭录》付
作委，注：付。

梅圣俞

送赵谏议知徐州

原注曰："及。"案宋史《赵及传》曰："及字希之，知河
中府，迁右谏议大夫，还判大理寺流内铨，知徐州。"《职官
志》曰："门下省左谏议大夫掌规谏讽谕，凡朝政阙失，大臣
至百官任非其人，三省至百司事有违失，皆得谏正。中书省右
谏议大夫与门下省同。"又曰："左右谏议大夫为从四品。"案：
"宋京东路徐州治彭城县，今江苏铜山县治。"

鹿车几两马几匹？轸建朱幡骑彀弓。洒然而来。

雨过短亭云断续；莺啼高柳路西东。

吕梁水注千寻险；大泽龙归万古空。

莫问前朝张仆射，毬场细草绿蒙蒙。讽谕入妙。

《御览·车部》四引《风俗通》曰："鹿车，窄小裁容一鹿也。或曰乐车，乘牛马者剉草饮饲达曙，今乘此虽为劳极，然入传舍偃卧无忧，故曰乐车。"《车部》二引曰："车一两，谓两两相与为体也。原其所以言两者，箱装及轮两两如耦，故称两耳。"韩退之《送杨少尹序》曰："不知杨侯去时，城门外送者几人，车几两，马几匹？"○《考工记·舆人》注曰："轸，舆后横木者也。"又《辀人》曰："轸之方也，以象地也。"戴东原（震）曰："舆下四面材合而收谓之轸。"（《考工记图》）段若膺（玉裁）曰："合舆下三面之材与后横木而正方，故谓之轸。浑言之，四面曰轸。析言之，辀轵所树曰轛，辀后曰轸。"○卢允言《送信州姚使君诗》曰："朱幡徐转候群官。"○《说文》曰："彀，张弩也。"《史记·张释之传》《索隐》："如淳曰：彀骑，张弓之骑也。"○《太平寰宇记》曰："河南道徐州彭城县：吕梁在县东南五十七里。"《左传》：楚子辛侵宋吕留。杜注：彭城吕县也。（襄元年）汉为吕县，宋武北征改为寿张。又《十道志》云：泗水吕县积石为梁。《庄子》曰：吕梁悬水三十仞，鱼鳖所不能过。（《达生篇》）今则不然。《清统志》曰："江苏徐州府：吕梁洪在铜山县东南五十里，有上下二洪，相去凡七里，巨石齿列，波流汹涌。"○《史记·高祖本纪》曰："母曰刘媪，尝息大泽之陂，梦与神遇，是时雷电晦冥，太公往视，则见蛟龙于其上。"《寰宇记》曰："徐州府丰县：大泽在县北六里。"《清统志》曰："徐州府：大泽在丰县北。"○韩退之《上张仆射第二书》时在徐州节度张建封幕，谏其击毬事也，故此借以为讽。

欧阳永叔

夷陵岁暮书事呈元珍表臣

《居士集》目录注曰："景祐三年。"案《年谱》曰："景祐三年五月，降为峡州夷陵令。"夷陵已见卷三《代赠田文初诗》注。又案《居士集》原校曰："一本作元珍判官表臣推官。"《永叔集·校理丁君墓表》曰："君讳宝臣，字元珍，姓丁氏，常州晋陵人也。景祐元年举进士及第，为峡州军事判官。"王介甫《司封员外郎秘阁校理丁君墓志铭》曰："为峡州军事判官，与庐陵欧阳修游，相好也。"表臣未详，梅圣俞有《送栎阳宰朱表臣》《泗守朱表臣都官创北园》等诗，未知即其人否。

萧条鸡犬乱山中。时节峥嵘忽已穷。
游女髻鬟风俗古；野巫歌舞岁年丰。
平时都邑今为陋；敌国江山昔最雄。纪曰："五六沉着。"
荆楚先贤多胜迹，不辞携酒问邻翁。
□兴会飙举，欧诗之有气概者。

游女二句，原注曰："夷陵俗朴陋，惟岁暮祭鬼则男女数百相从而乐饮，妇女竞为野服，以相游嬉。"○敌国句，原注曰："三国时吴、蜀战争于此。"○荆楚二句，原注曰："处士何参居县舍西，好学，多知荆楚故事。"

戏答元珍

春风疑不到天涯，二月山城未见花。纪曰："起得超妙。"

残雪压枝犹有橘；冻雷惊笋欲抽芽。

夜闻归雁生乡思；病入新年感物华。

同是洛阳花下客，野芳虽晚不须嗟。

　　□方虚谷曰："此夷陵作。欧公自谓得意，盖春风疑不到天涯一句未见其妙，若可惊异，第二句云：二月山城未见花，即先问后答，明言其所谓也，以后句句有味。"

　　丘希范《答徐侍中诗》曰："侧闻洛阳客，金盖翼高车。"

　　永叔《笔说》曰："春风疑不到天涯，若无下句，则上句何堪？既见下句，则上句颇工，文意难评，盖如此也。"

苏明允

　　苏洵，字明允，眉州眉山人。嘉祐初，与其二子轼、辙皆至京师，翰林学士欧阳修上其所著书二十二篇，宰相韩琦善之，奏于朝，召试舍人院，辞疾不至，遂除秘书省校书郎，与姚辟同修《太常因革礼》，书成方奏，未报，卒。《宋史》入《文苑传》。

九日和韩魏公

　　《宋史·韩琦传》曰："琦字稚圭，相州安阳人。嘉祐元年，拜枢密使。三年六月，拜同中书门下平章事、集贤殿大学士。辅立英宗，拜右仆射，封魏国公。"○方虚谷曰："《诗话》谓韩魏公九日饮执政，老泉以布衣与坐，今味'闲傍诸儒老曲台'之句，即是修太常礼之时，非布衣也。盖英宗治平二年乙巳韩公首倡，见《安阳集》。是日有雨，所和诗非席上所赋，其曰暮归冲雨寒无睡，乃是饮归而和此诗耳。"

> 晚岁登门最不才，萧萧华发映金罍。
> 不堪丞相延东阁；闲伴诸儒老曲台。
> 佳节已从愁里过；壮心偶傍醉中来。
> 暮归冲雨寒无睡，自把新诗百遍开。

□纪曰："老泉不以诗名，此诗极老健。"

登门已见卷五吴子华《偶题诗》注。○《后汉书·文苑·边让传》：蔡邕荐让于何进曰："华发旧德，并为元龟。"○《诗·卷耳》曰："我姑酌彼金罍。"○东阁已见吴子华《偶题诗》注。○《汉书·艺文志》：礼有《曲台》《后仓》九篇。注如淳曰："行礼射于曲台，后仓为记，故名《曲台记》。《汉宫》曰：大射于曲台。晋灼曰：天子射宫也。西京无太学，于此行礼也。"

曾子固

曾巩，字子固，建昌南丰人。嘉祐二年进士第，调太平州司法参军，召编校史馆书籍，迁馆阁校勘、集贤校理，为实录检讨官，出通判越州。神宗召见，拜中书舍人，卒。《宋史》有传。

上　元

《春明退朝录》（卷中）曰："本朝太宗时，三元不禁夜，上元御乾元门，中下元御东华门，后罢中下元二节，而初元游观之盛冠于前代。"《岁时广记》（卷十）引吕原明《岁时杂记》曰："道家以正月十五日为上元。"

> 金鞍驰骋属儿曹，夜半喧阗意气豪。
> 明月满街流水远；华灯入望众星高。
> 风吹玉漏穿花急；人倚朱栏送目劳。
> 自笑低心逐年少，只寻前事撚霜毛。

□吴曰："高华秾丽，音响逼入盛唐。"

《容斋三笔》（卷一）曰："上元张灯，《太平御览》所载《史记·乐书》曰：汉家祀太一，以昏时祠到明，今人正月望日夜游观灯，是其遗事。（见《时序部》十五），《艺文类聚·岁时部》中、《初学记·岁时部》下并同。）而今《史记》无其文。（案：《御览》今人正月云云乃小字注，非《史记》本文也。惟《乐志》本作正月上辛，非必十五日耳。）韦述《两京新记》曰：正月十五日夜敕金吾弛禁前后各一日以看灯。按《国史》：乾德五年正月，诏以朝廷无事，区寓乂安，令开封府更增十七十八两夕。太平兴国五年十月下元，京城始张灯如上元之夕。至淳化元年六月，始罢中元、下元张灯。"《七修类稿》（卷二十七）曰："《唐书·严挺之传》云：睿宗好音律，先天二年正月望日，胡人婆陁请然千灯，因弛门禁，帝御安福门纵观，昼夜不息。韦述《两京新记》曰：正月十五夜敕金吾弛禁前后各一日看灯，则是始于睿宗，成于玄宗无疑。"○《续汉书·舆服志》曰："降及战国，奢僭益炽，竞修奇丽之服，饰以舆马，文罽玉缨，象镳金鞍，以相夸上。"○杜牧之《长安杂题诗》曰："天下一家无一事，将军携镜泣霜毛。"

王介甫

送项判官

《文献通考·职官考》十六曰："宋朝沿五代之制，两使置判官、推官各一人，馀州置推、判官各一人。"

　　断芦洲渚落枫桥，渡口沙长过午潮。
　　山鸟自呼泥滑滑；行人相对马萧萧。
　　十年长自青衿识；千里来非白璧招。
　　握手祝君能强饭，华簪常得从鸡翘。

□吴曰："负声振采。"

　　泥滑滑已见卷三欧阳永叔《啼鸟诗》注。○《诗·车攻》曰："萧萧马鸣。"○《礼记·曲礼上》曰："十年以长则兄事之。"○《诗·子衿》曰："青青子衿。"毛传曰："青衿，青领也，学子之所服。"○《文选·月赋》李善注引《韩诗外传》曰："楚襄王遣使持金十斤，白璧百双，聘庄子为相。"○《史记·外戚世家》曰："子夫上车，平阳主拊其背曰：行矣强饭，勉之，即贵无相忘。"○《独断》（卷上）曰："鸾旗者，编羽毛引系幢旁，俗人名之曰鸡翘车，非也。"李义山《茂陵诗》曰："属车无复插鸡翘。"

葛溪驿

《太平寰宇记》曰："江南西道信州弋阳县：葛溪水出上饶县灵山，过当县李诚乡，在县西二里。昔欧冶子居其侧，以此

水淬剑。又有葛仙冢焉，因日葛水。"《清统志》曰："江西广
信府，葛溪在弋阳县西二里，亦名西溪，葛溪驿在弋阳县南，
唐时为弋阳馆，明嘉靖时毁。"

缺月昏昏夜未央，一灯明灭照秋床。
病身最觉风霜早；归梦不知山水长。
坐感岁时歌慷慨；起看天地色凄凉。
鸣蝉更乱行人耳，正抱疏桐叶半黄。

　　□纪曰："老健深稳，意境殊自不凡。三四细腻，后四句神
力圆足。"

王平甫

　　王安国，字平甫，介甫之弟也。熙宁初，韩绛荐其才行，召
试及第，除西京国子教授，官满授崇文院校书，后改秘阁校理。
《宋史》附《王安石传》。

西湖春日

西湖已见卷五白乐天诗注。

争得才如杜牧之？试来湖上辄题诗。
春烟寺院敲茶鼓；夕照楼台卓酒旗。工致。
浓吐杂芳薰嶬崿；湿飞双翠破涟漪。
人间幸有蓑兼笠，且上渔舟作钓师。

　　□纪曰："通体鲜华，起得超妙，五六生造而不捏凑，且上
二字缴起句争得二字，一气呼应。"

《文选》谢灵运《晚出西射堂诗》曰:"连鄣叠巇嶭。"李善注曰:"巇嶭,崖之别名。《尔雅》曰:重巇,陮。(《释山》巇作甗。)"《文字集略》曰:"嶭,崖也。"○张子寿《感遇诗》曰:"侧见双翠鸟。"○《诗·伐檀》曰:"河水清且涟漪。"毛传曰:"风行水成文曰涟。"《释水》曰:"大波为澜,小波为沦。"《释文》曰:"澜或作涟,是涟与沦对文,漪语词,故石经残碑作兮。"然《文选》左太冲《吴都赋》曰:"濯明月于涟漪。"薛注曰:"风行水成文曰涟漪,又引诗,且申之曰:清且涟漪者,水极丽也。"则以涟漪并列,不以漪为语词,盖别有所本,为此诗所取也。○郑守愚《试笔偶书诗》曰:"沧江负钓师。"

苏子瞻

姚曰:"东坡天才有不可思议处,其七律只用梦得、香山格调,其妙处岂刘、白所能望哉?"方曰:"东坡随意吐属,自然高妙,奇气峥兀,情景涌见,如在目前,故是古今奇才无两,自别为一种笔墨,脱尽蹊径之外。然其才大学富,用事奔凑,亦开俗人流易轻滑之病。"

和子由渑池怀旧

苏子由《怀渑池寄子瞻兄诗》云:"相携话别郑原上,共道长途怕雪泥。归骑还寻大梁陌,行人已度古崤西。曾为县吏民知否?旧病僧房壁共题。遥想独游佳味少,无言骓马但鸣嘶。"自注云:"辙曾为此县簿,未赴而中第。"王见大《苏诗总案》曰:"嘉佑六年十一月,公赴凤翔,子由送至郑州,过渑池,老僧奉闲已死,和子由《怀渑池诗》。"案:宋京西北路河南府渑池县,今河南渑池县治。

人生到处知何似？应似飞鸿踏雪泥。

泥上偶然留指爪；鸿飞那复计东西？

老僧已死成新塔；坏壁无由见旧题。

往日崎岖还记否？路长人困蹇驴嘶。

□吴曰："起超隽，后半率。"

老僧二句，子由诗自注曰："昔与子瞻应举，过宿县中寺舍，题老僧奉闲之壁。"〇末句自注曰："往岁马死于二陵，骑驴至渑池。"案：贾生《吊屈原文》曰："腾驾罢牛骖蹇驴兮。"

和董传留别

王注引赵尧卿曰："董传，字至和，洛阳人。有诗名于时，尝在凤翔与东坡相从。韩魏公镇长安，传有诗云：古来风义遗才少，近世公卿荐士稀。韩举而已卒矣。"查注曰："公《与韩魏公尺牍》云：进士董传至长安，见轼于传舍，道其穷苦之状，赖公而存，又荐我于朝。吾平生无妻，近省彭别驾许嫁我以妹云云。按先生作此书时，传已病殁，则其生前未尝娶妇，故诗中有眼乱行看择婿车之句。"王见大注曰："董传家于二曲，此诗作于长安也。"又《总案》曰："治平元年十二月，罢签判任，自凤翔赴长安，和董传《留别诗》。"

粗缯大布裹生涯，腹有诗书气自华。飘然而来，有昂头天外之概。

厌伴老儒烹瓠叶；强随举子踏槐花。

囊空不办寻春马；眼乱行看择婿车。

得意犹堪夸世俗，诏黄新湿字如鸦。

陶渊明《杂诗》曰："御冬足大布，粗絺以应阳。"〇韩退之

《符读书城南诗》曰："由腹有诗书。"○《诗·瓠叶》郑笺曰："烹，熟也，瓠叶者，以为饮酒之菹也。酒既成，先与父兄室人烹瓠叶而饮之。"《后汉书·儒林传》曰："刘昆教授弟子恒五百馀人，每春秋飨射，常备列典仪，以素木瓠叶为俎豆。"○《南部新书》（卷一）曰："长安举子自六月后落第者不出京，谓之过夏。多借净坊庙院作新文章，曰夏课。时语曰：槐花黄，举子忙。"○孟东野《及第诗》曰："春风得意马蹄疾，一日看遍长安花。"○《唐摭言》（卷三）曰："曲江之宴，行市罗列，长安几于半空，公卿家率以其日拣选东床，车马阗塞，莫可殚述。"○《南史·王韶之传》曰："迁黄门侍郎，领著作，凡诸诏黄皆其辞也。"《唐六典》（卷九）曰："册书诏敕总名曰诏，天后以避讳，改诏为制，今册书用简，制书劳慰，制书发日敕用黄麻纸，敕旨论事敕及敕牒用黄藤纸。"○卢仝《示添丁诗》曰："闲来案上翻墨汁，涂抹诗书如老鸦。"

出颍口初见淮山是日至寿州

施注曰："东坡纵笔书此诗，且题云：予年三十六赴杭倅，过寿作此诗。今五十九，南迁至虔，烟雨凄然，颇有当年气象也。墨迹在吴兴秦氏。"案《水经·淮水篇》曰："东北至九江寿春县西，又东，颍水从西北来流注之。"郦注曰："淮水又东流与颍口会。"《清统志》曰："安徽凤阳府：寿春故城，今寿州治。"（今改县）《总案》曰："熙宁四年六月，以太常博士、直史馆通判杭州。九月，公行，子由送至颍州。十月二日，抵涡口，遇风，出颍口，初见淮山，至寿州。"

我行日夜向江海，枫叶芦花秋兴长。

长淮忽迷天远近；青山久与船低昂。

寿州已见白石塔；短棹未转黄茅冈。

　　波平风软望不到，故人久立烟苍茫。

　　□吴曰："公有古风一首，与此略同，盖自喜之甚，复约之以为近体。"

　　白乐天《琵琶行》曰："枫叶荻花秋瑟瑟。"○子瞻《李思训画长江绝岛图诗》曰："沙平风软望不到，孤山久与船低昂。"○长淮，施注曰："集作平淮，今从墨迹。"○白乐天《山鹧鸪诗》曰："黄茆冈头秋日晚。"

和刘道原咏史

　　《宋史·文苑传》曰："刘恕，字道原，筠州人。"王注曰："道原，刘居士涣子也。天圣中进士第。居官有直气，不屑辄去，卜居星渚。"查注曰："《东都事略》称道原有史学，于魏、晋以后事尤精详，考证前史差谬，著《十国纪年》四十二卷，《通鉴外纪》十卷，其精于史学如此。惜咏史诗不传也。"案：子瞻先有送刘道原归觐南康诗。施注曰："司马公编次《通鉴》，英宗令自择馆阁英才。公曰：馆阁文士诚多，至于专精史学，臣得而知者，唯刘恕耳。即召为局僚，书成公推其功为多，而道原亡矣。家至无以养，而不以一毫取于人，冬无寒具。司马公遗衣褥，亦封还之。与王介甫有旧，介甫执政，道原在馆阁，欲引置条例司，固辞而谓曰：天子方付公大政，宜恢张尧、舜之道，不应以利为先。是时介甫权震天下，人不敢忤，而道原愤愤欲与之校。又条陈所更法令不合众心者，劝使复旧，至面刺其过。介甫怒，变色如铁，道原不以为意。或稠人广坐对其门生诵言得失无所忌，遂与之绝。以亲老求监南康军酒，官至秘书丞，卒年四十七。"

　　仲尼忧世接舆狂，臧穀虽殊竟两亡。吴曰："无端

而来，至为奇妙。"

　　吴客漫陈《豪士赋》；桓侯初笑越人方。

　　名高不朽终安用；日饮无何计亦良。

　　独掩陈编弔兴废，窗前山雨夜浪浪。

　　接舆已见卷四王摩诘《辋川闲居诗》注。○《庄子·骈拇篇》曰："臧与榖二人相与牧羊，而俱亡其羊。问臧奚事，则挟筴读书，问榖奚事，则博塞以游。事业不同，其于亡羊均也。"○《晋书·陆机传》曰："机，吴郡人也。齐王冏既矜功自伐，受爵不让，机恶之，作《豪士赋》以刺焉。"○《史记·扁鹊传》曰："扁鹊姓秦氏，名越人。过齐，齐桓侯客之，入朝见曰：君有疾，在腠理，不治将深。桓侯曰：寡人无疾。扁鹊出，桓侯谓左右曰：医之好利也，欲以不疾者为功。后五日，扁鹊复见曰：君有疾，在血脉，不治恐深。桓侯曰：寡人无疾。后五日扁鹊复见曰：君有疾，在肠胃间。桓侯不应。后五日，扁鹊复见，望见桓侯而退走，曰：疾在骨髓，虽司命无奈之何。"○杜子美《醉时歌》曰："名垂万古知何用？"○《左传》襄公二十四年：叔孙豹曰："大上有立德，其次有立功，其次有立言，虽久不废，此之谓不朽。"○《汉书·爰盎传》曰："盎兄子种为常侍，盎徙为吴相，辞行。种谓盎曰：吴王骄日久，国多奸，南方卑湿，丝能日饮亡何，说王毋反而已。"颜注曰："无何，言更无馀事。"

有美堂暴雨

　　《庚溪诗话》曰："嘉祐初，龙图阁直学士、尚书吏部郎中梅公仪守杭，上特制诗宠赐，其首章曰：地有吴山美，东南第一州。梅既到杭，遂建堂山上，名曰有美。欧阳修为记。"案《清统志》曰：浙江杭州府：有美堂在城内吴山最高处。

游人脚底一声雷，吴曰："奇景。"满坐顽云拨不开。

天外黑风吹海立；浙东飞雨过江来。

十分潋滟金尊凸；千杖敲铿羯鼓催。

唤起谪仙泉洒面，倒倾鲛室泻琼瑰。方曰："奇气。"

王注引师民瞻曰："俗说高雷无雨，故雷自地震即暴雨也。"○陆鲁望《苦雨诗》曰："顽云猛雨更相欺。"○杜子美《朝献太清宫赋》曰："九天之云下垂，四海之水皆立。"○《吴地记》曰："汉顺帝永建四年，有山阴县人殷重献策于帝，请分江置两浙，诏司空王袭封从钱塘江中分，向东为会稽郡，向西为吴郡。"○谢玄晖《观朝雨诗》曰："朔风吹飞雨，萧条江上来。"○木玄虚《海赋》曰："泧溿激潋。"○杜牧之《寄李起居诗》曰："云罍心凸知难捧。"又《羊栏浦夜陪宴会诗》曰："酒凸觥心泛潋光。"○《唐语林》（卷五）曰："李龟年善打羯鼓。明皇问：卿打多少杖？对曰：臣打五千杖讫。"○韩退之《城南联句》曰："树啄头敲铿。"《羯鼓录》曰："宋开府璟善羯鼓，谓上曰：头如青山峰，手如白雨点。山峰取不动，雨点取碎急。"○《旧唐书·文苑·李白传》曰："玄宗度曲，欲造乐府新词，亟召白，白已卧于酒肆矣。召入，以水洒面，即令秉笔，顷之成十馀章。初，贺知章见白，赏之曰：此天上谪仙人也。"○鲛室已见李义山《锦瑟诗》注。○《左传》成十七年曰："初，声伯梦涉洹，或与已琼瑰，食之，泣而为琼瑰，盈其怀。"

雪后北台书壁二首

张清源《云谷杂记》（卷三）曰："北台在密州之北，因城为台，马耳与常山在其南，东坡为守日，葺而新之，子由因请名之曰超然台。"《清统志》曰："山东青州府：超然台在诸城县北城上。"查曰："按陆放翁云：苏文忠公雪诗用尖、叉二韵，王文公有次韵诗，议者谓非二公莫能为也。吕成叔乃顿和至百篇，字字工妙，无强凑泊之病。据此则尖、又二韵介甫当时皆有和章，今集中所载只又字韵六首耳。至吕成叔百篇，世无一传者，古人名作湮没，何可胜道？可发一叹。"

黄昏犹作雨纤纤，夜静无风势转严。

但觉衾裯如泼水；不知庭院已堆盐。吴曰："得雪之神。"

五更晓色来虚幌；半夜寒声落画檐。

试扫北台看马耳，未随埋没有双尖。

《世说新语·言语篇》曰："谢太傅寒雪日内集，与儿女讲论文义，俄而雪骤下，公欣然曰：白雪纷纷何所似？兄子胡儿曰：撒盐空中差可拟。兄女曰：未若柳絮因风起。"白乐天《对火玩雪诗》曰："盈尺白盐寒。"○五更二句，王见大曰："五更乃迟明之时，未应遽晓，而我方疑之，复因半夜寒声渐悟为雪也。此乃以下句叫醒上句。"冯注谓上云五更下云半夜，似倒，因从七集本及《梁溪漫志》（卷七知不足斋本亦作半夜，不作半月。）所载作半月，以月影方半解，全局打散矣。○子瞻《超然台记》曰："南望马耳、常山。"案《水经·潍水》注曰："潍水又东北，涓水注之，水出马耳山，高百丈，上有二石并举，望齐马耳，故世取名焉。"《清统志》曰："山东青州府：马耳山在诸诚县西南五十里。"

城头落日始翻鸦，陌上晴泥已没车。

冻合玉楼寒起粟；光摇银海眩生花。清腴可爱。

遗蝗入地应千尺；宿麦连云有几家？

老病自嗟诗力退，空吟《冰柱》忆刘叉。

王注引李德载（厚）曰："道经以项肩骨为玉楼，眼为银海，起粟谓冻起肉上为生粟。"又引赵彦材曰："世传王荆公常诵先生此诗，叹云：苏子瞻乃能使事至此。时其婿蔡卞曰：此句不过咏雪之状，妆楼台如玉楼，弥漫万象若银海耳。荆公哂焉，谓曰：此出道书也。蔡卞曾不理会于玉楼何以谓之冻合，而下三字云寒起粟，于银海何以谓之光摇，而下三字云眩生花乎？粟字盖使赵飞燕虽寒，体无轸粟也。"（冯曰："见《飞燕外传》。"步瀛案：《外传》轸作疹，然今本《外传》乃伪书，不足据。）方虚谷曰："玉楼为肩，银海为眼，用道家语，然竟不知出道家何书。盖《黄庭》一种书，相传有此说。"纪曰："此因玉楼银海太涉体物，故造为荆公此说以周旋东坡，其实只是地如银海台似玉楼耳，不必曲为之说也。"案：纪说亦有见，故并存之。○王注引宋正辅（援）曰："雪宜麦而辟蝗，故为丰年之祥兆，蝗遗子于地，若雪深一尺则入地一丈，麦得雪则滋茂而成稔岁，此老农之语也。"○《齐民要术》（卷二）引《氾胜之书》曰："夏至后七十日可种宿麦。"又曰："冬雨雪，止，以物辄蔺麦上，掩其雪勿令从风飞去，后雪复如此，则麦耐旱多实。"《尔雅翼》（卷一）曰："麦比他谷独隔岁种，故号宿麦。"○郑守愚《寄题方干处士诗》曰："暮年诗力在。"○《新唐书·刘叉传》（附《韩愈传》）曰："叉作《冰柱》《雪车》二诗，出卢仝、孟郊右。"《韵语阳秋》（卷三）曰："刘叉诗酷似玉川子，《冰柱》《雪车》二诗虽作语奇怪，然议论亦皆出于正也。《冰柱诗》云：不为四时雨，徒于道路成泥粗。不为九江浪，徒能汩没天之涯。《雪车诗》谓官家不知民馁寒，尽驱牛车盈道载屑玉。载载欲何之？秘藏深宫，以御炎酷。如此等句亦有补于时，与玉川《月蚀诗》稍相类。"

谢人见和前篇二首

王见大曰："二诗盖系答安石者。"吴曰："半山和作极尽

艰难刻画之苦，而公前后四章皆极天然妙趣，所谓天马行空者
也。"

> 已分酒杯欺浅懦；敢将诗律斗深严？
> 渔蓑句好真堪画；柳絮才高不道盐。运用灵活。
> 败履尚存东郭足；飞花又舞谪仙檐。
> 书生事业真堪笑，忍冻孤吟笔退尖。

王注引赵尧卿曰："郑谷《雪诗》：江上晚来堪画处，渔人披
得一蓑归。而段赞善小笔精微，摹为图画，故谷以诗谢之曰：爱
余风雪句，幽绝写渔蓑。是则真曾入画也。先生常评此诗以为村
舍学中语，然以其有实事，故引用之。"○柳絮见上注。○《南
齐书·张融传》曰："融作《海赋》以示镇国将军顾凯之，凯之
曰：卿此赋实超玄虚，但不道盐耳。"○《史记·滑稽传》：褚先
生曰："齐东郭先生久待诏公车，贫困饥寒，衣敝履不完，行雪
中，履有上无下，足尽践地，道中人笑之。"○李太白《题东溪
公幽居诗》曰："飞花送酒舞前檐。"○韩退之《李员外寄纸笔
诗》曰："兔尖针莫并。"赵曰："苦寒则笔退尖矣。"

> 九陌凄风战齿牙，银杯逐马带随车。
> 也知不作坚牢玉；无奈能开顷刻花。
> 得酒强欢愁底事；闭门高卧定谁家？
> 台前日暖君须爱，冰下寒鱼渐可叉。

□吴曰："此四篇皆率性漫作，特其才力伟大，故能特见精
警。"

《三辅黄图》（卷二）引《三辅旧事》曰："长安城中，八街
九陌。"○韩退之《雪诗》曰："随车翻缟带，逐马散银杯。"

○《文选》谢惠连《雪赋》曰："白玉虽白，空守贞兮。未若兹雪，因时兴灭。"李善注引刘熙《孟子注》曰："白雪之性消，白玉之性坚。"《汉书·息夫躬传》："器用盬恶。"注引邓展曰："盬，不坚牢也。"○顷刻花见卷五韩退之《至蓝关示侄孙湘诗》注。○杜子美《对雪诗》曰："银壶酒易赊。"韩退之《秋怀诗》曰："得酒且欢喜。"杜牧之《不饮酒诗》曰："与愁争底事？"○高卧见卷一王介甫和《吴冲卿雪诗》注。○赵尧卿曰："韩退之有《叉鱼诗》，东坡既作此诗，以示黄门。黄门曰：冰下有鱼，恐未易叉耳。东风解冻冰始解，莫若改为冰解何如？公以为知言。"王见大曰："此说附会，解冻之意已到，且并未说死叉字，无须出解字也。"步瀛案：吾乡人冬日凿冰为孔，伏其上叉冰下之鱼，为一种渔业，惜王见大未见耳。仍未免泥于旧说，上句云日暖须爱，亦用《左传》文七年杜注冬日可爱之意，何尝含有解冻之意乎？又案《文选》潘安仁《西征赋》："挺叉来往。"李善注："取鱼叉也。"

八月七日初入赣过惶恐滩

《年谱》曰："绍圣元年甲戌，先生年五十九，知定州，就任落两职，追一官，知英州，未到任，再贬宁远军节度副使，惠州安置。"查注曰："《陈书·高祖纪》：南康赣石旧有二十四滩，高祖之发也，水暴起数丈，三百里滩巨石皆没。宋邢坦斋引《庐陵志》亦云二十四滩。惟《万安县志》则云赣州二百里至岑县，又一百里至万安，其间滩有十八，旧皆属虔州。宋熙宁中割地立县，自赣城下二十里曰储，曰鳖，曰横弦，曰天柱，曰小湖，曰铜盆，曰阴，曰阳，曰会神，以上九滩属赣。自青洲下至梁口，乃万安县地，其滩曰金，曰昆仑，曰晓，曰武朔，曰小蓼，曰大蓼，曰绵，曰漂神，曰黄公，滩水湍急，惟黄公为甚。东坡南迁，讹为惶恐。赵清献守虔州，尝疏凿十八滩，以杀水势，盖十八滩为尤险也。"

> 七千里外二毛人；十八滩头一叶身。
> 山忆喜欢劳远梦；地名惶恐泣孤臣。
> 长风吹客添帆腹；积雨浮舟减石鳞。
> 便合与官充水手，此生何止略知津？

　　□纪曰："真而不俚，怨而不怒。"吴曰："纵逸不羁，如见其人。"

　　《左传》僖二十三年：宋襄公曰："君子不禽二毛。"杜注曰："头白有二色也。"○韩退之《湘中酬十一功曹诗》曰："共泛清湘一叶舟。"白乐天《舟夜赠内诗》曰："一叶舟中载病身。"○喜欢句，自注曰："蜀道有错喜欢铺，在大散关上。"○惶恐句，查注曰："《坦斋通纪》云：诗人好改易地名以就句法。《庐陵志》：二十四滩自下而上，第一滩在万安县前，名黄公滩，坡乃改为惶恐，以对喜欢。慎案：文信国亦有惶恐滩头说惶恐之句，则又因坡公而传讹者也。"冯星实（应榴）《合注》曰："山水村落之名，原无定称，安见惶恐之必应曰黄公乎？先生当日必先有惶恐句，因以喜欢为上句，今转以改滩名就句法，恐先生必不为也。又案《名胜志》引文相国七律一首，中有遥知岭外相思处，不见滩头惶恐声句。"○王注引赵彦材曰："帆以其受风，故云腹。水在石上流，其波如鱼鳞，故云石鳞。"○《论语·微子篇》：长沮曰："是知津矣。"

海南人不作寒食而以上巳上冢予携一瓢酒寻诸生皆出矣独老符秀才在因与饮至醉符盖儋人之安贫守静者也

　　王注引洪玉父（炎）曰："按先生《被酒独行诗》注云：符林秀才也。"查注曰："林即老符之名也。"案《年谱》曰："绍

圣四年丁丑，先生年六十二，五月，责授琼州别驾，昌化军安
置，遂寄家于惠州，独与幼子过渡海，以七月十三日到儋州。"
《总案》曰："绍圣五年三月三日，携酒一瓢出游城南，则诸生
皆出，惟符林在，作诗。六月一日改元符元年。"

　　　老鸦衔肉纸飞灰。吴曰："起句倒戟而入，奇肆票
姚。"万里家山安在哉？

　　　苍耳林中太白过；鹿门山下德公回。

　　　管宁投老终归去；王式当年本不来。吴曰："用典
妙绝。"

　　　记取南城上巳日，木棉花落刺桐开。

　　纸飞灰已见卷一《寒食雨诗》注。○李太白有《寻城北范居
士失道落苍耳中见范置酒摘苍耳诗》。案：子瞻有《苍耳录》。
○《后汉书·逸民传》曰："庞公者，南郡襄阳人也。后遂携其
妻子登鹿门山，因采药不返。"注引《襄阳记》曰："德操年少德
公十岁，兄事之，呼作庞公，故俗人遂谓庞公是德公名，非也。
又鹿门山旧名苏岭山，建武中襄阳侯习郁立神祠于山，刻二石鹿
夹神道口，俗因谓之鹿门庙，遂以庙名山也。"○《魏志·管宁
传》曰："避难居辽东，文帝即位，征还郡。"裴注曰："宁在辽
东，积三十年乃归。"○《汉书·儒林传》曰："王式为博士，止
舍中，会诸博士共持酒食劳式，江公心嫉式，谓歌吹诸生曰：歌
《骊驹》! 式客罢让诸生曰：我本不欲来，诸生强劝我，竟为竖子
所辱。遂谢病免归。"○施注引《番禺杂编》曰："木棉树高二三
丈，切类桐木，二三月间花既谢，蕊为棉，彼人绩之为毯，洁白
如雪，温暖无比。刺桐树似青桐而矮，三四月时红芳满树，禁烟
时士女竞憩花阴，亦曲江之偶也。"

儋 耳

《汉书·武帝纪》曰："元封六年定越地以为南海、苍梧、郁林、合浦、交阯、九真、日南、珠厓、儋耳郡。"《昭帝纪》曰："元始五年罢儋耳郡。"《太平寰宇纪》曰："岭南道儋州昌化郡：今理宜伦县。"《元丰九域志》曰："广南西路昌化军：唐儋州昌化郡。熙宁六年废为昌化军，治宜伦县。"《清统志》曰："广东琼州府：儋耳故郡在儋州西。"案：今改儋县。

霹雳收威暮雨开，独凭栏槛倚崔嵬。

垂天雌霓云端下；快意雄风海上来。

野老已歌丰岁语；除书欲放逐臣回。

残年饱饭东坡老，一壑能专万事灰。

□方曰："三四奇警。"吴曰："雄宕。"

冯山公（景）《补注》曰："《甘氏星经》：霹雳在雷电南，皆北方水府之精，而娵訾为天门，故其神栖焉。《唐书》吴武陵与孟简书云：子厚之斥十二年，殆半世矣。霆砰电射，天怒也，不能终朝。圣人在上，安有毕世而怒人臣耶？（《文艺传》）公起句暗用其意。"○《庄子·逍遥游》曰："怒而飞，其翼若垂天之云。"○《尔雅·释天》曰："蜺为挈贰。"郭璞注曰："蜺，雌虹也。"疏引《音义》云："虹双出，色鲜盛者为雄，闇者为雌。"《汉书·天文志上》颜注引如淳曰："蜺读曰齧。"沈约《郊居赋》曰："雌霓连蜷。"○宋玉《风赋》曰："此大王之雄风也。"○杜子美《病后过王倚饮赠歌》曰："但得残年饱吃饭。"○《汉书·叙传》曰："渔钓于一壑，则万物莫奸其志。"陆士龙《逸民赋序》曰："古之逸民，轻天下，细万物，而欲专一丘之惧，擅一壑之美，岂不以身胜于宇宙而心恬于纷华者哉？"

六月二十日夜渡海

《年谱》曰："元符三年庚辰，先生年六十五，在儋州。五月大赦，量移廉州安置。六月，过琼州，遂渡海，有诗。"查曰："王氏《交广春秋》：朱崖、儋耳，大海中极南之外，对合浦徐闻县，清朗无风之日，遥望朱崖州如囷廪大，从徐闻对渡，北风举帆，一日一夜而至，周围二千馀里，径渡八百里。"《太平寰宇记》："朱崖去雷川除闻县隔一小海。"

参横斗转欲三更，苦雨终风也解晴。
云散月明谁点缀？天容海色本澄清。
空馀鲁叟乘桴意；粗识轩辕奏乐声。
九死南荒吾不恨，兹游奇绝冠平生。

　□纪曰："前半纯是比体，如此措辞，自无痕迹。"

《宋书·乐志》：《善哉行》古词曰："月没参横，北斗阑干。"王见大曰："粤中六月下旬至天将旦，中庭已见昴毕，升高而东望，则觜参亦上，若以此较六月二十日海外之二三鼓时，则参已早见矣，与内地不同。"○《左传》昭四年曰："秋无苦雨。"《诗·终风》毛传曰："终日风为终风。"○《晋书·谢重传》曰："为会稽王道子骠骑长史，因侍坐，于时月夜明净，道子叹以为佳。重率尔曰：意谓乃不如微云点缀。道子戏曰：卿居心不净，乃复强欲滓秽太清邪！"○云散句，王见大曰："问章惇也。"○天容句，王曰："公自谓也。"○《论语·公冶长篇》："子曰：道不行，乘桴浮于海。"陶渊明《饮酒诗》曰："汲汲鲁中叟。"○《汉书·律历志》曰："黄帝始垂衣裳，有轩冕之服。故天下号曰轩辕氏。"《庄子·天运篇》曰："黄帝张咸池之乐于洞庭之野。"○《离骚》曰："虽九死其犹未悔。"

黄鲁直

姚曰："山谷刻意少陵，虽不能到，然其兀傲磊落之气，足与古今作俗诗者澡濯胸胃，导启性灵。"方曰："杜七律所以横绝诸家，只是沉着顿挫，恣肆变化，阳开阴合，不可方物。山谷之学专在此等处。"

寄黄几复

原注曰："乙丑年德平镇作。"案黄子耕《山谷先生年谱》（卷七）曰："元丰八年乙丑，先生是岁春夏犹在德平。"又《山谷内集目录》任注曰："山谷在太和凡三年，至元丰癸亥移监德州德平镇。"又《年谱》（卷一）曰："几复名介，豫章西山人。先生作《几复墓志》载几复年甚少，则有意于六经，方士大夫未知读《庄》《老》时，几复为余言云云，则是几复与先生少年交游，盖几复自熙宁九年同学究出身，为长乐尉，广州教授，楚州推官，知四会县，仕于岭南者十年。元祐三年没于京师。"

我居北海君南海，寄雁传书谢不能。吴曰："黄诗起处每飘然而来，亦奇气也。"

桃李春风一杯酒；江湖夜雨十年灯。方曰："浩然一气涌出。"

持家但有四立壁；治病不蕲三折肱。

想见读书头已白，隔溪猿哭瘴溪藤。方曰："五六顿住，结句出场。"

任注曰："山谷跋云：几复在广州四会，予在德州德平镇，皆海滨也。按《舆地广记》：四会旧属广州，熙宁六年割隶端州。此诗元丰末所作，犹云广州，盖欲表见南海之意也。山谷古诗亦云：四会有黄令。《左传》（僖公四年）：君处北海，寡人处南海，惟是风马牛不相及也。"案：宋四会县，今广东四会县治。德平镇，今山东德平县治。○《史记·司马相如传》曰："家居徒四壁立。"○《左传》定十三年：高彊曰："三折肱知为良医。"任曰："此借用，言其谙练世故，不待困而后知也。"○杜子美《九日诗》曰："殊方日落玄猿哭。"○任曰："四会在广东，故曰瘴溪。"

次韵王定国扬州见寄

王定国已见卷三苏子瞻《百步洪诗》注。

清洛思君昼夜流。北归何日片帆收？
未生白发犹堪酒；垂上青云却佐州。
飞雪堆盘脍鱼腹；明珠论斗煮鸡头。
平生行乐自不恶，岂有竹西歌吹愁？

□吴曰："苏奇处在才气，黄奇处在工力。如未生白发、麒麟堕地等联，皆痛撰出奇，前无古人，自辟一家蹊径。"

任注曰："元丰中，导洛水入汴河谓之清汴，扬州水所过之地也。诗意谓相思之心与水无极。"○卢全《闻韩员外职方贬国子博士有感诗》曰："力小垂垂上，天高又不登。"○扬子云《解嘲》曰："当涂者升青云。"○杜子美《观打鱼歌》曰："饔子左右挥双刀，脍飞金盘白雪高。"又《姜七少府设脍戏赠长歌》曰："无声细下飞碎雪，有骨已剁觜春葱。偏劝腹腴愧年少，软炊香饭缘老翁。"○《证类本草》（卷二十三）曰："鸡头实一名芡实。蜀本《图经》云：此生水中，叶大如荷，皱而有刺，花子若拳大，形似鸡头，实若石榴，肉白。"刘梦得《泰娘歌》曰："斗量明珠鸟传意。"○杨子幼《报孙会宗书》曰："人生行乐耳。"○竹西见卷四杜牧之《题扬州禅智寺诗》。

次韵柳通叟寄王文通

故人昔有凌云赋，何意陆沉黄绶间？

头白眼花行作吏；儿婚女嫁望还山。<small>方曰："叙事往复顿挫。"</small>

心犹未死杯中物；春不能朱镜里颜。

寄语诸公肯湔祓，割鸡聊得近乡关。

《史记·司马相如传》曰："相如既奏大人之颂，天子大悦，飘飘有凌云之气，似游天地之间意。"○《庄子·则阳篇》："仲尼曰：是陆沉者也。"郭注曰："人中隐者，譬无水而沉也。"黄绶已见卷五李颀《寄綦毋三诗》注。○杜子美《病后过王倚饮赠歌》曰："头白眼暗坐有眡。"又《饮中八仙歌》曰："眼花落井水底眠。"○嵇叔夜《与山巨源绝交书》曰："一行作吏，此事便废。"○《后汉书·逸民传》曰：向长，字子平，男女婚嫁毕，遂恣意游五岳名山。○心犹句，任曰："言饮兴未衰也。"○陶渊明《责子诗》曰："天运苟如此，且进杯中物。"○白乐天《渐老诗》曰："白发逐梳落，朱颜辞镜去。"○《楚策》四：汗明曰："君独无意湔祓仆也。"鲍注曰："湔，手浣也。祓，去恶也。"○《论语·阳货篇》曰："子之武城，闻弦歌之声，夫子莞尔而笑曰：割鸡焉用牛刀？"任曰："割鸡谓为令宰。"

清　明

佳节清明桃李笑，野田荒陇只生愁。

雷惊天地龙蛇蛰；雨足郊原草木柔。

人乞祭馀骄妾妇；士甘焚死不公侯。

贤愚千载知谁是？满眼蓬蒿共一丘。

□后半苍凉沉郁，感喟无穷。

史公仪注曰："《本事诗》：崔护清明独游都城南，得居人庄，酒渴叩门求饮，有女子以盂水至。来岁清明往寻之，门庭如故而扃锁之，因题诗曰：人面不知何处去，桃花依旧笑春风。"李义山《李花诗》曰："强笑欲春风。"○雷惊句，史曰："谓已过惊蛰节。"案《易·系辞上》曰："龙蛇之蛰。"○祭馀句，史曰："《孟子》所谓齐人乞墦间之祭，归而骄其妻妾。（《离娄下》）以言清明上冢。"○焚死句，史注引陆翙《邺中记》曰："寒食断火，起于子推。《左传》《史记》无介推被焚事。《周礼·司烜》：仲春以木铎修火禁，则禁火盖周之制也。"案：《初学记·岁时部》下，《御览·时序部》十五，引《邺中记》较详。史注盖节引之耳。《左传》僖二十四年曰："晋侯赏从亡者，介之推不言禄，禄亦弗及，遂隐而死。"《大戴礼·卫将军篇》称介山子推，《史记·晋世家》《吕氏春秋·介立篇》《说苑·复恩篇》载介子推事，皆不言焚死。《庄子·盗跖篇》曰：介子推抱木燔死。《楚辞·九章·惜往日》曰："介子忠而立枯兮。"王逸注谓子推抱树烧而死。（《盗跖篇》，苏子瞻以为后人伪托。《惜往日》，吴挚甫先生以为吊屈者之词，非屈原作。）而《新序·介士篇》、蔡邕《琴操》、王肃《丧服要记》（《水经·汾水注》引）、周斐《汝南先贤传》（《艺文类聚·岁时部》中及《初学》《御览》皆引之）皆言子推焚死，然《琴操》以为五月五日断火。《后汉书·周举传》以为冬中辄一月寒食。而《玉烛宝典》（卷三）、《艺文类聚》（《岁时部》中）、《初学记》《御览》引《范书》皆作春中寒食一月。疑今本《后汉书》冬字有误。然《容斋三笔》（卷二）引以证寒食在冬月，非春月，是宋本已作冬字矣。魏武帝《明罚令》（《玉烛》《类聚》《初学》皆引之）、陆翙《邺中记》（《玉烛》《类聚》《初学》皆引之）皆以为冬至后百五日。《荆楚岁时记注》谓据历合在清明前二日，亦有去冬至一百六日者。《玉烛宝典》谓今世常于清明前二日。诸说又自不同。要之，介推焚死本后人傅会。故《邺中记》《岁时记注》《玉烛宝典》《容斋三笔》《路史发挥》（卷一）、《日知录》（二十五）皆辨其谬。然诗人用事，固无庸刻舟求剑。山谷此诗借以寓慨，不必辨其事之有无也。

徐孺子祠堂

《后汉书·徐稚传》曰："稚，字孺子，豫章南昌人也。家贫常自耕稼，非其力不食，恭俭义让，所居服其德。屡辟公府不起。时陈蕃为太守，以礼请署功曹，稚不之免，既谒而退。蕃在郡，不接宾客，唯稚来特设一榻，去则悬之。后举有道，家拜太原太守，皆不就。延熹二年，尚书令陈蕃、仆射胡广等上疏荐稚等，桓帝征之，并不至。灵帝初，欲蒲轮聘稚，会卒。"《太平寰宇记》曰："江南西道洪州南昌县：徐孺子台在州东南二里。《舆地志》云：台在县东湖小洲上，郡守陈蕃所立。"曾子固《徐孺子祠堂记》曰："孺子，豫章南昌人。按《图记》，章水北历南塘，其东为东湖，湖南有小洲，上有孺子宅，号孺子台。予为太守之明年，始即其处结茆为堂，图孺子像，祠以中牢。"《舆地纪胜》曰："江南西路隆兴府：孺子亭在东湖西城上，孺子宅即孺子亭也。曾南丰即其地创祠堂。"《清统志》曰："江西南昌府：徐孺子祠有二，一在府治南东湖之南，南唐徐锴《续豫章志》以稚宅在州东北，陈蕃为迁于南塘湖南际小洲，是也。宋曾巩始即故处结茅为堂，图孺子像，有记。其一南唐所建，徐铉有记。明洪武初迁于南昌县学之左。"案：此诗有湖水句，知即曾子固所记者。

乔木幽人三亩宅，生刍一束向谁论？
藤萝得意干云日；箫鼓何心进酒尊？
白屋可能无孺子？黄堂不是欠陈蕃。
古人冷淡今人笑，湖水年年到旧痕。

　　□姚曰："从杜公《咏怀古迹》来而变其面貌，凡咏古诗镕铸事迹，裁对工巧，此西昆纤丽之体。若大家以自吐胸臆，兀傲纵横，岂以俪事为尚哉！"

　　《后汉书·徐穉传》曰："郭林宗有母忧，穉往吊之，置生刍一束于庐前而去。众怪不知其故。林宗曰：此必南州高士徐孺子也。《诗》不云乎：生刍一束，其人如玉。《白驹》吾无德以堪之。"○《韩诗外传》三曰："周公践天子之位七年，穷巷白屋先见者四十九人。"《汉书·萧望之传》颜注曰："白屋谓白盖之屋，以茅覆之，贱人所居。"○《后汉书·郭丹传》曰："丹字少卿，南阳穰人也。太守杜诗敕以丹事编署黄堂，以为后法。"章怀注曰："黄堂，太守之听事。"史注引《鸡跖集》曰："苏州太守所居堂（《演繁露》卷三以为春申君之子假君所居之地。）以数遭火，因涂雌黄，故曰黄堂。"○《太平寰宇记》曰："洪州南昌县东湖：按雷次宗《豫章记》云：州城东有大湖，北与城齐，随城回曲，至南塘水通章江，增减与江水同。"《清统志》曰："南昌府：东湖在府城东南隅。"

次韵裴仲谋同年

史曰："时仲谋为舞阳尉。"《年谱》曰："仲谋名纶。"

交盖春风汝水边，客床相对卧僧毡。

舞阳去叶才百里；贱子与公俱少年。

白发齐生如有种；青山好去坐无钱。吴曰："绝好顿挫。"

烟沙篁竹江南岸，输与鸬鹚取次眠。

□吴曰："此诗章法绝妙。"

《汉书·地理志》注："应劭曰：汝水出弘农入淮。"《清统志》曰："河南府：汝水在嵩县南，东北流入伊阳县界。"○史曰："裴官于颍昌之舞阳，山谷尉汝州叶县。"案：宋京西北路颍昌府舞阳县，今河南舞阳县治；宋汝州叶县，今河南叶县治。○贱子句，史曰："山谷时年二十四。"○《史记·陈涉世家》：涉曰："王侯将相宁有种乎？"○《云溪友议》（卷上）曰："郑太穆致书于襄阳于司空頔云云，又有匡庐符载山人遣三尺童子赍数幅文书，乞买山钱百万，公遂与之。"温飞卿《春日访李十四处士诗》曰："自是无钱可买山。"○《尔雅·释鸟》曰："鹭鹚。"郭注曰："即鸬鹚也，觜头曲如钩食鱼。"

池口风雨留三日

此盖元丰三年山谷赴太和县任，经贵池，风雨留三日。《年谱》曰："元丰三年庚申，是岁改官授知吉州太和县（今江西太和县治）。"《元丰九域志》曰："江南东路池州治贵池县，贵池有池口镇。"《清统志》曰："安徽池州府：池口镇在贵池县西北。"

孤城三日风吹雨，小市人家只菜蔬。

水远山长双属玉；身闲心苦一春鉏。

翁从傍舍来收网；我适临渊不羡鱼。

俯仰之间已陈迹，暮窗归了读残书。

　　□方曰："起句顺点，次句夹写夹叙，三四以物为比，五六以人为比，收出场入妙。此诗别有风味，一洗腥腴。"

　　杜子美《题忠州龙兴寺诗》曰："小市常争米，孤城早闭门。"○《文选·上林赋》曰："驾鹅属玉。"郭璞注曰："属玉似鸭而大，长颈赤目，紫绀色。"○《尔雅·释鸟》曰："鹭，春鉏。"郭注曰："白鹭也。"陆元恪《毛诗疏》曰："鹭，水鸟也，好而洁白，故谓之白鸟。齐、鲁之间谓之春鉏，辽东、乐浪、吴、扬人谓之白鹭。"○羡鱼已见卷四孟浩然《望洞庭湖诗》注。○王逸少《兰亭诗序》曰："向之所欣，俛仰之间，已为陈迹。"

<h2 style="text-align:center">次元明韵寄子由</h2>

　　史曰："山谷兄大临，字元明，《寄子由诗》云：钟鼎功名淹管库，朝廷翰墨写风烟。管库谓监筠州盐酒税也。子由在筠有《东轩记》，实元丰三年十二月作，是岁庚申，山谷得太和，辛酉到官。"

　　　　半世交亲随逝水；几人图画入凌烟。
　　　　春风春雨花经眼；江北江南水拍天。
　　　　欲解铜章行问道；定知石友许忘年。
　　　　脊令各有思归恨，日月相催雪满颠。

　　□方曰："平叙起，次句接得不测，不觉其为对，笔势宏放。三四即从次句生出，更横阔。五六始入题叙情，收别有情事亲切。"

　　凌烟已见卷二杜子美《丹青引》注。○史曰："《汉官仪》：县令秩五百石，铜章墨绶。"○《庄子·在宥篇》曰："黄帝闻广成子在于空同之上，故往见之，曰：敢问至道之精。"《知北游篇》曰："啮缺问道乎披衣，披衣曰：若正汝形，一汝视，天和将至。"○《晋书·潘岳传》曰："岳《金谷诗》云：投分寄石友，白首同所归。"○《梁书·文学传》曰："何逊弱冠，州举秀才，范云见其对策，大相称贵，因结忘年交好。"《陈书·江总传》曰："范阳张缵、琅琊王筠、南阳刘之遴并高才硕学，总时年少有名，缵等雅相推重，为忘年友。"○脊令已见卷四杜子美《得舍弟消息诗》注。又杜子美《寄杜位诗》曰："鬓发还应雪满头。"史曰："言彼此皆有兄弟之思，如脊令在原也。"

再次韵寄子由

想见苏耽携手仙，青山桑柘冒寒烟。
麒麟堕地思千里；虎豹憎人上九天。
风雨极知鸡自晓；雪霜宁与菌争年？
何时确论倾尊酒，医得儒生自圣颠？

□吴曰："中四句妙绝天下，黄诗所以不朽，全赖此等。"

《水经·耒水》注曰："马岭山高六百馀丈，汉末有郡民苏耽栖游此山。《桂阳列仙传》云：耽，郴县人，少孤，养母至孝，面辞母云：受性应仙，当违供养。后见耽乘白马还此山中，百姓为立坛祠，因名为马岭山。"案左太冲《招隐诗》曰："左把浮丘袖，右拍洪厓肩。"携手疑用此意。○史曰："《韵书》曰：骐骥，白马黑脊。傅玄《豫章行》云：男儿当门户，堕地自生神。"案魏武帝《短歌行》曰："老骥伏枥，志在千里。"○《楚辞·招魂》曰："魂兮归来君无上天些，虎豹九关啄害下人些。"○《诗序》曰："《风雨》，思君子也。乱世则思君子不改其度焉。"《诗》曰："风雨凄凄，鸡鸣喈喈。"毛传曰："风且雨凄凄然，鸡犹守时而鸣喈喈然。"○《庄子·逍遥游》曰："朝菌不知晦朔，蟪蛄不知春秋，此小年也。"杜牧之《题魏文贞诗》曰："蟪蛄宁与雪霜期？贤哲难教俗士知。"史曰："诗意谓松柏冒霜雪，岂与朝菌较修短耶？"○末句原注曰："出《素问》。"史曰："今按《难经》五十九难曰：狂颠之病，何以别之？自高，贤也。自辩，智也。自贵，倨也。妄笑好歌，乐也。"

登快阁

史曰："快阁在太和，山谷《送吕知常赴太和丞》云：我去太和欲暮矣，吕君初得太和官。又云：快阁六月江风寒。"《年谱》曰："阁在太和，今有先生祠堂。"《清统志》曰："江西安吉府：快阁在太和县治东澄江之上，以江山广远景物清华，故名。"

痴儿了却公家事，快阁东西倚晚晴。
落木千山天远大；澄江一道月分明。
朱弦已为佳人绝；青眼聊因美酒横。
万里归船弄长笛，此心吾与白鸥盟。

□方曰："起四句且叙且写，一往浩然。五六对意流行，收尤豪放。此所谓寓单行之气于排律之中者。"吴曰："意态兀傲。"

《晋书·傅咸传》曰："夏侯骏弟济素与咸善，与咸书曰：江海之流混混，故能成其深广也。天下大器非可稍了，而相观每事欲了，生子痴，了官事，官事未易了也，了事正作痴复为快耳。"○《吕氏春秋·本味篇》曰："锺子期死，伯牙破琴绝絃，终身不复鼓琴，以为世无足复为鼓琴者。"史曰："用锺期事，不知谓谁。"○《晋书·阮籍传》曰："籍又能为青白眼，稽喜来弔，籍作白眼，喜不怿而退。喜弟康闻之，乃赍酒挟琴造焉，籍大悦，乃见青眼。"

过方城寻七叔祖旧题

《年谱》曰："七叔祖讳注，字梦升，终南阳主簿。欧阳文忠公为作墓铭。载《六一居士集》。方城属唐州。"案：宋京西南路唐州方城县，今河南方城县治。

壮气南山若可排。今为野马与尘埃。吴曰："沉痛。"

清谈落笔一万字；白眼举觞三百杯。奇气涌起，亦有排南山之势。

周鼎不酬康瓠价；豫章元是栋梁材。

眷然挥涕方城路，冠盖当年向此来。

诸葛孔明《梁父吟》曰："力能排南山。"〇野马见卷五韩致尧《安贫诗注》。〇《后汉书·郑太传》曰："孔公绪清谈高论，嘘枯吹生。"〇杜子美《饮中八仙歌》曰："举觞白眼望青天。"《世说新语·文学篇》注引《郑玄别传》曰："袁绍辟玄，及去，饯之城东，欲玄必醉，会者三百馀人，皆离席奉觞，自旦及莫，度玄饮三百馀栖，而温克之容，终日无怠。"〇贾生《弔屈原文》曰："斡弃周鼎，宝康瓠兮。"《尔雅·释器》曰："康瓠谓之甈。"郭注曰："瓠，壶也。"〇豫章见卷二杜子美《短歌行》注。〇杜子美《双枫浦诗》曰："自惊衰谢力，不道栋梁材。"

答龙门潘秀才见寄

《水经·伊水》注曰："伊水又北入伊阙。昔大禹疏以通水，两山相对，望之若阙。伊水历其间北流，故谓之伊阙矣。傅毅《反都赋》曰：因龙门以畅化，开伊阙以达聪也。"《元丰九域志》曰："西京河南府河南郡治河南县。又河南县有龙门镇。"《清统志》曰："河南府：阙塞山在洛阳县南，亦名龙门山。"又曰："龙门镇在洛阳县南二十里。"

男儿四十未全老，便入林泉真自豪。

明月清风非俗物；轻裘肥马谢儿曹。

山中是处有黄菊；洛下谁家无白醪？

想得秋来常日醉，伊川清浅石楼高。

　　□方曰："起兀傲，一气涌出，三四顿挫，五六略衍，收出场。"

　　《周书·韦夐传》曰："所居之宅，枕带林泉。"○《世说新语·言语篇》："刘尹云：清风朗月，辄思玄度。"又《排调篇》曰："嵇、阮、山、刘在竹林酣饮，王戎后往，步兵曰：俗物已复来败人意。"○《后汉书·耿弇传》：光武笑曰："小儿曹乃有大志哉！"○《洛阳伽蓝记》（卷四）曰："河东人刘白堕善能酿酒，游侠语曰：不畏张弓拔刀，唯畏白堕春醪。"苏子瞻《次韵张安道诗》曰："时蒙致白醪。"○《水经·伊水篇》曰："伊水出南阳鲁阳县西蔓渠山，至洛阳县南北入于洛。"《清统志》曰："河南府：伊水自陕州卢氏县熊耳山发源至洛阳，又东北至偃师县北入于洛。"○《新唐书·白居易传》曰："东都所居履道里，疏沼种树，构石楼香山，凿八节滩。"

题落星寺　四首录一

　　史曰："山谷真迹第三首（即所录之一首）题云：落星岚漪轩。"案《水经·庐江水》注曰："湖中有落星石，周回百馀步，高五丈，上生竹木。传曰有星坠此，因以名焉。"《太平寰宇记》曰："江南西道江州德化县：庐山在州南，落星石（今本作山，依史注引改。）在山东周回一百五十步，高丈许。《图经》云：昔有星坠水化为石，当彭蠡湾中，俗呼为落星湾。"《舆地纪胜》曰："江南东路建康军：落星石，《舆地广记》云：昔有星坠水化为石，今为落星寺。又有落星湾。夏秋之季，湖水方涨，则星石泛于波澜之上，至隆冬水涸则可以步涉。"（今《广记》无此文)《清统志》曰："江西南康府（今南康县）有落星寺，在城南三里落星石上，一名法安院。唐乾宁中建，今废。"

落星开士深结屋；龙阁老翁来赋诗。
小雨藏山客坐久；长江接天帆到迟。
宴寝清香与世隔；画图妙绝无人知。
蜂房各自开户牖，处处煮茶藤一枝。

□姚曰："此诗真所谓似不食烟火人语。"方曰："此摹杜公《终明府水楼》，音节气味逼肖，而别出一段风趣。"

原注曰："寺僧择隆作宴坐小轩，为落星之胜处。"○慧琳《一切经音义》卷十玄应撰《明度无极经》第一卷《音义》曰："开士谓以法开道士也。梵云扶萨。"又卷十六《文殊师利佛土严净经》下卷《音义》曰："开士，梵语菩萨者也。谓以法开道之士，故名开士也。"○杜子美《玄都坛歌》曰："独在阴崖结茅屋。"○史曰："龙阁老翁当谓李公择，南康军建昌人，庐山亦在南康境内，必有赋咏。按元祐三年八月丙子，御史中丞李常充龙图直学士，其赋诗当在此前。"步瀛案：疑此当属山谷自谓，诗中始有主脑。但《宋史·本纪》《文艺传》及《续通鉴长编》《年谱》皆不言山谷任职龙图阁。绎此诗四首本非同时作，此首当在绍圣元年辞编修居乡待命除知宣州又除知鄂州之时。《长编》自元祐八年七月以后至绍圣四年四月以前已阙，不能详考。（浙江局本有拾补，亦甚略。）窃疑知宣州、鄂州或有直龙图阁之衔。是年山谷已五十岁，故以龙阁老翁自署也。○史曰："《庄子·大宗师篇》：藏舟于壑，藏山于泽。"○韦应物《郡斋雨中与诸文士燕集诗》曰："燕寝凝清香。"○画图句，原注曰："僧隆书甚富，而寒山、拾得画最妙。"○《魏志·方伎·管辂传》：辂射覆卦成曰："家室倒悬，门户众多，藏精育毒，得秋乃化，此蜂窠也。"

陈履常

九日寄秦觏

秦觏一作秦觏，《宋史·文苑传》曰："秦观，字少游，一字太虚，扬州高邮人。弟觏，字少章，觏字少仪，皆能文。"

疾风迴雨水明霞，瓜步丛祠欲暮鸦。

九日清樽欺白发；十年为客负黄花。隽永有味，使人之意也消。

登高怀远心如在，向老逢辰意有加。

淮海少年天下士，独能无地落乌纱。

□纪曰："诗不必奇，自然老健。"

《述异记》（卷下）曰："瓜步在吴中，吴人卖瓜于江畔，因用名焉。"柳子厚《铁炉步志》曰："江之浒，凡舟可縻而上下者曰步。"《清统志》曰："江苏扬州府：瓜洲渡在江都县南四十五里，渡口与镇江府（今丹徒县）相对。"又："仪征县（今并入江都县）西南四十里亦名瓜步渡，接六合县界。"○《汉书·陈胜传》颜注曰："丛谓草木岑蔚也。祠，神祠也。"○杜子美《夔府书怀诗》曰："生逢酒赋欺。"郎君胄《送彭偃房由赴朝因寄钱大李十七诗》曰："风光欺鬓发。"○潘安仁《秋兴赋》曰："登山怀远而悼近。"○《史记·鲁仲连传》：新垣衍曰："吾乃今日知先生为天下之士也。"任注曰："秦觏，涟水军人，在扬州之境，故云淮海少年。"○末句，任曰："用孟嘉落帽事。唐令狐楚《重阳日登落帽台诗》云：贵重近臣光绮席，笑谈从事落乌纱。"○

纪曰："后四句言已已老兴尚不浅，况以秦之豪杰，岂有不结伴
登高者乎？乃因以寄相忆耳。"

寄侍读苏尚书

任曰："据《实录》：元祐七年八月，苏公（轼）以兵部尚
书兼翰林学士。十一月，又除端明殿学士兼侍读，守礼部尚
书。此诗似八年所作，盖有六月西湖之句。"案：方虚谷以此
诗作于颍州召入时。王宗稷《苏文忠年谱》曰："元祐七年，
先生年五十七，在颍州以兵部尚书召还，复兼侍读。是年迁礼
部尚书，迁端明侍读学士。"

　　六月西湖早得秋。二年归思与迟留。
　　一时宾客馀枚叟；在处儿童说细侯。
　　经国向来须老手；有怀何必到壶头？
　　遥知丹地开黄卷；解记清波没白鸥。

　　□方虚谷曰："此规东坡以进用不已，恐必有后患也。"纪
曰："规戒语以婉约出之，故是诗人之笔。"

苏子瞻有《陪欧阳公宴西湖诗》，王注引赵尧卿曰："颍州西
湖。"《清统志》曰："安徽颍州府：西湖在阜阳县西北三里，长
十里，广二里。颍河合诸水汇流处也。宋晏殊、欧阳修、苏轼相
继为守，皆常宴赏于此，与杭州西湖并称。"案：子瞻以元祐六
年到颍，七年召还，凡首尾二年。○《文选》谢惠连《雪赋》
曰："梁王不悦，游于兔园。乃置旨酒，命宾友，召邹生，延枚
叟。"杜子美《寄汉中王诗》曰："空馀枚叟在。"任曰："枚叟谓
枚乘，后山取以自比也。"○《后汉书·郭伋传》曰："伋字细
侯，扶风茂陵人也。为并州牧。伋前在并州，素结恩德，伋后行
部到西河美稷，有童儿数百，各骑竹马道次迎拜。"任曰："此句

属苏公。"〇《后汉书·马援传》曰："武威将军刘尚击武陵五溪蛮夷，深入，军没，援因复请行，时年六十二。明年三月，进营壶头，会暑甚，士卒多疫死，援亦中病，遂困，乃穿岸为室，以避炎气。左右哀其壮意，莫不为之流涕。"章怀注引《武陵记》曰："壶头山边有石窟，即援所穿室也。"《清统志》曰："湖南辰州府：壶头山在沅陵县东北一百三十里。"〇丹地句，任曰："谓苏公在经筵也。《北史·周纪》曰：椒房丹地有众如云。《汉书·梅福传》注曰：以丹淹泥涂殿上地。《晋书》：褚陶曰：圣贤备在黄卷中。（《文苑传》）"〇任曰："此篇又劝苏公高退，苏公在颍和子由诗有明年兼与士龙去，万顷沧波没两鸥之句。"

东山谒外大父墓

　　任曰："后山盖庞丞相籍之外孙。司马温公作《丞相墓志》云：葬雍丘（今河南杞县治）东山。"《宋史·庞籍传》曰："字醇之，单州成武人，参知政事，拜工部侍郎、枢密使，迁户部，拜中书门下平章事、昭文馆大学士，以太子太保致仕，封颍国公，薨，谥庄敏。"方虚谷曰："后山先母夫人，皇祐丞相庞公籍之女。初丞相父格官彭城，丞相与孔道辅从后山祖泊游而成此姻。后山父讳琪，字宝之，受丞相恩仕至国子博士，通判绛州。熙宁九年卒，年六十。母夫人绍圣二年卒，年七十七岁。"

土山宛转屈苍龙，下有槃槃盖世翁。
万木刺天元自直；丛篁侵道更须东。
百年富贵今谁见？一代功名托至公。
少日拊头期类我，暮年垂泪向西风。
　　□纪曰："一气浑成，后山最浑厚之作。"

《御览·礼仪部》三十九引《图墓书》曰："凡相山陵之法，望如龙状有头尾蜿蛇者葬之，出二千石。凡依山作冢，皆当立在山东为利，得山之形力也。"○任注引《晋阳秋》云："谚曰：大才槃槃。"《史记·项羽本纪》曰："项王自为诗曰：力拔山兮气盖世。"○张平子《南都赋》曰："森蓴蓴而刺天。"○任曰："《齐民要术》曰：竹性爱西南引，谚云：东家种竹，西家治地。（今本佚此文）此言更须东，谓自己侵道，不须复东引也。"案：纪晓岚改东字为通，斥任注为附会，然通字太平，恐非后山用字法。任注引《齐民要术》解东字甚确，但云不须复东引，疑未是。上句喻庞之孤直，此句喻当日党议纷纭，不免谤诬，日久则公论自出，当反前日之论议矣。○任曰："《庞丞相墓志铭》盖司马温公所作，曾子固《谢欧阳舍人撰先大父志铭书》曰：后之作铭者，苟记之非人，则书之非公与是，不足以行世而传后。"案：此注似近附会，此追论庞之所为托于至公耳，不必纠缠志铭。○任曰："《后汉·吴祐传》：父恢拊其首曰：吴氏世不乏季子矣。扬子曰：螟蛉之子殪而逢果蠃祝之曰：类我类我，久则肖之矣。（《法言·学行篇》）拊头字见《魏志·刘廙传》。"○王介甫《谢公墩诗》曰："暮年垂泪对桓伊。"

和寇十一晚登白门

后山有赠寇国宝及与魏衍、寇国宝、田从先二倅分韵等诗，殆即其人。白门已见卷五韩君平《送冷朝阳诗》注。案：此诗任子渊列于元符三年，曰："是岁后山在徐州，正月徽宗即位，七月除棣州教授，其冬往赴未至间，十一月，除秘书正字。"案：此诗作于三年之春，故有白首逢新政之句。游子故乡，盖为元祐诸贤喜也。

重门杰观屹相望，表里山河自一方。

小市张灯归意动；轻衫当户晚风长。

孤臣白首逢新政；游子青春见故乡。

富贵本非吾辈事，江湖安得便相忘？

□后半沉着往复有致。

韩退之《记梦诗》曰："隆楼杰阁磊嵬高。"○《左》襄二十八年：子犯曰："表里山河，必无害也。"○杜子美《闻官军收河南河北诗》曰："青春作伴好还乡。"○富贵二句，任曰："言富贵固不可期，而江湖之志亦未遂也。庄子曰：鱼相忘于江湖。"案：见《大宗师篇》，此特摘用其字耳。

刘景文

刘季孙，字景文，开封祥符人。初以右班殿直监饶州酒税，后以左藏副使为两浙兵马都监，驻杭州。苏子瞻知杭州，一见遇以国士，表荐之，得隰州卒。见施注《苏诗》（卷二十八《次韵答刘景文左藏》）。

寄苏内翰

《宋史·苏轼传》曰："在翰林数月，复以谗请外，乃以龙图阁学士知颍州。"《续通鉴长编》（四百六十三）曰："元祐六年八月壬辰，翰林学士承旨兼侍读苏轼为龙图学士，知颍州。"《苏诗总案》曰："元祐六年八月二十二日，到颍州任。"案：此诗有重阳句，当是是年九月作。子瞻有次韵和诗，又送刘景文诗有云："一篇向人写肝肺，四海知我霜鬓须。"（《石林诗话》以此二句为和诗，误。）自注曰："君前有诗见寄云：四海共知霜鬓满，重阳曾插菊花无？"盖深喜之也。

倦压鳌头请左符；笑寻颍尾为西湖。

二三贤守去非远；六一清风今不孤。

四海共知霜鬓满，重阳曾插菊花无？吴曰："至语
入人心脾。"

聚星堂上谁先到？欲傍金樽倒玉壶。

姚合《和卢给事酬裴员外诗》曰："蓬莱宫阙压鳌头。"
○《汉书·文帝纪》注曰："与郡守为符，各分其半，右留京师，
左以与之。"○《水经·颍水》注曰："颍水东南入于淮。"《春
秋》昭公十二年："楚子狩于州来，次于颍尾。"盖颍水之会淮
也。馀见卷三欧阳永叔《鹦鹉词》注。○西湖已见陈履常《寄侍
读苏尚书诗》注。○《宋史·欧阳修传》曰："晚更号六一居
士。"案永叔《六一居士传》曰："客有问曰：六一何谓也？居士
曰：吾家藏书一万卷，集录三代以来金石遗文一千卷，有琴一
张，有棋一局，而常置酒一壶。客曰：是为五一尔。居士曰：以
吾一翁老于此五物之间，是岂不为六一乎？"○《名胜志》曰：
"安徽颍州府聚星堂：欧阳文忠守颍时，于州治起聚星堂，与侯
官王回深父、临江刘攽贡父、州人常秩夷甫、六安焦千之强伯为
日夕燕游之所。"《清统志》曰："颍州府：聚星堂在府治内。"
○《玉台新咏》（卷一）辛延年《羽林郎诗》曰："丝绳提玉壶。"

陈去非

方虚谷曰："古今诗人但以老杜、山谷、后山、简斋四家为
一祖三宗，馀可预配飨者有数焉。"步瀛案：此说称颂二陈太过，
实不免门户之见，然二家佳处自不可没也。

巴丘书事

胡仲孺（稺）《陈简斋先生年谱》曰："建炎二年戊申正月，自邓往房州遇房，奔入南山，抵回谷，至春末出山至青溪，夏至均阳。八月离均阳，经高舍，度石城，上岳阳。"案《吴志·吴主传》曰："建安十九年，使鲁肃以万人屯巴丘，以御关羽。"裴注曰："巴丘今日巴陵。"《水经·湘水篇》曰："又北至巴丘山入江。"注曰："山在湘水左岸，山有巴陵故城，本吴之巴丘邸阁城也。晋太康元年立巴陵县于此。"《元丰九域志》曰："荆湖北路岳州巴陵郡治巴陵县。"案：即今湖南岳阳县治。

三分书里识巴丘，临老避胡初一游。
晚木声醋洞庭野；晴天影抱岳阳楼。雄秀。
四年风露侵游子，十月江湖吐乱洲。言水落而洲出也，吐字下得奇警。
未必上流须鲁肃，腐儒空白九分头。

诸葛孔明《出师表》曰："今天下三分。"案：书指《三国志》。○《年谱》曰："宣和七年乙巳至陈留，靖康元年丙午正月，北房（金）入寇，复丁外艰，自陈留寻避地至商水，由舞阳次南阳。七月，复北征，还陈留。未几，再从汝州叶县经方城至光化上崇山。建炎元年丁未正月，自襄阳光化复入邓。"案：自宣和七年至建炎二年凡四年。○《左》昭十七年，司马子鱼曰："我得上流，何故不吉？"《吴志·鲁肃传》曰："字子敬，临淮东城人也。拜汉昌太守。"《吕蒙传》曰："知羽（关羽）居国上流，其势难久。"○腐儒见卷四杜子美《江汉诗》注。

除　夜

　　此诗当是建炎二年除夕作，至三年九月则去岳阳赴湘潭矣。

　　城中爆竹已残更，朔吹翻江意未平。

　　多事鬓毛随节换；尽情灯火向人明。吴曰："句句惊创。"

　　比量旧岁聊堪喜；流转殊方又可惊。

　　明日岳阳楼上去，岛烟湖雾看春生。

　　□纪曰："气机生动，语亦清老，结有神致。"

　　《神异经》曰："西方深山中有人焉，名曰山臊，人尝以竹著火中，爆烞而出，臊皆惊惮。"《荆楚岁时记》曰："正月一日，鸡鸣而起，先于庭前爆竹，以辟山臊恶鬼。"○张见赜《赋得寒柳晚蝉疏诗》曰："朔吹犯梧桐。"

陪粹翁举酒于君子亭下海棠方开

　　《年谱》曰："建炎三年己酉，留岳阳，从使君王粹翁借后圃君子亭居之，自号园公。"案：简斋有《火后借居君子亭书事四绝呈粹翁诗》。胡仲孺曰："粹翁姓王，名摭，枢密彦霖名岩叟之子。"（《宋史·王岩叟传》曰："大名清平人。"）

　　世故驱人殊未央，聊从地主借绳床。

　　春风浩浩吹游子；暮雨霏霏湿海棠。意境微妙。

　　去国衣冠无态度；隔帘花叶有辉光。

　　使君礼数能宽否？酒味撩人我欲狂。

　　□方虚谷曰："此诗中四句，两句说己，两句说花，而错综用之，意谓花自好人自愁耳。"

《左》哀十二年曰："地主归饩。"○《晋书·艺术·佛图澄传》曰："澄坐绳床，烧安息香。"李太白《草书歌》曰："吾师醉后倚绳床。"○杜子美《醉歌行别从侄勤落第》曰："风吹客衣日杲杲，树搅离思花冥冥。"杜牧之《东兵诗》曰："便逐春风浩浩声。"又《寄远诗》曰："溪边残照雨霏霏。"○《荀子·修身篇》曰："容貌态度由礼则雅。"○阮嗣宗《咏怀诗》曰："夭夭桃李红，灼灼有辉光。"○杜子美《严公仲夏枉驾草堂诗》曰："自识将军礼数宽。"○秦仲明《长安书怀诗》曰："乡思撩人拨不平。"

怀天经智老因以访之

简斋有《与智老天经夜坐诗》。胡曰："智老即大圆洪智，天经姓叶名懋先，生之子，洪本之尝从其学云。"又《年谱》曰："绍兴六年春有《访智老天经诗》。"

今年二月冻初融，睡起苕溪绿向东。
客子光阴诗卷里；杏花消息雨声中。佳句。
西庵禅伯还多病；北栅儒先只固穷。
忽忆轻舟寻二子，纶巾鹤氅试春风。

《舆地纪胜》（卷二）曰："两浙东路临安府：苕溪在於潜、临安二县界，东流经馀杭入钱塘，六十里二百步入湖州。"《咸淳临安志》（卷三十六）曰："馀杭县苕溪，《祥符志》云：阔七十步，秋冬深五尺，春夏深九尺，耆老传云：夹岸多苕花，每秋风飘散水上如飞雪然，因名。"《清统志》曰："浙江杭州府：苕溪在馀杭县治南，源出临安县天目山之阳，亦名南溪，东南流至县东独山下合石镜溪，又东流百五十里，经本县南，又东北流二十七里，入钱塘县界。"○纪曰："次句言睡起出门正见苕溪东流耳。冯氏以睡时不向西诋之，太苛。"○西庵二句，胡曰："谓洪智老居西庵，叶天经居北栅，皆乌镇中。"○《晋书·谢万传》（附《安传》）曰："简文帝作相，闻其名，召为抚军从事中郎，万着白纶巾鹤氅裘，履版而前，既见，与帝共谈移日。"

吴仲举曰："简斋尝赋墨梅，受知徽宗，遂登册府。高宗尤喜其客子光阴诗卷里，杏花消息雨声中之句。晚年益工，旗亭传舍摘句题写殆徧，号称新体。"

陆务观

姚曰："放翁激发忠愤，横极才力，上法子美，下揽子瞻，裁制既富，变境亦多，其七律为南渡后一人。"吴曰："陆诗豪迈激宕，而气未沉着，其七古胜今体也。"

黄　州

姚曰："此是自蜀东归时，在蜀为幕僚，故有楚囚之叹。召回乃以诗上闻，非欲登用，故以齐优自比。"案：放翁乾道六年赴夔州通判任，淳熙五年赴召东归，往还皆经黄州。然按钱晓征《陆放翁年谱》，东归时正月五日次归州，六月十四日在江州，其过黄州当在春夏时，与诗草木秋句不合。其赴夔州时以八月十八日至黄州，《入蜀记》（卷四）曰：（乾道六年）八月十八日晴时至黄州，二十日晓离黄州，江平无风，挽船正自赤壁矶下过，与诗中寒日赤壁等皆合，则姚以为东归时作非也。楚囚齐优，特借以寓慨，不必如姚所云矣。

局促常悲类楚囚；迁流还叹学齐优。

江声不尽英雄恨；天地无私草木秋。

万里羁愁添白发；一帆寒日过黄州。

君看赤壁终陈迹，生子何须似仲谋？

□方曰："此非咏黄州也，胸中无限凄凉悲感，适于黄州发之。起自咏，三四即景生感，五六写行役情景，收即黄州指点以抒悲愤。"吴曰："收处笔意横绝。"

《左传》成九年曰："晋侯观于军府，见锺仪问之曰：南冠而絷者谁也？有司对曰：郑人所献楚囚也。"○《史记·乐书》曰："自仲尼不能与齐优遂容于鲁。"○杜子美《八阵图诗》曰："江流石不转，遗恨失吞吴。"苏子瞻《赤壁怀古·念奴娇词》曰："大江东去，浪淘尽千古风流人物。"○《吴志·吴主传》曰："孙权字仲谋，建安十八年正月，曹公攻濡须，权与相距月馀，曹公望权军，叹其齐肃，乃退。"裴注引《吴历》曰："曹公喟然叹曰：生子当如孙仲谋，刘景升儿子若豚犬耳。"

寒　食

此诗当是乾道七年在夔州任作。

　峡云烘日已成霞；瀼水生文浅见沙。方曰："起句精湛。"

　又向蛮方作寒食；强持卮酒对梨花。情韵皆佳。方评为道劲，似未尽合。

　身如巢燕年年客；心羡游僧处处家。

　赖有春风能领略，一生相伴遍天涯。

杜子美《送段功曹诗》曰："峡云笼树小，湖日落船明。"○《水经·江水》注曰："白帝山城周回二百八十步，东傍东瀼溪，即以为隍。"《入蜀记》（卷六）曰："夔州在山麓沙上，所谓鱼复永安宫也，在瀼之西，故一曰瀼西。土人多谓山间之流通江者曰瀼。”《清统志》曰："四州夔州府：东瀼水在奉节县东。"○《诗·抑》曰："用逷蛮方。"《太平寰宇记》（卷一百四十七）曰："夔州，春秋时为夔子国，其后为楚灭，后秦灭楚，此即为巴郡。"○杜子美《燕子来舟中诗》曰："可怜处处巢君屋，何异飘飘托此身？"○张文昌《僧院诗》曰："今朝暂共游僧语。"

南定楼遇急雨

《年谱》曰："淳熙五年戊戌，在成都任，时孝宗念其久在外，召东归，乃别成都。再游眉州，至泸州，有行遍梁州到益州，今年又作渡泸游之句。"《舆地纪胜》曰："潼川府路泸州：南定楼在州治，晁公（当有武字，误夺。）取诸葛《出师表》中语为名。"案：宋泸州治泸川县，今四川泸县治。

行遍梁州到益州，今年又作度泸游。
江山重复争供眼；风雨纵横乱入楼。
人语朱离逢峒獠；棹歌欸乃下吴舟。
天涯住稳归心懒，登览茫然却欲愁。

□吴曰："此诗当于神气纵宕超忽处求之。"

梁州谓汉中，益州谓成都也。《通典·州郡典》五曰："梁州：秦置汉中郡，二汉因之。魏末平蜀，又置梁州。晋、宋、齐、梁皆为梁州。"《州郡》六曰："益州：秦置蜀郡，两汉因之。自魏、晋、宋、齐、梁皆为益州。"案：唐山南西道梁州。兴元元年升为兴元府，宋因之，属利州路。唐剑南道益州，至德二年升为成都府，宋因之，属成都府路。《年谱》曰："乾道八年壬辰，枢密使王炎宣抚四川，驻汉中，辟先生幕府，以左承议郎权四川宣抚使司干办公事兼检法官。正月，自夔州启行，取道万州，过梁山军、邻水、岳池、广安入利州，三月抵汉中。其秋以事自三泉泛嘉陵至利州入阆中，十月复还汉中，会宣抚召还，幕僚皆散去，十一月改除成都府安抚司参议官，复自汉中适成都。”○放翁自眉州赴泸州，不度金沙江。此云度泸者，江水至泸州亦有泸江之名也。《舆地纪胜》：潼川府路泸州引王罩《西山堂记》曰：“郡得名为泸者，盖始因梁大同中尝徙治马湖江口，置泸州，盖马湖即泸水下流，当时于此立州，因远取泸水以为名。”《水经·若水篇》曰：“至犍为朱提县西为西江水，又东北至僰道入于江。”注曰：“若水至僰道又谓之马湖。”《清统志》曰：“四川叙州府：马湖江即金沙江，东北迳府城南，与大江会，本古绳、若二水下流。又曰泸水。”案：此泸水于宜宾县入于江，非放翁所度者也。《清统志》于四川泸州引《寰宇记》：汶江入泸川县，又名泸江（今卷八十八无此文，而于泸川县载泸江，故《统志》以意引如此）。”诗言度泸，盖指此耳。宋泸州治泸川县，即今四川泸县治。○《后汉书·南蛮传》曰：“言语侏离。”章怀注曰：“侏离，蛮夷语声也。”案：朱离与侏离同。○《太平寰宇记》（八十八）曰：“泸州，其夷獠性多犷戾，巢居岩谷，因险凭高。着班布，击铜鼓，弄鞘刀。男则露髻跣足，女即椎髻横裙。衔冤则累代相酬，乏用则鬻卖男女。其习俗如此。”○棹歌见卷四孟浩然《万山潭诗》注。○《元次山集》（卷四）有《欸乃曲》，柳子厚《渔翁诗》曰：“欸乃一声山水绿。”《苕溪渔隐丛话前集》（卷十九）引《元次山集注》云：欸音袄，乃音霭，棹船之声。（今本无此注）又据黄山谷所书欸音媪，乃音霭，湘中节歌声，而诮洪驹父《诗话》欸音霭乃音袄反其音者为妄。《柳集音辩》及世彩注皆取其说。王观国《学林》（卷八）谓《广韵》上声欸，于改切，相然膺也，则欸音霭，乃音媪，而斥《柳集》欸音袄乃音霭为非。（此宋本非前二注）《楚辞·九章·涉江》朱晦庵《集注》曰：“《方言》云：南楚谓然为欸（卷十），《史》《汉》亚父

曰唉（《项羽本纪》及《项籍传》），及唐人欸乃皆此字也。"杨用
修《丹铅总录》（卷十四）引朱子《辨证》谓《柳集》注霭乃一
本作祆霭，欸音霭，乃音祆，近日倒读。（今《楚辞辨证》无此
文）又引《项氏家说》谓刘蜕文集有《湖中霭迺歌》，刘言史
《潇湘诗》有闲歌暖迺深峡里，霭乃、暖乃、欸乃皆一事，但用
字异尔，欸本音哀，亦转作上声，后人因《柳集》中有注字云一
本作祆霭，遂欲音欸为祆，音乃为霭，不知彼注自谓别本作祆，
非谓欸乃当音祆霭也。（今本《家说》亦无此文）杨曰："欸乃，
歌声，本无定字。刘蜕、刘言史惟写方言，元结、柳宗元略依字
义，唉者应声如噫嘻之类，乃者曳词之难，如词赋中若乃、乃若
之例。朱子始正世俗倒读之误，项平庵始正前人混淆之失。"步
瀛案：欸、欻二字音义皆不相通。欻乃款之俗字，或以作欸字，
非是，欻乃径作款乃者尤谬，今并正之。然欸字与霭祆皆同组，
欸可转霭，即亦可转为祆。乃与霭祆皆不同组，既可转为祆，亦
何不可转为霭？《柳集》旧音亦不为误也。○《楚辞·九章·涉
江》曰："齐吴榜以击汰。"《诗·丝衣》毛传曰："吴，哗也。"
吴榜及此诗吴舟当取喧哗进船之义，非吴、越之吴。

六月十四日宿东林寺

《年谱》曰："淳熙五年六月十四日，在江州宿庐山东林
寺。"案《舆地纪胜》曰："江南西路江州东林寺：晋武帝太和
十年建。唐号太平兴龙寺，最为庐山之古刹。寺有远公袈裟，
梁武帝钵囊，谢灵运翻经贝叶五六片。《浔阳志》云：东林寺
自唐开元以来，迄于保大、显德间，文士碑志游人歌咏题名，
班班犹在，自淳熙己酉回禄之后，往往不存。"又互见卷一孟
浩然《望庐山诗》注。

看尽江湖千万峰，不嫌云梦芥吾胸。

戏招西塞山前月；来听东林寺里钟。

远客岂知今再到？老僧犹记昔相逢。

虚窗熟睡谁惊觉？野碓无人夜自舂。

□姚曰："最似东坡。"方曰："通首情景交融，收有奇气。"

司马长卿《子虚赋》曰："吞云梦者八九于其胸中，曾不蒂芥。"《舆地纪胜》曰："江南西路兴国军：西塞山在大冶县东五十里。"又引薛能诗曰："西塞长云尽，南湖片月斜。"馀见刘梦得《西塞山怀古》注。

登赏心亭

此诗观首二句，亦当是淳熙五年作，建康正归途所经也。（观《入蜀记》可知）《舆地纪胜》曰："江南东路建康府：赏心亭下临秦淮，尽观览之胜。丁晋公谓建。"《清统志》曰："江苏江宁府：赏心亭在江宁县西下水门城上。"

蜀栈秦关岁月遒，今年乘兴却东游。

全家稳下黄牛峡；半醉来寻白鹭洲。

黯黯江云瓜步雨；萧萧木叶石城秋。

孤臣老抱忧时意，欲请迁都泪已流。

□意极沉着，词亦健拔，放翁佳构。

黄牛峡见卷五杜子美《送韩十四诗》注。○白鹭洲见卷五李太白《登凤凰台诗》注。○瓜步见陈履常《九日寄秦觏诗》注。○石城见卷五刘梦得《西塞山怀古诗》注。○《宋史·陆游传》曰："和议将成，以书白二府曰：江左自吴以来，未有舍建康他都者，驻跸临安，出于权宜，形势不固，馈饷不便，海道逼近，凛然意外之忧。一和之后，盟誓已立，动有拘碍。今当与之约，建康、临安皆系驻跸之地，北使朝聘，或就建康，或就临安，如此则我得以暇时建都立国，彼不我疑云云。"案：上此书时在孝宗初元，旋以与张寿言龙大渊、曾觌招权植党事触孝宗怒，出判建康，故此时至建康有感旧事而生悲也。

夜登千峰榭

此诗当是在严州任作。《年谱》曰："淳熙十三年丙午，六十二岁，权知严州军州事。七月三日到严州任。"《舆地纪胜》曰："两浙西路严州：千峰榭在州宅北偏，自唐有之，范文正公重建，绍兴潘良贵复名千峰榭。"《清统志》曰："浙江严州府：千峰榭在府治北。"今建德县。

夷甫诸人骨作尘，至今黄屋尚东巡。
度兵大岘非无策；收泣新亭要有人。
薄酿不浇胸垒块；壮图空负胆轮囷。
危楼插斗山衔月，徙倚长歌一怆神。

□吴曰："前半奇横，后半浮弱。"

《世说新语·轻诋篇》曰："桓公入洛过淮泗，践北境，与诸僚登平乘楼，眺瞩中原，慨然曰：遂使神州陆沉，百年丘墟，王夷甫诸人不得不任其责。"《晋书·王衍传》曰："衍字夷甫，将死顾而言：吾曹虽不如古人，向若不祖尚浮虚，戮力以匡天下，总可不至今日。"○《史记·项羽本纪》曰："纪信乘黄屋车。"《正义》曰："李斐云：天子车以黄缯为盖里。"案：东巡指晋东迁，实伤宋之南渡也。○《宋书·高祖本纪》曰："义熙四年三月，公（刘裕）抗表北讨，慕容超闻王师将至，其大将公孙五楼说超宜断据大岘，超不从。公既入岘，举手指天曰：吾事济矣。"《元和郡县志》曰："河南道沂州沂水县：大岘山在县北九十里。伍缉之《从征记》曰：大岘去半城八十里，直度山二十五里，崖坂峭曲，石径幽危，四岳三涂不是过也。"《清统志》曰：
"山东青州府：大岘山在临朐县东南一百五里。沂州府：大岘山
在沂水县东北二十里。"○《晋书·王导传》曰："过江人士每至
暇日，相要至新亭宴饮，周顗中坐而叹曰：风景不殊，举目有山
河之异。皆相视流涕，惟导愀然变色曰：当共戮力王室，克复神
州，何至作楚囚相对泣耶？"《清统志》曰："江苏江宁府：古新
亭在江宁县南。"○《世说新语·任诞篇》曰："王孝伯问王大：
阮籍何如司马相如？王大曰：阮籍胸中垒块，故须酒浇之。"○
邹阳《狱中上书自明》曰："蟠木根柢，轮囷离奇。"韩退之《别
元协律诗》曰："肝胆还轮囷。"○《文选·长门赋》曰："闲徙
倚于东厢兮。"

冬夜读书忽闻鸡唱

握齪常谈笑老生，丈夫失意合躬耕。
天涯怀友月千里；灯下读书鸡一鸣。
事去大床空独卧；时来竖子或成名。
春芜何限英雄骨？白发萧萧未用惊。

　　□吴曰："以下三首则极精悍，不可磨灭矣。"

《史记·司马相如传》《索隐》引孔文祥曰："握齪，局促也。"
案：握、齷字通。○《魏志·方伎·管辂传》："邓飏曰：此老生
之常谭。管辂答曰：夫老生者见不生，常谭者见不谭。"○诸葛孔
明《出师表》曰："臣本布衣，躬耕于南阳。"○谢希逸《月赋》
曰："隔千里兮共明月。"○《魏志·陈登传》："许汜曰：昔遭乱
过下邳，见元龙，元龙无主客之意，久不相与语，自上大床卧，
使客卧下床。"○《史记·孙子吴起传》曰："庞涓自刭曰：遂成
竖子之名。"《魏志·王粲传》注引《魏氏春秋》曰："阮籍尝登广
武，观楚、汉战处，乃叹曰：时无英才，使竖子成名乎！"

书愤　二首录一

原注曰："庆元三年丁巳，七十三岁。"

镜里流年两鬓残，寸心自许尚如丹。
衰迟罢试戎衣窄；悲愤犹争宝剑寒。
远戍十年临的博；壮图万里战皋兰。
关河自古无穷事，谁料如今袖手看？

□沉郁激宕。

阮嗣宗《咏怀诗》曰："丹心失恩泽。"何仲言《夜梦故人诗》曰："直在寸心中。"○杜子美《奉和严郑公军城早秋》曰："已收滴博云间戍。"滴一作的。《新唐书·韦皋传》曰："皋乃命大将董勔、张芬分出山西灵关，破峨和、通鹤、定廉城，逾的博岭，遂围维州。"《困学纪闻》（十八）曰："的博岭在维州。"《清统志》曰："四川杂谷厅：的博岭在厅东南。"（杂谷在今理番县西南）○《汉书·霍去病传》："上曰：票骑将军过焉支山千有馀里，合短兵鏖皋兰下。"颜注曰："皋兰，山名也。"沈文起曰："皋兰山盖在张掖塞外。"○韩退之《祭柳子厚文》曰："大匠旁观，缩手袖间。"

后寓叹

放翁有寓叹诗，故此加后字。纪曰："此当为韩侂胄议北伐时作。"

貂蝉未必出兜鍪，要是苍鹰忆下韝。
彭泽径归端为酒；轻车已老岂须侯？
千年精卫心平海；三日於菟气食牛。

会与高人期物外，摩挲铜狄霸陵秋。

　　□纪曰：“五六最沉着，言志士本不忘复仇，但少年恃气轻举则可虑耳。末句言他日时事变迁，我老犹当及见之意。”

　　《南齐书·周盘龙传》曰：“盘龙为散骑常侍、光禄大夫，世祖戏之曰：貂蝉何如兜鍪？盘龙曰：此貂蝉从兜鍪中出尔。”○《东观汉记·赵勤传》：“桓虞叹曰：善吏如良鹰矣，下韝即中。”○《晋书·隐逸传》曰：“陶潜为彭泽令，在县公田悉令种秫谷，曰：令吾尝醉于酒足矣。妻子固请种秔，乃使一顷五十亩种秫、五十亩种秔。义熙二年解印绶去县，乃赋《归去来》。”○《史记·李将军传》曰：“广与从弟李蔡俱为郎中，事文帝。景帝时蔡积功至二千石，武帝元朔中为轻车将军，从大将军击右贤王有功中率，封为乐安侯。”案：又见卷五杜子美《寄别李剑州诗》注。○《北山经》曰：“发鸠之山有鸟焉，其状如乌，名曰精卫，是炎帝之少女，名曰女娃。女娃游于东海，溺而不返，故为精卫，常衔西山之木石以埋于东海。”○《左传》宣二年曰：“楚人谓虎於菟。”《史记·陈涉世家》《索隐》引《尸子》曰：“虎豹之驹未成文，已有食牛之气。”○《汉书·五行志》（下之上）曰：“秦始皇帝二十六年，有大人长五丈，足履六尺，皆夷狄服，凡十二人，见于临洮。始皇以为瑞，销天下兵器作金人十二以象之。”《晋书·五行志》曰：“魏明帝取长安金狄，金狄泣，于是因留霸城。”《后汉书·方术传》曰：“蓟子训者，不知所由来也。时有百岁翁，自说童儿时见子训卖药于会稽市，颜色不异于今。后人复于长安东霸城见之，与一老翁共摩挲铜人相谓曰：适见铸此已近五百岁矣。”

枕上作

一室幽幽梦不成，高城传漏过三更。

孤灯无焰穴鼠出；枯叶有声邻犬行。

壮日自期如孟博；残年但欲慕初平。

不然短楫弃家去，万顷松江看月明。

《后汉书·党锢传》曰："范滂字孟博，汝南征羌人也。少厉清节，为州里所服，举孝廉光禄四行。时冀州饥荒，盗贼群起，乃以滂为清诏使，使案察之。滂登车揽辔，慨然有澄清天下之志。"○《神仙传》（卷二）曰："黄初平者，丹溪人也。年十五，家使牧羊，有道士将至金华山石室中四十馀年。其兄初起就初平学，共服松脂茯苓，至五百岁而有童子之色。"○《水经·沔水》注曰："牟山去太湖三十馀里，东则松江出焉。"《清统志》曰："江苏苏州府：松江自太湖分流，迳吴江县入长洲县界，（今并入吴县）又东入昆山县界，又东南入嘉定县界，即古笠泽也。"

元裕之

吴曰："遗山沉痛激烈，神似杜公，千载以来不可再得者。读之最能增长笔力，是少陵嫡派也。"

李屏山挽章　二首录一

《金史·文艺传》曰："李纯甫字之纯，弘州襄阴人。承安二年，经义进士，宰执爱其文，荐入翰林。正大末出倅坊州，未赴改京兆府判官，卒于汴，年四十七。"刘京叔（祁）《归潜志》（卷一）：曰："李翰林纯甫天资喜士，后进有一善，极口称推，一时名士皆由公显于世。又与之拍肩尔汝，忘年齿相欢，教育抚摩，恩若亲戚，故士大夫归附，号为当世龙门。尝自作《屏山居士传》，末云：雅喜推借后进，如周嗣明、张毂、李经、王权、雷渊、余先子姓名、宋九嘉皆以兄呼，而居士使酒玩世，人忤其意，辄谩骂之，皆其志趣也。其自赞曰：躯干短小而芥视九州，形容寝陋而蚁虱公侯，语言謇吃而连环可解，笔札讹废而挽回万卉。宁为时所弃，不为名所囚。是何人也邪？吾所学者，净名、庄周。每酒酣历历论天下，或谈儒释异同，虽环而攻之，莫能屈，世岂复有俊杰人哉？"

　　世法拘人虱处裈，忽惊龙跳九天门。
　　牧之宏放见文笔；白也风流馀酒樽。
　　落落久知难合在；堂堂原有不亡存。
　　中州豪杰今谁望？拟唤巫阳起醉魂。
　　□诗亦有龙跳虎卧之概。

《胜鬘经》曰："大悲安慰哀愍众生为世法母。"○《晋书·阮籍传》："著《大人先生传》曰：独不见群虱之处裈中，逃乎深缝，匿乎坏絮，自以为吉宅也。然炎丘火流，焦邑灭都，群虱处于裈中而不能出也。君子之处域内，何异夫虱之处裈中乎？"○《法书要录》（卷二）载袁千里（昂）《古今书评》曰："萧思话书若龙跳天门，虎卧凤阙。"《归潜志》（卷九）曰："李屏山平日喜佛，曰中国之书不及也。及其属疾，盖酒后伤寒，至六七日发黄，徧身如金，迄卒，色不变，医所谓酒疸者。交游因戏之曰：屏山平日喜佛，今化为丈六金身矣。"○《旧唐书·杜牧传》（附《佑传》）曰："牧好读书，工诗为文，尝自负经纬才略，上宰相书论兵事。"《归潜志》（卷一）曰："纯甫为文法庄周、左氏，故其词雄奇简古，后进宗之，文风由此一变。又喜谈兵，慨然有经世志。泰和南征，两上疏策其胜负。"○杜子美《春日怀李白诗》曰："白也诗无敌，飘然思不群。"又曰："何时一樽酒，重与细论文？"《归潜志》（卷一）曰："纯甫居闲与禅僧士子游，惟以文酒为事，啸歌袒裼，出礼法外，或饮数月不醒。人有酒见招，不择贵贱，必往，往辄醉。"○《后汉书·耿弇传》：帝谓曰："将军前在南阳，建此大业，常以为落落难合，有志者事竟成也。"○裕之《中州集》（卷四）曰："迄今论天下士，之纯与雷御史希颜则以中州豪杰数之。"○《楚辞·招魂》曰："帝告巫阳曰：有人在下，我欲辅之。魂魄离散，汝筮予之。"

雨后丹凤门登眺

《金史·地理志》曰："南京路：周初曰汴京。"注曰："宫城门北门曰丹凤。"案：李恢垣（光廷）《广元遗山年谱》列此诗于天兴元年壬辰。是年正月，元军围金汴京，四月始退军河、洛。

> 绛阙遥天霁景开，金明高树晚风回。
> 长虹下饮海欲竭；老雁叫群秋更哀。
> 劫火有时归变灭；神嵩何计得飞来？
> 穷途自觉无多泪，莫傍残阳望吹台。

□吴曰："此等处沉痛入骨，是遗山独绝处，乃从杜公得来。"

《宋史·礼志》曰："淳化三年三月，帝幸金明池，命为竞渡之戏。"《汉书·武五子·燕刺王旦传》曰："是时天雨虹，下属宫中，饮井水，水泉竭。"○元微之《大云寺诗》曰："烧畲劫火焚。"○《新唐书·礼志》曰："则天改嵩山为神岳。"○《水经·浙江水》注曰："浙江又北迳山阴县西，西门外百馀步有怪山，本琅邪郡之东武县山也，飞来徙此。百姓怪之，号曰怪山。"又《舆地广记》曰："两浙路杭州钱塘县：有灵隐山，昔梵僧云：自天竺鹫山飞来。"○《水经·渠水》注曰："渠水又北屈分为二水。《续述征记》曰：汳、沙到浚仪而分也，汳东注，沙南流，其水更南流迳梁王吹台。《陈留风俗传》：县有仓颉、师旷城，上有列仙之吹台，北有牧泽方十五里，梁王增筑以为吹台。"《清统志》曰："河南开封府：吹台在祥符县东南六里。"案：裕之《九日读书山中诗》有九日登吹台之句。

壬辰十二月车驾东狩后即事　五首录二

《金史·哀宗纪》曰："天兴元年十二月甲申，诏议亲出。乙酉，除拜扈从及留守京城官，以右丞相枢密使兼右副元帅赛不等率诸军扈从，参知政事兼枢密院副使完颜奴申等留守。庚子，上发南京。辛丑，巩昌元帅完颜忽斜虎至金昌为上言京西三百里之间无井灶，不可往，东行之议遂决。乙巳，诸将请幸河朔，从之。二年正月丙午朔，济河，北风大作，后军不克济。丁未，元兵追击于南岸。己未，上以白撒谋弃六军渡河，与副元帅合里合六七人走归德。庚申，诸军始知上已行，遂溃。辛酉，司农大卿蒲察世达，元帅完颜忽土出归德西门，奉迎上入归德。"曾曰："遗山时在围城中，此诗咏其事。"

惨澹龙蛇日斗争，干戈直欲尽生灵。
高原水出山河改；战地风来草木腥。
精卫有冤填瀚海；包胥无泪哭秦庭。痛切。
并州豪杰知谁在？莫拟分军下井陉。

□沉挚冤烦，神气迸出。

陶渊明《拟古诗》曰："忽见山河改。"○陆务观《题十八学士图诗》曰："雷塘风吹草木腥。"○精卫见陆务观《后寓叹诗》注。瀚海见卷三王摩诘《送平澹然判官诗》注。案《金史·宣宗纪》曰："贞祐二年三月，奉卫绍王公主归于元太祖皇帝，是为公主皇后。"赵周臣《从军行》曰："汉家公主嫁乌孙，圣主重战议和亲。"○《左》定四年曰："申包胥如秦乞师，立依于庭墙而哭，日夜不绝声，勺饮不入口七日。"《金史·世宗诸子传》曰："天兴初，璹已卧疾，是时曹王出质，璹见哀宗于隆德殿，奏曰：闻讹可欲出议和，讹可年幼，不苦谙练，恐不能办大事。臣请副之，或代其行。上慰之，于是君臣相顾泣下。"○《金史·白撒传》曰："天兴元年十二月甲辰，车驾至黄陵冈，白撒得河朔降将，上赦之，授以印及金虎符。群臣议以河朔诸将前导，鼓行入开州，取大名、东平，豪杰当有响应者，破竹之势成矣。温敦昌孙曰：太后中宫皆在南京，北行万一不如意，圣主孤身欲何所为？若往归德，更五六月不能还京，不如先取卫州还京为便。白撒奏曰：今可驻归德，臣等帅降将往东平，俟诸军到，可一鼓而下，因而经略河朔。上以为然。"案《通鉴·唐纪》（三十三）曰："颜杲卿合崔安石等徇诸郡，云大军已下井陉，朝夕当至。于是河北诸郡响应，凡十七郡，皆归朝廷，合兵二十馀万。"又："至德元载，选良将一人分兵先出井陉定河北，郭子仪荐李光弼，以光弼为河东节度，分朔方兵万人与之。"是经略河朔必分兵出井陉。然金时情势不同，经略河朔已非计，故云莫更分兵下井陉也。施注以并州为指河朔九公事。案：河朔九公见《金史·苗道润传》，与此诗无大关涉，故不复引。《清统志》曰："直隶正定府：井陉关在井陉县东北。"

> 万里荆襄入战尘，汴州门外即荆榛。
>
> 蛟龙岂是池中物？虮虱空悲地上臣。
>
> 乔木他年怀故国；野烟何处望行人。
>
> 秋风不用吹华发，沧海横流要此身。结语最见抱负。吴曰："沧海横流正要此身，故言西风不用吹华发也。"曾本误"要"字为"到"字，其义意俱失矣。

《金史·哀宗纪》曰："正大八年十一月，元进兵峣峰关，乃诏诸将屯军襄、邓。"案：金南京路邓州治穰城县，在今河南邓县东南，南阳县，今河南南阳县治。后汉南阳郡属荆州，而与襄阳郡相近，故统称之为荆襄，其实襄阳并未属金也。○《吴志·周瑜传》：瑜上疏曰："刘备以枭雄之姿，必非久屈为人用者，恐蛟龙得云雨，终非池中物也。"○虮虱臣见卷二韩退之《月蚀诗注》。○《孟子·梁惠王下》曰："所谓故国者，非谓有乔木之谓也，有世臣之谓也。"颜延年还至梁城诗曰："故国多乔木。"○唐昭宗《菩萨蛮词》曰："野烟生碧树，陌上行人去。何处有英雄，迎侬归故宫。"○《晋书·王尼传》："尼常叹曰：沧海横流，处不安也。"范宁《穀梁传序》曰："孔子观沧海之横流，乃喟然而叹曰：文王既没，文不在兹乎！"

癸巳四月二十九日出京

《金史·哀宗纪》曰："天兴二年正月戊辰，西面元帅崔立为乱，杀参知政事完颜奴申、枢密副使完颜斜捻阿不，立卫王子从恪为梁王监国。寻自称左丞相、都元帅、尚书令、郑王，遂送款元军。癸酉，元将碎不觧（即速不台）进兵汴京。夏四月癸巳，崔立以梁王从恪、荆王守纯及诸宗室男女五百馀人至青城，皆及于难。"《归潜志》（卷十一）曰："四月二十日，（四月乙亥朔，则二十日丙申。）使者发三教医匠人等出城，俄复遣三教人入城。余同诸生复入居八仙馆中。五月二十又二日（丙寅）会使者召三教人从以北。"施北研曰："先生出京乃二十九日（癸卯），殆以亡金故官将拘管聊城，故不同日也。"

塞外初捐宴赐金，当时南牧已骎骎。
只知灞上真儿戏；谁谓神州竟陆沉？
华表鹤来应有语；铜槃人去亦何心？

兴亡谁识天公意，留着青城阅古今。

□顿挫往复，一结尤沉痛。

《金史·李愈传》曰："明昌二年授曹王傅，王奉命宴赐北部，愈从行，还过京师，表言拟自临潢至西夏沿边创设重镇十数，仍选猛安、谋克勋臣子孙有材力者，使居其职。田给于军者许募汉人佃种，不必远挽牛头粟而兵自富强矣。自是命五年一宴赐，人以为便。"○贾生《过秦论》曰："胡人不敢南下而牧马。"《诗·四牡》毛传曰："骎骎，骤貌。"○《史记·绛侯周勃世家》曰：文帝曰："霸上、棘门军若儿戏耳，其将固可袭而虏也。"《金史·完颜合达传》曰："正大八年，北军攻凤翔，二省提兵出关二十里，与渭北军交，至晚收兵入关，凤翔遂破。"○神州句已见陆务观《夜登千峰榭诗》注。○《续搜神记》曰："辽东城门有华表，忽有一鹤集，俳佪空中言曰：有鸟有鸟丁令威，去家千年今来归，城郭如故人民非，何不学仙去，空伴冢累累？遂上冲天。"○铜槃句见卷二李长吉《金铜仙人辞汉歌》注。案李俊民《闻蔡州破诗》曰："铜人泪泣秋风客"，亦用此事。○青城句自注曰："国初取宋于青城受降。"《归潜志》（卷七）曰："大梁城南五里号青城，乃金国初粘罕驻军受宋二帝降处。当时后妃皇族皆诣焉，因尽俘而北。后天兴末，末帝东迁，崔立以城降，北兵亦于青城下寨，而后妃内族复诣此地多僇死，亦可怪也。"又（卷十一）曰："崔立又聚皇族皆入宫，俄遣诣青城，皆为北兵所杀，如荆王、梁王辈皆与焉。独太后、皇后、诸妃嫔、宫人北徙。"《清统志》曰："河南开封府：青城有二，一在开封府城南门外，号南青城，一在北门外，号北青城。"

甲午除夕

《金史·哀宗纪》曰："天兴二年六月己亥，上入蔡州。九月辛亥，元兵围蔡城。三年正月戊申夜，上集百官，传位于东面元帅承麟。己酉，承麟即皇帝位。大军（元军）入城中，军不能御，帝自缢于幽兰轩，末帝为乱兵所害，金亡。"《广年谱》曰："二年癸巳，是年城降后挈家随众北渡，羁管聊城。（金属山东西路博州，元属中书省东昌路，今山东聊城县治。）三年甲午，是年寓居聊城之至觉寺。"曾曰："金亡以甲午正月，遗山是年在聊城度岁。"

　　　暗中人事忽推迁，坐守寒灰望复然。
　　　已恨大官馀麹饼；争教汉水入胶船。
　　　神功圣德三千牍；大定明昌五十年。
　　　甲子两周今日尽，空将衰泪洒吴天。<small>五六撑起，</small>
<small>结语倍觉沉着。</small>

　《史记·韩长孺传》曰："狱吏田甲辱安国，安国曰：死灰独不复然乎？田甲曰：然即溺之。"○《汉书·百官公卿表》注曰："大官主膳食。"《晋书·愍帝纪》曰："京师饥甚，太仓有麹数十饼，麹允屑为粥以供帝。"《归潜志》（卷十七）曰："上以馀兵狼狈入归德杜门，京民大恐，二守臣素庸闇无谋，但知闭门自守，百姓食尽，无以自生，米升直银二两，贫民往往食人，殍死者相望，官载数车出城，一夕皆剐食其肉净尽。"○《史记·周本纪》《正义》引《帝王世纪》曰："昭王德衰，南征济于汉，船人恶之，以胶船进王，王御船至中流，胶液船解，王及祭公俱没于水中而崩。"○《汉书·东方朔传》曰："东方朔初上书，凡用三千奏牍。"《金史·太祖纪》曰："天会十三年立开天启祚睿德神功之碑于燕京城南。"○《金史·世宗纪》曰："正隆六年十月，改元大定。"《章宗纪》曰："明昌元年正月丙辰朔，改元。"案：世宗大定元年辛巳至章宗泰和八年戊辰，凡四十八年。曰五十年，盖举成数也。○裕之《续夷坚志》（卷二）曰："古人上寿皆以千

万岁为言，国初种人质纯，每举觞惟祝百二十岁而已。盖武元以政和五年辽天庆五年乙未为收国元年，至哀宗天兴三年蔡州陷，适两甲子周矣。历年之谶遂应。"○杜子美《秋日夔府咏怀诗》曰："朝海蹴吴天。"

眼　中

眼中时事益纷然，拥被寒窗夜不眠。
骨肉他乡各异县；衣冠今日是何年！沉痛。
枯槐聚蚁无多地；秋水鸣蛙自一天。
何处青山隔尘土？一庵吾欲送华颠。

□亡国之痛，随触而发。

《文选·饮马长城窟行》曰："他乡各异县。"○淳于棼至大槐安国，王以金枝公主名瑶芬妻之，寻出守南柯郡，后公主薨，王遣归本里，乃惊寤，始知为梦也。乃寻槐下有大穴，上有积土壤为城郭台殿之状，有蚁数斛隐聚其中，中有小台，其色若丹，二大蚁处之。素翼朱首，长可三寸，左右大蚁数十辅之，诸蚁不敢近，是其王矣。即槐安国都也。又穷一穴直上南柯，可四丈，宛转方平，亦有土城小楼，群蚁亦处其中，即生所领南柯郡也。见李公佐《南柯记》。○《后汉书·崔骃传》：骃作达旨曰："唐且华颠以悟秦。"李贤注曰："尔雅曰：颠，顶也。（《释言》）华颠谓白首也。"苏子瞻《龟山诗》曰："僧卧一庵初白头。"

出　都　二首录一

《广年谱》列此诗于蒙古太宗十五年癸卯（即六皇后乃马真称制二年）曰："是年秋出雁门，游龙山北岳，至宏州，入燕都，冬回赵。"案《金史·地理志》曰："中都路，辽为南京，开泰元年号燕京，海陵贞元元年，定都，改为中都。"《清统志》曰：“京师：金为中都，元为大都。”

> 历历兴亡败局棊，登临疑梦复疑非。
> 断霞落日天无尽；老树遗台秋更悲。
> 沧海忽惊龙穴露；广寒犹想凤笙归。
> 从教尽划琼华了，留在西山尽泪垂。

　□李恢垣曰：“追昔感今，最为沉痛。”

　遗台见祖咏《望蓟门诗》注。○左太冲《吴都赋》曰：“龙穴内蒸，云雨所储。”○《龙城录》（卷上）曰：“开元六年，上皇与申天师、道士鸿都客八月望日夜，因天师作术同在云上游月中，见一大宫府，榜曰广寒清虚之府。”又下见琼岛注。○周弘让《春秋醮五岳图诗》曰：“十洲回凤笙。”○琼华句自注曰：“万宁宫有琼华岛，绝顶广寒殿，近为黄冠辈所撤。”案：裕之《新乐府》（卷二）有《九日同燕中诸名胜登琼□故基·南乡子》词。施曰：“陈时可《长春真人本行碑》：壬午之明年春，住燕京大天长观，继而行省又施琼华岛为观。丁亥五月，有旨以琼华岛为万安宫。案：注中黄冠所撤指此。”步瀛案：《辍耕录》（卷一）曰：“万岁山在大内西北太液池之阳，金人名琼华岛，山上有广寒殿七间，金亡，世皇徙都之。至元四年，兴筑宫城，山适在禁中，遂赐今名云。”《清统志》（卷二）曰：“琼华岛在西苑太液池上。”案：在今北海公园内。○《清统志》（卷四）曰：“顺天府：西山在宛平县西三十里，太行山支阜也。”

洛　阳

　《金史·地理志》曰：“南京路河南府：宋西京河南府雒阳郡，初置德昌军，兴定八年，升为中京，府曰金昌。”案：金金昌府治洛阳县，今河南洛阳县治。又《广年谱》列此诗于蒙古太宗十六年甲辰，曰："洛阳之破亦在壬辰，追悼前事，是再来诗。"

　　千年河岳控喉襟，一日神州见陆沉。
　　已为操琴感衰涕；更须同辇梦秋衾。
　　城头大匠论蒸土；地底中郎待摸金。
　　拟就天公问翻覆，蒿莱丹碧果何心？

□神气逆发，极近少陵。

《汉书·翼奉传》：上疏曰："成周前乡崧高，后介大河。"《文选·东京赋》曰："沴洛背河。"又《西京赋》李善注引李尤《函谷关铭》曰："襟带咽喉。"○神州陆沉已见陆放翁《夜登千峰榭诗》注。○《说苑·善说篇》曰："雍门子周以琴见乎孟尝君，引琴而鼓之，孟尝君涕泣歔欷而就之曰：先生之鼓琴，令文若破国亡邑之人也。"○李长吉《还自会稽歌》曰："台城应教人，秋衾梦同辇。"○《晋书·赫连勃勃载记》曰："以叱干阿利倾为将作大匠，营起都城，阿性残忍，乃蒸土筑城，锥入一寸，即杀作者而再筑之。"○《文选》陈孔璋《为袁绍檄豫州》曰："操又特置发邱中郎，摸金校尉，所过隳突，无骸不露。"苏子瞻《游圣女山石室诗》曰："会有中郎解摸金。"以校尉为中郎。《艺苑雌黄》（见《苕溪渔隐丛话后集》卷二十七）、《敬斋古今黈》（卷二）皆辨其误。施曰："误自东坡，先生仍而不改。"○徐孝穆《与杨仆射书》曰："偃师还望咸为草莱。"杨景山《早朝诗》曰："朝时但向丹墀拜，伏下方从碧殿回。"

卷七　五言长律

　　五言长律（明人亦曰排律）作者颇夥，然不能以颢气驱迈健笔抟挽，则与四韵无大异，不过衍为长篇而已。杜老五言长律开阖跌荡，纵横变化，远非他家所及。择录十章以为模楷，他家不复预焉。至七言长律最为难工，作者亦少，虽老杜为之亦不能如五言之神化，他家无论也，故不复录。

杜子美

　　胡元瑞曰："排律，沈、宋二氏藻赡精工，太白、右丞明秀高爽。然皆不过十韵，且体在绳墨之中，调非畦迳之外。惟杜陵大篇钜什，雄伟神奇，阖辟驰骤，如飞龙行云，鳞鬣爪甲自中矩度。又如淮阴用兵百万，掌握变化无方。"（《诗薮·内编》卷四）姚曰："杜公长律有千门万户开阖阴阳之意，自来学杜公者他体犹能近似，长律则愈邈矣。"又曰："杜公长律旁见侧出，无所不包，而首尾一线，寻其脉络转得清明，他人指陈编隘，而意绪或反不逮其整晰。"

冬日洛城北谒玄元皇帝庙

原注曰："庙有吴道子画《五圣图》。"案《旧唐书·高宗纪》曰："乾封元年二月己未，次亳州，幸老君庙，追号曰太上玄元皇帝，创造祠堂，其庙置令丞各一员。"《玄宗纪》曰："开元二十九年春正月丁丑，制两京诸州各置玄元皇帝庙。天宝元年陈王府参军田同秀上言：玄元皇帝降于丹凤门之通衢，告锡灵符，在尹喜之故宅，上遣使就函谷故关尹喜台西发得之，乃置玄元庙于大宁坊。（《长安志》八引《礼阁礼仪》曰："东都于积善坊。"）九月，两京玄元庙改为太上玄元皇帝宫，天下准此。二年三月，改西京玄元庙为太清宫，东京为太微宫，天下诸郡为紫极宫。八载六月闰月丙寅，上亲谒太清宫，册圣祖玄元皇帝为圣祖大道玄元皇帝，高祖、太宗、高宗、中宗、睿宗五帝皆加大圣皇帝之字。"黄叔似曰："据旧史改庙为宫已在二年，题曰玄元皇帝庙，仍旧称也。五圣联龙衮是天宝八载闰六月事，题云冬日，当是其冬作。盖天宝九载公归长安进《三大礼赋》，不在洛阳矣。"

配极玄都閟；凭高禁篽长。

守祧严具礼；掌节镇非常。

碧瓦初寒外；金茎一气旁。

山河扶绣户；日月近雕梁。以上庙制。

仙李盘根大；猗兰奕叶光。

世家遗旧史；道德付今王。以上庙祀之由。

画手看前辈；吴生远擅场。

森罗移地轴；妙绝动宫墙。

五圣联龙衮；千官列雁行。

冕旒俱秀发；旌旆尽飞扬。以上叙吴生画。

翠柏深留景；红梨迥得霜。

风筝吹玉柱；露井冻银床。以上庙前景物。

身退卑周室；经传拱汉皇。

谷神如不死，养拙更何乡？　以上讽喻。

　　□姚曰："世以此诗为不应入画一段，非也。此是老子庙，岂真比唐之宗庙以严重为得体耶？必有此段，既深讽刺，而文外曲致，闲情具足，正为佳耳。"吴曰："华严精妙，恰与题称，无以复加。"

　　赵彦材曰："极，北极也，以庙在城之北，故曰配极。"案崔安成《嵩山启母庙碑》曰："玉斗璇玑，李母之居邻北极。"《御览·道部》十六引《玉京经》曰："玄都玉京山有七宝城，故太上无极大道虚皇君之所治也，高仙之玄都焉。"○《剧谈录》（卷下）曰："东都北邙山有玄元观，南有老君庙，台殿高敞，下瞰伊、洛，神仙泥塑之像皆开元中杨惠之所制，奇巧精严，见者增敬。壁有吴道玄画五圣真容及老子化胡经事，丹青绝妙，古今无比。"○扬子云《羽猎赋》曰："禁篽所营。"馀见卷五韩致尧《故都诗》注。○《周礼·春官》序官：守祧。郑注曰："远庙曰祧，周为文王、武王庙，迁主藏焉。"《释文》曰："祧，他尧反。"案：庙置令丞，已见上注。钱曰："于玄元之庙严守祧之礼，不已过乎？"○《周礼·地官》序官：掌节。郑注曰："节，信也。"《掌节》曰："掌邦节而辨其用。"赵曰："即尊玄元为圣祖，故监庙者得谓之守祧，必有御赐之信以为镇，故得借掌节以为言。"○金茎已见卷五《秋兴诗》注。○《史记·老子传》《正义》引《玄妙内经》曰："李母怀胎八十一载，逍遥李树下，乃割左腋而生。《神仙传》曰："老子生而能言，指李树曰：以此为我姓。"《述异记》（卷上）曰："濑乡老子祠有红缥李，一李二色。"又（卷下）曰："中山有缥李大如拳者，呼仙李。"庾子山《老子庙诗》曰："盘根古树低。"○《汉武故事》曰："武帝以乙酉年七月七日旦生于猗兰殿。"曹子建《王仲宣诔》曰："奕叶佐时。"○世家句，杨曰："言谱系失载于旧史也。旧谓《史记》不列世家，与下句不贯。"《史记·老子传》《正义》曰："老子、庄子，开元二十三年奉敕升为列传首，处夷、齐上。"（据震泽王氏本）《封氏闻见记》（卷一）曰："玄宗开元二十一年亲注老子《道德经》，令学者习之。"○吴生见卷三苏子瞻《王维吴道子画》注。○张平子《东京赋》曰："秦政利觜长距，终得擅场。"○《文选·海赋》注引《河图括地象》曰："地下有四柱，广十万里有三千六百轴。"○五圣见上。《礼记·玉藻》曰："天子龙衮。"○钱曰："《雍录》（卷四）：天宝五载，于太清像设东刻石为李林甫、陈希烈之形，后又制杨国忠而瘗林甫，知吴生所画千官皆生面也。"○钱曰："雍录（卷四）：太清宫成，采白石为玄元圣容，衮冕之服，当宸南面。玄元庙当亦如此。"○袁阳源《正情赋》曰："陈玉柱之鸣筝。"《升庵外集》（卷八）曰："古人殿阁檐棱间有风琴风筝，皆因风动成音，自叶宫商。元微之诗：鸟啄风筝碎珠玉。高骈有《夜听风筝诗》。"○《宋书·乐志》三《鸡鸣古辞》曰："桃生露井上。"又《乐志》四《淮南王篇》曰："后园凿井银作床，金瓶素绠汲寒浆。"梁元帝《双桐生空井诗》曰："银床系辘轳。"○《老子》曰："功成身退天之道。"《史记·老子传》曰："居周久之，见周之衰，乃遂去。"○《神仙传》（卷二）曰："河上公者，莫知其姓字。汉文帝时，公结草为庵于河之滨，帝读《老子经》有所不解数事，即幸其庵躬问之，公乃授《素书》二卷与帝曰：熟研之，此经所疑皆了，不事多言也。"杨曰："得清净无为之道，故垂拱而治。"○《老子》曰："谷神不死，是谓玄牝。"河上公注曰："谷，养也，神谓五藏之神也。"○潘安仁《闲居赋》曰："终优游以养拙。"钱曰："《老子》五千言，其要在清净无为，理国立身，是故身退则周衰，经传则汉盛，即令不死，亦当藏名养拙，安肯凭人降形为妖为神以博世主之崇奉也？身退以下四句，一篇讽喻之意总见于此。"

行次昭陵

《元和郡县志》曰："关内道京兆府醴泉县：太宗昭陵在县东北二十五里九嵕山。"《清统志》曰："陕西西安府：唐太宗昭陵在醴泉县东北四十里。"案：此诗朱长孺注以为至德二载省家鄜州经此作，是也。

旧俗疲庸主，群雄问独夫。

谶归龙凤质；威定虎狼都。仇曰："首叙太宗勘乱之功。"

天属尊尧典；神功协禹谟。

风云随绝足；日月继高衢。

文物多师古；朝廷半老儒。

直词宁戮辱？贤路不崎岖。仇曰："此记贞观致治之盛。"吴曰："以上开国之盛。"

往者灾犹降，苍生喘未苏。

指麾安率土；荡涤抚洪炉。张曰："四句谓平安、史之乱，皆赖前烈。"

壮士悲陵邑；幽人拜鼎湖。

玉衣晨自举；石马汗常趋。吴曰："奇警，写祖宗神灵赫奕如见。"

松柏瞻虚殿；尘沙立暝途。

寂寥开国日，流恨满山隅。吴曰："以上因离乱谒陵生感。"又曰："尘沙立暝途五字便有独立天地之概，他人所不能及。"

□杨曰："前半颂昭陵，乔皇典重，后半慨时事，沉郁悲凉。当是以正雅之体裁写变雅之情绪者。"

蔡曰："群雄如李密之流。"案《隋书·杨玄感传》：谓游元曰："独夫肆虐，陷身绝域，此天亡之时也。"仇曰："庸主指六朝诸君，群雄指李密、窦建德辈，独夫指隋炀帝。"○《旧唐书·太宗纪》曰："高祖之临岐州，太宗时年四岁，有书生见太宗曰：龙凤之姿，天日之表，年将二十，必能济世安民矣。"○《史记·秦始皇本纪》：班孟坚论曰："据狼弧，蹈参伐。"《正义》曰："狼弧主弓矢。《天官书》云：参伐主斩伐事。"《日知录》（卷二十七）曰："参为白虎，秦之分星也。"○《庄子·山木篇》曰："彼以利合，此以天属也。"蔡曰："父子，天属也。"钱曰："高祖谥曰神尧，其禅位如尧禅舜，故曰尊尧典。"○蔡曰："禹成厥功，而《书》有《大禹谟》。"朱曰："太宗作乐有《九功舞》，其盛可配神禹，故曰协禹谟。"○蔡曰："云从龙，风从虎。（《易·乾·文言》）时李靖之徒皆以风云会合，随马足而奋也。"赵曰："魏文帝《与孙权送马书》曰：中国虽饶马，其知名绝足亦时有之矣。"○《文选·登楼赋》曰："惟日月之逾迈兮，俟河清其未极。冀王道之一平兮，假高衢而骋力。"李善注曰："高衢谓大道也。"朱曰："言房、杜诸公乘风云之会，依日月之光也。"杨曰："日月句亦言继统，取光华复旦意。"（赵曰："下句言继高祖之明，即此意。"）○《九家注》曰："太宗纳谏容直言，如魏征之切直无所不至，而能容之。孙伏伽谏论元律罪不当死，赐以兰陵公主园，直百万。其用人如马周咸能尽其才。"赵曰："不崎岖，言不艰于进用。"○往者，钱曰："言天宝之乱，乃隋末之灾再降于今日也。"○朱曰："指麾荡涤，叹太宗之功今无人能继也。时两京尚未收复，故云然。"○班孟坚《东都赋》曰："因造化之荡涤。"贾生《鵩鸟赋》曰："天地为炉。"《九家注》曰："谓陶成天下如洪炉。"○《西都赋》曰："三选七迁，充奉陵邑。"○《史记·封禅书》曰："黄帝铸鼎于荆山下，鼎既成，有龙垂胡髯下迎黄帝，黄帝上骑，群臣后宫从上者七十余人，黄帝既上天，故后世因名其处曰

鼎湖。"○钱曰："《汉书·王莽传》：杜陵便殿乘舆虎文衣废藏在
室匣中者，出，自树立于外堂上，良久乃委地，莽恶之。"朱曰：
"《汉书·霍光传》：宣帝赐光玉衣梓宫。师古曰：汉仪注以玉为
衣，如铠状连缀之，以黄金为缕。"《汉武故事》："高皇庙中御衣
自箧中出舞于殿上，冬衣自下在席上。"○石诸本作铁，今依《文
苑英华》。钱曰："《安禄山事迹》：潼关之战，我军既败，贼将崔
乾祐领白旂引左右驰突，我军视之状若鬼神。又见黄旂军数百队，
官军潜谓是贼，不敢逼之。须臾又见乾祐斗黄旂军不胜，退而又
战者不一，俄不知所在。后昭陵奏是日灵宫前石人马汗流。李义
山《复京诗》：天教李令心如日，可要昭陵石马来？韦庄《再幸梁
洋诗》：兴庆玉龙寒自跃，昭陵石马夜空嘶。盖咏此事也。"杨曰：
"二句只是言神灵如在意。"案：石马已见卷一《玉华宫诗》注。
《禄山事迹》殆出附会，然此诗当以作石马为是。钱从《英华》是
也。至诗之用意，杨说得之。又案：钱氏此注本蔡宽夫《诗话》。
（《渔隐丛话前集》卷七引之。）○赵曰："仲长子《昌言》曰：古
之葬（《文选·古诗十九首》李善注引有者字。）松柏梧桐以识其
坟也。"○《唐会要》（卷二十）曰："开元十七年十一月十六日，
朝于昭陵，掌事者仿像遥观太宗立神游殿前，及上入寝宫，闻室
中謦欬之音。"○寂寥二句，杨曰："叹太宗之功无人能继。"○沈
休文《伤王融诗》曰："流恨满青山。"鲍明远《拟行路难》曰：
"高坟累累满山隅。"

重经昭陵

仇曰："此必鄜州省家之后复至长安时作。"杨曰："收京
之后，绝是喜词，与前首各别。"

　　　　草昧英雄起；讴歌历数归。
　　　　风尘三尺剑；社稷一戎衣。杨曰："先言创业。"

浦曰："前四言武功定天下，专咏太宗也。"

翼亮贞文德；丕承戢武威。

圣图天广大；宗祀日光辉。杨曰："次言垂统。"

陵寝盘空曲；熊罴守翠微。

再窥松柏路；还见五云飞。

□仇曰："此记重谒昭陵。"浦曰："后四点陵点重经。前篇曰寂寥流恨，此曰松柏云飞，一悲一喜，今襄改观。"○李子德曰："前篇叙述略具，此只浑浑赞之，而义无不包，典重高华，直追三颂。"

《易·屯·彖传》曰："天造草昧。"王辅嗣注曰："造物之始，始于草昧，故曰草昧。"仇曰："此言隋末之乱。"○《孟子·万章上》曰："讴歌者不讴歌尧之子，而讴歌舜。"《论语·尧曰篇》："尧曰：咨尔舜，天之历数在尔躬。"○《史记·高祖本纪》：高祖曰："吾以布衣提三尺剑取天下。"○蔡曰："《书·武成》：一戎衣而有天下。"（伪古文）庾子山《周祀宗庙歌》曰："终封三尺剑，长卷一戎衣。"○赵曰："《魏志》：高堂隆上疏曰：翼亮帝室。"（《隆传》）○蔡曰："《书·君牙》：丕显哉！文王谟。丕承哉！武王烈。"（伪古文）○朱曰："苏颋《应制诗》：圣图恢寓县。"○赵曰："《孝经》曰：宗祀文王于明堂。"《九家注》曰："陵，山陵；寝，陵庙。"钱曰："《唐会要》（卷二十）：陵在醴泉县，因九嵕层峰凿山南面深七十五丈为玄宫，傍岩架梁为栈道，悬绝百仞，绕回二百三十步，始达玄宫，门顶上亦起游殿。"○赵曰："鲍照《芙蓉赋》：绕金渠之空曲。"○赵曰："言兵卫之人如熊如罴，屯守于翠微之际。《书》有熊罴之士。"（《康王之诰》）○翠微已见卷五《秋兴诗》注。○蔡曰："《孝经援神契》：王者德至山陵则庆云出符瑞图，京房《易飞候》云：太始四年宁陵言自大明八年至今，宣太后陵前数有光及五色云，又有五彩云在松下如车盖焉。"

谒先主庙

黄叔似曰："成都有先主庙，夔州亦有之。先主崩于永安宫，永安宫在丰溪之侧，即诗中青溪也。摇落乃秋候，当是大历元年秋作。"案：馀见卷五《咏怀古迹诗》注。

惨澹风云会，乘时各有人。

力侔分社稷；志屈偃经纶。吴曰：二十字确是先主分量。"

复汉留长策；中原仗老臣。

杂耕心未已；欧血事酸辛。

霸气西南歇；吴曰："将落尚提，所以轩昂飞动。"雄图历数屯。

锦江元过楚；剑阁复通秦。吴曰："以上叙先主事业。"

旧俗存祠庙；空山泣鬼神。

虚檐交鸟道；枯木半龙鳞。

竹送清溪月；苔移玉座春。

闾阎儿女换；歌舞岁时新。吴曰："以上祠庙。"又曰："此等转接起落，纯以神行，所谓绝迹无行地者也。"

绝域归舟远；荒城系马频。

如何对摇落，况乃久风尘？

孰与关张并？吴曰："句势倒载而入。"功临耿邓亲？

应天才不小；得士契无邻。吴曰："吊喟前古而注意全在当时，乃尔苍茫神妙。"

迟暮堪帷幄；飘零且钓缗。

向来忧国泪，寂寞洒衣巾。吴曰："以上因谒庙而发身世苍茫之感。”

□李子德曰：“其意则慷慨缠绵，其气则纵横排宕，其词则沉郁顿挫，其音则激壮铿鍧，怀古感时，溯洄不尽。大小雅之篇章，太史公之叙次，可以兼之矣。”

庾子山《思旧铭》曰：“风云上惨。”案：此喻乱世之伧攘，旧解以风云指君臣遇合，非是。诸葛孔明《出师表》曰：“先帝创业未半而中道崩殂，今天下三分，益州疲弊。”即此诗起四句注脚。旧解于此四句即纠缠诸葛孔明，失其旨矣。○《易·屯·象传》曰：“君子以经纶。”○复汉二句指先主托孤，杂耕二句指孔明出师未捷而死，论古能见其大。○《蜀志·诸葛亮传》曰：“与司马宣王对于渭南，亮每患粮不继，使己志不伸，是以分兵屯田为久住之基，耕者杂于渭滨居民之间，而百姓安堵，军无私焉。”○《诸葛亮传》裴世期注曰：“《魏书》曰：亮粮尽食穷，忧恚呕血，一夕烧营遁走入谷，道发病卒。臣松之以为亮在渭滨，魏人蹑迹，胜负之形未可测量，而云呕血，盖因亮自亡而自夸大也。夫以孔明之略，岂为仲达呕血乎？及至刘琨丧师，与晋元帝笺亦云亮军败呕血，此则引虚记以为言也。”○鸟道已见卷二李太白《蜀道难》注。○蔡曰：“按《蜀志》：谯周初劝进曰：西南有黄气，愿大王应天顺民。（《先主传》）今亮已死，中原莫图，则霸气所以歇也。”○《说文》曰：“屯，难也。”○赵曰：“锦江、剑阁，蜀国之地也。过楚通秦则言其本可以混一而不能焉，则所以伤之也。”○闾阎二句，赵曰：“此言夔州之人所以事先主者如此。”杨曰：“此见人心思汉，数百年如一日也。”○杨曰：“绝域归舟下，纯是借古伤今语，言今风尘未靖。孰与关、张并其忠勇，而其功可与耿、邓相亲者乎？必有真主应天之才，方成君臣契合之盛，以吾年齿虽衰，未尝无心用世，无如飘零不偶，老狎渔翁，惟忧国念深，不禁泪洒衣巾耳。”○摇落二句，吴曰：“言对荒祠摇落之状已为可感，况以己之沦落不遇久在风尘间乎？所以起下文也。"○关、张已见卷五李义山《筹笔驿诗》注。○功临句，《后汉书·耿弇传》曰："弇字伯昭，扶风茂陵人也。"《邓禹传》曰："禹字仲华，南阳新野人也。"○应天已见上。○赵曰："传曰：得士者昌，失士者亡。（《吴越春秋》九）在先主言所谓士者，专指诸葛而已。旧注不省，至引诸葛为股肱，法正为谋主，关羽、张飞、马超为爪牙，许靖、糜竺、简雍为宾友，不亦赘乎！"○《汉书·高帝纪下》曰："夫运筹帷幄之中，决胜千里之外，吾不如子房！"○《诗·何彼秾矣》毛传曰："缗，纶也。"黄白生曰："钓缗用太公事。"

以上依事之前后为序，以下以韵之多少为序。

奉送严公入朝十韵

《旧唐书·严武传》曰："充剑南节度使，入为太子宾客，迁京兆尹兼御史大夫。"黄叔似曰："宝应元年壬寅春，武开府成都，是年四月己巳，代宗践阼，召武为太子宾客。是秋，武东上，甫与武相别于巴西。"

鼎湖瞻望远；象阙宪章新。
四海犹多难；中原忆旧臣。
与时安反侧；自昔有经纶。
感激张天步；从容静塞尘。以上召入之由。
南图回羽翮；北极捧星辰。
漏鼓还思旦；宫莺罢啭春。
空留玉帐术；愁杀锦城人。以上入朝时情形。
阁道通丹地；江潭隐白蘋。
此生那老蜀？不死会归秦。
公若登台辅，临危莫爱身。以上结出送别之情。

□杨曰："送当道诗有此，想见古人交谊。

鼎湖已见《行次昭陵诗》注。赵曰："言肃宗之上升。"
○《周礼·天官·大宰》曰："县治象之法于象魏。"注引郑司农
曰："象魏，阙也。"黄曰："谓代宗践阼，法度日新也。"○《后
汉书·光武帝纪》曰："诛王郎收文书，得吏人与郎交关毁谤者
数千章。光武不省，会诸将军烧之曰：令反侧子自安。"○经纶
已见《谒先主庙诗》注。○《诗·白华》曰："天步艰难。"
○《庄子·逍遥游》曰："乃今九万里而图南。"玉帐术见卷二
《王兵马使二角鹰诗》注。○锦城见卷二李太白《蜀道难》注。
○阁道句，蔡曰："阁道谓剑阁之道，丹地乃天子之墀，言武自
剑阁而来直入禁中也。《宫禁职仪》：以丹漆地，故称丹墀。张正
见《艳歌》：执戟移丹地，丰歌入建章。"○江潭句，赵曰："公
自言其在草堂，盖草堂之前临浣花江，近百花潭，故谓之江潭。"
○《后汉书·桓帝纪》：和平元年诏曰："询谋台辅。"

投赠哥舒开府翰二十韵

《旧唐书·哥舒翰传》曰："突骑施首领哥舒部之裔也。蕃
人多以部落称姓，因以为氏。天宝六载，充陇西节度副使。其
冬，代王忠嗣为陇右节度支度、营田副大使、知节度事。十一
载，加开府仪同三司。其冬来朝。十二载，进封凉国公，加河
西节度使，寻封西平郡王。十三载，拜太子太保，又兼御史大
夫，遘风疾入京。"仇曰："翰三入朝，一在天宝六载，一在十
一载，后以废疾还京，当在十三载之末，其诗即是年所作。"

今代麒麟阁，何人第一功？李曰："起语俊
伟。"吴曰："凌空逆起，壮丽非常。"
君王自神武，驾驭必英雄。仇曰："首从朝廷

任将说起，立言有体。"

开府当朝杰，论兵迈古风。

先锋百胜在；略地两隅空。

青海无传箭；天山早挂弓。

廉颇仍走敌；魏绛已和戎。仇曰："此记陇右战功。"

每惜河湟弃，新兼节制通。

智谋垂睿想；出入冠诸公。

日月低秦树；乾坤绕汉宫。

胡人愁逐北；宛马又从东。仇曰："此记河西恢复事。"

受命边沙远；归来御席同。

轩墀曾宠鹤；畋猎旧非熊。

茅土加名数；山河誓始终。

策行遗战伐；契合动昭融。仇曰："此记入朝封王事。"

勋业青冥上；交亲气概中。吴曰："折落如神龙掉尾。"

未为珠履客；已见白头翁。

壮节初题柱；生涯独转蓬。

几年春草歇；今日暮途穷。

军事留孙楚；行间识吕蒙。

防身一长剑，将欲倚崆峒。吴曰："以上言彼此交际。"○杨曰："结句气象不凡，首尾工力悉敌。"
□李曰："英词壮采，可勒鼎钟。"

麒麟阁已见卷四李太白《塞下曲》注。《雍录》（卷二）曰：

"未央宫有麒麟阁。张晏曰：武帝获麒麟作此阁，是也。宣帝图
功臣霍光等于麒麟阁，则以藏书之地清贵可尚，而章显功臣于此
也。"○《史记·萧相国世家》：关内侯鄂君曰："萧何常全关中
以待陛下，此万世之功也。萧何第一，曹参次之。"○《汉书·
刑法志》曰："高祖躬神武之材，揔擥英雄。"《吴志·张昭传》：
昭曰："夫为人君者，谓能驾驭英雄，驱使群贤。"朱曰："哥舒
本蕃将，必驾驭之而成功，故以神武归美天子，此立言之体也。"
○《旧唐书·哥舒翰传》曰："仗剑之河西，初事节度使王倕，
倕攻新城，使翰经略，三军无不震慑。后节度使王忠嗣补为衙
将，翰好读《左氏春秋传》及《汉书》，疏财重气，士多归之。"
○《旧传》曰："吐蕃寇边，翰拒之于苦拔海，其众三行从山差
池而下，翰持半段枪当其锋击之，三行皆败，无不摧靡。"又曰：
"充陇西节度副使，先是，吐蕃每至麦熟时即率部众至积石军获
取之，共呼为吐蕃麦庄，前后无敢拒之者。至是翰使王难得、杨
景晖等潜引兵至积石军设伏以待之，吐蕃以五千骑至，翰于城中
率骁勇驰击，杀之略尽，馀或挺走，伏兵邀击，匹马不还。"○
钱曰："两隅者，指河西、陇右而言也。旧注：北征突厥，西伐
吐蕃，（蔡注）谬甚。"○《旧传》曰："知节度事，明年，筑神
威军于青海上，吐蕃至，攻破之。又筑城于青海中龙驹岛，有白
龙见，遂名为应龙城，吐蕃屏迹不敢近青海。"○赵曰："胡人每
起兵，以传箭为号，如今云南蛮刻牌之类。"蔡曰："或曰：守城
之法，更夜传箭，以警其睡也。青海军中夜传箭以守，无传箭言
无守也。"○《元和郡县志》曰："陇右道西州柳中县：天山在县
东南九十里，天山军在州城内。"案：唐西州治前庭县，当在今
新疆土鲁番等县。○蔡曰："挂弓言休兵也。"○《史记·廉颇
传》曰："赵之良将也。"钱曰："翰年已老，素有风疾，故以廉
颇为比。"○《左》襄四年曰："无终子嘉父使孟乐如晋，因魏庄
子纳虎豹之皮以求和诸戎。"案：庄子，魏绛也。吴曰："此两句

当一气读，言廉颇虽老，仍可走敌，而魏绛已和戎罢战矣。"步瀛案：如此解仍已二字，神理方合，魏绛泛指朝臣，非谓翰也。○《旧传》曰："进封凉国公，食实封三百户，加河西节度使。"《新唐书·吐蕃传》曰："哥舒翰破洪济犬莫门诸城，收九曲故地，列郡县，于是置神策军于临洮西，浇河郡于积石西及宛秀军以实河曲。"○许延族《仪鸾殿早秋诗》曰："睿想追嘉豫。"○仇曰："日月句喻帝业之光昌，乾坤句比皇图之广大，逐北从东言其威名远服。"○《南部新书》（卷七）曰："哥舒翰为安西节度使，控地数千里，甚着威令，故西鄙人歌曰：北斗七星高，哥舒夜带刀。吐蕃总杀尽，更筑两重壕。"《史记·高祖本纪》："秦兵常乘胜逐北。"《集解》："服虔曰：师败曰北。"○宛马已见卷四《房兵曹胡马诗》注。○《旧传》曰："翰素与禄山、思顺不协，上每和解之为兄弟。"钱曰："禄山在范阳，翰与思顺分控陇、朔，故曰受命边沙远。"○《旧传》曰："十一载冬，禄山、思顺、翰并来朝，上使内侍高力士及中贵人于京城东驸马崔惠重池亭宴会以和解之，故曰归来御席同也。"○庚子山《贺新乐表》曰："轩墀弘敞。"○《左》闵二年曰："卫懿公好鹤，鹤有乘轩者。"钱曰："宠鹤、非熊即指同席之人也。盖谓禄山、思顺不过轩墀之宠鹤，如翰者乃畋猎之非熊。以鹤喻禄山、思顺，亦以卫懿公托讽玄宗也。"○《史记·齐太公世家》曰："周西伯将出猎，卜之曰：所获非龙非彲，非虎非罴，所获霸王之辅。于是周西伯猎，果遇太公于渭之阳，与语大说，载与俱归。"《后汉书·崔骃传》章怀注及《初学记·地部》中引皆作非熊非罴，则今本《史记》作虎字，误也。《文选·答宾戏》李善引作非龙非虎，非熊非罴，熊字不误而虎字与罴失韵，亦罴字之讹。《东京赋》注引作非虎，盖后人据今本《史记》改之也。《六韬·文韬》曰："文王将田，史编布卜曰：田于渭阳，将大得焉。非龙非彲，非虎非罴，兆得公孙，天遗汝师。"《艺文类聚·产业部》下、《文选》刘越石《重赠卢谌诗》李善注引皆作非熊非罴，则今本《六韬》作虎亦误也。（《文选》东方曼倩《非有先生论》《运命论》注引作非熊非罴，非虎非狼，亦非。）《宋书·符瑞志》载此事亦作非熊非罴，《考古质疑》（卷三）谓唐人避讳改虎为熊，非是。《能改斋漫录》（卷五）据今本《史记》《容斋五笔》（卷二）据今本《六韬》为疑，皆未知其误耳。梁曜北（玉绳）《史记志疑》（卷十七）引据甚详，今撮其大要如此。（徐鼐《读书杂释》卷十二、朱芹《群书札记》卷十五皆有考证，略同。）〇《白虎通义·社稷篇》引《春秋传》曰："天子有大社也，东方青色，南方赤色，西方白色，北方黑色，上冒以黄土，故将封东诸侯取青土，苴以白茅，各取其面以为封社，明土谨敬洁清也。"（《史记·三王世家》褚先生引作《春秋大传》。）《汉书·高帝纪下》颜注曰："名数谓户籍也。"〇《史记·高祖功臣侯年表》曰："封爵之誓曰：使河若带，泰山若厉，国以永宁，爰及苗裔。"〇策行二句，《诗·既醉》曰："昭明有融。"杨曰："言策命之行，自有独契天心处，不徒以战功显也。"〇青冥已见卷一《奉赠韦右丞诗》注。〇珠履客已见卷二《短歌行送王郎司直》注。〇《御览·地部》三十八引《华阳国志》曰："升迁桥在成都县北十里，即司马相如题桥柱曰：不乘驷马高车不复过此桥。"今本《华阳国志·蜀志》及《水经·江水》注字句皆有异。〇曹子建《吁嗟篇》曰："吁嗟此转蓬，居世何独然？"〇几年句，杨曰："言虚掷光阴。"〇穷途已见卷二《丹青引》注。〇《晋书·孙楚传》曰："年四十馀始参镇东军事。"吴曰："此下专言己与哥舒之交际，颇有望援相就之意。钱笺引翰奏严挺之之子武为节度判官，河东吕諲为度支判官，前封邱尉高适为掌书记，又萧昕亦为翰掌书记云云，非是。"〇《吴志·吕蒙传》曰："张昭荐蒙拜别部司马。"吴曰："公凤与哥舒相契，识之于未贵之时，故以吕蒙为喻。钱笺谓哥舒能拔部将，亦非。"〇倚天剑已见李君虞《盐州过五原至饮马泉诗》注。○崆峒已见卷一《奉先咏怀诗》注。

奉送郭中丞兼太仆卿充陇右节度使三十韵

《集注》鲍文虎曰："郭英乂也。"案《旧唐书·郭英乂传》曰："英乂，陇右节度使左羽林将军知运之季子也，少以父业习知武艺。至德初，肃宗兴师朔野，英乂以将门子特见任用，迁陇右节度使兼御史中丞。"《新唐书·郭知运传》曰："知运，瓜州晋昌人。子英乂，字元武。禄山乱，拜秦州都督、陇右采访使。至德二载，加陇石节度使。"黄叔似曰："旧史不言兼太仆卿，新史不言兼御史与太仆卿，此可补二史之阙。当是至德二载秋八月作。"

诏发山西将，秋屯陇右兵。
凄凉馀部曲；煇赫旧家声。
雕鹗乘时去；骅骝顾主鸣。
艰难须上策；容易即前程。
斜日当轩盖；高风卷旆旌。
松悲天水冷；沙乱雪山清。
和虏犹怀惠；防边讵敢惊？
古来于异域，镇静示专征。以上郭之出镇。姚曰："和虏四句言陇右无事。"
燕蓟奔封豕；周秦触骇鲸。
中原何惨黩？馀孽尚纵横。
箭入昭阳殿；笳吟细柳营。
内人红袖泣；王子白衣行。
宸极妖星动；园林杀气盈。
空馀金椀出；无复绣帷轻。

毁庙天飞雨；焚宫火彻明。

罘罳朝共落；榱桷夜同倾。

三月师逾整；群胡势就烹。

疮痍亲接战；勇决冠垂成。

妙誉期元宰；殊恩且列卿。

几时回节钺，戮力扫欃枪？姚曰：“此十一韵言中原方急，宜当剧任。”吴曰：“此段盛气驱迈，淋漓悲壮，惊心动魄之文也。”

圭窦三千士；云梯七十城。

耻非齐说客，甘作鲁诸生。

通籍微班忝；周行独坐荣。

随肩趋漏刻；短发寄簪缨。

径欲依刘表；还疑厌祢衡。

渐衰那此别？忍泪独含情。姚曰：“此六韵入送别。”

废邑狐狸语；荒村虎豹争。

人频坠涂炭；公岂忘精诚？

元帅调新律；前军压旧京。

安边仍扈从，毋使后功名。姚曰：“此四韵仍言己望郭济世之意。”○吴曰：“废邑句逆接。”

□姚曰：“少陵赠送之诗，正如昌黎赠序，横空而来，尽意而止，变化神奇，初无定格。”

《汉书·赵充国辛庆忌传赞》曰：“山东出相，山西出将。”钱曰：“天水、陇西、安定、北地皆为山西。英乂，瓜州晋昌人，故云山西将也。”○《唐六典》（卷二）曰：“陇右道，古雍、梁二州之境。今秦、渭、成、武、洮、岷、叠、宕、河、兰、鄯、廓、（原注曰：已上陇右。）凉、甘、肃、瓜、沙、伊、西、北庭、安西，（原注曰：已上河西。）凡二十有一州焉。东接秦川，西逾流沙，南连蜀及吐蕃，北界沙漠。"○赵曰："馀部曲，馀秦州部曲也。知运在先朝先为陇右节度使屯西方，戎夷畏惮，故言旧家声。燀音充善反。"○《续汉书·百官志》曰："将军，其领军皆有部曲，大将军管五部，部校尉一人，部下有曲，曲有军候一人，曲下有屯，屯长一人。"○《庄子·外物篇》曰："燀赫千里。"○《诗·车攻》曰："悠悠旆旌。"○《元和郡县志》曰："陇右道秦州：《禹贡》雍州之域。汉武帝元鼎三年，置天水郡。郡前有湖水，冬夏无增减，取天水名，由此湖也。天宝元年改为天水郡，治天水县。"（今甘肃天水县治。）○《元和郡县志》曰："陇右道瓜州晋昌县：雪山在县南百六十里，积雪冬夏不消，东南九十里，南连吐谷浑界。"《清统志》曰："甘肃兰州府：雪山在河州西南一百五十里。（河州，今导河县）四时积雪，石如骨露，亦名露骨山。"○蔡曰："和房指吐蕃也。至德二载使来请讨贼且修好，既而侵廓、岷、叠等州，又请和。"○杨曰："静镇句言静镇安边然后可并力为讨贼计。"○赵曰："天宝十四载十一月，禄山反于幽州，陷河北。十二月，陷东京。十五载六月，陷京师。此所谓奔突幽、蓟而触冒周、秦也。"蔡曰："《左氏》定公四年传：吴为封豕长蛇以荐食上国。崔豹《古今注》：鲸，大鱼也。鼓浪成雷，喷沫成雨，水族惊畏，一皆逃匿。"○《文选》陆士衡《汉高祖功臣颂》曰："芒芒宇宙，上墋下黩。"李善注曰："墋，不清澄之貌也。"庾子山《哀江南赋》曰："茫茫惨黩。"《思旧铭》曰："风云上惨。"皆以惨为之。又《文选·登楼赋》李注曰："《通俗文》曰：暗色曰黔。"惨与黔，古字通。○赵曰："禄山既弑，庆绪复为寇，此所谓尚纵横也。"○庾子山《哀江南赋》曰："两观当戟，千门受箭。"○《史记·周勃世家》《正义》引《括地志》曰："细柳仓在雍州咸阳县西南二十里。"

赵曰："此一段陷京师时事。昭阳殿，汉成帝赵皇后所居，（据《汉书·外戚传》则赵昭仪所居。）而箭入言祸乱及于宫中也。细柳营，周亚夫所营，在长安，言胡人之箭乃在汉营也。"○《侯鲭录》（卷一）曰："女妓入宜春院谓之内人，亦曰前头人，谓在上前也，骨肉居教坊谓之内人家。"○张迩可曰："白衣行，改微服也，秦王苻坚黜贾雍以白衣领职（《晋书·载记》十三）可见。"○《左传》昭十年曰："居其维首而有妖星焉。"案：妖，袄之通借字。《汉书·天文志》曰："袄星不出三年，其下有军及失地。"○金椀句，蔡曰："言发掘坟墓也。"案已见卷五《诸将诗》注。○《文选》陆士衡《弔魏武帝文序》曰："遗令又曰：吾婕妤、妓人皆著铜雀台，于台堂上施八尺床穗帐。"谢玄晖《铜雀台诗》曰："穗帷飘井干。"《说文》曰："穗，细疏布也。"○《旧书·肃宗纪》曰："九庙为贼所焚，上素服哭于庙。"○杨曰："天飞雨犹言天泣。"○赵曰："《青箱杂记》云：《汉书·文帝纪》云，罘罳灾。崔豹《古今注》云，罘罳，屏也。罘者，复也。罳者，思也。臣朝君至屏外，复思所奏之事于其下。颜师古注云：罘罳谓连阙曲阁也，以覆重垣墉之处，其形罘罳，一曰屏也。又《礼记》（《明堂位》）云：疏屏，天子之庙饰也。郑注云：屏谓之树，今浮思也，刻之为云气虫兽，如今阙上为之矣。余按：唐苏鹗《演义》称罘罳织丝为之，轻疏浮虚，象罗网交文之状，盖宫殿檐户之间也。乃引《文宗实录》云：大和中甘露之祸，群臣奉上出殿北门，裂断罘罳而去，反以崔豹、颜师古之徒为大误。又案：段成式《酉阳杂俎》称士林间多呼殿槐桷护雀网为罘罳，其浅误如此。乃引张揖《广雅》曰：复思谓之屏。又王莽性好时日小数，遣使坏渭陵、延陵园门罘罳曰：使民无复思汉也。又引鱼豢《魏略》曰：黄初三年筑诸门阙外罘罳为证，反以丝网之说为大谬。余谓二说皆通，以罘罳为网，则结绳为之，施于宫殿檐楹之间，如苏鹗之说是也。罘罳为屏，则刻木为之，施

于城隅门阙之上，如成式之言是也。"步瀛案：《汉书》罘罳当依
旧注。唐人以丝网为罘罳，则此诗如苏氏说，亦无不可。○《说
文》曰："榆，母枟也。"又曰："桷，榱也。"榆、桷二字未见连
用。赵曰："榆、桷二字甚可疑，若以为榱桷，则夜彻明之火无
所不焚，则榱桷又非止倾而已。"步瀛案：赵疑榆为榱之误，近
之。又疑桷榱不止倾则太泥。罘罳可曰落，榱桷言倾，又何疑
乎？○赵曰："三月，三易月也，此闰八月，初以广平王为天下
兵马元帅，今诗所谓元帅调新律是已。逆数闰八月以前通为三易
月，则当是郭子仪五月及安守忠战于清渠败绩之后，别训练士
卒，至此师逾整肃，可以擒贼矣。"○疮痍二句，赵曰："此微言
英乂之败而激其再立功也。是年二月，李光弼败安庆绪于太原，
而是时英乂战于武功败绩，故有疮痍之譬，且言其功垂成也。"
案《广雅·释诂》四曰："痍，伤也。"○赵曰："期元宰美其可
以为相，且列卿则今兼太仆也。"仇曰："元宰，上相也。《晋书
·王导传》：实赖元宰固怀匪石之心。"朱曰："《唐志》：御史中
丞二人，正四品下；太仆寺卿一人，从三品。中丞兼卿所以为加
恩也。"○《孔丛子·问军礼篇》曰："天子当阶南面而授节钺。"
○《尔雅·释天》曰："彗星为欃枪。"郭注："亦谓之孛，言
其形孛孛似扫彗。"《释文》曰："欃，初衔、士杉二反。枪，初
庚、七羊二反。"○《礼记·儒行》曰："儒有筚门圭窬。"郑注
曰："圭窬，门旁窬也，穿墙为之如圭矣。"○《吕氏春秋·遇合
篇》曰："孔子周流海内，委质为弟子者三千人。"○《墨子·公
输篇》曰："公输般为楚造云梯之械成，将以攻宋。"○《史记·
郦生传》曰："上使郦生说齐王田广，乃听郦生，伏轼下齐七十
馀城。"○《史记·叔孙通传》：通曰："臣愿征鲁诸生与臣弟子
共起朝仪。"朱曰："齐说客申七十城，鲁诸生申三千士，时贼尚
据长安，故用下城事。"○《汉书·陈汤传》：刘向上疏曰："宜
以时解县通籍。"仇曰："公除拾遗，故曰微班。微班，下位也。"

○《诗·卷耳》曰："寘彼周行。"毛传曰："行，列也。"○《后汉书·宣秉传》曰："光武特诏御史中丞与司隶校尉、尚书令会同并专席而坐，故京师号曰三独坐。"○《文选》陆佐公《新刻漏铭》李善注引司马彪《汉书》注曰："孔壶为漏，浮箭为刻，以考中星昏明星焉。"○梁昭明太子《锦带书三月启》曰："想簪缨于几载。"○《魏志·王粲传》曰："以西京扰乱，乃之荆州依刘表。"○《后汉书·文苑传》曰："祢衡字正平，平原般人也。操送与刘表，后复侮慢于表，表以江夏太守黄祖性急，故送衡与之。"○傅休奕《放歌行》曰："但见狐狸语，虎豹自成群。"○《书》伪《仲虺之诰》曰："民坠涂炭。"○邹阳《狱中上梁孝王书》曰："精诚变天地。"浦曰："申举京邑之残破，以勉其竭诚而率先恢复。"○仇曰："元帅指广平王，前军指李嗣业之军。《唐书》：李嗣业至凤翔，上谒，肃宗喜曰：卿至，贤于数万众，使广平王收长安，嗣业统前军。"（《李嗣业传》）○司马相如《上林赋》曰："扈从横行，出于四校之中。"

大历三年春白帝城放船出瞿塘峡久居夔府将适江陵漂泊有诗凡四十韵

黄叔似曰："诗言身行所经之地，至宜都而止，则此诗作于宜都也。"仇曰："按诗本四十二韵，曰四十者，举成数耳。"案：白帝、瞿塘、夔府并见卷二《观公孙大娘弟子舞剑器行》注，唐山南道荆州江陵郡治江陵县，今湖北江陵县治。

老向巴人里；今辞楚塞隅。

入舟翻不乐；解缆独长吁。四句先从放身叙起。

窄转深啼狖；虚随乱浴凫。

石苔陵几杖；空翠扑肌肤。

叠壁排霜剑；奔泉溅水珠。

杳冥藤上下；浓淡树荣枯。

神女峰娟妙；昭君宅有无。

曲留明怨惜；梦尽失欢娱。姚曰："上下写峡中险急，却入此二韵，意态甚闲，此为神妙。"

摆阖盘涡沸；鼓斜激浪输。

风雷缠地脉；冰雪曜天衢。

鹿角真趋险；狼头似跋胡。

恶滩宁变色？高卧负微躯。吴曰："闲语自见抱负。"

书史全倾挠；装囊半压濡。

生涯临臬兀；死地脱斯须。吴曰："精刻语。"

○以上二十四句叙峡中。

不有平川决；焉知众壑趋？吴曰："转笔票姚轩爽。"

乾坤霾涨海；雨露洗春芜。

鸥鸟牵丝飏；骊龙濯锦纡。

落霞沉绿绮；残月坏金枢。

泥笋苞初荻；沙茸出小蒲。

雁儿争水马；燕子逐樯乌。吴曰："叙琐景乃极闲丽，此见公之才力无所不能。"

绝岛容烟雾；环洲纳晓晡。

前闻辩陶牧；转盼拂宜都。

县郭南畿好；津亭北望孤。

劳心依憩息，朗咏划昭苏。以上二十句叙出峡后。

意遣乐还笑；衰迷贤与愚。

飘萧将素发；汨没听洪炉。

丘壑曾忘返；文章敢自诬？

此生遭圣代，谁分哭穷途？吴曰："至性语可以下泪。"

卧病淹为客；蒙恩早厕儒。

廷争酬造化；朴直乞江湖。

滟滪险相迫；姚曰："承峡中。"沧浪深可逾。姚："承出峡。"

浮名寻已已；懒计却区区。

喜近天皇寺，先披古画图。

应经帝子渚，同泣舜苍梧。以上二十句自慨。喜近天皇寺四句，扇对法。

朝士兼戎服；君王按湛卢。

旄头初俶扰；鹑首丽泥涂。

甲卒身虽贵，书生道固殊。

出尘皆野鹤；历块匪辕驹。

伊吕终难降；韩彭不易呼。

五云高太甲；六月旷抟扶。

回首黎元病；争权将帅诛。

山林托疲苶；未必免崎岖。以上十六句慨时事。

□吴曰："收意尤苍凉。"○姚曰："雄警奇变，长律至此上嗣骚赋。"

楚塞见卷四王摩诘《汉江临泛诗》注。○《淮南·览冥篇》高注曰："狖，猨属，长尾而卬鼻。"○《入蜀记》（卷六）曰："过巫山凝真观，谒妙用真人祠，真人即世所谓巫山神女也。祠正对巫山，峰峦上入霄汉，山脚直插江中，所见八九峰惟神女峰最为纤丽奇峭。"《清统志》曰："四川夔州府：神女庙在巫山县东。"〇昭君二句已见卷五《咏怀古迹诗》注。〇梦尽句，朱曰："《神女赋序》：寐而梦之，寤不自识，惘兮不乐，怅尔失志。所谓失欢娱也。"〇《日知录》（卷二十七）曰："《鬼谷子》有《捭阖篇》，捭、摆古今字通。"〇郭景纯《江赋》曰："盘涡谷转。"〇风雷二句，仇曰："盘涡之沸，轰若风雷，激浪之输，白如冰雪。"〇原注曰："鹿角、狼头，二滩名。"案《水经·江水》注曰："江水又东迳流头滩，其水并浚激奔暴，鱼鳖所不能游，行者常苦之。袁山松曰：自蜀至此五千馀里，下水五日，上水百日也。"《清统志》曰："湖北宜昌府：流头滩在东湖县西（今改宜昌县）一百里，一名虎头滩，或名狼头滩，在南北二滩。"又曰："鹿角滩在东湖县西，一名支水，喷吐如雪，滩下乱石如困廪，无复寸土。"〇《左》文十七年：郑子家与赵宣子书曰："小国之事大国也，德则其人也，不德则其鹿也。铤而走险，急何能择？"〇《诗》："狼跋其胡。"毛传曰："跋，躐也。胡，颔下悬肉。"〇《易·困》上六："于臲卼。孔疏曰："臲卼，不安之貌。"案：臬兀同。〇《礼记·乐记》郑注曰："斯须犹须臾也。"〇乾坤句，杨曰："谓江水渺瀰。"〇《文选·芜城赋》曰："南驰苍梧涨海。"李善注引谢承《后汉书》曰："陈茂常渡涨海。"《初学记·地部》中曰："南海大海之南，别有涨海。"〇雨露句，杨曰："谓春江明媚。"〇朱曰："牵丝飐言鸥羽如丝之白也。"〇《庄子·列御寇篇》曰："千金之珠必在九重之渊，骊龙颔下。"《御览·鳞介部》二引沈怀远《南越志》曰："蟠龙身长四尺，青黑色，赤带如锦文。"〇谢玄晖《晚登三山还望京邑诗》曰："馀霞散成绮。"〇《文选·海赋》曰："大明摝辔于金枢之穴。"李善注曰："言月将夕也。大明，月也。金，西方也。《河图帝览嬉》曰：月者，金之精。伏滔《望海赋》曰：金枢理辔。"〇《文选》谢灵运《湖中瞻眺诗》曰："初篁苞绿箨，新蒲含紫茸。"李善注曰：

"茸，蒲华也。"○仇曰："雁儿争食水马，盖虾虫之类。子瞻《二虫诗》：君不见水马儿，步步逆流水，大江东流日千里，此虫趯趯长在此。又方密之《物理小识》云：水马能化蜻蜓，则水鳖虫耳。一名虾扒虫。"○阴子坚《广陵岸送北使诗》曰："樯转向风乌。"赵曰："樯乌，船樯上刻为乌形以占风者。"○谢灵运《湖中瞻眺诗》曰："环洲亦玲珑。"○《文选·神女赋》李善注曰："晡，日昳时也。"○《文选·登楼赋》曰："北弥陶牧。"李善注引盛弘之《荆州记》曰："江陵县西有陶朱公冢。"案：《水经·夏水》注引郭仲产言：检其碑题云：故西戎令范君之墓，则荆州记以为陶朱墓，恐未足信。五臣注张铣以陶为乡名，似得之。《尔雅·释地》曰："郊外谓之牧。"○唐山南道峡州宜都县，今湖北宜都县治。○县郭句，原注曰："路入松滋县。"朱曰："肃宗以江陵府为南都，故曰南畿。"案："唐江陵府松滋县，今湖北松滋县治。○《水经·江水》注曰："江津戍南对马头岸，北对大岸，谓之江津口。"《清统志》曰："湖北江陵府：江津口在江陵县南。"朱曰："此云津亭，疑即江津之亭也。公有《春夜峡州江亭留宴诗》。"○《礼记·乐记》曰："蛰虫昭苏。"郑注曰：更息曰苏。"赵曰："划字，开划之意。"杨曰："言脱险意舒，心胸聊为一旷也。"○陆士衡《文赋》曰："思涉乐其必笑。"○衰迷句，仇曰："谓老年混俗。"杨曰："起下二句。"○洪炉已见《行次昭陵诗》注。○谢灵运《斋中读书诗》曰："昔余游京华，未尝废丘壑。"《晋书·嵇康传》曰："尝采药游山泽，会其得意，忽然忘返。"○穷途见卷二《丹青引》注。○《汉书·王陵传》：陈平曰："于面折廷事，臣不如君。"○澶湲见卷五《将赴荆南寄别李剑州诗》注。○沧浪见卷四皇甫茂政《归渡洛水诗》注。○《世说新语·伤逝篇》曰："庾文康亡，何扬州临葬，云：埋玉树着土中，使人情何能已已。"○天皇寺二句，原注曰："此寺有晋王右军书、张僧繇画孔子及颜子十哲形像。"案《历代名画记》（卷七）曰："梁张僧繇，吴中人也。武帝崇饰佛寺，多命僧繇画之。江陵天皇寺明帝置，内有柏堂，僧繇画庐舍那佛像，及仲尼十哲。帝怪问：释门内如何画孔圣？僧繇曰：后当赖此耳。及后周灭佛法焚天下寺塔，独以此殿有宣尼像，乃不令毁拆。"《清统志》曰："江陵府：天皇寺在江陵县东，梁建，今改名乾明寺。"○《楚辞·九歌·湘夫人》曰："帝子降兮北渚。"○苍梧见卷二李太白《古别离》注。姚曰："此就重华而陈词之意。"（见《离骚》）○《越绝书·外传·记宝剑》：薛烛曰："欧冶乃因天之精神，悉其伎巧，造为大刑三，小刑二。一曰湛卢，二曰纯钧，三曰胜邪，四曰鱼肠，五曰巨阙。"○旄头已见卷三岑参《轮台歌》注。○《书》伪古文《胤征》曰："俶扰天纪。"伪《孔传》曰："俶，始。扰，乱也。"○鹑首句，赵曰："此言广德元年长安陷也。"案：《汉书·地理志》曰："自井十度至柳三度谓之鹑首之次，秦之分也。"《左》襄三十年，赵武谢绛县老人曰："使吾子辱在泥涂久矣，武之罪也。"《汉书·扬雄传下》颜注曰："丽，着也。"○《晋书·忠义·嵇绍传》曰："绍始入洛，或谓王戎曰：昨于稠人中见嵇绍，昂昂然如野鹤之在鸡群。"○历块见卷二《瘦马行》注。○《史记·魏其武安传》：上怒内史曰："今日廷论局趣效辕下驹。"○伊、吕二句，姚曰："世有伊、吕其人，不用则为野鹤，用之以济艰难如历块耳。虽有韩、彭桀骜，可以指麾呼之。此书生道固殊也，无此书生，故甲卒贵而韩、彭跋扈矣。此段仍公自比稷、契之义。"○王子安《益州夫子庙碑》曰："帝车南指，遁七曜于中阶。华盖西临，藏五云于太甲。"《酉阳杂俎》（十二）曰："燕公尝读《夫子学堂碑颂》头自帝车至太甲四句悉不解，访之一公（僧一行），一公言北斗建午，七曜在南方，有是之祥，无位圣人当出。华盖以下卒不可悉。"又见《墨庄漫录》（卷四）。《困学纪闻》（卷十八）曰："《晋书·天文志》：华盖杠旁六星曰六甲，分阴阳而配节候，太

甲恐是六甲一星之名，然未有考证。"阎百诗曰："以《隋书·天
文志》天子欲有所游往其地先发天子气，或如华盖在雾气中，或
有五色，苍帝起青云扶日，赤帝起赤云扶日，黄帝起黄云扶日，
白帝起白云扶日，黑帝起黑云扶日，以证华盖五云亦一解。而太
甲终当阙疑。"朱曰："京房《易飞候》云：视四方有大云五色而
不雨，下有贤人隐。（见《御览·天部》八引）当用此义以自况
也。太甲或出纬书，难以强释。"案：此句诸家说皆不洽，仍以
阙疑为是。○《庄子·逍遥游》曰："鹏之徙于南冥也，抟扶摇
而上者九万里，去以六月息者也。"《释文》曰："司马云：抟，
飞而上也，上行风谓之扶摇。"朱曰："时公适荆南，又将下湖
南，故用鹏徙南冥事。按是时崔旰杀郭英乂，代宗诏宰相杜鸿渐
平蜀乱，不能讨旰罪，反数荐之于朝。鸿渐还朝，旰遂为西川节
度，公最不平此事。此诗伊、吕终难降，讥鸿渐也；韩、彭不易
呼，谓崔旰也。蜀事如此，公所以决为去蜀之计，回望帝廷如五
云太甲，渺然天际，惟效鹏抟南徙为长往之计而已。"○黎元句，
朱曰："言巴蜀困于用兵。"○将帅句，杨曰："谓崔旰、杨子琳
辈自相诛讨。"○《庄子·齐物论》曰："茶尔疲役而不知其所
归。"《释文》曰："茶，乃结反。"卢抱经曰："薾当作茶，字小
变耳。"

寄岳州贾司马六丈巴州严八使君两阁老五十韵

黄叔似曰："诗云陇外翻投迹，当是乾元二年秦州作。"
案：贾已见卷五《岑参》和《贾至舍人早朝大明宫诗》注。严
已见卷五《诸将诗》注。阁老已见《至日遣兴寄北省旧阁老
诗》注。《新唐书·贾至传》曰："坐小法贬岳州。"吴廷珍
《纠缪》（卷十一）曰："《肃宗纪》云：乾元二年三月，九节度
之师溃于滏水，汝州刺史贾至奔于襄、邓，其贬岳州即坐弃汝
州而奔之故也。"《新书·严武传》曰："初赴肃宗行在，房琯

以其名臣子，荐为给事中。已收长安，拜京兆少尹，坐琯事贬巴州刺史。"案：唐江南道岳州治巴陵县，今湖南岳阳县治。唐山南道巴州治化城县，今四川巴中县治。

衡岳啼猿里；巴州鸟道边。

故人俱不利，谪宦两悠然。

开辟乾坤正；荣枯雨露偏。

长沙才子远；钓濑客星悬。以上总挈大旨。

忆昨趋行殿，殷忧捧御筵。

讨胡愁李广；奉使待张骞。

无复云台仗；虚修水战船。

苍茫城七十；流落剑三千。

画角吹秦晋，旄头俯涧瀍。

小儒轻董卓；有识笑苻坚。

浪作禽填海；那将血射天？

万方思助顺，一鼓气无前。

阴散陈仓北；晴熏太白巅。

乱麻尸积卫；破竹势临燕。

法驾还双阙；王帅下八川。

此时沾奉引，佳气拂周旋。

貔虎开金甲；麒麟受玉鞭。

侍臣谙入仗；厩马解登仙。

花动朱楼雪；城凝碧树烟。

衣冠心惨怆；故老泪潺湲。

哭庙悲风急；朝正霁景鲜。以上叙收京事，承开辟乾坤正。

月分梁汉米；春给水衡钱。

内蕊繁于缬；宫莎软胜绵。

恩荣同拜手；出入最随肩。

晚著华堂醉；寒重绣被眠。

筶齐兼秉烛；书柱满怀笺。

每觉升元辅，深期列大贤。

秉钧方咫尺；铩翮再联翩。

禁掖朋从改；微班性命全。

青蒲甘受戮；白发竟谁怜？

弟子贫原宪；诸生老伏虔。

师资谦未达；乡党敬何先？以上叙同朝及迁谪，承荣枯雨露偏。

旧好肠堪断；新愁眼欲穿。

翠干危栈竹；红腻小湖莲。

贾笔论孤愤；严诗赋几篇？

定知深意苦；莫使众人传。

贝锦无停织；朱丝有断弦。

浦鸥防碎首；霜鹘不空拳。

地僻昏炎瘴；山稠隘石泉。

且将棋度日；应用酒为年。

典郡终微眇；治中实弃捐。

安排求傲吏；比兴展归田。以上叙思贾、严而勉戒之。

去去才难得；苍苍理又玄。

古人称逝矣；吾道卜终焉。

陇外翻投迹；渔阳复控弦。

笑为妻子累；甘与岁时迁。

亲故行稀少；兵戈动接联。

他乡饶梦寐；失侣自逡巡。

多病加淹泊；长吟阻静便。

如公尽雄俊，志在必腾骞。以上自述所处。

　　□李子德曰："叙事整赡，用意深苦，有点缀，有分合，章法秩秩然，五十韵无一失所。如左、马大篇文字精神到底，卓绝百代矣。"

　　鸟道已见卷二李太白《蜀道难》注。○开辟句，蔡曰："言肃宗收复两京也。"○荣枯句，蔡曰："言恩泽不均及二公而被谪也。"○《汉书·贾谊传》曰："天子不用其议，以谊为长沙王太傅。"潘安仁《西征赋》曰："贾生，雒阳之才子。"○《后汉书·逸民·严光传》曰："耕于富春山，后人名其钓处为严陵濑。"又曰："帝引光入，因共偃卧，光以足加帝腹上，明日太史奏客星犯御座甚急。帝笑曰：朕故人严子陵共卧耳。"○《九家注》曰："天子幸行所止曰行殿。"○刘越石《劝进表》曰："或殷忧以启圣。"○《史记·李将军传》曰："广以卫尉为将军，出雁门击匈奴，匈奴兵多，破败广军，生得广。"朱曰："愁李广，当指哥舒翰，谓其以老将败绩也。"○《汉书·张骞传》：骞曰："今单于新困于汉而昆莫地空，诚以此时厚赂乌孙，招以东居故地，则是断匈奴右臂。天子以为然，拜骞为中郎将，至乌孙。"朱曰："待张骞谓肃宗即位即遣使回纥修好征兵。"步瀛案：待者，谓回纥尚未助顺也。故下言西京失陷之事。○庾子山《哀江南赋》曰："非无北阙之兵，犹有云台之仗。"杨曰："谓明皇出奔。"○《西京杂记》（卷上）："武帝作昆明池，欲伐昆明夷，教习水战，池周回四十里。"杨曰："谓西京失守。"○《史记·乐毅传》曰："乐毅留徇齐，五岁下齐七十馀城，皆郡县，以属燕。"杨曰："谓河北皆陷，禄山反，河北二十馀郡皆弃城走，故云然。"
○《庄子·说剑篇》曰："赵文王喜剑，剑士夹门而客三千馀
人。"杨曰："谓军士溃散。"○画角句言关中皆用兵也。○旄头
已见卷三岑参《轮台歌》注。《水经·涧水篇》曰："出新安县白
石山，东南入于洛。"《瀍水篇》："出河南榖城县北山，东过
偃师县，又东入于洛。"《元和郡县志》曰："河南道河南府河南
县：瀍水在县西北六十里。今验水从新安县东入县界。"《清统
志》曰："河南河南府：涧水在渑池县北。"又曰："榖水源出渑
池县东，东流合涧水迳新安县南，又东至洛阳县西南入洛，即古
涧水也。瀍水源出孟津县西，流至洛阳县北，又东南流入洛。"
蔡曰："涧、瀍之水隐映胡星，言东都为贼所陷也。"○小儒二
句，蔡曰："小儒，公自谓；有识，公托言也。"杨曰："喻安、
史必灭。"○《后汉书·董卓传》曰："卓僭拟车服，淫乐纵恣，
王允与吕布谋诛卓。三年四月（初平），大会未央殿，卓朝服入
北掖门，布持矛刺卓，趣兵斩之。"○《十六国春秋·前秦录》
曰："坚发长安卒六十馀万，骑二十七万，水陆齐进，晋遣谢石、
谢玄、桓伊败坚于肥水，坚为流矢所中，单骑遁还，谓夫人张氏
曰："朕若用朝臣之言，岂见今日之事？潸然流涕。"○浪作二
句，仇曰：恶其不自量而敢于犯上也。"○《述异记》（卷上）
曰："精卫一名冤禽。"馀见陆务观《后寓叹》注。○《史记·殷
本纪》曰："帝武乙无道，为革囊盛血仰而射之，命曰射天。"
○《易·系辞上》曰："天之所助为顺也。"○《左》庄十年：曹
刿曰："一鼓作气。"○《元和郡县志》曰："关内道凤翔府宝鸡
县：陈仓山在县南十里。"又曰："郿县太白山在县东南五十里。"
蔡曰："时贼屯兵京师，陈仓北近长安，肃宗屯军太白山下，故
有阴散晴熏之语。"○乱麻二句，赵曰："言王师之胜贼于卫，又
将临贼之窟穴也。"○乱麻见卷二李太白《扶风豪士歌》注。《九
家注》曰："卫地，相、卫间也。"○《晋书·杜预传》：预曰：

"今兵威已振，譬如破竹，数节之后，皆迎刃而解。"《九家注》曰："燕，范阳也。"○班孟坚《西都赋》曰："备法驾。"蔡曰："至德二年十月辛卯，帝还京，双阙即魏阙也。"○《文选·上林赋》曰："八川分流。"李善注曰："潘岳《关中记》曰：泾、渭、灞、浐、鄠、鄗、漆、潏凡八川。○《汉书·郊祀志下》，杜邺曰："礼月之夕，奉引复迷。"注："韦昭曰：奉引，前导引车。"蔡曰："奉引谓公为左拾遗，引导驾前还阙也。"案：仇沧柱据《收京诗》，至德二年十月，杜公在鄜，其至京当在十一月。《年谱》谓十月扈从还京，与诗不合。案：奉引不当专属己身而言，泛言扈卫诸臣耳。○《书·牧誓》曰："如虎如貔。"○《杜阳杂编》（卷上）曰："上（代宗）尝幸兴庆宫，于复壁间得宝匣，匣中获玉鞭，鞭末有文曰软玉鞭，即天宝中异国所献，光可鉴物，虽蓝田之美不能过也。屈之则头尾相就，舒之则劲直如绳，虽以斧锧锻斫，终不伤缺。"○侍臣句，蔡曰："言法仗复备，皆近侍所旧谙入者。"○乘黄厩已见卷二《老马行》注。钱曰："上皇教舞马百匹，衔杯上寿，禄山克长安，皆运载诣洛阳，收京后当复旧也。"○《楚辞·九辩》曰："涕潺湲兮下沾轼。"《文选·九辩》五臣注："张铣曰：潺湲，涕流貌。"○哭庙已见《奉送郭中丞诗》注。○《旧唐书·肃宗纪》曰："至德三载正月甲戌朔戊寅，上皇御宣政殿，册皇帝尊号曰光天文武大圣孝感皇帝。"○蔡曰："梁、汉间所贡赋之米，帝以月给百官廪俸也。谢承《后汉书》：章帝分梁、汉储米给民。"○《汉书·宣帝纪》曰："本始二年春，以水衡钱为平陵徙民起第宅。"注引应劭："水衡与少府皆天子私藏。"○内蕊，蔡曰："内禁之花。"○宫莎，蔡曰："宫苑之草。"○《书·皋陶谟》曰："拜手稽首。"○《曲礼上》曰："五年以长则肩随之。"○《毛诗·节南山》曰："秉国之均。"《汉书·律历志》引作钧。○颜延年《五君咏》曰："鸾翮有时铩。"李善引《淮南子》（《览冥》）曰："飞鸟铩羽。"许注曰："铩，残羽也。"蔡曰："言为宰执不远而乃谪去，如鸟之铩翮不能高飞也。"○禁掖句言禁掖已非故友，此句结上贾、严迁谪。○性命全，蔡曰："甫坐论房琯不宜罢相，贬为华州司功，犹得保全性命也。"案：此下三句皆自叙贬官之事。○《汉书·史丹传》曰："上（元帝）寝疾，丹以亲密臣得侍视疾，候上闲独寝时，直入卧内，顿首伏青蒲上涕泣。"注引孟康曰："以蒲青为席，用蔽地也。"○原宪已见卷一《奉赠韦左丞诗》注。○伏乃服字之误，观《秋日夔府咏怀诗》《九家注》本、《草堂》本可证。顾亭林以为一时用事之误，（《日知录》卷二十七），非也。《后汉书·儒林传》曰："服虔，字子慎，河南荥阳人也。入太学受业，有雅才，善著文论，作《春秋左氏传解》。案：此以原宪、服虔自比，而后生嫌其贫，固不敢以师资自居，而又不得乡党之敬也。极言罢官后困顿之状。○危栈竹，赵曰："指严八之巴州。"○小湖莲，蔡曰："指言岳州有湖渚也。○赵曰："贾曰笔，以能文，严曰诗，以能诗。《南史》有三笔六诗。（《刘孝仪传》）陆放翁云：南朝词人谓文为笔。（《老学庵笔记》卷九）杜诗：贾笔严诗。杜牧之亦云杜诗韩笔。"（《读韩杜集》）朱曰："按《汉书》：贾君房下笔言语妙天下，（《贾捐之传》）当本此。然贾笔严诗直以至、武言之，未必用故实，有引贾谊陈时政，严助作赋颂数十篇者（《日知录》卷二十七），非是。"步瀛案：朱说是。然贾笔严诗亦互文。又案《韩非子》有《孤愤篇》。○《诗·巷伯》曰："萋兮菲兮，成是贝锦。"郑笺曰："喻谗人集作己过以成于罪，犹女工之集采色以成锦文。"○鲍明远《白头吟》曰："直如朱丝绳。"○浦鸥二句，朱曰："霜鹘击物，期于必中，则浦鸥当有碎首之防，深以谗人之祸戒之也。"○《埤雅》（卷八）曰："鹘拳坚处大如弹丸，俯击鸠鸽食之，鸠鸽中其拳，随空中即侧身自下承之，捷于鹰隼。"○典郡句，谓严虽典郡犹为微眇也。○《晋书·职官志》曰："州置刺史、别驾、治中、从事。"蔡曰："治读从平声，治中即司马也。"○郭景纯《游仙诗》曰："漆园有傲吏。"○《文选》张平子《归田赋》李善注曰："《归田赋》者，张衡仕不得志，欲归于田，因作此赋。"○扬子云《解嘲》曰："拟足而投迹。"杨西河：："谓身在秦州。"○复控弦，蔡曰："言史思明再乱渔阳也。"○《易·屯》六三曰："屯如邅如。"《释文》曰："邅，张连反，引马曰："难行不进之貌。"案："迍与屯同。蔡伯喈《述行赋》曰："涂迍邅其蹇连兮。"○谢灵运《过始宁墅诗》曰："拙疾相倚薄，还得静者便。"○《九家注》曰："结句言二公不久当复用也。"○骞当作鶱，《说文》：鶱，飞也。凡言腾鶱、飞鶱皆鶱之借字。后人以鶱字入元韵，读作轩，骞字入仙韵，读作愆。疑鶱字出韵，妄改作骞，不知古音本通，则虽腾骞亦仍读为鶱，与上张骞并不为复也。

秋日夔府咏怀奉寄郑监审李宾客之芳一百韵

赵曰："郑监者，秘书监也。"朱曰："郑审为秘书少监。"（《秋日寄题郑监湖上亭诗》注）案《旧唐书·吐蕃传》曰："宝应二年三月，遣左散骑常侍兼御史大夫李之芳、左庶子兼御史中丞崔伦使于吐蕃，至其境而留之。广德二年五月，放李之芳还。"盖此李宾客也。（此后有诗皆称李尚书之芳，岂又检校尚书乎？）《唐六典》（卷十）曰："秘书省：少监二人，从四品上。秘书监之职，掌邦国经籍图书之事，有二局：一曰著作，二曰太史，皆率其属而修其职，少监为之贰焉。"又（卷二十六）曰："太子宾客四人，正三品，掌侍从规谏赞相礼仪而先后焉。凡皇太子有宾客，宴会则为之上齿。"又案：黄叔似编此诗于大历二年。

绝塞乌蛮北；孤城白帝边。

飘零仍百里；消渴已三年。王西樵曰："起笔整肃。"

　　雄剑鸣开匣；群书满系船。

　　乱离心不展；衰谢日萧然。

　　筋力妻孥问；菁华岁月迁。

　　登临多物色；陶冶赖诗篇。以上总挈大意。

　　峡束沧江起；岩排古树圆。

　　拂云霾楚气；朝海蹴吴天。

　　煮井为盐速；烧畲度地偏。

　　有时惊叠嶂；何处觅平川？

　　鸂鶒双双舞；猕猴垒垒悬。

　　碧萝长似带，锦石小如钱。

　　春草何曾歇？寒花亦可怜。

　　猎人吹戍火；野店引山泉。以上赋夔峡之景。

〇仇曰"此段句句入画。"

　　唤起搔头急；扶行几屦穿？

　　两京犹薄产；四海绝随肩。

　　幕府初交辟；郎官幸备员。

　　瓜时犹旅寓；萍泛苦夤缘。

　　药饵虚狼藉；秋风洒静便。

　　开襟祛瘴疠；明目扫云烟。

　　高宴诸侯礼；佳人上客前。

　　哀筝伤老大；华屋艳神仙。

　　南内开元曲，常时弟子传。

　　法歌声变转；满座涕潺湲。以上述己流落，因
入夔州饮宴。〇姚曰："太史公叙事，牵连旁入曲致无
不尽，诗中惟少陵时亦有之。"

弔影夔州僻；回肠杜曲煎。

即今龙厩水，莫带犬戎膻。

耿贾扶王室；萧曹拱御筵。

乘威灭蜂虿；戮力效鹰鹯。

旧物森犹在；凶徒恶未悛。

国须行战伐；人忆止戈鋋。

奴仆何知礼？恩荣错与权。

胡星一彗孛；黔首遂拘挛。

哀痛丝纶切；烦苛法令蠲。

业成陈始王；兆喜出于畋。

宫禁经纶密；台阶翊戴全。

熊罴载吕望；鸿雁美周宣。以上追叙国家治乱。

侧听中兴主，长吟不世贤。

音徽一柱数；道里下牢千。

郑李光时论，文章并我先。

阴何尚清省；沈宋欻联翩。

律比昆仑竹；音知燥湿弦。

风流俱善价；惬当久忘筌。

置驿常如此；登龙盖有焉。

虽云隔礼数，不敢坠周旋。

高视收人表；虚心味道玄。

马来皆汗血；鹤唳必青田。

羽翼商山起；蓬莱汉阁连。

管宁纱帽静；江令锦袍鲜。

东郡时题壁；南湖日扣舷。

远游凌绝境；佳句染华笺。<small>以上皆美郑、李。</small>

每欲孤飞去，徒为百虑牵。

生涯已寥落；国步尚迍邅。

衾枕成芜没；池塘作弃捐。

别离忧怛怛；伏腊涕涟涟。

露菊斑丰镐；秋菰影涧瀍。

共谁论昔事？几处有新阡？

富贵空回首；喧争懒著鞭，

兵戈尘漠漠；江汉月娟娟。

局促看秋燕；萧疏听晚蝉。

雕虫蒙记忆；烹鲤问沈绵。<small>以上述相忆不见阻</small>
于兵戈也。

卜羡君平杖；偷存子敬毡。

囊虚把钗钏；米尽拆花钿。

甘子阴凉叶；茅斋八九椽。

阵图沙北岸；市暨瀼西巅。

羁绊心常折；栖迟病即痊。

紫收岷岭芋；白种陆池莲。

色好梨胜颊；穰多栗过拳。

敕厨唯一味；求饱或三鳣。

儿去看鱼笱；朋来坐马鞯。

缚柴门窄窄；通竹溜涓涓。

堑抵公畦棱；村依野庙壖。

缺篱将棘拒；倒石赖藤缠。<small>以上述己穷居之状。</small>

借问频朝谒，何如稳昼眠？

谁云行不逮？自觉坐能坚。

雾雨银章涩；馨香粉署妍。

紫鸾无近远；黄雀任翩翩。

困学违从众，明公各勉旃！

声华夹宸极，早晚到星躔。

恳谏留匡鼎；诸儒引服虔。

不过输鲠直；会是正陶甄。

宵旰忧虞轸；黎元疾苦骈。

云台终日画；青简为谁编？ 以上言己无能仕宦，以功名望郑、李。

行路难何有？招寻兴已专。

由来具飞楫，暂拟控鸣弦。

身许双峰寺；门求七祖禅。

落帆追宿昔；衣褐向真诠。

安石名高晋；昭王客赴燕。

途中非阮籍；槎上似张骞。

披拂云宁在？淹留景不延。

风期终破浪；水怪莫飞涎。

他日辞神女；伤春怯杜鹃。

淡交随聚散；泽国绕回旋。

本自依迦叶，何曾藉偓佺？

炉峰生转眄；橘井尚高褰。

东走穷归鹤；南征尽跕鸢。

晚闻多妙教；卒践塞前愆。

顾恺丹青列；头陀琬琰镌。

众香深黯黯；几地肃芊芊。

勇猛为心极；清羸任体孱。

金篦空刮眼；镜象未离铨。以上言己将去夔往
求禅学，途中将见郑、李。

□姚曰："公老病途穷，身无所倚托，言将往求禅，实欲郑、
李为之主人，然浅交难以直言，故意复郁塞。"○卢德水曰："此
集中第一首长诗，亦为古今百韵诗之祖，其中起伏转折，顿挫承
递，若断若续，乍离乍合，波澜层叠，无丝毫痕迹，真绝作也。
元、白集中往往叠见，不免夸多斗靡，气缓而脉弛矣。"

《新唐书·南蛮传》曰："自弥鹿、升麻二川南至步头谓之东
爨乌蛮。"○白帝见卷二《观公孙大娘弟子舞剑器》注。○飘零
二句，仇曰："公自云安至此百三十里，自永泰元年至此，已历
三年。"○《史记·司马相如传》曰："常有消渴疾。"○鲍明远
《赠故人马子乔诗》曰："双剑将别离，先在匣中鸣。雌沉吴江
里，雄飞入楚城。"○《颜氏家训·文章篇》曰："至于陶冶性
灵，从容讽谏，入其滋味，亦乐事也。"○《北堂书钞·天部》
二引《地镜图》曰："楚气似马。"○《书·禹贡》曰："江、汉
朝宗于海。"○《文选·蜀都赋》曰："滨以盐池。"刘渊林注曰：
"盐池出巴东北井县，新水出地如涌泉，可煮以为盐。"《物类相
感志》（卷二）曰："临邛有二井：一火井，一盐井。取盐水并火
煮之，一斛水得盐五六斗。"案：北井县在今四川巫山县北；临
邛县，今邛崃县治。○蔡曰："楚俗烧榛种田曰畲。先以刀芟治
林木曰斫畲。其刀以木为柄，刀向曲谓之畲刀。按集有诗曰：畲
田费火耕，（《戏作俳谐体遣闷》）又曰：斫畲应费日，（《自瀼西
移居东屯》）是也。刘禹锡有《畲田行》曰：何处好畲田？团团
漫山腹。钻龟得雨卦，七山烧卧木。"○春草二句，蔡曰："夔地
颇暖，春草寒花四时不断也。"○猎人句，赵曰："火谓之戍火，
时有屯戍在白帝城也。"蔡曰："谓行猎之人因取屯戍之火以早猎
也。"○野店句，蔡曰："夔峡无井，居民以竹筒引山泉而食之。"

○《西京杂记》（卷上）曰：“武帝过李夫人就取玉簪搔头。”○几屐见卷四黄鲁直《咏猩猩毛笔诗》注。○两京句，赵曰：“公有田在韦杜。”○四海句，蔡曰：“谓无故旧也。《论语·子路篇》：子夏曰：四海之内皆兄弟也。”○《旧唐书·文苑·杜甫传》曰：“上元二年冬，严武镇成都，奏为节度参谋、检校尚书工部员外郎。”○《左》庄八年曰：“齐侯使连称、管至父戍葵丘，瓜时而往，曰：及瓜而代。”○谢灵运《从斤竹涧越岭溪行诗》曰：“蘋萍泛深沉。”○《文选·吴都赋》曰：“夤缘山岳之㟪。”《广韵》曰：“夤缘，连也。”○谢灵运《游南亭诗》曰：“药饵情所止。”○《史记·滑稽传》：淳于髡曰：“杯盘狼藉。”○静便已见上首注。○南内开元曲二句，原注曰：“都督柏中丞筵闻梨园弟子李仙奴歌。”○《唐会要》（卷三十四）曰：“开元二年，上以天下无事，听政之暇，于梨园自教法曲，必尽其妙，谓之皇帝梨园子弟。”○白乐天《新乐府·法曲》曰：“法曲法曲合夷歌。夷声邪乱华声和。以乱干和天宝末，明年胡尘犯宫阙。”自注曰：“法曲虽似失雅音，盖诸夏之声也。故历朝行焉。明皇虽雅好度曲，然未尝使蕃、汉杂奏。天宝十三载，始诏诸道调法曲，与胡部新声合作，识者深异之。明年冬，安禄山反。”元微之《立部伎》自注略同，云太常丞宋沇传汉中王旧说云云。○潺湲见上篇注。○李令伯《陈情表》曰：“形影相弔。”○宋玉《高唐赋》曰：“回肠伤气。”○杜子美《曲江诗》曰：“杜曲幸有桑麻田。”《雍录》（卷七）曰：“杜曲在启夏门外，向西即少陵原也。”钱笺引《雍录》曰：“樊川韦曲东十里有南杜、北杜，杜固谓之南杜，杜曲谓之北杜。二曲，名胜之地。”（今《雍录》无此文。）○龙厩水，原注曰：“西京龙厩门，苑马门也，渭水流苑门内。”《雍录》（卷八）曰：“后苑有骥德院，禁马所在。韦后入飞龙厩，为卫士斩首，盖自玄武门出宫入厩也。”○犬戎即斥禄山也。犬戎攻周幽王于骊山下，禄山反，玄宗幸蜀，故以犬戎比之，不必泥西戎北狄以犬戎为吐蕃。此处指吐蕃入京，则下文皆不连属矣。〇仇曰："莫带，莫不尚带馀膻也。"〇耿弇已见《谒先主庙诗》功临句注。《后汉书·贾复传》曰："字君文，南阳冠军人也。"又《朱祐》《景丹》等传后附图画云台功臣有左将军、胶东侯贾复、建威大将军、好畤侯耿弇，论曰："耿、贾之鸿烈。"〇《史记·萧相国世家》：鄂君曰："萧何第一，曹参次之。"《汉书·魏相丙吉传赞》曰："近观汉相，高祖开基，萧、曹为冠。"仇曰："此借比郭、李诸功臣。"〇《左》僖十二年：臧文仲曰："蜂虿有毒。"〇《左》文十八年：史克曰："见无礼于其君者，诛之如鹰鹯之逐鸟雀也。"〇《左》哀元年：伍员曰："少康遂灭过、戈，复禹之绩，祀夏配天，不失旧物。"〇凶徒，钱曰："指安、史降将也。"〇《左》隐六年曰："长恶不悛。"〇《文选·东都赋》曰："戈鋋彗云。"《说文》曰："鋋，小戈也。"仇曰："《博议》：公以代宗不能往问河北之罪而但慕止戈之名，养成祸乱。〇卢文子曰："程元振以奴仆而错与大权，致将士懈心，外夷入寇，而生民困苦，旧指禄山为奴仆者，非。"案：卢说是。程元振，宦者，故以奴仆斥之。广德元年，吐蕃入京师，代宗奔陕，诏征天下兵，而元振用事，媒蘖大臣，皆疑惧不进。胡星二句正指吐蕃入寇也。〇旄头见上首注。〇《史记·秦始皇本纪》曰："更名民曰黔首。"〇《礼记·缁衣》曰："王言如丝，其出如纶。王言如纶，其出如綍。"〇《旧唐书·代宗纪》曰："永泰元年春正月癸巳朔，制曰：朕以薄德，承兹艰运。军役屡兴，干戈未戢，茫茫士庶，毙于锋镝。皇穹以朕为子，苍生以朕为父，至德不能被物，精诚不能动天，俾我生灵，沦于沟壑，非朕之咎，孰之过欤？今将大振纲维，益明惩劝，肇举改元之典，弘敷在宥之泽，可大赦天下，改广德三年为永泰元年。"〇《汉书·刑法志》曰："汉兴，蠲削烦苛，兆民大说。"《旧书·代宗纪》曰："永泰二年十一月丙辰，诏：虑失三农，忧深百姓，务从省约，稍冀蠲除。京兆府今年合征八十二万五千石数内宜减放一十七万五千石，青苗地头钱宜三分取一。甲子日长至，下制大赦，改永泰二年为大历元年。"○《诗序》曰："《七月》，陈王业也。周公遭变，故陈后稷先公风化之所由，致王业之艰难也。"○于畋句，杨曰："即用文王出猎事，谓用贤也。"○王仲宝《褚渊碑文》曰："外曜台阶。"○熊罴句已见《投赠哥舒开府诗》注。○《诗序》曰："《鸿雁》，美宣王也。万民离散，不安其居，而能劳来还定安集之。至于矜寡，无不得其所焉。"○曹子建《陈审举表》曰："有不世之君，必能用不世之臣。"○音徽二句，原注曰："郑在江陵，李在夷陵。"蔡曰："音徽言得李、郑音问之书频数也。道里千言郑在江陵，李在夷陵，与甫相距凡千百馀里之远也。一柱观在荆州，宋临川王于罗公洲上立观甚大，而惟一柱，所以言江陵也。下牢关在巫峡之南，所以言夷陵也。"○陆士衡《拟行行重行行》曰："音徽日夜离。"○赵曰："一柱观在荆州，事载《渚宫故事》。"（今本在补遗卷内，盖据《说郛》辑入。）《清统志》曰："湖北荆州府：一柱观在松滋县东丘家湖中。"○赵曰："下牢关在峡州，所以言夷陵也。"○《南史·阴子春传》曰："武威姑臧人也。子铿字子坚，善五言诗，被当时所重。"《何承天传》曰："东海剡人也。曾孙逊，字仲言，八岁能赋诗。"案：沈云卿、宋延清已见卷四。赵曰："以四子美郑、李也。"○《汉书·律历志》曰："黄帝使泠纶自大夏之西昆仑之阴取竹之解谷，断两节间而吹之，以为黄钟之宫，制十二箫以听凤之鸣，其雄鸣为六，雌鸣亦六，比黄钟之宫。"○《韩诗外传》（卷七）曰："赵王使人于楚，鼓瑟而遣之曰：慎无失吾言。使者曰：大王鼓瑟未尝若今日之悲也！王曰：调。使者曰：调则可记其柱。王曰：不可。天有燥湿，弦有缓急，柱有推移，不可记也。"刘孝标《广绝交论》曰："抚弦徽音，未达燥湿变响。"○《论语·子罕篇》：子贡曰："有美玉于斯，求善价而沽诸！"○《庄子·外物篇》曰："筌者，所以在鱼，得鱼而忘筌。"
《释文》本作荃，曰："香草也。一云：鱼笱也。"则字当作筌。
成玄英疏作荃，从后说。○《史记·郑当时传》曰："常置驿马
长安诸郊，存诸故人，请谢宾客。"○《后汉书·党锢·李膺传》
曰："膺独持风裁，以声名相高，士有被其容接者，名为登龙
门。"○《左》庄十八年曰："名位不同，礼亦异数。"○《左》
文十八年：史克曰："行父奉以周旋，弗敢失坠。"○曹子建《与
杨德祖书》曰："足下高视于上京。"任彦升《王文宪集序》曰：
"经师人表。"○《老子》曰："虚其心，实其腹。"又曰："玄之
又玄，众妙之门。"班孟坚《答宾戏》曰："味道之腴。"○汗血
已见卷二《高都护骢马行》注。○赵曰："《永嘉记》：青田有双
鹤，年年生子，长便去。"蔡引同。仇曰："马来鹤唳，喻人才乐
归。"○《史记·留侯世家》：留侯曰："上不能致者天下有四人，
逃匿山中，义不为汉臣。于是吕后使人奉太子书，卑辞厚礼，迎
此四人。四人至，客建成侯所。上愈欲易太子，及燕置酒，太子
侍，四人从，年皆八十有馀，须眉皓白，衣冠甚伟。上怪之，四
人各言姓名。上曰：烦公幸卒调护太子。四人为寿已毕，趋去，
上目送之，召戚夫人指示四人者曰："我欲易之，彼四人辅之，
羽翼已成，难动矣。"《汉书·王贡等传》曰："汉兴，有园公、
绮里季、夏黄公、甪里先生，此四人者当秦之世避而入商雒深
山。"《扬雄传·解嘲》曰："四皓采荣于商山。"赵曰："以言李
宾客故用商山四皓事。"○蓬莱已见卷二李太白《登宣州谢朓楼
诗》注。蔡曰："谓郑审为秘书监，掌秘府之图书，故比之蓬莱
汉阁。"○《魏志·管宁传》曰："自黄初至于青龙，征命相仍，
青州刺史程喜上言：宁有族人管贡，说宁常着皂帽布襦袴布裙，
随时单复，出入闺庭，能自任杖，不须扶持。"仇曰："郑已退
居，故比管宁纱帽。"○赵曰："江总不载锦袍事，其文集自有
《山水衲袍赋》。其序云：皇储监国馀辰，劳谦终宴，有令以

衲袍降赐，何以奉扬恩德？因题此赋。语有裁缝则万壑崟碧体，针缕则千岩映日，埒符彩于雕焕，并芬芳于兰菊，则袍之华丽可知。今公云锦袍，则以其华丽如锦也。"○钱曰："江陵，汉旧县，属南郡。《史记》：江陵，故郢都，西通巫、巴。(《货殖传》)在巴、巫之东，故曰东郡也。"○《梁书·文学·何思澄传》曰："为游庐山诗，沈约见之，大相称赏。约郊居宅新构阁斋，因命工书人题此诗于壁。"○蔡曰："南湖谓李在夷陵也。按集有《寄题郑监湖上亭》，又有《暮春陪李尚书过郑监湖亭》，又有《重泛郑监前湖》，是也。"○谢灵运《山居赋》曰："卷扣舷之逸曲。"○《庄子·养生主》曰："吾生也有涯。"○《诗·桑柔》曰："国步斯频。"毛传曰："步行，频急也。"○迍邅见上首注。○《诗·甫田》曰："劳以怛怛。"毛传曰："忉忉，忧劳也。怛怛，犹忉忉也。"○《汉书·杨恽传》(附《敞传》后)：报孙会宗书曰："岁时伏腊，亨羊炰羔，斗酒自劳。"《史记·秦本纪》："德公二年，初伏。"《正义》引《历忌释》曰："伏者何？以金气伏藏之日也。立秋以金代火，故至庚日必伏，庚者金，故曰伏也。"《风俗通·祀典篇》曰："礼传：夏曰嘉平，殷曰清祀，周曰大腊，汉改为腊。腊者，猎也，言田猎取兽以祭祀其先祖也。"○《元和郡县志》曰："关内道京兆府：周酆宫，周文王宫也。在县东三十五里。《诗》云：既伐于崇，作邑于丰。(《文王有声》)是也。"《水经·渭水》注曰："镐水上承镐池于昆明池北，周武王之所都也。自汉武帝穿昆明池于是地，基构沦褫，今无可究。"《清统志》曰："陕西西安府：古丰邑在鄠县东，古镐京在长安县西。"○涧、瀍已见上首注。○蔡曰："丰、镐在长安，涧、瀍在洛阳，皆生涯所在之乡也。"○蔡曰："《风俗通》曰：南北曰阡，(今本无此文，《史记·秦本纪》《索隐》亦引之。)或曰：前汉原陟，其母墓曰南阳阡，(《游侠传》)是也。"○《晋书·刘琨传》曰："琨与祖逖为友，闻逖被用，与亲故书曰：常恐

祖生先吾著鞭。"○谢玄晖《游东田诗》曰："生烟纷漠漠。"○
鲍明远《玩月诗》曰："娟娟似蛾眉。"○《法言·吾子篇》曰：
"童子雕虫刻篆，俄而曰：壮夫不为也。"○《文选·古诗》曰：
"客从远方来，遗我双鲤鱼。呼儿烹鲤鱼，中有尺素书。"○君平
已见卷四李太白《送友人入蜀诗》注。蔡曰："晋阮修，字宣子，
尝步行以百钱挂杖头，至酒店便独酣畅。海陵卜圌谓今世画图所
传严君平挟著策携邛竹杖，亦挂百钱于杖头，故岑参《咏君平卜
肆诗》曰：至今杖头钱，地上时时有。又岂更别有据乎？"
○《御览·服用部》十引裴子《语林》曰："王子敬在斋中卧，
偷入取物，一室之内略尽。子敬卧而不动，偷遂登榻欲有所觅。
子敬因呼曰：偷儿！石染青毡是我家旧物，可特置否？于是群偷
置物惊走。"○囊虚二句，赵曰："公自言贫窭之状也。把钗钏、
拆花钿皆言货易之尔。"○甘子，案杜子美有《甘林诗》。○《水
经·江水》注曰："江水又东迳诸葛亮图垒，石碛平旷，望兼川
陆，有亮所造八阵图，东跨故垒，皆累细石为之。"《太平寰宇
记》曰："山南东道夔州奉节县：八阵图在县西南七里。"徐详后
《八阵图诗》注。○市暨句，原注曰："峡人目市井泊船处曰市
暨，江水横通山谷处，居人谓之瀼。"案：杜子美《夔州歌》曰：
"瀼东瀼西一万家。"又有《瀼西寒望》《晚登瀼山堂阻雨不得归》
《瀼西甘林》《自瀼西移居东屯》等诗，又见卷六陆务观《寒食
诗》注。○《史记·货殖传》：卓氏曰："吾闻汶山之下沃野，下
有蹲鸱。"《汉书·货殖传》汶作岷，并与岷同。又蹲作踆。颜
曰："踆鸱，大芋也。"《华阳国志》（《蜀志》）曰："汶山郡都安
县有大芋，如蹲鸱也。"○《述异记》（卷上）曰："吴中有陆家
白莲。"○左太冲《蜀都赋》曰："紫梨津润。"蔡曰："谓梨红如
颊也。"○《广雅·释诂》（卷四）曰："穰，丰也。"○《西京杂
记》（卷上）曰："上林苑有峄阳栗，大如拳。"○《晋书·王羲
之传》：与谢万书曰："有一味之甘，割而分之，以娱目前。"

○《后汉书·杨震传》曰：“有冠雀衔三鳣鱼飞集讲堂前，都讲取鱼进曰：蛇鳣者，卿大夫服之象也；数三者，法三台也。先生自此升矣。”章怀注曰：“冠音贯，即鹳雀也。鳣音善，韩子云：鳣似蛇。（《说林下》）案：《续汉》及《谢承书》鳣字皆作鳝，然则鳣鳝古字通也。鳣（当作鳝）鱼长者不过三尺，黄地黑文，故都讲云蛇鳝大夫之服象也。郭璞云：鳣鱼长二三丈（《释鱼》注），音知然反，安有鹳雀能腾二三丈乎？此为鳣（当作鳝）明矣。”案：章怀之别甚析，其两鳣字当作鳝者，盖传写之误。王观国《学林》（卷十）、黄朝英《缃素杂记》（卷四）皆有考证，大致不出章怀范围，故皆以此诗鳣字押平声为误。《能改斋漫录》（卷四）又据杨震碑云：贻我三鱼，谓称鳣称鳝皆不得其真。然鱼者统称，鳝者实物，安得谓不得其真耶？要之，司马及谢书作鳝者乃本字，范书作鳣者乃借字，后人因字即作鳣，遂并读其音为知然切者久之或成方音，老杜因沿用之，如下棱之读去声耳。

○《诗·邶·谷风》毛传曰：“笱，所以捕鱼也。”案：此仍承求饱句，言窥鱼笱以验得鱼否耳。一本作俗异邻鲛室，义可两通，而仇氏之谓本言居室不当插入鱼笱则非也。○朋来句，蔡曰：“言贫无坐席也。《战国策》：苏秦少与张仪为友，秦在赵为相，仪至赵使人白秦，秦心激之，令仪于城东门外坐，以破马鞯进之粗食。”案：今国策无此文。○公畦棱，原注曰：“京师农人指田远近多云几棱，棱，岸也，音去声。”蔡曰：“公畦官园也。”朱曰：“韵书棱字无去音，盖方言也。陆龟蒙诗：我本曾无一棱田。平生啸傲空渔船。（《奉和袭美苦雨见寄》）亦作去声用。”○《史记·晁错传》曰：“内史府居太上庙堧中，门东出不便，错乃穿两门南出，凿庙堧垣。”《索隐》曰：“堧音乃乱反，谓墙外之短垣也，又音而缘反。”○《汉书·百官公卿表》曰：“秩比二千石以上皆银印青绶。”颜注曰：“《汉仪》云：银印皆龟纽，其文曰章，谓刻曰某官之章也。”蔡曰：“银章久不服，所以涩也。”

○赵曰："公时为尚书工部员外郎，今不在省中，徒言其官署之美，谓之馨香者，以其含香握兰也。一谓之兰省，亦谓之画省，以粉涂画，故言粉署。"案：互见卷五《秋兴诗》注。○紫鸾喻己之高举。《楚辞·惜誓》曰："独不见夫鸾凤之高翔兮。"又《七谏·谬谏》曰："鸾皇孔雀日以远兮。"皆可证。蔡以为比郑、李，诸家注多从之，恐非。○黄雀喻己之卑栖。《楚策》四：庄辛曰："黄雀俯噣白粒，仰栖茂林，鼓翅奋翼，自以为无患，与人无争也。"○明公，古人尊称。如刘玄德、吕奉先皆称魏武帝为明公（《魏志·吕布张邈传》），习彦威称桓宣武为明公（《世说·文学篇》），皆是。○声华句，蔡曰："言李、郑声华足以夹辅宸极也。"○早晚句，蔡曰："言李、郑将见擢用为台辅也。郎官象列宿，诸侯象四七，宰相法三台，皆星躔也。"○《汉书·匡衡传》曰："诸儒之语曰：无说诗，匡鼎来。"注引张晏曰："匡衡少时字鼎，长乃易字稚圭，世所传衡与贡禹书，上言衡敬报，下言匡鼎白，知是字也。"案：服虔曰："鼎犹言当也。"应劭曰："鼎，方也。"颜以二说为是，斥张为穿凿。又驳《西京杂记》匡衡小名鼎为不足取。然此与下服虔为对，正以鼎为衡名字，盖作诗与注史不必同也。○服虔已见上首注。案：一本服作伏，《草堂》本、《九家》本、《分门集注》本皆作服，知作伏者误字耳。○不过二句，蔡曰："不过用鲠直以进，当为正陶甄之化耳。"○《法言·先知篇》曰："甄陶天下者，其在和乎！"○《后汉书·朱祐景丹等传》曰："永平中，显宗追感世祖功臣，乃图画二十八将于南宫云台。"○《后汉书·吴祐传》章怀注曰："杀青者，以火炙简令汗，取其青易书，复不蠹，谓之汗青，亦谓汗简。义见刘向《别录》。"○由来二句，蔡曰："言檝飞之疾如箭之急，欲前往以求佛法也。"○《旧唐书·方技·僧神秀传》曰："昔后魏末有僧达摩者，本天竺王子，以护国出家，入南海，得禅宗妙法，云自释迦相传，有衣钵为记，世相付授，达摩赍衣钵航海而来。达摩传慧可，慧可传璨，璨传道信，道信传弘忍。弘忍姓周氏，黄梅人。初，弘忍与道信并住东山寺，故谓其法为东山法门。"唐释道宣《高僧传》（卷二十六）曰："释道信姓司马，住吉州寺，欲往衡岳，路次江州，道俗留止庐山大林寺，又经十年，蕲州道俗请度江北，黄梅县众造寺，依然山行，遂见双峰，有好泉石，即住终志。"宋释赞宁《高僧传》（卷八）曰："释弘忍姓周氏。至双峰习乎僧业，信（道信）知其可教，悉以其道授之，密付法衣以为质。"《清统志》曰："湖北黄州府四祖寺在黄梅县西北双峰山，亦名正觉寺。唐武德间建为四祖道信禅师道场。"此蕲州之双峰也。姚令威《西溪丛语》（卷上）曰："按《宝林传》，第三十一祖（此继天竺二十八祖数之，实即震旦之四祖。）道信大师，唐武德七年甲申岁往蕲州破头山至真观中，方改为双峰山。第三十二祖弘忍七岁出家事信。"又云："能大师传法衣处在曹溪宝林寺，宝林后枕双峰，咸亨中有晋武侯玄孙曹叔良者，住在双峰山宝林寺左，时人呼为双峰曹侯溪。至仪凤中，叔良惠地于大师，自开元、天宝、大历以来，时人乃号六祖为双峰和尚。"《清统志》曰："广东韶州府：南华寺在曲江县南六十里，按《指月录》（卷四）：曹溪宝林堂宇湫隘，六祖里人陈亚先舍宅广之，即此寺也。"此韶州之双峰也。案：此诗双峰，蔡、杜皆主曹溪，杨西河更以下之跕鸢证之。钱、朱皆主蕲州，浦二田更以下之炉峰证之。然下所言不必为此句之证，从其始师当以蕲州为长。○蔡曰："按佛书毗婆尸佛、尸弃佛、毗舍浮佛、拘留孙佛、拘那含牟尼佛、迦叶佛、释迦牟尼佛谓之天竺七祖，其所说七偈乃禅源也。自达摩至慧能谓之中华六祖，由五祖而上，盖梁、隋、开元以前人。六祖慧能入灭于唐睿宗先天元年，而子美于是年始生，六祖之道至肃宗上元初方盛，故肃宗自曹溪请其衣钵归内供养。子美天盛时漂泊在蜀，以此考之，则六祖与子美盖同时先后人也。故所求禅言七祖而不言六祖也。"《集注》

伪尹氏及《十九家杜氏补遗》并同，然《五灯会元》《传灯录》
等书皆称七佛，不称七祖，旧注不可据也。钱曰："禅门自南能
北秀两宗分列，二宗弟子各立其师为第六祖，而北宗遂尊秀之弟
子普寂，立为第七祖。李华《大德云禅师碑》云：自菩提达摩降
及大照禅师，七叶相承，谓之七祖。《中岳越禅师记》云：摩诃
七叶至大照禅师，王缙《大证禅师碑》叙达摩历传至大通，大通
传大照，相传如嫡，密付法印，大通即秀，大照即寂也。独孤及
《三祖碑》云：能公退老于曹溪，其嗣无闻，秀公传普寂，门徒
万人，升堂者六十三。是时曹溪顿门孤行岭南，秀公师弟两京法
主，三帝门师，帝王分座，后妃临席，两宗喧寂，门宇天渊。至
之之文可谓实录矣。开元末，菏泽会公直入东都，面抗北祖，致
普寂之门盈而复虚。天宝收复，设坛度以助军须，能祖宗风于斯
大振。王维撰《六祖能禅师碑》云：弟子曰神会，遇师于晚景，
问道于长年，然末后供乐最上乘，会自叙六祖宗脉。房琯作《六
叶图序》而后，震旦六祖之传始定。公与右丞、房相皆归心于曹
溪，不许北宗门人跻秀而桃能者也。故其诗曰：身许双峰寺，门
求七祖禅。即曰身许双峰，知其不许度门矣。七祖之禅门系之以
求，则知李华诸人所叙大照七叶者，固未可克定为宗子矣。张燕
公南北两事者也。撰大通碑，极叹深广，而六祖之号阙如。岂非
南海一瓣香故有深寄，与房叙六叶，公求七祖，金汤护法之深
旨，固可以参考也。然上元迁墙之后，真宗般若，宗风茂著，水
南弟子，岂无援祖功宗德之议，刊正祖门之统系者？公其或以大
鉴既没，佛衣不传，不应循北宗之例，建立七祖，滋宗门之诤
论，聊以门求七祖示置衣之微旨与？贞元十二年，楷定禅门宗
旨，敕立菏泽为七祖。刘禹锡《送宗密上人归草堂》云：自从七
祖传心印，不要三乘入便门。虞集叙曹溪后系亦定以菏泽为首。"
案：钱注如此，朱亦从之。诸家无大异，惟浦二田谓："南宗中
亦有旁嗣，有正嗣，如钱说则以菏泽当南宗之七祖。今考临济祖

系，自六祖能师而下，以南岳怀让为第一世，而不系以七祖之
称，实即七祖也。让以天宝三年示寂，其嗣则为江西道一，俗称
马祖，居南康龚公山，山中猛鸷驯扰，四方学者云集，此正当公
作诗之时。而南康庐山所在，下所谓炉峰转盱者，正应指此。推
其本师以立言，故尊之曰七祖，求七祖即是依马祖也。若菏泽则
是六祖旁出之嗣，而主席两京，又与江西无涉。"案：浦氏此说
亦徒多胶葛，下炉峰四句亦但言四远求证耳，岂遂为此句注脚
哉？以此驳钱，亦固矣。○安石句，原注曰："郑高简得谢太傅
之风。"○昭王句原注曰："李，宗亲，有燕昭之美，燕，周之
裔。"案：见《史记·燕召公世家》。赵曰："言所经当与郑、李
相会。"○阮籍已见卷二《丹青引》注。○张骞已见卷五《秋兴
诗》注。○《宋书·宗悫传》：悫曰："愿乘长风破万里浪。"○
木玄虚《海赋》曰："其垠则有天琛水怪。"郭景纯《江赋》曰：
"喷浪流渧。"○《太平寰宇记》曰："山南东道夔州巫山县：神
女庙在峡之岸。"又互见《白帝城放船诗》注。○杜鹃见卷二
《杜鹃行》注。○《礼记·表记》曰："君子之接如水淡以成。"
○《周礼·夏官·掌节》曰："泽国用龙节。"○蔡本校曰："旋，
一作还。"案：回还之还亦旋之借字，与上文周旋之旋究无大别。
○迦叶二句，赵曰："言事佛而不学仙也。"○《五灯会元》（卷
一）曰："西天祖师，一祖摩诃迦叶尊者，摩竭陀国人也，姓婆
罗门。"《文选》王简栖《头陀寺碑》李善曰："《弥勒成佛经》
曰：弥勒佛赞言大迦叶比丘，是释迦牟尼佛大弟子。"○《列仙
传》（卷上）曰："偓佺者，槐山采药父也，好食松实，形体生
毛，长数寸，两目更方，能飞行逐走马。"○炉峰已见卷一孟浩
然《望庐山诗》注。案：远则慧远，近则马祖，皆在庐山。案：
承上学佛。○转盱，《说文》曰："盱，一曰：裒视也。"或作盼。
案《说文》："盼，黑白分也。"与盱字音义迥别。○《舆地纪胜》
曰："荆湖南路郴州：橘井在汉苏仙君宅。传云：仙君将去世，

谓母潘曰：明年郡有灾，民大疫，母取橘叶井水饮之。如期疫果作，郡人忆前言，竞诣饮，上咽即愈。"(《水经·耒水》注、《御览·居处部》十七引《桂阳列仙传》，文小异。)《清统志》曰："湖南郴州：橘井在州东半里。"(今改县)案：褰当如《尚书大传·卿云歌》"褰裳去之"之褰，承上不学仙。○归鹤已见卷六元裕之《出都诗》注。○《后汉书·马援传》：援谓官属曰："当吾在浪泊、西里间，下潦上雾，毒气重蒸，仰视飞鸢跕跕堕水中。"章怀注曰："跕跕，堕貌也；音都牒、泰牒二反。"○沈休文《忏悔文》曰："收逊前愆。"○《晋书·文苑传》曰："顾恺之，字长康，晋陵无锡人也。尤善丹青，图写特妙。"案《历代名画记》(卷五)："长康曾于瓦棺寺北小殿画维摩诘，画讫光彩耀目数日。"○文选《头陁寺碑文》李善注曰："天竺言头陁，此言斗薮，斗薮烦恼，故曰头陁。"○《书·顾命》曰："弘璧琬琰。"○孙兴公《天台赋》曰："众香馥以扬烟。"蔡曰："众香谓茹戒香、定香、慧香、解脱香之类是也。"○《文选·高唐赋》曰："肃何千千！"李善注曰："《说文》曰：芉，望山谷芉芉青也。千、芉，古字通。"○《法华经》(卷一曰)："勇猛精进。"《圆觉经》(卷五)曰："但当精勤降伏烦恼，起大勇猛。"○《涅槃经》(卷八)曰："如目盲人为治目，故造诣良医，是时良医即以金箆决其眼膜。"○《圆觉经》(卷四)曰："十方世界诸如来心于中显现如镜中像。"《智度论》(卷六)曰："如镜像实空，不生不灭，诳惑人眼，一切诸法，亦复如是。"○赵曰："盖言求听佛法之论，若金箆虽可以刮眼中之膜，而执镜中之像以为实，则未离铨量之间也。"

卷八　绝　　句

　　绝句当以神味为主。王阮亭之为诗也，奉严沧浪水中着盐及羚羊挂角无迹可寻之喻，以为诗家正法眼藏，而李、杜之纵横变化，所谓巨刃摩天扬者，不敢一问津焉。后人讥其才弱，亶其然乎！然用其法以治绝句，则固禅家正脉也。盖绝句字数本既无多，意竭则神枯，语实则味短，惟含蓄不尽，使人低回想象于无穷焉，斯为上乘矣。盛唐摩诘、龙标、太白尤能擅长。中唐如李君虞、刘宾客，晚唐如杜牧之、李义山，犹堪似续，虽其中神之远近、味之厚薄亦有不同，而使人低回想象于无穷则一也。杜子美以涵天负地之才，区区四句之作未能尽其所长，有时遁为瘦硬牙杈，别饶风韵。宋之江西派往往祖之，然观锦城丝管之篇，岐王宅里之咏，较之太白、龙标，殊无愧色。乃叹贤者固不可测。有谓杜公之诗，偏于阳刚，绝句以阴柔为美，非其所宜者，实谬说也。今约录唐、宋诸家五言、七言各若干篇，合为一卷，以殿兹编云。

五　言

王子安

山　中

　　此疑咸亨二年寓巴蜀时作（见《春思赋》），故有长江悲已滞之句。

长江悲已滞，万里念将归。
况属高风晚，山山黄叶飞。

张道济

蜀道后期

张说之集有《过蜀道山》《蜀路》二首，《再使蜀道》《被使在蜀》等诗，皆可与此诗相证，而新、旧《唐书·张说传》皆不载其事，集编此诗在广州、钦州等诗前，当是天后时矣。

客心争日月，来往预期程。
秋风不相待，先至洛阳城。

苏廷硕

汾上惊秋

《元和郡县志》曰："河东道河中府宝鼎县：汾水北去县二十五里。"《清统志》曰："山西蒲州府：汾水在荣河县北。"案：唐玄宗开元十一年二月壬子，祭后土于汾阴，改汾阴为宝鼎县。

北风吹白云，万里渡河汾。
心绪逢摇落，秋声不可闻。

汉武帝《秋风辞》曰："秋风起兮白云飞。"又曰："泛楼船兮济汾河。"

张子寿

自君之出矣

《乐府诗集》（卷六十九）曰："《杂曲歌辞·自君之出矣》：汉徐干有《室思诗》五章，其第三章曰：自君之出矣，明镜暗不治。思君如流水，无有穷已时。《自君之出矣》盖起于此。齐虞羲亦谓之《思君去时行》。"案，子寿此篇与"海上生明月"托旨相同。

自君之出矣，不复理残机。
思君如满月，夜夜减清辉。

卢　僎

僎，临漳人。自闻喜尉为学士，终吏部员外郎，见《新唐书·儒学传》。

途中口号

抱玉三朝楚；怀书十上秦。
年年洛阳陌，花鸟弄归人。

《韩非子·和氏篇》曰："楚人和氏得玉璞楚山中，奉而献之厉王。厉王使玉人相之，玉人曰：石也。王以和为诳而刖其左足。及厉王薨，武王即位，和又奉其璞而献之武王，武王使玉人相之，又曰：石也。王又以和为诳而刖其右足。武王薨，文王即位，和乃抱其璞而哭于楚山之下三日三夜，泪尽而继之以血。王闻之，使人问其故。和曰：吾非悲刖也，悲夫宝玉而题之以石，贞士而名之以诳，此吾所以悲也。王乃使玉人理其璞而得宝焉，遂命曰和氏之璧。"《后汉书·孔融传》注、《御览·人事部》一百二十八、《刑法部》十四引《韩子》厉王作武王，武王作文王，文王作成王。《淮南·览冥篇》高注、《汉书·邹阳传》应注并同。与《左传》《史记》楚王次序皆合。知今本作厉王、武王、文王误也。《文选》曹子建《赠徐幹诗》注引《韩子》作武王、成王、文王盖传写偶误，然可证不作厉王。而邹阳《狱中上书自明》注引《韩子》但举武王、成王，《淮南·修务篇》注但举武王、文王，盖皆为后人所乱也。至《新序·杂事》五作厉王、武王、共王，尤误。《琴操》作怀王、平王、荆王，更道听涂说谬戾不可究诘矣。○《秦策》一曰："苏秦说秦王，书十上而说不行。"

王摩诘

　　胡元瑞《诗薮内编》（卷六）曰："太白五言绝自是天仙口语，右丞却入禅宗，如人闲桂花落、木末芙蓉花，读之身世两忘，万念皆寂，不谓声律之中有此妙诠。"《岘佣说诗》曰："辋川诸五绝清幽绝俗，其间空山不见人、独坐幽篁里、木末芙蓉花、人闲桂花落四首尤妙，学者可以细参。"

鸟鸣涧 云谿杂题之一

案：摩诘有《皇甫岳云谿杂题》五首。赵注曰："按《唐书·宰相世系表》有皇甫岳，乃皇甫恂之子，未知即此人否。"

人闲桂花落，夜静春山空。
月出惊山鸟，时鸣春涧中。

华子冈 辋川集之一

案：《辋川集》凡二十题，序曰："余别业在辋川山谷，其游止有孟城坳、华子冈、文杏馆、斤竹岭、鹿柴、木兰柴、茱萸沜、宫槐陌、临湖亭、南垞、欹湖、柳浪、栾家濑、金屑泉、白石滩、北垞、竹里馆、辛夷坞、漆园、椒园等，与裴迪闲暇各赋绝句云尔。"

飞鸟去不穷，连山复秋色。
上下华子冈，惆怅情何极！

鹿 柴 辋川集之一

《说文·木部》柴字下徐鼎臣（锴）曰："师行野次，竖散木为区落名曰柴篱，后人语讹转入去声，又别作寨字，非是。"

空山不见人，但闻人语响。
返景入深林，复照青苔上。

栾家濑　辋川集之一

飒飒秋雨中，浅浅石溜泻。
跳波自相溅，白鹭惊复下。

《楚辞·九歌·湘君》曰："石濑兮浅浅。"○司马长卿《上林赋》曰："驰波跳珠。"

竹里馆　辋川集之一

独坐幽篁里，弹琴复长啸。
深林人不知，明月来相照。

辛夷坞　辋川集之一

辛夷有草木二种，《楚辞·九歌·湘夫人》王注曰："辛夷，香草也。"《离骚》注曰："留夷，香草也。"《上林赋》注张揖曰："留夷，新夷也。"《西山经》郭注曰："芍药，一名辛夷。"是辛夷即芍药，故王叔师、张稚让以为香草也。《证类本草》（卷十二）《本部》曰："辛夷一名辛矧，一名侯桃，一名房木。蜀本《图经》云：树高数仞，叶似柿叶而狭长，正月二月花，似着毛小桃，色白而带紫，花落，夏杪复着花如小笔。"又引陈藏器《本草》曰："北人呼为木笔，南人呼为迎春，是即香树也。"然唐人著书皆以木笔为辛夷，芍药遂亡辛夷之名。辋川所有辛夷坞当亦指木笔也。

木末芙蓉花，山中发红萼。
涧户寂无人，纷纷开且落。

《楚辞·九歌·湘君》曰："搴芙蓉兮木末。"

送　别

山中相送罢，日暮掩柴扉。
春草明年绿，王孙归不归？

《楚辞·招隐士》曰："王孙游兮不归，春草生兮萋萋。"谢玄晖《酬王晋安诗》曰："春草秋更绿，公子未西归。"

息夫人

《左》庄十四年曰："蔡哀侯绳息妫，以语楚子，楚子如息，以食入享，遂灭息，以息妫归，生堵敖及成王焉。未言。楚子问之，对曰：吾一妇人而事二夫，纵弗能死，其又奚言？楚子以蔡侯灭息，遂伐蔡。"孟初中（棨）《本事诗》曰："宁王宪贵盛，宠妓数十人皆绝艺上色，宅左有卖饼者妻，纤白明媚，王一见属目，厚遗其夫取之，宠惜逾等。环岁因问之，汝复忆饼师否？默然不对。王召饼师使见之，其妻注视，双泪垂颊，若不胜情。时王座客十馀人皆当时文士，无不凄异。王命赋诗。王右丞维诗先成云云，坐客无敢继者。王乃归饼师，以终其志。"

莫以今时宠，能忘旧日恩？
看花满眼泪，不共楚王言。

《珊瑚钩诗话》曰："杜牧之《息夫人诗》云：至竟息亡缘底事？可怜金谷坠楼人。与所谓莫以今朝宠，能忘旧日恩云云，语意远矣。"《渔洋诗话》（卷下）曰："益都孙文定公（廷铨）《咏息夫人》云：无言空有恨，儿女粲成行。谐语令人颐解。杜牧之至竟息亡缘底事云云，则正言以大义责之。王摩诘看花两眼泪云云，更不著判断一语，此盛唐所以为高。"

杂　诗　三首录一

君自故乡来，应知故乡事。
来日绮窗前，寒梅著花未？

赵松谷曰："陶渊明诗云：尔从山中来，早晚发天目。我居南窗下，今生几丛菊？（《问来使诗》，《容斋五笔》卷一曰：诸集中皆不载，惟晁文元家本有之，汤东涧以为晚唐人伪为。郎仁宝《七修类稿》卷二十五以为苏子美诗，今检《苏学士集》无之，未知所据。）王介甫诗云：道人北山来，问松我东冈。举手指屋脊，云今如许长。（《道人北山来诗》）与右丞此章同一杼柚，皆情到之辞，不假修饰而自工者也。然渊明、介甫二作下文缀语稍多，趣意便觉不远。右丞只为短句，一吟一咏，更有悠扬不尽之致。欲于此下复赘一语不得。"

相　思

《资暇集》（卷下）曰："豆有圆而红、其首乌者，举世呼为相思子，即红豆之异名也。其木斜斫之则有文，可为弹博局及琵琶槽，其树也大株而白枝，叶似槐，其花与皂荚花无殊，其子若稨豆，处于甲中，通身皆红。李善云其实赤如珊瑚（《吴都赋》注）是也。"李东璧（时珍）《本草纲目》（卷三十五）曰："相思子生岭南，树高丈馀，白色，其叶似槐，其花似皂荚，其荚似扁豆，其子大如小豆，半截红色，半截黑色，彼人以嵌首饰。"

红豆生南国，秋来发几枝？
劝君多采撷，此物最相思。

《全唐诗话》（卷一）曰："禄山之乱，李龟年奔放江潭，曾于湘中采访使筵上唱红豆生南国云云。又秋风明月苦相思云云。此皆王维所制而梨园唱焉。"

裴　迪

已见卷四王摩诘《辋川闲居赠裴秀才迪》及卷五杜子美《和裴迪登蜀州东亭送客逢早梅相忆见寄诗》注。后尝为尚书省郎，见《全唐诗》。

华子冈　辋川集之一

落日松风起，还家草露晞。
云光侵履迹，山翠拂人衣。

宫槐陌

门前宫槐陌，是向欹湖道。
秋来山雨多，落叶无人扫。

孟浩然

送朱大入秦

游人五陵去，宝剑直千金。
分手脱相赠，平生一片心。

《御览兵部》七十四引《吴越春秋》曰："伍子胥过江，解剑与渔父曰：此剑中有七星北斗文，其直千金。"（今本《吴越春秋》卷三无北斗文三字，其作价，千作百。）

春　晓

春眠不觉晓，处处闻啼鸟。
夜来风雨声，花落知多少？

崔　颢

长干曲　四首录三

《乐府诗集》（卷七十二）《杂曲歌辞·长干曲古辞》曰："逆浪故相邀，菱舟不怕摇。妾家扬子住，便弄广陵潮。"《文选》左太冲《吴都赋》曰："长干延属，飞甍舛互。"刘渊林注曰："江东谓山冈为干，建邺之南有山，其间平地，吏民居之，故号为干。（此上依袁本）中有大长干、小长干皆相连，大长干在越城东，小长干在越城西，地有长短，故号大、小长干。"《舆地纪胜》曰："江南东路建康府：长干是秣陵县东里巷名，江东谓山陇之间曰干，金陵五里有山冈，其间平地民庶杂居，有大长干、小长干、东长干，并是地名。"《清统志》曰："江苏江宁府：长干里在江宁县南。"

君家住何处？妾住在横塘。
停舟暂借问，或恐是同乡。

《文选·吴都赋》曰："横塘、查下。"刘注曰："横塘、查下在淮水南，近陶家渚，（陶字依朱兰坡《文选集释》校增。）缘江长堤谓横塘。"《六朝事迹》（卷五）曰："吴大帝时自江口沿淮筑堤，谓之横塘。"《清统志》曰："江苏江宁府：横塘在江宁县西南。"

家临九江水，来去九江侧。
同是长干人，生小不相识。

九江已见卷一孟浩然《望庐山诗》注。

下渚多风浪，莲舟渐觉稀。
那能不相待？独自逆潮归。

祖　咏

终南望馀雪

《唐诗纪事》（二十）曰："有司试《终南山望馀雪》，咏赋四句，即纳于有司，或诘之，曰：意尽。"案：终南已见卷四王摩诘《终南山诗》注。

终南阴岭秀，积雪浮云端。
林表明霁色，城中增暮寒。

《渔洋诗话》（卷上）曰："古今雪诗惟羊孚一赞及陶渊明倾耳无希声，在目皓已洁，及祖咏终南阴岭秀一篇，右丞洒空深巷静，积素广庭宽，韦左司门对寒流雪满山句，最佳。"

储光羲

江南曲　四首录一

吴兢《乐府古题要解》（卷上）曰："《江南曲》古词云：江南可采莲云云，盖美其芳晨丽景，嬉游得时。若梁简文桂楫晚应旋，唯歌游戏也。"《乐府诗集》（卷五十）引《古今乐录》曰："梁天监十一年冬，武帝改《西曲》制《江南上云乐》十四曲，《江南弄》七曲：一曰《江南弄》，二曰《龙笛曲》，三曰《采莲曲》，四曰《凤笙曲》，五曰《采菱曲》，六曰《游女曲》，七曰《朝云曲》。"案：《乐府诗集》又载昭明太子《江南弄》三首，一曰《江南曲》，二曰《龙笛曲》，三曰《采莲曲》。

日暮长江里，相邀归渡头。
落花如有意，来去逐船流。

崔国辅

国辅，山阴人。开元十四年进士第，与储光羲、綦毋潜同时举县令，迁集贤直学士、礼部郎中。天宝间坐王鉷近亲贬竟陵司马。见《唐诗纪事》及《唐才子传》。

怨　词　二首录一

《乐府诗集》（四十二）《相和歌辞·楚调曲》录此诗。案刘海峰曰："刺先朝旧臣见弃也。"

妾有罗衣裳，秦王在时作。

为舞春风多，秋来不堪著。

铜雀台

《乐府诗集》（卷三十一）曰："《相和歌辞·平调曲·铜雀台》：一作《铜雀妓》。《邺都故事》曰：魏武帝遗命诸子曰：吾死之后葬于邺之西冈上，与西门豹祠相近，无藏金玉珠宝，馀香可分诸夫人，不命祭，吾妾与伎人皆著铜雀台，台上施六尺床，下繐帐，（《文选》陆士衡《吊魏武帝文》作施八尺床繐帐。）朝晡上酒脯粻糒之属，每月朝十五，辄向帐前作伎，汝等时登台（陆文复时字）望吾西陵墓田。故陆机《吊魏武帝文》曰：挥清弦而独奏，（挥《选》作徽）荐脯糒而谁尝？（荐《选》作进）悼繐帐之冥冥，怨西陵之茫茫。登雀台而群悲，伫美目其何望？"按铜雀台在邺城，建安十五年筑，其台最高，上有屋一百二十间，连接榱栋，侵彻云汉，铸大铜雀置于楼颠，舒翼奋起，势若飞动，因名为铜雀台。《乐府解题》曰："后人悲其意而为之咏也。"案：此诗，刘海峰以刺曹丕，然丕已腐骨，又安足刺？其殆意感武才人之事，不能明言，而姑托于丕乎？○一作《魏宫词》。

朝日照红妆，拟上铜雀台。

画眉犹未了，魏帝使人催。

长信宫

一作《长信草》，一作《婕妤怨》。《乐府古题要解》（卷下）曰："《婕妤怨》，为汉成帝班婕妤而作也。婕妤求供养皇太后于长信宫，因为赋及《纨扇诗》以自伤悼，后人伤之，为

《婕妤怨》，及拟其诗。"《乐府诗集》（卷四十三）曰："《相和歌辞·楚调曲·班婕妤》：一曰《婕妤怨》。"案《汉书·外戚传》曰："孝成班倢伃（同婕妤），帝初即位，选入后宫，始为少使，俄而大幸，为倢伃，居增成舍。其后赵飞燕姊弟与班倢伃及许皇后皆失宠，稀复进见。赵氏姊弟骄妒，倢伃恐久见危，求供养太后长信宫，上许焉。"《长安志》（四）引《三辅黄图》曰："从洛门至周庙门，有长信宫在其中。"

长信宫中草，年年愁处生。
故侵珠履迹；不使玉阶行。

古 意

《万首绝句》作薛奇童诗，题作《吴声子夜歌》。

净扫黄金阶，飞霜皎如雪。
下簾弹箜篌，不忍见秋月。

王少伯

送张四

枫林已愁暮，楚水复堪悲。
别后冷山月，清猿无断时。

王之涣

之涣，并州人。（《唐才子传》作蓟门人。）少有侠气，中年折节工文，与王昌龄、崔国辅唱和，名动一时。每有作，乐工辄取以被声律。见《唐诗纪事》及《唐才子传》。

登鹳雀楼

　　沈存中（括）《梦溪笔谈》（卷十五）曰："河中府鹳雀楼三层，前瞻中条，下瞰大河。唐人留诗者甚多，唯李益、王之涣、畅当三篇能状其景。"案：鹳雀一作鹳鹊。《清统志》曰："山西蒲州府：鹳鹊楼在府城西南城上。《旧志》：旧楼在郡城西南，黄河中高阜处，时有鹳鹊栖其上，遂名，后为河流冲没，即城角楼为區以存其迹。"案：蒲州府旧治永济县。

　　　白日依山尽；黄河入海流。
　　　欲穷千里目；更上一层楼。

送　别

　　杨柳东风树，青青夹御河。
　　近来攀折苦，应为别离多。

　　《隋书·食货志》曰："自板渚引河达于淮、海，谓之御河。河畔筑御道，树以柳。"

刘文房

送灵澈上人

　　《唐诗纪事》（七十二）曰："僧灵澈生于会稽，本汤氏，字澄源，与吴兴诗僧皎然游，元和十一年终于宣州。"

苍苍竹林寺，杳杳钟声晚。
荷笠带斜阳，青山独归远。

《清统志》曰："江苏镇江府：竹林寺在丹徒县城南六里，创自晋时，久废。明崇祯间重建。"

听弹琴

泠泠七弦上，静听松风寒。
古调虽自爱，今人多不弹。

《隋书·音乐志下》曰："丝之属四：一曰琴，神农制为五弦，文王加二弦为七者也。"

李太白

胡元瑞曰："太白五言如《静夜思》《玉阶怨》等，妙绝古今。"

玉阶怨

《乐府诗集》（四十三）《相和歌辞·楚调曲》，此诗与谢朓、虞炎《玉阶怨》并录。案：所录诸诗字间有与集异者，皆依《万首绝句》。

玉阶生白露，夜久侵罗袜。
却下水精帘，玲珑望秋月。

曹子建《洛神赋》曰："罗袜生尘。"○萧粹可曰："水精帘以水精为之，如今之琉璃帘也。无一字言怨，而隐然幽怨之意见于言外，晦庵所谓圣于诗者。"

静夜思

《乐府诗集》（卷九十）《乐府新辞》录此。

床前明月光，疑是地上霜。
举头望山月，低头思故乡。

送陆判官往琵琶峡

王注曰："《方舆胜览》：琵琶峡在巫山，对蜀江之南，形如琵琶，此乡妇女皆晓音律。"

水国秋风夜，殊非远别时。
长安如梦里，何日是归期？

杨用修曰："太白诗：天山三丈雪，岂是远行时？（《独不见》）又云：水国秋风夜，殊非远别时。岂是、殊非，变幻二字，愈出愈奇。"（《升庵外集》卷七十三）

独坐敬亭山

敬亭已见卷四《过崔八丈水亭诗》注。

众鸟高飞尽；孤云独去闲。
相看两不厌，只有敬亭山。

自　遣

对酒不觉暝，落花盈我衣。

醉起步溪月，鸟还人亦稀。

重忆贺监

太白此前有对酒忆贺监二首，序曰："太子宾客贺公于长安紫极宫一见余，呼余为谪仙人，因解金龟换酒为乐，没后对酒怅然有怀而作是诗。"盖意有未尽，故有重忆之作。贺监，季真也。

欲向江东去，将谁共举杯？
稽山无贺老，却棹酒船回。

《旧唐书·文苑·贺知章传》曰："迁太子宾客兼授秘书监。知章晚年自号四明狂客，又称秘书外监。"《新书·隐逸·贺知章传》曰："天宝初病，梦游帝所，居数日寤。乃请为道士还乡里，诏许之，以宅为千秋观而居。又求周宫湖数顷为放生池，有诏赐镜湖剡川一曲。既行，帝赐诗，皇太子百官送饯。卒年八十六。"案：唐越州会稽郡属江南东道，故亦称江东，又互见卷三苏子瞻《寄吴德仁兼简陈季常诗》注。

劳劳亭

太白有《劳劳亭歌》，原注曰："在江宁南十五里，古送别之所，一名临沧观。"案《御览·居处部》七引《舆地志》曰："丹阳郡秣陵县：新亭陇有望远楼，又名劳劳楼，宋改为临沧观，行人分别之所。"《明统志》曰："南京应天府（即江宁）：劳劳亭在府治西南，吴时建。"

天下伤心处，劳劳送客亭。
春风知别苦，不遣柳条青。

哭宣城善酿纪叟

纪叟黄泉里，还应酿老春。
夜台无李白，沽酒与何人？

《左》隐元年杜注曰："地中之泉，故曰黄泉。"○王琢崖曰："老春是纪叟所酿酒名，唐人名酒多带春字。"○阮元瑜《七哀诗》曰："漫漫长夜台。"

杜子美

绝句　二首录一

江碧鸟逾白，山青花欲燃。
今春看又过，何日是归年？

庾子山《奉和赵王隐士诗》曰："山花焰火然。"案：燃，然之俗字。

八阵图

《太平寰宇记》曰："山南东道夔州奉节县：八阵图在县西南七里。"《荆州图副》云："永安宫南一里渚下平碛上，周回四百十八丈，中有诸葛武侯八阵图。聚细石为之，各高五尺，广十围，历然碁布，纵横相当，中间相去九尺，正中开南北巷，悉广五尺，凡六十四聚，或为人所散乱，及为夏水所没，冬水退，复依然如故。"盛弘之《荆州记》云："垒西聚石为八行，行八聚，聚间相去二丈许，谓之八阵图。因曰：'八阵即成，自今行师更不复败。'八阵及垒皆图兵势行藏之权，自后深识者所不能了。桓温伐蜀经之，以为常山蛇势。"此盖意言之。《清统志》曰："四川夔州府：八阵圆在奉节县南。"

> 功盖三分国；名成八阵图。
> 江流石不转，遗恨失吞吴。

《水经·江水》注曰："江水又东迳诸葛亮图垒，石碛平旷，望兼川陆，有亮所造八阵图。东跨故垒，皆累细石为之，自垒西去聚石八行，行间相去二丈，今以水漂荡，岁月消损，高处可二三尺，下处磨灭殆尽。"○失吞吴犹言未能吞吴耳。以武侯如此阵图而不能吞吴，真千古遗恨，故精诚所寄，石不为转，大意与出师未捷二句同一感慨。后人胸中横亘一吴、蜀唇齿相依之见，遂致自寻苦恼。好事者且伪托子瞻之说，并托于梦，兼诬杜公，亦可笑也。东坡题跋及东坡全集皆载有《记子美八阵图诗》，收者失于识别耳。

高达夫

哭单父梁九少府

唐河南道宋州单父县，今山东单县治。○集系五古，凡十二韵，今依《万首绝句》。

> 开箧泪沾臆，见君前日书。
> 夜台今寂寞，疑是子云居。

扬子云《解嘲》曰："惟寂惟寞，守德之宅。"

岑 参

西过渭州见渭水思秦川

《元和郡县志》："陇右道渭州襄武县：渭水北自渭源县界流入。"案：已见卷四杜子美《秦州杂诗》注。秦川即樊川也。已见卷二《乐游园歌》注。又《雍录》（卷六）曰："樊川在长安杜县之樊乡也，高帝以樊哙灌废丘有功，封邑之于此，故曰樊川，又名御宿川，在万年县南三十五里。"案：即今陕西长安县东。

> 渭水东流去，何时到雍州？
> 凭添两行泪，寄向故园流。

《元和郡县志》曰："关内道京兆府：《禹贡》雍州之地。"《书·禹贡》《释文》曰："雍，于用反。"

行军九日思长安故园

原注曰："时未收长安。"

> 强欲登高去，无人送酒来。
> 遥怜故园菊，应傍战场开。

送酒见卷五杜子美《秋尽诗》陶潜菊注。

韦应物

秋夜寄丘二十二员外

怀君属秋夜，散步咏凉天。
山空松子落，幽人应未眠。

登　楼

兹楼日登眺，流岁暗蹉跎。
坐厌淮南守，秋山红树多。

　　厌（厭），猒之借字，《说文》曰："猒，饱也。"《周语中》
韦注曰："猒，足也。"字亦作饜。此诗言以淮南守为自足，因耽
玩山树耳，若以厌恶字解之，（厌恶字亦作猒，厌亦借字。）失其
旨矣。唐滁州属淮南道，此当是为滁州刺史时作。

钱仲文

江行无题　百首录四

行背青山郭；吟当白露秋。
风流无屈宋，空咏古荆州。

蛩响依莎草；萤飞透水烟。

夜凉谁咏史？空泊运租船。

咏史租船已见卷四李太白《牛渚怀古诗》注。

咫尺愁风雨，匡庐不可登。
只疑云雾窟，犹有六朝僧。

匡庐已见卷一孟浩然《望庐山诗注》。

湖口分江水，东流独有情。
当时好风物，谁伴谢宣城？

谢宣城谓玄晖也。已见卷四李太白《秋登宣城谢朓北楼诗》注。

严正文

　严维，字正文，越州山阴人。至德二载进士，擢辞藻宏丽科，调诸暨尉，后历秘书郎，终右补阙。见《唐诗纪事》及《唐才子传》。

送人往金华

《元和郡县志》曰："江南道婺州金华县：其长山一名金华，故取名焉。"案：即今浙江金华县治。

明月双溪水；清风八咏楼。
少年为客处，今日送君游。

《清统志》曰："浙江金华府：双溪在兰溪县东，一出鹊窠岩，曰八石溪，一出玲珑岩，二水合流，入婺港。"又曰："八咏楼在府学西，旧名元畅楼，齐隆昌初，太守沈约建，有《八咏诗》。

司空文明

金陵怀古

辇路江枫暗，宫朝野草春。
伤心庾开府，老作北朝臣。

《周书·庾信传》曰："迁骠骑大将军开府仪同三司。"（《通典·职官典》十六曰："魏黄权以车骑将军开府仪同三司，开府之名自此始也。"）馀见卷五杜子美《咏怀古迹诗》注。

别卢秦卿

知有前期在，难分此夜中。
无将故人酒，不及石尤风。

《旧唐书·音乐志》曰："《丁督护今歌》是宋孝武帝所制，云：都护上征去，侬亦恶闻许。愿作石尤风，四面断行旅。"《瑯环记》（卷中）引《江湖纪闻》曰："石尤风者，传闻为石氏女嫁为尤郎妇，情好甚笃，为商远行，妻阻之不从，尤出不归，妻忆之病亡。临亡长叹曰：吾恨不能阻其行以至于此，今凡有商旅远行，吾当作大风，为天下妇人阻之。自后商旅发船，值打头逆风，则曰此石尤风也。遂止不行。妇人以夫姓为名，故曰石尤。"（此等说本出后人傅会，然亦不必深辩。《群书札记》卷十五谓石尤二字乃愁之切音，愁风实不辞，亦无以胜于旧说。）

卢允言

塞下曲　六首录二

见卷一王少伯《塞上曲》注。

林暗草惊风，将军夜引弓。
平明寻白羽，没在石棱中。

《史记·李将军传》曰："广出猎，见草中石，以为虎而射之，中石没镞。"《集解》引徐广曰："一作没羽。"

月黑雁飞高，单于夜遁逃。
欲将轻骑逐，大雪满弓刀。

《汉书·文帝纪》颜注曰："单于，匈奴天子之号也。单音蝉。"《史记·匈奴传》《集解》引《汉书音义》曰："单于者，广大之貌，言其象天单于然。"

李君虞

江南曲

嫁得瞿塘贾，朝朝误妾期。
早知潮有信，嫁与弄潮儿。

瞿塘已见卷二杜子美《观公孙大娘弟子舞剑器行》注。

立秋前一日览镜

万事销身外；生涯在镜中。

惟将两鬓雪，明日对秋风。

洛 桥

已见卷四宋延清《途中寒食诗》注。

金谷园中柳，春来似舞腰。

那堪好风景，独上洛阳桥？

《晋书·石崇传》曰："崇有别馆，在河阳之金谷，一名梓泽。"《太平寰宇记》曰："河南道河南府河南县金谷：郭缘生《述征记》云：金谷，谷也。地有金水，自太白原南流经此谷，晋卫尉石崇因即川阜而造为园馆。崇《金谷诗序》云：余有别庐，在河南县界金谷涧中，有清泉茂树，众果竹柏，药物备具云云。"《清统志》曰："河南河南府：金谷园在洛阳县西北。"○梁简文帝《夜听妓诗》曰："流风拂舞腰。"

李正己

已见卷四卢允言诗注。

溪行逢雨与柳中庸

柳淡，字中庸，河东人。仕为洪府户曹，以字行。见《全唐诗》。

日落众山昏，潇潇暮雨繁。
那堪两处宿，共听一声猿？

拜新月

《乐府诗集》（卷八十二）录入《近代曲辞》。

开帘见新月，便即下阶拜。
细语人不闻，北风吹裙带。

听　筝

《风俗通·声音篇》曰："筝，按《礼·乐记》：五弦筑身也。今并、凉二州筝形如瑟，不知谁所改作也。或曰：秦蒙恬所造。"《隋书·音乐志下》曰："丝之属四：四曰筝，十三弦，所谓秦声，蒙恬所作者也。"

鸣筝金粟柱，素手玉房前。
欲得周郎顾，时时误拂弦。

《艺文类聚·乐部》四引晋陶融妻陈氏《筝赋》曰："列柱成陈，既和且平。"晋贾彬《筝赋》曰："列柱参差，招摇步也。"梁元帝《和弹筝人诗》曰："琼柱动金丝，秦声发赵曲。流征含阳春，美手过如玉。"○《文选·古诗》曰："纤纤擢素手。"梁简文帝《倡妇怨情》曰："微烟出玉房。"○《吴志·周瑜传》曰："瑜授建威中郎将，时年二十四，吴中皆呼为周郎，少精意于音乐，虽三爵之后，其有阙误，瑜必知之，知之必顾。时人谣曰：曲有误，周郎顾。"

畅 当

畅当，河东人。大历七年进士及第。贞元初，为太常博士，仕终果州刺史。见《唐诗纪事》及《唐才子传》。

登鹳雀楼

已见上。

迥临飞鸟上；高出世尘间。
天势围平野；河流入断山。

戴幼公

题三闾大夫庙

《史记·屈原传》曰："屈原者，名平，楚之同姓也。为楚怀王左徒，上官大夫与之同列，而心害其能。怀王使屈原造为宪令，屈平属草稿未定，上官大夫见而欲夺之。屈平不与，因谗之，王怒而疏屈平。故忧愁幽思而作《离骚》。怀王死于秦而归葬，长子顷襄王立，以其弟子兰为令尹，屈平既嫉之，令尹子兰闻之大怒，使上官大夫短屈原于顷襄王，顷襄王怒而迁之。屈原至于江滨，渔父见而问之曰：子非三闾大夫欤云云。屈原怀石自投汨罗以死。"王叔师《离骚序》曰："屈原与楚同姓，仕于怀王为三闾大夫。三闾之职掌王族三姓，曰昭、屈、景。"

沅湘流不尽，屈子怨何深！

日暮秋风起，萧萧枫树林。

　　《楚辞·九章·怀沙》曰：“浩浩沅、湘，分流汩兮。”《汉书·地理志》：牂柯郡故且兰县原注曰：“沅水东南（当依《说文》作东北）至益阳入江。”零陵郡零陵县原注曰：“阳海山，湘水所出，北出酃入江。”又长沙国临湘县颜注引应劭曰：“湘水出零陵山，即阳海山也。”案：沅水有数源，古沅水出贵州黄平县之金凤山，盖自黄平县西南息烽县东北（旧名贵筑），皆汉故且兰地也。（见洪稚存《卷施阁甲集》卷四《沅水考》。）湘水出广西兴安县南之阳海山，二水同注洞庭而北入于江。○《史记·屈原传》曰：“屈平正道直行，竭忠尽智，以事其君，谗人间之，可谓穷矣。信而见疑，忠而被谤，能无怨乎？屈平之作《离骚》，盖自怨生也。《国风》好色而不淫，《小雅》怨诽而不乱，若《离骚》者，可谓兼之矣。”○枫树林见卷一杜子美《梦李白诗》注。

柳子厚

江　雪

千山鸟飞绝；万径人踪灭。

孤舟蓑笠翁，独钓寒江雪。

　　苏子瞻曰：“郑谷诗云：江上晚来堪画处，渔人披得一蓑归。此村学中语也。柳子厚云：孤舟蓑笠翁，独钓寒江雪。人性有隔也哉，殆天所赋，不可及也已。”（《书郑谷诗》）

刘梦得

经檀道济故垒

《南史·檀道济传》曰："道济，高平金乡人也。迁征南大将军，开府仪同三司，江州刺史。文帝寝疾，领军刘湛贪执朝政，虑道济为异说，又彭城王义康亦虑宫车晏驾，道济不可复制。元嘉十二年，上疾笃，会魏军南伐，召道济入朝。十三年春，将遣还镇，会上疾动，义康矫诏入祖道，收付廷尉，及其子八人并诛。时人歌曰：可怜白浮鸠，枉杀檀江州。"《舆地纪胜》：江南西道江州（治德化县，即今江西九江县。）有檀道济故垒。

万里长城坏，荒营野草秋。
秣陵多士女，犹唱《白符鸠》。

《宋书·檀道济传》曰："道济见收，脱帻投地曰：乃复坏汝万里之长城！"○《太平寰宇记》卷九十引《金陵图经》曰："秦并天下，望气者言江东有天子气，乃凿地脉，断连冈，因改金陵为秣陵。"○原注引史作《白符鸠》。案：《宋书·乐志》引杨泓《拂舞序》曰："自到江南，见《白符舞》，或言《白凫鸠舞》，云有此来数十年，察其词旨，乃是吴人患孙皓虐政，思属晋也。"《南齐书·乐志》曰：舞叙云："《白符》或云《白符鸠舞》，出江南。白者，金行；符，合也；鸠亦合也。符、鸠虽异，其义是同。"《晋书·乐志》：《拂舞歌诗》五篇：一《白鸠篇》，二《济济篇》。案：时人歌道济，取喻《白符鸠》，盖隐寓济字欤！《乐府诗集》（四十九）：吴均《白附鸠》《白浮鸠》各一篇，引《古今乐录》曰："《白附鸠》倚歌亦曰《白浮鸠》，本《拂舞曲》也。"

秋风引

《文选·长笛赋》李善注曰："引亦曲也。"

何处秋风起？萧萧送雁群。
朝来入庭树，孤客最先闻。

别苏州　二首录一

《旧唐书·刘禹锡传》曰："太和中授苏州刺史，就赐金紫，秩满入朝，授汝州刺史。"案：唐江南道苏州治吴县、长洲县，今长洲并入吴县。

流水阊门外，秋风吹柳条。
从来送客处，今日自魂销。

《吴越春秋》（卷四）曰："造筑大城，周回四十七里，陆门八以象天八风。立阊门者，以象天门通阊阖风也。"《太平寰宇记》曰："江南东道苏州：阊阖门，吴城西门也。以天门通阊阖，故名之。"○江文通《别赋》曰："黯然销魂者，惟别而已矣。"

张绘之

张仲素，字绘之，贞元十四年进士第，复中博学宏辞科，任武康军从事，迁司勋员外郎，除翰林学士，后拜中书舍人。见《唐诗纪事》及《唐才子传》。

春闺思

袅袅城边柳；青青陌上桑。

提笼忘采叶，昨夜梦渔阳。

《乐府诗集》（二十八）《相和歌曲》有《陌上桑》，一曰《艳歌罗敷行》。〇渔阳见卷三白乐天《长恨歌》注。

张文昌

张籍，字文昌，和州乌江人。（一曰苏州吴人）贞元十五年登进士第，授太常寺太祝，久之，迁秘书郎，仕终国子司业。《旧唐书》有传，《新书》附《韩愈传》。

寄 僧

松暗水涓涓，夜凉人未眠。

西峰月犹在，遥忆草堂前。

白乐天

问刘十九

绿螘新醅酒；红泥小火炉。

晚来天欲雪，能饮一杯无？

《文选》张平子《南都赋》曰："酒则醪浮数寸，浮蚁若萍。"

《释名·释饮食》曰："泛齐，浮蚁在上泛泛然也。"谢玄晖《在郡病卧诗》曰："绿蚁方独持。"案：螘、蚁同。

勤政楼西柳

《旧唐书·睿宗诸子让皇帝传》曰："玄宗于兴庆宫西南置楼，西面题曰花萼相辉之楼，南面题曰勤政务本之楼。"

半朽临风树；多情立马人。

开元一株柳；长庆二年春。

《白香山年谱》曰："穆宗长庆元年，除中书舍人、知制诰，二年，公年五十一。"

元微之

行　宫

《文选·吴都赋》李善注曰："天子行所立名曰行宫。"案：白乐天《新乐府》有《上阳白发人》，此诗白头宫女当即上阳宫女也。上阳宫在洛阳为离宫，故曰行宫。

寥落古行宫，宫花寂寞红。

白头宫女在，闲坐说玄宗。

张承吉

张祜字承吉，（《纪事》作长吉）清河人。以宫词得名。长庆中，令狐楚表荐之，不报，辟诸侯府，多不合，自劾去，隐丹阳曲阿以终。见《唐诗纪事》及《唐才子传》。

宫 词 二首录一

故国三千里；深宫二十年。
一声《河满子》，双泪落君前。

河一作何。《乐府诗集》（卷八十）曰："唐白居易曰：何满子，开元中沧州歌者，临刑进此曲以赎死，竟不得免。"（见白乐天《何满子诗》自注。）《杜阳杂编》曰："文宗时，宫人沈阿翘为帝舞《何满子》，调辞风态率皆宛畅，然则亦舞曲也。"（见卷中此节引）

《全唐诗话》（卷四）曰："祜所作宫词传入宫禁。武宗疾笃，目孟才人曰：吾即不讳，尔何为哉？才人指笙囊泣曰：请以此就缢。上恻然。复曰：妾尝艺歌，请对歌一曲以泄其愤。上许，乃歌一声《河满子》，气哑立殒。上令医候之曰：脉尚温而肠已断。帝崩，枢重不可举，或曰：非俟才人乎！爰命具椟，椟至乃举。祜为《孟才人叹》，《序》曰：才人以诚死，上以诚命，虽古之义激无以过也。歌曰：偶因歌态咏娇颦，传唱宫中二十春。却为一声《河满子》，下泉须吊旧才人。"《韵语阳秋》（卷四）曰："张祜诗云：故国三千里，深宫二十年。杜牧之赏之，作诗云：可怜故国三千里，虚唱歌词满六宫。故郑谷云：张生故国三千里，知者惟应杜紫微。诸贤品题如是，祜之诗名安得不重乎！"

杜牧之

江 楼

独酌芳春酒，登楼已半醺。
谁惊一行雁，冲断过江云？

许用晦

塞下曲

夜战桑乾北，秦兵半不归。

朝来有乡信，犹自寄寒衣。

《水经·漯水》注曰："东北流迳阴馆县故城西。漯水又东北流，左会桑乾水，县西北上平，洪源七轮谓之桑乾泉，即漯涫水者也。"《太平寰宇记》曰："河北道幽州蓟县：桑乾水西北自昌平县界来，南流经府西，又东流经府南，与高梁河合。"《清统志》曰："顺天府：永定河即桑乾河，亦名卢沟河，俗名浑河。"

李义山

悼伤后赴东蜀辟至散关遇雪

义山妻王氏于大中五年卒，会河南尹柳仲郢为梓州刺史、东川节度使，奏掌书记，旋改判官、检校工部郎中。《元和郡县志》曰："关内道凤翔府宝鸡县：散关在县西南五十二里。"《清统志》曰："陕西凤翔府：大散关在宝鸡县西南。"

剑外从军远，无人与寄衣。

散关三尺雪，回梦旧鸳机。

纪晓岚曰："回梦旧鸳机，犹作有家想也。陈陶《陇西行》曰：可怜无定河边骨，犹是春闺梦里人。是此诗对面。"步瀛案：许用晦上首亦是。

乐游原

已见卷二杜子美《乐游园歌》注。

向晚意不适，驱车登古原。
夕阳无限好，只是近黄昏。

何义门曰："迟暮之感，沉沦之痛，触绪纷来，悲凉无限。"纪曰："末二句向来所赏，妙在第一句倒装而入，此二句乃字字有根，或谓夕阳二句近小词，此充类至义之尽语，要不为无见。赖起二句苍劲足相救耳。"

滞 雨

滞雨长安夜，残灯独客愁。
故乡云水地，归梦不宜秋。

温飞卿

碧涧驿晓思

孤灯伴残梦，楚国在天涯。
月落子规歇，满庭山杏花。

嘲三月十八日雪

三月雪连夜，未应伤物华。
只缘春欲尽，留著伴梨花。

李德新

李频，字德新，睦州寿昌人。大中八年擢进士第，调秘书郎，累迁建州刺史。（《纪事》作剑州误。）见《唐才子传》。

渡汉江

见卷五王摩诘《汉江秋泛》注。

岭外音书绝，经冬复历春。
近乡情更怯，不敢问来人。

欧阳永叔

和圣俞百花洲二首

《清统志》曰："江苏苏州府：百花洲在吴县城内西南，北自胥门，南抵盘门，水极深广。"

野岸溪几曲？松蹊穿翠阴。
不知芳渚远，但爱绿荷深。

荷深水风阔，雨过清香发。
暮角起城头，归桡带明月。

王介甫

山　中

随月出山去，寻云相伴归。
春晨花上露，芳气著人衣。

秣陵道中口占二首

经世才难就，田园路欲迷。
殷勤将白发，下马照青溪。

李注曰："次句谓故庐在临川。"○《太平寰宇记》曰："江南东道升州上元县：蒋山西，临青溪。"又曰："青溪在县北六里，以泄玄武湖水，南入秦淮。"《清统志》曰："江苏江宁府：青溪在上元县东北。"

岁熟田家乐，秋风客自悲。
茫茫曲城路，归马日斜时。

李注曰："曲城在秣陵。"

杂　咏　四首录一

桃李石城坞，饷田三月时。
柴荆常自闭，花发少人知。

苏子瞻

圣灯岩　卢山五咏之一

《清统志》曰："山东青州府：卢山在诸城县南三十里。《县志》：山阳有卢敖洞，俗名休粮洞，其巅有巨石，为饮酒台，洞左腋为圣灯岩。"

石室有金丹，山神不知秘。
何必吐光芒，夜半惊童稚？

韦应物《宫人入道诗》曰："金丹拟驻千年貌。"○赵彦材曰："此本咏圣灯而诗人立新意，以为丹之光芒尔。"案：此以金丹为陪，非以圣灯为丹之光芒也，赵似误会。

儋耳山

儋耳已见卷六，一本作松林山。查注曰："《名胜志》：松林山在儋州北二十里，即《隋志》之藤山也，而附载此诗于后，不知能始何据。"

突兀隘空虚。他山总不如。
君看道旁石，尽是补天馀。

《列子·汤问篇》曰："天地亦物也，物有不足，故昔者女娲氏炼五色之石以补其阙。"

《墨庄漫录》（卷一）曰："东坡作《儋耳山诗》，突兀隘空虚云云，叔谠云：石当作者，传写之误。"

黄鲁直

离福严

任注曰:"寺在衡山。张舜民《南迁录》云:旧名般若寺,陈泰建中,思公（慧思）道场。唐怀公（怀让）磨砖之地。"《清统志》曰:"湖南衡州府:福严寺在衡山县北,祝融峰前。"案:任注及《年谱》皆编此诗于崇宁三年。任曰:"是岁二月过洞庭,经潭、衡、永、桂等州,五六月间至宜州贬所。"

山下三日晴,山上三日雨。
不见祝融峰,还泝潇湘去。

祝融峰,已见卷二韩退之《谒衡岳庙诗》。任曰:"此退之南迁得归之祥也。山谷意谓不见祝融峰,归期未可卜耳。"○潇湘见卷二李太白《古别离》注。

竹下把酒

竹下倾春酒,愁阴为我开。
不知临水语,更得几回来!

陆务观

柳桥晚眺

小浦闻鱼跃;横林待鹤归。
闲云不成雨,故傍碧山飞。

七言

王子羽

王翰，字子羽，并州晋阳人。景云元年进士及第，复举直言极谏。调昌乐尉，又举超拔群类。张说方辅政，召为秘书正字，擢通事舍人，驾部员外郎。说罢相，翰出为汝州长史，徙仙州别驾，后贬道州司马。《新唐书》入《文艺传》，又见《唐才子传》。

凉州词　二首录一

《乐府诗集》（七十九）《近代曲辞》有《凉州歌》，引《乐苑》曰：“凉州《宫调曲》，开元中西凉都督郭知运进。”案：唐陇右道凉州治姑臧县，今甘肃武威县治。

蒲桃美酒夜光杯，欲饮琵琶马上催。
醉卧沙场君莫笑，古来征战几人回？

蒲桃酒见卷四王摩诘《送刘司直赴安西诗》注。○《十洲记》曰：“周穆王时西胡献夜光常满杯，杯是白玉之精，光明夜照，冥夕出杯于庭以向天，比明而水汁已满于杯中也。”○琵琶已见卷三欧阳永叔《明妃曲》注。○后二句，《岘佣说诗》曰：“作悲伤语读便浅，作谐谑语读便妙，在学人领悟。”

春日思归

杨柳青青杏发花。年光误客转思家。

不知湖上菱歌女，几个春舟在若邪？

若邪见卷二杜子美《奉先刘少府山水障歌》注。

王摩诘

少年行 四首录二

《乐府诗集》（卷六十六）录此于《杂曲歌辞·结客少年场行》后，引《乐府解题》曰："《结客少年场行》言轻生重义，慷慨以立功名也。"《广题》曰："汉长安少年杀吏受财报仇，尹赏为长安令，尽捕之。长安中为之歌曰：何处求子死，桓东少年场。生时谅不谨，枯骨复何葬。按：《结客少年场》言少年时结任侠之客，为游乐之场，终而无成，故作此曲也。"步瀛案：摩诘此诗言少年任侠杀敌报国，盖反前人之意。

新丰美酒斗十千，咸阳游侠多少年。
相逢意气为君饮，系马高楼垂柳边。

新丰已见卷四《观猎诗》注。○斗酒十千已见卷五白乐天《与梦得沽酒闲饮诗》注。

一身能擘两雕弧，虏骑千重只似无。
侧坐金鞍调白羽，纷纷射杀五单于。

《汉书·申屠嘉传》颜注曰："今之弩以手张者曰擘张。"○《文选·上林赋》曰："满白羽。"注引文颖曰："以白羽为箭，故言白羽也。"○《汉书·匈奴传》曰："稽侯狦为呼韩邪单于，日逐王薄胥堂为屠耆单于，呼揭王自立为呼揭单于，右奥鞬王自立为车犁单于，乌藉都尉亦自立为乌藉单于，凡五单于。"

九月九日忆山东兄弟

原注曰："时年十七。"

独在异乡为异客，每逢佳节倍思亲。
遥知兄弟登高处，徧插茱萸少一人。

《苕溪渔隐丛话后集》（卷六）曰："子美《九日蓝田崔氏庄》云：明年此会知谁健？醉把茱萸子细看。王摩诘《九日忆山东兄弟》云：遥知兄弟登高处，徧插茱萸少一人。朱放《九日与杨凝崔淑期登江上山有故不往》云：那得更将头上发，学他年少插茱萸？此三人类各有所感而作，用事则一，命意不同，后人用此为九日诗，自当随事分别用之，方得为善用故事也。"

送元二使安西

《乐府诗集》（八十）作《渭城曲》，录入《近代曲辞》，曰："《渭城》一曰《阳关》，王维之所作也。本送人使安西诗，后遂被于歌。刘禹锡与歌者诗云：旧人唯有何戡在，更与殷勤唱《渭城》。白居易《对酒诗》云：相逢且莫推辞醉，听唱《阳关》第四声。《阳关》第四声即劝君更尽一杯酒，西出阳关无故人也。《渭城》《阳关》之名盖因辞云。"〇《唐会要》（七十三）曰："贞观十四年，于西州置安西都护府，治交河城（在今新疆吐鲁番县），显庆三年，移安西都护府于龟兹国（在今新疆库车县地）。"案：又见卷四《送刘司直赴安西诗》注。

渭城朝雨浥轻尘，客舍青青柳色新。

劝君更进一杯酒，西出阳关无故人。

渭城已见卷四《观猎诗》注。○柳色新，《乐府诗集》新作春。又一本作客舍依依杨柳春。○阳关见卷四《送平澹然判官诗》注。

李宾之（东阳）《麓堂诗话》曰："作诗不可以意徇辞，而须以辞达意，辞能达意，可歌咏则可以传。王摩诘阳关无故人之句，盛唐以前所未道。此辞一出，一时传诵不足，至为三叠歌之，后之咏别者千言万语殆不能出其意之外，必如是方可谓之达耳。"

送沈子归江东

一本子下有福字，归，一作之。

杨柳渡头行客稀，罟师荡桨向临圻。
唯有相思似春色，江南江北送君归。

《文选》谢灵运《富春渚诗》曰："临圻阻参错。"李善注曰："《埤苍》曰：碕，曲岸头也。碕与圻同。"案：此诗临圻当是地名，故云向。

寒食汜上作

一作《寒食汜水山中作》，一作《途中口号》。《元和郡县志》曰："河南道河南府汜水县：汜水出县东南三十二里浮戏山，经武牢城东，汉破曹咎于此。"（《史记·项羽本纪》《集解》引如淳曰："汜音祀。"《索隐》曰："今此水见名汜水，音似。"）《清统志》曰："河南开封府：汜河在汜水县西。"

广武城边逢暮春，汶阳归客泪沾巾。

落花寂寂啼山鸟；杨柳青青渡水人。

《史记·项羽本纪》《正义》引《括地志》曰："东广武、西
广武在郑州荥阳县西二十里。戴延之《西征记》云：三皇山上有
二城，东曰东广武，西曰西广武，各在一山头，相去百步，汴水
从广涧中东南流，今涧无水，城各有三面，在敖仓西。"《清统
志》曰："河南开封府：广武山在荥泽县西河阴县北五里，东连
荥泽，西接氾水。"○《元和郡县志》曰："河南道兖州龚丘县：
故汶阳城在县东北五十四里，其城侧土田沃壤，故鲁号汶阳之
田，谓此地也。"

孟浩然

送杜十四之江南

一作《送杜晃进士之东吴》。

荆吴相接水为乡。君去春江正淼茫。
日暮孤帆泊何处？天涯一望断人肠。

渡浙江问舟中人

《元和郡县志》曰："江南道杭州钱塘县：浙江在县南一十
二里，盖取其曲折为名。江源自歙州界东北流，经界石山，又
东北经州理北，又东北流入于海。"案：此即钱塘江，古谓之
浙江。《汉书·地理志》丹阳郡黟县原注曰："渐江水出南蛮夷
中，东入海。"《水经·渐江水篇》曰："出三天子都（全校当
作鄣）北过馀杭，东入于海。"是也。《说文》曰："江水东至

会稽山阴为浙江。"段注曰:"今浙江省绍兴府山阴县是其地,今俗皆谓钱塘江为浙江,不知钱塘江《地理志》《山海经》皆谓之浙江,江至会稽山阴,古曰浙江,后人乃以浙名冒渐,盖由二水相合,今则江故道不可考矣。"

> 潮落江平未有风,扁舟共济与君同。
> 时时引领望天末,何处青山是越中?

常 建

送宇文六

> 花映垂杨汉水清,微风林里一枝轻。
> 只今江北还如此,愁杀江南离别情。

三日寻李九庄

> 雨歇杨林东渡头,永和三日荡轻舟。
> 故人家在桃花岸,直到门前溪水流。

王逸少《兰亭诗序》曰:"永和九年岁在癸丑,暮春之初,会于会稽山阴之兰亭,修禊事也。"

王少伯

从军行 七首录四

《乐府诗集》(卷三十二)曰:"《相和歌曲·平调曲·从军

行》：王僧虔云：荀录所载左延年《苦哉》一篇，今不传。《乐府解题》曰：《从军行》皆军旅辛苦之辞。"

烽火城西百尺楼，黄昏独坐海风秋。
更吹羌笛《关山月》，无那金闺万里愁。

羌笛已见卷二岑参《白雪歌》注。○《乐府古题要解》（卷下）曰："《关山月》，伤离也。"

琵琶起舞换新声，总是关山离别情。
撩乱边愁听不尽，高高秋月照长城。

《史记·蒙恬传》曰："筑长城，因地形用制险塞，起临洮至辽东，延袤万馀里。"

青海长云暗雪山，孤城遥望玉门关。
黄沙百战穿金甲，不破楼兰终不还。

《元史·地理志》河源附考曰："朵甘思东北有大雪山，译言腾乞里塔，即昆仑也。山腹至顶皆雪，冬夏不消。"《清统志》（卷四百十二）谓枯尔坤山在青海西境，译言昆仑也。而辨《元史》大雪山乃积石山，今自甘州（今张掖县）出口至大雪山约二千里。唐侯君集等追吐谷浑至星宿川，达柏海，望积石山，今大雪山，近星宿海东，高出于山，望之可见。案：《清统志》所考是也。但楼兰今在新疆婼羌县西，破楼兰不必至青海，此不过诗人极言之耳。○《元和郡县志》曰："陇右道沙州寿昌县：玉门故关在县西北一百一十七里。"《清统志》曰："甘肃安西府：古玉门关在府治西一百五十里。"（今安西县治）

大漠风尘日色昏，红旗半卷出辕门。
前军夜战洮河北，已报生禽吐谷浑。

《元和郡县志》曰："陇右道洮州临潭县：洮水出县西南三百里强台山。"《明统志》曰："陕西临洮府：洮河在府城西南，源出蓄地，流入本境，盘束山峡中千数百里，始经府城南，浩然奔放，声如万雷。"《清统志》曰："甘肃兰州府：洮水在狄道州西。"（今改县）○《旧唐书·西戎·吐谷浑传》："太宗征伏允入朝，称疾不至。贞观九年，诏特进李靖为西海道行军大总管，兵部尚书侯君集为积石道行军总管，任城王道宗为鄯善道行军总管，仍为靖副，并突厥契苾之众以击之。诸将频与贼遇，连战破之，伏允西走。将军薛万均率轻锐追奔，入碛数百里，两军会于大非川，伏允自缢而死。国人乃立顺为可汗，称臣内附。顺即伏允之嫡子也。"《新唐书·西域传》曰："吐谷浑居甘松山之阳，洮水之西，南抵白兰，地数千里。"《广韵》三烛：谷，余蜀切，曰："亦虏三字姓，吐谷浑氏。"

出 塞 二首录一
见卷五李太白《塞下曲》注。

秦时明月汉时关，万里长征人未还。
但使龙城飞将在，不教胡马度阴山。

《汉书·匈奴传》曰："岁正月诸长少会单于庭祠，五月大会龙城，祭其先天地鬼神。"○《史记·李将军传》曰："广居右北平，匈奴闻之，号曰汉之飞将军，避之。"○阴山已见卷二岑参《轮台歌》注。

沈归愚《说诗晬语》（卷上）曰："秦时明月一章，前人推奖之而未言其妙。盖言师劳力竭而功不成，由将非其人之故，得飞将军备边，边烽自熄。即高常侍《燕歌行》归重至今人说李将军也。"防边筑城起于秦、汉，明月属秦关属汉，诗中互文。

春宫曲

《万首绝句》作《殿前曲》。

> 昨夜风开露井桃，未央前殿月轮高。
> 平阳歌舞新承宠，帘外春寒赐锦袍。

《宋书·乐志》三《鸡鸣古词》曰："桃生露井上。"○《三辅黄图》（卷二）曰："未央宫周回二十八里，前殿东西五十丈，深十五丈，高三十五丈。营未央宫因龙首山以制前殿。"○《汉书·外戚传》曰："孝武卫皇后，字子夫，生微也，为平阳主讴者。武帝无子，平阳主求良家女十馀人，饰置家。帝祓霸上，还过平阳主，主见所侍美人帝不说，既饮，讴者进，帝独说子夫，帝起更衣，子夫侍尚衣轩中得幸，主因奏子夫送入宫。元朔元年生男据，遂立为皇后。又曰：孝武陈皇后无子，闻卫子夫得幸，几死者数焉。"○沈曰："只说他人之承宠，而己之失宠可会，此《国风》之体也。"

西宫春怨

《三辅黄图》（卷三）曰："长信宫，汉太后常居之。按《通灵记》：太后，成帝母也，后宫在西，秋之象也，秋主信，故宫殿皆以长信、长秋为名。"案：西宫即长信宫，犹云婕好怨耳。

> 西宫夜静百花香，欲卷珠帘春恨长。
> 斜抱云和深见月，朦胧树色隐昭阳。

《周礼·春官·大司乐》曰："云和之琴瑟。"先郑注曰："云和，地名。"后郑注曰："山名。"〇昭阳见李太白（卷四）《宫中行乐词》注。

长信秋词　五首录三

金井梧桐秋叶黄，珠帘不卷夜来霜。
熏笼玉枕无颜色，卧听南宫清漏长。

魏明帝《猛虎行》曰："双桐生空井。"〇《方言》（卷五）曰："簟，陈、楚、宋、卫之间谓之墙居。"郭注曰："今熏笼也。"徐孝穆《与李那书》曰："玩之不足，同于玉枕。"〇南宫即指未央。

奉帚平明金殿开，且将团扇共徘徊。
玉颜不及寒鸦色，犹带昭阳日影来。

柳文畅《独不见》曰："奉帚长信宫，谁知独不见。"吴叔庠《行路难》曰："班姬失宠颜不开，奉帚供养长信台。"〇班婕妤《怨歌行》曰："裁成合欢扇，团团似明月。"〇沈曰："昭阳宫，赵昭仪所居，宫在东方，寒鸦带东方日影而来，见己之不如鸦也。优柔婉丽，含蕴无穷，使人一唱而三叹。"

真成薄命久寻思，梦见君王觉后疑。
火照西宫知夜饮，分明复道奉恩时。

《史记·叔孙通传》曰："乃作复道。"《集解》引韦昭曰："阁道也。"

闺　怨

闺中少妇不知愁，春日凝妆上翠楼。

忽见陌头杨柳色，悔教夫婿觅封侯。

芙蓉楼送辛渐二首

《元和郡县志》曰："江南道润州：晋王恭为刺史，改创西南楼名万岁楼，西北楼名芙蓉楼。"《太平寰宇记》江南东道润州丹徒县、《舆地纪胜》两浙西路镇江府引《京口记》并同。《清统志》曰："江苏镇江府：万岁楼在丹徒县西南城上，晋王恭改创西南楼名万岁楼，又尝改西北楼为芙蓉楼。"

寒雨连江夜入吴，平明送客楚山孤。
洛阳亲友如相问，一片冰心在玉壶。

鲍明远《白头吟》曰："清如玉壶冰。"沈曰："言己之不牵于宦情也。"

丹阳城南秋海阴，丹阳城北楚云深。
高楼送客不能醉，寂寂寒江明月心。

《寰宇记》曰："润州丹阳郡今理丹徒县。汉武帝分属丹阳、会稽二郡之地。后汉吴、丹阳二郡地。晋平吴，又为毗陵、丹阳二郡地，兼置扬州。元帝渡江，都建康，改为丹阳尹。"案：此云丹阳城，当即指丹徒故城，在今江苏丹徒县东南，今之丹阳县乃晋之曲阿县，非古丹阳郡治也。

王之涣

凉州词　二首录一

已见王子羽《凉州词》注。案：《集异记》（卷二）曰：

"开元中，诗人王昌龄、高适、王之涣齐名，共诣旗亭贳酒。忽有伶官十数人会讌，三人因私约曰：我辈各擅诗名，今观诸伶讴，若诗入歌辞多者为优。俄一伶唱寒雨连江夜入吴，昌龄引手画壁曰：一绝句。又一伶讴开箧泪沾臆，适引手画壁曰：一绝句。寻又一伶讴奉帚平明金殿开，昌龄又画壁曰：二绝句。之涣因指诸妓中最佳者曰：此子所唱，如非我诗，终身不敢与争衡矣。须臾双鬟发声，则黄河远上白云间。之涣揶揄二子曰：田舍奴，我岂妄哉？因大谐笑，饮醉竟日。"

> 黄河远上白云间，一片孤城万仞山。
> 羌笛何须怨杨柳？春风不度玉门关。

《升庵诗话》（卷二）曰："此诗言恩泽不及于边塞，所谓君门远于万里也。薛能《柳枝词》：和花香雪九重城，亦此意。"

刘文房

送李判官之润州行营

润州已见前。

> 万里辞家事鼓鼙，金陵驿路楚云西。
> 江春不肯留行客，草色青青送马蹄。

李遐叔

李华，字遐叔，赵州赞皇人。开元二十三年进士第。天宝中，为监察御史，转右补阙。安禄山陷京师，玄宗出幸，扈从不及，陷贼，伪署为凤阁舍人。贼平，贬杭州司户参军，遂屏居江上。李岘领选江南，表置幕府，检校吏部员外郎，苦风痹去官。大历初卒。《旧唐书》入《文苑传》，《新书·文艺传》。

春行寄兴

宜阳城下草萋萋，涧水东流复向西。
芳树无人花自落，春山一路鸟空啼。

《元和郡县志》曰："河南道河南府寿安县：本汉宜阳县地。"案：今河南宜阳县治。

李太白

胡元瑞曰："太白诸绝句信口而成，所谓无意于工而无不工者。少伯深厚有馀，优柔不迫，怨而不怒，丽而不淫，余尝谓古诗乐府后惟太白诸绝近之，《国风》《离骚》后惟少伯诸绝近之，体若相悬，调可默会。"

横江词　六首录一

《太平寰宇记》曰："淮南道和州历阳县：横江浦在县东南二十六里。建安初，孙策自寿春欲经略江东，扬州刺史刘繇遣将樊能、于糜屯横江，孙策破之于此，对江南岸之采石往来济处，隋将韩擒虎平陈自横江济，亦此处也。"《清统志》曰："安徽和州：横江浦在州东南。"（今改县）

横江馆前津吏迎，向余东指海云生。

郎今欲渡缘何事？如此风波不可行。

《唐六典》（卷二十三）曰："晋令：诸津渡二十四所，各置监津吏一人。"○梁简文帝《乌栖曲》曰："采莲渡头拟黄河，郎今欲渡畏风波。"

峨眉山月歌

峨眉山已见卷一杜子美《剑门诗》注。《舆地纪胜》曰："成都府路嘉定府：太白亭在平羌镇，锦江禅寺有重云阁、太白亭，亭与峨眉相直，即太白题诗处。"

峨眉山月半轮秋，影入平羌江水流。
夜发清溪向三峡，思君不见下渝州。

萧粹可曰："《图经》：平羌江在雅州严道县东北城下，至嘉州亦号平羌江。"王琢崖曰："后周保定间置平羌郡及平羌县，以其境内有平羌山，郡县皆依之以立名。其地在今嘉定州之南十八里。隋初郡废，改县曰峨眉，别置一平羌县，在今嘉定州之东六十里。唐属嘉州，宋熙宁间省入龙游县。唐之嘉州，即今之嘉定州（今四川乐山县治），龙游县即今之夹江县，平羌山今在夹江县地，可考。平羌江者，即经流平羌县中之水也。因其流而及其源，故自雅州至嘉州一水通流皆谓之平羌江。太白所指乃嘉州之江，非雅州之江，盖峨眉山在嘉州之南，而清溪又与嘉州相近，若雅州则在峨眉山之上流，去清溪又远，故知其非也。《舆地纪胜》：清溪驿在嘉州犍为县。（《纪胜》称嘉定府，不称嘉州，亦无此文，疑误引。）王阮亭曰：清溪在纳溪县五里，太白诗：夜发清溪向三峡，即此。"○唐剑南道渝州治巴县，今四川巴县治。

《艺苑卮言》（卷四）曰："此是太白佳境，然二十八字中有峨眉山、平羌江、清溪、三峡、渝州，使后人为之，不胜痕迹矣。益见此老炉锤之妙。"

赠汪伦

　　杨注曰："白游泾县桃花潭，村人汪伦常酿美酒以待白，伦之裔孙至今宝其诗。"

　　　　李白乘舟将欲行，忽闻岸上踏歌声。
　　　　桃花潭水深千尺，不及汪伦送我情。

　　《通鉴》（卷二百六）《唐纪》二十二曰："啜默〔默啜〕使阎知微招谕赵州，知微与虏连手蹋《万岁乐》于城下。"胡梅磵注曰："蹋歌者，连手而歌，蹋地以为节。"

闻王昌龄左迁龙标遥有此寄

　　《新唐书·文艺·王昌龄传》曰："以不护细行贬龙标尉。"
案：唐江南道叙州龙标县，今湖南黔阳县治。

　　　　杨花落尽子规啼，闻道龙标过五溪。
　　　　我寄愁心与明月，随风直到夜郎西。

　　五溪已见卷五杜子美《咏怀古迹诗》注。○唐江南道溱州夜郎县，今贵州桐梓县东。案：是时太白流夜郎，故云。

黄鹤楼送孟浩然之广陵

　　黄鹤楼已见卷二《江上吟》及卷五崔颢《黄鹤楼诗》注。
广陵见卷一韦应物《初发扬子寄元大校书诗》注。

　　　　故人西辞黄鹤楼，烟花三月下扬州。
　　　　孤帆远影碧空尽，唯见长江天际流。

碧空一作碧山，《入蜀记》（卷五）曰："八月二十八日访黄
鹤楼故址，太白登此楼送孟浩然诗云：孤帆远映碧山尽，惟见长
江天际流。盖帆樯映远，山尤可观，非江行久不能知也。"

山中答问

问余何事栖碧山，笑而不答心自闲。
桃花流水窅然去，别有天地非人间。

陪族叔刑部侍郎晔及中书贾舍人至游洞庭　五首录一

《通监》（卷二百二十一）《唐纪》三十七曰："乾元二年，
凤翔马坊押官为劫，天兴尉谢夷甫捕杀之，其妻讼冤。李辅国
素出飞龙厩，敕监察御史孙蓥鞫之，无冤。又使御史中丞崔伯
阳、刑部侍郎李晔、大理卿权献鞫之，与蓥同，犹不服，使侍
御史毛若虚鞫之。若虚倾巧士，希辅国意，归罪夷甫。伯阳贬
高要尉，献贬桂阳尉，晔贬岭下尉。"胡注曰："岭下谓度岭南
下诸县，史失晔所贬县名，故云贬岭下尉。"案：贾幼邻贬岳
州司马，见卷七杜子美《寄岳州贾司马巴州严使君诗》注。

洞庭西望楚江分，水尽南天不见云。
日落长沙秋色远，不知何处弔湘君。

《史记·秦始皇本纪》曰："之衡山南郡浮江至湘山祠，逢大
风，几不得渡。上问博士曰：湘君何神？博士对曰：闻之，尧女
舜之妻而葬此。"又《楚辞·九歌》有《湘君篇》。《列女传·母仪
传》曰："有虞二妃，帝尧之二女也。长娥皇，次女英，二妃死于
湘、江之间，俗谓之湘君。"《楚辞·九歌》王叔师注曰："尧二女
娥皇、女英随舜不反，没于湘水之渚，因为湘夫人。"案：《史记》
《烈女传》则皇、英统称湘君，依《九歌》注则皇、英统称湘夫

人。(《檀弓上》郑注曰:"《离骚》所歌湘夫人,舜妃也。"盖叔师
所本。)韩退之《黄陵庙碑》谓娥皇为舜正妃,故曰君,女英降为
夫人。后人多从其说。然此诗湘君当兼二妃而言也。

客中作

兰陵美酒郁金香,玉椀盛来琥珀光。

但使主人能醉客,不知何处是他乡。

兰陵有二。《元和郡县志》曰:"河南道沂州承县:兰陵县城
在县东六十里。"此本汉旧县,在今山东峄县东者也。《宋书·州
郡志》南徐州南兰陵郡有兰陵县,此南朝侨置郡县,在今江苏武
进县西北者也。此诗未知何指。○《周礼·春官》序官郁人郑注
曰:"郁,郁金香草,宜以和鬯。"郁人职曰和郁鬯。郑曰:"筑
郁金煮之以和鬯酒。"《证类本草》(卷九)郁金引《唐本草》注
曰:"苗似姜黄花,白质红末,秋出茎,心无实,根黄赤。"

早发白帝城

白帝城已见卷二杜子美《观公孙大娘弟子舞剑器行》注。

朝辞白帝彩云间,千里江陵一日还。

两岸猿声啼不住,轻舟已过万重山。

《御览·地部》十八引盛弘之《荆州记》曰:"唯三峡七百里
中,两岸连山,略无阙处,重岩叠嶂,隐天蔽日,自非亭午夜
分,不见曦月。至于夏水襄陵,沿沂阻绝,或王命急宣,有时朝
发白帝,暮到江陵,其间千二百里,虽乘奔御风不为疾也。每至
晴初霜旦,林寒涧肃,常有高猿长啸,属引凄异,空谷传响,哀
转久绝,故渔者歌曰:巴东三峡巫峡长,猿鸣三声泪沾裳。"《水

经·江水》注同。

《升庵诗话》（卷四）曰："盛弘之《荆州记》云云，太白述之为韵语，惊风雨而泣鬼神矣。太白娶江陵许氏，以江陵为还，盖室家所在。"（此说亦稍滞）《岘佣说诗》曰："太白七绝，天才超逸，而神韵随之，如朝辞白帝彩云间，千里江陵一日还。如此迅捷，则轻舟之过万山不待言矣。中间却用两岸猿声啼不住一句垫之，无此句则直而无味，有此句，走处仍留，急语仍缓，可悟用笔之妙。"

与史郎中饮听黄鹤楼中吹笛

饮一作钦。

一为迁客去长沙，西望长安不见家。
黄鹤楼中吹玉笛，江城五月落梅花。

《苕溪渔隐丛话后集》（卷四）曰："《复斋漫录》云，古曲有《落海花》，非谓吹笛则梅落。诗人用事，不悟其失。余意不然，盖时人因笛中有《落梅花曲》，故言吹笛则梅落，其理甚通，用事殊未为失。且如角声有大小《梅花曲》：初不言落，诗人尚犹如此用之。故秦太虚《和黄法曹梅花》云：月落参横画角哀，暗香销尽令人老者，是也。古今诗词用吹笛则梅落者甚众，若以为失，则《落梅花》之曲何为笛中独有之？决不虚设也。故李谪仙《吹笛诗》，黄鹤楼中吹玉笛，江城五月落梅花。又《观胡人吹笛》云：胡人吹玉笛，一半是秦声。十月吴山晓，梅花落敬亭。戎昱《闻笛》云：平明独惆怅，飞尽一庭梅。可见复斋妄辨也。"步瀛案：因笛中《落梅花曲》而联想及真梅之落，本无不可。然竟谓吹笛则梅落，亦傅会也。复斋说虽稍泥，然考核物理自应有此，不当竟斥为妄。

春夜洛城闻笛

谁家玉笛暗飞声，散入春风满洛城。

此夜曲中闻《折柳》，何人不起故园情？

《古今注》（卷中）曰："横吹，胡乐也。张博望入西域，传
其法于西京，唯得《摩诃》《兜勒》二曲。李延年因胡曲更造新
声二十八解，魏、晋以来，二十八解不复具存，世用者，《黄鹤》
《陇头》《出关》《入关》《出塞》《入塞》《折杨柳》《黄华子》《赤
之阳》《望行人》等十曲。"

《渔隐丛话后集》（卷四）曰："《乐府杂录》云：笛者，羌笛
也，古曲有《折杨柳》《落梅花》，故谪仙《春夜洛城闻笛》云
云，杜少陵《吹笛》诗：故园杨柳今摇落，何得愁中曲尽生？王
之涣云：羌笛何须怨杨柳？皆言《折柳》曲也。"

杜子美

江畔独步寻花　六首录二

黄师塔前江水东，春光懒困倚微风。

桃花一簇开无主，可爱深红爱浅红？

陆放翁《老学庵笔记》（卷九）曰："予在成都，以事至犀
浦，过松林甚茂，问驭卒此何处，答曰：师塔也。盖谓僧所葬之
塔。于是乃悟杜诗黄师塔前江水东之句。"○桃花二句，朱曰：
言桃花稠密，可是爱深红乎？抑爱浅红乎？"

黄四娘家花满蹊，千朵万朵压枝低。

留连戏蝶时时舞；自在娇莺恰恰啼。

《猗觉寮杂记》（卷上）曰："说诗以谓恰恰莺声也，广韵云：恰恰用心啼尔，非其声也。"案：《广韵》三十一洽曰："恰恰，用心。"并无啼字。用心啼殊不成语，仍以解作莺声为是。

赠花卿

花卿，蜀将花惊定也。子美有《戏赠花卿歌》。《旧唐书·肃宗纪》曰："上元二年四月，梓州刺史段子璋叛，袭破遂州。五月，剑南节度使崔光远擒子璋杀之。"《高适传》曰："西川牙将花惊定恃勇，既诛子璋，大掠东蜀，天子怒崔光远不能戢军，乃罢之。"《升庵诗话》（卷十三）曰："花卿在蜀，颇僭用天子礼乐，子美作此讽之而意在言外，最得诗人之旨。"案：此讥花卿歌舞之侈靡耳，用修谓僭用天子礼乐，恐亦未然。然深得此诗之旨矣。

锦城丝管日纷纷，半入江风半入云。

此曲只应天上有，人间能得几回闻？

焦弱侯曰："花卿恃功骄恣，杜公讥之而含蓄不露，有风人言之无罪闻者足戒之旨。"杨西河曰："似谀似讽，此等绝句亦复何减龙标、供奉？"

奉和严郑公军城早秋

《旧唐书·严武传》曰："广德二年，破吐蕃七万馀众，拔当狗城。十月，取盐川城，加检校吏部尚书，封郑国公。"馀见卷五《诸将诗》注。

秋风袅袅动高旌，玉帐分弓射虏营。

已收滴博云间戍；更夺蓬婆雪外城。

《楚辞·九歌·湘夫人》曰："袅袅兮秋风。"王注曰："袅袅，秋风摇木貌。"○滴博见卷六陆务观《书愤诗》注。○《元和郡县志》曰："剑南道柘州：其城四面险阻，易于固守。有安戎江、蓬婆水在州南三十里。柘县人雪山一名蓬婆山，在县西北一百里。"

江南逢李龟年

《云溪友议》（卷中）曰："明皇幸岷山，李龟年奔迫江、潭，杜甫以诗赠之云云。"《明皇杂录》（卷下）曰："唐开元中，乐工李龟年、彭年、鹤年兄弟三人，皆有才学盛名。彭年善舞，鹤年、龟年能歌，尤妙制《渭州》，特承顾遇，于东都大起第宅，僭侈之制，逾于公侯。宅在东都通远里，中堂制度甲于都下。其后龟年流落江南，每遇良辰胜赏，为人歌数阕，座中闻之莫不掩泣罢酒，则杜甫尝赠诗云云。"钱笺曰："《史记·秦始皇纪》（六字依下例补）：王翦定荆江南地，《项羽纪》：徙义帝于江南。《楚辞·章句》：襄王迁屈原于江南（《离骚》），是江南在江、湘之间，龟年方流落江、潭，故曰江南。"朱曰："此题曰江南，必潭州作也。"

岐王宅里寻常见；崔九堂前几度闻。

正是江南好风景，落花时节又逢君。

《旧唐书·睿宗诸子传》曰："惠文太子范，睿宗第四子也。睿宗践祚，封岐王。范好学工书，雅爱文章之士，士无贵贱皆尽礼接待。开元十四年病薨，赠王为惠文太子。天宝三载，又以惠宣太子（名业，睿宗第五子。）男略阳公珍为嗣岐王。"黄叔似曰："开元十四年，公止十五岁，其时未有梨园弟子，公见李龟年必在天宝十载后。诗云岐王当指嗣岐王。"○原注曰："崔九即殿中崔涤，中书令湜之弟。"案：《旧唐书·崔仁师传》曰："仁师，定州安喜人，子挹，挹子湜，湜弟液、涤并有文翰。涤素与玄宗款密，用为秘书监，后赐名澄。开元十四年卒。"仇沧柱曰："据黄说则所云崔九堂前者，亦当指崔氏旧堂耳。不然，岐王、崔九并卒于开元十四年，安得与龟年同游耶？"浦二田曰："考《明皇杂录》，梨园弟子之设在天宝中，时有马仙期、李龟年、贺怀智皆洞知律度者，是则龟年等乃曲师，非弟子也。曲师之得幸，岂在既开梨园后哉？明皇特举旧时供奉为宜春助教耳。则开元以前李何必不在京师？又公《壮游诗》云：往者十四五，出游翰墨场。开元十三四年间正公十四五时，恰是少年游京师之始，于岐宅崔堂，更复暗合。"步瀛案：浦辨龟年开元前何必不在京，其说殆是。至据《壮游诗》出游翰墨场为往来岐宅崔堂，则实傅会不足信。岐王似以嗣王珍为是，崔九亦当指崔氏旧堂。黄、仇说是，浦氏谓杜公十四五已日游王公间，谬矣。

高达夫

除夜作

旅馆寒灯独不眠，客心何事转凄然？
故乡今夜思千里；霜鬓明朝又一年。

岑　参

玉关寄长安李主簿

玉关见王少伯《从军行》注。《唐六典》（卷三十）曰：
"长安主簿二人，从七品上。"

> 东去长安万里馀，故人何惜一行书？
> 玉关西望肠堪断，况复明朝是岁除。

虢州后亭送李判官使赴晋绛得秋字

唐河南道虢州治弘农县，在今河南灵宝县南。唐河东道晋州
治临汾县，今山西临汾县治。绛州治正平县，今山西绛县治。

> 西原驿路挂城头，客散江亭雨未收。
> 君去试看汾水上，白云犹似汉时秋。

《旧唐书·玄宗纪》曰："天宝十五载，哥舒翰将兵八万，与
贼将崔乾祐战于灵宝西原。"《清统志》曰："河南陕州：西原在
灵宝西南五十里。"○汾水白云已见苏廷硕《汾上惊秋诗》注。

逢入京使

> 故园东望路漫漫，双袖龙钟泪不干。
> 马上相逢无纸笔，凭君传语报平安。

《离骚》曰："路曼曼其修远兮。"《释文》曼作漫，字同。○

王子渊《与周弘让书》曰："龙钟横集。"与此诗龙钟皆状泪流貌，盖龙钟犹泷涷，《说文》曰："泷，雨泷泷貌。"方密之曰："俗谓水湿为泷涷（《通雅》卷六），是也。又与泷涿音相转。《方言》（卷七）曰：泷涿谓之沾积，是也。"

张　旭

　　旭，苏州吴人。嗜酒，善草书，世呼为张颠，尝仕为常熟尉，《新唐书》入《文艺传》，附《李白传》后。

桃花溪

　　《太平寰宇记》（卷一百十八据《古逸丛书》补本）曰："江南西道朗州武陵县：武陵山中有秦避世人居之，寻水号曰桃花源，故陶潜有《桃花源记》。"《舆地纪胜》曰："荆湖北路常德府桃花洞：在桃源县放生潭大江南岸，即晋黄道真（渔人之姓名也，见《续搜神记》，但伪书恐不足信。）所见桃花之处。"《清统志》曰："湖南常德府：桃花溪在桃源县西南二十五里，源出桃源山，北流入沅。"

　　隐隐飞桥隔野烟，石矶西畔问渔船。
　　桃花尽日随流水，洞在清溪何处边？

韦应物

寒食寄京师诸弟

　　雨中禁火空斋冷，江上流莺独坐听。

把酒看花想诸弟，杜陵寒食草青青。

禁火已见卷六黄鲁直《清明诗》注。〇杜陵已见卷一杜子美《奉先咏怀诗》注。

答郑骑曹青橘绝句

案《唐六典》：左右卫、左右骁卫、左右武卫、左右威卫、左右领军卫（卷二十四）、左右金吾卫（卷二十五）、亲王府（卷二十九）各有骑曹参军事一人，此未知何属。又案：《万首绝句》作《故人重九日求橘》。

怜君卧病思新橘，试摘犹酸亦未黄。
书后欲题三百颗，洞庭须待满林霜。

王逸少帖云："奉橘三百枚，霜未降，未可多得。"馀见卷三黄鲁直《次韵子瞻题郭熙画秋山诗》注。

休暇日访王侍御不遇

《通鉴》（卷二百四十四）《唐纪》（六十）胡注曰："一月三旬，遇旬则下直而休沐，谓之旬休，今谓之旬假是也。"

九日驱驰一日闲，寻君不遇又空还。
怪来诗思清人骨，门对寒流雪满山。

滁州西涧

《舆地纪胜》淮南东道滁州有西涧，云韦应物有诗。《清统志》曰："安徽滁州：西漳在州城西。"案：唐淮南道滁州治清流县，今安徽滁县治。

独怜幽草涧边生，上有黄鹂深树鸣。

春潮带雨晚来急，野渡无人舟自横。

王阮亭曰："元赵章泉涧泉选唐诗绝句，其评注多迂腐穿凿，如韦苏州《滁州西涧》一首：独怜幽草涧边生，上有黄鹂深树鸣，以为君子在下、小人在上之象。以此论诗，岂复有风雅耶？"（《万首绝句选》凡例）

严季鹰

严武字，已见杜诗注。

军城早秋

昨夜秋风入汉关，朔云边月满西山。

更催飞将追骄虏，莫遣沙场匹马还。

杜子美《野望诗》曰："西山白雪三城戍。"赵曰："西山在松、维州之外，冬夏有雪，号为雪山，所以控带吐藩之处。"

贾幼邻

贾至，字幼邻，洛阳人。天宝十年，明经擢第，累官起居舍人、知制诰。肃宗擢为中书舍人，贬岳州司马。宝应初诏复故宫。大历初迁京兆尹、右散骑常侍卒。新、旧《唐书》皆有传（附父曾传后）。此参《唐才子传》。

初至巴陵与李十二白裴九同泛洞庭湖　三首录一

太白集有《酬答裴侍御》等诗，裴九殆即其人。

枫岸纷纷落叶多，洞庭秋水晚来波。
乘兴轻舟无近远，白云明月弔湘娥。

《楚辞·九歌·湘夫人》曰："洞庭波兮木叶下。"〇湘娥即
谓湘君。《文选》张平子《西京赋》曰："感河冯，怀湘娥。"李
善即引《九歌》王注。

钱仲文

归　雁

潇湘何事等闲回？水碧沙明两岸苔。
二十五弦弹夜月，不胜清怨却飞来。

二十五弦已见卷五李义山《锦瑟诗》注。

张懿孙

张继，字懿孙，襄州人。天宝十二年进士第。尝佐镇戎军幕
府，又为盐铁判官。大历间入内侍，仕终检校祠部郎中。见《唐
诗纪事》及《唐才子传》。

枫桥夜泊

　　《清统志》曰："江苏苏州府：枫桥在阊阖门外西九里。宋周遵道《豹隐纪谈》：旧作封桥，后因唐张继诗相承作枫，今天平寺藏经多唐人书，背有封桥常住字。"案《野客丛书》（卷二十三）曰："杜牧之诗：长州茂苑草萧萧，暮烟秋雨过枫桥，近时孙尚书仲益、尤侍郎延之作《枫桥修造记》与《枫桥植枫记》，皆引唐人张继、张祜诗为证，以谓枫桥之名著天下者，由二公之诗，而不及牧之。案：牧与祜正同时也。"据此则枫桥之名当时通称，不必定作封桥也。但牧之《怀吴中冯秀才诗》与张承吉枫桥同。古人诗集往往有此，孙、尤既引为张承吉诗，故不复称牧之。勉夫不取张诗共校而疑其不及牧之，亦疏矣。

月落乌啼霜满天，江枫渔火对愁眠。
姑苏城外寒山寺，夜半钟声到客船。

　　《清统志》曰："苏州府：寒山寺在吴县西十里枫桥，相传寒山、拾得尝止此，故名，内有寒山、拾得二像。"欧阳永叔《诗话》曰："诗人贪求好句而理有不通，亦语病也。唐人有云：姑苏台下寒山寺，夜半钟声到客船。说者亦云：句则佳矣，其如三更不是打钟时？"《石林诗话》（卷中）曰："盖公未尝至吴中，今吴中山寺实以夜半打钟。《唐诗纪事》（卷二十五）曰：此地有夜半钟，谓之无常钟。继志其异耳，欧阳以为语病，非也。"王观国《学林》（卷八）曰："《南史·文学传》：丘仲孚，吴兴乌程人。少好学，读书尝以中宵钟鸣为限。丘仲孚，吴兴人，则夜半钟乃吴中旧事也。"《苕溪渔隐丛话前集》（卷三十三）引《诗眼》曰："《南史》载齐武帝景阳楼有三更、五更钟，阮景仲为吴兴守，禁夜半钟，至唐诗人如于鹄、白乐天、温庭筠尤多言之。今佛宫一夜鸣铃，俗谓之定夜钟，文忠偶不考耳。"《后集》（卷十五）又引《复斋漫录》曰："《遁斋闲览》云：尝过苏州，宿一寺，夜半闻钟声，因问寺僧，皆云：夜分钟曷足怪乎？寻闻他寺皆然，始知夜半钟惟姑苏有之。此皆《闲览》所载也。余考唐诗人皇甫冉有《秋夜宿严维宅诗》云：夜半隔山钟。维所居在会稽，钟声亦鸣于夜半，遂知张继诗不为误，欧公不察，而半夜钟亦不止于姑苏有如陈正敏说也。又陈羽《梓州与温商夜别诗》：隔水悠扬午夜钟。乃知唐人多如此。"《能改斋漫录》（卷三）同。又《野客丛书》（卷二十六）曰："唐诗言半夜钟甚多，如司空文明诗曰：杳杳疏钟发，中宵独听时。王建《宫词》曰：未卧尝闻半夜钟。许浑诗曰：月照千山半夜钟。按：许浑居朱方而诗为华严寺作，正在吴中，益可验吴中半夜钟为信然。今之苏州能仁寺钟亦鸣半夜，不特枫桥尔。"案：永叔《诗话》讥夜半钟，本疑所不当疑，而后人纷纷致辨，然大约不出以上诸说。故《王直方诗话》《庚溪诗话》（卷上）、《琅琊代醉编》（卷一）、《渔洋诗话》（卷中）、《全唐诗话续编》（卷下）等不复录。

韩君平

寒　食

春城无处不飞花，寒食东风御柳斜。
日暮汉宫传蜡烛，轻烟散入五侯家。

《汉书·元后传》：河平二年，成帝悉封诸舅：王谭为平阿侯；商，成都侯；立，红阳侯；根，曲阳侯；逢时，高平侯。五人同日封，故世谓之五侯。又《后汉书·宦者传》：桓帝封单超新丰侯，徐璜武原侯，具瑗东武阳侯，左悺上蔡侯，唐衡汝阳侯，五人同日封，故世谓之五侯。唐肃、代以来，宦官擅权，后汉事讽谕尤切。

严正文

丹阳送韦参军

丹阳已见王少伯《芙蓉楼送辛渐诗》注。

丹阳郭里送行舟，一别心知两地秋。
日晚江南望江北，寒鸦飞尽水悠悠。

李君虞

汴河曲

《元和郡县志》曰："河南道汴州浚仪县：隋炀帝欲达江都，自大梁城西南凿渠引汴水，即蒗宕渠也。"《通鉴》（卷一百八十）《隋纪》四曰："大业元年三月辛亥，命尚书右丞皇甫议发河南、淮北诸郡民。前后百馀万，开通济渠，自西苑引毂、洛水达于河。复自板渚引河历荥泽入汴。又自大梁之东引汴水入泗，达于淮。"《清统志》曰："河南开封府：汴河故道自怀庆府原武县流入，东南流经中牟县北。又东南流经府城（今开封县）南。又东迳陈留县北。又东至杞县北，入归德府界，即古蒗荡渠也。"

汴水东流无限春，隋家宫阙已成尘。

行人莫上长堤望，风起杨花愁杀人。

从军北征

天山雪后海风寒，横笛偏吹《行路难》。
碛里征人三十万，一时回首月中看。

天山已见卷二岑参《白雪歌》注。○《乐府古题要解》曰："《行路难》，备言世路艰难及离别悲伤之意。"《乐府诗集》（卷七十）入《杂曲歌辞》。

听晓角

角已见卷二岑参《轮台歌》注。《御览·乐部》二十二引《通礼义纂》曰："长鸣角也。按蚩尤师蜩蛦与黄帝战于涿鹿，帝命吹角为龙鸣以御之。魏武帝征乌桓，军士思归，乃减角为中鸣，其声尤悲，以应胡笳。晋武以降，沿袭用之。"案：此与《兵部》引徐广《车服仪制》说异。（已见岑参诗注）《宋书·乐志》与徐同，疑此出傅会。

边霜昨夜堕关榆，吹角当城汉月孤。
无限塞鸿飞不度，秋风卷入《小单于》。

《元和郡县志》曰："关内道胜州榆林县：榆林关在县东三十里，东北临河。秦却匈奴之处。隋开皇三年于此置榆林关。"○《乐府诗集》（卷二十四）曰："按唐《大角曲》有《大单于》《小单于》等曲，今其声犹有存者。"

宫　怨

露湿晴花春殿香，月明歌吹在昭阳。

似将海水添宫漏，共滴长门一夜长。

长门已见卷三王介甫《明妃曲》注。

行 舟

柳花飞入正行舟，卧引菱花信碧流。
闻道风光满扬子，天晴共上望乡楼。

《太平寰宇记》曰："淮南东道扬州江都县：大江西南自六合县界流入，旧阔四十馀里，今阔十八里。"《清统志》曰："江苏扬州府：大江亦曰扬子江。"

隋宫燕

隋宫已见卷五李义山诗注。

燕语如伤旧国春，宫花欲落旋成尘。
自从一闭风光后，几度飞来不见人。

夜上受降城闻笛

受降城已见卷五杜子美《诸将诗》三城注。

回乐峰前沙似雪；受降城外月如霜。
不知何处吹芦管，一夜征人尽望乡。

唐关内道灵州回乐县在今甘肃灵武县西南。○《御览·乐部》十九引汉《先蚕仪注》曰："篍者，胡人卷芦叶吹之以作乐也，故谓曰胡篍。"

《全唐诗话》（卷二）曰："李益《受降城闻笛诗》，教坊乐人为取声乐度曲。"《艺苑卮言》（卷四）曰："绝句李益为胜，回乐峰一章何必王龙标、李供奉？”

王仲初

　　王建，字仲初，颍川人。大历十年进士及第。初为渭南尉，历秘书丞，侍御史。太和中为陕州司马，从军塞上，后归咸阳。见《新唐书·艺文志》《唐诗纪事》《唐才子传》。

江陵使至汝州

唐河南道汝州治梁县，今河南临汝县治。

回看巴路在云间，寒食离家麦熟还。
日暮数峰青似染，商人说是汝州山。

十五夜望月寄杜郎中

中庭地白树栖鸦，冷露无声湿桂花。
今夜月明人尽望，不知秋思在谁家。

韩退之

湘中酬张十一功曹

何义门曰：“此召还志喜也。”步瀛案：见卷二《八月十五日夜酬张功曹诗》注。

休垂绝徼千行泪；共泛清湘一叶舟。
今日岭猿兼越鸟，可怜同听不知愁。

《汉书·佞幸·邓通传》颜注曰："徼犹塞也，东北谓之塞，西南谓之徼，徼音工钓反。"○纪晓岚曰："退之胸襟阔，自别有一种兴趣，反用猿鸟意，亦唐人所未有。"

晚次宣溪辱韶州张端公使君惠书叙别酬以绝句 二首录一

王宋贤曰："此诗赴任潮州时作，盖在二月之末。"步瀛案：《舆地纪胜》曰："广南东路宣溪水在曲江县南八十里，源出螺坑。"《清统志》曰："广东韶州府：宣溪在曲江县南八十里，东流六十里与溱水合。"案：唐岭南道韶州治曲江县，今广东曲江县西，张盖以侍御史为韶州刺史。《国史补》（卷下）曰："侍御史相呼为端公。"

韶州南去接宣溪，云水苍茫日向西。
客泪数行先自落，鹧鸪休傍耳边啼。

柳子厚

柳州二月榕叶落尽偶题

柳州已见卷五《登柳州城楼诗》注。

宦情羁思共凄凄，春半如秋意转迷。
山城过雨百花尽，榕叶满庭莺乱啼。

《南方草木状》（卷中）曰："榕树，南海桂林多植之，叶如木麻，实如冬青。以其不材，故能久而无伤，其荫十亩，故人以为息焉。而又枝条既繁，叶又茂细，软条如藤，垂下渐渐及地，藤稍入地便生根节，或一大株有根四五处。"

《后山丛谈》（卷四）曰："蔡州壶公观有大木，高数十尺，其枝垂入地，有枝复出为木，枝复下垂，如是三四，重围环列，如子孙然。世传费长房遇仙者处，木即悬壶者。沈丘令张戬，闽人，尝至蔡为余言乃榕木也，岭外多有之，其四垂旁出无足怪者，柳子厚《柳州诗》云：榕叶满庭莺乱啼者，是也。"（啼原作飞，误。）

酬曹侍御过象县见奇

唐岭南道柳州象县在今广西雒容县南。

破额山前碧玉流，骚人遥驻木兰舟。
春风无限潇湘意，欲采蘋花不自由。

柳文畅《江南曲》曰："汀洲采白蘋。"

刘梦得

石头城　金陵五题之一

《元和郡县志》曰："江南道润州上元县：石头城在县西四里，即楚之金陵城也。吴改为石头城。建安十六年，吴大帝修筑，以贮财宝军器，有戍。《吴都赋》云：戎车盈于石城，是也。"《清统志》曰："江苏江宁府：石头城在上元县（案：今并入南京江宁县。）西石城山。"

山围故国周遭在，潮打空城寂寞回。

淮水东边旧时月，夜深还过女墙来。

梦得《金陵五题》引曰："乐天掉头苦吟，叹赏良久，且曰：石头题诗云：潮打空城寂寞回。我知后之诗人不复措词矣。"淮水即秦淮河，已见卷四贺方回《秦淮夜泊诗》注。○女墙已见卷五韩致尧《故都诗》注。

乌衣巷　金陵五题之一

《舆地纪胜》曰："江南东路建康府乌衣巷：在秦淮南，去朱雀桥不远。《晋志》云：王导自卜乌衣宅，宋时诸谢乌衣之聚，并此巷也。"又曰："晋南渡，王、谢诸名族居乌衣巷，此时谓其子弟为乌衣诸郎。"《清统志》曰："江苏江宁府：乌衣巷在上元县东南。"

朱雀桥边野草花，乌衣巷口夕阳斜。

旧时王谢堂前燕，飞入寻常百姓家。

《六朝事迹》（卷二）曰："晋咸康二年作朱雀门，新立朱雀浮航，在县城东南四里，对朱雀门，南渡淮水，亦名朱雀桥。"《江南通志》曰："江宁府江宁县朱雀航：晋置，即吴之南津桥也。桥在宫城朱雀门南，亦谓之南航。"又曰："大航以秦淮诸航此为之最也。今聚宝门内镇淮桥即朱雀遗址。"○旧时二句，《岘佣说诗》曰："若作燕子他去便呆，盖燕子仍入此堂，王、谢零落，已化作寻常百姓矣。如此则感慨无穷，用笔极曲。"

蔡傅卿《草堂诗话》（卷二）引《艺苑雌黄》曰："朱雀桥、乌衣巷皆金陵故事。《舆地志》云：晋时王导自立乌衣宅，宋时诸谢曰：乌衣之聚皆此巷也。王氏、谢氏乃江左衣冠之盛者。故杜甫诗云：王、谢风流远，又云：从来王、谢郎，是也。比观刘斧《摭遗小说》，又曰：王榭，金陵人，世以航海为业。一日海中失船，泛一木登岸，见一翁一妪皆衣皂，引榭至所居，乃乌衣国也，以女妻之。即久，榭思归，复乘云轩泛海至其家，因目榭所居为乌衣巷。刘斧乃改谢为榭，以王榭为一人姓名，其言既怪诞，遂托名于钱希白，终篇又取刘梦得诗以实其事，希白不应如此之谬，是直刘斧之妄言耳，不足信也。"《（渔隐丛话后集》卷十二亦引之。）《能改斋漫录》（卷四）曰："世说诸王、诸谢世居乌衣巷。《丹阳记》曰：乌衣之起，吴时乌衣营处所也。审此则名营以乌衣，盖军兵所衣之服，因此得名。"（《野客丛书》卷二十六亦引《丹阳记》辨乌衣非燕子国。）

与歌者何戡

二十馀年别帝京，重闻天乐不胜情。
旧人唯有何戡在，更与殷勤唱《渭城》。

《史记·赵世家》曰："简子寤语大夫曰：我之帝所甚乐，与百神游，钧天广乐，九奏万舞，不类三代之乐，其声动人心。"○王摩诘《送元二使安西》诗一作《渭城曲》，已见前注。

竹枝词　九首录二

序曰："四方之歌，异音而同乐，岁正月，余来建平，里中儿联歌竹枝，吹短笛，击鼓以赴节，歌者扬袂睢舞，以曲多为贤，聆其音中黄钟之羽，卒章激讦如吴声，虽伧伫不可分，而含思宛转，有《淇奥》之艳。昔屈原居沅、湘间，其民迎神词多鄙陋，乃作为《九歌》，到于今荆楚鼓舞之。故余亦作《竹枝词》九篇，俾善歌者扬之，附于末，后之聆巴歈知变风之自焉。"《乐府诗集》（卷八十一）曰："《竹枝》本出于巴、渝，唐贞元中，刘禹锡在沅、湘，以俚歌鄙陋，

乃依骚人《九歌》作《竹枝新辞》九章，教里中儿歌之，由
是盛于贞元、元和之间。"案：《新唐书·刘禹锡传》言《竹
枝词》作于为朗州司马时。唐山南道朗州武陵郡，汉为武陵
郡，王莽时改建平，即今湖南武陵县也。《韵语阳秋》（卷十
五）谓为夔州刺史时所作，大谬。（费燕峰《雅论》卷十曰：
"《竹枝》入绝句自刘始，而《竹枝》歌声刘集未载也。《花
间集》有孙光宪、《樽前集》有皇甫松各数首，皆上四字一
断为《竹枝》，下三字为《女儿》，《竹枝》《女儿》皆歌中咽
断之声也，但其音节不传矣。"）

> 白帝城头春草生，白盐山下蜀江清。
> 南人上来歌一曲，北人莫上动乡情。

《水经·江水》注曰："江水又东迳广溪峡，斯乃三峡之首
也。其间三十里，颓岩倚木，厥势殆交，北岸山上有神渊，渊北
有白盐崖，高可千馀丈，俯临神渊，土人见其高白，故因名之。"
《太平寰宇记》曰："山南东道夔州奉节县：白盐山在州城涧东。"
《清统志》曰："四川夔州府：白盐山在奉节县东十七里隔江。"
○莫一作陌。

> 山桃红花满上头，蜀江春水拍山流。
> 花红易衰似郎意，水流无限似侬愁。

竹枝词　二首录一

> 杨柳青青江水平，闻郎江上踏歌声。
> 东边日出西边雨，道是无晴还有晴。

晴一作情，案：此以同音喻意。

杨柳枝词　　九首录三

《乐府诗集》（卷八十二）曰："《杨柳枝》，白居易洛中所制也。《本事诗》曰：白尚书有妓樊素善歌，小蛮善舞，尝为诗曰：樱桃樊素口，杨柳小蛮腰。年既高迈，而小蛮方丰艳，乃作《杨柳枝辞》以托意曰：永丰西角荒园里，尽日无人属阿谁？及宣宗朝，国乐唱是辞，帝问谁辞，永丰在何处，左右具以对。时永丰坊西南角园中有垂柳一株，柔条极茂，因东使命取两枝植于禁中。居易感上知名，且好尚风雅，又作辞一章云：定知玄象今春后，柳宿光中添两星。（见《云溪友议》）河南卢尹时亦继和，薛能曰：《杨柳枝》者，古题所谓《折杨柳》也。乾符五年，能为许州刺史，饮酣，令部妓少女作《杨柳枝》健舞，复赋其辞为《杨柳枝》新声云。"（费燕峰曰："《杨柳枝》词与《竹枝》颇近，其情柔，其体婉。"步瀛案：此但就体裁言之耳，其实《竹枝》非咏竹，以各首相次取象于竹枝，而《杨柳枝》词则咏柳也。）

花萼楼前初种时，美人楼上斗腰肢。
如今抛掷长街里，露叶如啼欲恨谁？

花萼楼已见卷五《秋兴诗》注。

炀帝行宫汴水滨，数株残柳不胜春。
晚来风起花如雪，飞入宫墙不见人。

城外春风吹酒旗，行人挥袂日西时。
长安陌上无穷树，唯有垂杨管别离。

张绘之

秋闺思　二首录一

碧窗斜日蔼深晖，愁听寒螀泪湿衣。
梦里分明见关塞，不知何路向金微。

《后汉书·窦宪传》曰："复遣右校尉耿夔司马任尚、赵博等将兵击北虏于金微山，大破之。"赞曰："宪实空漠，远兵金山。"是金微山即金山也。沈文起《后汉书疏证》曰："阿尔泰山在喀尔喀部，即古金山。"

张文昌

送蜀客

蜀客南行祭碧鸡，木棉花发锦江西。
山桥日晚行人少，时有猩猩树上啼。

《汉书·王褒传》曰："方士言益州有金马碧鸡之宝，可祭祀而致也。宣帝使褒往祀焉。褒道病而卒。"《郊祀志下》注引如淳曰："金形似马，碧形似鸡。"《地理志》越巂郡青蛉县原注曰："禺同山有金马、碧鸡。"《清统志》曰："云南云南府：金马山在昆明县东二十五里，对碧鸡山，相距五十馀里，其中即滇池也。"又曰："楚雄府：青蛉废县，今大姚县治。"案：《文选·蜀都赋》

曰："碧鸡儵忽而曜仪。"刘渊林注引《地理志》。朱兰坡《文选集释》曰："古今相传其地各异，当以《汉志》为准。"○《文选·吴都赋》刘注曰："木绵树高大，其实如酒杯，皮薄，中有丝绵者，色正白，破一实得数斤。广州、日南、交趾、合浦皆有之。"案：据此，木棉实生交、广也。然《蜀都赋》曰："布有橦华。"刘注曰："橦华者，树名橦，其花柔毳，可绩为布也。出永昌。"方密之《通雅》（卷三十七）谓盖即木棉树。朱兰坡谓木棉作布者，其实非其花，恐与橦异种，然疑其花即实，或言之偶异耳。又《本草纲目》（卷三十六）谓木棉有似木似草者二种，似草者即各地通种之棉，结实如桃，中有白毳者，岂诗言木棉即指此欤？○《蜀都赋》曰："猩猩夜啼。"

蛮　中

铜柱南边毒草春，行人几日到金潾？
玉镮穿耳谁家女？自抱琵琶迎海神。

《水经·温水》注曰："昔马文渊立两铜柱于林邑岸北，山川移易，铜柱今复在海中，正赖此民以识故处也。"《林邑记》曰："建武十九年，马援树两铜柱于象林南界，与西屠国分汉之南疆也。"又曰："象水又兼象浦之名。《晋功臣表》所谓金潾清迄，象渚澄源者也。"案：潾亦作邻。《吴都赋》曰："金邻象郡之渠。"刘渊林注曰："夫南之外有金邻国，去夫南可二千馀里，土地出银，人民众多，好猎大象，生得乘骑，（二字依《御览·四夷部》十一引《异物志》校改）死则取其牙。"《汉书·扬雄传》颜注曰："金邻，交趾地名。"

白乐天

后宫词

泪尽罗巾梦不成，夜深前殿按歌声。
红颜未老恩先断，斜倚熏笼坐到明。

暮江吟

一道残阳铺水中，半江瑟瑟半江红。
可怜九月初三夜，露似真珠月似弓。

《升庵诗话》（卷十一）曰："瑟瑟，珍宝名，其色碧，故以瑟瑟影指碧字，此言残阳照江半红半碧耳。"（案：用修此说甚确，以瑟瑟与红相对也，然以《琵琶行》枫叶荻花秋瑟瑟亦同此解，疑未是。枫叶经霜则丹，荻花苍白，亦不纯碧，且加以秋字，明为秋色萧瑟。诗无达诂，当随文解释，不宜执一以例其馀。）○九月初三疑是长庆二年秋赴杭州刺史任时江行作。

三月二十八日赠周判官

以集中次叙推之，当是宝历二年在苏州刺史任作。《年谱》：元年三月除苏州刺史，有《别洛城东花诗》（见卷四）。案：《万首绝句》末句作去年今日到东都，到盖别字之误。

一春惆怅残三日，醉问周郎忆得无？
柳絮送人莺劝酒，去年今日别东都。

《吕氏春秋·权勋篇》高注曰："残，馀也。"

杨柳枝词

已见刘梦得《杨柳枝词》题注。

一树春风千万枝，嫩于金色软于丝。

永丰西角荒园里，尽日无人属阿谁？

永丰坊，洛阳里名。徐星伯《唐两京城坊考》曰："东京外郭城南面三门，东曰长夏门，长夏门之东第一街曰仁和坊，次北正俗坊，次北永丰坊。"

元微之

梁州梦　使东川二十二首之一

微之《使东川诗序》曰："元和四年三月七日，予以监察御史使东川，往来鞍马间，赋诗凡三十二章，秘书省校书郎白行简为予手写为东川卷，今所录者但七言绝句长句耳。起骆口驿，尽望驿台，二十二首云。"又本题下注曰："是夜宿汉川驿，梦与杓直（李建字）、乐天同游曲江兼入慈恩寺诸院，倏然而寤，则递乘及阶，邮吏已传呼报晓矣。"

梦君同遶曲江头，也向慈恩院院游。

亭吏呼人排去马，忽惊身在古梁州。

慈恩院见卷一杜子美《同诸公登慈恩塔诗》注。○《元和郡县志》曰："山南道兴元府：《禹贡》：华阳黑水惟梁州。舜十二牧，梁其一也。秦以为汉中郡。秦亡，项羽封高祖为汉王，自汉、宋已还，多理南郑。隋开皇三年罢郡，所领州县并属梁州。大业三年，罢州为汉川郡。武德二十年又为梁州。兴元元年，因德宗迁幸，改为兴元府。"《清统志》曰："陕西汉中府：汉阳驿在南郑县西。"

贾浪仙

渡桑乾

桑乾已见许用晦《塞下曲》注。

客舍并州已十霜，归心日夜忆咸阳。
无端更渡桑乾水，却望并州是故乡。

《元和郡县志》曰："河东道太原府：武德元年为并州总管，七年又改为大都督。天授元年，罢都督府，置北都。神龙元年，依旧为并州大都督府。开元十一年，又建北都，改并州为太原府。"案：唐太原府治太原县，今山西太原县治。○咸阳即指长安，今长安东渭城故城，即秦所都咸阳也，已屡见前。

王敬美（世懋）《艺圃撷馀》曰："此岛思乡作，其意恨久客并州远隔故乡，今非惟不能归，反北渡桑乾，还望并州又是故乡矣。并州且不得住，何况得归咸阳乎？"

张承吉

雨淋铃

淋一作霖。《乐府诗集》（卷八十）曰："《雨霖铃》，《明皇别录》曰：帝幸蜀，南入斜谷，霖雨弥旬，于栈道雨中闻铃声，与山相应。帝既悼念贵妃，因采其声为《雨霖铃曲》以寄恨焉。时独梨园善觱篥乐工张徽从至蜀，帝以其曲授之。洎至德中，复幸华清宫，从官嫔御皆非旧人。帝于望京楼命张徽奏《雨霖铃曲》，不觉凄怆流涕，其曲后入法部。"《乐府杂录》曰："明皇自蜀反正，乐工制《还京乐》《雨霖铃》二曲。"案：《杨太真外传下》所载与《明皇杂录》同。《碧鸡漫志》（卷五）曰："考史及诸家说，明皇自陈仓入散关，出河池，初不由斜谷路。今剑州梓桐县地名上亭，有古今诗刻，记明皇闻铃之地，庶几是也。世传明皇宿上亭，雨中闻牛铎声，怅然而起，问黄幡绰铃作何语，曰：谓陛下特郎当。特郎当俗称不整治也。明皇一笑，遂作此曲。张祜诗云云，张徽即张野狐也。或谓祜诗言上皇出蜀时曲，与《明皇杂录》《杨妃外传》不同，祜意明皇入蜀时作此曲，至雨淋铃夜却又归秦，犹是张野狐向来新曲，非异说也。"

　　雨淋铃夜却归秦，犹见张徽一曲新。
　　长说上皇和泪教，月明南内更无人。

南内即兴庆宫，已见卷二白乐天《长恨歌》注。

题金陵渡

李健人曰："金陵距瓜洲甚远，乌有夜见星火之理？余尝夜泊镇江，望江北瓜洲实有此景。考《镇江府志》有西津渡，在丹徒县西北九里，与瓜洲对岸，即古西渚，唐时谓之蒜山渡。疑金陵渡即在此处。"

　　金陵津渡小山楼。一宿行人自可愁。

潮落夜江斜月里，两三星火是瓜洲。

《舆地纪胜》曰："淮南东路扬州：瓜洲在江都县南四十里江滨，昔为瓜洲村，盖扬子江中之沙碛也。沙潮涨出，其状如瓜，接连扬子渡口，民居其上。唐立为镇，今有石城三面。"《清统志》曰："江苏扬州府：瓜洲镇在江都县南四十里江滨。"

杜牧之

登乐游原

已屡见。

长空澹澹孤鸟没，万古销沉向此中。
看取汉家何事业，五陵无树起秋风。

胡孝辕曰："孤鸟没，杨用修校改为没孤鸿，趁韵误。"（《唐音戊签》）案：用修说见《升庵诗话》（卷五），乃托为善本，又不言为何本，明人习气可恶也。然胡本事业作似业，谓作事字非，亦谬。○五陵已屡见。《魏志·文帝纪》：黄初三年制曰："丧乱以来，汉氏诸陵无不发掘。"○沈归愚曰："树树起秋风，已不堪回首，况于无树耶！"

江南春绝句

江文通《咏美人春游》曰："二月江南春。"柳文畅《江南曲》曰："日落江南春。"

千里莺啼绿映红，水村山郭酒旗风。

南朝四百八十寺，多少楼台烟雨中？

《升庵诗话》（卷八）曰："千里莺啼，谁人听得？千里绿映红，谁人见得？若作十里，则莺啼绿红之景，村郭、楼台、僧寺、酒旗皆在其中矣。"何文焕《历代诗话考索》曰："即作十里，亦未必尽听得着看得见。题云江南春，江南方广千里，千里之中莺啼而绿映焉，水村山郭无处无酒旗，四百八十寺楼台多在烟雨中也。此诗之意，意既广不得专指一处，故总而命曰江南春，诗家善立题者也。"

初冬夜饮

淮阳多病偶求欢，客袖侵霜举烛盘。
砌下梨花一堆雪，明年谁此凭阑干？

《史记·汲黯传》曰："迁为东海太守，黯多病，卧闺閤内不出，岁余，东海大治。"又曰："召拜黯为淮阳太守，黯伏谢不受印，诏数强予，然后奉诏。诏召见黯，黯为上泣曰：臣尝有犬马病，力不能郡事。上曰：吾徒得君之重，卧而治之。"〇庾子山《对烛赋》曰："还却灯檠下烛盘。"〇《广韵》四十七证曰："凭，依几也，皮证切。"

赤　壁

已见卷三元裕之《赤壁图诗》注。案：赤壁在今湖北嘉鱼县东北。《元和郡县志》（卷二十七）以赤壁山在蒲圻县，与乌林相对，盖误以古蒲矶山为赤壁，非也。《清统志》已辨之，而赵景安（彦卫）《云麓漫钞》（卷六）、杨惺吾（守敬）《水经注疏要删》（卷三十五）考证尤详，以文长不复录。

折戟沉沙铁未销，自将磨洗认前朝。

东风不与周郎便，铜雀春深锁二乔。

铜雀已见崔国辅《魏宫词》注。○《吴志·周瑜传》曰："桥公两女，皆国色也。策自纳大桥，瑜纳小桥。"裴注引《江表传》曰："策从容戏瑜曰：桥公二女虽流离，得吾二人作婿，亦足为欢。"《太平寰宇记》曰："淮南道舒州怀宁县：桥公亭在县北，隔皖水一里，即汉时桥公有二女，孙策与周瑜各纳其一。"案：二乔字本作桥，然桥、乔字通。如蔡伯喈《太尉桥公碑》，《中郎集》（卷一）作桥，《后汉书·桥玄传》同，而《隶释》（卷十）《太尉陈球碑》称司空乔玄，即其证也。

《彦周诗话》曰："杜牧之作《赤壁诗》云云，意谓赤壁不能纵火，为曹公夺二乔置之铜雀台上也。孙氏霸业系此一战，社稷存亡，生灵涂炭，都不问，只恐捉了二乔，可见措大不识好恶。"《历代诗话考索》曰："诗人之词微以婉，不同论言直遂也。牧之之意正谓幸而成功，几乎家国不保。彦周未免错会。"冯鹭庭（集梧）曰："彦周云云诗不当如此论，此直邨学究读史见识，岂足与语言近指远之故乎？"（《樊川诗集注》）步瀛案：何、冯说是，宋人诗话有迂腐可厌者，此类是也。

泊秦淮

已见卷四贺方回《秦淮夜泊诗》注。

烟笼寒水月笼沙，夜泊秦淮近酒家。
商女不知亡国恨，隔江犹唱《后庭花》。

《后庭花》见卷五许用晦《金陵怀古诗》注。《韵语阳秋》（卷十五）曰："《后庭花》，陈后主之所作也。主与幸臣各制歌词，极于轻荡，男女倡和，其音甚哀，故杜牧之诗云云。"

题桃花夫人庙

原注曰："即息夫人。"案《舆地纪胜》曰："荆湖北路汉阳军：桃花洞在钟秀门外，上有桃花夫人庙。杜牧之有诗。"《清统志》曰："湖北汉阳府：桃花夫人庙在黄陂县东三十里。"

细腰宫里露桃新。脉脉无言度几春？
至竟息亡缘底事？可怜金谷坠楼人。

《管子·七主七臣篇》曰："楚王好小腰而美人省食。"（此后人所增）《墨子·兼爱》中曰："昔者楚灵王好士细要，灵王之臣皆以一饭为节，胁息然后带，扶墙然后起。"《淮南子·主术篇》曰："故灵王好细腰而民有杀食自饥也。"《后汉书·马廖传》：上疏长乐宫曰："楚王好细腰，宫中多饿死。"○《文选·古诗》曰："盈盈一水间，脉脉不得语。"○金谷已见李君虞《洛桥诗》注。○《晋书·石崇传》曰："崇有妓曰绿珠，美而艳，善吹笛。孙秀使人求之，崇勃然曰：绿珠吾所爱，不可得也。秀怒，矫诏收崇，崇正宴于楼上，介士到门，崇谓绿珠曰：我今为尔得罪。绿珠泣曰：当效死于君前！因自投于楼下而死。"

寄扬州韩绰判官

青山隐隐水迢迢。秋尽江南草未凋。
二十四桥明月夜，玉人何处教吹箫？

《舆地纪胜》曰："淮南东路扬州：二十四桥，隋置，并以城门坊市为名。后韩令坤省筑州城，分布阡陌，别立桥梁，所谓二十四桥者，或存或废，不可得而考。吕申公《送欧公自扬州移汝州西湖诗》云：绿荑红莲画舸浮，使君那复忆扬州？都将二十桥月，换得西湖十顷秋。后东坡《自汝移扬诗》云：二十四桥亦何有？换此十顷玻璃风。"《清统志》曰："江苏扬州府：古二十四桥在甘泉县（今并入江都县）西门外。"○《拾遗记》（卷八）曰："蜀先主甘后与玉人洁白齐润。"

赠　别　二首录一

多情却似总无情，唯觉尊前笑不成。
蜡烛有心还惜别，替人垂泪到天明。

华清宫

已见卷一杜子美《奉先咏怀诗》注。又《长安志》（卷十五）曰："临潼县：温汤在县南一百五十步，骊山之西北。贞观十八年，营建宫殿，御赐名温泉宫。天宝六载改为华清宫。骊山上下益治汤井为池，台殿环列山谷，明皇岁幸焉。华清宫北向正门曰津阳门，东面曰开阳门，西面曰望京门，南面曰昭阳门。津阳之东曰瑶光楼，其南曰飞霜殿，御汤九龙殿亦名莲花汤、玉女殿、七圣殿、宜春亭、重明阁、四圣殿、长生殿、集灵台、朝元阁、老君殿、钟楼、明楼殿、笋殿、观风楼、斗鸡殿、按歌台、毬场、连理木、饮鹿槽、丹霞、羯鼓楼，禄山乱后天子罕复游幸，唐末遂皆圮废。"

零叶翻红万树霜，玉莲开蕊暖泉香。
行云不下朝元阁，一曲淋铃泪数行。

暖泉即温泉，已见卷一杜子美《奉先咏怀诗》注及本诗题注。○《玉海》（卷一百六十三）《宫室》引《实录》："天宝十载十月乙丑，御朝元阁，有庆云见，上赋诗，群臣毕和。"案：此诗指至德中复幸华清宫，兼用《高唐赋》旦为行云（《文选》作

朝云，此依《水经·江水》注。）之语以喻太真，馀见张承吉
《雨淋铃诗》注。

金谷园

已见上。

　　繁华事散逐香尘，流水无情草自春。
　　日暮东风怨啼鸟，落花犹似坠楼人。

《拾遗记》（卷九）曰："石季伦屑沉水之香如尘末，布象床
上，使所爱者践之。"〇坠楼已见《题桃花夫人庙诗》注。

李义山

夜雨寄北

　　君问归期未有期，巴山夜雨涨秋池。
　　何当共翦西窗烛，却话巴山夜雨时？

冯孟亭曰："三巴皆可云巴山。"

寄令狐郎中

《新唐书·令狐绹传》（附其父楚传后）曰："字子直。举
进士，擢累左补阙，右司郎中。"冯曰："旧书绹传失书郎中。
绹子滈传，绹于会昌二年任户部员外郎，则为郎中必在三
四年。"

嵩云秦树久离居，双鲤迢迢一纸书。

休问梁园旧宾客，茂陵秋雨病相如。

嵩云秦树，冯曰："谓旧在河南，京师之迹。"○《文选·乐府·饮马长城窟行》曰："客从远方来，遗我双鲤鱼，呼儿烹鲤鱼，中有尺素书。"○《史记·司马相如传》曰："事孝景帝为武骑常侍，非其好也。是时梁孝王来朝，从游说之士齐人邹阳、淮阴枚乘、吴庄忌夫子之徒，相如见而说之，因病免客游梁，梁孝王令与诸生同舍。"《水经·睢水》注曰："或言兔园在平台侧，梁王与邹、枚、司马相如之徒极游于其上。"○《史记·司马相如传》曰："相如尝称病闲居，不慕官爵，拜为孝文园令，既病免，家居茂陵。"

宫 妓

朱长孺曰："宫妓，内妓也。《教坊记》：西京右教坊在光宅坊，左教坊在延政坊。右多善歌，左多善舞。妓女入宜春院谓之内人，亦曰前头人，尝在上前也。"冯曰："《新书·百官志》：武德后置内教坊于禁中。武后如意元年，改曰云韶府，以中官为使。开元二年，又置内教坊于蓬莱宫侧，有音声博士。京都置左右教坊，掌俳优杂技，自是不隶太常，以中官为教坊使。按《旧书·顺宗纪》，出掖庭教坊女乐六百人，即宫妓也。频见《唐书》。"

珠箔轻明拂玉墀，披香新殿斗腰支。

不须看尽鱼龙戏，终遣君王怒偃师。

《三辅黄图》（卷二）引《三秦记》曰："桂宫中有光明殿，皆金玉珠玑为帘箔，处处明月珠，金陛玉阶，昼夜光明。"○《文选·西都赋》曰："披香、发越。"李善注引《汉宫阁名》

曰：“长安有披香殿。”《三辅黄图》（卷三）曰：“武帝时后宫八区有披香等殿。”《雍录》（卷四）：“唐庆善宫有披香殿。”○《汉书·西域传》赞曰：“作漫衍鱼龙角抵之戏。”颜注曰：“鱼龙者，为舍利之兽，先戏于庭极毕，乃入殿前激水，化成比目鱼，跳跃漱水，作雾障日，化成黄龙八丈，出水敖戏于庭，炫耀日光。《西京赋》云：海鳞变而成龙，即为此色也。”○《列子·汤问篇》曰：“周穆王西巡狩还，道有献工人名偃师，穆王荐之，问曰：若与偕来者何人？对曰：臣之所造能倡者。穆王惊视之，趣步俯仰，信人也，巧夫！鎮其颐则歌合律，捧其手则舞应节，千变万化，唯意所适。王以为实人也，与盛姬内御并观之。技将终，倡者瞬其目而招王之左右侍妾。王大怒，欲诛偃师，偃师大慑，立剖散倡者以示王，皆傅会革木胶漆白黑丹青之所为。穆王始悦而叹曰：人之巧乃可与造化者同功乎？”

　　《渔隐丛话后集》（卷十四）引杨文公（亿）《谈苑》曰：“予知制诰日，与余恕同考试，因出义山诗共读，酷爱一绝云：珠箔轻明拂玉墀云云，击节称叹曰：古人措辞寓意如此之深妙，令人感慨不已。”冯曰：“此讽宫禁近者不须日逞机变，致九重悟而罪之也。托意微婉。杨文公《谈苑》云云，盖以同朝有不相得者，故托以为言也。后人乃谓刺宫禁不严（冯定远说），浅哉！”

宫　词

君恩如水向东流，得宠忧移失宠愁。
莫向樽前奏《花落》，凉风只在殿西头。

　　《乐府诗集》（卷二十四）曰：“《梅花落》，本笛中曲也。按：唐《大角曲》有《大梅花》《小梅花》等曲。”

常 娥

已见卷二李太白《把酒问月诗》及韩退之《月蚀诗》注。

云母屏风烛影深，长河渐落晓星沉。
常娥应悔偷灵药，碧海青天夜夜心。

《西京杂记》（卷上）：赵飞燕为皇后，其女弟在昭阳，遗飞燕有云母屏风。

纪曰："意思藏在第一句，却从常娥对面来，十分蕴藉，此悼亡之诗，非咏常娥。"

忆住一师

冯曰："住，一作匡。按《北梦琐言》：一云王屋匡一上人，一云王屋山僧匡一，疑此即其人，当作匡一欤！"案：今检各本《北梦琐言》皆无此文，疑冯氏误记。

无事经年别远公，帝城钟晓忆西峰。
炉烟销尽寒灯晦，童子开门雪满松。

远公见卷一及卷四孟浩然《望庐山诗》。

寄蜀客

君到临邛问酒垆：近来还有长卿无？
金徽却是无情物，不许文君忆故夫。

《史记·司马相如传》曰："相如素与临邛令王吉相善，临邛中多富人，卓王孙、程郑相谓曰：令有贵客，为具召之，并召令，长卿谢病不能往。临邛令自往迎相如，相如不得已，强往，一坐尽倾。

酒酤，临邛令前奏琴曰：窃闻长卿好之，愿以自娱。相如为鼓一再行，是时卓王孙有女文君新寡，好音，故相如以琴心挑之。文君窃从户窥之，心悦，夜亡奔相如，相如乃与驰归成都。家居徒四壁立，文君久之不乐。相如与俱之临邛，尽卖其车骑，买一酒舍酤酒，而令文君当炉。"○《国史补》（卷下）曰："蜀中雷氏斲琴，常自品第，第一者以玉徽，次者以瑟瑟徽，又次者以金徽，又次者螺蚌之徽。"○何义门曰："以无情诮金徽，殊妙。若说文君无情，便同嚼蜡。"

贾　生

　　宣室求贤访逐臣，贾生才调更无伦。
　　可怜夜半虚前席，不问苍生问鬼神。

　　《三辅黄图》（卷三）曰："宣室，未央前殿正室也。"○《史记·贾生传》曰："贾生征见，孝文帝方受釐坐宣室上，因感鬼神事而问鬼神之本。贾生因具道所以然之状，至夜半，文帝前席。既罢曰：吾久不见贾生，自以为过之，今不及也。"

　　《全唐诗话》（卷四）曰："杨大年云：义山诗，邓帅钱若水举贾谊两句可怜夜半虚前席云云，措意如此，后人何以企及？"○冯孟亭曰："义山退居数年，起而应辟，故每以逐客逐臣自喻，唐人习气也。上章（指异俗二首）亦云贾生事鬼，盖岭南瘴疠之乡，故以借慨。"

温飞卿

瑶瑟怨

　　冰簟银床梦不成，碧天如水夜云轻。

雁声远过潇湘去，十二楼中月自明。

《史记·封禅书》曰："方士有言黄帝时，为五城十二楼以候神人于执期。"《孝武本纪》《集解》引应劭曰："昆仑县圃五城十二楼，仙人之所常居也。"

赵承祐

赵嘏，字承祐，山阳人。会昌四年进士第。(《唐诗纪事》作开成五年，今依《唐才子传》，今本作二年，亦误，从徐星伯《登科记考》改正。)大中中为渭南尉卒。见《唐诗纪事》及《唐才子传》。

江楼感旧

独上江楼思渺然，月光如水水如天。
同来望月人何处？风景依稀似去年。

郑守愚

郑谷，字守愚，袁州宜春人。光启三年第进士，授京兆鄠县尉，迁右拾遗、补阙。乾宁四年，为都官郎中，诗家称郑都官。未几归隐，卒于北岩别墅。见《唐诗纪事》及《唐才子传》。

席上贻歌者

花月楼台近九衢，清歌一曲倒金壶。

坐中亦有江南客，莫向春风唱《鹧鸪》。

陈后主《乐府·洛阳道》曰："九衢通玉堂。"沈云卿《长安道》曰："楼阁九衢春。"○张景源《奉和九月九日登慈恩浮图应制诗》曰："金壶新泛菊。"○《乐府诗集》（卷八十）引《历代歌辞》曰："《山鹧鸪》，羽调曲也。"又李君虞、李德新皆有《鹧鸪词》。《韵语阳秋》（卷十五）谓《鹧鸪曲》肖鹧鸪之声。

淮上与友人别

扬子江头杨柳春，杨花愁杀渡江人。
数声风笛离亭晚，君向潇湘我向秦。

扬子已见李君虞《行舟诗》注。

此诗风韵甚佳，而《四溟诗话》（卷一）竟移末句为起句，而别撰末句，点金成铁。天下竟有此妄人，殊不可解。

陈嵩伯

陈陶，字嵩伯，鄱阳剑浦人。尝举进士不第，恣游名山，自称三教布衣。大中时避乱入洪州西山学神仙，咽气有得，后不知所终。见《唐才子传》。

陇西行　四首录一

《乐府诗集》（三十七）《相和歌辞·瑟调曲》有《陇西行》曰："一曰《步出夏门行》。《乐府解题》曰：古辞云：天上何所有？历历种白榆。始言妇有容色，能应门承宾，次言善于主馈，终言送迎有礼，此篇出诸集，不入乐志，若梁简文《陇西》战地，但言辛苦征战、佳人怨思而已。王僧虔

《技录》云：《陇西行》歌，武帝《碣石》、文帝《夏门》二篇。《通典》曰：秦置陇西郡，以居陇坻之西为名。"（《州郡典》四）

> 誓扫匈奴不顾身，五千貂锦丧胡尘。
> 可怜无定河边骨，犹是春闺梦里人。

《元和郡县志》曰："关内道夏州朔方县：无定河一名朔水，一名奢延水，源出县南百步，赫连勃勃于此水之北、黑水之南，改筑大城，名统万城，今按州南无奢延水，唯无定河，即奢延水也。古今异名耳。"《清统志》曰："陕西榆林府：无定河自边外流经怀远县北，又东南经榆林县西南流入米脂县界，即奢延河。"

《临汉隐居诗话》曰："李华《弔古战场文》曰：其存其没，家莫闻知。人或有言，将信将疑。暝暝心目，梦寐见之。陈陶则云：可怜无定河边骨，犹是春闺梦里人。盖愈工于前也。"《升庵诗话》（卷十二）曰："汉贾捐之《议罢珠崖疏》（此非疏也，当作对。）曰：父战死于前，子斗伤于后。女子乘亭鄣，孤儿号于道。老母寡妇饮泣巷哭，遥设虚祭，想魂乎万里之外。《后汉·南匈奴传》、唐李华《弔古战场文》全用其语意，总不若陈陶诗云云，一变而妙，真夺胎换骨矣。"《艺苑卮言》（卷四）曰："可怜无定河边骨，犹是深闺梦里人，用意工妙至此，可谓绝唱矣。惜为前二句所累，筋骨毕露，令人厌憎。葡萄美酒一绝便是无瑕之璧。盛唐地位不凡乃尔。"步瀛案：升庵推许不免太过，元美谓为前二句所累亦不然。若前二句不若此说，则后二句何从着笔？此特横亘一盛唐晚唐之见于胸中，故言之不能平允。

韦端己

古离别

已见卷二李太白远别离注。

晴烟漠漠柳毵毵，不那离情酒半酣。
更把玉鞭云外指，断肠春色在江南。

《玉篇》（卷二十六）《毛部》曰："毵，先含切，毛长貌。"
孟浩然《高阳池诗》曰："绿岸毵毵杨柳垂。"

金陵图

谁谓伤心画不成，画人心逐世人情。
君看六幅南朝事，老木寒云满故城。

台　城

《六朝事迹》（卷三）曰："《建康实录》：晋成帝咸和七年，
新宫成，名建康宫。注：即今之所谓台城也。在县东北五里，
周回八里。"《舆地纪胜》曰："江南东路建康府：台城一曰苑
城，即古建康宫城也，本吴后苑城。晋成帝咸和五年作新宫于
此，其城唐末尚存。"《清统志》曰："江苏江宁府：故台城在
上元县治北玄武湖侧。"

江雨霏霏江草齐，六朝如梦鸟空啼。

无情最是台城柳，依旧烟笼十里堤。

欧阳永叔

丰乐亭游春 三首录一

《居士集》目录原注曰："庆历七年。"案永叔《丰乐亭记》曰："修既治滁之明年夏，始饮滁水而甘，问诸滁人，得于州南百步之近。其上丰山耸然而特立，下则幽谷窈然而深藏，中有清泉滃然而仰出，俯仰左右，顾而乐之。于是疏泉凿石辟地以为亭，而与滁人往游其间。"《年谱》曰："庆历五年乙酉知滁州。"记作于六年六月，此诗则作于七年三月也。《舆地纪胜》曰："淮南东路滁州：丰乐亭在幽谷寺。庆历太守欧阳修建。"《清统志》曰："安徽滁州（今县）：丰乐亭在州西南琅琊山幽谷泉上。"

绿树交加山鸟啼，晴风荡漾落花飞。
鸟歌花舞太守醉，明日酒醒春已归。

《年谱》曰："庆历六年丙戌，公年四十，自号醉翁。"案永叔《醉翁亭记》曰："太守与客来饮于此，饮辄醉，而年又最高，故自号曰醉翁也。"

再至汝阴 三首录一

《居士集》目录原注曰："治平四年。"案《年谱》曰："皇祐元年己丑正月丙午，移知亳州。二月丙子至郡。治平四年丁未，公年六十一，正月丁巳，神宗即位。三月，御史彭思永、蒋之奇以飞语污公，上察其诬，斥之，公力求去。壬申，除观文殿学士，转刑部尚书，知亳州。闰三月辛巳，陛辞，乞便道过颍少留，许之。五月甲辰，至亳。"据此，则再至汝阴当在四月，与诗桑葚、麦风正合。《元丰九域志》曰："京西北路颍州汝阴郡治汝阴县。"案：今安徽阜阳县治。

> 黄栗留鸣桑葚美；紫樱桃熟麦风凉。
> 朱轮昔愧无遗爱；白首重来似故乡。

陆元恪《毛诗疏》曰："黄鸟，黄鹂留也。或谓之黄栗留。幽州人谓之黄莺，或谓之黄鸟。一名仓庚，一名商庚，一名鵹黄，一名楚雀，齐人谓之搏黍，关西谓之黄鸟。当葚熟时，来在桑间，故里语曰：黄栗留看我，麦黄葚熟。亦是应节趋时之鸟。"○朱轮见卷六宋公序《寄子京诗》注。○第三首自注曰："余时将赴亳社，恩许枉道过颍也。"

高　楼

《外集》目录，此诗统归明道以前，未能确定为何时作。绎其意旨似充西京留守推官时作。

> 六曲雕栏百尺楼，簾波不定瓦如流。
> 浮云已映楼西北，更向云西待月钩。

李义山《烧香曲》曰："簾波日暮冲斜门。"○《文选·古诗》曰："西北有高楼，上与浮云齐。"○鲍明远《玩月诗》曰："纤纤如玉钩。"

赠歌者

《外集》目录原注曰："庆历八年。"《年谱》曰："庆历八年戊子，徙知扬州。二月庚寅，至郡。"案：诗言江都，则作于到扬州任后矣。

病客多年掩绿樽，今宵为尔一颜醺。
可怜《玉树》《庭花》后，又向江都月下闻。

《玉树》已见卷五许用晦《金陵怀古诗》注。○《太平寰宇记》曰："淮南道扬州：景帝四年更名江都国。"《元丰九域志》曰："淮南路扬州广陵郡：治江都县。"案：即今江苏江都县治。

王介甫

北　山

李注曰："北山即钟山，周颙隐处。孔稚圭作《北山移文》。"案：《舆地纪胜》曰："江南东路建康府钟山：《金陵览古》云：在上元县东北十八里。按《舆地志》云：蒋山古曰金陵，县名因此山。汉末秣陵尉蒋子文死事于此，吴大帝为立庙，子文祖讳钟，因改蒋山。诸葛亮云：钟山龙盘。是也。一名北山。"

北山输绿涨横陂，直堑回塘滟滟时。
细数落花因坐久；缓寻芳草得归迟。

《石林诗话》（卷上）曰"王荆公晚年诗律尤精严，造语用字，间不容发。然意与言会，言随意遣，浑然天成，殆不见有牵率排比处。如：细数落花因坐久，缓寻芳草得归迟。但见舒闲容与之态耳。而字字细考之，若经檃括权衡者，其用意亦深刻矣。"

《能改斋漫录》（卷八）曰："盖本王摩诘兴阑啼鸟散，坐久落花多。（《过杨氏别业》）而其辞意益工。"《三山老人语录》曰："欧公静爱竹时来野寺，独寻春偶过溪桥，与荆公细数落花诗联皆状闲适，而王为工。"（《渔隐丛话前集》二十三）

寄蔡天启

已见卷一《游土山示蔡天启秘校诗》注。

杖藜缘堑复穿桥。谁与高秋共寂寥？
伫立东冈一搔首，冷云衰草暮迢迢。

《舆地纪胜》曰："建康府：白土冈在建康城东，其土白色。"《清统志》曰："江宁府：白土冈在上元县东。"

李曰："刘宾客诗：人道逢秋转寂寥，我言秋日胜春朝。晴空一鹗排云上，便引诗情到碧霄。两诗相似，亦相角也。余友杨方子直尝哦公此诗，以为奇。"

书湖阴先生壁二首

李注曰："杨德逢也。"案：介甫有《元丰行示德逢》。李注曰："德逢姓杨，与公邻曲。"又引王直方《杂记》曰："德逢号湖阴先生。"

茅簷长扫净无苔，花木成畦手自栽。
一水护田将绿遶；两山排闼送青来。

李曰："《汉书·西域传序》云：自敦煌西至盐泽，往往起亭，而轮台、渠犁皆有田卒数百人，置使者校尉领护。师古曰：统领保护营田之事也。又桑弘羊奏遣屯田卒诣故轮台以东，置校二人分护。"（二当作三，此见《西域传下》。）又曰："樊哙乃排闿直入，大臣随之。(《樊哙传》)《石林诗话》(卷中)云：荆公诗用法甚严，尤精于对偶，尝云用汉人语止可以汉人语对，若参以异代语，便不相类。如此句护田、排闿之类，(如字下原引此二句，此李氏引改省。)皆汉人语也。此法惟公用之不觉拘窘。"步瀛案：此不过摘字，与《汉书》原意无关，亦盖偶合耳。《石林》所称，实皮肤之见，此诗佳处决不在此。《韵语阳秋》(卷二)谓以樊哙排闿事对护田，岂护田亦有所出邪？盖以《西域传》所言护田与此诗无关耳。又谓有人称五柳庚桑为的对，荆公谓庚亦是数，乃好事者之说，荆公未必有此意。其说是也。《能改斋漫录》(卷八)谓此盖本五代沈彬诗：地隈一水巡城转，天约群山附郭来。又本许浑诗：山形朝阙去，河势抱关来。案：此亦句法偶同耳，未必有意效之也。

　　桑条索漠柳花繁，风敛馀香暗度垣。
　　黄鸟数声残午梦，尚疑身在半山园。

　　李曰："《首楞严》：如声度垣，不能为碍。"○介甫《示元度诗》曰："今年钟山南，随分作园圃。"指半山园而言也。详见卷四《半山春晚即事诗》注。

乌　塘

　　李曰："公母家吴氏，居临川三十里外，地名乌石冈。吴氏所居又有柘冈，即诗所指。"《舆地纪胜》曰："江南西路抚州：乌石冈距临川三十里，荆公《乌塘诗》云云。又诗云：乌石冈头踯躅红。"(《杂咏》)案：又《乌石诗》曰："乌石冈边缭绕山。"

　　乌塘渺渺绿平堤，堤上行人各有携。

试问春风何处好？辛夷如雪柘冈西。

首句，李曰："言水与堤平。"○《舆地纪胜》曰："柘冈在临川，荆公《送黄吉父将赴南康官归金溪诗》：柘冈西路白云深。公虽徙居金陵，而念乡里每切，又诗：柘冈西路花如雪，回首春风最可怜。（《柘冈》）又《送吴彦琛诗》：柘冈定有辛夷发。吴所居在柘冈。"

苏子瞻

东栏梨花　和孔密州五绝之一

《东都事略》（卷六十）曰："孔道辅，孔子四十五世孙，子宗翰，字周翰，举进士，知蕲、密、陕、扬、洪、兖六州。"

梨花淡白柳深青，柳絮飞时花满城。
惆怅东栏一株雪，人生看得几清明？

《老学庵笔记》（卷十）曰："绍兴中，予在福州，见何晋之大著，自言尝从张文潜（未）游，每见文潜哦此诗，以为不可及。余按杜牧之有句云：砌下梨花一堆雪，明年谁此凭栏干？东坡固非窃牧之诗者，然竟是前人已道之句，何文潜爱之深也？岂别有所谓乎？"《逸老堂诗话》（卷下）曰："余爱坡老诗浑然天成，非模仿而为者，放翁正所谓洗瘢索垢者矣。"

中秋月　阳关词三首之一

子瞻《书彭城观月诗》曰："余十八年前中秋与子由观月彭城作此诗，以《阳关》歌之。"朱少章《风月堂诗话》（卷下）曰："绍圣元年，自录此诗，仍题其后云云。"王见大《苏诗总案》曰："元丰元年八月十五日咏中秋月。"

暮云收尽溢清寒，银汉无声转玉盘。
此生此夜不长好，明月明年何处看？

鲍明远《夜听妓诗》曰："银汉倾露落。"○李太白《古朗月行》曰："小时不识月，呼作白玉盘。"

虔州八境图　八首录二

序曰："南康《八境图》者，太守孔君之所作也。君既作石城，即其城上楼观台榭之所见而作是图也。东望七闽，南望五岭，览群山之参差，俯章、贡之奔流。云烟出没，草木蕃丽，邑屋相望，鸡犬之声相闻。观此图也，可以茫然而思，粲然而笑，慨然而叹矣。苏子曰：此南康之一境也，何从而八乎？所自观之者异也。且子不见夫日乎？其旦如槃，其中如珠，其夕如破璧，此岂三日也哉？苟知夫境之为八也，则凡寒暑朝夕雨旸晦冥之异，坐作行立哀乐喜怒之接于吾目而感于吾心者，有不可胜数者矣，岂特八乎？如知夫八之出乎一也，则夫四海之外，诙诡谲怪，《禹贡》之所书，邹衍之所谈，相如之所赋，虽至千万，未有不一者也。后之君子必将有感于斯焉！乃作诗八章题之图上。"案：《宋史·孔宗翰传》（附其父道辅传）曰："字周翰。登进士第，知虔州。"《元丰九域志》曰："江南西路虔州南康郡治赣县。"案：今江西赣县治。《舆地纪胜》曰："江南西路赣州（原注引《中兴小历》《宋会要》《系年录》，绍兴二十三年改虔州为赣州）：南康八境本孔宗翰为太守始作石城，即城上楼观台榭所见为图，而东坡实纪以八咏云八境见画图。"又曰："八境台在城上。"《清统志》曰：

"江西赣州府：八境台在府东北城上。"案：孔宗翰作八境图，
未尝专以名台，此后人所为。

　　涛头寂寞打城还，章贡台前暮霭寒。
　　倦客登临无限思，孤云落日是长安。

　　打城见刘梦得《石头城诗》。〇赵阅道（抃）《章贡台记》
曰："水别二派，合流城郭，于文为赣。予嘉祐六年出守，闲为
游观，治西北隅有野景亭旧址，于是复台其上，以新其名为章
贡，盖不失实也。"《舆地纪胜》曰："赣州章贡台在州城西北，
据章、贡二水之会，凭高瞰远，城北水色山光尽出乎几席履舄之
间。"〇李太白《春日独酌诗》曰："落日孤云边。"

　　朱楼深处日微明，皂盖归时酒半醒。
　　薄暮渔樵人去尽，碧溪青嶂绕螺亭。

　　《续汉书·舆服志上》曰："中二千石、二千石皆皂盖朱两
轓。"〇《太平寰宇记》曰："江南西道虔州赣县：螺亭石山在县
东南七十里，有大石临水，号曰螺亭。按《南康记》云：昔有贫
女采螺为业，与伴侣暮宿此亭，忽夜中闻风雨之声，见众螺张口
乱嘬其肉，伴侣惊走，贫女乃死。明旦往视之，但有骨存。因报
其家，遂殡水滨，其冢化为巨石，螺壳无数，故号曰螺亭石山。"
《清统志》曰："江西赣州府：螺亭石在赣县东南。"

惠崇春江晚景　　二首录一

　　惠崇已见卷三王介甫《纯甫出释惠崇画要予作诗》注。冯
星实曰："《宋诗纪事》：惠崇，淮南人，一作建阳人。"

　　竹外桃花三两枝，春江水暖鸭先知。

萋蒿满地芦芽短，正是河豚欲上时。

施注曰："梅圣俞《河豚诗》：春洲生荻芽，春岸飞杨花。河豚于此时，贵不数鱼虾。"翁《补注》曰："《王渔洋诗话》：《尔雅》：觠，蒿萎。（《释草》）郭璞注：蒿萎，萋蒿也，生下田，初出可啖，江东用羹鱼。故坡诗云然，非泛咏景物也。"（今《渔洋诗话》卷中与此文异，而《居易录》卷十三一条与翁引同。）

《渔隐丛话前集》（卷三十一）曰："此正是二月景致，是时河豚已盛矣，但欲上之语，似乎未稳。"步瀛案：《丛话前集》此条上引孔毅夫《杂记》曰："永叔称圣俞《河豚诗》，谓河豚食柳絮而肥，（见永叔《诗话》）其实不尔。此鱼盛于二月，至柳絮时鱼已过矣。"胡氏之说殆本此。然《石林诗话》（卷上）谓："浙人食河豚于上元前，常州、江阴最先得，方出时，一尾至直千钱，然不多得。二月后，日益多，一尾才百钱耳。柳絮时，人已不食，谓之斑子。或言腹中生虫，故恶之，而江西人始得食，盖河豚出于海，初与潮俱上，至春深，其类稍流入于江西（西字依《丛话》引增）。"陈子象（岩肖）《庚溪诗话》（卷下）曰："余尝寓居江阴及毗陵，见江阴每腊尽春初已食之，毗陵则二月初方食。其后官于秣陵，则三月间方食之。盖此由海而上，近海处先得之，鱼至江左则春已暮矣。江陵、毗陵无荻芽，秣陵等处则以荻芽芼之，然则圣俞所咏乃江左河豚鱼也。"据此，则河豚上时各地不同，子瞻所咏殆与圣俞同耳。

书李世南所画秋景　二首录一

《画继》（卷四）曰："李世南，字唐臣，安肃人。明经及第，终大理寺丞。尝与晁无咎同试诸生，无咎有求横幅长篇，又有题扇诗，盖长于山水也。东坡亦尝题其秋景平远云云。"

野水参差落涨痕，疏林敧倒出霜根。

扁舟一棹归何处？家在江南黄叶村。

《画继》载此诗，扁舟作浩歌，曰："浩歌，雕本皆以为扁舟，其实画一舟子张颐鼓枻，作浩歌之态。今作扁舟，甚无谓也。"步瀛案：扁舟字胜，邓公寿说似泥。

赠刘景文

见卷六。

荷尽已无擎雨盖；菊残犹有傲霜枝。

一年好景君须记，最是橙黄橘绿时。

或以此诗与韩退之《早春呈水部张员外诗》相似，徒以最是一年春好处句偶近耳。其意境各有胜处，殊不相同也。

淮上早发

《总案》曰："元祐七年壬申二月，以龙图阁学士知扬州军州事。取道自颍下淮，三月早发淮上，有此生定向江湖老，默数淮中十往来句。谳按：元丰二年己未，公自徐至宋，赴湖过淮，有好在长淮水，十年三往来句。盖熙宁辛亥倅杭，甲寅移密，元丰己未赴湖，是为三往来。其十往来当由此积算。其四，元丰己未八月赴台狱。其五，甲子乞常至南都。其六，乙丑四月自南都归常。其七，是年九月赴登，公过邵伯堰有吾生七往来，送老海上城句。其八，元祐己巳帅杭。其九，辛未召还。合是帅扬为十往来。而治平丙午载丧归蜀，自淮沂江不在此数，若并计之，则十一往来也。"

澹月倾云晓角哀，小风吹水碧鳞开。

此生定向江湖老，默数淮中十往来。

沈云卿《桂州腊夜诗》曰："晓角分残漏。"○白乐天《感春诗》曰："池浪碧鱼鳞。"

纵　笔　三首录一

《总案》曰："元符二年己卯十二月，作《纵笔诗》。"

父老争看乌角巾，应缘曾现宰官身。
溪边古路三叉口，独立斜阳数过人。

杜子美《南邻诗》曰："锦里先生乌角巾。"○《妙法莲华经·妙音品》曰："妙音菩萨现种种身，处处为众生说是经典。或现居士身，或现宰官身。"又《观音品》曰："应以宰官身得度者，即现宰官身而为说法。"

《彦周诗话》曰："李太白诗云：问余何事栖碧山云云，东坡岭外诗云：老父争看乌角巾云云，贺知章呼李白为谪仙人，世传东坡是戒禅师后身，仆窃信之。"

澄迈驿通潮阁　二首录一

《太平寰宇记》曰："岭南道琼州：澄迈县在旧崖州西九十里。隋置澄迈县，以界内迈山为名。"《清统志》曰："广东琼州府：澄江在澄迈县南里许。迈山在澄迈县东。隋名县，以澄江、迈山同在境，故谓之澄迈。通潮阁在澄迈县治西。宋苏轼尝憩其上，有诗，其后胡铨和之，李光书匾。"

馀生欲老海南邨，帝遣巫阳招我魂。
杳杳天低鹘没处，青山一发是中原。

《楚辞·招魂》曰："帝告巫阳曰：有人在下，我欲辅之。魂魄离散，汝筮予之。巫阳焉乃下招曰：魂兮归来。"

《渔隐丛话后集》（卷三十）曰："《次韵沈长官诗》云：莫道山中食无肉，玉池清水自生肥。《天庆观乳泉赋》云：锵琼佩之落谷，滟玉池之生肥。《澄迈驿通潮阁诗》云：杳杳天低鹘没处，青山一发是中原。《伏波将军庙碑》有云：南望连山，若有若无，杳杳一发耳。皆两用之。其语倔奇，盖得意也。"

黄鲁直

题伯时画严子陵钓滩

《宋史·文苑传》曰："李公麟，字伯时。舒州人。归老肆意于龙眠山，善画。"《画继》（卷三）曰："龙眠居士李公麟，字伯时，有《孝经图》《九歌图》《归去来图》《阳关图》《严子陵钓滩图》。"案《后汉书·逸民传》曰："严光，字子陵，一名遵，会稽馀姚人也。少与光武同游学，及光武即位，遣使聘之，三反而后至，除为谏议大夫，不屈，乃钓于富春山。后人名其钓处为严陵濑焉。"章怀注曰："桐庐县南有严子陵渔钓处，今山边有石，上平，可坐十人，临水，名为严陵钓坛也。"《太平寰宇记》曰："江南东道睦州桐庐县：严子陵钓台在县南大江侧，下连七里濑。"《清统志》曰："浙江严州府：钓台在桐庐县西富春山，汉严子陵垂钓处，有东西二台，各高数百丈，下瞰大江，古木丛林，郁然深杳。"

平生久要刘文叔，不肯为渠作三公。
能令汉家重九鼎，桐江波上一丝风。

《论语·宪问篇》曰："久要不忘平生之言。"《后汉书·光武帝纪》曰："世祖光武皇帝讳秀，字文叔。"○任注曰："汲黯曰：夫以大将军有揖客，反不重耶？（《史记·汲黯传》）《史记·平原君传》曰：毛遂使赵，重于九鼎大吕。按：东汉多名节之士，赖以久存，迹其本原，政在子陵钓竿上来耳。"

同元明过洪福寺戏题

任注及《年谱》皆编此诗于元祐四年。《年谱》曰："先生是岁在秘书省兼史局。"任曰："旧本有山谷序云：三月中同吕元明、毕公叔游洪福寺，见元明壁间旧题云：与晋之醉后使骑升木撼花以为笑戏题。"又曰："洪福在汴京。"案苏子瞻《安国寺寻春诗》曰："王仙洪福花如海。"查注曰："《汴京遗迹志》：洪福寺有二，其一在开封城西金水河北，其一在东北沙窝冈。"

洪福僧园拂绀纱，旧题尘壁似昏鸦。
春残已是风和雨，更着游人撼落花。

《唐摭言》（卷七）曰："王播少孤贫，尝客扬州惠昭寺木兰院，随僧斋餐，诸僧厌怠，播至已饭矣。后二纪，播自重位出镇是邦，因访旧游，向之题已皆碧纱幕其上。"○任注引《法书苑》曰："邬彤善草书，如寒林栖鸦。"

雨中登岳阳楼望君山 二首

任注及《年谱》皆编于崇宁元年。《年谱》曰："是岁在荆南，先生有手书《雨中登岳阳楼望君山》二诗，跋云：崇宁之元正月二十三日，夜发荆州，二十六日至巴陵，数日阴雨不可出，二月朔旦，独上岳阳楼，太守杨器之、监郡黄彦并来率同游君山。"案

《水经·湘水》注曰："洞庭湖中有君山，是山湘君之所游处，故曰君山矣。"《清统志》曰："湖南岳州府：君山在巴陵县（今岳阳县）西南洞庭湖中，一名湘山，亦称洞庭山。"

> 投荒万死鬓毛斑，生出瞿塘滟滪关。
> 未到江南先一笑，岳阳楼上对君山。

投荒见卷五柳子厚《别舍弟宗一诗》。○瞿塘见卷二杜子美《观公孙大娘弟子舞剑器行》注。滟滪见卷五杜子美《寄别李剑州诗》注。案：绍圣二年山谷谪涪州别驾，黔州安置。（宋夔州路涪州治涪陵县，今四川涪陵县治。黔州治彭水县，今四川彭水县治。）元符元年徙戎州。（宋梓州路戎州治僰道县，今四川宜宾县治。）元符三年正月，徽宗即位，五月得放还。十月改签书宁国军节度判官。建中靖国元年，改知舒州。四月，至荆南，又召以为吏部员外郎，辞命，乞知太平州，（宋江南东路太平州治当涂县，今安徽当涂县治。）留荆南。崇宁元年将赴太平州，正月发荆州，至巴陵，（宋荆湖北路岳州治巴陵县，今岳阳县治。）故有投荒万死及未到江南之语也。

> 满川风雨独凭栏，绾结湘娥十二鬟。
> 可惜不当湖水面，银山堆里看青山。

湘娥已见贾幼邻《巴陵与李十二裴九泛洞庭诗》注。○任曰："君山状如十二螺髻。"○刘梦得《望洞庭诗》曰："遥望洞庭山水翠，白银盘里一青螺。"张懿仲《九日巴丘杨公台上宴集诗》曰："万叠银山寒浪起。"

题阳关图　二首录一

史注及《年谱》编入元祐二年。案：李伯时《阳关图》已见前注。又鲁直《书伯时阳关图草后》曰："元祐初作此诗，题伯时所作《阳关图》。崇宁元年五月见此草于赵升叔家，殊妙于定本。"升叔，伯进婿也。《渔隐丛话后集》（卷九）引《复斋漫录》云："《送元二安西绝句》云：渭城朝雨浥轻尘，客舍青青柳色新。劝君更尽一杯酒，西出阳关无故人。李伯时取以为画，谓之《阳关图》，予尝以为失，按《汉书》：阳关去长安二千五百里，唐人送客西出都门三十里，特是渭城耳，今有渭城馆在焉。据其所书，当谓之《渭城图》可也。东坡《题阳关图诗》：龙眠独识殷勤处，画出《阳关》意外声。皆承其失耳。山谷题此图云：渭城柳色关何事？自是离人作许悲。（第二首未录）然则详味山谷诗意，谓之《渭城图》宜矣。"

　　断肠声里无形影，画出无声亦断肠。
　　想得阳关更西路，北风低草见牛羊。

杜子美《前出塞》曰："欲轻肠断声。"○《乐府诗集》（八十六）《敕勒歌》曰："天苍苍，野茫茫，风吹草低见牛羊。"

观　化　十五首录三

序曰："南山之役，偶得小诗一十五首，书示同怀，不及料简铨次。夫物与我若有境，吾不见其边，忧与乐相过乎前，不知其所以然。此其物化欤？亦可以观矣。故寄名曰观化。"案《外集》补原注曰："崇宁元年罢太平府后，自荆州居家作。"《年谱》亦编于崇宁元年。

　　柳外花中百鸟喧，相媒相和隔春烟。
　　黄昏寂寞无言语，恰似人归锁管弦。

生涯萧洒似吾庐，人在青山远近居。

泉响风摇苍玉佩；月高云插水晶梳。

《礼记·玉藻》曰："大夫佩苍玉。"柳子厚《小石潭记》曰："从小丘西行百二十步，隔篁竹，闻水声，如鸣佩环。"

故人去后绝朱弦，不报双鱼已隔年。

邻笛风飘月中起，碧云为我作愁天。

绝朱弦已见卷六《登快阁诗》注。○双鱼见李义山《寄令狐郎中诗》注。○邻笛见卷二杜子美《追酬故高蜀州人日见寄诗》注。

陆务观

秋风亭拜寇莱公遗像

案：此乾道六年赴夔府作。《入蜀记》（卷六）曰："十月二十一日晚泊巴东县，谒寇莱公祠堂，登秋风亭，下临江山，是日重阴微雪，天气飂飂，复观亭名，使人怅然，始有流落天涯之叹。遂登双柏堂白云亭，堂下旧有莱公所植柏，今已槁死。"《舆地纪胜》曰："荆湖北路归州秋风亭在巴东县，寇莱公所建也。"《清统志》曰："湖北宜昌府：秋风亭在巴东县治西。宋寇准建。"案《宋史·寇准传》曰："准字平仲，华州下邽人也。中第授大理评事，知归州巴东。景德元年参知政事，同中书门下平章事。天禧三年，封莱国公，贬道州司马。乾兴元年，再贬雷州司户参军，逾年卒，赐谥曰忠愍。"

江上秋风宋玉悲，长官手自葺茅茨。

人生穷达谁能料？蜡泪成堆又一时。

宋玉悲见卷五杜子美《咏怀古迹诗》注。〇《归田录》（卷一）曰："邓州花蜡烛名著天下，虽京师不能造，相传云是寇莱公烛法。公尝知邓州，而自少年富贵，不点油灯，尤好夜宴剧饮，虽寝室亦燃烛达旦。每罢官去后，人至官舍，见厕溷间烛泪在地，往往成堆。"（《后山丛谈》四曰：莱公性资豪侈，自布衣夜常设烛，厕间烛泪成堆，及贵而后房无嬖幸也。《居易录》十二引以证此诗，似未甚合。放翁之意，盖谓在巴东时俭约，而后宦达则豪侈也。）

　　豪杰何心后世名，材高遇事即峥嵘。

　　巴东诗句澶州策，信手拈来尽可惊。

司马光《温公续诗话》曰："寇莱公诗才思融远，年十九进士及第，初知巴东县，有诗云：野水无人渡，孤舟尽日横。"《韵语阳秋》（卷十八）曰："寇忠愍少知巴东县，有野水无人渡，孤舟尽日横之句。固以公辅自期矣。奈何时未有知者，东坡《巴东访莱公遗迹诗》云：江山养豪俊；礼数困英雄。执版迎官长；趋尘拜下风。当年谁刺史，应未识三公。公以瓌奇忠谠之才，而当路者只以常辈遇之，信乎知人之难也。"〇《宋史·寇准传》曰："景德元年冬，契丹大入，准请帝幸澶州，及至南城，契丹兵方盛，众请驻跸以觇军势，准固请曰：陛下不过河，则人心益危，敌气未摄，非所以取威决胜也。帝遂渡河，御北城门楼，远近望见御盖，踊跃欢呼，声闻数十里。契丹相视惊愕，不能成列。帝尽以军事委准，准承制专决，号令明肃，士卒喜悦，敌数千骑乘胜薄城下，诏士卒迎击，斩获大半，乃引去。其统军挞览督战，中矢死，乃密奉书请盟，准不从，而使者来请益坚，帝将许之，准欲邀使称臣且献幽州地，帝厌兵，欲羁縻不绝而已。有潜准幸兵以自取重者，准不得已，许之。帝遣曹利用如军中议岁币，曰：百万以下皆可许也。准召利用至幄语曰：虽有敕，汝所许毋过三十万，过三十万吾斩汝矣。利用至军，果以三十万成约而还。河北罢兵，准之力也。"○苏子瞻《次韵孔毅父集句见赠诗》云："信手拈得俱天成。"

小雨极凉舟中熟睡至夕

此淳熙戊戌归自成都经巴陵舟中作。

舟中一雨扫飞蝇，半脱纶巾卧翠藤。
清梦初回窗日晚，数声柔橹下巴陵。

纶巾见卷六陈与义《怀天经智老因以访之诗》注。○巴陵见卷六陈与义《巴丘书事诗》注。

东关二首

陆务观《老学庵笔记》（卷六）曰："会稽镜湖之东，地名东关，有天花寺。吕文靖尝题诗云：贺家湖上天花寺，一一轩窗向水开。不用闭门防俗客，等闲能有几人来？今寺乃在草市通衢中，三面皆民间庐舍，前临一支港，与诗殊不合。岂陵谷之变遽至如此乎！或谓寺本在湖中，后徙于此。"《清统志》曰："浙江绍兴府：镜湖在山阴县南三里。"

天华寺西艇子横，白蘋风细浪纹平。
移家只欲东关住，夜夜湖中看月生。

烟水苍茫西复东，扁舟又系柳阴中。

三更酒醒残灯在，卧听萧萧雨打篷。

秋晚思梁益旧游　三首录二

梁州谓汉中益州，谓成都也。已见卷六《南定楼遇雨诗》注。

忆昔西行万里馀，长亭夜夜梦归吴。
如今历尽风波恶，飞栈连云是坦途。

韩退之《寄卢仝诗》曰："近来自说寻坦途。"

沧波极目江乡恨，衰草连天塞路愁。
三十年间行万里，不论南北怯登楼。

王仲宝《褚渊碑文》曰："鼓棹则沧波振荡。"○沈休文《岁暮愍衰草诗》曰："愍衰草，衰草无容色。"

示　儿

钱辛楣《陆放翁先生年谱》曰："先生六子：子虡、子龙、子垣、子修、子布、子聿（亦作縪，又作遹）。"

死去元知万事空，但悲不见九州同。
王师北定中原日，家祭无忘告乃翁。

整理后记

高步瀛（1873－1940）是现代文史大家，在古诗文选注笺证方面，成就尤为突出，著作甚夥，影响广远。其中《唐宋诗举要》《唐宋文举要》，堪称代表，解放后整理出版，一版再版，颇受欢迎。只是两版均为繁体竖排，所以才有了这个简体横排的整理本。

高先生最以诗文选注名家，著述特点突出。这种特点，自然首先体现在遴选的独具只眼。如上述两种《举要》，选目固然多有众见所及者，也不乏特见独出者。而后一种分甲乙两编，甲编散体，乙编骈体，可谓创例，从而使人不仅再度熟悉陆宣公的奏疏，也得以欣赏并不多觏"上梁文"等。

其次，这种特点，尤其体现在注解笺释的详尽透辟。两种《举要》，作者简介之外，题下有导读，文后有注释，还有评点——历代名家的、著者自己的。导读主要介绍写作背景，有的要言不烦，有的则就主题申论，征引论列，篇幅甚至超过原文不少。如韩文公《禘祫议》一文的导读，超出原文数倍，主题的议论剖析，可谓深入透彻。

注释亦复如是。字面注释固然必不可少，特出的是，几乎全以古籍引文出之。借经典文句释义，当更能使人准确领会，且可在寻绎源头中体会"无一字无来处"。此外，人物、史事、舆地、职官等方面的注释，均十分详尽，有的甚至引述大段文献乃至整

篇文章，读一文而可获"得兼"之效。如此注释，堪称繁复，而
这也正是两书的特色，既有益于文字的理解，天文、地理、人
事、名物、典章，乃至草木鸟兽虫鱼，也可获"多识"之益。

应该说明的是，或限于某种原因，两书细节规范多有不一。
比如征引《水经注》，有时作"《水经·江水》注"，有时作"《水
经·江水泩》"，有时又作"《水经·江水篇》"；征引正史列传时，
有的简作"《唐书·愈传》"，有的则作"《唐书》愈传"。诸如此
类，尚有不一。此次整理时，各依原本，略作统一。

此外尚需说明者，略举数端：

书中注释，较为注重文字形体的区别辨白，故多有异体（书
称"或体"）字，甚或极为少见之形体，且有的与正文并不直接
相关。整理时一律保留，但因原文不甚清晰而容或有一二不确
者。同时，辨析字形，非繁体不能明瞭者，整理时直接使用繁体
字，或简体后随文括注繁体。

字形之外，注释中尤重通假（书称"通借"）字，故而诗文
中，不无与当下通行本不一致的文字。相应地，原书行文中诸如
（楚）辞/词之类，也均一仍其旧。引用文献（及其与正文）中的
不一，同样两存之。

书中征引文献，多有删节甚或些微改动之处，整理时一般照
旧。遇有错漏而可能导致误解的（包括标点），则适当处理。如
王安石《和冲卿雪诗并示持国》诗"料知短兵不敢接，军师西门
伫献捷"，"军师"当为"车师"，因以〔〕随文注出。

无论诗文原文、征引文献、著者文字，除错讹以〔〕、异文
以（）随文注出之外，衍字径删，敓字则以［］随文注出。至
于标点，一般原文照旧；明显错漏的，则一律径予改正。如引
《史记·淮阴侯传》："王曰：'以为大将何？'曰……""何"为萧
何，应下属，则参考正史径改之。

书中引用古文献，常用的古籍，名称多有略称、别称等——

这也是古来学人的习惯。诸如《汉书·艺文志》《隋书·经籍志》之简称《汉志》《隋志》，《新唐书》《旧唐书》之简称《新书》《旧书》及《新史》《旧史》，《大清一统志》之省称《清统志》甚至《统志》者，整理时亦仍其旧。《淮南子》篇名多称"篇"而极少缀以"训"，照旧不改。其他类似问题，也多遵从原书。人所熟知的先秦、秦汉古籍，以及正史书、志，其"上中下"之类，则按习惯略作技术性处理；除此之外，此类亦不改动。

评点有文间插评，有段末点评，还有诗文末尾的总评。整理时，文间、段末的评点，均以别体小字出之。诗文末尾的总括性评论，原书本亦随文，整理时摘出另行，有的并作技术性处理，以收显豁之效。

两种《举要》，篇幅不小，内容丰富，涉及广泛。尽管整理者勤慎从事，但学力工夫等所限，不仅诸多不尽人意之处，亦复难免错讹疏失。凡此种种，均请读者诸君有以是正，谨致衷心谢忱。

整理者
辛丑春日